KB131558

불멸의

파우스트

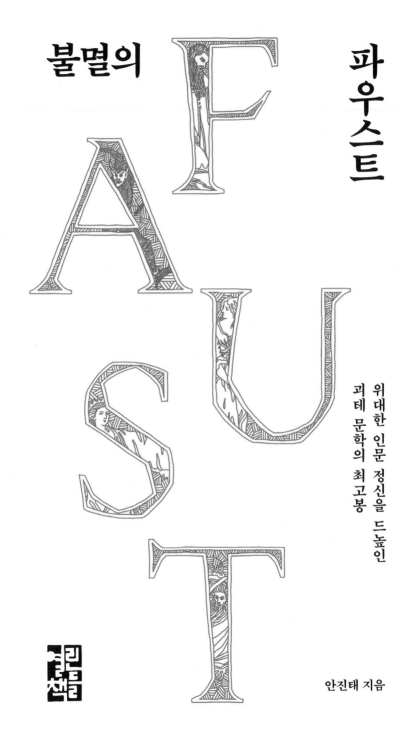

FAUST

위대한 인문 정신을 드높인
괴테 문학의 최고봉

안진태 지음

일러두기

- 『파우스트』의 번역본은 주로 열린책들 출판사의 김인순 번역본을 참조했다.
- 그 외 주요 작품들은 ( ) 속의 약자로 간단하게 줄이고 권수와 면수를 차례대로 표시했다.
  뒤에 권수의 기입이 필요 없을 때에는 바로 면수를 기록했다.

  1. Johann Wolfgang von Goethe, *Werke* in 14 Bänden, herausgegeben von Erich Trunz,
     Hamburger Ausgabe, München 1988. (HA)
  2. Thomas Mann, *Gesammelte Werke* in 13 Bänden, Bd. 10. Frankfurt/M. 1974. (GW)
  3. Thomas Mann, *Buddenbrooks, Verfall einer Familie*, in: Ders., *Gesammelte Werke* in 13 Bänden,
     Band 1. (DF)
  4. Thomas Mann, *Bekenntnisse des Hochstaplers Felix Krull*, in: Ders., *Gesammelte Werke* in 13
     Bänden, Band VII. (FK)

들어가는 말

인문학은 〈인간의 삶과 사고에 관한 탐구〉로 인간이 지닌 참 가치와 가능성을 실현시키는 학문이다. 이러한 인문학이 구체적인 사건을 떠나 추상적이고 사변적인 영역에만 머무르며 그 실천성을 상실한다면 진정한 학문의 가치를 잃어버리고 말 것이다. 인문학은 자연 과학, 기술 과학, 사회 과학 및 예술 등과 어우러져 참 가치를 빛낼 수 있어야 한다. 그런데 인문학은 허구적이어서 이를 배우지 않고도 자기 분야에서 성공하여 출세할 수 있다고 주장하는 사람들이 늘고 있다. 하지만 셰익스피어, 괴테, 톨스토이 등의 문학이나 칸트나 헤겔 등의 철학과 같은 인문학이 존재하지 않는다면 우리들의 세상은 얼마나 공허하고 궁색할까. 인문학의 정수가 되는 문(文)·사(史)·철(哲)은 삶과 학문의 기초라 볼 수 있고, 그런 점에서 독일의 대문호 괴테가 저술한 『파우스트』는 문사철을 아우르는 괴테 문학의 최고봉이다.

문학은 현대인을 이해하는 데 보다 적절한 도움을 준다. 우리는 여태껏 역사가와 비평가 그리고 심리학자 등의 견해를 정신적 바탕으로 살아온 셈인데, 미래에는 이에 대한 사고와 평가도 더욱 빠르게 변하여 깊은 내용을 오랫동안 연구하기란 거의 불가능할 것이다. 나는 이러한 정신적 위기의 기로에서 괴테의 『파우스트』가 정신적 방향에 큰 이정표가 되어 줄 것이라는 확신으로 이 책을 집필하게 되었다.

『파우스트』는 오랫동안 매우 난해한 문학으로 여겨져 왔다. 당대의 괴테 스스로도 이 작품의 난해성이 결코 풀리지 않아 후세에 다양한 해석의 대상이 될 것이라고 제자 에커만에게 말한 적이 있다. 하지만 파우스트가 추론한 진리의 핵심은 〈자유도 생명도 날마다 싸워 얻어야〉 하며, 또 그러한 사람만이 이를 향유할 자격을 갖는다는 것이다. 여기에 필자가 동참한 것이다.

　문학은 명확성의 제한이 없어 자체적으로 해석될 가능성이 열려 있다. 『파우스트』 역시 시공을 초월한 의식과 행위로 무한한 해석이 가능하다. 이렇게 〈되풀이되는 관찰의 대상〉으로 새로운 해석의 여지가 많은 『파우스트』를 필자는 이 책에서 다층적으로 규명하고자 했다.

　〈현대인들은 물질적 만족을 얻고자 악마와 거래한 파우스트의 후예들이다. 파우스트가 꿈꾼 인공 낙원이 한낱 신기루로 판명된 것처럼 그의 후예들 역시 세계 상실, 가치의 총체적 몰락이라는 묵시록적 상황과 마주하고 있다〉는 어느 학자의 말처럼 현대는 가치를 상실한 세계가 되고 있다.

　괴테의 시대에도 광명 뒤편에 허무주의로 물든 암흑이 있었고 사람들을 방황하게 만드는 불행도 있었다. 그렇지만 괴테는 〈선량한 인간은 비록 어두운 충동에 쫓기더라도 올바른 길을 잊지 않는〉다고 믿었고, 더 나아가 선한 사람들에게 분명 구원이 있다는 것을 확신했다. 이렇게 괴테는 혼탁한 시대적 상황 속에서도 퇴폐와 허무주의로 흐르지 않고 암담한 현실에서 끊임없는 구원을 모색했다. 『파우스트』 안에서 영원한 이상을 좇아 끝없이 헤매는 파우스트처럼 지칠 줄 모르고 진실을 탐색했다.

　이러한 괴테의 신화관, 문명관 및 역사관 등 다양한 사상이 총체적으로 담긴 『파우스트』는 하느님과 악마 메피스토펠레스 그리고 인간 파우스트 삼자 간에 행해지는 지식의 총화이다. 선과 악의 행위는 하느님과 악마의 작위적인 행위이다. 인간 파우스트는 이러한 하느님과 악마의 작위적인 의지 사이에서 방황하는 피조물이다. 이 중에서 하느님은 괴테의 종교관을 투영하는데, 하느님은 그 근본 의지에 있어 만물의 창조인 동시에 특히 인성의 생성을 위시하여 영혼을 구원하는 존재로 그려진다. 죄과를 뉘우치는 자, 다시 말해서 죄의 껍질을 벗어 버린 자는 신의 부름으로 승천하여 복을 받는다는 은총의 바탕에서 『파우스트』는 전개되고 있다.

『파우스트』는 비록 괴테가 낸 한 권의 저서에 불과하지만 『젊은 베르테르의 슬픔』, 『빌헬름 마이스터의 방랑 시대』, 『빌헬름 마이스터의 수업 시대』, 『친화력』, 「노벨레」 및 『서동시집』 등 기존 괴테의 시, 소설, 희곡이 배경으로 다루어짐으로써 궁극적으로 괴테에 대한 포괄적인 집필이 되고 있다. 그 자체로 괴테의 지식과 사상의 총체로 볼 수 있다.

〈인간은 노력하는 한, 방황하기 마련이니라〉라고 『파우스트』에 명시되어 있다. 그렇다. 우리는 무언가에 전념할 때 길을 잃고 방황한다. 필자는 이 책을 쓰는 고비마다 그 명제를 떠올렸고, 길을 잃지 않을 때 우리는 아무것도 아니라는 마음가짐으로 이 책을 마무리할 수 있었다. 난해하기로 악명 높은 『파우스트』의 심층적인 이해를 위해 북극성과 나침반이 되고자 이 책을 쓴 것이다.

괴테의 다양한 내용을 담은 『파우스트』를 집대성하여 한 권의 저서로 낸다는 것은 너무도 힘든 작업이었다. 하지만 큰 용기로 시작하여 이 책이 발간된 지금, 이제는 괴테 문학의 연구에 조금이나마 도움이 되었으면 하는 바람뿐이다. 책을 집필하고 나면 독자의 평가를 기다릴 수밖에 없다. 그러나 본인의 학문적 한계로 아직 미비한 점이 많으리라 생각된다. 뒷날 보다 뛰어난 괴테 연구가 이루어질 수 있도록 여러 선후배님들의 아낌없는 지적과 편달을 바란다.

끝으로 이 책의 출판을 위해 수고해 주신 열린책들 출판사의 홍지웅 사장님과 편집부 여러분 그리고 원고 작성에 협조해 준 주위의 많은 분들께 글로나마 심심한 감사를 표한다.

2019년 어느 날
동해 바닷가에서
안진태

차례

1부

『파우스트』 표층 읽기

1장

작품의 주요 인물

1
다양한 파우스트상

—

파우스트 전설의 실제 인물인 파우스투스Johannes Faustus (1480~1540)는 종교 개혁자 루터Martin Luther(1483~1546) 및 후텐Ulrich von Huten(1488~1523)[1]과 동시대인으로 그가 살았던 15세기와 16세기 초는 유럽에 커다란 변화가 일어난 시대였다. 콜럼버스(1451~1506)가 아메리카 대륙을 발견하고, 코페르니쿠스 (1473~1543)는 지동설을 확립했으며 독일에서는 루터의 종교 개혁이 이루어지고, 구텐베르크(1397~1468)가 1445년에 인쇄술을 발명하여 도서 출판·보급이 번성했다. 중세를 벗어나 근대로 넘어가면서 농민 전쟁(1524~1525)과 신·구 종교 갈등으로 인해 30년 전쟁이 발발했다. 이러한 불안한 시대에 주술이 번창하지 않을 수 없었다. 따라서 프랑스에서는 점성가 노스트라다무스Michel de Nostradamus(1503~1566)가 예언을 했고 독일에서는 파우스투스 박사라는 주술사가 전설의 주인공이 되었다.[2]

파우스투스 박사를 역사상 실존 인물로 단정하기에는 아직 논란의 여지가 남아 있지만 얼마 안 되는 증언에 의하면, 그는 소도

---

1 독일의 인문주의자. 출생지인 헤센주(州) 풀다의 수도원 부속 학교에서 공부하다가 인문주의에 매료되어 이곳을 탈출, 독일 및 이탈리아의 여러 대학을 전전하며, 특히 에르푸르트에서 인문주의자들과 사귀었다. 1517년에는 아우구스부르크에서 막시밀리안 1세에 의해 계관 시인의 칭호를 받았고 그 후 문필 생활을 시작하여 『우자의 서한집Episolae obscurorum virorum』을 통해 교회의 부패, 성직자의 타락을 통렬히 공박했다. 또 종교 개혁 지지자로서 루터를 비호하고 교황 제도를 반대했다. 헤르더에 의해 재발견되어 19세기 청년 독일파에, 특히 3월 혁명 때에는 자유 사상의 상징이 되었다.
2 이선자, 『파우스트 그는 누구인가?』, 이인웅 엮음(문학동네, 2006), 343면.

시 마울브론 근교의 크니틀링겐에서 태어나 1532년까지 비템베르크에 체류하면서 신학과 의학 그리고 자연 과학을 연구하여 이들 학문에 상당한 지식이 있었다고 한다. 그 후에는 크라카우로 도주하여 주술에 몰두하면서 유대계 신비학자들과 교제했고, 신의 본질이나 세계의 발생 및 점성술 등을 연구하여 예언자적인 역할을 했다.

당시의 학자들로부터 〈사기꾼·풍속범·엉터리 예언자〉라고 비난을 받은 그는 마술의 힘으로 세계를 여행했다고 한다. 베네치아에서는 비행을 시도하고, 마울브론에서는 금을 제조하는가 하면, 에르푸르트에서는 호메로스의 주인공들을 주문으로 불러내고, 라이프치히에서는 술통에 올라타 달리기도 했다고 한다. 이렇게 라이프치히에서 술통을 타고 달리는 모습 등이 괴테의『파우스트』에서도 같은 장소인 라이프치히의 아우에르바하 지하 주점에서 〈그놈이 지하실 문으로 나가서 ─ 술통을 타고 가는 것을 내 눈으로 보았어〉(2329~2330)라고 재연되어 나타나기도 한다. 이러한 당대의 지식 있고 괴상한 강령술사가 괴테의『파우스트』에서 〈컴컴한 실험실에 틀어박힌 학자〉로 주인공 파우스트의 혈통과 연결되고 있다.

> 우리 아버님은 연금술의 어두운 분야를 진지하게 깊이 파고드
>   셨다네.
> 자연과 그 성스러운 순환에 대해
> 당신만의 방법으로 성심껏,
> 별스럽게 깊이 생각하셨네.
> 연금술사들 무리와 어울려
> 컴컴한 실험실에 틀어박혀서,
> 서로 상반되는 것들을

이리저리 한도 끝도 없이 배합하셨지.(1034~1041)

　이러한 파우스투스는 언제나 악마를 개의 모습으로 데리고 다녔는데 마지막에는 뷔르템베르크의 어느 여관에 투숙했다가 〈오늘 밤 놀라지 마시오!〉라고 예언한 후 그날 밤 악마에게 살해되었다고 한다. 이러한 파우스트의 죽음이 1565년경에 생겨난 『치머연대기Zimmerische Chronik』에 다음과 같이 언급되고 있다. 〈그때(1540년) 파우스트는 브라이스가우라는 작은 나라의 슈타우펜이나 그렇지 않으면 그곳에서 멀지 않은 곳에서 죽었다. 이 사람은 지금까지 우리 독일 땅에서 가장 뛰어난 마술사였다. 기이한 행동을 많이 한 그는 오랜 세월이 흐르면서 세상에서 잊혔다. 늙어서 비참하게 죽었다고들 하는데 많은 증언이나 추측에 따르면, 그가 평소에 동서라고 부르던 악마가 그를 죽였다고 한다. 그가 남긴 책들은 지금은 승하하신 슈타우펜 제후의 수중에 들어갔다. 많은 사람들이 그 후에도 그에 관한 자료를 얻으려고 노력했으며 걱정스럽고 불행한 책과 재주를 배우고 싶어 했다.〉[3]
　악마와 결탁해서 제명에 죽지 못한 악명 높은 주술사 파우스투스는 참된 신앙인에게는 가증스러운 본보기로 매도되었다. 하지만 당시의 규범을 벗어난 그의 반항적인 행동과 일화는 전설이 되어 독일 각지에 널리 퍼졌다. 많은 마술사들의 이야기와 행적 가운데서도 파우스투스가 특히 두각을 드러내는 것은 그가 노력과 구원이라는 해피엔드가 아니라 비극적인 종말을 자의로 받아들였기 때문이다.
　이렇게 15세기경의 실제 인물로 인식과 향락에 대한 무한한 욕망 때문에 악마와 계약을 맺고 마술의 힘을 빌려 지상에서 정신적·육체적 향락을 누린 후에 계약 기간이 끝나자 악마에게 끌려갔

3　Karl A. Barack (Hg.), *Zimmerische Chronik*, Bd. III (Tübingen: 1869), S. 604.

다는 파우스트에 대한 전설은 여러 민담으로 전해지다가 1587년 프랑크푸르트의 서점상 슈피스Johann Spies(1540~1623)에 의해 『요한 파우스트 박사의 이야기Historia von Doktor Johann Fausten』라는 제목으로 최초로 묶였다. 1587년에 민중본이 나온 뒤 인형극으로 만들어졌는데 괴테도 어릴 때 이 인형극을 보았다고 한다. 이렇게 처음에 인형극으로 만들어진 배경에서 이 작품이 처음엔 어린 아이들을 상대로 집필되지 않았나 하는 생각도 든다. 따라서 어린 아이들로 하여금 호기심과 상상력을 불러일으키게 하여 먼 역사 속의 인물 파우스트를 친숙하고 가깝게 느끼도록 했을 가능성이 있다. 또한 어린 관객들이 주인공과 자신을 비교해 보며 자신이 처한 현실과 환경을 돌아볼 수 있는 기회를 제공하는 교육적인 효과도 있었을 것이다.

슈피스의 민중본의 전형을 1588년에는 영국의 극작가 말로 Christopher Marlow(1564~1593)가 1588년에 연극화한 「파우스트 박사의 비극적 이야기」The Tragical History of Life and Death of Doktor Faustus」가 뒤따르고 있다. 말로의 파우스트는 영혼을 팔 때 괴테의 파우스트보다 더 신에서 벗어나고, 이에 대한 후회나 참회를 거절하고 있다.

> 나의 가슴이 화석이 되어도 후회란
> 있을 수 없다.
> 내가 〈구원·믿음·천당〉이라고
> 입 밖에라도 내면 무서운 천둥이 울릴
> 것이다. —〈파우스트, 너 저주받을 몸!〉[4]

---

4 Christopher Marlow, *The Tragical History of Life and Death of Doktor Faustus* (Stuttgart, 1964), S. 26.

1부 『파우스트』 표층 읽기

이러한 말로의 파우스트는 악마와 더불어 천국과 지옥을 넘나들며 마법으로 지상의 온갖 쾌락을 맛보고 죽은 자를 소생시키기도 하고 유부녀를 농락하기도 하면서 다음과 같이 말한다.

악마의 힘을 빌려 나는 지상의
황제가 되겠다.
군대를 바다 너머에서 지휘하겠다.[5]

이 작품은 17세기 초 독일로 역수입되어 유랑 극단의 단골 메뉴가 되었다. 이처럼 독일에서 초창기 파우스트 문학은 인형극과 유랑극 형태의 배경을 가지고 있다. 말로의 작품에는 지금까지의 전설이나 통속과 달리 인간 파우스트의 내심적인 고민이 표현되어 있다. 지식욕과 지배욕에 불타는 파우스트에게도 양심과 유혹 사이에 투쟁이 없는 것은 아니다. 따라서 실제의 파우스트가 악마에게 팔았던 자신의 영혼을 살려 낼 길이 없었던 것은 아니지만 이를 거부한 파우스트의 영혼은 마침내 지상에서 향락과 지배를 한껏 누린 24년간의 계약 기간이 끝나자 악마에 의해 납치되어 간다.

이러한 말로의 작품 외에 파우스트를 취급한 작품으로 그라베 Christian D. Grabbe의 「돈 후안과 파우스트 Don Juan und Faust」, 레나우 Nikolaus Lenau의 서사시 「파우스트 Faust」, 피셔 Friedrich T. Vischer의 『파우스트: 비극 제3부 Faust. Der Tragödie dritter Teil』, 베를리오즈 Louis H. Berlioz의 「파우스트의 저주 La Dammation de Faust」, 구노 Charles F. Gounoud의 「파우스트 Faust」, 부소니 Ferruccio Busoni 의 「파우스투스 박사 Doktor Faustus」 등의 오페라가 있다. 이외에 함부르크의 비드만, 뉘른베르크의 의사 니콜라우스 피처 등이 파우스트를 주제로 한 작품을 썼으며, 1725년경에는 〈기독교적으로

5 같은 책, S. 16.

생각하는 자〉라고 자처한 익명의 작가가 그 시대에 맞게 파우스트를 다시 요약했다. 이들 파우스트는 공통적으로 세속의 권세욕은 물론 근원적 회의에 몸부림치는 내면의 지식욕을 성취하기 위해 악마와 결탁한다.

계몽주의Aufklärung의 시작과 함께 파우스트상도 변화한다. 17세기에는 민중본에 의한 파우스트 극과 인형극이 자주 공연되었고, 18세기 후반에는 계몽주의 작가 레싱이 선이 얼마나 빨리 악으로 변하는지를 주제로 한 「파우스트 단편Faustfragment」을 남겼다. 레싱은 계몽주의자답게 인간의 이지적 능력을 존중하여 인간의 지식에 대한 무한한 욕구를 부정적으로 보지 않았다. 따라서 진리만을 탐구하려는 욕망에 사로잡힌 인간의 순진성 속에 악마가 끼어들 틈이 있다고 보아서 이러한 욕망을 지옥에 떨어질 만큼 무거운 죄로 여기지 않았다.

이 때문에 레싱이 쓴 「파우스트 단편」의 결말은 종전의 『파우스트』와는 달리 파우스트를 악마의 희생물로 만들지 않고 주인공은 천사들에 의해 구원된다. 메피스토펠레스가 마지막에 획득한 파우스트의 육신을 가지고 승리의 개가를 올렸을 때 레싱의 「파우스트 단편」에서는 다음과 같은 천상의 소리가 들려온다. 〈개가를 올리지 마라! 너희들은 인간과 학문에 승리하지 못했다. 인간을 영원히 불행하게 하기 위해서 신이 그들에게 충동의 가장 고귀한 부분을 주지 않았다. 너희들이 보았고, 지금 소유했다고 믿는 것은 환상일 뿐이다.〉 그리하여 레싱의 「파우스트 단편」은 주인공의 일장춘몽으로 전곡(全曲)이 끝을 맺는다. 이러한 결말은 동화와 같은 허무한 것이나 독일 휴머니스트의 선구자인 레싱에 이르러 최초로 〈구원받는 파우스트〉라는 새로운 모티프가 탄생했다. 레싱의 「파우스트 단편」은 결국 완성에 이르지 못했지만 그 이념은 1759년에 이 작품을 읽은 괴테에게 계승되었으며, 따라서 괴테의

『파우스트』는 그의 계통을 이은 것이라고 볼 수 있다.

근원적으로 괴테의 『파우스트』는 하느님과 악마 메피스토펠레스 그리고 인간 파우스트 삼자 간에 행해지는 인간 지식의 총화이다. 선과 악의 행위는 하느님과 악마의 작위적인 행위이다. 인간 파우스트는 이러한 하느님과 악마의 작위적인 의지 사이에서 방황하는 피조물이다. 하느님은 그 근본 의지에 있어 만물의 창조인 동시에 특히 인성의 생성을 위시하여 영혼을 구원하는 종교관을 취하고 있다. 따라서 죄과를 뉘우치는 자는, 다시 말해서 죄의 껍질을 벗어 버린 자는 신의 부름으로 승천하여 복을 받는다는 은총의 바탕에서 『파우스트』는 전개되고 있다.

이러한 괴테의 『파우스트』는 독일 민족의 전설을 바탕으로 한 최고의 문학적 가치를 지니는데, 그는 22세 때 『초고 파우스트』를 쓰기 시작했다. 그리고 집필을 계속하여 『파우스트』 제1부는 1801년에, 제2부는 82세에 별세하기 반년 전인 1831년에 완성되었는데 60년이란 긴 세월이 지난 후였다. 이러한 『파우스트』 제1부와 제2부의 상이성을 괴테는 1831년 2월 17일에 제자 에커만에게 이렇게 설명하고 있다. 〈제1부는 완전히 주관적인 것이나 다름없어. 모든 것이 보다 무언가에 사로잡힌, 보다 정열적인 개체로부터 생겨났지. 그러나 반쯤 어두운 것이 쾌감을 줄 수도 있어. 하지만 제2부에는 주관적인 것이라고는 전혀 없네. 여기에는 보다 높고, 넓고, 밝고, 정열이 없는 세계가 나타나 있어. 따라서 무언가를 찾으려고 애쓰지 않고 약간이라도 체험하지 않으면 이것을 어떻게 시작해야 할지 전혀 모를 거야.〉

이렇게 긴 세월 동안 괴테는 파우스트의 옛 전설을 도입하면서 거기에 자신의 정신세계를 반영했다. 따라서 이 작품은 파우스트 한 사람의 운명을 다루지만 실제로는 인류 전체의 인간상을 묘사하는 것으로 볼 수 있다. 괴테는 자신의 체험을 살려 이를 만인에

공통된 체험으로 유형화한 것이다.[6]

원래 인간에게 중요한 지식도 이해되지 못하면 쓸모가 없어 조소의 대상이 되는데 『파우스트』에서 파우스트도 이를 실토하고 있다.

사람들은 흔히
이해하지 못하는 것을 조롱하고,
아무리 좋고 아름다운 것도 힘들면
불평하는 데 익숙해 있느니라.(1205~1208)

이렇게 이해하지 못한 지식이 조소를 받으며 불만의 대상이 되는 것에 반해서, 신적인 경지를 갈구하는 파우스트는 속속들이 이해된 지식도 불만족스러워하고 있다. 따라서 매사에 성이 차지 않는 파우스트는 대학에서 철학, 법학, 의학과 신학 4분과를 수료하여 학식에 있어서는 타의 추종을 불허하지만 지상을 벗어난 대우주의 중심을 파악할 수 없게 되자 이를 자신의 무능으로 돌리며 한탄한다. 그가 한탄하는 이유는 지식의 부족이 아니라 학자 생활이 자연스럽지 못하기 때문이다.

이렇게 학문 등에 좌절한 파우스트는 인생에 불만을 품고 자살을 기도하지만 그가 독배를 마시려는 순간 울려오는 부활절의 종소리와 합창을 듣고 순진한 어린 시절이 떠올라 자살을 단념한다. 이렇게 해서 인간 세상으로 돌아온 파우스트는 부활절에 시민, 학생, 병사, 직공 그리고 소녀들 틈에 끼여 교외를 산책하는데, 이는 괴테가 이탈리아 여행에서 실제로 경험한 사실에 근거한 내용이다. 실제 괴테는 1786년 9월 22일 이탈리아 방문 때에 〈올림피아 학술원Accademia der Olympier〉의 집회에 참석했다. 그는 토론 내

6 박종서, 『독일 문학 개설』(고려대학교 출판부, 1981), 114면 이하.

용에 대해선 관심이 없고 브라보를 외치고 박수를 치며 활기차게 토론에 열광하는 청중들에 더 관심이 있었다. 이렇게 학술 단체가 상아탑이란 규율에 안주하지 않고 대중과 소통하는 모습에서 괴테는 자신을 되돌아 보았다. 즉 구석에 웅크리고 앉아 대중의 인정을 받고자 노력하면서 업적에 대한 압박을 받았던 자신을 느꼈던 것이다.

파우스트는 부활절 축제에서 〈여기가 바로 민중의 참된 천국 아니겠는가〉(938)라고 외치며 규제나 제한 없는 생활을 희구하는 태도를 내비친다. 메피스토펠레스는 파우스트를 유혹하기 위해 푸들의 모습으로 나타난다. 이어 학자의 모습으로 변신한 메피스토펠레스는 파우스트에게 모든 소망을 성취시켜 주는 대신 사후에 그의 영혼을 지옥으로 데려간다는 계약을 맺는다. 파우스트를 파멸로 이끌기 위해 공상의 세계에서 끌어내어 현실의 추악한 진상을 보여 주고자 메피스토펠레스는 아우에르바하 지하 주점에 모여 있는 학생 세계로 데려가나 거기에서 파우스트는 만족을 느끼지 못한다.

그러자 메피스토펠레스는 파우스트를 마녀의 부엌으로 데리고 가서 그녀가 조제한 마약을 마시게 한 뒤 파우스트가 거울 속의 어린 여자의 모습에 매혹되게 한다. 그리고 거리에서 그레트헨을 만났을 때 마약의 효력이 나타나 그녀를 수중에 넣으려 한다. 메피스토펠레스를 따라 그녀의 방을 찾은 파우스트는 자신의 추한 모습을 극복하려 할수록 정열의 지배를 받는다. 그들의 애정은 드디어 사생아를 낳는 데 이르고 파우스트는 그레트헨의 명예를 회복시키려는 그녀의 오빠를 죽인다. 이러한 파우스트의 개심(改心)을 염려한 메피스토펠레스는 발푸르기스의 밤에 그를 관능의 세계로 유인하지만 파우스트는 그레트헨이 더욱 생각난다.

한편 그레트헨은 번민 끝에 사생아를 죽이고 법의 심판을 받아

처형의 날만 기다리고 있다. 이 사실을 안 파우스트가 메피스토펠레스의 안내로 그녀를 구하려 하지만 그녀는 모든 것을 거절하고 영혼만이라도 구하기 위해서 순결하게 형을 받는다.[7] 이것이 제1부까지의 내용이다. 제2부는 1832년에 발표되었으며 5막으로 되어 있는데 각 막의 내용은 다음과 같다.

화초가 만발한 자연의 품속에서 아리엘Ariel이 이끄는 정령들의 합창 소리에 잠이 깬 파우스트는 안식을 되찾는다. 그는 떠오르는 아침 해를 바라보며 절제의 필요성을 깨닫고 자신이 활동할 수 있는 황실로 들어간다. 거기서 메피스토펠레스는 재정난을 극복하기 위해 황제에게 지폐의 발행을 건의하고 향락적인 황제의 환심을 사기 위해서 가장무도회를 여는데 파우스트는 무대 감독을 맡는다. 그는 그 자리에 고대 그리스의 미인 헬레나를 끌어내고자 한다.(제1막)

그러나 파괴를 일삼는 메피스토펠레스는 헬레나의 부활을 감당하지 못한다. 그는 대안으로 파우스트에게 열쇠를 주고, 열쇠를 받아 든 파우스트는 헬레나가 있을 어머니들의 나라로 내려간다. 파우스트는 그녀를 데려오지만 궁중에서 고귀한 이념을 이해하지 못하고 파우스트도 그녀의 미에 매혹되어 절제를 잃는다. 파우스트가 그녀를 붙잡으려 하자 그녀가 연기로 변하고 파우스트는 기절한다. 연기에 싸인 채 기절한 파우스트는 옛 서재로 옮겨지는데 거기에는 그동안 학문에 정진하여 유능한 학자가 된 조수 바그너가 있다.

선생님하고 이렇게 학문적인 대화를 나눌 수만 있다면,
저는 언제까지라도 깨어 있고 싶습니다.

(……)

7 같은 책, 115면 이하.

저는 학문 연구에 열성적으로 매진하여,

이미 많은 것을 알고 있지만 모든 것을 알고 싶습니다.

(596~601)

이렇게 지식의 함양에 만족을 느끼는 바그너가 메피스토펠레
스에게 듣는 그의 학문적 평가는 이렇다.

하지만 자네 스승은 탁월한 분일세.

고매한 바그너 박사,

학문 세계의 제일인자를 모를 사람이 어디 있겠나!

그분 혼자 학계를 짊어지고서,

나날이 진리를 증진시키고 있지 않은가.

그러니 온갖 지식에 굶주린 수강생들과 청강생들이

그분 주위에 구름처럼 몰려들 수밖에.

오로지 그분만이 강단에서 빛을 발하고,

베드로 성인처럼 열쇠를 능수능란하게 사용하여

지상과 천상의 문을 열고 있네.

누구보다도 찬란히 빛을 발하는 그분을

그 어떤 명성과 명예가 대적하겠는가.

유일하게 진리를 창조하는 그분 앞에서는

파우스트라는 이름조차 무색해질 정도일세.(6642~6655)

이렇게 학문에 정진한 바그너가 그 결실로 인조인간을 만드는
데 성공한다. 혈육이 없고 정신만 구비한 실험관의 존재인 호문쿨
루스Homunkulus라는 인조인간은 박식한 데다 그리스의 사정에
능통해서 파우스트를 그리스로 인도하기에 적격이다. 하지만 호
문쿨루스는 자신이 반한 미의 여신 갈라테아의 수레에 부딪혀 죽

는다. 그래서 메피스토펠레스가 기절한 파우스트를 데리고 간 곳이 발푸르기스의 밤이다.(제2막)

그러나 파우스트는 그곳을 보려 하지도 않고 오로지 헬레나만을 찾는데 그녀를 찾는 데 실패한다. 그는 의술에 능통한 인두마신(人頭馬身)의 괴물 케이론의 안내를 받아 여성 예언자 만토를 찾아간다. 그녀는 파우스트를 속세의 여왕에게 데리고 간 뒤 거기서 헬레나를 데려오도록 부탁한다. 헬레나는 트로이에서 자기 조국 스파르타로 돌아와 남편 메넬라스왕이 돌아오기를 기다린다. 그때 메피스토펠레스가 나타나서 헬레나를 위협하자 파우스트가 독일 군주의 자격으로 나타나 그녀를 구하고 환심을 산다. 둘이 서로 사랑하게 되면서 그들 사이에 오이포리온이라는 사내아이가 생긴다.

파우스트와 헬레나의 결합은 고대 예술과 중세 예술의 결합을 상징하며, 파우스트는 그리스의 미녀 헬레나에게 독일 예술을 가르치고 그녀에게서 고대 예술의 형식을 배운다. 이들의 결합으로 근대 예술의 상징인 오이포리온이 태어나는 것이다. 오이포리온은 자라서 산야를 날아다니며 속박을 싫어하다가 바위에 부딪혀 죽는다. 헬레나는 아들의 죽음을 슬퍼하다 그를 따라 죽는다. 파우스트가 헬레나의 시체를 안고 있을 때 그녀의 육체는 사라지고 의복과 면사포만 파우스트의 손에 남는데, 파우스트는 그 옷을 타고 공중을 비행한다.(제3막)

헬레나의 옷을 타고 승천한 파우스트는 공중을 비행하며 산정에 이르는데, 다시 그레트헨이 생각난다. 그는 전과를 뉘우치게 되고 활동의 소중함을 깨닫는다. 그때 황실에서는 화폐의 발행으로도 나라를 파경에서 구하지 못하고, 이에 황제의 자리를 박탈하려는 자가 나타난다. 그러자 의욕에 불타는 파우스트가 그를 물리치고 그 대가로 해안의 토지를 하사받아 개간해서 이상적인 국가를

건설하려 한다.(제4막)

　　해안 지역의 영주가 되어 바다를 메우고 토지를 개간하던 파우
스트는 필레몬과 바우치스 부부가 사는 오두막이 방해가 되자 그
들의 집을 불사르고 그들을 죽이는데, 그 연기 속에서 결핍Mangel,
죄악Schuld, 근심Sorge, 곤란Not 네 명의 마녀가 나타난다. 그중에
서 근심의 마녀가 열쇠 구멍으로 파우스트의 방에 들어가 그에게
입김을 불어넣자 파우스트는 장님이 되어 세상을 뜨게 된다. 파우
스트는 죽은 후 천사들의 안내로 승천해서 그레트헨을 만나 성모
마리아에게 인도되어 간다.[8](제5장)

---

8 같은 책, 117면 이하.

2
그레트헨

—

그레트헨은 매우 가난한 서민 출신의 아름다운 처녀이다. 열여섯 살 정도의 순진한 여성으로 기독교적인 분위기에서 자라 경건하고 신앙심이 두터우며, 남을 위한 희생과 봉사 정신도 남다르다. 소박한 그녀는 단순한 감정과, 교육을 받지 못해서 부족한 지식도 감추지 않는다. 다만 돈이 없어서 생긴 인간적 차이가 빈궁한 그녀의 인격 형성에 영향을 끼칠 뿐이다.

> 사람들은 거의 동정하는 마음으로 아름다움이나 젊음을 칭송
> 한단다.
> 모두들
> 황금을 향해 덤벼들고
> 매달리니. 아아, 우리 가련한 사람들이여!(2801~2804)

이러한 그레트헨 이야기가 『초고 파우스트Urfaust』에서는 아무런 준비된 사건도 없이 시작된다. 파우스트는 마르가레테[9]가 지나가는 것을 보는 순간, 그녀의 아름다움에 도취되어 악마 메피스토펠레스에게 〈너는 저 계집을 꼭 내게 붙여 주어야 한다〉(『초고 파우스트』 471)고 명령한다. 『파우스트』 제1부는 그레트헨 비극이

---

9 그레트헨Gretchen은 마르가레테Margarete의 준말이자 애칭으로 괴테는 『파우스트』에서 두 개의 이름을 사용하고 있으나 일반적으로 〈그레트헨〉이 선호된다.

중심을 이룬다. 그렌트헨은 『파우스트』에서 〈그건 옳지 않아요. 누구나 하느님을 믿어야 해요!〉(3421)라며 〈당신(파우스트)은 교회의 성사(聖事)도 존중하지 않아요. (……) 하지만 진심에서 우러나오는 것은 아니에요〉(3422~3424)라면서 교회의 성사를 중시하고, 〈당신은 오랫동안 미사도 드리지 않고 고해도 하지 않았어요〉(3425)라며 미사나 고해의 교리적인 절차를 따르는 독실한 기독교인이다. 그녀는 정식 혼인 없이 잉태하고, 파우스트의 사랑 때문에 본의 아니게 모친을 사망케 하고, 파우스트의 동반자인 악마 메피스토펠레스의 음모적 협공으로 오빠 발렌틴을 살해케 하고, 사랑의 결정체인 아기를 살해한 결과 〈거룩한 이들이 너를 외면하리라. 순결한 이들이 너에게 손 내밀길 주저하리라〉(3828~3831)고 악령의 조롱을 받는 비극의 주인공이 된다. 이러한 그레트헨 비극의 전개는 『초고 파우스트』와 『파우스트』 모두에서 중심 사건이 되고 있다. 『초고 파우스트』에서의 그레트헨 비극은 별다른 외적 변화 없이 『파우스트』에도 나타나는데, 다음과 같이 요약할 수 있다.

1. 길거리(2605~2677): 파우스트와 그레트헨이 처음 상봉하는 장면으로, 이는 메피스토펠레스의 계획에 의해 마련되지 않고 우연히 상봉하는 형식을 취하고 있다.

2. 저녁(2678~2804): 그레트헨에 대한 파우스트의 심적 태도가 일변한다. 파우스트와 메피스토펠레스의 관계에도 근본적인 변화를 가져온다. 이제까지 마주(魔酒)에 취하여 음탕한 생활만 해 왔던 도취 상태에서 파우스트는 각성한다.

3. 산책(2805~2864): 그레트헨이 나타나지 않지만 이 장면은 그녀의 성격과 운명에 대하여 중요한 역할을 하고 있다.

4. 이웃집(2865~3024): 메피스토펠레스의 최대 수완이 동원되어 뚜쟁이 마르테를 이용하여 그레트헨을 잡아 놓는다.

5. **길거리(3025~3072):** 이웃 여인의 집에서 그레트헨에 대한 책략에 성공한 메피스토펠레스는 파우스트에 대한 책략을 꾀한다. 메피스토펠레스는 사랑의 정열에 사로잡힌 파우스트의 욕구를 이용한다.

6. **정원(3073~3205):** 물욕과 비속한 애욕의 상징인 마르테와 그녀를 적당히 이용하는 메피스토펠레스 그리고 심신을 모두 바치는 파우스트와 그레트헨이 나누는 사랑의 두 장면이 대조를 이루며 나타난다.

7. **정원의 작은 정자(3206~3217):** 이 장면으로 두 사람의 연애는 일단락 짓는다.

8. **마르테의 정원(3415~3544):** 오래전부터 그레트헨은 메피스토펠레스의 존재에서 비종교적 불안감을 예감했고, 파우스트의 종교에 의문을 품어 왔었다. 이와 연관된 젊은 괴테의 종교관이 나타난다.

9. **대성당(3776~3834):** 그레트헨은 여기에서 악령의 추궁에 몸 둘 바를 몰라 한다.

10. **감옥(4405~4612):** 그레트헨의 내면적 고백으로 성립되는 감옥 장면이 매우 극적이다.[10]

이러한 그레트헨의 비극이 『초고 파우스트』와 『파우스트』의 공통된 사건이라는 점에서 파우스트와 그레트헨은 불가분의 관계임을 알 수 있다. 이는 파우스트 전설과 민중본 『파우스트』에 그레트헨에 대한 암시조차 없음을 감안할 때 놀라운 일이다. 파우스트의 그레트헨에 대한 사랑은 애욕적이지만 그에 대한 그레트헨의 사랑은 순수하다.

오로지 그이를 찾아

10 고익환, 『파우스트 연구』, 한국괴테협회 편(문학과지성사, 1986), 159면 이하.

창밖을 내다보고,

오로지 그이를 찾아

집 밖을 나서네.(3390~3393)

　이렇게 파우스트를 사랑한 그레트헨이 그로 인해 어머니·오
빠·갓난아기를 살해하면서 그레트헨 비극이 전개된다. 유아 살해
혐의로 감옥에 갇힌 그렌트헨은 파우스트가 그녀를 사슬에서 풀
어 주려 하자, 옛날 애인도 알아보지 못하고 형리가 자기를 형장으
로 끌어내리려는 것으로 착각한다. 그러고는 익사시킨 아이가 물에
서 허우적거리고 있다며 절규한다.

　　빨리요! 빨리!

　　당신의 불쌍한 아기를 구해 주세요.

　　바로 저기로! 저 길로 자꾸만

　　냇물을 따라 올라가서,

　　징검다리를 건너,

　　숲속으로 들어가면,

　　왼편에 나루판이 서 있는

　　그 연못 속이에요.

　　빨리 붙잡으세요!

　　떠올라 오려고,

　　아직도 허우적거리고 있어요!

　　구해 줘요! 구해 주세요!(『초고 파우스트』4551~4562)

　파우스트는 비로소 그녀의 정신 착란을 알아차리고 〈제발 정
신을 차려요〉(『초고 파우스트』 4567)라고 외치며 절망한다. 이렇
게 혼미한 정신 상태에서도 그레트헨은 오로지 아기의 구원만을

생각한다. 이미 죽은 아기가 아직 살아 있다고 믿고 싶은 소망, 아기를 살리고 싶은 잠재의식 속의 소망이 아기가 아직도 물속에서 허우적거리고 있다는 환상을 불러일으켜 파우스트에게 아기를 구해 달라며 다급하고 간절하게 애원하는 것이다. 자신의 구원은 전혀 염두에 두지 않고 오로지 아이의 구원만을 절실히 바라는 모습은 자기희생적 모성애를 보여 준다. 이러한 그레트헨의 운명에 파우스트가 죄책감과 충격을 느끼면서 메피스토펠레스의 〈그녀는 심판을 받았다〉(『초고 파우스트』 33)는 말과 함께 『초고 파우스트』는 끝난다.

그레트헨 비극이 『초고 파우스트』에서는 독자적 가치성을 지니지만, 『파우스트』 제1부에서 그레트헨 이야기가 준비되는 〈마녀의 부엌〉 장면이 『초고 파우스트』에는 없다. 『파우스트』에서 파우스트에 대한 그레트헨의 사랑과 고난은 세속적인 사랑을 넘어 어머니로서의 고차적인 사랑으로 확대되고 여성상의 정점이라 할 수 있는 〈영원히 여성적인 것〉(12110)으로 상승한다.

『파우스트』 제1부에서 파우스트는 그레트헨을 맨 처음 보았을 때 의무감이 없는 모험을 생각하며, 그 여인을 단지 하나의 〈계집〉(2643)으로 간주하고, 메피스토펠레스가 말하는 대로 그 〈귀여운 것〉(2650)에 대해서는 별다른 가치를 부여하지 않는다. 하지만 마녀의 부엌에서 젊어진 파우스트가 거기서 일종의 최음제를 복용한 뒤 그레트헨에 대한 사랑과 애욕이 불타오르는데, 여기서 사랑은 파우스트의 의도이고 애욕은 메피스토펠레스의 의도이다. 이렇게 〈그레트헨 비극〉의 배경에는 메피스토펠레스가 있다. 메피스토펠레스는 선과 악의 대결에서 자신의 악마적인 본성을 은폐하고 애욕을 자극하여 드높은 곳으로 가기 위해 끊임없이 노력하는 파우스트를 육감적인 향락의 세계로 이끌어 굴복시키려고 한다. 〈그 녀석 허겁지겁 아주 맛나게 먼지를 먹을 거요〉(334)라며 메피스토펠레스는 「천상의 서곡」에서 하느님께 확언하고 〈마녀의 부엌〉에서 그에 대한 준비를 한다. 따라서 〈부활절의 경사로운 시간이 다가왔음을 알리는〉(745) 종소리에 〈천상의 가락이여, 너희들은 어찌하여 힘차면서도 부드러운 소리로 먼지 구덩이 옆의 나를 찾느냐?〉(762~763)라고 스스로 쓰레기 더미 속에 있다고 자탄할 정도인 파우스트의 타락은 악을 옹호하는 메피스토펠레스에 의해 유발된 것이다.

이렇게 메피스토펠레스에 의해 야기된 그레트헨의 고통에 대해 파우스트는 깊은 충격과 수치감을 느껴 〈아, 내가 차라리 이 세상에 태어나지 않았더라면 좋았을 것을!〉(4596)이라고 외치며 모든 죄에 대한 책임을 자신에게 돌린다. 이러한 그레트헨 비극의 발단은 애욕이다. 파우스트가 그레트헨을 거리에서 처음으로 우연히 만날 때 그는 옛날의 서재에만 처박혀 있던 단순한 학자가 아니라 메피스토펠레스와의 편력으로 이미 방탕한 인물이 되어 있었다. 이를테면 그는 〈아름다운 아가씨, 제 감히 아가씨를 댁까지 호위해 드려도 되겠습니까?〉(2605~2606)라고 말하는데 여기서 아가씨Fräulein란 말은 그 당시 귀족 계급이나 상류 계급에서 사용되던 표현으로 일반적으로는 처녀Jungfrau라는 의미이다. 파우스트가 그레트헨을 〈아가씨〉라고 부른 것은 그녀를 애욕의 대상으로 보아 유혹하려고 한 것이다.

그래도 열네 살은 넘었을 거 아닌가.

(……)

훌륭한 학자 나리,

법률 따위로 날 괴롭히지 말게!

요점만 간단히 말하면,

저 귀여운 젊은 것이

오늘 밤 내 품에 안기지 않으면,

우리는 자정을 기해 각자 제 갈 길을 갈 걸세.(2627~2638)

이렇게 나이까지 들먹이며 그날 밤으로 그레트헨의 육체를 요구할 정도로 파우스트는 그녀에 대한 애욕에 빠져 있었다. 메피스토펠레스에게 그녀를 당장 주선해 달라고 조를 정도다.

원 세상에, 저렇듯 아름다울 수 있다니!

저런 처녀는 내 생전 처음 보는구나.

참으로 얌전하고 예의 바른 데다가

퉁길 줄도 알고.

붉은 입술, 반짝이는 볼,

내 평생 결코 잊지 못하리라!(2609~2614)

따라서 그레트헨의 파우스트에 대한 순결하고 진실한 사랑은 애욕적인 격정에 의해 방해된다. 처음에는 그녀의 방에서 풍기는 순결성을 느끼고선 자기가 시도한 계획의 죄과가 너무나 크다는 것을 깨닫고 메피스토펠레스에게 돌아갈 것을 재촉하여 비극적인 줄거리의 전환점이 될 수도 있었지만 파우스트는 너무 강렬한 애욕에 굴복하여 천사 같은 그레트헨을 욕정의 대상으로 만들려고 한다. 파우스트의 내적 분열에서 영적인 것이 악마적인 것에 굴복하는 것이다.

메피스토펠레스에 의해 애욕이 불타오른 파우스트는 그레트헨에게로 갈 때 자기 자신을 〈신의 미움을 산〉(3356) 인간이라고 저주하면서도 〈그녀의 운명이 나에게 무너져 내려, 나와 함께 멸망하리라!〉(3364~3365)라고 외친다.[11] 이제 파우스트는 학문과

11 같은 책, 162면.

사랑, 신앙과 희망, 인내 등 모든 것을 저버리고 〈우리 한번 관능에 깊이 취해 불타오르는 열정으로 마음을 달래 보세!〉(1750~1751)라고 할 정도로 깊은 애욕에 마비되고자 하는 것이다. 이러한 애욕에 대해 〈나도 한때는 아름다웠어, 그것이 화근이 될 줄이야〉(4434)라는 그레트헨의 언급에 그레트헨 비극이 암시되고 있다.

이렇게 전개된 그레트헨에 대한 파우스트의 애욕에 대해 메피스토펠레스는 〈우리가 선생에게 치근대는 게요 아니면 선생이 우리에게 달라붙은 게요?〉(〈흐린 날, 들판〉)라고, 또 〈그 여인을 파멸의 구렁텅이로 몰아넣은 사람이 누구였소? 나였소 선생이었소?〉(〈흐린 날, 들판〉)라면서 죄를 파우스트의 애욕에 돌린다.

그러나 인식과 향락에 대한 무한한 욕망에서 악마와 계약을 맺고, 마술의 힘을 빌려 지상에서 정신적·육체적 향락을 누린 후 계약 기간이 끝나 악마에게 끌려갔다는 전설상의 실제 인물 파우스투스와 달리 파우스트의 본질적인 추구는 본능적인 쾌락이 아니다. 파우스트는 자기 욕망을 충족시키지 않고는 못 견디는 열정적인 인간이지만 애욕의 바다에 완전히 빠질 만큼 단순하지 않아서 〈향락은 사람을 천박하게 만들 뿐일세〉(10259)라고 말하며 쾌락의 극복에 대해 내기까지 한다.

> 내가 자네의 알랑거리는 거짓말에
> 속아 넘어가고
> 쾌락에 농락당한다면,
> 그것은 내 마지막 날일세!
> 우리 내기해 보세!(1694~1698)

이렇게 근원적인 것, 절대적인 것, 영원한 것을 찾아 헤매는 파우스트에게 현세의 쾌락은 궁극적인 추구가 되지 못한다. 따라서

〈선생 앞을 가로막는 것은 아무것도 없소. 어디서나 마음 내키는 대로 즐기시오. 도망치면서도 낚아채고 마음에 들면 덥석 움켜쥐시오. 머뭇거리지 말고 나를 마음껏 이용하시오!〉(1760~1764)라면서 메피스토펠레스가 그레트헨과 헬레나를 애욕의 대상으로 만들려고 하자 파우스트는 〈내 말 명심하게, 기쁨이 문제가 아닐세〉(1765)라고 냉소적으로 답변하여 그의 의도를 좌절시킨다. 이러한 자신의 모습에 파우스트 스스로도 의아해한다.

파우스트   가련한 파우스트! 너를 더 이상 알아보지 못하겠구나.

여기에서 마법의 향기가 나를 감싸는가
지금 당장 즐기고 싶은 충동이 이는 것을,
사랑의 꿈속에서 녹아 없어지는 것만 같구나!(2720~2723)

이러한 파우스트의 본질적인 정서는 〈심산유곡〉에서 깨달음을 열망하는 교부의 기도로 암시되고 있다.

옥죄이는 사슬의 고통에 시달리며
우매한 감각의 울타리에 갇혀 괴로워하는
내 마음속에도 불붙여 주었으면.
오, 하느님! 이런 생각을 달래 주시고,
제 가난한 마음을 밝게 비추어 주소서!(11885~11889)

따라서 메피스토펠레스는 파우스트를 정욕 속에 얽혀들게 하여 자기 앞에 스스로 굴복하도록 하는 데 성공했다고 볼 수 있지만, 그의 활동에 대한 충동과 드높은 곳을 향한 끊임없는 노력을 마비시키는 데는 실패한다. 무엇보다도 그레트헨의 순수하고 헌

아리 스헤퍼르, 「우물가의 그레트헨」, 1858년

신적인 사랑이 정욕만 즐기기 원했던 파우스트 스스로를 부끄럽게 하여 진정한 사랑에 눈뜨게 한 것이다. 결국 애당초 육욕만을 원했던 파우스트는 그레트헨의 진정한 사랑으로 인해 심적 타격을 받고 갈등하다가 결국 겸허해져서 메피스토펠레스 말대로 〈진흙탕만 보면 코를 박〉(292)지 않은 것이다. 결국 정열에 그레트헨의 순수한 사랑이 더해져서 메피스토펠레스의 영향은 차단되고 파우스트는 더욱 숭고하게 상승하고 있다.

따라서 파우스트의 애욕은 그리스의 철학자 에피쿠로스의 쾌락주의Epicureanism를 연상시킨다. 쾌락주의의 창시자로 알려진 에피쿠로스는 쾌락주의라는 말 때문에 숱한 오해의 대상이 됐으나 그의 삶을 보면 차라리 비쾌락주의의 삶을 설교한 사람으로 이해해야 맞을 듯싶다. 에피쿠로스가 〈쾌락〉이야말로 행복의 열쇠라고 말한 것은 사실이지만 문제는 쾌락의 성격이다. 그가 강조한 쾌락은 감각의 탐닉이 아니라 내면의 평정이었다. 〈욕망의 부재〉 상태가 곧 쾌락인 것이다. 우리가 욕망의 집착에서 벗어나면 불행·재난·고통도 행복을 침해하지 못한다. 따라서 최고의 쾌락은 갈증의 해소가 아니라 더 이상 목이 마르지 않은 상태, 갈증이라는 고통의 부재이며 그것이 행복이다. 에피쿠로스는 이런 쾌락의 상태를 유지하려면 번잡한 시민의 삶에서 벗어나야 한다고 보았다. 그가 아테네 외곽에 비밀스러운 정원을 마련하고 그곳에 거주했던 것도 이런 이유 때문이었다.

에피쿠로스의 쾌락주의자처럼 파우스트에게 그레트헨은 성적 쾌락의 대상만은 아니다. 그레트헨은 『빌헬름 마이스터의 수업 시대』의 미뇽처럼 순수한 동경과 사랑의 대상이 되고 있다. 이러한 그레트헨과 미뇽은 괴테의 작품에 등장하는 여주인공들 중에서 가장 중요한 인물이다. 『빌헬름 마이스터의 수업 시대』에는 많은 여성이 등장한다. 화려하게 빛나는 마리아네, 자유분방하면서도 매혹적인 필리네, 정숙하면서도 열정에 사로잡히는 백작 부인, 지적인 현모양처형의 테레제, 활동적이면서도 사려 깊은 나탈리에와 아우렐리에, 리디에, 그 외의 아름다운 영혼의 소녀와 같은 여성들. 이 중에서 미뇽이 가장 중요한 여성으로 괴테 자신이 〈이 작품은 미뇽의 성격을 위해 썼다〉[12]고 말하기까지 했다. 미뇽은 하프 연주자로 알려진 아우구스틴과 그의 여동생 스페라타의 딸인데, 문제는 이 둘은 미뇽을 잉태할 때까지도 자신들이 오누이라는 사실을 전혀 모르고 있다는 것이다. 그렇다면 이들의 사랑에 대해 어떻게 평가할 수 있을까? 먼저 아우구스틴의 형제들은 이러한 관계를 용납할 수 없는 사건으로 보고 있다. 설령 둘이 오누이라는 것을 몰랐다 해도 이 관계는 결과적으로 근친상간으로 비난의 대상

---

12 Goethe, *Wilhelm Meisters Lehrjahre*, Erläuterungen und Dokumente (Stuttgart: 1982; Reclam Nr. 8160), S. 220.

이 된다는 것이다. 그런데도 스페라타와의 관계를 옹호하는 아우구스틴이 강조하는 것은 〈자연〉이다. 그는 스페라타와의 사랑이야말로 죽고 싶을 정도로 절망에 빠져 있는 자를 위해 자애로운 〈자연〉이 내려 준 선물이라는 것이다. 이렇게 아우구스틴이 주장한 자연과 이성(理性)의 관계가 실러의 시 「산책Spaziergang」에서 피력되고 있다.

> 자유는 이성을 외치고,
> 강렬한 욕정을 부른다.
> 신비한 자연에서 이성과 욕정이
> 탐욕스럽게 투쟁하며 떨쳐 나온다.

아우구스틴에 의하면 인간의 윤리나 도덕의 법칙보다 우위에 있는 것이 자연의 원리이고, 이러한 자연의 원리에 부합하는 것이 인간의 순수한 마음이라는 것이다. 말하자면 인간의 내면과 자연의 원리는 상응한다는 것이다. 〈당신들의 변덕스러운 규칙이나 곰팡이 슨 양피지에 묻지 마시고 자연에 물어보세요. 당신들의 가슴에 물어보란 말입니다. 그러면 자연은 당신들이 정작 두려워해야 할 것이 무엇인지를 가르쳐 줄 것입니다.〉(HA 7, 584)

하지만 아우구스틴이 소속되었던 수도원의 성직자들과 그의 가족들은 이를 허용하지 않아서 결국 아우구스틴과 스페라타 및 미뇽은 뿔뿔이 흩어진다. 이러한 미뇽을 수많은 학자들이 연구했는데 그중에서 어떤 실제 인물이 괴테로 하여금 미뇽이라는 인물을 만들게 했는지 의문을 품었다. 많은 연구가들이 전기(傳記) 및 역사적 기록으로 규명하고, 또 의학 및 심리학자들도 나름의 방법으로 미뇽의 연구에 몰두했다. 1786년 9월 7일 괴테는 스위스 발렌Wallen 호수 근처에서 한 하프 연주자와 열한 살가량의 여자아

이를 만난다. 그들은 스위스의 최대 순례지인 아인지델른으로 도
보 순례 여행을 했고, 스페인의 산티아고데콤포스텔라로 여행을
하려 했다고 한다. 산티아고데콤포스텔라는 성 야곱이 순례한 곳
으로, 11세기부터 순례자들에게 가장 의미 있는 순례지이다. 방랑
하는 하프 연주자와 그의 어린 딸 이야기가 미뇽의 배경이 될 가능
성이 높다. 이러한 미뇽처럼 순수한 동경과 사랑의 대상이 되는 그
레트헨은 파우스트의 애욕의 대상으로 만들려던 메피스토펠레스
를 좌절시킨다. 메피스토펠레스는 작품 도입에 해당하는 「천상의
서곡」에서부터 하느님에게 파우스트의 본질을 애욕으로 단정했
었다.

> 하늘에서는 더없이 아름다운 별을 원하고
> 땅에서는 지고의 쾌락을 원하니,
> 그 요동치는 마음을 달래 줄 것이
> 세상천지에 어디 있겠습니까.(304~307)

메피스토펠레스의 말대로 〈하늘에서는 더없이 아름다운 별〉
을 구하며 지상에선 〈지고의 쾌락〉을 요구하는 파우스트는 처음
에는 그레트헨에 대한 사랑을 억누르지 못해서 파멸하리라고 생
각하는 악마 메피스토펠레스의 개념을 따르지 않을 수 없었다.

> **파우스트** 지옥이여, 네가 이런 희생을 원했단 말인가!
> 사탄이여, 두려움의 시간을 단축시키도록 도와 다오!
> 어차피 피할 수 없는 일이라면, 차라리 빨리 일어나라!
> 그녀의 운명이 나에게 무너져 내려,
> 나와 함께 멸망하리라!(3361~3365)

따라서 파우스트는 학문과 사랑, 신앙과 희망, 인내 등 모든 것을 거절하고 오로지 깊은 애욕에 마비되고자 했다.

> 우리 한번 관능에 깊이 취해
> 불타오르는 열정으로 마음을 달래 보세!(1750~1751)

이것은 파우스트의 이중성격 또는 양극성으로 메피스토펠레스의 눈에는 그저 어리석게 보인다. 따라서 메피스토펠레스는 순진한 그레트헨의 정신적 사랑 외에 육체적인 애욕까지 자극하여 파우스트를 타락시키려 한다. 그러면 인간뿐 아니라 모든 동물의 원초적인 애욕은 능력으로 억제할 수 없는가? 메피스토펠레스가 의도하는 애욕은 종교에서도 어쩔 수 없는 것으로 전개되기도 한다. 〈심산유곡〉 장면에서 산중에 은둔하여 살아가는 성자들 가운데 〈무아지경에 빠진 교부〉는 〈영원한 사랑〉으로 불리는 종교적 희열을 노래하고, 〈마리아를 숭배하는 박사〉는 이름 뜻 그대로 성모 마리아를 향한 주체할 수 없는 애욕을 표현한다.

> 저기 여인들이 두둥실
> 위를 향해 나아가누나.
> 별의 화환을 두른
> 한가운데 찬란한 분이,
> 밝게 빛나는 것으로 보아
> 천상의 여왕님이시구나.
>
> (황홀해한다)
>
> 더없이 고매한 여왕님이시여!

드넓은

푸른 창궁에서

당신의 비밀을 보여 주소서.

사나이 가슴을

진지하고 부드럽게 움직이는 것을 받아 주소서,

성스러운 사랑의 기쁨으로

당신에게 가져가는 것을.(11991~12004)

이는 마리아 앞에서 애욕을 느끼는 성자들의 모습으로 파우스트와 그레트헨의 순결한 사랑과 일치한다.[13] 마찬가지로 파우스트도 그레트헨과의 사랑이 벅찬 나머지 인간뿐만 아니라 신에 대해서까지 질투를 느낄 정도가 된다.

결코 그녀를 잊지 못하리라. 결코 잃어버리지 않으리라.

그렇다, 심지어는 그녀의 입술이 닿는

성체마저 시샘하노라.(3333~3335)

성스러운 여성의 미가 악의 요소로 전개되기도 한다. 작품 마지막에 파우스트가 죽어 그의 영혼을 가져가려고 장미꽃을 뿌리는 귀여운 천사가 메피스토펠레스의 마음을 유혹하자 메피스토펠레스는 그 천사를 악령이라고 하는데, 이는 미로 인한 유혹은 바로 악마의 본성이기 때문이다.

메피스토펠레스　우리더러 저주받은 정령이라지만,

너희들이야말로 진짜 마술사들이다.

너희들이 남자고 여자고 꼬여 내지 않느냐.(11780~11782)

13　오순희, 『괴테 연구』 제29집(2016), 38면.

이렇게 애욕의 세계에서 신적인 성스러움의 경지까지 타파하고자 하는 욕망이 파우스트의 본질이다. 그리고 이러한 파우스트를 인도하여 구원하는 고결한 여성상이 그레트헨이다.

　　파우스트의 구원의 절대 조건 중 하나로서 대원(代願)이 필요하다. 이 대원자는 타(他)를 위하여 희생을 감수해야 하는데 헬레나는 미의 상징이지만 희생이 없었기에 적합하지 않다. 따라서 여성의 숙명적인 운명으로 희생을 감수하는 그레트헨이 파우스트의 구원을 위한 디딤돌 역할을 한다. 따라서 메피스토펠레스는 그레트헨과 헬레나를 애욕의 대상으로 삼아 파우스트를 유혹하려 하지만 쾌락이 궁극적인 목적이 아닌 파우스트는 메피스토펠레스에게 다음과 같이 외친다.

　　　　내 말 명심하게, 기쁨이 문제가 아닐세.
　　　　나는 도취경, 극히 고통스러운 쾌락,
　　　　사랑에 눈먼 증오, 통쾌한 분노에 빠져 보고 싶네.(1765~1767)

　　관능적인 미의 화신인 헬레나는 융화될 수 없어서 〈행복과 아름다움은 오래 화합하지 못한다〉(9939)라고 말하며 파우스트와 헤어지고 이에 대해 메피스토펠레스인 포르키아스는 〈당신이 잃어버린 여신(헬레나)은 아니지만 신성한 것이에요〉(9949~9950)라고 말한다. 이렇게 헬레나의 관능적인 미는 사라지지만 그레트헨은 영원한 여성의 상징으로 작품 끝까지 남아 파우스트를 더 높고 청명한 경지로 상승시켜 〈영원히 여성적인 것das Ewig-Weibliche〉(12110)의 경지에 오르게 한다. 이렇게 헬레나가 중간에 사라지고 그레트헨이 작품 끝까지 존재하는 내용이 작품 제2부 제4막의 첫 장면인 〈고산 지대〉에서 구름의 형태로 암시되고 있다.

뾰족뾰족 험준한 바위산들

구름 한 자락이 날아와 바위산에 걸치더니, 앞으로 튀어나온 판판한 바위에 내려앉는다. 구름이 갈라진다.

파우스트 (구름 속에서 걸어 나온다)
발아래 깊은 외로움을 내려다보며,
이 바위산 끝자락에 신중히 발을 내딛노라.
청명한 날에, 육지를 넘고 바다를 건너 살포시 날 데려다준
구름을 이제 떠나보내노라.
구름이 흩어지지 않은 채 서서히 내게서 멀어지는구나.
구름의 무리 둥글게 뭉쳐 동쪽을 향하니,
눈이 그 뒤를 좇으며 놀라고 감탄하는구나.
구름이 물결치듯 모양을 바꾸며 갈라지누나.
그런데 무슨 형상을 빚어내는 것 같지 않은가 — 옳거니! 내 눈
   이 잘못 본 게 아니로다! —
신들을 닮은 거대한 여인의 형상이
햇빛 찬란한 침상에 아름다이 드러누워 있구나,
이제 보이는구나! 유노, 레다, 헬레나를 닮은 모습이
장엄하고 사랑스럽게 눈앞에 어른거리누나.
아아! 벌써 모양이 바뀌는구나! 형체 없이 위로 아래로 넓게
   퍼져,
아득한 빙산처럼 동쪽에 조용히 머물며,
덧없는 날들의 숭고한 의미를 눈부시게 비추는구나.

보드라운 얇은 안개 자락이 내 주위를 에워싸며,
이마와 가슴을 상쾌하게 식혀 주누나.

이제 구름이 주춤주춤 높이, 더 높이 가볍게 올라

하나로 모이는구나. ─ 저 황홀한 모습

오래전에 잃어버린 내 젊은 날 최초의 소중한 보배인 양 내 눈
    을 속이는가

마음속 깊이 묻어 둔 그 옛날의 보물이 샘솟는구나.

내 가슴에 빠르게 다가왔지만 거의 이해하지 못했던 첫 눈길,

가슴 설레는 아우로라의 사랑을 나타내는구나.

그 눈길 꼭 붙잡았더라면 그 어떤 보물보다도 눈부시게 빛났을
    것을.

저 어여쁜 자태가 아름다운 영혼처럼 높이 올라,

그 모습 그대로 창공을 향해 나아가며,

내 마음속의 가장 귀중한 것을 멀리 가져가누나.(10039~10066)

헬레나를 잃어버린 후 파우스트는 구름 속에서 그리스 미녀의
윤곽을 본다. 즉 구름은 방황하고 갈라지며 하나의 형체 없는 무리
로 변하여 헬레나상을 눈앞에 어른거리게 하다 곧 흩어지고 줄달
음치던 날의 위대한 뜻을 눈부시게 반사한다. 이에 반하여 〈보드
라운 엷은 안개 자락〉으로 파우스트를 에워싸고 있는 구름상은 그
레트헨 영혼의 아름다움처럼 서로 풀어지지 않고 대기 중에 떠올
라 파우스트의 마음을 이끌어 간다. 이렇게 그레트헨의 사랑스러
운 형체는 작품 전체에 특별한 의미를 지닌다. 따라서 파우스트보
다 먼저 하늘나라로 간 그레트헨은 자신의 속죄를 성모 마리아에
게 청원하여 〈영원히 여성적인 것〉(12110)이 되어 파우스트를 천
상으로 이끌어 올린다.[14] 이렇게 파우스트를 지옥에 떨어뜨리지
않고 여성적으로 구원하는 그레트헨은 괴테가 〈인간의 손이 빚은
최고의 작품〉(HA 12, 342)이라고 극찬한 단테의 『신곡』의 베아

14 이인웅, 『파우스트 연구』(문학과지성사, 1986), 157면 이하.

트리체Beatrice를 방불케 한다. 평생 잊지 못한 첫사랑 베아트리체의 순수한 사랑을 통해 단테는 구원받는데 마찬가지로 파우스트도 천계에서 그레트헨에 의해 구원되는 것이다. 그런데 이렇게 구원되는 파우스트에게 죄에 대한 의아함도 느껴진다.

파우스트는 본질적으로 혹독한 도의적 죄를 지었다. 그는 그레트헨 모친의 죽음을 유도했고, 그레트헨의 오빠 발렌틴을 살해했으며, 그레트헨으로 하여금 유아 살해의 범인이 되게 했다. 그는 순수하기만 한 필레몬과 바우치스 노부부를 살해하는 등 구원되기에 너무도 부적당한 인물이다. 이러한 무도하고 패륜적인 죄를 자행한 그가 어떻게 영적으로 구원될 수 있을까. 파우스트는 〈강인한 정신력이 원소들을 힘차게 끌어모으면, 그 어떤 천사도 내적으로 결합한 그 이중체를 갈라놓지 못〉(11958~11963)할 정도로 지상에서 혹독한 죄를 많이 지어 천상의 천사들도 승천시키기에 힘든 인물이다. 이렇게 이승에서 죄를 많이 지은 파우스트를 구원할 수 있는 힘은 오직 그레트헨의 영원히 여성적인 사랑이다.

원숙한 천사들   지상의 잔재를 나르는 일은
   우리에게 힘겨우리.
   그것은 석면으로 이루어졌다 하더라도
   정갈하지 않으리.
   강인한 정신력이
   원소들을
   힘차게 끌어모으면,
   그 어떤 천사도 내적으로 결합한
   그 이중체를
   갈라놓지 못하리.
   영원한 사랑만이

떼어 놓을 수 있으리.(11954~11965)

여기에서 영과 육의 요소가 합일된 이중체를 분리시킬 수 있는 〈영원한 사랑〉(11964)의 힘이 그레트헨인 것이다. 신을 받아들이는 데 무력한 인간이 신의 축복을 받기 위해서는 지상의 인연에서 벗어나 신에게 귀의해야 한다. 기독교의 입장에서는 신에게서만 아름다움을 인정한다. 물론 천지 창조 당시에는 인간도 신의 형상으로 창조되어 아름다웠다. 이렇게 원초적으로 아름다운 에덴동산이 『파우스트』의 〈발푸르기스의 밤〉에서 파우스트가 마녀와 춤을 추는 장면에서 상징적으로 묘사되고 있다.

> **파우스트** (젊은 마녀와 함께 춤을 춘다)
>   언젠가 아름다운 꿈을 꾸었네.
>   꿈속에 사과나무 한 그루,
>   예쁜 사과 두 개가 반짝반짝,
>   나도 모르게 이끌려 나무에 올라갔네.
> **젊은 마녀** 그대들은 낙원에서부터
>   사과를 무척 탐하였지.
>   내 정원에도 그런 사과 달려 있어
>   얼마나 마음 설레는지.(4128~4135)

그러나 뱀의 유혹에 넘어가 선악과를 따 먹은 이후 인간은 신성을 상실했고, 결코 아름다울 수 없는 절망적 상황에 빠져 불신과 싸움, 증오로 얼룩지게 되었다고 성서는 말하고 있다.[15] 따라서 아름다움의 회복, 즉 인간 파우스트가 다시 아름다워질 수 있는 길은 신성을 회복하여 신에 귀의하는 것인데 이를 그레트헨이 가능하

---

15 「창세기」 1장 27절, 2장 16~17절, 3장 1~21절 참조.

게 한 것이다.

「루가의 복음서」 3장 35절에서 〈수난의 성모〉는 〈칼이 그대의 마음을 찌른 것이다〉라고 칼이 심장을 꿰뚫고 있는 모양으로 나타나는데 마찬가지로 그레트헨이 파우스트를 위해 기도하는 〈수난의 성모〉도 이런 모습으로 묘사된다.

아아, 많은 고통을 겪으신
성모 마리아시여,
　(……)
칼로 에이는 듯한
아픔을 가슴에 품고서
아드님의 죽음을 바라보시는 성모 마리아시여.(3587~3592)

이렇게 고통의 영역을 돌보는 〈수난의 성모〉에게 그레트헨이 간절히 기도하자 「천상의 서곡」 이후 전혀 등장하지 않던 신이 제1부 마지막에 〈위로부터의 목소리〉로 〈구원받았도다!〉(4612)라고 응답한다. 악마에게 이끌려 어머니를 독살하고 오빠를 죽게 하고 태어난 아이를 절망적 상태에서 익사시킨 그레트헨에 대해 〈저 여자는 심판받았다!〉(4611)라는 메피스토펠레스의 말에 반해서 〈그녀는 구원받았노라〉고 하늘로부터의 소리가 들리는데, 이 소리가 메피스토펠레스에게는 들리지 않는다. 이는 악마의 진리는 성스러운 행위가 아니라 허무와 절망과 부정이기 때문이다. 따라서 유아를 살해하는 중죄를 범한 그레트헨은 사후에 성녀가 되어 〈참회하는 여인〉(12084)이 된다. 어머니와 오빠, 어린아이를 죽인 그녀가 죽기 전에 참회하고 신에게 귀의하여 기독교적으로 구원된 것이다.

괴테에게 있어 구원은 궁핍한 영혼, 혼란과 절망으로부터의 해방인데 이를 위해 노력하면서 진실과 사랑을 갈구하는 파우스트는 그레트헨과 마찬가지로 구원된다.[16] 결국 〈감옥〉 장면 마지막에 천상으로부터 은총을 내리는 소리는 그레트헨의 속죄를 의미하며 또한 파우스트의 구원을 보여 준다. 이는 〈인간은 노력하는 한, 방황하기 마련이니라〉(317)는 전제에서 비롯한 〈선량한 인간은 비록 어두운 충동에 쫓기더라도 올바른 길을 잊지 않는〉(327~328)다는 하느님의 섭리이다. 그리고 〈어두운 충동〉을 가졌던 〈선량한 인간〉인 파우스트와 그레트헨이 함께 구원되는 것은 그녀가 운명적으로 파우스트가 저지른 죄의 대가를 짊어졌기 때문이다.

> **마르가레테** 당신을 위해 벌써 많은 일을 해서,
> 앞으로는 더 이상 할 일도 남아 있지 않아요.(3519~3520)

이렇게 자신을 희생시킨 연인의 죄를 짊어지는 〈사랑〉을 담은 셰익스피어의 시 「사랑의 노래」를 들어 본다.

> 어떤 허물 때문에 나를 버린다고 하시면
> 나는 그 허물을 더 과장하여 말하리라.
>
> 나를 절름발이라고 하시면
> 나는 곧 다리를 더 절으리라.
> 그대의 말에 구태여 변명 아니하며
> (······)
> 그대의 뜻이라면
> 지금까지 그대와의 모든 관계를 청산하고

---

16 김주연, 「〈파우스트〉의 기독교적 성격」, 『파우스트 연구』, 한국괴테협회 편(문학과지성사, 1986), 86면.

서로 모르는 사이처럼 보이게 하리라.

그대가 가는 곳에는 아니 가리라.
내 입에 그대의 이름을 담지 않으리라.
불경(不敬)스러운 내가 혹시 구면이라 아는 체하여
그대의 이름에 누를 끼치지 않도록.

그리고 그대를 위해서
나는 나 자신과 대적(對敵)하여 싸우리라.
그대가 미워하는 사람을 나 또한 사랑할 수 없으므로.

이 시에는 이별과 실연의 아픔을 상대방이나 그 어떤 다른 구실로도 돌리지 않고, 오로지 자기 내면으로만 끌어당겨 쓰라린 고통을 순백(純白)의 사랑으로 승화시켜 가는 아름답고도 슬픈 사랑이 고백되고 있다. 이러한 숭고한 사랑에 빠진 그레트헨과 파우스트에 대해서 메피스토펠레스는 〈선생은 초감각적이면서도 감각적으로 구애하시는구려! 지금 한낱 계집애에게 우롱당하고 있소〉(3534~3535)라고 조롱한다.

결국 『파우스트』 제1부의 그레트헨의 기도에서 고뇌하는 〈수난의 성모〉(3588)가, 그리고 제2부 끝 장면에서는 온통 광휘로 휩싸인 〈영광의 성모〉(12095)가 등장하여 〈내 감히 너(신)하고 어깨를 겨루려 해서는 안 되었거늘〉(623)이라고 말할 정도로 자만스럽고 거친 생전의 껍질을 벗고 저승에 올라온 파우스트를 〈자, 이리 오너라! 드높은 곳을 향해 오르라!〉(12094)라며 어머니처럼 맞아들인다. 이러한 그레트헨은 파우스트의 타락을 막기 위한 신의 구원적 개입으로 볼 수 있다. 결국 파우스트는 더 높고 더 청명한 경지로 상승하는데 이는 중성 명사의 〈영원히 여성적인 것〉이라고 불리는 경지로, 죄지은 남성을 천상계로 끌어올리는 여성의 사랑인 것이다.

3
헬레나

—

심리학자 융의 해석에 의하면, 어떤 작품에 나타난 이미지의 근원은 신화에서 유래하고, 신화가 영향의 원천이라고 한다. 헤르더Johann G. Herder는 신화를 사실이라는 근거를 떠나 새로이 창조적이고, 생산적이며, 예술적 손을 가진 의인화한 물체로서 문학의 근거로 보았다. 이렇게 신화는 〈감정 이입Einfühlung〉의 성격을 지녀 독자와 동일적이고 투영적인 관계가 된다. 이러한 신화의 감정 이입은 무엇보다도 〈안〉과 〈밖〉의 의미로 〈심리Psyche〉와 〈신화Mythos〉의 양극적 관계를 이룬다.

신화적인 사람은 자신의 영혼의 움직임을 꿈이나 신화의 거울에서 볼 수 있고 세상의 사실적인 움직임도 볼 수 있다. 무엇인가를 밖에서 발견하려면, 그것을 안에서 먼저 발견해야 한다.[17]

이러한 신화가 독자에게 제공하는 것은 인식이 아니라 오히려 체험이어서 오늘날에도 응용된다. 따라서 오늘날 신화는 재신화화되어 주관적이고 심리적으로 체험하게 된다. 이러한 배경에서 신화에는 문학의 소재가 많다. 상고로부터 단편적으로 구전(口傳)되어 온 갖가지 신화는 차차 종합되어 서사시가 되었고 각지를 떠

---

17 Jean Gebser, *Ursprung und Gegenwart*(Schaffhausen: Erster Teil: Das Fundament der perspektivischen Welt, 1978), S. 240.

돌던 음유 시인이 악기를 뜯으며 그 시를 노래하여 전설로 보급시켰다. 음유 시인들은 그때그때 청중의 비위에 맞추어 이것을 제멋대로 조금씩 뜯어고쳐 노래했을 것이고, 경우에 따라서는 그럴듯하게 지명·인명을 바꾸어 새로운 내용을 덧붙이기도 했을 것이다. 이렇게 신화는 설명의 영역을 지나 창작의 영역으로 들어가는데 특히 그리스 신화에서 헬레나는 많은 창작적인 요소를 제공한다. 이러한 배경에서 그리스의 헬레나 신화를 들여다본다.

초자연적인 영(靈)이 동물이나 사물 또는 인간으로 모습을 바꾸어 인간계의 여성이나 남성과 정을 통하여 혼인한다는 유형의 설화로, 제우스가 백조로 변신하여 아름다운 레다와 정을 통하는 신화가 유명하다. 스파르타의 왕 틴다레오스가 한때 고향에서 쫓겨나 칼리돈의 왕 테스티오스를 찾아가서 신세를 지다가 왕녀 레다와 결혼하고 후에 영웅 헤르쿨레스(원래 그리스 이름은 헤라클레스이지만, 로마 시대에는 헤르쿨레스라 불렸다)의 조력으로 스파르타로 돌아와 왕위에 올랐다. 결혼 생활을 보호하는 신이면서도 경우에 따라서는 서슴지 않고 남의 유부녀까지 건드리는 제우스 신은 틴다레오스의 아내 레다도 건드렸다. 어느 날 저녁 이 젊은 부인이 에우로타스강에서 목욕을 하는데 눈부시게 흰 백조 한 마리가 둥실둥실 멋지게 물결을 타고 다가온다. 백조의 모습으로 변한 제우스 신이었다. 레다는 백조로 변한 제우스 신과 관계를 맺고, 또 그날 밤 남편과 동침했는데 이러한 레다와 제우스가 『파우스트』에 묘사되고 있다.

> 맑은 물! 옷 벗는 여인들,
> 정말 아리따운 모습들이구나! ─ 볼수록 장관이야.
> 그런데 저기 한 여인이 유난히 빼어나게 눈길을 끄네,
> 출중한 영웅의 후예일까 ─ 혹시 신의 후예가 아닐까.

바닥이 훤히 보이는 맑은 물에 발을 담그어,

고귀한 몸의 사랑스러운 생명의 불꽃을

보드라운 수정처럼 일렁이는 물결에 식히고 있어. ─

그런데 이 무슨 빠르게 날갯짓하는 소리지,

철썩거리고 첨벙거리는 소리가 매끄러운 수면을 헤집고 있잖아?

아가씨들은 겁먹고 도망치는데,

여왕만이 홀로 침착한 눈빛으로,

백조의 왕이 집요하면서도 다감하게 무릎을 휘감는 것을

여자다운 기쁨으로 도도히 바라보고 있어.

백조의 왕은 이런 일에 익숙한가 봐. ─(6904~6917)

이러한 배경에서 영국 시인 예이츠William B. Yeats는 왕비 레다가 목욕 중 백조로 변신한 제우스에게 겁탈당하는 장면을 시「레다와 백조Leda and Swan」로 노래하고 있다.

갑자기 덤벼들어 두 개의 큰 날개를 조용히 치며,

비틀거리는 여인 위에 덮친다. 여인의 허벅다리는

검은 두 개의 지막(肢膜)에 쓰다듬기고, 목은 주둥이에 잡혀

백조는 어쩔 수 없는 여인의 젖가슴을 껴안는다.

저 공포에 질린 힘없는 손가락이 맥 풀린 허벅다리에서

검은 깃털에 싸인 영광을 어떻게 밀어낼 수 있겠는가?

백색의 급습에 내맡긴 육체가 누워 있는 그곳에서

이상한 심장의 고동을 어찌 느끼지 않을 수 있으랴?

허리의 전율이 무너진 성벽,

불타는 지붕과 탑을 잉태하고

아가멤논을 죽게 한다.

그처럼 사로잡히고,
그처럼 하늘의 짐승 같은 피에 정복당했으니,
그녀는 무관심한 주둥이가 자기를 놓아주기 전에
그의 힘과 함께 그의 지혜도 전해받은 것일까?

첫 연에서 에우로타스강에서 홀로 목욕하던 왕비 레다는 백조로 둔갑한 제우스의 급습을 당한다. 백조는 세차고 커다란 날개로 연약한 레다의 육체를 휘어 감고 물갈퀴로 허벅다리를 애무하면서 주둥이로 목을 움켜잡고 풀어진 젖가슴을 껴안는다. 급습을 당하여 겁에 질린 레다는 반항할 힘도 없이 그냥 신비스러운 신의 품에 안겨 고통을 당하고 있다. 예이츠가 그린 이러한 레다의 모습은 〈문예 부흥 시기의 화가와 조각가들이 다루었던 레다의 상에서 영향을 받은 것으로 보이며〉,[18] 〈허벅다리〉, 〈목〉, 〈젖가슴〉 같은 말은 강한 성애의 장면을 실감 나게 보여 주고 있다. 그러나 두 번째 연에서 〈힘없는 손가락〉, 〈맥 풀린 허벅다리〉 등은 긴장과 흥분의 도를 넘어선 남녀 간의 깊은 만남의 순간을 묘사하고 있다. 〈검은 깃털에 싸인 영광〉, 〈백색의 급습〉에서 인간이 신의 품에 안기는 것은 음탕하고 불결한 것이 아니라 맑고 깨끗하고 성스러운 신비의 만남으로 그려지고 있다.

그 결과 레다는 백조 알 두 개를 낳았는데 하나는 제우스 신의 씨요, 하나는 남편의 씨였다. 제우스의 알에서 나온 딸이 헬레나, 아들이 폴리데우케스이고 남편의 알에서 나온 아들이 카스토르, 딸이 클리타임네스트라였다. 이들 두 아들은 디오스쿠리Dioscouri 형제라고 불려 1770년 21세가 된 괴테는 만하임 고대 미술관에서

18 Edward Malins, *Preface To Yeats*(New York: Charles Scribner's Sons, 1974), p. 92.

카스토르와 폴리데우케스의 조각을 보고 『시와 진실』 제11장에 다음과 같이 언급하고 있다. 〈나는 뛰어난 조각품들에게서 받은 최초의 감격을 어느 정도 진정시킨 다음에 가장 마음에 드는 조각품 앞으로 다가갔다. (……) 특히 논란이 많았던 소중한 유물인 카스토르와 폴리데우케스 상 앞에서 나는 매우 행복한 순간을 맛보았다.〉

이들 카스토르와 폴리데우케스 형제는 강한 힘과 용기를 지닌 당대 최고의 용사로 형 카스토르는 말타기에 능했고, 아버지가 제우스 신으로 불사의 존재인 동생 폴리데우케스는 무예와 격투에 재능이 뛰어났다. 쌍둥이 형제는 황금 양털을 구하러 아르고호를 타고 함께 모험을 떠나기도 했다. 그 후 이들은 아름다운 자매와 결혼하기 위해 그 자매의 삼촌들과 결투를 벌이는데 불사신인 폴리데우케스는 무사했지만, 카스토르는 심한 부상을 당해 죽고 만다. 폴리데우케스가 형의 죽음을 슬퍼하며 아버지 제우스에게 찾아가 둘이 영원히 같이 있게 해달라고 간청하자 이들의 우애에 감동받은 제우스는 이들을 밝은 두 개의 별로 오리온자리 북동쪽에 위치한 쌍둥이 별자리로 만들어 주었다. 형님 별 카스토르는 하얗게 빛나고 아우 별 폴리데우케스는 오렌지색으로 빛나지만 언뜻 보기에는 어느 별이 더 밝은지 구별하기 힘들어 그리스와 로마에선 이 두 별을 쌍둥이로 본 것이다. 이렇게 나란히 밝게 빛나며 다정하게 어깨동무하고 있는 모습의 쌍둥이 별자리는 겨울철 추위를 녹이는 훈훈한 전설이 되고 있다.

인류 최고의 미녀로 알려진 헬레나는 백조의 후예로 태어나 『파우스트』에서 〈백조처럼 길고 아름답고 희디흰 목을 가진 우리, 그리고 아아! 백조의 딸로 태어난 우리 왕비님〉(9106~9108) 으로 묘사되고 파우스트도 아래와 같이 묘사하고 있다.

에우로타스 강변 갈대들의 속삭임 속에서
우리 왕비님(헬레나) 빛을 발하며 껍질을 깨고 나왔을 때,
고귀한 어머니와 형제자매들은
눈이 부셨도다.(9518~9521)

이렇게 백조의 후예가 되는 미인이 문학의 소재로 쓰이는 경우가 많은데, 한 예로 덴마크 작가 안데르센의 동화 「미운 오리 새끼」가 있다. 유난히 큰 알에서 태어난 새끼 오리 한 마리가 보통의 오리들과 다르게 생겼다는 이유로 주변 오리들의 괴롭힘을 당한다. 처음에는 어미 오리가 다독여 주지만 나중엔 어미 오리마저 새끼 오리가 사라져 버렸으면 좋겠다고 한탄한다. 이에 상처를 받은 새끼 오리는 집을 떠나 어느 마음씨 좋은 할머니의 집에서 지내게 되는데 그곳의 고양이와 닭의 괴롭힘에 못 이겨 결국 도망쳐 나온다. 춥고 외로웠던 겨울이 지난 어느 봄날 우연히 새끼 오리는 하늘을 날 수 있게 된다. 못생긴 오리인 줄 알았던 새끼 오리는 다름 아닌 아름다운 백조의 후예였던 것이다. 『파우스트』에서도 여왕이 된 헬레나의 은총을 얻고자 열망하는 포르키아스는 바로 이 「미운 오리 새끼」에서 백조의 모티프를 내세우고 있다.

무엇보다도 백조처럼 아름다우신 왕비님 옆에서
날개도 제대로 나지 않은 주제에 거위처럼 꽥꽥거리는
이 무리들로부터 나이 먹은 저를 지켜 주소서.(8807~8809)

이러한 백조의 후예로 탄생한 헬레나가 『파우스트』에서 파우스트를 감각적인 미로 매혹한다. 〈고전적인 발푸르기스의 밤〉 장면은 파우스트와 메피스토펠레스와 호문쿨루스의 고전 세계에 대한 서로 다른 관계와 목적 그리고 그들의 고립을 구성하지만 결국

은 아름다운 헬레나의 출현을 준비하는 인물들이다. 창공을 날아 남방 세계에 도착하자마자 파우스트는 누구보다 먼저 〈그녀는 어디 있지?〉(7056) 하고 질문하며 헬레나를 찾는다. 그러나 세 인물은 메피스토펠레스의 제안에 따라 〈각자 화톳불을 돌아다니며 모험을 시도해 보자고〉(7064~7065) 한다.

파우스트가 제일 먼저 스핑크스들을 향하여 〈너희 가운데 누가 헬레나를 보았느냐?〉(7196) 하는 질문을 던지자 스핑크스들은 아무런 도움을 줄 수가 없으니 반인반마(半人半馬)의 괴물 케이론에게 물어보라고 한다. 휴식을 모르는 특성으로 파우스트와 유사한 케이론은 과거에 매력적인 헬레나를 등에 태우고 갔던 일을 회상해 내지만, 〈헬레나에게 미쳐 기어이 자기 사람으로 만들겠다면서, 어디서 어떻게 시작해야 할지도〉(7484~7486) 모르는 파우스트를 병자로 취급하여 치료술에 정통한 만토에게 안내한다.

만토는 〈저는 불가능한 걸 열망하는 사람이 좋아요〉(7488)라고 말하면서 동경과 욕구에 찬 파우스트를 긍정적으로 대한다. 그리고 캄캄한 길을 따라 그를 저승으로 인도하여 지하의 여신 페르세포네에게 헬레나를 이승으로 되돌려 주도록 간청하게 한다. 그리하여 파우스트는 과거 그리스의 민족혼을 대변하는 헬레나를 죽음의 영역으로부터 새로운 현실로 소생시킨다.[19] 헬레나는 아름다움에 신의 신비를 지닌 인간으로 〈인간의 참모습과 가면〉, 〈이성과 감성〉, 〈지성과 반지성〉, 〈사랑과 전쟁〉을 일으키는 작용을 하여 신화 최고의 참화인 트로이 전쟁의 원인이 되기도 하는데 이러한 트로이 전쟁이 일어난 배경은 다음과 같다.

그리스 신화에서 영웅 펠레우스와 바다의 여신 테티스가 결혼하게 되었다. 테티스는 미녀였으나 그녀와 결혼하려는 신이 아무도 없었는데, 이는 그녀에 대한 신탁(神託)이 불길하기 때문이었

---

19 이인웅,『파우스트와 빌헬름 마이스터 연구』(민음사, 1993), 115면 이하.

다. 이 신탁을 들어 보면 어느 신이든 테티스와 결혼하면 태어난 아이가 그 아버지를 죽인다는 것이었다. 신들이 그녀와의 결혼을 기피하는 바람에 그녀는 어쩔 수 없이 신이 아닌 인간 펠레우스와 결혼하게 되었다.

그리고 테티스와 펠레우스의 결혼 연회식에 올림포스의 모든 신들이 초대되었으나 불화의 여신 에리스만 초대받지 못했다. 왜냐하면 에리스가 가는 곳마다 불화를 일으켜 언제나 흥을 깨뜨렸기 때문이다. 그러나 잔치가 한창 무르익어 갈 무렵 이 사실을 모를 리 없는 불화의 여신 에리스가 잔칫상 위로 높이 날아와서 〈가장 아름다운 여신에게〉라는 글귀가 새겨진 황금 사과를 연회장에 몰래 던지고 사라졌다. 그러자 이 황금 사과를 둘러싸고 제우스의 부인 헤라와 지혜의 여신 아테나, 사랑과 미의 여신 아프로디테, 이 세 여신이 서로 자신이 〈가장 아름다운 여신〉이라고 주장하며 황금 사과를 요구했고, 판단을 내리기가 어려워진 주신 제우스는 그 심판을 인간의 가장 미남인 파리스에게 맡겼다.

트로이의 성주 프리아모스왕의 아들인 파리스가 태어나기 전에 프리아모스왕의 왕비 헤카베가 꿈에 아이를 낳았는데, 그 아이는 태어나자마자 불덩이로 변하면서 온 나라도 불덩이로 변했다. 이에 대한 신탁을 들어 보니 이 아이가 태어나면 장차 트로이성이 화염에 불타 버린다는 것이었다. 왕비는 왕과 의논한 끝에 아이가 태어나자마자 이다산에 버렸으나 암곰이 젖을 먹이고 목동이 키워 〈양 치는 목동〉으로 산에서 살고 있었다. 이러한 파리스가 『파우스트』에선 〈어째 양치기 냄새가 나는걸. 왕자다운 모습이나 궁중 예법을 전혀 찾아볼 수 없어〉(6459~6460)라고 묘사되고 있다. 이러한 파리스는 『파우스트』에서 포르키아스에 의해 다음과 같이 예찬될 정도로 그리스 최고의 미남이 된다.

포르키아스 최고의 남자들이지! 금빛 곱슬머리 나부끼는 팔팔한
　사내들.
　향기 나는 젊은이들! 파리스도 일찍이
　왕비님에게 접근했을 때 독특한 향기를 풍기지 않았던가요.
(9045~9047)

이러한 파리스를 바라보는 귀부인들의 반응은 최상의 매혹이다.

귀부인 1 어머! 꽃피어 나는 젊음의 힘이 어쩜 저렇게 눈부실까!
귀부인 2 복숭아처럼 상큼하고 생기 넘치는구나!
귀부인 3 달콤하게 도톰하고 우아한 입술 좀 봐!
귀부인 4 저 술잔을 홀짝홀짝 맛보고 싶은 게지?
귀부인 5 기품이 넘치진 않지만 생기긴 정말 잘생겼어.
여섯째 6 하지만 좀 더 노련했더라면 좋았을 것을.(6453~6458)

헤라, 아테나와 아프로디테 세 여신은 제각기 아름답게 치장하
고 이다산의 파리스를 찾아가서 헤라는 전 아시아 지배권을, 아테
나는 모든 전쟁터에서 승리를, 그리고 아프로디테는 인류 최고의
미녀를 약속하며 자신을 선택해 줄 것을 부탁했다. 이에 파리스는
아름다운 여인을 약속한 사랑과 미의 여신 아프로디테를 선택했
고, 여신은 약속대로 그를 스파르타 왕 메넬라스의 아내인 미녀 헬
레나에게 안내했다. 파리스는 메넬라스가 크레타섬에 가 있는 동
안 아프로디테의 도움으로 헬레나를 유혹하여 스파르타를 빠져나
왔다. 이렇게 미녀 헬레나를 빼앗긴 메넬라스의 처지가 『파우스
트』에서 합창에 의해 묘사되고 있다.

　절세미인을 탐하는 자는

무엇보다도 유능하고 현명하게
무기를 찾아서 주위를 둘러보아야 하리.
이 지상 최고의 것을
분명 우쭐한 마음으로 손에 넣었으리.
그러나 그것을 마음 편히 소유하진 못하리.
음흉한 자가 교활하게 슬쩍 넘보려 들고
강도들은 대담하게 앗아 가려 하리니,
그걸 막아 낼 방도를 생각해야 하리.(9482~9490)

메넬라스가 아내를 되찾기 위해 형인 미케네의 왕 아가멤논을 총지휘관으로 삼고 그리스의 영웅들을 모아 트로이 원정에 나서면서 10년간의 참혹한 트로이 전쟁이 발발했다. 이렇게 트로이 전쟁은 미녀 헬레나의 복잡한 여성관에 의해 발발했다. 특히 헬레나가 원래 사모했던 남성은 메넬라스가 아니라 파트로클로스였는데 부친 틴다레오스의 계획에 따라 메넬라스와 결혼했으므로 진정한 사랑의 결혼이 아니었다.

헬레나 솔직히 말해, 내 마음은 펠레우스의 아들을 꼭 닮은 파트
    로클로스를
    누구보다도 은근히 좋아하였지.
포르키아스 하지만 아버님의 뜻에 따라, 대담하게 바다를 누비고
    왕실에도 충실했던
    메넬라스왕하고 혼인하셨지요.(8854~8857)

이렇게 〈내 품에 안겨서 이웃집 남자와 눈 맞추는 아가씨〉(1681~1682)처럼 다른 남성에게 정을 품어 부부간의 갈등이 되는 일종의 바람기는 악마 메피스토펠레스가 즐겨 부추기는 기호

가 된다.

> **메피스토펠레스** 남편이 아니라면 멋진 애인이라도 생길 겁니다.
>   이렇듯 사랑스러운 아가씨를 품에 안다니,
>   이보다 더한 선물이 어디 있겠습니까.
> **마르가레테** 그것은 이 나라의 관습이 아니에요.
> **메피스토펠레스** 관습이야 어떻든, 그런 일들이 실제로 있지요.
>
> (2946~2950)

이렇게 여성 헬레나의 미에 현혹되어 트로이 전쟁의 원인을 제공한 파리스의 행위가 『파우스트』에서 지혜로운 바다의 신 네레우스Nereus에 의해 비난되고 있다.

> 내가 파리스에게 얼마나 아버지처럼 타일렀는지 아는가,
> 그런데도 결국 욕망에 눈이 멀어 그 이방인 여자를 꼬였지 뭔가.
> 그 녀석이 그리스 해변에 대담하게 서 있었을 때,
> 내 머릿속에 떠오른 광경을 알려 주었지.
> 연기가 뭉실뭉실 피어오르고 붉은 불꽃이 이글거리고
> 뜨겁게 타오르는 들보 아래서 살인과 죽음이 횡행했어.
> 트로이 심판의 날이 노랫가락에 담겨
> 수천 년 동안 끔찍하게 전해지리라고 알려 주었지.
> 그 뻔뻔한 녀석은 이 노인의 말이 농담인 줄 알았는지,
> 기어이 욕망을 좇았고 일리오스는 몰락했어 ― (8110~8119)

그리고 파리스와 같은 영웅들은 미녀를 섬긴다는 〈사랑의 봉사Minnedienst〉의 개념에서 벗어나 미녀 헬레나를 오로지 애욕과 환락의 대상으로만 삼았다. 따라서 헬레나와 대화에서 포르키아

스(메피스토펠레스)는 그녀의 삶을 다음과 같이 요약한다.

> 하지만 남달리 많은 은총을 누리신 왕비님께서는
> 지금까지 살아오시는 동안 사랑에 굶주린 자들만을 보셨습니다.
> 그들은 사랑에 불붙어 성급하게 갖가지 무모한 모험에 뛰어들
> 었습니다.(8845~8847)

또한 〈영웅이 이름을 앞세우며〉(8520)에서 보듯, 영웅이란 〈이름을 앞세우는〉 존재, 즉 명예와 명성이 모든 것이기에 그들은 자신의 〈이름〉을 떨치게 해줄 헬레나라는 〈그 무엇보다도 돋보이는 아름다움의 명성〉(8518)을 소유하려 한 것이다.

헬레나의 미처럼 관능적인 미는 불행을 가져오는 경우가 많고 심지어는 죽음을 야기시키기도 하는데, 『파우스트』에서 그레트헨의 죽음이나 『친화력』에서 오틸리에의 죽음도 아름다움과 관련있다. 따라서 토마스 만은 〈아름다움의 축복은 죽음의 축복이다〉 (GW 10, 197)라고 했는데, 이는 아름다움과 죽음은 서로 연관되어 있다는 의미로 우리나라의 〈미인박명(美人薄命)〉이란 말과 일치한다. 이러한 죽음과 아름다움의 관계가 플라텐August von Platen 의 시 「트리스탄Tristan」에 잘 나타나 있다.

> 아름다움을 눈으로 바라본 자는
> 이미 죽음의 처분에 맡겨져 있고,
> 지상의 어떠한 직무에도 쓸모가 없네.
> 허나 그는 죽음 앞에서 몸을 떠네.
> 아름다움을 눈으로 바라본 자는.
>
> 영원히 사랑의 고통이 그에게 지속되네.

왜냐하면 바보만이 그러한 충동에
만족하기를 지상에서 바랄 수 있기에,
아름다움의 화살을 맞은 자에게
영원히 사랑의 고통이 지속되네.

아, 그는 샘처럼 병들어 눕고 싶어 하며,
대기의 향내에 독을 뿌리고 싶어 하며,
꽃들에게서마다 죽음의 향내를 맡고 싶어 한다.
아름다움을 눈으로 바라본 자는
아, 그는 샘처럼 병들어 눕고 싶어 한다.

이 시에서 암시되는 죽음과 아름다움의 결부는 예술적 유미주
의의 기본 공식이다. 아름다운 헬레나와 마찬가지로 출생, 부, 재
능 등 좋은 조건을 타고난 여성이 자신 혹은 자신과 맺은 인간관계
를 파괴하고 재난을 야기하는 경우가 많다. 아름다움은 성공을 쉽
게 이루도록 하지만, 이러한 성공의 조건에는 행복의 희생이 내재
되어 있는 것이다. 그러므로 타인에 대한 사랑에 독약을 타고 빈손
으로 돌아오는 경우가 많아 비속한 여건에 처하게 되고, 무한한 가
능성까지도 포기하게 되어 신적이던 존재에서 인간으로 강등된
다. 따라서 아름다움으로 세상을 요동치게 한 헬레나는 『파우스
트』에서 〈도시들을 쑥대밭으로 만든 여인의 무서운 형상, 꿈의 형
상〉(8839)의 여성이 되고 있다. 헬레나는 남편을 버리고 외간 남
자를 따라가 그리스 신화에서 10년 동안 무수한 전사들이 피를 쏟
았던 트로이 전쟁의 빌미를 제공했는데 이러한 내용이 『파우스
트』 제2부 제3막 처음에 헬레나가 처음으로 등장하며 행하는 독
백에 담겨 있다.

칭송도 비난도 많이 받은 나 헬레나,

사납게 요동치는 풍랑에 지친 몸으로

방금 상륙한 해안에서 오는 길이노라.

프리기아의 싸움터를 떠나

포세이돈의 은총과 에우로스에 힘입어서

사납게 솟구치는 파도를 넘어 조국의 해안에 이르렀구나.

저기 아래에서는 메넬라스왕이 용감한 무사들과 더불어

무사히 귀환한 것을 자축하노라.

그러나 고대광실 궁전아, 너는 날 환영해 다오.

우리 아버지 틴다레오스왕께서 귀향하셔서

팔라스 언덕 가까이에 너를 지으셨도다.

내가 여동생 클리타임네스트라와 사이좋게 지내고

카스토르, 폴리데우케스랑 즐겁게 뛰어놀며 자랄 때,

너는 스파르타의 그 어떤 집보다도 웅장하게 꾸며져 있었지.

청동 문아, 반갑구나!

너희들이 일찍이 손님을 반기러 활짝 열렸을 때,

많은 이들 가운데 선택받은 메넬라스가

신랑의 모습으로 나를 향해 환히 빛났었지.

내가 이제 왕비로서 왕의 급한 분부를 성실히 수행할 수 있도록,

나를 위해 다시 활짝 열리어라.

나를 들여보내어라! 그리고 여기까지 날 괴롭히며 쫓아온

모든 것들은 문밖에 머물러라.

내가 아무런 근심 걱정 없이 이 문지방을 넘어,

키테라 신전에 성스러운 의무를 수행하러 가다,

프리기아의 도둑에게 납치된 이후로,

얼마나 많은 일들이 일어났는가. 온 세상천지가

그 일들을 즐겁게 입에 올리지만 당사자는 듣고 싶지 않노라,

황당무계한 전설처럼 엮어진 이야기들.(8488~8515)

이렇게 트로이 전쟁의 원인이 미녀 헬레나인 것처럼 『파우스트』속 헬레나도 〈행복과 아름다움은 오래 화합하지 못〉(9939)하고 자신의 아름다움이 부른 불운에 한탄한다.

나 때문에 생긴 화라는데, 어찌 벌을 내리겠는가.
아, 괴롭구나! 어찌 이리 가혹한 운명이
나를 따라다닌단 말인가.
가는 곳곳마다 남자들의 마음을 현혹시켜서,
자신을 잊고 품위를 잊게 만들다니.
반신, 영웅, 신, 심지어는 악령들까지도
약탈하고 유인하고 싸우고 이리저리 몰아대며,
나를 미친 듯이 끌고 다니니.
세상을 한 번 어지럽히고 두 배로 어지럽히고,
세 배 네 배 재앙에 재앙을 몰고 오다니.(9246~9255)

이렇게 미(美)가 재난이 되어 한탄하는 헬레나처럼 그레트헨에게도 미가 비극의 원인이다. 유아 살해 등으로 사형을 받게 된 그레트헨은 이 비극의 원인을 자신의 아름다움으로 돌리는 것이다.

제발 날 불쌍히 여겨서 살려 주세요!
내일 새벽에도 시간은 충분하지 않나요?
(몸을 일으킨다)
나 아직 이렇게 젊디젊은데!
벌써 죽어야 하다니!

나도 한때는 아름다웠어, 그것이 화근이 될 줄이야.(4430~4434)

이러한 그레트헨처럼 자신의 미모가 불러온 끔찍한 일들을 뒤돌아보며 몸서리치는 헬레나의 탄식은 안티케Antiche적 미의 본성을 적나라하게 보여 준다. 그렇다면 헬레나의 관능미에서 볼 때 그녀를 통해 현현된 미의 본성은 무엇인가? 아름다움은 무엇보다 걷잡을 수 없는 본능적 욕구의 대상이다. 이러한 본능적 요구인 애욕이 헬레나뿐 아니라 〈붉은 입술, 반짝이는 볼〉(2613)의 묘사처럼 그레트헨에게도 작용하는 것이다. 메피스토펠레스에게 동물적 욕구를 넘어서는 어떤 애정이나 헌신적 배려는 거짓이자 위선이다. 메피스토펠레스가 파우스트에게 〈초감각적이면서도 감각적으로 구애〉(3534)한다고 조롱하는 것은, 파우스트가 아무리 진정한 정신적 사랑을 하더라도 결국은 그레트헨이나 헬레나의 육체에 대한 욕구로 결말이 나리라는 확신에서다. 〈이따금 스스로를 속이는 기쁨을 내 허용하리다〉(3297~3298)라는 메피스토펠레스의 말은 고상한 파우스트의 사랑이 결국은 동물적 애욕의 거짓 포장일 뿐이라는 조롱이다.

4
악마 메피스토펠레스

—

　기독교에서 인간은 애당초 신의 형상으로 창조되었으나 아담과 이브의 에덴 추방 사건으로 그 형상을 잃어버렸으며, 그 후 악령에 의해 시달리게 된다. 이때 아담과 이브가 신의 명령을 어기고 금단의 열매를 먹게 된 것은 사탄의 유혹 때문인데, 이러한 내용이 『파우스트』의 애욕적이고 저속한 축제인 발푸르기스의 밤에서 파우스트를 유혹하는 마녀로 나타나고 있다.

> **파우스트**　(젊은 마녀와 함께 춤을 춘다)
> 　언젠가 아름다운 꿈을 꾸었네.
> 　꿈속에 사과나무 한 그루,
> 　예쁜 사과 두 개가 반짝반짝,
> 　나도 모르게 이끌려 나무에 올라갔네.
> **젊은 마녀**　그대들은 낙원에서부터
> 　사과를 무척 탐하였지.
> 　내 정원에도 그런 사과 달려 있어
> 　얼마나 마음 설레는지.(4128~4135)

　『파우스트』의 「천상의 서곡」에서 악마 메피스토펠레스가 하느님과 대화를 나누는데, 특히 이브를 유혹한 뱀이 자신의 종자매라고 하는 대목에서 메피스토펠레스는 그 근거를 기독교의 창조 설화에 두고 있다.

> 그 녀석 허겁지겁 아주 맛나게 먼지를 먹을 거요.
> 우리 아주머니, 그 유명한 뱀처럼 말이오.(334~335)

파우스트도 메피스토펠레스를 저주할 때 〈뱀 같은 놈! 이런 뱀 같은 놈 보았나!〉(3324)라며 외치고, 메피스토펠레스도 〈봐라! 나한테 걸려들었지!〉(3325)라고 (혼잣말로) 대꾸한다. 이렇게 뱀이 유혹하는 등 성서에서 전개되는 타락의 배경에서 메피스토펠레스에게 창조는 그저 〈창조주의 실패작〉일 따름이다. 따라서 인간의 자아실현을 부정하는 메피스토펠레스는 인간의 노력으로 더 나아질 수 있다는 가능성을 부정하며(312), 생성하여 존속하는 것의 가치를 부정한다. 이렇게 〈부정하는 영(靈)〉으로 삶의 흐름을 멎게 하고, 수단과 방법을 가리지 않고 일의 진행을 방해하는 악의 화신인 메피스토펠레스는 착한 인간도 악마의 길로 끌어들일 수 있다고 장담한다.

> 저는 항상 부정하는 영(靈)입니다!
> 생성되는 모든 것은
> 당연히 죽어 없어지기 마련이니
> 부정하는 것이 마땅하지 않겠습니까?
> 차라리 아예 생겨나지 않는 편이 더 나을 것입니다.
> 죄악, 파괴, 간단히 말해서
> 악이라 불리는 모든 것이 제 본래의 활동 영역이지요.
>
> (1338~1344)

하지만 기독교는 선악의 대립 구도를 신과 악마로 구분하여 수천 년에 걸쳐 싸워 오고 있다. 둘 중 어느 한편도 상대를 굴복시켜 본 일이 없고, 승리에 대한 희망을 포기하지 않고 있다.

　빛을 받은 사람은 선과 악이 두 개의 대립체인 줄 안다. 이 양자의 대립은 흡사 천국과 지옥의 대립으로 일체의 선은 천국에서 오고 일체의 악은 지옥에서 온다고 알고 있다. 천국을 형성하는 것은 신성으로 하느님은 항상 악에서 선으로 인도하고, 지옥은 악으로 이끈다. 사람이 이 양자 사이에 개재하지 않는다면 아무 사고도, 의욕도, 어떠한 자유도, 선택도 가질 수 없고, 주께서 스스로 사람을 등져 악으로 가는 것을 방임한다면 그 사람은 더는 사람이 될 수 없다. 그러니까 하느님이 선인이나 악인이나 유입시키는 것은 선뿐이라는 것을 알 수 있다. 하느님께서는 악을 악인에게서 항상 떼어 내시고, 선인은 항상 선으로 인도하시는 것이다. 이에 대한 결과는 인간에게 있는데 인간이 받아들이는 그릇이기 때문이다.[20]

　악마에 대한 이야기는 인간이 당한 불행과 관련된다. 중세 문학에 종종 등장하는 악마는 그때마다 인간들을 시험대에 올려놓았다. 악마는 인간의 간절한 소망을 이뤄 주는 대신 반드시 파멸적인 대가를 요구한다. 이러한 악마가 괴테의 『파우스트』의 구조가 되어 신의 선의 법칙을 이겨 내고자 한다. 따라서 『파우스트』에서 악마와 천사가 서로 경쟁하여 파우스트의 영혼을 쟁탈하려 하는데 메피스토펠레스가 천사에게 〈너희들도 루시퍼의 후예들이냐?〉(11770)라고 말하여 루시퍼가 악마의 조상으로 예감된다. 이러한 사탄의 조상인 루시퍼는 밀턴John Milton의 「실낙원」에 나오

---

20 Emanuel Swedenborg, *Himmel und Hölle*(Zürich: 1977), S. 409.(이하 *Himmel und Hölle*로 줄임)

외젠 들라크루아, 「하늘을 나는 메피스토펠레스」, 1826년

는데 원뜻은 포스포로스phosphoros(빛을 가져오는 자)나 헤오스포로스heosphoros(새벽을 가져오는 자)이다. 메피스토펠레스는 그리스어의 〈mé-phôto-philés〉에 해당되는 말로 〈빛을 좋아하지 않는 자〉를 의미하여 루시퍼와 메피스토펠레스는 빛에 관련된 악마가 된다. 따라서 『파우스트』에서 메피스토펠레스는 〈저는 태초에 전체였던 일부의 일부, 빛을 낳은 어둠의 일부이지요〉(1349~1350)라며 혼돈된 어둠이 빛의 모체라고 내세운다.

구약 성서에는 타락한 천사에 대한 암시가 없을뿐더러 선하고 악한 천사의 개념도 없다. 신약 성서가 나오면서 비로소 하늘 군대의 3분의 1인 사탄 루시퍼의 무리가 그리스도와 미하엘의 군대에 패해서 지옥으로 향했다고 언급되고 있다. 루시퍼는 라틴어 루키페르lucifer로 샛별처럼 아름다운 천사라는 뜻이며, 그리스 신화에서 별 아래 있는 아틀라스의 아들이거나 형제였다. 그는 신의 빛을 내는 천사였고 또 아침의 아들로 어둠의 군주의 반대편이었다. 그래서 하느님은 바로 아래 하늘나라의 모든 결정을 처리할 권한을 루시퍼에게 주었다. 루시퍼는 이로 인해 오만해져서 신의 아들인 그리스도를 시기했는데 신이 그리스도를 상승시키자 그의 시기심은 극에 달했다.

결국 루시퍼는 반란을 일으켜 그의 첫 죄를 저지르게 되었다. 반란의 결정을 내릴 때 딸 죄악Sin이 그의 이마에서 튀어나왔다. 루시퍼는 동료 천사들을 꾀어 반란에 가담케 하여 천상에서 천사와 악마의 전쟁이 일어났는데 이러한 싸움이 『파우스트』에서 묘사되고 있다.

> **천사들의 합창**　너희들하고 같은 무리가 아니면,
> 몸을 피하라.
> 마음에 거슬리면,
> 용인하지 마라.
> 강제로 밀고 들어오면
> 힘차게 막아서라.(11745~11750)

이러한 악마와 천사들 사이의 첫 번째 교전에서 루시퍼의 군대와 천사 미하엘의 군대가 교착 상태에 빠지자 하느님은 자신의 아들 그리스도를 출정시켰다. 미하엘이 고전을 거듭한 데 반해 신의 아들 그리스도는 〈힘의 반도 안 쓰고〉 승리를 거두었다. 이렇게 루시퍼가 미하엘과 신의 아들 그리스도에게 패하자 루시퍼를 추종하던 무리들은 천상에서 추방당해 암흑의 군주가 되었다. 이러한 루시퍼의 패배처럼 선과 악의 싸움에서 궁극적인 승자는 선으로 종결되는 것이 종교 등에선 일반적인 터라 『파우스트』에서는 악마 메피스토펠레스의 불평으로 표출되고 있다. 메피스토펠레스는

그동안 파괴를 통해 악의 본질인 무(無)를 위해 전심을 바쳤지만 번번이 선의 행위인 창조에 패배를 당했다고 불평하는 것이다.

메피스토펠레스 물론 아직까지 많은 것을 이루지는 못했습니다.
　무(無)에 대립하는 것,
　소소한 약간의 것, 이 어설픈 세상을
　장악하려고 많은 애를 썼지만,
　별 성과가 없었지요.
　아무리 풍랑과 폭풍우를 일으키고 지진과 화재를 불러와도 ─
　결국 바다도 육지도 끄떡없더라고요!
　게다가 빌어먹을, 짐승이고 사람이고 새끼를 마구 낳아 대는 것
　　에는
　도저히 손을 쓸 수 없더라니까요.
　제가 벌써 얼마나 많이 땅속에 파묻었는지 아십니까!
　그런데도 끊임없이 새로운 피가 활기차게 흐른단 말입니다.
　계속 이런 식이니 정말 미칠 지경이지요!
　공중에서, 물속에서, 땅에서
　메마르든 물이 넘치든 따듯하든 춥든
　수없이 많은 생명이 싹튼단 말입니다!
　　(……)

파우스트 영원히 생동하며
　유익하게 창조하는 힘에
　네 감히 차가운 악마의 주먹을 들이민단 말이냐.
　아무리 교활하게 주먹을 불끈 쥐어도 소용없으리라!
　차라리 다른 할 일을 찾아보아라,
　이 혼돈의 괴이한 아들아!(1362~1384)

이러한 메피스토펠레스처럼 패배한 루시퍼의 명칭은 교부 히에로니무스Eusebius S. Hieronymus[21]에 의해 사탄 또는 천국에서 타락한 천사가 되어 예언자 이사야의 책에 다음과 같이 인용되고 있다.

웬일이냐, 너 새벽 여신의 아들 샛별아, 네가 하늘에서 떨어지다니! 민족들을 짓밟던 네가 찍혀서 땅에 넘어지다니! 네가 속으로 이런 생각을 하지 아니하였더냐? 〈내가 하늘에 오르리라. 나의 보좌를 저 높은 하느님의 별들 위에 두고 신들의 회의장이 있는 저 북극 산에 자리 잡으리라. 나는 저 구름 꼭대기에 올라가 가장 높으신 분처럼 되리라.〉 그런데 네가 저승으로 떨어지고 저 깊은 구렁의 바닥으로 떨어졌구나!(「이사야」 14장 12~15절)

이렇게 저승으로 떨어지면서 모든 것이 수포가 된 루시퍼는 사악한 영혼의 우두머리의 명칭이 되었다. 이러한 악마의 명칭이 『파우스트』에서 메피스토펠레스가 처음 등장할 때 묘사된다.

파우스트   네 이름이 무엇이냐?
메피스토펠레스   말을 그토록 경멸하시고
　　모든 외양에서 멀리 벗어나
　　본질 깊숙이 파고드시는 분에게는

---

21 라틴의 교부(敎父)·성서학자·성인으로 영어명은 제롬Jerome. 달마티아 근처의 스트리돈Stridon에서 태어나 12세 때 로마에 가서 문법과 수사학을 배우고, 19세에 세례를 받았다. 그 후 갈리아를 여행하고 그곳에서 수도원 생활을 하기로 결심했다. 아퀼레이아에서 친구와 함께 금욕 생활을 시작했으나, 372년 돌연 여행을 떠나 안티오크에 머물러 있을 때, 병중에 〈그대는 키케로주의자이지 그리스도인은 아니다〉라는 목소리를 듣고 각성하여, 시리아 사막으로 들어가 4~5년간 수도 생활을 했다. 그 무렵 그리스어와 히브리어를 습득했고 한때 교황 다마수스 1세의 비서가 되었다가 후일 베들레헴에 정주한 뒤 학문에 몰두해서 동방 신학을 서방에 전했고 라틴 세계에 큰 영향을 주었다. 그의 최대 공적은 성서의 라틴어 번역이다. 해박한 언어 지식과 고전에 정통한 실력, 면밀한 연구 여행과 많은 학자들과 교류한 성과를 바탕으로 번역과 저작에 전념한 라틴 교회의 대표적 저술가 중 한 사람이다.

너무 시시한 질문이지 않나 싶습니다.

파우스트   너희 같은 족속은 이름만 들어도

그 본성을 알기 마련이다.

파리의 신, 유혹자, 거짓말쟁이라는 말들이

그 본성을 얼마나 극명하게 드러내느냐.

그래, 네가 누구냐?

메피스토펠레스   항상 악을 원하면서도 항상 선을

만들어 내는 힘의 일부이지요.

파우스트   이 수수께끼 같은 말이 대체 무슨 뜻이냐?

메피스토펠레스   저는 항상 부정하는 영(靈)입니다!

생성되는 모든 것은

당연히 죽어 없어지기 마련이니

부정하는 것이 마땅하지 않겠습니까?

차라리 아예 생겨나지 않는 편이 더 나을 것입니다.

죄악, 파괴, 간단히 말해서

악이라 불리는 모든 것이 제 본래의 활동 영역이지요.

(1327~1344)

이러한 맥락에서 『파우스트』에서 스핑크스가 〈우리가 좀 더 가까워지기 전에 먼저 당신 이름을 말해 보세요〉(7116)라고 요구하자 메피스토펠레스가 〈사람들은 날 여러 가지 이름으로 부르는데〉(7117)라고 대답하듯이 악마는 사타나엘Satanael, 아바돈 Abaddon, 아자젤Azazel, 마스테마Mastema, 벨제붑Beelzebub, 벨리알Belial, 두마Duma, 가데엘Gadeel, 시어Sier, 살마엘Salmael, 다드레엘Dadreel, 로마의 천사Engel von Rom, 삼마엘Sammael, 아스모데우스Asmodeus, 루시퍼Luzifer, 이슬람 전통의 이블리스(B)iblis와 『파우스트』에 등장하는 메피스토펠레스Mephistopheles 등 다양한

명칭으로 불리고 있다.

이러한 악마의 개념도 성서와 교회의 영역을 넘어 문명화·문화화 과정을 거치면서 다양한 이름으로 발전했다. 따라서 유대교, 기독교, 영지주의적 전통에서 오랜 세월에 걸쳐 자연의 악마에게 많은 다양한 이름이 붙여졌다. 이교의 소인(小人)과 동일시되는 트롤Troll(북구 신화에 나오는 난쟁이로 변하는 요물), 고블린 Goblin, 코볼트Kobold, 인쿠부스Incubus, 피그마이오이Pygmaioi, 닥틸로이Dactyloi, 그라이프Greif(검은 도깨비 따위 하급 귀신)으로도 불렸다. 자연의 악마에게 이런 저급하고 바보스러운 이름을 붙이는 것은 그가 뿜어내는 공포에 대한 민중의 해독제였다. 메피스토펠레스가 〈사탄의 이름으로 똑바로 가게나! 그렇지 않으면 자네의 그 가물가물한 불꽃을 확 날려 버릴 걸세〉(3864~3865)라고 명하자 도깨비불은 〈저는 나리께서 우리 문중의 어른이신 걸 명심하고 있습니다. 그러니 나리의 분부대로 따르지요〉(3866~3867)라고 메피스토펠레스를 악마의 우두머리로 받들어 복종한다. 결국 타락한 천사로 신에게서 벗어난 루시퍼적 존재는 악의 화신이자 신성한 선령의 대극(對極)으로 신성을 포기한 인간이 〈오장육부까지 벌벌 떨고, 겁에 질려 몸부림치는 벌레〉(497~498)처럼 〈허겁지겁 아주 맛나게 먼지를 먹을〉(334) 정도로 악마의 유혹에 빠져드는 것이다.[22]

이 악마들은 세계 곳곳에서 유혹이나 거짓 등으로 인간에게 해가 되는 행위를 하여 파우스트의 제자 바그너가 메피스토펠레스에 집착하는 파우스트에게 이를 주지시킨다.

그 널리 알려진 떼거리들을 부르지 마십시오.
그것들은 안개에 감싸여 물밀듯이 퍼져서는,

22 김윤섭, 『파우스트 연구』, 한국괴테협회편(문학과지성사, 1986), 237면.

방방곡곡에서 사람들에게

수천 가지 해악을 끼친답니다.

북쪽에서는 날카로운 이빨을 가진 마귀가

화살촉처럼 뾰족한 혀를 날름거리며 덤벼들고,

동쪽에서는 세상을 메마르게 하는 마귀들이 몰아쳐서

우리 허파의 영양분을 빨아먹지요.

남쪽의 사막에서 몰려오는 마귀들이

우리의 정수리에 열기를 잔뜩 쏟아부으면,

서쪽의 마귀 떼들은 열기를 식혀 주는 척하면서

우리와 논밭과 풀밭을 넘실거리는 물살로 금방 뒤덮어 버립니다.

그것들은 신명 나게 해를 끼치고 싶어 우리의 말에 귀 기울이는

　척하고,

우리를 속이고 싶어 우리의 뜻을 들어주는 척하지요.

하늘이 보낸 양 구는가 하면,

거짓말을 하면서 천사처럼 속삭입니다.(1126~1141)

이러한 기만이나 속임수 등 악마의 본질이 파우스트가 메피스
토펠레스의 능력을 평가할 때 묘사되고 있다.

여기서 뭘 기대하랴?

눈속임! 마술을 이용한 속임수! 공허한 허깨비 놀음.

　　　　　　　　　　　　　(10299~10300)

또한 악마가 유혹하는 루시퍼적 특성이 파우스트를 유혹하려
는 메피스토펠레스의 언급에 잘 나타나 있다.

이 작자에게 달콤한 꿈의 형상을 나풀나풀 보여 주어라,

망상의 바닷속에 빠뜨려라.

(······)

그러면 파우스트, 우리 다시 만날 때까지 실컷 꿈이나 꾸어라.

(1510~1525)

이탈리아의 비교 문학자 프랑코 모레티Franco Moretti는 『근대의 서사시』에서 메피스토펠레스의 역할을 분석하며, 서구의 근대는 〈악〉이라는 것을 만들어 자신의 죄과를 전가하고 자신은 어쩔 수 없이 유혹에 넘어간 체함으로써 결백하다고 주장했다는 통렬한 고발을 한다. 즉 메피스토펠레스는 실체를 가진, 때려 부숴야 할 악이라기보다 인간의 약한 점을 파고들어 유혹하는 악마이다. 이러한 악마는 인간의 자제력을 허물어뜨리고 자유롭게 하여 결국 극악한 지배에 끝없이 굴종시킨다.[23] 이러한 메피스토펠레스는 자신을 〈죄악, 파괴, 간단히 말해서 악이라 불리는 모든 것〉(1343~1344)이라고 칭하면서 자기를 숭배하고 추종하는 자에 대하여 해를 끼치지 않고 오히려 잠정적으로 그가 욕구하는 소망을 조장하면서 끊임없이 활동하는데 이러한 메피스토펠레스의 성격이 파우스트의 제자 바그너의 언급에 잘 나타나 있다.

그것들은 신명 나게 해를 끼치고 싶어 우리의 말에 귀 기울이는
  척하고,
우리를 속이고 싶어 우리의 뜻을 들어주는 척하지요.
하늘이 보낸 양 구는가 하면,
거짓말을 하면서 천사처럼 속삭입니다.(1138~1141)

  23 Harry E. Wedeck u. Wade Baskin, *Dictionary of Spirtiualism*(New York: 1971), p. 307.

이러한 성격의 메피스토펠레스가 노력을 통해 뭔가를 창조하려는 파우스트와 계약을 체결하게 된다. 이렇게 파우스트는 메피스토펠레스와 결탁하지만 강한 자아 덕분에 몰락하지 않고 오히려 악마의 힘을 지배하여 자신의 의도를 실현하고자 한다. 따라서 자신의 강화와 상승을 포기하는 삶을 파우스트는 〈개라도 이런 식으로는 더 이상 살고 싶지 않으리!〉(376)라고 개만도 못한 삶으로 여겨 〈마법에 몰두〉(379)한다. 이러한 파우스트는 16세기 독일에 존재했던 파우스트Johann Georg Faust(1480~1540)의 실제 모습이다. 신학과 의학을 공부한 그는 마법에 관심을 가져 악마와 결탁하고, 당시의 기독교가 강조되던 시대에 신의 권위에 도전하는 오만한 협잡꾼의 전형이다. 기독교의 선과 악의 배경에서 파우스트가 인격이라는 원리의 화신이라면, 이 원리에 대한 부정이 메피스토펠레스이다.

저는 항상 부정하는 영(靈)입니다!
생성되는 모든 것은
당연히 죽어 없어지기 마련이니
부정하는 것이 마땅하지 않겠습니까?
차라리 아예 생겨나지 않는 편이 더 나을 것입니다.(1338~1342)

『파우스트』의 「천상의 서곡」은 문학적 형상과 비유를 통해 루시퍼의 군대와 첫 번째 교전을 벌였던 미하엘과 함께 라파엘, 가브리엘을 그린다. 이 세 명의 대천사들은 신의 천지 창조를 찬양한다. 특히 〈아무도 당신의 뜻을 헤아릴 수 없기에, 그 광경은 천사들에게 힘을 주나이다. 당신의 고매한 역사(役事), 천지 창조의 첫날처럼 장엄하나이다〉(268~270)라는 이들의 찬사에서 신의 존재가 나타나고 있다. 이러한 신은 〈선량한 인간은 비록 어두운 충동에 쫓기더라도 올바른 길을 잊지 않는〉(327~328)다고 확신하여 메피스토펠레스와 대립 관계를 유지한다. 하지만 메피스토펠레스는 〈하늘에서는 더없이 아름다운 별을 원하고 땅에서는 지고의 쾌락을 원하니, 그 요동치는 마음을 달래 줄 것이 세상천지에 어디 있겠습니까〉(304~307)라며 파우스트처럼 창조주가 실패한 근본 원인은 인간에 내재한 이성에 있다고 주장한다.[24]

> 그저 인간들 괴로워하는 것만이 눈에 보일 뿐입니다.
>
> (……)
>
> 주님께서 혹시 천상의 빛을 주지 않았더라면,
>
> 살기가 조금 나았을지도 모르지요.
>
> 인간들은 그걸 이성이라 부르며, 오로지 짐승들보다
>
> 더 짐승처럼 사는 데 이용하고 있지요.(280~286)

이렇게 〈혼돈의 괴이한 아들〉(1384) 또는 〈혼돈의 사랑스러운 아들〉(8027)이라 불리는 메피스토펠레스는 빛을 우주와 세계를 지배하는 정신과 질서로, 어둠을 혼돈의 본질로 상징화하며 그 질서는 물체가 포함하는 속성에 의해 파멸된다고 피력하고 있다. 따라서 「천상의 서곡」에서 라파엘, 미하엘, 가브리엘 같은 천사들이 빛의 힘을 나타내는 반면에 메피스토펠레스는 어둠의 힘을 나타낸다. 그는 빛을 흐리게 하고 영원히 이념적인 것을 시간과 공간의 한계 속에 제한하는 악마인 것이다. 괴테는 빛의 힘에 반대되는 축인 마성적인 어둠의 힘을 메피스토펠레스에게 부여하는 것이다. 따라서 밤에 연관된 신화는 문화와 사회의 적대자가 되는데, 여기에 관해 바로하는 〈악은 고유의 광경이 있는데, 이것이 밤이다. 이

---

24 김수용, 『괴테 파우스트 휴머니즘』(책세상, 2004), 34면 참조.(이하 『괴테 파우스트 휴머니즘』으로 줄임)

악도 고유의 수호신이 있다. (……) 그리스인이나 로마인에게 밤은 고요함과 신비의 존재로 악한 행위를 저지르는 고유의 시간인 것이다〉[25]라고 해설하고 있다. 이러한 배경에서 『파우스트』에서 정체를 묻는 파우스트의 질문에 악마 메피스토펠레스는 자신을 밤의 존재로 내세운다.

> 제가 소소한 진실 하나 말씀드리지요.
> 어리석은 작은 세계에 지나지 않는 인간이
> 흔히 스스로 전체라 여기는데 ──
> 저는 태초에 전체였던 일부의 일부,
> 빛을 낳은 어둠의 일부이지요.
> 오만한 빛은 자신을 낳아 준 밤이
> 오랫동안 지켜 온 지위, 공간을 빼앗으려 하고 있습니다.
> 하지만 빛은 원래 물체에 달라붙어 있는 탓에
> 아무리 기를 써도 안 될 말이지요.
> 빛은 물체에서 뿜어져 나와 물체를 아름답게 하지만,
> 물체가 빛의 행로를 가로막지요.
> 그러니 제 바람대로, 머지않아 빛이
> 물체와 더불어 몰락할 것입니다.(1346~1358)

악마 메피스토펠레스의 말대로 혼돈된 어둠이 바로 빛의 모체이다. 그러니까 창세기 이전에는 어둠만 있었는데 빛이 우주의 일부 공간을 앗아 갔기 때문에 그 후로는 어둠도 전체가 아닌 일부가 되었다는 것이다. 유령처럼 타자의 주위를 돌며 숨어서 악을 주입하기 좋아하는 지옥의 악귀는 하느님에게서 흘러나오는 〈신적 사랑〉에 의한 태양의 빛을 수용할 만한 영적인 능력이 없으므로 선에

---

25 Julio Caro Baroja, *Die Hexen und ihre Welt*(Stuttgart: 1967), S. 47.

서 나오는 진리의 빛인 광명의 세계보다는 오히려 악에서 나오는 거짓의 세계, 즉 어둠의 세계에 정주하면서 하느님을 등지고 암흑을 지배하는 존재라고 괴테가 열중한 스웨덴의 스베덴보리Emanuel Swedenborg는 정의하고 있다. 〈저들(악마)은 천국의 빛에서 도망쳐서 그들 자신의 빛 가운데로 몸을 던지는 것이다. 그들의 빛이라 함은 번뜩이는 석탄불과 같은 것이고 활활 타는 유황불과도 흡사하다. 그러나 천국의 빛도 거기에 떨어지면 곧 시커먼 암흑이 되어버리고 만다. 이러한 이유로 지옥을 지배하는 어둠과 암흑이란 지옥을 지배하는 악에서 나오는 거짓을 의미하는 것이다.〉[26]

이렇게 지옥은 유황 등의 가스 냄새와 불이 난무하는 지역으로 메피스토펠레스도 〈지옥이 유황 냄새와 황산으로 터질 것 같더니, 급기야는 가스가 발생했소!〉(10083~10084)라고 유황을 지옥의 요소로 언급하며 이같이 덧붙인다.

> 자, 불타는 뺨을 가진 배불뚝이 악당들아!
> 지옥의 유황을 처먹어서 뜨겁게 번질거리느냐!
> 통나무처럼 뻣뻣한 짧은 모가지들아!(11656~11658)

지옥을 연상시키는 어두운 밤은 여전히 자기의 권리를 주장하고 있다. 그리고 빛은 항상 어둠의 물체에 달라붙어 있다. 따라서 빛은 어둠의 물체에 의해 그 존재를 나타내게 되어 언젠가 그 물체와 더불어 멸망하게 된다는 것이 메피스토펠레스의 주장이다.[27]

앞에서 창세기 이전에는 어둠만 있었는데 빛이 우주의 일부 공간을 앗아 가는 바람에 어둠이 전체가 아닌 일부가 되었다는 악마 메피스토펠레스의 주장은 그리스의 창세 신화 내용이다. 이 창세

---

26 *Himmel und Hölle*, S. 416.
27 강두식, 『괴테 파우스트』 I·II부(서울대학교 출판부, 1988), 75면.

신화에 의하면 먼저 광막한 공간, 입을 쩍 벌린 혼돈인 〈카오스〉가 있었다. 이 혼돈에서 지구, 저승(땅속의 깊고 어두운 곳), 사랑인 에로스가 생성되고, 또한 어둠인 에레보스Erebos와 마지막에 밤 닉스Nyx가 생성되었다. 그리고 『파우스트』에서 〈모든 것의 시초인 에로스가 이대로 군림하리라!〉(8479)라고 언급되듯이 〈에로스〉가 생성되었다.

밤과 에레보스로부터 하늘, 높은 공간인 에테르Äther와 낮 헤메라Hemera가 태어난 반면에 지구는 아무런 도움 없이 하늘과 산과 바다 폰토스Pontos를 낳았다. 고대 그리스의 위대한 극작가이자 희극 시인인 아리스토파네스는 이를 다음과 같이 묘사하고 있다.

> 검은 날개의 밤
> 어둡고 깊은 에레보스의 밑바닥에
> 바람이 실어 온 하나의 알
> 떨어져 누웠으니
> 마침내 계절은 돌아와
> 금빛 나래 찬연히 빛내며
> 안타까이 그리던 사랑은
> 여기 태어나도다.[28]

결국 어둠으로부터 에로스인 사랑이 태어나 생명이 잉태되었는데 이와 같은 내용이 괴테의 『서동시집』 속의 시 「승천의 동경 Selige Sehnsucht」 제3연에도 언급되고 있다.

> 너는 어둠의 그늘 속에
> 더 이상 가만있을 수 없으니,

---

28 에디스 해밀턴, 『그리스 로마 신화』, 김용희 역(청년사, 1987), 34면 이하.

욕망이 새로이 거세게 자극하여
너를 더 고차적인 교접에 이르게 한다.

이에 따라 『파우스트』에서는 〈세상 만물을 형성하고 품어 주는 (……) 전능한 사랑〉(11872~11873)에 의해 모든 것이 창조된다고 찬양하고 있다.

내 발치의 암벽이
더 낮은 암벽을 내리누르듯,
수천 개의 개울물이 반짝이며 흘러서
무섭게 물거품 날리며 쏟아져 내리듯,
나무줄기가 본연의 힘찬 충동에 몰려
우뚝 허공을 찌르듯,
그렇게 세상 만물을 형성하고 품어 주는 것은
바로 전능한 사랑이로다.(11866~11873)

결국 어둠과 더불어 질서와 미가 생겨났고 보이지 않는 혼돈은 사라지기 시작했다. 사랑은 빛을 창조했으며 그 빛은 동료인 빛나는 낮을 창조했다. 그다음에 일어난 일은 대지의 창조로, 천지 창조를 설명한 최초의 그리스 시인 헤시오도스가 다음과 같이 노래하고 있다.

아름다운 대지가 솟았도다.
넓은 가슴처럼, 대지는 이 세상 만물을 떠받치고 있다.
그러고는 그 모습처럼 아름답게
별이 총총한 하늘을 품었고,
모든 곳을 정비하여

은혜로운 신들의

영원한 안식처가 되었다.[29]

대지는 영혼을 가진 땅이었으며 또 막연하게나마 인격을 가지
고 있었다. 한편 대지의 여신 가이아는 먼저 별이 총총한 천공 우
라노스를 낳은 뒤 이를 자기 못지않게 웅대하게 만들어 과거를 뒤
덮게 하고 다시 높은 산과 잔잔한 바다를 낳았다. 이상이 그리스인
의 우주 생성론Kosmogonie이다.

앞에서 〈주님께서 혹시 천상의 빛을 주지 않았더라면, 살기가
조금 나았을지도 모르지요. 인간들은 그걸 이성이라 부르며, 오로
지 짐승들보다 더 짐승처럼 사는 데 이용하고 있지요〉(283~286)
라고 주님의 개념인 빛을 부정하는 메피스토펠레스의 주장은 역
사가 독선적 이데올로기와 폭력적 이념으로 얼룩져 온 사실을 감
안할 때 결코 틀린 것이 아니다. 이러한 역사를 『파우스트』에서 풀
루토스가 의전관에게 강조하고 있다.

이제 곧 소름 끼치는 일이 일어날진대,

세상과 후세는 완강하게 그걸 부정할 것이오.

그러니 그대가 성실하게 기록에 남겨야 하오.(5917~5919)

실제로 어느 학자가 이러한 이데올로기와 이념을 〈소명(召命)
과 운명의 신화적 거짓〉[30]으로 규정한 적이 있다. 이렇게 메피스토
펠레스는 때로는 예리한 통찰력과 지적 논리성으로 이 세계와 인
간에 관한 해박한 면모를 과시하기도 한다. 따라서 주님은 악마 메
피스토펠레스를 악마의 본질인 파괴뿐만 아니라 자신의 업적인

29 같은 책, 35면.
30 Th. Adorno u. M. Horkheimer, *Dialektik der Aufklärung*(Amsterdam: 1969), S. 44.

창조에도 가담하게 한다.

> 나는 너 같은 족속들을 결코 미워하지 않았느니라.
> 모든 부정하는 영(靈)들 중에서
> 악당이 가장 짐스럽지 않노라.
> 인간의 활동은 너무나도 쉽게 해이해지기 마련이어서
> 무조건 금방 휴식을 취하려 드니,
> 사탄 행세 하며 자극을 주고 영향을 주는
> 동반자를 붙여 주는 걸 나는 좋아하노라 ── (337~343)

이러한 전제는 지상에서 인간과 악마의 관계에 더 이상 관여하지 않겠다는 하느님의 선언에서 실체화된다. 〈슬며시 제 길로 끌어들이도록 허락하시면, 주님은 그자(파우스트)를 영영 잃어버릴 걸요〉(313~314)라는 메피스토펠레스의 자신만만한 제의에 하느님은 〈그럼 좋다, 네 마음대로 해보아라!〉(323)라고 대답하고 나서, 또한 〈그가 지상에서 사는 한, 네 마음대로 하는 걸 막지 않겠노라〉(315~316)는 거듭된 확인으로, 이 세상에서 벌어지는 악마와 인간의 싸움에서 인간의 편에 설 의사가 없음을 밝히고 있다.

이러한 배경에서 악마 메피스토펠레스는 파우스트에게 필요한 존재이다. 메피스토펠레스가 자신에 대해 〈항상 악을 원하면서도 항상 선을 만들어 내는 힘의 일부〉(1336~1337)라고 말하듯이 그는 근본적인 악이 아닌 단순한 부분적인 원리로 도입되는데 이는 인간에 대한 계몽주의적 신뢰를 반영한다.[31] 메피스토펠레스는 그의 세속적인 노련함, 차가운 감정과 냉소적인 허무주의 등의 성격으로 전적인 계몽주의의 상징이 되는 것이다.[32]

---

31 Max Kommerell, *Geist und Buchstabe der Dichtung* (Frankfurt/M.: 2009), S. 24.
32 Hippe, in: *Goethe-Jahrbuch* (96), 1979, S. 75 f.

이 점에서 메피스토펠레스는 자신의 현실주의를 올바로 보았다는 실러의 논평도 타당하다.[33] 세계와 인간을 보는 안목, 시야의 넓이, 열려 있는 정신 등과 같은 요소는 메피스토펠레스에 의해 인도되는 긍정적 요소들이다. 이러한 메피스토펠레스를 파우스트는 〈모순에 가득 찬 존재〉(4030)라고 함으로써 메피스토펠레스의 실재적 존재성과 〈부정하는 영(靈)〉(1338)이라 불리는 허위성을 명백히 인식한다. 이러한 고지식한 파우스트에게 메피스토펠레스는 그의 과거 일을 들추며 조소한다.

거짓 증언을 하는 것이
평생 처음이란 말이오?
신과 이 세상, 이 세상에서 살아 움직이는 것,
인간, 인간의 머릿속과 마음속에서 일어나는 것에 대해
용감하게 정의 내리지 않으셨소?(3041~3045)

신의 선의 법칙이냐, 사탄의 악의 법칙이냐? 어느 쪽이 승리할지가 작품 『파우스트』에서 큰 줄기로 전개되는데 만일 파우스트가 추구하는 목적이 권력이나 부 또는 세속적 향락 같은 특정한 것이어서 현실적으로 성취 가능한 것이라면, 그는 이 목적을 이루게 되어 〈내가 속 편하게 누워서 빈둥거〉(1692)릴 것이다. 그렇게 되면 인간은 미래에 기대할 것이 없어 역사는 더 이상 앞으로 나아가지 못할 것이다. 다시 말해서 신과 악마의 상이한 견해는 대상의 잠재력을 평가하는 기준에서 비롯한다. 메피스토펠레스가 현재 상황을 근거로 대상을 철저히 판단하는 반면, 신은 미래의 가능성까지 고려하는 것이다. 신에게는 파우스트를 〈미래의 밝음으로〉 인도할 수 있다는 강한 확신이 있었던 것이다.(307 f.)

33 1797년 6월 26일 자 괴테에게 보낸 실러의 편지 내용.

2장

작품의 배경

1
성의 갈등

—

 아름다운 인체 하면 누구나 박물관에 있는 그리스 조각을 떠올린다. 풍만한 육체의 볼륨과 화사한 곡선의 아름다움은 인체의 이상상(理想像)을 보여 주어 소크라테스는 〈이 세상에는 경탄할 일이 많다. 그러나 가장 감탄할 만한 것은 바로 인간이다〉라고 말했다. 그런데 고대 그리스 조각의 신상(神像)들을 보면 여성의 연한 살로 된 부분은 무시되면서 자연스럽지 못하고 아름답지도 않은 남성적 근육의 신상들이 인체의 이상(理想)이 되고 있다.

 『파우스트』에서는 남성에 대해 〈조각가들이 제아무리 돌을 두드려도 그의 장려한 모습을 그려 내지 못했지요〉(7395~7396)라고 언급하고 있다. 여기에서 찬양된 남성이 근육질의 헤르쿨레스이다.

> **파우스트** 헤르쿨레스에 대해서는 할 말 없소?
> **케이론** 오, 이런! 내 그리움을 일깨우지 마시오⋯⋯
> 나는 포이보스도 본 적이 없고,
> 아레스나 헤르메스라 불리는 이들도 보지 못했소.
> 그러나 모든 이들이 참으로 훌륭하다고 칭송하는
> 헤르쿨레스만은 내 눈으로 보았다오.
> 그는 타고난 왕이었소.
> 젊은이로서 더없이 출중한 외모를 자랑하였고,

형에게뿐 아니라

사랑스러운 여인들에게도 참으로 정중하였다오.

가이아는 두 번 다시 그런 아들을 낳지 못할 것이고,

헤바는 두 번 다시 그런 인물을 하늘로 데려가지 못할 것이오.

그 어떤 노래로도 그를 칭송할 수 없고,

아무리 돌을 두드리고 쪼아도 헛수고일 뿐이오. (7381~7394)

또한 〈헤르쿨레스처럼 용맹하고 뛰어나게 잘생긴 테세우스가

일찍이 욕망에 눈이 멀어 왕비님을 가로채었지요〉(8848~8849)

라며 헤르쿨레스 같은 근육질 남성의 미가 강조되고 있다. 이에 반

해서 〈뭐요! ― 여자의 아름다움은 별것 아니어서, 자칫 경직된 형

상이 되기 쉽소〉(7399~7400)라고 언급되어 있다. 이렇게 괴테가

근육질의 남성을 선호하게 된 배경으로 그의 이탈리아 여행도 들

수 있다. 1787년 1월 20일 로마의 산 스피리토San Spirito 병원에서

괴테는 예술가들이 예술 창조 과정으로 외과 해부학을 경험하는

모습을 보면서 예술 향유의 단계를 구분하게 되었다. 〈나는 해부

학에 대해 제법 알고 있다. 사람 몸에 관한 어느 정도의 지식을 꽤

힘들게 얻었다. 이곳에서는 입상(粒狀)을 관찰하여 지식을 끊임없

이 얻게 된다. 우리 독일의 의학적, 외과적 해부학에서는 어느 한

부분의 전문성이 중요하다. 그래서 보잘것없는 근육 하나도 유용

하지만 로마에서는 고상하고 아름다운 형태를 드러내지 않으면

쓸모가 없다. 로마의 산 스피리토 병원에서 예술가들을 위해 아름

다운 인체 근육을 준비하는 데 놀라울 따름이다.〉(HA 11, 165)

괴테는 이탈리아에 예술가를 위해 인체 근육을 준비해 주는 병

원이 있다는 것을 알게 되면서 경탄하고 있다. 그의 관찰에 의하

면, 예술가들은 동상을 제작할 때 외과적 해부에 근거해서 인체를

관찰하고, 해부학의 세밀한 신체 구조를 바탕으로 작품을 창작한다. 그러기에 관찰자들이 해부학적 지식을 바탕으로 동상을 관찰하면 〈고상하고 아름다운 형태〉를 인지할 수 있다. 따라서 괴테는 근육 등과 같은 신체의 구조와 구성 등을 분석하는 해부학의 다양성과 아름다움을 근거로 예술 작품도 창조하는 것이다.[1] 또한 괴테는 여성은 연약한 존재여서 소중히 다루라고 『서동시집』에서 당부하기도 했다.

> 여자를 조심조심 다루어라.
> 여자는 구부러진 늑골로 만들어진 몸,
> 신은 여자를 곧게 만들 수 없었던 것이다.
> 바로 휘면 부러져 버린다.
> 그대로 가만히 두면 점점 굳어진다.
> 선량한 아담이여, 이보다 다루기 힘든 일이 또 있을까.
> 조심조심 여자를 다루어라.
> 늑골이 부러지면 낭패가 되니까.(HA 2, 38)

이렇게 괴테는 로마에서 인체의 해부학을 연구하여 동상을 제작하는 예술가들을 알게 되면서 근육질의 남성을 찬양하고 이에 비해 근육질이 없는 연약한 여성의 피부를 비하하기도 했다.

파우스트 (……)
　지금까지 지고의 아름다운 남자에 대해 말했으니,
　이제부터 지고의 아름다운 여자에 대해서도 이야기해 주시오!
케이론 (……)
　즐거이 삶의 기쁨을 선사하는 본성만이

---

1 김선형, 『나 역시 아르카디아에 있었노라!』(경남대학교 출판부, 2015), 162면.

찬양할 가치가 있는 법이오.

아름다움은 제 혼자서 행복에 잠기지만,

우아함은 다른 이들을 거역할 수 없이 사로잡는다오.

내가 태워 주었던 헬레나처럼 말이오.(7395~7405)

여기에서 여성미는 남성에게 애교가 있어야 가능하다고 언급되어 있다. 따라서 고딕식 조각은 부자연스러운 불미(不美)를 기피하지 않고 여성의 겸허한 자세와 순종의 습성을 표현하고 있다. 이러한 배경에서 남녀의 생식과 출산도 불공평하게 규정되었다. 옛날 그리스에서 여성은 피임이나 낙태의 권리도 갖지 못했다. 그리스인들은 남자 태아는 임신 후 30~40일, 여자 태아는 80~90일이 지나야 비로소 이성과 영혼을 갖춘 존재로 믿었기 때문에 그 이전의 낙태는 윤리적으로 문제 삼지 않았다. 그러나 낙태에 대한 권한은 전적으로 남편의 것이었다. 그럼에도 그리스 여성들 사이에선 삼나무 수액이나 황산, 알루미늄 등 피임약과 낙태약이 알려져 있었다. 오늘날 이런 약물의 효과는 매우 의심스럽지만, 여성들이 이런 처방을 서로 교환했다는 사실은 〈최소한 여성들이 생식과 출산의 짐에서 벗어나기 위한 연대를 보여 주는 것〉이다. 여성들의 이러한 다양한 생식 조절 방식은 가부장적 지배와 억압에 대한 저항 수단으로 이해될 수 있다.

아버지 또는 최연장자인 남성이 절대적인 권위를 가지고 다른 가족 구성원을 지배하는 가족 형태인 가부장 제도는 고대 로마법의 가장권patria potestas에서 비롯했는데, 그것이 확대되어 지배자가 절대적인 권력을 갖는 지배 형태가 되었다. 군주를 가부장과 같은 레벨로 삼아 왕권으로의 절대복종을 역설한 필머Robert Filmer의 국가론이 이의 전형이다. 그런데 이 개념의 일반적인 정의를 내린 인물은 베버Max Weber로, 그는 이것을 〈전통적 지배〉의 가장 순수한 형태로 규정했다. 그에 의하면, 가부장제란 전통에 따라 신성화된 지배자에게 구성원이 공순(恭順)의 뜻을 보여 줌으로써 성립된 지배 형태라는 것이다. 여기에서 가부장제는 지배의 다양한 유형 가운데 하나인 정치학적 개념으로 확립된 것이다. 프롬Erich Fromm은 『자유로부터의 도피』에서 〈인간은 소외되지 않은 상태가 그에게 부과하는 자유와 책임 그리고 고독을 확실하게 감당할 수 없을 경우, 그 자신을 권위에 복종시키거나, 파괴라는 이차적 창조성, 또는 무비판적인 자동인형적(自動人形的) 동사(同詞)를 통해 해소시킨다〉[2]고 언급함으로써 가부장제를 인정했다. 가부장제는 일반적으로 전근대적인 사회의 형태로 간주되어 왔고, 여성에 대한 남성의 뿌리 깊은 가부장적 우위는 서구의 문화를 깊숙이 지배했다.

제우스는 자기의 불을 훔쳐 간 프로메테우스에게 보복하기 위해 판도라라는 여성을 만들어 온갖 악의 근원이 되도록 했다. 남아메리카의 테네테하라족 신화는 뱀 모양의 정령에게 성교를 배운 최초의 여자가 최초의 남자에게 이를 가르친 결과, 신의 노여움을 받아 인간은 죽는 존재가 됐다고 전한다. 중국 여자 항아(姮娥)는 남편과의 약속을 어기고 불사약을 혼자 먹은 뒤 공중으로 떠올라 적막한 월궁에 갇히게 됐다.

이처럼 동서양을 막론하고 불행이나 죽음이 여성 때문에 초래됐다는 신화는 많지만 남성 탓이라는 신화는 없다. 이는 신화 속의 여성들이 남성들의 편의에 따라 변경, 왜곡됐기 때문이다. 유대의 구약 성서에 의하면, 신은 아담과 똑같은 방식으로 릴리트Lilith를 만들었다. 아담의 첫 번째 아내 릴리트는 아담에게 복종하지 않았고 둘 다 흙으로 빚었기 때문에 평등하다고 주장했다. 히브리 전설에 의하면, 그녀는 아담으로부터 이혼을 당한 뒤 악마 〈사마엘〉의

---

2 정문길, 『소외론 연구』(문학과지성사, 1978), 184면 참조.

첩이 되어 아름다운 머리칼로 남자와 아이들을 유혹했다고 하는데, 이러한 릴리트를 파우스트는 성적 방탕으로 애욕의 극치를 보여 주는 발푸르기스의 밤에 마주치게 된다.

파우스트 벅적벅적한 큰 시장에 온 기분일세!
메피스토펠레스 저 무리들이 모두 위를 향해 가고 있소.
　선생이 사람들을 떠민다고 생각하겠지만, 사실은 떠밀려 가고
　있소.
파우스트 저게 대체 누군가?
메피스토펠레스 자세히 보시오!
　릴리트라오.
파우스트 누구라고?
메피스토펠레스 아담의 첫 번째 마누라 말이오.
　저 여자의 아름다운 머리카락을 조심하시오,
　머리카락은 저 여자가 뽐내는 유일한 장신구라오.
　그것으로 젊은 남자를 낚았다 하면,
　결코 호락호락 놔주지 않는다오. (4115~4123)

이러한 릴리트는 권력과 성을 추구하고, 아이를 싫어하며, 독자적인 삶을 사는 여성을 상징한다. 이에 화가 난 아담은 순종적인 이브로 아내를 갈아 치운다. 그 후 가부장제 사회가 복종적이고 희생적인 여성 이브를 숭배하면서 릴리트는 악마 취급을 당해 왔다. 릴리트는 여성의 중요한 본성 중 하나인데, 남성 중심 사회는 이브만이 여성의 참모습인 것처럼 강요했다. 따라서 밀턴의 「실낙원」에서 아담은 〈이제부터는 남성에 대한 순종이 최상이라는 것을 배우게 된다〉고 이브에게 당부하고, 괴테의 『파우스트』에서도 〈성급하고 어리석은 것이 여자의 참된 본성이란 말이냐!〉(9127)라는

구절이 있다.

그러나 인류 사회에서 가장 먼저 성립된 신은 대지모신(大地母神) 가이아였다. 이 신은 농경 사회 이전인 구석기 시대에 생겨났지만 이미 그 이전에 대지를 모든 생명체의 어머니로 생각하는 신적 관념이 존재했다. 이러한 대지모 개념이 『파우스트』에서 꼬마 난쟁이 요정인 피그마이오이들의 언급에 묘사되고 있다.

> **피그마이오이들** 동쪽이든 서쪽이든
> 어머니 대지는 생명을 즐겨 잉태하노라.
> **닥틸로이** 어머니 대지가 어느 날 밤
> 작은 것들을 낳았으니,
> 아주 작은 것들도 낳으리라.
> 그들과 같은 것들을 찾아내리라.(7620~7625)

대지모신이 숭배되던 사회는 여성이 남성의 종속물로 인식되지 않았다. 따라서 여성이 남성을 능가하는 신화도 있는데, 한 예로 아마존 왕국의 아마조네스를 들어 본다. 여자들만으로 구성된 이 부족의 전설에 의하면 종족 보존을 위해 1년에 한 번씩 옆 지방 부족 남성들과 교합했는데, 거기서 태어난 남자애들은 모조리 죽여 없애고 여자애들만 길러 냈다고 한다. 이러한 경우도 있지만 대체로 여성은 핍박받는 열등한 존재가 되었다.

서양 문화에서 공통적인 반기독교적 속귀는 여성형만 있고 남성형은 보거나 들을 수 없다. 따라서 〈마녀Hexe)〉란 명칭은 흔해도 〈마남(魔男)〉이라는 말은 없고, 마적인 남성은 기껏해야 마술사나 마법사(영어: wizard, 독일어: Hexer, 프랑스어: sorcier)로 불릴 뿐이다.

아리안족에서 모독은 남성으로, 셈족에서 죄악은 여성으로 이해되어 최초의 모독은 남성에 의한 것, 최초의 죄악은 여성에 의한 것이라고 전해지는데,[3] 이러한 배경은 과거 여성은 성의 도구라는 의식의 잔재에서 유래했다고 볼 수 있다. 따라서 독일의 저명한 문인이나 철학자 등 지식인들은 여성을 비하하는 전통적 고정 관념을 가지고 있는데, 대표적인 사람으로 철학자 니체를 들 수 있다. 그는 『선악을 넘어서』에서 〈진리는 여성일지도 모른다〉라고 말하면서 여성을 비하하고 있다.

이 작품의 서문에서부터 니체는 〈가령 진리를 여성이라고 가정해 보자 — 어떤가? 모든 철학자는 도그마의 사도였던 이 여자들을 잘못 이해했다고 의심을 받았어도 별수 없지 않는가?〉라는 여성 경멸의 내용을 담고 있다. 이 『선악을 넘어서』 속 다음의 내용에서 여성의 경멸은 절정에 이르고 있다. 〈어떤 여자가 학문적 관심을 가지면 일반적으로 그녀의 성적인 면은 뭔가 정상이 아니다. (……) 여자가 독립하려 한다. 게다가 남성들에게 여성 자체에 대해 계몽하려 한다. 이것은 유럽의 전반적인 혐오의 가장 극악한 진보에 속한다. 이처럼 학문적으로 자기 노출을 시도하는 여성들의 어리석은 노력이 무엇을 밝혀 줄 수 있단 말인가! 여성은 부끄러움을 느껴야 할 충분한 이유가 있다. 여성에게는 현학, 천박함, 건방진 태도, 하찮은 오만, 천박한 방종, 뻔뻔스러움 등과 같은 속성들이 내재되어 있는 것이다.〉

마찬가지로 작가 슈니츨러Arthur Schnitzler도 『사랑의 유희』에서 〈바로 그거다. 휴식이다. 그것이 깊은 의미다. 휴식을 위해 그들이 있는 거다. 그래서 나는 소위 흥미 있는 여자들을 싫어한다. 흥미로울 필요가 없고 기분 좋아야 하는 것이다〉[4]라고까지 피력하고, 괴테의 『파우스트』에서도 케이론이 이를 내세운다.

---

3 Friedrich W. Nietzsche, *Die Geburt der Tragödie* (München: 1955), S. 9.
4 Arthur Schnitzler, *Liebelei*, Fischer Taschenbuch Verlag, S. 11.

즐거이 삶의 기쁨을 선사하는 본성만이
찬양할 가치가 있는 법이오.
아름다움은 제 혼자서 행복에 잠기지만,
우아함은 다른 이들을 거역할 수 없이 사로잡는다오.
내가 태워 주었던 헬레나처럼 말이오.(7401~7405)

　　심지어 『파우스트』에서 같은 여성인 합창단 단장도 〈성급하고
어리석은 것이 여자의 참된 본성이란 말이냐!〉(9127)라고 여성을
비하한다. 이렇게 미학이 〈철학과 학문〉에서 남성을 위한 제도가
되어 여성들은 그들이 하고자 하는 표현을 명확하게 나타낼 수도,
그들이 들어설 자리도 없게 되었다.
　　괴테의 시대에도 남성 우위의 굴레가 지배하여 『파우스트』에
서 여자는 일단 악에 발을 들여놓으면 맹목적이 되지만 남자는 양
심적이 된다고 윤리적인 개념에서까지 남성 우위가 주장된다.

　　마법사들 절반의 합창　우리는 달팽이처럼 느릿느릿 기어가는데,
　여자들은 휘이휘이 앞서 가는구나.
　악(惡)의 고향을 찾아갈 때는
　여자들이 수천 걸음 앞서기 때문이리라.(3978~3981)

　　이렇게 남성이 선악의 구별에서까지 우위라는 주장에 여성은
천 걸음 걸어야 악에 도달하지만 남성은 한 걸음에 여성을 앞질러
악에 도달한다고 항변한다.

　　그게 무슨 대수랴,
　여자들이 수천 걸음 앞서면 어떠랴.
　제아무리 서두르더라도

남자들이 단 한 걸음이면 따라잡거늘.(3982~3985)

이러한 남성 우위 사상에 대해 여성이 택할 수 있는 유일한 무기는 미를 통한 유혹이었다. 따라서 가부장적으로 오만한 남성을 여성의 미로 유혹하여 파멸시키는 내용이 유행하여 어둠 속에서 동침한 적장의 목을 자르는 유디트, 가슴에 독사를 얹고 있는 클레오파트라, 동양의 양귀비와 장희빈 등이 작품에 자주 등장했다. 특히 상반신은 여자이고 하반신은 물고기로 남성을 홀려 파멸로 이끄는 인어의 전설은 세계 각지에서 전해 내려오고 있다. 기원전 6세기부터 창작되기 시작했다는 그리스 신화에는 노래를 불러 뱃사람들의 혼을 빼는 〈세이렌〉 이야기가 나온다. 뱃사람들은 세이렌의 노래를 들으면 저도 모르게 바다로 몸을 던지게 된다고 한다. 이 전설은 독일 라인강의 로렐라이 전설과도 유사하다.

1816년 하이델베르크에서 간행된 슈라이버Aloys Schreiber의 『라인강 여행 안내』 책자에 의하면, 옛날에는 어두워지는 저녁 무렵이나 달밤에 로렐라이 언덕 위에 처녀가 나타나 고운 목소리로 노래를 불렀다고 한다. 이 노래가 워낙 사람을 홀릴 만큼 아름다워서 언덕 앞을 지나가는 뱃사공들이 넋을 잃고 처녀를 바라보며 노래를 듣다가 배가 암초에 걸리거나 소용돌이에 휩쓸려 그만 목숨을 잃는다. 이 전설이 하이네의 시 「로렐라이」의 유명한 소재가 되고 있다.

알 수 없네.
왜 옛날의 동화 하나가
내 마음속에서
나를 슬프게 하는지.

바람은 차고 날은 저무는데,
라인강은 고요히 흐르고
산봉우리 위에는
저녁 햇살이 빛난다.

저 건너 언덕 위에는 놀랍게도
선녀처럼 아름다운 아가씨가 앉아
황금색 장신구를 번쩍거리며
금발을 빗어 내린다.

황금의 빗으로 머리 빗으며,
그녀는 노래를 부른다.
기이하게 사람을 유혹하는
선율의 노래를.

조그만 배에 탄 뱃사공은
걷잡을 수 없는 비탄에 사로잡혀
암초는 바라보지 않고
언덕 위만 쳐다본다.

마침내는 물결이 조그만 배와 함께
뱃사공을 삼켜 버리리라.
그녀의 노래와 함께 이것은
로렐라이에서 일어났다.

이 시는 본래 브렌타노Clemens Brentano의 창작 담시인데 후에
하이네가 전설같이 작사하여 오히려 더 유명해졌다. 하이네 이외

에도 많은 독일 시인들이 로렐라이를 소재 삼아 시작(詩作)했고, 또 많은 작곡가들이 작곡했다. 나치스 독일은 하이네의 책을 분서(焚書) 처분했는데 그의 「로렐라이」는 세계적으로 너무도 유명한 데다 널리 애송된 까닭에 끝내 금지하지 못하고 작자 미상의 민요라 하며 묵인했다. 이 「로렐라이」야말로 독일의 전통을 소재로 미의 극치는 죽음과 통한다는 심미관을 민요풍으로 형상화한 대표적인 작품이다.

아말리아에 대한 실연으로 마음의 상처를 안고 함부르크에서 본으로 옮겨 간 하이네는 그곳에서 공부하는 동안 라인강 정취에 사로잡혀 이 노래를 부르기에 이른다. 따라서 요정은 아말리아의 변형이고, 뱃사공은 시인 자신의 모습이다. 이 담시에서 유혹하여 죽음으로 이끄는 처녀는 〈팜 파탈Femme Fatale〉의 전형적인 형상이다. 프로이트는 이성을 유혹하는 여성의 심리를 〈남성에 대한 지배 욕구〉로 보기도 했다. 여성의 유혹은 가부장적 사상에 대한 보복이라는 설도 있다. 여성성을 무기로 자신을 소외시킨 〈아버지와 닮은 남성(의 세계)〉을 정복하고자 하는 욕망이야말로 〈팜 파탈〉의 전형이다. 이러한 〈팜 파탈〉형의 여성이 실제로 존재하기도 했다.

1937년 독일의 작가 루 살로메Lou Andreas Salomé가 76세로 타계했다. 러시아의 상트페테르부르크에서 태어난 살로메는 유럽에서 처음으로 여성에게 문호를 연 취리히 대학에서 종교학과 예술사를 공부했다. 살로메가 지적인 여성이기는 했으나 유럽 지성사에서 살로메라는 이름은 『라이너 마리아 릴케』, 『프로이트에 대한 감사』 같은 그녀의 책들이 보여 주듯 주로 그녀가 교유한 남성들과 관련해 기록되었다. 살로메는 일생 동안 수많은 남성들과 교유하여 호사가들로부터 유럽 제일의 팜 파탈로 꼽혔고 〈트로피처럼 남자를 모으는 여자〉라는 소리도 들었다. 그러나 그녀와 결혼한 남자는 그녀에게 안드레아스라는 성을 남겨 준 동양학자 프리드리히 카를 안드레아스가 유일했다. 살로메가 교유한 남자들 가운데 유명한 사람은 철학자 니체와 시인 릴케 그리고 정신 분석학자 프로이트이다. 동료 철학자 파울 레(그 역시 살로메에게 청혼까지 했다)의 소개로 로마의 성 베드로 성당에서 살로메를 처음 만난 니체는 한눈에 그녀에게 반해 〈우리는 도대체 어느 별에서 떨어져 이제야 만나게 된 걸까요?〉라고까지 말했다. 살로메도 니체를 존경했지만 그의 청혼을 받아들이지 않고 정신적인 교유만 허락했다. 반면에 릴케와는 동거까지 하며 깊은 사랑을 나눴다. 물론 살로메는 이혼하지 않고 두 집 살림을 했다. 그러나 릴케의 신경증 때문에 둘의 관계도 파탄나고, 릴케는 그녀와 헤어진 뒤 비극적 시집 『두이노의 비가(悲歌)』를 비롯한 걸작들을 쏟아 냈다.

이러한 팜 파탈의 여성은 전설적으로 삼손의 머리칼을 자르는 델릴라, 카르멘, 메두사에 이르기까지 관능적 매력과 아름다움을 통해 남성들을 종속시키고 치명적 불행을 안겨 주는 여성들, 바로 서양의 회화에 성모 마리아만큼 자주 등장하는 여성상들이다. 대자대비한 성모와는 반대로 치명적인 성적 매력으로 남성을 파멸시키는 요부인 것이다. 중세에는 이브가 대표적 팜 파탈로 등장하고, 그리스 신화의 영웅 오디세우스를 유혹하는 키르케, 다윗왕이 빠져 버린 밧세바,[5] 이어 트로이 전쟁을 일으킨 헬레나 등이 있고, 현대에 와서는 롤리타와 메릴린 먼로가 있다. 여성에 대한 남성의 뿌리 깊은 편견과 혐오 혹은 현실에서 이룰 수 없는 욕망이 팜 파탈로 나타난 것이다.

이러한 여성들을 그린 그림들은 대부분 강렬한 에로티시즘,

5 다윗은 어느 날 저녁 소위 〈다윗의 30 용사〉 중 한 사람인 우리아의 아내 밧세바가 목욕하고 있는 것을 왕궁의 지붕 위에서 보고, 그녀를 취해 잉태시킨 뒤 불의를 감추기 위해서 책략을 써서 우리아를 전사시켰다. 밧세바는 다윗의 아내가 되고 후에 현명한 왕 솔로몬의 어머니가 된다. 「사무엘 하」 11장 참조.

(남성들을 자극하는) 쾌락과 이로 인한 남성들의 죽음의 이미지로 범벅돼 있다. 팜 파탈의 역사는 곧 여성에 대한 남성의 불안의 역사일까. 이런 불안은 여성의 매혹적이고 파괴적인 힘이 캔버스에 진동하는 들라크루아·클림프·뭉크·루벤스·렘브란트·마그리트·마티스 등 대가들의 걸작에서도 볼 수 있다.[6]

이렇게 남성의 억압에 대한 반발에서인지 『파우스트』의 주인공을 여성으로 전환시켜 여성 파우스트가 출현하기도 했다. 괴테의 『파우스트』에서 〈선생이 반신(半神)적인 여걸의 후예인 걸 알겠소〉(10186)라는 메피스토펠레스의 말처럼 전형적인 남성적 파우스트상에 저항하여 여성 파우스트가 생성된 것이다. 지식을 향한 끝없는 갈망, 그로 인해 비롯된 악마와의 계약이 파우스트 전설의 특징인데, 이러한 파우스트가 꼭 남성이어야만 하는지를 의문시하는 일종의 반발이었다. 파우스트는 결코 남성만의 전유물이 아니라는 것이어서 18세기 이후의 서양 문학사에서는 파우스트적인 삶의 방식을 보여 주는 여주인공들이 자주 등장하고 있다.

독일 문학사에서 〈여성 파우스트〉라는 명칭은 영국 작가 루이스의 『수도사』를 〈마틸데 폰 빌라네가스 또는 여성 파우스트〉라는 제목으로 옮긴 익명의 번역본이 1799년 출간되면서부터 사용되었다.[7] 그 후 지식과 자립과 권력 등을 추구한 나머지 악마와 계약을 맺는 위험까지 감수하는 여성 파우스트가 등장하여 남녀 간 성의 한계를 극복하려 했는데, 대표적인 작품으로 동독의 여성 작가 모르그너Irmtraud Morgner의 『반주자 라우라의 증언에 따른 음유 시인 베아트리츠의 삶과 모험』을 들 수 있다. 이 작품의 주인공 베아트리츠는 파우스트만큼이나 이단자로 자유로운 공상을 추구하며 한계를 넘나드는 여성이다. 이 작품의 줄거리가 파우스트 전

6 안진태, 『엘리아데·신화·종교』(고려대학교 출판부, 2005), 532면 이하.
7 Vgl. Sabine Doering, *Die Schwestern des Doktor Faust. Eine Geschichte der weiblichen Frauengestalten*(Göttingen: 2001), S. 329.

설과 근본적으로 일치하여 여성 파우스트의 소설로 간주된다.[8]

세러Wilhelm Scherer는 문학의 시대를 〈여성적 시기〉와 〈남성적 시기〉로 특징지으면서 문학 발전의 전성기는 여성의 주도적인 시대와 일치한다고 관측했다. 그에 따르면, 〈남성적 시기〉란 몰락의 시대로 이때는 문화 발전에 여성의 영향력이 극도로 축소된다. 그런데 게르만의 거친 독일 남성은 고대로부터 여성을 통하여 정화되고 향상되는 전통이 있어 이 내용이 괴테의 희곡 「타우리스의 이피게니에Iphigenie auf Tauris」(1787)에 잘 나타나 있다.

> 사내들에게 최고의 명성을 가져다주는 폭력과 간계도
> 고결한 영혼의 진실 앞에서는 부끄러워할 것이고,(2142~2143)

이에 따라 괴테는 그리스 신화에 나오는 이피게니에 등 다양한 여성들을 승화시켜 거칠거나 오만한 남성을 구원하는 고결한 여성으로 전개시키고 있다. 이피게니에는 영웅 아가멤논과 클리타임네스트라의 딸이다. 트로이 원정에 나선 그리스군 함대가 아울리스 항에 결집했을 때 아가멤논의 무례함에 노한 아르테미스는 바람을 멈추게 하여 배의 출항을 방해했다. 아가멤논은 예언자 칼카스Kalchas의 충고에 따라 이피게니에를 아킬레우스와 결혼시킨다는 구실로 설득한 후 여신의 제단에 제물로 바쳤다. 그러나 그녀를 불쌍히 여긴 여신은 그녀가 희생되기 직전에 암사슴 한 마리를 대신 갖다 놓고 그녀를 타우리스로 데리고 갔다.

타우리스에 도착한 이피게니에는 아르테미스 여신을 섬기며 여신에게 제물을 바치는 일을 담당했다. 어느 날 그녀의 동생 오레스테스Orestes가 친구 필라데스Pylades와 함께 아르테미스의 신상(神像)을 구하러 타우리스에 상륙했다가 그곳 주민들에게 붙잡혀

---

8 함희정, 『파우스트 그는 누구인가?』, 이인웅 엮음(문학동네, 2006) 참조.

신전으로 끌려왔다. 나그네의 고향을 묻다가 자신의 동생임을 확인한 이피게니에는 오레스테스가 어머니를 살해했기 때문에 그 죄를 씻기 전에는 제물이 될 수 없다고 토아스왕을 설득했다. 그녀는 왕에게 비밀 의식을 거행해야 한다고 속인 후 두 사람과 함께 그리스로 도망했다. 그녀는 아르테미스의 신상을 아티카의 하라이에 모시고 그곳에서 여신의 신관(神官)으로 있다가 메가라에서 세상을 떠나 그곳에서 신격화되었다고 전해진다.

이러한 이피게니에가 그리스의 비극 작가인 아이스킬로스의 비극 『오레스테이아Oresteia』의 제1부작 「아가멤논」에서 아버지 아가멤논에 의해 희생 제물로 바쳐지는 등 여러 가지 수난을 겪는 인물로 그려진다. 역시 그리스의 비극 작가인 에우리피데스는 「아울리스의 이피게니에」와 「타우리스의 이피게니에」에서, 괴테는 「타우리스의 이피게니에」에서 그녀를 교만하고 야만스러운 남성들을 순화시키는 고결한 여성으로 전개시키고 있다.

> 여자인 것이 우리에게 큰 행운이지요.
> 남자는 제아무리 착해도 잔인한 행동에
> 익숙해져 처음에는 경멸하던 일을
> 결국에는 법칙으로 삼아 습관에 따라
> 가혹해지고 본성을 거의 알아볼 수 없게 되지요.
> 하지만 여자는 일편단심, 한번 마음먹은 마음을 언제나
> 그대로 유지하지요. 좋은 일이건 나쁜 일이건
> 여자를 믿는 게 더 확실해요.(786~793)

괴테의 동료였던 실러도 시 「여성의 존엄Würde der Frauen」에서 난폭하고 파괴적인 남성을 정화시키는 데 여성의 역할이 필요하다고 역설함으로써 남성과 여성의 역할을 모두 중요하게 강조

하고 있다.

여성을 존중하라! 그들이 하늘의
장미를 지상의 삶 속에 짜넣고,
사랑의 행복한 리본을 짜며
우미로 길들여진 장막 속에서
성스러운 손길로 아름다운 영혼의
영원한 불을 사르며 지킨다.
　(……)
어머니의 소박한 오두막 속에서
그들은 순결한 예절을 지닌
경건한 자연의 진정한 딸들이다.

남성의 노력이란 분쇄 파괴적으로
적대적이며
난폭자로 쉬거나 멈추지 않고
인생을 종횡한다.
히드라 뱀의 머리가
영원히 떨어졌다 다시 생겨나듯,
자신의 창조를 다시 파괴하고
욕망의 싸움을 멈추지 않는다.

그러나 여성은 조용한 타이름으로
도덕의 황홀을 유지하고,
광란으로 타오르는 불화를 꺼주며
서로 적대 증오하는 세력을 지도하여
사랑의 형태로 서로 감싸도록 하고

영원히 서로 간의 도피를 합쳐 준다.

그런데 남성 위주의 제도는 독일 안팎에서 비난받았다. 영국의 여성 작가 브론테Charlotte Bronte의 대표작인 『제인 에어』(1847)에서는 남성 위주의 제도가 다음과 같이 비난되고 있다. 〈여성은 조용한 존재라고 흔히들 생각한다. 하지만 여성도 남성과 똑같은 감정을 가지고 있다. 그녀들 또한 그녀들의 형제들과 마찬가지로 자기들의 능력이나 재능을 발휘할 터전을 필요로 한다. 지나치게 가혹한 속박, 너무나 완전한 침체에 괴로워한다는 점에서 그녀들은 남성들과 다를 바 없다. 여자란 집 안에 처박혀서 푸딩이나 만들거나 양말이나 짜고 피아노나 치고 가방에 수나 놓아야 한다고 말하는 것은 보다 많은 특권을 누리고 있는 남자들의 옹졸한 생각에 지나지 않는다. 관습이 요구하는 일 이상의 것을 여성들이 하려고 하고 또 배우려 한다 해서 그들을 탓하거나 비웃는 것은 지각없는 짓이다.〉[9]

여성 해방 운동을 이론적으로 정립하고 선포한 보부아르는 〈여자는 여자로 태어나는 것이 아니라 여자로 키워질 뿐이다〉라고 선언하면서, 천성적으로 근본적인 성의 차이를 지칭하는 여성성은 존재하지 않는다고 말했다. 물론 남자와 여자 사이에는 형식적인 성장의 차이가 있지만 그것이 오랫동안 이어진 남성 지배를 설명하는 데 충분한 이유가 되지 못한다는 것이다. 이에 반해 사회주의 사상을 지닌 문헌들을 보면 여성에게 남성과 동등한 권리가 주어진다면 여성의 종속은 사라진다는 주장도 있다. 이렇게 여성 문제를 사회주의적 개념으로 다룬 대표적인 작품으로 독일의 사회주의자인 베벨August Bebel의 『여성과 사회주의Die Frau und der Sozialismus』를 들 수 있다. 1879년 비스마르크의 엄격한 사회주의

9 Charlotte Bronte, *Jane Eyre*(Oxford: 1969), p. 133.

단속에서도 비밀스럽게 출판되어 판매의 금지·몰수 등 많은 어려움을 겪은 이 저서는 제1편 〈과거의 여성〉, 제2편 〈현재의 여성〉, 제3편 〈국가와 사회〉, 제4편 〈사회의 사회〉로 나누어 사회주의적 입장에서 여성이 억압되고 모욕당해 온 상황을 역사적·과학적으로 서술하여 여성 해방을 인류 해방의 투쟁으로 승화시켰다. 사회주의자 엥겔스는 여성 억압이 생산 수단의 사적 소유로부터 시작되었으므로 자본주의가 바로 여성 억압의 근원이라고 주장했다.

2
시민 비극

—

시대정신Zeitgeist이라는 말은 독일의 헤르더가 1769년에 맨 처음 사용했으며, 이를 역사의 과정과 결부시켜 보편적 정신세계로 설명한 것이 헤겔이다. 또한 헤겔은 그것을 민족정신과 결부시켜 동양·그리스·로마·게르만의 4단계로 구분했다. 유물 사관의 입장에서 시대정신은 이데올로기로서 주로 각 시대의 경제적 구조가 중심이 된다.

헤겔의 시대정신 철학의 영향을 받은 헤벨은 〈자아〉, 즉 〈개인〉의 활동을 중시했다. 사회가 첨예하고 다양하며 불행한 형태로 보여 주듯 개인의 성장은 결코 쉬운 일이 아니다. 성장하는 것 자체가 심신의 위기로 가득 찬 도전과 시련의 과정이기 때문이고, 불안전한 사회에서 위기의 가능성이 커지기 때문이다. 사람은 개인의 열망과 사회가 요구하는 순응 사이에서 갈등과 좌절의 순간들을 수없이 경험하는 것이다. 따라서 헤벨의 세계관에 의하면, 〈개인〉의 존재와 활동은 항상 〈전체〉의 의지에 반항이 된다. 여기에서 〈화해될 수 없는 대립에 기인하는 비극적인 것das Tragische〉이 발생한다고 헤벨은 말했다. 종교, 윤리 및 정치 문제에 대해 근본적으로 일률적이고 폐쇄적인 사회와 기존 법칙에 거역하여 독자적인 별[星]을 지향하려는 개인이 있을 때 요컨대 화해될 수 없는 대립이 생기는 것이다. 단체와 보호라는 사회 개념에서 본래의 인간화는 비인간화로 변하게 마련인데, 여기서 단체는 화합과 협동

등 일의 능률을 요구한다. 『파우스트』에서 헬레나가 요구하는 일의 능률에 이 내용이 잘 나타나 있다.

> 내 화가 나서가 아니라 슬픈 마음이 들어
> 너희들의 추악한 싸움을 금하노라.
> 충실한 하인들 사이에서 남몰래 곪아 터진 불화보다
> 더 주인을 해롭게 하는 것은 없느니라.
> 그러면 주인의 분부가 어찌 즉각 행동으로 옮겨져
> 듣기 좋은 메아리로 돌아오겠느냐.
> 아니, 제멋대로 설치고 날뛰는 바람에
> 당황한 주인이 아무리 꾸짖어도 소용없느니라. (8826~8833)

사회는 일단 재물이나 선행을 베푼 뒤 상대에 대한 지배권을 획득한다. 고분고분하고 화합적인 인간의 속성을 요구하는 것이다. 결국 사회는 (삶의 물질을 제공하여) 구원이라는 아름다운 허위가 되고, 삶의 위기에서 벗어난 개인은 사회에 순종하는 객체가 되어 위기를 느끼지 못한다. 즉 저항하지 않고 사회에 적응하지만 그 결과는 자신의 황폐뿐으로 이러한 현실이 『파우스트』에서 비평되고 있다.

> 재물을 들이밀며
> 대담하게 행동하라고 우리를 부추기고,
> 느긋하게 즐기라며
> 편안하게 방석을 깔아 주는 황금의 신 맘몬을 저주하노라!
> (1599~1602)

이렇게 인간이 사물화되는 사회에서 프로메테우스 같은 〈거룩하게 불타는 마음〉10의 천재는 존재할 수 없다. 결론적으로 시민성이라는 사회적 화합의 가상에 인간에게 가해지는 기형화가 은폐되는데 이러한 비인간화를 사람들은 의식하지 못한다. 이에 대한 투쟁이 고대 그리스에서부터 독일의 극작가 헤벨에 이르는 비극의 핵심이다.

대체로 비극이 발생하는 원인으로 죄과가 있어야 하는데, 헤벨에게는 〈개인〉의 존재 자체가 〈전체〉에 대한 반항이 되어 도덕적으로나 종교적으로 아무 잘못이 없으면서 비극의 요소가 되어 범비극론Pantragismus의 근거가 된다. 이렇게 〈개인〉의 존재 자체를 죄로 규정하는 사상은 쇼펜하우어 철학의 영향이지만, 헤벨은 쇼펜하우어와 달리 세계 전체를 부인하지 않고 보다 높은 차원에서 형상화하려 하고 있다. 그에게는 남녀의 성별이 대립과 비극의 시초로 사회 계급의 대립, 종교의 대립 등 모든 대립이 비극이 된다. 결국 인간은 분명히 〈개인〉의 존재로 〈전체〉에 대립되고, 여기에서 인간적 폭력과 결점이 권세를 떨쳐 왔다.

이러한 맥락에서 〈시민 비극Bürgerliches Trauerspiel〉이란 사조가 생겨났다. 시민 비극이란 말은 레싱이 1755년 「사라 삼프손 양 Miß Sara Sampson」을 썼을 때 부제로 기입하여 장르로 처음 명시했는데, 이는 시민적이고 상인적인 신분 의식이 결여되어 붙여진 명칭이다. 도젠하이머Elise Dosenheimer에 의하면, 시민 비극은 종교적·영웅적·궁정적 삶이 아니라 시민적 삶을 기본으로 하여 시대 정신에 대한 반항이자 죄과가 되고 있다. 사회적 질서에 순응한다는 것은 가부장, 도덕적 규범, 법률, 종교적 가르침 및 교회 등의 권위를 인정하고 이들의 후견을 받아들이는 것을 의미한다.

이러한 〈시민 비극〉에는 부친과 딸의 갈등을 다룬 주제가 많은데, 대표적인 작품으로 레싱의 「에밀리아 갈로티Emilia Galotti」를

10 괴테의 시 「프로메테우스」 34행.

들 수 있다. 이 작품에서 에밀리아와 아피아니의 약혼은 사랑이 아니라 아피아니에 대한 부친의 적극적인 호감 때문이다. 〈그 품위 있는 젊은이를 나의 아들이라 부르게 될 순간을 더 이상 기다릴 수가 없구나. 그의 모든 점이 나를 매혹시키는구려.〉[11] 이러한 부친의 태도에 그 당시 딸에 대한 부친의 권위가 체현되어 있다. 이러한 「에밀리아 갈로티」를 위시하여 실러의 「계교와 사랑Kabale und Liebe」, 헤벨의 「마리아 막달레네Maria Magdalene」 등을 시민 비극의 대표작으로 볼 수 있다. 실러의 「계교와 사랑」에서 〈아! 아버지의 상냥함은 폭군의 분노보다 더 야만스러운 강압이다. 나는 어쩌란 말인가? 할 수 없어요. 무엇을 해야만 한단 말인가?〉[12]라는 밀러린Luise Millerin의 절망에 찬 외침이 부친과 딸의 갈등을 다룬 시민 비극의 모토로 볼 수 있다. 오스트리아의 여성 작가 바흐만 Ingeborg Bachmann도 소설 『말리나Malina』에서 가부장적 부친상에서 벗어나려는 노력을 보여 준다. 볼프Christa Wolf의 『카산드라 Kassandra』도 부친으로부터 벗어나려는 딸의 모습을 다루고 있다. 볼프는 부권 사회가 오랜 전쟁의 역사를 통해 모권을 지배, 억압해 왔음을 문학으로 설명하여 가부장적 사회에서의 여성 소외 문제를 폭로하고 있다. 부권 사회에서 설 자리를 잃어 이질화된 존재가 결국 남성들의 권력에 의해 규정된 것이라고 볼프는 주장한다. 〈예전에 수행자였던 여성이 이제는 제외되었거나 객체화되어 버렸다. 객체화, 이는 폭력의 원천이 아닐까?〉[13]

이러한 가부장제로 인해 오랫동안 여성 작가들이 등장하지 않은 사실을 지적하고 싶다. 따라서 가부장적 체계 속에 거부되고 억압되었던 여성의 신비로운 힘을 부각시키고 활성화시켜 여성의

---

11 Gotthold E. Lessing, *Emilia Galotti* (München: 1981), S. 26.
12 Friedrich Schiller, *Kabale und Liebe*, Sämtliche Werke in 5 Bänden, Bd. 1 (München: 1968), S. 384 f.
13 Christa Wolf, *Voraussetzung einer Erzählung Kassandra* (Darmstadt: 1983), S. 144.

세계를 회복시키려는 움직임도 일고 있다.

이러한 〈부친과 딸〉의 갈등이 〈부친과 아들〉의 갈등으로 비화되는 경우도 있는데 괴테의 『빌헬름 마이스터의 수업 시대』에서 주인공 빌헬름은 상인이 되기를 강요했던 부친에 대해 저항감을 느끼는데, 부친은 아들의 만족이 지나치고 오만해지지 않도록 기쁠 때도 정중하게 보이려 했고 때로는 아들의 기분을 망칠 정도로 엄격하고 강력했다. 〈아버지는 친구에게 모든 것을 마련하도록 허락하셨고 자신도 묵인하시는 태도였지요. 다만 주의시키시기를, 애들에게는 그들이 사랑받고 있다는 것을 눈치채게 해서는 안 된다. 그렇지 않으면 점점 더 큰 것을 탐내게 될 것이라고 말씀하셨고, 애들의 만족감이 지나치고 오만해지지 않도록 애들이 즐길 때엔 진지하게 취급해야 하고 때로는 그만두도록 해야 한다고 생각하셨던 거지요.〉(HA 7, 21f.)

따라서 빌헬름의 첫 번째 슬픔도 부친 때문에 발생한다. 할아버지가 수집한 많은 값진 미술품이 부친에 의해 팔리는 모습이 빌헬름에게 큰 슬픔을 주어 당시의 인생에서 〈첫 번째로 슬펐던 시대〉(HA 7, 69)로 회상되었다. 〈그러면 그런 것을 모두 내려다 짐짝을 꾸렸을 때에 우리 아이들이 느꼈던 실망을 상상하실 수가 있겠지요. 그것이 제 생애의 최초의 슬픔이었습니다. 어렸을 때부터 그것을 즐겼고, 집이나 도시와 마찬가지로 변할 수 없는 것으로 생각한 것들이 점점 없어져 갈 때 마치 온 집 안이 텅 빈 것 같았던 것을 지금도 기억하고 있어요.〉(HA 7, 69)

따라서 다윗과 골리앗의 인형 놀이에서 빌헬름은 거인 골리앗을 두려운 부친상에 비유하여 다윗을 동정하며(HA 7, 21) 〈부친에 대한 반항〉을 보였다. 이렇게 주인공은 부친에 대해 저항, 공격, 증오하고 있다. 빌헬름이 공연을 시도한 「햄릿」에 나타난 의붓아버지 클라우디우스에 대한 복수 감정은 빌헬름의 자기 부친에 대한 거부감의 표현이었다.

뿐만 아니라 제1장 제17절에서 계모를 사랑함으로써 생부와 적대 관계에 서는 오이디푸스의 소재인 〈병든 왕자〉(HA 7, 70) 역시 〈참, 그렇습니다. 그것은 자기 부친의 신부를 연모하는 병든 왕자의 이야기를 그린 것이지요〉(HA 7, 70)라는 대화에서 인식할 수 있듯이 부친에 대한 저항적 음호가 된다. 왕자 안티오쿠스가 계모를 사랑하여 생긴 병은 계모와 결혼해야 나을 것이라는 전설이 담긴 그림〈병든 왕자〉이 이 소설 여러 곳에서 재현되고 있다. 이렇게 빌헬름의 부친에 대한 증오심은 「햄릿」과 「병든 왕자」에서 의부 클라우디우스와 생부 셀레우코스에 대한 증오심으로 나타나고 있다. 이러한 부친에 대한 증오를 빌헬름은 연극을 통해서 해소한다.

이러한 부친을 위시하여 사회는 자신의 질서와 체제를 유지하기 위해 개인의 위험 인자들을 억누르기 마련이다. 괴테의 『파우스트』에서 그레트헨(마르가레테) 역시 개인의 행복이 사회적 도덕과 일치하지 못하는 모순을 한탄하고 개인의 행복이 죄악으로 사회의 지탄을 받는 이유를 탓한다.

마르가레테 (무릎을 꿇는다) 형리 양반, 누가 당신에게
    날 데려갈 권한을 부여했나요!
    이 한밤중에 벌써 날 데리러 오다니.
    제발 날 불쌍히 여겨서 살려 주세요!
    내일 새벽에도 시간은 충분하지 않나요?
    (몸을 일으킨다)
    나 아직 이렇게 젊디젊은데!
    벌써 죽어야 하다니!
    나도 한때는 아름다웠어, 그것이 화근이 될 줄이야.

사랑하는 이 내 곁에 있었는데, 이제 멀리 떠났구나.

화환은 갈가리 찢기고, 꽃은 산산이 흩어졌으니.

날 우악스럽게 잡지 말아요!

좀 부드럽게 대해 줘요! 내가 당신한테 뭘 잘못했나요?

내 간청을 들어주세요,

우리 전에 한 번도 만난 적이 없잖아요!(4427~4440)

그레트헨은 자기 아기를 살해한 동기가 자신이 아니라 사회라고까지 주장한다. 여기에 오직 파우스트에 대한 사랑과 헌신으로 죄를 범한 그레트헨이 구제될 수 있는 싹이 깃들어 있다.

먼저 아이에게 젖을 먹이게 해주세요,

아일 밤새도록 안고 있었어요.

저들이 날 괴롭히려고 아이를 뺏어 가 놓고는

내가 죽였다는 거예요.

(……)

저들이 나를 비웃는 노래를 부르고 있어요! 나쁜 사람들이에요!

(4443~4448)

그레트헨의 이 발언은 도덕적인 죄악감이 없는 데서 온다고 본다. 사랑하는 자식을 어머니가 어떻게 죽이겠는가. 자기는 사랑했을 뿐 사회의 압력에 살해했다는 것이다. 이 점을 작가는 〈시대정신의 대표자〉로 반영시키는 사명으로 삼고 있다. 한편 시대정신과 역사의 관계가 『파우스트』에서 파우스트의 제자 바그너에 의해 옹호되고 있다.

죄송한 말씀이지만, 시대정신에 깊이 침잠해서,

우리 앞의 현인이 어떻게 생각하였고
우리가 마침내 그것을 어떻게 찬란히 발전시켰는지 보는 것은
커다란 기쁨입니다.(570~573)

이렇게 이성에 대한 무한한 믿음을 바탕으로 한 계몽주의의
〈시대정신〉이 바그너에 의해 제기되자 파우스트는 이를 수용하지
않고 비판한다.

이보게, 지나간 시대들은 우리한테
일곱 번 봉인된 책 같은 것일세.
자네들이 시대정신이라고 부르는 것은
사실은 작가들 자신의 정신일세.
거기에 시대가 반영되었을 뿐이고,
그것은 정말 형편없는 경우가 많네!(575~580)

파우스트의 견해에 따르면, 이른바 시대정신이란 결국 역사가
들이 자신의 주관적인 정신을 반영시킨 데 불과하다. 이는 괴테 시
대의 천박한 계몽주의적 역사가들의 비평이 아무런 가치도 없다
는 의미이다. 모든 것을 자기의 내면세계, 즉 영혼 속에서 근거를
찾지 않으면, 다시 말해서 자기의 인간 형성과 관련이 없으면 외관
상 객관성이 있어 보여도 말장난에 불과하다는 주장이다. 그러한
역사책은 결국 인간의 내면성을 통찰한 데서 나온 것이 아니라
누렇게 바랜 양피지를 뒤적인 결과로, 그저 맹목적으로 사건들을
긁어모은 꼴이어서 진정한 원인과 결과를 밝히지는 못한다는 것
이다.[14]

14 『괴테 파우스트』 I·II부, 45면.

그것은 쓰레기통과 헛간에 지나지 않고,

기껏해야 꼭두각시 인형들의 입에나 어울리는

그럴싸한 실용적인 격언을 내세우는

시끌벅적한 역사극, 정치극일 뿐일세!(582~585)

18세기 유럽의 시대정신으로 통하는 계몽주의는 〈빛〉으로 표상되는 인간의 이성을 중시했다. 이렇게 빛으로 표상되는 이성을 내세우는 계몽주의 사조가 『파우스트』에서도 묘사되고 있다.

아아, 이 좁은 골방에

등불이 다시 정겹게 타오르니,

스스로를 잘 아는 마음속,

가슴속이 밝아지는구나.

이성이 다시 말을 하고

희망이 다시 꽃피어 나기 시작하는구나.

생명의 냇물,

아아! 생명의 원천을 갈망하노라.(1194~1201)

이렇게 계몽을 연상시키는 〈빛〉은 과거에는 오직 신에게서만 오는 것으로 여겨져서 『파우스트』에서는 천사들이 〈진실한 말들 맑은 창공에 울려 퍼지고, 영원한 무리에게 어디서나 빛이 비치도다!〉(11731~11734)라고 합창하고 있다. 이러한 빛은 신과 적대적인 악마에게 거부될 수밖에 없었다. 따라서 『파우스트』에서 신적인 가치를 부정하는 메피스토펠레스는 인간이 빛으로 표상되는 이성을 오직 동물적으로 사용함으로써 불행해지고 비극적이 된다고 주장한다. 인간은 신으로부터 받은 이성 때문에 〈가장 행복하면서 동시에 가장 불행한 피조물〉이 된다는 것이다. 따라서 메피스토펠레스는 파우스트를 〈인간의 지고한 힘이라 불리는 이성과 학문을 경멸하〉(1851~1852)는 방향으로 이끌어 감으로써 자살까지 생각했던 그의 스트레스를 해소해 준다.

3
감상주의

—

　18세기에 영국과 프랑스에서 시작하여 독일에 들어온 계몽주의는 이성을 절대적인 것으로 여겨 감정이나 신앙보다 우위로 평가했다. 이성만이 인간의 문제를 해명할 수 있다고 생각한 나머지 이성적으로 증명될 수 없는 것을 인정하지 않아 계몽주의는 〈합리주의〉라고 불리기도 했다. 하지만 과학의 산물인 이성은 사회를 지배할 수는 있었으나 개인의 영적인 경건성에는 영향을 미칠 수가 없었는데, 이러한 내용이 『파우스트』에서 과학을 다루는 점성술사에 의해 표현되기도 한다.

　　점성술사　이성의 손발은 마법적인 말로 묶인 반면에,
　　　근사하고 무모한 환상이
　　　자유롭게 저 멀리 움직이누나.
　　　그대들이 대담하게 탐하는 것을 눈으로 직시하라.(6416~6419)

　이렇게 과학의 산물인 이성이 영적인 활동에 영향을 미치지 못하는 내용이 『젊은 베르테르의 슬픔』에서 M 백작이 만들어 놓은 정원이 훌륭하다는 칭찬 속에 더욱 구체적으로 담겨 있다. 〈그 정원은 소박해. 그래서 들어서자마자 느끼는 것이 있는데, 그 공원을 설계한 것은 과학적으로 사고하는 정원사가 아니며, 무엇인가 느끼는 마음이 자신을 마음껏 즐기기 위해서 설계했다는 것이야.〉[15]

원래 정원의 설계는 논리적이고 과학적인 작업인데, 이 정원은 이러한 과학적 작업이 아닌 무엇인가를 느낄 줄 아는 인물이 설계해서 베르테르의 마음에 든다는 것이다.[16] 이러한 배경에서 감상주의Empfindsamkeit가 태동되었다.

종교에서부터 개인적인 감동에 이르기까지 영혼이 숭배되던 1670년과 1740년 사이에 슈페너Jacob Spener(1635~1705)가 독일의 경직된 교회를 타파하기 위해 신교를 일으키자 이를 추종하는 〈경건주의자〉들이 신앙의 중심이 되었다. 이들은 신에 대한 경험을 바탕으로 영혼에 관심을 기울이게 되었는데, 이러한 영적인 발전이 〈감상주의〉다.

감상주의는 1740~1780년대 유행한 문학적·미학적·도덕적으로 〈감상적인empfindsam〉 사조로 특히 윤리적인 정서를 나타냈다. 감상주의 문학은 영국 문학의 영향을 많이 받았는데, 여행에서 느끼는 여수(旅愁)라든가 하찮은 대상에서도 애수(哀愁) 어린 감회를 느끼는 〈세상의 고통Weltschmerz〉[17]이 이 문학의 특징이다.

이성(理性)이나 오성(悟性)이 중시되는 계몽주의가 무르익을 무렵 태어난 괴테는 창작 활동 초기에 감상주의 사조를 띠고 후에 문학의 혁명인 질풍노도의 주도적인 역할을 했다. 감상주의의 영향을 받고 새로운 문학 혁명을 감행한 셈이다. 감상주의는 선(善)에 대한 믿음이나 사랑과 자비 등이 원칙이 되는 동정과 연민을 불러일으켜 통속적으로 정서Affektivität와 동일시되는데, 특히 그 영향에서 『빌헬름 마이스터의 수업 시대』 속 〈아름다운 영혼의 고백〉처럼 영적인 감정이 담긴 『젊은 베르테르의 슬픔』이나 클롭슈

---

15 Johann W. Goethe, *Sämtliche Werke. Briefe, Tagebücher und Gespräche*(Frankfurt/M.: 1985) ff. S. 13.

16 주일선, 「머리인가, 가슴인가?」, 『독어독문학』 제149집(2019), 10면.

17 장 파울Jean Paul이 만든 용어로, 고통스러운 현존재의 경험을 통해 세상의 본질을 이해하려는 감상적이고 우울한 감정.

토크Friedrich G. Klopstock의 『구세주Der Messia』 같은 감상주의 작품들이 생겨났다. 헤르더, 하만과 교유한 철학자 및 신학자이자 감상주의 저술가인 라바터의 영향을 받아 탄생한 『젊은 베르테르의 슬픔』은 여주인공 로테의 외적인 미보다 영혼상이 예찬되면서 괴테의 대표적인 감상주의 작품이 되고 있다.

모친의 임종 자리에서 약혼한 뒤 신뢰와 우정을 바탕으로 애정을 쌓아 가는 로테와 알베르트의 결혼 생활에서 에로틱의 부재는 당대로서는 당연한 것이었다. 당시의 여성들에게는 미모, 세련미, 사교성보다는 소박함, 진실성, 근면성 등이 중시되어 로테도 외적인 아름다움보다는 부지런함과 소박한 삶 등이 더 중요하게 묘사되는 것이다. 그녀의 외모에 관한 묘사로는 〈검은 눈동자, 생기 있는 입술, 건강하고 쾌활한 뺨〉이 전부일 정도로 내적인 미가 주로 묘사되면서 감상주의의 전형이 되고 있다. 감동이 격한 감상주의 성격의 베르테르는 영혼의 조화적인 균형을 잡지 못하고 결국 자살하게 된다. 그는 열정이나 비탄, 동정, 연민, 인간애, 우정 등 감상주의의 과도한 자기만족에 빠져 자살이란 극한의 종말을 택하는 것이다.

이러한 감상주의의 경향에서 특히 눈물을 흘리는 내용이 유행하여 『젊은 베르테르의 슬픔』은 첫머리에 눈물을 금하지 못할 것이라는 편집자의 언급으로 시작되고 있다. 〈나는 가엾은 베르테르의 이야기에 대해서 찾아낼 수 있는 것은 모두 열심히 수집했고, 그것을 여기 여러분 앞에 내놓으면서 여러분이 내게 감사해 하리라고 생각합니다. 여러분은 그의 정신과 성격에 대해 온갖 경탄과 사랑을 아끼지 않을 것이며, 그의 운명에 대해서는 눈물을 흘리지 않을 수 없을 것입니다.〉 마찬가지로 『파우스트』도 첫 부분인 「헌사」에서 〈전율이 온몸을 휘감고 눈물이 줄줄 흐르니〉라고 옛날의 환상이 그리워 눈물을 흘리는 장면으로 시작된다. 이렇게 괴테의 문학에서 눈물이 다양하게 전개되어 그의 『서동시집』에는 다음과 같은 시가 있다.

> 나를 울게 놓아두오! 우는 것은 수치가 아니오.
> 우는 남자들은 선량하지요.
> 아킬레우스는 브리세이스 때문에 울지 않았는가!
> 크세르크세스[18]는 쳐부술 수 없는 군대 때문에 울었고
> 알렉산드로스는 자살한 연인 때문에 울었다.
> 나를 울게 놓아두오! 눈물이 먼지를 소생시켜
> 벌써 생기가 돋는구나.(HA 2, 124)

『파우스트』에서 눈물을 흘리는 첫 장면은 청춘 시절의 연인들과 친지들을 그리워하는 「헌사」에서다.

> 정적이 감도는 엄숙한 영(靈)들의 세계를 향한 그리움,
> 벌써 잊은 지 오래거늘 새삼 휘몰아치는구나.
> 내 속삭이는 노래가 풍현금처럼
> 아련히 떠도누나.
> 전율이 온몸을 휘감고 눈물이 줄줄 흐르니,
> 엄숙한 마음이 부드럽게 풀리는구나.
> 내 곁에 있는 것 멀리 아스라이 보이고,
> 사라진 것이 현실이 되어 나타나누나.(25~32)

여기에서 눈물은 지난 영적인 삶에 대한 그리움 등을 고차적으로 보여 주고 있다. 이 장면 외에 파우스트가 눈물을 흘리는 경우

---

18 페르시아 제국의 제4대 왕으로, 제3차 페르시아 전쟁을 일으켜 그리스로 원정을 떠났으나 살라미스 해전에서 패했다.

는 없다가 어린아이에 연관된 장면에서 눈물을 흘리는 경향이
있다.

이 기쁜 소식 울려 퍼지는 곳으로
나 감히 나아갈 엄두 나지 않는구나.
그런데도 어린 시절부터 귀에 익은
음조가 나를 삶으로 도로 불러내는구나.
예전에 정적이 흐르는 엄숙한 안식일이면
천상의 사랑이 담긴 입맞춤이 나에게 쏟아졌노라.
그때 종소리 앞날을 예시하며 우렁차게 울려 퍼졌으며,
기도는 열렬한 기쁨이었노라.
이해할 수 없는 애틋한 그리움이
나를 숲과 초원으로 내몰았고,
나는 뜨거운 눈물 줄줄 흘리며
세상이 새롭게 생겨나는 것을 느꼈노라.(767~778)

괴테의 『판도라』에서 눈물은 마음속 고통을 없애 주는 치유의
징표가 되고 있다.

눈물의 산물이여, 그대는 격렬한 고통을 진정시키고,
고통이 마음속에서 치유되어 녹아 버릴 때,
눈물은 행복하게 흘러내리네.(HA 5, 358)

『빌헬름 마이스터의 수업 시대』에서 하프 타는 노인이 부르는
노래에서 눈물은 보다 높은 차원을 느끼게 한다.

눈물에 젖은 빵을 맛보지 않고

괴롭기 한이 없는 여러 날 밤을
울면서 새우지 않은 사람은
하늘의 온갖 힘을 알지 못하리.

그것들은 우리한테 생명을 주고
가엾은 인간에게 죄를 지우고
이윽고 우리에게 고뇌를 주나니
이 땅의 죄악은 업보를 면치 못하기 때문이니라.(HA 7, 136)

『파우스트』 제1부의 〈저녁〉 장면에서 그레트헨이 부르는 노래 「툴레의 왕」에서 왕은 먼저 죽은 부인이 남긴 황금 잔을 비울 때마다 눈물을 흘린다.

옛날 옛적 툴레에
죽는 날까지 신의를 지킨 왕이 있었네.
사랑하는 왕비 숨을 거두며,
왕에게 황금 술잔을 건네주었네.

왕은 무엇보다도 소중한 그 술잔으로
잔치 때마다 술을 마셨네.
술잔을 들이켤 때마다
두 눈에 눈물이 가득 고였네.(2759~2766)

연회 때마다 황금 술잔에 왕비에 대한 추억을 담아 마시는 툴레의 왕은 사랑의 추억을 되새기며 눈물을 흘리는데, 이 눈물은 영적인 청춘에서 솟아나는 힘이 된다.[19] 현재의 상태로 자신과 왕비

19 Paul Stöcklein, *Wege zum späten Goethe* (Darmstadt: 1977), S. 96.

의 사랑을 지속시킬 수 없는 상황에서 언제나 왕비를 기억하며 술잔의 내용물처럼 순수한 사랑을 지속시킬 수 있는 힘은 왕의 눈물이다. 눈물을 통해 솟아나는 청춘의 힘은 자신의 내면에 젊음과 아름다움이 남아 있게 하고, 생활을 영위해 나가는 힘을 주고 있으며, 육신은 사별했지만 왕비와 영적인 교류를 나눌 수 있는 매개체가 되고 있다.[20]

이상에서 보여 주듯이 〈눈물을 흘린다〉는 의미는 인간이 내적 고통에서 벗어나는 상태일 뿐 아니라, 시의 창작이나 윤리의 형성을 가능하게 하는 높은 차원의 힘을 깨닫는 기쁨의 표현이기도 하다.[21] 이렇게 괴테가 활동하던 시절에는 눈물을 자아내는 감상주의 작품들이 쏟아져 나와 〈눈물을 흘리는 시대weinerliche Epoche〉라는 용어가 유행하기도 했다.

---

20 이진호, 「괴테의 Faust에서 그레트헨의 세 편의 서정시 연구」, 『독일 언어 문학』 제14집(1984), 168면 이하.
21 이창복, 『괴테 연구』, 한국괴테협회 편(문학과지성사, 1985), 165면 이하.

4
자아와 세계의 양극성

—

범비극론처럼 특출한 개성이 기존 법칙에 거역하는 상황을 괴테는 〈존재가 원초적인 것에서 벗어나는 것〉으로 표현했다. 즉 괴테는 〈모든 존재는 원초적인 것에서 벗어났다가, 다시 원초적인 것으로 되돌아간다〉고 묘사했는데, 여기에서 원초적인 것에서 벗어남은 개인의 독립인 진취이며, 다시 원초적인 것으로 되돌아감은 개인의 헌신이다. 따라서 〈합일된 것을 양분하고, 양분된 것을 합일시키는 것이 자연의 삶이다. 이것은 영원한 심장의 수축과 팽창이며, 영원한 결합과 분리이며, 우리가 살고, 엮고, 존재하고 있는 세계의 호흡이다〉.(HA 13, 488) 괴테는 이를 호흡의 묘미로 표현했다.

잘 살려면? 〈잘 먹어야 한다.〉 숨은 왜 쉬느냐? 〈살려고.〉 잘 살려면? 〈숨을 잘 쉬어야 한다.〉 어떻게 숨을 쉬는 것이 잘 쉬는 것인지? 숨 쉬고 먹고 자고 배설하고 움직이고……. 이러한 것들을 잘하는 것이 삶의 지혜라고 생각된다. 인생에서 단 두 번(시작할 때와 끝날 때)을 제외하고 호흡은 늘 쌍으로 이루어진다. 태어날 때처음으로 들이쉬고, 죽을 때 마지막으로 숨을 내쉰다. 따라서 호흡(呼吸)에서 〈호(呼)〉는 내쉬는 것이고, 〈흡(吸)〉은 들이마시는 것이다. 〈호〉는 대소변을 보는 것과 같고, 〈흡〉은 음식을 먹는 것과 같다. 〈호〉는 탁기를 내보내는 것이고, 〈흡〉은 진기를 들여오는 것이다. 숨쉬기를 잘하는 것은 이 과정을 조화롭게 운영하는 것으로

〈정신과 몸이 하나가 되는 합일의 경지〉, 〈스스로 자신의 심신을 다스리는 경지〉로 괴테는 이를 다음과 같이 묘사한다.

호흡에는 두 가지 은총이 깃들어 있어
숨을 들이쉬고 내쉬는 것이다,
한쪽은 압박하고 다른 쪽은 상쾌하게 하니
인생이란 그렇게도 절묘한 혼합이로다.
신이 그대를 압축할 때 신에게 감사하고,
다시 그대를 풀어 줄 때도 신에게 감사하라.

위 시에서 괴테는 호흡이라는 현상을 인생의 양극적인 기본 현상의 상징이자, 신의 절묘한 창조의 상징으로 나타내고 있다. 이러한 법칙은 동양의 성리학(性理學)에서도 응용되었다.

코끝에 하얀 것이 있어
내가 그것을 본다.
시간과 장소에 따르니
여유롭고 유순하다.
고요함의 극한에서 숨을 내쉬니
봄 못의 물고기와 같고
움직임의 극한에서 숨을 들이쉬니
뭇 벌레들이 칩거하는 듯하다.
기(氣)가 왕성하여 모이고 흩어지니 그 묘함은 끝이 없다.

호흡의 조절을 통해 수양하는 방법을 설명한 이 글은 불교나 도교의 가르침이 아니라 중국 성리학의 집대성자인 주희(朱熹)의 「조식잠(調息箴)」이다. 〈조식(調息)〉은 숨을 조절하는 것이고, 〈잠

(箴)〉은 경계의 글이니 〈조식잠〉은 〈숨 조절할 때 유의할 점을 적은 글〉 정도의 의미이다. 일반적으로 주희는 〈기(氣, 질료 또는 에너지)〉보다는 〈이(理, 법칙 또는 원리)〉를 중시했던 것으로 평가되지만, 주희가 〈숨 조절(調息)〉을 통해 〈마음 조절(調心)〉에 이르려 했으므로 〈기〉의 관점에서 주희의 철학을 볼 수 있다. 숨을 쉰다는 것은 곧 〈기〉를 통해 우주와 〈나〉를 소통시키는 것이다.

호흡의 묘(妙)는 자연 이치의 터득이 우선으로 〈자연스럽게 된다〉가 대원칙이다. 억지를 부리면 다치고 심하면 수명을 단축하기 십상이니 자연의 질서를 따를 필요가 있다. 이러한 배경에서 사회질서는 〈성스러운〉 자연 질서의 반영이라고 엘리아데Mircea Eliade는 보고 있다. 자연 그 자체는 영원한 질서를 의미한다. 환언하면 자연 속에 영원불변하는 삶과 생성과 동작이 있다. 사회 질서가 자연 질서를 계속해서 반영한다는 생각은 민속 종교의 믿음이다. 즉 자연 질서의 올바른 운행이 사회 질서 유지에 바탕이 된다는 것인데, 일월성신과 사계절의 운행이 도수(度數)에 맞게 운행되는 것은 사회 질서의 올바름과 밀접한 관련이 있다고 본다.

반대로 도덕의 타락 등 사회 질서의 문란은 자연 질서의 불균형에서 야기된다고 믿는다. 그러므로 이 두 가지를 결합시켜 한쪽을 혼란에 빠뜨리는 것은 다른 쪽을 해롭게 하는 것이다. 따라서 인생은 자연과 연결되어 개인이나 사회는 자연으로부터 독립적일 수 없다. 우주 그 자체도 인간에게서 반복되는 여러 단계와 전이, 전진, 상대적인 비활동기 등의 주기성에 의해 이루어지는 것이다. 따라서 천체의 변화, 즉 달의 변화(보름달에 관련된 의식), 계절의 변화(춘분·하지·추분·동지에 관련된 의식), 해의 변화(설날) 등과 관련된 의례도 인간의 통과 의례와 같다. 이러한 달의 변화가 『파우스트』에서 그리스의 철학자 아낙사고라스(기원전 500~428)에 의해 제시되고 있다.

이름도 세 개, 모습도 세 개이신 분이여,

제 종족의 고통 앞에서 이렇게 당신을 부르나이다.

디아나, 루나, 헤카테!

마음을 활짝 열고 더없이 신중하게 생각하시는 분이여,

조용히 빛을 선사하는 강하면서도 부드러우신 분이여,

당신 그림자의 무서운 입을 벌리시어,

옛 힘을 마법 없이 드러내소서!(7903~7909)

달은 지상에서는 루나, 천상에서는 디아나, 지하 명계에서는 헤카테라는 〈이름도 세 개〉를 가져 삼위일체의 여신이라고도 불리며, 『파우스트』에는 상현달·만월·하현달 〈모습도 세 개이신 분〉으로 달의 변화가 제시되고 있다.

다시 호흡 얘기로 돌아와, 이러한 호흡의 원리가 삶의 지혜에 유사하게 응용되고 있다. 〈자연의 사건〉이 〈인간의 이야기〉를 만들게 하는 것이다. 이러한 호흡의 원리는 한방의 기(氣) 순환 방식의 수승화강(水昇火降)과 정충기장신명(精充氣莊神明), 심기혈정(心氣血精)으로 요약된다. 정(精)은 몸, 기(氣)는 에너지, 신(神)은 정보체로 해석된다. 심호흡을 한 뒤 온몸을 이완시키고 의식을 집중하면 몸이 따뜻해지면서 종국에는 자신의 심장 박동 소리를 귀로 듣는 경지에까지 이르게 된다. 이러한 심호흡을 괴테는 심장의 〈수축Systole〉과 〈팽창Diastole〉의 양극적 운동으로 나타내고 시 「부적Talismane」의 짧은 시연 속에 〈자아로의 수축〉과 〈세계로의 확대〉 개념을 삶의 근본 현상으로 나타내고 있다. 인간 존재의 기본 구조로서의 양극 현상이 심장 수축(자아로 오므라듦)과 심장 이완(세계로 뻗어 나감)으로 표현되는 것이다. 자기에게 주어진 상황이 고통스러울 때 거기에서 벗어나 새로운 상황을 찾고자 하는 노력은 건강한 생명력의 발로로 생명력이 가지고 있는 〈자기 확대sich ausdehnen〉 현상이다. 그러나 생명력은 자기 확대만 할 수 있는 것이 아니라, 자체 힘의 한계와 외계로부터의 저항에 부딪혀 자기 보호를 위해 다시 〈오므라든다sich zusammenziehen〉. 이 오므라드는 과정이 계속되면 생명체는 압박을 느끼고 그 압박이 견딜 수 없을 정도에 이르면 또다시 〈자기 확대〉의 방향으로 나아간다.

계속 오므라들어 압박을 느끼게 되면 다시 확대된다는 현상을 괴테는 호흡의 현상으로 간파하여 〈생명의 영원한 방정식die ewige Formel des Lebens〉이라 했다. 〈숨을 들이쉼은 벌써 숨을 내쉼을 전제로 하고 있고 또 그의 반대도 마찬가지이다. 모든 수축 작용이 다 그러하다. 그것은 영원한 생명의 방정식이다.〉(HA 13, 337)

이러한 법칙은 『파우스트』에서 종교적인 개념으로도 전개된다. 〈이 세계의 함축성은 물질이다. 신은 이제 하나의 저항력을, 신성과의 원초적인 거래를 이루는 데 적합한 빛과 하나의 본체를 창조했다. 삼라만상은 하나의 타락과 근원적인 것으로의 귀환 이외에 아무것도 아니다. 이러한 이면성 속의 한중간에 인간은 개입되어 있다.〉(HA 3, 499) 따라서 파우스트는 신과 악마 메피스토펠레스의 중간자적 존재이다. 양자 간을 방황하는 애욕의 동물이며, 때로는 이성의 동물이다.

생명체의 호흡 현상에서 간파하여 괴테가 명명한 〈생명의 영원한 방정식〉은 그의 문학의 구성 원리도 되고 있다. 『파우스트』의 〈밤〉 장면에서 전체적으로 파우스트의 긴장되고 수축적인 의식 상태가 표현되는 반면, 그다음 〈성문 앞에서〉의 산책 장면은 이완된 상태에서 진행된다. 심장의 팽창은 독립인 진취를 상징하기도 하는데, 이 내용이 괴테의 찬가 「프로메테우스」에 나타나 있다.

제우스여, 그대의 하늘을
구름의 안개로 덮어라!

그리고 엉겅퀴를 꺾는
어린이와 같이
떡갈나무에, 산봉우리에 힘을 발휘해 보아라!
하지만 나의 대지만은
손끝 하나 안 되니,
네 힘을 빌리지 않고 세운
내 오두막에,
그리고 네가 시샘하고 있는
내 아궁이의 불은
손대지 말지어다.

너희들 신들이여, 태양 아래서
너희보다 더 불쌍한 자 어디 있으랴!
너희들은 기껏해야
희생으로 바쳐진 제물이나
기도의 한숨으로써
위엄을 지탱할 뿐이니,
철없는 애들이나 거지 같은 인간이
어리석은 기원을 드리지 않을 때는
너희는 망하게 되리라.

내가 어릴 때,
철부지여서 아무것도 모르던 때,
나의 비탄을
들어줄 귀가 있고,
나처럼 괴로워하는 자를
불쌍히 여길 심정이 있겠지 해서

방황의 눈이 태양을 향했었노라.

거인족의 교만으로부터
나를 구해 준 자 누구였던가?
죽음과 노예 상태로부터
나를 도와준 자 누구였던가?
그 일을 해준 것은
거룩하게 불타는 나의 마음이 아니었더냐?
그런데 젊고 착했던 나는
완전히 속아서 천상에서 잠이나 자고 있는
너희들 신에게 감사한 마음을 작렬시키지 않았던가?

너를 숭배하라고? 어째서?
너는 한 번이라도 번뇌자의
고통을 경감해 준 일이 있는가?
너는 한 번이라도 고뇌자의
눈물을 감해 준 일이 있었느냐?
나를 인간으로 단련시킨 것은
전능의 세월과
영원의 운명으로
그것이 나의 지배자지, 너희들이겠는가?

어린이 같은 싱싱한 꿈의 이상이
열매 맺지 않았다 하여
내가 인생을 증오하고
사막으로 도망칠 거라고
망상이라도 한단 말인가?

나는 여기 앉아서
내 모습의 인간을 만드노라,
나를 닮은 종족으로,
괴로워하고 울고
즐거워하고 기뻐하지만
너 따위를 숭배하지 않는
나와 같은 인간을 창조하리라.

　서사적 세계를 구성하는 것은 인물·공간·사건이다. 이 세 요소가 다양한 형태로 서사적 세계를 창조하는 것이다. 그러나 이러한 내용과 달리 괴테의 시 「프로메테우스」처럼 위대한 인물이나 인격자가 서사적 표현을 나타내는 경우도 있다. 프로메테우스가 올림포스의 불을 훔쳐다 인간에게 준 죄에 대한 벌로 제우스는 그를 캅카스의 바위산에 결박하고 독수리로 하여금 간을 쪼아 먹게 했다. 이런 연유에서 프로메테우스는 인간의 창조자나 인류 문명의 창시자로 숭배되거나, 신으로부터 독립된 자율적인 주체, 모든 사회적 족쇄에서 해방된 개체의 전형으로 여겨진다. 프로메테우스의 형상 속에 복합적으로 어우러져 있는 고대와 중세 그리고 근대의 여러 신화적·역사적 형상들은 인간에 대한 절대자의 일률적인 제약을 받아들이기보다 개별 존재가 지닌 잠재 능력을 구현한다는 특성을 띤다.
　불을 훔쳤기 때문에 제우스로부터 형벌을 받는 프로메테우스는 자기 힘이 아니라 헤르쿨레스에 의해 구제된다. 그러나 괴테는 이러한 신화의 내용을 거부하고 프로메테우스를 완전히 독립적인 인간으로 그리고 있다. 〈누가 나를 죽음에서 구해 줬던가?〉라고 반문함으로써 프로메테우스의 독자적인 해방을 암시하고 있는 것이다. 여기서 죽음이란 노예 상태를 말하는 것으로, 그를 묶고 있던 인습적인 기독교 신앙을 뜻한다. 이러한 시 「프로메테우스」처럼 괴테의 희곡 「프로메테우스」도 첫 장부터 프로메테우스가 독립적이고 결코 굴복하지 않는 인물로 전개된다. 프로메테우스는 헤르메스 신과의 대화에서 다음과 같이 말한다.

나는 (굴복을) 원하지 않는다, 그들에게 말하라!
간단히 말해서 나는 (굴복을) 원하지 않는다!
너희들의 의지는 나의 의지에 반대가 되게 하라!
각자 서로 반대가 되는 것이다.(HA 4, 176)

신들은 인간과 관계를 맺을 수 있는 덕의 전형이다. 결국 신들은 오직 인간의 마음을 통해서만 우리에게 이야기하는 것이다. 프로메테우스는 자신들의 신에 대한 봉사가 자발적이거나 자유로운 의지가 아님을 지적하면서, 신에 대한 봉사는 자율적이어야 한다는 것을 강조하고 있다. 신의 도움으로 살아온 듯싶지만 실제로 신은 도움을 준 적이 없어 신에서 벗어나는 삶이 열망되는 것이다. 이렇게 제시되는 인간과 신의 새로운 관계는 18세기 계몽주의의 신학적 비판 관점에서 파악될 수 있다. 신들의 행동이 인간의 이성 법정에서 인간의 도덕적 의식의 바탕에서 판단되고 인도주의의 척도에 의해 평가되는 것이다. 이러한 배경에서 〈이신론Deismus〉에 기반을 둔 인간관이 다양하게 표출되었다.

이신론은 모든 종교에 내재된 이성의 기반에서 출발한다. 따라서 종교의 핵심은 이성적인 도덕이다. 이신론에 의하면, 이성을 넘어서는 것은 사제들 또는 신학자들에 의해 덧붙여진 것으로 받아들여질 수 없어 그리스도교에서 초자연적인 계시에 근거한 모든 것은 인정되지 못한다. 진정한 그리스도는 하느님의 아들이 아니라 자연 종교의 본질을 이루는 이성적인 도덕을 선포하는 인간이다. 시계 제조공이 시계를 만든 뒤 태엽을 감아 주면 시계가 스스로 가는 것처럼 신은 세계를 창조하고 세계에 확고한 법칙을 심어 주고 나서 세계를 그의 손에서 독립시킨 것이다.[22] 결국 세계의 창조자인 신은 세상일에 관여하거나 계시를 보이지 않으며, 세계는 독자적인 법칙에 따라 움직인다는 이성적 종교관인 〈이신론〉은 18세기 계몽주의 시대의 대표적인 기독교 사상이었다. 이러한 이신론을 근거로 인본주의가 발전했다.

1770~1790년대에 이성에 근거한 세계 질서는 산산이 부서졌다. 이성에 기초한 계몽주의 사상은 고정된 합리적 규칙과 규범으로는 현실을 총체적으로 감당할 수 없게 되면서 사회 개혁에 의해 물러나고 계몽주의의 세계관에서 인정받지 못하던 비합리주의적 주관주의가 힘을 얻게 되었다. 이러한 배경에서 계몽주의에 상반되는 괴테 특유의 비합리적인 자연관과 인본주의가 성립되었다. 이러한 인본주의는 고대 그리스에서 유래했다. 소크라테스 이전의 사상가들은 신의 본성과 신화의 가치를 탐구하여 종교를 합리적으로 비판했다. 예컨대 파르메니데스(기원전 520년경에 탄생)나 엠페도클레스(기원전 495~435년경)는 신을 자연의 인격화로 보아 신은 왕 혹은 영웅들이었으며, 그들이 인류에 기여한 공적 때문에 신격화되었다고 보았다. 이러한 신은 곧 〈인간화한 신〉 혹은 〈인간의 속성에 대한 상징〉이었다. 인간과 마찬가지로 술에 취해 즐기고, 기뻐하다가 화내며, 시기하고 질투하는가 하면 싸우다 화해하는 신으로 곧 인간성의 한계에 관한 자성의 표상이었다. 그들은 인간으로서의 가치를 찾아 삶의 가치를 부인하지 않았으며, 신적인 것에 기대려 하지 않았고, 공평한 것과 관용하는 것 그리고 자유로운 사색을 추구했다. 그들의 휴머니즘은 신 중심의 사상에 대항하는 〈인본주의〉요, 인간성의 도야를 지향하는 〈인성주의〉이

22 헬무트 피셔, 『그리스도교』, 유미영 역(예경, 2007), 152면.

며, 교양을 넓히고 학문을 연마하는 〈인문주의〉였다. 따라서 그리스 신은 어떤 절대적인 권위자나 창조자로 인식되지 않고 인간적인 표상일 뿐이었다. 신의 이름을 달고 있지만, 엄밀히 말해서 신은 아니었다. 차라리 인간의 욕망을 대변하는, 인간의 원초적인 문화의 기능을 갖기 때문에 인간의 표상이었던 것이다.

결국 인본주의는 인간의 존엄성을 가치의 중심에 둠으로써 신이나 왕권의 구속으로부터 해방되는 넓은 의미의 〈자유주의〉라고 볼 수도 있다. 이러한 인본주의가 생성되기 위해서는 낡은 것은 몰락하고 새로운 창조가 이루어져야만 하므로 『파우스트』에서 〈정령들〉은 파괴된 낡은 유럽의 아름다움을 슬퍼하면서도 파우스트에게 새로운 세계, 〈더 찬란한〉 세계의 건설을 기대한다.[23]

> 지상의 아들들 가운데
> 힘센 그대여,
> 더 화려하게
> 세상을 다시 일구어라.
> 네 가슴속에서 세상을 다시 일으켜 세워라!
> 새로운 인생 항로를
> 시작하라,
> 밝은 마음으로!
> 그러면 새로운 노래
> 울려 퍼지리라!(1617~1626)

결국 낡은 것은 더 이상 영향을 미치지 못하고 새로운 것들이 작용하게 되는데 이 내용이 『파우스트』에서 메피스토펠레스가 고물 장수 마녀에게 행한 주문 속에 잘 나타나 있다.

23 『괴테 파우스트 휴머니즘』, 52면.

아주머니, 어찌 그리 시대의 흐름을 읽을 줄 모르오.

이미 벌어진 일은 벌어진 일이고, 지난 일은 지난 일이오!

새로운 물건들을 갖다 파시오!

우리는 새 물건들에만 관심이 있단 말이오.(4110~4113)

이렇게 신이나 왕권의 구속에서 해방되는 자유주의의 영향을
받은 괴테의 시 「프로메테우스」에서 인간의 자율성은 확대되고,
인간의 존재와 의지는 신의 영역에 이를 정도로 고조된다.

파우스트 역시 어떤 규제도 받아들이지 않고 〈이 티끌 같은 세
계에서 과감히 벗어나 숭고한 선인들의 세계〉(1116~1117)에 올
라 신의 경지를 넘볼 정도까지 되어 〈나는 파우스트, 너(신)와 동
등한 존재란 말이다!〉(500)라고 외친다. 그는 〈신의 모상(模相)〉
(516, 614) 또는 〈이 지상에서 보낸 내 삶의 흔적이 영원히 사라지
지 않을 걸세〉(11583~11584)라며 신적인 인간이 되고자 한다.

> 사나이 대장부의 위용이 신들의 권위에 굴복하지 않는 것을
> 행동을 통해 증명할 때이니라.
> 무서운 환상이 괴롭히는
> 저 어두운 동굴 앞에서 떨지 않는 것을.
> 이글거리는 지옥의 불길이 좁은 입구를 막고 있다 하더라도
> 저 통로를 뚫고 나갈 수 있는 것을.
> 비록 무(無)가 되어 사라질지 모른다 하더라도,
> 경쾌하게 발걸음 내딛겠다고 결심할 수 있는 것을.(712~719)

이렇게 신의 경지에 오르려는 오만한 인간이 신의 입장에서는
가소로워 보일 뿐이다. 따라서 신의 경지를 갈구하는 인간에게 신은
바다의 정령 네레우스의 입을 통해 불쾌한 정서를 드러내고 있다.

지금 내 귀에 들리는 것이 사람 소리냐?

마음속 깊은 곳에서 왈칵 분통이 치미는구나!

신들을 닮으려고 기를 쓰면서도,

끝내 제자리걸음만 하는 저주받은 형상들.

나는 옛날부터 신의 평화를 누릴 수 있었는데도,

뛰어난 자들을 도와주곤 했지.

그러다 결국 그들이 무얼 이루었나 보면,

번번이 충고를 하나 마나였다니까.

　(……)

충고는 무슨 충고! 사람들한테 언제 충고가 먹혀든 적이 있었

　는가?

귀가 꽉 막혀서, 아무리 지혜로운 말을 해줘도 들어야 말이지.

그렇듯 제 가슴 쥐어뜯을 행동을 해놓고도

여전히 제 고집만 내세운다니까.(8094~8109)

이렇게 신적인 경지에 오르려는 의지는 심리학적 차원에서 볼때 독일의 특수한 상황에 연관된다. 괴테가 살았던 시대의 독일은 7년 전쟁(1756~1763)으로 인한 경제적 위기를 극복하기 위해 봉건적 생산 방식을 폐기하고 자본주의적 생산 방식을 도입하는 전환기에 있었다. 이 시기의 시민 계급은 봉건 절대주의의 이데올로기였던 종교를 점차 세속화시키면서 어떤 형태의 지배도 거부하려는 움직임이 일어났다. 이러한 정신은 기독교적 사회 전통과 인습에 대한 회의를 불러일으켰고, 한 걸음 더 나아가 형식과 전통의 파괴로 마술사 전설 같은 이교(異敎)적인 정신이 조성될 정도였다. 따라서 기독교의 신을 벗어나 올림피아 신 같은 거장에 대한 요구가 높아져 갔는데, 이러한 풍조에서 괴테는 기독교와 절연된 프로메테우스의 신화에 몰두하게 되었다.

5
사회적 갈등

—

아우구스트 공작의 마음에 들게 되어 1770년 바이마르에 간 괴테는 1776년 6월 11일부터 아우구스트 공을 섬기는 공직을 시작하면서 새로운 분야를 접했다. 이러한 경험이 괴테의 『에그몬트』의 배경이 되어 알바 공작의 인물이 착안되고 오라니엔과 에그몬트의 관계가 전개되고 있다. 이렇게 괴테는 귀족들과 접한 까닭에 서민 계급을 생각하는 민주주의 사상을 가진 작가로 여겨지지 않는다. 따라서 괴테의 작품들에서는 부르주아 문학에서 즐겨 사용하는 〈귀족〉이 주로 다뤄져 『빌헬름 마이스터의 수업 시대』에서도 귀족이 예찬되고 있다. 귀족의 생활 방식이 인격의 자유롭고 완전한 도야를 이루고자 할 때, 빌헬름이 시민적 삶에서 부딪치게 되는 장애물들을 얼마나 잘 척결하는지가 상세히 언급되고 있는 것이다.

심지어 『빌헬름 마이스터의 수업 시대』에서는 신분이나 능력이 낮은 인물을 멸시하는 내용도 있다. 이 작품에서 야르노는 신분이 낮은 미뇽을 가까이하는 빌헬름에게 불만을 털어놓는다. 〈사실, 지금껏 선생이 어떻게 그런 패거리와 어울리게 되었는지 아무래도 이해가 가지 않았어요. 선생이 어떻게 입에 풀칠이나 하려고 그런 정처 없이 떠도는 악사나, 남자인지 여자인지도 모를 덜떨어진 애한테 정을 두는 것을 볼 때마다 구역질이 나고 짜증이 납니다.〉(HA 7, 193) 여기에서 귀족의 생활 방식이 인격의 도야가 되며, 여기에 방해가 되는 시민적 사회는 척결되어야 한다고 언급되고 있다.

이러한 계급 구조는 빌헬름이 자신의 배우 지망 이유를 밝히는 친구 베르너에게 보낸 편지에 잘 나타나 있다. 〈다른 나라의 경우는 모르겠지만 독일에서는 귀족만이 그러한 용어를 사용하여 품성을 계발할 수 있어요. 중산 계급의 사람들은 숙달에 이를 수 있고, 어떤 경우에는 지적 기능을 연마할 수 있지요. (……) 귀족의 평상 생활에는 어떠한 장벽도 없어서 왕이 되거나 또는 왕에 비슷한 사람이 될 수 있어요. 그리하여 어디를 가나 그는 자신에 대등한 사람들 앞에 태연자약한 마음으로 행동할 수 있고, 어느 분야에서도 활발하게 밀고 나갈 수 있습니다. 여기에 비하여 중산 계급자에게 자신에 부과된 계약을 곧이곧대로 의식하고 앉아 있는 것 이상으로 어울리는 것이 없어요. 그는 스스로에 대해서 《당신은 어떤 사람인가?》라고 물을 수 없고 오로지 《당신은 무엇을 가지고 있는가? 어떤 머리, 어떤 지식, 어떤 기술, 어떤 재산을 가지고 있는가?》하고 물을 수 있을 뿐이지요. 귀족은 자신의 품성으로 모든 것을 주는 데 반해, 부르주아는 품성을 통하여 아무것도 주지 못하고 주어서는 안 되지요. (……) 이러한 차이는 귀족의 오만이나 부르주아의 순응성에 기인하는 것이 아니라 사회 구조에서 일어납니다.〉(HA 7, 290)

이렇게 『빌헬름 마이스터의 수업 시대』에서 서민의 성장에 따라 사회적 요소가 점차 저해되고 있다고 주인공 빌헬름 마이스터는 깨닫게 된다. 본인이 서민 출신이어서 인격적인 행위를 할 수 없다고 인식한 그는 시민 사회로부터 탈출하여 귀족이 되기 위해 노력한다. 〈귀족의 경우에는 일상적인 평범한 일에도 위엄이 있고, 심각하고 중요한 일의 처리에서도 경쾌한 품위 같은 것이 있기 마련이어서 어느 곳에서도 마음의 평형을 잃지 않는다. 이러한 귀족의 동작이 세련되면 될수록, 그의 음성이 맑으면 맑을수록, 그의 태도에 무게 있고 절도가 있을수록, 그는 더욱더 완성의 경지에 도달하게 되는 것이다.〉(HA 7, 290)

이러한 귀족관을 옹호하듯 하이데거는 〈대중의 빛은 모든 것을 어둡게 한다〉[24]고 말했다. 이러한 귀족들의 세계는 계속 세습되고, 심지어는 저승에까지도 세습되어 『파우스트』에서 계급 없이 엑스트라처럼 등장하는 합창단이 이를 신랄하게 비평하기도 한다.

왕비님들이야 물론 어디든 기꺼이 가겠지요.
황천에서도 거만하게 자기들끼리 어울려
맨 윗자리를 차지하니까요.
저승의 여신하고도 아주 친한 사이지요.
하지만 우리는
외진 아스포델로스 들판 뒤쪽 구석에서
길게 뻗은 백양나무나
열매 맺지 못하는 버드나무들하고 어울려 지낼 텐데,
무슨 재미가 있겠어요?
박쥐처럼 찍찍거리고
유령처럼 뚱하니 속삭거리기나 하겠죠.(9970~9980)

한 발짝 더 나아가 『파우스트』에서 파우스트는 신앙과 사랑, 소망과 인내에서 벗어나 서민을 수탈하기까지 한다. 따라서 파우스트가 서민을 동원하는 개간 사업은 수치스러운 결과가 뒤따르게 된다. 위풍당당한 모습은 결국 기만에 불과한 것으로 알고 있는 메피스토펠레스는 파우스트의 개간에 대한 욕망은 실제로는 속절없는 망상이며 공허한 가상에 지나지 않아서 결과는 파멸뿐이라

24 Hannah Arendt, *Men in Dark Times*(Penguin Book, 1973), p. 9.

고 경고한다.

너희들은 어차피 이래도 끝장이고 저래도 끝장이다. ―
자연의 힘들이 우리하고 결탁했으니,
결국 파멸을 면치 못하리라.(11548~11550)

그런가 하면 보통 사람들의 삶에 〈거리를 두는〉 작가에 반대하
여 서민들만 대상으로 하는 작가도 있는데, 대표적인 이로 브레히
트Bertolt Brecht를 들 수 있다. 브레히트는 평생 해맑은 세상을 그
린 서정시나 희곡을 쓰지 않고 〈시민 계급〉의 삶, 즉 서민들만 선
택하여 사실적인 작품을 썼다. 그는 세상의 슬픈 사연을 인지하는
데 그치지 않고, 남의 수모를 자기 수모로 받아들이고, 또 서민들
의 슬픔을 자기 슬픔으로 느낀 것이다. 1939년 망명지 북유럽에서
브레히트는 다음과 같이 노래했다.

해협의 산뜻한 보트와 즐거운 돛단배들이
내게는 보이지 않는다. 내게는 무엇보다도
어부들의 찢어진 어망이 눈에 띌 뿐이다.
왜 나는 자꾸
40대의 소작인 처가 허리를 꼬부리고 걸어가는 것만 이야기하
  는가?

똑같은 바다이건만 어부와 유람객의 세계가 명암으로 나뉜다.
그는 가난한 어부의 찢어진 그물이 눈에 밟혀, 보트 위의 아름답고
축복받은 세계를 온전히 받아들일 수 없었던 것이다. 이러한 브레
히트의 사상은 일반 시민에 대한 사랑 없이 특출한 엘리트와 권력
층만을 대상으로 작품을 쓴 괴테의 문학과 상반된다. 사실 괴테는

서민 계급을 생각하는 민주주의 사상을 가진 작가로 보기 어렵다. 따라서 〈괴테 탄생 백년제(百年祭)〉가 여러 곳에서 있었으나 그의 출생지인 프랑크푸르트에서는 군주의 노예였다는 이유로 그를 위한 축제를 열지 않은 적이 있었다. 그리고 진보적인 사상가들은 그의 사고나 행동이 귀족적 또는 부르주아적이라면서 대단히 낮게 평가했다.

실제로 괴테의 7세 생일이 지났을 때 프로이센의 왕 프리드리히 2세가 작센을 침략했고, 유럽 전체가 프로이센과 오스트리아 편으로 나뉘면서 7년 전쟁이 발발했다. 황실 고문을 역임한 아버지는 프로이센에 동조했지만, 프랑크푸르트 시장을 지낸 외조부는 오스트리아 쪽으로 기울었다. 이러한 견해차는 가족을 갈라놓아 부친 편을 들었던 괴테는 〈나의 영웅(프리드리히 2세)이 잔인하게 비방당하는 것을 들어야 했기 때문에〉 외가에 가기를 꺼렸다.

영국 엘리자베스 시대의 시인 에드먼드 스펜서는 「요정의 여왕 The Faerie Queene」을 쓴 목적이 신사나 귀족을 신사답고 덕성스러운 범절에 따라 형성하는 것이라고 말하고 있다. 극 시인을 제외한 당대의 시인들은 대체로 귀족층 후원자의 비호에서 생계 수단을 찾고 있었다. 귀족이나 영주의 인정을 받기 위해 시인은 귀족의 문화 이론의 영역에 갇혀 있었고 작품이 노린 교훈적 성향은 오직 귀족 세계만을 염두에 두고 있었다. 따라서 대중을 무시하고 귀족층을 다루는 경향이 강했는데 이러한 풍토 때문에 괴테도 〈대중보다도 상류층에 대한 관심〉이 싹트기 시작했는지 모른다. 따라서 교육 사상가인 페스탈로치는 『은자의 황혼*Abendstunde eines Einsiedlers*』 끝부분에서 하위층의 대중을 생각하지 않고 권력만 추구한 괴테를 신랄하게 비난하고 있다.

오오, 높은 지위에 있는 군주여!

오오, 힘을 가진 괴테여!

어버이 마음이 그대의 의무가 아닌가?

오오 괴테여, 그대의 길은 모두 자연이 아님을

나는 유감스럽게 생각한다.

약한 자를 소중히 하고, 자기 힘을 사용하는 데

있어서 어버이의 마음, 어버이의 목적,

그리고 어버이의 희생,

이것이 인간의 순수한 고귀성이다.

오오, 높은 지위에 있는 괴테여!

나는 그대를 내 낮은 지위에서 우러러보고,

무서워 떨며, 침묵하며 탄식한다.

그대의 힘은 나라의 영광을 위해서

몇백만의 국민의 행복을 희생시키는

대군주의 압박과도 같다.

이처럼 『파우스트』 등 괴테의 문학에서는 페스탈로치가 강조하는 민중을 벗어난 〈귀족 예찬〉이 자주 나타나고 있다. 『서동시집』에서 유명한 시 「승천의 동경」 첫 연에서도 현자와 민중의 지적 차별성을 보여 주고 있다.

현자 외에 누구에게도 말하지 말라,

어리석은 민중은 곧잘 조소할 것이니,

살아 있으면서 불에 타서 죽기를

원하는 자를 나는 예찬하리라.

이 시에서는 현자와 어리석은 민중 간의 지적 차별성이 드러나고 있다. 세상을 살았다 해도 그것을 모르면 온전히 살았다 할 수

없는 지혜가 있는데, 대중은 이를 이해하지 못하고 조롱한다는 것
이다. 심지어 『파우스트』에서는 무지의 대중보다는 길들여진 개
가 현자의 마음을 더 끈다고 파우스트의 제자 바그너는 주장하고
있다.

잘 길들여진 개는
지혜로운 사람의 마음에도 들기 마련이지요.
정말인데요, 저 녀석은 선생님의 호의를 받을 만하군요.
원래 개는 대학생들의 뛰어난 제자이지 않습니까.(1174~1177)

물론 『파우스트』에서 궁정 생활 등의 상류 사회가 무의미하고
공허하며, 민중적인 삶이 〈벼룩의 노래〉로 찬양되기도 한다.

옛날 옛적 어느 임금님,
커다란 벼룩 한 마리 길렀네.
벼룩을 친자식처럼
애지중지 사랑하더니
재단사 가까이 불러
일렀다네.
자, 저 귀공자의 옷을 재단하라,
바지를 지어라!
    (……)
우단, 비단으로
곱게 차려입은 벼룩,
여기저기 리본으로 동여매고
십자가까지 달았네.
즉시 재상으로 임명되어

커다란 훈장을 받았다네.
형제자매까지
궁중에서 높으신 나리 되었다네.

궁중의 신사 숙녀,
에구머니, 난리 났네.
왕비님과 시녀들
이리 물리고 저리 뜯기는데도
눌러 죽일 수 없고
가려워도 긁을 수 없네.
우리는 한 군데만 물려도
당장 으깨 죽이고 눌러 죽일 텐데.(2211~2238)

　　해충은 악마가 거느리는 무리이며 그중에서도 벼룩은 가장 골
치 아픈 놈이다. 숨어서 뛰어다니며 사람의 피를 빨고, 없애기도
쉽지 않다. 궁중에서는 이런 벼룩 같은 간신들이 득실거리고 있다.
겉치레만 번드르르하면 아무도 건드리지 못한다. 그러나 민중들
은 그런 것쯤 간단히 처치해 버린다.[25] 이렇게 민중에 힘이 담겨
있는 배경에서 메피스토펠레스는 모든 지혜나 지식의 원천에 현
자들보다도 순박한 민중의 상식이 근거한다고 주장한다.

　　온 나라가 낯선 거대한 덩어리들로 가득 차 있는데,
　　누가 그 거세게 내동댕이치는 힘을 설명하겠소?
　　철학자라고 그 영문을 알겠소.
　　바위가 거기 있으니 그냥 내버려 두는 수밖에 없지 않겠는가,
　　우리가 이미 마르고 닳도록 생각했거늘 — 기껏해야 이런 식이

---

25 『괴테 파우스트』Ⅰ·Ⅱ부, 107면.

지요.

성실하고 순박한 백성들만이 그걸 이해하고서

주변에서 뭐라 말하든 흔들리지 않지요.

그것은 기적이고 바로 사탄의 업적이라는 사실을

오래전에 지혜롭게 터득했기 때문이오.(10111~10119)

하지만 어리석은 민중처럼 어리석게 보이는 현자, 즉 광인들의
사상이나 예술이 세상을 바꾸는 경우가 많아서 『파우스트』에서도
다음과 같이 언급되고 있다.

위대한 계획은 처음에 미친 짓으로 보이는 법이오.

하지만 우리는 앞으로 우연을 비웃을 거요.(6867~6868)

지동설(地動說)을 설파해 인간이 서 있는 이곳이 우주의 중심
이 아님을 일깨워 준 코페르니쿠스와 갈릴레이는 당시의 민중에
서 벗어난, 정신이 나간 인물이었다. 이러한 배경에서 민중은 조소
할 것이니 현자에게만 전하라는 지혜의 충고가 시 「승천의 동경」
처음에 놓여 있다. 마찬가지로 괴테는 시 「달에게An den Mond」에
서 다음과 같이 언급하고 있다.

아무런 증오심도 없이

세상을 멀리하고

가슴에는 한 친구를 품고

그와 정담을 나누는 자는

복될지어다.26

---

26 Richard Friedenthal, *Goethe, Sein Leben und seine Zeit*(München: 1978), S. 11.

괴테는 1836년 제자 에커만에게 『파우스트』는 당대의 시대정
신을 거스르는 요소를 내재하고 있다고 말했다. 그 당시 민중에 익
숙하지 않은 초감각적인 것들은 기독교적인 형상과 표현을 빌리
지 않고서는 자신이 원하는 대로 구현할 수 없었다는 것이다. 특히
영혼이 구원받아 천상으로 올라가는 결말 부분은 통제하기가 어
려웠음을 토로하고 있다. 이러한 민중으로의 접근을 파우스트의
제자 바그너도 싫어하여 민중의 소란스러운 행사를 거부한다.

박사님, 이렇게 박사님을 모시고 산책을 하다니,
저로서는 무척 영광스러운 일이고 얻는 것도 많습니다.
하지만 저 혼자라면 이런 곳에서 헤매지 않을 겁니다.
조잡한 것은 딱 질색이기 때문이지요.
깽깽이 소리, 고함 소리, 볼링공 굴리는 소리,
저한테는 전부 혐오스러울 뿐입니다.
마귀에 씐 듯 미쳐 날뛰면서
그게 즐거움이고 노래라니.(941~948)

물론 괴테의 작품에는 민중들의 분위기에 젖어드는 내용도 있
다. 예를 들어 『파우스트』에서 부활절 축제에 참가하는 민중을 보
며 파우스트는 동질감을 느낀다.

컴컴한 성문의 아가리로부터
울긋불긋한 인파가 앞다투어 몰려나오지 않는가.
모두들 스스로 소생한 탓에,
오늘 하루 햇살을 즐기며
주님의 부활을 축하하려는 것일세.
나지막한 집의 우중충한 방 안에서,

수공업과 생업의 굴레에서,
박공과 지붕의 압박에서,
숨 막히게 비좁은 거리에서,
교회의 장엄한 어둠에서
모두들 빛을 향해 나왔네.
자, 보게나! 사람들이 얼마나 발걸음 가볍게
공원과 들판으로 흩어지는가.
흥겨운 나룻배들이 강물을 따라
이리저리 출렁이고,
저 마지막 거룻배는 가라앉을 정도로
사람들을 그득 싣고 떠나지 않는가.
저기 산중의 먼 오솔길에서도
알록달록한 옷들이 아른거리네.
마을에서는 어느새 왁자지껄한 소리 들려오니,
여기가 바로 민중의 참된 천국 아니겠는가.
아이 어른 할 것 없이 즐거운 환호성을 터트리네.
여기서는 나도 사람일세, 사람일 수 있다네.(918~940)

강이 얼음에서 해방되고 골짜기마다 푸르른 희망의 새 씨앗이
솟아나는 행복을 말하고 있는 파우스트는 시민들의 일부가 되고
있다. 학문적으론 높은 경지에 도달했으나 서재에만 갇혀 지내 사
회와 절연되어 있던 파우스트는 산책 중에 농부들의 환호성과 공
통된 감정에서 인간의 존재를 확인하고 사회적인 눈을 떠가는 것
이다.

6
이념의 문제

—

괴테는 『잠언과 경구*Maximen und Reflexionen*』에서 〈모든 이념은 낯선 손님으로 현상계에 들어선다. 이념들이 실현되기 시작하면 환상Phantasie이나 공상Phantasterei과 거의 구별되지 않는다〉(HA 12, 439)라고 이념이 환상적이 되는 위험성을 지적했다. 괴테는 몽상적으로 작품의 소재를 만들어 내는 경우도 있는데, 이러한 내용이 우연치 않게 깊은 의미를 불러일으켜 이념적으로 발전하는 경우가 있다. 이러한 우연스러운 이념에 대해 괴테는 1827년 5월 6일 제자 에커만에게 다음과 같이 언급했다. 〈정말이지 독일인은 이상한 사람들이야. 그들은 어디서나 심오한 사상과 이념을 찾아 끌고 들어와서는 인생을 필요 이상으로 어렵게 만들고 있어. 자, 이제 한번 용기를 내어 여러 가지 인상에 열중해 보는 것이 어떨까. 즐거워하고 감격하고 분발하고, 또 가르침에 귀를 기울인다든지, 뭔가 위대한 것에 정열을 불태우고 용기를 얻어 봄이 어떨까! 그러나 추상적인 사상이나 이념이 아니면 모든 것은 허무하다고 생각해 버리면 안 돼! 그래서 말인데, 그들은 나를 찾아와서는 이렇게 묻는 거야. 내가 『파우스트』에서 어떠한 이념을 구상화시키려 하였느냐고. 마치 나 자신이 당연히 알고 있어서 표현이라도 해줄 듯이 하는 질문이야. 천국에서 지상을 통해 지옥으로 가는 과정, 그것은 의미가 없는 것도 아니나, 이것은 이념이 아니고 사건 전개의 과정이야. 더욱이 악마가 내기에서 지고, 고된 방황에서 줄

곧 더욱 선한 것을 위하여 노력을 경주하는 사람이 구원될 수 있다는 사실, 그것은 실상 허다한 사실을 명시하는 쓸모 있고 유효한 사상이지만 그렇다고 작품 전체와 모든 장면 개개의 기반이 되는 이념은 아니야. 만일 내가 『파우스트』에서 명확히 명시하려 했던 바 그 풍요하고 다채로우면서도 극도로 다양한 인생을 한 가지 일관된 이념의 가느다란 실줄로 늘어놓으려 했다면 실제에 있어서 아름다운 어떤 것이 생겨날 게 틀림없어요.〉(HA 3, 447 f.)

이러한 괴테의 말처럼 독일인들은 그의 어떤 점을 이념화하는가? 괴테의 프로메테우스의 이념적인 맥락은 프랑스 혁명의 영향이라고 볼 수도 있다. 실제로 괴테는 프랑스 혁명의 원인이 된 귀족들의 부패와 무능을 비난했지만 혁명의 주체와 실상에 대해 깊은 의구심을 가져 1829년 12월 16일에 에커만에게 부정적인 혁명관을 피력했다. 〈나는 모든 폭력적 전복을 증오하오. 이런 전복을 통해서 얻어지는 것 못지않게 많은 좋은 것들이 파괴되기 때문이지. 나는 이런 폭력적 전복을 실행하는 사람들도, 그리고 이런 전복의 원인을 제공하는 자들도 증오하오. (……) 나는 미래에 대한 전망을 열어 주는 개선을 좋아하지만, 앞서 말했듯이 폭력적인 것, 비약적인 것은 자연스럽지 못하여 거역하지.〉

이렇게 괴테가 우려했던 프랑스 혁명의 결과는 『파우스트』에서 메피스토펠레스의 언급과 유사하게 전개되었다.

> 아무도 그 상태를 탓할 수 없는 지경에 이르렀소,
> 누구나 위세 부릴 수 있었고 또 위세 부리려 들었소.
> 제일 힘 없는 놈조차도 자신이 대단한 줄 알았다니까요.
> 하지만 결국은 제일 똑똑하다고 하는 치들에게 너무 지나치다
> 는 생각이 들었소.
> 만만치 않은 사람들이 힘차게 들고일어나 이렇게 외쳤지요,

군주라면 능히 우리를 평화로이 살도록 해주어야 하거늘
황제는 그럴 능력도 없고 그럴 생각도 없다 — 우리 스스로 황
  제를 뽑아서,
새 황제로 하여금 새롭게 나라에 활력을 불어넣게 하자.
백성 모두를 안전하게 지켜 주고,
새롭게 창건한 나라에서
평화와 정의를 굳게 결합시키게 하자.(10274~10283)

괴테가 우려한 혁명의 원인과 결과는 폭력이었다. 따라서 폭력
의 본질적인 개념을 먼저 규명하고자 한다. 지라르René Girard는
인간의 폭력 욕망을 근원적인 욕망이라고 여기며 폭력의 생리학
적 메커니즘 또한 강고하다고 보았다. 이러한 폭력은 서구 제국주
의 및 식민주의의 산물이다. 백인들은 식민지로 개척한 땅의 주민
들을 자신들과 다른 존재(타자)로 딱지를 붙여 관찰하고 분류했
는데 이러한 폭력의 성격이 『파우스트』에 언급되고 있다.

(……) 그 누구도 다른 사람의 손에
나라를 넘겨주려고 하지 않아, 힘으로 나라를 점령해서
힘으로 다스리는 사람은 절대로 넘겨주지 않고말고.
자신의 자아를 다스릴 줄 모르는 자가
거만하게 제멋대로 옆 사람의 의지를 다스리려 드는 법이
  거든……
이곳에서도 그런 무시 못 할 선례가 있었지.
무력이 더 큰 무력에 맞서서,
수천 송이 꽃으로 이루어진 아름다운 자유의 화환을 찢고,
말라비틀어진 월계관을 지배자의 머리에 억지로 뒤집어씌웠지.
여기서 과거에 마그누스는 위대한 황금 시절을 꿈꾸었고,

저기서 카이사르는 흔들리는 천칭 바늘에 귀 기울이며 밤을 지 새웠지!(7013~7023)

사회는 자연적 재난이라는 초월적 폭력과 함께 지라르가 〈본 질적 폭력〉이라고 부르는 위험에 끊임없이 노출되어 왔다. 게다가 아주 사소하고 작은 폭력조차 인간의 〈모방 욕망〉에서 비롯되는 〈전염성〉 때문에 이내 거대한 폭력으로 확대될 수 있다. 최초의 폭 력은 보복이라는 폭력을 부르고 경쟁적으로 가속화되는 보복 폭 력은 이른바 〈폭력의 악순환〉을 부른다. 매개된 욕망은 끝이 없듯 이 이러한 〈무차별적 폭력〉도 끝이 없는데 지라르는 이 상태를 희 생 위기라고 불렀다. 결국 폭력을 사용하지 않고서는 폭력을 근절 할 수 없고, 최종적이고 결정적인 폭력, 이전의 폭력과는 질적으로 다른 폭력만이 그 악순환의 고리를 끊을 수 있는 것이다. 결국 폭 력의 핵심은 〈좋은 폭력〉으로 〈나쁜 폭력〉을 막는 데 있다. 문제는 폭력을 〈순화시키는 것〉에, 다시 말해 폭력을 〈속여서〉 희생물로 만드는 데 있다. 사실상 순수하고 합법적인 폭력과 불순하고 비합 법적인 폭력의 차이를 구분하기 어렵기 때문이다. 다시 말해서 우 리는 폭력에는 좋은 폭력과 나쁜 폭력이 있다는 오해를 진리 혹은 진실로 받아들인다.

폭력의 결과로 흘린 피는 범죄나 폭력과 결합되면 불순하지만 이념과 결합되면 순수해진다. 모든 문화는 바로 이러한 순수함과 불순함의 구별을 목적으로 한다. 하지만 이 둘이 뒤섞이면 모든 문 화적 차이가 위기에 처하게 되고 〈나쁜(불순한) 폭력〉과 〈좋은(순 화적) 폭력〉의 구별이 불가능해지는 무차별 폭력이 된다. 사회나 다수가 속여 왔던 폭력의 무차별적 현실이 모습을 드러내는 것 이다.

상호적 폭력의 지배 속에 폭력을 주고받는 적대자들은 서로 다르다고 믿지만 실제로는 아무 차이도 없다. 똑같은 모방 욕망, 똑같은 증오, 서로 다르다는 똑같은 환상이 그들을 지배하여 똑같은 짝패로 만들어 버리는 것이다. 이러한 배경에서 프랑스 혁명 등에서 난동, 발광 같은 폭력이 일어났다. 이처럼 극단에 흐르는 폭력을 괴테는 증오했다. 따라서 그는 프랑스 혁명이 지나고 1830년에 에커만에게 다음과 같이 말했다. 〈극단은 어떤 혁명에서나 결코 피할 수 없어. 정치적인 혁명에 있어서 맨 처음에는 모두 부정부패의 일소만 바라지만 자기도 모르는 사이에 유혈과 공포에 깊이 빠져들게 되지. 프랑스인들은 현재의 문학 혁명에서 처음에는 좀 더 자유로운 형식 외에 원하는 것이 없었으나, 거기에서 멈추지 않고 형식과 더불어 전통적인 내용도 배격하였지. 그들은 고상한 정서와 행위의 묘사를 지루하다고 하고 가증스러운 것들을 취급하게 되어서 그리스 신화의 아름다운 주제 대신에 악마와 마녀와 흡혈귀를 다루고, 고대의 고상한 영웅들은 요술쟁이와 노예선의 노예들에게 자리를 양보하지 않을 수 없었지. 업적을 쌓아 인정을 받은 젊은 재사, 자기 자신의 길을 개척할 수 있을 만치 훌륭한 젊은 재사는 시대의 취미에 영합해야만 하고, 아니 소름 끼치고 무시무시한 것을 묘사하는 데 있어서 그의 선배를 능가해야만 했지.〉 이러한 괴테의 비평이 『파우스트』에서 한 저술가의 외침 속에 요약적으로 잘 나타나 있다.

> 요즘에는 적당히 지혜로운 내용이 담긴 책을
> 도무지 읽으려 드는 사람이 없다니까!
> 게다가 젊은이라고 하는 것들은
> 얼마나 시건방지는지.(4088~4091)

심지어 혁명이나 혁명 이후에 뒤따르는 폭력과 무질서가 『파

우스트』에서 악마들 고유의 행동이라고 메피스토펠레스에 의해
주장되고 있다.

> 그것이 나하고 무슨 상관이란 말이오! 자연은 그냥 내버려 두
> 시오!
> 사탄이 바로 그 현장에 있었다는 사실이 영예로운 점이오.
> 우리는 큰일을 해내는 무리요.
> 혼란, 완력, 불합리! 저기 그 표시를 보시오! ― (10124~10127)

이러한 배경에서 괴테의 장르를 나타내는 제목인 단편 「노벨
레」에서도 1789년의 프랑스 혁명이 부정되고 있다. 시장(市場)의
복잡한 모습이 과거에 그곳에서 발생했던 공포스러운 대화재에
대한 혼돈스러운 상황을 연상시키는데 여기에서 영주의 백부는
프랑스 혁명을 연상하여 시장 방문을 반대한다. 이 시장에서 일어
났던 화재가 위협과 공포스러운 프랑스 혁명을 암시하여 공포를
느끼게 하는 것이다.

이렇게 프랑스 혁명을 근심스럽게 주시하던 괴테는 1830년에
발발한 〈7월 혁명〉의 극단도 걱정했다. 유럽에서 자유주의자 및
혁명주의자들이 보수적 군주와 정부에 맞서 1830년 7월 26일에
일으킨 〈7월 혁명〉은 1830년 7월 26일 프랑스에서 샤를 10세가
세 가지 법령을 공포하면서 시작되었다. 그는 하원을 해산하고 언
론의 자유를 폐지하고 선거법을 개정했는데 유권자의 4분의 3이
선거권을 상실하자 파업 등에 뒤이어 무장 충돌이 벌어졌다. 7월
27일부터 29일까지 3일간에 걸친 싸움 끝에 왕정군이 반란을 제
압하지 못하고 샤를이 영국으로 도망치자 급진파는 공화정을 세
우려 했고, 귀족주의자들은 계속 샤를에게 충성하려고 했다. 그러
나 1792년에 프랑스 공화정을 위해 싸운 오를레앙 공작 루이 필리

프에게 왕관이 넘어갔다.

권력을 얻은 루이는 〈프랑스 국민의 왕〉이 되겠다고 선언했다. 〈7월 혁명〉이 끝난 뒤 상원은 세습제에서 선출제로 바뀌고, 특별 재판소는 폐지되었으며, 국왕과 교회의 동맹 관계도 끝이 났다. 이에 용기를 얻은 유럽의 자유주의자들은 전면적인 해방 전쟁을 원했으나, 전쟁을 원하지 않은 루이 필리프가 러시아 차르에 대항해 봉기를 일으킨 폴란드인들을 지원하지 않아 봉기는 진압되고 폴란드는 러시아 제국에 합병되었다. 이탈리아와 독일에서 일어난 봉기는 실패했으나, 벨기에만은 네덜란드로부터 독립을 선언하여 1831년 독립 국가가 되었다. 그리스인들은 몇 년 동안 오스만 제국과 전쟁을 치러 1832년에 독립 주권 국가가 되었다.

괴테의 『이탈리아 여행』에서 〈자유와 평등은 오로지 광란의 도취에서나 향유될 수 있다〉(HA 11, 515)고, 이른바 절대적인 자유와 절대적인 평등은 현실적으로 불가능하다고 피력되어 있다. 자유는 상대적일 수밖에 없다는 내용은 괴테의 다음과 같은 확인에서도 드러난다. 〈자유란 상대적이며, 본질적으로 하나의 부정적 개념이고, 또 그래야만 한다. 규정이 없어서 의무가 없다면 가능한 것은 없어서 아무것도 생각될 수 없기 때문이다.〉[27] 괴테의 『잠언과 경구』에서도 〈여러모로 제한된 이 세계에서 무조건적인 것을 막무가내로 추구하는 행위보다 더 비참한 것은 없다. 그런데 이 행위는 1830년에 아마도 다른 어느 때보다 더 끔찍하게 나타났다〉(HA 12, 399)라고 기록되어 있다. 1830년의 7월 혁명을 겨냥한 이 말은 본래의 목적을 잊은 채 혁명을 위한 혁명, 자신을 유일한 진리와 도덕적인 선으로 절대화하여 자신의 원칙을 맹목적으로 관철하려는 혁명에 대한 괴테의 의구심을 나타내고 있다.[28] 『빌

27 Hans Arens, *Kommentar zu Goethes Faust I* (Heidelberg: 1982), S. 940 f.
28 『괴테 파우스트 휴머니즘』, 99면.

헬름 마이스터의 수업 시대』속 신부의 말대로 〈모든 것을 전부 자신의 인간성 안에서 행하고 향유하려는 사람, 자신 이외의 모든 것을 그러한 종류의 향락을 목적으로 하여 연결시키는 사람, 그러한 사람은 영원히 만족을 가져오지 못하는 행위로만 시간을 허송하는 것이다〉.(HA 7, 573)

〈7월 혁명〉으로 인해서 특권이 박탈된 귀족의 상황이 「노벨레」에 묘사되고 있다. 영주 부인이 호노리오에게 죽은 호랑이에게 최후의 일격을 가하라는 요구에서 그녀의 특권 의식이 엿보인다. 죽은 호랑이에게 최후의 일격을 가하라고 할 정도로 사소한 위험이 될 수 있는 요소조차도 제거되어야 한다고 생각하는 영주 부인은 중무장한 사수들을 동원한다.

이렇게 혁명의 과도한 물결에는 폭력이 배경을 이루어 『파우스트』에서 메피스토펠레스가 언급한 무정부적인 사회를 야기시킨다.

그러는 동안에 온 나라 안이 무정부 상태가 되어 버렸지 뭐요.
큰 놈 작은 놈 너 나 할 것 없이 뒤엉켜서 싸움질을 벌였지요.
형제들이 서로 내몰고 죽이고,
성(城)과 성이 맞붙어 싸우고, 도시는 도시끼리 다투고,
동업 조합은 귀족하고 갈등을 빚고,
주교는 참사회나 교구하고 실랑이를 벌였소.
서로 마주쳤다 하면 원수처럼 으르렁거렸다니까요.
교회 안에서 살인과 살해가 횡행하고,
성문 밖에서는 상인이나 여행객이 흔적 없이 사라지기 일쑤였소.(10261~10269)

따라서 상부에 대한 경멸이나 자유에 대한 열망은 수정되어 프

로메테우스가 자신의 불손함으로 처벌을 받게 되는데, 이는 결국 프랑스 혁명 후의 사태에 대한 괴테의 예상으로 볼 수 있다. 혁명의 과도한 성격이 마음에 들지 않았던 괴테가 자유에 대한 과도한 열망과 불손이 처벌을 받는 내용으로 전개시킨 것이다. 따라서 반항과 해방을 찬양하는 찬가 「프로메테우스」가 발표된 1774년에 괴테는 이러한 반항과 해방에 역행하는 헌신과 귀의를 나타내는 찬가 「가니메트Ganymed」를 찬가 「프로메테우스」와 나란히 게재했다.

아침노을 속에서
그대는 나를 둘러싸고 타오르는 불빛을 발하는 듯,
봄이여, 사랑스러운 그대여!
한없는 사랑의 환희와 더불어
그대의 영원한 온기의
성스러운 감정이
내 가슴으로 밀려드는구나,
무한히 아름다운 자여!

내가 그대를
이 팔로 껴안았으면 좋으련만!

아, 그대의 가슴속에
누워 있으면서도 애를 태우노라.
그대의 꽃들과 그대의 풀이
내 가슴에 밀려드는구나,
그대는 내 가슴의
타는 갈증을 식혀 주는구나,

사랑스러운 아침 바람이여,
그 안에서 밤꾀꼬리는 안개 낀 골짜기 속에서
사랑하는 손짓으로 나를 부르는구나.

내가 가리다! 내가 가리다!
어디로? 아, 어디로?
위로, 위로, 들려 올라가도다,
구름은 아래로
떠내려 오도다, 구름이
그리워하는 사랑을 향해 기우는구나.
내게로, 내게로!
그대들의 품에 안겨
위로,
얼싸안으면서 얼싸안기면서!
위로
그대의 가슴에 안기도다,
만유를 사랑하는 아버지여!

　　괴테의 자서전 『시와 진실』 제8권에는 모든 창조물이 원초적
인 것에서 〈이탈했다가abfallen〉 다시 〈복귀하는zurückkehren〉 존
재일 뿐이라고 언급하면서 〈이탈〉을 〈자아의 독립sich verselbsten〉
으로, 그리고 〈복귀〉를 〈자아의 해체sich entselbstigen〉로 바꾸어 각
각 찬가 「프로메테우스」와 「가니메트」로 묘사했다. 프로메테우스
는 제우스 신에서 벗어나 자신의 독립을 주장하는 반면에, 가니메
트는 자신을 해체시켜 신과 융합하려 한다. 따라서 괴테는 자연을
양극적으로 보아 서로 모순되는 이념들을 포용하여 프로메테우스
를 심장의 확장으로, 가니메트를 신장의 수축 등의 양극성으로 수

용하게 되었다.

이러한 양극성은 괴테의 자연 신비주의에서 세계의 상승으로 전개되고 있다. 빛은 어둠에서 발생하고, 혼돈은 질서를 형성하고, 미는 추악의 배경에서 나타나고, 악에서 선으로 유도되는 등 늘 부정적인 가치가 긍정적인 가치로 인도되는 것이다. 이렇게 두 가지 상반된 힘의 작용으로 완성되는 형상에 대해 괴테는 〈나에게는 평온하고 원활한 기분이 생기게 되는데, 이는 우리가 두 개의 서로 대립하는 의견 사이에서 이쪽저쪽으로 흔들림을 받지만 어느 쪽의 입장도 고집하지 않는 쾌적한 감정을 주는 것이다. 우리는 우리 인격을 이중으로 하는 것이다〉[29]라고 피력했다.

이러한 논리는 융Carl G. Jung의 〈반대의 일치coincidentia oppositorum〉라든가 뒤랑Gilbert Durand의 〈균형 잡기〉와도 일맥상통하는, 또 동아시아의 음양론(陰陽論)과도 충분한 보편성을 지닌 논리라고 볼 수 있다. 음양 사상의 근본은 양의 힘에서 하늘의 요소가, 음의 힘에서 땅의 힘이 생겨나 하늘과 땅의 영혼으로 구분되는 심리학의 기본이다.

〈반대의 일치〉 개념은 서구 신학이나 형이상학에서뿐만 아니라 동양에서도 현저한 경향을 볼 수 있다. 동양의 현자나 고행자의 명상 기법이나 방법은 초월을 목표로 한다. 고행이나 명상은 〈반대의 일치〉로 인한 초월로 고통을 없앤다. 쾌락과 고통, 욕망과 혐오, 추위와 더위, 유쾌와 불쾌라는 대립적 쌍이 반대의 일치를 경험함으로써 사라지는 동시에 종교에서는 구원을 이룬다. 따라서 『파우스트』에서 악마는 인간을 고통으로 멸망시키려 하지만 이러한 고통이 오히려 고행이 되어 종교적인 구원이 된다고 메피스토펠레스가 심하게 불평한다.

---

29 Richard Friedenthal, 같은 책, S. 635.

우리가 극히 흉악한 시간에

인류를 파멸시키려 한 것은 너희들도 알리라.

우리가 생각해 낸 가장 파렴치한 짓이

저것들의 경건한 본성에 딱 맞는 모양이다.(11689~11692)

결국 〈반대의 일치〉는 〈궁극적인 실재〉로서 절대자 또는 신격의 존재로 고행자, 명상가, 현자, 인도나 중국의 신비가의 의식에서 극단적인 것을 없애 준다. 따라서 인간들의 신에 대한 반응도 이중의 자세, 즉 〈요구〉와 〈거부〉로 나타나는데 신을 거부하는 존재로 프로메테우스 그리고 신을 요구하는 존재로 가니메트를 들 수 있다. 괴테 자신도 일생 동안 신에 대한 요구와 거부의 이중적 감정에 휩싸여 있었는데, 이는 신성에 대한 동경과 신성 모독에 대한 두려움으로, 이 모두는 인간의 내면에서 치솟는 강력하면서도 참기 어려운 힘이다. 요구는 연약한 존재인 인간이 신의 힘을 끌어들여 자신들의 한계를 극복하려는 이기심의 발로이다. 신의 도움 없이는 삶 자체도 영위할 수 없다는 명제에서 신에 대한 요구가 발생하는 것이다. 따라서 신에게 접근하려는 노력은 인간의 삶이 어차피 비극일 수밖에 없다는 시각의 반영이다. 인간의 이러한 선택은 삶의 체념으로 귀착될 수밖에 없다는 절망감의 표현이다. 그런데 신과 최대한 가까운 거리에서 고귀, 순수, 절대를 소유하려는 욕망이 신의 영역을 침범하거나 신성 모독으로 여겨지는 경우도 있다.

「프로메테우스」가 반항과 창조의 능동적 의지를 표상한다면, 「가니메트」는 동경과 헌신, 절대적 존재에 대한 귀의를 표상하여 서로 보완적이다. 따라서 저항과 헌신이라는 괴테 특유의 대립적인 관계가 진취를 나타내는 프로메테우스와 헌신을 보여 주는 가니메트로 전개되는데 하나는 자기의 영역과 업적을 지키면서 자기에게 아무 도움도 주지 않는 제우스에 대한 완강한 반항이며, 또 다른 하나는 제우스의 품을 향해 올라가려는 헌신으로, 전자가 〈자기중심〉이라면 후자는 〈자아의 확대〉라고 할 수 있다.[30]

〈자아의 확대〉는 『파우스트』에서 〈새로운 힘이 솟아나는구나. 가슴을 활짝 펴고 대작업을 개시해 볼거나〉(6281~6282) 또는 〈대담하게 노력하고 싶은 힘이 솟구치는구면〉(10184)이라는 파우스트의 의지로 자신을 인류의 자아, 아니 우주의 자아로까지 확대하고자 하는 것이다. 결론적으로 종교적 한계든 형이상학적 한계든, 정치적·사회적 한계든 모든 한계를 무너뜨려 어떠한 제약이나 한계도 결코 수용하지 않아 모든 규제를 악으로 여기는 〈질풍노도〉의 성격인 것이다. 실제로 괴테 자신이 한계나 제약을 증오하는 인물이었다. 모든 한계를 무너뜨리려는 노력, 즉 어떠한 제약이나 제한도 결코 수용하지 않으려는 삶의 원칙, 그리고 종교적 한계든 형이상학적 한계든, 정치적·사회적 한계든 모든 규제를 악으로 여기는 견해는 헤르더와 게르스텐베르크Heinrich W. von Gerstenberg에서 시작하여 라바터Johann C. Lavater(1741~1801)와 괴테 그리고 렌츠Jakob M. R. Lenz, 클링거Friedrich M. Klinger를 거쳐 청년 실러에 이르기까지 〈질풍노도〉 문학의 본질이 되고 있다. 이들이 문학에서 요구하는 한계의 타파인 절대적인 자유야말로 이들이 추구하는 자아의 본성이었다. 『파우스트』에서 〈나 여기 있다! 여기에!〉(9412)라고 외치는 절대적 자아는 완전한 해방과 총체적 자유가 전제되어야 한다.[31] 이렇게 광적인 자아 집중적, 자아 중심적 성향을 보이는 파우스트를 메피스토펠레스는 다음과 같이 비꼰다.

---

30 Vincent J. Günther, *Johann Wolfgang von Goethe. Ein Repräsentant der Aufklärung* (Berlin: 1982), S. 31.

31 김수용, 「자아의 절대화와 파멸의 필연성」, 『독일 문학』 제61집(1996), 3면.

너희들 손으로 더듬어 보지 않은 것은 수만 리 떨어져 있노라.

너희들 손으로 붙잡아 보지 않은 것은 아예 존재하지 않노라.

너희들이 계산하지 않은 것은 진실이 아니라고 믿노라.

너희들이 달아 보지 않은 것은 무게가 없느니라.

너희들이 주조하지 않은 것은 가치 없다고 여기니라.

(4918~4922)

그러나 인간은 다른 모든 생명체와 마찬가지로 기본적인 제한을 태생적으로 지니고 있기 때문에 자아를 무제한적 존재로 만들려는 욕망이 불가능하여 이의 억제, 즉 금욕이 필연적으로 요구된다. 따라서 〈절제하는 사람들Die Entsagenden〉이라는 부제가 붙은 『빌헬름 마이스터의 방랑 시대』에서 괴테는 〈관찰이나 행동에서 도달할 수 있는 것은 도달할 수 없는 것과 구분되어야 한다. 그렇지 않으면 삶이나 지식에서 얻는 것이 있을 수 없다〉(HA 8, 297)라고 강조한다. 무제한적인 자아의 실현이나 절대적인 진리의 추구는 결코 불가능하므로 이에 대한 포기가 〈절제〉라는 것이다. 따라서 『시와 진실』에서 괴테는 〈우리의 물리적 삶이나 사회적 삶, 예절, 습관, 세상을 살아가는 지혜, 철학, 종교 그리고 많은 우연한 사건들 모두는 우리에게 외친다. 우리가 절제해야 한다고!〉(HA 10, 77)라고 피력하고 있다.[32] 〈존재하기 위해서 우리는 우리의 존재를 포기한다〉(HA 12, 381)는 괴테의 경구도 이러한 맥락에서 이해될 수 있다.

그런데도 파우스트는 무제한적인 욕구를 갈망하여 자신의 의지를 표방한다. 파우스트는 자신의 이성만을 신뢰하고 신의 절대 섭리를 경시할 정도로 개성과 독립심이 강한데, 이러한 신적인 경지의 요구는 오만의 강화로 볼 수 있다. 신과의 접촉을 과감하게

---

32 『괴테 파우스트 휴머니즘』, 111면 이하.

시도하려던 바벨탑 축조자들이나 신들의 기밀을 누설한 프로메테우스 같은 〈신적인 경지〉를 욕구하는 것이다. 신을 거부한 프로메테우스는 인간 세상에 살면서 신의 영역에서 불을 훔쳐 인간에게 나눠 주었다. 인간은 불 쓰는 법을 배워 음식을 구워 먹고 밤에도 따뜻하게 잘 수 있게 되었는데 이러한 프로메테우스의 불에 의한 인간의 혜택이 『파우스트』에서도 명시되고 있다.

> 하늘에서
> 엄청난 불꽃이
> 내려와도,
> 아궁이 가득
> 이글이글 타오를
> 장작하고
> 숯 더미 없으면 어쩌랴.
> 지글지글 볶고,
> 보글보글 끓여라.(5248~5256)

그러나 천상천하의 전능한 신 제우스는 프로메테우스가 한 짓이 괘씸하기 짝이 없어 크라토스Kratos(권력)와 비아Bia(폭력) 두 신을 시켜 그를 잡아 인적 없는 광야의 끝 캅카스 산꼭대기의 큰 바위에 잡아 놓고 화신 헤파이스토스를 시켜 억센 쇠사슬을 만들어 그를 묶은 뒤, 평생 동안 제우스의 상징인 독수리에게 간을 쪼이는 무시무시한 형벌을 받게 했다.

『파우스트』에서 원초적인 거래를 이룬 신은 자만스러운 파우스트를 타락 후에 근원적인 것으로 귀환시켜 결국 「프로메테우스」와 「가니메트」의 상징이 되고 있다. 결국 하느님은 인간에게 활동을 자극하고 정도를 일깨우는 훈계자로서의 신이고, 그 신성으로 이지와 사랑과 구원을 주는 조물주이다. 여기에 악마의 행위도 작용한다. 파우스트는 신성과의 원초적인 거래를 이루는 데 적합한 빛과 그 본체를 알지 못하고 악·물질의 세계에 빠짐으로써 〈인간은 노력하는 한, 방황하기 마련이니라〉(317)는 하느님의 명언이 보편성을 지닌다. 괴테는 바이마르에 오기 전까지만 해도 파우스트의 방황하는 인간상을 생각하지 않았으나, 바이마르 체류 이후 이 생각이 깊어져 노년까지 계속되었다. 이러한 〈방황〉이 하느님의 명언이 되어 『파우스트』의 대미가 되는 배경하에 작품에서 방황의 의미를 심층적으로 규명해 본다.

방황이 문학이나 신화 및 역사 등에서 전개되는 경우가 많다. 방황은 주로 미로(迷路)에 연결되어 전개된다. 신화나 전설 등에서 영웅이 도달해야 하는 길은 험난하다. 사원의 오르기 힘든 나선형 계단, 성지(메카, 예루살렘 등) 순례, 황금 양털, 황금 사과, 불로초 등을 찾으려고 영웅적인 모험을 감행하는 위험 가득한 항해, 보로부두르 사원 등에서 볼 수 있는 복잡한 미로에서의 방황, 자아에 이르는 길 그리고 자기 존재의 〈중심〉에 이르는 길을 찾는 고행자에게서 발견할 수 있는 고난의 정도가 방황의 실제적인 예이다. 이렇게 험난하고, 고통이 뒤따르는 것이야말로 방황의 본질이다. 따라서 모든 종교의 교조(敎祖)들은 구도의 일환으로 살던 곳을 떠나 방황했다. 석가는 출가한 뒤 영원한 앎의 나무인 보리수 아래 좌정하여 2천 5백 년 동안 아시아를 계몽할 수 있었던 위대한 깨달음을 얻었다. 세례 요한에게 세례를 받은 그리스도는 광야로 나가 40일을 명상하여 하느님으로부터 메시지를 받았다. 모세는 민족을 해방시키라는 신 야훼의 음성을 듣고 이집트로 돌아와 파라오와 일대 결전을 벌인 끝에 히브리 민족을 이끌고 홍해를 건너 광야를 횡단하여 시나이산에서 야훼에게 십계명을 받고 하느님과 이스라엘 백성 사이의 중개자가 되었다.

『코란』은 〈앞서간 사람들이 치른 것과 같은 시련을 치르지 않고 지복의 낙원으로 들어갈 수 있다고 생각하느냐〉고 말하고 있다. 유대 전승에 나오는 영웅은 무서운 시험을 겪어야 보상받는다.[33] 모두 극기와 대가의 지불 없이는 성취가 없다는 가르침으로, 죽음의 절망과 구원의 희망에서 방황하고 있는 것이다.

헤르쿨레스의 활약과 모험, 아르고호의 원정 등을 비롯한 방황 신화는 고대에서 빛나는 문학의 역사를 가졌을 뿐 아니라 이후에도 끊임없이 개발되고 개작되었다. 그러한 신화는 알렉산드로스 대왕의 설화 같은 반(半)역사적인 전설들로 다시 모방되었다. 알렉산드로스 대왕 또한 어둠의 나라를 방황하면서 생명의 풀을 찾아 괴물과 싸우기도 했다. 이스라엘 민족이 이집트를 떠나 사막에서 방황할 때 기적이 일어나 하늘에서 음식이 떨어지기도 했다. 이때 모세가 황야에서 방황의 마지막 장소로 여긴 〈약속의 땅〉도 이와 연관된다. 이러한 미로에 의한 방황이 특히 독일 문학에서 자주 전개된다.

신에게 걸음을 옮기면 옮길수록 신으로부터 멀어진다는 역설적이며 절망적인 명제를 안고 집필된 카프카의 『소송』에서 요제프 K가 법원에 접근하려고 애쓰면 애쓸수록 법원은 더욱 멀어져 미로(迷路)적인 성격을 띤다. 마찬가지로 『성』에서는 토지 측량사 K가 측량하고자 끊임없이 접근할수록 성과 마을 사이의 거리는 더욱 〈우회적〉으로 멀어져만 가 바그너Richard Wagner의 〈방랑하는 네덜란드인Der fliegende Holläder〉처럼 결코 도달할 수 없다. 이는 정치 제도에 의해 국민을 위한 기관이 존재하지만, 정작 국민 자신이 도움이 필요하여 거기에 도달하려 하면 그곳으로 가는 길은 미로 상태가 되어 결국 도달하지 못하는 상황을 의미한다.

마찬가지로 토마스 만의 『마의 산』에 있는 요양소는 인접한 공

---

33 조셉 캠벨·빌 모이어스 『신화의 힘』, 이윤기 역(이끌리오, 2002), 233면.

간이면서도 멀게 느껴지는 역설적 느낌으로 병자들을 혼동시킨다. 실제로 평지는 도달하기에 그리 멀지 않은 장소인데 카스토르프가 7년을 노력해도 이르지 못한다는 사실에서 요양소는 카프카의 성처럼 역설적인 성격을 띠고 있다. 이렇게 시간과 공간적으로 초월되어 인접한 공간이면서도 멀리 떨어져 미로적으로 이어지는 요양소는 〈운명〉 밖으로 향하는 삶을 의미한다. 그 문을 열려는 사람을 삶은 다양한 방향으로 현혹하는 것이다. 이처럼 목적지에 도달하지 못하는 방황의 연속이 『파우스트』의 대미다. 어두운 충동에 의한 혼미로 인해 생기는 파우스트의 방황은 어떻게 보면 인간의 체험을 통해 밝고 올바른 길로 인도하려는 신의 의도이며, 신에 의해 지워진 인간의 숙명으로 볼 수 있다.

> 그가 지금은 비록 혼미하게 날 섬길지라도,
> 내가 곧 밝음으로 인도하리라.(308~309)

인간의 노력은 곧 방황이며, 이는 진리에 접근하려는 노력인 것이다. 따라서 메피스토펠레스까지도 인조인간 호문쿨루스에게 〈네가 방황하지 않으면 인식에 이르지 못해〉(7847)라며 충고하고 호문쿨루스도 진리에 접근하고자 방황의 길을 가고자 한다.

호문쿨루스 (……)
> 나는 이 세상을 조금 두루 돌아보면서
> 아이(i) 자 위의 점을 찾아내겠어요.
> 그러면 위대한 목적을 달성할 거예요.
> 그만큼 노력하면 당연히 그 정도 보답은 따라오지 않겠어요.
> 황금, 영예, 명성, 무병장수,
> 그리고 어쩌면 학문과 덕성도 얻을지 몰라요.(6993~6998)

이렇게 미로에 의한 방황이 괴테의 문학, 특히 『파우스트』에 주요 모티프로 전개되어 그의 시 「프로메테우스」에서는 철이 없어 방황하는 어린아이의 모습으로 묘사되고 있다.

> 내가 어릴 때
> 철부지여서 아무것도 모르던 때,
> 나의 비탄을
> 들어줄 귀가 있고,
> 나처럼 괴로워하는 자를
> 불쌍히 여길 심정이 있겠지 해서
> 방황의 눈이 태양을 향했었노라.

악마가 아무리 유혹해도 파우스트는 결국 구원받을 수 있다는 것을 알기 때문에 신은 메피스토펠레스에게 파괴하는 영의 존재를 허용한다.

> 그럼 좋다, 네 마음대로 해보아라!
> 그자의 정신을 근원에서 끌어내어,
> 붙잡을 수만 있다면
> 네 길로 데려가라.
> 선량한 인간은 비록 어두운 충동에 쫓기더라도
> 올바른 길을 잊지 않는 것을
> 부끄러워하며 네 입으로 인정하게 되리라. (323~329)

이렇게 자유로운 행동을 허용받은 메피스토펠레스는 자신의 파괴적 요소를 강조하고 있다.

죄악, 파괴, 간단히 말해서
악이라 불리는 모든 것이 제 본래의 활동 영역이지요.

(1343~1344)

이러한 메피스토펠레스 고유의 속성인 파괴와 부정은 모든 생성된 것의 궁극적인 상황이다. 따라서 〈오랜 세월 온갖 행복을 누린 사람이 뒤돌아보면, 신의 지고한 은혜가 결국엔 꿈처럼 느껴지지요〉(8843~8844)라는 말이나 〈창조된 것을 무(無)로 빼앗아 가는 것〉(11598)이라는 메피스토펠레스의 말처럼 인간이 창조하는 것들은 결국 시간의 흐름 속에 파괴되기 마련이니, 그 무엇을 위해 노력하고 고통을 감내하는 것은 아무런 의미가 없어 〈영원히 공허한 것〉(11603)이라는 메피스토펠레스의 원칙은 허무주의의 핵이 된다.

창조된 것을 무(無)로 빼앗아 가는 것,
그 영원한 창조가 우리에게 무슨 소용이 있단 말이냐!
〈이제 지난 일이노라!〉 이것이 무슨 뜻이냐?
마치 없었던 것 같으면서도,
마치 있는 양 맴도는 것.
나는 영원히 공허한 것이 더 좋단 말이다.(11598~11603)

이러한 허무주의적인 메피스토펠레스가 파우스트를 아무리 유혹해도 신은 결국 파우스트가 구원받을 수 있다고 확신하여 메피스토펠레스에게 자유로운 행동을 허용한다. 〈인간의 활동은 너무나도 쉽게 해이해지기 마련이어서 무조건 금방 휴식을 취하려 드니〉(340~341) 〈자극을 주고 영향을 주는〉(342) 악마를 붙여 두는 것이다. 이러한 하느님의 의지를 대천사Erzengel가 대행하고 있다. 대천사는 은총의 천사로 은혜를 선사하는데, 특히 기적의 형태로 은혜를 내려 주어 〈빛을 내는 자〉로 불린다. 이들은 선을 위해 싸우는 영웅들이 곤경에 처할 때 용기를 불어넣어 주고, 예수가 승천할 때 역천사들 중 두 명이 예수를 천계로 안내했다 한다. 이러한 역천사의 주요 군주로는 라파엘, 가브리엘, 미하엘인데, 『파우스트』에서는 막이 열리면서 세 명의 천사가 신의 천지 창조를 찬양한다.

> **라파엘**　태양은 예나 다름없이
>
> 　　형제 별들과 노래 솜씨를 겨루며,
>
> 　　정해진 행로를
>
> 　　우레 같은 걸음으로 마무르노라.
>
> 　　아무도 그 이치를 알 순 없지만,
>
> 　　그 광경은 천사들에게 힘을 주노라.
>
> 　　불가사의하고 고매한 신의 역사(役事),
>
> 　　천지 창조의 첫날처럼 장엄하여라.
>
> **가브리엘**　찬란한 지구는
>
> 　　빠르게, 불가사의하게도 빠르게 그 주위를 맴도누나.
>
> 　　낙원의 밝은 빛과
>
> 　　소름 끼치는 깊은 어둠이 교차하도다.
>
> 　　바다가 풍랑을 일으키며
>
> 　　깊은 바위에 부딪쳐 물거품 날리고,
>
> 　　바위와 바다,
>
> 　　영원히 빠른 천체의 흐름에 휩쓸리도다.
>
> **미하엘**　폭풍우가 앞다투어
>
> 　　바다에서 육지로, 육지에서 바다로 휘몰아치며,
>
> 　　주위에 사납게 줄줄이

심오한 영향을 미치누나.

번개가 파괴의 힘을 번쩍이며,

천둥소리에 앞서 길을 내도다.

그러나 주님, 당신의 심부름꾼들은

당신의 날들이 부드럽게 흘러가는 것을 찬미하나이다.

셋이 함께 아무도 당신의 뜻을 헤아릴 수 없기에,

그 광경은 천사들에게 힘을 주나이다.

당신의 고매한 역사(役事),

천지 창조의 첫날처럼 장엄하나이다.(243~270)

이렇게 『파우스트』의 개막 서주(序奏)에서 하느님의 최측근인 세 대천사가 우주의 장엄한 질서를 만든 하느님의 성업(聖業)을 찬양한다. 신이 창조한 우주와 세계를 장엄하게 찬양하는 세 대천사 중에 라파엘은 천계를 다스리고, 미하엘은 대기(大氣)의 현상을 다스리며, 가브리엘은 대지를 다스리는데, 모두 하느님의 〈천성적인 신성〉을 받고 있다. 이들 대천사는 원래는 후기 유대 시대의 페르시아 궁정의 위계명(位階名)에서 유래하고 있으나 미하엘이 대기의 현상을 다스림은 괴테의 독창이다. 이들이 칭송하는 노래는 태양에서 시작해 어둠과 빛(낮과 밤)이 교차하는 지상을 거쳐 천상의 뇌우로 돌아가는 순환적 구조를 보여 준다.

「천상의 서곡」에서 라파엘, 가브리엘, 미하엘은 창조의 근원적 의미를 〈헤아릴 수 없〉(267)는 것, 다시 말해 오로지 신만이 알 수 있는 영역으로 정하고 있다. 하늘과 땅의 질서와 조화로운 운행에 감탄하는 이 천사들은 이러한 하늘과 땅의 뒤편의 존재에 대해서는 알 수가 없으며 알려고도 하지 않는다. 따라서 가브리엘은 왜 〈낙원의 밝은 빛과 소름 끼치는 깊은 어둠이 교차〉(253~254)하는지, 그리고 이 교체가 어떤 의미를 지니는지 등에 대해서 묻지

않고, 영겁에 걸쳐 반복되는 낮과 밤의 질서와 광경만을 경탄하며 찬양하고 있다. 이들은 여러 국가나 민족의 수호천사가 되기도 하는데, 미하엘은 이스라엘의 수호천사이고 두비엘Dubbiel은 페르시아, 라합Rahab[34]은 이집트, 사마엘Samael은 로마의 수호천사가 되고 있다. 이러한 대천사들이 찬양하듯 가끔 폭풍우가 일어나 파괴가 있어도 이는 인간을 자극해서 신의 사업을 돕는 것이다.

34 구약 성서에 보이는 바다와 관련이 있는 괴물. 「욥기」 26장 5~13절 등을 참조할 것.

7
괴테와 낭만주의

—

　독일 고전주의가 괴테와 실러에 의해 절정에 이르렀던 시기는 18세기 말에서 19세기 초로, 이 시기에 독일 낭만주의도 번창했다. 주로 17~18세기의 정신계를 지배하던 합리적이고 형식적인 계몽주의의 인습에 반기를 들어 일찍이 젊은 괴테와 실러가 냉정한 이성을 배척하고, 자유분방한 감정과 공상, 전통의 타파 및 주관의 해방 등을 부르짖은 질풍노도 운동처럼 낭만주의도 비합리적인 경향을 보이며 독일 문학의 황금기라 할 수 있는 고전주의에 반기를 들었다. 고전주의가 개인주의적이며 비형이상학적인 데 비해 낭만주의는 초(超)개인주의적이며 형이상학적이고, 고전주의가 이념에서 출발하여 완성을 꾀하는 데 비해 낭만주의는 이념을 향해 무한히 전진한다. 미학적인 견지에서 볼 때 고전주의가 명쾌한 직관적 형식을 존중하는 데 비해 낭만주의는 분방한 감정의 표현을 희구하며, 고전주의가 조형적이고 객관적인 데 비해 낭만주의는 음악적이며 주관적이다. 엄격한 형식과 질서를 존중하여 정적인 고전주의에 비해 낭만주의는 자유스러운 감정을 표현하여 동적이다. 따라서 고전주의 작가들은 현실을 그대로 재현하는 데 비해 낭만주의 시인들은 환상력으로 가상적으로 가능한 세계를 표현하는데 이 내용이『파우스트』에 다음과 같이 언급되고 있다.

　거미 발과 두꺼비 배,

그런 미물에 날개까지!

그런 짐승은 없지만,

시(詩)에는 있더라.(4259~4262)

이러한 낭만주의는 독일에서 비롯돼 서구 전역으로 퍼져 나가 당대의 낭만주의 이론가인 슐레겔Friedrich Schlegel은 문학을 〈감정의 자유스러운 분출〉이라 규정했고, 괴테도 『파우스트』에서 〈머리 위 푸른 창공〉(1092)이라고 강조하여 꿈, 환상, 무한, 불가해 등 이성을 넘어선 낭만주의 예술을 내세우고 있다.

그대의 커다란 마음이 그것으로 가득 차고,

그것에 묻혀 행복에 넘치면

행복! 마음! 사랑! 신!

그 무엇이든 원하는 대로 부르시오.

나는 그것에 이름이

필요 없소! 내가 느끼는 것으로 충분하오.

이름은 천상의 불꽃을 감싸고 있는

허망한 껍질에 불과하오.(3451~3458)

미지의 것을 갈구하던 괴테는 1786년 9월에 떠난 이탈리아 여행에서 고대 예술에 대한 이해를 넓히는 동시에 예술의 목적이 형식과 내용을 아름답게 조화시키는 데 있음을 깨닫는다. 그리고 이탈리아에서 돌아온 괴테는 질풍노도의 사상이나 낭만주의에서 벗어나 남방적인 조화와 질서의 아름다움에 눈을 돌려 형식과 내용의 조화를 이룬 고전적인 작품들을 집필하게 된다. 특히 바이마르에서 슈타인 부인을 알게 되면서부터 급속히 낭만주의에서 벗어난다. 따라서 질풍노도의 일원으로 출발하여 많은 낭만주의 작품을 탄생시킨 괴테는 낭만주의를 초월하여 젊은 반항의 자세를 거부하고 자기를 낭만주의의 창시자라고 찬양하던 낭만파 시인들의 극단을 외면했다.

또한 괴테는 〈「니벨룽겐의 노래」와 「일리아스」는 고전적인데, 이는 두 작품이 모두 활기 있고 건강하기 때문이다. 현대 작품은 낭만적인데, 이들이 새롭기 때문이 아니라, 약하고 병적이기 때문이다. 고대 작품은 고전적인데, 오래되어서가 아니라, 강하고 신선하고, 환희에 차 있고, 건강하기 때문이다〉라며 〈고전주의는 건정하고 낭만주의는 병적이다〉라고 낭만적인 작품을 혐오하기까지 했다. 괴테가 낭만주의에 부정적인 개념을 갖게 된 동기는 이해될 수 있다.

그런데 괴테는 자신이 좋아하지 않았던 낭만주의도 역시 미래의 문학을 형성한다고 생각해 다음과 같은 의미 깊은 말을 남겼다. 〈내가 묘사한 극단과 변태적 현상은 점차 사라지고 위대한 장점이 결국 남을 것이다. 좀 더 자유로운 형식 이외에 좀 더 풍부하고 좀 더 다양한 주제가 확보되게 될 것이고, 가장 광대한 우주 그리고 가장 다양한 생의 어떠한 사물도 비시적(非詩的)이라고 제외되는 일은 없을 것이다.〉 결국 괴테의 생각대로 후세에 다양한 문학의 길을 열어 준 것은 바로 낭만주의 운동이었다. 따라서 괴테는 낭만적인 작품을 혐오했지만 그의 만년의 작풍은 다분히 낭만주의 경향을 지니고 있다.

마찬가지로 괴테와 함께 질풍노도에 집착하던 실러도 후기의 희곡 「오를레앙의 처녀」에 〈낭만적 비극Eine romantische Tragödie〉이라는 부제를 붙였지만 노발리스를 비롯한 전기 낭만파 시인들과 매우 가까워서 괴테와 실러의 낭만주의는 사라지지 않고 고전주의와 병행했다. 따라서 제1차 세계 대전에 패한 독일 국민을 슈트리히Fritz Strich는 〈낭만주의〉로 격려·고무시키고 있다. 〈낭만주의는 다시 한번 올 것이다. 왜냐하면 낭만주의는 다만 시간적인 것, 일회적인 것, 요란하게 흘러가 버린 흐름이 아니라, 영원한 요소, 영원한 바다이다. 그 속에 인간 정신은 되풀이하여 몸을 담가야 한다. 성스러운 회춘의 목욕을 해야 하는 것이다. 그것은 모든 것이 출생하고 모든 형상이 탄생하는 영원한 어머니의 품이다. 마치 음악에서 조형미가 나오고, 그리스 신화에 있어서 미의 여신이 바다에서 솟아오르는 것과 같은 것이다. 그 이유는 경화(硬化)되어 사멸하지 않고 생존하기 위해서는 다시 파괴·해체되어야 하기 때문이다. 이제는 변형이 삶을 수호하는 비결이 된다. 낭만주의는 변형의 요소이다. 이 요소가 모든 경화한 형식을 포섭하여 재생을 촉구한다.〉35

독일 낭만파 작가들은 1797년경부터 기관지『아테네움』을 중심으로 그룹을 형성하고, 실러가 사망한 후 독일 문단에서 지도적인 지위를 점하여 1830년경까지 전성기를 누리다가 1848년에 이르러 쇠퇴했다.

---

35 Fritz Strich, *Deutsche Klassik und Romantik*, 4. Aufl.(Bern: 1949), S. 362.

8
언어의 문제

———

    헤르더는 성서 저자들의 신적 영감에 관심을 기울였다. 그는 신이 성서를 쓴 이의 정신에 영향력을 미쳤다고 보았고, 성서의 언어들을 성서를 쓴 사람의 정신적 표현으로 여겼다. 성서의 텍스트를 집필한 작가의 의도를 감지해야 성령의 영감을 받는다는 것이다. 헤르더는 이러한 영적 은총을 받는 대상을 성서 저자들뿐만 아니라 설교자와 문학 작가에게까지 확대시켰다.[36] 따라서 바로크, 낭만주의, 신비주의 등의 작품에서는 어휘로 인한 특징이 돋보인다. 시인의 언어는 괴테에 의하면 〈미지의 법칙〉에 관계되는 진수이며 본질적 중심을 갖게 되어 고유의 의미와 그 이상의 초월적인 것을 가진다. 따라서 『파우스트』의 〈감옥〉 장면에서 산문이 시구 형태로 바뀌어 감동적이고 충격적인 인상을 주고 있다. 이는 하이데거의 말대로 문학이 〈언어를 통해서 언어 속에 영속하는 것을 설립하는 것〉이며 〈진리를 활동시키는 것〉이다.[37] 이렇게 어휘의 관찰이 언어학적 관심이었던 하이데거는 〈진정한 언어의 정신은 무엇을 숨기고 있을까?〉라는 질문을 던진 뒤 다음과 같이 답하고 있다. 〈그것은 자기 안의 신에게, 세계에, 인간에게, 인간이 만들어 낸 것이나 모든 행위의, 눈에 띄지는 않지만 모든 것을 지니고 있는 근본적인 관련을 보유하고 있다. 언어 정신이 숨기고 있는 것은

---

36 Vgl. Hans-Georg Kemper, 〈Ich wie Gott〉 *Zum Geniekult der Goethezeit* (Tübingen: 2001), S. 104 f.

37 R. N. 마이어, 『세계 상실의 문학』, 장남준 역(홍성사, 1981), 63면.

모든 것을 뚫고 지배하는 고귀한 것이며, 모든 사물이 유효화되고 결실될 수 있도록 만드는 근원이다.〉[38] 이러한 배경에서 문학 작품이나 작가의 어휘를 수집한 사전Wortkonkordanz은 작가와 작품의 중요한 자료가 되며, 괴테의 경우에도 신빙성 있는 내용을 제시해 주어 딜Christa Dill이 『서동시집』의 주제 및 모티프에 따른 어휘들을 모은 적이 있다.[39]

이러한 맥락에서 『파우스트』의 문체를 고찰해 보고자 한다. 이 작품의 눈에 띄는 점은 압축으로 인한 최대한의 간결성으로 극단적일 정도로 수식이 없고, 집중적이며, 투명하고, 낯설면서 엄격한 특징을 지니고 있다. 괴테는 언어의 한마디도 낭비하지 않고, 최소한의 어수(語數)로 최대한의 효과를 거두는 일종의 경제 원칙을 따르고 있는 것이다. 이러한 내용은 〈연사의 성공은 강연술에 달려 있습니다〉(546)라며 상대방을 설득하기 위해 공들여 말을 선택하고 배열하는 제자 바그너의 수사학에 역행된다.

이렇게 바그너가 중시한 수사학을 푸대접한 파우스트는 역시 수사학을 거부한 그리스의 철학자 플라톤을 연상시킨다. 궁극적으로 소크라테스의 입을 빌려 변화하는 현상 세계를 뛰어넘어 불변으로 영속하는 사물의 본질 세계인 이데아의 세계를 주장한 플라톤은 수사학이 실재보다 외양을 지향하고, 지식보다는 여론을 전달하려 하며, 말을 교묘하게 사용해 권력을 쟁취하려는 정치적 도구라고 비난했다. 하지만 플라톤의 제자 아리스토텔레스는 수사학을 두둔하며 인간 세상이 필연보다는 우연으로 가득 차 있어 수없이 마주치는 선택의 순간에 사람들은 이전과 다르게 행동할 수 있어서 수사학이 중요하다고 보았다. 플라톤이 푸대접한 수사학이 그의 제자 아리스토텔레스에게 수용된 것이다.

---

38 같은 책, 63면.
39 Christa Dill, *Wörterbuch zu Goethes westöstlichem Divan*(Tübingen: 1987).

플라톤처럼 수사학을 회피한 파우스트는 창조적인 성격의 소유자로, 자기의 내면에서 솟아 나오는 욕구만을 추구하고, 또한 그 것만이 진실이라고 생각한다. 그러나 그의 조수 바그너는 말의 잔치라 볼 수 있는 수사학을 중요한 학문이라고 생각해 이것으로 처세의 덕을 보려고 한다. 이러한 바그너에게 파우스트는 〈하지만 마음에서 우러나오지 않으면, 결코 만인의 심금은 울리지 못하네〉(544~545)라고 말하고, 또한 미사여구 따위는 인간 사상의 휴지 조각을 주워 모은 것에 불과하므로 〈가을의 마른 잎을 스치는 안개 바람처럼 칙칙한 것〉(556~557)이라고 말한다.

성실하게 성공의 길을 좇게나!
소리만 요란한 바보가 되지 말게!
이성과 올바른 감각을 갖추면,
굳이 기교 부리지 않아도 연설이 저절로 술술 나오는 법일세.
진심으로 뭔가를 말하고 싶다면,
말을 뒤좇아 갈 필요가 어디 있겠는가?
그렇네, 요리조리 비틀어
겉만 번지르르한 자네들 말은
가을의 마른 잎을 스치는
안개 바람처럼 칙칙한 것일세!(548~557)

이러한 배경에서 『파우스트』에서는 주관적 표현인 추측 부사, 접속사, 주관적 인식을 표현하는 종속문이 가능한 한 배제되고 있다. 이렇게 괴테의 어휘 또한 중요한 의미를 지녀 군돌프Friedrich Gundolf는 『괴테』에서 괴테의 초기 시의 용어를 분석했는데, 그의 언어는 자연에 대한 역학적인 개념에 던져진 자기의 태도를 반영한다고 했다.[40] 괴테의 만년(晩年)의 언어에서는 형용사의 명사화

경향도 자주 보이는데, 한 예로 『파우스트』의 마지막 문구(12104~
12112)를 들어 본다.[41]

　　모든 무상한 것은

　　한낱 비유에 지나지 않느니라.

　　그 부족함이

　　여기에서 완전해지리라.

　　말로 형용할 수 없는 것이

　　여기에서 이루어졌도다.

　　영원히 여성적인 것이

　　우리를 이끌어 올리노라.

　　Alles Vergängliche

　　Ist nur ein Gleichnis;

　　Das Unzulängliche,

　　Hier wird's Ereignis;

　　Das Unbeschreibliche,

　　Hier ist es getan,

　　Das Ewig-Weibliche

　　Zieht uns hinan.(12104~12111)

　　괴테의 언어는 사상 및 사물적 배경을 담아 말로 표현되는 것
만으로는 불충분하여 독자는 대상 및 표현의 내면과 더불어 호흡
하지 않으면 안 된다. 이 경우에 말은 수단 방법처럼 다뤄서는 안
되고 어디까지나 실제로 고뇌와 더불어 체험되어야 한다. 따라서
『젊은 베르테르의 슬픔』 7월 10일 자 편지에서 〈심지어 누군가가

---

　　40 Friedrich Gundolf, *Goethe*(Berlin: 1915).

　　41 Vgl. Wolfgang Kayser, *Das sprachliche Kunstwerk, Eine Einführung in die
Literaturwissenschaft*, 8. Aufl.(Bern u. München: 1989), S. 106 f.

내게 그녀가 마음에 드냐고 물어보기라도 할 때는? — 마음에 든
다니! 나는 이 말을 죽을 지경으로 싫어한다네. 로테를 마음에 두
고 있는 사람으로서 그녀로 인해 모든 감각과 감성의 충만을 느끼
지 않는다면 그는 대체 어떤 종류의 인간일까!〉라고 고뇌의 감정
이 말의 수단으로 다뤄질 수 없음을 피력하고 있다. 그러면 말과
함께 표현의 대표적인 수단인 글의 효과는 어떤가. 따라서 말과 글
의 관계를 고찰해 본다.

　『파우스트』에서 메피스토펠레스는 파우스트에게 모든 소망을
성취시켜 주는 대신 파우스트 사후에 그의 영혼을 지옥으로 데려
가는 계약을 맺으며 〈다만 한 가지! — 무슨 일이 있어도 반드시
이것을 글로 몇 줄 남겨 주기를 부탁하는 바이오〉(1714~1715)라
고 계약의 확신을 위해 글로 남겨 줄 것을 요구한다. 그러자 파우
스트는 자신의 말을 믿지 못하느냐고, 글보다는 말이 더 의미가 깊
어 생명력이 있다고 일침한다.

　　지금 소심하게 글로 쓰인 것을 요구하는가?
　　사나이 대장부나 남아일언중천금이란 말도 들어 보지 못했는가?
　　내 말이 영원히 내 일생을
　　지배하는 것으로 충분하지 않은가?
　　(……)
　　그러나 글로 써서 봉인한 양피지는
　　누구나 귀신처럼 꺼리기 마련일세.
　　말이 펜 끝에서 생명을 잃고,
　　밀랍과 가죽이 주도권을 행사한다네.
　　이 악령아, 내가 어떻게 해주랴?
　　청동, 대리석, 양피지, 종이, 어디에 써주랴?
　　철필, 끌, 펜, 무엇으로 써주랴?

네가 원하는 대로 해주마.(1716~1733)

　여기에서 파우스트는 글의 계약을 부정하고 신의에 입각한 말
의 계약을 원한다. 말은 특정 시대와 지역의 사유 방식, 생활 습관
또는 생존의 조건 등을 반영하여 말의 유효성이 글보다 더 강하게
작용한다는 것이다. 말의 진정한 의미에 이념이 언어화되고 시대
의 역사적 특성들이 언어에 적응되어 하이네는 『독일의 종교와 철
학의 역사에 대해서Zur Geschichte der Religion und Philosophie in
Deutschland』에서 〈사상은 행동이 되려 하고, 말은 육신이 되려 한
다〉고 말하여 사상의 실천을 통한 사회 개혁을 강조했다. 이러한
말은 행하는 방법에 따라 호소력의 차이를 보이는데, 그레트헨은
자신의 고통을 나타내기 위해 반복법을 사용하기도 한다.

　　어디를 가더라도,
　　여기 제 가슴속
　　아프고, 아프고, 또 아프답니다!
　　저 혼자 있으면,
　　아아, 울고, 울고, 또 울어서
　　마음이 갈가리 찢어집니다.(3602~3607)

　그런데도 메피스토펠레스는 계약을 위해서 〈다만 한 가지! ──
무슨 일이 있어도 반드시 이것을 글로 몇 줄 남겨 주기를〉(1714~
1715) 요구하여 파우스트와 악마가 서명한 계약에 대해 합창이
노래를 부르는데 여기에도 반복 형식이 돋보인다.[42]

　그는 쓸 것인가?

<hr>

42　Richard Friedenthal, 같은 책, S, 684.

그는 쓸 것이다.

그는 쓰지 않을 것이다.

그는 쓸 것이다.

3장

작품의 주요 전개

1
계약과 내기

—

살아 있는 인격적·역사적인 신이 신명 계시(神名啓示)를 통해 초월자로서 특정한 인간 집단과 계약을 체결하는 경우가 많은데, 구약 성서에서 하느님과 노아의 계약이 대표적이다.

하느님께서 또 말씀하셨다. 〈너뿐 아니라 너와 함께 지내며 숨 쉬는 모든 짐승과 나 사이에 대대로 세우는 계약의 표는 이것이다. 내가 구름 사이에 무지개를 둘 터이니, 이것이 나와 땅 사이에 세 워진 계약의 표가 될 것이다. 내가 구름으로 땅을 덮을 때, 구름 사 이에 무지개가 나타나면, 나는 너뿐 아니라 숨 쉬는 모든 짐승과 나 사이에 세워진 내 계약을 기억하고 다시는 물이 홍수가 되어 모 든 동물을 쓸어버리지 못하게 하리라. 무지개가 구름 사이에 나타 나면, 나는 그것을 보고 하느님과 땅에 살고 있는 모든 동물 사이 에 세워진 영원한 계약을 기억할 것이다.〉(「창세기」 9장 12~16절)

여기에서 무지개가 계약의 도구로 묘사되듯이 『파우스트』에 서도 무지개가 인간의 노력 등으로 다양하게 묘사되고 있다.

오색영롱한 무지개, 때로는 붓으로 그린 듯 선명하게
때로는 저 멀리 사라지듯 아련히 어른거리며,
서늘한 소나기를 향기롭게 주변에 뿌리는구나!

무지개가 인간의 노력을 비추어 주노라.

그걸 깊이 생각하면 더 분명하게 깨달으리라,

그 오색영롱한 형상에 우리의 삶이 담겨 있는 것을.(4722~4727)

아울러 모세에게 이끌려 이집트를 탈출한 백성과 야훼 사이에 시나이 계약이 맺어져 고대 이스라엘의 야훼 종교의 기초가 되었다.(「출애굽기」 19~24장) 여기에서 신에게 배타적인 신뢰와 충성을 다하는 종교와 이웃(남)의 생명·인격·명예·재산 등 기본적인 권리를 중시하는 윤리를 불가분리적(不可分離的)으로 통합한 특유의 생활 형태가 성립되어(십계명) 근대 유럽 세계의 윤리적 합리성의 원천이 되었다. 시나이 광야에서 형성된 서약 연합(誓約聯合)은 기원전 12세기 이래 가나안에서 오리엔트적 농경 문화와 왕제(王制)라는 전혀 다른 정치 형태를 만났다. 그런데 이 계약의 징표로서의 율법(십계)에 야훼의 이름을 함부로 부르면 안 된다는 계율이 있었다.

이러한 계약이 문학에서도 다양하게 전개된다. 셰익스피어의 희곡 「베니스의 상인」에 등장하는 유대인 고리대금업자 샤일록은 그리스도교도 상인 안토니오로부터 3천 두카트를 빌려 달라는 요청을 받자 그의 가슴살 1파운드를 담보로 잡는 계약을 하고 돈을 빌려 준다. 안토니오가 변제 기일이 다가와도 돈을 갚지 못해 생명이 위태롭게 되자 재녀(才女) 포샤가 재판관으로 변장하여 〈살은 베어 내되, 피는 한 방울도 흘려서는 안 된다〉는 지혜로운 판결을 내려 살아난다. 이렇게 계약에서 패배한 샤일록의 모습은 『파우스트』에서 역시 계약에서 패배하여 한탄하는 메피스토펠레스의 모습과 유사하다.

메피스토텔레스 정말 재수 없군! 영락없이 속아 넘어간 사내 꼴이라니!

아담 때부터 툭하면 꾐에 넘어가기 일쑤라니까.

나이 먹는데도 철드는 놈은 없단 말이야?

그렇게 바보 취급을 당하고도 모자라단 말이냐!(7710~7713)

한편 원래 탐욕이 강하고 무자비한 유대인 고리대금업자의 전형으로 묘사되는 샤일록이 그리스도교도의 박해에 대해 자기의 권리를 주장하는 떳떳한 인물로 보는 견해도 있다. 하지만 괴테는 이러한 떳떳한 유대인상을 인정하지 않고 돈만 아는 고리대금업자로 여겨 『파우스트』에서 돈만 아는 부정적인 인물로 묘사하고 있다.

메피스토펠레스 교회는 튼튼한 위장을 가지고 있어서,

여러 나라를 집어삼키고도

아직껏 탈 한 번 나지 않았소.

정숙한 여인들이여, 오직 교회만이

부정한 재물을 소화할 수 있소.

파우스트 으레 그런 걸 어쩌겠는가.

유대인이나 왕도 능히 그럴 수 있다네.(2836~2842)

계약을 성사시키기 위해 사탄이 여러 조건을 제시하는 이야기가 오래전부터 나타나고 있다. 독일 중세의 연금술사 파우스투스 박사는 학문으로 세계의 불가사의한 현상과 모습을 해명하려 했으나 실패하자 절망에 빠진 나머지 악마에게 혼을 파는 계약을 맺고 마력을 얻는데, 이것이 『파우스트』에서 메피스토펠레스의 의도가 되고 있다.

메피스토펠레스   인간의 지고한 힘이라 불리는

　이성과 학문을 경멸하라.

　거짓에 능란한 사탄의 힘을 빌려

　눈속임과 요술로 네 힘을 북돋워라.

　그러면 너는 무조건 내 손아귀에 떨어지리라 — (1851~1855)

　민중본의 파우스투스는 관능의 쾌락을 맛보고, 궁정에 출입하며 다양한 일을 해보았지만 어느 것에서도 만족을 얻지 못한다. 고대 그리스의 미녀 헬레나를 불러내어 그녀의 미에 도취되기도 하지만, 그동안 악마와의 계약 기간이 끝나 결국 비참한 죽음을 맞게 된다. 이러한 〈악마와의 계약〉이 괴테의 『파우스트』에서 근본 개념이 되어 파우스트와 메피스토펠레스 사이에 다양한 계약이 전개되고 있다. 계약이 지켜지지 않을 때 징벌이 뒤따르는 경우가 많은데, 그 예로 「하멜른의 피리 부는 사나이」를 들어 본다.

　이 작품에서 〈지난 6월에는 타타르 지방의 황제를 엄청난 모기 떼로부터 구해 주었고, 멀리 인도의 한 지배자를 끔찍스러운 흡혈 박쥐 떼로부터 살려 주었다〉고 자신을 소개한 피리 부는 사나이는 〈피리의 마법〉으로 사람들을 괴롭히는 두더지, 도롱뇽, 두꺼비, 살무사 따위로부터 해방시켜 줄 수 있다고 자신하며 하멜른에 들끓고 있는 쥐들을 소탕해 주겠노라고 단언한다. 그리고 시민들을 괴롭혀 온 쥐 떼를 없애 주면 하멜른 시민들이 돈을 주기로 계약을 맺는다. 이후 그가 피리를 불어 쥐 떼를 강물로 유인해 소탕하고 약속한 돈을 요구하자 시민들은 이를 무시하고 돈을 주지 않았다. 그러자 계약을 파기당한 사나이는 피리를 불고, 하멜른의 아이들이 모두 집 밖으로 나와 피리 부는 사나이를 따라간 후 영원히 소식이 없다.

　이러한 쥐잡이 사나이가 『파우스트』에서도 〈그런데도 저 천박

한 것들이 피리를 불면 덩달아 춤을 춘다니까!)(7719)라고 비유되고 있다. 그레트헨의 오빠 발렌틴은 군인으로 여동생의 타락과 부정한 행위에 대해 복수하려 하면서 메피스토펠레스와 파우스트를 〈쥐잡이 놈〉이라고 욕설을 퍼붓는다.

> 빌어먹을! 여기서 감히 누굴 유혹하느냐?
> 이런 괘씸한 쥐잡이 놈 같으니라고!
> 그놈의 악기부터 박살 내리라!
> 그리고는 노래하는 놈도 저승으로 보내 주마!(3698~3701)

이러한 발렌틴의 욕설대로 메피스토펠레스는 하멜른의 피리부는 사나이 같은 쥐잡이 역할을 하며 쥐를 비롯해 파리와 개구리 등을 마음대로 조종한다.

> 그런데 이 문지방의 마법을 깨려면,
> 쥐 이빨이 필요하구나.
> 내가 친히 쥐를 불러낼 필요까진 없다.
> 벌써 한 놈이 바스락거리니, 곧 내 명령을 듣게 되리라.

> 들쥐와 생쥐,
> 파리와 개구리, 빈대와 이의 주인님이
> 너에게 명령하노니,
> 이 문지방에 기름을 바른 즉시
> 기어 나와서 갉아먹어라 —
> 벌써 깡충 뛰어나오는구나!
> 냉큼 일을 시작하라! 내 발목을 묶은 모서리가
> 저기 앞쪽 귀퉁이에 있느니라.

한 입만 더 갉아라, 이제 됐다 —— (1512~1524)

쥐잡이 사나이가 피리를 불자 하멜른의 아이들이 모두 그를 따라간 후에 영원히 소식이 없는 비극이 일어난 것은 결국 계약을 지키지 않았기 때문이다. 이렇게 계약이 지켜지지 않을 때 축복이 뒤따르는 경우도 있다. 그림 형제의 동화 「개구리Der Froschkönig」에서 공주가 샘물가에서 황금 공을 가지고 놀던 중 공이 샘물 속에 빠지자 물속에서 개구리 한 마리가 나타나 자기가 공을 꺼내 주겠노라고 제안한다. 이 계약의 조건은 공주가 자기를 놀이 친구로 항상 데리고 다니는 것이었다. 공주는 계약을 하지만 정작 개구리가 공을 꺼내 주자 혼자서 궁궐로 달려가 버린다. 다음 날 개구리가 찾아와 공주에게 계약 이행을 요구했고, 공주는 계약을 지켜야 한다는 부왕의 명에 따라 어쩔 수 없이 개구리를 궁전에 들인다. 그러자 개구리는 공주의 마음을 아랑곳하지 않고 공주의 옆에 바짝 앉아 식사하고, 공주의 잔으로 물을 마시며 급기야는 공주의 침대에서 함께 자게 해줄 것을 요구한다. 참다못한 공주가 두 손가락으로 개구리를 들어 죽으라고 힘껏 벽에 내던지는 순간 개구리는 아름다운 왕자로 변한다. 왕자는 그동안 마법에 걸려 있었는데 공주를 통해 구원을 받게 된 것이다. 다음 날 아침 이들은 왕자의 나라로 간다.

하지만 『파우스트』에서 파우스트와 메피스토펠레스는 계약을 지키려고 노력하는데, 파우스트는 계약을 지키는 신의를 다음과 같이 강조한다.

세상이 사방팔방으로 줄달음치는데,
여기서 약속에 매여 지체해야겠는가?
하지만 이런 헛짓이 우리 마음속에 깊이 틀어박혀 있는데,

누가 거기서 쉽게 벗어나겠는가?

가슴속에 신의를 품고 사는 사람은 행복할지니라,

어떤 희생을 해도 후회하지 않을지니라!(1720~1725)

이러한 악마와의 계약은 민중본 『파우스트』에서부터 전해져 괴테 시대의 기독교 사회에서도 낯설지 않고, 초기 기독교 시대에도 유행했다. 따라서 당시 괴테와 절친했던 실러도 남자들은 밖으로 나가 호연지기의 삶을 유지해야 한다면서 계약의 일종인 내기를 권장한다.

남자는 밖으로 나가서

적대적 삶 속으로 뛰어들어

활동하고 노력해야 한다.

그리고 행복을 탈취하기 위해서

심고 일하고

계략에 차서, 탐욕스럽게

내기를 감행해야 한다.

따라서 〈내밀한 깊은 곳에서 세상을 지탱하는 것〉(382~383)를 알고자 여러 학문을 연구한 파우스트는 이에 만족하지 못하여 악마와 계약을 맺게 된다. 특히 과거나 미래에 신경 쓰지 않고 오직 현재의 쾌락을 맛보고자 하는 파우스트에 대해 이의 해결을 위한 계약을 메피스토펠레스가 제시한다.

파우스트　저세상 따위는 아무래도 상관없네.

자네가 이 세상을 산산이 부수면,

다른 세상이 생겨나야 하네.

이 지상에서 내 기쁨이 용솟음치고,

이 태양이 내 고뇌를 비추네.

내가 이것들과 작별을 고한 후에,

무슨 일이 일어나든 대수겠는가.

내세에도 사랑이 있고 증오가 있는지,

저세상에도

위가 있고 아래가 있는지,

내 알 바 아니네.

메피스토펠레스   그런 생각이라면 한번 해볼 만하오.

나하고 계약을 맺읍시다, 그러면 선생은 앞으로

즐겁게 내 재주를 보게 될 거요.

그 누구도 아직껏 눈으로 보지 못한 것을 누리게 해주겠소.

(1660~1674)

이렇게 메피스토펠레스가 제안한 계약에 파우스트도 악마 메피스토펠레스에게 내기를 제안한다.

내가 속 편하게 누워서 빈둥거린다면,

그것으로 내 인생은 끝장일세!

내가 자네의 알랑거리는 거짓말에

속아 넘어가고

쾌락에 농락당한다면,

그것은 내 마지막 날일세!

우리 내기해 보세!(1692~1698)

이러한 〈내기〉(312)가 『파우스트』에서 두 가지 계약으로 나타난다. 첫 번째 계약은 「천상의 서곡」에서 하느님과 메피스토펠레

스 사이에 인간 파우스트를 상대로 한 내기이다. 그 결과 메피스토
펠레스는 시종일관 파우스트의 유혹자로 활약한다.

> **하느님**　그가 지금은 비록 혼미하게 날 섬길지라도,
>
> 　내가 곧 밝음으로 인도하리라.
>
> 　어린 나무가 푸르러지면, 원예사는
>
> 　훗날 멋지게 꽃이 피고 열매가 열릴 것을 아는 법이니라.
>
> **메피스토펠레스**　우리 내기할까요? 제가 그자를
>
> 　슬며시 제 길로 끌어들이도록 허락하시면,
>
> 　주님은 그자를 영영 잃어버릴걸요.(308~314)

따라서 피셔Kuno Fischer는 『파우스트』「천상의 서곡」에서 하
느님과 메피스토펠레스가 파우스트를 대상으로 하는 〈내기〉를 작
품의 핵심으로 간주하여 다음과 같이 언급했다. 〈「천상의 서곡」에
서 결말에 이르기까지 작품 전체를 자유로이 내다볼 수 있는 전망
은 내기이다. 내기는 파우스트의 성격에 따라서 결정되며, 작품의
결말 또한 그 내기에 의해서 결정된다. 내기의 이데Idee 없이는
「천상의 서곡」이 성립될 수 없는데 「천상의 서곡」은 내기의 복선
이며 동기이기 때문이다. (……) 여기의 이데아에서 「천상의 서곡」
의 테마가 판명된다.〉[1]

또 다른 계약은 제1부 〈서재〉 장면에서 파우스트와 메피스토
펠레스 사이에 인간의 만족을 걸고 체결하는 내기로, 작품 전체 줄
거리에서 중요한 의미를 갖는다. 이러한 「천상의 서곡」에서 하느
님과 메피스토펠레스의 내기와 〈서재〉 장면에서 파우스트와 메피
스토펠레스 간에 체결되는 내기는 근본적으로 볼 때 이 세상 어떠
한 것도 끊임없이 노력하는 인간을 만족시킬 수 없다는 의미를 보

1　Kuno Fischer, *Goethes Faust*(H. R. Wolcott, 1895), S. 140.

여 준다. 여하한 수단이나 유혹을 동원해서라도 파우스트가 만족하여 그 순간의 지속을 원하는 행복을 느낀다면 메피스토펠레스는 내기에 이기는 것이다.

> 순간이여, 멈추어라! 정말 아름답구나!
> 내가 이렇게 말하면,
> 자네는 날 마음대로 할 수 있네.
> 그러면 나는 기꺼이 파멸의 길을 걷겠네.
> 죽음의 종이 울려 퍼지고,
> 자네는 임무를 다한 걸세.
> 시계가 멈추고 바늘이 떨어져 나가고,
> 내 시간은 그것으로 끝일세.(1699~1706)

따라서 그레트헨과 헬레나에 관련된 파우스트의 체험은 악마를 상대로 한 내기의 일환으로, 주인공이 지칠 줄 모르는 노력을 통해 극복해야만 하는 유혹이다. 그런데 악마와의 계약에서는 확신을 위해 피를 담보로 하는 경우가 있다. 『에르푸르트의 연대기 *Erfurter Chronik*』에 의하면, 1520~1566년 사이에 에르푸르트의 프란치스코과 클링거 신부가 전설의 실제 인물 파우스투스를 양심으로 돌아오도록 설득하고 그를 위한 미사를 올려 주겠다고 제시하자 파우스투스는 피를 내세우며 이렇게 거절했다고 한다.[2]

> 내가 내 피로써 찍은 내 증서와 사인에
> 내가 등을 돌렸다고
> 나중에 사람들이 말하게 된다면 나를 봐서도
> 영광되지도 명예롭지도 못해요.

---

2 고창범, 『파우스트 연구』, 한국괴테학회 편(문학과지성사, 1986), 248면.

거기다가 악마 쪽에서도 나에게 언약하고
서약한 것을 어기지 않았거든요.

괴테의 『파우스트』에서도 계약을 위해서 메피스토펠레스는
〈다만 한 가지! — 무슨 일이 있어도 반드시 이것을 글로 몇 줄 남
겨 주기를〉(1714~1715) 요구하고, 〈피는 특별한 액체〉라면서 피
를 담보로 하는 계약을 주장한다.

메피스토펠레스　작은 종이 한 장에다
　선생의 피 한 방울로 서명하면 그만인 것을.
파우스트　꼭 그런 시시한 짓거리를 해야
　자네의 직성이 풀린다면 그리하세.
메피스토펠레스　피는 특별한 액체요.(1736~1740)

이러한 파우스트의 새로운 인생 행로를 위한 악마와의 계약에
메피스토펠레스가 축사를 하며 합창이 울린다.[3]

　세상으로 나가자! 일어나자!
　대담하고 힘차게
　위에까지 한 번 올라가면
　다시 내려가게 된다.

이러한 악마는 하느님의 뜻을 부정하고 인간 파우스트를 만족
하게 하여 어느 한곳에 집착하도록 만들 것을 장담한다. 파우스트
와 악마 메피스토펠레스의 계약처럼 악마와의 계약이 어린아이를
상대로 시도되는 경우도 있는데, 이러한 내용이 괴테의 담시「마

3 같은 곳.

왕」에 묘사되고 있다.

누가 바람 부는 밤늦게 달려가는가?
그는 아이를 데리고 가는 아버지네:
품에 소년을 보듬어 안고,
꼭 안아서 소년은 따뜻해지네

아들아, 왜 그렇게 불안하게 얼굴을 감추느냐?
아버지, 마왕이 보이지 않나요?
왕관을 쓴 긴 옷자락의 마왕을 못 보세요?
아들아, 그것은 띠 모양의 안개란다.

〈사랑하는 아이야, 오너라. 나와 함께 가자!
아주 멋진 놀이를 너와 함께하마.
수많은 색깔의 꽃들이 해변에 피어 있고,
우리 어머니는 많은 금빛 옷을 가지고 있단다.〉

아버지, 아버지, 그런데 마왕이
나지막이 약속하는 저 소리가 들리지 않나요?
진정하거라, 조용히 있거라, 내 아들아!
그것은 마른 잎새의 바람 소리란다. ─

〈고운 아이야, 나와 함께 가지 않으련?
내 딸들이 아름다운 모습으로 기다리고 있단다.
내 딸들이 밤의 윤무로 너를 안내해
요람과 춤과 노래로 잠재워 주지.〉

아버지, 아버지, 저기 음습한
구석에 마왕의 딸이 보이지 않나요?
아들아, 아들아, 잘 보고 있지.
오래된 버드나무가 그렇게 음울하게 보인단다. ─

〈나는 너를 사랑한다. 네 아름다운 모습이
날 사로잡네. 네가 싫다면, 난 폭력을 쓰겠다.〉─
아버지, 아버지, 지금 그가 날 붙들어요!
마왕이 나를 해쳐요!

아버지는 소름이 끼쳐, 빨리 말을 달리며,
품 안에 신음하는 아들을 안고서,
간신히 궁정에 이르렀으나
품 안의 아이는 죽어 있었다.

담시 「마왕」은 헤르더가 번역한 덴마크의 민중 담시 「마왕의
딸Erlkönigs Tochter」에서 자극을 받아 괴테가 1782년에 쓴 〈자연마
적 담시〉로 제목 역시 여기서 따온 것이다.

마왕의 딸

올로프 씨가 혼례객을 맞기 위해서
밤늦게 멀리 말을 달린다.

그때 요정들이 푸른 들에서 춤을 추는데,
마왕의 딸이 그에게 악수를 청한다.

〈어서 오세요, 올로프 씨! 왜 서둘러 떠나지요?
여기 윤무에 와서 나와 춤을 추어요.〉

〈나는 춤추어서는 안 되고, 추고 싶지도 않다오.
아침 일찍 내 혼례가 있다오.〉

〈내 말 들어 봐요, 올로프 씨. 이리 와 나와 춤을 추면,
금으로 된 박차 두 개를 선사하지요.

하얗고 섬세한 비단 셔츠도요,
우리 엄마가 달빛으로 표백한 것이지요.〉

〈나는 춤추어서는 안 되오. 추고 싶지도 않다오.
이른 아침에 내 혼례가 있다오.〉

〈내 말 들어 봐요, 올로프 씨. 이리 와서 나와 춤을 추어요.
황금 한 무더기를 선사하지요.〉

〈황금 한 무더기는 받고 싶지만,
춤을 추어서는 안 된다오.〉

〈올로프 씨, 나와 춤추려 하지 않는다면
전염병, 질병이 당신을 뒤쫓도록 하겠어요.〉

그녀가 그의 가슴을 한 번 치자,
겪어 보지 못한 엄청난 고통을 느꼈다.

그녀는 핏기 잃어 가는 그를 부축해 말 위에 태웠다,
〈자, 당신의 소중한 아가씨 집으로 가시오.〉

그가 집문 앞에 도착했을 때,
그의 어머니가 떨면서 문 앞에 서 있었다.

〈애야, 내 아들아! 어서 말해 봐라.
네 안색이 창백하니 어찌 된 일이냐?〉

〈저의 안색이 창백하지 않다 해도,
저는 마왕의 나라를 본걸요.〉

〈애야, 내 아들아! 사랑하는 아들아.
네 신부에겐 이제 뭐라 말해야 할까?〉

〈그녀에게 말하세요, 저는 지금 숲속에서
저의 말과 개를 시험하고 있다고.〉

이른 아침 날이 채 밝기도 전에,
신부가 하객들과 더불어 당도했다.

그들은 밀주(蜜酒)를 따르고 포도주를 권했다.
〈제 신랑 올로프 씨는 어디 계시나요?〉

〈올로프은 지금 말 타고 숲속으로 달려가서,
그의 말과 개를 시험하고 있단다.〉

신부가 진홍색의 천을 들어 올리자,
거기 올로프 씨 누워 있는데, 그는 죽어 있었다.

괴테의 「마왕」과 헤르더의 「마왕의 딸」에서는 괴테의 『파우스
트』로 대표되는 〈악마와의 계약〉이 배경을 이룬다. 즉 「마왕」과
「마왕의 딸」에서 마왕이나 마왕의 딸은 어린아이나 올로프 같은
인간의 생명을 유혹하면서 계약을 시도하는데, 이는 괴테의 〈파우
스트〉적 사상이다. 사탄은 이들을 유혹하여 저승으로 데려가기 위
해서 여러 계약을 제시한다. 이 계약의 사상은 5세기에 유행한 성
바실 이야기, 그리고 더 강한 영향력을 미친 6세기의 테오필루스
Theophilus에 관한 이야기까지 거슬러 올라간다.

소아시아의 성직자 테오필루스는 주교가 죽자 후계자로 지목
되었다. 테오필루스는 그 자리를 고사했지만 나중에 새로 주교가
된 자가 그의 자리를 빼앗고 체면을 깎아내리는 데 분개하여 자신
의 영향력을 되찾고 복수할 책략을 꾸미기 시작했다. 그가 유대인
마술사에게 자문을 구하자 마술사는 그를 밤중에 비밀스러운 장
소로 데려갔다. 그곳에서 이들은 숭배자들이 든 횃불과 촛불로 둘
러싸인 악마를 만났다. 악마는 그에게 무엇을 원하는지 물었고, 테
오필루스는 잃어버린 특권을 되찾는 대신 악마의 종이 되겠다는
데 동의했다. 루시퍼에게 충성 서약을 하면서 악마의 종이 되겠다
는 데 동의한 것이다. 이와 함께 신에 대한 충성을 거부하고 육욕
과 경멸, 오만이 이끄는 대로 살아가리라 약속했다. 그는 이를 증
명하기 위해 공식 계약서에 서명한 뒤 악마에게 건네주었고 복종
의 표시로 키스를 했다. 이후 그에게 엄청난 부와 권력을 안겨 주
었던 악마가 마침내 대가를 요구하기 위해 찾아왔다. 비로소 겁에
질린 테오필루스는 회개하고 성모에게 도움을 청했다. 성모 마리
아가 지옥으로 내려가 사탄으로부터 계약서를 빼앗아 테오필루스

에게 돌려주자 그는 이것을 없애 버렸다.

이렇게 악마가 유혹하기 위해 여러 조건을 제시하는 계약은 오래전부터 파우스트 등으로 다양하게 나타나 악령학Dämonologie이란 학문까지 생기기도 했다. 악령학은 유럽 근세 초에 마녀와 마법사가 악마와의 계약으로 얻은 마법을 규명하는 학문이다. 인간의 불행이나 상해(傷害) 등이 무엇 때문에 일어나는가 하는 의문에서 시작하여 악마와의 계약, 악마의 정부(情婦), 몽마(夢魔) 등의 관념을 담고 있다. 특히 악령학은 중세에 교회의 탄압을 받았는데 악은 절대로 인정할 수 없고 결국 선에 의해 극복되어야 한다는 기독교의 신념이 강했기 때문이다. 자기 욕망의 실현을 위해 악령이나 악마와 계약을 맺는 파우스트는 악령학에 빠져든 감이 있다. 『파우스트』에서 독단론자가 악령학을 옹호하기도 한다.

> 제아무리 목청껏 비판하고 의혹을 제기해도,
> 나는 끄덕도 하지 않으리.
> 사탄에게도 분명 의미가 있지 않겠느냐,
> 그렇지 않다면 사탄이 어찌 존재한단 말이냐?(4343~4346)

이러한 배경에서 하느님은 파우스트가 〈혼미〉에서 밝고 맑은 곳으로 인도될 것이라고 확신하여 악마 메피스토펠레스가 파우스트를 〈제 길로 끌어들이겠다〉는 내기를 걸어오자 이를 허용한다.

> 그(파우스트)가 지상에서 사는 한,
> 네 마음대로 하는 걸 막지 않겠노라.
> 인간은 노력하는 한, 방황하기 마련이니라.(315~317)

여기에서 하느님은 메피스토펠레스와의 내기를 파우스트의

지상 생활에 제한하고 있다. 메피스토펠레스의 내기는 지상에 국한되고, 그는 이 내기에 대한 허가를 하느님으로부터 얻고 있다. 그리고 메피스토펠레스가 마음 놓고 나타나도 좋으나 〈악마로서의 의무 이행〉(343)을 주님이 명령하는 대로 행하여야 한다는 대목이 중요하다. 하느님은 파우스트의 운명을 예지하여 그의 내기를 관대히 받아들이는 것이다.[4]

> 하느님   그럼 좋다, 네 마음대로 해보아라!
>   그자의 정신을 근원에서 끌어내어,
>   붙잡을 수만 있다면
>   네 길로 데려가라.
>   선량한 인간은 비록 어두운 충동에 쫓기더라도
>   올바른 길을 잊지 않는 것을
>   부끄러워하며 네 입으로 인정하게 되리라.
> 메피스토펠레스   좋소이다! 오래 걸리지 않을 거요.
>   이따위 내기쯤이야 하나도 겁나지 않소이다.
>   내가 목적을 달성하면,
>   내 승리를 진심으로 축하해 주시오.(323~333)

메피스토펠레스는 신에게 내기를 제안하며 파우스트를 자기의 길로 유혹하겠다고 마음먹지만 신은 이미 파우스트의 앞날을 예견하여 어느 시기에 이르기까지 그에게 시련을 줄 것을 허락하는 것이다.

파우스트가 성서 번역 직후에 무제한적인 자아 확대의 의지를 피력한 사실, 그리고 이러한 의지의 전제로 결코 종결되지 않을 자아 확대에 대한 열망에서 행한 악마 메피스토펠레스와의 계약은

---

4 이창복, 『파우스트 연구』, 한국괴테협회 편(문학과지성사, 1985), 188면 이하 참조.

기독교에서 벗어난 자아에 대한 집착이 된다. 따라서 신 대신에 〈주인〉이 되고자 파우스트가 메피스토펠레스와 계약을 할 때 우선적으로 행하는 것이 기독교 신앙의 파괴다. 기독교의 세계에 머물러 있는 한 그는 주인이 될 수 없고 신의 머슴에 불과하기 때문이다.

민중본 『파우스트』에서는 주인공 파우스트가 악마 메피스토펠레스와 직접 계약을 체결하여 양자가 공히 계약 의무가 있고, 봉사에 대한 보상 요구 권리가 있다. 그런데 괴테의 『파우스트』에서는 따분한 일만 생각하고 아름다운 행복을 망치는 파우스트가 등장해 그가 갈구하는 비기독교적인 최고의 환희와 만족을 메피스토펠레스가 약속한다. 따라서 세계의 존재의 수수께끼를 규명하기 위해 모든 것을 바친 파우스트는 〈구미에 당기지 않는 소일거리에 끌려다니다가〉(HA, 3, 12, 137) 악마 메피스토펠레스와 계약을 맺는 것이다.

그런데 현세의 고통에서 벗어나 최상의 꿈을 실현하고자 계약을 맺게 되는 대상이 악마 메피스토펠레스라는 사실은 『파우스트』에서뿐만 아니라 우리나라에서도 흔히 볼 수 있다. 비교 문학적 관점으로 볼 때 『파우스트』에 등장하여 우리에게 친숙한 메피스토펠레스는 한국의 잡귀(雜鬼)와 비교될 수 있다. 한국인은 〈잡귀〉를 〈항상 나쁜 존재〉로 생각하지 않는다. 잡귀란 경우에 따라 메피스토펠레스처럼 악할 수도 있고 선할 수도 있어 인간에게 해로울 수도 있고 또 이로울 수도 있다는 것이다. 그런 까닭에 인간과 잡귀의 관계는 파우스트와 메피스토펠레스의 관계처럼 〈대결〉과 〈타협〉의 두 가지 형태로 나타나는데 이 양자 간의 관계는 무녀가 조정한다. 잡귀의 악행으로 가족이 병들면 무녀가 잡귀를 쫓아내는 의식을 행하는데, 잡귀가 인간보다 강력하여 제압이 불가능한 경우에는 결국 잡귀와의 화해가 유리하다고 판단하여 파우스트와 메피스토펠레스처럼 타협과 계약이 이뤄진다. 잡귀의 성격도 가변적이어서, 인간은 잡귀에게 뇌물을 주고 그를 달래서 악귀가 아니라 선귀가 되도록 함으로써 양자 간에는 좋은 관계가 성립되는 전화위복이 될 수도 있다고 생각한다.

이러한 배경에서 파우스트가 자신의 구원을 위해 악마와 맺은 계약이 어떤 성격이냐가 중요하다. 민중본의 전설에 의하면, 악마는 일정 기간의 봉사 후에 파우스트의 영혼을 차지하게 된다. 그러나 괴테의 파우스트는 관능의 쾌락에 완전히 만족해야 그의 영혼이 메피스토펠레스의 소유가 된다. 이러한 〈악마 메피스토펠레스와의 계약〉에는 독일의 운명이 은밀하게 암시되어 독일의 세계 대전의 심리적인 배경이 되었다는 주장도 있다. 토마스 만의 『마의 산』에서 러시아 출신의 쇼샤 부인이 주인공 한스 카스토르프에게 이렇게 말한다. 〈당신이 열정적이 아니라는 말을 들으니 정말 안심이 되네요. 어떻게 그럴 수가 있겠어요? 만약 당신이 열정적이라면 독일인답지 않을 테니까요. 열정이라는 것은 삶을 위해 삶을 산다는 뜻인데, 당신네 독일인들은 경험을 위해서만 삶을 살아가죠. 이건 잘 알려진 사실이에요. 열정이란 자기 자신을 망각하는 거예요. 그런데 당신네들은 자신을 풍요롭게 해주는 것만을 제일로 치고 있어요. 그건 아주 비열한 이기주의로 그 때문에 당신네들은 언젠가 인류의 적이 될지도 모른다는 것을 전혀 느끼지 못하고 있어요.〉(GW 3, 824)

유사한 내용이 역시 토마스 만의 소설 『파우스트 박사』에서 유대인 피텔베르크에 의해서도 지적된다. 그는 〈오만과 열등감〉의 혼합을 전형적인 독일인의 특성으로 보았다. 〈당신들(독일인들)은 자신들의 민족주의, 오만, 남과 비교될 수 없다는 고정 관념, 편입과 균등화에 대한 증오, 세상에 들어가기를 거부하고 사회적으로 어울리기를 거부하는 태도 등으로 불행을 자초할지도 모릅니

다.〉(GW 6, 10)

마술과 악마에게 몸을 맡기고라도 자신의 지식욕을 만족시키려는 파우스트의 성향이나, 멸망을 목전에 두고도 세계 향수를 서슴지 않는 본능적인 욕구 등이 고래로 독일인의 혈관에 흐르는 게르만 신화의 근원적인 요소라는 것이다. 이러한 독일 정신이 『파우스트 박사』에서 〈은밀한 악마주의stiller Satanismus〉(DF 411)에 자극받아 세계 대전이라는 비극을 야기시켰다고 토마스 만은 진단하고 있다. 은밀한 악마주의의 전형을 파우스트와 악마의 계약으로 본 토마스 만은 『파우스트 박사』 제1장에서 〈관념적이고 외적인 행복을 추구하는 성향 때문에 희생을 치렀다〉고 기술하고 있다. 『파우스트 박사』에서 악마의 제안은 다음과 같다. 〈그러면 점점 시간이 흐를수록 모든 불구 증세를 잊어버릴 테고, 높은 지혜로 자신을 초월하여 상승시켜 (……) 얼큰하게 자신을 즐기는 가운데 거의 감당할 수도 없는 술잔의 미칠 듯한 희열을 맛볼 것이며, 그러한 술잔은 수 세기 이래 미증유의 것이라고 확신하게 될 것이며, 어떤 느긋한 순간에 좋든 나쁘든 자기 자신을 신으로 여기게 될 걸세.〉 마찬가지로 괴테의 파우스트와 악마 메피스토펠레스 사이에 맺어진 계약에 대해 메피스토펠레스도 〈그 만족할 줄 모르는 탐욕스러운 입술 앞에 맛 좋은 음식과 음료가 어른거리리라〉(1863~1864)고 말하고 있다.

이러한 악마와 맺는 계약은 토마스 만의 「마탄의 사수Der Freischütz」의 특징도 된다. 「마탄의 사수」 제2막에서 사악한 사냥꾼 카스파르가 막스에게 백발백중의 사수를 만들어 주기 위해 한밤중에 무시무시한 이리의 계곡에서 악마 사미엘과 계약한다. 〈당신(악마)의 주장대로라면 나는 카스파르와 대화한 셈이군. 그래, 카스파르와 사미엘은 같은 존재이지. (……) 사미엘이라, 그것참 재미있군. 현악기의 트레몰로, 목관 악기, 트롬본으로 된 다단조

포르티시모는 어디에 나오는 것이지? 그래, 그것은 낭만주의의 관객을 놀라게 했던 기발한 장면이지. 당신이 바위에서 나왔듯이 그것은 계곡의 울림 바단조에서 나온 것이겠군.〉

악마적인 계약은 『파우스트 박사』에서 여러 사건에 연관되어 전개되는데 특히 창녀와 레버퀸의 육체적인 결합이 악마와의 계약의 정점이 되고 있다. 『파우스트 박사』에서 악마는 〈영감이 무엇이고, 참되고 오래된, 원초적인 열광이 무엇이며, 비판과 마비된 사고와 질식할 듯한 오성의 통제에 전혀 시달리지 않는 열광이 무엇인지, 신성한 광희가 무엇인지, 오늘날 누가 알고 있나?〉라고 묻는다. 이러한 토마스 만의 계약 내용과 괴테의 파우스트와 악마 메피스토펠레스의 계약 내용을 비교해 보면 괴테와 토마스 만의 두 파우스트는 결국 디오니소스적인 도취의 열광을 추구하고 있다. 내용도 새로운 계약이라기보다는 파우스트 등이 이미 오래전부터 몰두해 오던 것이 구체화된 것이어서 악마도 〈우리는 자네에게 결코 새로운 것을 부과하는 것이 아니며, (……) 현재의 자네를 이루고 있는 모든 것들을 다만 의미 있게 강화하고 과장할 뿐이지〉라고 『파우스트 박사』에서 언급하고 있다.

그런데 괴테의 『파우스트』에서는 〈선량한 인간은 비록 어두운 충동에 쫓기더라도 올바른 길을 잊지 않〉(327~328)기 때문에 메피스토펠레스의 계약은 파우스트를 본원으로부터 떼어 내는 데 실패한다. 너무 쉽게 잠들어 버릴 수 있는 인간의 생활이 신에 의해 분명히 지적되고, 인간은 이 위험성을 극복해야 할 운명에 놓여 있는데 메피스토펠레스가 이 인간의 활동력을 마비시키겠다고 시도하는 것은 파우스트의 본질을 완전히 오해하고 있는 것이다. 바로 그 때문에 신에게 내기를 제안한 그의 파우스트와의 대면은 처음부터 생각했던 것과 다르게 진행되고, 파우스트는 메피스토펠레스의 능력을 무시하기까지 한다.

가련한 사탄 주제에 뭘 누리게 해주겠다는 겐가?

드높은 것을 지향하는 인간의 정신을

자네 따위가 어찌 알겠는가?(1675~1677)

  이러한 파우스트에게 메피스토펠레스는 〈네놈은 아직 사탄을
붙잡아 둘 위인이 못 된다!〉(1509)고 자부하듯이 악마의 힘을 자
신한다. 이러한 메피스토펠레스는 〈우리가 헤어지기 전에, 선생을
칭송하지 않을 수 없소이다. 선생은 사탄에 대해 잘 알고 있소〉
(6257~6258)라고 악마의 본질을 꿰뚫어보는 파우스트를 달래
가며 자신의 길로 이끈다. 따라서 계약을 주도하는 자는 메피스토
펠레스가 아니라 파우스트로, 메피스토펠레스가 원하는 바와 다
르게 이루어지기도 하여 메피스토펠레스의 패배가 예상되기도 한
다. 허무주의, 교만과 증오 등을 지닌 그가 전지전능한 절대자와
내기를 벌이는 일 자체가 종교를 벗어난 관점에서 보아도 어불성
설이었던 것이다. 악마와 계약을 맺으면서까지 삶의 고독한 불모
지를 벗어나려는 파우스트는 모든 인간의 전형으로 내기와 싸움
은 인간 자체에 대한 싸움인 것이다. 파우스트처럼 영혼의 거래가
일상에서 진행되고, 이를 다룬 문화 매체가 허다한 이유이다.

2

천재의 갈등

—

라틴어 제니우스Genius는 인간이 출생하는 순간부터 따라다니면서 운명을 인도하는 수호신을 의미한다. 이 내용이 전환되어 남성의 생식력genital에서 보여 주는 창조적 생명력을 상징하게 되었고, 천재Genie의 어원이 되었다. 이러한 천재의 명칭은 르네상스에서 시작되어 최고의 성과를 이룬 자연 과학자들에게 부여되었다. 따라서 르네상스적 천재형 인간이란 끝없는 인식욕 이외에도 무한한 권력을 추구하고 아름다움에 대해 끝없이 갈망하는 종류의 인간형이다. 결국 당시에 〈천재〉의 개념은 요즘처럼 머리가 똑똑하거나 지능이 남달리 뛰어난 사람을 가리키는 것이 아니라, 사회적인 규범이나 규칙, 관습 등에 얽매이지 않고 자신의 천부적이고 독자적인 재능과 개성을 창조적으로 발휘하는 사람을 의미했다.

이러한 천재가 독일에서는 교회의 강한 영향력 아래 오랫동안 눌려 온 자신과 자신의 세계를 발견하려는 창조적 인간에 해당한다.[5] 1828년 3월 11일에 에커만과 나눈 대화에서 괴테는 〈천재라는 것은 생산적인 힘이다. 이 힘을 통해 신과 자연 앞에 떳떳할 수 있어서 결과가 있고 지속적일 수 있는 행동이 탄생하는 것이다〉라고 말하고 있다. 이러한 천재는 『파우스트』에서 〈창조하면서 신의 삶을 즐기려〉(620) 하는 파우스트같이 창조의 주체, 절대성을 추

5 Hans-Georg Kemper, *Deutsche Lyrik der frühen Neuzeit*, Bd. 6/II(Tübingen: 2002), S. 3 f.

구하는 인간으로 『파우스트』 첫 부분인 「무대에서의 서막」에 암시
되고 있다.

　　풍성한 인간의 삶에 손을 뻗치세요!
　　사람들은 풍성한 체험을 하면서도 의식하지는 못해요.
　　그걸 연극에 담아내면 재미있을 거예요.(167~169)

　　그러면 파우스트처럼 우주의 차원까지 상승하려는 천재적인
인간은 무엇을 의미할까? 이는 무엇보다도 인간으로서의 약점에
도 불구하고 자유로운 존재가 되어 〈비록 약한 아이지만 자유롭게
태어나고자〉[6] 하는 욕구이다. 괴테는 파우스트가 건설하려는 미
래 사회의 유토피아적 완전성과 비현실적 불확실성을 대치시킨
것이다. 이러한 배경에서 시인은 이제 영웅이 되어 자기 앞에 있는
모든 것을 휩쓸어 버릴 수 있는 사람으로 등장한다. 〈만일 이 시대
에 자유가 빛처럼 당연히 있어야 할 한곳, 즉 사상의 영역이 제외
된 영역만을 뚫고 들어간다면 이상하게 될 것이다. 자, 우리 망치
로 이론과 시의 체계를 때려 부수자. 예술의 정면을 가리는 옛 벽
토를 허물어 버리자. 원칙이라든가 모델이란 것은 없다.〉[7]
　　이렇게 질풍노도의 세계상을 명확하고 포괄적으로 보여 주는
예술적인 천재 작가들의 개념을 괴테는 프로메테우스로 표출시키
고 있다. 1773년 여름에 집필되어 1830년에 처음으로 발표된 미
완성 희곡 「프로메테우스」나 찬가 「프로메테우스」에 등장하는 프
로메테우스는 올림포스의 주신 제우스의 명을 거역하고 하늘로부
터 불을 훔쳐 인간에게 전해 준 죄로 캅카스 산정의 바위에 묶여
독수리에게 간을 쪼아 먹히는 고통을 당하는 신화의 인물이다. 헤

6　Johann G. Herder, *Werke* in 10 Bänden, 6. Bd.(Frankfurt/M.: 1989), S. 147.
7　버어넌 홀 2세, 『서양 문학 비평사』, 이재호·이명섭 공역(탐구당, 1972), 147면.

더리히Benjamin Hederich의『신화 사전』에서 프로메테우스의 인간 창조 신화를 접한 괴테는 다신론적인 그리스 신화에서 소재를 취하여 형이상학적 자유를 위한 반항을 희곡「프로메테우스」에 묘사하고 있다. 이 작품에서 처음에는 제우스의 명령을 따르던 프로메테우스가 창조의 능력은 오직 자신에게만 주어졌다는 독자적인 권한을 자각하고 신들과 결별을 선언한다. 이렇게 질풍노도의 작가들은 천재의 개념을 신적인 경지로 극단화시켜 〈천재〉와 〈규칙〉 간의 전통적인 관계를 단절시켰는데, 이러한 작가관이『파우스트』에서 언급되고 있다.

> 시인이 무엇으로 만인의 심금을 울리는가?
> 무엇으로 모든 원소들을 제압하는가?
> 가슴속에서 우러나와서,
> 온 세상을 다시 마음속으로 빨아들이는 조화의 힘이 아니겠소?
> 자연이 한없이 이어지는 실오라기를
> 무심하게 물레에 감아 돌리고,
> 온갖 조화롭지 못한 존재들이 뒤엉켜
> 귀에 거슬리는 소리를 내면,
> 누가 그 단조롭게 흘러가는 것을
> 생동감 있게 잘라 장단 맞추어 움직이게 하는가?
> 누가 하나하나를
> 근사한 화음 울리는 엄숙한 전체로 불러내는가?
> 누가 폭풍우를 정열로 날뛰게 하고,
> 저녁놀을 진지하게 불타오르게 하는가?
> 누가 어여쁜 봄꽃들을
> 사랑하는 사람 가는 길에 뿌리는가?
> 누가 뜻 없는 초록빛 잎사귀들을

온갖 공적을 기리는 영예의 화환으로 엮는가?

누가 올림포스를 지키는가? 누가 신들을 화합시키는가?

그것은 바로 시인에게서 드러나는 인간의 힘이오.(138~157)

〈어느 누구도 신이 아니고서는 신에게 대항할 수 없다〉(HA 10, 177)는 괴테의 말처럼 작가가 아니고는 작가를 조종할 수 없는 것이다. 결국 괴테의 다음 인용문이 보여 주듯, 규칙으로부터의 해방이 천재의 조건으로 어떤 상호 보완성도 인정되지 않는다. 〈단 한 순간도 나는 규칙적인 연극의 포기를 망설이지 않았다. 장소의 일치는 나에게는 감옥처럼 두렵게 보였고, 행위와 시간의 일치는 우리 상상력에 대한 귀찮은 속박으로 생각되었다. 나는 자유로운 공중으로 뛰어올랐고, 그제야 내가 팔과 다리를 가지고 있음을 느꼈다. 이제 나는 규칙을 주장하는 사람들이 그들의 구덩이 안에서 나에게 얼마만큼 부당한 짓을 했는지 알게 되었다.〉(HA 12, 225) 마찬가지로 실러도 〈법칙은 독수리의 비상이 될 수 있었을 것을 달팽이의 걸음으로 전락시켰다. 법칙은 아직 한 번도 위대한 인간을 형성한 적이 없다. 그러나 자유는 거대함과 극한성을 잉태한다〉[8]고 피력했다.

여기에서 인지되는 괴테와 실러의 천재와 규칙 간의 갈등, 즉 감옥과 자유, 자연과 비자연, 억압과 반항의 갈등은 질풍노도 작가들의 예술과 미학의 영역에만 국한되는 것이 아니다. 규칙의 속박과 천재적 자유의 이분적 대립은 이들 작가에게는 삶의 전 영역에서 깊이 각인되었다. 무한한 자아실현을 위한 절대적 자유를 갈구하는 이들에게 시민 사회를 유지하는 모든 질서는 오로지 속박과 장애로 파괴의 대상이었다. 따라서 『젊은 베르테르의 슬픔』에서

---

8 Friedrich Schiller, *Sämtliche Werke*, hg. von Gerhard Fricke und Herbert G. Göpfert, Bd. 1 (München: 1967), S. 504.

베르테르는 사회적 규범이나 관습 등을 냉소적으로 비난하고 있다. 〈규칙의 장점에 대해서 많은 것을 말할 수 있어. 이를테면 시민 사회를 찬양하기 위해 말할 수 있는 것이 그런 것이지. 규칙에 따라 자신을 형성해 가는 사람은 결코 무언가 몰취미하고 형편없는 것을 만들어 내지는 않을 거야. 마치 법과 공공의 안녕에 따라 자신을 가꾸는 사람이 결코 참을 수 없는 이웃이 될 수 없고 괴팍한 악인이 될 수 없는 것처럼 말이야.〉9

또한 천재가 나오지 못하는 것은 천재의 물결이 넘쳐흐르지 못하도록 둑을 쌓아 놓는 사람들 때문이라고 베르테르는 비유하고 있다. 〈왜 천재의 물결이 이렇게도 드물고, 왜 천재의 물결이 거대한 홍수로 쏟아져 나와서 너희들의 놀란 영혼을 뒤흔들어 놓는 것이 이렇게도 드물단 말인가? — 사랑하는 친구들아, 거기 양쪽 강변에 냉정한 신사들이 살고 있기 때문인데, 그들의 정원에 있는 조그만 집들, 튤립 화단 그리고 채소밭이 망가질 것에 대비해 그들은 제때에 둑을 쌓고 도랑을 만들어 장차 다가올 위험에 대비하기 때문이야.〉10

이렇게 규칙과 기준 등에서 벗어나 자유를 갈망하는 인물들이 영국의 말로와 괴테의 파우스트로 나타나고 있다. 특히 괴테의 파우스트는 규제와 규칙 등을 증오하고 천부적인 개성을 창조하여 신적인 경지로까지 오르고자 한다. 심지어 신에 의해 결정되는 존재가 아니라 스스로의 주인이 되어 자신의 삶과 세계를 〈최고의 존재를 향해 끊임없이 나아가라 자극하고 다그치는〉(4684~4685) 파우스트는 낡은 질서가 설정한 제한과 금기들은 물론 현실의 근간이 되는 질서와 가치들까지 총체적으로 부정하고 있다.

9 Johann W. Goethe, *Sämtliche Werke. Briefe, Tagebücher und Gespräche* (Frankfurt/M.: 1985), ff. S. 29.
10 같은 곳.

나는 저주하노라,

영혼을 온갖 유혹과 눈속임으로

에워싸고 현혹하고 아첨하며

슬픔의 동굴 속으로 몰아넣는 모든 것을!

무엇보다도 정신이 사로잡혀 있는

드높은 견해를 저주하노라!

우리의 감각을 파고드는

허황된 현상들을 저주하노라!

명성이나 불멸의 이름을 내세우며

우리를 미혹시키는 꿈들을 저주하노라!

아내와 자식, 종복과 쟁기를 소유하라며,

우리의 허영심을 자극하는 것들을 저주하노라!

재물을 들이밀며

대담하게 행동하라고 우리를 부추기고,

느긋하게 즐기라며

편안하게 방석을 깔아 주는 황금의 신 맘몬을 저주하노라!

향긋한 포도주여, 저주받으라!

지고한 사랑의 은총이여, 저주받으라!

희망이여, 저주받으라! 믿음이여, 저주받으라!

무엇보다도 인내심이여, 저주받으라!(1587~1606)

   신과 교회를 내세우며 절대 선과 도덕의 이름으로 만들어진 규제나 금지가 해체되어 여기에서 풀려난 〈자유로운〉 인간들은 새로운 경험을 쌓을 수 있고, 새로운 세계를 창조할 수 있는 〈무한한〉 가능성을 얻게 되었다. 따라서 예술 창조에서 신적인 영감, 맹목적인 직관, 불가해한 근원에 대한 가치가 강조되면서 인간 해방이 추구되었다. 〈우리가 살고 있는 시대는 요구의 시기가 될 수 있

다. 자기 또는 타인에게서 아직 아무도 실행하지 못한 것이 요구된
다. 사색과 감정이 뛰어난 사람의 자연에 대한 직접적이고 독창적
인 견해와 거기에서 파생된 행동이야말로 인간의 최선의 소망이
되기 때문이다. 또 그것의 획득은 결코 어려운 일이 아니라는 것을
깨닫게 되었다. 경험이라는 말이 다시 우리의 눈을 될 수 있는 한
크게 뜨도록 신호를 보냈던 것이다.〉(HA 10, 66)

따라서 〈나는 신의 모상으로서〉(614) 신에게 예속된 존재가
아니라 신과 동등하다는 주장 외에 〈내가 신이 아닐까? 내 마음이
한층 밝아 옴을 느낀다〉[11]라는 파우스트의 언급은 당시 괴테의 정
서와 흡사하다. 당시 괴테는 작가를 세상을 다스리는 창조주와도
같은 전인적인 존재로 생각했는데, 이를 『파우스트』에서 시인의
직접적인 언급으로 나타내고 있다.

> 누가 하나하나를
> 근사한 화음 울리는 엄숙한 전체로 불러내는가?
> 누가 폭풍우를 정열로 날뛰게 하고,
> 저녁놀을 진지하게 불타오르게 하는가?
> 누가 어여쁜 봄꽃들을
> 사랑하는 사람 가는 길에 뿌리는가?
> 누가 뜻 없는 초록빛 잎사귀들을
> 온갖 공적을 기리는 영예의 화환으로 엮는가?
> 누가 올림포스를 지키는가? 누가 신들을 화합시키는가?
> 그것은 바로 시인에게서 드러나는 인간의 힘이오.(148~157)

이러한 작가의 양도할 수 없는 권리, 신화를 마음대로 변형시

---

11 R. M. S. Heffner, Helmut Rehder, W. F. Twaddel(Hg.), *Goethe's Faust*, Part I(Boston: 1954), p. 181.

키고 또 신화 속 내용을 자신의 요구대로 변화시키는 권리를 괴테는 강력히 원했다. 이러한 괴테의 제2의 인물인 파우스트는 일종의 광기의 인물로 위를 향한 상승과 아래를 향한 추락 모두에서 신과 도덕의 이름으로 인간에게 주어진 모든 한계를 넘으려 하여 메피스토펠레스의 말처럼 〈하늘에서는 더없이 아름다운 별을 원하고 땅에서는 지고의 쾌락〉(304~305)을 요구하는 인물이다.

> **파우스트** 온 인류에게 주어진 것을
>
> 가슴 깊이 맛보려네.
>
> 지극히 높은 것과 지극히 깊은 것을 내 정신으로 붙잡고,
>
> 인류의 행복과 슬픔을 내 가슴에 축적하고,
>
> 내 자아를 인류의 자아로 넓히려네.(1770~1774)

이러한 광기에 대해서 네덜란드의 인문학자이자 신학자인 에라스뮈스Desiderius Erasmus(1466~1536)는 이해득실에 상관없이 매달리는 어리석음의 동의어로 사랑과 학문, 위대한 발견은 그런 어리석음에서 비롯되는 맹목적인 열정의 결과라고 보았다. 〈지구가 돈다고 생각하는 신출내기 천문학자가 있습니다. 그 바보는 천문학의 모든 성과를 뒤엎고 싶은 모양입니다.〉 여기에 언급된 의사·수학자이며 신부·대교구장이었던 코페르니쿠스는 죽기 직전인 1543년 저작을 통해 기존 세계관을 전복할 불편한 진실을 내놓은, 당시로서는 끔찍한 기인이었다.

이러한 기인들에 연관된 문헌은 숱하다. 〈미치광이가 현자를 가르친다〉, 〈아이와 바보는 진실을 말한다〉 같은 속담이 있는가 하면 파우스트의 제자 바그너도 〈연극배우가 성직자를 가르칠 수 있을 것이라고 칭송하는 소리를 여러 번 들었답니다〉(526~527)라고 우롱하듯 말한다. 마찬가지로 아리스토텔레스도 〈많은 이들

이 머리에 생긴 울혈로 인해 시인이 되고, 예언자가 되고, 무당이 된다. 광기에 사로잡혀 훌륭한 시를 낸 이들이 치료받고 나면 더 이상 아무것도 써내지 못한다〉고 피력했다. 가까운 예로는 2015년 5월 타계한, 영화 「뷰티풀 마인드」의 실제 주인공으로 노벨 경제학상을 거머쥔 천재 수학자 존 내시는 평생 정신 분열증으로 고통을 받았다. 마찬가지로 괴테도 1820년에 발표된 「의심과 헌신 Bedenken und Ergebung」이라는 짧은 글에서 이념과 현실 사이에는 결코 극복할 수 없는 단절이 있어 이를 뛰어넘기 위한 끊임없는 노력이 있었다고 말하면서 여기에 기인을 연결시킨다. 〈그럼에도 불구하고 우리는 이 단점을 극복하려고 영원히 노력한다. 이성을 통하여, 오성을 통하여, 상상력을 통하여, 신앙과 감정과 미친 짓을 통하여 그리고 그도 저도 안 되면 어리석음을 통해서라도 말이다. 마침내 우리는 어떠한 이념도 경험과 일치하지 않는다고 주장하지만, 그래도 이념과 경험이 유사할 수 있고 또 그래야 한다고 인정하는 그 철학자의 정당성을 알게 될 것이다.〉(HA 13, 31)

이러한 천재들의 정신병적 기행과 퇴행의 양상은 대체로 이렇게 모인다. 크게 대비되는 성격이 극단적인 양상으로 오락가락하며 자의식과 자부심이 강하여 매우 이른 나이에 기괴한 방식으로 천재성을 드러낸다. 많은 경우 마약류나 흥분제와 각성제를 남용하고 호젓하게 한곳에 몰두하지 못한 채 계속 떠돌아다니며 제아무리 어려운 일이 있어도 열정을 접지 않는다. 음악가 로베르트 슈만은 극심한 우울증으로 라인강에 몸을 던져 자살을 시도했다 구조되기도 했다. 어릴 적부터 극단적 감정에 시달린 보들레르는 유리 깨지는 소리를 들으려고 상점 유리창에 화분을 던질 만큼 충동적이었다. 쇼펜하우어는 여자들을 경멸하면서도 성적 대상인 여성들에겐 열렬히 구애한 것으로 유명하다. 루소는 사람들이 자신을 상대로 모략을 꾸민다고 의심해 모든 요소들을 자신에게 적대적인 범주에 넣고 심지어 『서간문 2집』에선 이렇게 고백한다. 〈무엇이든 실행을 겁내는 나태한 영혼과 조금의 불편도 참지 못하는 괴팍한 기질이 한 성격 안에 결합되기는 힘들어 보인다. 하지만 그런 성격을 기반으로 《나》라는 존재가 생겨났다.〉 그런가 하면 파스칼은 열 살 때 접시에 나이프가 부딪치는 소리에 영감을 얻어 음향 이론 정립에 나서 열다섯 살 때 원뿔 곡선에 관한 걸출한 논문을 썼다. 중국의 시인 이백은 술에서 영감을 얻었는데 결국 술 때문에 죽었다.

이러한 천재의 광기가 시대적 분위기와 맞아떨어지면 역사 속에 편입되고, 아니면 정신 병원 신세가 되기도 하여 천재와 정신 이상의 현상은 유사하며 또 일치하기도 한다. 선한 의도에서 시작한 일이 나쁜 결과를 낳는 일이 다반사다. 현실을 모르고 일을 벌였거나, 지지고 볶는 세상의 복잡다기한 변수와 충돌하며 일머리가 바뀌는 경우가 많은 것이다. 따라서 『파우스트』의 〈가장무도회〉에서 미래는 확실하게 예측할 수 없어서 〈두려움Furcht〉 외에 〈인간의 가장 큰 적 두 가지〉(5441)를 포함하고 있다며 〈지혜〉가 지적하고 있다.

> 인간의 가장 큰 적 두 가지,
> 두려움과 희망을 사슬에 묶어
> 사람들에게서 멀리 떼어 놓으리라.
> 비켜라! 너희들은 구원받았노라.(5441~5444)

이러한 미래에 대한 〈두려움〉에서 변화를 거부하고 현재의 삶에 묶이는 경우가 『파우스트』에서 비난되고 있다.

> 오늘 하지 않는 일은 내일도 이루어지지 않는 법,

하루도 헛되이 보내서는 안 될 걸세.

가능성이 엿보이면 과감하게

덥석 정수리를 움켜쥐게.(225~228)

그런데 선의가 나쁜 결과를 초래할 때 어떻게 대처하느냐가 파우스트의 역량이다. 건전한 사람이라면 잘못을 인정하고 방향 전환을 한다. 그런데 일의 결과보다는 〈선의는 결국 선한 결과로 이어질 것〉이라는 아집에 빠진 파우스트는 어그러지는 줄 알면서도 오로지 돌진할 뿐이다.

지상의 아들들 가운데

힘센 그대여,

더 화려하게

세상을 다시 일구어라.

네 가슴속에서 세상을 다시 일으켜 세워라!

새로운 인생 항로를

시작하라,

밝은 마음으로!

그러면 새로운 노래

울려 퍼지리라!(1617~1626)

이렇게 만족할 줄 모르는 〈앞으로 돌진〉은 질풍노도 시대의 전반적인 분위기로 〈그래도 해보겠네!〉(1784)라는 파우스트의 말에 잘 요약되어 있다. 따라서 〈저 높이, 저 멀리 날아가고 싶은 것이 무릇 인간의 천성이 아니겠는가〉(1098~1099)라거나 〈어떤 순간에도 만족할 줄 모르는 자는 이 길을 가며 고통과 행복을 맛본다오!〉(11451~11452)라고 피력하는 파우스트를 메피스토펠레스는 〈무작정 앞으로 나가려 하는 정신을 운명이 너한테 안겨 주었구나〉(1856~1857)라며 평하고 있다.

이러한 의지나 힘은 파우스트 시대의 본질과 행동을 지배했던 헤겔 역사 철학의 핵심이다. 헤겔의 역사 철학에 따르면, 역사에서는 업적을 이룰 수 있는 힘만이 우월한 것으로 존재의 정당성을 획득할 수 있으며, 그렇지 못한 것은 열등한 것으로서 도태되어야 한다. 이 힘과 업적이 도덕적으로 정당화될 수 있는지 여부는 전혀 문제가 되지 않는다. 〈세계사적 행위〉를 도덕의 기준으로 판단하는 것은 무의미한 일이다.[12] 〈폭력적 행위, 법 짓밟기, 범죄 행위 없이 역사적 권력이 생성된 적은 결코 없다. 그러나 상처받은 인류는 싫든 좋든 이러한 변화들을 따라야 하고, 그 반면에 세계의 역사는 우리의 희생 위에 거대한 재화를 축적하고 있다.〉[13] 이렇게 발전을 지향하는 무자비한 헤겔의 역사관이 『파우스트』에서도 반영되고 있다.

> 자유로운 바다가 정신을 자유롭게 하는데,
> 깊은 생각 따위가 무슨 소용 있으랴!
> 오로지 잽싸게 움켜쥐면 만사형통인 것을,
> 물고기를 낚아라, 배를 낚아라.
> (……)
> 힘 있는 자가 곧 정의인 것을.
> 오로지 무엇을 쟁취하느냐가 중요할 뿐 어떻게 쟁취하느냐는
> 묻지 마라.(11177~11185)

이러한 헤겔의 역사관에 부합하게도 파우스트는 바다라는 〈원

---

12 Vgl. Ebd. S. 238 f.

13 Karl Löwith, *Von Hegel zu Nietzsche. Der revolutionäre Bruch im Denken des 19. Jahrhunderts*(Hamburg: 1981), S. 237.

소들이 아무런 목적 없이 제멋대로 날뛰〉(10219)는 힘을 제어하는 간척 사업에 착수한다. 이를 보면 자연이 가르침을 주는 것 같다. 최고의 불운이라고 할 광기에 대해선 존중하는 마음을, 동시에 천재의 걸출함에 지나치게 현혹되는 것엔 경계하는 마음을 갖도록 한다. 천재는 정해진 궤도를 지키며 도는 행성이 아니라, 궤도를 잃고 떠돌다 지구 표면에서 산산이 흩어지는 유성과 같은 존재인 것이다.[14]

결국 신기원적인 것은 주어진 조건이 아니라, 일종의 어리석은 사상이나 예술에 의해 이루어진 경우가 많다. 물론 광기나 과대망상증이 지나치면 폐인을 넘어 히틀러 같은 독재자, 프랑켄슈타인 같은 미치광이 과학자가 될 가능성을 무시하기 어렵다. 〈요동치는 마음을 달래 줄 것〉(306)을 찾지 못하고 〈어떤 순간에도 만족할 줄 모르는 자는 이 길을 가며 고통과 행복을 맛본다오!〉(11451~11452)라고 자신의 운명을 예견하는 파우스트는 스스로를 일종의 광기의 인물로 자인하기도 한다.

반항과 고집이
웅장한 성공을 방해하며
마음을 심히 괴롭히는 바람에,
공정한 마음을 유지하기가 어렵네. (11269~11272)

이렇게 광기적으로 자아 중심적인 인간 파우스트는 인류가 가진 모든 것, 인류를 구성하는 모든 것, 즉 인류의 총체성을 욕구한다. 그러나 〈부족해도 참아라! 참아야 한다!〉(1549)라는 요구는 엄청난 고통일 뿐이다. 이렇게 인류의 자아로 확대하고자 하는 파

14 체자레 롬보로조, 『미쳤거나 천재거나』, 김은영 옮김(책읽는귀족, 2015)의 김성호 (서울신문) 서평 참조.

우스트를 메피스토펠레스는 〈소우주 선생〉(1802)이라며 조롱한다. 모든 한계를 뛰어넘으려는 파우스트는 〈한계 돌파의 대가〉[15]로 〈멈춤〉은 생각할 수도 없고 끊임없이 〈앞으로 돌진〉만 있을 뿐이다.

> 오로지 욕망을 좇아서 뜻을 이루었으며,
> 줄기차게 갈망하는 마음으로
> 폭풍처럼 힘차게 인생을 질주하였소.(11437~11439)

파우스트와 마찬가지로 실러도 『청년과 노인 Der Jüngling und der Greis』에서 〈끊임없는 추구는 영혼의 요소다. 만족이라는 단어에서는 존재의 영원한 사다리의 단계가 조각나 버린다. 이 목마름, 이 불안, 나의 미약함에 대한 나의 고통, 이것들이 나의 고귀함을 결정해 준다. 나는 단지 하나의 인간임을 한탄한다. 신이 될 수 있음에 환호하노라〉[16]라며 끊임없는 전진을 찬양하고 있다. 이렇게 〈운명적으로 항상 거침없이 앞으로 돌진하는 인물〉인 파우스트를 메피스토펠레스는 다음과 같이 평가한다.

> 메피스토펠레스 무작정 앞으로 나가려 하는 정신을
> 운명이 너한테 안겨 주었구나.
> 그렇듯 조급히 굴다 보면
> 지상의 즐거움을 건너뛰기 마련인 것을.(1856~1859)

하지만 〈사나이 대장부는 쉬지 않고 활동하는 법일세〉(1759)라고 말하는 파우스트는 〈나는 줄곧 세상을 줄달음쳤소. (……) 오

---

15 Ernst Bloch, *Das Prinzip Hoffnung*(Frankfurt/M.: 1959), S. 1188.
16 Friedrich Schiller, *Werke*, Bd. 5, S. 333.

로지 욕망을 좇아서 뜻을 이루었으며, 줄기차게 갈망하는 마음으로 폭풍처럼 힘차게 인생을 질주하였소〉(11433~11439)라고 말하듯이 그에게 〈멈춤〉이란 생각할 수도 없고 〈앞으로 돌진〉만 있을 뿐이다. 〈멈춤〉은 메피스토펠레스적 악의 본성인 〈부정〉이 되는 것이다. 이렇게 앞으로 돌진만 하려는 파우스트는 〈온 인류에게 주어진 것〉을 모조리 그의 〈가슴 깊이〉 향유하고, 그의 자아를 〈인류의 자아로 넓히〉려는 욕망을 가진다.

> 온 인류에게 주어진 것을
> 가슴 깊이 맛보려네.
> 지극히 높은 것과 지극히 깊은 것을 내 정신으로 붙잡고,
> 인류의 행복과 슬픔을 내 가슴에 축적하고,
> 내 자아를 인류의 자아로 넓히려네.
> 그러다 결국에는 인류와 더불어 몰락하려네.(1770~1775)

이렇게 자아를 절대적 주체로 절대화한 파우스트는 중단 없는 행동의 의지를 가지고 끊임없이 무엇인가를 추구한다. 파우스트는 〈언제나 자기 자신을 넘어 보다 나은 것을 요구하고, 지극히 행복한 순간에도 새로운 실현을 갈망하는 인물인 것이다〉.[17] 이런 배경에서 〈프로메테우스적인 것은 악마적이 아니고 숭고하여 파우스트적인 것은 불괴불멸한 것이다〉.[18] 이러한 파우스트의 중단 없는 의지는 그의 끊임없는 생성을 의미한다.

이렇게 〈멈춤〉이 없는 〈앞으로 돌진〉의 이념은 니체가 주장한 독일 정신의 현상이다. 니체는 〈우리 독일인들은 모두 헤겔주의자들이다. 우리는 (라틴 민족과 반대로) 지금 존재하는 것보다 앞으

---

17 Fritz Strich, *Goethes Faust* (Bern und München: 1964), S. 2.
18 Kuno Fischer, 같은 책, S. 135.

로의 발전에 본능적으로 더 깊은 의미와 가치를 부여한다〉[19]고 주장했다. 이렇게 멈춤이 부정되는 것은 또한 소크라테스가 정의한 철학자의 모습과 유사하다. 〈오늘날의 철학자들은 사물의 본성을 찾아 끊임없이 돌아다니느라고 머리가 어지러울 지경이다. 세상은 돌고, 돌고 온갖 방향으로 움직인다고 그들은 상상한다. 자신들의 내적 상태로부터 유래하는 이러한 외관을 그들은 사물의 실재라고 상상한다. 그들은 정지되고 영원한 것은 아무것도 없으며 단지 유동과 움직임뿐이라고 생각한다. 그들 생각엔 세상은 온갖 종류의 변화와 운동으로 항상 가득 차 있는 것이다.〉[20]

헤르더는 역동적인 자연관을 제기하며 지속적인 생성에서 자연을 관찰하고 정신과 자연의 연결성이나 통일을 규명했다. 자연 자체는 영원한 질서로 영원불변하는 삶과 생성과 행동이다. 다시 말해서 자연은 천체의 변화, 계절의 변화(춘분·하지·추분·동지), 해의 변화(설날) 등으로 영원히 생성하는 것이다. 따라서 이러한 변화를 최선으로 이용하여 인간과 자연이 서로 조화를 이루어 삶의 행복을 추구하는 게 생활의 지혜이다. 마찬가지로 니체도 세계를 고정성·불변성·일회성·절대 목표를 배제한 생성으로 파악했다. 생성이 완료되었다면 또한 사유와 정신은 종료된다. 완성되었거나 어떤 목표에 도달한 것은 다시 오지 않기 때문이다. 세계는 결코 생성된 것이 아니고, 또 아주 소멸해 버리지도 않는다. 오히려 세계는 생성하며 소멸한다. 하지만 세계는 일찍이 생성한 바도 없고 소멸해 버린 적도 없고 어떤 상태로든 유지된다.

마찬가지로 괴테도 〈모든 형상들, 특히 유기적인 형상들〉은 〈완성적인 것〉이 아니며 끊임없는 움직임으로 변화하며 생성하는 것으로 보았다. 그는 『파우스트』에서 〈이미 성숙한 사람은 쉽게

19 Karl Löwith, 같은 책, S. 197.

20 Edith Hamilton & Huntingen Cairns(ed.), *The Collected Dialogues of Plato*, Vol.1(Princeton University Press, 1961), p. 447.

만족하지 않지만, 성숙되어 가는 사람은 언제나 고마워한답니다〉(182~183)라고 언급하고 있다. 특히 파우스트가 만족하여 더이상 무언가를 추구하지 않고 생성하지 않으면 메피스토펠레스와의 내기에서 지는 것이다. 파우스트에게 완성된 것, 실현된 것, 이루어진 것은 생성werden이 종식된 〈생성된 것das Gewordene〉이어서 이후에 그 무엇을 향한 진행이 있을 수 없다. 따라서 완성된 형태로 굳어 있으면 시간의 흐름에 따라 파괴되거나 소멸되기 마련이어서 〈생성되는 모든 것은 당연히 죽어 없어지기 마련〉(1339~1340)이라고 메피스토펠레스는 확신하고 있다. 이러한 관점에서 보면 정체되어 있는 것이나 변하지 않는 것 또는 생성이 불가능한 것, 즉 절대적인 안정, 휴식, 완성, 만족 등은 신성을 부정하는 악의 본성으로 메피스토펠레스는 다음과 같이 주장한다.

> 저는 항상 부정하는 영(靈)입니다!
> 생성되는 모든 것은
> 당연히 죽어 없어지기 마련이니
> 부정하는 것이 마땅하지 않겠습니까?
> 차라리 아예 생겨나지 않는 편이 더 나을 것입니다.
> 죄악, 파괴, 간단히 말해서
> 악이라 불리는 모든 것이 제 본래의 활동 영역이지요.
>
> (1338~1344)

이러한 메피스토펠레스의 주장대로 소멸이나 멸망이 모든 것의 필연이라면 그 결말은 절망과 허무일 것이다. 이에 대해 괴테는 1823년 2월 13일에 에커만에게 〈신성은 죽어 있는 것이 아니라 살아 있는 것에서 활동한다. 신성은 되어진 것과 굳어 버린 것이 아니라 되어 가는 것, 변해 가는 것에 내재한다〉라고 역설하고,

『파우스트』의 「무대에서의 서막」에도 〈이미 성숙한 사람은 쉽게 만족하지 않지만, 성숙되어 가는 사람은 언제나 고마워한답니다〉 (182~183)라고 피력되고 있다. 또한 괴테의 「하나와 모두Eins und Alles」라는 시에서도 생성이 끊임없는 형성과 영원한 변화의 법칙으로 묘사되고 있다.

> 그리고 창조된 것을 다르게 다시 창조하노니,
> 그 무엇도 굳어짐으로 향하지 않도록
> 영원히 생동하는 행위가 활동을 한다.
> 없었던 것, 그것은 앞으로 무언가 되려고 한다.
> 순수한 태양으로, 형형색색의 땅으로,
> 어떠한 경우에도 멈추어서는 안 된다.
>   (······)
> 그럴 것이 오로지 존재 안에서만 머무르려 한다면,
> 모든 것은 허무의 나락으로 떨어질지니.

결국 끊임없는 욕망과 성취에 사로잡힌 파우스트의 염원은 생성되어 굳어진 것을 부정하는 끝없는 〈생성werden〉이다. 따라서 파우스트를 절망에 빠지게 하는 것은 〈생성〉의 정지이다.

> 영원히 힘차게 작용하는 생성의 힘이
> 사랑의 다정한 울타리로 너희를 에워싸리라. (346~347)

이러한 파우스트의 무한한 생성의 의욕은 죽음 이후에도 존속하고자 하여 『서동시집』의 「승천의 동경」 제5연에서 〈죽어서 생성하라!Stirb und werde!〉는 명언까지 남기고 있다.

죽어서 생성하라! 이 마음을
자신의 것으로 삼아야 하리라!
그렇지 않으면 이 어두운 지상에서
서글픈 나그네에 지나지 않으리.

　여기에서 죽음에 의한 영원한 생성이 동경된다. 이승에서 유한
하게 존재하는 것보다 죽어 승천하여 더 고차적인 존재가 되고자
하는 것이다. 결국 태어나기 위한 죽음, 죽기 위해 태어남, 이 두
패턴에 의해 현존하는 모든 세대는 다음 세대가 오기 위해서 죽는
것이다.

불의 수레가 살며시 요동치며
나에게로 다가오누나! 나는 새로운 길을 따라
창공을 뚫고 나갈 각오가 되어 있노라,
순수한 활동의 신천지를 향해.
고매한 삶과 천상의 환희,
아직 한낱 벌레에 지나지 않는 내가 과연 그것을 누릴 자격이
　　있는가?
그래, 다정히 지구를 비추는 태양에게
단호히 등을 돌려라!(702~709)

　앞 시의 〈죽어서 생성하라! (……) 그렇지 않으면 이 어두운 지
상에서 서글픈 나그네에 지나지 않으리〉의 내용이 『파우스트』에
서 그리스도의 승천으로 묘사되고 있다.

무덤에 묻히신 분,
존엄하게 살아나시어

어느새 영광스럽게

하늘에 오르셨네.

생성의 즐거움 누리시며

창조하는 기쁨 가까이에 계시네.

아아! 우리는 애통하게도

지상의 품에 사로잡혀 있네.

주님은 당신을 그리워하는 우리를

이곳에 두고 혼자 가셨네.

아아! 주님,

우리는 당신의 행복에 슬피 웁니다.(785~796)

이 합창에 대한 답변인 〈너희들도 즐거운 마음으로 속박의 굴레에서 벗어나라!〉(797~800)는 천사들의 합창이 〈죽어서 생성하라!〉의 개념을 구현시키고 있다. 생성은 이승과 저승을 막론하여 『파우스트』에서도 〈영원히 힘차게 작용하는〉(346) 것이다.

동양의 종교인 불교나 도교는 분리를 부정하는 특징이 있다. 불교에서는 현실과 가상, 정신과 물질 등 모든 현상이 분리할 수 없는 하나의 〈브라만[범(梵)]〉의 윤회 속에 있다고 보았다. 따라서 〈브라만〉이나 도교에서의 〈도(道)〉 개념은 분리될 수 없는 전체를 가리킨다. 모든 개체, 모든 자아는 세상·물체·우주와 구별되는 존재가 아니라 전체와 〈하나(唯一)〉가 되는 것이다. 따라서 신과 인간, 창조자와 피조물, 정신과 물질, 너와 나, 실체와 현상들은 서로 대립하지 않고 하나의 통일된 존재가 된다.

하지만 서양의 근본적인 의식 구조는 모든 것을 분리·분해하는 특징으로, 특히 기독교의 특징이 되고 있다. 기독교는 근본적으로 창조자와 피조물, 신과 그 밖의 존재를 분리하여 인간과 신 사이에 엄청난 비대칭의 관계를 형성한다. 따라서 불교에서는 정신

과 물질은 분리할 수 없는 하나로 본 데 반해 기독교에서는 〈물질〉
은 〈정신〉과 구별되어 정신과 육체도 구별된다고 보았다. 따라서
『파우스트』에서 헬레나와 파우스트의 결합은 육체와 정신을 분리
하는 기독교 교리에 반하여 아름다운 육체를 진정한 아름다움으
로 보는 이교도적인 행위이다. 그것은 인간의 내면적 요소와 외면
적 요소, 즉 정신과 육체의 조화 및 균형을 추구하는 괴테의 의지
가 된다. 인간의 아름다운 육체는 정신의 힘과 조화되어 게르만족
특유의 힘인 정신적인 면의 강점과 깊이가 남방 특유의 형상력과
관능성과 결합하여 새로운 예술이 태어나는 것이다.

그러나 일반적으로 〈물질〉이라는 말은 비인간적이고 심리적
의미도 없는 지적인 개념일 뿐이다. 고전적인 기독교 교리에 따르
면, 이 물질의 세상은 무시되고 생명만 천국에서 구원을 받는다.
따라서 물질의 정서가 아름다움의 부정으로도 나타난다. 그레트
헨에게 화려한 보석이 제시되었을 때 이것은 미의 도구라기보다
두려움과 불길함, 부정의 대상으로 여겨진다.

> 귀걸이만이라도 가질 수 있다면 얼마나 좋을까!
> 이것들로 꾸미니까 금방 딴사람이 된 것 같아.
> 아름다움이나 젊음이 무슨 소용 있겠니?
> 아무리 아름답고 근사하더라도
> 그뿐인 것을.
> 사람들은 거의 동정하는 마음으로 아름다움이나 젊음을 칭송
> 한단다.(2796~2801)

결국 기독교의 교리는 내세에서만 경험할 수 있는 세계를 참된
세계로 보았고, 우리가 살고 있는 세계를 하나의 과정에 놓인 세계
로 보았는데 이 내용이 『파우스트』에서는 〈이것(목숨)도 잠시 빌

린 것, 빚쟁이들이 득실거리니라〉(11610~11611)라고 망령들이 부른 합창에 잘 나타나 있다. 이렇게 우리가 살고 있는 세계가 하나의 과정이 되는 사실이 파우스트 등 진취적인 인물들에게는 받아들여지지 않는다. 특히 죽음 이후 피안의 세계가 있는지는 기독교를 믿지 않고 현재의 삶에서 행복을 추구하는 파우스트에게 관심이 될 수 없다. 죽음 이후는 신선지경도, 지옥도 없고, 다만 허무가 있을 뿐이다. 이러한 파우스트에게 악마 메피스토펠레스가 이승을 저승에까지 연장시키는 제안을 한다.

> **메피스토펠레스** 〈이 세상에서〉는 내가 선생을 섬기겠소.
> 선생이 손짓만 하면 어디든 냉큼 달려가리다.
> 〈저세상에서〉 우리가 다시 만나면,
> 거꾸로 선생이 나를 섬겨야 하오.(1656~1659)

이렇게 메피스토펠레스와 맺어져 이승을 초월한 파우스트는 끊임없이 생성하려 하여 비생산적인 것을 생산적인 것으로 바꾸는 간척 사업까지 추진하게 된다.

3

신적인 경지

—

희망이 역사를 진행하게 한다. 다시 말해서 미래의 역사는 희망이 된다. 희망은 그것이 기만적일지라도 인간에게 삶의 의미를 부여한다. 그런데 희망은 충족되면 더 이상 존재하지 않는다. 블로흐Ernst Bloch의 정의에 따르면, 희망은 〈아직 존재하지 않는 것의 존재론〉[21]으로 인간에게 모든 성취된 것, 이루어진 것, 도달된 것, 즉 기존의 모든 존재가 불충분하여 이를 뛰어넘을 것을 요구한다. 따라서 성취된 바람은 더 이상 희망이 될 수 없다. 가다머Hans Georg Gadamer의 말대로 〈그 자체로 기만적인 것〉이 되고 『파우스트』에서도 〈우리가 이 세상의 위대한 것에 이르면 더 위대한 것이 그것을 사기와 망상이라 부르고〉라고 명시되어 있다.

> 정신이 받아들이는 더없이 웅장한 것에도
> 갈수록 더 이질적인 물질들이 몰려들고,
> 우리가 이 세상의 위대한 것에 이르면
> 더 위대한 것이 그것을 사기와 망상이라 부르고,
> 우리에게 생명을 부여하는 장엄한 감정들은
> 지상의 혼란 속에서 마비되어 버리는 것을.

> 환상이 기대에 넘쳐 대담하게

---

21 Frederic Jameson, *Materien zu Ernst Blochs Prinzip Hoffnung* (1978), S. 424 f.

영원을 향해 활짝 나래를 펴다가도,

행복이 시간의 소용돌이에 휩쓸려 하나둘 좌초하면

작은 공간에 만족하기 마련.(634~643)

따라서 희망이 가능하려면 아직 존재하지 않는 또 다른 것의 욕구를 가져야 한다. 스스로의 삶을 불완전하고 미완성된 것으로 보기 때문에 인간의 삶은 늘 미래 지향적이 되는 것이다. 공동체의 삶이 미래 지향적이라 함은 공동체가 〈희망의 원칙〉을 기반으로 하기 때문이다. 인간은 동물과 달리 주어진 현실에 만족하지 않고 그 이상을 원하기에 주어진 현실을 벗어나 새로운 단계로 도약하기 위해 자신을 초월한다. 마찬가지로 파우스트는 늘 미래에 이루어질 것에 대한 열망을 갖고 꿈을 꾼다. 그는 아직 알려지지 않고 실현되지 않은 것에 대한 경이감으로 이상향을 지향하지만 이것이 실패하면 엄청난 좌절을 맛본다.

따라서 신과 동일하다고 생각하며 인간의 한계를 의식하지 못하고, 불확실하고 환상적인 이상을 절대적인 진리인 양 맹신하는 파우스트 같은 인간의 희망은 현재에 없는 그 무엇을 이룩하도록 끊임없이 자극하여 영원할 수밖에 없다. 희망에서는 어떤 조건을 이루려는 노력이 시간적으로 제한된 〈한시적〉이 아니라 끝이 없는 〈영원한〉 것이어야 하는데 이러한 성격은 「천상의 서곡」에서 신의 계시로 암시되고 있다.

영원히 힘차게 작용하는 생성의 힘이

사랑의 다정한 울타리로 너희를 에워싸리라.

아물거리며 떠도는 것을

변하지 않는 생각들로 단단히 붙잡아라.(346~349)

이러한 희망은 미래의 범주를 위한 수단이 되어 무(無)를 부정하여 〈비록 무(無)가 되어 사라질지 모른다 하더라도, 경쾌하게 발걸음 내딛겠다고 결심할 수 있는 것〉(718~719)이라고 파우스트는 외친다. 이러한 파우스트의 미래에 대한 희망 때문에 현재의 삶이 희생되기도 한다. 미래는 모두가 낙관적으로 보여서 불가능한 것도 미래에는 가능하게 여겨진다. 하지만 종교나 신, 삶과 죽음 등 절대적으로 불가능한 것들이 있게 마련인데 파우스트는 이처럼 도달할 수 없는 것까지도 갈구하는 영원한 희망의 소유자가 된다.

이렇게 신적인 경지를 갈구하는 파우스트에게 지상의 일반적인 일은 권태가 될 수 있어 현실에 대한 불만을 드러내 보이기도 한다. 지상에서 정적인 성격의 일이나 동일한 행위의 반복은 멈춤과 같아서 파우스트를 싫증 나게 하여 반복되는 바다의 움직임까지도 발전이 없는 멈춤으로 여겨져 불만의 대상이 되고 있다.

> 먼 바다가 내 눈을 끌어당기지 뭔가.
> 바다가 부풀어 올라 저 혼자 높이 솟구치더니
> 누그러져서는, 완만하게 펼쳐진
> 드넓은 해변에 파도를 쏟아부었네.
> 나는 기분이 상하였네.(10198~10202)

밀물 때면 몰려들고 썰물 때는 다시 빠져나가는 바다의 영원히 반복되는 움직임이 파우스트를 불쾌하게 만드는 것은 이것이 비생산적이고 아무런 결실을 거두지 못하기 때문이다. 근본적으로 상황의 발전이나 진보 대신 동일한 상황의 반복은 답답한 상황으로 변형과 변화를 배제하는 비생산적이라는 것이다. 따라서 파우스트는 바다의 〈비생산적〉 반복의 〈원소들이 아무런 목적 없이 제멋대로 날뛰〉(10219)는 힘에 격분하며 〈나는 여기에서 싸우고 여기에서 승리하고 싶다네〉(10221)라고 자연에 대해 공격적이고 투쟁적이 된다. 이러한 영원한 형성을 메피스토펠레스는 부정하고 허무를 신봉한다.

> 창조된 것을 무(無)로 빼앗아 가는 것,
> 그 영원한 창조가 우리에게 무슨 소용이 있단 말이냐!
>
> (11598~11599)

하지만 자연은 약한 존재가 아니어서 엄청난 힘으로 인간의 능력을 압도하는 경우가 많다. 따라서 철학, 법학, 의학과 신학 4분과를 수료하여 학식에 있어서는 타의 추종을 불허하는 파우스트도 대우주의 중심을 파악할 수 없게 되자 자신의 무능을 한탄한다. 심지어 파우스트는 자신이 얕본 초지상적인 존재에 압도된 나머지 〈어이쿠! 도저히 참아 내기 어렵구나!〉(485) 하고 좌절하거나 〈아아! 그토록 거대한 모습 앞에서, 나는 마치 난쟁이가 된 듯한 기분이었노라〉(612~613)고 실토하며 자신을 벌레로 하강시키기까지 한다.

> 내가 신들과 대등하지 않은 것이! 이리도 뼈저리게 느껴지다니!
> 쓰레기 더미를 뒤지는 벌레 같은 존재인 것을.
> 쓰레기를 먹고 살다가
> 나그네의 발길에 짓밟혀 버리는 벌레 같은 존재.(652~655)

이렇게 자탄하기도 하지만 원래 포기를 모르는 파우스트는 계속해서 최상의 것을 추구한다. 파우스트가 추구하는 것이 현실적으로 성취 가능하다면, 모든 것이 정체에 빠질 것이고 시간은 아무 것도 창조하지 못하는 무의미한 물리적 흐름을 반복할 것이다. 그렇게 된다면 「천상의 서곡」에서 신이 말한 〈영원히 힘차게 작용하는 생성〉으로서의 창조는 중단되어 파우스트가 메피스토펠레스와 의미 깊게 맺은 내기에서 지는 셈이다. 그런데 파우스트의 행동이 조숙한 권태로 현실에 대한 공포의 징후를 보이기도 한다. 간단히 말하면 현실의 조건과 위험을 받아들여 자연과 비현실을 동경하는 것이다. 따라서 파우스트는 자신의 자유의 근원을 실현시키는데 현실이 두렵다. 아울러 파우스트가 현실적인 성취를 받아들이지 못하고 신적인 인물이 되고자 하는 그의 자유스럽고 창조적인 행동이 일반인에게는 두려움의 대상이 될 수 있다. 이러한 파우스트처럼 괴테의 인물들은 신적인 인물이 되고자 염원하는 경우가 많다. 괴테의 교양 소설 『빌헬름 마이스터의 수업 시대』에서도 인간과 신이 동일시되고 있다. 〈만일 이 세상을 창조한 창조자 스스로가 그의 피조물의 모습으로 변신하여 한동안 이 세상에 살았다고 한다면 피조물은 창조자와 내면적으로 일치되기 때문에 우리들 피조물은 창조자와 같이 완전무결하다. 따라서 인간이란 신과 모순되지 않는다. 혹시 우리가 신과 거리감이 생기거나 불일치가 된다면 이는 우리의 탓이기 때문에, 설령 신과 일치하지 않더라도 악마의 변호사처럼 우리의 본성과 약점을 찾으려 하지 말고 완전함의 희구로 더욱더 신과 닮으려는 소원을 확고하게 하는 것이 우리의 의무이다.〉(HA 7, 404) 이는 자신의 내면에서 신을 추구하여 이러한 신과 같이 조화된 사상을 구축함으로써 보다 아름다운 영혼을 찾으려는 노력이다. 신은 자연의 이성뿐 아니라 감성도 지니고 있기 때문이다. 결국 인간의 내면에 신의 본분이 있다는 것이다.

신의 본질은 창조이다. 이것이 또 신을 닮은 영들의 동경이다. 신과 같이 창조할 수 있고 신적인 창조에 참여할 수 있다는 것, 여기에서 괴테 철학의 으뜸가는 공리가 생겨난다. 지칠 줄 모르고 활동한다는 것이다. 활동하는 자는 따라서 신과의 동질성을 증명하는 것이고 신과 같은 정신적인 본성을 행사하고 개발하는 것이다. 활동을 하지 않는 사람은 미와 같은 보다 나은 본성을 위축시켜 물질로 응결시키는 것이다.[22]

파우스트가 하느님에게 〈종복〉(299)으로 불리는 것은 그가 신에 의해 선택된 인간을 의미한다. 이러한 성서적인 성격의 해석은 파우스트가 인간의 대변자 역할을 하도록 〈선택〉되었다는 것이다. 그러나 파우스트가 자기 위에 군림하는 어떤 존재도 인정하지 않는 철저하게 독립적인 인간임을 고려한다면, 그리고 자신의 의지 외에는 어떤 질서나 계율도 인정하지 않는 자유로운 존재임을 고려한다면 〈선택된 인간〉으로서의 〈종복〉의 의미는 타당성을 상실한다. 다시 말해서 신에 의해 선택된 인간이 아니라 스스로 신이 되고자 하는 파우스트는 기독교 신앙을 파괴하는 셈이다. 기독교의 세계에 머물러 있는 한 그는 주인이 될 수 없고 신의 종복에 불과하다. 파우스트는 자신을 〈종복〉이라 부른 하느님에게 더 이상 예속되려 하지 않고 스스로가 주인이 되려 하는 것이다.

이러한 파우스트처럼 기독교 신앙의 경지를 뛰어넘는 인물들이 역사에선 많다. 서구 사회에서 실제로 기독교적 세계관을 무너뜨린, 당시로선 기인에 해당되는 영웅들이 있었다. 지동설을 설파해 인간이 서 있는 이곳이 우주의 중심이 아님을 일깨워 준 코페르니쿠스와 갈릴레이, 진화론을 통해 인간이 신의 완제품이 아니라 시간의 컨베이어 벨트에 놓인 미완성품임을 폭로한 다윈이 그들

22 Reinhard Buchwald, *Führer durch Goethes Faustdichtung* (Stuttgart: 1983), S. 35.

이다. 지동설이 인류를 우주의 중심에서 추방했다면 진화론은 인류에게서 기독교의 신성(神性)을 앗아 갔다. 프랑스의 철학자 루이 알튀세르는 〈코페르니쿠스 이후 우리는 우주의 중심이 아니었고, 마르크스 이후 우리는 역사의 중심이 아니었다〉고 말했다.

최고의 존재로의 정진(精進)은 신에 속하는 것이지 사람에 속하는 것이 아니다. 그것은 미혹의 숲을 지나 광명의 길을 발견케 한다. 따라서 파우스트와 같은 인간성은 그러한 발전의 법칙을 따라야 한다. 「천상의 서곡」 가운데서 신이 고지한 바를 실현시켜야 하는 것이다. 그런데 무제한을 추구하는 신적인 경지의 파우스트는 근대적 과학에 내재된 파괴의 위험성을 암시하고 있다. 또한 〈다른 하나는 이 티끌 같은 세계에서 과감히 벗어나 숭고한 선인들의 세계〉(1116~1117)인 〈신의 경지〉에 이르려는 파우스트는 또 다른 인간적 본능인 〈방탕한 사랑의 환락〉(1114)에 탐닉해 〈우리 한번 관능에 깊이 취해 불타오르는 열정으로 마음을 달래 보〉(1750~1751)려는 사탄적인 욕구도 가지고 있다. 따라서 괴테는 신이 비인간적인 절대적 권위를 행사할 경우에는 강한 거부감을 드러내며 신에 대항하는 경지로 발전하기도 한다. 1778년 5월 19일 괴테는 슈타인Charlotte von Stein 부인에게 보내는 편지에서 〈나는 신들을 숭배합니다. 그러나 그들이 그들과 같은 형상인 우리 인간들에게 적대하려 든다면 끝없는 증오를 퍼부을 용기도 느껴집니다〉라고 말하기도 했다. 여기에서 언급된 〈신의 형상인 인간〉처럼 인간은 일부 신의 혈통이었다는 사실이 다음과 같은 그리스 신화에서 나타나고 있다.

미의 여신 아프로디테는 안키세스, 아도니스 같은 인간과도 연애한다. 트로이 남자인 안키세스와 관계하여 낳은 영웅 아이네이아스가 트로이 함락 후 로마를 건설하자 아프로디테는 로마인의 어머니로 숭배받기에 이른다. 또 제우스 신은 질투심 많은 부인 헤라 여신의 눈을 속이고 인간 여성들과 결합하여 주신(酒神) 디오니소스를 비롯한 아르카스와 미노스, 아르고스, 페르세우스, 미녀 헬레나, 다르다노스, 헤르쿨레스 등의 아버지가 되었다. 따라서 제우스는 신뿐만 아니라 인간의 아버지(보호자)이며 구세주였다. 이렇게 신과 인간의 동격이라는 내용이 인간을 적대시하는 신에 저항하는 괴테의 시 「프로메테우스」에 나타나 있다.

> 제우스여, 그대의 하늘을
> 구름의 안개로 덮어라!
> 그리고 엉겅퀴를 꺾는
> 어린이와 같이
> 떡갈나무에, 산봉우리에 힘을 발휘해 보아라!
> 하지만 나의 대지만은
> 손끝 하나 안 되니,
> 네 힘을 빌리지 않고 세운
> 내 오두막에,
> 그리고 네가 시샘하고 있는
> 내 아궁이의 불은
> 손대지 말지어다.
>
> 너희들 신들이여, 태양 아래서
> 너희보다 더 불쌍한 자 어디 있으랴!
> 너희들은 기껏해야
> 희생으로 바쳐진 제물이나
> 기도의 한숨으로써
> 위엄을 지탱할 뿐이니,
> 철없는 애들이나 거지 같은 인간이

어리석은 기원을 드리지 않을 때는
너희는 망하게 되리라.

내가 어릴 때,
철부지여서 아무것도 모르던 때,
나의 비탄을
들어줄 귀가 있고,
나처럼 괴로워하는 자를
불쌍히 여길 심정이 있겠지 해서
방황의 눈이 태양을 향했었노라.

거인족의 교만으로부터
나를 구해 준 자 누구였던가?
죽음과 노예 상태로부터
나를 도와준 자 누구였던가?
그 일을 해준 것은
거룩하게 불타는 나의 마음이 아니었더냐?
그런데 젊고 착했던 나는
완전히 속아서 천상에서 잠이나 자고 있는
너희들 신에게 감사한 마음을 작렬시키지 않았던가?

너를 숭배하라고? 어째서?
너는 한 번이라도 번뇌자의
고통을 경감해 준 일이 있는가?
너는 한 번이라도 고뇌자의
눈물을 감해 준 일이 있었느냐?
나를 인간으로 단련시킨 것은

전능의 세월과

영원의 운명으로

그것이 나의 지배자지, 너희들이겠는가?

어린이 같은 싱싱한 꿈의 이상이

열매 맺지 않았다 하여

내가 인생을 증오하고

사막으로 도망칠 거라고

망상이라도 한단 말인가?

나는 여기 앉아서

내 모습의 인간을 만드노라,

나를 닮은 종족으로,

괴로워하고 울고

즐거워하고 기뻐하지만

너 따위를 숭배하지 않는

나와 같은 인간을 창조하리라.

프로메테우스는 군림하는 신에 대한 최초의 대항의 예를 제공
해 주었다. 그 자신이 제1왕국의 후예로 종족과의 싸움에서 신들
편에 섬으로써 제2왕국을 도와 승리를 안겨 주었으나 맹목적인
복종을 요구하는 올림포스 신들에게 등을 돌리고 흙과 물로 인간
을 만들었다. 다른 동물들은 모두 고개를 숙여 땅을 내려다보는 데
반해 프로메테우스는 인간을 두 발로 설 수 있게 만들어 하늘을 바
라볼 수 있게 했다. 따라서 땅을 내려다보는 동물들과 달리 인간만
하늘을 바라보는 모습은 하늘을 지배하는 제우스 신에 대한 도전
으로 볼 수 있다. 이런 배경에서 〈나는 여기 앉아서 (신의 모습에

서 벗어난) 내 모습의 인간을 만드노라〉라며 인간을 창조한 프로
메테우스는 기독교의 창조 신화를 비판하는 질풍노도의 전형적인
인물이다. 이렇게 〈내 모습대로 인간을 만든다〉는 내용은 〈자신이
야말로 신적인 존재〉라는 주장이다. 마찬가지로 『파우스트』에서
도 구름과 뇌우를 지배하고 태양을 가지고 공놀이까지 하려는 신
적인 인간이 묘사되고 있다.

> 내가 창조하기 전에 세상은 존재하지 않았소.
> 내가 해를 바닷속에서 끌어내었고,
> 나와 더불어 달이 이지러지고 차기 시작하였소.
> 환한 대낮이 내가 가는 길을 아름답게 꾸며 주었고,
> 지구가 나를 향해 푸릇푸릇 싹을 피우고 꽃을 피웠소.
> 그 첫날 밤에 내 손짓을 받고
> 모든 별들이 찬란하게 빛났소.(6794~6800)

이렇게 자신이 우주의 창조자인 신이 된 것처럼 말하는 〈학사〉
는 파우스트의 비유이다. 따라서 파우스트는 학사의 발언을 통해
자신이 우주의 창조자인 하느님의 경지에 있다고 착각한다. 이렇
게 자신이 우주의 창조자인 신적인 경지에 오른 것으로 착각할 정
도로 거만해진 인간은 자신들이 신들을 먹여 살린다고까지 생각
하여 괴테의 찬가 「프로메테우스」에서 이를 주장하고 있다.

> 너희들 신들이여, 태양 아래서
> 너희보다 더 불쌍한 자 어디 있으랴!
> 너희들은 기껏해야
> 인간의 희생으로 바쳐진 제물이나
> 기도의 한숨으로써

위엄을 지탱할 뿐이니,

철없는 애들이나 거지 같은 인간이

어리석은 기원을 드리지 않을 때는

너희는 망하게 되리라.

이처럼 어리석게 신에게 기원을 올리는 인간이 신들을 섬겨 먹여 살린다는 내용은 『파우스트』에서 메피스토펠레스에 의해서도 강조되고 있다. 그는 인간은 보잘것없는 음식을 먹으면서도 신들에게는 진수를 바쳐 신들은 광명 속에 호사하게 살면서 자신을 섬기는 인간을 암흑으로 몰아넣어 고통스럽게 살게 했다고 주장한다.

요람에서 무덤까지

이 해묵은 효모를 소화하는 사람은 아무도 없소.

우리의 말을 믿으시오, 전부

오로지 신을 위해 만들어진 것이오!

신은 영원한 광명 속에 머무르며,

우리를 암흑 속으로 몰아내었소.

그리고 당신들에게만 낮과 밤이 존재하오.(1778~1783)

이러한 신을 인간이 지배하는 내용이 『파우스트』 첫 부분에서부터 언급되고 있다. 「무대에서의 서막」에서 〈누가 올림포스를 지키는가? 누가 신들을 화합시키는가? 그것은 바로 시인에게서 드러나는 인간의 힘이오〉(156~157)라는 언급에서 인간이 신을 지배하는 내용이 느껴진다. 여기에 언급된 제신들을 화합하게 하는 시인은 존재하는 모든 것을 타파하는 본능적·격정적인 힘에 압도되어 스스로를 신으로 생각하는 질풍노도 작가이다.

한편 프로메테우스의 신화를 제외하면 그리스 신화에는 인류의 시작에 관한 정설이 없고 인간은 대지에서 자연스레 생겨났다고 옛 그리스인은 생각했다. 이렇게 인류 역시 여러 신과 마찬가지로 모신(母神) 대지에서 태어났으니 신과 인간은 동족이라는 내용이 헤시오도스의 시뿐만 아니라 일부 신화에서도 나타난다. 따라서 자연 자체가 신격화되면 인간의 성격도 신격화가 가능해진다. 이렇게 인간의 본질이 신적인 자연에 바탕을 둔다는 사실에서 〈인간과 자연의 관계는 결국 인간과 신의 관계가 되었다〉.[23]

　이렇게 신은 인간과 동형동성(同形同性)이라는 배경하에 공상적인 신화에서 무한한 창작의 주제가 나올 수 있다. 인간의 희로애락, 인간 사회의 희비극은 그리스 신들의 사회에도 그대로 통해서 그 찬란한 신화는 인간 사회의 온갖 면을 그려 내는 일대 로망이었다. 전쟁터의 갖가지 활극, 방랑과 모험, 괴물의 퇴치 등 모험과 활극이 이러한 주제를 이룬다. 이러한 창작이 섞이지 않고서야 신화가 그렇게 재미날 수 있을까?

　이러한 배경에서 인간이 신적인 존재가 되는 내용에서 니체가 주장한 〈초인Üermensch〉이 연상된다. 〈가난한 사람들아, 너희는 행복하다. 하느님 나라가 너희의 것이다.〉「루가의 복음서」 6장 20절에 나오는 이 말은 「마태오의 복음서」의 산상 수훈[24]과 함께 교리나 율법이라기보다는 시민들이 실천해야 할 구체적 행동 규범을 설파한 것이다. 약한 자, 못 가진 자 등 심적 아픔을 안고 있는 자들이 선한 자로 간주되었기에 강한 자, 가진 자들은 상대적으로 악한 자처럼 생각되었다. 니체는 이런 기독교적 도덕관을 노예 도덕으로 간주했다. 자신의 불행을 현실에서 극복하지 못하고 영

　23　Vgl. Hermann A. Korff, *Geist der Goethezeit*, Teil, I(Leipzig: 1966), S. 105.(이하 *Geist der Goethezeit*로 줄임)
　24　예수가 갈릴리 호숫가의 산 위에서 기독교인으로서의 덕에 관하여 행한 설교 또는 그 내용이 기록된 「마태오의 복음서」 5~6장을 이르는 말.

적 세계에서 위안받으려는 나약한 인간보다 자신의 운명을 개척하는 강한 인간을 고귀한 자로 여겼다. 인간이 의지해야 할 것은 약자로 받아들이고 싶어 하는 노예적 가치관이 아니라, 고통스럽고 허무한 삶이 무한히 반복되더라도 그것을 긍정하고 감당할 수 있는 힘이었다.

이렇게 신이 아닌 인간을 믿은 니체는 이상적인 인간을 〈초인〉이라 부르고 있다. 따라서 니체는 예수 그리스도, 제정 로마의 황제 율리우스 카이사르, 괴테와 나폴레옹 등 몇몇 사람의 역사적인 인물을 훌륭한 인간으로 제시한다. 이들은 그 모습과 행동 영역이 서로 다르지만 모두 종(種)으로서의 인간 수준을 뛰어넘는 소수의 선택된 인물들이었다. 그러나 이들이 모두 그들 나름의 훌륭함을 지니고 있지만, 그들 역시 부분적으로 취약점이 있어서 어느 누구도 미래의 이상적 인간이 되지 못한다고 판단한 니체는 『파우스트』에서 〈그런데 아아! 아무리 애를 써도 가슴에서 만족감이 우러나지 않는구나〉(1210~1211)라고 외치는 파우스트와도 유사하다.

예를 들어 카이사르는 강인한 힘에의 의지와 결단력을 가지고 있으나 예수 그리스도가 갖고 있는 순교자적이며 고결한 영혼이 결여되어 있다. 예수 그리스도는 카이사르와 같은 장군은 아니었으나 순교자적인 고결한 영혼으로 인류의 구제를 꾀하고, 또 그것을 위하여 위선에 차 있는 것으로 판단되는 기성의 종교적 질서에 대항했다. 그러나 그에게는 강인한 힘의 의지와 전사적인 정복 욕구가 결여되어 있었다. 이들 사이의 관계, 즉 힘에 대한 의지와 고결한 영혼의 관계는 장군 나폴레옹과 시인 괴테의 비교에도 해당된다. 이들 위인들을 따로 떼어 놓고 보면 각자의 훌륭한 성격과 능력에도 불구하고 새로운 인간상을 찾아 나선 니체를 부분적으로밖에 만족시킬 수 없었다. 니체가 바란 것은 예수 그리스도의 영혼을 지닌 카이사르이며, 괴테와 나폴레옹을 한 몸에 합친 인물이었다.[25] 『파우스트』에서 메피스토펠레스는 시인을 통해 파우스트를 초인적 인간으로 만들어 주고자 한다.

> **메피스토펠레스**　선생은 뭐든 잘 배우는 것 같으니,
> 　시인을 하나 사귀어서
> 　이런저런 생각을 하게 만드시오.
> 　그리고 사자의 용기,
> 　사슴의 날렵함,
> 　이탈리아 사람의 불같은 기질,
> 　북방의 끈기,
> 　이런 모든 고매한 특성들을
> 　선생의 고상한 머리에 쌓게 하시오.
> 　너그러움과 교활함을 결합시키고,
> 　청춘의 뜨거운 충동으로
> 　계획에 맞추어 사랑하는
> 　비결을 알아내게 하시오.(1788~1800)

토마스 만은 문학 부분에서 괴테의 『파우스트』, 이머만Karl Immermann의 『신화, 메를린Merlin, eine Mythe』 그리고 음악가 바그너Richard Wagner의 「로엔그린」 등이 초인 사상의 전형이라고 했다. 10세기 전반 브라반트의 왕녀 엘자는 남동생 고트프리트를 죽였다는 텔라문트 백작의 무고(誣告)로 재판을 받는다. 그러나 고트프리트는 죽은 것이 아니라 텔라문트 백작 부인의 마법에 걸려 백조가 되어 있었던 것이다. 이 원죄(冤罪)로부터 그녀를 구하기 위해 성배(聖杯)의 기사 로엔그린이 나타나 결투 끝에 텔라문트를

---

25 정동호 편, 『니체 철학의 현대적 조명』(청람, 1984), 245면 이하.

무찌른다. 결백이 드러난 엘자는 로엔그린과 결혼하는데, 로엔그린은 그녀에게 자기 신원에 대해서 절대로 묻지 않을 것을 조건으로 한다. 그러나 결혼식 날 엘자는 백작 부인의 꾐에 빠져 끝내 물어서는 안 되는 질문을 하고 만다. 이때 텔라문트가 심복과 함께 로엔그린을 죽이려고 침입하지만 도리어 로엔그린의 칼에 맞아 쓰러진다. 일이 이렇게 되자 로엔그린은 자신의 신원을 밝힌 뒤 마중 온 백조를 타고 성배가 있는 하늘나라로 돌아가고 엘자는 비통해하며 돌아온 동생의 팔에 안겨 숨을 거둔다.

이러한 「로엔그린」처럼 카우프만Walter Kaufmann도 초인과 같은 비범한 모습의 인간이 이미 기원후 2세기 사모사타의 루키안의 글에 언급되어 있다고 쓰고 있다.[26] 이암블리코스도 피타고라스를 〈신적인 사람〉, 〈신, 데몬, 곧 초인간적인 존재〉라고 불렀던 것으로 전해진다.[27] 이상의 인물들이 니체에게 적잖은 영향을 끼쳤으리라고 짐작하기는 어렵지 않다. 앞에서 토마스 만의 언급처럼 초인의 개념이 괴테의 문학 특히 파우스트의 핵심으로 전개된다. 따라서 20세기 초반의 파우스트적 이데올로기는 초인 개념이 주를 이루는 니체주의와 연결된다. 니체주의의 핵심은 강제된 동력, 초인의 격정 그리고 폭력적인 남성주의와 비도덕주의이다. 코르프 Hermann A. Korff는 초인의 개념에서 괴테의 찬가 「프로메테우스」를 이념사의 측면에서 〈형이상학적인 자유를 얻기 위한 투쟁〉[28]으로 보았다. 따라서 앞의 프로메테우스에 대한 시는 심장의 팽창인 자신의 상승, 즉 진취를 상징하여 이념사적인 면에서 〈형이상학적인 자유를 얻기 위한 (초인적인) 인간의 투쟁〉[29]이 되는데, 이러한 내용이 파우스트에서 자유의 열망으로 표출되고 있다.

26 Walter Kaufmann, *Nietzsche* (Princeton: 1974), S. 307.
27 Frederick Copleston, S. J., *A History of Philosophy*, vol. I(1960), p. 29.
28 *Geist der Goethezeit*, S. 273.
29 같은 곳.

이것이야말로 지혜가 내리는 최후의 결론일세.

날마다 자유와 삶을 쟁취하려고 노력하는 자만이

그것을 누릴 자격이 있네.

어린아이, 젊은이, 늙은이 할 것 없이 이곳에서 위험에 둘러싸여

알찬 삶을 보내리라.

나는 사람들이 그리 모여 사는 것을 보며,

자유로운 땅에서 자유로운 사람들과 더불어 지내고 싶네.

(11574~11580)

신의 위치를 넘보고자 주술에 귀의한 파우스트는 부적을 보고 〈내가 신인가? 눈앞이 밝아 오는구나!〉(439)라고 외칠 정도로 고조된다. 그리고 그 부적을 보고 있노라니 영들과의 교감이 생기고 자유로운 계시의 세계가 열리는 것 같아 그곳으로 뛰어들려고 한다. 이러한 파우스트가 스스로 말한 〈신의 모상으로서〉(614) 신적인 〈초인〉(489)의 경지에 오르기 위해 지령을 불러내자 이에 지령은 파우스트의 의욕의 쇠퇴를 비웃는다.

    내 이리 나타났건만! ── 초인이라는 네가
    어찌 이리 가련하게도 두려움에 떤단 말이냐! 네 영혼의 부름은
        어디 갔느냐?
    세계를 창조하여 품고 다니던 네 가슴,(489~491)

이렇게 파우스트가 영력(靈力)으로 호출하는 지령은 16세기 자연 철학자들에게 통용되던 용어로서, 파라셀수스Theophrastus Paracelsus에 의하면 〈아르케우스 테라이archeus terrae〉라는 이름으로 지상의 생명이 이로 인하여 배출된다 했고, 아울러 불로 지상의 금속을 용해시키는 존재라고 했으며, 17세기 초에 연금술사 발렌

티누스Basillius Valentinus는 이 지령이 식물과 광석에 속세를 일변시키는 힘을 부여하는 존재로서 그 중심부에 〈지구를 움직이는 영 Erdseele〉, 즉 〈아니마 테라이anima terrae〉가 들어 있다고 했다.

신과 관련된 자연은 인간 파우스트에 의해 극복될 수 없다. 이렇게 자연이 극복될 수 없다는 내용이 지령에 의해 암시되어 자의식에 따른 파우스트와 신의 동질성이 불식되는 것이다. 지상의 세계, 즉 모든 생명체의 터전인 〈자연〉과 그 안에서의 〈자연스러운〉 삶을 관장하는 지령의 본령은 끊임없이 지속되는 영원한 삶의 현장이어서 파우스트는 〈넓은 세상을 배회하는 분주한 정령이여, 내 너하고 얼마나 가까운가!〉(510~511)라고 말하듯이 지령에 친밀감을 느껴 그에게로 향한다.

> 대지의 정령이여, 네가 나한테 가깝게 느껴지누나.
> 벌써 힘이 솟아나는 것 같고
> 새 포도주를 마신 듯 온몸이 뜨겁게 달아오르누나.(461~463)

〈나는 생명의 물살과 행위의 폭풍을 타고서, 위아래로 용솟음치고 이리저리 움직이노라! 출생과 무덤, 영원한 바다〉(501~505)라는 지령의 말처럼 자연에서 모든 분열과 갈등은 서로 상반되는 개념과 유기적으로 통일체를 형성하여[30] 상호 모순이 아니라 하나의 통일체로 수용된다는 사실을 파우스트는 지령을 통해 파악한다. 이렇게 이해할 수 없을 뿐 아니라 접근이 불가능했던 지령을 파악하게 된 파우스트는 지령을 호출하고 나서 곧바로 실망하고 만다. 그가 본 것은 생동하는 자연이 아니라 자연의 세계를 기하학적 도형으로 옮겨 놓은 굳어 있고 생명이 없는 부적에 지나지 않기 때문이다. 〈이 얼마나 장관인가! 그러나 아아! 구경거리일 뿐이로

---

30 Karl-Heinz Hucke, *Figuren der Unruhe*(Tübingen: 1992), S. 168 f.

다!〉(454)라는 그의 탄식은 노스트라다무스의 대우주 부적이 〈본질적 실체〉가 아니라 〈오로지 허상〉임을, 〈근원적 상〉이 아니라 〈모상(模像)〉임을 말해 준다.[31] 이 부적은 그가 갈구하던 근원적 진리, 즉 이 세계를 가장 깊숙한 내면에서 총괄하는 것에 대한 그의 의문을 풀어 주지 못했다.

따라서 〈나 신의 모상(模相)〉이나 〈나는 신의 모상으로서〉, 〈내 감히 케루빔보다 우쭐하여〉 등으로 신적인 경지에 올랐다고 자부하던 파우스트에게 지령은 〈네가 아는 정령과는 닮았을지 몰라도 나하고는 아니다!〉(512~513)라고 하여 〈우레 같은 호령 한마디에 정신이 혼비백산〉할 정도로 그에게 큰 충격을 주었다.

나 신의 모상(模相)이 아니던가!
그런데 하물며 너하고도 닮지 않다니!(516~517)

나는 신의 모상으로서
영원한 진실의 거울 가까이에 다가갔다고 생각했고,
천상의 광휘와 밝음을 즐기며
인간의 탈을 벗어던지지 않았던가.
내 감히 케루빔보다 우쭐하여
자유롭게 자연의 혈관을 타고 흐르고,
예감에 넘쳐 창조하면서
신의 삶을 즐기려 하였는데, 이제 그 대가를 어떻게 치르리오!
우레 같은 호령 한마디에 정신이 혼비백산하다니.(614~622)

이러한 절망적인 상황에서 파우스트는 〈내가 신들과 대등하지 않은 것이! 이리도 뼈저리게 느껴지다니! 쓰레기 더미를 뒤지는

---

31 Werner Keller, *Goethes Dramen, Neue Interpretation* (Stuttgart: 1980), S. 257.

벌레 같은 존재인 것을〉(652~653)이라며 자탄하고, 심지어 〈가련한 사탄 주제에 뭘 누리게 해주겠다는 겐가? 드높은 것을 지향하는 인간의 정신을 자네 따위가 어찌 알겠는가?〉(1675~1677)라고 멸시하던 메피스토펠레스에게도 〈내가 잘난 척 으스대었지만, 사실은 자네와 같은 부류에 속한다네〉(1744~1745)라고 서로 동등한 자격임을 실토하기까지 한다.

이처럼 자신의 이상형인 신을 닮고 싶은 마음과 그렇지 못한 현실에 대한 갈등은 인간의 무의식에 깔려 있는 기본 바탕으로 한 치의 양보도 없이 팽팽하게 맞선다. 닮고 싶은 욕망과 그렇지 못한 것에 대한 질시 두 감정은 인류가 목숨을 부지하는 한 영원히 지속될 것이다. 따라서 파우스트는 결국 〈부족해도 참아라! 참아야 한다!〉(1549)는 말을 〈영원한 노래〉(1551)로 만든 지령에 의해 신에서 인간으로 돌아온다. 이렇게 신의 경지에 도전했다가 좌절하거나 심지어는 저주까지 당하는 내용이 문학에서 자주 전개된다.

오비디우스의 『변신』에서 리디아의 여성 아라크네는 아테네 여신에게 자기 직조 기술을 자랑하며 한번 겨뤄 보자고 도전한다. 아라크네가 직조 기술 면에서 올림포스 신들을 비웃자 아테네 여신은 아라크네의 작품을 파괴시켜 버렸다. 이윽고 아라크네가 이러한 불상사에 목을 매어 자살하려 하자 아테네 여신은 동정을 느낀다.

〈목은 매달려 있지만, 생명은 붙어 있어라, 이 죄인아. 그리고 앞으로는 걱정 속에 미래를 보는 벌의 선고가 그대의 세대와 최소한 손자까지 해당되어 그대는 걱정 근심에서 벗어나지 못하고 미래를 주시하게 된다. 그러고 나서 아테네 여신은 걸어가면서 헤카테의 지옥의 약초액을 아라크네에게 뿌리고, 그녀의 몸에 손을 대자마자 머리카락과 코와 귀가 떨어져 나가더니, 머리와 몸통이 작아지고, 옆에는 다리 대신에 가는 손가락이 달려 있었다. 그의 신체는 복부인데 여기에서 아라크네는 실을 빼서 자신의 옛 직조 기술을 수행했다.〉[32]

---

32 Ovidius, *Metamorphosen*(Frankfurt/M.: 1902), S. 137.

4
그리스와 이탈리아의 동경

—

지중해 세계에 거대한 변화가 도래한 것은 알렉산드로스(기원전 356~323년) 시대부터였다. 알렉산드로스 대왕이 세계의 상당 부분을 정복하면서 지중해 세계는 커다란 변모를 겪었다. 지중해 세계는 서방의 그리스와 동방의 페르시아를 양대 축으로 존재했으나 알렉산드로스가 페르시아를 정복함으로써 지중해 세계의 다원적 구조가 무너지고 〈헬레니즘 세계〉라는 일원적 구조가 도래했다. 그렇다면 이 시대를 왜 〈헬레니즘 시대〉라 부르는 것일까. 알렉산드로스는 마케도니아 사람인데 왜 〈마케도니아니즘 시대〉라 하지 않는가. 마케도니아는 그리스에 비하면 변방 국가였다. 이 변방의 국가에서 태어난 알렉산드로스는 그리스를 정복하고도 그리스 문명에 매료되어 스스로를 그리스 문명의 수호자라 여겼다. 〈그리스〉라는 말은 영어식 발음이고 본래는 라틴어 〈그라이키아Graecia〉인데, 이 말을 헬라어(그리스어)로 번역하면 〈헬라스Hellas〉이다. 결국 우리가 그리스라고 부르는 지역은 본래 〈헬라스〉였다.

기원전 2000년경에 헬라스 민족이 도나우강 유역에서 발칸반도에 들어와 정착하여 주변의 오리엔트 제국과 선주민의 문화, 특히 크레타섬을 중심으로 융성하던 미노아 문명의 영향을 받아 독자적으로 발달시킨 문화가 미케네 문화로 기원전 1400~200년 사이에 가장 발달했다. 이러한 헬라스의 사상인 헬레니즘은 이성인 로고스와 신화인 미토스라는 서로 대립적인 사상으로 〈이성으로

획득한 것〉과 〈허구된 것〉으로 구분할 수 있다.[33] 이 양대 정신의
유형이 괴테의 『파우스트』의 사고 구조로 전개되어 이들의 관계
를 고찰해 보고자 한다.

전통 서양 철학은 이성적 판단에서 탄생했다. 라이프니츠, 칸
트의 영향 아래 있던 시대에 이성은 물질적 조건과 제한을 초월해
서 이념과 이상을 형성하는 정신적 능력이었다. 이성적 사유는 감
성적 사유를 초월하려는 의지로 시공간적 제약에서 일어나는 우
연한 차이를 배제하고, 주관적 선입견 때문에 일어나는 특수한 관
점을 넘어 보편적이고 필연적인 진리를 향하는 것을 말한다. 따라
서 차이의 문제가 아니라 인류 전체의 근본적인 일체성이라는 문
제가 핵심이다. 차이들은 다양하지만 그 안에는 인류의 근본적인
일체성이 함축돼 있는 것이다.

이러한 이성과 반대로 신화는 환상화인데, 재조사가 불가능하
여 그것의 진리는 자체 속에 내재되어 있다. 이러한 로고스와 신화
사이에서 그리스의 사고가 전개되었다. 이성이 발달한 민족이 동
시에 모순 가득한 신화나 우화도 생각해 낸 것이다. 이렇게 로고스
와 미토스가 서로 연관되면서 이성과 감성은 밀접한 관계가 되었
다. 두 유형의 관계는 서로 초월하면서도 유동적이고 상호 작용하
여 어느 유기적 생명 현상에서나 문화 현상 속에서도 볼 수 있는
것이다.

따라서 많은 신들을 상상해 내고 그들과 뒤섞여 살았음에도 불
구하고 그리스인은 종교적이라기보다는 현실적이며, 신비적이라
기보다는 자연주의적이다. 모든 자연 현상은 객관적으로 관찰·분
석·설명되고, 세계는 인간의 이성에 비춰 질서 정연하게 설계되
어 프로타고라스의 말대로 〈인간이 모든 것의 척도〉가 되었다. 황

33 Pierre Grimal(Hg.), *Mythen der Völker*: Ausgabe in 3 Bänden, 1. Bd.(Frankfurt/M.:
1967), S. 150.

당무계하지 않고 지극히 인간적인 그리스의 수많은 신들, 잘 설계된 신전이나 궁전들, 자연과 어울리는 건물들의 배치, 균형 잡힌 조각들, 아고라·원형 극장·경기장·신전·궁전 등이 조화를 이룬 아크로폴리스의 설계 그리고 무엇보다도 소크라테스와 같은 철학자들이 이러한 특징을 보여 준다.

무엇보다도 확실한 것은 그리스 정신이 인간의 사고를 점령하고 있다는 사실이다. 자연 과학과 공업 기술은 중세 초기에 뿌리를 내리다가 르네상스 시기에 기울기 시작했다.[34] 그러나 이들이 역사, 철학, 예술과 종교 등 정신 분야에 미친 영향은 매우 막강하여 오늘날까지 〈고전주의〉 등으로 전해 오고 있다. 전성기에는 중앙아시아의 힌두쿠시산맥에서 지중해와 대서양을 가르는 헤르쿨레스의 기둥까지 전 고대적 세계의 국어가 그리스어였다. 『파우스트』에서 이러한 그리스 땅에 처음 발을 내디딘 파우스트는 다음과 같이 언급한다.

여기에서! 기적적으로 여기 그리스에서!
나는 발이 닿은 대지를 즉각 느꼈노라.
잠든 나에게 정령이 힘껏 불붙였을 때,
안타이오스 같은 기분이었노라.
여기에 참으로 기이한 것들이 모여 있으니,
이 불꽃들의 미로를 진지하게 샅샅이 훑어보련다.(7074~7079)

이러한 높은 문명의 그리스가 상대적으로 차가운 북방의 나라에 비교되어 『파우스트』에서 북방의 악마 메피스토펠레스는 그리스를 심하게 부정하고 있다.

34 Ulrich Mann, *Schöpfungsmythen, Vom Ursprung der Welt*, 2. Aufl.(Stuttgart: 1985), S. 136.

그리스 민족은 아무짝에도 쓸모없어!

그런데도 자유로운 감각의 유희로 사람을 현혹시키고,

흥겨운 죄를 짓도록 유혹한다니까.

그러니 사람들이 우리 같은 존재들은 항상 음울하다고 생각할

　수밖에.(6972~6975)

여기에서 청명한 그리스와 상반되는 북방을 옹호하는 악마 메
피스토펠레스의 본질인 죄악은 〈음울한〉(6975) 성격으로 표현되
고 있다. 이렇게 음울한 흐림의 상징으로 〈안개〉를 들 수 있다. 따
라서 『파우스트』에서 북방의 부정적인 느낌을 불러일으키는 예로
안개가 언급되고 있다. 〈독일인은 구름을 사랑하고, 모든 불명료
함, 어슴푸레함, 눅눅함, 침침함도 사랑한다. 불확실하고, 희미하
고, 형성 중에 있는 모든 것을 독일인은 심오하다고 생각한다〉[35]고
말하는 니체처럼 구름 등의 흐린 상징들을 선호하는 인물도 있다.
하지만 괴테는 안개 등 흐린 상황을 혐오하여 찬가 「프로메테우
스」에서는 제우스를 저주하며 〈제우스여, 그대의 하늘을 구름의
안개로 덮어라!〉고 외친다. 괴테가 북구를 〈안개의 세계Nebelwelt〉
라고 말했듯이 북구는 음침한 안개에 연관되어 나타난다. 남국의
청명함과 상반되는 북구의 특징인 안개는 인간과 세계를 차단시키
고, 근심과 걱정, 분별이 없는 혼탁한 상태 등을 야기시키는 것이다.
　안개의 혼탁함은 낮과 밤의 분별을 없애 주고 우울한 기분을
만들며 사물을 삼켜 버리기 때문에 괴테는 안개를 인간과 세계가
차단된 상태, 근심과 걱정, 분별이 없는 혼탁한 상태의 은유로 보
았다. 그래서 그는 『로마의 비가Römische Elegien』 제15장에서 〈남
쪽의 벼룩〉(HA 1, 167)보다 〈슬픈 북쪽의 안개〉(HA 1, 167)를

35 Friedrich W. Nietzsche, *Jenseits von Gut und Böse zur Genealogie der Moral*
(München: 1955), S. 244.

더 싫어한다고 하고(HA 1, 167), 『파우스트』에서도 〈하늘하늘 떠돌던 안개가 걷히더니, 여신이 걸어 나오셨지요!〉(9236~9237)라며 그리스 미녀 헬레나는 (북구의) 안개가 없어지면서 나타나고, 마찬가지로 〈자욱한 안개 가라앉으니, 아름다운 젊은이가 엷은 베일을 가르고 박자에 맞추어 걸어 나오누나〉(6449~6450)라고 그리스 미남 파리스도 안개가 가라앉으면서 나타나듯 그리스의 최고 미남 미녀는 모두 안개가 걷히며 등장하는데 이는 괴테의 이탈리아 여행으로 얻은 남방의 청명한 분위기의 영향인 것이다. 이렇게 괴테는 자신의 문학을 이탈리아 등 여러 나라의 분위기에 연관시켜 파악하여 『서동시집』에 묘사하고 있다.

문학을 이해하려면
그 문학의 나라에 가봐야 하고,
작가를 이해하려면
그 작가의 나라에 가봐야 한다.(HA 2, 126)

따라서 괴테 등 많은 독일 작가들이 남쪽 땅인 그리스나 이탈리아를 동경한다. 괴테는 이탈리아 여행 중인 1788년 1월 19일 슈타인 부인에게 보낸 편지에 〈북쪽에서 나를 괴롭혔던 모든 불편함을 나는 이곳(이탈리아)에서는 전혀 느낄 수 없습니다. 그리고 같은 상황에서 그곳에서는 괴로웠던 것이 이곳에서는 편안하고 즐겁기까지 합니다〉라고 전하고 있다. 이렇게 남방 국가에 상반되는 내용을 기후로 비유하는 등 야만적인 나라와의 비교를 통해 문명국 그리스를 돋보이게 하는 경우가 많다.

기원전 492~479년의 페르시아 제국과의 전쟁에서 그리스는 결코 민주적이지 않았던 아테네의 도시 국가를 아시아인과 비교하면서 전쟁의 승리를 설명했다. 이들이 본 근친상간, 범죄, 인간 제물 등은 모두 야만적이어서 피정복자를 노예로 만드는 합리화에 이용되었다. 정복당한 국민은 정복한 국민들보다 영혼의 능력이 뒤떨어진다고 여긴 것이다. 모든 것에는 양극적인 관계가 존재하기 마련이다. 따라서 미개한 국가의 모습들을 적나라하게 묘사하기 위해 이들 나라에 문명국 그리스가 비교되는 경우가 많다.

기원전 6~5세기의 이오니아에서 시작된 지리학에서 발전한 고대 문화 인류학에서 이오니아 학자들은 인류를 그리스인과 야만인으로 구분하여 북구는 피의 향연 등으로 야만스러운 데 반해 남부 그리스는 문명인으로 묘사했다. 역사학자 헤로도토스도 북쪽의 스키타이인과 남쪽의 이집트인은 극단적인 기후로 인해 외모가 완전히 상이하고, 그 중앙부에 있는 그리스인들은 건강하고 활기 있어 세계를 지배하는 게 당연하다고 했다. 오비디우스의 『변신』에서 메데이아는 〈내 나라는 야만국〉이라면서 〈그리스 젊은이를 구한 영예〉를 내세우며 그리스를 명성 있는 도시로 부각시켜 문화 및 예술이 탁월한 나라로 묘사한다.

에우리피데스의 「메데이아」에서 젊어지는 비결의 약초 지식을 가진 이국 여성 메데이아는 결혼한 지 몇 년 후에 자신을 버리고 다른 여성과 결혼한 남편 이아손에 대한 복수심으로 그들의 두 아들을 죽인다. 이렇게 메데이아가 복수심에서 연적과 아이들을 죽이자 이아손은 〈그리스인이라면 그런 짓을 하지 않았을 것〉이라고 메데이아 비극의 원인을 야만국의 태생으로 돌린다. 결국 이아손은 그리스에서 왔기 때문에 영웅이고, 흑해 너머 캅카스산맥 출신인 메데이아는 야만인이다. 메데이아는 남편 이아손이 자신을 속이고 결혼하여 자신이 이방인이라는 처지를 뼈아프게 느끼게 되는데, 그런 그녀를 향해 이아손은 야만국을 떠나 문명국 그리스에 사는 은총에서 위로를 찾으라고 한다.

이렇게 그리스인들은 자신들 외에는 거의 모두가 야만인들이라 생각할 정도로 강한 선민의식을 가지고 있었다. 따라서 야만인을 의미하는 단어인 〈바바리안barbarian〉은 그리스어 〈바르바로스barbaros〉에서 기원하여 이국인, 비(非)그리스인 또는 다른 언어와 관습을 가진 외국인을 뜻하여 그리스인이 아닌 민족을 야만인으로 치부하고 있다. 따라서 그리스 문화가 확산될 때 그리스인들은 자기들의 문화와 구분된 타 문화를 〈야만〉이라고 불렀다.

이러한 그리스를 괴테는 예술과 문학의 원천으로 찬양하고 동경하여 세계 문학을 진정한 비교 문학적인 입장에서 보려 하지 않았다. 중국, 인도, 이집트의 고대 문화는 희귀성만 있을 뿐 미학이나 도덕에서는 문외한이고, 반면에 지상과 하늘을 인간의 운명과 지혜에 연결시킨 그리스는 고상해서 〈우리가 진정한 전형을 원한다면 고대 그리스로 돌아가야 한다. 그들의 작품 속에는 인류의 아름다움이 표현되어 있고 다른 나라의 것은 모두 역사적인 관점으로만 보아야 한다〉고 괴테는 정의했다.[36] 따라서 하이네가 〈현대에 되살아난 헬레니즘의 화신〉으로 비유할 정도로 괴테는 그리스를 높이 평가하여 『파우스트』에서도 문화 및 예술이 탁월한 나라로 묘사한다.

> 크레타에서 오신 분,
> 그걸 기적이라 부를 건가요?
> 당신은 가르치기 위해 꾸며 낸 말을
> 한 번도 들어 보지 못했나요?
> 이오니아와 헬라스의
> 조상들 전설을
> 아직 들어 보지 못했단 말인가요?
> 그 신적인 영웅들의 풍성한 전설을.(9629~9636)

---

36 버어넌 홀 2세, 『서양 문학 비평사』, 이재호와 이명섭 공역(탐구당, 1972), 150면.

마찬가지로 홈볼트Wilhelm von Humboldt도 『학문적 비판을 위한 영감Jahrbücher für wissenschaftliche Kritik』에서 〈오늘날의 교양은 본질적인 면에서 고대라는 토대, 즉 그리스의 예술과 학문, 로마의 법과 제도에 근거를 두고 있으며 일상적인 삶에서 우리를 에워싸는 많은 사물들이 이 두 가지에 근거를 두고 있다〉[37]고 말했다. 이러한 그리스의 문학은 고대 그리스에서 융성했던 문학의 총칭으로 일반적으로 호메로스의 서사시부터 로마 제정 시대 후기인 5세기 사이에 그리스어로 쓰인 문학으로 서사시, 서정시, 연극, 산문으로 나눌 수 있고, 시대 구분에서는 여러 견해가 있으나 대체로 고전 전기(기원전 8~6세기), 고전기(기원전 5~4세기), 헬레니즘 시대(기원전 3세기~기원후 1세기), 로마 제정 시대(2~5세기)로 나눌 수 있다.

이렇게 영혼이 뒤떨어지는 야만적인 국가에 그리스의 인도주의를 전파하여 정화시키는 내용이 괴테의 희곡 「타우리스의 이피게니에」에서 전개된다. 이 작품에서 이피게니에는 잔인한 살인, 폭행, 근친상간, 자살, 인신 제물 등 끔찍스러운 범죄로 가득한 야만국 타우리스섬에 그리스의 인도주의를 전파한다. 타우리스섬에 들어온 이피게니에는 누구나 디아나 여신에게 제물로 바치는 〈인간 제물〉의 옛 관습을 다시 시행하라는 토아스왕에 맞서 그리스의 인도주의를 전파하여 이 악습을 해결한다.

> 이방인은 누구든지 디아나의 제단에
> 피 흘리며 목숨 바쳐야 하는 끔찍한 관습을
> 몇 년에 걸친 부드러운 설득으로
> 폐지시킨 것은 누구였으며,

37 Johann W. Goethe, *Sämtliche Werke nach Epochen seines Schaffens*, Münchner Ausgabe, Bd. 15, S. 1097.

틀림없이 죽게 될 포로들을 자주

그들의 조국으로 돌려보낸 것은 누구였지요?

피 흐르는 제물이 부족하다고 디아나가

노여워하는 대신 당신의 부드러운 기도에

너그러이 귀를 기울이지 않았습니까?(122~130)

이렇게 야만적인 낡은 관습을 철폐한 이피게니에는 결국 야만
국에 그리스의 휴머니티를 가져다준 것이다. 그녀는 제물을 잡아
바치는 낡은 법칙을 폐지시켰으며, 더 이상 독재의 성격을 띠지 않
는 왕과 백성의 관계를 가능케 했다. 따라서 이피게니에의 고향 그
리스로의 귀향은 이방의 속박 상태를 벗어나 자유인이 되는 것을
의미한다. 『파우스트』에서 〈누구나 두고 떠나온 것을 그리워하고,
정든 곳은 항상 낙원처럼 여겨지기 마련이지〉(7963~7964)라는
말처럼 자신의 조국 그리스로의 귀환을 열망하는 이피게니에의
울부짖는 목소리는 너무도 생생하다.

그렇게 여러 해 동안 숭고한 뜻이 나를 이곳에 숨겨 지켜 준다.

그 뜻에 나는 복종한다.

하지만 나는 첫해와 마찬가지로 늘 낯설기만 하구나.

저 바다가 사랑하는 사람들에게서 나를 떼어 놓기 때문이지.

그래서 온종일 나는 바닷가를 서성인다.

그리스 땅을 영혼으로 찾으며,

내 탄식 소리를 향해서 파도는

쏴쏴 소리 내며 둔탁한 음향만을 내게 전해 주는구나.

부모형제와 떨어져 먼 곳에서

외로운 생활을 하는 사람은 슬플 뿐이다!(7~16)

이피게니에처럼 야만적인 국가에 청명한 그리스를 전파하는 인물로『파우스트』의 헬레나를 들 수 있다. 헬레나와 파우스트의 결합은 게르만과 그리스의 결혼, 고대와 중세의 포옹으로 상징적으로 표현되고 있다. 이는 고대와 중세의 사랑으로 북방의 낭만적인 이상과 그리스의 이상의 결합을 암시하는 것이다. 이러한 그리스는 문학의 원천으로 여겨지기도 하는데, 이의 배경으로 그리스 신화를 들 수 있다.

　　그리스의 신 중에서 기억의 여신 므네모시네Mnemosyne는 시신(詩神)이었다. 제우스 신이 자신의 고모뻘 되는 므네모시네와 동침의 필요를 느낀 것은 거인들과의 전쟁에서 승리한 직후이다. 승리의 축가를 지어야 하는데 전쟁의 양상을 소상하게 기억하고 있는 이는 기억의 여신 므네모시네뿐이었다. 제우스가 9일 동안 연이어 이 여신과 동침하여 태어난 아홉 자매가 바로 예술의 여신인 뮤즈Muse이다. 맏이 클레이오Kleio는 영웅시와 서사시를 담당하여 늘 나팔과 물시계를 들고 다닌다. 둘째 우라니아Urania(하늘의 여신)는 하늘에 대한 찬가를 맡아서 늘 지구의(地球儀)나 나침반을 든 모습으로 선보인다. 셋째 멜포메네Melpomene는 연극 중에서 비극을 담당하여 슬픈 가면과 운명의 몽둥이를 들고 있는 모습으로 묘사된다. 넷째 탈레이아Thaleia는 연극 중에서 희극을 맡아서 웃는 가면과 목동의 지팡이를 든 모습으로 그려진다. 다섯째 테릅시코레Therpsichore는 합창을 담당하여 현악기의 일종인 키타라를 든 모습으로 묘사된다. 여섯째 폴림니아Polymnia는 무용과 팬터마임(무언극)을 담당하여 늘 입술 앞에 손가락을 하나 세우고 명상하는 모습으로 묘사된다. 일곱째 에라토Erato는 서정시, 여덟째 에우테르페Euterpe는 유행가, 막내 칼리오페Kalliope는 서사시와 현악을 맡고 있다. 고대 희극 작가인 아리스토파네스는「리시스트라테Lysistrate」에서 므네모시네를 비롯한 뮤즈 여신들을 숭배하고 있다.

> 오오, 므네모시네 여신이여,
> 이 젊은이를 위해
> 그대의 뮤즈 여신들을 깨우소서.
> 뮤즈 여신들은 우리와 아테네인들이 어땠는지
> 알고 있나이다.

실러도 「발렌슈타인Wallenstein」에서 뮤즈 여신들을 그리스의 청명한 정서를 전달한 여신들로 찬양하고 있다.

> 그대들, 뮤즈에게 감사드리시오.
> 이 시의 여신이 진실의
> 음울한 모습을 밝고 경쾌한 예술의 나라로
> 유희하듯 옮겨 주었음을,
> (……)
> 삶은 어둡고 진지하나 예술은 밝고 경쾌합니다.[38]

이러한 뮤즈 여신들의 시(詩)에 대한 알레고리로 『파우스트』에서 〈소년 마부〉를 들 수 있다. 그는 때와 장소나 특정한 인물에 구애받지 않는 시정신의 구현으로 〈그대 자신은 누구이고 어떤 사람인지 말해 보시오!〉(5572)라는 의전관의 질문에 다음과 같이 대답한다.

나는 낭비이고 시학이오.

---

38 Friedrich Schiller, Wallenstein, Ein dramatisches Gedicht, in: *Schillers Sämtliche Werke* in 5 Bdn, Bd. 2, hg. von G. Fricke u. H. G. Göpfert, 4. Aufl. (München: 1965), V. 153~158.

스스로의 자산을 낭비하면서

완성되는 시인이라오.

나 또한 엄청난 재물을 가지고 있어서,

플루토스에 뒤지지 않는다고 자부하지요.

그분의 춤과 향연을 멋지게 꾸미고 흥을 돋우며,

그분에게 부족한 것을 나누어 주지요.(5573~5579)

그런데 앞의 뮤즈들 중 막내인 칼리오페는 뒷날 칠현금의 명수
이며 인류 최고의 명가수로 여겨지는 오르페우스의 어머니가 된
다. 오르페우스의 노래와 칠현금 솜씨에 매료되어 짐승들까지 모
여들었다고 전해지는데 이 내용이 『파우스트』에도 언급되고 있다.

저 건달들이 서로 못 잡아먹어 안달하고

최후의 일격을 가하려고 기회만을 노리면서도,

여기서는 풍적(風笛) 소리에 하나가 되는구나.

오르페우스의 칠현금 소리에 짐승들이 하나 되듯.(4339~4342)

이 뮤즈 여신들이 사는 곳은 〈무사이온musaion〉으로 오늘날 영
어로 〈뮤지엄museum〉 즉 박물관을 의미하는데, 이는 인류가 남긴
기억의 산물이 고스란히 간직되는 곳이란 뜻이다. 결국 『파우스
트』에서 〈시인들은 시간에 구애받지 않으니까〉(7433)라는 말처
럼 시는 시간을 초월해 영원히 존재함으로써 〈인생은 짧고 예술은
길다〉라는 고대 그리스 히포크라테스의 말이 설득력을 얻는다. 하
지만 〈선생님(파우스트)하고 이렇게 학문적인 대화를 나눌 수만
있다면, 저는 언제까지라도 깨어 있고 싶〉(596~597)을 정도로 학
문의 매력에 이끌려 일생을 학문에 매진하려는 파우스트의 제자
바그너에게 〈인생은 짧고 예술은 길다〉는 내용은 너무 과다하여

부정적으로 느껴진다.

> 이런! 예술은 길고
> 우리의 인생은 짧습니다.
> 원전 비평을 하다 보면,
> 머리와 가슴이 답답해질 때가 많답니다.
> 원전에 이를 수 있는
> 수단을 확보하기가 이리도 어렵다니!
> 절반도 해내기 전에,
> 가련한 사탄 하나가 죽어 나자빠질 지경입니다.(558~565)

마찬가지로 유한의 시간이 지난 뒤에야 파우스트의 영혼을 가져가려는 메피스토펠레스에겐 〈인생은 짧고 예술은 길다〉는 말이 마음에 들지 않아 파우스트에게 이를 토로한다.

> 그런데 걱정스러운 일이 하나 있소.
> 인생은 짧고, 예술은 길단 말이오.
> 선생은 뭐든 잘 배우는 것 같으니,
> 시인을 하나 사귀어서
> 이런저런 생각을 하게 만드시오.
> 그리고 사자의 용기,
> 사슴의 날렵함,
> 이탈리아 사람의 불같은 기질,
> 북방의 끈기,
> 이런 모든 고매한 특성들을
> 선생의 고상한 머리에 쌓게 하시오.
> 너그러움과 교활함을 결합시키고,

청춘의 뜨거운 충동으로

계획에 맞추어 사랑하는

비결을 알아내게 하시오.(1786~1800)

이렇게 예술이 악마 메피스토펠레스의 입장에서 부정되는 배경에서 정치는 싸움이고 예술은 평화가 된다고 볼 수 있다. 따라서 우리 모두가 예술을 숭배하여 이에 관련된 뮤즈 여신들의 정령을 이어받아 시인이 되고 음악가가 되면 인류의 평화가 이루어질지도 모른다.

괴테를 비롯하여 현대 작가에 이르기까지 거의 예외 없이 그리스의 문학을 동경하는데, 지멜Georg Simmel의 견해에 따르면 그 토지의 아름다움과 그것이 제공하는 풍물에 대한 동경뿐만 아니라, 북방의 생활과 극단적으로 상이한 남방 생활에 대한 동경이다. 대립을 통하여 미지의 것을 구축하고 갈구하는 진정한 동경인 것이다. 이러한 남방 문학의 또 다른 국가인 이탈리아도 괴테의 마음을 끌어 『빌헬름 마이스터의 수업 시대』에서는 「미뇽의 노래」가 탄생한다.

그대는 아는가, 레몬 꽃 피는 나라,

그늘진 잎 사이에 황금빛 오렌지 빛나고,

푸른 하늘에선 산들바람 불어오고,

미르테 고요히, 월계수 높이 솟은,

그대여 그곳을 아는가?

　　　　그리로, 그리로!

오, 내 사랑. 같이 가고파라!

그대는 아는가, 둥근 기둥이 지붕 받치고,

홀은 화려하고 방 안은 나지막이 빛나고,

가엾은 아이여, 무슨 일을 당하였느뇨? 라고

대리석 조상이 나를 보며 묻는,

그대여 그곳을 아는가?

　　　　그리로, 그리로!

아, 나의 보호자. 같이 가고파라!

그대는 아는가, 그 산, 그 구름 길을?

노새는 안개 속에 길을 찾아 헤매고,

동굴에는 용들이 살고 있는,

바위는 떨어지고 그 위에 폭포 흐르는,

그대여 그곳을 아는가?

　　　　그리로, 그리로!

오, 아버지. 같이 가세요!(HA 7, 145)

　이 작품이 만들어진 시기는 괴테가 이탈리아 여행에서 돌아온 이후로 자연이 대상이 되는 괴테의 문학관 초기에 해당된다. 괴테는 교양 소설 『빌헬름 마이스터의 수업 시대』에 나오는 시들을 모아서 1815년에 처음으로 『빌헬름 마이스터에서 Aus Wilhelm Meister』라는 시 항목에 수록했다. 〈그대는 아는가?〉로 시작되어 『빌헬름 마이스터의 수업 시대』 제3권 제1장 첫머리에 나오는 이 노래는 그 이전에 이미 『빌헬름 마이스터의 연극적 사명 Wilhelm Meisters theatralische Sendung』 제4권에 들어 있었다. 이 부분이 생겨난 것이 1782년 11월에서 이듬해 11월 사이이니까 이 노래 역시 그때 만들어진 것으로 추정된다. 괴테는 이 시를 1815년의 작품집에서 〈담시〉 항목에 수록하여 1815년에 새로 만든 『빌헬름 마이스터에서』 항목과 분리했다. 이 작품을 분석해 보면 격정의 괴테가 철학적 명상을 얻는 과정에서 〈자연〉이 시적으로 작용하고 있다.

시 1연에서는 남쪽 나라 고향의 자연이, 2연에서는 남쪽 나라 고향의 예술이, 3연에서는 알프스를 넘어 이탈리아로 가는 길이 묘사되는데, 결국 남쪽 나라 고향을 동경하고 있다. 이 시의 첫인상은 청명한 하늘의 따뜻한 남국 이탈리아를 연상시키는 식물들의 모습이다. 이 시는 낭만적이고 환상적인 분위기로 한 번만 읽어도 산뜻하고 아름답게 느껴진다. 미지의 세계를 향한 동경이 가득 담긴 이 시는 괴테가 터득한 시작(詩作)의 전면적인 활용이라는 점에서 매우 성공적인 효과를 보여 준다. 우선 시의 첫 행을 읽어 보면 사실적 묘사가 눈에 들어온다. 레몬 꽃이 피고 오렌지가 나무에 달려 있는 장면은 이탈리아 봄의 전형적인 표상이다. 하지만 여기서는 어떤 특정 계절과 관계가 있다기보다 오히려 시간을 초월한 인상이 강하다. 마치 낙원에서 파우스트와 헬레나가 어울리는 전원적인 동굴에서처럼 꽃과 열매들이 서로 얽혀 있다. 어떤 과거도, 어떤 미래도 존재하지 않고, 완전한 순간으로 영원히 투명하게 비치고 있다.[39]

『파우스트』에도 이러한 식물의 천국적인 분위기를 보여 주는 장면이 있다. 황제의 궁정에서 벌어지는 가장행렬에 참가하면서 여자 원예사들이 〈우리 손으로 화려하게 만든 꽃은 사시사철 피거든요〉(5098~5099)라고 꽃들의 아름다움을 읊는 장면이 「미뇽의 노래」와 같은 분위기로 묘사되고 있다. 「미뇽의 노래」에서 시적 영감과 영원한 젊음의 상징이자 아폴론의 나무인 미르테와 월계수는 남녀의 온화한 감정을 나타내는 낭만적 성격으로 고대의 화해를 보여 주는 지혜를 상징한다.[40] 괴테는 실제로 사랑의 상징으로 연인들에게 미르테와 월계수를 자주 보낸 적이 있다. 프랑크푸

---

39 김주연, 『괴테 연구』, 한국괴테협회 편(문학과지성사, 1985), 301면.
40 Marcel Reich-Ranicki, *Frankfurter Anthologie*, 11. Bd., Frankfurt/M. 1976, S. 51.

르트에 있는 그의 연인 마리아네에게 편지와 선물이 오갈 무렵 미르테와 월계수 잎을 보낸 배경에서 미르테와 월계수는 행복한 시절의 추억과 사랑을 상징하고 있다.[41]

괴테는 1786년 10월 16일 이탈리아 여행 중 포강의 배 위에서 이탈리아의 온화한 기후를 부러워하는 마음을 다음과 같이 표현했다. 〈내가 디도[42]처럼 이곳 기후를 우리 집을 둘러쌀 만큼 가죽끈으로 싸갈 수 있으면 이 지방 사람들이 해달라는 대로 해줄 텐데. 어쨌든 여기 기후는 다르다.〉독일로 돌아온 괴테는 1788년 9월 4일 헤르더에게 보낸 편지에 〈날씨는 언제나 대단히 흐리고 나의 정신을 짓누르고 있습니다〉라고, 그리고 『로마의 비가』에서도 〈북쪽, 뒤편에서 나를 에워싸던 잿빛 나날들을 생각하면 오, 로마에서 나는 얼마나 즐거운가〉(HA 1, 162)라고 독일의 날씨를 평하고 있다. 이렇게 괴테가 여러 번에 걸친 이탈리아 여행을 통해 독일의 날씨에 대립되는 남국의 〈청명한 눈〉을 갖게 되는 내용이 『파우스트』에서 자주 언급되고 있다.

오늘 저녁 우리는 그대들에게
박수갈채를 받으려고 예쁘게 몸단장했어요.
젊은 피렌체 아가씨들이
화려한 독일 궁중을 찾아왔어요.(5088~5091)

괴테는 북구의 신화와 자연을 즐겨 사용했던 클롭슈토크의 영향에서 벗어나 안개 속에 가려진 북쪽의 희미한 상징과 이념의 세계보다 이탈리아나 그리스의 청명하고 조화 있는 미학 세계를 원

---

41 Richard Friedenthal, 같은 책, S. 683.
42 디도Dido는 고대 로마의 최고 시인 베르길리우스의 「아이네이스Aeneis」에 나오는 카르타고의 여왕.

한 것이다.[43]

또한 이탈리아 여행을 통해 마음이 넓어지는 것은 물론 인내하고 이해하는 수용력이 강화되어 『파우스트』에서 〈여기저기 여행다니다 보면, 싫어도 좋은 척하는 데 익숙해 있을 거예요〉(3075~3076)라고 그레트헨이 언급하고 있다. 이렇게 동경의 나라 이탈리아에서 남국의 분위기와 고대 미술품의 감상으로 괴테는 청년기의 감정적 인간에서 시각적 인간으로 변한다. 남방적 미의 조화와 균형과 절도의 정신이 태동된 것이다. 또한 오시안Ossian이나 셰익스피어 대신 호메로스나 소크라테스가 모범이 되고 빙켈만과 레싱이 그의 주된 관심을 끌었다. 황량한 공상이 지배하는 분위기가 오시안의 문학이라면, 청명한 태양과 광휘에 찬 이탈리아나 그리스의 분위기를 담은 것이 호메로스 문학이다. 호메로스의 생애에 관해서는 거의 알려지지 않고 전기가 몇 편 전해지나 모두 민화풍(民話風) 이야기여서 호메로스는 역사적으로 파악될 수 없다. 그의 출생지로 예로부터 몇 군데 지명이 언급되지만 키오스섬 또는 스미르나(현재의 이즈미르)가 가장 유력하다.

이러한 호메로스가 괴테의 마음을 끌어 1787년 5월 17일 헤르더에게 보낸 편지에 괴테는 다음과 같이 언급하고 있다. 〈호메로스로 말할 것 같으면 이제 눈가리개를 떼어 낸 기분이 듭니다. 묘사나 비유 등은 시적으로 느껴지면서도 말할 수 없이 자연스럽습니다. 순수성이나 내면성에서 정말로 탁월합니다. 기묘하게 꾸며 낸 사건에도 묘사된 대상을 가까이서 접해야만 느낄 수 있는 자연스러운 면이 있습니다. (……) 호메로스가 존재를 서술했다면 우리는 보통 그 효과를 서술합니다. 호메로스가 끔찍한 것을 묘사했다면 우리는 보통 그 효과를 서술합니다. 호메로스가 즐거운 것을 묘사했다면 우리는 즐겁게 묘사합니다. 이 때문에 모든 것이 과장

43 이창복, 『괴테 연구』, 한국괴테학회 편(문학과지성사, 1985), 160면 이하.

되고 부자연스러우며 그릇되게 우아하고 지나치게 장식적으로 되는 것입니다.〉(HA 11, 323)

이러한 호메로스가 『젊은 베르테르의 슬픔』에서 베르테르, 로테, 알베르트에게 중요한 역할을 하고 있다. 베르테르의 네 번째 편지인 5월 13일 자 편지에 호메로스가 처음으로 나타난다. 절망에 처한 베르테르에게 이 절망을 완화해 줄 수 있는 〈자장가〉가 필요한데 호메로스가 이러한 자장가 역할을 해주는 것이다. 〈나는 자장가를 더 필요로 하고 있으며, 그 자장가를 나는 호메로스에서 충분히 발견했어.〉

이러한 호메로스와 상반되는 오시안이라는 이름은 『젊은 베르테르의 슬픔』에서 7월 10일 자 편지에 처음으로 등장한다. 〈사람들이 모인 데서 그녀(로테)에 관한 이야기가 나올 때, 내(베르테르)가 얼마나 바보스러운 모습을 하는지 자네가 보았더라면 좋았을 텐데! 심지어 누군가가 내게 그녀가 마음에 드냐고 물어보기라도 할 때는? ─ 마음에 든다니! 나는 이 말을 죽을 지경으로 싫어한다네. 로테를 마음에 두고 있는 사람으로서 그녀로 인해 모든 감각과 감성의 충만을 느끼지 않는다면 그는 대체 어떤 종류의 인간일까! 마음에 들어 한다니! 얼마 전에 오시안이 어느 정도 내 마음에 드느냐고 묻는 작자가 있었다네!〉

이렇게 괴테는 문학까지도 북구와 남방으로 구분하여 「헤르만과 도로테아Hermann und Dorothea」는 라틴어 번역 쪽을 선호했고, 『파우스트』 제1부는 프랑스어 쪽을 더 좋아했으며 남방 문학의 대표작으로 희곡 「타우리스의 이피게니에」를 들 수 있다. 괴테는 이탈리아의 로마에 체류할 당시 이 작품을 완성했다.

결국 북방의 낭만적인 예술이 그 양식인 고딕 정신을 행하기 위해 남방적인 자연과 사상과 융합되는 것이다. 이렇게 북구 독일의 고딕 양식에서 이탈리아의 남방 건축 양식을 동경하는 괴테의 심리가 『이탈리아 기행』 1786년 10월 8일의 기록에 나타나 있다. 〈이 훌륭한 건축물의 두드러진 현상의 모습이 나로 하여금 만하임에 있는 판테온 신전 기둥의 머리가 생각나게 했다. 돌 선반 위에 고딕식 양식으로 장식된 겹겹이 쌓여 있는 우리 독일의 성자들과는 물론 다르다. 또한 담배 파이프처럼 생긴 우리의 기둥이나 뾰족한 작은 탑과 톱니 모양의 꽃들과 정말로 다르다. 나는 이제 다행스럽게 이런 것들로부터 영원히 벗어났다.〉

이러한 견지에서 남방의 인물로 헬레나가 작용한다. 우울하고 어두운 북녘의 나라와 밝은 그리스의 인물인 파우스트와 헬레나의 결합에 대해 비제Benno von Wiese는 세 가지를 제시한다.

첫째, 헬레나와 파우스트의 결합을 육체와 정신을 분리해서 보는 전통적 기독교 교리에 반하여 아름다운 육체를 진정한 아름다움으로 여기는 괴테의 이교도적인 표현으로 보는데, 그것은 바로 인간이 갖는 내면적 요소와 외면적 요소, 즉 정신과 육체가 조화와 균형을 추구하고 유지하는 모든 힘에 대한 괴테의 존경심의 표현이다.

둘째, 파우스트와 헬레나의 만남이 고전의 독일화, 즉 북구인을 통한 그리스 정신의 재생으로서, 그와 함께 이피게니에로 시작하여 헬레나로 계승되는 괴테 시대 인문주의의 문학적 비유, 즉 아름답고 완전하며 자기 자신 속에서 안정을 취하는 인간의 고전적 원형을 통한 유럽 분열의 치유를 보는 것이다.

세 번째는 실러와 협력 시기에 있었던 헬레나 극의 생성의 사연을 암시하는 것으로, 그 극은 예술이 자연의 완성이지만 자연은 그의 깊은 본질에서 예술을 통해 나타난다는 실러와 괴테의 공통된 미적 감정의 표현으로 보는 것이다.[44] 이를 요약하면 첫째는 육

44 Benno von Wiese, *Die Helena-Tragödien in Goethes Faust*, 3. Heft der Schriften der Ortsvereinigung Essen der Goethe-Gesellschaft zu Weimar(Essen: 1947), S. 6 f.

체와 정신이 결합되어 생동하는 아름다움에 대한 괴테의 표현이고, 둘째는 헬레나가 바로 소멸된 고대 그리스 정신의 부활을 의미하며, 셋째는 헬레나와 파우스트의 결합이 괴테가 실러와 교유할 당시 공통으로 향유했던 미적 감정의 표현이라는 것이다.[45]

이러한 독일적인 것과 그리스적인 것의 조화가 만년의 괴테가 보여 준 신념이어서 『파우스트』에서 헬레나로 대표되는 남방의 미가 북방의 정신에 도입되어 그리스와 게르만, 고전적인 것과 낭만적인 것 등의 조화가 이뤄진다. 따라서 『파우스트』에서 북방의 예술가는 남구의 예술을 배워야만 진정한 예술가가 될 수 있으므로 그리스 여행을 다짐한다.

북방의 예술가   내 손에 쥐고 있는 것이, 오늘은
정녕코 습작에 지나지 않는구나.
그러나 시간이 나면,
이탈리아 여행을 준비하리라. (4275~4278)

이는 헬레나로 시작해서 이피게니에로 계승되는 인문주의, 즉 아름답고 완전한 고전적 원형으로 유럽의 분열을 치유하는 것이다. 이렇게까지 헬레니즘에 대한 집념에 사로잡혀 있던 괴테는 〈만일 우리가 정말 모형(模型)을 원한다면, 우리는 언제나 고대 그리스인에게로 돌아가야 한다. 그들의 작품 속에는 인류의 아름다움이 변함없이 표현되어 있다. 그 이외의 것은 모두 역사적인 관점으로서만 보아야 할 것이다〉[46]고 말할 정도로 모든 미는 헬레니즘에서 오며, 문학도 마찬가지라고 생각했다.

이렇게 그리스에 대한 집념에 싸인 괴테처럼 그리스는 타국의

---

45 구정철, 『인문논총』 2 (서울여자대학교 인문과학연구소), 80면 이하.
46 버어넌 홀 2세, 『서양 문학 비평사』, 이재호와 이명섭 공역 (탐구당, 1972), 150면.

사람들에 의해서도 찬양되었다. 호메로스의 서사시 「일리아스」에서 포세이돈 신은 트로이 전쟁에서 고난에 처할 때마다 바람처럼 나타나 그리스군의 사기를 고취시켜 승리로 이끌었다. 그러므로 당시 발칸반도를 지배하던 강국 오스만 튀르크와 힘겹게 싸워 독립을 쟁취하려 했던 그리스인들의 고난은 포세이돈의 도움을 필요로 했을 것이다. 이러한 그리스인들에게 바다 건너 멀리에서 포세이돈처럼 달려온 인물이 있으니 19세기 영국의 낭만파 시인 바이런George G. Byron(788~1824)이다. 따라서 〈바이런〉의 이름이 포세이돈 신전의 기둥에 새겨진 것은 결코 우연이 아니다.

그리스를 뜨겁게 사랑한 나머지 터키의 압박에 맞선 그리스의 독립 전쟁에 참가했던 요절 시인 바이런이야말로 그리스 신화와 문학의 수호신으로 볼 수 있다. 그러나 그 무엇보다도 바이런이 그리스를 울린 것은 시와 행동으로 보여 준 그의 그리스인에 대한 사랑과 헌신이었다. 그는 오스만 튀르크의 압제하에 있던 그리스인에게 애국심을 고취하는 시들(연작시 「돈 후안Don Juan」 제3부의 「그리스의 섬들The Isles of Greece」)을 많이 썼다. 이러한 배경 때문인지 『파우스트』에서도 터키가 전쟁이나 일삼는 야만적인 국가로 멸시되고 있다.

> 일요일과 공휴일이면, 전쟁이나 전쟁의 함성에 대한 이야기만큼
> 즐거운 일은 없어.
> 저 멀리 어딘가 터키에서는
> 사람들이 죽자고 맞붙어 싸우는데,
> 나는 창가에 서서 술잔을 들이켜며
> 형형색색의 배들이 강물을 따라 미끄러지는 것을 보지.
> 그러다 저녁이면 흥겹게 집에 돌아가
> 태평성대를 주신 분께 감사드리네.(860~867)

그러나 문학에서 그리스 사랑만으로 만족하지 않았던 바이런은 마침내 행동으로 옮겼다. 그리하여 그 당시 살고 있던 이탈리아의 제노바 항을 출발하여 그리스의 메솔롱기온Mesolongion에 도착한 것이 1823년, 그는 곧바로 터키에 항전하는 대열에 서지만 불행히도 1년이 채 못 되어 병사하고 만다. 그가 임종하면서 남긴 마지막 말은 〈전진! 전진! 나를 따르라. 겁내지 말라!〉였다. 바이런은 유언처럼 그리스인의 애국심을 고취한 시「그리스의 섬들」에서 그리스에 대한 사랑을 읊고 있다.

　　　수오니온의 대리석(포세이돈 신전) 절벽 위로 나를 데려가 다오.
　　　거기서는 파도와 나뿐
　　　어느 누구도 우리 서로 속삭이는 소리를 듣지 못한다.
　　　거기서 백조처럼 노래 부르고 죽게 해다오.
　　　노예들의 나라는 결코 내 나라가 될 수 없으리니.[47]

　　당시 그리스 민중의 바이런에 대한 존경심은 후에 독립될 그리스의 왕위를 거론할 정도였다. 따라서『파우스트』에서 파우스트와 헬레나 사이에 태어나 전쟁을 외치다 파멸한 오이포리온은 〈근심도 고난도 함께 나누〉(9894)고자 터키로부터 압박받는 그리스의 독립 전쟁에 뛰어든 바이런의 화신이다.

　오이포리온　성채도 성벽도 필요 없으니,
　　　각자 오로지 자신의 힘만을 믿어라.
　　　강철 같은 사나이 가슴이
　　　끝까지 버틸 수 있는 굳건한 요새이어라.
　　　정복되지 않으려면,

47 같은 책, 172면.

날래게 무장하고 싸움터로 향하라. (9855~9860)

1823년 그리스 독립 전쟁에 참여해 그리스군에 사기를 북돋아 준 바이런의 비유로 오이포리온 역시 그리스에 대한 뜨거운 사랑을 보여 주는 것이다. 이러한 오이포리온에 대해 괴테는 1829년 12월 20일 제자 에커만에게 〈오이포리온은 인간이 아니고 알레고리적 존재이며 그의 내면에는 인간이 의인화되어 있네. 그는 어떤 시간, 장소, 인간에 얽매이지 않아. (……) 도처에 존재하고 매 순간 나타날 수 있는 유령과 같다〉고 말하고 있다.

5
성의 교체

—

인간 육체의 아름다움을 묘사할 때 예술적 천재들은 이미지를 신적으로 유지하려 했다. 신비스러운 미소, 크게 열린 눈, 얼굴 하나에 여러 개의 눈, 몸 하나에 여러 개의 얼굴 등은 인간의 존재 양식을 넘어 신적 이미지로 완성시킨다. 따라서 몸 하나에 머리가 둘 이상이거나 기본 신체 이상의 몸을 지닌 모습이 신화에서 자주 나타난다. 이러한 신화적인 존재는 남다른 지혜와 재능을 가진 존재로 여겨진다. 그리스 신화에서 머리가 셋인 케르베로스는 지옥문을 지키는 개로 한쪽이 잠들어도 나머지 둘은 눈을 부릅뜨고 명부(冥府) 입구를 지키면서 허욕에 찬 인간들이 삶과 죽음의 경계를 함부로 넘나들며 혼란을 일으키지 못하게 하고 있다. 이러한 다두신의 형상은 신이 동시에 다른 방향에서 볼 수 있음을, 즉 모든 것을 볼 수 있는 전지성을 의미한다. 모헨조다로에서 출토된 문장(紋章)이나 트라키아와 켈트족 유적에선 삼두신(三頭神)의 형상이 발견되고, 메소포타미아와 그리스 예술에는 아르고스(그리스 신화에 나오는 세 눈 또는 앞뒤 두 개씩 네 눈을 가진 힘센 괴물) 같은 쌍두신이 나타난다. 그 밖에 슬라브족의 조상(彫像)에서도 다두신이 묘사되어 있다.

이와 관련되어 그리스 신화의 야누스Janus가 연상된다. 야누스는 서로 반대편을 보고 있는 두 얼굴의 모습으로 묘사된다. 머리가 앞뒤에 있는 신으로, 서로 반대되는 사고와 행동을 보여 주는 신

야누스는 인간의 이중성을 나타내는 데 자주 이용된다. 인간은 선과 악, 미와 추, 기쁨과 슬픔, 사랑과 증오 등 서로 상반되는 요소를 모두 갖춘 존재로 야누스의 성격을 지니고 있는 것이다. 신화에서 출입구나 문, 처음과 끝의 신으로 여겨지는 야누스는 현대에도 적용되어 한 해를 시작하는 1월을 의미하는 영어의 January, 독일어의 Januar는 그의 이름에서 유래되었으며 한 해가 끝나고 다음 해로 들어가는 아쉬움과 희망찬 문을 의미했다.

이러한 다두신의 개념이 단테의 『신곡』에 나오는 루시퍼에서도 묘사되고 있다. 〈이 비참한 왕국의 제왕은 가슴의 절반 위를 밖으로 내놓고 있다. 그 팔의 길이가 거인의 키를 훨씬 능가하여 차라리 거인에 가깝다 할 수 있을 정도이다. (……) 그것이 우쭐하여 조물주에 반역하였으니 모든 재난이 그에게서 원천을 이루는 것도 당연한 이치다. 오, 보니 머리에 얼굴이 셋이다. 얼마나 무서웠겠는가. 하나는 앞을 보고 붉은 물감을 쏟은 듯 새빨갛다. 그리고 이 얼굴이 이어져 다시 두 개의 얼굴이 각각 양쪽 어깨 복판에 자리 잡고 뒤는 볏 있는 데서 합쳐져 있다. 오른쪽 얼굴빛은 흰색과 누런색의 중간, 왼쪽 얼굴빛은 나일강 상류의 골짜기서 나온 검둥이와 똑같은 색깔이다.〉[48]

한편 이집트의 무트Mut,[49] 호루스Horus,[50] 베스Bes[51] 등은 아르고스처럼 온몸이 눈[眼]으로 뒤덮인 신으로 나타난다. 인도에서는 우주의 리듬을 주관하는 신들(시바, 칼리)처럼 팔이 많은 것이 신의 전능함의 표현이었고, 마찬가지로 대승 불교가 티베트와 중국, 일본 등지로 확산되면서 많은 팔과 손을 가지거나 때로는 티베트

48 단테, 『신곡』, 허인 역(동서문화사, 1981), 144면.
49 고대 이집트 테베의 여신으로 태양신 라Ra의 눈이라고 불리기도 하며, 이중의 왕관을 지닌 여인이나 독수리로 상징됨.
50 많은 형상으로 나타나는 고대 이집트의 하늘과 궁전의 신.
51 고대 이집트의 연예와 음악의 신이자 출산의 신으로, 수염 기른 난쟁이 모습으로 묘사된다.

의 타라Tara[52]나 일본의 관세음보살Kwannon(아미타불 왼쪽에 있는 부처로 대자대비한 보살)처럼 눈[眼]으로 뒤덮인 형상도 전해지고 있다.[53] 따라서 『파우스트』에서 파우스트는 간척 사업의 완성을 위해 수천 개의 손을 지닌 노동자를 상상한다.

> 더없이 위대한 업적의 완수는
> 수천의 손을 가진 정신을 만족시키리라.(11509~11510)

『파우스트』에서도 황제의 전투에서 용맹스럽게 싸우는 〈저 발빠른 거인〉(10579)이 열두 개의 팔을 지닌 용사로 묘사되고 있다.

> 처음에는 팔 하나 올라가는 것이 보였는데,
> 지금은 팔이 열두 개나 날뛰지 않는가.
> 예사로운 일이 아닐세.(10581~10583)

여기에 메피스토펠레스는 악마답게 스물네 개의 다리로 달리는 내용을 희화적으로 묘사하고 있다.

> 내가 여섯 마리의 말을 돈 주고 산다면,
> 그 말들의 힘은 내 것이 아니겠소?
> 나는 마치 스물네 개의 다리를 가진 양,
> 질주하는 늠름한 대장부일 거요.(1824~1827)

이렇게 순전히 공상적인 산물로 신체(머리, 팔, 눈 등)의 복수성

---

52 티베트 신화에 나오는 초자연적인 여성의 형상. 인도의 여신에서 비롯되었으나 불교의 전파와 더불어 티베트에도 알려지게 되었다. 중국의 관세음보살과 동일하게 여겨질 때도 있으나 기원은 다르다.
53 M. 엘리아데, 『상징, 신성, 예술』, 박규태 역(서광사, 1991), 120면 이하 참조.

을 담고 있는 현상들은 신들의 고유한 속성으로 인간 세계에 속하지 않는 그들의 불가사의한 측면과 어떤 형태든 마음대로 취한다고 여겨지는 신적 자유를 보여 준다. 이러한 배경에서 플라톤은 『향연』에서 창조자인 신은 처음에는 지금보다도 훨씬 더 강하고 재능 있는 인간을 만들었다고 한다. 그때의 인간은 머리가 둘이고, 팔과 다리가 각각 넷이고, 힘이 엄청나게 세다고 전해진다. 따라서 창조자는 자신이 만든 인간에게 불안을 느껴 그를 약하게 만들 의도로 이 인간을 반으로 잘라 나누어 독립시켰다고 한다. 그러나 반으로 나뉜 인간은 자신의 불완전함을 느껴 나머지 반의 부분을 미친 듯이 찾고 있다. 이렇게 다른 반절의 자아를 찾는 본능이 사랑의 본질이다. 『파우스트』에서 인조인간 호문쿨루스도 무성 생식의 인물로 화학적인 합성 인간이기 때문에 남성인지 여성인지 명확하지 않은 양성인이 되는데, 이 내용이 탈레스(기원전 624~545)와 프로테우스가 나눈 호문쿨루스에 대한 대화에 들어 있다.

탈레스 (소리 죽여)
　다른 관점에서도 곤란하지 않겠는가,
　내 생각에는 자웅 동체인 것 같은데.
프로테우스 그거야 차라리 잘되었네,
　어딜 가든 잘 적응할 걸세.(8255~8258)

인간이 태아 상태일 때 남성이 될 것인지 여성이 될 것인지 정해지는 시점이 있다. 따라서 그전까지 육신은 남성과 여성을 공유하고 있는 셈이다. 창조에 의한 모든 생명은 암수로 구별되고 이렇게 성이 구별되기에 자손이 생겨 생명이 존속된다. 그런데 심리학자 융Carl G. Jung의 표현에 의하면, 모든 남성은 이브를 지니며 모든 여성은 아담을 지니고 있다고 한다. 그러므로 모든 인간은 이

세계에서 자신의 이브와 아담을 찾아 정신적으로 균형을 유지하기 위해 노력한다.[54]

이러한 성의 교체 현상은 그리스의 신화에서 유래된다. 그리스 신화에서는 여장을 즐긴 영웅으로 헤르쿨레스가 있고, 여성으로 태어났으나 남성으로 살다가 진짜 남성이 되는 이피스Iphis 등이 있다. 또한 미와 사랑의 여신 아프로디테와 상업의 신 헤르메스 사이에 태어난 아름다운 소년 헤르마프로디토스Hermaphroditos는 열다섯 살이 되던 해 자기를 키워 준 정든 이다산을 떠나 세상을 구경하러 먼 여행길에 올랐다. 도중에 그는 어느 호수에 다다랐는데 그곳은 물이 매우 맑아 바닥까지 훤히 들여다보이고 둑에는 푸른 풀들이 자라고 있었다. 그 호수에 살고 있던 요정(妖精) 살마키스 Salmacis는 꽃을 꺾던 어느 날 헤르마프로디토스를 보고 곧바로 사랑을 느꼈다. 하지만 헤르마프로디토스가 살마키스의 사랑을 거부하자 그녀는 그가 목욕하던 호수에 뛰어들어 그를 껴안고 놓아주질 않았다. 그래도 그가 그녀의 사랑을 외면하자 그녀는 소년을 계속 껴안은 채 둘이 영원히 하나가 되게 해달라고 신들에게 빌었다. 신들이 그 기도를 들어주었고 헤르마프로디토스와 살마키스는 하나의 육체가 되어 남성이라고 할 수도 없고 여성이라고 할 수도 없는 양성적 존재가 되었다.

이에 슬퍼진 헤르마프로디토스는 팔을 벌리고 〈이 호수에 빠지는 자는 《양성 공유자》로 나오게 하고, 호수의 물에 닿는 자는 그 힘과 살을 잃게 하소서〉라고 기도했다. 기도를 들은 그의 부모는 양성 공유자가 된 아들의 소원을 들어주었다고 한다. 이렇게 남성과 여성의 성질을 함께 가지고 있는 사람을 그리스어 〈안드로기노스〉에서 온 〈앤드러자인androgyne〉 또는 〈헤르마프로디토스〉의 영어식 발음인 〈허머프로다이트hermaphrodite〉라고 한다. 이러한

---

54 박덕규, 『아니마 아니무스』(대한교과서, 1992), 4면.

신에 의해 정해진 성의 섭리가 역행하여 동성애가 발생하기도 한다. 이러한 동성애는 프로이트가 말하는 인간의 〈양성적 천성 bisexuelle Natur〉[55]으로 괴테의 문학에서 다양하게 전개되고 있다.

호메로스에 따르면, 가니메데스는 〈필멸의 인간들 중 가장 아름다운 남자〉이다. 가니메데스는 소년 시절 트로이의 이다산에서 아버지의 양 떼를 돌보다가 그 미모에 반한 제우스가 독수리로 변신해서 그를 올림포스로 납치했다(혹은 독수리를 보내 납치해 오게 했다고도 한다). 올림포스로 올라가 신의 반열에 오른 가니메데스는 그때까지 젊음의 여신 헤베Hebe가 해왔던, 신들의 연회에서 술 따르는 일을 맡게 된다. 이렇게 신들에게 술을 따르는 가니메데스는 술병을 든 모습으로 하늘의 별자리(물병자리)가 되었는데, 그 옆에는 가니메데스를 납치한 독수리도 별자리(독수리자리)가 되어 함께 있다.

플라톤은 제우스와 가니메데스의 신화가 크레타 사람들 사이에 만연해 있던 남성들 간의 동성애를 합리화하고 있다고 주장했다. 실제로 이 신화가 고대 그리스와 로마에서 큰 인기를 끌어 성인 남성과 소년 간의 사랑ephebophilia(소년 성애증)이 종교적인 정당성을 얻기도 했다. 아폴론도 키파리소스라는 미소년을 사랑했고 심지어는 자신의 아들 키크노스에게까지 딴마음을 먹었다. 이렇게 잘생긴 소년으로 상징되는 가니메데스의 모티프는 후세의 시인·화가·조각가에 의해 〈동성애적 경향의 상징〉으로 사용되었다. 이렇게 여성적인 의미를 지닌 가니메데스는 괴테의 찬가 「가니메트」에서 신에게 접근하려는 모습으로 전개되고 있다.

괴테의 『빌헬름 마이스터 수업 시대』에 나오는 소녀 미뇽도 양성적인 존재로 소년의 특징을 지니고 있다.[56] 우선 미뇽이라는 이

---

55 Sigmund Freud, *Studienausgabe*, hg. von A. Mitscherlich u. a., Bd. V (Frankfurt/M.: 1975), S. 56.

56 Richard Friedenthal, 같은 책, S. 350.

름부터가 어느 성(性)에도 속하지 않는다. 프랑스어 Mignon은 남성형이고 여성형은 Mignonne인데, 일반적으로 〈귀여운 아이〉, 〈사랑하는 것〉 등을 가리키는 〈미뇽Mignon〉이라는 이름은 남자아이를 가리킨다. 이러한 미뇽에 대한 빌헬름의 첫인상은 여자아이이지만 어찌 보면 남자아이 같기도 하다. 〈이마에는 신비스러운 빛이 감돌고 코는 유별나게 아름답고, 입은 나이에 비해 지나치게 꼭 다물고, 입술은 가끔 옆으로 내밀곤 했으나 천진하고 매우 매력적인〉(HA 7, 98 f.) 모습이다. 미뇽이라는 명칭은 이 시대의 어법으로 말하면 남색(男色)의 상대가 되는 소년 혹은 정부(情婦)를 의미하거나 귀여운 아이 또는 단지 가장 사랑하는 것을 의미하는 말이기도 하다. 미뇽은 어떤 때는 그라고 불리고, 또 다른 때에는 그녀라고 불리는 남녀 양성의 인물이다. 이러한 남녀 양성의 자웅 동체가 원래 사랑의 본질 신화에서 유래된 배경 때문인지 미뇽에게는 신적인 요소가 많다.

미뇽에겐 양성적인 특징이 있을 뿐만 아니라, 자연 그대로의 아이 같은 면이 있어 요정 같기도 하고, 작은 악마 같기도 하여 종잡을 수가 없다. 자기 구원자인 빌헬름의 뒷바라지를 부지런히 하는 그녀는 히스테릭하기도 하여 마치 도깨비 같기도 하고, 거칠기는 하지만 부지런히 자기 의무를 다한다. 이러한 미뇽의 이미지가 소녀로 고정되기를 원치 않는다는 듯이 그녀에게서 여성 명사를 피하고 〈중성〉이나 〈남성〉의 단어를 사용하여 성을 교체시키고 있다.

가니메데스와 미뇽은 모두 어린아이여서 이들에게 사랑을 느끼는 행위가 소아 성애Pädophilie가 될 수도 있다. 이 같은 아이에 대한 성적 욕망이 『파우스트』에서 악마 메피스토펠레스에게도 전개된다. 파우스트가 죽자 장미꽃을 뿌리며 그의 영혼을 이끌어 승천시키려는 〈어린 천사들〉을 보고 메피스토펠레스는 파우스트의

영혼을 빼앗기지 않을까 하는 근심보다 그 어린 천사들에게서 색
정을 느끼는 것이다.

> 웬 낯선 것이 내 마음속 깊이 뚫고 들어왔는가?
> 저 귀여운 것들을 자꾸만 보고 싶어지니,
>   (……)
> 밉기만 하던 악동들이
> 어찌 이리 사랑스러워 보이는가! — (11762~11768)

> 너희들이야말로 진짜 마술사들이다.
> 너희들이 남자고 여자고 꼬여 내지 않느냐.
>   (……)
> 그것이 사랑의 원소란 말이냐?(11781~11784)

〈풋내기〉(11826)인 어린 천사들에게서 색정을 느끼는 메피스
토펠레스는 악마의 신분도 망각한 채 귀여운 어린 천사들의 모습
에 어쩔 줄을 몰라 한다. 이러한 메피스토펠레스와 동질적인 존재
인 마왕도 미소년에게 동성애적으로 반하여 그를 강제로 저승으
로 끌고 가려는 내용이 괴테의 담시 「마왕」에서 전개되고 있다.

> 누가 바람 부는 밤늦게 달려가는가?
> 그는 아이를 데리고 가는 아버지네:
> 품에 소년을 보듬어 안고,
> 꼭 안아서 소년은 따뜻해지네 —

> 아들아, 왜 그렇게 불안하게 얼굴을 감추느냐?
> 아버지, 마왕이 보이지 않나요?

왕관을 쓴 긴 옷자락의 마왕을 못 보세요?
아들아, 그것은 띠 모양의 안개란다.

〈사랑하는 아이야, 오너라. 나와 함께 가자!
아주 멋진 놀이를 너와 함께하마.
수많은 색깔의 꽃들이 해변에 피어 있고,
우리 어머니는 많은 금빛 옷을 가지고 있단다.〉

아버지, 아버지, 그런데 마왕이
나지막이 약속하는 저 소리가 들리지 않나요?
진정하거라, 조용히 있거라, 내 아들아!
그것은 마른 잎새의 바람 소리란다. ─

〈고운 아이야, 나와 함께 가지 않으련?
내 딸들이 아름다운 모습으로 기다리고 있단다.
내 딸들이 밤의 윤무로 너를 안내해
요람과 춤과 노래로 잠재워 주지.〉

아버지, 아버지, 저기 음습한
구석에 마왕의 딸이 보이지 않나요?
아들아, 아들아, 잘 보고 있지.
오래된 버드나무가 그렇게 음울하게 보인단다. ─

〈나는 너를 사랑한다. 네 아름다운 모습이
날 사로잡네. 네가 싫다면, 난 폭력을 쓰겠다.〉─

아버지, 아버지, 지금 그가 날 붙들어요!

마왕이 나를 해쳐요!

아버지는 소름이 끼쳐, 빨리 말을 달리며,
품 안에 신음하는 아들을 안고서,
간신히 궁정에 이르렀으나
품 안의 아이는 죽어 있었다.

이렇게 속신적 잡귀가 미소년을 유혹하여 저승으로 끌어가는 전설이 담시로 종종 전개되고 있다. 자연의 마법적인 힘이 인간을 유혹하고 굴복시키려 하는 것이다. 이러한 자연의 마적인 힘에 의지적이거나 이성적 존재가 되지 못하는 미소년은 결국 힘없이 굴복하게 된다.

마왕의 음성은 유혹적이고 음산하며, 미소년의 음성은 공포에 질려 있지만 자신의 생명을 지키기 위해 저항적이며, 아버지의 음성에서는 아들을 위로하고 보호하려는 태도가 보인다. 미소년은 마왕이 내미는 유혹의 손길을 호소하지만 아버지는 아들의 불안을 이해하지 못하고 애써 태연함을 가장한다. 자연이 갖고 있는 마적인 힘은 일그러지지 않은 순진한 소년에게는 보이지만, 만사를 오성으로만 재는 성인인 아버지에게는 보이거나 느껴질 수 없는 것이다. 이렇게 「마왕」에서처럼 아이는 순진한 마음에서는 작용하지만 오성으로만 재는 성인은 초감각적인 존재를 느끼지 못하는 내용이 『파우스트』에서 인조인간 호문쿨루스에게도 전개된다. 파우스트의 제자였던 바그너가 유능한 연금술사가 되어 만든 인조인간의 두뇌는 오성이라는 것은 전혀 모르지만 타고난 명석함으로 잠들어 있는 파우스트의 꿈을 해몽할 정도다.

호문쿨루스 정말 아름다운 곳이야! ─ 울창한 숲,

맑은 물! 옷 벗는 여인들,

정말 아리따운 모습들이구나! — 볼수록 장관이야.

그런데 저기 한 여인이 유난히 빼어나게 눈길을 끄네,

출중한 영웅의 후예일까 — 혹시 신의 후예가 아닐까.

바닥이 훤히 보이는 맑은 물에 발을 담그어,(6903~6908)

이렇게 호문쿨루스는 천리안적인 정신력으로 파우스트의 꿈을 투시하는데 이러한 호문쿨루스와 달리 오직 오성으로 판단하는 메피스토펠레스와 바그너에게는 파우스트가 꾸는 꿈의 광경이 조금도 보이거나 느껴지지 않는다.

메피스토펠레스 네 녀석은 못 하는 이야기가 없구나!

몸집은 작은데 상상력은 어찌 그리 대단하냐.

내 눈에는 아무것도 보이지 않거늘 — (6921~6923)

오성적인 성인은 어린아이같이 본질적인 것을 인식할 만큼 성숙되지 않았는데 이 내용이 『파우스트』에 나타나 있다.

파우스트 그렇담, 그렇게 인식한다는 것이 무슨 뜻인가?

누가 그것을 곧이곧대로 말할 수 있겠는가?

그것을 인식한 소수의 사람들은

어리석게도 그 충만한 마음을 간직하지 못하고

천민들에게 자신의 감정과 직관을 털어놓은 나머지

십자가에 못 박히고 화형당하였네.(588~593)

결국 오성적인 것으로는 어떠한 본질을 인식할 수 없고, 표면적인 것에 달라붙어 있을 뿐이다.

파우스트　어째서 저 머리에서는 희망이 사라지지 않을까.

　끊임없이 공허한 것에 매달리고,

　탐욕스러운 손으로 보물을 찾아 더듬고,

　그러다 지렁이를 발견하면 기뻐하다니!(602~605)

　한편 괴테가 가니메데스와 미뇽을 동성애적 인물로 나타낸 배경에서 괴테도 동성애적 요소를 지니고 있지 않았나 하는 생각도 든다. 실제로 괴테 자신도 동성애적 요소를 지니고 있었다. 그는 소년 같은 소녀 베티나Bettina를 가니메데스와 비교하면서 양성적 충동으로 바라보았다. 따라서 〈자신은 소년에 대한 사랑이 낯설지 않다〉고 말할 정도로 괴테는 양성적 충동을 보여 주고 있다. 로마에서는 남자가 여자 역할을 연기하기로 되어 있었는데, 그러한 성 교환의 특별한 매력, 즉 그리스 신화의 예언자인 테이레시아스Teiresias의 이야기 속에서 신화화한 〈성전환의 가상Schein der Umschaffung〉을 괴테는 즐기고 있었다.

　독일의 작곡가 바그너는 여자 옷을 즐겨 입는 〈이성 모방증 Transvestitismus〉의 증세를 보였으며, 그의 오페라 「니벨룽겐의 반지Der Ring der Nibelungen」의 니벨룽겐의 영웅상에서 여성상의 모방을 보여 준다.[57] 그리고 토마스 만과 미켈란젤로, 빙켈만, 플라텐August von Platen, 게오르게Stefan George 등도 동성연애자로 여겨지고 있다. 토마스 만은 〈남성이 반드시 여성에게만 매력을 느낄 필요는 없는 것 같다. 경험은 자신과 같은 성에 매력을 느끼기 위해서는 여성화되는 것이 필요하다는 주장을 반박한다. (……) 예컨대 미켈란젤로, 프리드리히 대제, 빙켈만, 플라텐, 게오르게가 남자답지 못하거나 여성적인 남자들이라는 것은 (……) 말이 되지 않을 것이니까〉[58]라고 언급하고 있다.

57 Carl Gustav Jung, *Welt der Psyche*(Zürich: 1960), S. 34.

토마스 만은 평론집 『결혼에 관하여*Über die Ehe*』에서 고전적 형식 시인 플라텐의 베네치아 소네트들을 미켈란젤로의 메디치가 (家)의 묘석과 다비드상(像), 차이콥스키의 6번 교향곡과 함께 동성애적 감정의 영역에서 생겨난 문화유산이라고 언급하고 있다. 또 토마스 만은 도스토옙스키가 소아 성애자였으면서도,엄격하고 냉엄한 조화적 인간이었다고 지적했다. 이러한 토마스 만의 동성애적 사상에 괴테가 많은 영향을 미쳤다고 토마스 만은 내세우고 있다. 1913년 9월 14일 부다페스트에서 간행되는 잡지 『페스티 나플로*Pesti Napló*』와 행한 인터뷰에서 토마스 만은 동성애라는 소재는 원래 괴테의 연애 사건에서 아이디어를 얻었다고 언급했다. 토마스 만은 원래 마리엔바트에서의 노(老)괴테의 연애 사건에서 「베네치아에서의 죽음」의 아이디어를 얻었다고 주장했다.[59] 아내 불피우스가 사망한 뒤 아들 아우구스트 부부와 함께 살고 있던 괴테는 레베초프Ulrike von Levetzow를 만났다. 당시 그녀의 나이는 겨우 16세였고 괴테는 74세. 괴테는 레베초프의 모친에게 딸을 달라고 부탁도 했지만 당사자가 망설이는 바람에 끝내 결혼은 성사되지 못했다. 이렇게 이루어질 수 없는 괴테의 비극적인 사랑에 대한 고뇌가 토마스 만의 관심 대상이었다. 〈대가(괴테)의 비극과 같은 어떤 것을 나타내고자 했다. 원래 괴테의 마지막 사랑에 대한 이야기를 집필하려 했었다. 악의적인, 아름다운, 그로테스크한 감동적인 이야기를 아마도 다시 한번 쓸 것이다.〉[60]

1815년 9월 6일 치머Elisabeth Zimmer에게 보낸 편지에서도 토마스 만은 괴테 소재설을 다시 피력하고 있다. 〈나는 원래 오직 괴테의 마지막 사랑을 서술하려고 계획했었습니다. 70세 노인의 저

---

58 Erika Mann(Hg.), *Thomas Mann, Briefe* 1889~1936(Frankfurt/M.: 1961), S. 178.

59 Volkmar Hansen und Gert Heine(Hg.), *Thomas Mann, Plage und Antwort. Interviews mit Thomas Mann* 1909~1955(Hamburg: 1983), S. 35~41.

60 Erika Mann(Hg.), *Thomas Mann, Briefe* 1889~1936(Frankfurt/M.: 1961), S. 123.

작자 미상, 「울리케 레베초프의 초상」, 1821년

어린 소녀 레베초프에 대한 사랑 말입니다. 그는 그 소녀와 어떻게
든 결혼하려고 했으나 소녀와 소녀의 가족들은 그것을 원하지 않
았습니다. 악하고 아름답고 그로테스크하고 감동적인 이야기지
요. 그럼에도 불구하고 아마도 언제 한 번 제가 그 이야기를 서술
할지도 모르겠군요. 우선은 거기서 「베네치아에서의 죽음」이 형
성되었답니다. 그 단편 소설의 이러한 기원이 그 작품의 본래 의도
에 대해서 가장 올바른 진술을 해주고 있다고 생각됩니다.〉[61]

이러한 토마스 만의 소설에서 아셴바흐가 처음 본 타치오는 선
원복을 입은 어린 소년으로 그의 육체의 아름다움과 우아함은 그
에게 매료된 아셴바흐의 눈을 벗어날 수 없었다. 이국적인 감정의
무절제에 사로잡힌 채 넋 나간 사람처럼 소년 타치오를 쫓아 미로
같은 베네치아의 골목길을 누비는 아셴바흐에게 반쯤 정신이 드

61 같은 책, S. 176.

는 순간이 있는데, 이는 그가 엄격하고 점잖은 〈조상들〉이 자신을 보고 뭐라 할 것인지를 자조 섞인 웃음과 함께 자문할 때이다. 이렇게 아셴바흐의 조상에 대한 경외감과 그와 반대로 소년 타치오에 대한 소아 성애에 대한 자괴심은 『파우스트』에서 파우스트의 이 같은 탄식과 유사하다.

아아! 정신의 날개에 육신의 날개가
어찌 쉽게 응하지 못한단 말인가.(1090~1091)

이러한 아셴바흐의 조상에 깃든 숭고함과 애욕의 이중적인 사상은 카프카의 사상과도 통한다. 약혼녀 펠리체 바우어에게 보내는 1917년 9월 30일 자 편지에서 카프카는 〈내 몸 안에 두 개의 자아가 투쟁하고 있다는 것을 그대는 알고 있지요. 이 둘 중에서 더 나은 자아가 그대에게 속하고 있다는 사실에 대해서는 바로 요 며칠 사이에 거의 의심하지 않고 있지요. (……) 내 안에서 싸우고 있는 이 두 자아는 (……) 선한 자아와 악한 자아이군요. 이 둘은 시시때때 한 번은 악한 가면으로 또 한 번은 선한 가면으로 바꿔 쓰면서 이 혼란스러운 투쟁을 더욱더 엉클어지게 만드는군요〉라고 서술하고 있다.

마찬가지로 포프Alexander Pope도 인간의 영혼 속에는 갈등하는 두 세력이 있는데, 하나는 추진력이 있는 자기애이고, 또 하나는 억제력을 가진 이성으로, 인간이 완전한 인격체가 되려면 자기애의 근본인 〈감성〉과 억제력의 근본인 〈이성〉을 균형 있게 조화시켜야 한다고 지적했다.[62]

이렇게 「베네치아에서의 죽음」에서 관능의 세계와 이러한 관능의 쾌락에서 초월된 숭고한 조상의 세계로 양분되듯 영혼이 이

62 Alexander Pope, *An Essay on Man*, II, p. 53 f.

중적으로 작용하는 내용이 『파우스트』에서 파우스트의 외침에 적
나라하게 나타나 있다.

>내 가슴속에는, 아아! 두 개의 영혼이 살면서
>서로에게서 멀어지려고 하네.
>하나는 감각으로 현세에 매달려
>방탕한 사랑의 환락에 취하려 하고,
>다른 하나는 이 티끌 같은 세계에서 과감히 벗어나
>숭고한 선인들의 세계로 나아가려 하네.
>오, 대기를 떠돌며
>하늘과 땅 사이를 지배하는 정령들이 있다면,
>황금빛 안개를 뚫고 내려와
>나를 새롭고 현란한 삶으로 이끌어 다오!(1112~1121)

이러한 인간의 이중성은 작품의 시작 부분인 「천상의 서곡」에
서 하느님과 악마 메피스토펠레스의 파우스트에 대한 평가에서
악마의 언급으로도 표출되고 있다.

>하늘에서는 더없이 아름다운 별을 원하고
>땅에서는 지고의 쾌락을 원하니,
>그 요동치는 마음을 달래 줄 것이
>세상천지에 어디 있겠습니까.(304~307)

이렇게 파우스트의 내면에선 인간의 이중성이 강력하게 작용
하고 있다. 그의 이성은 한계를 뛰어넘어 신성을 획득할 것을 요구
하는 데 반하여, 그의 애욕성은 그를 동물적 존재에 얽매어 놓고
있다. 그러나 양극의 두 욕구는 아무 충족도 얻지 못하는데 어느

한쪽의 욕구를 포기하지 않는 한 충족을 얻을 수 없어 파우스트는 가련하고 비참한 고통을 겪게 된다. 정신적 희열과 육체적 쾌락은 본질적으로 서로 배척하는 관계인데도 파우스트는 정신적으로 지극히 순수한 희열과 육체적으로 더할 나위 없는 성적 환락을 모두 추구한다. 인간의 신성은 육체적·본능적 욕구를 넘어서는 지고하고 신적인 사랑을 추구하는 반면 그의 야수성은 짐승적인 사랑, 아니 〈더 짐승처럼 사는〉(286) 사랑을 추구하여 〈내 가슴속에는, 아아! 두 개의 영혼이 살〉(1112)고 있는 것이다. 이 외침 속에는 메피스토펠레스의 의도가 내재되어 있다. 메피스토펠레스가 볼 때 인간은 완전히 도덕성이 구현된 신성과, 이러한 도덕성을 전혀 감지하지 못하는 동물적 본성 사이에서 방황하는 존재다. 도덕성과 야수성 사이에서 방황하는 것이야말로 인간이 지닌 고통의 근원이 된다. 인간의 이러한 〈근원적〉 결점이 존재하는 한 이 세계는 〈예나 지금이나 정말 형편없이 돌아간다〉(296)고 본 메피스토펠레스는 파우스트의 지순한 사랑을 파괴하고 그에게 끊임없이 육체적 욕구를 일깨운다. 〈가슴속에서 그 아름다운 자태를 향한 거센 불길을 부지런히 부채질〉(3247~3248)하여 욕정의 노예로 만든 뒤 파우스트가 신적인 사랑을 향유함으로써 얻은 모든 것을 무(無)로 만드는 것이 메피스토펠레스의 소임인 것이다.[63]

이러한 개념의 메피스토펠레스에게 창조는 근원을 헤아릴 수 없는 신비로운 것이 아니라 그저 〈창조주의 실패작〉일 뿐이다. 그는 인간이 실패작인 근원을 인간 본성에 내재한 신성과 야수성의 이중성에서 찾았다. 메피스토펠레스의 말대로 〈하늘에서는 더없이 아름다운 별을 원하고 땅에서는 지고의 쾌락을 원하니, 그 요동치는 마음을 달래 줄 것이〉(304~307) 없는 파우스트의 내면에 인간의 이중성이 작용하고 있는 것이다. 〈인간의 본성은 갈라져 있

63 『괴테 파우스트 휴머니즘』, 186면 이하.

다. 진흙으로 만든 육신은 영혼을 압박하고, 이에 맞서서 하느님의 고요한 입김의 소산인 영혼은 어두운 가슴의 감옥 속에서 고함치고, 속박하는 쇠사슬에 감긴 더러움을 거부한다. 빛과 어둠은 서로 대적하는 정신을 거느리고 싸우며 인간의 갈라진 본질은 서로 대립하는 세력에 힘을 주지만, 이윽고 우리 교주 그리스도께서 다스리시고 모든 미덕의 보화를 정화된 귀금속에 배열하신다.〉[64] 이렇게 미덕의 보화가 그리스도에 의해 정화된 귀금속이 되는 내용과 같이 『파우스트』에서는 실제 보화가 주님의 손에서 세상의 복이 되기를 열망하고 있다.

> 당신께서 적격이오니,
> 주인님이시여, 부디 이 일을 맡아 주소서.
> 당신 손의 보물은
> 온 세상에 도움이 될 것이옵니다.(5910~5913)

이와 같은 〈인간 본성의 이중성〉에 대해 실러는 1797년 6월 23일에 괴테에게 보낸 서신에서 〈인간에게 있는 신적인 것과 육체적인 것을 결합하려는 좌절된 노력〉이라고 조언하고 있다. 이러한 〈두 개의 영혼〉의 개념이 괴테의 『서동시집』 속 「작인(酌人)의 서Schenkenbuch」편의 시에서 눈짓으로 묘사되고 있다.

> 한 눈이 사나이 마음 낚아채면
> 다른 한 눈은 영양 주는 구세주로 나타난다.
> 이런 두 눈짓이 없는 사람은
> 누구도 행복하다 할 수 없다.(HA 2, 73)

---

64 존 맥퀸, 『알레고리』, 송락헌 역(서울대학교 출판부, 1983), 73면.

그러면 앞에서 언급된 소아 성애나 동성애가 유래되는 신화를 들어 본다. 고딕 양식의 시대(1400년 전후)부터 르네상스에 걸쳐 소녀 같은 우아하고 예쁜 얼굴과 곱고 아담한 복장의 천사가 문학이나 미술 등에서 즐겨 취급된 결과, 고대의 아모르Amor와 같은 나상(裸像)의 어린 모습을 띤 천사가 관심을 끌었다. 아모르(에로스)는 미의 여신 아프로디테의 아들로 처음엔 청년의 모습으로 등장하다가 후에는 날개가 달린 소년으로 변했다. 그는 활과 황금으로 만든 화살과 납으로 만든 화살 두 종류의 화살을 지니고 있는데 황금 화살을 맞은 사람은 자기 눈앞에 있는 사람에게 참을 수 없는 욕정을 느끼고 납 화살을 맞으면 상대방이 지겨워지는데 괴테의 『로마의 비가』에서도 구애를 의미하는 〈아모르〉의 화살이 언급되고 있다.

> 아모르의 화살은 여러 가지로 작용하나니, 어떤 것들은
> 생채기를 내어 스며드는 독으로 여러 해 심장을 병내고,
> 다른 것들은 힘찬 날개를 달아 갓 연마한 예리한 촉으로
> 골수 속으로 파고들어가 민첩하게 피를 불붙게 한다.
>
> (HA 1, 236)

이렇게 구애를 의미하는 〈아모르〉의 화살이 『파우스트』에서도 묘사되고 있다.

파우스트   이런 놀라운 일이, 오, 왕비님, 저는 지금 능숙하게 활을 맞히는 사람과
 그 활에 맞은 사람을 동시에 보고 있습니다.
 제 눈앞의 활이 화살을 날리고,
 그 화살에 저자가 상처를 입었지요. 줄줄이 날아가는 화살에

저도 맞았습니다. 깃털 달린 화살들이
성안 곳곳을 윙윙거리며 날아다니는 것만 같군요.
저는 누구입니까? 왕비님께서 갑자기 제 충신들을
반항하게 하고 제 성벽들을 불안하게 하십니다.
이러다가는 제 군대마저 왕비님께
순종하지 않을까 염려되는군요.
그러니 저 자신과 더불어, 제 것인 줄 알았던 모든 것을
왕비님께 바치는 수밖에 없지 않겠습니까?(9258~9269)

이러한 아모르(에로스)의 상대로 나비의 날개를 가진 프시케 Psyche가 등장한다. 그리스어로 〈영혼〉, 〈마음〉을 뜻하는 프시케가 아모르의 상대가 되는 것은 사랑과 영혼의 갈등의 우의적인 표현이라 할 수 있다. 신화에서 아모르(에로스)는 어머니 아프로디테의 노여움을 산 프시케를 혼내 주러 갔다가 실수로 자신의 화살에 찔려 그녀를 사랑하게 되고 마침내 그녀를 아내로 맞는다. 헬레니즘 시대에는 신으로서의 위엄은 사라지고 눈에 보이지 않는 사랑의 활과 화살로 신이나 인간의 마음을 설레게 하는 장난꾸러기로 등장하고 있다.

이러한 사랑의 신 아모르(에로스) 같은 미소년에게서 강렬한 성적 욕망을 느끼는 소아 성애 현상은 그 당시에는 〈성도착(性倒錯)〉으로 변태시되지 않고 자연스럽게 여겨졌다. 하지만 일반적으로 이러한 성애는 금기시된다. 금기들은 원시적인 공포, 더러움, 위험, 애매모호함, 경계, 욕망 등과 결합하여 종교적이고 제의적인 성격을 띠며, 개인이나 사회를 방어하고 통합하는 기능이 되었다. 이렇게 금기가 사라지면 사회는 그것이 유행하던 원시 사회보다 더 질서 정연하거나 안전하다고 생각했다. 따라서 다양한 섞임과 잡종의 문화, 생물학적 유전자 조작 기술에서 종(種)과 종, 인간과

동물, 남자와 여자, 성(聖)과 속(俗)의 차이는 소멸해 가고 있다. 남자가 여성이 되거나 여자가 남성이 되면서 동성애는 〈동일성의 교란〉을 초래하여 〈생산〉이 있을 수 없기 때문에 〈씨를 낭비하는 것〉으로 여겨 금기시되었다. 사회가 분화하고 복잡해질수록 모든 구성원이 동의하고 그들 모두에게 유익한 금기는 더 이상 존재하기 어렵다. 특히 고대 사회의 문화는 현대의 문화 속에서 여러 구조와 형태로 잔존하여 위장된 신화와 타락한 제의가 보존되고 있다. 따라서 동성애는 퇴폐, 변태성, 인간성 상실, 도착성 등의 성도착으로 일반적으로 비천하게 여겨지지만 한편으로는 창조적이고 복종을 거부하는 질풍노도의 사조로 여겨지기도 한다. 분명한 것은 동성애가 〈인류만의 소행〉으로 사악한 인간들에 의해서만 저질러지는 게 아니라 인간 사회 어디에나 존재하는 구조적인 현상이라는 점이다. 우리가 끊임없이 감추려 하는 어두운 일면을 보란 듯이 내보이는 우리의 일부이자 인류의 일부분이다. 따라서 동성애적 내용이 문학이나 예술 등에서 아름답게 전개되기도 했다.

사포Sappho(기원전 625~570)는 고대 그리스 최고의 여성 시인으로 결혼하여 딸을 하나 낳고 살다가 남편이 죽은 뒤, 사숙을 열어 혼기에 접어든 양가의 젊은 여성들과 교류하며 시와 음악과 무용과 예의범절을 가르치면서 동성애자로 알려지게 되었다. 특히 섬의 소녀들에 대한 사랑을 노래한 서정시와 빨간 능금이나 히아신스를 신부에 비유한 노래나 샛별의 노래와 같은 축혼가를 많이 지어 동성애자로 여겨졌는데 이때 그녀가 즐겨 찬양한 대상은 미소년으로 알려져 있다. 이처럼 미소년에게 애욕을 느껴 잠든 엔디미온에게 달의 여신 루나가 남몰래 다가가 입을 맞추는 신화도 있는데 횔덜린Friedrich Hölderlin의 시가 이를 묘사하고 있다.

아버지 헬리오스여!

당신은 내 가슴을 즐겁게 해줬소.

거룩한 루나여! 엔디미온처럼

나도 당신이 사랑하는 소년이었소.

이렇게 잠든 미소년 엔디미온에게 달의 여신 루나가 남몰래 입을 맞추는 신화가 『파우스트』에서는 루나가 헬레나로, 엔디미온이 파리스로 전개된다.

궁신(宮臣)　잠자는 젊은이에게 교활하게도 슬금슬금 다가가는 군요.

귀부인 1　순수한 젊은이의 모습에 비하면 정말 추해요!

시인　저 여인의 아름다움으로 인해 젊은이가 환히 빛나는구나.

귀부인 1　엔디미온과 루나! 한 폭의 그림처럼 아름다워요.

시인　맞아요! 여신이 내려온 것만 같군요,

그의 숨결을 마시려고 몸을 굽히고 있어요.

정말 부럽군요! ― 입을 맞추다니! ― 굉장하군요!

(6506~6512)

이와 같이 미소년이나 동성을 즐긴 사포는 이러한 내용을 시로 지어 당시 고대 그리스에서는 널리 애송되었으나 중세에는 비도덕적이라는 이유로 배척을 당했다. 실제로 그녀는 미소년과의 실연 끝에 자살했다고 전해진다. 하지만 그녀의 문학은 아름다워서 19세기 영국의 낭만파 시인 바이런은 그리스를 찬양하는 시에 그녀를 내세우고 있다.

그리스의 섬들이여! 그리스의 섬들이여!

불타고 있는, 사포가 사랑을 하고

노래를 부른 곳,

전쟁과 평화의 예술이 자란 곳,

델로스섬이 우뚝 서 있고 아폴론이 태어난 곳![65]

이 시에서 마지막 구절 〈델로스섬이 우뚝 서 있고 아폴론이 태어난 곳〉의 배경은 다음과 같다. 제우스가 티탄인 코이오스의 딸 레토 여신을 애인으로 삼고 그녀에게 남녀 쌍둥이를 임신케 했을 때 그는 이미 헤라와 결혼한 상태였다. 레토에게 질투를 느낀 헤라는 온 세계의 땅에 레토가 분만할 장소를 제공하면 안 된다고 명령하여 레토는 만삭의 배를 안고 어려움을 겪었다. 그러나 당시는 아직 바다 위를 떠도는 바윗덩어리여서 땅에 속하지 않아 헤라의 명령이 적용되지 못했던 델로스섬에서 아르테미스와 아폴론을 낳았는데 이러한 내용이 『파우스트』에서도 묘사되고 있다.

신기하게도 둥글게

솟아나는구나. 그 옛날

산고 겪는 여인을 위해서,

델로스섬을 만들어

물결 높이 들어 올렸던

바로 그 사람, 이미 오래전에 백발성성한 노인이구나.

(7530~7535)

앞서의 내용처럼 동성애를 문학적으로 미화한 여성으로 사포를 든다면, 이러한 동성애를 숭고하게 전개시킨 남성으로 플라톤을 들 수 있다. 동성애자로서 평생을 독신으로 지낸 플라톤이 아카데미에서 자행했던 동성애는 자연스러운 것이었으며 찬미스러운

---

65 Ernest H. Colleridge, *The Works of Lord Byron* (London), p. 169.

것이었다. 그것은 육체적 동성애보다는 정신적·지성적인 것으로 아름답게 찬양되어 〈플라토닉 러브〉라는 성애(性愛)의 개념이 유행했다. 이러한 동성애 내용이 그리스 문학에서 자주 전개되어 고대 그리스의 극작가 아리스토파네스의 「여인들의 민회Ekkleisiazusen」 첫 장면에서 주인공 여성은 남성의 모습으로 등장하고 있다.

날 새기 직전의 아테네 거리, 무대 건물은 세 집으로 나뉘어져 있다. 가운데 집에서 프락사고라가 남자 외투를 입고 나오는데, 창백하고 부드러운 얼굴로 미루어 그녀가 여자임을 알 수 있다.

또한 셰익스피어의 비극 「맥베스」(제1막 제5장)에서 맥베스의 여인은 여성에서 벗어나 남성이 되고자 하는 심리를 드러내 보인다.

살인의 계략을 도와줄 악령들아,
지금 나를 여자가 아니게 해다오,
머리끝부터 발끝까지 온몸에서
무서운 잔인성이 넘쳐흐르게 해다오!

그런가 하면 메피스토펠레스는 남성의 악마이고, 포르키아스는 백발의 노파이기에 포르키아스로 변하는 메피스토펠레스는 반양반음(半陽半陰)이며 자웅 동체가 되어 〈사람들이 날 남녀추니라고 부르겠군, 원 창피해서〉(8029)라고 푸념한다.

이러한 성도착증은 계몽주의가 도래하며 변태의 대상에서 연구의 대상으로 바뀌었다. 착한 사람과 나쁜 사람, 저주받은 종족과 치료 가능성이 있는 이들로 나뉘고 모든 비정상적인 행위들이 목록화되어 단속됐고, 특히 자연을 거슬러 번식을 거부하는 동성애자 등이 도착적인 인간으로 규정됐다. 이 같은 실증주의적 정신 의학 담론들이야말로 강박적이고 나아가 도착적이라고 일갈하는 학자도 있다. 개개인의 욕망에 대한 사회와 권력 그리고 과학의 억압이 바로 도착이라는 주장이다.

6
합창의 역할

—

아리스토텔레스의 『시학』에서 중요한 내용은 희곡의 시간, 장소, 행동의 삼일치(三一致) 법칙을 수립한 점이다.

시간의 통일unity of time: 모든 사건은 하루(24시간)를 넘지 않을 것.
장소의 통일unity of place: 모든 사건은 한 장소에서 이루어질 것.
행동의 통일unity of action: 완결되고 일정한 길이의 행동의 모방일 것.

이러한 〈고전극의 법칙〉 이외에 비극의 구조는 프롤로고스 prologos(한 인물이 나와 개막을 알리고 연극의 개요를 설명함), 파로도스padoros(합창단[66]이 등장하여 노래 부름), 에피소데스 episodes(연극의 줄거리 부분[67]을 주인공이 연기함), 스타시마 stasima(각 에피소드에 따라 합창단이 노래함), 엑소도스exodos(합창단이 퇴장함)의 5개 부분으로 구분된다. 비극의 진행 중 격렬한 내용, 즉 극단적인 행동이 필요한 살인이나 싸움은 공연되지 않고 대부분 합창단의 노래로 묘사되었다. 이러한 합창단의 주시 아래 모든 행위가 전개되는 것이 그리스 비극의 근본 구조이다. 기원전

66 합창단원은 12명이었는데 후에 15명으로 늘었다.
67 연극의 줄거리는 대략 3~4개 정도였다.

6~5세기에 아테네에서 유행한 고전 연극으로 봄의 대축제 등에 상연된 그리스 비극은 신과 인간의 대립 및 갈등으로 대부분 비참한 결말로 끝난다. 또한 그리스 비극에서 선조가 범한 중죄로 후손이 희생되는 제물 봉헌에서 발단하고 이를 피하려 할수록 더 참혹한 징벌을 겪게 된다. 이러한 그리스 비극에 괴테도 관심을 기울여 『파우스트』에서 조수 바그너가 자신을 처음 대할 때 이를 내세운다.

> 용서하십시오! 선생님께서 글을 낭송하시는 소리를 들었습니다.
> 분명 그리스 비극을 읽으셨겠지요?
> 저도 그 기술로 이득을 좀 보고 싶습니다.
> 오늘날에는 그런 것이 효과 만점이거든요.(522~525)

이러한 그리스 비극에 합창단이 등장하여 상황을 설명하거나 전개를 암시하고 또는 관객의 생각을 대변했다. 항상 현재의 입장에서 사물을 판단하는 합창대의 눈앞에서 영웅들이 행하는 미래의 긴장이 가득한 모습은 후세의 연극사를 발전시키는 전형이 되었다. 이렇게 과거의 연극에는 고도로 양식화된 대화인 합창이 있었다.

합창단은 노래·춤·낭송으로 극의 주요 줄거리를 묘사하고 언급하는 일군의 배우들이었다. 그리스 비극에서 합창단의 효시는 50명의 남자가 무리를 지어 춤을 추면서 주신(酒神) 디오니소스에 대한 찬가를 부른 것이었다. 기원전 6세기 중엽, 시인 테스피스는 극 중에서 합창단 리더와 대사를 주고받은 최초의 배우로 전해져 온다. 초기 그리스에서는 합창 위주의 극이 지배적이었고, 아이스킬로스(기원전 5세기)는 제2의 배우를 추가하고 합창단원 수를 50명에서 12명으로 줄였다. 소포클레스는 제3의 배우를 추가하여 합창단원 수를 15명으로 늘렸지만, 합창단의 역할은 주로 극을 설명하는 역할로 축소시켰다. 결국 합창단의 눈앞에서 공연이 전개되는 것이 그리스 희·비극의 기본 구조였다. 진리를 고지하고, 생존을 한층 진실되게 묘사하는 합창은 원래 신화적 요소에서 유래했다. 디오니소스 신전에서 부르던 노래가 합창이 되어 그리스의 비극과 희극에 전수된 것이다.

크리스토퍼 말로의 「파우스투스 박사Doctor Faustus」 같은 엘리자베스 여왕 시대의 연극에선 합창을 의미했던 〈코러스〉가 서문이나 맺음말을 담당하는 독백자를 의미했고, 유진 오닐의 「상복이 어울리는 엘렉트라Mourning Becomes Electra」(1931)와 T. S. 엘리엇의 「대성당의 살인Murder in the Cathedral」(1935) 같은 현대극에서도 합창이 번창했다. 이러한 합창이 괴테의 『파우스트』에도 도입되어 극의 배경을 관중에게 알려 주고, 분위기를 조성하기도 하며, 극에서 일어난 사건들을 해석하여 작가의 의도나 생각을 전달하거나 주인공의 생각을 전달해 주는 독백이나 방백의 역할을 하고, 때로는 주인공을 걱정하거나 꾸짖고 칭찬하는 역할까지 떠맡았다. 특히 합창이 『파우스트』의 시작과 마지막 장면을 의미 깊게 장식하고 있다. 작품 첫 부분인 「천상의 서곡」에서 천사들의 합창은 자연의 변화에 눈을 돌리고 그 영원한 활동을 찬미하여 주님의 사업을 찬양한다. 그리고 작품의 끝에서 〈신비의 합창〉은 이 세계를 움직이는 작용을 에워싸고 있는 본질적인 핵심과 그리고 만물을 꿰뚫고 있는 신의 사랑을 알린다. 그것은 변화 속의 영속, 유한 속의 영원이며, 현세의 가상 속에 깃든 진실이며 온갖 헤맴과 종결과 완성을 고지한다. 이러한 사랑은 마리아에서 형태를 얻고 그것의 완성과 구원의 힘은 그레트헨을 통해서 실증된다.[68]

이러한 합창단은 자연의 정령이 되기도 한다. 고대에는 인간뿐

---

68 『괴테 파우스트』 I·II부, 403면.

만 아니라 동물·식물·자연 현상에도 영혼이 있다고 생각했다. 이처럼 여러 생물(사물)이나 현상들에서 인정되는 영적 존재에 대한 신앙이 정령론Animismus이다. 이러한 배경에서 고대 그리스인들은 자연 현상의 배후에는 인격적이고 신적인 초자연적 힘이 작용한다고 여겨서 물에 사는 요정 님프Nymph,[69] 수목(樹木)의 요정 드리아데Dryade 등 자연물에 대응하는 수많은 정령을 믿었다. 이러한 정령과 요정, 천사는 서로 친척 간이며[70] 괴테의 담시 「요정의 노래」에 묘사되고 있다.

> 한밤중에, 인간들이 잠든 사이,
> 달빛이 우리를 비추고,
> 별이 반짝일 때면
> 우리는 돌아다니며 노래하고
> 즐겁게 춤을 춘다네.
>
> 한밤중에, 인간들이 잠든 사이,
> 초원의 오리나무 옆에
> 우리는 자리를 마련하고
> 돌아다니며 노래하고
> 춤추며 꿈을 꾼다네.

담시 「요정의 노래」에서는 요정들이 화자가 되어 달빛 아래 자기들끼리 춤을 추며 자연과 인간의 영적인 교감을 보인다. 고대 그

---

69 주로 유럽의 신화나 전설에 등장하는 초자연적인 존재로, 모습은 인간과 매우 비슷하지만 육체를 지배하는 정신 작용이 뛰어나 자신의 모습을 갖가지 형태로 변화시킬 수 있다. 요정의 종류는 다양한데 그리스 신화에 나오는 바다·강·샘·숲 등의 정령인 님프가 되는 것이다.

70 Vgl. *Handwörterbuch des Deutschen Aberglaubens*, 824, 832; Hans Wilhelm Haussig, *Götter und Mythen im Alten Europa* (Stuttgart: 1973), S. 468.

리스의 정령론은 자연이 살아 있어 그 자체가 곧 생명이라고 생각했다. 따라서 합창대를 인솔하는 판탈리스가 오이포리온이 죽은 후 저승으로 내려간 헬레나에게 충성을 맹세하고 헬레나를 저승까지 따라가 〈불가사의한 자〉(9969)인 명부의 여왕 페르세포네의 옥좌 곁에서 헬레나를 섬기겠다고 한다. 반면에 합창대의 처녀들은 생활과 자연을 즐기는 고대적인 즐거움으로 가슴이 부풀어 여왕을 따라가지 않고 영원한 자연의 품으로 돌아가 정령이 되겠다고 한다. 이러한 자연의 정령으로 『파우스트』에서 합창대는 세 명씩 4조로 모습을 바꾸는데 1조는 나무의 정령으로 모습이 바뀐다. 그리스 신화에 나오는 님프의 하나로 나무의 정(精)이며 하마드리아스라고도 한다. 그의 생명은 각기 나무와 결합하여 나무와 함께 태어나고 나무와 함께 죽는다는 드리아데스로 변하는 것이다.

> 수많은 나뭇가지들이 살랑살랑 흔들리며 속삭이는 가운데,
> 우리 생명의 물을 장난치듯 유혹하며 살며시 뿌리 위 가지로 끌
>   어 올리네.
> 때로는 잎사귀로 때로는 꽃으로 풍성하게 꾸미고서
> 마음껏 허공을 향해 뻗어 나네.(9992~9995)

2조는 산의 정령 오레아데스가 되어 특히 메아리 역할을 하게 된다.

> 거울처럼 빛나는 이 매끄러운 암벽에
> 우리 애교 부리듯 부드럽게 물결치며 바싹 달라붙어 있네.
> 새의 노랫소리, 갈대의 휘파람 소리, 판의 무서운 목소리,
> 그 어떤 소리든 귀 기울여 들으며 금방 응답하네.
> 살랑거리는 소리에는 살랑거리며 대답하고, 천둥 치는 소리에

는 천둥소리로 대답하네.

두 배, 세 배, 열 배, 백 배로 우렁차게.(9999~10004)

3조는 시냇물의 정령 나이아데스가 된다. 나이아데스는 유럽의 신화나 전설에 등장하는 초자연적인 존재로, 모습은 인간과 매우 비슷하지만 육체를 지배하는 정신 작용이 뛰어나 자신의 모습을 갖가지 형태로 변화시킨다. 요정 나이아데스는 그리스 신화에 나오는 바다·강·샘·숲 등의 정령인 님프가 된다.

자매들아! 우리 설레는 마음으로 냇물 따라 발걸음 재촉하자꾸나.
풍요롭게 치장한 구릉들이 저 멀리에서 우릴 부르는구나.
멘데레스강처럼 고불고불 굽이치며 깊이깊이 흘러내려,
초원과 목장에 이어 집 주변의 정원에도 물을 대자꾸나.

(10005~10008)

4조는 포도의 정령인 바칸테스로 모습이 바뀐다. 제우스가 인간 여자와도 바람을 피워 낳은 자녀 가운데 예외적으로 신의 지위를 얻은 것이 디오니소스와 헤르쿨레스였다. 포도 재배법을 발견하고 포도주를 만들었다는 디오니소스는 제우스와 세멜레라는 여인 사이에서 태어났는데 반신반인(半神半人)의 불완전함과 광기를 가진 그는 술과 축제의 신이 됐다. 4조는 이러한 디오니소스의 포도의 정(精)을 이어받은 바칸테스로 변한다.

너희들 마음대로 실컷 물결치려무나. 우리는 포도 덩굴이 막대를 휘감으며 푸르게 번성하는 곳,
포도나무 빽빽이 늘어선 언덕을 쏴아 쏴아 에워싸련다.

열정적으로 포도나무 기르는 농부들이

애정 어린 땀의 결실을 염려하는 모습을 거기에서 날마다 볼 수

있노라.(10011~10014)

　포도의 정령 바칸테스에 관해『파우스트』에서 재미있는 사실 하나를 볼 수 있는데 메피스토펠레스로부터 엄청나게 많은 지폐를 받은 황제가 시종들에게 전표를 나누어 주며 어디에 쓸 것인지 묻자 한 시종이 전표를 받으며 〈이제부터는 곱절로 좋은 술(포도주)을 마시겠사옵니다〉(6147)라고 대답하는 것이다. 이렇게 합창대는 헤어져 각각 나무와 산과 샘과 포도를 대표하는 정령이 되는데 이에 대해 괴테는 1827년 1월 29일 제자 에커만에게 합창대가 자연으로 돌아가서 님프가 되는 구상을 자랑스럽게 생각했다고 한다.

　이렇게 나무와 산과 샘과 포도의 정령이 된 요정들은 그들이 내재하여 살고 있는 가시적인 사물들과 구별되지 않고 동일한 것으로 간주된다. 따라서 물가에 사는 요정 님프, 수목의 요정 드리아데 등 그리스의 원시 신앙은 자연물에 대응하는 정령이 되었다. 이러한 고대 그리스의 정령 신앙은 우주와 자연이 살아 있으며, 그 전체가 곧 생명이라는 사실을 반영하고 있다. 이는 영혼의 활동을 말하는 〈심리적 신화〉로 영혼이 사고하는 행위는 그 사고를 낳은 자 속에 남아 있다는 의미이다. 이렇게 자연의 요소로 다양하게 변한 정령들은『파우스트』제2부가 시작하면서 황혼이 깃들 무렵 파우스트가 꽃이 만발한 풀밭에 누워 괴로워하며 불안하게 잠을 청할 때 우아하고 작은 모습으로 공중에 떠다니는데, 이때 아리엘이 풍현금에 맞추어 인간을 구원하는 노래를 한다.

아리엘　(풍현금에 맞추어 노래한다)

꽃들이 봄비처럼

사뿐히 흩날리고,

들판의 푸릇푸릇한 축복이

모든 생명을 향해 빛을 발하면,

작은 요정들의 커다란 마음은

도움이 필요한 곳으로 서둘러 달려가리.

선한 자든 악한 자든

불행한 사람들을 가엾게 여기리.

이 머리를 하늘하늘 맴돌며 에워싸라.

고매한 요정답게 여기 나타나,

격렬한 마음의 싸움을 달래 주어라.

이글거리는 혹독한 비난의 화살을 제거하여,

그의 마음을 공포에서 벗어나게 해주어라. (4613~4625)

7
성(聖)과 속(俗)

—

　인간에게는 공간이 균질하지 않다. 종교적 인간은 공간의 단절과 균열을 경험하여 공간의 어떤 부분은 다른 부분과 질적인 차이를 보인다. 〈이리로 가까이 오지 마라. 네가 서 있는 곳은 거룩한 땅이니 네 발에서 신을 벗어라〉(「출애굽기」 3장 5절)고 하느님은 모세에게 말했다. 거기는 성스러운 공간, 힘이 있고 의미가 깊은 공간이고, 다른 한편으로는 성스럽지 않은, 따라서 일정한 구조와 일관성이 없는 무형태의 공간이다. 종교적 인간은 성스러운 공간과 그 밖의 다른 공간, 그 주변을 둘러싸고 있는 무형태적인 공간 사이의 대립을 경험하면서 그들의 비균질성을 알아낸다. 공간의 비균질적이라는 종교적 경험은 원초적 체험을 나타내는데, 이것은 이론적 사변(思辨)이 아니라 이에 선행하는 근본적인 종교 체험이다. 성스러운 것이 성현 속에서 현현할 때, 공간의 균질성은 파괴될 뿐만 아니라 주위의 비실재에 대립하는 절대적 실재를 계시하는 것이다. 어떤 목표도 없고 방향성도 없는 무한히 균질적인 공간 가운데 하나의 절대적인 고정점, 하나의 중심이 성현을 통해 드러나는데 종교적 인간은 이 성스러운 공간에서 실존적 가치를 느껴 앞으로의 방향성을 가지게 된다. 이러한 방향성은 하나의 고정점을 획득하여 견디기 힘든 삶의 고통도 극복하게 함으로써 달콤한 행복을 느끼게 한다. 이러한 맥락에서 어느 대상이나 분위기가 상황에 따라 긍정적이 되거나 부정적이 되기도 한다. 다시 말해 영혼이 긍정적인 상황일 때와 부정적인 상황일 때 자연의 대상도 상반되게 느껴지는데 이 내용이 『파우스트』에 묘사되고 있다.

> 그야 당연하지요! 크게 불쾌한 일이 있으면
> 인생이 비참하게 느껴지기 마련이오.(11259~11260)

파우스트는 진리 인식의 불가능에 절망한 나머지, 〈그러니 사는 것이 짐스럽고, 오로지 죽고 싶은 마음뿐 인생이 지겹지 않겠는가〉(1571~1572) 싶어 자살을 택한다. 〈오장육부까지 벌벌 떨고, 겁에 질려 몸부림치는 벌레〉(497~498)가 되어 〈허겁지겁 아주 맛나게 먼지를 먹〉(334)는 〈벌레〉 같은 존재로 생존하는 한 결코 〈신적인 경지〉를 향유할 수 없다고 생각한 파우스트가 자살을 시도하는 것이다. 이렇게 파우스트가 자유로운 의지를 펼칠 수 없는 삶을 무의미하게 생각하여 자살을 시도하려 할 때 자연의 생명체인 〈벌레〉는 지겨운 존재가 되어 〈비천한 것〉, 〈조야한 것〉, 〈악마적인 것〉으로 비유되고 있다.

> 고매한 삶과 천상의 환희,
> 아직 한낱 벌레에 지나지 않는 내가 과연 그것을 누릴 자격이
> 있는가?(706~707)

이러한 부정적인 벌레가 상황에 따라 긍정적이 되기도 한다. 따라서 삶이 무의미하여 자살을 시도한 파우스트에게 지겨웠던 벌레가 자연에서 행복을 찾는 베르테르에게는 무한한 창조력, 생명력과 함께 한계를 초월하는 신적 존재로 느껴져 그는 1771년 5월 10일 자 서신에 다음과 같이 쓰고 있다. 〈나 같은 영혼에게 어울리는 이 고장에서 나는 홀로 내 삶을 즐기고 있다네. (……) 주변

요한 하인리히 슈뢰더, 「샤를로테 부프의 초상」, 18세기

의 사랑스러운 골짜기에 아지랑이가 자욱하게 끼고, 한낮의 태양
이 침투할 수 없는 어두운 숲속에서 다만 몇 줄기의 광선만이 깊숙
하고 신성한 숲속에 스며들 때 나는 흘러내리는 시냇가의 무성하
게 자란 풀밭에 누워 본다네. 그리고 대지에 가까이하면 이루 말할
수 없는 여러 종류의 풀들이 진기하게 여겨진다네. 작은 벌레와 모
기들 사이의 작은 세계가 꿈틀거리는 것을 내 가슴에 더욱 가까이
느끼고, 우리를 자신의 형상대로 창조한 전능하신 분의 현존을 느
낄 때면 우리를 영원한 환희 속에 머물게 하시는 전능하신 분의 숨
결을 느낄 때면 친구여! (……) 나는 종종 동경에 사무쳐 이렇게 생
각한다네: 아아, 이것을 다시 표현할 수 있을까! 이처럼 가득히, 이
처럼 따뜻하게 내 안에 생동하는 것을. 내 영혼이 무한하신 하느님
의 거울이듯이, 내 영혼의 거울처럼 이것을 종이에 숨결로 불어넣
을 수 있을까!〉

이러한 자연 속에서 베르테르는 종교적 동경인 영원한 존재, 영원한 자유에 도달할 수 있는 가능성을 발견한다. 마찬가지로 첫사랑 프리데리케와 헤어진 뒤 부프Charlotte Buff(1753~1823)와의 사랑이 괴테의 자서전 『시와 진실』에 언급되는데 여기에서도 벌레 등 자연이 환희적으로 묘사되고 있다. 〈이슬에 젖은 아침 보리밭을 산보하는 우리들은 다시 소생하는 기분이었다. 종달새의 노랫소리와 메추라기의 울음소리도 즐거웠다. 무더위가 계속되고 사나운 뇌우가 쏟아지면 우리들은 전보다 더 서로의 몸을 접촉했다. 여러 사소한 근심은 지속되는 애정 속에 가볍게 사라졌다. 이와 같이 지나가는 모든 날은 축제 같았다.〉

마찬가지로 『파우스트』 제1부 끝에서 청순한 처녀 그리트헨을 감옥에서 죽게 하여 비참한 심정에 빠진 파우스트가 제2부 첫머리에서 심신이 피로한 채 꽃이 만발한 들판에 누워 있듯이 그의 고뇌를 풀어 주는 것은 자연이다. 제1부의 소세계(小世界)인 시민 계급의 세계를 거쳐 제2부의 대세계(大世界)인 상류 계급으로 발을 들여놓게 된 파우스트에게 자연이 망각과 수면의 은총을 베풀어 재생의 기운과 새로운 행동에 대한 의욕을 되찾도록 해주어 그에게 〈자연의 깊은 속도 친구의 가슴속처럼 보여 주는〉(3223~3224) 것같이 생각된다. 베르테르가 자신이 영원하고 신적인 자연의 일부라고 느끼는 것처럼 파우스트도 메피스토펠레스에게 〈황야를 거닐다 보면 얼마나 새로운 생명력이 솟구치는지 자네는 모르는가?〉(3278~3279)라고 말할 정도로 자연은 그에게 새로운 힘의 원천이 되는 것이다.

마찬가지로 공간도 상황에 따라 성스럽거나 저주스럽게 된다. 『파우스트』에서 그레트헨의 모성애, 헌신적인 사랑, 드높은 책임 의식 등에 근거해 그녀의 처형을 기다리는 감옥은 〈성역〉이 되고, 그녀는 이 요새를 지키는 전사가 된다. 이렇게 고통이나 기쁨 등이 상황에 따라 좌우된다. 쾌락을 추구하던 파우스트는 그레트헨의 오두막에 숨어 들어와 그녀의 소박한 삶을 목격한 후에 그 자신이 완전히 달라져 〈내 마음이 이리 깊이 흔들리다니!〉(2718) 하고 외친다. 깨끗이 정돈된 소박한 거실, 조용하고 평화로운 분위기, 순수 자연성, 신성이 아늑하게 기물에까지 어린 천국이 되어 파우스트의 심경을 완전히 순화하는 것이다.

> 반갑구나, 이 성스러운 곳을 비추는
> 감미로운 석양의 햇살이여!
> 내 마음을 사로잡아라, 그리움에 애태우며 희망의 이슬을 먹고
>   사는
> 감미로운 사랑의 괴로움이여!
> 정적과 질서와
> 만족의 감정이 방 안 가득히 숨 쉬는구나!
> 가난해도 풍요로움이 넘치고,
> 골방인데도 축복이 그득하구나!(2687~2694)

이렇게 〈작고 깨끗한 방〉의 작은 세계와 깨끗함은 괴테가 규정한 그레트헨의 본질이 되어 소시민적 삶에 대한 찬가가 되고 있다. 따라서 자신의 〈비좁은 고딕식 방〉을 감옥으로 저주하여 〈슬프도다! 내 아직도 이 감옥에 갇혀 있단 말인가?〉(398)라고 한탄하는 파우스트가 그레트헨의 좁은 〈오두막〉을 〈네 손길 아래서 오두막이 천국으로 화하노라〉(2708)라며 천국으로 찬양하고 있다. 이렇게 심리적인 상황에 따라 넓은 궁전이 감옥이 될 수 있고 조그만 오두막이 넓고 호화로운 궁전이 될 수 있어서 가난하고 보잘것없는 삶도 살아가는 방법에 따라 풍족한 삶이 되거나 궁핍한 삶이 될 수 있는데, 이 내용은 포르키아스의 다음 말에 잘 나타나 있다.

집 안에 남아서 귀중한 보물을 지키는 사람,

높은 성벽의 갈라진 틈을 메우고

비가 새지 않도록 지붕을 보수하는 사람은

평생을 편안히 지내리라.

그러나 집 안의 성스러운 경계선을 경솔한 발걸음으로

무도하게 훌렁 넘는 사람은

옛 자리로 다시 돌아오더라도

모든 것이 변해 있으리라, 비록 완전히 망가지진 않았어도.

(8974~8981)

하녀도 없어서 스스로 요리하고, 청소도 하고, 뜨개질이나 바느질을 하며 새벽부터 밤늦게까지 뛰어다녀야 할 정도로 궁핍한 생활을 하고 있는 그레트헨은 삶을 영위하는 마음가짐으로 다른 사람들보다 풍족하게 살아가고 있는데 이를 그녀 자신이 언급하고 있다.

저희 집에는 하녀가 없거든요. 제가 요리하고 청소하고 뜨개질

하고 바느질하면서

아침부터 밤늦게까지 항상 바쁘게 뛰어다닌답니다.

(……)

어머니께서 너무 절약하시지 않았으면 좋겠어요.

우리는 다른 사람들에 비해서 넉넉한 편이에요.(3111~3116)

이렇게 그레트헨의 작은 오두막이 천국 같은 궁정으로 여겨질 수 있는 내용은 『젊은 베르테르의 슬픔』에서 〈저의 집이 물론 천국이라고 할 순 없지만, 어쩐지 무한한 행복의 원천인 것 같아요〉(HA 6, 23)라는 로테의 말과 유사하다. 그레트헨의 〈오두막〉

은 초라하지만 거기에 화목하고 근면한 삶이 깃들면서 천국과도 같은 궁전이 되는 것이다. 이렇게 좁은 오두막이 천국으로 느껴지는 내용이 『파우스트』에서 자주 묘사되고 있다.

> 저기 신록에 둘러싸인 오막살이들이
> 저녁의 붉은 햇살을 받아 반짝이는 광경을 보게나.
> 석양의 햇살은 서서히 물러가고 하루가 저물어 가네.
> 태양은 새로운 생명을 북돋우러 서둘러 달려가네.(1070~1073)

이러한 맥락에서 보잘것없고 조그만 오두막이 괴테의 찬가 「프로메테우스」에서는 강력하게 수호하려는 성채가 되기도 한다.

> 제우스여, 그대의 하늘을
> 구름의 안개로 덮어라!
> 그리고 엉겅퀴를 꺾는
> 어린이와 같이
> 떡갈나무에, 산봉우리에 힘을 발휘해 보아라!
> 하지만 나의 대지만은
> 손끝 하나 안 되니,
> 네 힘을 빌리지 않고 세운
> 내 〈오두막〉에,
> 그리고 네가 시샘하고 있는
> 내 아궁이의 불은
> 손대지 말지어다.

이렇게 상황에 따라 천국이 되거나 지옥이 되는 오두막은 연극의 무대 같은 성격을 띠고 있다. 조그만 무대 위에서 천국과 지옥

등 세상의 모든 사건이 상황에 따라 전개되는데, 이러한 내용이 『파우스트』 첫 부분인 「무대에서의 서막」에서 단장의 말 속에 나타나 있다.

> 좁은 극장 안에
> 삼라만상을 펼쳐 놓고,
> 천상에서 지상을 거쳐 지옥까지
> 유유히 거닐어 보게.(239~242)

이렇게 좁은 오두막이 천국으로 느껴지는 내용은 성서에서 생명으로 이르는 〈좁은 문〉의 모티프가 연상된다. 〈좁은 문으로 들어가거라. 멸망에 이르는 문은 크고 또 그 길이 넓어서 그리로 가는 사람이 많지만 생명에 이르는 문은 좁고 또 그 길이 험해서 그리로 찾아드는 사람이 적다.〉(「마태오의 복음서」 7장 13~14절) 마찬가지로 『파우스트』에서도 멸망으로 가는 길은 넓다는 모티프가 악마들의 축제인 〈발푸르기스의 밤〉 장면에서 전개되어 마녀들은 〈길은 넓고 길기도 하구나〉라고 합창하고 있다.

목소리 그런데 왜 그리 빨리 가느냐!
목소리 부엉이에게 할퀴었거든.
　여기 상처 좀 보라니까!
마녀들의 합창 길은 넓고 길기도 하구나,
　왜 이리 우글우글 복작거리느냐?
　쇠스랑은 찌르고, 빗자루는 할퀴는구나,
　아이는 숨 막히고, 어미는 배 터지는구나.(3971~3977)

여기에서 〈넓고 긴 길〉은 바로 마녀들이 〈발푸르기스의 축제〉

에 가기 위해 브로켄산으로 올라가는 마적인 길을 상징한다.

이상의 내용으로 볼 때 〈행복의 상대성〉을 느낄 수 있다. 독일의 사회 심리학자인 프롬Erich Fromm은 『소유와 존재』에서 인간이 행복을 누리며 인간답게 사는 길이 〈소유Haben〉에 있는 것이 아니라 사람다운 사람으로 〈존재함Sein〉에 있다고 했다. 이러한 소유의 부정적인 개념이 『파우스트』에서도 파우스트의 독백으로 나타난다.

> 이 약간의 것을 짊어지고서 땀 흘리느니,
> 차라리 전부 탕진했더라면 훨씬 더 좋았을 것을!
> 조상들에게서 물려받은 것은
> 다만 소유하기 위한 것일 뿐이노라.
> 쓸모없는 것은 무거운 짐이고,
> 오로지 순간이 만들어 내는 것만이 유익할지니라.(680~685)

사실 행복감은 남과의 비교에서 오는 경우가 많다. 〈집의 크기 자체는 중요하지 않다. 어느 집 옆에 궁전이 들어서면, 그 집이 오두막으로 변해 버리는 게 문제일 뿐이다.〉 일찍이 행복의 상대성을 갈파했던 마르크스의 말이다. 주변의 부자들이 내게는 불행의 씨앗이 될 수 있으므로 행복은 절대적인 부가 아니라 상대적인 부의 크기에 좌우된다는 것이다. 백만 원짜리 옷을 입은 아이의 만족감은 10만 원짜리 옷을 입은 아이가 느끼는 행복의 질과 별 차이가 없다. 자기가 비싼 옷을 입었다는 것을 이웃들에게 과시하는 것뿐이다. 그러나 다른 아이들도 모두 비싼 옷을 입게 되면 그 옷을 입은 데서 오는 만족감은 뚝 떨어진다. 과거에 비해 훨씬 잘살게 된 인류가 왜 그만큼 더 행복해지지 않았는지에 대한 해답이 바로 여기 있다. 부자가 될수록 행복해지기 위해 더 많은 돈이 필요한 것이다. 결국 행복은 평범한 것에서 오는데 이 내용이 헤세의 시 「행복」에 잘 나타나 있다.

> 행복을 바라고 찾고 있는 동안 너는 행복해질 수 없다.
> 비록 원하는 것, 사랑하는 것을 다 차지한다 해도 너는 행복해질 수 없다.
> 잃은 것을 아쉬워하고 탄식하며 욕심에 매여 집착하는 동안에는 너는 아직 평화를 누리지 못한다.
> 모든 바라는 바를 포기하고 욕심이나 집착을 버릴 때,
> 행복이라는 말을 찾지 않게 될 때,
> 그때 비로소 너의 마음에 행복과 평안이 온다.

여기에서 볼 수 있듯이 대상이나 분위기가 상황에 따라 행복이나 불행, 즉 긍정적이 되거나 부정적이 되는 경우가 많은데 이의 또 다른 예로 종소리를 들어 본다. 베르테르처럼 자신의 자유로운 의지를 펼칠 수 없는 세계에서의 삶은 아무 의미가 없어 자살을 결심한 파우스트가 〈고이 잠재우는 액체의 진수〉(693)가 든 잔을 들어 마시고 자살하려 할 때 부활절 종소리와 합창 소리가 들려온다.

> 그리스도께서 부활하셨도다!
> 은근슬쩍 끼어들어
> 파멸로 이끄는
> 타고난 결점들에 둘러싸인
> 인간들아 기뻐하라.(737~741)

이러한 부활절 노래와 함께 〈부활절의 경사로운 시간이 다가왔음을 알리는〉(745) 종소리가 어린 시절을 떠올려 파우스트는

자살을 포기한다. 부활에 대한 신앙과 어린 시절이 인간의 무한한
생명에 대한 동경을 자극한 것이다.

> 천상의 가락이여, 너희들은 어찌하여 힘차면서도 부드러운 소
>   리로
> 먼지 구덩이 옆의 나를 찾느냐?
> 마음씨 착한 사람들이 있는 곳에 울려 퍼져라.
> 내 귀에도 복음은 들려오지만 나한테는 믿음이 없노라.
> 기적은 믿음의 가장 총애받는 자식이니라.
> 이 기쁜 소식 울려 퍼지는 곳으로
> 나 감히 나아갈 엄두 나지 않는구나.
> 그런데도 어린 시절부터 귀에 익은
> 음조가 나를 삶으로 도로 불러내는구나.(762~770)

> 지난 추억이 천진난만한 감정을 되살리며
> 최후의 엄숙한 발걸음을 만류하는구나.
> 오, 감미로운 천상의 노래여, 널리 울려 퍼져라!
> 눈물이 치솟고, 이 세상이 나를 다시 품에 받아들였노라!
>
>   (781~784)

이렇게 자살 시도를 포기한 파우스트에 대해 메피스토펠레스
는〈하지만 그날 밤, 갈색의 물약을 마시지 않은 사람이 있었지요〉
(1579~1580)라고 조롱하기도 한다. 이렇게 파우스트는 교회당
에서 울려오는 종소리에 새로운 각성을 하고〈예전에 정적이 흐르
는 엄숙한 안식일이면 천상의 사랑이 담긴 입맞춤이 나에게 쏟아
졌〉(771~772)을 때와 어린 시절〈봄 축제의 자유로운 행복〉(780)
을 알려 주던 때를 떠올리며 독이 든 잔을 내던진다. 부활절의 합

창과 종소리에 자신도 모르게 〈이 얼마나 심오한 울림, 청아한 소리가 이 잔을 내 입에서 힘껏 잡아채는가?〉(742~743)라고 말하며 자살을 포기하고 다시 삶의 세계로 돌아서는 것이다.

이때의 종소리는 그에게 아직 이성이 깨어나지 않았던 시절, 그래서 순수하고 소박하며 아무런 갈등도 모르던 어린 시절에 대한 기억을 일깨워 줌으로써 자살을 포기하게 만든다. 따라서 작품의 처음에 자살을 택한 파우스트가 작품의 마지막에 죽음 직전까지도 역설적으로 삶의 활기에 차서 삶의 〈최고의 순간〉(11586)을 향유한다. 이처럼 깊은 절망에서 열정적 희망으로, 죽음에서 삶으로의 역설적인 전환은 파우스트의 과거의 극복을 의미한다. 이렇게 자신이 시도했던 자살을 메피스토펠레스의 제안에 따라 포기한 파우스트가 작품에서 현세를 긍정하게 되는 데 반해서, 베르테르는 영혼의 불멸을 염원하여 내세를 수용한다. 제한 없는 삶의 구현을 위해, 다시 말해서 삶의 제한을 없애기 위해 삶 자체를 파괴하는 베르테르는 파우스트의 생의 긍정과 유사한 점도 있다.

한편 파우스트를 삶으로 인도한 종소리가 부정적인 면을 띠기도 한다. 파우스트는 후에 자기 사업에 지장이 된다는 이유만으로 자신의 성 앞 언덕 위에서 목가적 삶을 살아가는 필레몬과 바우치스 노인 부부를 살해한다. 그 결과 조용한 저녁 기도를 위한 언덕 위 교회의 종소리가 들릴 때마다 그는 거의 광적으로 분노에 빠진다. 모든 것을 의식적으로 내버리고 파괴해 버린 파우스트에게 교회의 종소리는 삶으로 이끌어 가는 부활절의 종소리와 반대로 견딜 수 없는 고통이 되는 것이다.

저 빌어먹을 종소리!
음흉한 화살처럼 더없이 비열하게 파고드는구나.
눈앞에서는 내 영토가 끝없이 펼쳐지는데,

등 뒤에서는 불쾌감이 날 조롱하다니.
보리수나무 언덕과 가뭇가뭇한 오두막,
허물어져 가는 예배당이 내 소유가 아니고
내 고매한 영지가 순결하지 않음을
시샘 어린 소리로 상기시키는구나.
    (……)
눈에 가시고, 발바닥의 가시로다.
오! 이곳을 멀리 떠날 수 있다면!(11151~11162)

종소리, 보리수나무 향기가
마치 교회와 무덤 안에 있는 듯 날 에워싸네.
    (……)
어떻게 이걸 내 마음속에서 몰아낼 방법이 없을까!
종소리만 들리면 미칠 것 같아.(11253~11258)

  삶의 여유도 스스로 바라볼 비판적 능력도 상실해 버린 파우스
트에게 언덕 위에서 들려오는 성스러운 종소리는 모든 잃어버린
것들을 고통스럽게 상기시키는데, 여기에 메피스토펠레스가 비꼬
기까지 한다.

그걸 부정할 사람이 어디 있으랴!
어떤 고매한 귀에 저 쨍그랑거리는 소리가 거슬리지 않으랴.
빌어먹을 뎅그렁 — 뗑그렁 — 뗑뗑그렁거리는 소리가
유쾌한 저녁 하늘을 뿌옇게 뒤덮고,
태어나는 순간부터 무덤에 묻힐 때까지
온갖 일에 끼어든다니까요.
마치 뎅그렁과 뗑그렁 사이에서

인생이 덧없는 꿈 같지 뭐요.(11261~11268)

결국 종소리는 종교에 관련되면 성스럽게 들리지만 악에 관련
되면 고통스럽게 들려서 메피스토펠레스는 악마답게 교회의 종소
리에 적의를 품고 있다. 하지만 이 종소리가 경건한 삶을 사는 노
부부에게는 성스러운 평화의 소리였다.

> 해가 지기 전에
> 마지막 햇살을 보러 어서 예배당에 가세!
> 종을 울리고 무릎 꿇고 기도하며,
> 옛날부터 우리를 지켜 준 하느님을 믿고 의지하세!
>
> (11139~11142)

이들 노부부의 소박하고 순수한 삶은 파우스트의 잃어버린 자
신에 대한 양심의 가책이 된다. 자연을 정복하고 자연 위에 군림하
려 한 파우스트의 삶이 자연으로부터 소외된 것이다.[71] 이렇게 모
든 것을 의식적으로 내버리고 파괴해 버린 파우스트 같은 인간에
게 교회의 종소리는 고통이 되고 심지어는 작은 초인종 소리도 큰
반응을 일으켜『젊은 베르테르의 슬픔』에서 베르테르의 죽음이라
는 공포에 접한 로테는 초인종 소리에도 소름을 느낀다. 〈로테는
초인종이 울리는 소리를 듣자 온몸에 오싹 소름이 끼쳤다.〉(HA 6,
123) 자연과 사물 및 분위기의 긍정성과 부정성을 포용하는 초월
적인 힘으로 양자 간의 투쟁을 종식시켜야만 평정과 구원을 얻을
수 있는데 그것은 오직 〈숭고한 영혼〉뿐이다. 이렇게 심리 상태에
따라 긍정적이거나 부정적이 되는 대상이 개로도 전개된다.

『파우스트』에서 〈개라도 이런 식으로는 더 이상 살고 싶지 않

---

71 『괴테 파우스트 휴머니즘』, 268면.

으리!〉(376)라고 한 것처럼 개가 부정적으로 묘사된다. 이렇게 인간을 충실하게 따르는 개가 문학 등에서 죽음이나 악마의 요소 등 부정적 의미로 암시되는 경우가 많은데, 이는 신화에서 유래한다. 신화에 등장하는 케르베로스는 저승의 신 하데스의 개로 저승을 지키며 살아 있는 자들이 들어오지 못하게 막는데, 특히 아무도 그곳에서 나가지 못하도록 지키는 것이 그의 일이다. 머리가 세 개 달린 케르베로스는 하계의 문에 묶여서 한쪽 머리가 잠들어도 나머지 둘은 눈을 부릅뜨고 명부 입구를 지키며 그곳을 지나는 영혼들에게 공포를 안겨 준다. 이러한 저승의 문지기 케르베로스는 허욕에 찬 인간들이 삶과 죽음의 경계를 함부로 넘나들며 혼란을 일으키지 못하게 하는 것이다.

케르베로스처럼 개의 부정적 의미는 민중본 『파우스트』 전설로 올라간다. 당시의 〈사기꾼·풍속범·엉터리 예언자〉라고 비난받은 파우스투스는 언제나 악마를 개의 모습으로 데리고 다니다가 마지막에는 뷔르템베르크의 여관에 투숙했는데 〈오늘 밤 놀라지 마시오!〉라고 예언한 후 그날 밤 악마에 의해 살해되었다고 한다. 1548년에 스위스 바젤의 목사 요하네스 가스트는 마술사 파우스트를 악마가 데려갔다고 주장하면서 이렇게 말한다. 〈그의 곁에는 개 한 마리와 말 한 필이 있었는데 본인은 그놈들이 악마일 거라고 생각했습니다. 놈들은 어떤 일이나 만반의 준비가 되어 있었습니다. 사람들은 그 개가 가끔 하인 노릇을 하면서 먹을 것을 내놓았다고 말하기도 했습니다.〉[72] 민중본 『파우스트』에서 악마가 〈개의 모습〉으로 나타나듯이 『파우스트』에서도 악마 메피스토펠레스가 〈개(푸들)의 모습〉으로 등장한다.

파우스트   저기 묘종과 그루터기 사이를 어슬렁거리는 검은 개가

72 임우영, 『민중본 요한 파우스트 박사 이야기』(한국외국어대학교 출판부, 2004)

보이지 않는가?

바그너   저도 아까부터 보았습니다만 별로 대수롭지 않게 여겼는
          데요.

파우스트   잘 보게나! 저 짐승을 어떻게 생각하는가?

바그너   주인의 흔적을 쫓아가려고
          제 나름대로 애쓰는 푸들이 아니겠습니까.(1147~1151)

　　파우스트의 서재에서 안개가 걷히자 조금 전의 푸들이 메피스
토펠레스로 변해 난로 뒤에서 나타나듯이 민중본 『파우스트』에서
처럼 악마가 〈개의 모습〉으로 나타난다. 그리고 괴테의 『파우스
트』의 〈흐린 날, 들판〉 장면에서 파우스트가 그레트헨을 감옥의
족쇄에서 구해 줄 것을 메피스토펠레스에게 강요하지만 메피스토
펠레스가 오히려 〈그녀가 처음은 아니올시다〉(〈흐린 날, 들판〉)라
고 그를 조롱하자 분노한 파우스트는 메피스토펠레스를 다시 개
의 모습으로 돌려줄 것을 신(지령)에게 염원한다. 〈이런 개 같은
놈! 추악한 괴수! ── 무한한 정령이여! 저놈을, 저 벌레 같은 놈을
다시 개의 형상으로 만들어 다오, 저놈은 밤에 종종 개의 형상으로
쫄랑거리며 내 앞에 나타났고, 악의 없는 나그네의 발 앞에서 데굴
데굴 굴렀으며, 지쳐 쓰러지는 사람의 어깨에 매달렸노라. 저놈을
다시 제가 좋아하는 형상으로 만들어, 내 발 앞의 모래 속을 기어
다니게 해다오. 저 저주받을 놈을 내 발로 짓이기리라!〉(〈흐린 날,
들판〉)

　　여기에서 〈밤에 종종 개의 형상으로 쫄랑거리며 내 앞에 나타
났〉(〈흐린 날, 들판〉)다는 내용이 토마스 만의 『파우스트 박사』에
서도 묘사되고 있다. 이 작품에서 아드리안 레버퀸의 부모 집을 지
키는 개의 이름이 주조Heinrich Suso인데, 그것은 중세 신비주의자
의 이름으로 그는 14세기에 콘스탄츠와 울름에서 학문을 가르친

학자였다. 이 개의 이름 주조가 카슈페를로 바뀌어 악마가 성스러운 신비주의자로 나타남을 보여 준다. 개 카슈페를의 신비적인 모습은 레버퀸이 슈바이게슈틸 농장에 도착할 때 계속 짖어 대는 장면에서 볼 수 있다. 마법사인 레버퀸이 인간의 귀에 안 들리는 금속 휘파람 소리로 짖어 대는 개를 조용하게 한다. 개 주조는 낯선 사람에게 매우 위험하다지만 사실은 마당을 자유롭게 돌아다니는 고요한 밤에 더 위험스럽다고 한다. 이러한 사실은 독일 정신의 위험성, 즉 낭만주의에서 히틀러 현상으로 바뀌는 과정을 보여 주고 있다.

2부

『파우스트』심층 읽기

4장

신비주의

1
성현(聖賢)

—

　인간은 잔[杯]이나 돌, 나무 등 성스러운 현현 양식에 직면하면 숭고함을 느낀다. 하지만 잔이나 돌 그 자체가 숭배되는 것이 아니고 이들이 성현되기 때문에 숭배되는 것이다. 잔이나 돌이 성스러운 것, 전혀 다른 어떤 것을 나타내기 때문이다. 이러한 사물에 대한 성현이 『파우스트』에서 파우스트가 그레트헨이 없을 때 그녀의 집에 몰래 놓고 온 선물을 본 그녀 어머니의 반응에 대한 메피스토펠레스의 언급에 표출되고 있다.

> 그 아이 어미가 그 물건들을 보더니,
> 은근히 겁에 질렸지 뭐요.
> 그 여편네가 워낙 냄새를 잘 맡는지라,
> 평소에도 늘 기도서에 코 박고 킁킁거리며
> 혹시 불경스러운 것이 아닌가 하여
> 살림살이마다 코를 발름거리기 일쑤지요.
> 그러니 패물들이 별로 축복받지 못한 것을
> 금방 눈치채고는
> 소리칠 수밖에. 얘야, 부정한 재물은
> 영혼을 사로잡고 피를 말리기 마련이란다.
> 성모님께 이것을 바치면,
> 천상의 만나로 우리를 기쁘게 해주시지 않겠니!(2815~2826)

예수에게는 아주 특징적인 성현의 비유들이 있는데 〈목자〉와
〈포도주 잔〉이 대표적이며, 이것들은 예수의 계시자로 상징된다.
따라서 포도주 잔의 상징 중 하나는 십자가에 달린 구세주의 피를
받은, 그래서 모든 미사의 성작(聖爵)이 되는 최후의 만찬의 잔, 곧
성배(聖杯)이다. 성배란 미사 때 포도주를 담는 잔으로 여기에 담
긴 포도주는 사제의 축성(祝聖)에 의해 성변화(聖變化)를 일으켜
그리스도의 피로 변한다. 따라서 최후의 만찬 석상에서 예수는 잔
을 들어 축성한 뒤 빵과 포도주를 제자들에게 나누어 주며 《받아
먹어라. 이것은 내 몸이다》하시고 또 잔을 들어 감사의 기도를 올
리시고 그들에게 돌리시며 《너희는 모두 이 잔을 받아 마셔라. 이
것은 나의 피다. 죄를 용서해 주려고 많은 사람을 위하여 내가 흘
리는 계약의 피다》(「마태오의 복음서」 26장 26~28절)라고 말하
면서, 〈내 살을 먹고 내 피를 마시는 사람은 내 안에서 살고 나도 그
안에서 산다. 살아 계신 아버지께서 나를 보내셨고 내가 아버지의
힘으로 사는 것과 같이 나를 먹는 사람도 나의 힘으로 살 것이다〉
(「요한의 복음서」 6장 56~57절)라고 말했다.
　　이러한 빵과 포도주가 괴테의 문학에서도 종교적으로 전개된
다.『젊은 베르테르의 슬픔』에서 베르테르는 자살하던 날 저녁, 하
인에게 한 조각의 빵과 포도주를 가져오게 했다. 그리고 그는 심한
폭우에도 불구하고 가까운 동산으로 나가 거닐었다. 집으로 돌아
온 그는 〈내가 마실 죽음의, 싸늘한 고통의 잔〉을 잡고도 두려워하
지 않는다는 것을 로테에게 확신시키려고 떨리는 펜을 들어 글을
쓴다. 여기서 주인공은 최후의 만찬인 빵과 포도주를 먹고, 절망과
고뇌에 찬 모습으로 밤의 동산을 거닐고, 죽음의 잔에 대한 이미지
를 떠올리는 성구를 인용한 뒤, 친구인 로테와 알베르트를 자유롭
게 해주기 위한 희생으로 죽음을 따른다. 여기서 빵과 포도주 그리
고 포도주를 담은 잔은 종교적인 의미를 함축하고 있다. 이러한 빵

과 포도주의 종교적 문제는 횔덜린의 문학에도 나타난다. 횔덜린의 시 「빵과 포도주Brot und Wein」(1801)는 기독교 성찬(식)에서 그리스도의 몸과 피를 상징하는 중요한 요소인 〈빵과 포도주〉를 제목으로 삼고 있다.

> 빵은 대지의 열매지만 빛의 축복을 받고
> 천둥 치는 신으로부터 포도주의 환희는 나오는 법이다.
> 그 때문에 우리는 거기서도 천상의 신들을 생각하노라.
> 한때 있었고 제때에 돌아와 주시는 신들을.
> 그 때문에 진심으로 가인들 바쿠스를 노래하며
> 그 옛 신의 찬미 공허하게 꾸민 것으로 들리지 않는다.[1]

「빵과 포도주」에서는 〈인간의 형상을 받아들여 우리를 달래며, 천국의 축제를 완성시키고 끝낸〉 그리스도와 함께 고대 그리스의 술의 신 디오니소스가 함께 등장한다. 따라서 〈포도주〉가 서양에서 신들에 바치는 제의(祭儀)에서, 특히 종교에서 성스러운 음료가 되고 있다. 따라서 〈이 사람이 어떻게 자기 살을 우리에게 먹으라고 내어 줄 수 있단 말인가?〉하며 유대인들 사이에 말다툼이 벌어지자 예수께서 그들에게 〈정말 잘 들어 두어라. 만일 너희가 사람의 아들의 살과 피를 먹고 마시지 않으면 너희 안에 생명을 간직하지 못할 것이다. 그러나 내 살을 먹고 내 피를 마시는 사람은 영원한 생명을 누릴 것이며 내가 마지막 날에 그를 살릴 것이다. 내 살은 참된 양식이며 내 피는 참된 음료이기 때문이다〉(「요한의 복음서」 6장 52~55절)라고 했듯이 포도주는 기독교에서 예수의 피로 여겨진다. 따라서 실러의 「환희의 송가Ode an die Freude」에서도 포도주가 구세주의 피로 묘사되고 있다.

---

1 횔덜린, 『궁핍한 시대의 노래』, 장영태 역주(혜원출판사, 1990), 249면.

술잔에서는 환희가 비등하노니,

포도송이의 황금빛 피를 마셔

거친 자들도 온후해지고,

절망한 자도 영웅적 용기를 얻도다.

형제들이여, 가득한 포도주 잔이 돌거들랑,

자리를 박차고 일어나서,

그 거품 하늘까지 치솟게 하라,

온후하신 영(靈)께 이 잔을 바쳐라!

별들이 선회하며 찬양하고

천사들이 노래 불러 찬미하는

온후하신 영께 이 잔을 바쳐라,

저 위 별 총총한 하늘에 계신 분께!

심지어 이 시에서는 포도주가 신과 인간 간의 맹세의 증인으로
묘사되기도 한다.

성스러운 동맹을 더욱더 공고히 하라,

이 황금빛 포도주를 놓고 맹세하라,

우리의 서약을 충실히 따르겠다고,

별들의 심판자 앞에서 맹세하라!

십자가에 못 박힌 그리스도의 묘를 준비하던 아리마티아 사람
요셉이 십자가에 못 박혀 흘린 그리스도의 피를 담은 잔을 영국의
아발론섬, 즉 현재의 글래스턴베리에 운반했다고 한다. 그의 사후
그 잔은 행방불명되어 이 성스러운 잔을 찾는 기사들의 내용을 담
은 『아서 왕의 전설Arthurian Legend』이 생겨나는 등 중세 유럽 문학
의 중요한 주제가 되었다. 이러한 잔의 성스러운 성격은 괴테의

『파우스트』 속에 실린 시 「툴레의 왕」에 잘 나타나 있다.

옛날 옛적 툴레에
죽는 날까지 신의를 지킨 왕이 있었네.
사랑하는 왕비 숨을 거두며,
왕에게 황금 술잔을 건네주었네.

왕은 무엇보다도 소중한 그 술잔으로
잔치 때마다 술을 마셨네.
술잔을 들이켤 때마다
두 눈에 눈물이 가득 고였네.

그러다 세상을 떠날 때가 되자,
왕국의 도시들을 헤아려
전부 후계자에게 물려주었네.
하지만 술잔만은 끝까지 간직하였네.

바닷가 성안
선조들의 고매한 홀에서
기사들에 둘러싸여
만찬을 열었네.

늙은 주객은 거기 서서
생명의 마지막 불꽃을 마시고는
성스러운 술잔을
넘실대는 바닷물에 던졌네.

술잔이 떨어져 물을 가득 담고

바닷속 깊이 잠기는 것을 바라보았네.

두 눈이 감기고,

다시는 한 방울도 마시지 못하였네.(2759~2782)

툴레라는 북쪽 나라에 왕이 있었는데 왕비가 죽으면서 그에게 황금 술잔을 남겼다. 늙은 주객(酒客)인 왕은 연회 때마다 이 술잔으로 술을 마시면서 왕비를 그리워하며 그녀와의 옛 추억을 나눈다. 이것은 왕과 왕비의 〈사랑의 증거품이며 담보〉로, 그들이 술잔을 주고받으면서 〈사랑의 교류〉가 이루어져 잔은 사랑의 징표가 된다. 여기에서 툴레의 왕이 〈성스러운 황금 잔〉으로 마신 〈생명의 마지막 불꽃〉은 포도주가 되어 예수의 살과 피가 된다는 성찬식을 연상시킨다. 왕이 죽게 되었을 때 모든 재산을 물려주지만 황금 술잔만은 남겨 놓았다가 마지막 술을 마시고 해변 낭떠러지에서 바다로 술잔을 내던진다.

이러한 성스러운 행동이 전개된 장소는 바닷가 높은 성이다. 상향 운동은 성취의 개념으로, 드높음이나 상승은 탁월함과 왕권 등의 개념을 상징한다. 높은 상행은 성취의 개념으로 숭고함이나 탁월성 등을 함축하여, 올라가려고 노력하면 자연스러우나, 내려가려는 노력은 부자연스럽게 들린다. 따라서 드높은 탑 등 위로 향하는 개념과 결부된 이미지들은 도달해야 할 대상, 획득하려는 소망으로 선하거나 위대한 대상을 의미한다. 왕은 신하들을 위에서 다스리지 아래에서 다스리지 않는다. 이러한 배경에서 이 시의 높은 성은 하늘로 올라가는 공간처럼 여겨져 〈선조들의 고매한 홀〉의 〈고매한〉에는 왕의 숭고함이 담겨 있다.

2

주술적 요소

—

　『파우스트』 도입부에서 주인공 파우스트는 철학, 법학, 의학 및 신학까지 온갖 노력을 기울여 샅샅이 연구했지만, 그 결과 행복은커녕 가련한 바보가 되었으며, 옛날보다 더 영리해진 것도 없고 오히려 아무것도 알 수 없다는 것만 알게 되었노라고 자탄한다. 그런데 파우스트가 모든 학문을 열거하면서 하필 신학 앞에 〈유감스럽게〉(356)라는 단어를 붙인 것이 의미심장하다. 괴테의 시대와 거의 동시대인인 포이어바흐Ludwig Feuerbach는 〈신학의 비밀은 인간학이다〉라고 신학을 규명했다. 신이 자신의 초상대로 인간을 만든 것이 아니라 그 반대로 인간이 자신의 초상대로 신을 창조했다는 것이다. 따라서 신의 탐구는 인간의 탐구여서 파우스트가 신학 앞에 〈유감스럽게〉를 붙였다고 볼 수 있다.[2] 이러한 신학에 역행하는 악마 메피스토펠레스가 신학에 냉소하는 건 당연하다.

　메피스토펠레스　신학으로 말하면,

　　잘못된 길을 피하기가 아주 어렵지.

　　거기에는 독이 무척 많이 숨어 있어서,

　　좋은 약과 거의 구분이 가지 않는다네.(1984~1987)

　이러한 신학이 포함된 학문에 대한 파우스트의 좌절은 번역의

---

2 김승옥, 『파우스트 연구』, 한국괴테협회 편(문학과지성사, 1986), 66면 이하 참조.

시도에서부터 나타난다. 신약 성서 「요한의 복음서」에 따르면, 태초에 〈말씀〉이 있었는데 이 〈말씀〉이 곧 하느님이라 했고 말씀으로 만물이 창조되었다고 한다. 『파우스트』 제1부의 〈서재〉 장면에서 파우스트는 이 〈태초에 말씀이 있었느니라〉를 〈태초에 행위가 있었느니라〉로 바꾼다.

> 〈태초에《말씀》이 있었느니라!〉 이렇게 써야 하지 않을까.
> 벌써 여기에서부터 막히다니! 누가 나를 도와줄 것인가?
> 〈말씀〉이라는 낱말을 과연 이렇듯 높이 평가해야 하는가.
> 정령의 깨우침을 받았다면,
> 이 낱말을 다르게 옮겨야 한다.
> 〈태초에《뜻》이 있었느니라!〉 이렇게 써야 하지 않을까.
> 네 펜이 경솔하게 서두르지 않도록
> 첫 행을 심사숙고하라!
> 과연 만물을 창조하고 다스리는 것이 뜻일까?
> 〈태초에《힘》이 있었느니라!〉 이렇게 쓰여 있어야 마땅하리라.
> 하지만 이것을 쓰는 동안에 벌써
> 뭔가가 미진하다고 경고하는구나.
> 정령이 도와주는구나! 불현듯 좋은 생각이 떠올라
> 자신 있게 쓰노라. 〈태초에《행위》가 있었느니라〉!(1224~1237)

그러니까 〈말〉의 번역에 단순한 도구에 불과한 〈말〉 이상을 나타내는 내용, 즉 〈뜻Sinn〉이 있어야 한다. 그러나 〈뜻〉, 즉 의미가 만물을 창조할 수 있는 힘을 가지고 있는 것은 아니다. 그래서 파우스트는 〈내밀한 깊은 곳에서 세상을 지탱하는 것〉(382~383)을 지향해서 〈힘〉이라고 번역해 보았다. 하지만 〈힘〉만 가지고 세계가 창조되었을까? 힘은 맹목적인 면도 강하다. 힘만으로는 「천상의 서곡」에서 천사들이 찬양하는 우주의 합목적(合目的)적인 질서를 수립할 수 없으므로 모든 창조 활동에 필요한 것은 조화와 통일을 이루는 보다 높은 합목적적인 것이 있어야 한다. 따라서 힘을 다스리는 〈행위〉가 적당한 번역이 되고 있다. 이 부분은 헤르더의 사상에서 영향을 받은 것 같다. 헤르더는 신약 성서를 주해하면서 〈로고스는 사상이며 말인 동시에 의지, 행동, 사랑이다〉라고 썼다.[3]

결국 말씀이라는 신약 성서의 내용이 『파우스트』에서 행위Tat로 바뀐다. 아울러 작품 첫머리에서 파우스트의 비판의 대상이 되는 로고스Logos가 종교 개혁가 루터의 성서 번역에서는 〈말씀 Wort〉으로 되어 있다. 이러한 말씀이 『파우스트』의 〈밤〉 장면에서 〈부질없는 것〉으로 경시되고 있다.

> 내밀한 깊은 곳에서
> 세상을 지탱하는 것을 인식하고,
> 모든 작용하는 힘과 근원을 직시하여,
> 더 이상 말과 씨름하지 않아도 된다면.(382~385)

이렇게 인간에 본질적으로 속하는 초월적인 범주가 인식되지 못하여 〈번역의 반역Übersetzungsverrat〉을 피할 수가 없는 것 같다. 따라서 본질적인 지식에 접하지 못한 파우스트는 가슴이 타는 것만 같아서 학문의 힘으로 얻지 못한 진리를 초인적 주술로써 파악하려고 한다.

> 온 감각이 열망하는
> 인류의 왕관을 쟁취하는 일이 불가능하다면,
> 나는 뭐란 말인가?(1803~1805)

3 『괴테 파우스트』Ⅰ·Ⅱ부(서울대학교 출판부, 1988), 70면 이하 참조.

인류는 태초부터 자연 현상의 질서에서 이익이 되는 법칙을 찾아 모아 왔는데 그중 어떤 것은 황금의 법칙이었고 어떤 것은 그야말로 무용지물이었다. 이 참된 황금률은 기술이라 불리는 과학의 골자가 되었고 잘못된 법칙은 주술이 되었다. 일반적으로 속신(俗信)은 사회생활에 실해(實害)를 끼치고 도덕관념에도 위배되는 주술적(呪術的) 요소가 짙은 맹신(盲信)인 경우가 많다. 이 속신에 관한 언어적 개념은 복잡하여 언어학자이기도 한 그림Grimm은 신앙의 한계선을 지난 것 또는 그 이상의 것이라 하여 〈Oberglaube= Überglaube(라틴어로 superstito)〉라는 단어로 표현하고 또 어떤 학자는 〈Hinterglaube(신앙의 배후)〉 혹은 〈Unterglaube(신앙 이하)〉로 표현하여 정상 종교의 신앙 규범을 벗어난 신앙 형태를 가리킨다. Superstition의 역어(譯語)인 미신은 (1) 잘못되어 허황된 것을 믿는 것, (2) 사람을 미망(迷妄)으로 인도하는 신앙으로 이해되는데, (1)의 경우 그 의미가 너무 포괄적이고, (2)의 경우는 그 의미가 명확하지 않다. 즉 신앙은 내가 믿는 신이 가장 높고 내가 가진 신앙이 가장 옳다고 믿는 것이므로, 어느 것이 바르다는 기준이 명백하지 않다. 게다가 신앙은 과학에 의해 정사(正邪)를 판정할 수도 없다. 그리고 〈미신〉이라는 말 자체에 〈잘못〉이라는 가치 판단이 수반되어 학술 용어로 개념 규정이 곤란하다.

속신의 기원에 대해서는 신앙의 영락(零落), 그 파편(破片) 등으로 잘못 해석되었다는 설이 있다. 속신에는 신앙의 영락이나 오해도 혼입되어 있지만 모두 그렇다고 말할 수는 없다. 신앙이나 종교가 발달하지 않은 미개발 사회에도 속신은 존재하므로 신앙과 속신은 시간적인 선후 관계(영락이나 오해 등)보다는 공존·병존한다고 볼 수 있다. 속신 발생의 원인 중 하나는 자연 관조(自然觀照)이다. 관조란 사물을 충분히 관찰하여 그 본질을 파악하는 것이다. 자연의 신비에 접촉하여, 자기 내면에 어떤 작용을 발동시키려 할 때 신앙이 생겨나고, 자연의 신비에 감동하면 예술이 되며, 인과 관계에 추급(追及)하면 속신이 된다. 그중 인과 관계가 증명된 것은 과학으로 독립되고, 그 뒤에 남겨진 것은 증명이 곤란하다. 속신적 의식은 주로 귀신에게 기복한다. 이러한 속신의 기복 행위는 공리주의여서 효과가 당장 나타날 것을 기대한다. 그리고 책임 부담이 별로 없기 때문에 서민 대중 사이에 널리 확산되어 여러 가지 민간 신앙과 더불어 오랜 세월을 거쳐 이어 내려오는 중에 생활화하여 관습으로 되어 버렸다. 자연의 위협, 질병, 기근, 관권 등에 시달리며 살아온 미약한 인간에게 의지할 힘이 필요했던 것이다.[4]

　신에게 귀의하고 그것에 몸을 바치는 것이 종교라면, 주술은 책략을 가지고 신의 법칙과 그 작용의 비밀을 캐내서 이용하고 행사하는 데 본질이 있다. 세계와 인간에 대한 지식을 이용해 사람들을 현혹시키고 자기 욕망을 충족시키는 무리를 주술사라고 하는데, 이러한 주술과 주술사의 이야기는 그 근원을 멀리 전설 시대에서부터 찾을 수 있으며, 그 계통으로 보아도 고대의 자연 종교·유대교 및 그리스의 종교 등 매우 다양하다. 주술은 기법(의식, 의례, 예배)으로 구성되어 있는데 이것이 형이상학적 이론을 가지면 종교가 된다고 방주네프Arnold van Gennep는 규정했다. 따라서 주술이란 일종의 사이비 과학으로 속신이다. 주술은 그 지방의 종교 사상과 혼합하여 속신이 되는 경우도 많다. 상식적으로 속신으로 여겨지는 것 가운데는 음양오행설에 의한 일시(日時), 방위, 각도 등에 관한 길흉(吉凶)이나 여러 가지 점술, (속신적인) 기도 외에 접신(接神)이라는 현상이 있다.

　이러한 음양오행설에 입각한 예언 하나를 소개해 본다. 목(木), 화(火), 토(土), 금(金), 수(水)의 오행 사상으로 보아 불은 양(陽)이

4　안진태, 『엘리아데·신화·종교』(고려대학교 출판부, 2015), 196~198면 참조.

니 화극금(火克金)이라 하여 쇠를 이긴다. 이러한 화극금 사상이 불교 사상 등으로 전파되어 종교적인 예언의 법칙이 되기도 한다. 〈미국은 베트남에서 반드시 패배한다.〉 탄허 스님은 베트남 전쟁 당시 화극금의 역학 원리를 토대로 예언한 적이 있다. 베트남은 이방(離方), 곧 남쪽인데 이는 불[火]로 푼다. 미국은 태방(兌方)으로 쇠[金]이다. 쇠가 불 속에 들어갔으니 녹을 수밖에 없다. 화극금에 해당하는 원리다. 또 1960년대 지구의 온난화와 일본 열도의 침강도 불의 사상으로 예언되었다. 지구에 잠재해 있는 화질(火質)이 북극의 빙산을 녹이기 시작한 것을 지구의 규문(閨門)이 열려 성숙한 처녀가 되는 과정으로 비유한 것이다. 그리고 지구의 초조(初潮) 현상은 소멸이 아니라 성숙의 모습이다.[5]

주술은 초자연적인 존재에 호소하여 질병을 치료하거나 강우·풍작·풍어 등 의도한 바를 실현하고자 하는 행위·신앙·관념으로 주법(呪法)이라고도 하며 〈마술〉이나 〈요술〉로도 불리는데 특히 종교학이나 인류학에서 이 말을 쓴다. 이렇게 주술은 불길하고 원시적인 성격을 띠고 있지만 문명국이나 미개한 나라들을 막론하고 세계적으로 퍼져 있다. 오랫동안 가뭄이 계속되면 물을 뿌리거나 북을 치는 기우(祈雨)의 예는 세계 도처에서 볼 수 있는데, 물을 땅에 뿌리고 큰북을 치는 등의 주술은 강우와 뇌성을 모방한 것이다. 이처럼 소망하는 주술은 〈유감homeopathic 주술〉 혹은 〈모방imitative 주술〉이라 불렀다. 따라서 기우 또는 건강 회복을 목적으로 하는 주술은 사회나 사람을 위해서 하는 생산적·방어적인 주술로서 〈백(白)주술〉이라고도 하며, 남을 괴롭히고 저주하고 죽이기 위한 파괴적인 주술은 〈흑(黑)주술〉 또는 〈사술(邪術)〉이라고 한다. 단, 같은 주술이라도 견해에 따라 백주술이 흑주술이 되는 경우도 있다.

5 안진태, 『엘리아데·신화·종교』(고려대학교 출판부, 2015), 287면.

이렇게 주술은 연금술, 심령학, 점성술 같은 다양한 카테고리로 발전하여 로고스를 본질적으로 하는 과학과 대치되면서 사이비 과학으로 여겨졌다. 과학자는 사실을 객관적으로 보지만 사이비 과학자들은 보고 싶은 사실만 본다. 게다가 〈귀신이 마음을 조종했다〉 같은 사이비 과학의 주장은 증명을 통해 틀렸다고 할 수도 없다. 예상과 크게 빗나가는 결과가 나와도 사이비 과학자들은 〈믿음이 부족해서〉 등의 논박 불가능한 이유를 대며 대수롭지 않게 여긴다. 이들은 결코 자신의 〈믿음〉을 포기하지 않기 때문에 검증 실험은 규칙적인 결과를 얻을뿐더러 반박 자료도 소용이 없어서 사이비 과학인 무속은 오랫동안 존속되고 있다. 이러한 사이비 과학이 『파우스트』에서 지휘자의 언급 속에 암시되고 있다.

> 나뭇잎 속의 개구리, 풀숲의 귀뚜라미,
> 이 빌어먹을 아마추어들!
> 파리 주둥이와 모기 코,
> 너희들이 바로 음악가라니!(4363~4366)

해로운 해충인 파리와 모기가 훌륭한 악사(주술)로 칭찬받고, 유익한 개구리와 귀뚜라미는 지독한 풋내기(과학)로 책망되는 데서 과학에 대치되는 사이비 이론이 옹호되고 있다. 이러한 주술에 해당되는 해충의 수호신이 악마 메피스토펠레스이다. 따라서 메피스토펠레스가 옷걸이에서 모피 외투를 내려 털자 귀뚜라미, 딱정벌레, 나방들이 튀어나오면서 그를 찬양하는 합창을 한다.

곤충들의 합창 반가워요! 반가워요,
우리의 옛 보호자님!
우리는 빙빙 날고 윙윙거리며,

주인님을 금방 알아보았죠.
주인님이 우릴 하나하나 살피시
심어 놓은 덕분에,
우리 이제 수많은 무리 이루어
아버지 앞에서 춤을 추지요.
악당의 가슴속에는
많은 것이 숨어 있지만,
털옷 속의 이들은
밖으로 술술 기어 나오죠.(6592~6603)

이러한 해충들의 합창에 그들의 수호신인 메피스토펠레스는
다정하게 화답하며 이들의 보금자리를 알려 주는 등 이들이 번창
하여 우글거리도록 격려한다.

이 어린 것들을 보니 참으로 놀랍고도 기쁘구나!
씨를 뿌리면, 언젠가는 수확하기 마련인 것을.
낡은 털옷을 한 번 더 털어보자,
여기서 한 마리, 저기서 한 마리 튀어나오는구나.
위로! 사방으로! 구석구석으로,
사랑스러운 것들아, 어서 서둘러 숨어라.
저기 낡은 상자들이 있는 곳으로,
여기 거무스름하게 변한 양피지 갈피 사이로,
수북이 먼지 쌓이고 깨진 낡은 그릇 조각 속으로,
해골바가지의 움푹 팬 눈구멍 속으로.
이렇게 곰팡이 핀 어수선한 곳에서는
영원히 귀뚜라미들로부터 벗어나지 못하리라.(6604~6615)

이렇게 해충에 해당되는 사이비 이론, 즉 사이비 과학에 해당되는 주술도 관찰, 가설의 수립, 예측, 실험, 수정이라는 과정을 통해 만들어지는 과학 이론과 똑같은 절차를 밟는다. 예컨대 점성술사들도 사실을 관찰하고 나름의 설명 논리를 만들어 미래를 예측하고 예언이 맞는지를 검증하고 틀렸을 경우에는 왜 그런지를 해명한다. 따라서 점술책도 과학책만큼 체계적이고 복잡한 논리 체계로 이루어져 있다. 이러한 사이비 과학인 주술이 황당한 꿈인 줄 알면서도 평화와 안이(安易)를 거절하여 행복할 수 없는 인간 파우스트는 〈하늘에서는 더없이 아름다운 별을 원하고〉(304), 〈다른 하나는 이 티끌 같은 세계에서 과감히 벗어나 숭고한 선인들의 세계로 나아가려 하〉(1116~1117)는 이상주의자가 된다. 따라서 우주의 근원적인 진리까지 알고자 하는 파우스트는 영들의 힘을 빌려 자연의 신비를 캐고, 경험적으로 확실한 지식을 얻어, 가장 깊은 내면에서 세계를 인식하면서 창조적인 자연을 관찰하기 위해 인간의 경지를 초월한 마성인 주술에 의지하게 된다. 〈그래서 정령의 힘과 입을 빌려 세상의 비밀을 알아내려고 마법에 몰두하였거늘〉(377~379)이라고 외치면서 기독교에 상반되는 마성에 몸을 맡겨서라도 초인간적인 경지에 도달하려 한다.

뭔가를 제대로 안다는 자부심도 없고,
사람들을 선도하고 교화하기 위해
뭔가를 가르칠 수 있다는 자신감도 없지 않은가.
그렇다고 돈이나 재산을 움켜쥔 것도 아니고,
세상의 부귀영화를 누리는 것도 아니니,
개라도 이런 식으로는 더 이상 살고 싶지 않으리!
그래서 정령의 힘과 입을 빌려
세상의 비밀을 알아내려고

마법에 몰두하였거늘.

나도 모르는 것을

더 이상 비지땀 흘리며, 떠들지 않아도 된다면 좋으련만.

내밀한 깊은 곳에서

세상을 지탱하는 것을 인식하고,

모든 작용하는 힘과 근원을 직시하여,

더 이상 말과 씨름하지 않아도 된다면.(371~385)

파우스트는 자신의 염원이 현실적으로 이루어지지 못하자 자신의 구제를 〈마법〉이나 〈환상〉 등 주술에 의지한다. 합리적 이성적 주체자로 세계와 교섭하던 파우스트가 후에는 비합리적 마술사로서 그 비오(秘奧)의 불가사의한 생명의 근원인 최고 실재와 관련을 맺으려 하는 것이다.

파우스트 아무렴, 나한테 마법의 외투가 있다면,

미지의 나라로 날아가련만!

제아무리 값비싼 옷이나

임금의 곤룡포하고도 바꾸지 않으련만.(1122~1125)

이러한 파우스트는 인류사에서 신화적인 문화의 양식이다. 오늘날의 생철학이나 실존 철학이 합리주의와의 대결에서 지켜 온 신비 사상은 종교상으로는 객관적 교리나 예배 형식을 주장하는 기독교적 입장을 배격하는 자연주의와 상통했다. 자연주의는 한마디로 인간이 자연의 일부라는 철학으로 고대 그리스·로마의 철학을 물려받은 것인데, 르네상스기의 휴머니스트들은 인간의 정신 및 이성적 자유를 중시하면서 자연에 속하는 육체 및 사물을 등한시하지 않았다. 요컨대 정신적 자유뿐 아니라 현실 생활의 즐거

움과 효용성에도 가치를 둔 것이다.

이렇게 주술에 관심이 많은 괴테의 『파우스트』는 16~17세기 유럽에서 성행한 주술적 요소의 영향을 많이 받았다. 합리적 이성의 파우스트는 처음에 세계와의 교섭을 하다가 후에는 비합리적 마술사로서 그 비오(秘奧)의 불가사의한 생명의 근원과 관련을 맺으려 하는 것이다. 이러한 괴테의 주술에 전설 같은 인물 아그리파 Agrippa와 파라셀수스가 많은 영향을 미쳤다. 의사이며 철학자였던 아그리파는 파라셀수스와 비슷한 사람으로 〈스콜라 철학〉[6]에 적극 반대했고 카발라[7]를 믿었다. 이들의 이러한 인식 노력은 당시 기독교 도그마의 입장에서는 이단이고 악마적인 것이어서 박해를 받았지만 전설 속에 행적을 남겼다.[8] 전설 속의 실제 인물 요하네스 파우스투스가 이러한 파라셀수스나 아그리파에 몰두했던 것처럼 청년 괴테도 프랑크푸르트에서 요양 중에 광범한 연금술 지식을 획득했으며 파라셀수스의 신비주의적이고 주술적인 학설에 관한 풍부한 지식을 획득하여 작품에 반영했다. 괴테는 근대 과학의 길을 열어 준 연금술과, 미신적이고 전설적인 요소이기는 하지만 주술이라는 민속 신앙을 통해 인간의 천성이 곧 신성이라는 신비주의 철학을 부각시킨 것이다.

파우스트 전설의 근원을 이루는 주술은 민중본 『파우스트』의 전설로 올라간다. 파우스트 전설의 주인공인 요하네스 파우스투스는 1480년경 소도시 마울브론 근처의 크니틀링겐에서 태어나 1532년까지 비텐베르크에 체류하면서 신학과 의학을 연구했다. 그 후 크라카우로 도주하여 마술에 몰두하며 유대계 신비주의자들과 교제했고, 신의 본질이나 세계의 발생 및 점성술 등을 연구하

---

6 교부 철학에 의해 세워진 기독교 신앙을 체계적으로 정리하고 이를 이성적인 사유를 통해 논증하고 이해하려 했던 중세 철학의 흐름.

7 신비주의적인 유대의 비교(秘敎).

8 윤세훈, 『파우스트 연구』, 한국괴테협회 편(문학과지성사, 1986), 18면.

여 예언자 역할을 했다. 당시 사기꾼으로 멸시당하기도 한 그는 마술의 힘으로 세계를 여행하며 베네치아에서는 비행을 시도하고, 마울브론에서는 금을 제조하기도 하며, 에르푸르트에서는 호메로스 작품의 주인공들을 주문으로 불러내기도 하고, 라이프치히에서는 술통을 타고 달리기도 했다. 그는 악마를 개의 모습으로 데리고 다니다가 마지막으로 뷔르템베르크의 여관에 투숙했는데 〈오늘 밤 놀라지 마시오!〉라고 예언한 뒤 그날 밤 악마에 의해 살해되었다.

이러한 파우스투스 전설 외에 『파우스트』에서 주술의 근원을 이룬 주술사로 원시 기독교 시대의 시몬Simon Magus을 들 수 있다. 사마리아의 키타이 마을에서 태어나, 기원후 1세기의 사마리아와 클라우디우스 황제 치하의 로마에서도 활동한 마법사 시몬은 자신의 마술로 기적을 행하며 본인을 자칭 큰 자라 칭했다. 특히 공중 부양하여 자유로이 하늘을 나는 능력을 가진 것으로 여겨진 시몬은 후대의 기독교인들에 의해 인간의 형상을 한 악마라고 비난받았다. 마구스Magus는 〈마술사〉라는 뜻으로, 시몬의 교설을 얕보고 그 영향력을 감소시키려는 초대 그리스도교 측의 그에 대한 멸시에서 유래한다. 마법사 시몬에 대한 판타지적인 이야기들은 중세까지 이어져 괴테의 『파우스트』에 영감을 준 것으로 여겨지고 있다.

시몬 이후에는 키프리아누스Thascius C. Cyprianus가 있는데 서방 교회의 교부로서 중요한 인물인 그는 수사학자였으나 246년경 그리스도교로 회심하고 249년 카르타고의 주교가 되었다. 데키우스 황제 시대의 격렬한 박해에 맞서며 교회를 유지하기 위해 노력했으나 뒤를 이은 발레리아누스 황제의 박해로 순교했다. 키프리아누스는 재물에 그리스도를 따르지 못하게 하는 위험이 있음을 알고 있었다. 당시 로마 제국에서는 데키우스 황제에 의해 옛 신들에 대한 숭배를 강제하며 이를 거부하는 자는 재산 몰수, 고문, 처형, 추방으로 탄압했다. 이 박해는 250년에서 251년 부활절까지 있었는데, 당시 부자 신자들은 재산을 지키기 위해 배교했다. 이를 본 키프리아누스는 교우들에게 사치하지 말 것과 가난한 사람들을 위해 재물을 쓸 것을 충고했다.

이렇게 괴테의 『파우스트』에는 16세기의 파우스트 전설뿐만 아니라, 멀리 시몬 마구스를 필두로 각 시대의 주술사의 요소가 혼합되어 있다. 그중 고대 기독교회 전설에서 키프리아누스의 악마와의 계약이라든지, 그리스 미녀 헬레나와 파우스트의 결합 문제 등은 충분히 전설상으로도 고증되어 괴테의 『파우스트』의 주요 테마를 형성했다.[9] 하지만 이러한 주술사는 일반적으로 악마와 결탁한 무리라고 생각되었다. 이렇게 악마와 결탁한 주술사의 개념을 이해하기 위해 메피스토펠레스가 파우스트와 나눈 자연의 탄생에 대한 대화를 들어 본다.

파우스트　나한테 육중한 산맥은 무언의 고귀한 것일세.

　나는 그것이 무슨 이유로 어떻게 생겨났는지 묻지 않네.

　자연은 스스로의 힘에 의지하여

　지구를 깔끔하게 완성하였네.

　산봉우리와 계곡을 반가이 맞이하고,

　바위와 산을 줄줄이 엮어 놓고,

　언덕을 완만하게 일구어

　골짜기까지 부드러운 선으로 이었다네.

　푸르른 초목이 싹터 울창하게 자라니,

　그걸 즐기는 데 무슨 엄청난 소란이 필요하겠는가.

메피스토펠레스　선생이야 그렇게 말하겠지요! 지극히 당연한 일

9　박찬기, 『파우스트 연구』, 한국괴테협회 편(문학과지성사, 1986), 260면.

로 보일 테니까.

하지만 바로 그 현장에 있었던 자에게는 그게 아니라니까요.

나는 심연이 부글부글 끓어오르며

뜨거운 불길을 뿜어내는 바로 그 자리에 있었소.

몰록10의 망치가 바위를 연거푸 쪼개어

산의 파편들을 저 멀리 날려 보냈을 때 말이오.

온 나라가 낯선 거대한 덩어리들로 가득 차 있는데,

누가 그 거세게 내동댕이치는 힘을 설명하겠소?

철학자라고 그 영문을 알겠소.

바위가 거기 있으니 그냥 내버려 두는 수밖에 없지 않겠는가,

우리가 이미 마르고 닳도록 생각했거늘 — 기껏해야 이런 식이
　　지요.

성실하고 순박한 백성들만이 그걸 이해하고서

주변에서 뭐라 말하든 흔들리지 않지요.

그것은 기적이고 바로 사탄의 업적이라는 사실을

오래전에 지혜롭게 터득했기 때문이오.

나를 신봉하는 순례자들이 믿음을 지팡이 삼아,

사탄의 돌, 사탄의 다리를 찾아 절름절름 헤매고 있다니까요.

(10095~10121)

여기에서 메피스토펠레스가 말하는 〈나를 신봉하는 순례자들
이 믿음을 지팡이 삼아, 사탄의 돌, 사탄의 다리를 찾아 절름절름
헤매고 있〉는 〈성실하고 순박한 백성들〉은 악마로 연상되는 사술
(邪術)을 신봉하는 순박한 백성들을 의미한다. 이렇게 주술을 주
도하는 주술사 전설의 공통점을 열거하면 대략 다음과 같다. 첫째

---

10 몰록Moloch이라는 악마는 신과 다툴 때 망치로 바위를 깨뜨려 지옥 주위에 성채를
쌓고 싸운 소의 몸뚱이를 가진 화신(火神)이었다.

는 주인공의 성격이 거인적이며 지상의 모든 것을 점유하고(소유욕), 향락하자는(애욕·권세욕) 현세주의적 의욕에 넘치고(자아중심 의식), 둘째는 천상의 힘을 외면하고 악마와 결탁하며(흑마술), 셋째는 주술사의 절망과 파멸로 영혼이 지옥으로 떨어지는 비극적인 종말이다.[11] 이렇게 주술은 구제할 수 없는 것으로 저주되어 지옥의 심연에 빠지는 운명에 있는 것으로 여겨졌다.

우리나라에서 주술사는 종종 추장과 왕으로 발전했다. 예를 들어 『삼국사기』나 『삼국유사』에서 남해왕은 차차웅(次次雄)이라 불렸는데 이는 주술사(무당)를 가리키는 옛말이요, 자충(慈充)이라고도 했다. 주술사를 왜 차차웅 또는 자충이라고 했을까. 이 말을 풀어 보면 우리나라 고대의 주술사가 무슨 일을 했는지, 어떤 능력을 가진 사람이었는지 알 수 있다. 차차웅과 자충은 〈잘 춤〉, 〈춤을 잘 춘 사람〉을 뜻하는 우리 옛말이다. 차차웅의 첫 글자 〈차〉로 우리말 〈잘〉을 나타냈고, 〈차웅〉 두 자로 〈ㅊ+웅〉, 즉 〈충〉, 〈춘〉을 나타냈다. 또 자충 두 자로는 〈잘 춘〉을 나타냈다. 남해왕은 〈춤을 잘 춘 주술사〉였고 임금이었다. 한자의 춤 무(舞)와 무당 무(巫)도 같은 계통의 글자다. 이 사실을 뒷받침하는 그림이 6세기 고구려 고분 벽화에 보인다.

속신은 현대인에게 미신이고 거부해야 할 것으로 치부되지만 수천 년 동안 백성들과 함께하며 위로해 준 손길이었다. 주술은 옛날 자연 지배의 도구로 애니미즘과 전(前) 애니미즘의 원시적 상태에 정착하여 신화와 함께 해체 및 새로 생성되어 통용되고 있는 것이다. 이러한 주술의 접촉은 아랍 세계에서 이슬람 이전 시대의 오랜 전통에서 유래하며 이슬람의 신비적 세계상과 일치하고 있다. 한 예로 부적Talisman(아랍어로 talisma)이나 액막이Amulett(아랍어로 hammalat)가 이슬람교에서 숭배되었다. 이러한 부적을 괴

---

11 고창범, 『파우스트 연구』, 한국괴테학회 편(문학과지성사, 1985), 286면.

테는 『서동시집』의 첫 번째 시 「축복의 사자Segenpfänder」의 동기로 이용하고 있다.

> 홍옥 속의 부적은
> 신자에게 행운과 복을 가져다준다.
> 홍옥 바닥 위에 있는 부적,
> 정(淨)한 입으로 그 위에 입 맞추라!
> 부적은 모든 재액을 물리치고,
> 새겨진 말이 알라 신의
> 이름을 맑게 고하여
> 그대에게 사랑이나 행위의 불꽃을 피워 줄 때
> 그대와 거처지를 보호해 준다.
> 더욱이 여인들은 부적에서
> 보다 굳은 신앙을 가지게 된다.
>
> 액막이도 똑 같은 신부(神符)인데
> 이것은 종이 위에 쓰인 부적,
> 보석처럼 비좁지 않기에
> 글귀를 적어 넣기에 애를 먹지 않는다.
> 신앙심이 두터운 자는
> 그곳의 긴 시구를 선택해도 된다.
> 남자들은 이 종이 부적을
> 경건하게 겉옷으로 걸치고 다닌다.
>
> 그런데 명문에는 별다른 뜻이 없다.
> 있는 그대로이며, 이렇게 말하겠지:
> 몸에 지니면 아늑한 기분이 된다고.

이거야말로 나의 말이다! 라고 그대는 말하고 싶을 게다.

그러나 아브락사스[12]만은 좀처럼 몸에 지니지 않는다.

그 명문은 대체로 음울한 망상이 창조한

기괴스럽기 짝이 없는 것인데도

보통 지고한 것인 양 통하고 있다.

내가 가령 허튼 얘기를 할 경우에는

내가 아브락사스를 지니고 있다고 생각해도 좋다.

인장이 붙은 반지에 글귀를 새겨 넣긴 어렵다.

좁디좁은 자리에 지고한 의미를 집어넣긴 어렵다.

그러나 여기에서 그대는 참된 것을 얻을 수 있다.

그대가 생각조차 할 수 없는 참된 금언이 새겨져 있기에.

(HA 2, 8 f.)

이 부적은 중세에 흔히 점성가들이 행하던 일반적인 방식이 되었다. 특히 노스트라다무스가 기록한 부적은 우주의 모습을 상징적으로 표현한 부호로, 영을 호출하는 데 필수적인 도구이다. 이러한 부적의 주술적인 힘에 몰두한 파우스트는 환희를 느낀다.

내 가슴속의 광란을 잠재우고

내 가련한 마음을 기쁨으로 채우고

나를 에워싼 자연의 위력을

신비스러운 힘으로 드러내는

이 부호를 기록한 자는 신이 아니었을까?

내가 신인가? 눈앞이 밝아 오는구나!

---

12 석부(石符)로서 기괴한 글귀가 기록되어 있다.

자연이 작용하는 힘이

이 순수한 선들의 흐름을 빌려 내 영혼 앞에 놓여 있구나!

이제야 현인의 말뜻을 알겠노라.

〈정령들의 세계가 닫힌 것이 아니로다,

네 감각이 닫혀 있고 네 마음이 죽은 것이니라!

분발하라, 배우는 자여, 지상에 사로잡힌 네 가슴을

단호히 아침노을로 씻어 내라!〉

  (……)

모든 것이 하나의 전체로 어우러져,

서로 영향을 주고받으며 살아가는구나!(434~448)

파우스트는 서재에서 책장을 넘기다 못마땅한 정서가 느껴지자 지령의 부호에 눈을 돌리며 절규한다.

이 부호는 참으로 색다른 감동을 불러일으키는구나!

대지의 정령이여, 네가 나한테 가깝게 느껴지누나.

벌써 힘이 솟아나는 것 같고

새 포도주를 마신 듯 온몸이 뜨겁게 달아오르누나.(460~463)

이러한 부호의 힘에 이끌려 〈누가 나를 부르느냐?〉(482)라며 지령이 나타난다.

내 모습을 보고 내 목소리를 듣고 내 얼굴을 보길

그토록 숨을 헐떡이며 열망하지 않았더냐.

네 영혼의 간절한 염원에 감동하여

내 이리 나타났건만!(486~489)

하지만 막상 나타난 지령을 보자 파우스트는 신적인 자신감이 사라져 〈어이쿠! 도저히 참아 내기 어렵구나!〉(485)라고 외친다. 따라서 파우스트가 추구했던 신적인 초인 사상이 주술에 끌려 나타난 지령에 의해 한 마리의 벌레로 가치 절하되어 조롱된다.

> 내 이리 나타났건만! ― 초인이라는 네가
> 어찌 이리 가련하게도 두려움에 떤단 말이냐! 네 영혼의 부름은
>   어디 갔느냐
> 세계를 창조하여 품고 다니던 네 가슴,
> 기쁨에 떨며 한껏 부풀어 올라
> 우리 정령들과 어깨를 겨루던 네 가슴은 어디 갔느냐?
> 애타게 부르며
> 혼신의 힘을 다해 나에게로 다가왔던 파우스트, 어디 있느냐?
> 내 입김에 둘러싸이자,
> 오장육부까지 벌벌 떨고,
> 겁에 질려 몸부림치는 벌레가 너란 말이냐?(489~498)

결국 파우스트의 오만한 초인적인 태도는 지령에 압도되어 사라지고 다시 인간의 세계로 떨어진다. 이렇게 주술이 파우스트를 지배하는데, 특히 신비적 자연 철학이라는 범지학Pansophie이 그에게 많은 영향을 미쳤다. 범지학에 의하면, 만물의 영장인 인간은 대우주Makrokosmos와 소우주Mikrokosmos, 즉 신과 인간의 대결 및 화해라는 명제를 백과사전적 지식과 영험적인 현상을 통해 규명하려 한다. 곧 범지학은 신의 심령학적 존재 규명(이것은 단순한 허구가 아니라 괴테 시대의 사상적 배경이 되는 인간의 한없는 야망이다)과 온갖 지식의 탐구욕으로 현세와 천계의 비밀까지 파헤치려는 인간의 신에 대한 인식 문제다. 여기에서 특히 대우주·

소우주와 거기에서 파생된 점성술의 개념이 당시 괴테의 관심을 크게 끌어 『파우스트』에서도 자주 언급되고 있다.

> 모두들 삶을 향해,
> 사랑스러운 별들과
> 지고의 은총이 있는
> 먼 곳을 향해.(1502~1505)

천재적 화학자이자 의사인 파라셀수스는 자기 고유의 철학을 정립하여 당시 사회에서 논란의 대상이 되는 경우가 많았다. 그는 자연계의 구성 요소를 3종의 원소로 보았는데 첫째는 타는 것(유황), 둘째는 연기가 되어 발산하는 것(수은), 셋째는 재가 되어 남는 것(소금)이다. 그에 의하면 유황은 성장을 맡고 수은에서는 액체가 생기며 소금은 물체를 견고하게 한다고 한다. 이 3원소가 결합하여 〈대우주〉와 〈소우주〉를 형성하며 인간의 영과 마음의 육체를 구성한다고 생각했다. 대우주는 삼라만상이 상호 작용하면서 통일을 이룬 우주의 세계로, 이 내용이 이병창의 글 「몸, 우주의 성전」에 잘 나타나 있다.

철학자 토머스 칼라일은 〈우주에는 성전이 하나뿐인데 그것은 바로 인간의 몸이다. 인간의 몸에 손을 대는 것은 곧 하늘을 만지는 것이다〉라고 말했다. 몸속에는 하늘과 땅, 불과 물의 에너지가 소용돌이치고 있다. 하늘의 기운을 받아 내 몸의 에너지가 맑고 충만할 때는 날아오르듯 가벼운 기분이다.

파라셀수스나 아그리파는 세계를 대우주와 소우주, 즉 우주와 이를 포함한 인간으로 구분하면서 양자 간에는 불가분의 관계가 있다고 믿었으며, 소우주인 인간에게 일어나는 모든 것은 대우주에서 일어나는 일의 상징이라고 생각했는데 이러한 사조가 『파우스트』에서 오랜 관습으로 묘사되고 있다.

> 커다란 세계에서 작은 세계를 만드는 것이
> 오랜 관습이오.(4044~4045)

이러한 대우주와 소우주의 관계에서 인체의 작용이 자연 이치에 반영된다는 이론이 발전했고, 우주에서 인식되는 신성이 인간의 내부에서 발견된다는 소우주 개념이 발생했다. 육체의 조직이 대우주를 포함하는 소우주가 되고 우주에서 인식되는 신성성이 자신의 내부에서 발견됨으로써 우주와 일치되는 것이다.

> 눈 속에 태양의 요소가 없다면
> 태양을 볼 수가 없을 것이고,
> 우리 마음에 신의 힘이 없다면
> 신에 매혹될 수 있겠는가?(HA 1, 367)

삶은 이중의 지평으로 인간적 생존의 길을 밝는 동시에 초인간적인 우주 혹은 신의 일부를 공유하게 되어 인간의 기관, 생리학적 경험 그리고 모든 행동이 다 종교적인 의미를 지닌다. 이는 신적인 행위를 모방했기 때문만이 아니라 신체 기관이나 그 기능들이 다양한 우주적 영역 및 현상과 유사하여 종교적인 가치를 지니는 것이다. 따라서 여성은 토지 및 대지모와 동일시되고, 성행위는 씨뿌리기와 동일시되는 등 인간과 우주는 서로 동일하여 눈과 태양, 두 눈과 일월, 두개골과 만월, 호흡과 바람 등이 서로 들어맞고 인체에서 나무의 역할까지 볼 수 있다. 한의학에선 오장 가운데 물[水]

을 상징하는 신장(腎臟)이 뿌리에 해당되고, 꽃과 잎은 심장에 해당된다.

이렇게 인간-우주적 상동 관계가 흥미를 끄는 이유는 그것이 여러 실존 상황의 징표이기 때문이다. 종교적 인간의 실존은 세계를 향해 열려 있어 우주적인 무한한 경험에 접근한다. 이러한 체험은 종교적인데 이는 중요한 생리적 기능이 성사Sakrament가 되기 때문이다. 식사는 하나의 의례이며, 식물은 다양한 종교적 가치를 부여받아 성스러운 신의 선물이거나 혹은 체내의 신들에게 바치는 공물이 된다.

성생활도 의례가 되어 신의 행위(하늘과 땅의 성혼)와 동일시되고 결혼은 개인적 차원, 사회적 차원, 우주적 차원으로까지 가치를 지닌다. 말하자면 운명 지어진 상황에서 우주화되어 세계를 특징짓고 구성하는 우주의 상호 의존적인 체계가 인간의 척도로 재현되는 것이다. 따라서 소우주인 인간에게 일어나는 모든 것은 대우주에서 일어나는 일의 상징이라는 맥락에서 성좌의 위치나 운행을 관측하여 점을 치는 점성술도 함께 발전했다. 따라서『파우스트』에서〈별들이 허락한 시간을 경외하는 마음으로 받아들이라〉(6415)거나〈운명적인 순간에 마침 잘 왔소!〉(6832)라는 말처럼 별의 위치나 운행으로 인간의 운명을 알 수 있는 점성술이 묘사되고 있다. 별과 자기 삶의 관계를 맺고 싶은 인간의 요구가 점성술로 구현되는 것이다.

이렇게 대우주와 소우주가 괴테의 마음을 이끌어『파우스트』에서 전개되고 있다. 작품 첫 부분인「천상의 서곡」에서부터 소우주에서 대우주에 걸친 배경에서 노력하는 인간 파우스트의 운명과 성격이 암시되고 있다. 파우스트를〈소우주 선생〉(1802)이라고 비꼬아 부르는 메피스토펠레스가 자신의 정체를 캐묻는 파우스트의 질문에〈어리석은 작은 세계에 지나지 않는 인간이 흔히 스스로 전체라 여기는데 — 저는 태초에 전체였던 일부의 일부〉 (1347~1349)라고 대답하면서 인간의 〈소우주〉 개념을 언급하고 있다. 소우주인 인간에게 일어나는 모든 것은 대우주에서 일어나는 일의 상징이 되어 금속에서 지하 세계의 천체 요소가 발견되고, 천체에서는 하늘의 금속을 볼 수도 있다. 이러한 상응 관계에서 토성에는 납과 자수정이 대응되며, 목성에는 주석과 사파이어, 화성에는 철과 루비, 태양에는 금과 다이아몬드, 금성에는 구리와 에메랄드, 수성에는 수은과 철반 석류석 그리고 달에는 은과 월장석이 관계한다. 어머니 – 대지의 품속에서 성숙하며 천체의 영향 아래 형성된 광물들은 모태 속에서 인식하게 하는 광물의 빛, 그러니까 황금의 완벽함에 이르기까지 질적 성장을 하는 태아로 간주된다.[13]

『파우스트』에서는 〈태양 – 황금 – 행복 – 심장〉 혹은 〈달 – 은 – 정서 – 두뇌〉, 〈금성 – 동(銅) – 사랑 – 성기(性器)〉 그리고 〈목성 – 주석 – 간〉 등 일련의 우주와 인간의 심리적 연관이 묘사되고 있다.

> 태양 자체는 순금이고,
> 수성은 전령인지라 은총과 보수를 받으려 애쓰노라.
> 금성 부인은 그대들 모두를 매혹하려
> 온종일 애교스러운 눈길을 보내노라.
> 순결한 달은 변덕스럽고,
> 화성은 맘에 맞지 않으면 힘으로 위협하노라.
> 목성은 제일 아름다운 빛을 발하고,
> 토성은 큰데도 우리 눈에는 작고 멀어 보이노라.
> 그것은 값어치 없고 무겁기만 한 탓에
> 우리에게 높은 평가를 받지 못하노라.

13 뤽 브느와, 『징표, 상징, 신화』, 윤정선 역 (탐구당, 1988), 124면.

얼씨구! 해와 달이, 금과 은이

우아하게 어울리면, 유쾌한 세상일세.

나머지 손에 넣지 못할 것이 어디 있으랴.(4955~4967)

요컨대 점성술과 연금술에서 태양은 금(金), 수성은 수은(水銀), 금성은 동(銅), 달은 은(銀), 화성은 철(鐵), 목성은 주석(錫), 토성은 납(鉛)이라고 한다. 이렇게 그리스와 히브리의 신화 군체는 천문학에서 광물학을 규명하여 점성학적 해석의 근거를 마련했다.

실제로 괴테는 자서전 『시와 진실』에서 자신이 태어난 시운을 별자리에 연관시켜 언급하고 있다. 1749년 8월 28일 정오에 그가 태어날 때의 별자리는 그의 앞길에 매우 유리하다고 해석했다. 〈1749년 8월 28일에 나는 프랑크푸르트알마인에서 낮 12시를 알리는 종소리와 함께 세상에 태어났다. 하늘의 별자리는 아주 좋았다. 태양은 처녀자리에 떠서 한낮의 정점을 이루고 있었다. 목성과 금성은 정겹게 태양을 바라보고 있었고 수성도 싫어하지 않았다. 토성과 화성은 무심히 움직였다. 막 만월이 된 달만이 태양에 맞서 미광의 위력을 더욱더 발휘하면서 동시에 행성으로서의 시간을 마감했다. 달은 그렇게 함으로써 자신의 시간이 끝나기 전에 내가 탄생하지 못한 것에 항의했다. 그 후 점성가들이 내게 높이 인정해주었던 좋은 별자리들은 내 목숨을 건지는 근원이 되었다. 나는 산파의 서투름 때문에 거의 죽은 상태로 세상에 나왔다가 사람들의 많은 노력 덕에 겨우 세상의 빛을 볼 수 있었기 때문이다. 내 가족을 커다란 곤경에 빠뜨렸던 이때의 상황은 오히려 주민들에게 이득이 되었다. 시장이었던 나의 외할아버지 요한 볼프강 텍스토는 이를 계기로 산파를 고용하여 산파 교육을 실시하거나 재교육을 시켰던 것이다. 이것은 그 후에 태어난 많은 아이들에게 도움이 될

수 있었다.〉(HA 9, 10)

이런 배경에서 우주의 조화를 나타내는 상징적 도형이 만들어져 파우스트의 마음을 끌었다. 인간의 속성이 원(圓)이나 정방형의 형태 속에서 상호 작용되는 선(線)으로 결합하여 도식으로 기술되는 것이다.

> 얼씨구! 해와 달이, 금과 은이
> 우아하게 어울리면, 유쾌한 세상일세.
> 나머지 손에 넣지 못할 것이 어디 있으랴.(4965~4967)

이 내용처럼 천체와 고대 그리스의 제신(諸神), 광물과 인간의 신체 기관 및 인간 유형의 마적인 연관 혹은 자연의 원소와 인간의 속성이 연관되는 것이다. 이러한 대우주와 소우주 및 점성술 등에 근거한 주술이 파우스트의 여성적 본질인 그레트헨(여기서는 마르가레테라는 이름으로 등장함)의 마음도 사로잡는다. 그녀가 길가의 꽃으로 장난삼아 친 점괘가 길조로 나타났을 때 파우스트에게는 신의 계시 같은 중대한 의미가 된다.

마르가레테 잠깐만요!
　　(별 모양의 꽃을 꺾어서 꽃잎을 하나씩 뗀다)
파우스트 뭐 하는 겁니까? 꽃다발을 만들 셈인가요?
마르가레테 아니에요, 그냥 한번 장난삼아 해보는 거예요.
파우스트 무슨 장난이지요?
마르가레테 저리 가세요! 아마 절 비웃으실 거예요.
　　(꽃잎을 떼면서 중얼거린다)
파우스트 뭘 중얼거리지요?
마르가레테 (조그맣게 소리 내어) 그이가 날 사랑한다 ― 날 사랑하지 않는다.

파우스트   정말로 사랑스러운 천상의 얼굴이구나!

마르가레테   (계속 중얼거린다) 날 사랑한다 — 사랑하지 않는다

— 사랑한다 — 사랑하지 않는다 —

(마지막 꽃잎을 떼며, 기쁨에 넘쳐)

그이가 날 사랑한다!

파우스트   그래요, 내 사랑! 이 꽃말을

신의 예언으로 받아들여요. 그이가 날 사랑한다!

이 말이 무슨 뜻인지 알겠소? 그이가 날 사랑한다!

(마르가레테의 두 손을 꼭 잡는다)

마르가레테   무서워요!(3178~3187)

이렇게 주술에도 흥미를 보이는 마르가레테는 〈그 무엇에도
관심 없는 사람처럼 보여요. 아무도 좋아하지 않는다고 그 사람 이
마에 쓰여 있다니까요〉(3488~3490)라고 메피스토펠레스에 대한
관상도 언급한다. 메피스토펠레스는 마르가레테가 자신에 대해
하는 이야기를 엿듣고 그녀의 관상 능력을 다음과 같이 말한다.

게다가 그 계집은 관상도 잘 본단 말씀이야,

이유는 모르지만 내 앞에선 마음이 불안해진다고.

내 가면이 숨어 있는 진면목을 알려 주나 보지.(3537~3539)

이러한 주술이 종교에서 타파의 대상이 되고 있으면서도 역설
적으로 종교에서도 나타나고 있다. 종교의 철저성과 절대성에도
불구하고 주술이나 마성이 종교에 내재되어 있는 것이다. 이런 배
경에서 인류학자 프레이저James G. Frazer는 인류 역사에서 주술이
종교에 선행한다고 가정했다. 그는 『황금 가지*The Golden Bough*』에

서 〈곡령corn spirits〉의 개념을 적용해 사멸하고 재생하는 식물신에 관한 유형론을 발전시켰다. 따라서 종교 의식에서 기이한 현상을 일으키는 주술이 종교에서 이탈해 독립한 뒤 종교와 비교되기도 했다. 심지어 고대에는 과학이 마술로 생각되기도 했다. 13~14세기경부터 성행했던 〈연금술Alchemie〉과 〈화학Chemie〉의 어원적 연관에서 볼 수 있듯이 속신은 실제로 과학과 연관이 있다. 따라서 연금술은 점성술 등과 함께 고대에 과학이라고 여겨지면서 〈신비학Okkultismus〉으로 불리다가 근대에 접어들면서 과학적 실험주의로 개진되기도 했다. 연금술은 5천 년 전 황금을 처음 추출했던 이집트에서 발생했다. 이집트에서 금은 태양의 이미지를 지녔다고 여겨졌는데 태양은 신성한 것이므로 금도 신성한 것으로 취급되어 이러한 금을 생산하는 연금술도 신성시했다. 의사이며 철학자였던 네테스하임Nettesheim의 아그리파나 호헨하임의 파라셀수스 등은 만물을 황금으로 변화시키는 연금술을 철학 사상과 결합해 신의 기능을 해보려고 했다.

연금술의 핵심적인 물질은 흙, 공기, 불, 물의 네 가지 기본 요소인데, 이 네 가지 기본 물질을 환원시키면 제5원소가 추출된다. 이것이 비금속을 황금으로 바꾸는 힘이 있다고 믿어지는 영묘한 〈현자의 돌Stein der Weisen〉이다. 분말이나 약물 형태로 되어 있는 현자의 돌이 금속에 던져지면 황금으로 변한다. 이렇게 연금술에서 비금속을 황금으로 바꾸는 힘이 있다고 믿었던 영묘한 현자의 돌은 어리석은 무리에게는 아무런 효능도 발휘하지 못한다고 하여 『파우스트』에서 메피스토펠레스가 이를 말하고 있다.

업적과 행운은 서로 꼭 붙어 다니는 것을
저 바보들이 어찌 알겠는가.
저들이 현자의 돌을 가지면,

현자 없는 돌이 되리라.(5061~5064)

연금술은 〈죽은〉 것과 〈산〉 것의 구별을 없애고 창조 과정을 계속하여 원초적 혼돈의 상태(여기서는 모든 것이 살아 있다. 즉 성숙하여 형태를 잡고 변환될 준비가 되어 있다)로 되돌아간다. 연금술사들은 이 변환transmutation(연금술의 기본 용어)을 가능하게 하는 현자의 돌을 생산할 때, 원초적 물질, 즉 유황과 수은의 외적 형태를 결정하는 두 가지 원리가 있다고 생각했는데 유황은 남성의 원리 및 태양, 황금, 불과 친화성이 있다고 간주했다. 유황이 증류기에서 가열되면 승화하면서 유황으로 남아 불도 그것을 훼손할 수 없다. 반면에 달, 은, 물과 관련되는 수은은 증류기에서 증발하면서도 액체 상태로 되돌아갈 수 있다. 그리고 흙, 공기, 불, 물 네 가지 기본 요소 중에 유황 및 수은과 함께 중심적 지위를 차지하는 것은 불과 물이다. 이들의 작업인 현자의 돌의 생산에는 일곱 개 행성의 영향에서 유황과 수은을 특별한 관계로 묶어 넣는다. 이 두 물질의 〈결혼〉에서 남성과 여성의 양극 개념이 하나로 합쳐져 현자의 돌이 만들어지고, 여기서 〈붉은 왕der rote König〉(유황이나 황금의 상징)과 〈흰 왕비die weiße Königin〉(수은이나 은의 상징) 같은 개념도 생겨났다.[14]

리드John Read는 고대 중국의 음양 법칙을 응용하여 양의 법칙인 유황은 붉은 태양, 그리고 음의 법칙인 하얀 수은은 달과 연계시켰다. 그는 또 이집트의 빛, 건강, 생산 및 사자(死者)의 신 오시리스와 그의 처 이시스의 예와 현대 과학의 양자Proton와 전자Elektron의 양극 개념까지도 이러한 음양의 법칙을 응용하여 설명했다. 앞의 붉은 왕과 흰 왕비의 〈붉은색과 흰색〉의 관계에서 붉은색은 곧바로 태양을 상징하며, 불과 관련이 깊어 타오르는 정열로

---

14 John Read, *Prelude to Chemistry*(London: 1939), p. 92.

366   2부 『파우스트』 심층 읽기

서 남성을 상징한다. 불교에서 붉은색은 탄생을 의미하는가 하면 중국인들에게는 정열과 행운의 색으로 통한다. 한민족에게 붉은색은 상서로운 색깔이어서 적색 계통의 팥, 팥죽, 팥떡, 부적, 오색실, 고추, 대추 등은 무병과 안녕을 기원하는 색채적 상징물이었다. 붉은색은 단지 숭상하는 색에서 그치지 않고 귀신을 몰아내는 색으로도 인식된다. 오행에서 양의 기운이 가장 왕성한 색이 붉은색이어서 지킴이 색으로 선택된 것이다. 2002년 월드컵 때 길거리 응원단 붉은 악마들이 붉은색을 선택한 것도 비슷한 원리로 해석된다. 여기에 상응하는 흰색은 무색으로 순박함을 나타내 여성을 상징하여 이 두 색상에서 남녀의 모티프가 생긴다.

흰색은 순박함, 붉은색은 충동과 정열의 색채로 연금술에서 흰색과 붉은색은 각각 흰 여인femina alba의 여성과 붉은 노예servus rubeus인 남성의 상징이다.[15]

붉은색과 흰색은 충동과 정신도 연상시킨다.[16] 일반적으로 흰색 하면 그 상대로 검은색을 떠올리지만 붉은색과 흰색의 관계는 연금술에서 중요한 상징이다. 붉은 것과 흰 것은 소생한 육체의 측면, 즉 살과 피, 빵과 포도주를 상징한다. 그리고 스펜서Edmund Spenser의 「요정의 여왕」에 나오는 성 조지 우화의 상징, 즉 하얀 바탕에 붉은 십자가는 부활한 그리스도의 육체와 이에 수반하는 성찬의 상징이고, 튜더 왕조에서는 〈붉은 장미〉와 〈흰 장미〉로 결합된다. 붉은 것과 흰 것의 상징이 갖는 성찬적인 면과 성적인 면의 연관은 스펜서가 익히 알고 있던 연금술에 나타나고 있으며, 이 연금술에서 불사의 영약(靈藥)을 정제하는 가장 중요한 단계는 붉

15 같은 곳.
16 Jolande Jakobi, *Der Psychologie von C. G. Jung* (Olten), S. 137.

은 왕과 흰 왕비의 결합인 것으로 알려져 있다. 이러한 붉은색과 흰색의 상징적 대치는 많은 변장의 모티프에 등장하는데, 그 예로 발밑의 샘에서 흰 물이 솟아 나오는 아름다운 장미나무der schöne Rosenbaum로의 변장,[17] 또 17세기 초 장미 십자단der Rosenkreuzer의 우화 및 순수한 우유의 하얀 색조, 붉은 바위 무덤이 마시는 붉은 포도주 등이다. 결국 붉은색과 흰색은 심리학적으로 볼 때 남성과 여성의 색채적 상징이다.[18]

앞의 붉은 왕과 흰 왕비는 15세기 영국의 연금술사였던 리플리George Ripley의 붉은 남편과 그의 흰 부인 내용과 일치한다. 〈현자의 돌〉에서 〈붉은 왕〉이나 리플리의 〈붉은 남편〉은『파우스트』에서 〈붉은 사자〉(1042)라는 연금술의 요소로 전이되고 역시 리플리가 언급한 〈흰 왕비〉나 〈흰 부인〉은『파우스트』에서 〈젊은 여왕〉(1046)으로 나타나며 이외에 하얀 〈백합〉(1043) 등이 연금술의 요소가 되고 있다. 파우스트의 부친은 무자격자로 〈붉은 사자〉, 〈백합꽃〉, 〈젊은 여왕〉 같은 연금술로 약을 제조한다. 그가 붉은 사자와 백합꽃 두 가지를 붙여 불로 지진 뒤 이 신방에서 다른 신방으로 몰아치면 젊은 여왕이 유리그릇 속에 나타난다.

> 연금술사들 무리와 어울려
> 컴컴한 실험실에 틀어박혀서,
> 서로 상반되는 것들을
> 이리저리 한도 끝도 없이 배합하셨지.
> 대담한 구혼자인 붉은 사자를
> 미지근한 탕 속에서 백합과 교배시켜,
> 그 둘을 불길이 활활 타오르는 채로

---

17 John Read, 같은 책, 62면.
18 안진태,『엘리아데·신화·종교』(고려대학교 출판부, 2015), 307면.

이 신방(新房)에서 저 신방으로 내몰았네.

그러면 젊은 여왕이 오색찬란한 모습으로

유리그릇에 모습을 드러냈다네.(1038~1047)

이는 파라셀수스가 착안한 화학적인 합성 기술로, 붉은 사자는
금에서 추출한 남성 금속소(金屬素)이고 백합꽃은 은에서 뽑아낸
백색의 여성 금속소인 염산을 의미한다. 신방은 증류용 플라스크
용기로 여기서 두 가지 금속소가 합성되어 나온 것이 일명 〈현자
의 돌〉로 불리는 만병통치약이다. 이렇게 과거에 파우스트는 아버
지와 함께 흑사병 약을 주술에 따라 만들어 보급했는데 결과는 치
료보다는 큰 해를 끼쳤다고 제자 바그너에게 고백한다.

넘치는 희망과 굳은 믿음으로

두 손을 맞잡고 눈물을 흘리고 한숨을 지으며,

제발 그 흑사병의 끝을 내주십사고

하늘에 계신 분께 간청하였지.

저 사람들의 찬사가 나한테는 조롱하는 소리로 들린다네.

오, 자네가 내 마음속을 읽을 수 있다면!

우리 아버님이나 나나

그런 칭송을 들을 자격이 별로 없는 것을!

우리 아버님은 연금술의 어두운 분야를 진지하게 깊이 파고드
    셨다네.

자연과 그 성스러운 순환에 대해

당신만의 방법으로 성심껏,

별스럽게 깊이 생각하셨네.

    (……)

그것이 바로 약이었어. 환자들이 죽어 나갔는데도,

완치된 사람이 있느냐고는 누구 하나 묻지 않았지.

우리는 그 흉악한 탕약을 가지고

골짜기를 넘고 산을 넘어

흑사병보다도 더 고약하게 날뛰었네.

나 자신도 그 약을 수많은 사람에게 주었다네.

그들은 세상을 떠나고, 나는 살아남아서

파렴치한 살인자들을 칭송하는 소릴 들어야 하다니.

(1026~1055)

이렇게 파우스트의 아버지가 주술로 지어 보급한 약이 치료보
다 해를 끼친 데 대한 가책에서인지 파우스트는 케이론을 통해 진
정한 의술의 신 아스클레피오스를 전형으로 내세우기도 한다.

당신은 마침 운이 좋소,

내가 해마다 잠시 짬을 내어,

아스클레피오스의 딸 만토에게 들르기 때문이오.

만토는 아버지의 명예를 위해서,

마침내 의사들의 마음을 밝게 변화시켜 더 이상 무모하게

사람들을 죽이지 않게 해달라고

조용히 아버지에게 간청하고 기도한다오……(7448~7454)

과거에 파우스트와 아버지가 주술에 따라 약을 만들어 보급한
내용이 토마스 만의 『파우스트 박사』에서도 주인공 아드리안 레
버퀸의 아버지의 주술적 행위로 나타난다. 레버퀸의 부모는 소박
한 시골 사람으로 아버지는 여가 시간에 독특한 생물학적·화학적
실험을 하는데, 이 실험은 이성과 논리의 세계에서는 설명하기 어
려운 기이한 현상들을 보여 주어 사람들은 이를 마신(魔神)적 세

계의 성향으로 해석한다.

그런데 앞에 언급된 파우스트나 레버퀸 아버지의 주문 방식은 예로부터 서구에서 흔히 통용되던 수법이고 특히 중세의 연금술사들이 즐겨 쓰던 형식인데, 이는 파우스트라는 인물이 세칭 중세에 유명한 의사이고 점성가이면서 연금술사였던 파라셀수스의 부분적인 모사라는 사실을 입증한다. 이러한 의학을 메피스토펠레스는 조롱하면서 치료는 운명이라고 한다.

> 의학의 정신을 파악하기는 어렵지 않아.
> 대우주와 소우주를 두루두루 철저하게 연구하고는,
> 결국 모든 것을
> 신의 뜻대로 내버려 두게나.(2011~2014)

이렇게 의학과 주술 등의 영향을 괴테에게 미친 인물로 점성사 겸 의사인 노스트라다무스도 들 수 있다. 1546~1547년 유럽에 흑사병이 돌았을 때 혁신적인 투약과 치료법으로 유명해진 노스트라다무스는 점성술 등으로 예언도 했는데 일부가 들어맞기도 해서 프랑스 앙리 2세의 왕비 카트린 드메디시스의 궁전에 초대받아 그녀의 아이들을 위해 점을 쳐주기도 했다. 18세기 프랑스 대혁명의 세부적인 사건을 포함해 실제로 일어난 역사적 사건들에 대한 예언이 들어맞기도 했다. 그러나 그의 예언들은 1781년 로마 가톨릭교회의 금서청(禁書廳)으로부터 유죄 판결을 받았다. 이러한 탄압에도 불구하고 노스트라다무스는 자신의 예언들을 1555년 『세기들Centuries』이라는 책으로 출간했다. 이 책을 펼친 파우스트는 〈대우주의 부호〉를 들여다보고, 〈갑자기 희열이 온몸을 타고 흐르는〉 감흥을 느끼면서 〈이 부호를 기록한 자는 신이 아니었을까?〉(438)라고 노스트라다무스를 찬탄한다.

도망가자! 떠나자! 드넓은 바깥 세계로 나가자!

노스트라다무스의 친필이 담긴

이 신비스러운 책 하나면

네 동반자로 충분하지 않더냐?

그러면 별들의 항로를 인식하리라.

자연의 이끌림을 받아,

정령이 정령에게 이야기하듯

네 정신의 힘이 깨어나리라.

메마른 마음이 여기에서

성스러운 부호들을 아무리 설명해도 소용없으리라.

정령들이여, 너희들이 내 곁을 떠돌고 있구나.

내 말이 들리면 대답하라!

책을 펼치고 대우주의 부호를 바라본다.

아하! 이것을 보고 있노라니,

갑자기 희열이 온몸을 타고 흐르는구나!

활기에 넘치는 성스러운 삶의 행복이

새로이 뜨겁게 불타올라 신경과 혈관을 뚫고 흐르는구나.

(418~433)

감옥 같고 온갖 〈벌레 먹고 먼지 낀 책 더미〉(402) 그리고 〈높고 둥근 천장을 이룬 협소한 고딕식 방〉 등 자신의 비좁은 환경에서 넓은 세계로 탈출하고자 하는 파우스트는 노스트라다무스로 대표되는 점성술에서 〈거룩한 표〉를 별 기대 없이 보다가 〈대우주표〉의 첫인상에 완전히 매료된다. 이렇게 정통 학문에서 이탈하여 마술로 눈을 돌린 파우스트는 노스트라다무스의 〈대우주의 부호〉

에서 자신이 찾던 답을 발견했다고 생각한다. 파우스트의 힘이 미칠 수 있는 범위는 고작해야 이 지상의 세계였는데 이제 노스트라다무스의 주술에 의지하여 신의 경지에까지 오르고자 한다. 따라서 그는 영(靈)의 세계까지 탐을 내며 연금술사 파라셀수스 덕분에 알게 된 지령을 부호로 불러낸다. 파라셀수스에 의하면, 천체에는 저마다 영이 있어서 그것이 그 천체의 모든 자연 현상을 관장하고 있는데 지령은 바로 지구를 다스리는 영으로 인간의 힘까지 지배한다고 『파우스트』에서 정령이 외치고 있다.

> 모두들 삶을 향해,
> 사랑스러운 별들과
> 지고의 은총이 있는
> 먼 곳을 향해.(1502~1505)

마찬가지로 점성술에 의하면, 각 시간은 일정한 별의 지배를 받고 있어서 『파우스트』에서는 이에 관한 용어 〈별자리 형세〉(6667)와 더불어 〈운명적인 순간에 마침 잘 왔소!〉(6832)라고 언급되고 있다. 또한 방향에 관련된 주술도 있어 행운과 불운이 방향에 의해 지적되기도 한다. 그레트헨은 처형당하기 전에 파우스트에게 〈아기는 내 오른쪽 가슴에 묻어 주세요〉(4528)라고 자신의 아기를 묻어 달라는 애원에서 〈오른쪽〉 방향을 강조한다. 이렇게 방향에서 오른편이 선호되고 반대로 왼편이 부정되기도 한다. 유대인이 태어날 때 옆에 주어지는 천백 가지의 수호천사에 관해 『탈무드』에 기록되어 있고, 기독교도도 두 수호천사의 지도를 받는데 오른편의 수호천사는 선으로 가도록 지도하고 왼편의 수호천사는 악으로 가도록 유혹한다고 전해진다.[19] 이러한 배경에서

---

19 Malcom Godwin, *Engel*, Eine bedrohte Art(Frankfurt/M.: 1991), S. 68 f.

오른손을 왼손보다 우월하게 여기는 경향이 있다. 같은 말이라도 나라에 따라 대접하는 순서가 달라진다. 네 방위(方位)를 한국이나 일본에선 〈동서남북〉이라 하지만 중국인들은 〈둥난시베이(東南西北)〉라 부르고 영어는 〈북남동서North, South, East and West〉다.

중세 유럽에선 길을 다닐 때 좌측통행을 했다고 하는데 왼쪽 허리에 칼을 찬 기사들이 우측으로 다니다간 자칫 상대방의 칼과 부딪쳐 시비가 붙을 위험이 컸기 때문이다. 여차하면 오른손으로 칼을 뽑아 싸우기도 용이했다. 옛날 일본의 무사들도 같은 이유로 왼쪽으로 다녔다. 따라서 괴테는 이탈리아 베로나의 칼을 차고 다니는 상류층 사람들은 〈모두 양팔을 흔들며 걷는다. (……) 그러나 기회 있을 때마다 칼을 차고 다니는 상류 계층의 사람들은 왼팔은 가만히 두고 오른팔만 흔들고 다니는 습관이 있다〉[20]고 기록하고 있다.

왼손 또는 왼쪽은 억압의 대상으로 주 무대에서 배재돼 온 소수이지만 오른손 또는 오른쪽은 역사를 차지해 온 다수였다. 물건을 잡을 때, 식사할 때, 밭을 맬 때, 또는 주먹이나 무기로 싸울 때 오른손을 쓴다. 오른손에는 활동, 힘, 숙련이 요구되지만, 왼손은 활동을 덜하고 힘을 덜 쓰는 숙련이 덜된 손이며 일하는 손에 비해 쉬는 손이다. 오른손이 실천적이라면 왼손은 이론적이다. 왼손은 그저 다급한 경우 오른손을 대신하고 대체될 뿐이다.

우리는 무언가 마주 들 때만 왼손을 필요로 한다. 이렇게 오른손잡이가 압도적으로 많아서인지 왼쪽보다는 오른쪽이 더 우대받아 왔다. 오른쪽은 〈좌우명(座右銘)〉, 〈오른팔 같은 존재〉라 하여 긍정적인 반면, 왼쪽은 〈좌천(左遷)〉에서처럼 상대적으로 폄하됐다. 이슬람교와 힌두교에서는 오른손은 깨끗하지만 왼손은 부정한 존

---

20 Johann W. Goethe, *Sämtliche Werke nach Epochen seines Schaffens*, Münchner Ausgabe, Bd. 15, S. 58.

재로 취급받는다. 영어에서 오른손잡이dextrality는 〈솜씨 좋다 dexterous〉로 통하지만 왼손잡이sinistrality는 〈불길하다sinisterous〉는 이미지를 불러일으킨다. 이렇게 동서양을 막론하고 왼쪽은 나쁜 것이다. 흔히 오른손을 〈바른손〉이라 하는 것도 같은 맥락이다. 영어의 라이트right, 프랑스어의 드루아droit, 독일어의 레히트recht 는 모두 〈오른쪽〉과 〈옳다〉는 뜻을 동시에 갖고 있다.

따라서 오른손은 왕이 왕홀(王笏)을 잡는 손, 권위의 서약, 성실을 나타내고, 왼손은 기만을 나타내며 세상에 사멸을 가져온 이브도 아담의 왼쪽 갈비뼈로 만들어졌다. 그리스 신화에서 〈정의의 여신〉 디케Dike는 왼손에 〈평등의 저울〉 그리고 오른손에는 본인 고유의 이념인 정의의 힘을 상징하는 양날의 〈칼〉을 들고 있다.

이러한 오른편과 왼편의 개념이 『파우스트』에서도 전개되어 파우스트가 개입하는 황제를 위한 전투는 열세에 있지만 〈우익이 힘차게 버티고 있습니다〉(10577)라고 〈오른편의 군대〉는 용감하게 묘사된다. 이러한 오른편과 왼편의 긍정과 부정의 내용은 성서에서도 묘사되고 있다. 「마태오의 복음서」에는 〈모든 민족들을 앞에 불러 놓고 마치 목자가 양과 염소를 갈라놓듯이 (……) 양은 오른편에, 염소는 왼편에 자리 잡게 할 것이다〉(25장 32~33절)라고 서술하는데 긍정적인 의미를 지닌 순한 양을 오른편에 두고 호색적인 동물인 염소는 왼편에 둔다. 이러한 호색적인 염소를 탄 마녀들이 『파우스트』의 발푸르기스의 밤에 브로켄산에서 모여 난잡한 행동을 하며 〈라이프치히의 아우에르바하 지하 주점〉에서도 지조 없는 음탕한 여성이 염소에 연관되고 있다.

프로쉬   (노래한다)

훨훨 날아라, 밤꾀꼬리야.

내 임에게 천 번 만 번 안부 전해 다오.

지벨 임에게 안부는 무슨 안부! 그따위 노래는 집어치워!

프로쉬 임에게 안부와 입맞춤을 전해 다오! 날 방해하지 마!

(노래한다) 빗장을 열어라! 고요한 밤에.

빗장을 열어라! 임이 지켜 주리라.

빗장을 걸어라! 아침 일찍.

지벨 그래, 노래해라. 실컷 노래하고 임인지 뭔지 맘껏 칭송하고
　　찬양해라!

때가 되면 내가 실컷 비웃어 줄 테니까.

고것이 나를 속였듯이, 네 녀석한테도 멋지게 한 방 먹일걸.

그런 계집한테는 요괴가 제격이지!

요괴 놈이 그 계집하고 사거리에서 시시덕거릴걸.

아니면 브로켄산에서 돌아오는 늙은 염소가

그년한테 매에 매에 밤 인사 하며 달려가겠지!(2101~2114)

3
숫자적 주술

—

    기독교에서 숫자는 신비적인 내용을 띤다. 성서에는 하느님의 구속사적(救贖史的)인 비밀을 풀 수 있는 여러 가지 열쇠가 있는데 그중 하나가 숫자이다. 삼위일체, 이스라엘의 12지파, 아시아의 7교회, 「요한의 묵시록」에 나오는 인류 멸망을 떠올리는 짐승의 수 666, 세계를 천문학적으로 구성하는 단위인 2100 등 성서에 나오는 여러 숫자가 특별한 이미지를 갖는다. 또한 민족마다 각기 성스럽게 여기는 성수(聖數)가 있는데 고구려와 백제의 성수는 5, 신라는 6, 일본은 8이다. 이러한 성수는 역사적 환경에서 빚어진다고 한다. 일본이 8을 성수로 삼은 것은 그들이 8을 〈야〉라 불렀고, 이 〈야〉음은 바로 〈예국(濊國)〉을 상징하는 말이었기 때문이다. 예(濊)는 왜섬에 최초로 철기 문화를 전한 한국인 집단이었다. 철기가 상고 시대 사회에 얼마나 큰 영향을 미쳤는지 짐작할 수 있는 대목이다.

    이러한 성수와 반대로 불길한 수도 있다. 죽음의 불가사의와 두려움에서 많은 상징이나 사건이 생겨났는데 한자 문화권에서는 죽을 사(死)와 〈동음이의어〉인 4가 대표적이다. 따라서 옛날부터 한국 국민은 4라는 수를 불길한 수로 여겨 건물에는 4층을 F층 등으로 표현하는 일이 많다. 4일이 되면 한자권 사람들은 죽음을 연상하거나 죽을지 모른다는 불안감이 생기면서 스트레스가 커진다. 죽음을 참아 견디고 그 속에서 자신을 유지하는 것이 정신의 생명이라는 헤겔의 언급에도 불구하고 숫자 4는 계속 죽음에 관한 불길한 숫자로 여겨지고 있다.

이런 사상이 서구까지 퍼져 나갔는지 보헤미아에서는 젊은이들이 〈사순절 네 번째〉 일요일에 〈죽음〉이라 불리는 꼭두각시를 물속에 던진다.[21] 그러나 서양 중세의 〈행복한 가정을 지키기 위해서는 동전 네 개를 가지고 있어야 한다〉는 격언에서 보듯 서구에서 숫자 4의 불길한 의미는 거의 찾아볼 수 없다. 오히려 4를 균형과 안정의 수로 여기고 있다.

〈홀수〉는 옛날부터 서양뿐 아니라 중국에서도 남성적인 의미, 〈짝수〉는 여성적인 의미를 지녔다.[22] 〈숫자 4는 여성적, 모성적, 물체적 내용을 지니고, 숫자 3은 남성적, 부성적, 정신적 내용을 지닌다.〉[23] 또한 숫자 2는 짝수로서 여성적인 의미, 숫자 1은 모든 숫자의 원천과 기초로서 〈남녀 양성〉의 의미로 여겨진다. 예를 들어 연금술에서 숫자 1의 이중성이 물질의 근원으로 여겨진다.[24]

숫자 넷(4)은 짝수로서 우선 완전성의 개념을 지니고 있다. 따라서 〈네 방향〉으로 모든 방향을 나타내며 〈네 기능〉은 모든 기능을 나타내는 등 넷(4)은 모든 완전성을 상징하는 숫자이다. 괴테의 『파우스트』에도 이러한 넷(4)이 완전성을 나타내는 대목이 있다.

> 여기 세 명의 신을 모셔 왔노라.
> 나머지 한 신은 오지 않겠다며,
> 자신이 모두를 대신하는

21 J. 프레이저, 『황금 가지』 I, 장병길 역(삼성출판사, 1998), 179면.
22 Carl G. Jung, *Bewußtes und Unbewußtes*(Hamburg: 1963), S. 79.
23 Vgl. Hans Wilhelm Haussig, *Götter und Mythen im Alten Europa*(Stuttgart: 1973), S. 468.
24 Carl G. Jung, *Psychologie und Alchemie*(Zürich: 1952), GW 12, S. 104.

진짜 신이라 하였노라.(8186~8189)

숫자 넷(4)의 완전성을 나타내는 장면이 그 밖의 작품에도 많은데 이 중 하나가 플라톤의 『향연』 속 대화에서도 볼 수 있다. 〈하나, 둘, 셋, 네 번째는? 티마이오스야, 어제는 손님이었으나 오늘은 주인이 되는 네 번째 그분은 어디 계시느냐?〉 이 예문에서 보듯이 숫자 넷(4)은 완전성, 온전성과 전체성 등으로 주객의 관계에서 주를 상징한다. 숫자 넷(4)의 완전성과는 반대로 홀수 셋(3)은 완전치 못한 내용으로 주로 마적인 요소를 상징하고 있다. 따라서 심리학자 융은 셋(3)이란 홀수를 악마의 개념으로 설명하고 있다. 〈숫자 3은 남성의 숫자로 논리적으로 악마에 배열되는데 이는 연금술적으로 열등의 3으로 이해될 수 있다.〉[25] 따라서 동화나 전설 등에서 뿔이 〈하나〉인 일각수Einhorn가 악마로 나타나고 『파우스트』에서도 태어날 때부터 백발이며 추악하여 암흑과 심연의 딸인 난쟁이 포르키아스가 악마의 혼돈의 세계에서 눈이 하나이고 이도 하나인 홀수의 마적인 개념을 보이고 있다.

> 메피스토펠레스　그렇다면 할 말이 별로 없군요.
> 　한 번쯤 다른 이들에게 자신을 내맡길 수도 있어야지요.
> 　여러분들 셋은 눈 하나, 이빨 하나로 충분하지요.
> 　셋의 본성을 둘에 담고
> 　세 번째 모습은 나한테 넘기는 것도
> 　신화적으로 가능할 거요,
> 　잠시 동안만 말이오.(8013~8019)

메피스토펠레스는 악마의 세계에선 눈이 하나, 이빨도 하나면

25 Carl G. Jung, *Bewußtes und Unbewußtes*(Hamburg: 1963), S. 121.

충분하다면서 홀수를 악마의 개념으로 나타내 마적 요소와 연관시키고, 이들 세 악마를 둘로 줄여 눈이나 이빨의 수를 짝수로 변형시키려 하기도 한다.

이러한 악마 메피스토펠레스가 파우스트를 방문했을 때 조용히 문을 노크하자 파우스트는 〈들어오라〉고 소리친다. 그러나 메피스토펠레스는 그대로 들어가지 않고 들어오라는 허가의 말을 〈세 번〉 요구하여 파우스트가 들어오라고 〈세 번〉 말하자 그때서야 만족하여 들어간다.

> **파우스트** 누가 문을 두드리는가? 들어오시오! 누가 또 나를 괴롭히려는가?
> **메피스토펠레스** 나요.
> **파우스트** 들어오게!
> **메피스토펠레스** 세 번 말해야 하오.
> **파우스트** 어서 들어오게!
> **메피스토펠레스** 그거 참 마음에 드는군.(1530~1533)

여기에서 〈세 번〉의 셋(3)은 메피스토펠레스인 악마를 대표하는 숫자가 되고 있다. 이 사건 이전에 푸들로 변장한 메피스토펠레스가 덥수룩한 털을 곤두세우며 부풀어 오르자 파우스트는 그에게 명령하는데 이때 숫자의 주술이 전개된다.

> **파우스트** 이 거장의 발치에 넙죽 엎드려라!
> 네 눈으로 보다시피, 내가 공연히 으르는 것이 아니니라.
> 성스러운 불꽃으로 네놈을 그슬리리라!
> 삼중으로 타오르는 불꽃을
> 기대하지 마라!(1315~1319)

여기서 세 겹으로 타오르는 불길은 삼위일체를 나타내는 삼각형 속 신의 모양을 뜻하는 눈이 그려진 부호를 말한다. 따라서 세 겹의 3은 홀수로 악마 메피스토펠레스에 연관된 숫자이며 세 겹의 불길은 악마에 관련된 불길의 숫자적인 상징이다. 이렇게 강력한 주술의 주문을 암송하자 푸들로 변장했던 메피스토펠레스가 〈왜 이리 수선스럽습니까? 무슨 일이십니까?〉(1322)라고 말하며 자신의 정체를 밝힌다. 메피스토펠레스는 궤변에도 능하여 온갖 궤변적인 말로 파우스트의 마음을 혼동시킨다. 메피스토펠레스가 선과 악이 혼합된 여러 궤변 속에서 빠져나가려 할 때 숫자의 상징이 작용한다.

파우스트 어째서 그런 걸 묻는지 모르겠구나.

내가 이제 너라는 존재를 알게 되었으니,

마음 내키면 언제든 찾아오너라.

창문은 이쪽이고, 문은 저쪽이다.

너한테는 물론 굴뚝도 좋으리라.

메피스토펠레스 솔직히 말씀드리지요! 제가 이 방을 나가지 못하도록

앞을 가로막는 소소한 방해물이 하나 있습니다.

저 문지방 위에 붙여 놓은 별 모양의 부적 말입니다 ─

파우스트 저 오각형 별이 너를 괴롭힌단 말이냐?

이런, 지옥의 아들아,

저것이 네 발목을 붙잡는다면, 어떻게 여기 들어왔느냐?

어떻게 정령이 덫에 걸린단 말이냐?(1388~1399)

위의 〈오각형 별〉에서 홀수(5)의 〈오각형 부적Dreifuß od. Pentagramm〉은 악마 메피스토펠레스에 연관된 부적이다. 별 모양

의 부적은 일반적으로 마귀를 쫓는 데 사용한다. 그러나 여기에서 오각형 부적은 악귀를 쫓는 부적보다는 오히려 다섯(5)이라는 홀수의 마적 개념으로 마귀를 끌어들이는 역할을 하고 있다. 상징성을 나타내기 위해 단어의 원뜻이 희생되는 것이다. 따라서 파우스트는 이 숫자의 개념을 메피스토펠레스에게 상기시키는데, 우연히도 그는 이 오각 부적의 한쪽 모서리가 약간 벌어져 있는 모습을 보게 된다.

메피스토펠레스　자세히 보십시오! 제대로 그려지지 않았습니다.
　바깥쪽 귀퉁이 하나가 살짝
　벌어져 있지 않습니까?(1400~1402)

이는 악마의 홀수인 오각형이 벌어져 악마들이 싫어하는 짝수인 육각형으로 변형되면서 메피스토펠레스에게 공포의 숫자가 된 것이다. 이러한 우연한 숫자의 사건으로 메피스토펠레스는 힘을 쓰지 못하고 파우스트에게 잡힌다.

파우스트　이런 우연이 있다니!
　그렇다면 네가 나한테 잡혔단 말이냐?
　우연히 이런 큰 성공을 거두다니!(1403~1405)

한편 홀수의 숫자 3은 전체를 상징하기도 한다. 우리는 삼세번 한다. 하늘이 3층으로 구성되어 있다는 성서의 구절처럼 3은 하늘의 숫자다. 또 노아의 방주도 3층이며 예수님도 3일 만에 부활하는 등 인류 구원의 의미와도 관계있다. 3일은 하느님의 뜻을 이루기 위해 걸리는 준비 기간이기도 하다. 아브라함, 야곱, 모세, 요나 등은 모두 3일간의 준비를 통해 하느님의 말씀을 행할 수 있었다.

우주는 성부, 성자, 성신으로 되어 있어 이들 셋이 우주 전체를 상징하는 가톨릭교의 〈삼위일체 신앙Dreieinigkeitsglauben〉은 그리스도교의 핵심 내용이다. 이를 간결하게 표현하면 성서의 신은 아버지와 아들과 성령이라는 세 위격을 지니지만 신이라는 본질에 있어서는 하나의 실체로 존재하는 것이다. 이러한 종교의 삼위일체 교리를『파우스트』에서 악마 메피스토펠레스는 숫자의 악마적 성격인 홀수 개념으로 풍자한다. 이 삼위일체 속에 셋(3)과 하나(1)라는 마적인 홀수가 들어 있다는 것이다.

> **메피스토펠레스**　예나 지금이나 다름없이
> 셋이 하나요, 하나가 셋이라고
> 진실 대신 착각을 퍼트리는 방법이잖소.
> 저런 식으로 마음껏 지껄이고 가르치면,
> 누가 그 멍텅구리들을 상대하고 싶겠소?(2560~2564)

그런데 이러한 삼위일체 종교 사상이 한국의 옛날 축제 때 부른 음악의 원형에도 깃들어 있다. 한국 축제 음악의 원형에는 〈천지인(天地人)〉 3재(三才) 개념에서 유래된 3분(三分) 개념이 뿌리박혀 있어 기독교적 삼위일체 개념과도 통한다. 한국 음계를 만드는 삼분 손익법(三分損益法, 기준음을 내는 관의 길이를 3등분해서 자연 정수배만큼 더하거나 빼는 방식으로 음높이를 정하는 방법)과 한국 장단에 나타난 3박 및 4박의 박자 분할에는 음양과 천지인–삼재 사상이 반영돼 있는 것이다.

왕산악이 만든 거문고의 육현(六絃)이 천지인 사상을 바탕으로 하고 있으며 특히 개방현(開放絃)으로 음을 맞추는 괘상청·괘하청·무현 등 세 현이 하늘[天]을 상징하고 있어 기독교의 삼위일체 사상과 상응한다. 거문고는 중국 고대 칠현금(七絃琴)의 영향

을 받아 제작되었으므로 그 과정에서 유교나 불교 문화의 영향을
받지는 않았다. 기독교적 창조론을 바탕으로 한국 음악의 본질을
고찰해 보면 〈우리 조상들은 하늘을 경외하는 삶을 살면서 독창적
인 음악 문화유산을 계승해 나갔으며, 영고(迎鼓), 동맹(東盟) 등
국가적 제천 의식을 통해 이를 표현했다. 특히 음계 및 리듬 악기
등에 기독교의 삼위일체와도 통하는 삼재 사상이 잘 녹아 있다〉.[26]

또한 〈홀수〉와 〈짝수〉의 개념도 우리 민족의 사상에 다양하게
담겨 있다. 시인 김지하는 민족 문화의 핵심 구성 원리를 세 가지
로 본다. 하나는 혼돈인 〈카오스의 세계〉다. 역동적 세계를 이루는
천지인 삼수 분화와 3·5·7로 나가는 역동수인 〈홀수〉 곧 역동수
의 〈삼수 분화〉 원리를 말한다. 또 다른 하나는 음양으로 나뉘어
사상, 팔괘로 나가는 짝수의 세계, 곧 안정수의 〈이수 분화〉 원리
인 〈코스모스(질서)의 세계〉다. 그리고 마지막 세 번째가 우리나
라 특유의 〈한-〉이다. 이것이 발전한 것이 동학에서 말하는 〈지기
(至氣, 지극한 기운)〉로, 이는 카오스(혼돈)와 코스모스(질서)가
합쳐진 〈카오스모스〉가 된다. 김지하는 이 세 가지가 압축된 원리
가 고대 경전 『천부경』을 중심으로 하는 고조선 등 상고 시대 문화
의 전통이라고 정의한다. 그런데 이 민족의 미학 원리가 고려 이후
소실되었다가 19세기에 다시 동학과 정역 사상 등의 발흥과 함께
새로운 차원의 우주 생성 원리로 부활했다고 설명한다.[27]

이상에서 보듯이 숫자 속에는 심리학적이고 종교적·주술적인
내용이 담겨 있다. 괴테 당시에 이러한 숫자의 여러 묘미가 유행하
고 있었으나 어떤 숫자의 묘미는 그 발명가의 저작권에 묶여 있었
다. 그래서 괴테는 이 숫자의 묘미 내용을 약간 변동시켜 마녀의
구구법 형식으로 『파우스트』에 묘사했다.

---

26 주영자, 「창조론에 근거한 한국 음악의 본질 문제」, 2003년 한국음악학회 발표 논문.
27 김지하, 「탈춤과 민족 미학의 기본 원리」, 1999년 부산민족미학연구소 강연 내용.

마녀 (열심히 책을 낭송하기 시작한다)

명심하라!

하나에서 열을 만들고

둘은 생략하고

곧장 셋을 만들면,

부자가 되리라.

넷은 잃어버려라!

마녀가 이르노니,

다섯하고 여섯에서

일곱하고 여덟을 만들면,

완성되리라.

아홉은 하나고

열은 무(無)이니,

이것이 마녀의 구구단이니라. (2540~2552)

1827년 12월 4일 괴테는 첼터Zelter에게 보낸 편지에서 여기 쓰인 풍자시 하나하나의 저작권에 관한 문제를 일축하고 있다. 〈그들은 바키스Bakis의 예언을 고집하면서 나를 괴롭히고 있다. 이전에는 마녀의 구구법 혹은 그 밖의 여러 가지 터무니없는 것들을 꼬투리 잡아 나를 괴롭히곤 했다. 그들은 내가 이런 부류의 애매한 구절들을 그대로 준 것은 내 머리가 모자라기 때문이라고 생각하려 드는 것이다. 하지만 그런 억지를 쓰느니 차라리 내 작품 속에 자유롭게 흩어져 있는 심리적·윤리적·미학적 수수께끼들을 터득하고 그럼으로써 그들 자신의 삶의 수수께끼들을 해명하려고 노력한다면 얼마나 보람 있는 일이겠는가!〉(HA 4, 264)

4
동물적 주술

—

옛날에는 태양이 지구 주위를 도는 것으로 알아서 태양이 1년 동안 선회한 것처럼 보이는 원형의 띠를 12부위로 나누었다. 12궁은 양, 황소, 전갈, 물고기 따위의 동물과 처녀, 물병 등의 이름을 지니고 있다. 옛사람들은 이러한 12궁도로 천체의 움직임을 관찰하며 전쟁이나 자연재해를 예측했다. 해와 달의 정연한 운행을 보고 우주에는 법칙과 질서를 지배하는 어떤 힘이 있어 모든 천체가 신성하며 전능하다고 생각한 것이다. 이러한 속신은 특히 동물에 관련되어 널리 퍼지며 발전했다.

〈제비가 낮게 날면 비가 온다〉거나, 〈개미가 높은 곳으로 올라가면 장마를, 낮은 곳으로 가면 심한 가뭄〉을 알려 주는 것에서 동물의 주술적 본능이 느껴진다. 이러한 동물이 탄생 동기에까지 미쳐 인간은 태어나면서 〈호랑이띠〉, 〈용띠〉, 〈쥐띠〉 등 동물에 관련된 띠를 부여받는다. 열두 동물을 지칭하는 〈띠〉는 동양 문화 속에 깊숙이 뿌리내리고 있다. 고대인들은 지구의 자전에 따라 하루를 12시간으로 나눠 자시(子時, 오후 11시~오전 1시)에서 해시(亥時, 오후 9시~11시)까지 열두 동물을 배치했다. 지구가 공전할 때 매달 변하는 기후를 구분지어 역시 열두 동물을 대입했으며 해의 기운 역시 열두 동물의 성질로 분류했다.

해마다 띠가 암시하는 천지 기운의 영향 아래 생로병사의 육체적 변화가 점쳐진다. 즉 우리가 살고 있는 곳이 북쪽으로 향하면

하루 중 밤이 되고 1년 중 겨울이 되니 돼지띠(亥), 쥐띠(子), 소띠(丑)는 추위, 어둠, 검은색, 지혜를 의미하며 인체에서는 신장, 방광에 해당한다. 지구가 동쪽으로 향하면 아침과 봄이 되니 범띠(寅), 토끼띠(卯), 용띠(辰)는 태어남과 따뜻함, 녹색과 착함을 뜻하며 인체의 간과 쓸개에 해당한다. 남쪽으로 향하면 낮과 여름이 되니 뱀띠(巳)와 말띠(午), 양띠(未)는 더위와 왕성하게 자라남, 붉은색과 예의를 뜻하며 인체의 심장과 소장에 해당한다. 마지막으로 서쪽으로 향하면 저녁과 가을이다. 원숭이띠(申), 닭띠(酉), 개띠(戌)는 서늘하고 건조함과 늙음, 흰색과 의리를 의미하고 인체의 폐, 대장에 해당한다. 또 이와는 별도로 소띠는 매우 냉하고, 용띠는 습하고, 양띠는 뜨겁고, 개띠는 건조한 비장과 위장, 노란색에 해당된다.

서양에서는 이러한 띠가 없으나 우연인지 필연인지 다음의 역사적 사건이 발생했다. 평시에 황금, 전시(戰時)에 강철로 자부하던 미국 샌프란시스코. 〈쥐띠 해〉인 1900년 1월 2일 하와이 호놀룰루를 출항한 오스트레일리아호(號)가 승객 68명을 항구에 내려놓았고, 얼마 뒤 그들과 함께 흑사병의 균을 품고 밀항한 쥐들이 금문교의 도시를 갉아먹기 시작했다. 고열과 오한, 두개골을 패는 두통, 붉은 종기, 피하 출혈, 헛소리, 뇌사…… 14세기 유럽 전체 인구의 4분의 1을 앗아 간 흑사병의 악령이 태평양 연안의 파리를 꿈꾸던 도시에 상륙했는데 이해가 바로 쥐띠 해였다는 사실이 관심을 끈다.

동물이 부정적인 주술로 전개되는 경우가 많다. 특히 여우, 개, 뱀, 두꺼비, 원숭이, 고양이 등 동물의 영혼이 들렸다는 설이 많아서 그것을 쫓기 위해 안마·주물(呪物)·주법(呪法) 등이 전개되기도 한다. 따라서 『파우스트』에서도 수원숭이가 악마 메피스토펠레스에게 아첨하는 존재로 나타난다.

나지막한 아궁이 불 위에 커다란 솥이 걸려 있고, 모락모락 피어오르는 김 속에서 여러 가지 형상이 보인다. 긴꼬리원숭이 암컷이 솥 옆에 앉아서, 솥이 넘치지 않도록 거품을 걷어 낸다. 수컷은 새끼들과 함께 그 옆에 앉아서 불을 쬔다. 사방의 벽과 천장이 마녀의 기괴한 살림살이로 꾸며져 있다.(〈마녀의 부엌〉)

수원숭이   오, 어서 주사위를 던져
　저를 부자로 만들어 주세요,
　제가 복권에 당첨되게 해주세요!
　처량한 내 신세야,
　나도 돈만 있으면,
　정신 차리고 살 텐데!(2394~2399)

여기서는 수원숭이가 악마 메피스토펠레스의 본질로 묘사되기도 한다. 한편 옛날에 유럽에서 새로운 작업을 할 때, 고양이와 처음으로 마주치면, 불행, 다툼과 기상 이변 등을 당한다고 생각했다. 따라서 중세에 고양이는 마녀의 동물로 간주되어, 악마를 쫓아내고 재난 방지를 위해 고양이를 죽이거나, 탑 위에서 내던지고, 공공적인 불을 피워 태워 죽이며, 들이나 공사장에서는 재난 방지를 위해 산 채로 매장했다. 오늘날의 고양이는 방문을 예견하거나, 일기 예보자로 여겨지지만, 검은 고양이 등은 아직도 죽음 등 불행의 전달자로 통한다.[28] 메피스토펠레스는 자신의 사악하고 음탕한 정서를 고양이에 비유해 나타내기도 한다.

　소방용 사다리를 사르르 타고 올라가
　성벽을 살금살금 배회하는

---

28 Helmut Hiller, *Lexikon des Aberglaubens* (München: 1986), S. 22, 118.

작은 고양이처럼 가슴 설레는구나.

내 고결한 마음에

살짝 도둑질하고 싶은 충동, 살짝 짝 맞추고 싶은 욕구가 동하

　누나.

근사한 발푸르기스 밤을 생각하니

벌써 온몸이 근질근질.(3655~3661)

올빼미는 로마인에게 마녀이고, 기독교 전설에서는 신의 복종을 거부하여 빛과 태양을 볼 수 없는 새로 변한 세 명의 자매 중 하나로 여겨진다. 그래서 올빼미를 밤의 마녀 릴리스Lilith의 딸로 여긴다. 다음의 인어 이야기는 이와 같은 올빼미의 마적인 행동을 잘 설명해 준다.

어느 날 한 외로운 사냥꾼이 강 저편의 깊은 숲속에서 아름다운 여자가 나타나는 것을 본다. 그 여자는 그를 향하여 손을 흔들고 노래를 부른다.

오, 외로운 사냥꾼이여! 고요한 황혼을 헤치고

이리로 오라.

오라, 오라, 나는 그대가 그립다. 그대가 그립다.

자, 내가 그대를 포옹하리, 그대를.

오라, 오라, 외로운 사냥꾼이여! 고요한 황혼

속으로 오라.

사냥꾼이 옷을 벗어 던지고 강을 헤엄쳐 건너자 그녀는 갑자기 올빼미로 변하여 날아가면서 그를 조롱하며 깔깔 웃는다. 그는 자기 옷을 찾으려고 다시 헤엄쳐 건너오다가 차가운 강물에 빠져 죽

는다. 이 이야기는 사랑, 행복과 그리움에 대한 비현실적인 꿈을 상징하며 사냥꾼은 올빼미로 연상되는 이룰 수 없는 환상적 소원을 따라갔기 때문에 익사한다.[29]

이렇게 접신적인 대상이 다양한 동물로 나타나는 배경에서 『파우스트』에서 악마 메피스토펠레스가 처음 등장할 때의 모습은 푸들이다. 파우스트는 서재에서 푸들을 데리고 들어와 으르렁대는 그 개를 잠재우려 한다. 그리고 파우스트가 주문을 재차 외워대자 푸들은 순식간에 떠돌이 대학생 차림의 악마로 변신하여 파우스트 앞에 나타난다.

> **파우스트**   저놈이 난로 뒤에 갇혀서
> 코끼리처럼 부풀어 올라
> 온 방 안을 채우고는
> 안개가 되어 흩어지려 하는구나.
> 천장으로 오르지 마라!
> 이 거장의 발치에 넙죽 엎드려라!
> 네 눈으로 보다시피, 내가 공연히 으르는 것이 아니니라.
> 성스러운 불꽃으로 네놈을 그슬리리라!
> 삼중으로 타오르는 불꽃을
> 기대하지 마라!
> 내 기교 중에서 가장 강력한 것은
> 기대도 하지 마라!
> **메피스토펠레스**   (안개가 걷히면서 떠돌이 대학생 차림으로 난로 뒤에서 나온다) 왜 이리 수선스럽습니까? 무슨 일이십니까?
> **파우스트**   이것이 바로 푸들의 정체였군!
> 떠돌이 대학생이라? 참 나, 정말 웃을 노릇이구나.(1310~1324)

---

29 Carl G. Jung, 『인간과 상징』, 조승국 역(범조사, 1991), 217면.

『초고 파우스트』에서 파우스트는 마르가레테(그레트헨)가 악령과 무자비한 인간들의 손에 넘어가는 모습에 비탄하여 악마 메피스토펠레스를 다시 개로 환원시키고자 한다. 〈이 버러지 같은 놈, 다시 개의 모습으로 바꾸어 다오. 이놈은 밤이 되면 자주 개가 되어 내 앞을 슬금슬금 기어 다니면서 우쭐대던 놈이다. 아무 영문도 모르고 산책하는 사람의 발밑으로 뒹굴어 가서 그가 넘어지면 그의 어깨를 물고 늘어지며 좋아했던 놈이다. 부탁하건대 이놈을 다시 이놈이 좋아하는 형상으로 바꾸어 다오. 그러면 네놈이 내 앞에서 모래에 배를 깔고 설설 길 것이고, 내가 이놈을 발로 짓밟겠다. 이 사악한 놈을!〉[30]

푸들이 메피스토펠레스로 정체를 드러내기 전에 파우스트는 〈솔로몬의 열쇠〉(1258)라는 주문을 이용한 적이 있다. 솔로몬왕의 마법을 담은 주술책 『솔로몬의 열쇠』는 솔로몬왕이 실제 했던 말과 지시라고 알려진 내용을 담고 있어 중세에 여러 나라 말로 번역되어 유포되었다. 이 책은 영적인 존재를 불러내고 이를 지배하는 법과 영적 세계로부터 유래하는 문제에 대한 해결책 등을 제시하며 도움이 되는 정령들의 소환법을 알려 준다. 또한 타인으로부터 사랑과 호감을 얻거나, 보물을 찾거나, 질병을 이겨 내거나, 위험으로부터 자신을 보호하는 의식에 대해서도 언급되어 있다. 결국 솔로몬의 지혜와 현명함에 대한 이야기를 소개하여 마법을 보다 쉽게 터득할 수 있도록 해준다. 다윗의 아들로 이스라엘의 슬기로운 왕 솔로몬을 마술사로 변하게 한 것이다. 파우스트는 이 주술서로 〈4대 원소의 주문〉(1271)을 외친다.

샐러맨더여, 불타오르라,
운디네여, 굽이쳐 흘러라,

---

30 Vgl. Johann W. Goethe, *Urfaust* (Stuttgart: 1987), S. 57.

질페여, 사라져라,

코볼트여, 수고하라.(1273~1276)

여기에서 샐러맨더Salamander[불의 정(精)], 운디네Undine(물의 정), 질페Sylphe(바람의 정), 코볼트Kobold(흙의 정)와 같은 연금술의 명칭이 언급되고 있다. 이 4대 원소는 동방의 신비인 인도 사대종(四大種)의 만유(萬有) 구성설이 근원이다. 유럽은 식민지의 무역 통로가 바다로 육지로 확대되면서 문화적으로 페니키아·이집트·바빌로니아·아시리아·인도 등 여러 동방 민족과 자주 왕래하며 민속학·산술·측량술·천문학 등에 관해서 많이 배운 것이다.[31]

사대종 또는 4대라 함은 동양의 불교에서 불·바람·물·불(火風水土) 네 개의 만물의 구성 요소로 인간의 몸을 이루는 구성 요소가 되어 〈소우주〉 개념이 생겨났다. 이것이 동양과 교역하던 그리스의 학문 및 우주관에 영향을 미쳐 4대 원소의 개념은 그리스에서는 물활론Hylozoismus으로 발전하기도 했다. 〈Hylo(질료)〉와 〈Zoon(생명을 가진 존재, 생물)〉이라는 그리스어가 합성된 물활론에 의하면, 생명은 스스로 운동하고, 물질도 운동의 능력이 있다고 생각되었다. 이러한 물활론의 시각에서 보면 모든 물질은 살아 있어 영혼이 내재하지 않은 물질은 없다는 것이다. 신화적인 사유에서 철학으로 이행해 갔던 기원전 6세기 초 이오니아의 자연 철학자들은 물활론자였다. 무엇보다도 흙·물·불·공기와 같은 근원 물질들이 생명을 살리고 파멸시킨다고 보았다. 이러한 4대 원소가 자연 철학자 엠페도클레스의 〈만물의 4근(根)〉과 아리스토텔레스의 〈4대 우주 구성설〉의 결실이 되었다. 또한 앞에 언급된 인도의 사상은 중세 스위스의 연금술사 파라셀수스에게 대우주와 소우주

31 Vgl. Bertrand Russell, *History of Western Philosophie*(Unwin University Books, 1971), p. 30 ff.

의 사상을 전해 주었다.[32] 연금술사의 4대 원소의 주문은 영을 호출할 때 쓰이는데, 파라셀수스에서 나온 것으로 땅·물·불·바람(地水火風)을 뜻한다. 물론 솔로몬의 열쇠라는 주문에서 이 4대 원소의 주문은 없어 괴테의 창작일 뿐이다.

슈트라스부르크뿐 아니라 프랑크푸르트에서 앓고 있던 시기(1768년 7월~1769년 말)에 괴테는 파라셀수스의 연금술에 탐닉했다. 이러한 파라셀수스가 파우스트에게 일깨운 개념들 중에 지령이 중요하다. 4대 원소와 그 힘과 특성을 알아야 영들을 지배할 수 있다고 생각한 파우스트는 대우주와 지령에게 대적하지는 못하더라도 지상의 요정쯤은 지배할 수 있다고 자신했다.

> 4대 원소,
> 그것들의 힘과
> 특성을
> 모르는 사람은
> 정령들을
> 다스릴 수 없으리라.(1277~1282)

이 4대 원소로 파우스트가 메피스토펠레스를 제압하려 하자 만만치 않은 메피스토펠레스는 파우스트를 최면 상태로 유도한 뒤에 파우스트가 설정한 부적을 깨고 탈출한다. 이때 메피스토펠레스는 인간이 싫어하는 잡귀나 동물의 요정을 호령하여 탈출에 성공하는데, 이들에 비하여 파우스트는 자연계의 선령(善靈)들을 부린다. 이 선령들은 인간을 회춘시키는 역할로 작용하기도 하는데 이의 이해를 위해 그리스의 조각을 들어 본다. 그리스 조형 예술의 도구가 되는 대리석은 서구 문학에서 미녀 등의 조각으로 미

---

32 고창범, 『파우스트 연구』, 한국괴테협회 편(문학과지성사, 1986), 293면 이하.

학적 이론이 정립되기도 했다. 빙켈만의 관점에 의하면, 서로 다른 요소들로 구성된 미는 궁극적으로 〈형상적formal〉이며 〈영적인 seelisch〉 가치로 구분된다. 빙켈만은 이러한 두 가지 구분에 근거해 조형 미술을 인간의 육체와 영혼의 두 개념으로 전개시켰다. 그리스의 이상적인 미가 되는 젊은 육체는 〈형상적인〉 범주에 속한다. 빙켈만은 젊음의 형상을 〈다양한〉 형상들이 서로 연결되는 기하학적 선(線)으로 보았다. 〈단일체가 형상들과 합성되면서 미가 생성된다〉[33]고 본 빙켈만은 젊은 육체의 표면은 항상 움직이며 파도를 치지만, 그 속은 완전한 고요에 잠긴 〈바다의 속〉으로 비유했다.

〈그리스 예술가들이 신들을 젊음의 미로 묘사한 것이 빙켈만에게 당연한 귀결로 여겨졌다. 노후에도 아름다운 추억의 대상이 되는 젊음의 형상보다 신적 요소를 더 매력 있게 묘사할 수는 없던 것이다.〉[34] 이러한 젊은 육체의 염원은 인류사의 열망이었다. 따라서 회춘은 동서고금의 당연한 시도로 인도나 셈족 등의 세계에서 다양하게 이루어졌다. 이렇게 젊음으로 회춘시키는 내용이 『파우스트』에서 주술로 전개되고 있다. 파우스트가 젊은 육체로 회춘하고자 주술을 이용하는 것이다.

> 나한테도 그런 시절을 되돌려 주게.
> 내가 아직 성숙을 향해 나아가던 시절.
> 풍요로운 노래의 샘이 끊임없이
> 새롭게 솟아나고,
> 세상이 안개에 가려 있고,
> 꽃봉오리가 기적을 약속하고,

33 Vgl. Winckelmann, Johann Joachim, *Geschichte der Kunst des Altertums*(Dresden: 1764). Vollständige Ausgabe hg. von Wilhelm Senff(Weimar: 1964), S. 133.
34 Vgl. 같은 책, S. 135.

골짜기마다 가득한

온갖 꽃들을 꺾던 시절.

비록 가진 것은 없었지만, 진실에의 열망과

환상에의 기쁨만은 부족함이 없었지.

그 넘치던 충동,

깊고도 고통스러웠던 행복,

증오의 힘, 사랑의 위력,

내 젊음을 돌려 다오!(184~197)

이렇게 회춘의 욕망을 가진 파우스트는 〈마녀의 부엌〉에서 메피스토펠레스의 연금술적·의술적 식이 요법의 도움을 받아 젊어진다.

파우스트 나를 삼십 년 젊게 해준다고?

　자네가 더 나은 방도를 모르는 것이 원통할 뿐일세!

　　(……)

메피스토펠레스 이보시오, 또 잘난 척하는 게요!

　젊어질 수 있는 자연스러운 방법도 있지만,

　그것은 다른 책에 쓰여 있소.

　그리고 내용도 아주 별나다오.

파우스트 그게 어떤 방법인지 알고 싶네.

메피스토펠레스 (……)

　곧장 들판으로 나가서

　호미질하고 곡괭이질하는 것이오.

　몸과 마음을

　극히 절제하고,

　정결한 음식으로 요기를 하고,

가축과 한 가족이 되어 살며

논밭에 직접 거름 주는 것을 분하게 여기지 마시오.

그것이 여든 살까지 젊음을 유지하는

최고의 방법이오, 내 말을 믿으시오!(2342~2361)

이 내용은 오늘날의 식이 요법에 해당된다. 〈생명의 샘〉의 신화에서 기적의 풀과 과실, 즉 기적의 나무에 관한 여러 개념을 만날 수 있다. 어떤 것은 젊음을 되찾아 주고 어떤 것은 장수를 주며, 또 어떤 것은 불사를 선사하기도 한다. 이들 개념은 각각 나름의 〈역사〉를 가지는데, 이 〈역사〉는 이들 각 개념을 민족정신, 문화 사이의 간섭 현상, 사회 계층의 여러 사고방식 등에 기초한 규범에 따라 변화되어 왔다. 예를 들어 〈불사와 청춘의 식물〉은 인도나 셈족 세계에서 서로 완전히 다른 방식으로 이해되었다. 셈족에서는 불멸과 영생에 대한 갈망이 있었던 반면, 인도 사람들은 재생시키고 회춘시키는 식물을 구(求)했다. 그런 이유로 인도 사람들의 연금술적·의술적 식이 요법은 생명을 수백 년 연장시키고 〈여성과의 성적인 관계에서 강해지도록〉 해주는 것이다.[35] 게르만 신화의 위그드라실과 같은 우주 나무도 있지만 종교사 가운데는 생명의 나무(메소포타미아), 불사의 나무(아시아, 구약 성서), 지혜의 나무(구약 성서), 청춘의 나무(메소포타미아, 인도, 이란) 등이 알려져 있다.[36]

35 M. 엘리아데, 『종교사 개론』, 이재실 역(까치, 1994), 281면.

36 Mircea Eliade, *Patterns in Comparative Religions*(New York Publishing, 1970), p. 273.

5
화성론과 수성론

—

　종교적 인간homo religiosus에서 보면 〈세계는 신에 의해 창조되었기 때문에 현존한다〉. 세계는 말이 없거나 불투명한 것이 아니고, 목적도 의미도 없거나 생명이 없는 것이 아니라 살아 있고 말을 한다는 것이다. 이렇게 우주가 살아 있다는 것은 신성(神性)의 증거로 우주는 신이 창조했고, 신은 우주적 생명을 통해 자신을 계시하는 것이다.

　중세에 그리스와 로마 신화의 융합에 따른 기독교의 확산으로 신화와 종교의 혼합적인 신의 개념이 생겨났다. 이러한 배경에서 고대 그리스인들은 자연 현상의 배후에는 인격적이고 신적인 초자연적인 힘이 작용한다고 생각했다. 따라서 호메로스의 서사시에 언급되는 신들과 요정들은 물론, 헤시오도스의 시에서 언급하는 신들과 세계의 생성에 관한 내용도 원시 신앙의 흔적을 반영하고 있다. 이러한 신성이 담긴 자연을 종교학자는 나무[木], 불[火], 흙[土], 금속[金], 물[水]의 오행의 상동 관계로 파악하기도 하는데 괴테도 이를 수용하여 『서동시집』에 묘사했다.

　　우리들은 모든 원소, 이를테면
　　물과 불, 흙과 공기로 직접 창조되었다.
　　그러기에 지상의 향기는
　　우리들의 품성에 전혀 합치하지 않는다.

우리들은 결코 지상으로 내려가지 않는다.

하지만 당신들이 휴식을 얻고자 우리들 곁에 오면

우리들은 할 일이 너무도 많다.(HA 2, 113)

티베트 사람들도 우주가 다섯 가지 원소로 이루어져 있다고 생각했는데 첫째는 땅이고, 둘째는 물, 셋째는 불, 넷째는 바람, 다섯째는 허공이다. 다섯 가지 원소가 모자라거나 넘치지 않고 균형을 맞추어 붙들고 있는 것이 이른바 대우주라는 것이다. 사람은 흔히 소우주라고 하여 땅은 육신으로 형체를 이루고 도구로 활용되며 감각의 안테나로 쓰인다. 물은 이를테면 강과 같아서 온몸의 기관들을 어머니처럼 쓰다듬고 고르게 맺어지도록 한다. 그것과 대비되는 불은 보일러와 흡사하다. 심장은 보일러의 기름을 펌프질하는 곳이고 핏줄을 통해 일정한 불의 기온, 곧 체온을 전달하고 유지되도록 돕는다. 그리고 바람은 곧 숨이고, 허공은 바람이 흘러다니는 길이다. 안과 밖, 소우주와 대우주의 소통도 바로 허공인 몸의 여러 구멍들을 통해 이루어진다. 그런데 나무, 불, 흙, 금속, 물의 5원소 중에서 상반적 관계인 불과 물로써 중세 가톨릭 성직자들은 세상을 정화한다고 믿었다. 노아 시대의 홍수, 유황불로 일소한 소돔과 고모라 성의 사건들이 이러한 믿음의 뿌리가 되었다.

먼저 물을 원초적으로 규명해 보자. 그리스인들은 바다 저쪽에 널따란 강이 이 세계를 둥글게 둘러싸고 있다고 생각했는데 이것이 바다의 신 오케아노스Okeanos이다. 세상의 모든 강, 모든 바다, 모든 샘물, 모든 우물이 오케아노스의 소생이라는 것이요, 하늘의 뭇별들이 오케아노스에서 솟아 나왔다가 다시 가라앉는다고 생각하여 오케아노스는 세계를 형성한 기본적인 힘이었다. 올림포스 신화에서 바다를 지배하는 신은 포세이돈으로, 로마명은 넵투누스이며 그의 마차를 끄는 것은 해마(海馬)이다. 라티움 지방의 요정 유투르나는 호수와 강물의 신령인데, 그녀는 제우스 신에게 몸을 바친 대가로 수신(水神)이 되었다고 한다.

이러한 물을 이해하기 위해서는 불과의 관계를 고찰해 볼 필요가 있다. 이미지로 볼 때, 불은 솟아오르는 생명력과 아울러 전투력, 파괴력의 상징이다. 향불을 피우는 것은 불의 신통력을 빌려 천상과 지상, 이승과 저승까지 소통시키겠다는 것이고, 정월의 불놀이는 해충의 구제와 함께 악귀를 물리치려는 의식이며, 횃불을 높이 들어 올리는 것은 전투력을 높이는 신호이다. 불은 색깔로는 붉은색, 방향으로는 남쪽, 몸의 기관으로는 심장, 계절로는 여름을 상징한다. 잘 이용하면 따뜻한 것이 불이지만 잘못 다루면 재앙의 원천이 되는데『파우스트』에서는 다음과 같이 언급되고 있다.

> 갑자기 저 영원한 밑바닥으로부터 엄청난 불꽃이 솟구치고,
> 우리는 당황하여 발길을 멈추노라.
> 생명의 횃불에 불을 붙이려 했거늘,
> 이 무슨 불길이, 불바다가 우리를 에워싸는가!
> 이글이글 우리를 휘감는 것은 사랑인가? 미움인가?
> 고통과 기쁨이 번갈아 가며 휘몰아치고,
> 우리는 다시 지상을 내려다보며
> 더없이 활기찬 베일 속에 몸을 숨기노라.(4707~4714)

달리는 불길은 너무 빨라 잡을 수 없고, 한번 타버리면 남는 것이 없는 황야가 되어 부처도 망집의 번뇌로 몸부림치는 우리들의 세상을 일컬어 화택(火宅)이라 했다. 화기(火氣)가 충천하는 세상을 말한다. 이러한 불을 이길 수 있는 것이 물이다. 불길 속의 우리를 구하려면 물이 와야 한다. 물은 정신적·심리적 원형이다. 평범한 사람들도 인류의 탄생과 함께 면면히 공존하여 인생에서 빼놓

을 수 없는 4대 원소의 하나인 물을 자신의 생명 활동의 요소로 여겨 친숙해진 지 오래되었다. 그리스 철학자 엠페도클레스에 의하면, 물은 바람·불·흙과 더불어 우주를 구성하는 4대 원소 중 하나이다. 이 네 개의 원소가 〈사랑〉과 〈미움〉에 의해 결합과 분리를 하여 〈힘〉에 의한 생성과 변화의 작용을 일으킨다고 했다.

생명은 물에서 발원하고 물로서 자라나니 물은 창조력과 상상력과 풍요의 기틀이다. 낮은 데로 흐르지만 거친 데는 부드럽게 넘고 깊은 데는 고요히 채우니 돌멩이와 돌멩이 사이의 그늘까지도 소외가 없다. 말하자면 물은 영원한 모성이자 여성상이다. 이러한 물의 종교적 가치에는 두 가지 이유가 있다. (1) 물은 대지보다 먼저 존재했다. 「창세기」 1장 1~2절을 보면 〈한처음에 하느님께서 하늘과 땅을 지어내셨다. 땅은 아직 모양을 갖추지 않고 아무것도 생기지 않았는데, 어둠이 깊은 물 위에 뒤덮여 있었고 그 물 위에 하느님의 기운이 휘돌고 있었다〉. 또 성서 곳곳에 물은 〈살아 있는 것들에게 생명을 가져다주도록 명함〉을 받았다고 적혀 있다. (2) 물의 종교적 가치의 분석으로 상징의 구조와 기능이 파악된다. 고대 스칸디나비아인들은 신들이 성스러운 물에서 태어났다고 믿었으며, 아마존 서부의 슈와르족은 태초의 여자와 남자가 성스러운 폭포 위에 드리워진 무지개에서 생겨났다는 신화를 갖고 있다. 고대 이집트 역사 전체를 통해 물은 신적인 존재로 여겨졌으며 사람들은 모든 호수나 시내, 강, 우물에 신령한 기운이 깃들어 있다고 믿었다.

생명의 탄생 및 유지와 관련된 물의 역할도 있다. 45억 년 전 깊은 바다 밑의 맨틀이 갈라진 틈으로 흘러 들어간 물이 그 속에서 데워진 후 다시 찬 바다로 흘러나온다. 그 결과 생겨난 화합물에서 〈시원(始原)의 혼합물〉이라 부르는 탄수화물, 아미노산, 핵산 등이 섞인 기질이 형성됐다. 건물, 다리, 분수 등은 모두 물의 신성함을 강조하기 위한 건축물이며, 종교에서 흔히 등장하는 세정식(洗淨式)이나 북미 인디언의 한증 천막 예식처럼 물은 여러 문화에서 영혼을 정화하고 치유하는 수단으로 이용되어 왔다.

물은 가능성의 우주적 총체를 상징한다. 그것은 일체의 존재, 〈가능성의 원천〉이자 저장고이다. 즉 물은 모든 형태에 선행하며 모든 창조를 떠받치고 있다. 창조의 원형 중 하나는 큰 물결 가운데 갑자기 현현하는 섬이라는 이미지이다. 또 물속에 가라앉는 것은 무형태로의 회귀, 존재 이전의 미분화된 상태로 되돌아감의 상징이다. 부상(浮上)은 우주 창조의 재현이고, 수몰(水沒)은 형태의 해체를 의미하여 물의 상징은 죽음과 재생을 포함한다.

물에 닿는 것은 부활을 의미하여 해체 뒤엔 신생이 따르고, 물에 잠기는 것은 생명의 가능성을 풍요롭고 다양하게 하기 위해서이다. 물에 의한 우주 개벽설은 인간에서 그 대응물을 갖는데, 그것은 바로 원질 생성(原質生成), 즉 인류가 물에서 태어났다는 믿음이다. 대홍수 혹은 주기적인 대륙의 함몰(아틀란티스의 신화)[37] 역시 인간적 차원에서 그 대응물을 갖는데, 그것은 인간의 〈제2의 죽음〉(하계의 습기와 습지 등) 혹은 세례에 의한 가입식의 죽음이다. 우주론적 단계나 인류학적 단계에서 수몰은 최종적 소멸을 의미하지 않고 일시적인 무형태로의 재융합이고, 그 뒤에는 새로운 창조, 새로운 생명 혹은 〈새로운 인간〉이 각각 우주론적·생물학적 혹은 구제론적 동기로 계속 일어난다. 구조의 관점에서 보면, 홍수는 세례에 비교되고, 장례의 신주(神酒)는 신생아의 재계 또

---

37 아틀란티스는 그리스에서 전해 오는 전설 속의 섬으로 〈헤르쿨레스의 기둥(지브롤터 해협)〉 서편의 대서양 한가운데 위치하며, 바다의 신 포세이돈과 아틀라스가 다른 아홉 명의 형제와 함께 지배하고 있었다. 거기에는 금, 은 등을 비롯한 광물이 풍부하고 농업이 발달하여 주변의 섬뿐 아니라 멀리 이집트까지 광대한 해양 제국을 형성했다고 한다. 이 제국의 지배는 수 대에 걸쳐 이어졌는데, 지나친 번영을 추구한 나머지 부(富)에 대한 집착이 강해져 신들을 도외시하고 유럽과 아시아 전체를 정벌하려다가 대지진과 대홍수를 만나 하룻밤 사이에 바닷속으로 가라앉고 말았다.

는 건강과 풍요를 가져다주는 봄의 의례적 목욕과 비교된다.

물의 기능은 어떤 종교적 연관에서도 항상 동일하다. 즉 물은 분해하고 형태를 파괴하고 〈죄를 씻어 냄〉과 동시에 정화하고 재생한다. 순진무구의 세계에서 물의 상징은 주로 샘과 흐르는 시내로 이루어져 있다. 곧 물은 〈순수〉와 〈새 생명〉을 상징하는데 여기에 〈그리스도의 세례 의식〉(「창세기」9장 13~16절)과 〈모세가 바위에서 용솟음치게 하는 물〉(「출애굽기」17장 6절)을 상기해 볼 수 있다. 이때 물은 죄를 씻어 버리고, 새로운 정신적 생의 시작을 상징하는 생명의 물이 되고 있다. 물은 명암 양 세계에 속하여 하층부로 갈수록 어두워지고, 저부(低部)에 하상(河床), 즉 땅이 있다. 따라서 옛 〈현인들이 물에서 사물의 근원을 찾았다는 것도 허구가 아니다. 아마도 그들은 바다나 샘물에서 보다 차원 높은 물에 관하여 말했을 것이다〉.[38]

이 같은 물에 관한 제의는 인류 초창기에서부터 시작된다. 공적 주술사가 그 부족의 복지를 위해 행하는 일들 가운데 가장 중요한 것이 적절한 강우량의 보장이다. 강우가 없으면 식물은 말라 죽고, 동물이나 인간은 쇠약해져 죽기 마련이어서 미개인의 공동 사회에서는 우사(雨師)가 매우 중요한 존재였다.

물과 불의 다양한 관계에서 괴테는 물을 선호했다. 물은 우주의 총체를 상징하여 일체의 존재 가능성의 원천이자 저장고였던 것이다. 이렇게 괴테는 물을 모든 생명의 생성 요소라 보고 아울러 만물은 물에 의해 생명이 유지된다고 생각하여 『파우스트』에서도 〈모든 생명의 근원〉(457), 〈성스러운 샘물〉(567), 〈생명의 냇물〉(1200)과 같이 물에 관련된 말이 자주 나오고 있다.

　　만세! 만세! 만만세!

38 Novalis, *Lehrling zu Sais*, Novalis Schriften, hg. v. J. Minor, S. 50.

아름다움과 진실함에 참으로 가슴 벅차고,

기쁨이 꽃피어 나는구나······

모든 것이 물에서 생겨났노라!

모든 것이 물에 의해 유지되노라!

드넓은 바다여, 우리를 영원히 다스려 다오.

네가 구름을 보내지 않고,

풍성한 냇물을 선사하지 않고,

강물을 이리저리 굽이치게 하지 않고,

물줄기를 완성하지 않으면,

산이 다 무엇이고, 평야와 세상이 다 무엇이랴?

바로 네가 활기찬 삶을 유지하게 하는구나.(8432~8443)

　　종교나 제례 등을 떠나 옛 현인들은 바다나 샘물에서 보다 차원 높은 사물의 근원을 찾았다. 동양에서도 주나라 황실 도서관장을 지냈던 노자는 2천 5백 년 전에 〈상선약수(上善若水)〉라는 말을 했다. 이는 세상에서 가장 착하고 아름다운 것이 물이니, 물을 닮으라는 뜻이다. 물은 〈모든 생명의 어머니, 정신적 신비, 무한, 죽음과 재생, 무시간성과 영원, 무의식〉[39] 등으로 상징되기도 했다. 고대 그리스에서는 바다·강·샘물이 모두 신으로 숭배되어 괴테의 『서동시집』 속 시 「마호메트의 노래Mahomets-Gesang」에선 물이 작은 계곡에서 넓은 바다로 흘러가는 모습이 종교적으로 성스럽게 묘사되고 있다.

　　바위 위의 샘을 보라!

　　기쁨에 넘쳐

　　별빛처럼 빛난다!

---

39 이승훈, 『시론』(고려원, 1984), 207면.

착한 영들은
구름 위
덤불의 암벽 사이에서
그 젊은 날을 길렀다.

소녀처럼 발랄하게
구름에서 춤추면서
그는 대리석 바위 위로 내려와
다시 하늘을 향해
환호를 지른다.

잰 발걸음으로 그는
갖가지 자갈을 쫓아가기도 하고
이른 지도자의 발걸음으로
동생 물줄기들을
낚아채 간다.

저 아래 계곡에선
그의 발길 닿는 족족
꽃이랑 초원이
그의 입김에 생기를 얻는다.

그러나 서늘한 계곡도
그의 무릎에 매달려
사랑의 눈길을 보내는 꽃도
그의 발길을 멈추지는 못한다.
평야를 향해서 그의 발길은

굽이굽이 흘러간다.

시냇물이 다정하게
따라붙는다.
이제 그는 평야 위로
은빛 찬란하게 흘러간다.
황야도 그와 함께 빛을 발한다.
평야의 강물도
산속의 시냇물도
그에게 환호하며 소리친다. 형제여!
형제여, 동생들도 데리고 가주세요.
당신의 연로하신 아버님에게로.
팔을 활짝 벌리고
우리들을 기다리는 영원한 대양으로!
아, 대양은 자기를 그리워하는 자를 맞으려고
팔을 벌리지만 헛수고일 뿐,
황량한 사막에서
목타는 모래가 우리를 잡아먹고

하늘에선 태양이
우리 피를 말리고 있는 데다가
언덕은 우리의 길을 막고
연못을 만들어요.
형제여,
평야의 동생들을 데리고 가주세요.
산속의 동생들도 함께 데리고 가주세요.
당신의 아버님에게로 말입니다.

모두 다 오너라.
이제 물이 상당히 늘었다.
휘황찬란하게 온 부족이
우두머리를 높이 앞세우고 간다.
요란한 승리의 환호성을 지르면서
그는 마을마다 이름을 붙여 준다.
그리고 그의 발밑에는 도시가 생긴다.

쉬지 않고 그는 흘러간다.
탑의 환한 첨탑과
대리석 집들과 수많은
창조를 뒤로 남기면서.

아틀라스처럼 거대한 어깨 위에
삼나무 집들을 얹고서,
머리 위에는
수천의 깃발을 허공에 펄럭이면서
강물은 위력 있는 모습을 보여 준다.

어떻든 그는 동생,
보물, 아이들을
그를 기다리고 있는 창조자에게로 데려다준다.
가슴엔 기쁨이 넘치면서.(HA 1, 43 f.)

　이러한 물에 불은 상반적인 관계로 서로 비교되어 삶이 물로
이루어졌는가, 또는 화산이 터져서 생긴 불로 이루어졌는가 하는
수성론(水成論)과 화성론(火成論)의 논쟁이 빈발하여 『파우스트』

에서도 아낙사고라스와 탈레스 두 사람이 이에 대해 논쟁하고
있다.

　　아낙사고라스　(탈레스에게)

　　　자네의 경직된 마음은 영 굽힐 줄을 모르는구먼.

　　　무슨 말을 더해서 자넬 설득해야겠는가?

　　탈레스　파도는 온갖 바람에 순종하지만,

　　　험준한 바위는 피해 간다네.

　　아낙사고라스　이 바위는 불기둥에 의해 생겨났어.

　　탈레스　생명체는 물기에서 생겨났지.

　　　(······)

　　아낙사고라스　오, 탈레스, 자네는 하룻밤 사이에

　　　저런 산을 진흙으로 만들어 낸 적이 있는가?

　　탈레스　자연과 그 생생한 흐름은 결코

　　　밤낮을 가리지도 않으며 시간에 의존하지도 않는다네.

　　　모든 형상을 규정에 따라 만들어 내며,

　　　커다란 일에도 완력을 행사하지 않아.(7851~7864)

　　여기에서 괴테가 언급한 것은 1786년 화성론을 주장한 펠트하
임A. F. Veltheim과 수성론을 주장한 독일의 광물학자이자 지질학
자인 베르너Abraham G. Werner의 논쟁이다. 탈레스가 근원 물질을
물이라고 한 것은 물이 생명을 이루는 기본 물질이기 때문이다. 이
렇게 논쟁이 되는 수성론과 화성론을 괴테는 이탈리아 여행 중에
다음과 같이 언급한다. 〈(이탈리아로) 여행을 떠나오기 전 독일에
서 현무암이 화성론에 의한 것인가에 대한 논란이 있었음을 상기
하면서 녹아 흘러내렸던 것이 분명한 조각을 하나 땅에 떨어뜨려
보았다.〉(HA 11, 293) 이렇게 괴테가 옹호한 수성론이 『파우스

트』에서 물의 요정 세이렌[40]들에 의해 지지되고 있다.

> 물 없이는 행복도 없으리!
> 우리 크게 무리 지어
> 서둘러 에게해에 이르면,
> 온갖 기쁨이 우리 것이리.(7499~7502)

세이렌들은 가끔 세상의 화합을 위해 수성론과 화성론 모두를 인정하기도 한다.

> 바다 만세! 성스러운 불길에
> 에워싸인 파도 만세!
> 물 만세! 불 만세!
> 희귀한 모험 만세!
> (……)
> 네 가지 모든 원소여!(8480~8487)

그리스 신화에서는 수성론보다 인간 중심의 화성론이 대세를 이루는데, 이는 프로메테우스가 인간에게 준 불씨에 근거한다. 창조의 원초적 힘을 불에서 찾는 화성론은 불의 원리를 물질(육체)의 물리적 운동인 마찰에 입각하여 에로스의 원리로 전개시킨다.

> 서로 맞부딪쳐 불꽃을 날리며 산산이 부서지는 파도들을
> 어떤 불타는 기적이 밝게 비추는가?

---

40 『오디세이아』에 나오는 물의 요정인데 아름다운 노래로 선원들을 유혹하여 배를 난 파시킨다. 여자의 머리와 새와 같은 몸을 가졌으나, 점점 여자의 모습으로 변해 최후에는 날 개만 새의 모습을 남기게 되었다. 사람을 유혹해 파멸시키는 위험한 여성적인 존재로 로렐라이의 전설도 여기에서 연유한다.

저리 빛을 발하며 흔들흔들 환히 비추다니.

물체들이 밤의 궤도에서 붉게 타오르고,

주변의 모든 것이 불길에 에워싸였구나.

모든 것의 시초인 에로스가 이대로 군림하리라!(8474~8479)

따라서 신과 더불어 발전한 기독교 문화가 신의 사랑, 즉 아가
페에 근거를 둔 〈물의 문화〉라면, 신 없이 형성된 신화 문화, 즉 신
비주의 문화는 에로스를 바탕으로 한 〈불의 문화〉라고 할 수 있
다.[41]『파우스트』의 〈고전적인 발푸르기스의 밤〉 장면에서 화성론
에 바탕을 둔 신화적 형상들로 지진의 신 세이스모스Seismos, 스
핑크스, 개미Ameise와 그라이프 등을 들 수 있다. 〈생명체는 물기
에서 생겨났지〉(7856)라고 주장하는 수성론자 탈레스는 바다의
신 네레우스와 반인반어(半人半漁)의 해신 트리톤Triton 등과 그 밖
의 역사적 인물들에 의해 옹호되는데 여기에 괴테도 해당된다.

괴테가 수성론자가 된 배경에는 훔볼트의 영향이 컸다. 훔볼트
는 당시 프로이센령인 안스바흐의 광부 감독관이었으며 그사이
파리에서 불행한 죽음을 당한 포르스터Forster의 친구이고 제자였
다. 그의 형과 마찬가지로 넓은 지식을 가진 사람이라는 소문을 가
진 훔볼트는 베르너의 제자로 들어가게 되어 있었는데, 괴테는 베
르너를 지질학의 최고 권위자로 평가했다. 베르너는 지층의 생성
이유가 해저에 있다고 주장했다. 로마 신화에 나오는 바다의 신 넵
투누스가 이 학파가 추종하는 신으로 그 반대자인 불의 신 불카누
스 숭배자들은 그들을 매우 멸시하여 〈넵투니스트Neptunist〉라고
불렀다. 괴테는 생애가 끝날 때까지 화성론자들을 미워하며 넵투
니즘인 수성론에 광대한 층을 구축했다.[42] 따라서 댐을 만들어 문

41 김주연, 『파우스트 연구』(문학과지성사, 1986), 80면.

42 Richard Friedenthal, *Goethe. Sein Leben und seine Zeit* (Frankfurt/M.: 1978), S. 436 f.

명을 파괴시키는 등 부정적인 결과를 야기시킨 파우스트를 악마 메피스토펠레스는 넵투누스에 연관시켜 조롱하기도 한다.

> 둑을 쌓는다, 방파제를 쌓는다 하며 네놈이 온갖 애를 썼지만,
> 결국 우리 좋은 일만 한 셈이다.
> 네놈은 머지않아 바다의 악마 넵투누스에게
> 진수성찬을 갖다 바치리라.(11544~11147)

수성론자가 된 괴테는 1789년 프랑스 혁명의 부정성을 한순간의 화산 분출로 땅이 갈라지듯 고전적 바탕의 연속성이 깨지고 폭력에 의해 사회 체제가 급격하게 변하는 역사적 현상으로 파악했다.[43] 이렇게 괴테가 수성론자가 된 배경에는 지옥이 불로 연상되는 종교의 개념도 깔려 있다. 기독교에 의하면, 착한 사람은 천국으로 악한 사람은 지옥으로 보내는 것이 하나의 상식으로 되어 있다. 또한 불이 지옥같이 솟아올라 엄청난 참화를 일으킨 리스본 대지진도 괴테가 수성론자가 된 배경이 되었다고 여겨진다. 1755년 11월 1일 아침에 포르투갈에서 발생한 지진은 수도 리스본에서만 약 6만 명의 사망자와 대형 건물과 주택 1만 2천 채의 붕괴를 야기시켰다. 이 지진으로 인해 6일간 리스본 전역에서 발생한 화재로 엄청난 사상자를 냈으며, 또한 리스본에서 6미터, 스페인 카디스에서 20미터 높이의 쓰나미가 카리브해의 마르티니크를 향해 서쪽으로 6천 1백 킬로미터를 이동하면서 역시 많은 사망자를 냈는데 이러한 지진의 모습이 『파우스트』에서 불의 본질인 지진의 신 세이스모스(7519, 7550)의 잔인한 행위로 묘사되고 있다.

---

43 Heinz Schlaffer, *Faust Zweiter Teil im Blickfeld des 20. Jahrhunderts*(Stuttgart: 1981), S. 111 f.

세이스모스　(땅속 깊은 곳에서 으르렁거리고 쿵쾅거린다)

　힘차게 한 번 더 밀어붙이자,

　씩씩하게 어깨로 들어 올리자!

　저 위에 이르면,

　모두들 우리에게 길을 비켜 주리라.(7519~7522)

　이렇게 지진이 일어 땅 위가 위험해지자 물의 요정 세이렌들은 모두 페네이오스강에 뛰어들어 에게해로 간다. 그들은 지진의 피해를 겪는 육지 사람들을 불쌍하게 여겨 노래로라도 위로하고자 한다.

　페네이오스의 물살로 뛰어들라!

　첨벙첨벙 헤엄치면 좋으리.

　노래하고 또 노래하라,

　불행한 민족을 위해서.

　물 없이는 행복도 없으리!(7495~7498)

　이러한 지진의 신 세이스모스의 폭거에 물의 요정 세이렌들이 구원자로 작용하며 불의 신 불카누스가 지배하는 화성설을 압도하는 수성설을 내세운다.

　파도가 물거품 날리며 되돌아오고,

　강바닥엔 물 흐르지 않누나.

　대지가 진동하고 물길이 막히고,

　자갈밭과 강변이 갈라져 연기를 내뿜누나.

　도망치자! 모두들 가자, 어서 가자!

　이 괴변이 누구에게 득 되겠는가.

어서 떠나요! 흥겨운 귀한 손님들,

즐거운 바다의 축제를 향해.

일렁이는 파도들이 해변을 적시며

반짝이는 곳, 그윽이 물결치는 곳으로.

루나가 곱절로 밝게 비추며

우리를 성스러운 이슬로 적셔 주는 곳으로.

거기엔 자유롭게 생동하는 삶,

여기엔 무서운 지진.

현명한 자들은 어서 서둘러라!

이곳은 무시무시하구나.(7503~7518)

　세이렌들은 고귀한 손님들에게 불의 지진 지역을 떠나 즐거운 축제가 열리는 바다로 갈 것을 권유하며 수성론을 옹호하고 있다. 지진이나 분화에 의한 폭력적인 생성 작용은 정복·착취·투쟁·전란·복수·살육 등으로 해를 가져온다. 반면 수성론은 조용한 성장, 평화로운 영위, 원만한 전진 등을 특징으로 한다. 투쟁보다는 성장, 살육보다는 평화를 원했던 괴테는 수성론을 옹호한 것이다.

6
마녀와 순결

—

메피스토펠레스는 파우스트를 관능적인 환락의 구렁텅이로 끌어넣기 위해 그를 마녀들의 잔치로 끌고 간다. 〈내밀한 깊은 곳에서 세상을 지탱하는 것을 인식하고〉(382~383)자 여러 학문을 연구하고, 심지어는 악마와 내기까지 하며 존재의 수수께끼를 규명하기 위해서 모든 것을 바친 파우스트가 지금은 순간적으로 〈구미에 당기지 않는 소일거리에 끌려다닌다〉.(HA, 137, 12행) 여기에서 마녀Hexe가 작용한다.

중세 기독교에 의하면 마녀의 개념은 세 가지 요소를 내포하는데, 첫째로 인간에게 해로운 여러 가지 마법을 쓰며, 둘째로 요귀들과 성관계를 맺고, 셋째로는 우상 숭배를 한다는 것이다.[44] 마녀는 악마를 섬기며 악령을 구사(驅使)하고, 점복(占卜)과 주법(呪法)의 초자연적 능력을 가지고 사람에게 사고를 일으키게 하거나, 가축을 병들게 하는 등 온갖 해를 끼치는 것으로 여겨지고 있다. 곧 마녀들은 악마와 계약을 맺고 갖가지 수단을 이용하여 사회에 혼란(질병·악천후·흉년·싸움 등)을 가져오거나 동물, 예를 들어 고양이·두꺼비·삼족구(三足狗)·삼족토(三足兎) 등으로 변신한다. 그녀들의 몸에는 악마와 정을 통했다는 징표가 생기는데 그 부분은 아픔을 느끼지 않는다고 한다. 그러나 이는 통념일 뿐으로 마녀

---

44 Vgl. Kurt Galling(Hg.), *die Religion in Geschichte und Gegenwart. Handbuch für Theologie und Religionswissenschaft*, 3. Aufl.(Tübingen: 1963).

의 표상은 더욱 다양하다.

때로는 공중 비상(飛翔)과 변신의 능력을 가졌다고 생각되는 마녀는 흉측스러운 노파로 다뤄지기도 하고, 유럽에서는 중세부터 아름다운 귀부인(벨라도나)으로 묘사되어 왔다. 고전적 저서 『마녀』(1862)의 작가인 프랑스 역사가 J. 미슐레에 의하면 〈아름다운 귀부인〉으로 불린 조산원이나 여주의(女呪醫)들은 천 년에 걸쳐 사람들의 질병을 치료해 오고 있었다. 자연 현상에 능하고 벨라도나 같은 약초의 진통 효과를 알고 있던 여성들이 약초나 약석(藥石), 작은 동물들을 채집해 악취를 풍기며 큰 가마솥 속에서 푹푹 달이고 있었다는 내용이 셰익스피어의 「맥베스」에 나온다.

이 마녀들의 피해를 방지하려면 문에 십자가를 붙이거나 긋고 신의 이름을 외우는 것 외에도, 교회용품·흙·불·빵·소금·금속 제품과 거꾸로 세운 빗자루, 여러 가지 식물 등도 도움이 되었다. 이러한 마녀는 특히 『파우스트』나 셰익스피어 극에서 주로 비극의 원인 제공자로 자주 묘사된다. 예를 들어 복수(復讐)의 비극인 「맥베스」에서는 헤카테가 재앙의 지배녀로서 마녀를 거느리고 있다.

마녀　아니, 웬일이죠, 헤카테? 화가 난 것 같아요.
헤카테　안 그럴 수 있겠어? 이 쭈그렁이,
　　　뻔뻔스럽고 주제넘은 것들아! 어쩌자고 감히
　　　생사에 관한 수수께끼로써
　　　맥베스와 제멋대로 거래를 하여,
　　　너희들의 마술을 주재(主宰)하는 나,
　　　온갖 재앙을 뒤에서 조종하는 내가,
　　　덕분에 나설 무대를 잃어버려서
　　　멋진 솜씨를 보여 줄 수 없게 하느냐 말야?

게다가 더욱 못된 것은, 너희들이 하는 짓이란 모두
저 심술궂고 고집불통이고 화 잘 내는
사내들만을 위한 것이야. 그자들은 누구 할 것 없이
제 자신들만 생각하지, 너희들 따위는 안중에도 없어.
그러니 당장 마음을 바꾸어 가져라. 이제 날아가라.
지옥의 동굴 속 아케론강[45]으로.
새벽에 거기서 나와 만나자. 그러면 놈이 올 게다,
제 운명을 알고 싶어서 말이야.
도구와 마술을 빠짐없이 갖추고,
주문(呪文)이랑 부적도 모두 준비해 둬.
난 공중으로 날아가겠다.
오늘 밤엔 밤새 일을 해야 돼,
암담하고 피비린내 나는 소동을 일으키는 거야.
그리고 또 한 가지 오전 중에 큰일을 해야지.
봐라, 저기 저 초승달의 뿔에
무거운 물방울이 괴어 있다.
떨어지기 전에 받아 둬야지.
그걸 마법으로 끓이면
악의 힘으로 이상한 정령들이
꼬리에 꼬리를 물고 나타나서,
그놈을 끌어간다, 파멸의 심연으로.
운명을 무시하고 죽음을 비웃는 사내,
바라는 게 높아서 지혜도 은총도 공포도 모르는 사내다.
모두들 알겠지, 방심이야말로
살아 있는 자의 대적이야.
　(……)

---

45 그리스·로마 신화에 나오는 저승에 있는 강.

저것 봐, 날 부르고 있어. 내 작은 정령이, 옳지,

저기서 기다리고 있군, 짙은 구름 속에 앉아서.[46]

여기에서 셰익스피어의 헤카테가 말하는 〈솜씨〉란 마술이다. 유럽 중세의 기독교에 의하면, 앞서 언급한 저승의 아케론강은 아우구스티누스의 〈악마의 나라Civitas Diaboli〉인 지옥의 기독교적 개념이다. 그런데 셰익스피어의 맥베스 소재에서 헤카테는 악의 성분인 마술이나 변신으로 기독교 문화에 침투하여 재난의 창시자가 되고 있다. 〈이 운명의 여성들은 공포를 일으키는 존재들이다. 무서운 영향을 미치는 것은 바로 이들에서 시작되는 공포다. 어둠, 죽음, 신비와 같은 근본적인 힘과 인간이 마주 보고 있는 것이다.〉[47] 결국 헤카테는 인간 운명의 지배자이며 지하 세계의 여신이다.

마녀들은 전설에 따라 다양하다. 영웅 전설Heldensage은 초기에는 신화(神話)에 접근하고 서사시의 형태이며 인간에게 닥친 재난을 견뎌 내는 모범적 인간을 재현시킨다. 영웅 전설과 유사한 역사적인 전설은 역사적인 인물들의 비범함이나 현명함 및 선을 이야기하는데 뚜렷한 경계가 없어 신화나 일화로 넘어가기도 한다. 민족 전설이나 지방 전설은 사적(私的)인 특성이 많은 일정한 지역에서 전승된다. 특히 산악이 중첩한 지역에는 계곡마다 그 나름대로의 특수하고 기상천외한 전설들이 많다. 체험 전설에는 해당 지역의 친밀감을 주는 초자연적인 존재들인 거인과 난쟁이, 요정, 마녀 그리고 공기와 물, 땅 또는 불 속에 존재하는 선과 악의 정령, 심지어 악마까지 등장하는데 『파우스트』에서 전개되는 발푸르기

46 셰익스피어, 『맥베스』, 금성사 세계문학대전집 2권, 이근삼·윤종혁 역(금성사, 1997), 197면 이하.

47 Richard Flatter, *Shakespeare Macbeth*(Frankfurt am Main, Berlin, Bonn: 1958), S. 54.

스의 밤에 브로켄산에서 마녀들의 모임이 체험 전설의 한 예이다.

발푸르기스Walpurgis는 서기 780년경에 살았던 수녀원장의 이름인데, 그녀는 영국 태생으로서 독일에 수녀원을 세우고 포교에 힘썼다고 전해 온다. 그녀의 사후에 사람들은 그녀를 전염병과 마귀로부터 자신들을 보호해 주는 수호신으로 받들었다. 매년 성스러운 여성 발푸르가Walpurga를 기념하는 날인 5월 1일의 전날 밤을 〈발푸르기스의 밤〉이라 하고 이날 독일 하르츠산맥의 브로켄 Brocken(Blocksberg로도 알려짐)산에서 한밤중에 마녀, 악마, 마술사를 비롯한 저주받은 자들이 빗자루·지팡이·갈퀴·숫염소·돼지 등을 타고 날아와 마녀 사제Hexensabbat를 열어 성적(性的) 향연을 펼친다는 전설이 전해 내려온다. 〈마녀 사제〉는 11세기의 이단 기독교인에 대한 재판 이후 불린 명칭이다.

작센 지방의 기독교는 독일에서도 가장 늦게, 그것도 카를 대제의 무력에 의해 강제로 도입되었다. 이러한 기독교에 역행되게 마녀의 행사인 발푸르기스의 밤은 지속되었다. 하지만 〈발푸르기스의 밤〉은 원래 기독교화되기 이전에는 토속적인 작센 지방의 봄 축제였다. 〈내가 한 작품을 써서 그 결과 독일인들이 50년, 100년 동안 나를 처절히 저주하고 도처에서 나에 대한 욕을 한다면 그것은 나에게 무한한 기쁨이 되겠다. 나의 발푸르기스의 자루가 나의 사후에 열려서 그때까지 갇혀 있던 저승의 악마가 지금까지 나를 괴롭히듯이 다른 사람들을 괴롭힌다면 사람들은 나를 용서치 않을 것이다.〉[48] 괴테에 대한 이 같은 폭로적 발언이 나올 정도로 발푸르기스의 밤은 성적 방탕으로 애욕의 극치를 보여 준다.

사탄은 방자한 악의 향연인 브로켄산의 축제에서 공중을 날아다닌 후에 숫염소의 모습으로, 또는 창백하거나 머리가 뻣뻣한 남

48 Albrecht Schöne, *Götterzeichen, Liebeszauber, Satanskult. Neue Einblicke in alte Goethetexte Albrecht Schöne*:3, ergänzte Auflage 1993, Erstausgabe(München: 1982), S. 169.

성으로, 또 음탕한 입맞춤 등으로 악마를 섬기거나 기도를 한다. 사탄도 자신의 백성들에게 설교로 기독교의 관계를 끊게 하고, 성스러움을 비웃고 난 뒤 무리들이 서로 뒤섞여 난잡한 축제를 벌이는데 광란한 춤과 온갖 애욕적 술자리가 이날 밤 내내 이어진다. 이러한 마녀 사제 이야기가 17세기 후반까지 유럽 전 지역에 묘사되었다.

이러한 마녀 축제의 전형적인 묘사를 재현해 보기 위해 1610년에 스페인의 나바라Navarra에서 열린 종교 재판 때 나온 판결문의 발췌를 주목할 필요가 있다. 이 재판에서 여섯 명의 마녀를 자처하는 여성들이 화형을 당하고 강제로 받아 낸 그들의 자백이 다음과 같이 기록되어 있다. 〈재빨리 서둘러서 그들은 정해진 집회 장소의 마녀의 사제에게로 갔다. 거기에서 마술사가 신참 마녀를 왕좌에 앉아 있는 악마에게 소개하고 있었다. (……) 곧이어서 그 신참 마녀는 악마를 자신의 신과 주님으로 여기며, 그에게 기도하고 그의 왼쪽 손에 입을 맞추더니 이윽고 심장 위 가슴에, 그러고 나서 그의 음부에 입을 맞추는 것이었다. 그러자 이 악마는 몸을 돌리더니 당나귀 꼬리 같은 자신의 꼬리를 들어 올려 자신의 육체를 노출시키는데 그 모습은 매우 추하고 더러운 냄새가 났다. 그런데도 이 육체의 꼬리 아랫부분에 입을 맞추게 하고 있었다. (……) 악마는 그녀에게 한 설교를 하였다. (……) 악마의 설교가 끝나자마자 (……) 마녀들이 신분이나 친척 간의 관심도 없이 남자와 여자, 남자와 남자들이 무리 지어 서로 혼란 속에 뒤범벅이 되었다.〉[49]

마녀 학대는 괴테의 시대에도 있었다. 그의 청년기에 마지막 마녀로 자처하는 여인이 죽임을 당했다. 괴테는 마녀의 사건인 브로켄산의 축제에 관심이 많아 바이마르 도서관에서 이에 관련된 책들을 찾아 열성적으로 몰두했다. 이외에 괴테는 크라우스Kraus

49 같은 책, 131면.

(1784)의 초상과 밀턴의 「실낙원」 특히 헤어Michael Herr의 동판을 알게 되었다. 헤어는 〈무신론적이며 저주된 마의 축제 초상의 본래의 초안Eigentlicher Entwurf der Abbildung des gottlosen und verfluchten Zauberfestes〉이란 제목으로 다음의 장면을 보여 준다. 〈왼편에 춤추며 뛰어다니는 남녀의 행진, 산꼭대기에서 숫염소 모습의 사탄, 여러 불꽃, 공중에 숫염소를 타고 있는 악마와 마녀의 무리들, 갈퀴와 빗자루, 교수형의 처형 장면, 오른쪽 가장자리에 마녀의 누더기 옷, 한 손에 칼을 든 손과 죽은 자의 머리와 죽은 아이, 신비설의 책을 들고 있는 부인들의 모습을 보여 주고 있다.〉 이러한 발푸르기스의 밤이 괴테의 『파우스트』에서 생생하게 전개되고 있다. 메피스토펠레스는 발푸르기스의 밤에 열린 애욕적이며 저속스러운 행사를 파우스트에게 체험시키고자 한다.

우리는 여기 조용히 자리 잡읍시다.
커다란 세계에서 작은 세계를 만드는 것이
오랜 관습이오.
저기 벌거벗은 젊은 마녀들과
현명하게 몸을 가린 늙은 마녀들을 보시오.
날 위해서라도 기분 푸시오.
조금 애써서 많은 즐거움을 맛볼 수 있소.
음악을 연주하는 악기 소리가 들리는구려!
빌어먹을, 깽깽거리는 소리! 익숙해져야지 별수 있겠소.
그래, 갑시다! 어서 갑시다!
어쩌겠소, 내가 나서서 선생을 안내할 수밖에.
선생의 새 짝을 찾아 주리다.
어떻소, 친구 양반? 결코 좁은 장소가 아니라오.
저기 좀 보시오! 어디가 끝인지 도무지 보여야 말이지요.

불꽃이 사방 천지에서 줄줄이 타오르고 있소.

춤추고 수다 떨고 요리하고 마시고 사랑을 나누고.

이보다 더 나은 곳이 어디 있으면 말해 보시오.(4043~4059)

이렇게 애욕스러운 발푸르기스의 밤에 이루어지는 행위들은 매우 저속하다. 따라서 성행위와 배설물과 방귀 따위의 음란하고 저질스러운 말들이 언급되고 있다.

마녀들이 브로켄을 향해 가네.

그루터기는 노란색, 새싹은 초록색이라네.

저기 많은 이들이 모여 있는 가운데,

우리안이 높이 상석에 오르네.

돌부리 나무뿌리 너머 거침없이 나아가네.

마녀가 방×를 뀌고, 염소는 냄새를 풍기네.(3956~3961)

따라서 〈빗자루가 태워 주고, 막대기가 태워 주노라. 쇠스랑이 태워 주고, 염소가 태워 주노라〉(4000~4001)라며 마녀들을 떠올리게 하는 대상들이 언급되고, 메피스토펠레스 역시 〈빗자루가 필요하지 않소? 나는 아주 튼튼한 염소 한 마리 있었으면 좋겠소〉(3835~3836)라고 악마적인 본질을 보인다.

밀고 찌르고. 와르르 와르르, 덜그럭 덜그럭!

쌩쌩 날고 소용돌이치고. 잡아당기고 와글와글 떠들고!

번쩍거리고 불티 날리고 고약한 냄새 풍기고 훨훨 타는구나!

참말로 마녀들의 본모습일세!(4016~4019)

심지어 성욕이 언급되면서 성기의 모습이 음탕하게 묘사되기도 한다. 늙은 마녀와 젊은 마녀가 춤추다 지쳐 쉬는 동안 새로운 상대를 물색하는데 메피스토펠레스가 우리도 춤을 추자고 하여 젊은 쪽은 파우스트와 짝이 되고 늙은 쪽은 메피스토펠레스의 상대가 된다. 이 두 쌍이 춤추면서 부르는 노래는 음탕하고 추악하기 그지없다. 파우스트의 노래도 추악하기는 마찬가지여서 그는 이제 음탕한 쾌락에 빠져든 것이다.

파우스트   저기 늙은 여자하고 젊은 여자 둘이 앉아 있네,

　벌써 한바탕 신나게 뛴 모양일세!

메피스토펠레스   오늘 같은 날, 어찌 쉬어서야 되겠소.

　다시 춤이 시작하는구려. 자, 갑시다! 우리도 함께 춥시다.

파우스트   (젊은 마녀와 함께 춤을 춘다)

　언젠가 아름다운 꿈을 꾸었네.

　꿈속에 사과나무 한 그루,

　예쁜 사과 두 개가 반짝반짝,

　나도 모르게 이끌려 나무에 올라갔네.

젊은 마녀   그대들은 낙원에서부터

　사과를 무척 탐하였지.

　내 정원에도 그런 사과 달려 있어

　얼마나 마음 설레는지.

메피스토펠레스   (늙은 마녀와 함께)

　언젠가 방탕한 꿈을 꾸었네.

　꿈속에 갈라진 나무 한 그루,

　거기에 ─ 있었네,

　무척 ─ 했지만, 내 맘에 들었네.

늙은 마녀   말발굽 기사님,

　환영합니다!

── 이 싫지 않으시다면, ──

── 를 준비하세요.(4124〜4143)

　여기에서 〈사과〉는 열정의 자극으로 여자의 가슴을 성적으로 암시한다. 마찬가지로 황금도 육욕적인 작용을 한다. 신화에서도 아모르(에로스)는 황금으로 된 화살과 납으로 된 화살 두 종류의 화살을 지니고 있는데 황금 화살을 맞은 사람은 눈앞에 있는 사람에게 욕정을 느끼고, 납 화살을 맞으면 상대방이 지겨워진다. 여기서 황금은 애욕과 관련된다. 하이네의 시 「로렐라이」에서도 라인 강의 요정은 황금빛 장신구와 빗으로 뱃사공을 유혹하여 몰락시키고 있다.

　　저 건너 언덕 위에는 놀랍게도
　　선녀처럼 아름다운 아가씨가 앉아
　　황금색 장신구를 번쩍거리며
　　금발을 빗어 내린다.

　　황금의 빗으로 머리 빗으며,
　　그녀는 노래를 부른다.
　　기이하게 사람을 유혹하는
　　선율의 노래를.

　이러한 맥락에서 메피스토펠레스는 육욕으로 파우스트에게 접근하면서 〈황금을 축축한 점토처럼 주물러 보자. 이 금속은 원래 모든 것으로 변화시킬 수 있거든〉(5781〜5782)이라고 황금을 애욕의 대상으로 내세운다. 그리고 황금으로 여성에 대한 애욕의 상징인 자궁상과 남성의 애욕의 상징인 남근상을 만든다.

사탄 (오른쪽을 향하면서)

　너희들에게 찬란하고 위대한

　두 가지 것이 있다.

　번쩍이는 황금과

　여성의 자궁이다.

　하나는 창조하고

　하나는 흡수한다.

　이 두 가지를 다

　획득하는 자는 행복하다.

　　(……)

사탄 (왼쪽을 향하여)

　너희들은 두 가지의

　값진 광채의 것이 있다.

　빛나는 황금과

　번쩍이는 음경이 그것이다.

　따라서 너희 여자들은

　황금에서 쾌락을 알고

　이 황금보다 음경들을

　더욱더 귀하게 여기도록 하라.[50]

　여기에서 빛나는 황금과 빛나는 자궁과 남근, 이것이야말로 궁극적인 것의 상징이라고 합창이 노래 부른다.

사탄　양반이 드디어

　영원한 생명의

---

50 같은 책, 158면 이하. (이 사탄의 말은 『파우스트』 초기에 작품에 넣었다가 내용이 너무 저속하다 하여 후에 삭제했다.)

가장 깊은 자연의 증거를 개진하는 바이다.[51]

　메피스토펠레스가 신에게 제안한 내기Wette에 따라 파우스트
의 유혹자로서 황금으로 남근상을 만들어 여성을 유혹한다. 황금
은 괴테의 다른 작품에서 창조적 삶이나 현실에 눈을 뜨게 하는 본
능의 상징으로 쓰이지만 『파우스트』에서는 〈발푸르기스의 밤〉에
나오는 악마들의 순전한 애욕의 물화가 되고 있다. 〈발푸르기스의
밤〉에 묘사되는 황금에 대한 노골적인 애욕은 인간성에 있어 가장
악마적인 것이고, 메피스토펠레스의 마법과 견유주의가 의도하는
것, 즉 인간을 동물적으로 만들기 위해 자극하는 가장 사탄적인 충
동으로 묘사된다.[52] 따라서 〈발푸르기스의 밤〉에 메피스토펠레스
가 이용한 사랑의 애욕적 도구에서 황금은 절정을 이룬다. 이러한
육욕으로 발푸르기스의 밤에 메피스토펠레스는 파우스트에게 접
근한다.

뭐라도 입 벌리고 구경할 것, 먹을 것이 있으면,

항상 여자들이 앞장서서 달려온다니까.

내가 아주 녹슨 것은 아니라고!

예쁜 여자는 언제나 예쁘기 마련이지.

오늘은 돈 한 푼 들지 않으니,

마음 놓고 여자들을 찾아 나서 볼거나.

하지만 이렇게 북적거리는 장소에서는

무슨 말인지 도통 알아들을 수 없으니,

현명하게 굴어야겠어.

내 의사를 분명하게 몸짓으로 표현할 수 있으면 좋을 텐데.

51 Richard Friedenthal, 같은 책, 690면.
52 윤세훈, 『파우스트 연구』, 한국괴테협회 편(문학과지성사, 1986), 43면.

손짓, 발짓, 행동으로는 충분하지 않고,

익살이라도 떨어야 하지 않을까.(5769~5780)

토마스 만의 평론집『흔적 속에 진행되다*In Spuren gehen*』에 토마스 만의 괴테 모방의 근거가 담겨 있다. 발푸르기스의 밤의 장면들이 토마스 만의『마의 산』이전의 작품들이나 사건들에 반복적으로 서술되는데 이는 의심할 나위 없이 괴테의『파우스트』의 모방이다. 괴테의 〈발푸르기스의 밤〉 같은 신화적 내용이 토마스 만에 디오니소스적인 영향을 미치고 있는 것이다. 예를 들어 토마스 만의『파우스트 박사』에서 슈바이게슈틸의 농장에서 발푸르기스란 이상한 이름의 마구간 하녀는 성악, 정확히 말해 〈돌림 노래Kanon〉로 시작해 레버퀸을 신비로 이끈다. 이러한 음악의 내용 속에 선 또는 악 지향의 악마성이 잠재하여 악마와의 대화에서 독일 내면성의 변질과 타락이 음악의 적으로 나타나고 있다. 따라서 토마스 만은 독일과 독일인의 특성을 규명한『독일과 독일인*Deutschland und die Deutschen*』에서 〈파우스트가 독일 영혼의 대표라면 그는 마땅히 음악적이어야 할 것이다. 왜냐하면 추상적이며 신비적인 것인 음악적인 것이 독일인의 세계에 관계되기 때문이다〉라고 말하고 있다.

토마스 만의 말대로 괴테의『파우스트』도 독일적 영혼의 대표가 된다. 이러한 사실은 그라베의 민중본 파우스트인 「돈 후안과 파우스트」에 간명하게 나타나는데 이 작품에서 파우스트는 〈만일 내가 독일인이 아니었다면 난 파우스트가 아닐 것이다〉라고 외친다. 결국 괴테가『파우스트』를 만든 게 아니라,『파우스트』의 심리적 요소가 괴테를 만들고 있다. 따라서『파우스트』는 상징이다. 오래전에 알려진 사건에 대한 어원적 암시나 비유가 아닌 독일 정신에 원초적으로 담겨 있는 동기의 표현을 괴테가 탄생시킨 것

이다.[53]

그런데 토마스 만이 언급한 음악적이라는 말은 신비적이고 마적인 요소를 지닌 예술의 표현이다. 즉 직절하고 명랑한 성격을 지닌 아폴론적 예술에 대립되는 디오니소스적인 요소를 의미하는 것으로서 이성 중심logozentrisch적인 것과 생명 중심biozentrisch적인 두 경향을 보여 주고 있다. 니체에 따르면 전자는 아폴론적이요, 후자는 디오니소스적이며, 그리스 철학에서는 이성인 로고스Logos와 신화Mythos의 대립으로 보고 있다. 로고스란 이성으로 해명하려는 모든 것, 즉 객관적인 진실에 도달하여 사고하는 것을 의미한다.

니체는『비극의 탄생』에서 예술 창작의 근본 유형을 〈아폴론〉적 유형과 〈디오니소스〉적 유형으로 구분하여 푸코Michel Foucault에 이르기까지 결정적인 영향을 미치고 있다.[54] 니체에 의하면 넘쳐흐르는 생명력으로 고무되어 영원한 갈망에 의해 디오니소스적 광기에 휩싸인 예술가는 마침내 그러한 우울에서 벗어나 생성에 대한 존재와 암흑에 대한 광명으로 특징지어지는 아폴론적인 경지에 도달하게 된다고 한다. 이러한 근본적 유형 개념에 대해 니체는 무용·음악·서정시 등 비조형적 예술을 디오니소스적 예술의 유형으로, 회화·조각·서사시 등 조형적 예술을 아폴론적 예술의 유형으로 구별했다. 이러한 조형적 예술인 아폴론 예술과 비조형적 예술인 디오니소스 예술 사이의 대립을 니체는 다음과 같이 요약했다.

1. 아폴론적인 것

(1) 조형적인 신

---

53 Carl G. Jung, Welt der Psyche(Zürich), S. 58 f.
54 Ernst Behler, Derrida-Nietzsche Nietzsche-Derrida(München: 1988), S. 130.

(2) 예언의 신

(3) 광명의 신

(4) 불완전한 일상생활과 대치되는 상태에서 고차적인 진실성

(5) 격동의 상태에서 벗어난 자유

(6) 적절한 한계성

(7) 개별화의 원리principium individuationis

2. 디오니소스적인 것

(1) 도취의 유추(類推)

(2) 마취적인 술

(3) 자기 망각

(4) 명정(酩酊)과 신비로운 자기 몰각[55]

이 아폴론적이며 디오니소스적인 인간의 유형이 괴테의 『파우스트』에서 진지하게 다루어져 슈펭글러Oswald Spengler는 『파우스트』를 디오니소스 정신의 대표로 아폴론적인 것과 대립시켰다. 그리하여 〈발푸르기스의 밤〉같이 디오니소스적이고 마적인 사건에 몰두하는 파우스트는 〈이룰 수 없는 것을 애타게 갈망하며 굶주림에 허덕이〉(8203~8205)는 자로 규정되기도 한다. 파우스트는 중단하거나 피하지 않고, 끊임없이 앞서가고 추구하면서도 저주받는 행위에 가담하는 역설적인 인물로 메피스토펠레스에게 다음과 같이 언급한다.

이 모순에 가득 찬 존재야! 그래, 가자! 한번 네 맘대로 날 인도
해 봐라.

55 Friedrich Nietzsche, *Die Geburt der Tragödie* u. a., Sämtliche Werke. Kritische Studienausgabe in 15 Einzelbänden, KSA 1, hg. von Giorgio Colli und Mazzino Montinari (München: 1988), S. 27~31.

정말 현명한 처사일세.

발푸르기스의 밤에 브로켄을 찾아와서는

여기 이곳에 외따로 떨어져 있다니.(4030~4033)

이렇게 파우스트는 전형적인 인물에서 벗어나 메피스토펠레
스도 이제 그를 타락시키는 데 특별한 구실이 필요 없다. 브로켄산
의 방문자들이 악마의 알현이나 설교를 직접 경험하는 〈발푸르기
스의 밤〉의 축제는 「천국의 서곡」에 상반된다. 메피스토펠레스는
마녀들의 광란 속에서 파우스트가 그레트헨에 대한 죄의식을 잊
기를 바란다. 하지만 혼란스럽고 애욕스러운 〈발푸르기스의 밤〉
에 파우스트는 그레트헨의 무서운 모습을 보고 우울해진다.

파우스트　메피스토, 저기 멀리

혼자 서 있는 창백하고 예쁜 아이가 보이지 않는가?

이곳에서 비척비척 멀어지는 모양이,

마치 두 다리가 묶인 것 같지 않은가.

솔직히 말해, 착한 그레트헨과

꼭 닮은 것 같아.(4183~4188)

파우스트에게는 발이 묶여 천천히 걸어가고 있는 여자가 그레
트헨처럼 보인다고 하자 메피스토펠레스는 〈저건 마술이라니까
요, 어찌 그리 얼간이처럼 홀딱 넘어가는 게요! 저것은 누구에게
나 사랑하는 사람으로 보인다고요〉라고 말하며, 보기만 해도 돌로
변한다는 메두사 이야기를 꺼낸 뒤 그것은 환영이니 내버려 두라
고 한다.

메피스토펠레스　저따위에 신경 쓰지 마시오! 괜히 마음만 불편해

질 뿐이오.

저것은 환영이오, 살아 있는 것이 아니라 환상이란 말이오.

저런 것하고 마주치면 좋지 않소.

저 경직된 시선에 사람의 피가 얼어붙어서,

돌로 변할 수도 있다니까요.

선생도 메두사 이야기 들었을 거 아니오.

파우스트   참말이지, 죽은 사람의 눈 같구면,

사랑하는 사람의 손이 감겨 주지 못한 눈 말일세.

저것은 그레트헨이 내게 내밀었던 가슴이요,

내가 즐겼던 몸뚱이일세.

메피스토텔레스   저건 마술이라니까요, 어찌 그리 얼간이처럼 홀
    딱 넘어가는 게요!

저것은 누구에게나 사랑하는 사람으로 보인다고요.

(4189~4200)

이렇게 〈발푸르기스의 밤〉의 마녀들의 윤무 속에서 그레트헨 영상이 파우스트의 마음을 이끌자 그는 다음과 같이 외친다.

이처럼 기쁘고도, 이처럼 괴롭다니!

저 시선에서 눈을 뗄 수가 없구나.

칼등 넓이만 한

붉은 끈 하나가

저 아름다운 목을 얼마나 묘하게 꾸미는가!(4201~4205)

파우스트는 그녀에게서 눈을 돌릴 수가 없다. 메피스토펠레스가 아무리 말려도 소용이 없다. 기쁨과 괴로움이 동시에 그의 마음을 사로잡는다. 아름다운 목덜미에는 칼등보다도 가느다란 붉은

끈이 둘려 있다. 말하자면 그레트헨의 신변에 닥친 불길한 운명을 파우스트는 예감하고 있는 것이다. 메피스토펠레스는 여전히 메두사의 환영이라고 하면서 파우스트를 산 위의 소인극(素人劇)이 공연되는 곳으로 끌고 가지만 파우스트의 마음은 여전히 〈죄지은 여인〉 그레트헨에게 가 있다. 따라서 이 순간부터 그레트헨과 파우스트의 내면의 결합이 다시 시작된다. 파우스트는 이제 타락할 대로 타락했으나 이 타락의 밑바닥에서 파우스트의 진실한 인간성이 다시 눈을 뜨는 것이다. 따라서 이 대목은 『파우스트』 제1부의 중요한 전환점으로 극은 여기서부터 비극적인 결말로 치닫게 된다.[56]

〈발푸르기스의 밤〉의 소란 속에서도 그레트헨을 잊지 못한 파우스트는 메피스토펠레스를 졸라 사형수 신분으로 옥에 갇힌 그레트헨을 찾아간다. 이처럼 그레트헨의 구원에 일반적으로 생각되는 종교가 아닌 악마의 축제가 작용한다. 하지만 그레트헨은 파우스트가 결탁한 악마를 두려워한다.

> 마르가레테 저기 땅속에서 뭐가 솟아났지요?
> 그자예요! 그자! 어서 멀리 쫓아 버려요!
> 저자가 왜 이 성스러운 곳에 나타났지요?
> 날 잡아가려나 봐요!(4601~4604)

그레트헨이 파우스트를 악마의 손아귀로부터 탈취하지는 못할지라도 그녀의 마지막 외침은 파우스트인 〈하인리히〉에게 향하고 이로써 「비극」 제2부의 전망이 예감된다.

> 마르가레테 하느님 아버지, 저는 당신의 것입니다! 저를 구해 주

---

56 『파우스트』 I·II부, 178면 이하.

소서!

그대 천사들이여! 그대 성스러운 무리들이여,

절 에워싸고 지켜 주소서!

하인리히! 난 당신이 무서워요.(4607~4610)

　이리하여 최초에 그레트헨은 파우스트를 존경과 감탄의 눈으로 우러러보았지만 이제 그 관계는 반대가 되었다. 그녀는 한때 깊이 사랑했던 사람과 내면적으로 일단 절연하게 된다.

7
인위적 교육의 부정

—

　계몽주의의 선구자인 볼테르는 이성만을 믿고 이성으로 인간 생활을 보다 높일 수 있다고 확신한 합리주의자였다. 그는 잠들어 있다고 생각되는 몽매한 사람들을 일깨워 주기 위해 모든 미신·종교, 실증될 수 없는 형이상학은 환상이라고 일축하고 진정한 종교와 함께 그 종교를 가르치는 진정한 교육을 추구했다.

　이러한 배경에서 독일의 교육관을 고찰해 볼 필요가 있다. 독일 국민성에 맞는 직관적 이념과 본질의 통찰에서가 아니라 부분적으로 라틴계 국가의 주지주의와 합리주의에서 그리고 특히 물리학, 유기학과 경제학적 학문에 물질적으로 기초된 앵글로·색슨 기질의 사실주의에서 학문의 원천을 찾는 데 대해 괴테의 천재성은 시적·예언자적인 투쟁을 했다. 그에게는 본질의 인식을 최고의 과제로 간주하는 직관적 정신에서 생긴 학문이 중요하다. 이러한 인식 태도는 독일의 국민정신에서 완성되어 괴테의 천재성도 성숙된다.[57]

　레비스트로스Claude Lévi-Strauss의 저서 『토테미즘Totemism』과 『야생의 사고The Savage Mind』에 의하면, 오로지 굶어 죽지 않으려는 욕구와 가혹한 물질적인 조건에서 살아남는 데에만 매달린다고 알려진 사람들은 철저하게 공평무사한 사고를 한다. 즉 그들을 둘러싸고 있는 주위 세계를 이해하려는 욕구 또는 욕망에 의해

---

[57] 유창국·김선형, 『파우스트의 현대적 이해』(경남대학교 출판부, 1996), 91면.

움직인다는 것이다. 한편으로는 이런 목적을 성취하기 위해 그들은 여느 철학자 혹은 어느 정도까지는 여느 과학자 못지않은 지적인 수단을 가지고 행동한다. 이렇게 문자가 없는 〈원시적인〉 사람들에 대해 대체로 두 가지 형태로 해석된다. 하나는 〈원시적〉 사고를 다소 조잡한 자질로 간주하는 것이다. 즉 인류학의 소재가 되는 〈문자 없는〉 사람들의 사고는 전적으로 삶의 기본적인 욕구에 의해 결정됐다는 점이다. 또 하나는 〈원시적인〉 사고는 전적으로 강렬한 감정과 신비스러운 상상에 의해 결정된다는 점이다. 여기서 강조되는 것은 문자 없는 사람들의 사고가 한편으로는 공평무사하고 다른 한편으로는 지적이라는 점이다. 따라서 파우스트의 제자 바그너가 만든 인조인간 호문쿨루스도 전혀 배우거나 공부하지 않았지만 잠들어 있는 파우스트의 꿈을 해몽할 정도로 명석하다.

> **호문쿨루스** 글쎄요, 아빠는 집에 남아
> 더 중요한 일을 하세요.
> 낡은 양피지를 펼쳐 놓고,
> 규정에 따라 삶의 원소들을 모아서
> 조심스럽게 차례차례 짜 맞추세요.
> 무엇을 짜 맞추느냐보다 어떻게 짜 맞추느냐를 생각하세요.
> 나는 이 세상을 조금 두루 돌아보면서
> 아이(i) 자 위의 점을 찾아내겠어요.
> 그러면 위대한 목적을 달성할 거예요.
> 그만큼 노력하면 당연히 그 정도 보답은 따라오지 않겠어요.
> 황금, 영예, 명성, 무병장수,
> 그리고 어쩌면 학문과 덕성도 얻을지 몰라요.(6987~6998)

이런 배경에서 괴테는 1787년 5월 26일 이탈리아에서 자신의 수호신으로 1622년 성자에 오른 필리포 네리의 일화를 언급하며 교육보다 천성적인 가르침을 강조하고 있다. 〈그(필리포 네리)는 교육과 가르침을 통해서라기보다는 오히려 천성의 결과로 자연스럽게 지식과 교양을 얻었다고 한다. 다른 사람들은 힘들여 구하는 모든 것이 그에게는 마치 쏟아부어진 것 같다고 한다. (……) 동시에 지극히 위대한 통찰력으로 세상사를 꿰뚫어 보아 그에게 예언의 영이 있다고 할 정도였다.〉[58]

교육erziehen과 교화bilden에 의한 계몽aufklären이 인간을 성숙하게 이끌어야 한다는 계몽주의 사상에 감성을 중시하는 감상주의 소설 『젊은 베르테르의 슬픔』은 교육을 부정함으로써 서로 역행되고 있다. 따라서 베르테르는 교육을 부정하여 〈인간은 교육이 필요하지 않으며, 신처럼 자신의 존재에서 창조되는 자신만으로도 충분하다〉[59]고 주장하며 〈내가 지금 초등학생과 더불어 지구는 둥글다고 말한들 무슨 소용이 있겠는가!〉(HA 6, 73)라고 초등학교에서 배운 지식까지 부정하여 교육의 이성Verstand과 감상주의의 감정Gefühl을 대립시키고 있다.

이러한 교육의 부정은 베르테르의 1771년 5월 26일 자 서신에서 적나라하게 나타난다. 〈법칙에 따라 교육받은 사람은 결코 멍청한 짓이나 나쁜 짓을 저지르지 않을 것인바, 그것은 여러 법률과 복지를 통해 자라난 사람이 결코 견딜 수 없는 이웃이 된다거나 괴팍스러운 악인이 될 수 없는 것과 마찬가지라네. 그러나 뭐라고 떠들어 대도 할 수 없겠지만, 온갖 법칙이란 자연의 진정한 감정과 표현을 파괴해 버리고 말지!〉 마찬가지로 『파우스트』에서도 〈법

58 Johann W. Goethe, *Sämtliche Werke nach Epochen seines Schaffens*, Münchner Ausgabe, Bd. 15, S. 553.

59 Edgar Hein, *Johann W. Goethe. Die Leiden des jungen Werther, Interpretation* (Oldenburg München: 1991), S. 34.

이 막강하지만, 그보다는 고난이 더 막강하다오〉(5800)라고 언급
되고 있다. 하지만 이러한 법령이나 법률 등은 사회적 질서를 유지
하기 위해 끊임없이 존속하면서 개인의 권리는 염두에 두지 않는
데, 그 내용이 『파우스트』에서 피력되고 있다.

> 법률이니 법규니 하는 것들이
> 영원한 질병처럼 끊임없이 상속되고 있어.
> 대대로 물려주고 물려받고,
> 이곳저곳으로 슬며시 옮겨 가고.
> 이성은 헛것이 되고, 선행은 재앙이 되는 마당일세.
> 자네가 그 후예가 된다면 후회할 걸세!
> 유감스럽게도! 우리가 타고난 권리를
> 문제 삼는 사람은 아무도 없네.(1972~1979)

『빌헬름 마이스터의 수업 시대』에서는 나탈리에가 성공 위주
의 법칙적인 교육을 지적하고 있다. 〈우리의 교육은 본능에 활기
를 불어넣어 주지는 않고 욕망만 자극하고 있어요. 그리고 진정한
소질이 싹을 틔우도록 도와주는 것이 아니라 그런 소질을 향해 나
아가려고 애쓰는 본성에는 전혀 어울리지도 않는 대상들을 지향
하도록 부추긴단 말입니다. 나는 한 아이나 젊은이가 자신의 길 위
에서 방황하고 있는 모습이 낯선 길 위에서 바르게 걷고 있는 것보
다 훨씬 더 바람직하다고 생각해요.〉(HA 7, 520)

이러한 배경하에 『파우스트』에서 파우스트는 〈아아! 철학, 법
학과 의학, 게다가 유감스럽게 신학까지도 온갖 노력을 기울여 깊
이 파고들었〉지만 학교에서 배운 지식의 결과에 절망하여 학교의
지식을 쌓은 학자들에 대해 〈물론 박사니 석사니, 글쟁이니 성직
자니 하는 온갖 어리석은 인간들〉이라고 조롱한다.

아아! 철학,

법학과 의학,

게다가 유감스럽게 신학까지도

온갖 노력을 기울여 깊이 파고들었거늘

이 가련한 바보가

조금도 더 지혜로워지지 않았다니!

석사라 불리고 박사라 불리며,

벌써 10년 동안이나

위로, 아래로, 이리저리 사방 천지로

학생들의 코를 꿰어 끌고 다녔지만—

결국 우리가 아무것도 알 수 없다는 사실만을 깨닫다니!

그러니 어찌 속이 바싹 타들어 가지 않겠는가.

물론 박사니 석사니, 글쟁이니 성직자니 하는

온갖 어리석은 인간들보다야 내가 더 현명하지.

나는 의혹이나 의심에 시달리지 않고,

지옥이나 사탄도 두려워하지 않으니까—

그 대신 즐거움이란 것도 전혀 모르고,

뭔가를 제대로 안다는 자부심도 없고,

사람들을 선도하고 교화하기 위해

뭔가를 가르칠 수 있다는 자신감도 없지 않은가. (354~373)

심지어 교육에서는 〈나도 모르는 것을〉 떠들어야 하는 위선적인 경우도 있다고 본 파우스트는 이러한 교육에 역행되는 마법으로 전향하게 된다.

그래서 정령의 힘과 입을 빌려

세상의 비밀을 알아내려고

마법에 몰두하였거늘.

나도 모르는 것을

더 이상 비지땀 흘리며, 떠들지 않아도 된다면 좋으련만.

내밀한 깊은 곳에서

세상을 지탱하는 것을 인식하고,

모든 작용하는 힘과 근원을 직시하여,

더 이상 말과 씨름하지 않아도 된다면.(377~385)

따라서 15세기 독일의 철학자 쿠사누스Nikolaus Cusanus는 〈책 가게에 나열된 책보다 신이 우리 앞에 펼쳐 준 대자연의 책을 읽으 라〉고 설파했는데, 마찬가지로 베르테르도 1771년 5월 13일 자 서신에서 다음과 같이 말하고 있다. 〈자네는 내게 책들을 보낼 것 인가를 물어보았지? ― 친구여, 제발 부탁하건대 보내지 말아 주 게. 나는 더 이상 지도를 받고 용기를 북돋우며 분발시켜 주기를 바라지 않네. 그렇지 않아도 이 가슴은 몹시 요동치고 있다네. 나 는 자장가가 필요해. 그리고 그 자장가를 나는 호메로스에게서 충 분히 발견했지.〉

따라서 〈박사니 석사니, 글쟁이니 성직자니〉라는 점강법 형식 의 외침처럼 자아의 하강을 맛보게 된 파우스트는 결국 〈이 세상 이 나한테 뭘 줄 수 있을 것인가? 부족해도 참아라! 참아야 한다!〉 (1548~1549)라고 하면서 그동안 배운 지식을 경멸하기까지 한 다. 이렇게 파우스트가 어렵게 획득한 학위까지 멸시하는 반면에 그를 타락시키고자 하는 메피스토펠레스는 〈먼저 학위를 하나 따 서, 자네의 의술이 그 누구보다도 뛰어나다고 믿게 만들게〉(2029~ 2030)라고 학생에게 학위의 중요성을 당부한다. 이러한 메피스토 펠레스의 도움을 받아 완전무결한 절대 상태를 목표로 지금까지 의 물리적·심리적 한계의 지식을 극복하고자 하는 파우스트는 우주적인 포부를 피력한다.

> 내 마음은 지식에의 열망에서 벗어나
> 앞으로 어떤 고통도 피하지 않을 걸세.
> 온 인류에게 주어진 것을
> 가슴 깊이 맛보려네.
> 지극히 높은 것과 지극히 깊은 것을 내 정신으로 붙잡고,
> 인류의 행복과 슬픔을 내 가슴에 축적하고,
> 내 자아를 인류의 자아로 넓히려네.
> 그러다 결국에는 인류와 더불어 몰락하려네.(1768~1775)

파우스트가 학교에서 배운 이론이란 〈모조리 회색이고, 생명의 황금 나무는 초록색일세〉(2038~2039)라는 말처럼 모두 어두운 회색으로 생명력이 없다. 이 회색은 실재를 파악하는 빛깔이 아니어서 비현실적인 색깔이며, 비현실성의 표상이다. 비현실성이라고 하면 형식적이지 못하다는 뜻이므로 회색은 무언가 비현실적인 것, 이상주의적인 것, 낭만주의적인 것과 관계된다.[60] 따라서 학교에서 배운 이론이란 모두 어두운 회색이어서 푸른 생명의 황금빛 나무는 기대할 수 없다.

발푸르기스의 밤의 난잡한 축제에서 파우스트와 춤추던 마녀의 입에서 빨간 쥐새끼가 튀어나오자(4179) 메피스토펠레스는 〈그거 근사하구먼! 너무 심각하게 받아들이지 마시오. 회색 쥐가 아닌 것만으로도 다행이오〉(4180~4281)라고 말하듯 회색은 불길한 색깔로 비유되기도 하며 죽음을 나타내기까지 한다. 『파우스트』의 〈한밤중〉 장면에서 파우스트의 최후를 암시하는 네 여인이 회색빛으로 등장한다. 즉 결핍Mangel, 죄악Schuld, 근심Sorge, 곤

---

60 김주연, 『독일 비평사』(문학과지성사, 2006), 9면 참조.

란Not이라는 네 명의 회색빛 여인이 두둥실 떠돌듯 다가와 파우스트에게 우수의 입김을 불자 파우스트는 장님이 되어 세상을 뜨게 된다.

　다시 교육 문제로 돌아간다. 소크라테스는 교육의 기본이 되는 도구인 문자가 가질 수 있는 해독을 풍자한다. 〈문자의 아버지시여, 당신은 진정한 지혜가 아니라 지혜의 모양만을 주셨습니다. 그들은 많은 것을 읽겠지만 교훈을 얻지 못할 테고, 많은 것을 아는 것처럼 보이겠지만 실제로는 아무것도 알지 못할 것입니다.〉 도(道)는 말이나 글자로 표시될 수 없다는 불립 문자(不立文字)에서 볼 수 있는 것처럼 화두(話頭)를 통해 본래의 마음자리를 깨닫는 방식은 중국에서 꽃피웠다. 소크라테스와 그리스도, 부처가 말로 표현한 온정이라든가 사랑 같은 가르침들은 글로 옮겨지면서 위계적이고 성차별적인 것으로 탈바꿈한다. 암흑시대에 성모 마리아 숭배가 출현하고, 기사도라든가 궁정 연애가 등장하지만, 인쇄술의 발달 이후 개신교들은 글로 성모 마리아를 비난하고 마녀 사냥의 만행을 저질렀다. 이렇게 초기의 문자가 가진 역할은 바람직하지만은 않았다. 바빌로니아와 아시리아, 이집트와 마야에서 발견된 옛 문자들은 공통적으로 〈누가 지배자인지, 그의 승리가 얼마나 위대한지, 그의 권위가 얼마나 드높은 곳에 굳건한 기초를 두고 있는지〉 등 오직 권위자의 모습만을 상기시키기 위해 이용됐다. 문화권에서 문자의 전파를 가속화한 것은 훨씬 실용적인 목적, 즉 부기와 상거래였다. 이러한 배경에서 문자가 부정되고 아울러 이 문자가 기본이 되는 교육이 부정되어 〈온갖 학문의 자욱한 연기에서 벗어나 네 이슬 속에서 건강하게 목욕할 수 있다면!〉(396~397)이라고 파우스트는 이론·지식·순수 사유 등을 배제하고 자연에 몰입하고자 한다.

이 얼마나 장관인가! 그러나 아아! 구경거리일 뿐이로다!

무한한 자연이여, 너를 어디서 붙잡으랴?

하늘과 땅이 매달리고 생기를 잃은 가슴이 달려가는

모든 생명의 근원들이여,

젖가슴들이여, 너희들을 어디서 붙잡으랴?

너희들이 샘솟아 목을 축여 주는데, 나는 어찌 헛되이 갈증에

　허덕이는가?(454~459)

이렇게 세속적인 교육이 무시되고 자연의 교육, 더 나아가 신에 의한 교육까지 염원하는데 이러한 내용이 괴테의 시 「신성Das Göttliche」에 잘 나타나 있다.

인간이여, 숭고하고

자애롭고 선할지어라!

　(……)

우리가 예감할 뿐

알지 못하는 지고하신

존재들에 영광 있으라!

인간이여, 이들을 닮아라!

그런 인간의 본보기가 우리로 하여금

저들을 믿도록 가르친다.(HA 1, 147)

이 시에서 말하는 〈숭고한 인간〉은 바로 〈저 예감되는 신적 존재의 모범〉(HA 1, 149)이 된다. 그런데도 판단하고, 선택하고, 벌을 주는 일은 전부 신이 아닌 인간에게 속한 일로 규정되고 있다.

파우스트는 법학, 철학, 신학 및 의학까지 하고자 했던 모든 학문을 성취했지만 끝내 좌절하여 자살까지 시도하는데 이 내용을

사회학적으로 규명해 본다. 17세기 프랑스의 철학자 파스칼은 인간의 불행이 지루함에서 비롯된다고 말했다. 먹고살 만하면 느긋하게 집구석에 있어도 좋을 텐데 굳이 밖에 나가서 스트레스를 받으며 괴로워한다는 것이다. 인간은 지루하기 때문에 도박을 하거나 전쟁까지 벌인다고 파스칼은 말한다. 그러고는 토끼 사냥을 예로 든다. 사냥하러 나가는 이에게 토끼를 건네면 사냥꾼은 분명 언짢아할 것이다. 목표로 하는 토끼를 손에 넣었는데 왜 싫어하는 걸까. 답은 간단하다. 토끼를 사냥하러 가는 사람은 토끼를 원하는 게 아니라 지루함에서 도망치고 싶어 방을 나서는 것이고, 철학적으로 말하면 지루함이라는 비참한 인간의 운명에서 벗어나고 싶기 때문이다. 그런데도 인간은 사냥감을 손에 넣는 일에 진정한 행복이 있다고 믿는다. 토끼라는 〈욕망의 대상〉과 지루함이라는 〈욕망의 원인〉을 착각하는 것이다.

도박하고 싶은 욕망도 돈을 따겠다는 이익을 대상으로 하지만 그게 욕망의 원인은 아니다. 〈매일 돈을 줄 테니 도박을 그만두라〉고 한다면 그만두게 될까. 도박꾼은 돈을 따기 위해 도박한다고 굳게 믿지만 진정한 원인은 그게 아니다. 유목 생활이 정착 생활로 바뀌면서 지루함을 피할 필요성을 느끼게 되었다고 설명하지만, 지루함이 단지 정착 생활의 결과만은 아니다. 지루함은 더 근원적인 인간의 존재 양태다. 유목민이 지루함을 몰랐던 게 아니라 정착 생활로 인한 지루함이 인간의 삶에서 정면으로 맞서야 할 대상이 됐다는 것이다. 이러한 지루함은 선진국에서 심각한 사회적 문제들을 야기시켰다.

오랜 노력으로 부(富)를 성취하여 세계 최고의 부국이 된 스웨덴이나 스위스 등에서 마약이나 자살률이 세계에서 가장 높은 역설적인 결과가 현실이 되었다. 반면에 세계 최고의 빈국인 방글라데시의 자살률이 제일 낮다. 마찬가지로 우리나라에서도 과거 보

릿고개 시절에 하루 세끼 먹기도 힘들던 때엔 자살이 거의 없었지
만, 이러한 빈곤을 극복하고 부국이 된 오늘날 우리나라의 자살률
이 OECD 국가들에서 최고가 되고 있는데 이러한 현상이 『파우스
트』에서 〈원래 풍요로움 속에서 부족한 것을 느끼면 참으로 혹독
하게 괴로운 법일세〉(11251~11252)라고 묘사되어 있다. 따라서
일반적으로 행복은 (부 등의) 성취에 있다는 사고는 잘못된 판단
이다. 행복은 성취가 아니라 성취의 과정에 있는 것이다. 초기 자
본주의 노동자들은 한가한 시간 없이 장기간 노동에 매달려야 했
다. 자본주의가 고도로 발달하여 현대인은 한가함을 얻었다. 풍요
가 여가를 준 셈이다. 하지만 사람들은 한가함을 살아 내는 기술을
갖지 못하면서 지루함을 느끼게 되어 후진국보다 선진국에서 마
약이나 자살 등이 더욱 횡행하게 되었다. 이러한 내용이 『파우스
트』에서도 나타나고 있다. 그동안 파우스트는 한가한 시간 없이
법학, 철학, 의학 및 신학까지 철저하게 매달려 다른 생각은 할 수
도 없었다. 다시 말해 성취를 위한 과정이야말로 행복 자체였다.
하지만 이들 학문을 성취한 지금 파우스트는 지루함을 얻게 되었
다. 성취가 안겨 준 여가인 한가함을 살아가는 기술을 갖지 못하여
지루함을 느낀 파우스트는 이의 도피 수단으로 자살을 시도한다.
따라서 메피스토펠레스는 파우스트를 유혹하는 수단으로 지루함
에서 벗어나는 방법을 제시한다.

> **메피스토펠레스** 당장 이곳을 떠납시다.
> 세상에 무슨 이런 고문실이 있소?
> 자신과 젊은이들을 따분하게 만드는 것을
> 어떻게 인생이라고 하겠소?(1834~1837)

그리고 세속적인 학문에 몰두하여 전념으로 공부한 결과 허무

함을 느껴 좌절하는 파우스트를 메피스토펠레스는 공부에는 관심이 없어 〈머릿속은 비고 배 속은 편해서〉 마시고 노는 데에만 열중하는 대학생들의 모임인 라이프치히의 아우에르바하 지하 주점으로 데리고 가서 위로하려 한다.

> 메피스토펠레스 먼저 저 떠들썩한
>   패거리에게로 가봅시다.
>   그러면 사는 것이 얼마나 쉬운지 알게 될 거요.
>   저 패거리들은 날이면 날마다 잔칫날이라오.
>   머릿속은 비고 배 속은 편해서,
>   새끼 고양이가 제 꼬리 가지고 놀듯
>   빙글빙글 신나게 맴돌지요.
>   골치 안 아프고
>   외상으로 술만 먹을 수 있으면,
>   근심 걱정 없이 니나노야 흥겹게 지낸다오. (2158~2167)

이렇게 학문 등의 형이상학적인 것에서 벗어나 방탕하기만 한 곳으로 파우스트를 데려온 메피스토펠레스는 〈민중들은 자유롭다오. 자, 보시오, 얼마나 흥겹게 지내는지!〉(2295)라며 그를 위로하지만 파우스트는 〈난 그만 이곳을 나가고 싶네〉(2296)라고 답변하여 메피스토펠레스의 의도를 좌절시킨다. 외형적인 즐거움은 본질이 없어 정서적 기질을 강화하거나 고양시키지 못하고 오히려 도덕적 소질을 저해하고 파멸시키는 것이 아우에르바하 지하 주점 장면에서 나타난다. 이러한 대학생들의 과음 등 패덕의 모습은 이미 앞의 〈성문 앞〉 장면에서도 묘사되고 있다.

대학생1 어휴, 저 팔팔한 처녀들 걸어가는 것 좀 봐!

이봐 친구, 어서 오라고! 우리가 저 처자들을 호위해야지 않

　겠어.

톡 쏘는 맥주, 알싸한 담배,

그리고 멋지게 꾸민 하녀, 내 입맛에 딱 맞는다니까.

양갓집 규수　저기 멋진 총각들 좀 봐!

정말 창피한 일이야. 얼마든지 괜찮은 아가씨들하고 사귈 수 있

　을 텐데,

하필이면 저런 하녀들 뒤꽁무니를 쫓아갈 게 뭐야!(828~834)

　이 장면은 즐겁고 쾌활한 대학생의 생활이 아니라 과음이나 하
는 패덕을 보여 주어 탈자아의 극치를 이룬 것이다.

　이러한 관점에서 볼 때 지루해하지 않고 한가함을 살아가는 기
술이란 무엇일까. 하이데거는 지루함이야말로 인간이 지닌 가능
성의 발로라고 했다. 〈인간은 지루해한다. 그렇기에 자유롭다. 하
이데거는 결단이라는 처방을 내린다. 결단함으로써 인간의 가능
성인 자유를 한껏 발휘하라!〉 장황하게 이것저것 생각하지 말고
마음을 정해 산뜻하게 행동하라는 것이다.[61] 이렇게 한가함의 악
덕인 지루함을 살아가는 기술을 체득하지 못하여 학문을 성취하
고도 좌절하는 파우스트에게 메피스토펠레스는 〈달리 어쩔 도리
가 없으니 공부를 계속하는 것일세. 그렇게 다들 적당히 공중누각
을 쌓지만, 가장 뛰어난 정신도 아직 완성의 경지에 이르진 못했
네〉(6638~6641)라며 비꼰다. 세속적인 공부는 아무리 해도 행복
에 다다르지 못하는 것이다. 따라서 메피스토펠레스는 〈나이 들어
서도 학업에 열중하는 만년 서생이지 않은가! 학자들도 달리 어쩔
도리가 없으니 공부를 계속하는 것일세〉(6637~6639)라고 빈정

---

61 고쿠분 고이치로, 『인간은 언제부터 지루해했을까?』, 최재혁 역(한권의책, 2014).
이 책의 서평(조선일보) 참조.

댄다. 세속적인 공부와 이의 성취는 악마가 원하는 것이라고 여기는 메피스토펠레스에게 성취하고도 좌절하는 파우스트는 자신이 원하는 모습이 되고 있다.

> **메피스토펠레스** 따뜻한 털옷아, 너를 한 번 더 몸에 두르고,
> 사람들에게 인정받는 선생이 되어
> 거들먹거리고 싶은
> 욕망이 솟구치는구나.(6586~6589)

> **메피스토펠레스** 나 오늘 다시 교수님이 되었노라.
> 하지만 나 스스로 그렇게 부른들 무슨 소용 있으랴?
> 날 인정해 줄 사람들이 어디 있으랴?(6617~6619)

실제로 파우스트가 그동안 땀 흘리며 노력한 업적은 현실의 세속적인 삶에만 유용할 뿐 신적인 경지의 추구에는 아무런 도움이 되지 않아 좌절의 대상이 되고 있다.

> 오, 이 미혹의 바다에서 벗어나길
> 아직도 바랄 수 있는 자는 얼마나 행복할 것인가!
> 인간은 막상 필요한 것은 알지 못하고,
> 필요 없는 것만 잔뜩 알고 있는 것을.(1064~1067)

메피스토펠레스는 학생에게 〈그러면 인간의 두뇌에 맞지 않는 것도 심오하게 파악하는 법을 터득할 거야. 두뇌 안에 들어가든 말든 근사한 말이 마련되어 있다네〉(1950~1953)라고 보잘것없는 지식의 미화를 조소하는데 이러한 지식·학문의 허구성에 파우스트도 염증을 느껴 〈바로 개념이 부족한 곳에서 적시에 말이 떠오

른다네〉(1995~1996)라고 언급한다. 따라서 학문이 직업이어서 학문에 매진했던 학사는 〈자, 인정하시오! 옛날부터 알아 온 것들은 결코 주목할 가치가 없다는 사실을……〉(6760~6761)이라고 메피스토펠레스를 다그치기도 하고, 파우스트의 제자 바그너는 〈연극배우가 성직자를 가르칠 수 있을 것이라고 칭송하는 소리를 여러 번 들었답니다〉(526~527)라며 교육을 통해 얻은 지식을 우롱하기도 한다. 이렇게 학문에 불만을 느낀 파우스트는 학문을 떠나고자 하는데 이러한 파우스트가 마음에 든 메피스토펠레스는 그를 충동질한다.

> 진실 대신 착각을 퍼트리는 방법이잖소.
> 저런 식으로 마음껏 지껄이고 가르치면,
> 누가 그 멍텅구리들을 상대하고 싶겠소?(2562~2564)

이러한 파우스트처럼 학사도 자신이 쌓아 온 학문 자체를 경멸하고 더 나아가 〈어떤 선생이 직접 면전에 대고 진리를 말해 준답디까? 하나같이 착실한 젊은이들을 상대로 때로는 진지하게 때로는 농지거리로 진리를 늘였다 줄였다 하기 일쑤지요〉(6751~6753)라며 사도(師道)까지 부정한다.

> 그들은 낡은 책 껍질 속에서 알아낸 것으로
> 나한테 거짓말을 치고,
> 스스로도 그 말을 믿지 않으면서
> 자신들의 삶과 내 삶을 약탈해 가지 않았던가.(6707~6710)

물론 파우스트는 탄식하지만 세속적으로 볼 때 철학, 법학, 의학과 신학까지 섭렵한 그의 실력이 그레트헨에게는 경이로워서 감탄의 대상이 되기도 한다.

> 아아! 저분은 정말,
> 정말 생각도 깊으셔!
> 저분 앞에만 서면 부끄러워서
> 무조건 〈네〉라고 대답하게 돼.
> 나처럼 불쌍하게 아무것도 모르는 아이의
> 어떤 점이 마음에 드는지 알 수 없는 일이야.(3211~3216)

『초고 파우스트』에서는 〈당신의 눈초리, 말 한마디는 이 세상의 어떤 지혜보다 더 즐겁다오〉(931~932)라고 매우 제한된 수준의 지적·정신적 능력을 지닌 그레트헨이 찬사를 받으면서 박학다식한 파우스트의 경탄의 대상이 된다. 배운 학식보다 천성적으로 풍기는 매력이 훨씬 더 경탄되는 것이다. 이러한 파우스트는 학문에 대한 불만에서 마법에 의지하는데 이 내용은 영국의 말로가 1588년에 쓴 「파우스트 박사의 비극적 이야기」에서도 주인공이 학문의 불만에서 벗어나기 위해 마법에 몰두하는 내용과 유사하다.

> 파우스트   철학은 불쾌하고 모호해.
> 법학과 의학은 모두 보잘것없는 지혜이지.
> 신학은 그중에서도 가장 비천하고 불쾌하며,
> 거슬리고 경멸할 만하며, 넌더리가 나네.
> 내 마음을 앗아 간 것은 마법, 바로 마법이지.[62]

결국 파우스트는 인간의 인식욕뿐만 아니라 의지에 대한 충동

---

62 크리스토퍼 말로, 『파우스트 박사』, 오창민 옮김(동인, 2001), 190면.

을 납득하게 할 만한 것을 얻을 수 없다. 인생이나 우주의 온갖 어려운 문제를 해결해 주는, 말하자면 스스로 만족시켜 줄 세계관, 모든 분과 과학 위에 존재하는 최고 진리를 얻을 수 없는 것이다. 이러한 교육은 정치적인 독재자들의 의욕과 의도의 가면이 되기도 하여 히틀러 같은 인물이 영웅이 되기도 했다. 마키아벨리는 『군주론』에서 〈목적이 수단을 정당화한다〉는 요지의 〈마키아벨리즘Machiavellismus〉을 발달시켜 강력한 영웅의 탄생을 역설했다. 이러한 마키아벨리즘을 『파우스트』에서 메피스토펠레스가 신봉한다.

　　힘 있는 자가 곧 정의인 것을.
　　오로지 무엇을 쟁취하느냐가 중요할 뿐 어떻게 쟁취하느냐는
　　　묻지 마라.(11184~11185)

　이러한 메피스토펠레스의 영향을 받은 파우스트도 간척 사업에서 〈주인의 말보다 더 중요한 것이 어디 있겠느냐〉(11502)라며 마키아벨리즘의 성격을 발휘하고 있다.
　혼탁한 시대에 소시민들은 가치의 판단력이 둔해져 누군가에게 자기를 맡기고 싶은 심정이 생겨 신과 같은 영웅이 나타나 얽히고설킨 문제를 단칼로 해결해 주길 염원한다. 그 결과, 독일에서는 그들 특유의 철학적 사려 깊은 정치인들을 제치고 선동가인 히틀러가 등장한다. 따라서 토마스 만은 비스마르크에서 히틀러까지의 상황을 〈마키아벨리즘〉으로 규정지었다. 침체된 나라에 이들 독재자가 보여 준 급진적인 변혁은 민주 훈련이 부족한 사람들에게는 시원하고 신선하기까지 하다. 따라서 나치즘이 독일을 지배할 수 있었던 것은 독일 국민이 자발적으로 자유로부터 도피했기 때문이라고 프롬Erich Fromm은 진단했다. 그것은 해방된 노예가

다시 예전의 예속된 삶을 그리워한다는 심리로, 『파우스트』에서도 메피스토펠레스의 언급으로 묘사되고 있다.

> 이런 맙소사! 그만둬라!
> 폭정과 노예의 싸움일랑 집어치워.
> 하나가 겨우 끝났는가 하면, 금방 다시 처음부터 시작하는
> 그런 일들은 정말 지겹다 지겨워.
> 아스모데우스가 뒤에 숨어서 농간 부리는 것을
> 어째서 아무도 알아차리지 못할까.
> 말로는 자유를 위해 싸운다고 하지만,
> 자세히 보면 노예와 노예의 싸움일 뿐이야.(6956~6963)

여기에서 〈노예와 노예의 싸움일 뿐〉이라는 언급은 노예가 한 지배자에게서 해방되면 또 다른 지배자에게 예속된다는 내용으로, 때로 자율이 힘겹다는 것을 말해 주는 사례이다. 분명 예속이 자유보다, 타율이 자율보다 편할 때가 있다. 어떤 결정을 위한 고심이나 심리적 갈등이 필요하지 않기 때문이다. 어쩌면 대중은 강력한 지도자 밑에서 그가 지시하는 대로 따르고 싶은 본능이 숨어 있는지도 모른다. 이렇게 대중 독재론은 독재자의 억압과 강제뿐 아니라 대중의 암묵적 동의가 있었기에 가능했다. 독재 체제가 경기 침체와 사회적 혼란을 틈타 대중의 절망과 증오심을 교묘하게 이용해 그들의 자발적 참여를 끌어내는 것이다. 정치의 신성화와 미학화는 엘리트 지식인을 포함해 전체 대중을 열렬한 추종 세력으로 마취시킨다.

작가 츠바이크Stefan Zweig에 따르면, 역사는 광기와 우연의 소산이다. 인류사를 뒤바꾼 위인들의 삶을 집중 탐구했던 츠바이크에게 역사란 남들 눈엔 무모하기만 한 열정과 비이성적 자신감, 곧

일종의 광기에 휩싸인 이들의 도전에 우연이 더해진 것이다. 세상의 눈과 평가, 현실적 한계나 보상 여부에 아랑곳하지 않고 간절한 소망과 무서운 집념으로 목표를 향해 돌진한 사람들이 역사를 만들었다고 본 것이다.

이러한 배경에서 토마스 만의 『바이마르의 로테』에 나오는 괴테의 아침 명상에서 괴테는 독일인에 관하여 다음과 같이 성찰하고 있다. 〈그들(독일인)이 열기와 도취, 그리고 광포한 무절제를 그렇게도 좋아하다니 역겨운 노릇이야. 그들 내부의 가장 비열한 본성을 충동질하여 그들을 죄악에서 헤어나지 못하게 하고, 그들로 하여금 국가라는 것을 고립과 야만의 동의어로 잘못 알도록 가르치는 그런 미친 악한을 그들이 철석같이 믿고 몸을 내맡기다니 참 딱한 노릇이야!〉(GW 2, 657 f.) 여기에 언급된 〈악한Schurke〉은 히틀러와 그 정권을 표현할 때 즐겨 사용한 어휘이다.[63]

이러한 히틀러 등 독재자들의 관점에서 교육이 행해지기도 했다. 따라서 학교에서는 엄격하게 규율이 적용되어 여러 행동이 제한되고 금지되고, 공부를 잘 못하면 벌을 주고 반항하면 더 큰 벌이 내려졌다. 이러한 교육관이 괴테의 작품에서 비평되는 경우가 많다. 이를테면 『친화력』의 〈기숙 학교〉는 성과 사회에 걸맞은, 실용적 지식을 갖춘 주체를 양산하는 현대적 규율 기관 중 하나이다. 이는 시험 관리 위원장의 교육관에서 명백하게 드러난다. 〈능력이 기본 전제이며, 나아가 그러한 능력들이 숙련성으로 다듬어져야 합니다. 그것이 모든 교육의 궁극적인 목적이며, 학부모와 상부 기관의 공식적이고 분명한 의도이기도 합니다.〉(HA 6, 278)

그러나 오틸리에에게는 성과 사회로의 원활한 진입을 가능케 하는 도구적 〈능숙함〉(HA 6, 278)이 결여되어 있다. 〈출세에 필요한 탁월한 특성〉(HA 6, 264), 즉 스펙을 두루 갖춘 루치아네와

---

63 김광규 편저, 『현대 독문학의 이해』(민음사, 1984), 356면 이하 참조.

달리 오틸리에는 〈답답하고 멍청한〉 아이로 취급당한다. 루치아네가 제도권 교육에서 항상 〈최우수 학생〉으로 인정받는 데 반해 오틸리에는 기숙 학교의 졸업 시험에서 거의 낙제에 가까운 점수를 받는다. 이렇게 오틸리에는 학급 친구들에 비해 〈이해하고, 기억하며, 다시 그것을 적용하는 능력이 현저하게 떨어져 수학, 프랑스어, 역사, 지리 등의 과목에서 무능함을 보인다〉.[64]

『빌헬름 마이스터의 수업 시대』에서도 성과 위주의 교육관이 나탈리에에 의해 비평되고 있다. 〈우리의 교육은 (……) 진정한 소질이 싹을 틔우도록 도와주지 않고, 그런 소질을 향해 나아가려는 본성에 걸맞지 않은 대상들을 지향하도록 부추기기만 합니다.〉(HA 7, 520) 말하자면 저마다의 다양한 재능을 무시하고 지배 엘리트의 세계관을 반영하는 도구적 지식을 부추김으로써 기존의 질서를 사회적으로 재생산하기 위한 교육인 셈이다.[65] 이렇게 유용성을 지향하는 교육이 독일 문학에서 자주 전개되고 있다.

토마스 만의 소설에서 전형화된 〈시민〉은 〈정상성〉과 〈평범성〉으로 구현되어 있고 이러한 시민에서 벗어나는 것이 예술가상이다. 『파우스트』에서는 이러한 〈정상성〉과 〈평범성〉의 인물로 파우스트의 제자 바그너를 들 수 있고, 이러한 시민으로부터 벗어난 예술가상의 인물로 파우스트를 들 수 있다. 이러한 파우스트가 시민적 삶을 사는 바그너를 자신에 비교하여 동정한다.

어째서 저 머리(바그너)에서는 희망이 사라지지 않을까.
끊임없이 공허한 것에 매달리고,
탐욕스러운 손으로 보물을 찾아 더듬고,
그러다 지렁이를 발견하면 기뻐하다니!

64 안장혁, 『괴테 연구』(한국괴테학회, 2016), 8면 이하.
65 같은 책, 11면.

정령들의 충만함이 감도는 이곳에

저런 인간의 목소리가 울려 퍼져야 하는가?(602~607)

바그너처럼 〈정상성〉과 〈평범성〉의 구현으로 시민 사회의 전형적 인물이 되면 〈차이〉에 의해 자극되는 예술성을 상실하게 된다. 토마스 만의 『토니오 크뢰거』에서 시민 사회의 〈정상성〉과 〈평범성〉이 한젠Hans Hansen이라는 인물에 잘 나타나 있다. 〈너(한젠)처럼 그렇게 파란 눈을 하고 온 세상 사람들과 정상적이고 행복한 관계 속에서 살 수 있다면 얼마나 좋을까!〉(TK 276)라고 토니오는 부러워한다. 〈너(한젠)는 언제나 단정하게 일하고 모든 사람들이 다 인정하는 일을 한다. 학교 숙제를 다 하고 나면 너는 승마 교습을 받거나 톱을 가지고 일을 한다. 방학 중 바닷가에 있을 때조차도, 너는 노를 젓거나 돛배를 띄우거나 수영을 하느라고 여념이 없지. (……) 바로 그렇기 때문에 네 두 눈은 그렇게 맑을 수 있는 것이겠지!〉(TK 276)

시민 사회의 적통자인 한젠이 학교에서 모범적인 우등생이라는 사실은 그가 기존의 사회가 부여하는 과제를 우수하게 해결한 〈정상성〉과 〈평범성〉의 학생이기 때문이다. 하지만 〈정상성〉과 〈평범성〉을 체현하는 이 모범생의 우수함이란 결국 〈정신성의 부재〉에서 온다. 이는 사회의 틀에 얽매인 관습으로 사회가 고도화되면 될수록 필수적으로 개인들을 통합하는 평범성이 요구된다. 〈노력〉으로 표현되는 사회적 요구는 바로 〈의무〉와 〈금지〉 그리고 〈유능함〉이다. 결국 사회에서 개개인을 평가하는 규준은 예술성이나 천재성 등 인격이 아니라 이용 가능성의 통합이다. 인간으로서 마땅히 실존적 가치를 지닌 개체가 집단 혹은 전체에 대해 소기의 값어치를 하지 못할 때 그 개체는 배제되는 것이 사회의 통념이다. 인간은 사회적 동물이므로 개인적인 천재성보다는 전체에 융합하는 평범하고 정상적인 개인이 되어야 하는 것이다.

이러한 근거에서 토마스 만은 〈정상성〉과 〈평범성〉의 사회적 전형인 〈시민성〉을 민주주의에 연관시켜 반대하는 견해를 보이고 있다. 따라서 토마스 만은 민주주의의 〈자유와 평등〉을 국가 형성의 〈기만적인 원칙Machtprinzip〉(GW 12, 237)이라고 공격하며, 〈평등〉은 〈자유〉의 이상과 일치하기보다는 〈위대한 인간을 말살하고 평범한 인간〉만을 만들어 내는데, 이는 〈현자(賢者)에 대한 우자(愚者)의 폭력〉을 의미한다고 보았다. 결국 그는 민주주의는 평균화된 대중을 지배하는 〈권력자나 전제주의자의 각본에 불과하다〉(GW 12, 356 f.)고 비난했다. 〈자유〉는 〈정치적 유미주의자의 방종〉(GW 12, 537)에 지나지 않으며, 〈다만 망상의 도취 속에서만 향유될 수 있다고 단정했다〉.[66] 이러한 배경에서 『부덴브로크 일가』에서 하노는 음악에 대한 자신의 재능이 말살되고 그저 평범한 인간으로 교육시키는 학교생활에 염증을 느낀다. 이러한 토마스 만의 사상은 동시대의 작가 헤르만 헤세의 교육 사상과도 일치한다. 헤세는 〈학교〉라는 주제에서 그 당시의 일반적인 교육 풍토를 비판하고 있다. 원래 〈인문주의적 교육〉의 이상을 목표로 했던 학교에서는 오직 측정될 수 있는 성과만이 인정되어 자연에서 벗어난 성적의 명예욕만 일깨워진다는 것이다.

이러한 개념을 헤르만 헤세는 『수레바퀴 아래서Unterm Rad』에서 요약적으로 잘 나타내고 있다. 〈교사는 자기가 맡은 반에 한 명의 천재보다는 차라리 여러 명의 멍청이들이 들어오기를 바라기 마련이다. 어찌 보면 당연한 일인지도 모른다. 교사에게 주어진 과제는 비범한 정신의 인물이 아닌, 라틴어나 산수에 뛰어나고, 성실하며 고루한 인간을 키워 내는 것이기 때문이다. 하지만 누가 더 상대방 때문에 감당하기 힘든 고통을 겪게 되는가! 교사가 학생

66 Bernhard Blume, *Thomas Mann und Goethe*(Bern: 1949), S. 74.

때문인가, 아니면 그 반대로 학생이 교사 때문인가! 그리고 누가 더 상대방을 억누르고 괴롭히는가! 또 누가 상대방의 인생과 영혼을 해치고 더럽히는가! 이러한 문제를 곰곰이 생각해 볼 때마다 누구나 분노와 수치를 느끼며 자신의 어린 시절을 돌아보게 될 것이다.〉[67] 헤세의 이러한 사상은 결국 개인이 단체에 속함으로써 위대한 인간은 말살되고 평범한 인간이 된다(〈정상성〉과 〈평범성〉의 비극)는 토마스 만의 의미와 일치한다. 이러한 교육의 비극이 악마 메피스토펠레스가 교육자가 되는 내용으로 암시되고 있다.

> 나 오늘 다시 교수님이 되었노라.
> 하지만 나 스스로 그렇게 부른들 무슨 소용 있으랴?
> 날 인정해 줄 사람들이 어디 있으랴?(6617~6619)

학교가 개인을 평가하는 기준은 능력과 의욕의 다다익선(多多益善)에 맞춰져 모범에 못 미치거나 학교의 기준을 내면화한 학생들은 하릴없이 자책하고 죽도록 분발해야만 한다. 이런 맥락에서 개인의 타고난 개성의 계발은 불가능했다. 즉 모두가 평등(무차별)과 그 결과로 비생산성의 맥락에서 교육된 결과, 개인의 타고난 능력은 계발될 수가 없는 것이다.

미국 사상의 아버지 에머슨Ralph W. Emerson은 『자기 신뢰Self-Reliance』에서 〈우리 살림살이는 가난하다. 교육, 직업, 결혼, 종교이 모두는 우리가 선택한 것이 아니라 사회에 의해 선택된 것이다〉라고 말한다. 그는 자신의 본성을 깨닫는 것이 무엇보다 중요하며 최우선되어야 한다고 역설했다. 『자기 신뢰』에서 〈마음의 고결함보다 더 신성한 것은 없다〉고 말한 에머슨은 〈그 어느 법도 내

---

67 Hermann Hesse, *Gesammelte Werke* in 12 Bänden, Bd. 2(Frankfurt/M.: 1970), S. 9.

본성보다 성스러울 수 없다〉라며 인습적 신념을 비판하고 우리 본성을 믿어야 한다고 지적했다.

그러면 괴테의 교육관은 무엇인가? 그의 교육관은 정도에서 벗어난 방황을 체험하며 교육의 이상을 얻는 것이다. 이는 〈인간은 노력하는 한, 방황하기 마련이니라〉는 『파우스트』의 이념으로 이와 유사한 내용이 『빌헬름 마이스터의 수업 시대』에도 언급되어 있다. 〈방황하지 않도록 하는 것이 교육자의 의무가 아니고, 방황하는 자를 인도하는 것, 그리고 더 나아가서 그로 하여금 방황이 가득 차 있는 잔을 완전히 마시게 하는 것이야말로 교육의 지혜이다.〉(HA 7, 494 f.) 역시 『빌헬름 마이스터의 수업 시대』에서 나탈리에도 〈나는 한 아이나 젊은이가 자신의 길 위에서 방황하고 있는 모습이 낯선 길 위에서 바르게 걷고 있는 것보다 훨씬 더 바람직하다고 생각해요〉(HA 7, 520)라고 지적한다. 방황을 경험하지 못한 사람은 소망과 동경을 실현하는 과정이 잘못 인도되기 쉽고, 방황을 충분히 맛본 사람이 정도(正道)를 찾는 능력을 갖게 되는 것이다. 따라서 깊은 진리를 발견하기 위해서는 활동적으로 방황해야 한다. 방황의 체험을 충분히 함으로써 자기 자신의 능력의 한계를 인식하여 결국 행복해질 수 있는 것이다. 따라서 방황이나 길 잃음에 대한 두려움에서 행동하지 않는다면 창조는 완성되지 못하고 역사는 발전의 과정이 될 수 없다. 이러한 사실이 인간의 행동과 방황에 근원적 의미를 부여하며, 또 인간의 속죄와 구원의 가능성도 궁극적으로는 이 사실에서 기원한다.

이러한 관점에서 보면 인간의 끝없는 갈구와 이에 따른 행동은 메피스토펠레스가 지칭한 〈미친 것〉(303)이 결코 될 수 없다. 그럴 것이 이 행동은, 그것이 비록 불완전하고 잘못된 것일 수 있어도, 창조를 완성시키고, 역사를 발전의 과정으로 만들어 가는 의미를 가지기 때문이다. 또 인간 행위의 소산으로서의 업적은 흔적 없이 소멸되는 무상한 것이 아니라, 그 자체로서 발전이자 진보이며, 완성으로 향하는 영원한 과정에서 없어서는 안 될 단계를 구성한다. 그리고 이러한 행위와 업적의 주체로서 인간은 태어남과 죽음을 기계적으로 반복하는 무의미한 존재가 아니라, 가치와 의미를 창출해 내는 창조자로서 존재의 의미를 획득하게 된다. 그리고 이는 메피스토펠레스의 니힐리즘, 즉 모든 존재는 궁극적으로 소멸을 지향하며, 생성과 소멸의 무의미한 반복이 세계의 근본이라는 허무주의의 극복을 의미한다.[68]

이외에 순수한 인간성의 교육이 어머니상에서 습득되기도 한다. 따라서 세속적 교육을 전혀 받지 못한 그레트헨에게 그녀의 어머니는 작품에 직접 등장하지는 않지만 그레트헨이 〈제가 얼마나 많은 일을 하는지 아세요! 저희 어머니가 아주 엄격하시답니다〉(3083~3084)라고 말하듯이 그녀는 어머니로부터 가사일, 선과 악, 정의와 부정에 대해 분별하는 등의 성격을 물려받았다.

> 날마다 어머니처럼 자애로이 그대를 가르치며,
> 탁자 위에 양탄자를 깔끔하게 깔고
> 발밑에 고운 모래를 뿌리라고 이르는 속삭임 말이오.
> 오, 사랑스러운 손이여! 참으로 거룩하구나!(2704~2707)

이렇게 세속적인 교육이 부정되는 배경에서 『파우스트』에서는 사후의 교육이 묘사되고 있다. 현세에서 우리를 둘러싸고 있는 무상한 존재는 본래적인 세계가 아니라 보다 높은 영원한 세계에 대한 비유일 뿐이다. 그리하여 현실의 세계에서 접할 수 없는 진리가 천상에서는 사실이 되고 있다.

---

68 김수용, 「〈파우스트〉에 나타난 악의 본성」, 『독일 언어 문학』 제12집, 157면.

모든 무상한 것은

한낱 비유에 지나지 않느니라.

그 부족함이

여기에서 완전해지리라.

말로 형용할 수 없는 것이

여기에서 이루어졌도다.(12104~12109)

따라서 천상에 오른 파우스트는 지상의 무상한 지식 등에서 벗어나 천상의 영원하고 숭고한 진정한 교육을 접하게 된다. 천상에서 교육에 관련된 〈마리아를 숭배하는 박사〉는 성모의 구제하는 힘을 탐구하여 그 사랑을 가르치는 학자다. 그는 제일 높고 가장 정결해서 단테가 말한 제일천Empyreum에 해당하는 하늘에 가장 가까운 암굴에 살고 있다. 마리아를 숭배하는 박사는 교부(敎父)는 아니지만 성자 또는 신자로서 현세에 사는 자와 싸울 필요가 없게 된 사람으로 가장 높은 하늘나라의 비밀을 가장 높고 가장 정결한 방에서 바라볼 수 있는 지식의 인간이다.[69]

이승에서 태어나자마자 곧바로 죽어서 현세의 고뇌도 죄악도 모르는 순진한 아이들은 천상에서 〈영생을 얻은 소년들〉이 된다. 이들이 천상계에서 위 계급으로 올라가기 위해서는 사랑과 믿음의 특별한 가르침을 받아야 한다. 따라서 영생을 얻은 소년들은 교부의 가르침을 받자 손과 손을 잡고 환호성을 올리면서 거룩한 신을 우러러볼 수 있음을 확신하며 점점 더 위쪽으로 상승한다.

영생을 얻은 소년들의 합창　(제일 높은 산봉우리 주변을 맴돌며)

손에 손을 맞잡고

즐겁게 빙글빙글 춤을 추어라.

---

69 『괴테 파우스트』 I·II부, 398면.

성스러운 감정들이여,

함께 춤추고 노래하라!

하느님의 계시를 받았으니

믿어도 되리라,

너희들이 숭배하는 분을

눈으로 보게 되리라.(11926~11933)

　파우스트는 죽음의 문턱을 넘어서는 순간, 인간으로서 완성의
경지에 도달한다. 이러한 완성의 경지가 저승에서 가르칠 자격이
되어, 이승에서 〈최고의 순간〉(11586)을 끝내고 막 저승에 온 파
우스트가 이제 막 영생을 얻은 소년들을 교육하도록 요청받는다.
지상에서 자기 힘으로 성장한 파우스트가 저승에 오게 되자 그를
보살펴 천상으로 데려온 보답으로 영생을 얻은 소년들이 자기들
을 가르쳐 줄 것을 요청하는 것이다.

우리가 지상의 삶을

일찍 떠나왔지만,

이분은 많이 배웠으니

우리한테 가르쳐 주실 거예요.(12080~12083)

　그레트헨은 상징적인 존재가 되어 아직 새로운 날, 즉 가장 은
혜로운 햇빛을 받아들일 준비가 되어 있지 않은 파우스트가 막 영
생을 얻은 소년들에게 가르침을 베풀 수 있기를 〈영광의 성모 마
리아〉에게 기구한다.

저분을 가르치도록 저에게 허락해 주소서.

새로운 빛에 아직 눈부신가 봐요.(12092~12093)

그리고 파우스트의 영은 소년들의 영과 서로 도우면서 성장한다. 파우스트는 풍부한 체험으로, 그리고 소년들은 영혼이 무구(無垢)한 점에서 서로 배우게 되는 것이다.

영생을 얻은 소년들의 무리가
활발히 움직이는 것이 보이누나.
지상의 압박으로부터 벗어나,
천상의
새봄과 장신구에서
기운을 얻어,
무리 지어 맴도누나.
이분(파우스트)도 저들과 어울려,
드높은 완성을 향해
새롭게 시작하리!(11971~11980)

  결국 상징적인 존재가 된 그레트헨이 아직 은혜로운 햇빛을 받아들일 준비가 되어 있지 않은 파우스트가 영생을 얻은 소년들에게 가르침을 베풀 수 있기를 기구하여 마침내 그 소원이 이루어지고, 영광의 성모 마리아는 〈자, 이리 오너라! 드높은 곳을 향해 오르라! 네가 누구인지 알아채면 그도 뒤따라오리라〉(12094~12095)고 말하여 파우스트를 구원한다.

8
이상향

—

　루소 등의 원초적 자연 상태로 돌아가는 꿈이나 플라톤의 이상
국가의 일관된 특징은 무엇일까. 곧 이것들이 아무 데도 존재하지
않는 세계로 여겨지는 동시에 시간적·공간적으로 끊임없이 염원
되는 유토피아적인 성격을 띤다는 점이다. 이러한 유토피아는 중
세 사회에서 근세 사회로 옮겨 가는 시기를 맞아, 또는 거기에서
생기는 사회 모순에 대한 반성으로, 또는 근세 과학 기술 문명의
양양한 미래에 대한 기대에서 생겨났다. 현실적으로는 어디에도
존재하지 않는 이상의 나라인 이상향(理想鄕)을 가리키는 용어 유
토피아Utopia는 원래 토머스 모어가 그리스어의 〈없는ou〉과 〈장
소toppos〉라는 말을 결합해서 만들어 동시에 〈좋은eu〉〈장소〉라는
이중의 의미를 지니고 있다. 사람은 누구나 이 세상과는 다른 〈좋
은 세계eutopia〉를 마음속에 그리며 살지만 그런 곳은 〈있을 수 없
는 세계outopia〉여서 〈꿈속의 세계utopia〉로만 존재한다. 이 세상
이 〈결함투성이의 세계dystopia〉일수록 더욱더 그렇다. 따라서 파
우스트도 〈자유로운 땅〉의 〈자유로운 사람들〉(11580)로 이루어
진 유토피아적 공동체에서 〈이 지상에서 보낸 내 삶의 흔적이 영
원히 사라지지 않을 걸세〉(11583~11584)라며 유토피아에서 인
간의 유한성을 극복하고자 한다.
　서양 문학에서 전통적으로 즐겨 사용하는 이상향의 공간으로
〈로쿠스 아모이누스locus amoenus〉가 있다. 〈아름답고 신비한 자

연 공간〉혹은 전원적 이상향을 의미하는 라틴어 로쿠스 아모이누스는 세상 밖 어딘가에 있는 행복의 섬 또는 잃어버린 낙원으로, 문학에서는 아름다움과 평안함의 이상형 공간으로 화창한 봄과 풍성한 여름의 정원 혹은 드넓은 전망의 초원이 빚어내는 활기 있고 생동적인 공간을 의미한다. 『파우스트』에서는 이러한 낙원을 파우스트가 직접 개척하여 조성하려 한다.

> 들판이 비옥하게 푸르러지면, 사람과 가축이
> 곧 이 새로운 땅에서 편안히 느끼고,
> 대담하고 부지런한 백성들이 몰려와
> 활기찬 언덕에 정착할 걸세.
> 저기 바다에서는 세찬 물살이 제방을 때리며 날뛰더라도,
> 여기 육지에서는 낙원 같은 삶이 펼쳐질 걸세.
> 파도가 거세게 덮치며 삼키려 들면,
> 다 함께 서둘러 달려가서 벌어진 틈을 막지 않겠는가.
> 그렇네, 나는 이 뜻을 위해 헌신하고
> 이것이야말로 지혜가 내리는 최후의 결론일세.(11565~11574)

이러한 공간은 심리적 풍경으로 작동하거나 때로는 인간에게 주어진 유한의 시간과 필멸의 운명에서 벗어난 도피의 공간에 비유되기도 한다.[70] 이러한 로쿠스 아모이누스는 호메로스의 서사시와 베르길리우스(기원전 70~19)의 목가로부터 시작하여 중세의 기사 문학을 거쳐 17세기에 〈양치기 문학Schäferdichtung〉인 목가 문학으로 발전했다.

이러한 유토피아의 내용은 신화로까지 거슬러 올라간다. 헤시

---

70 조규희, 「신성한 조화의 공간으로서의 노동 공간」, 『독일 문학』 제140집(2016), 6면 이하.

오도스의 「일들과 나날」에는 인류의 역사가 시작된 이래 존재해 온 종족들에 관한 신화가 나온다. 처음에는 〈황금시대〉가 있었다고 한다. 크로노스가 아직 하늘에서 다스리고 있을 때였다. 그 당시 인류는 아무 걱정 없이 고통이나 비참함을 겪지 않고 신들처럼 살았다. 그들은 늙지도 않았고, 향연을 즐기면서 언제나 젊게 살았으며 죽을 때는 아무 고통도 없이 스르르 잠들었다. 모든 재화는 자연적으로 주어져 그들은 노동의 법칙에 종속되지도 않았다. 대지는 스스로 풍부한 수확물을 생산하여 그들은 풍요한 대지 위에서 평화롭게 살았다. 제우스 시대가 도래하면서 지상에서 사라진 이 종족은 이후 인간의 수호천사나 부의 분배자와 같은 역할을 했다. 신들도 인간들과 친밀하게 지냈다. 당시에는 문이 만들어지지 않았는데, 왜냐하면 도둑도 없었을 뿐 아니라 인간들이 숨길 것이 없었기 때문이다. 그 당시 죽이는 것을 생각조차 하지 못하는 인간들은 채소와 과일만 먹고 살았다.[71] 그런데 육식의 문명이 태동된 것은 크로노스가 낫의 사용법을 가르쳐 주면서부터였다. 낫의 성분인 철(鐵)이 생기면서 생명의 살상 등 비극이 발생한 셈이어서 『파우스트』에서도 철이 부정적으로 언급되고 있다.

전쟁을 궁리하는 뻔뻔한 인간의 손에
쇳덩이가 주어진다네.(5858~5859)

저들은 끈기 있게 만들고 녹이고
청동으로 주조하고서
대단한 것인 양 생각하노라.
그런 자랑거리들이 결국 어떻게 되었는가?

71 피에르 그리말, 『그리스 로마 신화 사전』, 백영숙·이성엽·이창실 옮김(열린책들, 2003), 702면.

신의 형상들이 드높이 서 있었지만
지진이 단숨에 파괴하지 않았는가.
오래전에 다시 녹아 버리지 않았는가. (8306~8312)

여러 시인들이 황금시대에 관한 신화를 유토피아적인 시대로
다루었는데 세르반테스의 『돈키호테』에도 들어 있다.

행복한 시대, 행복한 세기(世紀)에 옛사람들이 황금시대라는
이름을 붙인 것은, 현재 우리가 살고 있는 철의 시대에 소중하게
여기는 황금을 그 고마운 세기에선 손쉽게 얻을 수 있었기 때문이
아니라, 그 시대의 사람들이 〈내 것〉, 〈네 것〉이라는 두 낱말을 몰
랐기 때문인 거요. 그 고마운 시대엔 모든 것이 공유(共有)였지.
나날의 식량을 얻는 데도, 잘 익은 열매를 주렁주렁 달고 너그럽
게 사람들을 불러들이는 튼튼한 떡갈나무에 손만 내밀면 됐으니
아무도 힘겹게 일할 필요가 없었지. 맑은 샘과 졸졸 흘러내리는
냇물은 감미롭고도 투명한 물을 아낌없이 제공하여 사람들을 윤
택하게 했고, 바위틈이나 나무 구멍엔 부지런하고 영리한 꿀벌이
그들의 공화국을 만들어, 그들의 노력으로 얻은 풍성한 수확을 한
푼의 이자도 없이 모든 사람들에게 맡겨 버렸던 거요. 듬직한 피
나무는 타고난 부드러운 성품 이외엔 아무런 작위(作爲)도 없이
넓고 가벼운 나무껍질을 스스로 벗어 던져서, 아무 장식도 없는
기둥에 떠받쳐진 인간의 지붕을 이게 했는데 이건 사나운 비바람
을 막기 위해서였던 거요. 그 무렵엔 모든 것이 조용하고 화목해
서 모든 것이 화합하고 있었지. 그러니 무겁고 날카로운 모습이
우리의 어머니인 대지의 자애로운 가슴을 파헤치거나 더럽히는
대담한 짓을 하지 않았었지. 그 무렵 대지를 자기의 어머니로 삼
고 있었던 자녀들을 포식(飽食)시키고 기르고 기쁘게 할 만한

것을 대지가 그 풍요하고 광대한 품속 곳곳에서 제공하고 있었기 때문이오.[72]

플라톤이 볼 때 인간은 선천적으로 평등하지 않으므로 〈지혜 sophia〉로운 철학자가 통치하고, 〈용기andreia〉의 덕을 지닌 군인이 수호하고, 서민 계급은 욕심을 〈절제sophrosyhne〉하는 등 모든 계층의 사람들이 자신의 덕(德)을 잘 발휘하여 조화를 이룬 나라가 이상 국가로 이 역시 황금시대이다. 이렇게 지혜, 용기, 절제가 조화를 이루어 각자에게 알맞은 직분이 행해져서 각자의 일을 잘 수행하여 번영하고 행복해지는 플라톤의 이상 국가는 일정한 계급의 행복이 아니라 전체의 행복을 목적으로 하는 황금시대로, 이 같은 황금시대가 『파우스트』에서 재상에 의해 언급되고 있다.

요즘 사람들은 너무 정도(正道)에서 벗어났어,
옛날이 얼마나 좋았는가.
물론 우리 모두 한가락 하던
그때가 정말 황금시대였지.(4080~4083)

정신적 관념론을 물질적 기반의 상층 구조로 전환시키고 모든 사회생활의 기초는 경제로부터 출발해 물질적 가치로 환원된다고 주장한 마르크스는 경제적 생산성 여하에 따라 사회 구조가 변한다고 보았다. 그는 생산과 소비의 최선의 방법은 공동 생산과 소비 사회로, 이것이 자본주의의 갈등과 모순을 해소시키는 유토피아로 가는 과정이라고 했다. 이러한 마르크스의 『자본론』을 위시하여 플라톤의 『국가론』 이후에 토머스 모어의 『유토피아』(1516)와 캄파넬라의 『태양의 나라』(1623), 베이컨의 『뉴 아틀란티스』

72 세르반테스, 『돈키호테』, 박철 역, 금성사 세계문학대전집 제3권, 91면.

(1627) 등 유토피아 사상을 담은 책들이 연이어 출간되었다. 이러한 이상향의 장소는 동양에서도 자주 논의되었다.

도잠(陶潛)의 「도화원기(桃花源記)」에 나오는 〈도원경(桃源境)〉은 〈복숭아꽃 피는 아름다운 곳〉으로 유토피아를 나타내고 있다. 어느 날 한 어부가 고기를 잡으려고 강을 한참 거슬러 가다 보니 물 위로 복숭아 꽃잎이 떠내려오는데 향기롭기 그지없었다. 향기에 취해 꽃잎을 따라가다 보니, 문득 앞에 커다란 산이 가로막고 있고 양쪽으로 복숭아꽃이 만발했다. 수백 보에 걸치는 거리를 복숭아꽃이 춤추며 나는 가운데 자세히 보니 계곡 밑으로 작은 동굴이 뚫려 있었다. 그 동굴은 어른 한 명이 겨우 들어갈 정도의 크기였는데, 안으로 들어갈수록 조금씩 넓어지다가 별안간 확 트인 밝은 세상이 나타났다. 그곳에는 끝없이 너른 땅과 기름진 논밭, 풍요로운 마을과 뽕나무·대나무 밭 등 이 세상 어느 곳에서도 볼 수 없는 아름다운 풍경이 펼쳐져 있었다. 두리번거리는 어부에게 그곳 사람들이 다가왔다. 그들은 이 세상 사람들과는 다른 옷을 입고 있었으며 얼굴에는 모두 미소를 띠고 있었다. 어부가 그들에게 궁금한 것을 묻자 그들은 이렇게 대답했다. 〈우리는 조상들이 진(秦)나라 때 난리를 피해 이곳으로 온 이후로 한 번도 이곳을 떠난 적이 없습니다. 세상은 지금 어떻습니까?〉 어부는 그들의 궁금증을 풀어 주고 융숭한 대접을 받으며 며칠간 머물렀다. 어부가 그곳을 떠나려 할 때 그들은 〈우리 마을 이야기는 다른 사람에게 하지 말아 주십시오〉라는 당부의 말을 했다.

그러나 어부는 신기함을 참지 못해서 길목마다 표시를 하고 돌아와 즉시 고을 태수에게 사실을 고했다. 기이하게 여긴 태수가 사람을 시켜 그곳을 찾으려 했으나 표시해 놓은 것이 없어져 찾을 수 없었다. 그 후 유자기라는 고사(高士)가 이 말을 듣고 그곳을 찾기 위해 갖은 애를 썼으나 결국 찾지 못하고 병들어 죽은 이후 도원경은 이야기로만 전해지고 있다.

이러한 유토피아가 성(性)의 개념으로 전개되기도 했다. 소아시아의 텔모돈 강변에 사는 여인족인 아마조네스 부족은 무신(武神) 아레스의 후손으로 전쟁과 사냥을 일삼고, 창이나 방패 따위의 무기를 휘두르며 여성 상위적인 왕국을 건설했다. 여성들만 사는 이 왕국의 종족 보존을 위해 1년에 한 번씩 옆 지방 부족 남성들과 교합했는데, 거기서 남자애들이 태어나면 죽이거나 불구자로 만들고 여자애들만 기르는 등 철저하게 남성을 배제하고 압도하는 여성 왕국을 이룩했다. 이러한 여성만의 공동체는 공상적으로 단지 소망에 불과하고 실제로는 실현될 수 없는 여성의 유토피아가 된다.

이러한 유토피아는 〈황천국(黃泉國)〉이나 〈하데스〉 같은 〈타계 관념(他界觀念)〉의 시공 개념으로 브로흐Ernst Broch, 마르쿠제 등 20세기 유토피아 사상의 계승자들에게, 또는 오웰George Owell, 헉슬리와 같은 20세기의 〈역(逆)유토피아〉 사상에 의해 신세계로 나타나기도 한다.[73] 20세기에 쓰인 미래 소설 중 가장 우수한 작품으로 꼽힌 헉슬리의 『멋진 신세계』는 야만인 청년 존을 통해 유토피아 세계와 원시적 세계의 모습을 제시한다. 셰익스피어의 「템페스트」에서 미란다는 주위 세계를 찬양하며 〈아아, 얼마나 신기한가! 여기는 정말 훌륭한 사람들이 많이 있군요! 인간은 얼마나 아름다운가! 이런 사람들이 모여 사는 멋진 신세계여!〉(182~183)라고 외친다. 이후에도 〈신세계〉란 말은 문학 작품에서 인간이 열망하는 세상으로 자리매김해 왔다. 중국인들의 농민 생활에 익숙했던 미국 작가 펄벅Pearl S. Buck의 대작 『대지』의 연속편인 『분열된 일가A House Divided』에서 주인공 왕위안(王元)은 〈이것이야말로 나의 세계다. 이 신세계, 자유로운 남녀의 세계, 각자 제 마음대

<hr>

73 김영한 외, 『서양의 지적 운동』(지식산업사, 1995) 참조.

로 살고 있는 세계〉[74]라고 외치며 새로운 세상에 감탄하고 있다. 이렇게 〈신세계〉라는 단어는 오랫동안 사람들의 마음속을 흐르다가 1932년에 헉슬리의 〈멋진 신세계〉란 제목으로 다시 우리들의 눈길을 끌었다.

어머니의 실족 사고로 자연 보호 구역에서 태어난 존은 곰팡이 핀 셰익스피어 전집을 벗 삼아 고독과 싸우던 중에 우연히 문명인 관광객의 눈에 띄어 문명 세계에 발을 디딘다. 20년간 어머니에게서 말로만 듣던 멋진 신세계가 그의 눈앞에 열리는 순간이었다. 그러나 누군가의 꿈이 다른 사람에게도 꿈이 되는 것은 아니다. 문명 세계를 직접 눈으로 본 존은 〈오, 멋진 신세계여!〉라고 외치더니, 말을 마친 후에 미친 듯이 달려가 구토를 한다.[75] 문명 비판적 풍자와 도덕적 교훈이 어우러지며 현대 문명사회를 희화적으로 묘사한 이 작품은 과학 기술 문명의 발전 속에 지켜 나가야 할 인간다움의 가치는 무엇인가라는 일종의 유토피아적인 질문을 던지고 있다.

이러한 유토피아가 『파우스트』에서도 전개된다. 파우스트의 유토피아 개념의 이해를 위해 실러의 미학 이론을 들어 본다. 실러의 아름다움은 육체와 정신, 감각과 이성이 온전히 조화를 이룬 상태의 유토피아적인 아름다움으로 현실에선 실현될 수 없는 〈규범적 이상〉이다. 이러한 실러의 아름다움의 개념처럼 인간의 눈으로는 조망할 수 없는 〈무한한 것〉을 보겠다며 〈곧 망루를 세워 한없이 멀리 바라볼 수 있겠지〉(11344~11345)라고 주장하는 파우스트의 의지는 비현실적이고 이상향적인 열망이다. 〈내면의 빛〉과 〈외부로부터 들어오는 빛〉의 조화를 상실한 파우스트는 객관적 현실을 보지 못하고 주관적인 것만을 보려 하여 주관적 상상력과 현실에 관련된 객관적 관찰의 조화와 균형을 상실하게 된다. 이러

74 Pearl S. Buck, *A House Divided*(New York: 1935), p. 105.
75 안진태, 『독일 문학과 사상』(열린책들, 2010), 430면.

한 파우스트가 〈내면의 빛〉으로 바라보는, 즉 그가 꿈꾸는 이상향은 〈유토피아〉처럼 현실 세계 어디에도 존재하지 않는다. 따라서 〈온 인류에게 주어진 것을 가슴 깊이 맛보려네〉(1770~1771)라는 파우스트 특유의 무제한적인 자아 확대 욕구는 〈모든 인간이 함께해야만 인류를 이룬다〉는 『빌헬름 마이스터의 수업 시대』의 개념을 터득해야 한다. 무제한적 욕구는 견딜 수 없는 고통과 불행 또는 자살 같은 파탄으로 몰아가기 마련이다. 결국 무한한 것을 보려고 하지만 아무것도 보지 못하는 파우스트는 유토피아적인 인물이다. 이러한 파우스트가 추구한 이상향은 아르카디아Arkadia이다. 괴테가 『이탈리아 기행』에서 〈나 역시 아르카디아에 있었노라Et in Arcadia Ego〉라고 기록한 아르카디아는 그리스의 펠로폰네소스에 있었다고 여겨지는 전설상의 지명으로, 그리스의 역사가 헤로도토스는 아르카디아에선 목동들이 양과 염소를 치며 자연 그대로의 삶을 살았다고 기록하고 있다.

아르카디아는 보다 나은 세계, 즉 자기 자신, 자연, 신성함이 조화를 이루는 삶에 대한 동경에서 만들어진 이상향이다. 그곳은 평화와 안락과 사랑 속에 시간을 초월하고 일상 세계의 요구에서 해방된 전원적 〈로쿠스 아모이누스〉이며 에덴동산과 같은 낙원이어서 고대 시인들에게 전설적인 황금시대의 조화와 정원 생활의 평화로, 고대와 특히 르네상스 시대의 문학에서 자주 이상향으로 등장한다.

아르카디아를 문학 작품에서 표현한 최초의 작가는 베르길리우스다. 그는 기원전 42~35년에 집필한 「전원시Eclogae」에서 처음으로 시간과 공간을 초월한 문학적 풍경으로 가인 목동과 그들의 목양신(牧羊神) 판Pan의 전원시적 세계인 아르카디아를 창조했다.[76] 이러한 아르카디아가 『파우스트』에서는 파우스트가 헬레나

<hr>

76 김선형, 『나 역시 아르카디아에 있었노라!』(경남대학교 출판부, 2015), 26면.

와 함께 거주할 가장 행복스러운 지역으로 묘사되고 있다.

이제 튼튼한 성에 갇혀 지내실 필요 없소!
스파르타의 이웃 아르카디아가
영원한 젊음의 힘을 자랑하며
우리를 위해 환희에 넘치는 안식처 마련해 놓았소.

그대 축복의 땅에 살도록 초대받아,
더없이 즐거운 운명으로 피신하셨소!
옥좌가 정자로 변하니,
우리의 행복 아르카디아처럼 자유로워라!(9566~9573)

이러한 아르카디아에서 헬레나와 파우스트 사이에 오이포리온이 태어난다. 〈벌거벗은 모습이 날개 없는 요정〉(9603) 같은 오이포리온은 어머니로부터 물려받은 아름다움을 지닌 미의 화신일 뿐 아니라 끊임없는 욕망과 노력으로 대변되는 아버지 파우스트의 성격도 함께 타고났다. 이렇게 태어난 오이포리온은 태어나자마자 〈이제 폴짝폴짝 뛰게 허락해 주세요. 뛰어오르게 해주세요!〉(9711~9712)라고 조숙하게 개성을 시도한다. 따라서 오이포리온은 태어나자마자 날개가 생겨 날고자 한다.

그래도 좋아요! ─
두 날개를 활짝 펼쳐라!
그곳을 향해! 가자! 어서 가자!
저를 날게 해주세요!(9897~9900)

오이포리온은 파우스트 자신을 상징한다. 만족을 모르는 앎과 욕망, 이성으로써 우주를 정복하는 일에서 인생의 궁극적인 의미를 찾는 파우스트는 그것이 불가능한 꿈인 줄 알면서도 평화와 안이(安易)를 거절하는 행복할 수 없는 인간이다. 이러한 파우스트의 분신인 오이포리온은 이카로스의 운명과 같다. 높은 하늘에 뜬 태양의 열은 가까이 갈수록 더 강렬하여 초로 만든 이카로스의 날개는 녹고 그는 마침내 땅에 떨어지게 마련이다. 그래도 이카로스는 태양을 향해 날지 않을 수 없는 무모한 내적 욕구를 억제하지 못하고 한없이 날아오른다. 이러한 이카로스처럼 파우스트와 헬레나가 아무리 타일러도 듣지 않는 오이포리온은 점점 높이 비약하여 그리스 전국을 바라보고는 자유에 대한 충동에서 전쟁을 느끼게 된다.

> 너희들은 평화로운 나날을 꿈꾸느냐?
> 꿈꾸고 싶은 자는 마음껏 꿈꾸어라.
> 우리의 구호는 전쟁이고,
> 저 멀리 승리의 함성 울려 퍼지는구나.
>   (……)
> 이 나라는
> 자유롭게 무한한 용기를 지닌 자들,
> 아낌없이 피 흘리며
> 숱한 위험을 이겨 낸 자들을 낳았도다.
> 그 억누를 수 없는
> 거룩한 마음이
> 모든 전사들에게
> 이득이 되리라!
>   (……)
> 성채도 성벽도 필요 없으니,

각자 오로지 자신의 힘만을 믿어라.

강철 같은 사나이 가슴이

끝까지 버틸 수 있는 굳건한 요새이어라.

정복되지 않으려면,

날래게 무장하고 싸움터로 향하라.

여자들은 아마존이 되고,

아이들은 영웅이 되라.(9835~9862)

조숙한 오이포리온은 〈근심도 고난도 함께 나누〉(9894)기 위해 그리스의 독립 전쟁에 무장한 젊은이로 뛰어든다. 그는 너무 오만해져서 양친이 거듭 말리고 경고하는데도 끊임없이 날고자 하는 충동을 억제하지 못하고 이카로스처럼 두 팔을 양쪽 날개처럼 활짝 펼치며 공중으로 몸을 던진다. 그러나 그것은 착각이었다. 오이포리온이 공중으로 몸을 던져 계속 날아오르자 그의 머리에서 광채가 나고 불멸의 꼬리가 길게 뻗치더니 양친의 발 앞에 떨어진다. 옷자락이 그의 몸을 잠시 지탱하지만 그는 곧 양친의 발 앞에서 죽는다. 시체를 보니 잘 아는 존재를 바라보는 것 같은데 합창이 이를 알려 준다.

이카로스! 이카로스!

이를 어쩌나.(9901~9902)

결국 아르카디아의 자식은 아르카디아를 파멸시키고 파우스트와 헬레나의 삶은 막을 내려 결국 유토피아적인 삶이 된다. 이러한 행복과 불행의 결합은 『파우스트』첫 부분인 「무대에서의 서막」에서도 암시되고 있다.

두 사람이 우연히 가까워져서 서로를 느끼고 곁을 지키며

차츰 깊이 얽혀 들지요.

행복이 자라나는가 하면, 싸움이 시작되고,

환희에 젖는가 하면, 고통이 다가오지요.

그러다 눈 깜짝할 사이에 소설이 탄생하는 거예요.(161~165)

오이포리온의 죽음으로 아르카디아가 파멸되자 파우스트에게 관능적인 미의 화신이었던 헬레나는 〈행복과 아름다움은 오래 화합하지 못한다〉고 말한 뒤 헤어져 하계의 여신 페르세포네에게 이끌려 간다.

행복과 아름다움은 오래 화합하지 못한다는 옛말이

안타깝게도 나한테서 사실로 증명되었어요.

생명의 끈도 사랑의 끈도 동강 나고 말았으니

비통할 뿐이에요. 이제 가슴 아프게 작별 인사를 고하며

(9939~9942)

헬레나가 저승으로 다시 돌아간 이유는 오이포리온의 죽음뿐만 아니라 그녀와 파우스트가 아르카디아로 삶의 거처를 옮긴 데 있다. 헬레나는 〈스파르타의 땅 이외의 어느 곳에서도 삶을 즐겨서는 안 된다〉(HA 3, 435)는 페르세포네의 명령을 거부하고 아르카디아로 거처를 옮김으로써 자신에게 부과된 지리적 제한 조건을 파기했기 때문에 지속적으로 이 세상에서 살아갈 수가 없는 것이다.[77] 따라서 헬레나의 육신은 하계로 소멸해 가고 〈아름다운 껍질〉인 옷만 파우스트의 팔에 남긴 채 구름으로 변하여 흩어진다.

이렇게 헬레나의 육신이 하계로 소멸하면서 파우스트에게 남

77 이인웅 엮음,『파우스트 그는 누구인가?』(문학동네, 2006), 150면.

긴 옷의 모티프는 그레트헨에 대한 파우스트의 사랑에서도 전개된다. 그레트헨에 대한 애욕에 몸이 달아오른 파우스트는 메피스토펠레스가 도와주지 않는다면 혼자 힘으로라도 그녀를 차지하겠다고 나선다. 이러한 파우스트를 메피스토펠레스는 〈선생 말투가 지금 영락없이 바람둥이 같소〉(2628) 하며 훈계조로 대하자 파우스트도 이를 반박하지 못하고 오히려 〈잘난 척 으스대더니, 아아, 이토록 왜소할 수가!〉(2727)라고 자탄하면서 그녀가 몸에 지니고 있는 옷이라도 갖다 달라며 졸라 댄다.

> 저 천사 같은 아가씨가 아끼는 물건 가운데 뭐라도 하나 가져
>   오게!
> 저 처녀의 안식처로 날 데려다주게!
> 목에 두른 목도리라든지
> 내 사랑의 쾌감을 북돋우는 양말 끈이라도 가져오게나!
>
> (2659~2662)

따라서 헬레나가 소멸하면서 남긴 옷이나 그레트헨에 대한 열정에서 파우스트가 요구한 그녀의 옷 등은 파우스트의 여성상의 〈아름다운 껍질〉이 되어 포르키아스는 파우스트에게 다음과 같이 주지시킨다.

> 남아 있는 것을 꼭 붙잡아요.
> 옷을 놓지 말아요.
> 악령들이 벌써 옷자락을 잡아당기고 있어요.
> 지하 세계로 가져갈 셈이지요. 꼭 붙잡아요!
> 당신이 잃어버린 여신은 아니지만
> 신성한 것이에요.(9945~9950)

이렇게 그레트헨의 물건까지도 열정의 대상이 될 정도로 그녀에게 매혹된 파우스트는 메피스토펠레스에게 〈사랑에 빠진 얼간이들은 사랑하는 계집을 즐겁게 해줄 수만 있다면 해든 달이든 별이든 모조리 공중으로 날려 버리려 든다니까〉(2862~2864)라는 조소까지 받는다. 그레트헨이나 헬레나처럼 오이포리온도 옷으로 여운을 남긴다. 헬레나의 옷이 구름이 되어 흩어지며 파우스트를 감싸 하늘 높이 들어 올려 날아가자 포르키아스는 사라져 없어진 오이포리온의 외투와 칠현금을 땅에서 집어 들고 무대 전면으로 나와 높이 쳐들며 외친다.

> 다행히도 찾아냈구나.
> 물론 불꽃은 사라졌지만,
> 세상은 섭섭해하지 않으리.
> 동업 조합과 수공업자들의 시기심을 자극하고,
> 시인들에게 전해 줄 것이 여기 충분히 남아 있으니.
> 내 비록 재능은 부여할 수 없지만,
> 적어도 이 옷가지만은 빌려 주리라.(9955~9961)

안개가 구름으로 흩어지듯 헬레나의 옷이 파우스트의 팔에서 구름으로 변하여 흩어진다. 결국 밝은 아르카디아는 유토피아로 존속하지 못하며 『파우스트』 제3막 전체는 환상일 따름이다. 이른바 이 〈헬레나 막〉은 〈트로이의 몰락에서부터 메솔롱기온의 파괴에 이르기까지〉 3천 년의 시간을 〈환상적으로〉 자유롭게 오간 〈환상극〉인 것이다.[78] 이러한 환상적인 상태는 포르키아스(메피스토펠레스)의 집요한 질문과 추궁에 대한 헬레나의 답변에서도 밝혀지고 있다.

---

78 부아스레Boisserée에게 보낸 1826년 10월 22일 자 편지.

포르키아스 하지만 왕비님께서 동시에 두 곳에 나타나셨다는 말

이 떠돌았지요,

일리오스와 이집트에서.

헬레나 그런 허무맹랑한 소리로 내 마음을 흔들지 마라,

나 자신도 내가 누구인지 모르겠노라.

포르키아스 또한 아킬레우스가 공허한 저승에서 올라와

열정적으로 왕비님과 어울렸다는 소문도 있지요!

그는 일찍이 모든 운명의 결정에 맞서 왕비님을 사랑하였지요.

헬레나 나도 그 사람도 환영으로 맺어졌느니라.

그것은 꿈이었느니라, 전해지는 이야기도 그렇게 말하지 않

더냐.

나 이대로 스러져 환영이 될 것만 같구나.(8872~8881)

여기에서 헬레나는 풍설과 설화로 떠도는 존재일 뿐이며, 어느 특정한 시간과 공간에서 삶을 영위하는 고유한 개인이 아니고 실체가 없는 〈환영〉일 뿐임을 일깨워 준다. 이런 배경에서 파우스트와 헬레나의 결혼은 체험된 의미의 영원성을 시간적인 지속성으로 바꾸려는 시도, 즉 아름다움의 덧없음으로 전이시키는 것이다. 따라서 그들의 미적 삶의 공간인 아르카디아는 철저한 환상의 세계, 글자 그대로 〈환영〉인 〈판타스마고리Phantasmagorie〉인 것이다.

이렇게 괴테는 『파우스트』 제3막 전체에 〈판타스마고리〉라는 명칭을 부여했다. 판타스마고리는 19세기 전반기에 특히 유행했던 시각적인 오락물로, 비현실적·괴기적 소재들을 애호했다는 점에서 괴테가 『파우스트』의 가능성에 대해 품었을 다양한 판타지를 추론해 볼 수 있다. 그런데 앞에 언급된 아르카디아처럼 그레트헨이 감옥에서 부른 노래 「툴레의 왕」의 배경인 툴레도 유토피아

적인 지역이다.

> 옛날 옛적 툴레에
> 죽는 날까지 신의를 지킨 왕이 있었네.
> 사랑하는 왕비 숨을 거두며,
> 왕에게 황금 술잔을 건네주었네.(2759~2762)

　노래 속의 툴레Thule는 이 세상의 최북단에 있는 섬으로 영국에서 북쪽으로 7일간의 항해 거리에 위치한 전설의 고대 왕국이다. 이 이름은 기원전 4세기 후반 그리스의 마실리아Massilia(오늘날의 마르세유) 출신 항해사이자 지리학자인 피테아스Pytheas에 의해 처음으로 명명되었다. 그가 이 섬에 도달했는지 혹은 소문만 듣고 보고했는지에 대해서는 논란이 많다. 기원전 325년에 남부 스페인의 가디르Gadir(오늘날의 가디스Gadiz)를 떠나 영국으로 향하면서 툴레섬에 관해 보고한 피테아스의 탐구 여행 결과와 관찰에 의심스러운 점이 많기 때문이다. 로마의 역사가 타키투스에 의하면, 이 섬은 스코틀랜드의 섬이라 하고, 비잔틴 역사가 프로코프Prokop는 이 섬이 스칸디나비아에 있다고 한다. 그 후 이 섬은 덴마크의 다도해 지방인 파뢰어Faröer 근처로 피력되다가, 난센Nansen의 의견을 시작으로 오늘날에는 중부 노르웨이 해안 지대로 규정되고 있다. 결론적으로 툴레는 세상 끄트머리에 있는 전설의 나라로 현실적으로는 존재하지 않아 유토피아적인 지역이 되고 있다.

　파우스트는 자신이 개척하고자 하는 공동체를 유토피아적인 세계로 만들려고 하면서 다음과 같이 독백한다.

> 늪지가 산자락까지 이어지면서,

그동안 애쓰게 일구어 놓은 것들을 망치고 있네.

마지막으로 그 썩은 물을 빼내는 일이

최고의 업적일 걸세.

비록 안전하진 않지만 자유롭게 일하며 살 수 있는

삶의 터전을 수백만 명에게 마련해 주고 싶네.

들판이 비옥하게 푸르러지면, 사람과 가축이

곧 이 새로운 땅에서 편안히 느끼고,

대담하고 부지런한 백성들이 몰려와

활기찬 언덕에 정착할 걸세.

저기 바다에서는 세찬 물살이 제방을 때리며 날뛰더라도,

여기 육지에서는 낙원 같은 삶이 펼쳐질 걸세.

파도가 거세게 덮치며 삼키려 들면,

다 함께 서둘러 달려가서 벌어진 틈을 막지 않겠는가.

그렇네, 나는 이 뜻을 위해 헌신하고

이것이야말로 지혜가 내리는 최후의 결론일세.

날마다 자유와 삶을 쟁취하려고 노력하는 자만이

그것을 누릴 자격이 있네.

어린아이, 젊은이, 늙은이 할 것 없이 이곳에서 위험에 둘러싸여

알찬 삶을 보내리라.

나는 사람들이 그리 모여 사는 것을 보며,

자유로운 땅에서 자유로운 사람들과 더불어 지내고 싶네.

그러면 순간을 향해 말할 수 있으리라,

〈순간아 멈추어라, 정말 아름답구나!〉

이 지상에서 보낸 내 삶의 흔적이

영원히 사라지지 않을 걸세 —

그런 드높은 행복을 미리 맛보며,

나는 지금 최고의 순간을 즐기노라.(11559~11586)

여기에서 파우스트가 꿈꾸며 내세우는 것은 수백만의 사람들이 〈자유롭고 평등하게〉 살아가는 이상향의 나라이다. 이러한 〈자유〉와 〈평등〉의 이상향은 인류가 꿈꾸는 가장 큰 이상이다. 자유주의와 공산주의의 차이도 이 자유와 평등의 관계이다. 자유주의가 개개인의 정신적 〈자유〉를 강조하는 데 비해 공산주의는 경제적 〈평등〉에 역점을 둔다. 결과적으로 자유주의는 흔히 경제적 불평등을 낳고, 공산주의는 정신적 부자유를 초래한다. 그러나 경제적 평등이 없는 자유는 참다운 자유가 아니며 동시에 정신적 자유가 없는 경제적 평등은 참다운 인간 사회일 수 없어 이 두 가지는 서로 정면으로 모순되는 이상이 되고 있다. 여기에서 이상향의 한 방법으로 차별 없는 나라가 언급되고 있다.

하지만 나와 타자의 차별은 평등을 훼손하는 것이 아니다. 근거 있는 차별은 사회 발전을 위해 꼭 필요하다. 한마디로 차별하지 않으면 누가 발전하려고 노력할 것인가? 일 잘하는 사람이 보수를 더 많이 받는 것은 분명 차별 덕분이지만 그것 때문에 세상은 더 좋아져 『파우스트』에서 파우스트도 간척 사업을 하면서 하인들에게 노동에서 보수의 차이를 강조한다.

> 어서 일어나라, 하인들아! 한 사람도 빠짐없이!
> 내가 대담하게 구상한 것을 행복하게 눈앞에 보여 주어라.
> 연장을 손에 쥐어라, 삽과 가래를 잡아라!
> 계획을 즉시 성사시켜야 한다.
> 근엄한 명령에 따라 열심히 일하는 자는
> 최고의 상을 받으리라.(11503~11508)

인조인간 호문쿨루스도 이를 지지하여 〈그만큼 노력하면 당연히 그 정도 보답은 따라오지 않겠어요. 황금, 영예, 명성, 무병장수,

그리고 어쩌면 학문과 덕성도 얻을지 몰라요〉(6996~6998)라고 피력한다. 차별에 따른 보수 덕분에 사람은 더 열심히 공부하고 더 열심히 일한다는 것이다. 그러나 인간이 아무리 노력해도 도저히 이룰 수 없는 것을 근거로 차별하는 것은 분명 용납될 수 없다. 예를 들어 흑인이 아무리 노력해도 백인이 될 수 없고, 여자가 아무리 노력해도 남자가 될 수 없고, 노인이 아무리 노력해도 젊은이가 될 수 없듯이 인종·성별·나이 같은 것의 차별은 근본적으로 악덕이 된다.

결국 〈자유로운 땅〉에서 소외되지 않은 삶을 영위하는 〈자유로운 사람들〉(11580)의 공동체라는 미래 사회는 분명히 바람직하고 이상적이어서 〈희망〉이 되고, 이러한 희망이 올바르게 실현된다면 〈발전〉이 될 수 있다. 이 시기에 파우스트는 보는 능력을 상실하여 운명의 대전환을 겪게 된다. 노부부 필레몬과 바우치스를 살해한 후 그를 찾아온 〈근심〉의 저주를 받아 파우스트는 눈이 멀게 되는 것이다.

내가 저주의 말을 내뱉으며 재빨리
너에게 등 돌리면 그 힘을 알게 되리라!
인간들은 평생을 눈멀어 사는데,
파우스트, 너도 결국엔 눈멀게 되리라!(11495~11498)

이렇게 장님이 된 파우스트는 자신의 목적도 더 이상 인식하지 못하게 되어 자신이 추구한 자유롭고 평등한 나라는 유토피아처럼 불가능하다. 따라서 파우스트가 염원하고 추구하려던 유토피아적인 국가는 〈최고의 순간〉(11586)일 뿐인데, 그는 이의 실현을 줄기차게 상상한다.

그러면 순간을 향해 말할 수 있으리라,

〈순간아 멈추어라, 정말 아름답구나!〉

이 지상에서 보낸 내 삶의 흔적이

영원히 사라지지 않을 걸세 ─

그런 드높은 행복을 미리 맛보며,

나는 지금 최고의 순간을 즐기노라. (11581~11586)

이렇게 이루어질 수 없는 유토피아 성격의 문장에서도 〈비현실 화법〉이 자주 사용되는 것은 당연하다. 파우스트의 모놀로그의 중요한 부분들에서 사용되는 〈접속법 2식〉 동사는 독일어에서는 가정적 상황이나 비현실적 소망을 표현하는 데 쓰인다.

그러면 순간을 향해 말할 수 있으리라,

〈순간아 멈추어라, 정말 아름답구나!〉

Zum Augenblick dürft'ich sagen:

Verweile doch, Du bist so schön. (11581~11582)

파우스트의 최종적인 고백은 첫 시행의 〈(……) 할 수 있으리라〉의 dürfte로 극도의 비현실성을 띤다. 즉 〈그러한 순간〉은 그저 비현실적인 소망이라는 의미다. 파우스트가 〈정말 아름답구나〉라고 경탄하는 대상은 단지 환상이며, 이로써 그가 향유하는 〈최고의 순간〉(11586)은 〈현실〉이 아니라 그저 〈미리 맛보〉(11585)는 것이어서 메피스토펠레스에 의해 〈최후의 순간〉(11590)으로 폄하된다.[79] 결국 〈최고의 순간〉은 〈드높은 행복의 예감〉(11585)에 근거를 둔 〈가련하게도 시시하고 공허한 최후의 순간〉(11589~

---

79 김수용, 「괴테의 〈파우스트〉, 〈이 매우 진지한 농담〉」, 한국괴테학회 2018 가을 학술대회 발표 논문 참조.

11590)으로 실제 세계에서 이뤄질 수 없는 유토피아적인 사건들일 뿐이다. 이렇게 파우스트의 길었던 이승의 생애가 〈최고의 순간〉이란 〈순간〉으로 묘사되는 내용에서 불교의 사상이 느껴진다.

순간의 불교 용어인 찰나(刹那)는 극히 짧은 순간을 말하는데 불교에서 시간 측정의 최소 단위이다. 하지만 인과 관계에 따른 사건이 순차적으로 또는 동시다발적으로 아주 짧은 순간인 찰나에 발생한다고 한다. 따라서 불교의 『화엄경(華嚴經)』에 〈끝없이 멀고 먼 겁의 세월이 한 생각이요[無量遠劫 卽一念], 한 생각이 바로 끝없는 겁의 세월이다[一念卽是 無量劫]〉라는 말이 있다.

이러한 찰나(순간)의 개념이 작품 처음에 파우스트와 메피스토펠레스가 맺었던 계약 내용과 작품 마지막에 파우스트가 죽을 때 그에 대한 메피스토펠레스의 평가에 잘 나타나 있다.

순간이여, 멈추어라! 정말 아름답구나!
내가 이렇게 말하면,
자네는 날 마음대로 할 수 있네.
그러면 나는 기꺼이 파멸의 길을 걷겠네.
죽음의 종이 울려 퍼지고,
자네는 임무를 다한 걸세.
시계가 멈추고 바늘이 떨어져 나가고,
내 시간은 그것으로 끝일세.(1699~1706)

어떤 쾌감에도 만족하지 못하고 어떤 행복에도 흡족하지 못하고서
항상 변화무쌍한 형상들을 뒤쫓아 다니더니,
가련하게도 시시하고 공허한
최후의 순간을 붙잡으려 들다니.

나한테 그리도 완강하게 반항하더니,

결국 시간 앞에 무릎 꿇고서 백발로 모래 속에 나자빠져 있
　구나.

시계가 멈추었노라 ── (11587~11593)

여기에서 파우스트가 일생 동안 행하고 염원했던 사건들과 소
원들이 〈멈추고 싶은 순간〉(1699)과 〈최후의 순간〉(11590)이라
고 순간(찰나)으로 묘사되고 있다. 이렇게 이상적인 환영에 잠긴
파우스트는 아래와 같이 독백한다.

그러면 순간을 향해 말할 수 있으리라,

〈순간아 멈추어라, 정말 아름답구나!〉

이 지상에서 보낸 내 삶의 흔적이

영원히 사라지지 않을 걸세 ──

그런 드높은 행복을 미리 맛보며,

나는 지금 최고의 순간을 즐기노라.(11581~11586)

결국 찰나와 겁(劫)이 동일하다는 의미에서 파우스트의 긴 생
애도 〈멈추고 싶은 순간〉이나 〈최후의 순간〉 그리고 〈최고의 순
간〉 등 순간(찰나)으로 묘사되고 있다.

9
비상(飛上)의 열망

—

신화나 설화 등에서 새가 큰 역할을 하는 경우가 많다. 옛날 우리나라에서는 새가 마을의 수호신으로 작용하기도 했는데 한 예로 솟대를 들 수 있다. 솟대는 나무 혹은 돌로 만든 새를 장대나 돌기둥 위에 앉혀 마을 수호신으로 섬기는 상징물이다. 우리나라에서는 삼한 시대 소도(蘇塗)의 유풍으로 장승과 함께 세워지거나 장승과 탑이 있는 곳에 함께 세워지기도 했다. 여기에 있는 새는 대부분 오리라고 하지만 지역에 따라 기러기, 갈매기, 따오기, 왜가리, 까치, 까마귀 등이 되기도 한다. 이 솟대는 하늘과 땅을 연결하는 신간(神竿) 역할을 하여 화재, 가뭄, 질병 등 재앙을 막아 주는 마을의 수호신으로 모셔졌다. 솟대의 새는 한 기둥에 세 마리를 얹은 경우, 머리 방향이 모두 북쪽을 향하고 있는가 하면 각기 동쪽, 남쪽, 북쪽을 향하기도 한다. 새가 두 마리인 경우 서로 마주보거나 같은 곳을 응시하기도 한다. 또 한 마리씩 여러 개의 솟대가 있는 경우 같은 곳을 보고 있는가 하면 한 마리는 마을 안, 다른 한 마리는 마을 밖을 향하기도 한다. 이렇듯 새의 모양이나 머리 방향, 마릿수에 따라 다양한 의미가 부연된다.

신화나 문학 등에서 이러한 새로 변신하는 내용이 많은데, 이는 〈인간의 갱신에 필요한 무의식으로 회귀〉의 열망이다. 새는 인간이 마음대로 할 수 없는, 도달할 수 없는, 그러나 오직 인간의 힘과 훈련에 의한 끝없는 희생과 체념을 통해서 해명될 수 있는 영역에 대한 비유이다. 결국 새들은 인간이 가질 수 없는 독자적인 날개로 한계적 상황을 벗어나 이상향을 향하는 인간의 꿈을 이룰 수 있어 『파우스트』에서는 인간의 부러움을 사는 동물로 묘사되고 있다.

> 새들이
> 환희를 마시고,
> 태양을 향해 날아가는구나.
> 파도에 실려
> 요리조리 흔들리는
> 밝은 섬들을 향해
> 날아가누나.
> 환호의 합창 소리
> 들려오고,
> 들판에
> 흩어져
> 춤추는 사람들이
> 풀밭 너머로 보이누나.(1484~1496)

이는 인간의 경험적 사고와 의지로 도달할 수 없는 독자적인 힘을 갖고 있는 새가 되어 한계적 상황을 탈출하고자 하는 열망이다. 따라서 〈아아! 정신의 날개에 육신의 날개가 어찌 쉽게 응하지 못한단 말인가〉(1090~1091)라고 파우스트는 호수와 산 위에 떠다니고 날아다니는 종달새·학·독수리처럼 왜 자신은 날개가 없어 날 수 없는지 안타까워한다.

> 오, 나한테 날개가 있다면 대지를 박차고 날아올라

언제까지나 태양을 쫓아갈 수 있으련만!

영원한 저녁 햇살 속에서

발치의 고요한 세계를 내려다볼 수 있으련만!

산봉우리들이 불타오르고 골짜기들이 적막에 싸이고

은빛의 냇물이 황금빛 강물로 흘러드는 것을 볼 수 있으련만!

깊은 협곡을 거느린 험준한 산도

내 신적인 행로를 막지 못하고,

따사한 만(灣)을 낀 드넓은 바다가

내 놀라는 눈 앞에 펼쳐지리라.

그러다 마침내 태양의 여신이 가라앉는 듯 보이면,

내 새로운 충동이 깨어나,

그 여신의 영원한 빛을 마시러 달려가리라.

내 앞에는 밝은 낮, 뒤에는 어두운 밤,

위로는 하늘, 아래로는 파도가 넘실대고

아름다운 꿈을 꾸는 사이에 여신은 자취를 감추리라.

아아! 정신의 날개에 육신의 날개가

어찌 쉽게 응하지 못한단 말인가.(1074~1091)

따라서 다이달로스처럼 날개를 달고 하늘 높이 날고 싶어 하는
파우스트는 비행(飛行)의 욕망을 강렬하게 피력하고 있다.

그러나 머리 위 푸른 창공에서

종달새가 힘차게 노래하고,

하늘을 찌르는 전나무 위에서

날개를 활짝 편 독수리가 맴돌고,

들판 위에서, 호수 위에서

두루미가 고향을 향해 날갯짓하면,

저 높이, 저 멀리 날아가고 싶은 것이
무릇 인간의 천성이 아니겠는가.(1092~1099)

이렇게 날고 싶어 하는 파우스트에게 메피스토펠레스는 마술적인 비행 옷을 소개하기까지 한다.

메피스토펠레스　이 외투를 펼치기만 하면 되오.
　이것이 하늘을 가로질러 우리를 데려다줄 거요.
　이렇게 대담한 여정을 나서는 마당에
　큰 짐 보따리는 가져갈 필요 없소.
　내가 일으키는 약간의 불바람이
　우리를 잽싸게 공중으로 띄워 줄 거요.
　우리가 가벼우니만큼 빨리 위로 떠오르지 않겠소.
　선생의 새로운 인생 항로를 축하하오!(2065~2072)

이러한 새의 비상(飛上)은 초인간적인 행위로서 마음대로 움직이는 자유 등을 상징한다. 따라서 새가 되어 마음껏 날고 싶은 유토피아적인 욕망이 가곡의 가사로도 자주 나타나고 있다.

이 몸이 새라면, 이 몸이 새라면,
날아가리, 저 건너 보이는
저 건너 보이는 작은 섬까지.

이 몸이 새라면, 이 몸이 새라면,
날아가리, 저 하늘 높이 뜬,
저 하늘 높이 뜬 흰 구름까지.

이 가곡[80]은 원래 〈이 몸이 새라면Wenn ich ein Vöglein wär〉이라는 제목의 독일 민요로 우리나라에서도 같은 제목으로 번안되어 애창되고, 『파우스트』에서도 묘사되고 있다. 파우스트에게 버림받고 감옥에 갇힌 그레트헨의 애처로운 모습을 묘사하는 메피스토펠레스는 그녀가 〈내가 한 마리 작은 새라면!〉(3318)이란 노래만 하루 종일 부르고 있다고 전한다.

> 창가에 서서는, 낡은 성벽 위로 흘러가는
> 구름을 하염없이 바라보지 뭐요.
> 내가 한 마리 작은 새라면!
> 하루 종일 밤늦게까지 오로지 이 노래만을 부르지요.
> (3316~3319)

그레트헨은 새가 되어 곧바로 파우스트에게 날아가고 싶은 것이다. 이렇게 새처럼 날고 싶은 욕망이 문학에서 다양하게 전개되고 있다. 카프카는 공간적 고립에서 벗어나 이상향을 향하려는 욕망을 〈날아다니는 새〉의 환상으로 표현하고 있다. 카프카의 한 미완성 소품에서 서술자가 저녁에 집으로 돌아왔을 때, 방 한가운데에서 책상과 같은 높이의 아주 커다란 알을 발견한다. 그 알에서 아직 깃도 나지 않은 짧은 두 날개로 파닥거리는 황새 한 마리가 나온다. 서술자는 이 거대한 새가 자신을 저 멀리 남쪽 땅으로 운반해 주었으면 하는 희망에 새와 서면으로 계약을 체결한다. 그리

---

80 이 가곡을 부른 슈트라이히Rita Streich는 1920년 러시아 중부 바르나울에서 태어나 독일의 베를린과 오스트리아의 빈에서 활약한 소프라노 가수이다. 러시아인 어머니와 동프로이센 출신의 아버지 사이에 태어나 독일 국적을 취득한 슈트라이히는 어려서 독일로 이주해 초등학교는 에센에서, 고등학교인 김나지움은 예나에서 다녔다. 처음에는 의학을 지원했지만, 베를린으로 이사하면서 성악을 배우기 시작한 그녀는 마리아 이보귄Maria Ivogün, 에르나 베르거Erna Berger, 빌리 돔그라프파스벤더Willi Domgraf-Fassbaender 등 정통파 스승들에게 배웠다. 그녀는 맑고 가는 고음과 향수를 자극하는 정감 있는 목소리로 찬사와 사랑을 받았다.

고 새가 나는 것을 돕기 위해 그는 새에게 물고기와 개구리 그리고 벌레를 먹이며 쾌적한 생활을 포기하고 자기 방을 더럽혀 가며 동물적 삶의 터가 되게 한다. 이는 인간의 동물화로서, 심리학적으로는 새로 변신하여 이상향을 이루고자 하는 것이다. 먼 곳으로의 비행은 인간의 익숙한 생활을 희생하고 새의 입장이 되어야만 성취될 수 있다. 마찬가지로 『파우스트』의 〈마녀의 부엌〉 장면에서도 마법의 거울 속에 비친 미녀에게 매료된 파우스트는 날개를 달고 즉시 날아가고 싶은 욕망을 보인다.

> 저게 뭐지? 웬 아리따운 모습이
> 마법의 거울 속에 나타나는가?
> 오 사랑이여, 네 가장 빠른 날개를 나한테 빌려 주어
> 저 여인이 있는 곳으로 데려다 다오!(2429~2432)

이렇게 새처럼 날고 싶은 열망이 괴테의 시 「겨울의 하르츠 여행」에서는 독수리와 연관되어 표현되고 있다.

> 무거운 아침 구름 위에
> 부드러운 날개로 쉬면서
> 먹이를 바라보는 독수리처럼
> 떠돌아라, 나의 노래여.

시인은 〈가벼운 존재로 날개를 가졌다〉고 플라톤이 표현했듯이 시인의 〈노래〉는 비상하는 〈독수리〉처럼 높은 영역으로 비상해야 한다는 것이다. 따라서 『파우스트』에서 높은 영역이 〈머리 위 푸른 창공〉(1092)이라는 묘사로 꿈, 환상, 무한, 불가해 등 이성을 넘어서는 시인을 나타낸다. 이러한 배경에서 어느 〈한 쌍의

남녀〉는 부지런하기는 하지만 하늘을 날 수 있을 정도의 유능한 시인이 되지 못한다고 풍자되고 있다.

한 쌍의 남녀　발걸음 살짝 내딛어 높이 뛰어오르라,
　　달콤한 이슬과 향내를 가르고.
　　내 뒤를 총총히 따라오지만,
　　높이 날지는 못하리.(4263~4266)

이렇게 날고 싶은 욕망은 헬레나와 파우스트의 아들 오이포리온에서도 전개된다. 〈벌거벗은 모습이 날개 없는 요정〉(9603)으로 태어난 오이포리온은 태어나자마자 날개가 생겨 〈이제 폴짝폴짝 뛰게 허락해 주세요. 뛰어오르게 해주세요!〉(9711~9712)라며 날고자 한다.

　　그래도 좋아요! ―
　　두 날개를 활짝 펼쳐라!
　　그곳을 향해! 가자! 어서 가자!
　　저를 날게 해주세요!(9897~9900)

물론 이러한 비행을 거부하는 경우도 있다. 학문에 몰두하여 거기에서 삶의 보람을 느끼는 파우스트의 제자 바그너는 하늘을 나는 기쁨보다 학문의 기쁨을 높이 내세우고 있다.

　　저도 때로는 변덕스러운 기분에 젖을 때가 있지만,
　　그런 충동은 아직껏 느껴 보지 못했습니다.
　　숲과 들판을 바라보면 쉽게 싫증이 나고,
　　새들의 날개 따위는 결코 부러워하지 않을 것입니다.

이 책 저 책, 이 글 저 글을 뒤좇는

정신의 기쁨은 그 얼마나 다른가요!

겨울밤들이 정겹고 즐겁게 느껴지고

복된 삶이 온몸을 따사하게 해준답니다.

아! 값진 양피지를 펼치면,

천상이 오롯이 저한테로 내려오는 듯하지요.(1100~1109)

한편 새가 되어 날아가고 싶은 내용이 『파우스트』에선 살해당한 뒤 인육이 되어 한(恨)을 품는 내용으로 전개되기도 한다.

우리 어머니는 매춘부,

날 죽이셨네!

우리 아버지는 악당,

날 잡수셨네!

어린 여동생이

내 뼈를 모아

서늘한 곳에 묻었네.

나 어여쁜 산새 되어

날아가리! 멀리멀리 날아가리!(4412~4420)

그림 형제의 동화 「노간주나무」에서처럼 위 내용에서도 죽인 뒤 요리를 만들어 아버지의 식사로 제공된 의붓 아이의 뼈를 의붓자매가 묻어 주자 그 뼈가 새로 변해 노래한다. 이러한 『파우스트』와 「노간주나무」의 내용처럼 계모의 학대에 한을 품고 죽어서 새로 변하여 하늘을 나는 내용이 문학에서 자주 전개되는데 우리나라에서는 김소월의 시 「접동새」가 이러한 부류에 속한다.

접동

접동

아우래비 접동

진두강(津頭江) 가람 가에 살던 누나는

진두강 앞 마을에

와서 웁니다.

옛날, 우리나라

먼 뒤쪽의

진두강 가람 가에 살던 누나는

의붓어미 시샘에 죽었습니다.

누나라고 불러 보랴

오오 불설워

시샘에 몸이 죽은 우리 누나는

죽어서 접동새가 되었습니다.

아홉이나 남아 되는 오랍동생을

죽어서도 못 잊어 차마 못 잊어

야삼경(夜三更) 남 다 자는 밤이 깊으면

이 산 저 산 옮아가며 슬피 웁니다.

설화를 소재로 쓴 이 시의 내용은 이렇다. 옛날 진두강 가에 열
남매가 살고 있었는데, 어느 날 어머니가 죽고 아버지가 계모를 들
였다. 포악한 계모는 전실 자식들을 학대했다. 소녀가 나이 들어
박천의 어느 도령과 혼약을 맺었는데 부자인 약혼자 집에서 소녀

에게 많은 예물을 보내오자 이를 시기한 계모가 소녀를 농 속에 가두고 불을 질렀다. 그러자 불탄 재 속에서 한 마리 접동새가 날아올랐는데, 접동새가 된 소녀는 계모가 무서워 남들이 다 자는 야삼경에만 아홉 동생이 자는 창가에 와서 슬피 울었다고 한다. 이렇게 설화에서 제재를 끌어온 이 시는 민요적인 가락과 정조를 근대 시로 살려 놓고 있다. 민요의 일반적인 모티프가 되고 있는 〈불행하고도 비극적인 생활과 사랑의 정한〉, 〈채워지지 않는 사랑과 그리움 그리고 이별의 정한〉 등이 이 시에 나타나 있다.

접동새는 우리나라에서 자규, 두견, 두우, 촉조, 촉혼, 시조, 소쩍새 등의 다양한 이름으로 알려져 있으며, 전설에 의하면 접동새의 울음은 촉나라에서 쫓겨난 망제의 혼이 고국으로 돌아가지 못해 사무친 원한 때문이라고 한다. 이 새는 영적인 동물로 영혼의 모티프를 형성한다. 이렇게 영적인 동물로 영혼의 모티프를 지닌 새로 서양의 문학 등에서 자주 등장하는 것이 밤꾀꼬리Nachtigall이다. 『파우스트』의 〈라이프치히의 아우에르바하 지하 주점〉 장면에서는 밤꾀꼬리가 대학 신입생(프로쉬)의 연인에게 사랑을 전하는 새로 묘사되고 있다.

프로쉬 　(노래한다)

훨훨 날아라, 밤꾀꼬리야.

내 임에게 천 번 만 번 안부 전해 다오.

　(……)

(노래한다) 빗장을 열어라! 고요한 밤에.

빗장을 열어라! 임이 지켜 주리라.

빗장을 걸어라! 아침 일찍.(2101~2107)

이렇게 새가 연인 간의 사자(使者) 역할을 하는 경우가 많다.

『서동시집』에 등장하는 사랑의 사자(使者)인 후드후드Hudhud는 솔로몬왕과 시바의 아름다운 여왕 발키스Balkis인 〈밤색 머리의 아가씨Die Braune〉 사이를 왕래한다. 『코란』에서 참된 신앙을 위해 더 넓은 나라를 획득하라는 사명이 주어진 이 새는 동화 속 사랑의 사자가 되어 부리에 숨겨진 보물을 알 수 있게 해주는 마법의 약초를 물고 있다. 그 새의 깃털을 머리에 올려놓으면 두통이 낫는다고 하며, 그 심장은 마음의 고통을 치료할 수 있다는 민간 신앙도 있다. 괴테와 마리아네 사이에도 후드후드가 날아다니면서 아픈 마음을 치료해 주었을 것이리라.

또한 새가 『서동시집』 속 시「줄라이카에게」에서 장미와 후투티가 사랑의 짝으로 묘사되는 페르시아 설화로 묘사되고 있다. 후투티와 장미의 사랑은 페르시아 문학의 상징 특히 하피즈의 상징적 모티프가 된다. 후투티는 노래로 자신의 사랑을 장미에게 알리고, 장미는 꺾어져서 영원한 사랑의 징표가 된다. 덧없는 무상의 세계를 벗어나 영원한 존재가 됨으로써 영혼불멸의 윤회설이 전개되는 것이다.

앞에서 죽은 뒤 인육이 되어 새로 변신하는 이야기는 오비디우스의 『변신』에 나오는 테레우스Tereus왕의 신화에서 유래한다. 트라키아의 테레우스왕은 부인 프로크네의 자매인 필로멜라를 능욕하고는 그녀가 이 사실을 발설하지 못하도록 그녀의 혀를 잘라 버렸다. 그러나 필로멜라는 자신이 짠 직물의 그림으로 프로크네에게 이 사실을 알려 둘은 공동으로 복수를 하게 된다. 프로크네는 자기 아들 이티스를 죽여 요리를 해놓고 그의 아버지 테레우스의 식사에 올리면서 그 혼자만 이것을 먹어야 한다고 조른다. 테레우스는 이 식인의 식사 중에 계속해서 자기 아들에 관해 묻는데, 나중에 모든 내막을 알게 되자 그는 칼을 빼들고 잔인한 두 자매를 뒤쫓는다. 그때 테레우스는 한 마리의 화난 오디새로 변하고, 프로크네는 항상 슬피 우는 밤꾀꼬리가 되며, 필로멜라는 혀가 없어 더듬더듬 지저귀는 제비가 되었다. 다른 신화에 의하면, 아들 이티스는 꿩으로 변했다고 한다. 로마 신화에서는 이 순서가 바뀌어 필로멜라가 슬피 우는 밤꾀꼬리가 되고, 프로크네는 혀가 없어서 더듬더듬 지저귀는 제비로 변한다. 여기서 우리는 존재하는 현상을 해명하는 원인론Ätiologie을 고찰해 볼 수 있다.

테레우스왕의 신화에 대한 원인론을 고찰해 보면 밤꾀꼬리가 슬피 울며, 제비는 지저귀며, 오디새는 이들 새를 뒤쫓고, 고대 트라키아(테레우스의 왕국)에는 제비가 둥지를 짓지 않는 이유가 설명되고 있다. 동시에 여기에서 애니미즘적 세계관을 볼 수 있는데, 이는 영혼은 죽지 않고 (동화에서처럼 일시적으로) 다른 생물로 변하는 것이다.

그런데 앞의『파우스트』에서 살해된 뒤 새가 되어 엄마와 아빠를 매춘부와 악당으로 부르는 내용은 그레트헨과 파우스트가 너무 사랑에 빠진 결과, 죽임을 당한 아이가 자신의 어머니를 매춘부라 부르고 아버지를 악당이라고 부르는 비유이다. 이렇게 아이가 어머니인 그레트헨을 부른 매춘부라는 명칭이 그녀의 오빠에 의해서도 불린다. 그레트헨의 오빠 발렌틴은 정의와 의리, 명예와 양심을 소중하게 여기는 군인인데, 유아 살해 등 여동생의 타락과 부정한 행위에 대한 세간의 소문을 듣고 그녀를 유혹한 파우스트에게 복수하기 위해 고향으로 돌아온다. 그리고 그레트헨의 치욕에 대해 파우스트와 메피스토펠레스에게 군인다운 복수를 하려는 그에게 메피스토펠레스가 마법을 건다.

메피스토펠레스 (파우스트에게)

　　박사님, 피하지 마시오! 어서 덤비시오!

　　내가 도와줄 테니까 이쪽으로 바싹 붙으시오.

칼을 뽑으시오!

어서 찌르라니까요! 내가 막아 주겠소.(3704~3707)

여기에서 언급된 칼은 메피스토펠레스의 전용 놀이개인 총채
로, 메피스토펠레스가 화를 낼 때 수원숭이가 〈이 총채를 들고 안
락의자에 앉으시지요!〉(2427~2428)라고 진정시켜 앉히자 의자
에 기대앉은 메피스토펠레스는 총채로 계속 장난을 한다. 메피스
토펠레스의 마술에 걸린 발렌틴은 〈어째 악마하고 싸우는 기분일
까! 웬일이지? 손에서 벌써 힘이 빠지다니〉(3709~3710)라고 말
하며 제대로 무술을 발휘해 보지도 못하고 파우스트의 칼에 맞아
쓰러져 죽으면서 그레트헨을 창녀로 묘사한다.

그레트헨, 자, 봐라! 너는 아직 어리고

세상 물정 몰라서,

일을 그르치고 말았다.

솔직하게 터놓고 말하면,

너는 이제 화냥년이다.

사실이 그런 걸 어쩌겠냐.(3726~3731)

성실한 시민들이

몹쓸 돌림병에 걸린 시신처럼,

이 창녀야! 네 곁을 피하는 날이

눈앞에 선하다!(3750~3753)

이렇게 발렌틴은 죽어 가면서 그레트헨이 창녀가 되었다며 한
탄하는데 이러한 그녀의 창녀상을 메피스토펠레스는 더욱 구체적
으로 나타내어 파우스트를 유혹시키려 한다.

그만, 그만두어라!
그는 그대를
처녀로 맞아들이지만,
처녀로 내보내지 않으리.

정신들 바짝 차려라!
뜻을 이루고 나면
잘 가란 인사말이 이어지리라,
그대 가련한, 가련한 존재들아!
자신을 아낀다면,
도둑에게는
사랑을 주지 마라,
손가락에 반지를 낄 때까지는.(3686~3697)

심지어 그레트헨에 대한 정염(情炎)에 타오른 파우스트의 애욕에 더욱 불을 지르고자 메피스토펠레스는 그녀를 뚜쟁이 마르테와 연관시켜 완전한 창녀로 취급하고 있다.

메피스토펠레스 야아, 브라보! 몸이 후끈 달아오르셨소?
  머지않아 그레트헨은 선생 차지가 될 것이오.
  오늘 저녁에 이웃집 여인 마르테의 집에서 그레트헨을 만나기
    로 했소.
  그 여자는 뚜쟁이나 집시가 되기에
  안성맞춤이라니까요!(3026~3030)

이러한 창녀상은 그레트헨의 배 속 태아로까지 배태된다고 악령이 말하여 그녀의 죄에 대한 고통은 더욱 가중된다.

─네 가슴 아래에서는

그 불길한 존재가

벌써 무럭무럭 자라나

자신과 너를 불안에 떨게 하지 않느냐?(3790~3793)

그런데 새가 인간의 영혼(관념)을 담아 헤르메스 신의 〈영혼
의 인도자Psychopompos〉[81]가 되는 경우도 있다. 〈호수의 상류 쪽
으로 거슬러 가보아라, 금빛 도가머리를 한 은빛의 작은 새가 네게
로 날아올 터인즉 그것을 따라가면 네게 길을 보여 줄 것이다.〉[82]
이러한 새의 인도자 형상은 주로 세 가지로 전개된다. (1) 주인공
이 새로 변하여 날아간다. (2) 주인공이 새를 타고 날아간다. (3)
주인공이 새를 보고 따라간다.[83] 이 새가 죽음의 전조나 죽음의 신
을 동행하는 경우도 많다. 토마스 만의 『고등 사기꾼 펠릭스 크룰
의 고백』 제2부에서 창녀 로차가 〈죽음의 새Totenvogel〉(FK 375)
로 헤르메스의 영혼의 인도자 성격을 하고 있다. 이 죽음의 새는
밤에 죽어 가는 환자의 창가에 날아와 죽음의 근심에 가득 찬 영혼
들에게 〈함께 가자!Komm mit!〉(FK 375)고 외치면서 밖으로 유혹
하여 로차는 (영혼을) 〈안내하는 여성Führerin〉(FK 376, 381)으로
묘사되고 있다.

이렇게 죽음에 관련된 새로는 일반적으로 까마귀가 알려져 있
으며 백조도 종종 이를 상징한다. 이들의 색깔인 검은색과 흰색은
일반적으로 죽음의 색채로 여겨져 상복(喪服)의 색깔은 검은색이
거나 흰색이다. 이렇게 죽음에 관련된 까마귀가 『파우스트』에서

---

81 영혼의 인도자는 인간의 영혼을 역경에서 인도하는 역할을 한다. 우리나라에서도
막다른 곤경에 처한 사람이 백발노인이 현몽하여 일러 준 대로 한 덕분에 역경에서 벗어날
수 있었다는 설화가 많다. 그 백발노인이 영혼의 인도자인데 사람뿐 아니라 동물, 자연의 의
인화된 모습으로 나타나기도 한다.
82 알렉산드르 아파나시예프, 『러시아 민담』, 제3판(1897), 71~130면.
83 같은 곳.

는 악마 메피스토펠레스의 새가 되어 흉보를 알리는 역할을 하고
있다.

  메피스토펠레스   저기 까마귀 두 마리가 날아옵니다.
    무슨 소식을 가져오는 것일까요?
    우리에게 불리한 소식이 아닐까 염려됩니다.
  황제   저 불길한 새들이 여기 웬일이란 말이냐?(10664~10667)

이렇게 황제가 까마귀를 부정적으로 여겨 불안해하자 파우스
트는 까마귀에 대조되는 비둘기를 내세워 황제를 위로한다.

  파우스트   (황제에게) 폐하께서는 머나먼 나라에서
    제 둥지의 새끼들과 먹이에게로 돌아오는
    비둘기들 이야기를 들어 보셨을 테지요.
    여기에 중요한 차이점이 있습니다.
    비둘기들은 평화의 전령이지만,
    까마귀들은 전쟁의 명령을 따르옵니다.(10673~10678)

이렇게 새들의 행위에서 인간의 길흉화복을 점치기도 한다. 황
제의 군대가 공격을 받자 파우스트는 새에 대한 무술(巫術)로 전
쟁의 승리를 알아내 황제를 안심시킨다.

  파우스트   저 위를 보십시오!
    그 무술사가 신호를 보내는 듯하옵니다.
    곧 징후가 나타날 것이니 눈여겨보십시오.
  황제   독수리 한 마리가 높은 하늘을 맴도는데,
    그라이프가 사납게 위협하며 그 뒤를 쫓는구나.

파우스트　잘 보십시오, 길조인 듯하옵니다.

　　그라이프는 전설 속의 짐승인데,

　　얼마나 제 주제를 모르면

　　진짜 독수리하고 힘을 겨룬단 말입니까?

황제　저것들이 이제 크게 원을 그리며

　　움직이는구나. ─ 눈 깜짝할 사이

　　서로 덤벼들어

　　가슴과 목을 찢어발기지 않느냐.

파우스트　불길한 그라이프가

　　갈가리 찢기고 뜯기고 상처 입은 것을 보십시오.

　　사자 꼬리를 늘어뜨린 채

　　산 정상의 나무 사이로 곤두박질쳐 사라졌습니다.

황제　제발 이 징조대로 이루어졌으면 좋으련만!

　　기이한 일이지만 사실로 받아들이고 싶구나.(10621~10639)

이렇게 파우스트와 황제의 대화에서 언급된 독수리와 그라이프의 싸움에서 승리하는 독수리가 황제와 파우스트 군의 승리의 징조로 여겨진다.

메피스토펠레스　(오른쪽을 향해)

　　우리 편이 거듭 맹렬하게 몰아붙이자

　　적군이 밀리고 있습니다.

　　맥없이 칼을 휘두르며

　　오른편으로 밀려가

　　자신들 주력 부대의 좌익을

　　혼란에 빠뜨리는군요.

　　우리 방어진의 철통같은 선봉이

오른쪽으로 전진하고 있사옵니다.

번개처럼 적군의 허점을 공략하는군요. ─

이제 양측은 막상막하의 기세로

폭풍우에 휩쓸린 파도처럼 사납게 날뛰며

곱절로 치열한 격전을 벌이고 있습니다.

어찌 이보다 더 근사한 광경이 있으리오,

우리 편의 승리입니다!(10640~10653)

인간이 끊임없이 추구하지만 이뤄질 수 없는 이상향이 새로 전개되기도 한다. 아리스토파네스의 「새Ornithes」(기원전 414년)에서는 새가 되고 싶어 하는 욕망이 유토피아적으로 전개된다. 새의 눈으로 인간 세계를 바라본 작품인 「새」는 전쟁으로 얼룩진 시대에 평화주의자 아리스토파네스가 추구한 유토피아를 보여 주는 것이다.

「새」의 내용은 이렇다. 아테네의 두 현실 도피주의자인 페이세타이로스Peisetairos와 에우엘피데스Euelpides는 아테네인들의 생활 방식과 광적인 재판 열기에 환멸을 느낀 나머지 새로 변신한 테레우스왕이 이상적으로 살 만한 곳을 알려 줄까 싶어 그를 찾아가 〈가장 살기 좋은 곳이 어디냐?〉고 묻는다. 테레우스가 추천한 몇몇 나라가 마음에 들지 않자 페이세타이로스는 기발한 제안을 한다. 새들이 힘을 모아 공중에 성곽 도시를 세우고, 인간들이 신들에게 바치는 제물을 가로채 인간과 신을 동시에 지배하자는 것이다. 양쪽의 음식이나 제물의 수급을 중간에서 통제하고 차단하면 신들도 거지같이 몰락하여 자신들의 힘을 인정하게 된다는 것이다. 이렇게 제물을 봉양받지 못한 신들이 거지처럼 몰락하는 내용은 괴테의 시 「프로메테우스」에도 나타나 있다.

너희들 신들이여, 태양 아래서
너희보다 더 불쌍한 자 어디 있으랴!
너희들은 기껏해야
희생으로 바쳐진 제물이나
기도의 한숨으로써
위엄을 지탱할 뿐이니,
철없는 애들이나 거지 같은 인간이
어리석은 기원을 드리지 않을 때는
너희는 망하게 되리라.

처음에는 적대적이던 새들이 하나하나 설득되면서 제안자인
페이세타이로스와 에우엘피데스는 이 새들의 지저귀는 합창을 지
휘하는 역할을 맡게 되고 그에 걸맞은 날개를 기른다. 페이세타이
로스와 에우엘피데스의 지도 아래 새들은 〈구름-뻐꾸기-나라
Wolkenkuckucksheim(이상향을 의미함)〉라는 유토피아적인 도시를
세운다.

행복하도다, 깃털로 덮인
새들의 종족은 겨울에도
외투를 두를 필요가 없고,
숨 막히는 삼복더위에도
멀리 내리쬐는 햇볕이 우리를 태우지
못한다네. 꽃 피는 초원들의
잎이 무성한 품속에서 나는 산다네.
신들린 매미가 한낮의 무더위 속에서
해에 취해 쩌렁쩌렁 노래할 때,
겨울이면 속이 빈 동굴에서 지내며,

신의 요정들과 어우러져 논다네.

그러다 봄이 되면 우리는 처녀 같은 하얀 도금양 열매와

카리스 여신들의 정원에 나는 것들을 먹고 산다네.(1088~1100)

　

새가 죽음을 극복하는 신화도 있는데, 여기에 전설의 새인 불사조(不死鳥)를 들 수 있다. 크기가 독수리만 하고 빛나는 주홍빛과 황금빛 깃털을 갖고 있으며 우는 소리가 음악 같았다고 전해지는 불사조는 항상 한 마리뿐이고 매우 오래 산다. 불사조의 부활 사상은 고대 로마 시대에 널리 퍼졌고, 중세에는 기독교의 동기로 알려지게 되었다. 고대 문헌들에 의하면, 불사조의 수명은 적어도 5백 년 이상인데 이 수명이 끝날 때쯤 되면 향기로운 가지들과 향료들로 둥지를 만들고 불을 놓은 뒤 그 불 속에 스스로를 살랐다. 그러면 거기에서 새로운 불사조가 솟아올라 몰약(沒藥)으로 된 알 안에 선조의 재를 염(殮)하여 이집트의 헬리오폴리스(태양의 도시)로 날아가 태양신 라Ra의 사원 안 제단 위에 그 재를 놓았다고 한다.

또 다른 이야기에서는 죽어 가는 불사조가 헬리오폴리스로 날아가 제단의 불에 스스로를 바쳐 새로운 불사조가 된다고 나온다. 인도 신화에서는 가루다Garuda, 이집트 신화에선 베누라 불리는 불사조는 중국에서는 봉황(鳳凰)으로 알려져 있고, 서양에서는 그리스 신화에 등장하는 피닉스로 유명하다. 이처럼 세계 어디에나 있는 불사조 이야기는 죽음에 대한 삶의 승리를 상징한다. 우주적 순환 속으로의 회귀(윤회)를 기다리는 사자(死者)의 영혼이 새로 탄생하는 것이다. 우주적 상상력, 세속을 넘어선 자유의 절대성과 자유분방한 경지의 기쁨을 느낄 수 있다.

10
껍질과 가면

—

곤충은 애벌레 때 몸이 커지면서 여러 번 껍질을 벗고, 파충류인 뱀도 몸이 커지면서 낡은 껍질을 벗는다. 더 크게 자라기 위해 단단한 질로 되어 있는 애벌레의 껍질을 벗는 것이다. 번데기에서 성충으로 탈바꿈할 때도 껍질을 벗는데 이때 벗은 껍질을 허물이라고 한다. 수많은 생물이 더 성장하거나 성숙해지기 위해 껍질을 벗는데 이러한 껍질의 개념이 괴테의 문학에서 자주 전개되어 괴테가 아우구스트 공작을 위해 쓴 시 「일메나우Ilmenau」에도 묘사되고 있다.

누가 가지에서 기어 다니는 유충에게
장래의 먹이 이야기를 할 수 있겠습니까?
또 누가 땅바닥에 놓인 고치 속 유충이
여린 껍데기를 깨뜨리는 걸 도울 수 있겠습니까?
때가 오면, 저 스스로 밀고 나와서
날개 치며 서둘러 장미의 품 안으로 가지요.

나비가 공중에 오르려면 번데기는 파괴되어 빈 껍질이 되어야 한다. 지상에 영향을 미치는 힘을 파악하고 그 힘을 가장 고유한 이념에 봉사하려 한다면 개별 영혼의 구속 상태인 번데기는 껍질을 뚫고 나와야 한다. 번데기는 컴컴한 누에고치 속에서 겨울을 견

더 내며 육체뿐 아니라 정신적으로 성장하다가 마침내 껍질을 벗고 나비 등 성충이 된다. 결국 태어나거나 성장하기 위해서는 〈껍질〉을 벗어야 하는 것이다. 따라서 『파우스트』 제2부 초기에 잠에 빠져 있는 파우스트를 깨우기 위해 〈그대는 다만 조용히 에워싸여 있을 뿐, 잠은 껍질이니 벗어던져라!〉(4660~4661)고 합창이 노래한다.

『빌헬름 마이스터의 수업 시대』에는 〈이마에는 신비스러운 빛이 감돌고 코는 유별나게 아름답고, 입은 나이에 비해 지나치게 꼭 다물고, 입술은 가끔 옆으로 내밀곤 했으나 천진하고 매우 매력적인〉(HA 7, 98 f.) 미뇽이라는 인물이 등장한다. 미뇽Mignon이라는 명칭은 남색(男色)의 상대가 되는 소년 혹은 정부(情婦)를 의미하거나 귀여운 아이 또는 단지 가장 사랑하는 것을 의미한다. 미뇽은 어떤 때는 그라고 불리고, 또 다른 때에는 그녀라고 불리는 남녀 양성을 구비한 자웅 동체의 인물이다. 따라서 이 아이는 이미지가 소녀로 고정되기를 원치 않은 듯 여성 명사를 피하고 〈중성〉이나 〈남성〉의 단어를 사용하여 성을 교체시키고 있다. 이러한 양성적인 특징 외에 요정 같기도 하고, 작은 악마 같기도 하지만 그녀는 부지런히 자기 의무를 다하며 자기 구원자인 빌헬름을 부지런히 뒷바라지한다. 이러한 미뇽은 〈무엇보다도 상징〉,[84] 〈상징으로서 형태〉[85]이다. 이 상징적 의미의 명백한 특징은 정신과 육체의 모순인 〈핵심과 껍질, 형태와 형상화 및 존재와 외관의 분열〉[86]이다.

앞 장에서 헬레나의 육신은 하계로 소멸해 가고 〈아름다운 껍

84 Helmut Ammerlahn, Wilhelm Meisters Mignon — ein offenbares Rätsel, Name, Gestalt, Symbol, Wesen und Werden in: *Deutsche Vierteljahresschrift für Literaturwissenschaft und Geistesgeschichte*, 42. Jahresgang, 1968, XLII. Band, S. 90.

85 같은 책, S. 91.

86 같은 책, S. 92.

질)인 옷만 파우스트의 팔에 남아 있다가 구름으로 변하여 사라져 버린다. 이렇게 헬레나의 껍질인 옷만 파우스트의 팔에서 구름으로 변하여 흩어지는 것처럼 성숙 및 해방 등을 위해 껍질을 벗는 내용이 괴테의 문학에서 자주 전개된다.

〈애벌레나 번데기를 보면 장차 오색영롱한 나비를 점칠 수 있는〉(6729~6730) 것처럼 『파우스트』에서는 파우스트와 헬레나 사이에서 오이포리온이 태어날 때 고치의 껍질을 벗고 나와 나비가 되는 모습으로 묘사되고 있다.

> 마치 성숙한 나비가
> 날개를 활짝 펼치며
> 답답하게 조이는 고치에서 빠져나와,
> 햇빛 찬란한 창공을 향해 대담하고
> 용감하게 훨훨 날아오르는 것 같았답니다. (9658~9662)

또한 정신과 육체의 모순이 〈핵심과 껍질의 분열〉로 전개되기도 한다. 파우스트가 천상에서 구원되려면 정신과 모순 관계인 육체의 껍질, 즉 지상에서의 〈낡은 껍데기〉(12088)를 벗고 승천해야 한다. 〈심산유곡〉 장면에서 신앙의 여러 단계를 대표하는 교부들은 완성되고 정화된 성자들이기에 육신의 껍질의 무게를 탈피하여 부유(浮游)하며 다음과 같이 외치고 있다.

무아지경에 빠진 교부(敎父)   (위아래로 오르락내리락하며)
> 영원한 환희의 불길,
> 뜨겁게 달아오른 사랑의 유대,
> 부글부글 끓는 가슴의 고통,
> 부풀어 오르는 신의 기쁨.

화살이여, 나를 꿰뚫어라,

창이여, 나를 제압하라,

몽둥이여, 나를 박살 내라,

번개여, 나를 내리쳐라!

공허한 것이

모든 걸 날려 버리니,

꺼지지 않는 별이여,

영원한 사랑의 정수여, 빛나라.(11854~11865)

여기에 등장하는 〈무아지경에 빠진 교부〉는 자기를 희생하여 영혼의 정화를 원하는 인물로, 이들처럼 열성으로 기원하여 신과 합일되려면 이승의 껍질을 탈피해야 한다. 따라서 천국에 올라온 파우스트를 〈영생을 얻은 소년들〉이 이승의 껍질을 벗기며 인도한다.

영생을 얻은 소년들　번데기 상태의 이분을

우리 기쁘게 맞아들이리.

그러면 천사들의

증표를 손에 넣는 것이리.

이분을 에워싼

껍질을 벗겨 내라!

벌써 거룩한 생명을 얻어

아름답고 위대하구나.(11981~11988)

결국 이승의 껍질을 벗은 파우스트가 영기(靈氣) 서린 옷을 입고 옛날의 젊음에 넘쳐서 〈영생을 얻은 소년들〉에 인도되어 나타나자 그레트헨이 기쁨에 넘쳐 노래하며 받아들인다. 이러한 배경에서 작품 제1부에서 그레트헨의 기도의 대상이 되는 〈많은 고통을 겪으신 성모 마리아〉(3587~3588) 그리고 제2부 끝 장면에서는 〈영광의 성모 마리아〉(12094)가 생전에 지은 죄의 껍질을 벗고 승천한 파우스트에게 〈자, 이리 오너라! 드높은 곳을 향해 오르라!〉(12094) 하며 받아들인다.

> 보세요, 낡은 껍데기에 묶인
> 지상의 인연을 잡아 뜯는 것을.
> 향기로운 의복으로부터
> 새로이 청춘의 힘이 뻗어 나고 있나이다.(12088~12091)

따라서 파우스트는 이승의 껍질에서 벗어나 천상에 오르면서 숭고해진다. 이렇게 숭고한 작용을 하는 껍질과는 반대로 가면은 세속으로 들어가는 작용을 한다. 가면의 종류는 그 용도와 목적에 따라 제의적 가면, 전사를 위한 가면, 구경거리로서의 가면 등으로 나눌 수 있다. 전사를 위한 가면은 적을 공포감에 떨게 하여 무력하게 만드는 것이어서 무시무시한 괴물의 얼굴을 하고 그것이 갖는 주술적 효능도 크다. 한편 구경거리로서의 가면은 춤과 더불어 그 문화적 기원과 기능을 나타내는 경우가 많다. 제의적 가면은 다양하지만 산 자가 쓰는 가면과 죽은 자가 쓰는 가면 두 유형으로 구분된다. 이 세 가지 가면 모두 일종의 광대적 성격에 기원을 두고 있다.

이러한 가면은 전 세계에 걸쳐 오랜 역사를 가지고 있다. 구석기 시대의 것으로 입증된 가면도 있는데 이 시대 수렵인들의 가면은 맹수를 나타낸다. 또 신석기인의 문화적 계승자인 현대 유럽 농민은 황소, 늑대, 곰 가면과 인간의 얼굴 가면을 사용하기도 한다. 구석기 시대 수렵인이 쓰던 가면의 종교적 역할은 신석기 시대 농부의 그것과 다르다. 유럽의 경우 가면의 역사는 3만 년이 넘는다. 중부와 동부 유럽의 황소 가면, 곰 가면이 지닌 문화적 역할은 구석기인의 종교적 관념에 바탕을 둔 전통의 연장선이다.[87] 이러한 배경에서 가면극의 역사도 오래되었다. 서양 문명의 발상지 고대 그리스에서도 기원전 5세기에 소포클레스, 에우리피데스, 아리스토파네스 같은 걸출한 극작가들이 가면을 쓰고 무대에 올랐다. 게르만 신화와 켈트 신화에서 광대 이미지는 일종의 그로테스크한 모습으로 『파우스트』의 가장무도회에 잘 나타나 있다.

> 지금 그대들이 사탄 춤, 어릿광대 춤, 해골 춤이 성행하는
> 독일 국내에 있다고 생각하지 마시오.
> 즐거운 축제가 그대들을 기다리고 있소이다.(5065~5067)

우리나라에서도 가면극 등에서 가면이 존속하고 있다. 고려 때 시작돼 오늘날까지 전해 오는 산대놀이는 한국의 대표적인 민속놀이다. 양반이나 파계승에 대한 조롱, 서민과 첩의 애환 등을 풍자적인 대사와 춤으로 묘사하는 산대놀이에서 등장인물은 모두 가면을 쓴다. 늦도록 장가 못 간 취발이의 경우 붉은 얼굴, 검은 눈썹, 큰 입의 가면으로 가면의 의도를 알 수 있게 한다. 이러한 광대들의 이미지가 전하는 메시지는 〈봐라, 나를 통해서 보라, 나의 이 우스꽝스러운 형상을 통해 세상을 보라!〉는 내용으로 『파우스트』에서도 〈사제복을 입고 화환을 두른 신통력의 소유자가〉(6421) 가면으로 무언가를 폭로하거나 감추어 인간의 내면성을 외면화시키고 있다. 『파우스트』에서 연극은 〈오성, 이성, 감성, 정열, 온갖 것을 동원해 환상을 펼〉(86~87)쳐 세상에 즐거움을 주어야 한다고 하면서 여기에 광대가 중요하다고 언급되어 있다. 이러한 광대

---

87 M. 엘리아데, 『상징, 신성, 예술』, 박규태 역(서광사, 1991), 127면 이하 참조.

에 대해 메피스토펠레스는 〈저래도 어릿광대에게 분별력이 없다고 할 것인가?〉(6172)라며 그들의 재간을 높이 세운다.

> 저주받으면서도 항상 환영받는 것이 무엇이리까?
> 열망의 대상이면서도 항상 내쫓기는 것이 무엇이리까?
> 언제나 보호받는 것이 무엇이리까?
> 혹독하게 비난받고 고발당하는 것이 무엇이리까?
> 폐하께서 가까이 불러서는 안 되는 자 누구이리까?
> 누구나 기꺼이 그 이름 듣고 싶어 하는 자 누구이리까?
> 이 옥좌의 계단에 다가오는 것이 무엇이리까?
> 스스로 멀어진 것은 무엇이리까?(4743~4750)

이 질문에 대한 답변의 인물이 바로 광대이다. 가면으로 인간의 내면성이 외면화되어 사회의 단면을 보여 주는 광대의 내용이 『파우스트』의 가장무도회에서 나타나고 있다.

> 심술궂은 여인들이지만, 모든 바보들이
> 스스로의 모자람을 자랑하는 오늘만은
> 그들도 천사로서의 명성을 바라지 않고
> 도시와 시골의 골칫거리로 자처한답니다.(5353~5356)

결국 가면이 인생 자체의 공허감이나 기쁨 등을 폭로하게 된다. 신화와 유대·기독교의 차이에서 신화의 이미지가 유머러스하다면 후자의 이미지는 지나치게 삽엄하다. 신화의 이미지는 대부분 우스꽝스럽지만 종교는 모두가 살풍경하고 심각하다. 가령 야훼를 두고 농담을 할 수 있는가?[88] 이러한 분위기를 광대가 누그

---

88 조셉 캠벨·빌 모이어스, 『신화의 힘』, 이윤기 역(이끌리오, 2002), 396면.

러뜨려 준다. 따라서 『파우스트』의 가장무도회 등에서 다양한 마귀나 동물의 가면을 쓴 광대를 볼 수 있다. 여기에서 무시무시한 형태의 형상이나 사악한 모양의 가면이 공포를 자아내지는 않는다.

괴테는 가면에 의한 성(性)과 계급으로부터 느끼는 해방감을 이탈리아 여행에서 경험한 사육제의 현상으로 나타낸다. 〈최하위 여인네들의 축제 의상으로 치장한 젊은 남자들이 가슴을 드러내 놓고 뻔뻔스러울 정도로 득의만만한 표정을 지으며 맨 먼저 나타난다. (……) 남자들이 여장하고 싶어 하듯 여자들도 남장을 원하기 때문에 그녀들은 인기 있는 복장을 하기를 좋아했다.〉[89] 사육제에서는 성의 문제가 가면을 통해 자유로워질 수 있고, 개개인의 창조적인 잠재력이 자연스럽게 밖으로 표출된다. 괴테는 로마 사람들이 사육제 외에도 가면을 쓰고 다니는 모습을 경험한 뒤 다음과 같이 말하고 있다. 〈밖에서 가면을 쓴 한 무리의 사람들을 보게 되더라도 우리는 별로 낯설지 않을 것이다. 맑고 쾌청한 하늘 아래서 1년 내내 그러한 모습을 보는 게 익숙해져 있기 때문이다. (……) 시신을 무덤으로 운구할 때는 늘 교구 신도들의 가장행렬이 뒤따른다.〉[90]

1786년 10월 4일 베네치아에서 보았던 즉흥 가면극을 괴테는 다음과 같이 말한다. 〈어제는 성 누가 극장에서 무척 재미있는 코미디 한 편을 보았다. 풍부한 소질과 열정 및 탁월한 기량으로 무대에 올려진 즉흥 가면극이었다. (……) 여기서도 모든 것의 근본 토대는 역시 민중이다.〉(HA 11, 77 f.) 1786년 10월 10일에 연극을 보고 나서도 가면에 대한 이야기가 나온다. 〈이들은 대부분의 시간을 가면을 쓰고 돌아다니기 때문에 무대 위에 검은 얼굴도 등

89 Johann W. Goethe, *Sämtliche Werke nach Epochen seines Schaffens*, Münchner Ausgabe, Bd. 15, S. 578 f.
90 같은 책, S. 575.

장할 수 있다는 사실을 아주 자연스럽게 받아들인다.〉(HA 11, 96)

괴테의 로마 사육제 체험은 『파우스트』의 〈가장무도회〉로 구체화되어 인간의 근원적 삶의 다양한 모습들을 묘사하고 있다.[91] 가면에서 무시무시한 신적 혹은 악마적인 이미지는 본인이 원하는 신화나 환상으로 『파우스트』에서 〈희망〉(5423)으로 언급되고 있다.

> 반갑구나, 사랑스러운 자매들아!
> 너희들은 어제도 오늘도
> 가장무도회에 푹 빠져 있지만,
> 나는 분명히 아노라,
> 너희들 내일은 가면 벗을 것을.(5423~5427)

가면은 본질을 감추고 변장하는 도구인데 이러한 변장에는 악마 메피스토펠레스가 뛰어나 『파우스트』에서 헬레나가 등장하는 제3막 마지막에 〈막이 내려온다. 무대 앞쪽의 포르키아스, 거인처럼 몸을 일으킨다. 그러나 필요한 경우에는 굽 높은 무대용 신발을 벗고 가면과 베일을 제치고 메피스토펠레스로서 정체를 드러내어, 에필로그 형식으로 연극을 논평할 수 있다〉.(10038행 다음) 이렇게 변장에 능숙한 메피스토펠레스는 심지어 파우스트의 옷과 모자를 입고 파우스트로 변장하기까지 한다.

메피스토펠레스 자, 그 웃옷하고 모자 좀 빌려 주시오.
  나도 이렇게 꾸미면 멋있어 보이겠는걸. (옷을 갈아입는다)
  그러면 여기는 내 재치에 맡겨 두시오!
  한 십오 분 정도면 충분할 거요.(1846~1849)

---

91 김선형, 같은 책, 309면.

결국 변장이란 가면의 행위로 자신이 되고자 마음먹은 대로 될 수 있는 행위인데『파우스트』의 〈가장무도회〉에서 의전관이 이 내용을 피력하고 있다.

　　이제 우리 모두 새로 태어났으니,
　　누구든 처세에 능한 사람은
　　그 모자를 귀밑까지 편안히 눌러쓰십시오.
　　모자가 얼빠진 바보처럼 보이게 하지만,
　　능력껏 지혜롭게 만들어 주기도 하지요.(5076~5080)

11
시간의 초월

—

그리스 사람들은 크로노스를 〈시간의 신〉으로 생각하고 시간의 구분을 그의 아들이라 부르며 아버지가 아들을 삼킨다고 했다. 이렇게 크로노스가 자식을 삼킨다는 것은, 세월은 이 땅에 태어나는 모든 것을 삼켜 버린다는 잔혹한 시간의 진리를 상징하는 것이다. 이렇게 크로노스는 시간과 밀접한 관계가 있어 영어 단어 크로니클chronicle(연대기), 크로노미터chronometer(시계) 등에 그의 이름이 담겨 있다. 이러한 시간이 부정되는 경우도 있다.

니체에 의하면, 인간은 〈병든 동물〉인데 인간만이 시간에 대한 의식을 가지고 있기 때문이다. 인간만이 현재에 몰두하기보다는 이미 흘러가 버린 과거에 연연하고 아직 오지 않은 미래에 대한 공포와 희망에 사로잡히며 언젠가 닥쳐올 죽음에 불안해한다. 따라서 인간은 현재의 순간순간이 제공하는 생의 약동과 풍요를 놓치고 만다. 괴테는 『서동시집』에 〈시간이야말로 나의 재산이며, 나의 밭은 시간이다〉(HA 2, 52)라고 묘사하며 시간을 작품에서 의미 깊게 전개시키고 있다. 파우스트가 〈최고의 순간〉(11586)으로 체험하는 삶은 니체가 주장한 현재의 순간이 제공하는 시간이며 아울러 헤겔이 〈영원〉으로 정의한 〈진정한 현재〉가 된다. 오직 현재만 존재하고 이전과 이후는 존재하지 않는 것이다.

사건의 발전과 시간적 범위 사이에는 상호 관계가 존재하기 마련이다. 그러나 고전 서사시나 고전극에서 자연계의 한 차원으로

서나 혹은 역사 발전 및 개인 성장의 차원으로서의 시간은 그 역할을 정당하게 인정받지 못했다.

　　호메로스의 주인공들은 성장하고 있는 모습이나 혹은 성장해 온 모습이 거의 그려져 있지 않기 때문에 그들 대부분(네스트로, 아가멤논, 아킬레우스)은 등장할 당시의 나이에 고정되어 있는 것 같다. 오랜 시간의 흐름과 그사이에 일어난 수많은 사건 때문에 성장의 기회가 많았을 터인 오디세우스조차도 그것을 보여 주지 않는다. 돌아온 오디세우스는 20년 전 이타카를 떠났던 당시의 오디세우스와 아주 똑같다.[92]

아리스토텔레스의 『시학』에서 중요한 내용은 〈모든 사건은 하루(24시간)를 넘지 않을 것〉이라고 희곡에서 시간의 통일unity of time 법칙을 수립한 점이다. 고전 비극에서 24시간으로 시간을 제한한 것은 인간 생활에서의 시간 차원의 중요성을 인정하지 않았기 때문이다. 이데아가 시간의 세계의 구체적인 대상 뒤에 있는 궁극적 현실이라는 플라톤의 생각에 깊이 감염된 고전 세계의 세계관에서는 현실 또는 실재란 무시간적 보편 속에 있는 것이어서 존재에 대한 진실은 일생 동안과 마찬가지로 하루 동안에도 드러날 수 있다고 생각했던 것이다. 근대 문학에서 비로소 작중 인물이 시간 속에 뿌리박게 됨으로써 주인공이 20년 전이나 후에나 변함없는 인물이 아니라 시간의 흐름에서 동일성을 유지하면서도 경험에 의해 계몽되고 변모하고 혹은 타락하는 인간으로 등장하게 되었다. 이것은 작중 인물이 비역사적인 존재에서 역사적 존재가 되었음을 뜻하며 아울러 역사적 존재가 뿌리박고 있는 공간이 역사적 차원을 얻게 되었음을 뜻한다.[93]

92 에리히 아우어바흐, 『미메시스』, 김우창·유종호 역(민음사, 1999), 63면.

그런데 괴테의 『파우스트』에선 시간의 발전이 전제되지 않는 만큼 포괄적이고 연관적인 시간의 흐름을 기대할 수 없다. 또한 시간의 범위 역시 확정될 수 없으며, 시간의 길이도 줄거리에 별다른 의미를 갖지 않는다. 각 장과 함께 새로운 시점이 전개되어 그전과 그 후의 시간이 아무런 연관을 맺지 않고 있다. 따라서 〈서재〉 장면과 〈라이프치히의 아우에르바하 지하 주점〉 그리고 〈마녀의 부엌〉 장면 사이의 정확한 시간 측정은 불가능하다. 독자나 관중은 이 비통일적이고 비합리적인 시간에 대해 하등의 의식을 하지 못하는데, 이는 그들이 직접적이고 현재적인 사건에 완전히 매혹되기 때문이다.

　　그러나 메피스토펠레스는 〈앞 세대가 미처 생각하지 못한 현명한 것을 생각해 낸 사람은 미련한 짓을 저지를 수 있는 법〉(6808~6809)이라고 과거를 중시하며 조롱한다. 그의 말처럼 실질적인 현재는 과거의 결과이며 또한 미래를 잉태하고 있다. 결국 진정한 현재는 과거의 결과이자 미래의 산실로서 현재에 과거와 미래가 서로 연결되어 있는 것이다. 따라서 『파우스트』의 「헌사」 마지막 시구는 현재가 과거로 물러나고 과거가 현재로 다가와서 현재에 옛날의 정열과 감정으로 『파우스트』를 창작하는 괴테의 경지를 보여 주고 있다.

　　　내 속삭이는 노래가 풍현금처럼
　　　아련히 떠도누나.
　　　전율이 온몸을 휘감고 눈물이 줄줄 흐르니,
　　　엄숙한 마음이 부드럽게 풀리는구나.
　　　내 곁에 있는 것 멀리 아스라이 보이고,

93　유종호, 『자기 형성과 형성 소설』, 열린연단: 문학의 안과 밖(2019년 7월 13일)의 원고에서 인용.

사라진 것이 현실이 되어 나타나누나.(27~32)

이는 과거·현재·미래를 동일 시점으로 보는 시간 개념으로 시간과 공간의 차이를 초월해 동시에 체험하고, 또 자유롭게 처리하고자 하는 것이다. 이런 의미에서 삶은 지속되는 과정에서 〈정지된 현재Nunc stans〉가 되는데, 이는 〈객관적으로 무한한 시간의 연속을 이루는 것이 주관적으로는 하나의 점, 불가분이며 항시 현존하는 현재〉[94]라는 쇼펜하우어의 사상과 맥을 같이한다. 이러한 맥락에서 시간은 본래의 〈시계적 시간〉과 인간의 감정이 반영된 〈감각적 시간〉으로 구분될 수 있다. 피어슨Karl Pearson의 용어인 〈감각적 시간〉은 〈감각의 순수한 계기에 의해서 판단되며 절대적 시간 간격을 포함하지 않는다〉.[95] 이것은 고정된 표준에 의해 측정되는 외부적 시간과 대조되어 변화하는 가치 기준에 의해 측정되는 상대적이고 내적인 시간이다. 이러한 심리적 시간의 이론은 멀리 고대에서부터 유래한다. 로마 시대의 아우구스티누스는『고백록』에서 시간은 외부에 존재하는 대상이 아니라 정신의 체험이라는 명제를 내세운다. 그는 시간 체험을 정신의 이완과 긴장, 즉 정신의 균열과 통합하는 기능으로부터 도출하며 기억과 기대라는 심리학적 범주와 결합하여 설명했다.

이러한 무시간성이 문학 등에서 자주 전개되는데 특히 동화에서 돋보인다. 그림 형제의 동화「잠자는 숲속의 공주Dornröschen」에서 아이를 갈망하던 왕과 왕비에게 소망이 이루어졌다. 공주가 태어나자 왕은 성대한 파티를 열고 열두 명의 무녀를 초대한다. 여인들이 한 사람씩 아이에게 축복을 내리고 있는데, 금접시가 모자라 초대받지 못한 여인이 나타나 〈아이가 열다섯 살이 되면 물레

---

94 Arthur Schopenhauer, *Die Welt als Wille und Vorstellung*, Sämtliche Werke in 7 Bänden, Bd. 3 (Wiesbaden: 1972), S. 3, 560.

95 Karl Pearson, *The Grammar of Science*, Ch. V (London: 1892), pp. 161.

에 찔려 죽을 것이다〉라며 저주하고 가버렸다. 공주가 열다섯 살 되던 해, 무녀의 예언대로 일이 벌어진다. 부모가 나가고 없을 때 혼자 궁정 뜰을 거닐던 공주는 오래된 탑을 발견하고 좁은 계단을 타고 올라가 방문을 연다. 방 안에서 노파가 물레 돌리는 모습을 보고 신기해하며 손을 대는 순간 따끔한 통증을 느끼고 그대로 침대에 쓰러져 깊은 잠에 빠진다. 그 잠이 궁전 가득 퍼져 사람과 사물이 모두 죽음 같은 잠에 빠진다. 그리고 궁전 담벽에 장미 덤불이 높이 자라 궁전은 외부 세계와 절연된다. 백 년의 세월이 흐르는 동안 수많은 왕자들이 담벽을 넘어 공주에게 청혼하려고 시도하지만 모두 실패하고 목숨을 잃는다. 예언했던 백 년이 되어 왕자가 찾아왔을 때 장미 담장이 저절로 열리고 왕자가 공주에게 다가가 키스하자 공주는 깨어나고 동시에 잠들어 있던 모든 것이 깨어난다. 왕자와 공주는 결혼식을 하고 행복하게 산다.

이 작품에서 실제로 경과한 백 년이란 오랜 기간은 잠의 상태에서는 순간에 불과하여 공주가 백 년 동안 잠을 자고 깨어났을 때는 순간처럼 느껴진다. 백 년의 긴 세월도 잠 속에서는 순간으로 느껴지는 것이다. 이러한 동화에서는 현 세계에서 마술 세계로 옮겨 가는 어떤 경계나 시간의 개념이 없어 주인공이 늙지도 않고 사건도 변화 없는 고정된 시간 속에서 진행된다.

이렇게 시간이 초월되는 동화 같은 무시간성Zeitlosigkeit이 『파우스트』에서 전개된다. 신화에서 트로이 전쟁의 원인이 되었던 헬레나는 〈도시들을 쑥대밭으로 만든 여인의 무서운 형상, 꿈의 형상, 그 모든 것이 나였느냐? 나란 말이냐? 앞으로 내 모습이란 말이냐?〉(8839~8840)라고 자문하여 무시간의 개념을 나타내고 있다. 예를 들어 가상의 헬레나를 껴안으려다 폭발로 실신한 파우스트는 제2막 첫 장면과 둘째 장면에서 계속 잠들어 있다가 제3장에서야 비로소 깨어난다.

메피스토펠레스 (커튼 뒤에서 나온다. 커튼을 들치고 뒤돌아보는

동안, 고풍스러운 침대 위에 누워 있는 파우스트가 보인다)

여기 누워 있으라, 헤어나기 어려운

사랑의 굴레에 빠진 불운한 자여!

(……)

위를 보고 여기저기 둘러보아도,

조금도 달라지지 않았는걸.

아롱다롱한 유리창이 좀 더 흐릿해진 것 같고,

거미줄이 늘어났구나.

잉크가 말라붙고 종이는 누렇게 변했지만,

(……)

낡은 모피 외투도 낡은 옷걸이에 그대로 걸려 있구나.

저걸 보니, 내가 과거에 그 애송이한테 부렸던

익살이 생각나는구먼.

아마 청년이 된 지금도 그 익살을 음미하고 있겠지.

(6566~6585)

이렇게 길기만 했던 시간이 잠자는 숲속의 공주처럼 잠들어 있던 파우스트에게는 순간에 불과하다. 따라서 헬레나를 껴안으려다 폭발로 실신한 파우스트가 제2막에서 깨어났을 때 그동안 많은 시간이 지나 그의 조수였던 바그너가 성인이 되어 인조인간 호문쿨루스를 완성할 정도의 대학자가 되어 있다. 아울러 옛날 메피스토펠레스가 조롱했던 대학 신입생도 이제는 어엿한 학사가 되었다. 이렇게 『파우스트』에서 관습적이고 통속적인 시간 개념이 해체되는 내용에 대해 케이론이 언급하고 있다.

내 보기에는, 문헌 학자들이

스스로를 속이고 당신을 속이지 않았나 싶소.
그 신화적인 여인이 너무 특별한 존재여서,
시인들은 필요에 따라 제멋대로 묘사한다오.
그녀는 결코 어른이 되지도 않고 나이를 먹지도 않소.
항상 군침 돌게 하는 인물로 그려지고,
어려서 유괴당하고, 늙어서도 많은 이들의 구애를 받지요.
하긴, 시인들은 시간에 구애받지 않으니까.(7426~7433)

헬레나와 같은 신화 속 여성들은 시간의 흐름에 따라 새로운 의지와 결합으로 새롭게 태어나는 초월적 존재가 된다. 그리스 역사에서 초기와 후기에 등장해도 항상 젊고 아름답다. 그녀는 그리스 역사에서 새로운 형태를 잉태하는 초월적 존재인 것이다.

파우스트 그녀도 시간에 얽매여서는 안 되지요!
아킬레우스가 페라이에서 그녀를 만났을 때도
시간을 초월했소. 그런 진기한 행운이 있다니,
운명을 거슬러 사랑을 쟁취하다니!
나라고 그 유일무이한 인물을
애타는 그리움의 힘으로 소생시키지 말란 법이 어디 있겠소?
신들에 버금가는 그 영원한 존재,
위대하면서도 다정하고, 숭고하면서도 사랑스러운 이를 말이오?
당신은 일찍이 그녀를 보았고, 나는 오늘 보았소.
더없이 매혹적으로 아름답고 더없이 애타게 아름다웠소.
이제 내 마음과 본성이 꼼짝없이 사로잡혔으니,
그녀를 얻지 못하면 살아갈 수 없소.(7434~7445)

괴테는 시간적인 연속을 공간적으로 병렬시켜 표면상으로 〈연속적인〉 발전이 동시성으로 파악된다. 그의 관심사는 동시적(공시적)이 아니고 동일 의미인 것이다. 괴테는 이러한 시간의 동시성에서 영구 무한성을 포착하고, 창작과 활동의 무한한 가능성과 의의를 발견하여 활용했다.

〈나의 상속 몫은 얼마나 크고 한없이 넓은가! 시간이야말로 나의 재산이며, 나의 밭은 시간이다〉(HA 2, 52)라는 괴테의 언급에 영향을 받아 토마스 만은 시간의 밭을 일구어 나간다고 했다. 토마스 만은 몇 번이나 괴테의 이 시구를 인용하며 시간이라는 귀중한 선물을 찬미했다. 만일 인류가 시간을 잘 일구어 시간이 경과함에 따라 더욱더 현명해지고, 선량해지고, 안전해진다면 〈평화〉도 달성될 것이다. 아니, 시간이야말로 평화 그 자체이며 전쟁이란 다름 아닌 시간을 무시하는 것이다. 이에 대해 『마의 산』에서 세템브리니는 〈시간은 신들의 선물입니다. 인간이 그것을 이용하도록 말이오. 그것을 인류의 진보를 위하여 이용하도록 말입니다〉(Zb 340)라고 시간을 찬미하고 있다.

5장

종교적 개념

1
괴테와 신

—

괴테는 어린 시절에 아무런 의심 없이 신의 존재를 믿어서 아무런 내적 갈등 없이 주변 세계와 하나가 될 수 있었다. 그래서일까, 괴테는『시와 진실』에서 어린 시절 자신의 신관을 다음과 같이 적고 있다. 〈소년(괴테)은 아무튼 첫 번째 신조를 고수했다. 자연과 직접적으로 연결되어 있으며, 자연을 자신의 작품으로 인정하고 사랑하는 신, 이러한 신이 그에게는 진정한 신으로 여겨졌다. 그 신은 정말이지 다른 모든 것들과 마찬가지로 사람들과 정확한 관계를 맺을 수 있는, 그리고 별들의 운동, 하루의 시간과 사시사철, 식물과 동물을 위하는 것과 마찬가지로 사람들에 대해서도 걱정하는 그런 신이었다.〉(HA 9, 43 f.)

1803년 이후는 실러의 죽음과 자신이 앓고 있는 중병 등으로 괴테에게는 비생산과 의기소침의 시기였다. 나폴레옹의 군대가 바이마르를 점령하여 관직과 생명까지 위협받게 된 시기에 괴테는 우주론적인 신화에 몰두해 있었다. 따라서 괴테의 분신 격인 파우스트는 학자로서 철학, 법학, 의학, 신학 등 르네상스 시대의 제도권 학문에 머물러 있지 않고, 〈내밀한 깊은 곳에서 세상을 지탱하는 것〉(382~383)에 대한 해답을 추구하면서 우주의 근원적인 진리까지 알고자 한다. 그러나 신의 정당성과 전지전능에 대한 절대적인 믿음은 인간의 앎에 대한 욕구를 원천적으로 한정시킨다. 따라서 우주는 빛으로 인식되는 별과 우주의 음악과 조화가 음향적으로 묘사되는 너무도 광활한 공간으로 차원이 높아서 인간의 능력으로는 파악되지 않았다. 따라서 『파우스트』에서 우주는 빛으로 인식되는 별과 우주의 조화가 음향적으로 묘사되는 광활한 공간이다.

> 들리느냐! 호라이의 폭풍 소리 들리느냐!
> 정령의 귀에는 이미
> 새날 밝아 오는 소리 들리노라.
> 암벽의 문들 세차게 흔들리고
> 포이보스의 바퀴들 요란하게 구르노라!
> 햇살이 참으로 놀라운 굉음 불러오누나!
> 트럼펫 소리, 나팔 소리,
> 눈들이 깜박이고 귀들이 놀라누나.
> 전대미문의 어마어마한 굉음 듣지 마라.
> 꽃 속으로 깊이깊이 파고들어
> 조용히 있으라,
> 바위 틈새로, 나뭇잎 아래로.
> 그 소리에 맞부딪히면 귀 멀리라. (4666~4678)

이러한 우주는 모든 것이 조화로워 심지어는 선과 악까지도 조화롭게 존재하고 있다. 따라서 〈시간의 회오리 속으로, 사건의 소용돌이 속으로 돌진하세! 고통과 쾌감, 성공과 불만이 어지러이 교차하는 곳으로〉(1754~1758)라고 말하듯이 조화로운 우주의 차원까지 체험하지 않고서는 견디지 못하는 파우스트는 신적인 경지까지 나아가려 한다.

이렇게 괴테의 작품에서는 신의 개념이 다양하게 나타나고 있다. 『젊은 베르테르의 슬픔』에서 베르테르가 자연에서 느껴 그림으로 재현하고자 하는 신의 존재는 그의 주관적인 내면 상태에 따라 좌우된다.『빌헬름 마이스터의 수업 시대』에서 묘사되는 신의 존재는 더 이상 주관적인 대상이 아니다. 이 작품 속 〈아름다운 영혼의 고백Bekenntnisse einer schönen Seele〉에서처럼 자주 등장하는 신은 주인공과 직접적으로 소통하지 않고, 주인공이 겪게 되는 인간 사회와 자연 세계를 통해 간접적으로 관계하면서 궁극적으로는 인간 사회의 지향점 역할을 한다. 베르테르가 느끼는 신이 주관주의의 산물이라면, 빌헬름 마이스터가 연상하는 신은 세속화된 경건주의Pietismus의 대상이다.

신의 존재가 뚜렷하게 등장하면서도 파악하기 어려운 존재로 묘사되는 작품은『파우스트』이다. 서로 대조적인 인물 파우스트와 베르테르 양자의 성격을 괴테는 자신의 극복과 발전에 적절히 이용했다. 베르테르는 고귀한 마음과 풍부한 감수성으로 쉽게 감정에 빠지는 연약한 청년인 데 반해, 파우스트는 악마에게 혼을 팔아서라도 우주의 신비를 해명하려 하고, 어느 것에도 만족하지 않고 자아를 최대한 발전시키고 확대하려는 거인적 성격을 가지고 있다. 여기에서 프리데리케의 사랑으로부터 도피하고 베르테르를 자살로 몰아가는 괴테의 차갑고 강한 면을 엿볼 수 있다.

이런 배경에서 파우스트는 작품 초반부에 베르테르적 주관성에서 출발하여 〈신과 인간의 본질적 동일성〉을 갈구하다가 좌절하지만 빌헬름 마이스터처럼 〈세속화된 경건주의〉에 머물지도 않는다. 〈보이지 않는 신〉은 〈신에 대한 망각〉으로 극단화되어 좌절되기 마련이다. 죽기 직전까지 신에 대한 동경을 거부하는 파우스트도 작품 전체에서 보면 궁극적으로 〈신으로 가는 자신〉을 보여준다. 물론 그렇게 해서 도달하고자 하는 신의 모습은 수용자의 관점에 따라 천차만별이 될 수 있다. 이는 괴테의 문학과 사유 안에서 신의 존재는 고정된 존재가 아니라 끊임없이 변하는 이미지의 연속이기 때문이다. 아울러 지상에서의 인간 활동의 의미를 묻는 파우스트는 인식의 충동에 사로잡혀 무제한적인 것을 추구하면서, 신적인 구도의 전형적인 인간상을 보여 주는 동시에 근대적 인간상에 내재된 파괴의 위험성을 경고하기도 한다. 따라서 파우스트는 근대 과학이 가져온 인간관에 대한 종합적인 이해를 제시해 주기도 한다.

우주까지 알고자 하는 욕구로 신의 경지에 다가가려 하는 파우스트가 그를 유혹하여 깎아내리려는 메피스토펠레스에겐 반가울 리 없다. 따라서 파우스트의 한없는 의지에 대해 메피스토펠레스는 〈우리의 말을 믿으시오, 전부 오로지 신을 위해 만들어진 것이오!〉(1780~1781)라며 인간의 능력으로는 신의 총체성에 이를 수 없다고 충고한다. 파우스트의 노력을 방해하고 그의 영혼을 그 〈근원〉에서 떼어 내려 하는 것이 메피스토펠레스의 목적인 것이다. 파우스트가 제기하는 지식의 문제는 양적 축적이 아니라 질적 심화와 세계 경험에 관련된다. 그의 조수 바그너에게는 고전 연구와 단순한 책 속의 지식이 동경의 대상이지만, 파우스트는 인간과 자연에 관한 총체적인 인식을 갈망하는 것이다. 따라서 과거에 파우스트가 철저하게 공부한 철학, 법학, 의학 및 신학 등의 학문은 그를 좌절시키기 마련이다. 이 때문에 그는 아직 뚜렷한 목표가 정해지지 않은 상태에서 뭔가 행동을 바란다.

이와 같은 파우스트상이 괴테의 『기상학의 시도Versuch einer Witterungslehre』에서 무지개를 설명하는 글에 나타나고 있다. 〈진실한 것, 이것은 신적인 것과 동일한 것인바, 이것을 우리는 결코 직접적으로 인식할 수 없다. 우리는 이 진실한 것을 오로지 반영에서, 예(例)와 상징에서, 개별적이고 유사한 현상들에서만 볼 수 있는 것이다. 우리는 이것을 파악할 수 없는 것으로 알고는 있으나, 그럼에도 불구하고 이 진실한 것을 인식하고 싶은 욕망을 억누를

수 없다.〉(HA 13, 305) 이렇게 무지개를 매체로 파우스트의 노력
이 거듭 묘사되고 있다.

> 허공 높이 수많은 물거품을 흩날리는구나.
> 이 얼마나 아름다운가, 물보라에서 생겨난
> 오색영롱한 무지개, 때로는 붓으로 그린 듯 선명하게
> 때로는 저 멀리 사라지듯 아련히 어른거리며,
> 서늘한 소나기를 향기롭게 주변에 뿌리는구나!
> 무지개가 인간의 노력을 비추어 주노라.
> 그걸 깊이 생각하면 더 분명하게 깨달으리라,
> 그 오색영롱한 형상에 우리의 삶이 담겨 있는 것을.
>
> (4720~4727)

2
범신론적 세계관

—

　로마의 역사가 타키투스가 집필한 『게르마니아*Germania*』(서기 98년)에는 독일 민족의 조상으로 알려진 게르만 민족의 여러 가지 특징이 언급되어 있다. 이 책에서 흥미를 끄는 것은 유목민으로서 윤리 의식이 강하고 호전적이며 목가적인 민족으로 묘사된 게르만인은 그리스인과 달리 눈에 보이지 않는 신, 즉 신전이나 신상을 만들지 않고 자연 자체를 숭배하며, 그 자연 속에 깃들어 있는 초자연적인 힘을 외경시하고 받들었다는 내용이다. 이러한 자연관에서 나온 신의 관념이 범신론의 모태다.[1] 신을 별개의 존재로 보지 않고 우주와 세계 모두에 내재되어 있다는 철학·종교관이자 예술적 세계관이 범신론인데, 신이 모든 자연에 영혼과 생명을 불어넣어 만유신교, 만유신론(萬有神論)이라고도 한다. 따라서 신은 별개의 존재로 별개의 지역에서만 보거나 숭배할 수 있는 것이 아니라 우주와 세계 모두에서 접할 수 있다. 이러한 범신론은 1770~1780년대에 스피노자에 의해 자리를 잡았다.

　스피노자가 살았던 17세기는 뉴턴이 발견한 〈만유인력의 법칙〉 등으로 자연의 연구가 비약적으로 진보했지만 종교에서는 전통적인 계시, 낡은 그리스도교의 틀을 벗어나지 못했다. 따라서 유럽의 기독교는 일부에서 전통적인 교리와 교회 중심의 종교관에서 벗어나 점차 철학적으로 변했다. 이러한 환경에서 스피노자의

---

1 『파우스트 I·II부』, 410면.

범신론은 신앙에서 이성 혹은 철학으로 확립되었다. 그리고 헤겔은 〈스피노자의 이념은 모든 철학적 사색의 본질적인 시원(始原)이다. 따라서 철학을 시작하려면 먼저 스피노자주의자가 되어야 한다〉[2]고 말했다. 이렇게 철학을 세속화시킨 스피노자는 지적 탐구를 신앙 때문에 제한시키지 않고, 오히려 신앙을 대신할 수 있는 지식을 추구한 자신의 철학이 그리스도교에 어긋나지 않는다고 생각했다. 그가 말하는 신은 신앙과 분리되어 순수한 이성으로 사유되어야 했다. 따라서 계몽주의 이후 관용 사상이 중심이 되어 기독교가 세속화되면서 자연의 모든 존재에 신이 존재한다는 스피노자의 범신론은 질풍노도 작가들에게 큰 영향을 미쳤다.

괴테 당시에 기독교가 세속화 및 독단화되는 사회에서 신·인간·자연을 하나로 보는 범신론이 유럽의 사상계에 유행하자 괴테는 스피노자의 『윤리학』을 읽고 〈나의 정열을 진정시키는 것을 발견했다. 나는 감성적이며 윤리적인 세계에 대해서 광활하고도 자유로운 조망이 펼쳐지는 것을 느꼈다〉(HA 10, 35)라고, 그리고 인간 차원의 지성과 이성 및 자의(恣意)에 좌우되지 않고 영원한 신의 법칙에 의한 지배를 스피노자로부터 배웠다고 자서전 『시와 진실』에서 고백했다(HA 10, 35). 이렇게 스피노자의 원칙을 수용한 괴테는 〈자연은 영원하고 필연적인 신성한 법칙에 따라 활동하여 신조차도 그것을 바꾸지 못한다〉(HA 10, 79)라고 말하며 친구이며 철학자인 야코비Friedrich H. Jacobi에게 보낸 편지에서 자신을 〈예술가이자 문학인으로서는 다신론자, 자연의 탐구자로서는 범신론자〉(HA 12, 372)라고 내세우고 있다. 이어 그는 기술하기를 〈내가 도의적인 인간으로서 하나의 신을 필요로 한다면 그 역시 배려된 바가 있다. 천상과 지상의 사물들은 광대한 하나의 영역이

2 고봉진, 『뉴시스아이즈』(2014) 참조.

므로 모든 실체의 유기물들은 이에 포함될 수가 있다〉라고 했다.[3]

이렇게 범신론을 옹호한 괴테는 야코비가 범신론에 반대하자 그에게 〈당신은 스피노자 이념의 근거가 되는 최고의 실재, 모든 것의 근거가 되고 또 모든 것이 생겨나는 실재를 인정하고 있다. 스피노자는 신의 실재를 증명하지 않는다. 실재는 신이다. 비록 다른 사람들이 그 때문에 스피노자를 무신론자라고 비난해도 나는 그를 최고의 유신론자, 최고의 그리스도 신자라고 말하고 칭송하고자 한다〉는 내용의 편지를 보내기도 했다.

이러한 범신론은 괴테의 어린 시절부터 낌새를 보이기도 했다. 소년 괴테가 신에게 접근하는 방법은 매우 소박했지만 독자적이었고, 자기 영혼의 욕구를 알려 주고 있다. 그는 물체에서 신을 구하려고 했다. 그는 가르침을 받지 않고 직접 만물의 원천적 힘인 신을 인식하려 한 것이다. 그의 어린 마음을 끈 성서의 부분은 특히 구약에 나오는 고대인의 소박한 종교 생활이었다. 광야와 목장의 생활 양식은 그들의 사상에 넓이와 자유를 주고, 밤이면 만천(滿天)의 성두(星斗)에 빛나는 궁륭은 그들의 감정에 숭고함을 부여했다. 따라서 그들은 신이 그들을 방문하고 그들의 일상에 관여하여 인도하고 구원한다는 부동의 신념을 가졌던 것이다.

세계는 카오스가 아니라 코스모스여서 신은 자신의 작품인 피조물로 스스로를 드러낸다. 따라서 자연은 단순히 자연 그대로가 아니라 신의 의지이며 신의 설계도이다. 달리 표현하면 자연 속에 신의 섭리가 담겨 있어 세계는 성스러움과 존재의 다양한 양태로 드러난다. 하늘은 무한한 거리, 신의 초월성을 계시하고 대지도 투명하여 우주적인 어머니이자 양육자로서 자신을 보여 준다. 이러한 우주의 리듬은 질서, 조화, 향상성, 풍요성을 드러내 실재적이고 살아 있어 성스러움을 지닌 유기체로 신성의 여러 양태를 계시

3 김윤섭, 『파우스트 연구』, 한국괴테학회 편(문학과지성사, 1986), 243면.

한다. 이는 존재의 현현과 성현이 서로 만나는 것으로 범신론의 현상이다.

이러한 범신론에 따르면 자연에서 신이 계시되어 가장 원시적인 성현(예컨대 돌이나 나무 같은 일상적 사물에 성스러움이 나타남)에서 높은 수준의 성현(그리스도교에서 예수 그리스도 안에 하느님이 수육되는 것)에 이르기까지 일관된 연속성이 흐르고 있다. 어떤 경우든 우리는 항상 동일한 신비로운 사건에 직면하여 전혀 다른, 이 세상 것이 아닌 하나의 실재, 하지만 자연적인 〈속된〉 세계에서 불가결한 요소를 이루는 여러 사물이나 사건에 직면하게 된다. 자연과 세계는 그 자체가 거대한 성현이어서 종교적 인간에게 자연은 결코 단순한 자연이 아니라 항상 종교적 의미로 충만되어 있다. 왜냐하면 우주는 신의 창조물이고, 세계는 신들의 손으로 완성된 것이어서 성스러움으로 가득 차 있기 때문이다. 예를 들어 신의 현존에 의해 정화된 장소나 사물에 머무르면서 직접 신들과 교류하는 신성성뿐 아니라 신들은 그보다 더 많은 것을 행한다. 그들은 세계와 우주적 현상 그 자체에서 다양한 성의 양태를 현현하는 것이다.[4] 따라서 자연에서 신의 접촉에 의해 시련과 더불어 고도의 종교적 의식도 느끼게 된다.

『파우스트』에서 「천상의 서곡」 이후 신은 전혀 등장하지 않다가 제1부 끝부분에서 그레트헨의 죽음과 관련하여 〈구원받았도다!〉(4612)라는 〈위로부터의 목소리〉로 작용할 뿐이다. 이렇게 작품에서 하느님은 파우스트의 죽음으로 내기가 끝날 때까지 파우스트를 돕기 위해 개입하는 일이 한 번도 없다. 하느님은 〈위로부터의 목소리〉로 그레트헨을 구출하지만 파우스트에 관한 내기에는 관심을 기울이지 않는다. 이렇게 신은 자신을 드러내지 않아 파우스트는 오로지 혼자 힘으로 악마 메피스토펠레스의 유혹에

---

4 Mircea Eliade, *Das Heilige und das Profane*(Frankfurt/M.) S.103.

대항해야 하고, 신의 은혜와 자비 없이 자기 판단에 따라 선과 악을 구분하여 도덕적 행위를 해야 한다. 다시 말해 파우스트와 그가 대변하는 인간은 싫든 좋든 신의 후견에서 벗어나 〈독립된〉 존재가 되어야 하는 것이다.[5] 이렇듯 인간에게 모습을 보이지 않는 신에게 파우스트는 자연을 매체로 접근하여 〈신 속에 자연, 자연 속에 신〉[6]이라는 신조를 숭상하게 되는데 이는 범신론의 성격이다.

> 모든 것이 하나의 전체로 어우러져,
> 서로 영향을 주고받으며 살아가는구나!
> 천상의 힘들이 오르내리며
> 황금의 두레박을 주고받는구나!
> 은총의 향기 풍기며
> 하늘에서 땅으로 밀려들어,
> 조화롭게 삼라만상에 울려 퍼지누나!(447~453)

이러한 범신론 사상은 『젊은 베르테르의 슬픔』에도 잘 나타나 있다. 이 작품 초반부에 베르테르는 자연에서 종교적 동경을 감지한다. 베르테르에게 자연은 무한한 창조력, 생명력과 함께 한계를 초월하는 영원한 신적 존재로 느껴지는 것이다. 따라서 베르테르는 1771년 5월 10일 자 서신에 다음과 같이 쓰고 있다. 〈나 같은 영혼에게 어울리는 이 고장에서 나는 홀로 내 삶을 즐기고 있다네. (……) 주변의 사랑스러운 골짜기에 아지랑이가 자욱하게 끼고, 한낮의 태양이 침투할 수 없는 어두운 숲속에서 다만 몇 줄기의 광선만이 깊숙하고 신성한 숲속에 스며들 때 나는 흘러내리는 시냇가의 무성하게 자란 풀밭에 누워 본다네. 그리고 대지에 가까이하

---

5 『괴테 파우스트 휴머니즘』, 41면 이하.

6 Jakob Minor, *Goethes Faust. Entstehungsgeschichte und Erklärung*, zBd, S. 777.

면 이루 말할 수 없는 여러 종류의 풀들이 진기하게 여겨진다네. 작은 벌레와 모기들 사이의 작은 세계가 꿈틀거리는 것을 내 가슴에 더욱 가까이 느끼고, 우리를 자신의 형상대로 창조한 전능하신 분의 현존을 느낄 때면 우리를 영원한 환희 속에 머물게 하시는 전능하신 분의 숨결을 느낄 때면 친구여! (……) 나는 종종 동경에 사무쳐 이렇게 생각한다네: 아아, 이것을 다시 표현할 수 있을까! 이처럼 가득히, 이처럼 따뜻하게 내 안에 생동하는 것을. 내 영혼이 무한하신 하느님의 거울이듯이, 내 영혼의 거울처럼 이것을 종이에 숨결로 불어넣을 수 있을까!〉

여기에서 베르테르는 자연 속에서 영원한 생명력, 무한하고 전능하신 신의 현존을 깨닫고 아울러 자기 자신도 이 영원하고 신적인 자연의 일부임을 느끼게 된다. 무엇보다도 자연 속에서 베르테르는 자신의 종교적 동경인 영원한 존재, 영원한 자유에 도달할 가능성을 발견하게 되어 그의 범신론적인 종교성을 나타내고 있다.[7]

이렇게 자연을 매체로 신에 접근하는 범신론 개념은 횔덜린의 자연관과도 통한다. 횔덜린에게 자연은 모든 존재와 사물을 포괄하는 단일체이다. 신은 비이승적인 존재이면서 이 세상의 일부로 자연의 일원이 되고 있다. 이렇게 비이승적·세속적인 양상이 형상화된 것이 신이다.[8]

이러한 범신론은 당연히 단일신의 종교인 기독교에 역행되었다. 범신론에 귀의한 괴테에게 기독교의 그리스도는 도덕성의 지고한 원칙을 나타낸 인물이지 원칙 자체는 아니었다. 비록 〈신적〉이라는 형용사로 수식되지만 괴테의 관점에서 볼 때 예수는 도덕성의 육체적인 담지자일 뿐이다.[9] 이렇게 기독교를 부정하고 장엄

---

7 곽복록 엮음, 『올림과 되울림』(서강대학교 출판부, 1992), 201면.
8 Jörg Hienger und Rudolf Knauf(Hg.), *Deutsche Gedichte von Andreas Gryphius bis Ingeborg Bachmann*(Göttingen: 1969), S. 66.
9 『괴테 파우스트 휴머니즘』, 96면 이하.

한 대자연 속에 신이 있다는 믿음은 숱한 시련을 겪으면서 고도의 종교적 의식을 구성하여 작품에서 악마시되거나 이단시되어 『파우스트』에서 마력Magie으로 메피스토펠레스와 연관된다. 이러한 메피스토펠레스 같은 요기(妖氣)는 어떤 면에서는 낭만주의적인 신비 사상으로 해석될 수도 있다. 유럽의 기독교는 괴테처럼 일부에서 전통적인 교리와 교회 중심의 종교관에서 벗어나 점차 철학적으로 변했다.

이렇게 기독교에 역행하는 괴테에게 영향을 끼친 책은 아르놀트Gottfried Arnold(1666~1714)가 1699년에 출간한 『비당파적인 교회와 이단의 역사Unparteiische Kirchen-und Ketzerhistorie』였다고 『시와 진실』에 기록했다. 아르놀트의 책 덕분에 괴테는 자신의 내면에 완벽한 하나의 세계를 구축할 수 있었다고 고백하는데, 그 이유는 이 책이 당시의 독단적인 교회의 시각에서가 아니라 중립적인 시각에서 쓰였기 때문이다. 그러한 시각은 모든 것을 통합하고 융합하려는 괴테의 양극의 극복 사상에 많은 영향을 끼쳤다. 특히 이 책에서 괴테가 접하게 되는 〈비당파적 관점〉은 특정 종파의 입장을 절대화하지 않고 역사적 관점에서 기독교를 연구하도록 요구하여 당시 계몽주의 신학의 슬로건과도 일치했다. 이전까지의 성서의 서로 모순되는 구절들에도 주목하면서 성서를 역사 비판적 관점에서 해석하는 경향이 주목받게 된 것이다.[10]

또한 기독교가 변질되어 가던 질풍노도 시기에 괴테는 융슈틸링Johann H. Jung-Stilling에게서 많은 영향을 받았다. 유명한 자서전 『하인리히 슈틸링의 생애Heinrich Stillings Leben』(1806)를 집필하고 슈트라스부르크에서 의학을 공부하던 시절에 괴테를 만난 융슈틸링은 괴테에게 깊은 인상을 주었으며, 괴테는 그의 『하인리

---

10 Vgl. Thomas Tillman, *Hermeneutik und Bibelexgese beim jungen Goethe*(Berlin: 2006), S. 38~40.

히 슈틸링의 청년 시절*Heinrich Stillings Jugend*』(1777)의 출판을 도
와주었다. 이 저서는 경건성과 소박함으로 계몽사상의 합리주의
에 반대하던 경건주의에 영향을 미쳤다. 융슈틸링은 자서전 외에
도 신비주의적·경건주의적 작품과 소설을 썼는데, 그중에서 우화
소설 『향수*Das Heimweh*』가 가장 잘 알려져 있다. 한편 괴테는 『시
와 진실』에서 〈내게 무척 주목할 만하고 수확이 많았던 것은 라바
터와의 대화였다〉라고 언급하듯이 라바터에도 경도되었다.

스위스 취리히 태생의 가톨릭 신부로 수상가(手相家)로도 유
명했던 라바터는 1759년 신학교에 입학, 1762년 성직자로 서품을
받았으나 취리히 총독 그레벨F. Grebel의 폭정과 불의에 대항하는
저술로 취리히의 귀족들과 적대 관계에 있었다. 1775년 신부,
1778년 부제가 되고 1786년 교회의 주임 신부가 된 그는 〈질풍노
도〉 시대의 인물로 21세 때 취리히 대관(代官)의 부정을 들춰내 공
격함으로써 유명해졌다. 독일을 편력하며 사람들을 사로잡아 〈남
방의 마술사Magnus im Süden〉라고도 불리는 그의 인상학(人相學)
은 찬반 양론을 불러일으켰다. 클롭슈토크의 영향을 받아 종교적
이고 애국적인 시를 많이 써서 문필가로도 알려진 그는 만년에는
신비적인 미혹에 빠져 친구들도 차츰 그를 떠났다. 1793년 프랑스
점령 내각 체제의 폭력 행위와 그 지방 정부의 가혹한 조치에 대항
하여 1799년 구금되고 바젤로 압송되었다가 몇 주일 뒤 석방되어
취리히로 귀환했다. 같은 해 앙드레 마세나André Masséna가 이끈
프랑스군의 취리히 공략 때 부상병을 간호하던 중 적군의 총탄으
로 부상당한 지 15개월 후인 1801년 1월 2일에 사망했다.

신은 자연의 창조를 통해 영감을 준다고 하여 〈자연의 서Buch
der Natur〉라고도 불린 라바터의 경건주의는 신은 창조된 모든 것
에 내재되어 있으며, 모든 것은 신의 인상학적인physiognomisch
표현으로 범신론적 성격으로 보아 클레텐베르크Susanna K. von

작자 미상, 「클레텐베르크 여사의 초상」, 19세기

Klettenberg(1723~1774) 여사에게 큰 영향을 미쳤다. 『인상학적 단편들*Physiognomische Fragmente*』에서 라바터는 신과 그의 창조를 통해 작가의 정신이 생겨 작품에 담긴다고 주장하여 신을 작가와 밀접하게 연결시키기도 했다.[11]

스피노자의 이성을 바탕으로 한 범신론은 그의 동시대인들로부터는 정당한 평가를 받지 못하고 무신론이나 이단으로 비판되었으나, 그가 사망한 뒤 1세기가 지나면서부터 그의 사상은 높이 평가받게 되었다. 그의 영향을 받은 괴테는 자연을 〈활동하는 우주〉[12]로 정적이 아니라 동적으로 보았으며, 생명력이 있어 〈자연=신natura sive deus〉으로까지 확대시킨다. 이러한 범신론 사상은 『파우스트』에서 파우스트와 마르가레테(그레트헨)의 대화에 적

11 유영희, 「슈트름 운트 드랑 시대의 천재 숭배」, 『독일 문학』 제129집(2014), 30면.
12 Karl O. Conrady, Zur Bedeutung von Goethes Lyrik im Sturm und Drang, in: *Sturm und Drang*, hg. v. Walter Hinck(Kronberg/Ts.: 1978), S. 114.

나라하게 묘사되고 있다.

> **마르가레테** 당신은 오랫동안 미사도 드리지 않고 고해도 하지 않
> 았어요.
> 하느님을 믿으세요?
> **파우스트** 내 사랑스러운 사람이여,
> 누가 감히 하느님을 믿는다고 말할 수 있겠소?
> 사제나 현자에게 물으면,
> 묻는 사람을 조롱하는 듯한
> 답변만이 들려올 거요.
> **마르가레테** 그러니까 당신은 하느님을 믿지 않지요?
> **파우스트** 내 말을 오해하지는 말아요, 아리따운 이여!
> 누가 하느님 이름을 부를 수 있겠소?
> 누가 하느님을 믿는다고
> 고백하겠소?
> 그리고 누가 하느님을 믿지 않는 걸 느끼고서
> 감히 입 밖에 내어
> 말하겠소?
> 만물을 포용하시는 분,
> 만물을 보존하시는 분을.
> 그분은 당신을, 나를, 스스로를
> 포용하고 보존하시지 않소?
> 하늘은 저 높은 창공을 둥글게 감싸고 있지 않소?(3425~3442)

이렇게 신이 〈만물을 포용하시는 분, 만물을 보존하시는 분을. 그분은 당신을, 나를, 스스로를 포용하고 보존하시지 않소?〉라는 표현은 범신론을 나타낸다. 파우스트의 서술을 보면 종교란 필연

적으로 유일한 신이든가, 아니면 여러 신이나 영들에 대한 믿음이
아니라는 것으로 매우 근원적인 문제를 제기하고 있다. 신의 범주
를 설정하는 종교 논의는 종교 현상에 대한 관념적인 논의에 불과
하다. 종교란 오히려 다신(多神)이나 단일신 등의 관념이 아니라
〈성스러운 것〉의 경험이다. 따라서 신을 전제하지 않는 것이 종교
를 이해하는 첩경이다. 〈성스러운 것〉은 그에 응하는 인간의 태도
이며, 이것이 종교의 태도이다. 이렇게 해서 전체를 신으로 보아
어떤 〈다른 실재〉와 마주치는 것이 범신론이다.

3
배화교

—

　세계의 종말이라는 종교 사상은 역사의식을 강하게 함축한 종교에서 흔히 볼 수 있는 것으로 세계의 궁극적 파국, 최후의 심판, 전 인류의 부활, 파국 후의 이상 세계 도래 등을 내용으로 하는 경우가 많다. 〈「요한의 묵시록」에 나오는 심판의 날이 왔습니다.〉 1883년 11월에 하늘에서 별똥별이 비처럼 쏟아졌다. 「요한의 묵시록」은 종말의 때를 〈별들은 마치 거센 바람에 흔들려서 무화과나무의 설익은 열매가 떨어지듯이 땅에 떨어졌〉(6장 13절)다고 묘사한다. 사람들은 드디어 심판의 날이 왔다고 생각했다. 많은 사람이 울부짖으며 교회에 나가 밤을 새웠다. 귀중품을 싸들고 산으로 도망가는 사람들도 있었다. 그렇다면 당시 사람들을 공포로 몰아넣었던 것은 무엇이었을까. 33년마다 태양계로 돌아오는 템플 터틀 혜성이 남겨 놓고 간 대유성우 현상이었다. 1938년 미국에서 화성인이 공격해 온다는 라디오 드라마가 방송됐다. 방송을 사실로 믿은 약 백만 명이 피난길에 나섰다. 패닉에 빠진 사람들의 공포스러운 행동으로 많은 사고가 발생했다. 〈1969년 4월 4일, 캘리포니아주는 대지진으로 파괴된다〉는 예언이 번졌다. 사람들은 공포에 떨었고 캘리포니아주를 떠나는 행렬이 꼬리에 꼬리를 물었다. 심지어 어느 정해진 시각에 인간과 건물 등 모두가 공중에 떠올라 구원된다는 종말론과 관련된 휴거(携擧) 사상까지 주장되었다. 괴테는 『이탈리아 기행』에 이탈리아의 수호성인 필리포 네리Filippo Neri(1515~1595)의 일화를 소개하며 휴거와 유사한 현상을 적고 있다. 〈그의 열렬하고 망아적인 기도는 초자연적인 현상처럼 주위 사람들을 놀라게 했다. (……) 그가 제단 앞에서 미사 성체를 드리는 동안 여러 번 공중으로 떠오르는 것을 보았다는 주장이나, 그가 무릎을 꿇고 목숨이 위독한 환자를 위해 기도하는 동안 그의 머리가 거의 방 천장에 닿을 만치 공중으로 떠오르는 것을 보았다는 증언들이 그러한 예들이다.〉[13] 우리나라에서도 1992년 10월 28일은 휴거주의자들에게 〈천년 왕국〉의 문이 열린다는 날로 아마겟돈의 날이었다.

레싱은 『인류의 교육Die Erziehung des Menschen-geschlechtes』에서 연속적이고 발전적인 계시가 제3시대에 이르러 정점에 달할 것이라고 주장하며, 이 제3시대는 교육을 통한 이성의 승리로 기독교 계시의 완성이라고 했다. 이렇게 역사를 새롭게 완성시킬 시대가 임박했다는 레싱의 제3시대는 종말론적 사상이다. 이러한 믿음을 가진 레싱은 13세기와 14세기의 몇몇 광신자들에게 애정을 보이며 심지어는 탄복하기까지 했다. 그가 보기에 이들에게 잘못이 있다면, 너무 조급하게 〈영원한 새 복음〉을 선포했기 때문이라는 것이다.[14]

사람들은 이러한 종말론의 막연한 공포 속에서 살아가고 있다. 굳이 난해한 노스트라다무스의 예언을 들먹일 것도 없이 어쩌면 지구의 종말은 이미 예고되어 있는지도 모른다. 수명의 절반을 넘긴 태양이 갈수록 뜨거워져 지구 온도가 섭씨 60도까지 상승하면 물이 아예 사라진다는 이론도 있다. 물론 앞으로 5억 년 후의 일이긴 하지만. 〈운명의 날 시계Doomsday Clock〉는 인류를 공멸에서 구하려는 장치다. 이러한 종말론적인 내용이 『파우스트』에서는 죄를 지은 그레트헨이 대성당에 들어갈 때 그곳의 합창에서 언급

---

13 Johann W. Goethe, *Sämtliche Werke nach Epochen seines Schaffens*, Münchner Ausgabe, Bd. 15, S. 536.

14 Karl Löwith, *Meaning in History*(The Univ. of Chicago Press, 1949), p. 208.

되고 있다.

> **합창** 진노의 그날이 오면,
> 이 세상은 잿더미로 화하리라.(3798~3799)

> **합창** 재판관이 자리에 앉으면,
> 숨겨진 일들 속속들이 드러나고
> 응징의 손길 곳곳에 미치리라.(3813~3815)

> **합창** 가엾은 제가 뭐라고 말하리까?
> 누구에게 도와 달라고 간청하리까?
> 정의로운 자도 안심할 수 없는 때에.(3825~3827)

이 합창은 최후의 심판을 알림으로써 그레트헨의 죄의 자각과 양심의 가책을 참을 수 없는 고통으로 만들고 있다. 여기에서 〈진노의 그날〉은 최후의 심판의 날을 의미하고 〈재판관〉은 그리스도이다. 이 합창은 13세기 토마스 폰 첼라노Thomas von Celano가 작곡한 진혼곡으로 당시의 언어인 라틴어 그대로 인용되어 있다.[15]

이러한 종말론의 배경에서 괴테가 관심을 가졌던 배화교 Parsismus 또는 조로아스터교Zoroastranism도 고찰해 본다. 배화교의 창시자인 조로아스터Zoroaster의 본명은 스피타마 자라투스트라Spitama Zarathustra이며 조로아스터는 자라투스트라의 그리스식 발음이다. 조로아스터가 역사상의 인물이라는 것은 분명하지만 어느 시대 사람인지는 확실하지 않다. 조로아스터의 출생지는 학자들의 추측과 자료에 따라 두 곳 정도로 예상되는데, 한 곳은 아프가니스탄이고, 다른 한 곳은 지금의 이란 동부 국경의 옥수스강

---

15 『파우스트』 I·II부, 170면.

유역이다. 페르시아 동부에 거주하던 스피타마 가계의 부르샤스 바의 아들로 태어난 그는 어려서부터 한 사람의 가정 교사로부터 교육을 받았고, 15세 때는 쿠스티Kusti라는 성스러운 노끈을 받았다고 한다. 그는 양친이 맺어 준 부인을 떠나 종교적인 방랑의 길을 떠났다.

조로아스터의 출생 연도가 불확실한 만큼 조로아스터교가 창시된 시기에 대해서도 의견이 다양하다. 전승에 따르면, 그는 열두 살 때 집을 떠나, 서른 살 되던 해에 아후라 마즈다Ahura Mazda 신의 천사장으로부터 유일신에 대한 계시를 받았다고 한다. 아후라는 〈주(主)〉, 마즈다는 〈지혜〉를 뜻하므로 아후라 마즈다는 〈지혜의 주〉를 의미한다. 조로아스터에게 나타난 〈사람 몸의 9배나 되는 체구의 몸〉을 가진 천사장은 보후 마나흐Vohu Manah (선한 생각)였다. 이 천사장은 조로아스터에게 참된 신은 아후라 마즈다이고, 너 조로아스터는 그의 예언자라고 하며 물질적인 〈껍데기〉를 벗어던지고, 순수한 영혼의 옷을 입기 위해 전능한 신 아후라 마즈다에게 갈 것을 계시했다.

그리고 조로아스터는 서른 살쯤에 아후라 마즈다 신의 계시를 받고 배화교라고도 불리는 조로아스터교를 창시했다. 조로아스터교를 배화교, 즉 불을 숭배하는 종교라고 말하는 이유는 배화교의 제례 의식에서 비롯된 것으로 보인다. 조로아스터 신자들은 불이 타오르는 작은 제단 앞에서 제례를 치르는데, 이때 신자들은 불 자체를 숭배하는 것이 아니라, 동물이나 나무 막대기, 헌주(獻酒) 등의 봉헌물에 불꽃과 냄새를 피워 경배를 표했던 것이다.

이러한 배화교는 일신교로 고대 인도·이란 또는 인도·게르만의 종교적 근원을 둔 신들이나 제령(諸靈)을 아후라 마즈다 아래 통괄하고, 우주를 영(靈)의 두 원리로 설명한다. 당시 대부분의 종교가 여러 신을 섬기는 다신론적 종교였음을 감안하면 아후라 마즈다 외의 다른 신을 모두 거짓으로 선언한 조로아스터의 가르침은 매우 획기적이다.

이에 따라 배화교의 주신(主神) 아후라 마즈다는 아랍에 의한 이란 정복(7세기 전반) 때까지 이란의 국교였으며, 그 경전은 『아베스타Avesta』이다. 이러한 배화교는 역사적으로 (1) 『아베스타』 속의 가타스Gathas에서 볼 수 있는 창시자 자신의 교설, (2) 『아베스타』 나머지 부분에 나오는 인도·이란 공통 시대의 신들이 부활한 단계, (3) 중세 페르시아 문헌에 기술되어 있는 교의(教義)의 3단계로 나누어진다. 조로아스터가 설파한 제1단계의 교설에 의하면, 이 세계는 상반되는 두 개의 근원적인 영(靈), 즉 스펜타 마이뉴Spenta Mainyu(성령)와 앙그라 마이뉴Angra Mainyu(파괴령)[16]의 투쟁 속에 있는데, 인간들은 각기 자유 의지로 그 두 개의 영 가운데 한쪽을 선택하여 선과 악, 광명과 암흑의 싸움에 몸을 던진다고 한다.

앙그라 마이뉴는 일종의 사탄으로, 주위에 있는 악마의 무리가 그의 명령에 따라 사람을 시험하거나 괴롭히는 일을 수행한다. 이러한 배화교는 세계에서 최초로 악마의 계보를 체계화했다는 평가를 받기도 한다.

이 악마는 하느님과 대립적 상징으로 나타난다. 하느님은 세계 종말의 시기에 메시아로 나타나 어둠의 신인 악마 사탄을 타도한다고 성서는 기록하고 있다. 마찬가지로 배화교는 빛의 신인 스펜타 마이뉴와 암흑의 신 앙그라 마이뉴를 서로 대립시키는데 『파우스트』의 「천상의 서곡」에서 하느님과 메피스토펠레스가 보여 준 대립과 유사하다. 선과 악을 분명히 구분한 배화교에 따르면, 세상은 선과 악이 싸우는 현장이며, 인간은 타고난 이성과 〈자유 의지〉를 활용하여 이 둘 중 한쪽을 선택해야 하는데 선택 결과에 따라

---

16 훗날의 아흐리만Ahriman.

인간의 운명이 결정된다. 이때 선과 악은 한쪽이 존재해야 다른 쪽도 의미를 가지기 때문에 〈아후라 마즈다의 쌍둥이〉라고 부른다. 그러나 원래의 자연 종교적 물신 숭배의 특성이 약화되고, 아후라 마즈다의 뜻대로 움직이는 선의 천사들이 비주체적 천사가 되고, 반대로 악의 천사들은 주체성을 회복하여 아후라 마즈다와 직접 대결하게 된다.

이러한 배화교의 교리는 당시의 다신교적 종교관의 영향을 완전히 떨쳐 버리지 못했던 것 같다. 아후라 마즈다는 사람들 앞에 직접 나타나지 않고 여섯 가지 불사의 존재 혹은 천사장을 통해 나타나며 여섯 중 셋은 남성적이고 다른 셋은 여성적이다. 그리고 이 여섯 가지 존재는 지혜·사랑·봉사·경건·완전·불멸을 상징하여 아메샤 스펜타Amesha Spenta라고 불리는데 이 모든 것이 합쳐져 아후라 마즈다의 속성이 된다. 배화교 신자들은 유일신 아후라 마즈다를 믿는다 하여 스스로를 마즈다 예배교(마즈다야스나 Mazdayasna)라고 부르며, 한자로는 배화교(拜火教), 중국에서는 현교(祆教)라 하는데 삼이교(三夷教)의 하나로 꼽었다.

아후라 마즈다에게 소명과 계시를 받은 조로아스터는 바로 그의 체험을 전하지 못했는데 그에게 악마의 시험이 닥쳐왔기 때문이다. 악령 앙그라 마이뉴가 조로아스터 앞에 나타나 아후라 마즈다에게 예배하는 종교를 버리도록 종용한 것이다. 그때 조로아스터는 자신의 생명과 사지와 영혼이 갈가리 찢기더라도 아후라 마즈다를 버리지 않겠다고 했다. 조로아스터가 천사장에게 계시를 받은 뒤 8년 동안 아후라 마즈다의 다섯 천사가 하나씩 나타나 그에게 진리를 전해 주었다고 한다. 그 후 조로아스터가 계시받은 진리를 대중들에게 전하기 시작했으나, 모두 그를 광인(狂人)이라 생각하여 그 말을 듣지 않고 2년간 그를 투옥시키기도 했다. 그러던 중에 그의 사촌 하나가 그를 믿고 제자가 된 후 왕을 비롯한 많은 이들이 그가 전하는 가르침을 받아들여 배화교는 급속히 발전했으며 아케메네스 왕조 시대(기원전 599~330)에 오늘날의 이란 동북부 지역을 중심으로 동쪽으로는 아프가니스탄까지, 서쪽으로는 페르시아 전역으로 전파되었다. 유일신을 믿는 종교임에도 불구하고 초기 전파 과정에서는 여러 남신과 여신 등을 믿는 고대 토착 종교와 혼합되었으며, 기원전 4세기경에는 헬레니즘의 영향을 받기도 했다. 후에 파르티아 제국 시대(기원전 247~기원후 226)에 이르러 유일신 신앙으로 확립되어 페르시아의 사산 왕조(기원후 224~651) 시대에 국교로 발전했다. 사산 왕조는 배화교 이외의 종교를 박해했으며, 이 시기에 경전 『아베스타』가 집대성되었고, 일상어인 팔레비어 해설판이 쓰이기도 했다.

배화교의 사후설은 2단계로 되어 있다. 사람이 죽었을 때 영혼은 3일 동안 몸에 그대로 남아서 살아생전 자신이 행한 일을 돌이켜 보고 4일째가 되면 심판대로 간다고 한다. 사자(死者)의 육체는 그들의 독특한 장사법(葬事法)인 풍장(風葬)·조장(鳥葬)에 의해 독수리나 들개의 밥이 되고 영혼은 천국 입구에 도달한다. 그곳에서 천사 미드라가 죽은 자의 행위를 저울에 올려놓고 심판하는데 저울이 악한 쪽으로 기울면 그 영혼은 지옥으로 가고, 약간이라도 선한 쪽으로 기울면 천국으로 간다. 심판을 받은 영혼은 계곡을 가로질러 놓인 다리를 지나는데, 선한 영혼은 넓고 편안한 다리를 건너 계곡 너머의 천국으로 가고, 악한 영혼은 칼날 같은 다리를 건너다가 결국 계곡 아래의 지옥으로 떨어진다. 배화교에 의하면, 천국과 지옥에 간 영혼은 거기서 영원히 있는 것이 아니라, 아후라 마즈다가 예정해 놓은 종말에 따라 구세주가 나타나 모든 영혼들이 부활하고, 악한 영혼들은 순화되어 선한 영혼과 합류한다. 그리고 사탄과 악령들은 완전히 소멸된다.[17]

17 안진태, 『역사적인 민족 유대인』(새문사, 2011), 87면 이하 참조.

이러한 배화교의 사후 세계에는 천국과 지옥 외에도 〈하밍스타간Hamingstagan〉이라는 곳이 있다. 하밍스타간은 천국과 지옥 어디에도 갈 수 없는 사람들을 위한 중간 상태로 혼합된 지역이라는 뜻이다. 즉 선한 행동과 악한 행동이 전체적으로 동일한 사람들이 가는 곳이다. 이와 유사한 내용이 괴테가 열중한 스베덴보리의 영계관(靈界觀)에도 들어 있다. 스베덴보리에 의하면 사후에 영인(靈人)이 되어 최초로 가서 자기를 안내할 지도령(指導靈)이 찾아올 때까지 잠정적으로 체류하는 곳이 있는데, 이곳이 배화교의 하밍스타간과 유사하다. 이 〈영계는 죽은 후에 최초로 가는 곳으로 천국도 지옥도 아니고 오히려 이 양쪽 사이에 있는 중간적 상태로 거기서 대략 13일 정도에서 최고 30년간 체류한 후에 이승에서의 생활에 따라 혹자는 천국으로 승천하든지 혹자는 지옥으로 던져진다〉.[18] 이러한 스베덴보리의 내세관에 대한 개념이 괴테에게 큰 영향을 미쳤으므로 스베덴보리에 대해 좀 더 고찰해 본다.

1688년 스웨덴 스톡홀름에서 출생하여 1772년에 런던에서 사망한 스베덴보리는 1716년 스톡홀름의 광산 배석 판사가 되고 철학자 데카르트의 수리 이론을 근거로 성운설(星雲說)과 원자론, 그 밖에 천문학·고생물학과 해부 생리학을 연구했다. 그는 〈인간과 성서의 영적인 의의〉를 해석하기 위해 1747년에 판사 직을 사퇴했다. 스베덴보리의 환상적인 체험에서 드디어 우주의 광범위한 해석이 이루어졌다. 광물학자이며 수학자, 접신론자, 심령학자로 마적 신화관인 우주론을 지닌 영능자(靈能者) 스베덴보리는 지구상의 역사는 자신을 통한 진리의 발굴과 1770년 예수 그리스도의 영적인 재림이 열리기까지 점진적인 괴멸의 징조를 보이므로 〈새로운 교회〉의 시대가 시작될 것이라고 했다. 그를 따르는 〈스베덴보리주의자〉들은 〈신교회〉 운동을 위해 연합회를 결성하여

18 Emanuel Swedenborg, *Himmel und Hölle*(Zürich: 1977), S. 297.

1782년에는 런던에서, 1817년에는 미국에서, 1874년에는 스위스에서, 1922년에는 독일에서 모였고, 그의 저술은 라바터, 칸트, 괴테 그리고 쇼펜하우어, 셸링 등에게 자극을 주었다.

스베덴보리는 『천국과 지옥』에서 사람이 죽은 뒤 혼령이 되어 찾아가는 곳을 〈영계Geisteruniversum〉라고 하며 3단계의 영역으로 전개시켰는데 이는 천계himmlische Welt·유계die Geisterwelt·자연계natürliche Welt로 1, 2, 3층의 천(天)으로 나뉘어 제1천국, 제2천국, 제3천국이라고 호칭되었다. 〈천국은 셋이 있는데 이것들은 서로 상하로 되어 있어 전적인 차이가 있다. 제일 위쪽의 천국이 제3천국이고 가운데 위치한 곳은 제2천국, 제일 아래쪽에 있는 것이 제1천국이다. 이것은 상하로 서로 이어져 마치 사람의 가장 윗부분인 머리와 가운데 부분인 몸통, 그리고 제일 아랫부분인 다리와 같고 또는 가옥의 상·중·하층의 부분과 같은 모양을 하고 있다. 천주교에서 나와 오르내리는 신성도 이 같은 질서로 되어 있다. 이렇게 천국은 하나의 필연적인 질서에 의해 세 부분으로 분할되어 있다.〉[19] 〈이러한 영계, 즉 영인의 세계는 천국과 지옥 중간에 있고 위로는 천국이 있고 아래로는 지옥이 있어 천국에도 지옥에도 가지 못하는 중간 지대가 된다. 사람이 천국에 있는 상태란 선과 진리가 화합하여 있는 상태이고 반대로 지옥의 상태라 함은 악과 거짓이 화합해 있는 상태로 선과 진리가 화합해 있으면 천국에 들어가게 되고 악과 거짓이 화합되어 있으면 지옥으로 가게 되는 것이다. 이와 같은 결합은 중간 상태인 영계에 있을 때 결정된다.〉[20]

스베덴보리의 영계 개념은 가톨릭의 〈연옥purgatorium〉과 유사하다. 가톨릭에서는 천국과 지옥 사이에는 지옥에 갈 정도의 대죄는 없지만, 천국에 바로 갈 수도 없는 사소한 죄를 속죄하기 위해

19 같은 책, S. 31.
20 같은 책, S. 297.

얼마 동안 단련하면서 머무는 장소 또는 과정이 연옥이라고 했다. 연옥의 연(燃)은 불로 단련된다는 의미로 연옥설은 가톨릭 종말론의 중요한 부분이다. 또 천국의 하부 개념으로 보는 신학자도 있으며, 연옥에서 지옥으로 가는 경우는 없다.

괴테가 파라셀수스의 연금술에 관한 저서와 함께 스베덴보리의 〈영계의 비밀〉에 관한 저서를 접한 시기는 1768년 7월까지 라이프치히 체류 중 질병을 얻어 피를 토할 정도가 되어 고향 프랑크푸르트로 돌아왔던 1년 6개월 동안으로 전해지고 있다. 이때 괴테는 경건주의자인 어머니의 친구 클레텐베르크 여사를 통해 스베덴보리의 〈신교회〉 운동을 체험했다.[21] 특히 스베덴보리의 유계관(幽界觀)이 괴테에게 큰 영향을 미쳤다.

스베덴보리에 의하면, 지옥의 불은 지옥에 있는 고통으로 이지옥의 불꽃이 자아애와 세상애에 대한 정욕의 상징이라면 천국의 불꽃은 하느님에게서 오는 영계의 내류(內流)이며 자아애가 아닌 이타애의 상징으로 신적인 진리, 신적인 지혜 속에 들어가는 비침을 의미한다. 이러한 지옥의 불꽃과 천국의 불꽃이 『파우스트』에도 묘사되고 있다. 흔히 지옥이라는 말을 할 때 연상되는 〈지옥의 불〉이 메피스토펠레스에 의해 묘사되고 있다.

메피스토펠레스 송곳니가 쩍 벌어지고, 둥근 목구멍에서
　　　불길이 노도처럼 솟구치는구나.
　　　연기가 뭉실뭉실 피어오르는 뒤편에서
　　　영원히 이글거리는 불바다가 보이는구나.
　　　시뻘건 불기둥이 이빨을 때리고
　　　저주받은 자들이 살길을 찾아 헤엄쳐 나오지만,
　　　하이에나처럼 무섭게 이빨을 갈자

---

21 윤세훈, 『파우스트 연구』, 한국괴테협회 편(문학과지성사, 1986), 36면.

겁에 질려 다시 뜨거운 불길을 향해 돌아서누나.

(11644~11651)

이와 반대로 『파우스트』에서 천국의 불꽃은 천국을 상징하는 천사들에 의해 합창되고 있다.

천사들의 합창 성스러운 불꽃이여!
　너희에게 휘감기는 자는
　선한 사람들과 더불어
　축복받았다고 느끼리라.
　모두 한마음 되어
　어서 일어나 찬미하라!(11817~11822)

천국의 태양에서 오는 열(熱)이 사랑의 선인이나 천사들 같은 선 속에 유입될 때는 그 선에 열매를 맺게 하지만 악한 자의 손에 유입되면 정반대의 결과를 가져온다고 했다. 천국의 빛이 선의 진리에 유입되면 이지와 지혜를 낳지만 악과 거짓에 유입되면 여러 가지 망상과 광증으로 변하는 것이다.[22] 신의 선의 법칙인 천국의 불 또는 사탄의 악의 법칙인 지옥의 불 어느 쪽이 승리할지가 『파우스트』에서 전개되는데 메피스토펠레스는 다음과 같이 자신의 승리를 확신한다.

　인간의 지고한 힘이라 불리는
　이성과 학문을 경멸하라.
　거짓에 능란한 사탄의 힘을 빌려
　눈속임과 요술로 네 힘을 북돋워라.

22 Vgl. Emanuel Swedenborg, 같은 책, S. 433.

그러면 너는 무조건 내 손아귀에 떨어지리라 —

무작정 앞으로 나가려 하는 정신을

운명이 너한테 안겨 주었구나.

그렇듯 조급히 굴다 보면

지상의 즐거움을 건너뛰기 마련인 것을.

내가 이제 네놈을 방탕한 삶 속으로,

천박하고 시시한 일들 속으로 끌고 다니리라.

나를 멍청히 바라보며 버둥거리고 아등바등 매달리리라.

그 만족할 줄 모르는 탐욕스러운 입술 앞에

맛 좋은 음식과 음료가 어른거리리라.

더 달라고 애원해도 소용없으리라.

설사 사탄에게 항복하지 않는다 해도,

네놈은 기필코 파멸에 이를지니라!(1851~1867)

　　조로아스터의 왕국을 중심으로 한 20년간의 포교는 외부 세력의 침입을 받아 두 차례의 성전(聖戰)을 치렀으나 다행히 배화교를 믿는 명장 에스판디아르Esfandiar가 나서서 이들을 물리친 덕분에 비슈타스파Vishtaspa왕으로부터 큰 사랑을 받아 페르시아 국교가 되었다. 그러나 기원전 584년경에 북쪽의 유목민과 브라만 교도들의 재침입으로 페르시아는 패하고, 그 전투에서 조로아스터는 〈거룩한 불(聖火)〉 앞에 서 있다가 77세의 나이로 적군에 의해 살해되었다.

　　조로아스터가 죽은 후 3천 년이 지나서야 나타나는 메시아(구세주)에 의해 전 인류에 뜨거운 쇳물에 의한 최후의 심판이 단행되어 악이 최종적으로 멸망한다고 한다. 조로아스터가 죽은 후의 제2단계에서는 『아베스타』의 야슈츠 서(書)에서 볼 수 있듯이 인도·이란 공통 시대의 신들이 배화교의 신전에서 부활한다. 제3단계인 사산 왕조기의 이원론적 교리에서 아후라 마즈다는 스펜타 마이뉴와 동일시되어 아흐리만Ahriman(앙그라 마이뉴의 중세어형)과 대립한 결과, 양자 모두를 초월하는 주르반Zurvan이 정립되는 이른바 주르반교가 세력을 얻게 된다.

이 배화교의 가장 신적인 대상은 태양이다. 배화교도들에게 태양은 별의 원형으로, 인간이 도저히 도달할 수 없는 절대적인 무한자인 태양이 떠오를 때 똑바로 바라보아서는 안 되고 이마를 지면에 대고 엎드려야 하는데 이 내용은 배화교에 관심이 많은 괴테의 시에서도 묘사되고 있다.

> 그러나 태양이 완전하게 솟아오를 때,
> 나는 암흑 가운데서 눈이 먼 듯 갈피를 잃고,
> 이마를 앞에 대고, 활기찬 가슴을 치며
> 사지(四肢)를 대지에 엎드렸다. (HA 2, 104)

일반적으로 휘황찬란한 보석으로 장식한 황제 등의 모습으로 묘사되는 태양이 이 시에서는 불의 원형으로 인간에게 접근하고 있다. 여기에서 배화교처럼 직접 쳐다볼 수 없어 엎드려 경배하는 태양은 인간의 육신에 힘을 주고 원기를 돋우어 준다. 태양이 완전히 둥글게 떠오르면 인간은 어둠 속에서처럼 눈을 감고 태양의 간접적인 반사를 보게 된다. 이러한 배화교의 태양에 관심이 많은 괴테는 어느 대화에서 다음과 같이 말한 적이 있다. 〈인간 예수를 흠모하여 경외심을 표하는 것이 내 본성에 맞느냐고 누가 묻는다면 나는 물론이다! 라고 말할 것이다. 나는 도덕성과 지고한 원칙의 신적 계시로서 그에게 머리를 숙이는 것이다. 태양을 경배하는 것이 내 본성에 맞느냐고 누군가 묻는다면 나는 다시금 물론이다! 라고 말할 것이다. 왜냐하면 태양도 마찬가지로 가장 지고한 것의

한 계시이기 때문이다. 태양은 아마 인간이 감지할 수 있는 가장 강력한 계시일 것이다.〉[23]

이러한 배경에서 매일 아침 떠오르는 태양이 괴테의 『서동시집』 속의 시 「배화교도의 서Buch der Parsen」에서 〈신의 거울〉이나 〈황제의 인장〉 등으로 숭배되고 있다.

배화교도의 서(書)
─고대 페르시아 신앙의 유언

무슨 유언을, 형제들이여, 너희에게 남겨야 할까?
떠나는 사람이, 가난하고 경건한 이,
더 젊은 너희들이 참을성 있게 봉양했던 이
그 마지막 나날에 돌보며 존경했던 이가.

왕이 말 타고 가는 것을 우리 자주 보았지,
왕을 치장한 황금, 또 온 사방을 치장한 황금,
그와 그 휘하의 위대한 이들 위로 보석이
촘촘한 우박 알처럼 흩뿌려져 있었지.

그걸 두고 너희 언제 왕을 시샘했던가?
그 장관을 보는 걸 더욱 즐기지 않았던가,
태양이 아침 날개에 실려
다르나밴드[24] 산맥의 헤아릴 수 없는 산정 언덕에서

23 Gespräche IV, 441f. Zitiert nach Löwith, 같은 책, S. 37f.
24 고대 이란의 민족적 기억이 서린 엘부르즈산맥의 최고봉 다마반드Damāvand를 가리키는 것으로 추정되는데, 태양신 미트라Mitra가 머무는 신성한 곳이며 사자(死者)의 영혼도 해 뜨기 전에 가는 곳이다. 또 다른 일설에 의하면 배화교도들의 도시 이스파한 동남쪽에 있는 연봉(連峰)이라고 한다.

둥그렇게 솟아오를 때, 누가 시선을
그곳으로 돌리지 않을 수 있었으랴? 느끼고 느꼈다.
수천 번, 그 많은 삶의 나날에
이 해, 이 떠오르는 해에 내 몸이 두둥실 실려 가는 것을.

그 왕좌에 앉으신 신을 알아보려
그이를 삶의 원천의 주인이라고 부르려
저 드높은 광경에 값할 만하게 행동하려
또 그 빛 속에서 나아가려.

하지만 불의 원은 솟아 완전해졌고
나는 눈부셔 하며 어둠 속에 서 있으며,
가슴은 뛰었다, 새롭게 힘 얻은 온몸을
나는 던졌다. 오체투지로.

하니 이제 형제의 뜻과 기억을 위하여
한마디 신성한 유언을 남기노라
힘든 봉사의 나날의 성취,[25]
그 밖의 다른 계시는 필요 없다.

갓 태어난 아이가 경건한 두 손을 꼬물락거리면
그 애를 즉시 태양으로 향하게 하라!
그 몸과 정신을 빛 욕조에 담그라
아이가 매일 아침 은총을 느끼리라.

---

25 봉사Dienst는 매일매일의 의무를 뜻하고, 원문의 Bewahrung은 성취 또는 무언가를 이룬다는 의미이다.

죽은 이들은 살아 있는 것들에 넘겨주라[26]
짐승들조차도 돌 부스러기와 흙으로 덮어 주라
또 너희 힘이 닿는 한 멀리까지
정(淨)하지 않은 건 덮을지라.

들판은 반듯하고 말끔하게 고르거라
태양도 기껍게 너희의 근면을 비춰 줄 것이니
나무를 심거든 줄 맞추어 심어라
태양은 정돈된 것을 번성케 하느니라.

물에도, 운하에서든
괄괄 흘러가는 것에서든, 결코 정(淨)함이 없으면 안 된다.
너희 위해 자얀데루드강[27]이 산악 지역에서
강하게 솟아 나왔듯, 정하게 스며 사라지게 하라.

물의 부드러운 낙하가 약화되지 않도록
부지런히 배수 도랑을 파주라
갈대와 골풀, 도롱뇽과 도마뱀,
괴이한 피조물들! 함께 제거하라.

대지와 물을 그대들이 정결히 하면
태양은 기꺼이 바람으로 비춰 줄 것이다.
태양이 그 품위에 맞게 영접을 받을 때
생명은 움직이고 축복을 받을 것이다.

26 조장(鳥葬)을 의미함.
27 Zayandeh-Rood. 이스파한의 산악 지역에서 나오는 강.

너희, 수고에서 수고로 그리 고통받아도,
위로받으라, 이제 온 누리가 정화되었다
또 이제 인간은, 사제가 되어, 감히
부싯돌을 쳐 신의 비유를 만들어 낸다.

불꽃이 타오르거든, 즐겁게 안식하라
밖은 환하고, 녹은 몸은 유연하다
화덕의 활활 타오르는 불길에
동물과 식물의 체액 속 날것이 익는다.

장작을 날라 올 때면, 너희 즐거운 마음으로 하라
지상의 태양의 씨앗을 너희가 나르는 것이기에
목화를 따거든, 신뢰에 차서 말하라
이것이 심지 되어 신성을 간직하리라고.

램프 하나하나의 타오름 가운데서 너희
경건하게 더 높은 빛의 반사광을 알아보면
결코 너희들은 불운이 가로막지 않으리
신의 왕좌에 올리는 아침의 경배를.

저기 우리 존재를 보증하는 황제의 인장이 있다
우리와 천사들을 위해 맑은 신의 거울이 있다
지고의 것을 오로지 찬양하며 웅얼거리는 이들[28]
겹겹 원을 이루어 여기 다 모여 있다.

자얀데루드 강둑에서 모든 것 다 버리고 나,

28 천사를 지칭함.

일어나 다르나밴드로 날개 쳐 가겠네

해 밝아 올 때, 즐거운 마음으로 해 만나겠네

또 거기에서 영원히 너희를 축복하겠네.

　　　——

인간은 대지를,

태양이 비추는 것이기에

소중히 여기고

포도 넝쿨을 보고 흥겨워하는데

포도 넝쿨은 날카로운 칼날에 운다

그 즙,

잘 끓여져, 세상에 원기 주며

많은 힘을 돋우지만

또 어떤 사람들은 숨 막히게 함을

느끼기에,

나무는 안다, 만물을 번성케 하는

그 이글거리는 불덩이에 감사할 줄을,

술에 취해 버린 자, 웅얼거리며 흔들흔들 가고

절도 있는 자, 노래 부르며 즐거워하리.[29]

이렇게 배화교에서 태양이 찬양되는 것처럼 『파우스트』의 「천상의 서곡」에서도 대천사 라파엘이 태양의 불가사의한 창조를 찬양하고 있다.

태양은 예나 다름없이

29 전영애 옮김, 『괴테 서·동 시집』(서울대학교 출판문화원, 2012), 170면 이하.

형제 별들과 노래 솜씨를 겨루며,

정해진 행로를

우레 같은 걸음으로 마무르노라.

아무도 그 이치를 알 순 없지만,

그 광경은 천사들에게 힘을 주노라.

불가사의하고 고매한 신의 역사(役事),

천지 창조의 첫날처럼 장엄하여라.(243~250)

이렇게 배화교에서 찬양되고 라파엘이 신의 위업으로 묘사한 태양은 파우스트가 염원하는 대상도 있다.

오, 나한테 날개가 있다면 대지를 박차고 날아올라

언제까지나 태양을 쫓아갈 수 있으련만!

영원한 저녁 햇살 속에서

발치의 고요한 세계를 내려다볼 수 있으련만!

산봉우리들이 불타오르고 골짜기들이 적막에 싸이고

은빛의 냇물이 황금빛 강물로 흘러드는 것을 볼 수 있으련만!

깊은 협곡을 거느린 험준한 산도

내 신적인 행로를 막지 못하고,

따사한 만(灣)을 낀 드넓은 바다가

내 놀라는 눈 앞에 펼쳐지리라.

그러다 마침내 태양의 여신이 가라앉는 듯 보이면,

내 새로운 충동이 깨어나,

그 여신의 영원한 빛을 마시러 달려가리라.

내 앞에는 밝은 낮, 뒤에는 어두운 밤,

위로는 하늘, 아래로는 파도가 넘실대고

아름다운 꿈을 꾸는 사이에 여신은 자취를 감추리라.

아아! 정신의 날개에 육신의 날개가
어찌 쉽게 응하지 못한단 말인가.(1074~1091)

4
반기독교 사상

—

자연은 르네상스 이전까지 중세 유럽에서 천여 년간 신의 지배 아래 놓여 있었다. 따라서 자연을 다루는 대표적 행위인 농경은 원래 신이 계시해 준 의례로 의미가 깊었다. 의학 역시 자연에서 자라는 약초(허브) 등을 이용해 내과 치료를 하는 가톨릭 사제들이 의사보다 더 신임을 받았다. 믿음을 강조하고 신의 은총을 강조하는 기독교는 인간의 약점에서 출발한다. 이러한 종교는 영원한 추구의 강조로 인간을 용기 있게 하고 신의를 갖게 한다. 종교에서 생의 의미는 정화와 상승과 인간의 신화(神化)에 있으며, 또한 인간에게 끊임없는 인내를 요구한다. 신이 인간에게 보낸 악마를 극복할 정도로 인간은 강해져야만 하는 것이다. 그런데 14세기 중반 유럽 인구의 3분의 1가량이 죽은 흑사병이 퍼져 갔다. 크나큰 재난을 당하면 연약한 인간은 하늘의 은총을 기대하기 마련인데 이러한 종교적 믿음은 『파우스트』 도입부의 「천상의 서곡」에서 대천사 미하엘이 부르는 천상의 노래에서 암시되고 있다.

미하엘   폭풍우가 앞다투어
　　바다에서 육지로, 육지에서 바다로 휘몰아치며,
　　주위에 사납게 줄줄이
　　심오한 영향을 미치누나.
　　번개가 파괴의 힘을 번쩍이며,

천둥소리에 앞서 길을 내도다.

그러나 주님, 당신의 심부름꾼들은

당신의 날들이 부드럽게 흘러가는 것을 찬미하나이다.

(259~266)

4대 원소를 변화시키는 신의 창조적인 의지와 힘이 뇌우와 폭풍, 천둥과 번개 같은 역경을 자아내기도 하는 배경에서 이러한 재난의 방지도 신의 의지가 되어 신의 은총을 기리는 것이다. 따라서 흑사병이 유럽을 휩쓸어 엄청난 사망자가 속출할 때 하늘이 흑사병을 물리쳐 줄 것을 탄식과 눈물로 간절히 기원하는 내용이 『파우스트』에 묘사되고 있다.

넘치는 희망과 굳은 믿음으로

두 손을 맞잡고 눈물을 흘리고 한숨을 지으며,

제발 그 흑사병의 끝을 내주십사고

하늘에 계신 분께 간청하였지.(1026~1029)

이러한 파우스트처럼 흑사병 퇴치를 위해 사람들은 사제의 조언대로 신에게 빌었지만 소용이 없었다. 심지어 일반인의 사망률이 약 30퍼센트인 데 비해 사제의 사망률은 42~45퍼센트에 이르렀다. 교회가 치료는커녕 사제가 먼저 죽어 가는 현실을 보며 대중은 교회와 신에 대한 믿음을 거두기 시작했다. 이러한 배경에서 클라이스트Heinrich Kleist의 『칠레의 지진 Das Erdbeben in Chili』은 인간의 운명을 좌우하는 사건들이 신의 의지에 따른 것인가에 대해 회의하면서 변신론에 저항하는 무신론과 회의론을 내세우기도 했다. 하지만 신이 야기했을지도 모르는 지진 같은 자연재해나 사악한 사건들에도 불구하고 이 세상이 〈세계에서 가능한 최상의 세

계〉라고 보는 라이프니츠의 신학적 합리주의인 〈변신론〉도 존재
했다.

그런데 흑사병의 대규모 확산을 끝낸 것은 간절한 기도가 아니
라, 국가가 만들기 시작한 위생과 검역이었다. 신권이 하락하는 것
과 달리 강화된 왕권이 15세기에 들어서면서 유럽 각국이 방역 시
스템과 여행 증명서를 발급한 것이다. 현재까지도 전 세계 모든 공
항과 항만에서 이뤄지는 검역은 흑사병 유행이 계기가 된 셈이다.
결국 자연에 관련된 재난이나 행복 등은 인간의 작업으로 조절될
수 있다는 배경에서 인간은 신에게서 점점 멀어져 갔다. 따라서 계
몽주의 이후에 관용 사상이 중심이 되며 기독교는 세속화되어 인
간은 종교와 더욱 멀어져만 갔다. 그런데 중세 가톨릭에서 사제는
미사 집전 때 신의 권능을 빌려 빵과 포도주를 그리스도의 살과 피
로 바꾸는 기적을 행할 수 있다고 여겨졌다. 따라서 누구도 사제를
통하지 않고서는 구원에 이를 수 없었다. 그런데 사제들은 일정한
금전이나 재물을 봉헌하고 면죄부를 구입하면 지금까지 지은 죄
와 미래의 죄까지 사면받을 수 있다고 하면서 공공연히 면죄부를
판매했다. 16세기에는 성당을 건설하기 위해 교황청이 면죄부를
다량으로 판매하여 교회에 대한 불만이 쌓여 갔는데 이러한 불만
이 『파우스트』에서 대주교와 황제의 종교적인 대화에 반영되고
있다.

대주교 (그만 하직하고 물러나려다 문에서 되돌아온다)
　　또한 십일조, 소작료, 현물세 등 모든 조세권도
　　지금 지으려는 교회에 영구히 헌납하시옵소서.
　　교회를 품위 있게 유지하려면 많은 것이 필요하고,
　　정성껏 관리하는 데도 많은 비용이 들 것이옵니다.
　　그런 황량한 장소에 조속히 교회를 지을 수 있도록,

폐하께서 전리품으로 얻은 보물 가운데 약간의 황금을 내어 주

시옵소서.

(……)

교회는 수고하는 자들에게 축복을 내릴 것입니다.

황제   내 죄가 크고 중하도다.

흉악한 마술사 도당이 나한테 심한 해를 끼쳤구나.

대주교   (다시 돌아와 깊숙이 허리 굽혀 절한다)

오, 폐하, 용서하시옵소서! 그 악명 높은 인간이 이 나라의 해안

을 하사받았습니다.

폐하께서 뉘우치시는 뜻으로

그곳의 십일조, 소작료, 조세와 토지세도

지엄한 교회에 헌납하시지 않으시면, 그자는 파문당할 것입니다.

(……)

황제   (혼자서)

이러다가는 머지않아 온 나라를 넘겨줄지도 모르겠군.

(11023~11042)

가톨릭의 면죄부 판매는 마르틴 루터의 신앙 양심을 근본적으
로 흔들었다. 그는 돈으로 구원을 살 수 있다는 교회의 가르침에
순응하거나 침묵할 수 없었다. 루터는 목회적 양심과 책임에 따라
면죄부 판매를 강하게 비난하며 1517년 10월 31일 비텐베르크성
(城) 교회 문 앞에 〈95개 논제〉를 내걸고 기존 교회와 본격적인 논
쟁에 들어갔는데 이것이 종교 개혁의 시작이다. 이렇게 루터가 비
판한 면죄부의 폐단은 클링거Friedrich M. Klinger(1752~1831)의
민중본 파우스트 작품인 『파우스트의 삶, 행적 그리고 지옥행
Fausts Leben, Thaten und Höllenfahrt』에서도 비판되고 있다. 면죄부가
죄악을 조장한다는 사실을 확인하고 환멸을 느낀 나머지 클링거

의 파우스트는 극도의 자기 부정과 인간 혐오 및 멸시의 길로 치달으며 〈종교를 악용해서 끔찍한 범죄와 만행을 저지르는 것. 이때 인간이 언제나 주인공 역할을 한다〉고 비난하고 있다. 이렇게 클링거의 파우스트는 기독교를 부정하는데 대표적인 인물로 이탈리아의 보르자Cesare Borgia(1475~1507)를 들고 있다.

교황 알렉산데르 6세의 서자로 태어나 이탈리아 중북부를 통일하겠다고 나섰던 보르자는 목적을 위해서는 수단과 방법을 가리지 않는 냉혹한 처사로 사람들을 떨게 하여 악마와 영웅의 면모를 동시에 갖춘 인물이었다. 이렇게 무자비한 보르자가 클링거의 민중본『파우스트의 삶, 행적 그리고 지옥행』에서 전개된다. 이 작품에서 파우스트는 가는 곳마다 여자들과 향락을 즐긴다. 이렇게 도덕 감각이 무뎌지는 것을 확인한 악마는 교황 알렉산데르 6세가 통치하는 로마로 그를 이끌어 가는데, 교황은 바로 교활한 보르자를 말한다. 교황청은 신의 권위와 절대성을 상징하는 신성한 곳이 아니라 가장 타락하고 문란한 악의 온상이라는 것이다. 따라서 프랑스 계몽주의 선구자인 볼테르는『철학 사전』(1764)에 이상적인 종교관을 서술하고 있다. 〈교리보다는 도덕 윤리를 더 가르쳐 주는, 인간을 불합리하게보다는 의롭게 만드는, 불가능하고 모순적이며 신과 인간 모두에게 해를 끼치는 것을 믿도록 강요하지 않는 종교는 없는가? 치리자(治理者)의 믿음만을 옹호하지 않는 그리고 미혹적 현학으로 인해 세상을 피로 물들이지 않는 종교는 없는가? 외롭고 관대하며 순수 인간적인 유일신의 종교는 없는가?〉[30] 여기서 추구하는 것은 진정한 종교이며 아울러 종교를 가르치는 진정한 교육이다. 또한 제약이나 규약이 많은 기독교에서 벗어나 한없이 향상하려는 노력에서 『파우스트』에서 부활절의 축제에 〈교회

---

30 François-Mari de Voltaire, *Philosophical Dictionary*, trans. by Theodore Besterman (London: 1972), p. 357.

의 장엄한 어둠에서 모두들 빛을 향해 나왔네. (……) 여기가 바로
민중의 참된 천국 아니겠는가〉(927~938)라고 외친다. 교회의 장
엄한 어둠에서 밝은 빛의 밖으로 나와 천국을 느끼는 내용에서 기
독교가 부정되고 있다. 이러한 기독교에 대한 부정적인 개념이 팽
배하여 루터의 종교 개혁의 도화선이 되었다.

　　루터가 내건 종교 개혁의 핵심은 〈만인 사제주의Allgemeines
Priestertum〉이다. 만인 사제주의에 의하면 모든 평신도가 하느님
앞에 나아갈 자격이 있으며, 서로 기도할 수 있고, 하느님에 관한
것을 서로 가르칠 수 있다. 따라서 모든 개혁은 신자 개개인의 가
슴속에서 시작해야만 하고, 신자와 그리스도를 결합시키는 것은
믿음뿐이다. 인간의 영혼은 믿음에 의해, 성서에 드러난 하느님의
말씀을 통해 비로소 의로움을 얻고 하느님의 참된 자녀가 되는 것
이다. 하느님과 인간의 영혼 사이에는 다른 인간이 개입할 수 없고
영적인 면에서 평신도는 성직자와 대등하다. 평신도와 성직자 모
두 오직 믿음을 통해 하느님에게 직접 나아갈 수 있는 존재인 것
이다.

　　루터에게서 비롯된 이러한 사상은 자유주의의 철학적 토대가
되면서 자유란 근본적으로 〈개인의 자유〉가 되었다. 또한 기독교
가 세속화되면서 관용 사상이 중심이 되어 자연의 모든 존재에 신
이 존재한다는 스피노자의 범신론이 괴테 등 질풍노도 작가들에
게 영향을 미쳐 기독교에서 벗어나는 계기를 제공했다. 스피노자
의 범신론을 신봉한 괴테는 〈신을 사랑하는 사람은 신이 자기에게
사랑을 되돌려 주기를 바라서는 안 된다〉[31]는 스피노자의 말이 자
신을 지배한다면서 〈모든 것에 있어서 사심(私心)이 없고, 특히 사
랑과 우정에서 사심이 없을 것을 나의 최고 즐거움으로, 나의 주의
로, 나의 실천으로 삼고 있다〉고 말하며, 『파우스트』에서 파우스

---

31 스피노자, 『윤리학』 제5부.

트도 〈솔직한 마음에서 우러나온 선행은 풍성한 결실을 맺기 마련〉(10620)이라고 언급하고 있다. 이렇게 스피노자로부터 윤리적인 영향을 받은 괴테는 인간 차원의 지성과 이성 및 자의(恣意)에 좌우되지 않고 영원한 신의 법칙에 의한 지배를 스피노자에게서 배웠다고 고백했다.

18세기 독일의 신교Protestantismus는 경건주의의 영향을 받았다. 경건주의자들은 개개인의 종교적 체험을 위해 일상생활에서 성서를 읽고 경건함을 강조하는 삶을 추구하며 감각을 적대시하는 경향이 있었다. 이러한 분위기에서 성장한 괴테는 이 시기의 신교를 『시와 진실』에서 부정하고 있다. 〈우리 아이들이 다른 수업과 함께 꾸준히 진행되어 점점 수준이 높아지는 종교 수업을 받는다는 것은 당연한 일이다. 하지만 우리에게 알려 주는 교회의 신교는 일종의 무미건조한 도덕에 불과했다. 재치 있는 강론은 생각할 수도 없었고, 교리는 영혼에도 마음에도 와닿지 않았다. 그래서 합법적인 교회로부터 여러 종류의 분파가 생겨나고 있다. 이렇게 생겨난 분리파, 경건주의파, 헤른후트파 등은 그리스도를 통해서 공인된 종교의 형태 이상의 그리스도교의 정신에 좀 더 가까이 다가가려는 의도를 가지고 있었다.〉[32]

이렇게 기독교에서 벗어난 파우스트는 기독교가 가능한 한 악마에게서 멀어져야만 하는 교리에 반하여 오히려 악마와 계약을 맺음으로써 반기독교도가 되고 있다. 이렇게 제약이나 규약이 많은 기독교에서 벗어나 한없이 향상하려는 파우스트는 〈선량한 인간은 비록 어두운 충동에 쫓기더라도 올바른 길을 잊지 않는 것〉(327~328)이라면서 종교를 벗어난 스스로의 삶의 능력을 주장한다. 이렇게 인간이 스스로 주인이 되었다 함은 더 이상 신에 의해

---

[32] Johann W. Goethe, *Sämtliche Werke nach Epochen seines Schaffens*, Münchner Ausgabe, Bd. 8, S. 47 ff.

결정되는 존재가 아니며, 자신의 삶과 세계를 능동적으로, 다시 말해서 스스로의 행동을 통해 발전해 가는 위치에 들어 있음을 의미한다. 인간은 더 이상 수동적인 피조물이 아니라 영원한 생성을 실현해 나가는 능동적인 〈창조주〉이며, 창조는 신이 아닌 인간의 과제가 된 것이다. 따라서 궁극적인 완성을 향한 영원한 〈되어 감〉은 신적인 본질을 상실하고 인간의 영역이 되어 인간의 역사로 탈바꿈하게 되었다.[33]

기독교의 이념은 인간이 죽은 뒤 영혼의 문제인데 이러한 죽음 뒤에 대해 인간이 취하는 태도는 크게 네 종류로 분류된다. (1) 육체적 생명의 존속을 희구(希求)한다. (2) 사후 생명의 영원한 존속을 믿는다. (3) 자기의 생명을 그에 대신할 수 있는 한없는 생명에 맡긴다. (4) 현실 생활에서 영원한 생명을 감득(感得)한다. 이러한 개인적 내세관을 보면 무엇보다도 인간은 죽음으로 소멸하는 것이 아니라 다른 형태로(대부분 영혼으로) 영속한다는 관념이 널리 유포되어 있다. 내세가 현세의 그림자와 같은 존재라고 생각되는 경우(고대 그리스·이스라엘), 생전의 행위에 따라 사후의 모습이 정해진다는 응보관(고대 튜턴족이나 불교), 영혼의 윤회(힌두교나 불교), 사후의 심판 사상(고대 이집트·페르시아, 그리스도교) 등 다양한 내세관이 있다. 또 조로아스터교(배화교)·유대교·그리스도교 등에는 영혼의 부활이나 〈육체의 소생〉 사상도 있다. 우리나라에서는 사후에 영혼으로 영속한다는 사상이 유교적 제의와 결합하여 조령(祖靈) 숭배로 신앙화되어 있다.

이러한 여러 가지 개인적 종말관에서 중요한 것은 각각의 내세 관념이 현실을 사는 인간의 태도나 행위에 영향을 미친다는 점이다. 따라서 현실의 인간 삶의 방법이나 사회의 윤리 규범이 내세의 이념에 의해 규정되거나, 억제 혹은 강화되는 일이 적지 않다. 예

33 『괴테 파우스트 휴머니즘』, 42면 이하.

를 들어 사후의 응보 사상은 때로는 현실의 처벌보다도 강한 윤리 구속력을 갖기도 한다.

그러나 인간이 지상 세계에 집착하면서 죽음 이후 〈저세상〉에서의 영혼 구원에 관심을 갖지 않을 때 신은 사실상 존재 가치가 없다. 이렇게 신이 부정되고 신앙이 인간의 낮은 지적 수준으로 여기는 사조가 칸트에서 니체에 이르기까지 계몽주의 철학자들의 일관된 견해였다. 특히 니체는 죽음 이후의 존재를 강조하는 기독교에서 벗어난 인간상에 관심이 많았다. 니체에 의하면, 인간은 언젠가 닥쳐올 죽음에 불안해하기 때문에 〈병든 동물〉이다. 따라서 인간은 현재의 순간순간이 제공하는 생의 약동과 풍요를 놓치고 죽음 이후를 생각해서 이승을 희생시킨다. 결국 〈인생은 짧고 예술은 길다〉는 히포크라테스의 유명한 말은 이승에 집착하는 니체에게는 적용되지 않는다. 이러한 니체는 인간의 우매함을 〈신의 존재론〉으로까지 단정했다. 〈신은 어리석은 인간들 없이는 존재할 수 없다〉[34]는 것으로, 이러한 내용은 괴테의 찬가 「프로메테우스」에도 담겨 있다.

> 너희들 신들이여, 태양 아래서
> 너희보다 더 불쌍한 자 어디 있으랴!
> 너희들은 기껏해야
> 희생으로 바쳐진 제물이나
> 기도의 한숨으로써
> 위엄을 지탱할 뿐이니,
> 철없는 애들이나 거지 같은 인간이
> 어리석은 기원을 드리지 않을 때는
> 너희는 망하게 되리라.

---

34 Vgl. Friedrich Nietzsche, *Werke*, Bd. 2, S. 162.

마찬가지로 니체도 신앙은 〈의지의 병Erkrankung des Willens〉
이란 탄생 조건을 가지고 있다고 말했다. 〈신앙은 항상 의지가 결
여된 곳에서 가장 갈구되며, 가장 절실하게 필요하게 된다는 것이
다.〉[35] 이러한 니체처럼 괴테도 찬가 「프로메테우스」에서 신을 향
해 헛된 믿음을 가진 〈거지 같은 인간〉의 기도로 신은 어렵게 연명
한다고 단정했다. 신은 어리석은 인간들 없이는 존재할 수 없다는
것이다.[36] 따라서 이제 더 이상 〈믿음이 없는〉(765) 파우스트에게
신이나 은총 등은 인간의 〈영혼을 온갖 유혹과 눈속임으로 에워싸
고 현혹하고 아첨하〉(1588~1589)는 것이고, 파우스트는 죽은 뒤
에 그의 영혼이 어떻게 될 것인지 하는 기독교적 이념에 흥미를 느
끼지 못한다.

이렇게 사후에 대한 대비를 무시한 파우스트는 〈결국 우리가
아무것도 알 수 없다는 사실만을 깨닫다니!〉(364)라는 도전적인
자유사상을 표출한다. 그러고는 모든 관심을 이승의 삶에 집중하
는 철저한 인본주의자로 죽음 이후의 세상에 냉소하는 반기독교
도가 되어 《《이 세상에서》는 내가 선생을 섬기겠소. 선생이 손짓
만 하면 어디든 냉큼 달려가리다.《저세상에서》우리가 다시 만나
면, 거꾸로 선생이 나를 섬겨야 하오〉(1656~1659)라는 메피스토
펠레스의 제안을 받아들여 현세만을 긍정하고 죽음 이후의 세상
에 대해 냉소한다.

> 저세상 따위는 아무래도 상관없네.
> 자네가 이 세상을 산산이 부수면,
> 다른 세상이 생겨나야 하네.
> 이 지상에서 내 기쁨이 용솟음치고,

35 『괴테 파우스트 휴머니즘』에서 재인용.
36 같은 곳.

이 태양이 내 고뇌를 비추네.

내가 이것들과 작별을 고한 후에,

무슨 일이 일어나든 대수겠는가.

내세에도 사랑이 있고 증오가 있는지,

저세상에도

위가 있고 아래가 있는지,

내 알 바 아니네.(1660~1670)

이렇게 내세가 아닌 현세를 긍정하는 파우스트를 메피스토펠레스는 계속 현세를 즐기도록 자극한다.

고맙소이다, 저는 죽은 자는

절대로 상대하고 싶지 않거든요.

통통하고 풋풋한 뺨이 제일이지,

시체는 사절이랍니다.(318~321)

〈가장무도회〉 장면에서 〈지혜〉가 〈두려움과 희망〉을 〈인간의 가장 큰 적〉(5441~5442)으로 규정한 것도 내세가 아닌 현세를 중시하는 맥락으로 이해될 수 있다. 두려움과 희망은 모두 미래와 관련되어 장래의 그 무엇에 대한 〈두려움〉은 현재의 삶을 즐길 수 없게 하고, 〈희망〉은 미래에 대한 기대로 역시 현재를 외면하게 한다. 이러한 맥락에서 파우스트는 미래에 관련된 천국이나 지옥 같은 것에 개의치 않는 등 죽음 직전까지도 저승의 실체를 부정하고 이 지상이야말로 충분히 의미 있는 영역이며, 창조적으로 행동하는 사람(유능한 자)에게는 무한한 가능성을 주는 세계로 보고 있다.[37] 1824년 2월 25일 에커만과의 대화에서 괴테는 〈영혼 불멸의

---

37 같은 책, 44면 이하.

생각에 대한 전념은 할 일 없는 귀족들이나 특히 여자들이 할 일이다. 이 지상에서 무엇인가 제대로 된 존재가 되려고 날마다 노력하고 투쟁하고 행동하는 유능한 사람들은 미래 세상에 관심을 가지지 않고 지금의 세상에서 활동적이며 유용하다〉라고 말한 적이 있다. 이렇게 현세만을 긍정하는 괴테의 분신인 파우스트는 다음 세계에 관해선 작품이 끝날 때까지도 알고 싶어 하지 않는다.

> 이 지상의 일은 충분히 아는데,
> 천상을 볼 수 있는 길이 우리 인간에게는 막혀 있소.
> 눈을 끔벅거리며 천상을 응시하고,
> 구름 위에서 자신과 같은 존재를 꿈꾸는 자는 어리석은 바보요!
> 두 발로 땅을 딛고 서서 이곳을 둘러봐야 하오.
> 이 세상은 유능한 자에게 침묵을 지키지 않소.
> 무엇 때문에 영원을 찾아 헤맨단 말이오!(11441~11447)

바로 죽음에 가까이 간 파우스트가 이렇게 말하는데 이는 죽음을 앞둔 괴테의 말이기도 하다. 파우스트는 인간의 삶이 비록 이 지상의 세계에 제한되어 있으나, 이 지상이 충분히 의미 있는 존재 영역이며, 창조적으로 행동하는 사람에게는 무한한 가능성을 주는 세계임을 강조하고 있다. 이처럼 〈이 세상〉은 인간의 삶이 가질 수 있는 마지막 가능성까지 펼칠 수 있는 곳이기에 그저 소망이나 믿음일 수밖에 없는 영원한 삶, 다시 말해서 우리의 〈조망〉이 미칠 수 없기에 우리가 알 수도 없는 저세상에서의 영생 등에 홀려 이 지상의 〈현실적〉 삶을 소홀히 함은 어리석은 짓이라는 것이다.[38]
이렇게 전적으로 현세를 믿는 파우스트의 분신인 괴테는 이탈리아 여행 중인 1786년 10월 9일에 〈살아 있는 것은 얼마나 멋지

---

38 김수용, 「괴테의 〈파우스트〉와 현대의 인본주의」, 『괴테 연구』 제15권(2002).

고 값진 것인가! 그 상태에 얼마나 딱 들어맞는가! 얼마나 진실되고 실제적인가!〉라고 외친다. 이러한 반기독교적인 사조에 대해 〈한 시대 전체가 세속적 행복을 얻기 위한 노력에만 매달리면 더 높은 안녕과 하늘로부터 물려받은 유산의 확장은 등한시하게 된다〉[39]라고 슐레겔August W. Schlegel같이 한탄하는 사람도 많다. 『파우스트』에서 정령들도 기독교를 등한시하고 현세에 집착하는 행위를 한탄한다.

> 슬프도다! 슬프도다!
> 네가
> 이 아름다운 세상을
> 억센 주먹으로
> 망가뜨렸구나.
> 세상이 무너지는구나, 와르르 와해되는구나!
> 반신(半神)이 세상을 산산이 깨부수었구나!
> 우리는 그 파편들을
> 무(無)로 나르며,
> 사라진 아름다움을 탄식하노라.(1607~1616)

이러한 한탄은 유럽을 하나의 동질적 공동체로 감싸 안았던 기독교의 몰락을, 그리고 이와 함께 유럽의 중세라는 하나의 세계와 하나의 시대가 그들이 이룬 모든 정신적·문화적 업적과 함께 최종적으로 붕괴되었음을 탄식하는 것이다. 파우스트는, 니체의 말을 빌리자면, 〈세계가 지금껏 가졌던 가장 성스럽고, 가장 강대한 것〉을 파괴해 버린 것이다.

하지만 새로운 것이 시작되기 위해서는 낡은 것은 몰락해야 하

---

39 August W. Schlegel, *Kritische Schriften und Briefe*(Stuttgart: 1964), S. 46.

고, 새로운 창조는 옛것의 폐허 위에서만 이루어질 수 있다. 따라서 파우스트의 기독교의 등한시로 인한 낡은 유럽의 파괴를 한탄하고, 이 세계의 잃어버린 아름다움을 슬퍼하던 정령들이 그에게 새로운 세계, 〈더 찬란한〉 세계의 건설을 기대하기도 한다.

> 지상의 아들들 가운데
> 힘센 그대여,
> 더 화려하게
> 세상을 다시 일구어라.
> 네 가슴속에서 세상을 다시 일으켜 세워라!
> 새로운 인생 항로를
> 시작하라,
> 밝은 마음으로!
> 그러면 새로운 노래
> 울려 퍼지리라!(1617~1626)

이렇게 정령들의 합창이 비가에서 찬가로 바뀐 것은 파괴와 창조의 변증법적 전환이다. 파우스트의 〈새로운 인생 항로〉는 이처럼 신의 후견에서 벗어난 현대인들이 미지의 바다로 향하는 모험의 항해를 의미하는 것이다.[40]

이러한 반기독교에 대한 한탄 등에도 불구하고 파우스트는 기독교의 파괴에서 자신의 상승을 느끼고 더 나아가 자신의 신적인 것에 더 가까이 다가감을 느낀다. 이러한 파우스트의 비기독교적인 모습은 괴테 당시의 상황으로 실제로 반기독교 사상이 당시에 팽배했다. 헤겔을 포함하여 많은 역사학자와 역사 철학자들은 그리스·로마의 낡은 세계에서 번창한 기독교를 우월론의 대표적인

---

40 김수용, 「괴테의 〈파우스트〉와 현대의 인본주의」, 『괴테 연구』 제15권(2002).

예로 들었다. 이들은 역사에서 기독교의 성공, 광범위한 전파, 장구한 세월에 걸친 존립 등을 기독교의 정신적 우월성의 증거로 여겼다.[41] 이 같은 기독교라는 공동의 꿈에서 깨어난 유럽, 베버Max Weber의 표현에 따르면 〈마법에서 벗어난 세계〉[42]는 모든 것이 모든 것으로부터 철저하게 소외된 사회였다. 기독교라는 동질적 공동체에서 흩어져 나온 개별적 인간들, 기존의 중심이 해체되었기에 스스로를 세계의 중심으로 만든 인간들, 인본주의 혁명 후 〈머슴〉이 아니라 〈주인〉이 된 사람들의 의식, 다시 말해서 절대적 주체로 부상한 인간의 의식이 생성된 것이다.

이렇게 기독교에서 벗어나는 내용이 괴테의 작품에 빈번히 전개되는데, 한 예로 그레트헨(마르가레테)이 파우스트에게서 이해되지 않는 태도, 즉 신앙에 대한 그의 무관심한 태도를 느끼고 단도직입적으로 묻는 질문과 이에 대한 파우스트의 답변에 잘 나타나 있다.

마르가레테 약속해 줘요, 하인리히!

파우스트 뭐든 내가 할 수 있는 일이라면!

마르가레테 종교를 어떻게 생각하세요?

　　당신은 정말로 좋은 분이지만

　　종교는 별로 중요하게 여기지 않는 것 같아요.

파우스트 그 이야기라면 그만둡시다! 내가 당신을 사랑하는 걸

　　잘 알지 않소.

　　나는 사랑하는 사람을 위해서라면 얼마든지 살과 피를 바칠 수

　　있소.

　　그리고 그 누구에게서도 감정이나 신앙을 빼앗고 싶지 않아요.

41 Vgl. Karl Löwith, *Von Hegel zu Nietzsche. Der revolutionäre Buch im Denken des 19. Jahrhunderts*(Hamburg: 1981), S. 445.

42 Johannes Weiß, *Max Weber, Die Entzauberung der Welt*(Göttingen: 1951), S. 9 f.

마르가레테 그건 옳지 않아요. 누구나 하느님을 믿어야 해요!

파우스트 누구나 믿어야 한다고?

마르가레테 아아! 당신을 설득할 수 있다면!

　　당신은 교회의 성사(聖事)도 존중하지 않아요.

파우스트 나도 성사는 존중하오.

마르가레테 하지만 진심에서 우러나오는 것은 아니에요.

　　당신은 오랫동안 미사도 드리지 않고 고해도 하지 않았어요.

　　하느님을 믿으세요?(3413~3425)

　이렇게 파우스트는 기독교에서 점점 멀어지는 대신 악마 메피
스토펠레스와는 점점 가까워지고 있다. 악마 메피스토펠레스와
어울리며 종교에서 멀어지는 파우스트에게 종교에 몰두하는 그레
트헨은 슬프기만 하다.

　　당신과 함께 다니는 그 사람(메피스토펠레스)이

　　전 정말 싫어요.

　　그 사람의 혐오스러운 얼굴만큼

　　제 마음을 찌르는 것은

　　지금껏 없었어요.

　　　(……)

　　그 사람과 같이 있으면 제 마음이 혼란스러워요.

　　평소에 저는 모든 사람들을 좋아해요.

　　하지만 당신을 그리워하다가도

　　그 사람만 생각하면 나도 모르게 무서워져요.

　　그 사람이 악한인 것만 같아요!

　　하느님, 제가 그 사람에게 부당하게 군다면 절 용서해 주소서!

　　　　　　　　　　　　　　　　　　　(3472~3482)

그레트헨은 메피스토펠레스가 신의 사랑에 불결한 존재라고 단정한다. 이러한 악마와의 동반을 절연시키려는 그레트헨의 끈질진 노력에도 불구하고 파우스트는 〈그런 괴이한 존재도 세상에 있어야 하는 법이오〉(3483)라고 메피스토펠레스를 옹호한다. 이렇게 신앙이 문제 될 때 메피스토펠레스를 불신하는 경건한 평민의 딸과 악마의 동맹자 파우스트 사이에는 조정하기 힘든 간격이 역력하여 일심동체가 되지 못한다.[43] 결국 메피스토펠레스와 그레트헨의 서로 배척하는 상반된 양극성을 파우스트는 운명적으로 극복해야 한다.

이렇게 그레트헨이 파우스트를 기독교로 인도하려고 애쓴 반면에, 헬레나는 기독교에서 중시하는 내세를 부정하고 현세만 긍정하는 반기독교적인 여성이 되고 있다. 동서고금을 통한 절세미인 헬레나는 청순한 여성을 통해 인간을 만족시키려는 악마의 수단으로 기독교 정신에서 벗어나고 있다. 파우스트는 극단적인 인생을 영위하며 지고한 학문, 정열적 사랑, 재산과 권력, 최고의 아름다움, 창조와 지배 등 갖가지 유혹에 사로잡힌다. 이렇게 현재를 중시하여 기독교에서 벗어나는 파우스트와 헬레나는 현재의 쾌락에 집착하는 파우스트와 악마 메피스토펠레스와 일치한다. 이러한 괴테의 반기독교적 이념을 실러도 거들고 있다. 실러는 인간, 신, 자연의 관계를 파괴한 원동력으로 무엇보다도 기독교를 들고 있다. 여느 신들과 달리 인간을 창조한 기독교의 신은 인간이 접근할 수 없는 거리에서 인간을 지배한다는 것이다.

공포스러운 북풍에 의해서

모든 꽃들은 떨어졌다.

이들 중에서 하나라도 피어나게 하려면

---

43 고익환, 같은 책, 161면 이하.

이 (기독교의) 신의 세계가 사라져야 한다.[44]

플래터Richard Flatter는 기독교와 고대 그리스 신앙의 혼합을 신화가 몰락한 원인으로 규정했다. 〈사탄, 메피스토펠레스라고 불리는 악마가 존재한다 해도 그들의 힘이 있겠는가?〉[45] 이렇게 기독교 신이 여러 다른 신들을 내쫓았다는 실러나 플래터 등의 주장은 당시에 기독교 국가였던 독일에서 강력한 반발을 불러일으켰다.[46] 이들처럼 기독교를 부정하는 파우스트는 기독교의 목사를 〈성직자니 하는 온갖 어리석은 인간〉(366~367)이라고까지 경멸하고, 제자 바그너가 〈연극배우가 성직자를 가르칠 수 있〉(526)는 세상이라면서 목사를 우롱하자 파우스트는 〈성직자가 연극배우라면, 그럴 수도 있겠지. 사실 이따금 그런 일이 있으니까〉(528~529)라며 목사를 경멸한다.

괴테가 목사를 비하하는 다른 예로『젊은 베르테르의 슬픔』에서 베르테르와 로테가 목사를 방문할 때 목사관에서 본 호두나무 이야기를 들 수 있다. 〈저 오래된 호두나무를 누가 심었는지 우리도 모르겠소. 이 목사님이라는 말도 있고, 저 목사님이라고 우기는 사람도 있으니 말이오. 그러나 저쪽에 있는 나무는 집사람과 같은 나이이므로 10월에는 쉰이 된다오. 장인어른이 아침에 저 나무를 심었는데 그날 밤 집사람이 태어난 거요. 장인어른은 내 전임 목사였소. 저 나무를 그분이 얼마나 아꼈는지 모른다오. 물론 그 점에선 나도 뒤지지 않소만 말이오. 27년 전 내가 아직 가난한 학생일 때 처음으로 이 마당에 들어서게 되었고, 그때 집사람은 저 호두나무 아래의 나무 더미에 앉아 뜨개질을 하고 있었지.〉(HA 6, 31)

44 Friedrich Schiller, *Die Götter Griechenlands*, 97~100행.
45 Richard Flatter, *Shakespeare Macbeth*(Frankfurt/M., Berlin, Bonn: 1958), S. 56.
46 Vgl. Wolfgang Frühwald, Die Auseinandersetzung um Schillers Gedicht "Die Götter Griechenlands", in: *Jahrbuch der Deutschen Schillergesellschaft* 13(1969), S. 251~271.

이렇게 정든 호두나무가 베르테르가 1여 년 후 목사관을 찾았을 때 베어 없어져 보이지 않는다. 〈자네도 알고 있는 그 호두나무, 성 ×× 마을의 성실한 목사 댁에서 로테와 함께 나무 그늘에 앉았던 그 멋진 호두나무를 기억하고 있겠지? 언제나 내 영혼을 큰 기쁨으로 충만시켜 주던 호두나무! 그 나무가 있음으로 해서 그 목사 댁도 그렇게 그리웠던 거야. 시원스럽고 멋지게 뻗은 가지들! 예전에 그것을 심은 성실한 목사님까지 회상되었지. 학교 선생님은 할아버지에게서 들었다며 한 목사님의 이름을 우리에게 자주 얘기해 주었네. 훌륭한 분이었다고 하더군. 그래서 그 나무 그늘 아래에서 생각하는 그분에 대한 추억은 늘 맑고 깨끗했지. 그 나무가 어제 잘렸다고 사람들과 이야기할 때 선생님의 눈에는 눈물이 글썽거렸다네. 나무가 잘려 버린 것이지!〉(HA 6, 80 f.)

이 절단된 호두나무가 세속적인 이익 때문에 처리되어 베르테르의 기독교에 대한 불만은 가중된다. 새로운 목사 부인이 나무가 빛을 가리고 낙엽이 정원을 어지럽힌다는 이유로 이를 자르자 그녀의 남편인 목사는 자른 나무값에 욕심을 내어 기독교의 세속성을 보이고 있다.[47] 〈사실은 바로 그 여자, 새로운 목사의 마누라가 장본인이었단 말이야. 비쩍 마른 병약한 여자로서 누구 한 사람 호감을 주지 않으니까 세상에 대해 호감을 가질 수 없다는 것은 당연한 일이지. 어리석게도 학자가 되시겠다고 덤벼들어 성서 연구에 코를 틀어박고, 신유행의 도덕 비판적 기독교 개혁에 열성적으로 참여하고, 라바터의 광신적 태도에 대해서는 어깨를 으쓱하고 경멸하는 등 완전히 금이 간 건강 때문인지 신이 창조하신 이 땅 위에서는 하나도 즐거움을 모르는 사람이지. 실제로 이런 여자이기 때문에 나의 소중한 호두나무를 잘라 버릴 수 있었을 거야. (……) 목사는 여느 때 마누라의 심술 때문에 수프 맛이 떨어졌는데, 이번

---

47 안진태, 『베르테르의 영혼과 자연』(열린책들, 2005), 138면 이하.

에는 자기도 그 심술을 이용해서 한몫 보고 싶어 촌장과 공모하여
그 나무값을 나누자고 생각했다는 것이야.〉(HA 6, 81) 이 호두나
무 사건은 『파우스트』에도 전이되어 목사에 대한 악마 메피스토
펠레스의 비난으로 표출되고 있다.

> 신부 놈은 머리핀과 목걸이, 반지를
> 무슨 허섭스레기인 양 쓸어 담았다오.
> 그러고는 더도 덜도 말고 호두 한 바구니 얻어 가는 듯
> 인사치레를 하고는
> 온갖 천상의 보답을 약속하였소 ─ (2843~2847)

이렇게 세속적인 기독교가 『파우스트』에서도 강조되어 메피
스토펠레스의 말을 빌리면 교회라는 것은 왕이나 유대인처럼 일
반 백성으로부터 재화를 착취하는 기관이며, 무지한 대중은 재물
을 희사함으로써 좋은 내세가 약속된다고 믿는다. 교회는 신의 의
사와는 거리가 멀어 메피스토펠레스의 표현대로 아무리 먹어도
소화시키는 〈튼튼한 위장〉을 가지고 있다.

> 교회는 튼튼한 위장을 가지고 있어서,
> 여러 나라를 집어삼키고도
> 아직껏 탈 한 번 나지 않았소.
> 정숙한 여인들이여, 오직 교회만이
> 부정한 재물을 소화할 수 있소.(2836~2840)

교회가 신의 사업보다는 인간의 욕망과 속된 영예를 충족시키
는 사업에 열중한다는 것이다. 이러한 세속적인 기독교를 멸시하
여 기독교인들과 거리를 두는 베르테르는 〈내가 느끼는 것으로 충

분하오〉(3456)라고 말하는 파우스트처럼 감정에 좌우되어 약혼녀 로테에게 품은 열렬한 사랑에 실패하자 스스로 목숨을 끊음으로써 〈자살을 금하는 기독교의 계시〉를 거역하고 있다. 그런데 이러한 베르테르의 자살에 관해 필자가 지적하고 싶은 내용을 여기에 언급해 보고자 한다.

18세기에 소설 작가들은 교양을 추구하여 교육의 성과를 높이는 계몽주의적인 성격이 소설에서 요구되었다. 따라서 허구적인 내용이 모범적인 행동으로 변형되기도 하여 〈소설 속의 행위는 실제적이 되고 인물들은 도덕적·시민적인 삶의 모범을 보여 주었다〉. 이렇게 주인공의 윤리성이 독자들에게 전이되기 때문에 작품에서 독자들에게 모범을 심어 주는 윤리가 요구되어 〈문학이 많은 사람들의 정의감을 통하여 국가의 재판권을 밑받침해 주는 도덕적인 장소가 무대이다〉[48]라고 실러는 주장했다.

이렇게 모범적인 내용을 주장하는 계몽주의자들에게 베르테르의 자살을 담은 책은 커다란 충격이었다. 하지만 덕성을 추구하는 계몽주의적인 사조에 식상한 사람들에게는 『젊은 베르테르의 슬픔』이 자유와 삶의 열망을 고취시켜 주었는데, 이에 대해 괴테의 『시와 진실』에는 다음과 같이 언급되어 있다. 〈이 작은 책이 끼친 영향은 정말 엄청났다. 그 이유는 무엇보다도 이 작품이 그야말로 제때에 나왔기 때문이며, 아주 적은 양의 화약이 거대한 광산을 깨뜨리듯이 이 작품에서 독자들에게 일어난 폭발 역시 강력했다. 이는 젊은이들의 세계가 밑으로 눌려 있었기 때문이다. 아울러 누구나 자신에게 부과된 과도한 요구와 충족되지 못한 정열 그리고 자신들이 받고 있다고 생각한 고통 등이 폭발했기 때문에 충격이 컸던 것이다.〉(HA 9, 569) 죽음에 대한 준비는 삶에 대한 태도를

---

48 Robert Hippe, *Keine deutsche Poetik, Eine Einführung in die Grundbegriffe der Literaturwissenschaft*(Hollfeld/Oberfr (Bange): 1966), S. 28.

바꾼다는 점에서 중요하지만 스스로 죽음을 만드는 자살은 예로부터 큰 죄악으로 여겨졌다. 『젊은 베르테르의 슬픔』에서 베르테르가 자살하는 마지막 장면은 다음과 같이 묘사되어 있다.

이웃 사람 한 명이 탄약이 번쩍이는 것을 보았고 총소리를 들었습니다. 그러나 주변이 아주 고요했던 탓에 크게 개의치 않았습니다.

이튿날 새벽 6시에 하인은 등불을 들고 방에 들어갔습니다. 하인은 바닥에 쓰러져 있는 주인을 발견하였습니다. 권총이 옆에 떨어져 있었고 피가 낭자하였습니다. 하인은 주인을 부르며 붙잡고 흔들었지만 아무런 대답이 없었으며, 다만 목에서 그르렁그르렁하는 소리만 났을 뿐입니다. 하인은 의사를 부르고 알베르트를 데리러 갔습니다. 초인종이 울렸을 때, 로테는 자신도 모르게 온몸을 부르르 떨었으며, 남편을 깨워서는 함께 일어났습니다. 베르테르의 하인이 큰 소리로 울음을 터뜨리며 더듬더듬 소식을 알렸고, 로테는 정신을 잃고서 알베르트 앞에 쓰러졌습니다.

의사가 도착했을 때, 그 불운한 사람은 바닥에 쓰러져 있었는데, 소생할 가망성이 없었습니다. 맥박은 뛰고 있었지만 사지가 이미 완전히 마비된 상태였고, 총알이 오른쪽 눈 위로 머리를 관통하여 뇌가 비어져 나와 있었습니다. 의사는 소용없는 줄 알면서도 팔에서 피를 뽑았습니다. 피가 흘러나오자, 베르테르는 간신히 숨을 쉬었습니다.

안락의자의 팔걸이에 피가 묻어 있는 것으로 미루어 보아, 책상 앞에 앉아서 방아쇠를 당긴 것으로 추정되었습니다. 그런 다음 아래로 고꾸라져서, 경련을 일으키며 의자 주위를 구른 것입니다. 베르테르는 기운이 소진하여 창문 쪽으로 고개를 돌린 채 바닥에 드러누워 있었습니다. 옷을 말끔하게 차려입었는데, 장화를 신고 푸른색 연미복에 노란 조끼를 받쳐 입고 있었습니다.

그 집 안은 물론이고 온 동네, 온 시내가 떠들썩하였습니다. 알베르트가 방 안에 들어왔을 때, 베르테르는 침대에 눕혀진 뒤였습니다. 이마에 붕대가 감겨 있었고, 얼굴에는 이미 죽음의 빛이 감돌았습니다. 베르테르는 꿈쩍도 하지 않았으며, 오로지 허파에서 무섭게 그르렁거리는 소리만이 들려왔을 뿐입니다. 때로는 약하게, 때로는 강하게. 이제 임종을 기다리는 수밖에 없었습니다.

베르테르는 하인이 가져온 포도주를 한 잔 마셨을 뿐이며, 『에밀리아 갈로티』가 책상 위에 펼쳐져 있었습니다.

알베르트가 얼마나 당황했으며 로테가 얼마나 비통해했는지 새삼 말해 뭐 하겠습니까.

노행정관은 그 비보를 듣자마자 부리나케 말을 타고 달려왔습니다. 그는 뜨거운 눈물을 흘리며, 죽어 가는 베르테르에게 입 맞추었습니다. 행정관의 큰 아들들이 아버지의 뒤를 쫓아와서는 슬픔을 이기지 못하고 침대 옆에 무릎을 꿇은 채 베르테르의 손과 입에 입 맞추었습니다. 베르테르가 언제나 제일 어여삐 여겼던 맏아들은 그의 입술에서 떨어지려 하지 않아, 베르테르가 숨을 거둔 후에 소년을 억지로 떼어 내야 했습니다. 베르테르는 낮 12시에 숨을 거두었습니다. 행정관이 시신을 지키며 일을 처리하여서 큰 소란은 일어나지 않았습니다. 행정관의 지시에 따라 베르테르는 밤 11시에 자신이 원한 곳에 묻혔습니다. 노행정관과 아들들이 시신을 따라갔으며, 알베르트는 로테의 생명이 위태로웠던 탓에 함께 가지 못하였습니다. 수공업자들이 시신을 운구하였고, 성직자는 한 사람도 동행하지 않았습니다.

문학이나 연예 등에서는 자살이 숭고하게 여겨지는 경우가 있어서 가끔 유명 연예인이 자살한 이후 모방 자살이 성행하는 경우가 있는데 이를 〈베르테르 효과〉라고 한다. 경기가 급격히 나빠지고 유명 연예인이 자살했을 때 젊은 층에서 급증하는 자살이 〈베르테르 효과〉이다. 실제로『젊은 베르테르의 슬픔』에서 베르테르가 자살하자 그 당시에 모방 자살이 유행했다는데, 이는 이 작품의 진의를 이해하지 못한 현상이다. 괴테는 이 작품에서 자살을 굉장히 저주했기 때문이다. 선한 사람이든 악한 사람이든 일단 죽으면 모두 선하게 대접받아서 장례식은 모두 엄숙하게 진행된다. 그러나 자살만은 지탄의 대상이 되어 베르테르는 죽자마자 장례 기간도 없이 죽은 날 밤 11시경에 서둘러 장례가 치러진다. 그리고 사형수일지라도 죽을 때는 성직자가 동행하여 기도를 받게 되는데, 베르테르의 장례식에는 〈성직자는 한 사람도 동행하지 않았다〉. 이는 베르테르가 자살했기 때문이며 괴테는 그의 자살을 매우 부정적으로 본 것이다. 따라서 과거 실제로 유행했던 베르테르 모방의 자살이나 오늘날의 〈베르테르 효과〉는 이 작품의 의도를 오해한 것이다. 이런 맥락에서 〈베르테르 효과〉 용어의 의미도 바뀌어야 한다고 필자는 생각한다. 그러면 파우스트에게 자살은 무엇을 의미하는가.

한계를 용납하지 않겠다는 의지를 실현하려는 파우스트에게 자살은 자아 파괴가 아니라 가장 드높은 자아실현이 된다. 그에게 자살은 한계를 초월한 인간 존엄성의 발로이고 〈사나이 대장부의 위용이 신들의 권위에 굴복하지 않는〉(712)다는 증명이며, 한계를 가질 수밖에 없는 지상적·육체적 삶에서 〈순수한 활동의 신천지〉(705)로 넘어가는 것이다. 즉 모든 것에 만족할 수 없는 성격 그리고 모든 것에 타협할 수 없는 파우스트의 성격이 자살로 나타난다고 하겠다. 그렇기에 파우스트는 자살을 결심한 순간 〈고매한 삶〉을 예감하며, 이 세상에서의 벌레 같은 존재로는 결코 향유할 수 없는 〈천상의 환희〉를 맛볼 수 있었다. 〈고매한 삶과 천상의 환희, 아직 한낱 벌레에 지나지 않는 내가 과연 그것을 누릴 자격이 있는가?〉(706~707) 따라서 진리 인식의 불가능에 절망한 나머지 자살을 택한 파우스트는 죽음 직전에 비로소 역설적으로 삶의 활기에 차서 생애의 지고한 순간을 향유하게 되어 과거에 하찮게 보았던 벌레도 신적으로 위대하게 여겨진다.

그런데 베르테르의 〈형이상학적인 자유를 얻기 위한 투쟁〉인 자살은 파우스트의 자유의 열망과 상반된다. 이러한 차이는 사후에 파우스트와 베르테르가 묻힐 매장 터에 대한 상반된 묘사에서도 알 수 있다. 인생의 최종 결과인 죽음에는 거대하고 우아한 발전이나 개발도 무용지물이 되어 죽을 때에는 적은 양의 땅이면 족하다고 베르테르는 주장하고 있다. 〈내가 지금 초등학생과 더불어 지구는 둥글다고 말한들 무슨 소용이 있겠는가! 그 위에서 즐기기 위해서라면 약간의 땅만 있으면 충분할 것이고, 그 밑에서 영원히 잠들기 위해서는 그보다 더 적은 양이면 족할 것이다.〉(HA 6, 73) 이렇게 묘지에 적은 양의 땅이면 충분하다고 생각하는 베르테르와 반대로 파우스트가 죽은 뒤의 묘지는 호화롭게 의도된다. 따라서 망령들은 파우스트의 묘지에 대해 논쟁을 벌인다.

망령 (독창) 누가 삽과 가래로
　이렇게 형편없이 집을 지었느냐?
망령들 (합창) 삼베옷 차림의 뻣뻣한 손님, 너한테는
　이것도 너무 과분하니라.
망령 (독창) 누가 이렇게 형편없이 방을 꾸몄느냐?
　식탁과 의자는 어디 있느냐?(11604~11609)

여기에선 망령들의 노래가 합창과 독창으로 나누어져 있다. 독창은 묘지에 묻히는 파우스트의 대사이고, 합창은 그에 응답하는

5장 종교적 개념　**583**

망령들의 대답이다. 죽은 자는 자기의 집을 서투르게 지었다며 불평하고 있다. 하지만 합창대는 삼베옷을 걸친 그대에게는 그런 집(파우스트의 묘지)도 지나치게 좋은 집이라고 하며, 마찬가지로 메피스토펠레스도 파우스트의 무덤에 대해 다음과 같이 조소한다.

> 여기에서 정확하게 굴 필요는 없다,
> 너희들 알아서 재주껏 하라!
> 제일 긴 놈이 길게 눕고,
> 나머지는 주변의 잔디를 벗겨 내어라.
> 우리 조상들을 위해서 했듯이,
> 길쭉한 사각형 모양으로 땅을 파라.
> 궁성에서 이 좁은 거처로 옮기다니,
> 결국엔 이렇듯 시시하게 끝나는 것을.(11523~11530)

죽은 후의 묏자리에 대해 베르테르는 다음과 같이 언급한다. 〈나는 경건한 기독교인들에게 그들의 유해를 이 가련하고 불행한 사람 곁에 묻도록 요구하지 않겠습니다. 아아, 당신들이 나를 길옆이나 쓸쓸한 계곡에 묻어 주면 좋겠습니다. 그래서 성직자나 레위인들이 명복을 빌면서 지나가고 사마리아인은 눈물을 흘리게 되도록 말입니다.〉(HA 6, 122) 이 대목은 「요한의 복음서」 4장에 나오는 착한 〈사마리아 여인〉에 대한 이야기다. 성직자와 레위인은 괴테가 당시 비판했던 교리적·편협적·독선적인 기독교인을 지칭한다. 사마리아 여인은 죄가 많아서 예루살렘 교회 문을 들어가려 할 때 보이지 않는 힘 때문에 들어갈 수 없었다. 그녀는 그 후 이집트의 사막에서 40년 동안 속죄하는 생활을 한 끝에 모래 위에 나를 위해 기도해 달라고 써놓고 죽었는데, 사후에 성녀가 되어 『파우스트』에서도 묘사되고 있다.

이집트의 마리아(「사도행전」)
　주님이 앉으셨던
　더없이 신성한 장소에 걸고,
　나를 훈계하며 문에서 밀쳐 낸
　팔에 걸고,
　제가 사막에서 사십 년 동안
　진심으로 행한 참회에 걸고,
　제가 모래에 썼던
　복된 고별인사에 걸고 간구하옵니다 — (12053~12060)

　이 사마리아 여인이 『파우스트』에서 〈참회하는 여인들〉 중 하나로 등장한다. 참회하는 세 명의 여인이 구름으로 나타나 합창대 형태를 취하며 성모를 에워싸는데 이들은 〈죄 많은 여인〉(「루가의 복음서」 8장 36절)과 〈사마리아 여인〉 그리고 〈이집트의 마리아〉이다.

　가벼운 구름 조각들이
　서로 얽히어 저분을 에워싸니,
　참회하는 여인들이로구나.(12013~12015)

　이들은 자신들이 현세에서 저지른 죄과에도 불구하고 그 후에 속죄하여 천국에 들게 된 여성들로, 셋이 함께 자신들과 같은 처지로 저승에 온 그레트헨의 구원을 위해 기도한다.

　죄 많은 여인들을

물리치지 않으시고,

참회의 공덕을

영원히 드높이신 분이시여,

잘못인 줄 모르고

단 한 번 자신을 잊은

이 착한 영혼에게도

합당한 용서를 베풀어 주소서!(12061~12068)

기독교에 부정적인 괴테가 기독교의 뿌리가 되는 성서에서만큼은 감동을 받아 『파우스트』에서 〈내 귀에도 복음은 들려오지만 나한테는 믿음이 없노라〉(765)고 피력하고, 또 〈어린 시절부터 귀에 익은 음조가 나를 삶으로 도로 불러내는구나〉(769~770)라고 말한다. 이렇게 기독교에 관심이 없는 파우스트는 신약 성서를 다음과 같이 평가했다. 〈신약 성서도 나의 연구에 확신을 주지 않지만 나의 분석 욕망이 그것을 덮어 둘 수 없었다. 그렇지만 나는 애정과 호의로《복음서의 작가들이 서로 모순될지라도 복음 그 자체만 모순이 없다면》문제가 없다는 데 동의한다.〉(HA 9, 511) 이렇게 기독교를 부정하지만 신약 성서를 찬양하는 파우스트는 역설적인 언급을 하기도 한다.

그런데 아아! 아무리 애를 써도

가슴에서 만족감이 우러나지 않는구나.

어찌하여 강물이 이리 빨리 말라 버려서

우리는 다시 갈증에 허덕이는가?

이미 수없이 이런 일을 겪지 않았던가,

하지만 이 부족함을 메울 수는 있느니라.

우리는 초지상적인 것을 높이 평가하며,

그 어디에서보다도 신약 성서에서

장엄하고 아름답게 불타오르는

하늘의 계시를 갈구하노라.(1210~1219)

　　구약 성서에 대해서도 괴테는 〈불충분한 참고서에도 불구하고 상당한 노력으로 모세 5경을 최대한 연구할 때 너무도 훌륭한 착상들이 떠올랐다〉(HA 9, 511)고 말하지만 그의 분신인 파우스트는 〈이 기쁜 소식 울려 퍼지는 곳으로 나 감히 나아갈 엄두 나지 않는구나〉(767~768)라고 말하여 궁극적으로는 기독교와 거리를 두고 있다. 하지만 성서를 분석하면서 괴테는 본질적이고 중요한 신앙적 내용들을 애착과 호의로 수용했다.

　　이렇게 반기독교적이면서도 성서에서는 감동을 받는 괴테의 종교관에 대해 『젊은 베르테르의 슬픔』의 여주인공 로테의 실제 인물인 부프의 남편 케스트너Johann C. Kestner는 1772년에 다음과 같이 말했다. 〈괴테는 정통 신앙을 갖고 있지 않다. 거만하거나 고집 같은 것이 없는 그는 타인의 신앙생활을 방해하지 않는다. 교회나 성찬에도 가지 않으며 기도도 올리지 않는데 그런 위선자가 되지 않겠다는 것이다. 기독교에 존경을 표명하지만 그가 생각하는 기독교는 신학자가 생각하는 기독교와 다르다. 그는 항상 진실을 찾으며 실감을 잡으려는 것이지 논증을 찾으려는 것이 아니었다.〉[49]

　　괴테는 기독교를 신봉하지는 않았지만 『빌헬름 마이스터의 수업 시대』에서 기독교를 거론하기도 한다. 〈전능하신 신이여, 신앙을 주옵소서! 언젠가 나는 가슴이 터지는 것 같은 마음으로 이렇게 기도하였습니다. 작은 탁자 앞에 앉아 몸을 기대고 눈물에 젖은 얼굴을 두 손으로 가렸습니다. 이것은 흔히 있는 일이 아니라 신이

---

49 Heinrich Düntzer, *Goethes Leben*(Leipzig: 1830), S. 160.

우리의 기도를 들어주실 때에 발생하는 상태였습니다. 이때의 나는 느낌을 어찌 표현할 수 있겠습니까. 나의 영혼은 일종의 인력으로 일찍이 예수께서 못 박히신 십자가로 끌려가는 것이었습니다. 인력이라고밖에 달리 부를 도리가 없는, 마치 우리의 마음이 멀리 떨어져 있는 연인에게로 끌려가는 것 같은 그런 힘이었지요. 아마도 우리가 상상하는 것보다 훨씬 더 확실하고 참다운 접근이었습니다. 이렇게 하여 나의 영혼은 십자가에 못 박힌 인간의 아들에게로 접근하였던 것입니다. 이 찰나에 나는 신앙이 무엇인가를 깨닫게 되었습니다.〉(HA 7, 394)

이러한 기독교가 도덕이라는 이름으로 가한 사회적 핍박과 함께 그레트헨을 가혹하게 괴롭힌다. 그레트헨이 악령에게 실신에 이를 정도로 심리적 고통을 당하는 〈대성당〉 장면은 교회의 정신적 테러에 대한 생생한 증언이다. 그레트헨이 대성당을 찾은 것은 어머니와 오빠를 죽음에 이르게 했다는 죄책감과 이로 인한 정신적 불안에 시달리는 중에 작은 위로라도 찾으려는 절실한 바람, 그녀의 말대로 〈이를 어쩔거나! 어쩔거나! 제멋대로 어지러이 오가는 이 생각을 떨쳐 버릴 수 있다면!〉(3794~3797) 하는 소망 때문이었다. 따라서 〈하느님 아버지, 저는 당신의 것입니다! 저를 구해 주소서!〉(4607)라고 염원하는 그레트헨을 맞이한 대성당은 위로와 구원의 희망이 아니라 〈진노의 그날이 오면, 이 세상은 잿더미로 화하리라〉(3798~3799)는 최후의 심판일에 자신에게 내려질 신의 노여움에 찬 재판에 대한 예언이었다.

너는 신의 노여움에서 벗어나지 못하리라!
심판의 나팔 소리 울려 퍼지리라!
무덤들이 진동하리라!
재가 되어 잠자던

네 영혼은

불의 심판을 받기 위해

다시 깨어나

부르르 떨리라!(3800~3807)

　여기에서 그레트헨을 맞이하는 것은 신들의 심판을 알리는 요란한 〈나팔 소리〉다. 따라서 그레트헨이 영혼의 안식을 위해 찾은 예배당이 불쌍한 영혼들을 위로해 주는 용서와 희망의 장소가 아니라 〈나팔 소리〉를 연상시키는 두려움과 절망으로 몰아가는 심판의 장소가 되고 있다. 그리고 「출애굽기」에서 〈셋째 날 아침, 천둥소리와 함께 번개가 치고 시나이산 위에 짙은 구름이 덮이며 나팔 소리가 크게 울려 퍼지자 진지에 있던 백성이 모두 떨었다〉(19장 16절)는 나팔 소리인 것이다. 이렇게 신의 심판의 예고가 되는 나팔 소리가 『파우스트』에서 포르키아스의 외침에서도 암시된다.

　둔탁한 천둥소리 귓가에 울리지 않습니까?

　우렁차게 울려 퍼지는 나팔 소리 들어 보세요.

　파멸의 순간이 가까이 다가왔습니다.(9423~9425)

　마찬가지로 『파우스트』의 〈발푸르기스의 밤〉 장면에서도 하느님과 사탄 둘이 산(시나이산, 브로켄산) 위에 나타나자 각적(角笛)과 나팔이 울려 퍼지고, 천둥과 번개가 하늘에서 진동하고 연기가 놀란 사람들을 감싼다. 따라서 위로와 구원의 희망이 아니라 최후의 심판의 고통을 알리는 대성당에 온 그레트헨은 〈여기를 나가고 싶어! 오르간 소리가 내 숨통을 막고 노랫소리가 내 마음 깊은 곳까지 녹여 버리는 것만 같아〉(3808~3812)라고 말하자 〈재판관이 자리에 앉으면, 숨겨진 일들 속속들이 드러나고 응징의 손길 곳곳에 미치리라〉(3813~3815)는 합창이 그녀를 더욱 압박한다. 결국 대성당에서 합창의 추궁에 몸 둘 바를 몰라 하는 그레트헨에게 악령들의 소리는 심장을 멎게 하는 듯하여 그녀는 안주할 땅을 잃고 〈아주머니! 향수병을 좀!〉(3834)이라고 말하며 정신을 잃는다.

이러한 대성당 못지않게 그레트헨 주위의 물건들도 그녀의 고통을 연상시키는데 이러한 고통의 도구가 〈발푸르기스의 밤〉 장면에서 〈고물 장수 마녀〉가 파는 도구로 암시되고 있다.

전부 이 세상 다른 어디에서도
볼 수 없는 것들이에요.
이 세상이나 사람들한테
호된 피해를 입히지 않은 것은 하나도 없답니다.
피 묻지 않은 단도도 없고,
뜨거운 독으로 건강한 몸을
갉아먹지 않은 술잔도 없지요.
사랑스러운 여인을 유혹하지 않은 장신구도 없고,
서약을 깨지 않은 검도 없어요.
등 뒤에서 적을 찌르지 않은 검은 없다니까요.(4100~4109)

고물 장수 마녀가 파는 〈독약이 든 잔〉은 그레트헨의 어머니를 죽게 한 수면제가 들어 있던 잔을 연상시키고, 그녀가 파는 〈상대편 등 뒤에서 찌른 칼〉은 파우스트가 찔러 죽인 그레트헨의 오빠 발렌틴을 암시하고, 〈사랑스러운 계집을 유혹한 장신구〉는 파우스트의 가장 사랑하는 애인의 운명에 대한 경고가 된다.

이렇게 미사에 참석한 그레트헨이 양심의 가책을 받고 괴로워하다가 실신하고, 그 비극적인 종말이 다가오는 동안 파우스트도 자책과 회한의 눈물을 흘리고 있었다. 왜냐하면 그레트헨의 죄는 무의식의 순진함에서 비롯된 것이며, 사실 그녀가 죄를 짓게 한 것은 파우스트 자신이었기 때문이다. 그렇다고 메피스토펠레스가 제공한 관능적인 환락에 파우스트가 전적으로 만족한 것은 아니다. 설혹 악마라 할지라도 끝없이 향상을 바라는 인물인 그를 타락이라는 한자리에 묶어 둘 수 없는 것이다. 그레트헨에 대한 고결한 심정을 버리지 않고 있는 파우스트는 다만 메피스토펠레스의 술수로 타락하게 된 것뿐이다.

하지만 하느님의 이름으로, 그리고 도덕의 이름으로 그레트헨에게 가해진 정신적 고통이 그녀를 정신 착란으로 이끌어 갈 때 〈사랑하는 이 내 곁에 있었는데, 이제 멀리 떠났구나〉(4435)라는 그녀의 말대로 파우스트의 몸과 마음은 그녀를 떠나 있었다. 감옥에서 정신 착란을 일으킨 그레트헨이 자기를 구하러 온 파우스트를 옥리로 착각하고 애원하는 처절한 모습은 비극의 마지막 장면으로 비극성을 최대한 고조시킨다. 파우스트는 옥문 앞에서 그레트헨의 자장가를 듣고 전율을 느낀다.

> 오랫동안 잊고 지낸 두려움이 휘몰아치고
> 인간의 비참함이 가슴을 짓누르는구나.
> 여기 축축한 벽 뒤에 그녀가 있다니,
> 그녀에게 죄가 있다면, 악의 없는 망상에 젖었을 뿐인 것을.
> 그녀에게 가까이 가기 망설여지는가!
> 그녀를 다시 보기 두려운가!
> 가자! 너의 망설임은 그녀의 죽음을 재촉할 뿐이다.
>
> (4405~4411)

이때의 그레트헨은 희생양의 모습이다. 희생양이란 원래 고대 유대인의 풍습에서 유래되었다. 유대인들은 대속죄일(욤 키푸르 Yom Kippur)에 염소 한 마리를 제비로 뽑아 사람들의 모든 죄를 뒤집어씌운 뒤 광야로 보냈다. 공동체적 가치가 개인주의적 삶의 논리에 의해 밀려나는 순간, 타인은 불편한 존재로 여겨지는 것이다. 폭력적 만장일치에 의한 〈1인에 대한 만인의 폭력〉이야말로 모든 문화의 기원으로 여기에서 집단적 폭력의 희생물인 희생양이 발생한다.

기원전 5세기, 30년을 이어 온 펠로폰네소스 전쟁에서 패한 아테네는 희생양이 필요했다. 따라서 젊은이를 선동하고 이상한 신을 섬긴 죄목으로 소크라테스에게 사약이 내려졌다. 플라톤의 대화편 중에 『파이돈』은 소크라테스가 사약을 받고 죽음에 이르게 된 바로 그날의 기록이다. 〈소크라테스는 죽음을 목전에 두고도 죽음에 대한 두려움이 없었다. 그는 자포자기하거나 억울하다고 호소하지도 않았고 잘못된 판단을 내린 아테네를 저주하지도 않았다. 평온한 태도로 소크라테스는 죽음을 주제로 대화까지 하였다. 《반대되는 것은 반대되는 것으로부터 생기는 것 아닌가. 가령 미와 추, 옳음과 옳지 않음 같은 것 말일세. (……) 삶이 있어서 죽음이 있는 거라면 또한 죽음은 삶의 원인이 아니겠느냐?》 잠자는 것이 없으면 깨어 있는 것이 있을 수 없고, 삶이 없으면 죽음이 있을 수 없는 것이다. 그는 철학이란 죽음에의 연습이라고까지 말했다.〉[50]

이러한 희생양의 모습은 괴테의 소설 『친화력』의 오틸리에에게서도 나타난다. 〈기이하면서도 불행한 한 사람이 있습니다. 그는 아무런 죄도 없음에도 불구하고 아주 흉악한 사람이라는 낙인이 찍혔습니다. 그가 존재한다는 이유만으로도 그를 바라보거나 그가 곁에 있음을 눈치챈 모든 사람들에게 공포감을 불러일으킨

---

50 이주향의 내 인생의 책, 『파이돈』(플라톤), 경향신문(2019).

다는 이유에서이지요. 모든 사람들이 그에게서 괴물의 모습을 보게 된다고 하지만 그것은 사실 사람들이 그에게 그런 이미지를 투사한 결과일 따름입니다.〉(HA 6, 465)

중세 서양의 마녀 사냥과 히틀러의 유대인 학살도 종교적·정치적 목적의 희생양 만들기로 볼 수 있다. 나치의 지도부 대부분이 독일 주류 사회의 엘리트 출신이었고, 프랑스의 비시 정부에서 프랑스인 대다수가 반유대주의를 지지했으며, 일본이 제국주의화하면서 〈국민화〉라는 미명하에 조선과 타이완의 식민지 청년까지 대동아 전쟁에 참여하도록 유도하여 역사의 희생양으로 만든 것이다. 고대 유대인이나 그리스인은 희생양에게 좀 더 고통을 주어 그만큼 자신들의 죄를 덜어 보려는 풍습이 있었는데 이러한 개념이 『파우스트』에서도 묘사되고 있다.

가엾은 처녀가 잘못을 저질렀을 때,
내가 전에는 어떻게 그렇듯 겁 없이 나무랄 수 있었을까!
다른 사람들의 허물을 두고
어떻게 그렇듯 험하게 입을 놀렸을까!
검게 보이는 것을 더욱 검게 칠하고도
성이 차지 않아 하다니.
그리고 나는 축복받았다고 여기며 잘난 척했는데(3577~3583)

여기에서 희생양은 색깔로 묘사되어 검은색이 남을 더욱더 험담할 때 묘사되는 부정적인 색으로 이용되고 있다. 그리고 인종의 색깔론이 암시되고 있다. 색채론에서 흰색과 검은색은 무색에 포함되지만 인종 논쟁에서는 흰색만 기본색으로 여겨지고 검은색은 유색으로 분류되어 왔다. 그 결과, 검은 피부 등 유색인의 피부는 흰 피부와 달리 카인의 낙인과도 같은 표시로서, 말하자면 〈오염〉

된 것으로 낙인찍힌 인종을 나타내는 색깔이 되었다. 그리고 〈보편적〉 인간을 대변하는 남성에 의해 주도되는 인류의 역사에서 타자로서 주변화되어 온 여성들과 마찬가지로 검은 흑인은 주류 문화에서 배제되는 경향이 강했다. 따라서『파우스트』에서 〈그 오색영롱한 형상에 우리의 삶이 담겨 있는 것을〉(4727)이라는 파우스트의 말처럼 색깔의 부정적인 개념을 화합시키려는 의도가『파우스트』에서 여자 원예사들의 언급에 담겨 있다.

> 온갖 형형색색의 종잇조각들
> 맵시 있게 어울리지요.
> 한 조각 한 조각은 우스워 보여도
> 하나로 어우러지면 매혹적이랍니다.(5100~5103)

6장

아름다운 여성상

1
에로스와 타나토스

—

플라톤의 『향연』을 보면 충족과 풍만·부유의 신인 아버지 포로스와 결핍과 부족·빈곤의 신인 어머니 페니아 사이에서 에로스 (애욕)가 태어난다. 어머니의 핏줄 때문에 항상 부족과 결핍을 느끼는 동시에 아버지의 핏줄을 따라 늘 풍요와 충족을 갈구한다는 점에서 에로스는 운명적이다. 이 에로스가 인간에게 행복, 고통, 괴로움을 동시에 주고 있다. 이 에로스에는 반대 감정이 양립한다.[1] 우리에게는 사랑의 영역과 전쟁의 영역이 있는데, 프로이트는 이를 에로스(사랑)와 타나토스Thanatos[죽으려고 발버둥치는 무유애(無有愛)]라고 정의한다. 따라서 에로스는 달콤하기도 하여 인간에게 생기를 주는 동시에 치명적인 해를 끼칠 수도 있는데 이러한 내용이 『파우스트』에서 헬레나로 전개되고 있다. 『파우스트』에서 파우스트는 신까지 지배하려는 의욕이 강한 인물이다. 이렇게 자만에 가득 찬 남성을 제어하는 방법은 무엇일까. 『파우스트』에서는 이에 대한 답변으로 여성의 미가 전개된다. 『파우스트』에서 〈영웅이 이름을 앞세우며〉(8520)라는 말처럼 영웅이란 명예와 명성이 모든 것이기에 또 다른 〈명성〉을 소유하려 한다. 이러한 명성이나 명예의 최종 목표는 여성의 미가 된다고 『파우스트』에 묘사되고 있다.

1 Edgar Wind, *Heidnische Mysterien in der Renaissance. Mit einem Nachwort von Bernhard Buschendorf*, übersetzt von Christian Münstermann unter Mitarbeit von Bernhard Buschendord und Gosela Heinrichs(Frankfurt/M.: 1981), S.188.

그 무엇보다도 돋보이는 아름다움의 명성,

그 최대의 행복은 오로지 당신만의 것이지요.

영웅이 이름을 앞세우며

도도하게 활보하지만,

제아무리 완강한 남자도

모든 걸 제압하는 아름다움 앞에서는 뜻을 굽힌답니다.

(8518~8523)

〈그 무엇보다도 돋보이는 아름다움의 명성〉만이 영웅 등 강한 남성을 누그러뜨릴 수 있다는 것이다. 여기서는 미의 여성 헬레나가 파우스트에게 영향을 미친다. 〈마녀의 부엌〉 장면에서 메피스토펠레스는 〈약효가 네 몸에 퍼지면, 곧 모든 여자가 헬레나로 보일 거다〉(2603~2604)라고 미인의 대명사로 헬레나를 내세우고 있다. 헬레나는 인류 최고의 미녀로 남성들이 선망하는 대상이 되지만 또 한편으로는 남편을 버리고 외간 남자를 따라가 트로이 전쟁을 일으키게 한 팜 파탈적인 여성이다. 따라서 헬레나는 남편 메넬라스가 아닌 다른 남성에게 정을 품었다고 『파우스트』에서 스스로 고백할 정도로 남성관이 복잡하다.

헬레나 솔직히 말해, 내 마음은 펠레우스의 아들을 꼭 닮은 파트로클로스를

누구보다도 은근히 좋아하였지.(8854~8855)

결국 〈이 아름다우신 분의 고고함은 재물과 혈기를 지배하지요. 온 군대가 벌써 온순해지고, 온 장검이 무디고 둔해졌습니다〉(9348~9351)라고 할 정도의 관능적인 미를 지닌 헬레나는 남편 메넬라스를 버리고 외간 남자 파리스를 따라가 역사에서 가장 처

참한 사건으로 전해지는 트로이 전쟁의 근원이 되었다.

> 연기가 뭉실뭉실 피어오르고 붉은 불꽃이 이글거리고
> 뜨겁게 타오르는 들보 아래서 살인과 죽음이 횡행했어.
> 트로이 심판의 날이 노랫가락에 담겨
> 수천 년 동안 끔찍하게 전해지리라고 알려 주었지.(8114~8117)

결국 〈도시들을 쑥대밭으로 만든 여인의 무서운 형상, 꿈의 형상〉(8839)으로 〈세 배 네 배 재앙에 재앙을 몰고〉(9255) 와서 10년 동안 무수한 전사들이 피를 쏟은 트로이 전쟁의 원인은 헬레나에 대한 파리스의 욕정이었던 것으로, 이에 대해 바다의 신 네레우스는 〈기어이 욕망을 좇았고 일리오스는 몰락했어 — 고통에 오래오래 시달리다가 뻣뻣하게 나자빠진 거인의 시신이 핀두스의 독수리들에게 반가운 성찬을 마련해 주었지〉(8119~8120)라며 한탄하고 있다.

따라서 〈(트로이 전쟁에서) 싸우다 죽은 파리스의 동생 데이포보스를 잊으셨습니까? 그가 과부 된 왕비님을 고집스럽게 측실로 삼은 행운을 누린 탓에, 메넬라스왕께서 잔혹하게 능지처참하지 않으셨던가요? 코와 귀를 잘라 내고, 다른 것도 동강 내〉(9054~9058)는 것으로 복수했고 이러한 사실들에서 헬레나는 〈뭐라고? 메넬라스왕이 나를 해칠 만큼 잔혹한 분이실 것 같으냐?〉(9052~9053)라면서 남편 메넬라스의 복수를 두려워한다. 그리고 메넬라스가 헬레나에게 복수하고자 군대를 이끌고 진군해 오자 포르키아스가 이를 알린다.

> 메넬라스왕이 군사들을 벌 떼처럼 거느리고
> 쳐들어왔어요.

한바탕 치열하게 싸움을 벌일 준비를 하십시오!
여자를 호위한 대가로 데이포보스처럼
승리자들 무리에 에워싸여
난도질당할 것입니다.(9426~9431)

그러나 파우스트는 일치단결한 게르만의 용사들을 동원하여
다가오는 위험을 물리치고 나서 〈나한테도 잘되고 그대한테도 잘
되었으니, 지난 일일랑 깊이 묻어 버리시오!〉(9562~9563)라며
과거를 청산하고자 한다. 그리고 파우스트는 〈우리의 행복 아르카
디아처럼 자유로워라!〉(9573)라고 외치며 헬레나를 데리고 시간
을 초월한 땅 아르카디아, 즉 그리스의 영원하고 완전한 자연으로
되돌아간다. 하지만 헬레나의 배신에 대해 〈자신이 한때 소유했던
것을 잃어버린 남자의 가슴속에서 질투심이 날카롭게 할퀴지요.
잃어버린 것을 결코 잊지 못하는〉(9064~9066) 메넬라스왕은 헬
레나를 향한 복수심에 불탄다.

포르키아스는 이에 대해 〈아름다움은 원래 나눌 수 없는 것이
지요. 아름다움을 완전히 소유한 사람은 저주스럽게도 누군가와
나누기보다는 차라리 파괴해 버리지요〉(9061~9062)라고 말한
다. 〈메넬라스도 헬레나의 드러난 젖가슴을 보자 손에서 칼을 내
던질 정도〉라고 아리스토파네스가 「리시스트라테」에서 묘사할 정
도로 미 앞에서는 복수도 불가능하다. 이러한 배경에서 여성의 미
는 전쟁을 자극하거나 멈추게 하는 야누스적인 이중(二重)의 가능
성을 가지고 있다. 또한 애욕은 선과 악, 다시 말해 천사와 악마 메
피스토펠레스에서도 작용한다.

파우스트가 죽자 그의 영혼을 가져가려는 메피스토펠레스 앞
에 나타나 신성한 사랑의 징표인 장미꽃을 뿌려 파우스트를 승천
시키는 천사들을 보고 악마 메피스토펠레스가 사랑에 빠지는 역

설적인 사건이 발생한다. 〈그 악령들이 친숙한 지옥의 형벌 대신 사랑의 고통을 느꼈더라.〉(11949~11950) 파우스트가 간척 사업을 하다 현장에서 쓰러져 죽자 메피스토펠레스는 그 순간을 기다렸다는 듯 악마들을 동원하여 파우스트의 매장을 지휘한다. 그러나 장미꽃을 뿌리며 방해하는 어린 천사들에게 악마들이 정신을 차리지 못할 정도로 반해 버리는 사태가 발생하고 이에 메피스토펠레스는 격하게 분노한다.

어째서 웅크리고 벌벌 떠느냐? 그게 지옥의 풍습이더냐?
꽃을 뿌리든 말든 의연하게 버텨라.
이 멍텅구리들아, 각자 자리를 지켜라!
저런 꽃 나부랭이로
뜨거운 악마들을 얼릴 수 있다고 생각하는 모양인데,
너희들의 입김 앞에서 저 정도는 순식간에 녹아 사라지리라.
입김을 내뿜어라, 불의 정령들아! — 그만, 그만해라!
너희들의 숨결 앞에서 꽃송이들이 빛을 잃는구나 —
정도껏 해라! 주둥이와 코를 닫아라!
어이쿠, 너무 심하게 불지 않았느냐.
어째서 한 번도 제대로 할 줄 모른단 말이냐!
꽃송이들이 오그라들다 못해, 갈색으로 말라비틀어져 불이 붙
  는구나!
독기 어린 밝은 불꽃을 날리며 이리로 다가오지 않느냐.
모두 하나로 단단히 뭉쳐서 막아라! —
힘이 빠지는구나! 용기가 사그라드는구나!
꼬리 치며 달려드는 생소한 불꽃에 사탄들이 홀리다니.
(11710~11725)

이렇게 화를 내던 메피스토펠레스 역시 장미꽃을 뿌리는 어린 천사들을 보자 사랑에 빠져 탄식을 하게 된다.

머리도 불타고 심장도 간장도 불타는구나.
사탄보다 더 지독한 원소로다!
지옥의 불길보다 훨씬 더 매섭구나! ─
그래서 너희들이 그렇듯 끔찍하게 신음하는 거로구나,
사랑을 거절당한 불행한 연인들아!
목을 꼬고서 사랑하는 사람을 엿보는 이들아.

나도 마찬가지구나! 왜 고개가 저쪽으로 돌아갈까?
저들하고는 불구대천지원수가 아니던가!
저것들을 보기만 해도 적개심이 부글부글 끓었는데.
웬 낯선 것이 내 마음속 깊이 뚫고 들어왔는가?
저 귀여운 것들을 자꾸만 보고 싶어지니,
무엇이 저들을 저주하지 못하게 가로막는 것일까? ─
내가 현혹당하면,
누가 앞으로 바보라 불리겠느냐?
밉기만 하던 악동들이
어찌 이리 사랑스러워 보이는가! ─ (11753~11768)

메피스토펠레스는 〈오, 이리 가까이 다가오너라. 오, 나를 한번 바라봐 다오!〉(11777)라든가, 〈미소 짓는 모습도 한번 보고 싶구나! 그러면 참으로 황홀할 텐데〉(11790~11791)라고 외칠 정도로 장미를 뿌리는 어린 천사들에게 매료된다. 본래 메피스토펠레스는 악마이기 때문에 천사 같은 성스러운 존재와 사랑을 나눌 수 없다. 다시 말해서 그는 세속적으로 음탕한 애욕만 가능할 뿐 천상의 천사들에게서 느낄 수 있는 숭고한 사랑은 누릴 수 없는 것이다. 따라서 천상의 천사에게 매료된 메피스토펠레스는 천사들이 세속적인 음탕한 존재가 되어 주기를 바라는 악마의 본질을 드러내기도 한다.

> 무슨 그런 해괴하고 무모한 짓거리가 있느냐!
> 그것이 사랑의 원소란 말이냐?
> 온 몸뚱이가 불길에 휩싸이고
> 목덜미에 불이 붙는데도 느끼지 못하다니 ―
> 이리저리 흐늘거리지 말고 이리 내려앉아라.
> 귀여운 팔다리를 조금만 더 속되게 움직이려무나.
> 그 진지한 얼굴이 참으로 아름답지만,
> 미소 짓는 모습도 한번 보고 싶구나!
> 그러면 참으로 황홀할 텐데.
> 그러니까 사랑하는 사람을 바라보듯,
> 입가를 살짝 움직이면 얼마나 좋겠느냐.
> 거기 길쭉한 녀석아, 네가 가장 마음에 드는구나.
> 성직자 같은 근엄한 표정이 도통 어울리지 않으니,
> 좀 음탕하게 날 바라보아라!
> 벌거벗은 모습도 너희들한테 얌전히 잘 어울리겠건만,
> 주름진 긴 옷은 너무 정숙해 보이는구나 ―
> 저것들이 돌아서는구나 ― 뒷모습을 보아라!
> 저 개구쟁이들이 정말 군침 돌게 하는구나!(11783~11800)

이렇게 악마의 본질인 세속적이고 음탕한 사랑을 성스러운 천사에 연결시켜 누리고자 하는 사이에 숭고한 천사들이 파우스트의 영혼을 인도하여 하늘로 올라가자 메피스토펠레스는 자신의

무모한 열정을 후회한다.

> 창피하게 이런 실수를 저질러,
> 온갖 애를 쓰고도 놓치다니, 수치스럽구나!
> 약삭빠른 사탄이 천박한 욕망에,
> 어이없는 욕정에 휘말리다니.(11836~11839)

이렇게 여성의 미는 성과 속을 막론하고 강한 영향력으로 남성을 제압한다. 『파우스트』에서도 시력 좋은 린케우스가 〈이 가련한 인간의 눈이 멀었지요〉(9241), 〈아름다움 앞에서는 노여움도 사그라지지요〉(9245)라고 고백하고, 메피스토펠레스도 〈헬레나에게 혼을 빼앗긴 자는 쉽게 정신 차리지 못하는 법〉(6568~6569)이라고 말하듯이 헬레나의 관능적인 미는 강한 남성뿐 아니라 일군(一軍)의 군사들까지 압도할 정도로 강력하여 그들이 〈순종하지 않을까 염려〉스러운 존재로 신적인 인간이 되려는 파우스트까지 굴복시킨다.

파우스트   이런 놀라운 일이, 오, 왕비님, 저는 지금 능숙하게 활을 맞히는 사람과
그 활에 맞은 사람을 동시에 보고 있습니다.
제 눈앞의 활이 화살을 날리고,
그 화살에 저자가 상처를 입었지요. 줄줄이 날아가는 화살에
저도 맞았습니다. 깃털 달린 화살들이
성안 곳곳을 윙윙거리며 날아다니는 것만 같군요.
저는 누구입니까? 왕비님께서 갑자기 제 충신들을
반항하게 하고 제 성벽들을 불안하게 하십니다.
이러다가는 제 군대마저 왕비님께

순종하지 않을까 염려되는군요.

그러니 저 자신과 더불어, 제 것인 줄 알았던 모든 것을

왕비님께 바치는 수밖에 없지 않겠습니까?

이리 나타나시자마자 모든 재산과 옥좌를 차지한

왕비님의 발치에

자진하여 진심으로 충성을 맹세합니다.(9258~9272)

여기에 언급된 〈깃털 달린 화살〉의 깃털에서 메피스토펠레스의 마술이 파우스트에게 적용되었음을 느낄 수 있다. 깃털은 메피스토펠레스의 상징인 까닭에 이를 모르는 마녀를 강력하게 꾸짖는다.

메피스토펠레스   이 수탉 깃털을 몰라보겠느냐?

내가 얼굴을 감추기라도 했느냐?

내 입으로 내 이름을 말해야겠느냐?(2486~2488)

이러한 깃털로 만들어진 총채도 당연히 메피스트펠레스를 암시하는 물건이 되고 있다.(2427행 참조)

앞에서 여성상이 신적인 경지에 오르고자 하는 자만스러운 남성을 다시 온화한 인간의 경지로 돌아오게 하는 원동력이 되고 있다. 따라서 〈동정녀이시고, 어머니이시고, 여왕이신 여신이시여, 자비를 베푸소서!〉(12102~12103)라는 기원처럼 『파우스트』에서 그레트헨과 헬레나, 『젊은 베르테르의 슬픔』에서 로테, 『친화력』에서 오틸리에 및 「타우리스의 이피게니에」의 이피게니에 등의 여성들이 남성을 인도하여 구원하는 여신처럼 작용하는데 이 여성들은 괴테가 체험한 여성들의 반영으로 볼 수 있다.

라이프치히 대학 시절에 케트헨Käthchen Schönkopf을 처음으

로 사랑한 괴테는 처녀 시집 『라이프치히 가곡집 *Das Leipziger Liederbuch*』을 내 그녀에게 사랑의 시들을 자주 바치고 또한 「연인의 변덕Die Laune des Verliebten」(1767)과 「공범자Die Mitschuldigen」(1768) 두 편의 희곡을 남겼다. 케트헨 다음에 괴테가 두 번째 사랑한 여성은 프리데리케Friederike Brion이다. 그녀와 헤어지고 괴테는 시 「제젠하임의 노래」를 지었고, 그다음 찾아온 사랑인 샤를로테 부프가 자신의 친구와 결혼해 떠나자 유명한『젊은 베르테르의 슬픔』을 썼다. 괴테는 39세 때인 1788년에는 23세의 꽃집 처녀 불피우스Christiane Vulpius를 만나 사랑에 빠져 동거하다가 결혼식을 올렸다. 불피우스가 오랫동안 겪었던 병이 급속히 악화되어 1816년 6월 초에 사망하자 괴테는 28년 동안 함께했던 그녀와의 삶을 짧은 4행의 시에 담았다.

> 오 태양이여, 너 헛되이 애쓰고 있구나,
> 암울한 구름으로부터 얼굴을 내밀려고!
> 내 평생 이룬 모든 업적 다 잃는다 한들
> 어찌 너를 잃은 슬픔에 비하랴.[2]

불피우스가 사망한 뒤 아들 아우구스트 부부와 함께 살던 괴테는 생애 마지막 사랑으로 기록되는 레베초프를 만나는데 당시 그녀 나이는 16세이고 괴테는 74세. 레베초프가 19세이던 1823년에 괴테는 아들 부부에게 보낸 편지에서 〈나는 요즘 춤추듯 살고 있다〉고 말했다. 〈저기 주방으로 통하는 문이 보인다. 저기엔 아! 세상에서 제일 귀여운 여자 요리사(레베초프)가 점심 식사를 준비하고 있단다〉라고 말하는 늙은 괴테는 어린애 같은 순수함도 느끼게 한다. 괴테는 레베초프의 모친에게 딸을 달라고 부탁했지만 당

---

2 안삼환 엮음, 『괴테 그리고 그의 영원한 여성들』(서울대학교 출판부, 2006), 269면.

사자가 끝내 망설이는 바람에 결혼은 성사되지 못했다. 대신 레베초프는 평생 독신으로 지내며 95세까지 장수했고, 괴테는 레베초프에 대한 절절한 사랑을 담은 시「마리엔바트의 비가」를 남겼다. 프리데리케나 부프 및 레베초프처럼 가슴 깊이 간직된 여성들에 대한 추억이『파우스트』의「헌사」에 묘사되어 있다.

> 다시 가까이 다가오는구나, 일찍이 내 흐릿한 눈에
> 나타났었던 아물거리는 형상들아.
> 이번에는 정녕 너희들을 붙잡아 볼거나?
> 내 마음 아직도 그 환상에 이끌리는가?
> 집요하게 몰려오는구나! 좋다, 그러면 너희들 마음대로
> 연무를 헤치고 나타나 내 주변을 에워싸라.
> 너희들의 행렬을 감싼 마법의 숨결에
> 내 마음, 젊은이처럼 크게 감동받아 떨리는구나.
>
> 즐거웠던 나날의 영상들을 너희들이 불러내는구나.
> 사랑스러운 모습들이 많이 떠오르고,
> 처음 느꼈던 사랑과 우정이 마치 사라져 가는
> 옛 전설처럼 되살아나는구나.
> 그때의 아픔이 새삼 가슴을 파고들고,
> 삶의 애환이 미로처럼 어지러이 뒤엉켜 되풀이되누나.
> 아름다운 행복의 시간을 헛되이 갈망하다
> 나보다 먼저 사라져 간 착한 이들을 부르누나. (1~16)

여기에서 〈처음 느꼈던 사랑과 우정〉 등의 감정이 〈사라져 가는 옛 전설처럼〉 떠오르듯이 괴테의 과거의 여성들이나 사건 등에 대한 추억이 그의 작품에 많이 담겨 있다. 따라서 괴테는 1816년

과 1817년에 발간한『이탈리아 기행』에서 자신이 동경했던 이탈리아에서 다시 태어나고 덧없는 행복을 경험했지만, 이제는 이탈리아에서 멀리 떨어져 예전의 추억을 되새기고 있을 뿐이라는 감상적 심정을 보이고 있다. 괴테가 추억하는 주요 대상은 여성들이다. 이러한 여성상이『파우스트』에서 그레트헨 — 헬레나 — 영광의 성모[3] — 영원히 여성적인 것으로 상승되어 〈영원히 여성적인 것이 우리를 이끌어 올리노라〉(12110~12111)라는 신비적인 합창으로 작품은 끝난다.

그레트헨에서 〈영원히 여성적인 것〉으로 가는 과정은 〈성스러움〉과 〈숭고함〉 등의 최상급의 경지로 이에 관련하여 오토Rudolf Otto의 개념을 들어 본다. 오토의『성스러움Das Heilige』은 〈두려운 신비mysterium tremendum〉, 〈존엄majestas〉, 〈매혹적 신비mysterium fascinosum〉 등 종교학적 용어의 누미노제numinose(신성한) 개념을 분석하여 여섯 속성으로 구분했다.[4]

1. 트레멘둠tremendum: 신에 대한 공포. 원시 종교에서의 악마에 대한 두려움. 한 단계 높은 다신교에서의 섬쩍지근하고 무서운 감정. 이러한 감정은 최고로 발전한 종교에서도 사라지지 않는다.

2. 파시노줌fascinosum: 매혹. 파시노줌의 끌어당기는 힘은 트레멘둠의 전율케 하는 힘과 대비를 이룬다. 감각을 홀리고, 환희에 차오르게 하고, 도취와 황홀경으로 상승케 하는 것(신비주의적 요소).

3. 미스테리오줌mysteriosum 혹은 미룸mirum: 신비로움 혹은 놀라움. 완전히 다른 것. 낯설고 이해할 수 없는 놀라움을 야기하는 것. 모든 일상적이고 친숙한 사물로부터 완전히 벗어난 것.

---

3 제1부의 〈수난의 성모〉(3588)와 대조되는 것. 타치아노의「성모 승천도」를 연상하게 한다.

4 Rudolf Otto, *Das Heilige. Über das Irrationale in der Idee des Göttlichen und sein Verhältnis zum Rationalen*(Breslau: 1917), S. 8 ff.

4. 에네르기쿰energicum: 에네르기. 동적이고 살아 있는 것. 이 것은 금욕적이건, 세계와 육신에 대한 열망이건, 영웅적인 작용과 행동을 취하건 간에 인간의 정서를 활성화시키고, 열망하도록 만 들며, 무서운 긴장과 역동성으로 가득 채운다.

5. 마예스타스majestas: 존엄. 이 감정은 신 체험에 있어 트레멘 둠과 분리해서 생각할 수 없다. 이것은 무엇보다 신 앞에서 자아를 버리고 신과 합일하려는 신비주의에서 특징적이다. 신에 대한 피 조물의 감정, 즉 신 앞에서 도덕적으로 열등하다는 의식이 여기에 속한다. 마예스타스(존엄)의 요소는 구약 성서의 「예레미아」23장 23~24절에 잘 나타나 있다. 〈내 말을 똑똑히 들어라. 내가 가까운 곳에만 있고 먼 곳에는 없는 신인 줄 아느냐? 사람이 제아무리 숨 어도 내 눈에서 벗어날 길은 없다.〉

6. 아우구스툼augustum: 성스러움. 이것의 가치는 〈그대 홀로 성스럽다tu solus sanctus〉라는 말에서 가장 잘 표현된다. 이것은 모 든 윤리적인 범주를 넘어 인간에게 무조건적으로 의무를 지우고 불경하다는 의식을 갖도록 만든다. 오토의 이러한 개념들은 『파우 스트』에서 다음과 같이 묘사된다.

전율은 인류에게 주어진 최고의 것일세.
세상이 전율의 감정을 자주 베풀지 않을지라도,
인간은 감동해야만 엄청난 것을 깊이 느끼는 법일세.

(6272~6274)

전율은 인간의 가장 깊은 정신 속에 깃든 기능으로 예지의 소 유자, 예술가, 신비주의자 등의 근원적인 정서이다. 이런 배경에서 앞에 언급된 〈그레트헨 — 헬레나 — 영광의 성모 — 영원히 여성 적인 것〉의 정서는 오토의 개념의 총체를 이룬다고 볼 수 있다. 괴테는 인류를 위해서는 성모 마리아를, 인간 파우스트를 위해서는 그레트헨을 내세우고 있다. 당시 종교 분파와 학문적 세계의 발견 등으로 신의 거룩함을 위협할 정도까지 자만해진 파우스트 같은 인물이 여성의 최고 경지인 〈영원히 여성적인 것〉에 의해 다시 인간 본래의 남성으로 돌아오는 것이다.

2
여성미의 본질

—

남성을 인도하여 구원하는 고결한 여성상이 괴테의 문학에서 자주 전개되고 있다. 『젊은 베르테르의 슬픔』에서 로테는 영적으로 베르테르에게 여성의 신비를 불어넣고, 희곡 「프로메테우스」에서는 외적인 면뿐 아니라 감정에서도 아름답고 고귀한 판도라가 난폭한 남성 프로메테우스의 거친 사상을 억제시킨다. 소설 『친화력』에서 에두아르트는 전쟁터에서 무공 훈장을 탈 정도로 용감했지만 자제심과 결단력이 부족하여 운명의 소용돌이로 끌어들이는 마력에는 속수무책이다. 따라서 죄로 가득 찬 의욕을 품게 되는 그를 정화시키는 인물은 다름 아닌 여성 오틸리에다. 이렇게 순결하고 고결한 여성은 괴테의 고전주의 문학의 전형으로 이들이 남성 주인공을 이끌어 개선시키는 내용은 고대 게르만 시대에서부터 독일 남성이 여성에 의해 정화되고 향상되었던 전통의 답습도 된다.

이렇게 고결한 여성상이 『파우스트』에도 미치고 있다. 작품 제 1부에서 그레트헨의 아름다움에 반한 파우스트는 〈당신의 눈초리, 말 한마디는 이 세상의 어떤 지혜보다 더 즐겁다오〉(『초고 파우스트』 931~932)라고 말할 정도로 그레트헨의 미는 강했다.

원 세상에, 저렇듯 아름다울 수 있다니!
저런 처녀는 내 생전 처음 보는구나.

참으로 얌전하고 예의 바른 데다가

퉁길 줄도 알고.

붉은 입술, 반짝이는 볼,

내 평생 결코 잊지 못하리라!

눈을 내리뜨는 모습이

마음을 깊이 파고들고,

퉁명스럽게 거절하는 것도

황홀하기만 하구나! (2609~2618)

여기에서 볼 때 그레트헨은 새침을 떨며 톡 쏘아 뿌리치는 성격도 있다. 따라서 그녀는 나중에 파우스트에게 〈다만 당신에게 좀 더 매정히 대하지 않은 저 자신에게 무척 화가 난 것만은 확실해요〉(3177~3178)라고 말하기까지 한다. 하지만 이처럼 쌀쌀하게 쏘아 뿌리치는 행동이 파우스트에겐 더욱 매력 있어 보이는데 이러한 내용은 부활절 날에 행진하는 병사들이 부르는 합창에 잘 나타나 있다.

도도하게 새침 떼는

아가씨를!

용감하게 노력하면,

근사한 보답이 주어지는 법! (887~890)

따라서 그레트헨의 미에 가까워질수록 조급하고 안정감을 찾지 못하고 정염의 화신이 되어 가는 파우스트는 다음과 같이 독백하기도 한다.

그는 내 가슴속에서 그 아름다운 자태를 향한

거센 불길을 부지런히 부채질하노라.

그러면 나는 욕망에서 향락을 향해 비틀거리고,

향락 속에선 욕망으로 애태우노라.(3247~3250)

　이렇듯 청순하게 매혹시키는 그레트헨의 여성미와 반대로 헬레나는 관능적인 미로 파우스트를 사로잡는다. 호메로스의 「일리아스」에서 그리스 신화의 모든 남성들 중 가장 강하고 담대한 자로 묘사되는 이다스Idas의 형제 린케우스는 참나무 둥치도 꿰뚫어 볼 정도로 시력이 좋은 신이다. 아르고나우테스Argonautes는 이아손이 황금 양털을 찾아 떠날 때 갔던 동료들을 일컫는데 린케우스는 이 원정과 칼리돈의 사냥 등에 참여하여 뛰어난 시력을 발휘했다. 신화학자들은 린케우스의 전형을 역사적으로 해석하여 그를 최초의 광부로 여기기도 한다. 린케우스가 땅을 깊숙이 파고 들어가 등불 빛으로 광맥을 찾아냄으로써 〈땅속까지 볼 수 있는 자〉라는 명성을 얻었다는 것이다.5 『파우스트』에서 망루지기 역할을 하는 린케우스는 좋은 시력으로 헬레나의 아름다운 모습을 볼 수 있는 자신의 축복을 찬미하고 있다.

밝은 눈을 타고나

망보는 임무를 맡아서

탑을 지키니,

세상이 마음에 드는구나.

달과 별,

숲과 노루,

멀리 바라보고

5　피에르 그리말, 『그리스 로마 신화 사전』, 백영숙·이성엽·이창실 옮김(열린책들, 2003), 140면.

가까이 살피노라.

만물이 영원히

아름답게 꾸며진 걸 보니,

그것도 맘에 들고

나도 맘에 드는구나.

행복한 눈들아,

너희들이 본 것은

그 무엇이든

아름다웠노라!(11288~11303)

괴테가 사망하기 1년 전(1831년 4월)에 썼으며 호프만슈탈
Hugo von Hofmannsthal이 〈백조의 노래Schwanengesang〉로 제목을
붙인 이 시는 아름다움을 볼 수 있는 눈을 찬양하고 있다. 이러한
린케우스와 마찬가지로 미녀 헬레나를 처음 본 파우스트도 자신
의 눈을 의심한다.

내 눈이 아직 온전히 붙어 있는가? 마음속 깊은 곳에서

아름다움의 샘이 철철 넘치지 않는가?

그 무서웠던 여정이 지고의 행운을 가져왔구나.

지금까지 이 세상이 나한테 얼마나 공허하게 닫혀 있었던가!

하지만 내가 사제가 된 이후로 얼마나 변했는가?

처음으로 바람직한 것, 근거 있는 것, 영속적인 존재가 되었도다!

그대 앞에서 멀어진다면,

내 삶의 숨결이 사라지고 말리라! —

언젠가 마법의 거울 속에서 날 황홀하게 하고

행복하게 했던 아리따운 자태는

이 아름다움에 비하면 물거품에 지나지 않았노라! —

생동하는 모든 힘, 정열의 정수,

애정, 사랑, 숭배심, 광기를

나 그대에게 바치노라.(6487~6500)

〈연회장〉 장면에서 파우스트가 〈내 눈이 아직 온전히 붙어 있
는가? 마음속 깊은 곳에서 아름다움의 샘이 철철 넘치지 않는가?〉
라고 외칠 정도로 그를 유혹하며 등장하는 헬레나는 원형, 즉 이데
아다. 헬레나는 언제든 안개와 같이 사라지는 이데아인 것이다. 이
러한 헬레나를 메피스토펠레스는 파우스트에게 다음과 같이 제안
하고 있다.

어느 쪽이든 매한가지요. 이미 생성된 것에서 벗어나,

형상에 얽매이지 않는 절대적인 영역으로 가시오!

오래전부터 더 이상 존재하지 않는 것을 즐기시오.

북적거리는 움직임이 구름처럼 휘감거든.(6276~6279)

이미 생성된 것에서 벗어나 절대 공(絶對空)의 나라로 가서 존
재가 없는 이데아적인 헬레나를 즐기라는 것이다. 헬레나는 이미
실체가 없고 그 형태만 있으므로 그 아름다운 형태만 빌려 오자는
것이다. 이에 대해 파우스트는 〈그녀도 시간에 얽매여서는 안 되
지요!〉(7434)라고 대응함으로써 헬레나를 시간을 초월한 보편적
미의 이념으로 보고 있다. 말하자면 헬레나는 미의 이념의 운반체
인 동시에 이 이념의 현현인 것이다. 이러한 헬레나를 파우스트가
강제로 껴안으려 하자 폭발이 일어나 모든 것이 사라진다. 성숙·
발전·형성이라는 여러 단계를 거치지 않고 이데아의 세계로부터
헬레나를 데리고 나오려 한 파우스트의 무모한 행동이 시간과 공
간의 법칙에 의해 헛수고가 되는 것이다.

이렇게 괴테는 그리스 신화의 헬레나를 자신의 〈필요에 따라〉 하나의 미적 현상으로 창조하여 새로운 헬레나를 탄생시킨다. 이러한 헬레나가 새로워지려면 안티케적 미의 구현이라는 낡은 역사적 정체성을 떨쳐 버리고 이상주의적 시각으로 새로운 정체성을 찾아야 한다. 그녀는 남편 메넬라스와 조국 스파르타 그리고 신화적 시대를 떠나 파우스트의 성으로 와서 그와 결합하는 새로운 정체성을 갖게 된다.[6]

헬레나가 파우스트를 이해하고 사랑하며 하나가 되기까지는 시간이 오래 걸리지 않는다. 이들 사이에 언어가 심리적으로 작용하기도 한다. 공통된 과거를 지니지 못한 그들의 합일 과정이 시구의 운으로 표현되는 것이다. 두 사람의 대화에서 파우스트가 시운에 맞추어 전반부를 시작하면 헬레나가 두 번째의 압운어를 보충하여 조화롭게 완성시키는데, 이는 〈그녀가 서양의 시작(詩作) 방법에 감정을 이입시키는 것이며, 또한 그리스와 북방의 정신이 합일되고자 노력하고 있다는 증거이다〉.[7]

헬레나　경이로운 일들을 많이 보고 들으니,

　　정말 놀랍고 또 물어보고 싶은 일도 많답니다.

　　그런데 저 남자의 말이 어째서 기이하게,

　　기이하면서도 친절하게 들리는지 알고 싶군요.

　　말소리들이 서로 순응하는 듯 들리고,

　　한 낱말이 귀에 어우러지면

　　이어지는 낱말이 앞선 낱말을 애무하는 것만 같아요.

　　(……)

　　어떻게 그렇듯 아름답게 이야기할 수 있는지 먼저 말해 줘요.

6 『괴테 파우스트 휴머니즘』, 210면.
7 Theodor Friedrich, *Goethes Faust erläutert* (Leipzig), S. 238.

파우스트 그거야 아주 쉽지요, 마음에서 우러나와야 합니다.

마음이 갈망으로 넘치면,

주위를 두리번거리며 묻게 되지요 —

헬레나 누가 함께 즐긴 건지를.

파우스트 정신은 앞을 바라보지도 않고 뒤를 돌아보지도 않아요.

오로지 현재만이 —

헬레나 우리의 행복이지요.

파우스트 현재만이 보물이고 최고의 수익이며 재산이고 담보이

지요.

누가 그걸 증명할까요?

헬레나 제 손이 증명하지요.(9365~9384)

이렇게 파우스트와 헬레나 사이에서는 언어의 운율이 자연스럽게 맞아떨어진다. 이러한 노래와 같은 말들은 두 사람의 은근한 사랑이 서로 고백되는 것으로 고대 그리스와 근대의 게르만 정신의 뜻있는 결합이 되는 것이다.

관능적인 미는 근원적으로 동물적인 본능에 따른 것인지도 모른다. 그래서 앞의 시에서 린케우스는 보이는 사물들의 아름답거나 사랑스러운 모습을 보이는 대로 즐겁게 노래하지만, 이 아름다움에는 죄악이 담겨 있을 수도 있기 때문에 시각은 부정적인 요소로 작용하기도 한다. 따라서 린케우스는 헬레나의 아름다움을 마음이 아닌 눈으로 본 자신을 심하게 탓한다.

저를 무릎 꿇리시든 눈 뜨고 바라보게 하시든,

죽이시든 살리시든 마음대로 하십시오.

저는 이미 신이 보내신 왕비님께

모든 걸 바쳤으니까요.

아침의 환희를 기다리며
동쪽의 해돋이를 망보는데,
희한하게도 갑자기
남쪽에서 태양이 떠올랐지요.

골짜기와 산 대신,
하늘과 땅 대신,
세상에 둘도 없는 왕비님 한 분만을 보러
그쪽으로 시선을 향하였지요.

높은 나무의 스라소니처럼
날카로운 눈빛을 타고났는데도,
마치 깊고 어두운 꿈에서 깨어난 듯
저는 안간힘을 써야 했지요.

내가 어디에 있는 걸까?
성첩? 탑? 굳게 닫힌 성문?
하늘하늘 떠돌던 안개가 걷히더니,
여신이 걸어 나오셨지요!

저는 눈과 마음을 여신에게 향하고서,
그 은은한 광채를 들이마셨지요.
그 눈부신 아름다움에
이 가련한 인간의 눈이 멀었지요.

저는 파수꾼으로서의 의무,
약속대로 호각을 불어야 하는 의무를 까맣게 잊었지요.

절 죽이시든 살리시든 마음대로 하십시오

아름다움 앞에서는 노여움도 사그라지지요.(9218~9245)

　이 내용을 보면 눈은 외부의 것을 안으로 받아들여 마음을 움
직이게 한다. 이에 대해 괴테는 〈이야기로 잘 알려진 어떤 대상이
실제로 보니 보잘것없더라는 불평을 나는 수없이 들어왔다. 상상
과 현실의 관계는 시와 산문의 관계와 같다〉[8]고 언급했다. 눈으로
무언가를 보는 순간, 마음에 변화가 생기는 것이다. 따라서 괴테는
〈내면과 외부의 총체성은 눈을 통해 완성된다〉(HA 13, 323)고 말
했다. 내면과 외부 양자의 균형이 깨지면 인간은 상상력을 상실한
채 오로지 객관적 현실에 압도되거나 현실 감각을 상실한 채 주관
적 환상 속에서만 헤매게 된다.[9]
　괴테는 고대 그리스의 비극 작가 에우리피데스의 「타우리스섬
의 이피게니이아」에 깊은 관심을 보였는데 결국 자신도 「타우리
스의 이피게니에」를 집필했다. 그리스의 신화, 문학과 예술에 많
은 관심을 가졌지만 특이하게도 그리스 여행은 하지 않았다. 빙켈
만, 실러와 횔덜린 등 고대 그리스 정신의 옹호자들 역시 아이러니
하게도 그리스에 가본 적이 없다. 특히 실러는 스위스에 가본 적도
없으면서 스위스를 배경으로 한 「빌헬름 텔」을 집필했다. 1787년
3월 28일, 이탈리아 나폴리의 발데크 후작이 괴테에게 그리스로
함께 여행하자는 제안을 했지만 괴테는 다음과 같은 격언을 말하
며 거절했다. 〈일단 세상에 나와 사람들과 관계를 맺게 될지라도
정신을 잃어버리거나 미쳐 버리지 않게 조심해야 할 것이다.〉(HA
11, 223) 여기에서 괴테의 상상과 현실의 불일치에 대한 염려가
느껴진다.

　8　Johann W. Goethe, *Sämtliche Werke nach Epochen seines Schaffens*, Münchner
Ausgabe, Bd. 15, S. 384.

　9　Albrecht Schöne(Hg.), *Faust. Kommentare*(Frankfurt/M.: 1999), S. 742.

눈에 의해서 일어나는 아름다움을 지켜보고 있노라면 눈이 두려운 유혹의 창이라는 사실을 알게 되어 『파우스트』에서도 〈그 오색영롱한 형상에 우리의 삶이 담겨 있는 것을〉(4727)이라거나 〈이 풍성한 광경 앞에서 모든 것이 맥을 잃고 무의미해지는군요〉(9354~9355)라고 언급되고 있다. 눈의 유혹에 넘어가 마음의 중심을 잃지 않으려면 〈영혼의 눈〉이 필요하다. 이러한 파우스트에게 〈근심〉이 파우스트에게 입김을 불어넣어 눈을 멀게 한다. 노부부 필레몬과 바우치스를 살해한 후 그를 찾아온 〈근심〉의 저주로 파우스트의 눈이 멀게 되는 것이다.

인간들은 평생을 눈멀어 사는데,
파우스트, 너도 결국엔 눈멀게 되리라!(11497~11498)

이렇게 보는 능력을 상실한 파우스트는 운명의 대전환을 겪게 된다. 파우스트는 장님이 되어도 밤이 깊어졌다고 생각할 뿐 마음의 눈으로 자신의 일을 완성시키려 한다.

밤이 점점 더 깊이 뚫고 들어오는 듯한데,
마음속에서는 밝은 빛이 비치누나.
그동안 생각한 것을 서둘러 완성해야겠구나.(11499~11501)

파우스트는 현실 세계에서 벗어나 밖의 어둠 대신에 〈내면의 빛〉으로 〈축복받은 은혜〉를 얻은 것이다. 그동안 그는 〈채색된 영상에서 살고 있어〉(4727) 본래의 모습을 파악할 수 없었다.

두루뭉술 화려하게 그려 내고
많은 착각에 진실의 작은 불티를 섞어 넣으면,(170~171)

영혼의 눈으로 세상을 보는 일은 세상을 진정으로 경험하는 것이어서 지금까지 보아 믿어 온 것을 낯설게 만든다. 이는 단순히 눈으로 보는 일이 아니라 실상을 관조하는 것으로『파우스트』에서 〈몸은 목욕재계해서 반지르르 빛나지만, 아기는 영원히 낳을 수 없〉(3988~3989)다는 내용처럼 겉으로 드러난 형상과 실상의 차이를 구분하는 것이다.

생텍쥐페리는『어린 왕자』에서 〈가장 중요한 건 눈에 보이지 않아서 마음으로 찾아야 한다〉고 말했다. 집이건 별이건 혹은 사막이건 그들을 아름답게 하는 건 눈에 보이지 않아서 마음으로 찾아야 하는 것이다. 어린 왕자가 지구의 풀밭에 쓰러져 흐느끼는 이유는 자신이 사랑하는 장미꽃이 그가 사는 별에만 있다고 생각했는데, 지구에 와 보니 비슷하게 생긴 꽃들이 너무 많아 배신감과 절망감을 느꼈기 때문이다. 자신이 세상에 단 하나밖에 없는 꽃을 가진 부자라고 생각했는데 그게 아니었던 것이다. 지나가던 여우가 그런 이유로 슬퍼하는 왕자를 보더니 다른 식으로 생각해 보라고 한다. 중요한 것은 겉으로 드러나지 않기 때문에 마음의 눈으로 보아야 하는 것이다. 처음에는 왕자와 여우도 다른 아이들이나 여우들과 비슷한 존재로 보이지만 서로를 알고 관계가 깊어지면서 이별에 가슴 아파하는 사이가 된다. 따라서 여우는 왕자에게 〈장미를 그토록 소중하게 만든 것은 네가 네 장미를 위해 쏟은 시간이야〉라고 말한다. 그 경험을 통해 어린 왕자는 자신의 별에 사는 장미꽃이 세상에서 유일무이한 존재이며, 진짜 중요한 것은 눈에 보이지 않는다는 사실을 깨닫는다.

이렇게 눈에 보이는 것을 부정적으로 보아 스스로 시각을 가리는 경우도 있다. 그리스 신화에서 〈정의의 여신〉 디케의 로마명은 유스티티아Justitia로 눈을 헝겊으로 가리고 왼손에는 〈평등의 저울〉 그리고 오른손에는 이성과 정의의 힘을 상징하는 양날의 〈칼〉

을 들고 있다. 저울은 법의 형평성을 나타내며, 칼은 그 법을 엄정하게 집행하겠다는 강력한 의지인데, 중요한 것은 눈을 가리고 있는 모습이다. 이는 상대방의 외모나 지위·재산에 관계없이 불편부당한 태도를 굳건히 지킨다는 뜻이다. 결국 눈을 뜨고 세상과 사물을 보게 되면 자기 생각과 편견을 가질 수밖에 없는데, 눈을 가림으로써 원천적으로 사사로움을 차단하려는 것이다. 따라서 『파우스트』에서 린케우스도 〈내 눈으로 저런 광경을 봐야 하다니! 어찌 멀리 보는 눈을 타고났단 말이냐!〉(11328~11329)라며 자신의 좋은 시력을 한탄하기도 한다. 이러한 맥락에서 아르님Achim von Arnim은 〈세상은 장님이고, 다만 사랑하는 사람들만이 본다. 그것은 사랑 속에서 비로소 눈이 뜨이기 때문이다〉[10]라고 언급하고 있다.

『파우스트』에서도 바다를 메우고 토지를 개간하는 데 필레몬과 바우치스 부부가 사는 오두막이 방해되자 파우스트는 그 집을 불지르고 그들을 죽인다. 그때 연기 속에서 결핍, 죄악, 근심, 곤란 네 명의 마녀가 나타나더니 그중 〈근심〉의 마녀가 〈인간들은 평생을 눈멀어 사는데, 파우스트, 너도 결국엔 눈멀게 되리라!〉(11497~11498)라며 파우스트의 눈을 멀게 한다. 눈이 멀게 된 파우스트는 이상적인 환영(幻影)을 대하게 되어 〈마음속에서는 밝은 빛이 비치누나〉(11500)라면서 영혼의 시각에 의지하게 된다. 육신의 눈이 먼 대신에 진리를 보는 내면의 눈이 열린 것이다. 그리고 눈이 멀게 된 파우스트에게 비로소 〈모든 무상한 것은 한낱 비유에 지나지 않느니라〉(12104~12105)라고 신비의 합창이 노래한다. 그의 시선은 현실적·물질적 세계를 초월하여 〈지혜가 내리는 최후의 결론〉(11574)인 내면의 순수한 세계로 향한다. 이렇게 눈으로 보거나 귀로 듣는 등의 감각을 부정하고 영혼으로 보는

10 지명렬, 『독일 낭만주의 연구』(일지사, 1981), 59면.

기쁨이 릴케가 연인 루 살로메에게 보낸 시에 적나라하게 나타나
있다.

> 내 눈빛을 꺼주소서. 나는 당신을 볼 수 있습니다.
>
> 내 귀를 막아 주소서. 나는 당신의 목소리를 들을 수 있습니다.
>
> 발이 없어도 당신에게 갈 수 있고,
>
> 입이 없어도 당신을 부를 수 있습니다.
>
> 내 팔을 부러뜨려 주소서, 나는 손으로 하듯
>
> 내 가슴으로 당신을 붙잡을 것입니다.
>
> 내 심장을 막아 주소서, 그러면 나의 뇌가 고동칠 것입니다.
>
> 내 뇌에 불을 지르면, 나는 당신을
>
> 피에 실어 나르겠습니다.[11]

이 시의 내용은 눈으로 보고, 손으로 만지고, 귀로 듣고, 혀로
느끼는 모든 감각은 다 헛되고 영혼의 감각이 중요하다는 것이다.
마찬가지로 『젊은 베르테르의 슬픔』에서 베르테르에게 자기 주인
인 미망인을 사랑했다고 고백한 젊은 농군 하인이 본질을 보기 위
해서는 이를 보지 말아야 한다는 내용이 있다. 〈될 수 있는 대로
빨리 그녀를 만나 볼 작정이지만 다시 생각해 보면 피하는 것이 좋
을 것 같기도 하군. 연인의 눈을 통해서 바라보는 편이 훨씬 좋을
것이야. 아마 내 눈으로 직접 보면 지금 연상되는 인물과 전혀 다
를지도 모르지. 일부러 아름다운 명상을 스스로 부숴 버릴 필요가
있겠는가?〉(HA, 6, 19)

---

11 볼프강 레프만, 『릴케』, 김제혁 옮김(책세상, 1997), 140면.

3
아름다운 영혼

—

괴테는 어머니 엘리자베트Catharina Elisabeth Goethe의 친구인 클레텐베르크 여사에 경도되면서 신앙적 내용을 자의적으로 해석하게 되었다. 헤른후트파Herrnhuter(〈주님의 수호〉라는 뜻) 종단의 신봉자인 클레텐베르크의 영향은 괴테의 라이프치히 시절의 불안을 말끔히 해소시키는 데 도움이 되었다. 이러한 클레텐베르크의 영향이 괴테의 여러 작품에 담겨 있다.『젊은 베르테르의 슬픔』에서는 사후의 클레텐베르크가 추억되고 있다. 〈아아, 소년 시절의 친구였던 그녀(클레텐베르크)는 지금은 죽고 없네. 차라리 그녀를 만나지 않았더라면 — 너는 바보다! 이 세상에서 구할 수 없는 것을 찾고 있다고 말할지도 몰라. 그러나 한때 내게는 그녀라는 존재가 있었지. 그 마음, 그 위대한 영혼을 나는 느끼고 있었네. 그녀 앞에 있노라면 내가 실제보다 더 위대한 것처럼 느껴졌었지. 나는 가능한 모든 것이 될 수 있었기 때문이야. 내 영혼의 힘을 사용하지 않고 내버려 두는 것은 아무것도 없었어. 그녀 앞에서 자신의 마음이 자연을 포옹하는 그 불가사의한 감정의 일체를 표현할 수 있지 않았던가? 우리의 사귐은 아주 섬세한 감각과 날카로운 이지가 빚어내는 영원한 직물과도 같았지. 그 직물 무늬의 변화무쌍함은 부자연한 것까지도 모두 천재의 각인이 찍혀 있지 않았던가? 그러나 지금은! 나보다 나이가 많았던 그녀는 나보다 먼저 앞서가고 말았네. 결코 나는 그 사람을 잊을 수가 없다네. 그 사람의 확고

한 뜻과 거룩한 인내심을 정말 잊을 수 없다네.〉(HA 6, 12)

매개자 없이 스스로 종교를 체험함으로써 직접 신과 합쳐진다고 클레텐베르크가 전파한 〈신비주의〉는 질풍노도 시대 괴테의 정신적인 지주였다. 〈헤른후트파〉는 독일의 대표적인 경건주의자 친첸도르프Nikolaus L. R. von Zinzendorf 백작이 1722년에 종교적 박해를 받아 체코의 보헤미아에서 망명해 온 〈보헤미안 형제단 Böhmische Brüder〉을 자신의 영지에 있는 신앙 공동체 마을인 헤른후트에 받아들여 조직한 신도 단체로, 클레텐베르크를 통해 괴테에게 전달되었다.

연금술에 입문하고 헤른후트파의 경향과 더불어 경건주의에 은밀하게 몰두하는 등 기독교에 이단적인 클레텐베르크 여사는 이 때문에 괴테에게 세례를 행한 목사의 격렬한 질책을 받았다. 하지만 〈그녀가 쾌활하고 경건한 시선을 지상의 사물에 던지면 우리 같은 세속의 자식들을 혼란스럽게 하는 모든 것은 쉽게 풀어졌다. 또한 미로를 위에서 내려다보면서도 그 미로 속에 빠져들지 않는 그녀는 올바른 길을 가르쳐 주었다〉라고 말할 정도로 괴테는 클레텐베르크의 사상에 감명되어 연금술을 연구하는 등 기독교의 교리에서 벗어나 자신의 독특한 범신론적인 신관을 형성하면서 그녀를 한 편의 시로 찬양하기도 했다.

보라, 요술 거울 속에 있는
하나의 꿈을, 얼마나 사랑스럽고 곱게
신의 날개 아래서
우리의 여인은 번뇌 속에서 평온을 갖는지.

느껴 보라, 삶의 물결에서
헤쳐 나오는 그녀를;

그대의 모습을 그녀와 견주어 보고,
그대를 위해 번뇌하는 신을 보라.

내가 초조하게 온 힘으로
그림에 몰두할 때
그녀의 신적인 여명에
떠 있는 나의 모습을 보라.

이 시에서 〈내가 초조하게 온 힘으로 그림에 몰두할 때〉라고 한 것처럼 괴테는 그림에도 몰두한 적이 있는데, 이러한 자신을 베르테르에 반영하고 있다. 『젊은 베르테르의 슬픔』에서 베르테르에게 자기 주인인 미망인을 사랑했다고 고백한 젊은 농군 하인이 쟁기질에 열중하는 모습을 베르테르가 스케치한다. 〈나는 맞은편에 놓인 쟁기 위에 주저앉아 한없는 기쁨을 만끽하면서 이 형제의 모습을 스케치해 보았지. 그리고 옆에 있는 울타리와 창고 문짝과 몇 개의 부서진 마차 바퀴들을 있는 그대로 나란히 그려 넣었다네. 한 시간쯤 지난 후에 나는 내 생각은 조금도 보태지 않고서 아주 흥미 있고 훌륭하게 정리된 그림이 완성되었다는 것을 알았다네.〉(HA, 6, 15) 이러한 베르테르처럼 괴테는 실제로 화가를 꿈꾼 적이 있다.

1755년의 리스본 지진과 1756년의 프로이센·오스트리아 전쟁을 겪으면서 괴테는 프리드리히왕이 좋아서 프로이센 편에 동조했다고 말했으나, 1759년 오스트리아와 동맹한 프랑스군이 프랑크푸르트를 점령했을 때 프랑수아 드 토랑François de Thoranc 백작으로부터 미술을 접할 기회를 갖게 되었다. 괴테는 1788년 로마에서 친구 요한 하인리히 립스에게 유명한 렘브란트의 동판화「연금술사」를 본뜬 동판화를 주문하여 1790년에 출간된 『단편 파우스트』의 속표지 그림으로 실었으나 1808년에 출간될 때는 이 삽화가 빠져 있다. 1805년 11월 25일에 출판업자에게 보낸 편지에서 괴테는 〈판화와 문학은 서로 패러디하면서 모방한다〉[12]고 언급한 것을 볼 때 문학을 그림으로 옮기는 일을 회의적으로 생각했던 것이다.

괴테는 실제로 많은 그림을 남겼으며, 37세부터 2년간의 이탈리아 여행에서 고대 그리스·로마 미술의 위대한 유산을 흡수하고 돌아와 미술 잡지를 창간하기도 했다. 따라서 『젊은 베르테르의 슬픔』에서 〈그녀(로테)를 소설(문학)의 눈을 통해서 바라보는 편이 훨씬 좋을 것이다. 그는 결국 로테를 우상으로 숭배할 실루엣(환영)으로 만들려 한다〉(Vgl. HA 6, 41면과 63면)는 내용은 화가를 꿈꾼 괴테 자신의 투영으로 볼 수 있다. 괴테는 그림 그리는 행위가 자연, 예술 그리고 사회에 대한 통찰력을 기르게 해주는 매체라고 여겨 1787년 2월 17일 자 편지에서 〈작은 그림 혹은 자연을 찾아다니는 것은 그 나라에 대한 최소한의 통찰력을 부여하기 위함이다〉라고 밝히고 있다. 그림 그리는 행위는 괴테에게 대상을 보다 정확히 관찰하여 인식에 이르도록 하는 작업이었던 것이다.

『빌헬름 마이스터의 수업 시대』 제6장 〈아름다운 영혼의 고백〉은 괴테가 프랑크푸르트에서 클레텐베르크 여사로부터 영향을 받은 경건주의와 헤른후트파에서 연유하는데, 이러한 사실은 괴테가 실러에게 보낸 편지에 나타나 있다. 〈나는 수 주일 동안 각별한 본능에 사로잡혀 있어요. 나는 나의 소설에 종교적 장을 준비하고 싶은 욕망을 갖게 되었습니다. 그리고 내용 전체가 가장 고귀한 허구들과 주·객관적인 세계의 가장 부드러운 혼돈 위에서 이루어지기 때문에 소설의 다른 부분보다 더 많은 기분과 수렴이 담겨 있지요. 당신도 아시겠지만 만일 내가 일찍이 《아름다운 영혼》

---

12 Albrecht Schöne(Hg.), *Faust. Kommentare*(Frankfurt/M.:1999), S.206.

에 대한 연구를 이에 수렴하지 않았던들 이러한 표현들은 불가능했을지도 모릅니다.〉(HA 7, 624)

여기에서 아름다운 영혼이라는 말은 친첸도르프 백작이 사용한 후 경건주의에서 애용되어 독일 문학에서 널리 쓰였다. 시인 클롭슈토크는 극작 「아담의 죽음Der Tod Adams」에서, 레싱은 『자유정신Freigeist』에서 이 말을 사용했으며, 루소의 『신엘로이즈』는 〈아름다운 영혼belle âme〉을 이상으로 하는 교육 소설이다. 괴테 자신은 헨리에테 폰 오버키르히Henriette von Oberkirch에게 보낸 편지에서 루소가 사용한 이 프랑스어를 그대로 사용하고 있다. 슈타인 부인에게 보낸 편지에는 〈위대한 아름다운 영혼〉, 〈당신의 아름다운 영혼 속에〉, 〈하나의 아름다운 영혼〉이라는 표현이 나온다. 「타우리스의 이피게니에」에서는 아르카스에게 〈아름다운 영혼은 고귀한 분께서 보내시는 호의에도 움직이지 않는다는 말씀입니까?〉(HA 5, 48)라고 말하고 있다. 결국 당시에 널리 퍼진 〈아름다운 영혼〉은 괴테에게서 세속적인 활동과 조화롭게 도야된 내면적인 삶의 조화로운 통일을 의미한다고 루카치는 말하고 있다.

『빌헬름 마이스터의 수업 시대』 전체에서 가장 아름다운 부분으로, 제6장 전체를 차지하여 하나의 독립된 작품으로도 볼 수 있는 〈아름다운 영혼의 고백〉에서 어느 귀족의 딸이 8세에 각혈하고 병상에 누운 후 공상에 빠져 잡다한 인간사에서 벗어나 신과 함께 생활하며 아름다운 영혼의 청순함을 간직하며 죽는다. 『파우스트』에서 그레트헨이 파우스트를 정화시키고자 행하는 간절한 기도 내용에 이러한 아름다운 영혼의 이념이 담겨 있다.

사나이 가슴을
진지하고 부드럽게 움직이는 것을 받아 주소서,
성스러운 사랑의 기쁨으로

당신에게 가져가는 것을.(12001~12004)

　이렇게 세속적인 육체의 눈이 아닌 아름다운 영혼의 눈을 지닌 실제 인물로 밀턴을 들 수 있다. 외모나 사교와는 담을 쌓은 채 「일리아스」의 호메로스를 능가하겠다던 밀턴의 열정에도 불구하고 운명은 그에게서 시력을 앗아 갔다. 어둠 속에서 대시인의 혜안을 얻으려던 밀턴은 〈하느님은 낮의 일을 요구하면서 빛은 허락하지 않으시는가?〉라고 안타까워하면서도, 〈내 눈은 가장 좋은 시력을 가진 사람의 눈과 마찬가지로 아무런 혼탁도 없이 맑고 명료하다〉며 운명에 맞섰다. 이러한 맑은 눈으로 창조주와 타락한 천사, 신과 인간의 모습을 들여다본 것이 「실낙원」이다. 독일에서 인기를 끈 영화 「위대한 침묵Die Große Stille」에서 한 맹인 수도사는 〈결함투성이의 세계〉에서 보이지 않는 자신의 삶에 대한 행복을 다음과 같이 말하고 있다. 〈나는 맹인이 된 것을 감사드린다. 내가 맹인이기에 하느님께로 더 가까이 갈 수 있었고 하느님께 가까운 만큼 행복하였기 때문이다. 하느님께 가까운 만큼 행복하게 살게 된다.〉 이처럼 육체적인 시력보다도 영혼의 시력을 얻으려는 노력이 『파우스트』에서 합창으로 묘사되고 있다.

　　영혼의 날이 밝아 오면
　　햇빛은 사라져도 되리라.
　　온 누리에 없는 것을
　　우리의 마음속에서 찾으리라.(9691~9694)

　파우스트도 필레몬 부부를 살해한 후 그를 찾아온 〈근심〉의 저주로 육체적인 눈이 멀게 된 다음에 〈마음속에서는 밝은 빛이 비치누나〉(11500)라고 말한다. 〈그 오색영롱한 형상에 우리의 삶이 담겨 있〉(4727)다는 말처럼 육신의 눈이 먼 대신에 진리를 보는 내면의 눈이 열린 것이다. 따라서 육신의 눈이 먼 파우스트에게 삶은 이제 더 이상 〈오색영롱한 형상〉이 아니라 본래의 모습으로 파악되어 〈모든 무상한 것은 한낱 비유에 지나지 않느니라〉(12104~12105)라고 〈한낱〉, 〈비유〉일 뿐인 〈무상한 것들〉을 보지 못하는 대신 그 뒤에 숨어 있는 진실된 실체를 예감할 수 있게 되었다.

〈아름다운 영혼의 고백〉은 너무나도 아름다운 내용으로 여겨 당시 괴테와 갈등 관계에서 『빌헬름 마이스터의 수업 시대』를 혹평하던 헤르더와 슈톨베르크도 이 작품을 불태워 버리면서도 아름다운 영혼을 다룬 제6장만은 인정하여 제본해서 간직할 정도였다.

이러한 아름다운 영혼의 이상은 플라톤의 철학에서 비롯된다. 플라톤은 미와 예술을 통한 인간 형성을 논의한 최초의 철학자이다. 〈영혼(정신)의 아름다움이 육체의 아름다움보다 훨씬 소중하다는 것을 알아야 한다. 따라서 영혼이 아름다우면 비록 육신은 아름답지 않더라도 이를 더 소중히 여기고 사랑하며 선도해야 한다〉고 플라톤은 『향연』(일명 〈심포지온〉)에서 언급했다. 『향연』에서 플라톤은 〈육체의 아름다움이 덧없다는 것을 깨닫고 여러 다른 종류의 지식 속에서 미를 보아야 한다〉고 역설한다. 요컨대 아름다움의 큰 바다로 나아가 그 바다를 바라보는 가운데 풍부한 애지심(愛知心)에서 많은 아름답고 숭고한 전설을 낳아 아름다움에 관한 지식을 터득해야 한다는 것이다. 감각적인 미에서 출발한 추상이 점차 증가하여 발전하다가 마침내 궁극적인 미의 이데아에 도달하는 것이다. 요점은 물리적 아름다움이 결코 인생의 궁극적인 목표가 되어선 안 된다는 점이다. 이러한 플라톤의 아름다운 영혼은 플로티노스Plotinos의 신플라톤주의를 거쳐 중세의 그리스도교 문학에 흘러들었으며, 다시 중세 말기 독일의 신비 사상과 16~17세기 스페인의 종교 문학으로 이어졌다. 이렇게 이성이나 오성이 아니라 영혼에 의해 배양된 경건주의는 괴테에게 지대한 영향을 미쳤다.

아름다운 영혼은 당시 괴테의 절친한 동료였던 실러에게서는 우미Anmut와 존엄Würde이라는 이념으로 발전하기도 했다. 우미란 자연 그대로의 아름다움으로 욕망이나 충동, 감정이 이성의 개입 없이 아름다운 상태에 이르는 것이다. 따라서 우미는 생동하는 아름다움에 존재한다고 실러는 보았다. 존엄이란 〈숭고한 의지의 표현〉으로 영혼과 육체의 갈등의 극복을 뜻하는데, 이 내용이 『파우스트』에서 〈결코 그녀(그레트헨)를 잊지 못하리라. 결코 잃어버리지 않으리라〉(3333)는 파우스트의 말에 암시되어 있다. 파우스트는 그레트헨의 〈영혼(정신)을 잊을 수 없고〉 또한 그녀의 〈육체(물질)도 잃을 수 없는〉 것으로, 이 개념이 파우스트의 조수 바그너의 언급에 잘 나타나 있다.

> 육체와 영혼이 서로 잘 합치하고
> 결코 헤어질 수 없는 듯 꼭 붙어 다니면서도
> 동시에 어찌 그리 서로 싫어하는지 여태껏 아무도 이해 못 했지.
> (6894~6896)

이러한 영혼과 육체는 죽음에 의해 해체되는 것일까. 파우스트가 죽어 매장될 때 메피스토펠레스는 〈몸뚱이는 나자빠져 있는데, 정신이 도망치려 하는군〉(11612)이라고 외친다. 이러한 영혼과 육체의 갈등의 극복에는 〈숭고한 의지〉라는 강한 도덕적 결단이 매개된다. 따라서 도덕적 세계에서 미적 세계로 승화되는 실러의 아름다운 영혼의 이념은 노발리스와 슐레겔 형제에게 낭만주의의 위대한 정신을 낳게 했으며, 헤겔의 철학에도 영향을 미쳤다. 또한 실러의 이념적인 아름다운 영혼은 칸트의 〈숭고한 심정Erhabene Gesinnung〉과도 일치한다.

이러한 아름다운 영혼이 빌란트Christoph M. Wieland의 작품에서는 반어적으로 쓰이기도 한다. 『빌헬름 마이스터의 수업 시대』에서 〈아름다운 영혼의 고백〉의 화자는 빌란트의 장편 소설 『아가톤전Geschichte des Agathon』의 주인공 아가톤의 반영으로 볼 수 있다. 이 소설의 주인공 모델은 기원전 5세기 후반에 활동한 아테네의 비극 시인 아가톤이다. 델피[13]의 엄격한 신관들 밑에서 자라 관능의 세계를 전혀 모르던 아가톤은 성장하여 소피스트인 히피아스 옆에서 생활하게 되면서 유녀(遊女) 다나에의 팔에 안겨 관능의 기쁨에 빠져들었으나 후에는 엄청난 노력으로 이 세계에서 빠져나온다. 교양 소설의 관점에서 보면 빌란트의 『아가톤전』은 『빌헬름 마이스터의 수업 시대』의 〈아름다운 영혼의 고백〉의 선구적인 작품이라고 볼 수 있다.

이렇게 아름다운 영혼의 여성들이 괴테의 작품에서 다양하게 전개되고 있다. 『빌헬름 마이스터의 수업 시대』에 나오는 〈아름다운 영혼〉이 『친화력』에서도 전개되고 있다. 의무와 질서에 대한 신념이 강한 오틸리에는 에두아르트를 만나자 정열을 극복하지 못하고 파멸의 갈등을 겪는다. 자신도 모르게 간음하고 나서 이에 대한 죄를 인식한 그녀는 속죄하기 위해 에두아르트를 포기하고 이성의 순교자가 된다. 이렇게 신앙에 헌신하여 성녀가 된 오틸리에는 경건주의의 감화를 받은 클레텐베르크의 구현이다.

『젊은 베르테르의 슬픔』에서 은퇴한 법관의 딸로 어린 동생들에게는 어머니이고, 상처한 아버지에게는 아내, 마을의 병자와 임종하는 사람들에게는 간호사가 되는 로테도 아름다운 영혼의 전형이다. 어머니의 임종 자리에서 로테가 알베르트와 결혼을 약속

---

13 그리스 중부의 파르나소스산 남쪽 기슭에 있으며 아폴론 신의 신탁소가 있었다.

한 후 신뢰와 우정을 바탕으로 애정을 쌓아 가는 두 사람의 관계야 말로 18세기 소설에서 강조되는 아름다운 영혼의 부부상이다. 건실하고 신뢰감을 주는 남편에 모성적이고 이웃에 대한 사랑이 넘치는 쾌활한 아내는 더할 나위 없는 아름다운 영혼의 부부가 되는 것이다. 이들의 결혼 생활에 에로틱의 부재는 당대로서는 아름다운 영혼의 전형이었다. 사랑이란 감성에 의해 추구되기 때문에 부패한 궁정 문화 대신 시민 가정의 도덕성이 칭송되면서 호색적인 귀족 사회의 남녀 관계가 아니라 시민적인 가정의 행복이 강조된 것이다. 따라서 여성들에게도 미모, 세련미, 사교성보다는 소박함, 진실성, 근면성 같은 생활인의 면모가 중시되었는데, 흥미로운 점은 이런 경향이 프랑스보다 독일에서 더 두드러지게 나타났다는 것이다. 이 문제와 관련하여 루만은 흥미로운 지적을 하고 있는데, 사랑이라는 단어가 프랑스에서는 혼외적인 열정을, 영국에서는 가정적인 것을, 독일에서는 교양을 연상시킨다는 것이다.[14]

독일에서는 결혼을 앞둔 여성에게 다음과 같은 교훈이 주어졌다. 〈외적 아름다움이나 화장술로 만들어진 화려함보다는 자연스러움, 정숙함, 현명함, 소박한 쾌활함 같은 것이 더 매혹적이다. 두뇌와 가슴의 교양 부족을 아름다운 외모가 대신할 수는 없다. 여성의 명성은 모든 사람들의 총애를 받는 것, 많은 숭배자를 가지는 것, 모임에서 멋지게 보이는 것이 아니라, 교양 있고 박식하여 남편에게는 이해심 많은 친구, 정숙한 아내이자 훌륭한 주부이자 어머니가 되는 것이다.〉[15]

이러한 자연스러운 정숙함, 현명함과 소박함 등을 갖춘 인물의 전형으로 그레트헨과 로테를 들 수 있다. 따라서 『젊은 베르테르

---

14 Niklas Luhmann, *Liebe als Passion: Zur Codierung von Intimität* (Frankfurt/M.: 1982), S. 184.

15 Wolfgang Martens, *Die Botschaft der Tugend. Die Aufklärung im Spiegel der deutschen Moralischen Wochenschriften*, 2. Aufl. (Stuttgart: 1971), S. 366 f.

의 슬픔』에서는 로테의 아름다움보다 그녀의 부지런함과 소박한 삶이 돋보이고 있다. 작품에서 로테의 외모에 관한 묘사는 〈검은 눈동자, 생기 있는 입술, 건강하고 쾌활한 뺨〉이 전부일 뿐이다. 또한 메피스토펠레스의 도움으로 은밀하게 그레트헨의 방을 둘러본 파우스트는 그녀의 간소한 삶의 영역이 가지는 소박함과 깨끗함 그리고 가족적인 분위기에 깊은 충격과 감동을 받는다.

> 그런데 나는 뭔가! 무엇이 날 여기로 이끌었는가?
> 내 마음이 이리 깊이 흔들리다니!
> 나는 여기에서 뭘 원하는가? 무엇이 내 마음을 무겁게 하는가?
> 가련한 파우스트! 너를 더 이상 알아보지 못하겠구나.
>
> 여기에서 마법의 향기가 나를 감싸는가?
> 지금 당장 즐기고 싶은 충동이 이는 것을,
> 사랑의 꿈속에서 녹아 없어지는 것만 같구나!
> 우리는 공기의 압력이 만들어 내는 유희인가?
>
> 이 순간, 그녀가 들어온다면,
> 이 파렴치한 행위를 어떻게 속죄할 것인가!
> 잘난 척 으스대더니, 아아, 이토록 왜소할 수가!
> 그녀의 발치에서 스르르 녹아 없어지리라. (2717~2728)

그레트헨의 방에 들어간 파우스트가 그녀의 침대 휘장을 쳐들 자 가난하지만 소박하고 청결하게 사는 그녀의 삶이 천사의 궁전처럼 보인다. 그 가련하고 깨끗한 천사를 길러 낸 자연의 힘에 압도되어 파우스트가 겸손하게 머리를 숙이자 전에 느꼈던 애욕의 불길은 사라지고 그동안 불순했던 욕망에 사로잡혔던 자신과 청순한 그레트헨이 비교가 된다. 〈여기에서 마법의 향기가 나를 감싸는가? 지금 당장 즐기고 싶은 충동이 이는 것을, 사랑의 꿈속에서 녹아 없어지는 것만 같구나!〉 파우스트는 그레트헨의 청순한 모습에 감명받아 애욕의 인간에서 순수한 인간으로 정화된다. 그레트헨의 인간성, 소녀적인 천진난만성과 순수한 사랑이 파우스트의 정열뿐 아니라 그의 헌신적인 행동과 사랑을 일깨우는 것이다.

『빌헬름 마이스터의 수업 시대』에서 한 아이가 어린 미뇽에게 〈내가 천사니?〉(HA 7, 515)라고 물었을 때 〈그랬으면 좋겠어〉라고 미뇽이 대답하듯이, 아름다운 영혼의 여성들은 천사같이 성스럽게 전개되어 『파우스트』에서 〈그대 천사들이여! 그대 성스러운 무리들〉(4608)로 칭송되고, 〈정신세계의 고매한 일원〉(11934)에 의해 〈언제나 노력하며 애쓰는 자는 우리가 구원할 수 있노라〉(11936~11937)고 추앙된다. 따라서 『파우스트』의 서막으로 괴테의 우주관을 암시하는 「천상의 서곡」에 등장하는 세 명의 대천사 라파엘과 가브리엘, 미하엘을 위시하여 제1부 〈한밤중〉 장면과 제2부 〈궁성의 넓은 앞뜰〉(11511~11603) 및 종결부에 이르기까지 천사들이 대화와 합창 형식으로 자주 등장한다. 이러한 천사의 형상들은 기독교적인 천사관으로 구원관의 반영이라고 볼 수 있다. 괴테는 1831년 6월 6일에 에커만에게 말하기를 〈천성적 천사〉란 〈보다 더 하느님의 신성을 받아 보다 내적인 혹은 보다 고차적인 천사이며〉, 이런 천사들이 〈천성 왕국das himmlische Reich〉을 구성한다고 했다.

4
장미꽃

—

단테의 신비주의에 의하면, 우주의 모든 존재는 신 아니면 악마를 향해 움직인다. 신은 가장 높고 먼 곳에 위치하며, 악마는 가장 낮고 가까운 곳에 위치한다. 신의 형상을 본떠 만들어졌으며 성령에 의해 지탱되는 진정한 본성으로 충만해진다면, 우리는 자연스레 신을 향해 고양될 것이고 시야도 확장되어 청명하고 아름답고 진실한 대기 속에서 빛과 진리 그리고 사랑을 느끼게 될 것이다. 그때 천국의 문지방에는 신비의 〈장미〉가 꽃필 것이다. 반면에 우리가 환영을 보고 착란에 빠지고 죄와 어리석음 때문에 가라앉으면 신으로부터 멀어져 낮고 깊숙한 곳으로 침잠하며 그 시야는 점점 더 좁아지고 실재로부터 더욱 멀어져 어둠과 맹목, 분노, 증오 속에 즐비하게 늘어선 독방에 갇히고 말 것이다. 앞에서 언급되었듯이 천국의 문지방에는 장미가 피어 있다. 이 장미는 신화적으로 아프로디테와 관련된다. 사랑과 미의 여신 아프로디테는 케스토스라는 자수 놓은 띠를 차고 있었는데 이 띠는 애정을 일으키게 하는 힘을 가지고 있다. 그녀가 총애한 새는 백조와 비둘기였고, 그녀에게 바치는 식물은 〈장미와 도금양Myrte〉이었다. 장미와 도금양은 그리스 신화와 따뜻한 그리스 자연을 나타내는 식물이다. 이렇게 장미는 사랑과 미의 여신 아프로디테와 관련이 있어서 애정을 일으키게 하는 힘을 가지고 있다. 이러한 장미꽃이 문학의 대상으로 다양하게 전개되는데 그 내용이 『파우스트』에 언급되고 있다.

무르익은 과실들을

어서 즐겁게 맛보러 오시오!

장미꽃으로는 시를 짓고,

사과는 깨물어야 제맛이 나는 법.(5166~5169)

장미는 또한 천국의 상징으로 『파우스트』에서도 파우스트가
승천할 때 장미꽃이 등장한다. 이때 장미꽃은 악마의 정욕을 제압
하는 종교적인 의미를 지녀 파우스트가 운명한 직후에 그 영혼을
데려가려는 악마 메피스토펠레스를 천사들이 합세하여 장미꽃을
뿌려 퇴치한다.

천사들의 합창   (장미꽃을 뿌리며)

눈부시게 빛나며

향내를 내뿜는 장미꽃들아!

하늘하늘 나부끼며

은밀히 생기를 불어넣는 꽃들아,

작은 가지에 날개 달고

꽃봉오리 활짝 열어

서둘러 피어나라.

봄이여, 싹터라,

진홍빛, 초록빛으로!

편안히 쉬는 자에게

낙원을 가져오라.

메피스토펠레스   (사탄들에게)

어째서 웅크리고 벌벌 떠느냐? 그게 지옥의 풍습이더냐?

꽃을 뿌리든 말든 의연하게 버텨라.

이 멍텅구리들아, 각자 자리를 지켜라!

저런 꽃 나부랭이로

뜨거운 악마들을 얼릴 수 있다고 생각하는 모양인데,

너희들의 입김 앞에서 저 정도는 순식간에 녹아 사라지리라.

(11699~11715)

파우스트가 운명한 직후에 그의 영혼을 가져가려는 메피스토펠레스를 〈천사들〉이 신성한 사랑의 징표인 장미꽃으로 퇴치하여 〈최고의 순간〉(11586)을 향유한 파우스트의 영혼을 인도하여 승천시킨다. 이러한 파우스트의 지고한 순간이란 〈오, 청춘이여, 청춘이여, 너는 어찌 적당히 즐거워할 줄 모른다더냐?〉(5958~5959)의 외침처럼 이승에서 정도를 지킬 수 없을 정도의 청춘의 환락이었다. 이러한 파우스트가 마지막 순간의 숨을 거두자 천주의 영적인 신성을 받는 〈젊은 천사들〉이 그의 영혼을 거두어 승천을 돕는데, 이때 장미꽃이 쓰인다.

젊은 천사들 사랑에 넘쳐 거룩하게 참회한

여인들의 손에서 얻은 장미꽃들이

우리의 승리를 도왔노라.

드높은 일을 완성하고,

이 보배로운 영혼을 빼앗아 오도록 도와주었노라.

우리가 장미꽃을 뿌리자 악한들이 물러났고,

장미꽃으로 때리자 사탄들이 도망쳤노라.

그 악령들이 친숙한 지옥의 형벌 대신

사랑의 고통을 느꼈더라.

사탄의 늙은 우두머리조차

매서운 고뇌에 사로잡혔더라.

환호하라! 성공을 거두었으니.(11942~11953)

그런가 하면 괴테가 자신을 돌봐 준 아우구스트 공작을 위해 1783년 9월 3일에 쓴 시 「일메나우」에서 생명체를 품어 주는 어머니상이 장미꽃으로 상징되기도 한다.

누가 가지에서 기어 다니는 유충에게
장래의 먹이 이야기를 할 수 있겠습니까?
또 누가 땅바닥에 놓인 고치 속 유충이
여린 껍데기를 깨뜨리는 걸 도울 수 있겠습니까?
때가 오면, 저 스스로 밀고 나와서
날개 치며 서둘러 장미의 품 안으로 가지요.

이렇게 사랑이나 종교성을 상징하는 장미가 실제로 괴테 자신의 사랑이나 종교성에 적용되기도 한다. 괴테는 첫사랑인 프리데리케와의 사랑에서 사랑의 징표로 장미를 들어 시 「작은 꽃, 작은 잎Kleine Blumen, kleine Blätter」(1771)에서 묘사하고 있다.

작은 꽃, 작은 잎을
부드러운 손으로
선하고 젊은 봄의 신들이
장난하듯 내 엷은 리본에 뿌려 주네.

미풍아, 그 리본을 네 날개에 싣고 가서
가장 사랑하는 연인의 옷에 감아 주렴!
그러면 그녀는 더없이 명랑해져
거울 앞에 서리라.

장미로 둘러싸인 제 모습을 보겠지.
한 송이 장미처럼 신선한 모습을.
우리 사랑의 생명이여, 한 번만 눈길을 주면
나에게 충분한 보답이 되리라.

운명이여, 나의 이 충동을 축복해 주오.
내가 그녀의 것이, 그녀가 나의 것이 되게 해주오.
그러면 우리의 사랑의 삶이
결코 약한 장미 같은 삶이 되지 않으리라!

내 마음이 향하는 소녀여,
그대의 사랑스러운 손을 내게 내밀어 주오!
그리고 우리를 맺어 주는 리본이
결코 약한 장미 리본이 되지 않기를!

선하고 부드러운 봄의 신들이 뿌려 주는 꽃들 중에서 장미꽃이 연인의 옷에 감겨 자신의 사랑을 느껴 주길 간절히 바라고 있다. 슈트라스부르크의 교외 제젠하임으로 소풍을 갔을 때 그 마을 목사의 딸인 청순하고 목가적인 프리데리케Friederike Brion를 보고 그녀의 아름다움에 한눈에 반한 괴테는 유명한 「프리데리케 브리온을 위한 시Gedichte für Friederike Brion」를 연속으로 지어 그녀에게 보냈다. 그중 현재까지 남아 있는 11편 모두 하나같이 아름다운 것들이어서 서정 시인으로서의 괴테는 그때 이루어진 것이라고 말할 수도 있다. 괴테는 프리데리케와의 체험에서 나온 시들을 한데 묶어 〈제젠하임의 노래Die Sesenheimer Lieder〉란 제목의 시집을 냈는데, 여기에 「작은 꽃, 작은 잎」이 수록되어 있다. 1771년에 실제로 괴테가 장미꽃과 잎을 그려 넣은 리본을 프리데리케에게

작자 미상, 「프리데리케 브리온의 초상」, 19세기

보내는 내용을 담은 이 시는 편지 시가 된다. 당시에는 그림이 그려진 리본이 유행하여 괴테는 프리데리케와 떨어져 지내게 되자 한 쌍의 리본을 만들어 이 시와 함께 그녀에게 보냈다. 이렇게 리본에 얽힌 괴테와 프리데리케의 사랑이 『파우스트』에서도 상징적으로 나타나고 있다.

> 펄럭이는
> 옷자락이
> 대지를 뒤덮고,
> 연인들이
> 깊은 생각에 잠겨
> 인생을 언약하는
> 정자를 뒤덮누나. (1463~1469)

여기에서 리본에 관련되는 〈연인들〉은 괴테와 프리데리케의 반영으로 유추된다. 프리데리케와 헤어진 뒤에 괴테는 그녀와의 〈만남과 헤어짐〉을 담은 시 「환영과 이별Willkommen und Abschied」을 지었는데 이 시에서도 장미꽃이 언급되고 있다.

　　　내 가슴은 뛰었다. 어서 말에 올라야지!
　　　어느새 나는 말을 타고 있구나.
　　　저녁은 이미 대지를 잠재우고
　　　산에는 어둠이 드리워져 있네.
　　　이미 떡갈나무는 안개 옷을 입었고
　　　거인처럼 솟아 있는 그곳에
　　　어둠은 수백 개의 검은 눈을 굴리며
　　　덤불 속에서 내다보고 있었다.

　　　구름 덮인 언덕 위로 솟아오른 달은
　　　안개 속에서 가련히 내려다보고 있고,
　　　바람은 나직이 날개를 치며
　　　소름 끼치게 내 귀를 소리 내 스친다.
　　　밤은 수천의 괴물을 만들어 내지만
　　　내 마음은 상쾌하고 즐거우니
　　　내 혈관 속에 얼마나 많은 불꽃인가!
　　　내 가슴 속에 얼마나 많은 열기인가!

　　　내 그대를 보니 그대의 감미로운 눈빛에서
　　　온화한 기쁨이 내게 흘러들어 오네.
　　　내 마음은 온통 그대 곁에 있고
　　　모든 숨결은 그대를 위하고.

장밋빛 봄기운은
사랑스러운 얼굴을 감싸고
나를 위한 부드러운 사랑 ― 그대 신들이여!
나는 희망했으나 그것을 얻을 자격은 없다오!

아, 그러나 벌써 아침 해가 솟으니
이별의 고통이 내 가슴을 조이고
그대 입맞춤에는 기쁨이 넘치면서도
그대 눈 속에는 고통의 빛이 담겨 있네!
내가 떠날 때 그대는 서서 고개를 떨구고
눈물 어린 눈초리는 나의 뒤를 따라오네:
그러나 사랑받는 것은 얼마나 큰 행복인가!
사랑하는 것 역시 얼마나 큰 행복인가, 신들이여!

헤어지게 되어 너무나도 아쉬운 기분에 장미 빛깔의 봄 햇살에
비친 사랑스러운 연인의 얼굴은 이별의 고통을 더욱 깊게 하고 있
다. 운명적으로 짧았던 프리데리케와의 격정적인 사랑이 담긴 이
시는 괴테의 여성 편력을 대표하는 시로 볼 수 있다. 시의 내용은
괴테가 프리데리케 가족의 초대를 받아 그녀의 집에 가는 실제의
모습으로, 그의 자서전 『시와 진실』(제11장)에도 기록되어 있다.
〈나는 유감스럽게도 준비가 늦어져 바란 만큼 일찍 출발하지 못했
다. 나는 힘차게 말을 달렸지만 어둠이 찾아들었다. 나는 길을 잘
못 들지는 않았으며, 달이 내 열정적인 계획을 비춰 주었다. 밤바
람이 불고 소나기가 내렸지만 나는 그녀를 만나기 위해 내일 아침
까지 기다리지 않도록 계속 말을 몰았다.〉

이렇게 괴테는 케트헨 다음으로 두 번째 사랑인 프리데리케와
의 도피에 대한 가책을 『시와 진실』(제11장)에 언급하고 있다. 〈그

때 프리데리케와의 정열적인 관계가 나를 괴롭히기 시작했다. 생각 없이 마음대로 품은 젊은이의 애정은 밤하늘에 던져진 폭탄과 비교될 수 있다. 부드럽게 빛나는 선을 그리며 솟아올라 잠시 동안은 별들 사이에 머무는 것처럼 보이지만 곧 똑같은 길로 거꾸로 선을 그리며 내려와 마지막에 땅에 떨어져 파멸을 가져온다. 프리데리케는 여전히 똑같았다. 그녀는 나와의 관계가 그렇게 쉽게 끝날 수 있으리라고 생각지도 않았던 것 같았다.〉

프리데리케와의 이별은 괴테의 꿈속에서까지 나타나 『시와 진실』(제11장)에 언급되고 있다. 〈내가 말 위에서 그녀에게 악수를 청하자 그녀의 눈에는 눈물이 고여 있어서 나의 마음은 매우 아팠다. 이윽고 내가 샛길로 드루젠하임을 향해 말을 달릴 때 아주 기묘한 예감이 엄습했다. 나는 내가 입어 본 적이 없는 약간의 금빛이 들어간 엷은 회색 옷을 입고 같은 길에서 나를 향해 말을 타고 오는 나 자신을 실제의 눈이 아니라 마음의 눈으로 보았던 것이다. 내가 몸을 흔들어서 꿈에서 깨어나자 그 모습은 곧 사라졌다. 그러나 8년 후 내가 우연한 일로 꿈속에서와 똑같은 옷을 입고 프리데리케를 다시 방문하기 위해 똑같은 길을 갔던 것은 신기하기만 하다.〉

프리데리케와의 이별은 괴테의 마음을 계속 괴롭혀 희곡 「베를리힝겐의 괴츠」에서 마리아를 차버린 인물 바이슬링겐은 프리데리케를 차버린 괴테 자신의 암시로 나타나고, 이렇게 프리데리케의 평화와 행복을 파괴하여 항상 양심의 가책을 받고 있던 괴테는 그녀를 『파우스트』 제1부에서 비극의 중심을 이루는 그레트헨의 모습으로 상징화하고 있다. 괴테가 25세 때 만난 16세의 처녀 쇠네만Lili Schönemann(1758~1817)과 약혼까지 했지만 양가의 반대로 결혼에 이르지 못했던 불행한 사랑도 장미꽃으로 언급되고 있다.

작자 미상, 「릴리 쇠네만의 초상」, 19세기

그대 시들어 가는 귀여운 장미여,
나의 사랑은 그대를 키우지 못했노라.
아, 비통함에 넋을 잃은
절망한 자를 위해 피어나라!

서글퍼 지난날을 생각하노라.
천사여, 나 그대에 매달려
첫 꽃망울을 고대하며
아침 일찍 정원으로 걸어갔던 그때를.

모든 꽃, 모든 열매가
아직 그대의 발밑에 있고,
그대의 얼굴을 보면

6장 아름다운 여성상 **645**

가슴속에 희망이 고동치노라.

그대 시들어 가는 귀여운 장미여,
나의 사랑은 그대를 키우지 못했노라.
아, 비통함에 넋을 잃은
절망한 자를 위해 피어나라!(HA 10, 169)

괴테가 사랑할 수 없게 되어 불행해진 쇠네만을 상징하는 시든
장미가 그녀와 사랑을 이루지 못해 절망한 자신을 위해 힘차게 피
어나기를 간절히 기원하고 있다.

프랑크푸르트의 은행가 빌레머Johann J. von Willemer의 부인으
로 괴테에게 열렬한 호의를 표명하며 그의 호감을 얻은 마리아네
Marianne von Willemer(1784~1860)에 의해 『서동시집』은 활력을
띠게 되었다. 괴테가 그녀와 함께 하피즈의 시집을 읽으며 사랑을
속삭이던 시기에 아름다운 시 「줄라이카에게An Suleika」가 탄생하
는데 여기에서도 장미꽃이 묘사되고 있다

당신을 향기로 애무하기 위하여
당신의 기쁨을 높이기 위해서는
봉오리인 채 수천 송이 장미가
이글거리는 불 속에서 우선 죽어야 한다.

향기를 영원히 간직하는
작은 병, 당신 손끝처럼 날씬한
그 작은 병 하나를 소유하기 위하여
필요한 것은 하나의 세계.

싹트는 생명들로 찬 하나의 세계,

그 풍성한 충동 가운데

벌써 후투티의 사랑을,

심금을 울리는 노래를 예감하던 생명들.

우리의 즐거움을 늘리려 하는

저 고통이 우리를 괴롭힐 수 있겠는가?

무수한 영혼을

티무르의 지배는 소모시키지 않았는가?(HA 2, 61)

이 시에서는 장미유(油)를 매체로 사랑의 고통과 기쁨이 전개되고 있다. 한 남성이 연인에게 영원한 사랑의 징표로 장미유가 들어 있는 작은 병을 선사하려 한다. 그런데 이 작은 병이 생기기 위해서는 〈봉오리인 채 수천 송이 장미가 이글거리는 불 속에서 우선 죽어야 한다〉. 〈향기를 영원히 간직하는 작은 병〉처럼 더 위대한 아름다움을 체험하기 위해서, 다시 말해 장미유의 향기가 짧은 기간 동안만 존재하지 않고 영원히 간직되기 위해서 장미는 만개하기도 전에 죽어야 하는 것이다. 세 번째 연에서는 장미와 후투티가 사랑의 짝으로 묘사되는 페르시아 설화가 묘사되고 있다. 후투티와 장미의 사랑은 페르시아 문학의 상징, 특히 하피즈의 상징적 모티프가 된다. 후투티는 노래로 자신의 사랑을 장미에게 알리고, 장미는 꺾어짐으로써 덧없는 무상의 세계를 벗어나 영원한 사랑의 징표가 된다.

이렇게 영원한 존재를 위해서 장미가 피기도 전에 죽어야 하는 모티프는 슈베르트Franz Schubert와 베르너Franz Werner의 가곡으로 잘 알려진 괴테의 담시 「들장미Heidenröslein」에서도 전개되고 있다.

한 소년이 장미를 보았네,
들에 핀 장미꽃,
너무도 싱싱하고 해맑아,
소년은 가까이 보려고 달려가,
기쁨에 겨워 바라보았네.
장미, 장미, 붉은 장미,
들에 핀 장미꽃.

소년이 말했다: 너를 꺾을 테야,
들에 핀 장미꽃!
장미가 말했다: 그러면 너를 찌를 테야,
나를 영원히 잊지 못하도록,
그러면 나의 고통을 잊을 수 없겠지.
장미, 장미, 붉은 장미,
들에 핀 장미꽃.

개구쟁이 소년은 꺾고 말았네
들에 핀 장미꽃;
장미는 자신을 방어하며 찔렀지만,
외침이나 고통도 아무런 소용 없이
고통을 받아야만 했네.
장미, 장미, 붉은 장미,
들에 핀 장미꽃.(HA 1, 78)

「줄라이카에게」에서 영원한 향기로 남기 위해 장미가 피기도
전에 꺾이듯이, 담시 「들장미」의 장미도 만개하기도 전에 한 철없
는 소년에 의해 꺾인다. 괴테의 시 「프로메테우스」에서 〈엉겅퀴를

꺾는 소년〉처럼 들에 핀 해맑은 아름다운 장미에 매료된 한 아이가 철없이 장미를 꺾는 것이다. 이렇게 꺾이는 장미는 그에게 영원한 아름다움의 추억을 남기기 위해 그의 손을 찌르지만, 장미의 아름다움에 매료된 소년에게는 아무런 고통도 주지 못한다. 「들장미」와 「줄라이카에게」에서 장미는 사라지지만 그 아름다움과 향기는 영원히 남아서 사람의 마음속에 살아 있는 것이다.

『빌헬름 마이스터의 수업 시대』에서도 장미는 미뇽의 종교적인 경건함을 묘사하고 있다. 〈빌헬름은 그녀가 아침 일찍 미사에 나간다는 말을 듣고 한 번은 뒤따라가 보았더니 성당의 한구석에 장미 화관을 손에 들고 꿇어앉아 열심히 기도하는 것이었다.〉(HA 7, 110) 여기서의 장미는 성모 마리아를 암시한다.[16] 마찬가지로 『파우스트』에서도 그레트헨의 종교적인 경건함이 꽃으로 묘사된다. 성 안쪽 길 성벽의 움푹 파인 곳에 고난의 성모 마리아상이 있고 그 앞의 꽃병에 그레트헨은 싱싱한 꽃을 꽂으며 〈아아, 많은 고통을 겪으신 성모 마리아시여, 제 어려운 처지를 자비로이 굽어보소서!〉(3587~3589)라고 경건하게 기도한다. 여기에서 꽃의 종류는 언급되지 않았지만 장미꽃으로 유추된다.

16 Vgl. Carl G. Jung, Psychologische Typen, in: Ders, *Gesammelte Werke* in 18 Bänden, Bd. 6(Olten und Freiburg im Breisgau, 1989), 248.

5

남성과 여성의 상징

—

　남근은 고대 그리스 희극 무대에 흔하게 나타나는 대상이었다. 고대 그리스에서 남근은 원래 디오니소스 숭배와 깊은 관련이 있다. 이는 남근 숭배 제의에 가까운 그리스 원(原)희극이 종교적이었다는 사실을 의미한다. 헤르메스, 판, 데메테르 제의에서도 남근이 숭배되고, 여러 대상으로 상징되었다.

　이러한 남근의 상징으로 열쇠가 대표적이다. 심리 분석가 아들러Gerhard Adler는 〈남성 성기의 여는 힘〉[17]을 열쇠로 묘사한다. 열쇠에는 남성 성기의 열려는 힘이 담겨 있어 들어감, 침투 등이 신화에서 열쇠에 연관된다. 이집트의 전설에 나오는 모(母)의 여신인 누트Nut도 죽음과 탄생인 생식의 도구로 열쇠를 이용한다.[18] 이렇게 열며 찾는 열쇠의 상징적 형상이 『파우스트』에도 나타나는데 이러한 작용을 메피스토펠레스가 주선한다. 열고 닫는 열쇠의 소유자인 메피스토펠레스가 하계(下界)로 가는 열쇠를 가지고 있는 것이다. 애욕적인 파우스트는 지하 세계를 요구하고, 지하 세계로 가는 도구는 열쇠가 되고 있다. 메피스토펠레스가 제시한 아무도 가보지 못한 여성의 깊숙한 곳으로 파우스트는 발을 내디디며 공포를 느낀다.

17　Gerhard Adler, *Das lebendige Symbol*(München/Berlin/Wien: 1968), S. 114.
18　Erich Neumann, *Die Große Mutter, Der Archetyp des Großen Weiblichen*(Zürich: 1956), S. 211.

파우스트   어느 길로 가야 하는가?

메피스토펠레스   길은 없소이다! 지금까지 그 누구의 발길도 닿지
   않았고,
   닿을 수도 없는 곳. 그 누구에게도 허락되지 않았고
   허락될 수도 없는 곳. 그래도 가겠소? ─
   열어야 할 자물쇠도 없고 빗장도 없이,
   외로움에 휩싸여 있소.
   삭막함이나 외로움이 뭔지 아오?(6222~6227)

파우스트가 위대한 불가사의한 일, 다시 말해서 파리스와 헬레나를 창조하려고 모든 것을 창조하는 어머니들의 나라로 내려갈 때도 열쇠가 큰 역할을 하고 있다.

메피스토펠레스   붉게 달아오른 삼발이가 마침내
   깊은, 가장 깊은 바닥에 이르렀음을 알려 줄 거요.
   되는대로 앉아 있거나 서 있거나 걸음을 옮기는
   어머니들의 모습이 삼발이 불빛에 보일 거요.
   형성, 변형,
   영원한 의미의 영원한 유희.
   그들은 온갖 피조물들의 영상에 둘러싸여서,
   선생을 보지 못할 거요, 오로지 그림자들만을 볼 수 있기 때문
      이오.
   아주 위험한 일이니, 마음 단단히 먹고
   그대로 삼발이를 향해 돌진하시오,
   삼발이에 열쇠를 대시오!(6283~6293)

이렇게 파우스트가 아무도 가보지 못한 여성의 깊숙한 곳으로

발을 딛는데, 이는 〈땅속 깊이 뚫고 내려가야 그들의 거처에 이를 수 있〉는 곳으로 여성의 상징인 어머니로 묘사되고 있다.

파우스트 어머니들! 어머니들! ─ 참 기이하게 들리는구나!
메피스토펠레스 그건 사실이오. 여신들, 그들은 당신네 인간들에게는
　　알려지지 않았고, 우리들은 입에 올리기 꺼려 한다오.
　　땅속 깊이 뚫고 내려가야 그들의 거처에 이를 수 있소.
　　　　　　　　　　　　　　　　　　　　(6217~6220)

결국 파우스트는 메피스토펠레스가 건넨 열쇠의 도움으로 여성의 원천인 어머니들 나라의 입구로 가게 된다.

메피스토펠레스 우리가 헤어지기 전에, 선생을 칭송하지 않을 수 없소이다.
　　선생은 사탄에 대해 잘 알고 있소.
　　이 열쇠를 받으시오.
파우스트 고것 참 작구먼!
메피스토펠레스 그것을 손에 꼭 쥐시오, 절대로 그 열쇠를 얕보아서는 안 되오.
파우스트 손바닥에서 열쇠가 점점 커지지 않는가! 빛이 번쩍이고 번개가 일지 않는가!
메피스토펠레스 그게 어떤 물건인지 이제 알겠소?
　　열쇠가 그곳을 정확하게 찾아낼 테니,
　　그것을 잘 쫓아가시오. 그러면 어머니들에게로 데려다줄 거요.
　　　　　　　　　　　　　　　　　　　　(6257~6264)

이렇게 악마 메피스토펠레스가 충고하며 넘겨준 자그마한 열쇠를 쥐었을 때 〈손바닥에서 열쇠가 점점 커지지 않는가!〉라는 파우스트의 언급에서 남근의 성격이 적나라하게 드러나고 있다. 이러한 열쇠의 도움으로 파우스트는 도처에 존재하면서도 어디에도 존재하지 않는 길을 통해 여성의 원천인 어머니들의 나라로 접근하게 된다.

> **메피스토펠레스** 그러면 밑으로 내려가시오! 아니 위로 올라가라
> 고 말할 수도 있을 거요.
> 어느 쪽이든 매한가지요. 이미 생성된 것에서 벗어나,
> 형상에 얽매이지 않는 절대적인 영역으로 가시오!
> 오래전부터 더 이상 존재하지 않는 것을 즐기시오.
> 북적거리는 움직임이 구름처럼 휘감거든,
> 열쇠를 흔들어 쫓아 버리시오!(6275~6280)

이렇게 열쇠는 무엇인가를 해명해 주는 도구로 상징되어 메피스토펠레스는 〈베드로 성인처럼 열쇠를 능수능란하게 사용하여 지상과 천상의 문을 열고 있네〉(6650~6651)라고 언급한다. 이러한 배경에서 레스케는 〈어머니들로 향하는 파우스트의 길이란 독창적인 순간으로, 이는 자아 침잠을 통하여 작가의 영혼 안에 미의 영상이 일깨워지는 것이다〉라고 말했다. 따라서 어머니들이란 구체화시킬 수가 없으며, 도처에 존재하면서도 어디에도 존재하지 않아서 추상적인 개념으로만 서술될 수 있다. 어머니들은 고전적인 미의 구현일 뿐, 자신을 확인할 수 있는 확고한 형상이 없는 것이다. 이러한 존재는 〈황당무계한 전설처럼 엮어진 이야기들〉(8515)이라는 환상적인 상태로 어머니들의 나라로 가는 길은 세속적인 인식의 거리(경험적 판단의 감각적 거리)를 초월한다. 이

러한 거리의 초월은『서동시집』속의 시「도주Hegire」에 잘 나타나
있다.

> 동방이 서방에서 떨어져 있듯이
> 그대는 연인에게서 멀리 떨어져 있습니다.
> 그리하여 그대의 마음은 황야를 방황합니다.
> 하지만 어디를 가나 안내자는 있는 법,
> 사랑하는 사람에겐 바그다드도 그리 멀지 않습니다.(HA 2, 75)

여기에서 동서양의 연결 매체가 되는 연인들의 거리는 극복될
수 있어 만남이 가능하다. 따라서 동양과 서양은 이제 더 이상 구
분할 수 없게 된다.(HA 2, 70)

『파우스트』에서 남성의 상징이 열쇠로 나타나는데 여성의 상
징을 나타내는 대상도 있다. 여성의 감각으로 이끄는 힘은 〈숲과
동굴〉 장면에서 나타난다. 오목한 동굴이 여성적 애욕의 대상으로
상징되는 것이다. 동굴의 오목한 부분은 심리학적 면에서 새끼를
양육하는 자궁을 연상케 한다. 모든 존재는 자기의 유래의 본질인
오목한 여성적 근본을 지닌다. 이러한 오목한 구멍 입구는 신비로
운 세계로의 관문을 나타내『빌헬름 마이스터의 수업 시대』에서
〈문턱은 기대의 장소이다〉(HA 7, 496)로 언급되고,『파우스트』에
서도 〈비밀에 가득 찬 동굴 만세!〉(8485)라고 외쳐 동굴이 여성적
창조의 장소로 상징되고 있다. 이러한 동굴의 여성상이『빌헬름
마이스터의 수업 시대』속「미뇽의 노래」에도 나타나고 있다.

> 그대는 아는가, 그 산, 그 구름 길을?
> 노새는 안개 속에 길을 찾아 헤매고,
> 동굴에는 용들이 살고 있는,

바위는 떨어지고 그 위에 폭포 흐르는,
그대여 그곳을 아는가?
그리로, 그리로!
오, 아버지! 같이 가세요.

용의 새끼들이 살고 있는 동굴은 심리학적으로 볼 때 새끼를 키우는 자궁의 개념으로 여성의 근본 요소인 모성의 상징이 되고 있다.

오목한 동굴에서 정신은 아폴론적 태양의 부계 개념같이 스스로의 존재로 나타나지 않고 지구의 모계 2세인 새끼의 존재로 나타난다.[19]

「미뇽의 노래」에서 동굴은 여성의 생성적이고 보호적인 의미를 지니는데 이러한 생성과 보호의 대상이 용이다. 결국 「미뇽의 노래」의 〈동굴 속에서 살고 있다〉는 자궁에서 영양 공급 등으로 보호하는 여성의 상징인 것이다. 이렇게 오목한 부분이 여성을 상징하는 맥락에서 역시 오목한 형태의 그릇, 특히 잔도 어머니의 여성상을 상징하는 대상으로 여겨진다. 가톨릭의 연도Litanei에서도 성모상Jungfrau이 오목한 그릇으로 상징되고 있다.

사랑스러운 어머니,
불가사의한 어머니,
선한 충고의 어머니.
정의의 거울이요,
지혜의 권좌요,

19 같은 책, S.65.

우리 기쁨의 원천이요,

정신의 〈그릇〉이요,

신성한 〈그릇〉이요

경건의 훌륭한 〈그릇〉이요

정신의 장미요

다윗의 탑이요

상아탑이요

황금의 집이요

인연의 방주요

천국의 입구요

샛별이니라.

이렇게 〈그릇〉은 가톨릭에서는 모성적 세계, 즉 성모 마리아를 상징하거나 순수한 수태와 원죄로부터의 해방을 암시한다. 성서에서는 인간도 그릇으로 보고 있다.[20] 〈남편 된 사람들도 이와 같이 자기 아내가 자기보다 연약한 여성이라는 것을 잘 이해하고 함께 살아가며 생명의 은총을 함께 상속받을 사람으로 여기고 존경하십시오. 그래야 여러분의 기도 생활이 끊어지지 않을 것입니다.〉(「베드로의 첫째 편지」 3장 7절)

이러한 그릇처럼 잔도 종교적 의미로 여인상의 구현뿐 아니라 여성의 헌신성을 바탕으로 한 참된 인간성, 즉 성체의 이상으로 예수를 의미하여 〈성스럽고〉, 〈쓸모 있는〉, 〈고귀한 그릇〉으로 부각되고 있다. 이러한 잔의 용도를 정리해 보면, (1) 물이나 기름 등을 저장하는 용기, (2) 민속 신앙의 차원에서 죽은 자의 영원한 삶을 기리기 위해 무덤 속에 사신(死身)과 함께 매장하는 사물, (3) 예술

---

20 Kurt Galling (Hg.), *die Religion in Geschichte und Gegenwart. Handbuch für Theologie und Religionswissenschaft*, 3. Aufl. (Tübingen: 1963), S. 1251 f.

적·심미적 관점에서 장식의 도구로 활용된다. 이렇듯 생활의 제반 속성(삶, 죽음, 예술)과 연관된 잔의 이미지는 속이 비어 있음으로 해서 여인상의 이미지로 즐겨 쓰인다. 따라서 잔은 (1) 〈무엇을 포용하는 여성적 상징〉인 여성의 재생 에너지, (2) 원초적이며 심오하고 위대한 모성인 〈대자연의 무궁무진한 근원인 자궁〉, (3) 〈우주의 넓은 용기(容器)〉로 규정되고 있다.[21]

이러한 현상은 동양의 도교나 불교에서도 유사하게 나타나는 등 동서양을 막론하고 잔이 〈지극히 높은 정신〉을 집약하는 전일(全一)의 상징으로 이해된다. 즉 그릇은 노장 철학에서 지칭할 수 없는, 파악할 수 없는 만물의 근원, 즉 도(道) 자체이며 모든 것을 잉태하고 수용하는 여성, 우주 전체의 모성으로 파악되고 있다. 또한 불교에서는 그릇이 행복의 여덟 가지 상징으로서 수태하는 여성력을 암시하여 불교 제단에 봉양의 도구로 쓰인다.[22]

이러한 배경에서 〈그릇〉인 잔은 바로 하늘의 물이나 어머니의 젖가슴에서 나오는 젖을 받을 풍요로운 단지이다. 갈증을 씻어 줄 자연의 잔이라 생각할 수 있는 양호박, 시트론, 귤, 수박 등 물 많은 과일들을 감싼 껍질은 도교 신봉자들에게는 그 속에 들어 있는 결실을 맺게 할 숱한 씨앗들 때문에 다산성의 그릇이 되기도 한다.

---

21 Ade de Vries, *Dictionary of Symbols and Imagery* (1947), S. 224.
22 『노자 도덕경(老子道德經)』 제1장 제11절, 제62장 참조.

6
어머니상

—

셰러Wilhelm Scherer는 타고난 천성이란 〈상속받은 것Ererbtes〉이요, 교육이란 〈학습된 것Erlerntes〉이고, 생활이란 곧 〈체험된 것Erlebtes〉이라는 실증주의적 방법의 세 가지 E를 제시했다. 이 세 가지 원천적인 것이 작품에 대한 이해를 수월하게 한다. 마찬가지로 괴테도 〈문학 작품은 생의 서술이며 표현이다. 그것은 체험을 표현하며, 생의 외적 현실을 서술한다. (……) 생 속에는 환상의 작용으로 이끌어 들어가는 힘이 포함되어 있다〉[23]고 서술하고 있다. 이러한 배경에서 괴테의 작품에서 그의 부모의 영향을 느낄 수 있다. 괴테는 엄격한 부친으로부터 진지하게 인생을 살아가는 방법을 배웠고, 감수성이 풍부한 모친으로부터는 명랑하고 활발한 성격을 물려받았다. 이렇게 엄격한 부친과 감수성이 풍부했던 모친으로부터 물려받은 성격이 괴테의 시에 묘사되고 있다.

> 아이의 시선이 호기심 있게 바라보면
> 그것은 아버지 집을 찾아내는 것이며
> 우리 귀는 긴가민가할 때도
> 아이에게는 어머니 말소리가 크게 들린다.[24]

---

23 Wilhelm Dilthey, *Das Erlebnis und die Dichtung*, 13. Aufl. (Stuttgart: 1957), S. 113 f.
24 전영애, 『괴테 시 전집』(민음사, 2009), 550면.

이렇게 부친 쪽과 모친 쪽으로부터 이어받은 자질이 균형 잡혀 있는 괴테에 대해서 토마스 만은 〈유아적 그리고 부성적 선량함을 드러내며〉(GW 9, 303) 동시에 〈우유함과 차분함, 태아를 끝까지 잘 지키는 모성적 끈기를 나타내는 모종의 특성〉(GW 9, 306)을 지녔기에 〈천재Genie〉(GW 9, 306)가 되었다고 평가했다.

이러한 배경에서 괴테의 작품에는 어머니와 아버지의 상이 조화롭게 전개되기도 한다. 『젊은 베르테르의 슬픔』에서 베르테르는 로테의 죽은 부친에게도 호감을 느껴 사후에라도 그의 사위가 되고 싶어 한다. 〈그대(로테)는 이 순간부터 나의 것, 나의 것입니다. 로테여, 나는 먼저 갑니다. 나의 아버지, 그대의 아버지에게로 갑니다. 그분께 나는 하소연할 것입니다. 그러면 그대가 올 때까지 그분은 나를 위로해 주시겠지요. 그대가 오면 나는 달려가 당신을 붙잡고 당신 곁을 떠나지 않은 채 전능한 그분 앞에서 영원히 포옹할 것입니다.〉(HA 6, 117) 베르테르의 마지막 서신에서도 로테의 죽은 어머니가 극적으로 묘사되고 있다. 〈무덤이 가까워 올수록 더욱더 분명해집니다. 우리는 존재하게 됩니다. 당신의 어머니를 만나게 될 겁니다. 나는 그녀를 만나게 되고, 그녀를 발견하게 될 겁니다. 아아, 그리고 그녀 앞에서 나의 온 마음을 털어놓을 거요. 당신의 어머니, 당신의 자화상.〉 그레트헨도 처형당하기 전에 파우스트에게 〈어머니〉를 제일 좋은 곳에 묻어 주고 자기 아기는 자신의 오른쪽에 묻어 달라고 애원하여 사후의 어머니상을 중시한다.

제일 좋은 명당자리에 우리 어머니를 모시고,
그 바로 옆에는 오라버니를 묻으세요.
나는 조금 떨어진 곳에 묻어 주세요,
하지만 너무 멀리는 안 돼요!
아기는 내 오른쪽 가슴에 묻어 주세요.(4524~4528)

일반적으로 부모의 조화로운 영향에 모친의 정이 돋보이는 경향이 많다. 우리나라에서도 원래 〈어머니날〉만 있고 〈아버지날〉은 없었는데 성의 차별이라는 여론이 일어 〈어머니날〉이 〈어버이날〉로 바뀌었다. 따라서 괴테에게도 부친보다 모친의 영향이 더욱 느껴진다. 이러한 어머니상의 구체적인 이해를 위해 종교 용어를 들어 본다.

기도를 마칠 때 그 내용에 대한 확인이나 동의를 표하는 의미로 〈아멘〉이라고 말하는데, 이 아멘이 어머니에 연관된다. 유대인 정통파 랍비는 어머니가 자녀에게 육신의 생명을 주는 사명뿐만 아니라 영적 생명인 신앙을 전수하는 사명도 함께 지니고 있다고 하는데, 이 전통이 지금도 이스라엘에서 중시되고 있다. 아버지보다 어머니의 중요함이 민족 전통으로 이어져 이스라엘 백성들이 해외에 나가 결혼할 경우 어머니 쪽이 이스라엘이면 아버지가 어느 종족이든 불문하고 그 자녀들을 이스라엘 백성으로 인정한다. 반면에 아버지가 이스라엘인이어도 어머니가 다른 민족이면 그 자녀는 이스라엘 백성으로 인정받지 못한다. 어머니의 핏줄이 더 중요한 것이다. 괴테에게도 아버지에 대한 사랑보다 어머니에 대한 사랑이 더 강해서인지 어머니에 대한 사랑을 담은 시 「나의 어머니에게An meine Mutter」를 내놓기도 했다.

> 저 비록 오랫동안 문안도 편지도
> 어머니께 드리지 못했지만, 의심일랑
> 가슴에 들이지 마세요. 어머니께 마땅히 드려야 할
> 자식 된 도리의 사랑이 제 가슴을
> 떠났다 하고요. 아닙니다. 바위같이
> 강물 속 깊숙이 영원한 닻을 내려, 밀물이
> 때로는 폭풍 같은 파도로 때로는 잔잔한 물결로

덮치고 흘러가며 그 모습을 잠시 가려도

제자리에서 비켜나지 않는 바위같이

어머니에 대한 사랑은 제 가슴에서

비켜나지 않습니다. 삶의 강물이

고통의 채찍을 맞아 때로는 폭풍처럼 그 위를 휩쓸고 가고

때로는 기쁨의 어루만짐으로 차분해져서

사랑을 덮고 사랑을 방해하여, 사랑이

그 머리를 태양에게 보이지 못하고 사방에서

반사된 광선이나 받아 어머니께

눈길 눈길로, 아들이 당신을 얼마나 존경하는지 보여 줄 뿐이더
라도.[25]

처음 집을 떠나 라이프치히에서 1년 6개월을 보내던 1767년
에 쓴 이 시를 괴테는 어머니께 읽어 드리라고 누이동생에게 보냈
다. 독특한 개성으로 하나의 괴테의 형태를 만들어 준 어머니의 이
상은 괴테가 만난 다른 사람들의 경우와 달라서 창작될 수가 없었
다. 따라서 괴테는 자기 자신을 바꾸어 나갈 뿐만 아니라, 동시에
자기의 체험권과 시 작품에 등장하는 모든 사람을 바꾸었으나 자
기의 어머니는 바꿀 수 없었고 변용하지도 않았다. 어머니는 하느
님이 만들어 낸 인간 그대로 머물러 있어야 했으며 실제로 괴테에
게는 영원한 신비로 남아 있었다. 이러한 어머니상이 괴테의 작품
에서 현실적인 모습은 물론이고 형이상학적으로까지 다양하게 전
개되고 있다.

괴테 작품에서 여성적 본질은 어머니상이 된다. 〈지상 최고의
선〉으로 평가받는 아름다움의 이상에 대한 괴테의 견해를 종합해
보면 그것은 모든 선의 수준 높은 총화이다. 이러한 선의 최고 수

25 같은 책, 20면 이하.

준을 괴테는 〈어머니상〉에 연결시킨다. 그레트헨의 가장 숭고한 모습으로, 갓난 누이동생(그레트헨의 죽은 여동생)의 양육을 떠맡아 어떤 노고도 마다하지 않는 헌신적인 어머니상을 들 수 있다.

> 그 아이는 제 손에 자라서 저를 무척 따랐어요.
> 동생은 아버지가 돌아가신 후에 태어났어요.
> 그때 어머니가 자리에서 일어나시지 못하는 바람에,
> 우리는 어머니를 잃는 줄만 알았어요.
> 어머니는 조금씩 천천히 기운을 차리셨고,
> 그래서 그 불쌍한 것에게
> 젖을 먹일 생각도 못 하셨답니다.
> 저 혼자서 동생을 키웠지요,
> 우유하고 물로. 제 아기나 다름없었어요.
> 제 팔과 품에서
> 방긋방긋 웃고 버둥거리고 무럭무럭 자랐어요. (3125~3135)

가정이나 동생들을 기르는 힘든 일을 연약한 여성 혼자 감당하기에는 너무 벅차 그레트헨은 고통을 호소하기도 한다.

> 하지만 물론 고생스러운 때도 많았답니다.
> 밤에는 아기 요람을
> 제 침대 옆에 세워 두었는데, 아기가 조금만 움직여도
> 금방 눈이 뜨이곤 했어요.
> 때로는 우유를 먹이고, 때로는 제 옆에 누이고,
> 그래도 계속 칭얼거리면 침대에서 일어나
> 아이를 어르며 방 안을 이리저리 걸었어요.
> 그러고는 아침 일찍 빨래를 빨고,

시장을 보고 부엌일을 돌보았지요.

그런 날들이 계속 이어졌어요.(3137~3146)

이러한 견디기 힘든 양육 등의 고통을 그레트헨은 강렬한 모성
애로 극복하여 결국에는 달콤한 행복이 되고 있다. 〈여동생 때문
에 많이 힘들었지만, 그런 고생을 다시 할 수 있다면 좋겠어요. 얼
마나 귀여운 애였는지 몰라요.〉(3122~3124)

이러한 어머니상은 『파우스트』에서 신화적으로 전개되기도
한다. 병 안의 인조인간 호문쿨루스가 사랑을 느끼는 갈라테아가
어머니상을 띠는데 이 내용을 바다의 요정 세이렌들이 합창으로
알린다.

적당히 서둘러 가볍게 사뿐사뿐

마차 주위를 겹겹이 에워싸라.

한 줄 두 줄,

한 겹 두 겹 뱀처럼 휘감아라.

가까이 다가오라, 활기찬 네레이스들아,

보기 좋게 야성적인 힘찬 여인들아,

다정한 도리스의 딸들아,

어머니와 똑 닮은 갈라테아를 모셔 오너라.

신들에 버금가는 진지함,

불멸의 품위,

그런데도 사랑스러운 여인네처럼

매혹적인 우아함.(8379~8390)

여기에서 세이렌들은 님프인 도리스Doris가 모셔 온 갈라테아
가 절대적 여성의 영역에서 〈불멸의 품위〉와 〈매혹적인 우아함〉

을 지닌, 창조의 모태인 어머니의 모형이라고 노래하고 있다.[26]

『파우스트』의 「천상의 서곡」에서 하느님은 〈그(파우스트)가 지금은 비록 혼미하게 날 섬길지라도, 내가 곧 밝음으로 인도하리라〉(308~309)거나, 천사들이 〈언제나 노력하며 애쓰는 자는 우리가 구원할 수 있노라〉(11936~11937)라며 파우스트의 영혼을 마귀들로부터 구출하여 천국에 오르게 하는데 하늘의 은혜가 내리지 않으면 불가능하다. 인간 영혼의 구원은 단순히 자력으로써만 이루어질 수 없고 천상의 은혜가 있어야 하는 것으로, 이러한 내용이 천상에서 마리아를 숭배하는 박사의 언급에 담겨 있다.

> 그들은 원래 약한 존재인지라
> 구원받기 어렵나이다.
> 관능의 사슬을 혼자 힘으로
> 끊을 자 어디 있으오리까?
> 매끄럽고 가파른 바닥에서
> 어찌 발이 미끄러지지 않으오리까?
> 눈빛과 인사말,
> 기분 좋게 아부하는 숨결에 현혹되지 않을 자 어디 있으오리까?
>
> (12024~12031)

이렇게 약한 마음이 구제받기 위해서는 천상의 은총이 필요하다. 이 내용은 교부 시대의 신학 논쟁, 즉 초기 기독교 교리를 세운 아우구스티누스와 펠라기우스Pelagius의 신학 논쟁을 연상시킨다. 아우구스티누스는 인간의 구원이 신의 은총으로 말미암은 것이라고 말한 데 반하여, 펠라기우스는 신부이면서도, 인간의 구원은 신의 은총이 아니라 인간 자신의 행동 여하에 따라 결정된다고 했다.

---

26 김선형, 『나 역시 아르카디아에 있었노라!』(경남대학교 출판부, 2015), 80면.

아우구스티누스는 원죄를 주장하고 다만 〈자유 의지bona voluntas〉를 주장했다. 펠라기우스의 이론은 종교 회의에서 교회에 대한 큰 위협이 되어 금지되고 그는 파문되어 화형을 당했다.

아우구스티누스의 이론대로 천상에서 파우스트가 구원되기 위해서는 신의 은총이 필요한데, 거기에 참회하는 여인으로 옛 애인이었던 그레트헨이 나타나 파우스트를 구원한다. 그레트헨은 저승에서 상징적인 존재가 되어 아직 새로운 날, 즉 가장 은혜로운 햇빛을 받아들일 준비가 되어 있지 않은 파우스트를 위해 성모에게 기구하는데 이 성모상이 어머니상의 정점이 된다. 그녀가 성모에게 파우스트의 영혼을 위한 은총을 빌어 그는 천국의 영광을 차지하게 되는 것이다.

> 비할 데 없는 분이시여,
> 광명에 넘치는 분이시여,
> 제 행복을 자비롭게
> 굽어보소서, 굽어보소서!
> 옛날에 사랑했던 사람,
> 이제 혼미에서 벗어난 사람이
> 돌아왔나이다.(12069~12075)

> 보세요, 낡은 껍데기에 묶인
> 지상의 인연을 잡아 뜯는 것을.
> 향기로운 의복으로부터
> 새로이 청춘의 힘이 뻗어 나고 있나이다.(12088~12091)

이승에서 원초적인 어머니상을 보여 준 그레트헨은 사후에 〈참회하는 여인〉(12083)이 되어 이승에서 〈최고의 순간〉(11586)

을 향유하고 승천한 파우스트를 지옥에 떨어뜨리지 않고 〈언제나 노력하며 애쓰는 자〉(11936)로 어머니같이 받아들인다. 인간적인 향상을 위한 끊임없는 노력으로 파우스트를 신의 품 안에 들게 해 주는 어머니 같은 영원한 사랑이 최고의 영역, 다시 말해서 최종의 하늘나라를 열리게 하는 것이다. 이렇게 어머니상은 죽어서까지 도 작용하여 파우스트와 헬레나 사이에 태어난 유일한 아들로 전 쟁에 뛰어들어 죽음을 맞이한 오이포리온은 〈이 어두운 곳에, 어 머니, 절 혼자 두지 마세요!〉(9905~9906)라며 하계에서도 어머 니상을 염원하고 있다. 이러한 배경에서 『파우스트』의 마지막 구 절로 작품의 대미를 장식하는 중성 명사 〈영원히 여성적인 것Das Ewig-Weibliche〉은 속세를 초월하여 몰아(沒我)적인 성모 마리아 처럼 여성 최상의 정화된 존재로 〈어머니〉가 된다. 〈영원히 여성 적인 것이 우리를 이끌어 올리노라〉는 대작 『파우스트』의 마지막 구절이거니와, 하나의 여성 그레트헨의 사랑은 영원히 여성적인 본질인 어머니상이 되어 파우스트를 무한히 높은 곳까지 인도하 는 것이다.

이러한 성스러운 어머니에 상응되는 대상은 어린이가 되어, 중 세 서양화에서 흔히 성모 마리아는 아기 예수와 함께 그려진다. 이 렇게 아기 예수가 성스러운 어머니와 함께 있는 그림의 전형으로 괴테는 1787년 3월 22일 이탈리아에서 화가 코레조Antonio A. Correggio(1489~1554)의 그림을 들고 있다. 〈오늘 팔려는 코레조 의 그림을 한 점 보았다. (……) 성모 마리아와 아기 예수를 나타내 는 그림이다. 아이는 어머니의 젖가슴과 어린 천사가 건네주는 배 사이에서 어느 것을 취할지 갈피를 못 잡고 있다. 그러니까 예수의 젖떼기이다.〉(HA 11, 217 f.) 이러한 코레조의 그림에 대해 괴테 는 1826년 12월 13일 에커만에게 언급하고 있다. 〈나는 최근에 『이탈리아 기행』에서 코레조의 그림에 관해서 쓴 부분을 읽었다

작자 미상, 「동생들에게 빵을 나눠 주는 로테」, 19세기

고 말했다. 젖떼기를 묘사하고 있는 그 그림은 성모 마리아의 품에 안긴 그리스도가 성모의 젖가슴과 내밀어진 배 중에서 어느 쪽을 골라야 할지 망설이는 모습의 그림이야.〉

이렇게 어머니가 어린아이와 함께하는 성스러운 모습이 『빌헬름 마이스터의 수업 시대』에서도 묘사되고 있다. 〈아이를 팔에 안고 있는 어머니를 보는 것처럼 마음을 끄는 광경은 없고, 많은 아이들에게 둘러싸여 있는 어머니처럼 고귀한 모습은 없다.〉(HA 7, 470) 또한 『젊은 베르테르의 슬픔』에서 로테도 정답게 둘러싸인 동생들에게 저녁 빵을 나눠 주는 어머니 같은 모습으로 나타난다. 〈그녀는 검은 빵을 손에 들고 삥 둘러서 있는 아이들에게 각각 나이와 식욕에 따라 한 조각씩 잘라서 정말 정겨운 모습으로 한 사람씩 나누어 주곤 했지. 그러면 어떤 아이건 정말 조금도 꾸밈새 없이 《고맙습니다!》하고 소리를 치는 것이었어. 모두 아직 빵을 자

르기도 전에 조그마한 두 손을 치켜들고 기다리고 있다가 이윽고 저녁 식사인 그 빵을 받아 들고는 흐뭇해서 어떤 아이는 뛰어나가고, 어떤 아이는 침착한 성격인 듯 조용히 그 자리에서 떠 누님인 로테가 타고 갈 마차와 손님들을 보려고 문 쪽으로 걸어가기도 했다네.〉(HA 6, 21)

세상을 떠난 어머니를 대신해서 여덟 명의 동생에게 정답게 빵을 나누어 주는 로테의 모습은 〈지금까지 본 적이 없는 매혹적인 광경〉(HA 6, 21)으로 베르테르에게 시민 가정의 이상적인 신붓감으로 각인된다. 이렇게 그레트헨과 로테가 어린 동생들을 어머니같이 돌보는 감동적인 행위는 〈소녀는 가사와 매일의 필수적인 일에 도움이 되는 모습보다 더 아름답게 장식될 수 없다〉[27]는 오랜 가부장적인 개념의 소산으로 볼 수 있다. 어린이를 양육하고 기르는 어머니는 모든 여성 중에서도 성스러워 『파우스트』에서 〈동정녀(성모 마리아), 여왕, 여신〉(12102~12103) 등 여성 최고의 경지로 불린다.

> 더없이 고매한 여왕님이시여!
> 드넓은
> 푸른 창궁에서
> 당신의 비밀을 보여 주소서.
> 　(……)
> 당신이 숭고한 분부 내리시면
> 우리의 용기 꺾일 줄 모르고,
> 당신이 우리의 마음 달래 주시면
> 뜨거운 불꽃이 갑자기 온유해지오리다.
> 지극히 아름다운 순결한 동정녀시여,

27 Stefan Blessin, *Die Romane Goethes* (Königstein: 1979), S. 286.

우러러 받들어 마땅한 〈어머니〉시여,

우리를 위해 뽑히신 여왕님이시여,

신들과 동등한 분이시여.(11997~12012)

구원하시는 분의 눈빛을 바라보라,

후회하는 연약한 자들아.

감사하는 마음으로

복된 운명을 향해 돌아서라.

보다 착한 모든 이들이

당신을 받들어 모실 것이옵니다.

동정녀이시고, 〈어머니〉이시고, 여왕이신

여신이시여, 자비를 베푸소서!

　　　　(12096~12103, 〈 〉는 필자의 강조)

　이러한 어머니상의 가장 성스러운 형상은 아기에게 젖을 먹이는 모습으로 볼 수 있다. 그리스 신화에서 젖은 불멸을 상징하여 헤르쿨레스는 여신 헤라의 젖을 먹은 덕분에 인간이면서도 불사의 존재가 된다. 젖에는 성스럽고 숭고한 이상향의 의미도 담겨 있어서 옛날 이스라엘 민족은 가나안을 젖과 꿀이 흐르는 땅으로 여기며 그곳을 향해 갔다. 이렇게 젖과 꿀은 이상향의 음식이 되어 많은 사람들이 젖과 꿀이 흐르는 미지의 곳을 찾아 헤맨다.『파우스트』에서 이상향인 아르카디아 역시 어머니처럼 젖과 꿀로 아이와 양들을 양육한다.

적막한 그늘 속에서 따뜻한 젖이

아이들과 양들을 위해 자애롭게 샘솟는구나.

멀지 않은 평원에서 과실이 무르익고,

나무 구멍 속에선 꿀이 흐르누나.(9546~9549)

이렇게 생명체에 젖을 먹이는 모습이 괴테에겐 너무도 숭고하고 성스러워서 그는 시 「나그네」에서 젖을 먹이는 여성상을 숭고하게 묘사하고 있다.

신께서 그대를 축복하시길, 젊은 여인이여,
신의 가호가 가슴에 안겨
젖을 빠는 아이에게도!
여기 암벽의
느릅나무 그늘에서
짐을 놓고
좀 쉬어 갔으면 하오.(HA 1, 36)

이렇게 어머니가 아기에게 젖을 먹이는 모습이 성모 마리아가 아기 예수에게 젖을 먹이는 모습처럼 성스럽게 여겨져서 토마스 만의 『마의 산』 「눈Schnee」 장의 눈 속에서 꾸는 꿈에서 태양의 자식들은 제단 옆에서 어린아이에게 젖을 먹이는 어머니 곁을 지나며 경건한 태도를 취한다. 〈소년들은 제단 앞을 지나갈 때 살짝 무릎을 굽히고 지나가는 예배 참가자들처럼 그것이라고 확실하게 느끼지 못하게 무릎을 굽히고 지나갔다.〉(Zb 407) 이렇게 아기가 어머니의 젖을 빠는 모습은 성스러워서 『파우스트』에서 악마 메피스토펠레스도 이를 인정하지 않을 수 없다.

아이도 처음에는 어머니 젖을
순순히 빨려 하지 않지만,
금방 신나게 쪽쪽 빨지 않는가.

자네도 지혜의 젖가슴을
날이 갈수록 더욱 많이 탐할 걸세.(1889~1893)

이러한 배경에서 어머니가 돌아가신 후에 태어난 갓난 누이동생에게 젖을 먹이는 그레트헨의 모습은 원초적인 어머니상이다. 그레트헨은 처형 직전의 정신 착란에서도 어린애 젖이나 좀 먹이게 해달라고 간청한다.

먼저 아이에게 젖을 먹이게 해주세요,
아일 밤새도록 안고 있었어요.
저들이 날 괴롭히려고 아이를 뺏어 가 놓고는(4443~4445)

이러한 어머니상이 『파우스트』 제2부에서는 헬레나에 연관되어 형이상학적으로 전개된다. 〈내가 순간을 고집하면 종의 신세가 되는 걸세〉(1710)라고 말하듯이 최고의 인식과 향락을 동시에 염원하는, 즉 정신적으로는 지극히 희열이어야 하고 육체적으로는 더할 수 없는 환락을 추구하는 〈두 개의 영혼〉(1112)을 가진 파우스트는 〈사랑의 환락〉(1115)에 빠져 〈관능에 깊이 취해 불타오르는 열정으로 마음을 달래 보〉(1750~1751)려는 욕구에서 인류 최고의 미녀 헬레나의 아름다움을 체험하고자 메피스토펠레스에게 요청한다. 그러나 〈북방의 마녀들은 쉽게 다룰 수 있었는데, 이 낯선 유령들은 어째 으스스하단 말이야〉(7676~7677)라는 메피스토펠레스의 고백처럼 추악한 귀신들의 세계는 메피스토펠레스에게 활동 무대가 되지만, 헬레나로 연상되는 고대 그리스의 빛나는 이상미는 상대할 수 없다.

선생은 그런 일이 당장 일어날 수 있다고 착각하는 모양인데,

6장 아름다운 여성상 **671**

그것은 아주 힘든 일이오.

미지의 영역에 자칫 잘못 끼어들다가는

결국 무모하게 새로운 짐만을 지게 될 뿐이오.

도깨비 전표처럼 쉽게

헬레나를 불러올 수 있다고 생각하다니 ─

마녀 장난이나 유령 놀이,

혹 달린 난쟁이라면 즉각 대령할 것이오.

하지만 아무리 나무랄 구석이 없다 할지라도 사탄의 애인을

그 절세미인 대신 내세울 수는 없지 않겠소.(6193~6202)

발푸르기스의 밤 같은 추악한 세계는 악마의 무대가 되지만 헬레나로 연상되는 고대 그리스의 고전적 이상미는 메피스토펠레스의 능력 밖이다. 그러나 자세히 관찰해 보면 헬레나에 관련된 그리스의 이상미뿐 아니라 독일적인 여성 그레트헨에게도 메피스토펠레스는 힘을 쓰지 못하는 제한된 위력을 가지고 있다. 따라서 감옥에서 처형을 기다리는 그레트헨을 살리고자 파우스트가 메피스토펠레스에게 〈그녀를 구하라! 아니면 네놈을 가만두지 않으리라! 앞으로 두고두고 네놈한테 혹독한 저주를 퍼부으리라!〉(〈흐린 날, 들판〉)라며 호통치자 메피스토펠레스는 자신의 힘으로는 순수한 그녀를 구할 수 없고 기껏해야 도움만 줄 수 있다고 실토한다. 〈하지만 내가 뭘 할 수 있겠소? 이보시오! 나한테 천상과 지상의 모든 권한이 있는 줄 아시오? 내가 간수의 정신을 몽롱하게 할 테니, 선생은 열쇠를 빼앗아 사람의 손으로 그녀를 구해 내시오! 내가 망을 보리라! 그리고 마법의 말을 대기해 두었다가, 당신들 두 사람을 멀리 데려가겠소. 그 정도는 할 수 있소이다.〉(〈흐린 날, 들판〉)

이렇게 메피스토펠레스가 그레트헨에게 힘을 쓰지 못하는 궁극적인 이유로 그녀의 순진무구함을 들고 있다. 메피스토펠레스

는 그레트헨이 대성당에서 자기가 저지르지도 않은 죄를 참회하
는 것을 엿듣고 그녀가 순진무구한 여성이어서 자기 힘으로는 파
우스트의 청을 이루어 줄 수 없다고 실토한다. 즉 그녀에게는 악마
가 끼어들 여지가 보이지 않는 것이다.

> 저 처자 말인가요? 저 처자는 지금 신부에게 다녀오는 길인데,
> 신부에게 모든 죄를 사해 받았소.
> 내가 고해석 바로 옆을 지나가면서 슬쩍 엿들으니.
> 정말 순진한 계집이더구먼.
> 진짜 아무것도 아닌 일로 고해를 하더라니까요.
> 저런 계집은 나도 어떻게 손을 써볼 도리가 없소!(2622~2626)

그러면서 악마 본연의 능력인 육욕으로 유혹하는 것에는 자신
감을 내비치며 이러한 미를 체험시켜 주길 바라는 파우스트에게
여성미의 화신인 헬레나와 같은 고대의 이교도들은 〈어머니들〉
(6216)이라는 지하의 세계에 살고 있다고 폭로한다.

> 메피스토펠레스 고매한 비밀을 밝히고 싶진 않지만 할 수 없소
>   이다.
> 여신들은 숭고하게 고독 속에 군림하고 있소.
> 그들 주변에 시간은 말할 것도 없고 공간도 없소이다.
> 그들에 대해 말한다는 것 자체가 당혹스러운 일이오.
> 그들은 〈어머니들〉이오!
> 파우스트 (깜짝 놀란다) 어머니들!
> 메피스토펠레스 뭐 그리 자지러지게 놀라는 게요?
> 파우스트 어머니들! 어머니들! ― 참 기이하게 들리는구나!
>
>   (6213~6217)

메피스토펠레스의 말대로 〈어머니들〉의 나라는 주위에 공간도 없고 시간도 없는 창조 이전의 원형적인 지역이다. 그러면 이렇게 공간과 시간도 없는 어머니들은 무엇을 의미할까? 이에 대해 리하르트 그뤼츠마커 교수는 다음과 같이 언급하고 있다. 〈생각할 수 있는 엄격한 의미에서 그들은 초월적이다. 그러므로 시공의 개념도 없다. ― 이는 칸트에 따르면 ― 모든 지상의 시간적·공간적 현상에 대한 절대적인 관조 형태다. (……) 어머니들은 순수한 비교(秘敎)이다. (……) 수많은 식물의 종류에 근원 식물이 해명되는 것처럼 괴테에게 개개 현상의 영원한 근원 현상의 소유는 자연의 본질에 속하는 것이다. 어머니들은 모든 사물과 행동의 신화적·감각적 근원 현상을 의미한다. 그러므로 이는 단순히 모사(模寫)가 아닌 모든 현실의 창조적 근원 현상을 의미하는 플라톤적 이념이다.〉[28]

메피스토펠레스가 말한 〈어머니들〉이란 말은 파우스트에게 매우 충격적이다. 파우스트는 그 말을 듣고 싶어 하지 않는데, 이는 괴테가 자기 어머니에 대해 본래부터 전혀 듣고 싶어 하지 않는 것의 반영이다. 그는 자기의 근원을 상기시키는 것을 전혀 원하지 않는 것이다. 어머니란 〈고수되는 것Das Beharrende〉, 〈변화되지 않는 것Das Unwandelbare〉이다. 『파우스트』에서 어머니가 고수되고, 변화되지 않는 것으로 묘사되는 것은 괴테 자신의 어머니의 변하지 않음을 상징한다. 어머니는 하나의 〈찍힌 형태eine geprägte Form〉로 발전해 갔던 것이다. 괴테는 그러한 어머니들의 나라인 근원으로 내려가는 것에 몸서리친다. 〈전율은 인류에게 주어진 최고의 것〉(6272)인 것이다.

파우스트가 마지막 비밀인 어머니들의 나라로 내려갈 때에도

28 요하네스 베르트람, 『파우스트의 현대적 이해』, 유창국·김선형 옮김(경남대학교 출판부, 1996), 212면.

어머니들에 대한 말은 없고 모든 것이 예감뿐이며, 이 심연은 각자가 스스로 메워야 한다.[29] 이러한 〈어머니들〉은 어디에도 존재하지 않고 형태도 없는 원형상Urphänomen인 추상적 존재인 것이다.

어머니들이란 창조하고 보지(保持)하는 원칙으로서, 거기에서부터 이 지구의 표면에 형상과 생명을 가진 존재가 출발하고 있다. (……) 과거에 존재했었고 미래에 존재하게 될 모든 영혼과 형태들, 이 모든 것이 어머니들이 머무는 무한한 공간 속에 구름과도 같이 이리저리 떠돌며 에워싸고 있다.[30]

따라서 『파우스트』에서도 어머니들의 심리적 상태가 무의식적 환상 속의 구름의 형태로 나타나고 있다.

이미 생성된 것에서 벗어나,
형상에 얽매이지 않는 절대적인 영역으로 가시오!
오래전부터 더 이상 존재하지 않는 것을 즐기시오.
북적거리는 움직임이 구름처럼 휘감거든,
열쇠를 흔들어 쫓아 버리시오!(6276~6280)

여기에서 어머니들은 비실체 명사인 구름과 연결되어 추상적이 된다. 이렇게 어머니들은 체험될 수 없고 예감되기 때문에 마력을 야기한다. 다시 말해서 어머니들은 안개나 연기처럼 형체가 없으므로 인간 차원인 파우스트의 현실에서는 실현 불가능한데, 이러한 내용이 『파우스트』에 나타나 있다.

29 Richard Friedenthal, *Goethe. Sein Leben und seine Zeit*(München: 1978), S. 15.
30 Johann W. von Goethe, *Gespräche mit Eckermann*, Bd. II, 2. Aufl. hg. und eingeleitet von Franz Deibel(Leipzig: 1908), S. 170.

형성, 변형,

영원한 의미의 영원한 유희.(6287~6288)

이 어머니들의 나라는 일체의 존재가 생성되는 이데아의 나라이다. 따라서 〈그들은 온갖 피조물들의 영상에 둘러싸여서, 선생을 보지 못할 거요, 오로지 그림자들만을 볼 수 있기 때문이오〉(6289~6290)라고 메피스토펠레스는 말하고 있다. 어머니들의 주위에는 온갖 피조물의 영상이 떠돈다는 말에서 형태의 유동성을 느낄 수 있다. 이데아가 현실적인 모습을 취하려면 두 가지 길이 있다. 첫째는 자연의 변형Metamorphose으로 마술사나 예술가, 시인의 창조에 의해서다. 인간의 상상력이 이데아를 정신의 눈으로 포착·표현하는 것이다. 결국 어머니들의 나라는 헬레나처럼 시공을 초월한 이데아의 세계로, 헬레나와 파우스트의 대화에서 느껴진다.

헬레나　제가 아주 멀리 있으면서도 아주 가까이 있는 것만 같아요.

　　나 여기 있다! 여기에! 이렇게 말하고 싶어요.

파우스트　저는 온몸이 떨리고 숨이 막혀서 말이 나오지 않습니다.

　　마치 시간도 장소도 사라지고 꿈을 꾸는 것만 같습니다.

헬레나　이미 다 살았으면서도 새롭게 사는 듯하고,

　　잘 모르는 당신과 신의로 굳게 묶인 듯해요.

파우스트　더없이 하나뿐인 운명에 대해 너무 골똘히 생각하지 마시오!

　　비록 순간에 지나지 않을지라도, 존재하는 것은 우리의 의무요.

(9411~9418)

이렇게 어머니들의 나라나 헬레나의 시공을 초월한 세계를 메피스토펠레스는 공허·무라 하고 파우스트는 이 무에서 전체를 찾으려고 한다. 이는 이데아가 현실적인 모습을 취하는 것으로 마술사나 예술가, 시인의 창조를 통해 가능하다. 그리고 창조라는 점에서 마술과 예술은 공통적이다. 이렇게 〈어머니들〉의 유래나 소재는 보이거나 알려지지 않아서 그 시공을 한정하려 한다든지, 현상이나 유형화하려는 시도는 아무 소용이 없고, 쉽게 접근할 수 없고, 쉽게 얻을 수도 없기 때문에 『파우스트』에서는 〈위험을 내포한〉 신비스러운 곳으로 상징되고 있다.

되는대로 앉아 있거나 서 있거나 걸음을 옮기는
어머니들의 모습이 삼발이 불빛에 보일 거요.
형성, 변형,
영원한 의미의 영원한 유희.
그들은 온갖 피조물들의 영상에 둘러싸여서,
선생을 보지 못할 거요, 오로지 그림자들만을 볼 수 있기 때문
     이오.
아주 위험한 일이니, 마음 단단히 먹고
그대로 삼발이를 향해 돌진하시오,
삼발이에 열쇠를 대시오!(6285~6293)

이 어머니들의 나라에서 어머니들은 형편에 따라 〈앉고sitzen, 서고stehen, 걷는데gehen〉, 이는 〈돌〉, 〈식물〉과 〈동물〉의 상징으로 〈정지되고〉, 〈움직이고〉, 〈형상화되는〉 모든 것이 어머니의 창조물이라는 의미다. 이러한 창조의 근원지인 어머니들의 나라에 가면 헬레나와 파리스의 영상도 발견할 수 있을 것 같아서 메피스토펠레스로부터 어머니들의 나라로 들어가는 열쇠를 받자 파우스트

는 새로운 힘이 솟아나는 감격을 느낀다.

메피스토펠레스   그게 어떤 물건인지 이제 알겠소?
　　열쇠가 그곳을 정확하게 찾아낼 테니,
　　그것을 잘 쫓아가시오. 그러면 어머니들에게로 데려다 줄 거요.
　　(······)
파우스트   (열광하여)
　　좋아! 열쇠를 꼭 쥐니 새로운 힘이 솟아나는구나.
　　가슴을 활짝 펴고 대작업을 개시해 볼거나.
메피스토펠레스   (······)
　　되는대로 앉아 있거나 서 있거나 걸음을 옮기는
　　어머니들의 모습이 삼발이 불빛에 보일 거요.
　　형성, 변형,
　　영원한 의미의 영원한 유희.(6262~6288)

메피스토펠레스는 우리에게 알려지지 않은 여신들인 어머니들의 나라에 가려면 〈땅속 깊이〉 들어가야 한다고 파우스트에게 알려 준다.

파우스트   어머니들! 어머니들! ─ 참 기이하게 들리는구나!
메피스토펠레스   그건 사실이오. 여신들, 그들은 당신네 인간들에게는
　　알려지지 않았고, 우리들은 입에 올리기 꺼려 한다오.
　　땅속 깊이 뚫고 내려가야 그들의 거처에 이를 수 있소.
　　　　　　　　　　　　　　　　　(6217~6220)

하강을 암시하는 땅속 깊은 곳은 곧 모든 생물의 종국적인 모

체요, 보호자인 넓은 관용의 대지, 즉 어머니를 연상시킨다. 이러한 어머니의 태내(胎內)는 암흑이다. 그러나 파우스트는 청명으로 올라갈 것을 원하여 메피스토펠레스에게 〈올라오라Steigen〉(6275)든지 〈위로Hinauf〉라는 말을 하게끔 한다.[31]

> 저 높이, 저 멀리 날아가고 싶은 것이
> 무릇 인간의 천성이 아니겠는가.(1098~1099)

이렇게 어머니의 세계는 암흑의 밤을 연상시키는데, 이는 낭만주의 문학의 특색으로 볼 수 있다. 낭만주의는 모든 것이 태어나고 모든 형상이 생기는 영원한 어머니의 품이 되고 있다. 이러한 배경에서 논리적으로 해명하거나 제시할 수 없는 것, 어떤 근원적인 것, 모든 것이 생성되는 원초적인 것, 신비스러운 것을 낭만주의자는 밤이라고 명명했다. 바그너의 「트리스탄과 이졸데Tristan und Isolde」는 밤을 찬양하고 낮을 저주함으로써 낭만주의에 깊이 결부되어 있다. 이러한 밤의 요소들은 오직 죽음으로써만 경험될 수 있는 것으로 여겨졌으며, 이 지점으로부터 낭만주의자는 피상적 세계에 대한 이해를 시도했다. 이러한 낭만주의 문학에서는 꿈 등의 무의식에 연관되는 세계를 어머니의 세계로 규정하고 있다.

따라서 낭만주의 심리학자들은 밤의 휴식은 지상의 생물이 어머니의 품 안으로 돌아가는 것이며, 새로 태어나는 것이라고 표현했다. 수면이라는 무의식 상태로 돌아가는 것은 인간에게 재생의 작용이며, 무의식은 세계 영국(世界靈國)이다. 이 같은 영역에서 자연과 인간이 초자연적으로 합치되는 것이라면 수면, 즉 무의식 상태는 모든 생명체의 근원인 모체(母體)로의 귀의인 것이다. 따라서 밤은 모체이며 밤에 대한 동경은 죽음에 대한, 또는 인간 본

---

31 Richard Friedenthal, 같은 책, S. 682.

원에 대한 동경으로 여겨진다.

헤시오도스의 창조 신화에 의하면 처음에는 어둠이 있었고, 이 어둠에서 혼돈이 생겨나 어둠과 교접하여 밤과 낮, 어둠인 에레보스와 공기가 태어났다고 한다. 어두운 혼돈 속에서 신이 세계를 창조했다는 뜻이다. 『파우스트』에서도 메피스토펠레스는 세계가 탄생하기 전에는 원래 혼돈인 카오스가 전부였으며 우주가 탄생한 이래로 혼란이 엄연히 공재(共在)하지만 애석하게도 낮은 지위로 물러나게 되었다고 주장한다.

이렇게 어둠이 만물의 모체라는 생각은 유럽의 철학과 문학에서 흔히 볼 수 있는 사상이다. 특히 독일 문학의 낭만주의자 노발리스에게 어둠은 중요한 역할을 하고 있다. 이러한 어두운 밤과 〈어머니〉란 환영(幻影)의 친근성은 일대 가치관의 전도로 낭만주의의 징후가 잠재하고 있다. 즉 심층으로 하강함으로써 자아의 존재, 인간의 존재, 실존의 심층부로 침입하여 파우스트에서 표명한 〈어머니들〉(6264)의 나라로 가는 것이다.

이렇게 꿈같은 상태에서 발을 구르며 〈어머니들〉의 나라로 〈내려가는〉 파우스트가 과연 무사히 돌아올지는 악마조차도 확언하지 못하는 이 어려운 사업은 예술 창조의 고난을 뜻한다. 이 어머니들의 나라에서 돌아온 파우스트는 어머니들의 상을 이렇게 외친다.

> 무한한 곳에 군림하는 어머니들이여,
> 함께 모여 지내면서도 영원히 외로운
> 당신들의 이름으로 행하나이다.
> 삶의 형상들이 생명 없으면서도 활기차게 당신들의 머리를 에
>   워싸고,
> 한때 온갖 빛과 허상으로 존재했던 것이

영원히 존재하고 싶어 당신들 곁에서 움직이나이다.

전능한 힘들아, 너희들이 그것을

낮의 하늘과 밤의 지붕으로 나누어 주는구나.

생명의 다정한 흐름이 한 편을 붙잡고,

대담한 마술사가 다른 한 편을 잡으려 드는구나.

마술사는 누구나 바라는 것

경이로운 것을 아낌없이 자신 있게 보여 주노라.(6427~6438)

이렇게 악마조차도 무사히 돌아올지 확언할 수 없는 〈어머니들〉의 나라에서 무사히 돌아온 파우스트에 대해 인조인간 호문쿨루스는 〈어머니들에게도 갔다 왔는데, 더 이상 두려울 게 뭐 있겠어요〉(7060~7061)라고 치켜세운다. 이러한 어머니들에게서 생명 없이 움직이는 생명의 형체들(6430)뿐 아니라 모든 존재의 원상(原象)을 찾아낼 수 있는바 파우스트는 헬레나와 파리스의 영상 역시 거기에서 발견할 수 있다고 생각한다.

괴테의 유기적인 자연관에 따르면, 일체 사물의 발생과 생성은 자연의 내부, 즉 모태가 지니고 있는 〈원형(原型)〉에서 생긴다. 이 원형에 의해 화목조수(花木鳥獸)뿐만 아니라 인간까지 생겨나는 것이며, 동서남북, 과거, 현재, 미래에 걸쳐 하나하나가 다른 형태로, 그러나 근원적으로는 유사한 형태로 나타나는 것이다. 괴테는 이 원형을 〈근원 현상Urphänomen〉이라고 불렀다. 헬레나도 이 근원 현상, 즉 아름다움의 원형이다. 그러니까 어머니들의 나라는 모든 것이 영원불변의 원리인 이념의 나라인 것이다. 이 세상에서 생명을 갖고 있는 모든 것의 원형, 창조와 유지의 근본 원칙, 형태가 없는 정신세계의 나라, 형상을 얻으려고 노력하는 창조 정신의 눈에 보이지 않는 곳이 바로 어머니들의 나라인 것이다.[32] 그러면 어

---

32 『괴테 파우스트』 I·II부, 227면 이하.

머니들을 찾아가는 파우스트의 길은 무엇을 의미하는가.

어머니들의 나라로 가기 위해서 메피스토펠레스가 말하는 〈하강Versinken〉 또는 〈상승Steigen〉(6275)은 작가의 자기 내면으로의 침잠을 뜻한다. 모든 생명은 하강하려는 타성을 지닌 물체 에너지의 저항을 뚫고 비상하려는 자발적이고 능동적이고 창조적이고 역동적인 정신적·충동적 에너지를 가지고 있다. 베르그송이 엘랑비탈élan vital(생에의 충동)이라 부른 이 힘에 의해 생명의 비약이 일어난다. 개체 생명체뿐만 아니라 살아 있는 우주도 그 안에 내재해 있는 엘랑 비탈의 힘에 의해 창조적으로 진화하고 전개된다.

괴테는 1830년 1월 10일 에커만에게 어머니상을 플루타르코스나 고대 그리스에서 발견하여 개작을 했다고 언급했다.

〈자네에게 이 이상은 더 내용을 밝혀 드릴 수 없네〉라고 그(괴테)는 대답했다. 〈어머니들을 신성으로 다루고 있는 이야기는 플루타르코스에서나 고대 그리스에서 볼 수 있지. 내가 전설에서 얻은 것은 이것이 전부고 그 밖은 나 자신의 창안이야. 이 원고를 줄테니 집으로 가지고 가서 전체를 잘 연구하여 어디까지 소화할 수 있는가 시험해 보게.〉

이 원고에는 〈시칠리아에 있는 어느 거리가 어머니들로서 존경을 받고 있는 여신들에 의해 유명해졌다〉[33]라고 쓰여 있었다. 이렇게 플루타르코스도 언급한 어머니들이란 말은 괴테의 독창적인 신화이며, 또 독자적인 세계관의 표현이라고 할 수 있다. 그러나 괴테는 자기 작품에서 〈어머니들〉의 문제를 최종적으로 해결하지 못한 채 남겨 두었다. 제자 에커만이 〈어머니들〉에 대한 질문으로 이 시적 창조의 비밀이 어디에 있는지를 물었을 때, 괴테는

33 Emil Staiger, *Goethe 1814~1832*(Zürich: 1959), S. 300.

아무런 교시도 주지 않고, 다만 큰 눈으로 그를 쳐다보고『파우스트』의 시구를 인용할 뿐이었다.[34] 〈어머니들! 어머니들! — 참 기이하게 들리는구나!〉(6217) 그리고 괴테는 원고를 읽어 보라면서 말없이 그의 손에 쥐여 주고는 〈당신이 어떻게 해내는지 봤으면 좋겠어!〉라고 말했다.[35]

---

34 안진태, 『독일 문학과 사상』(열린책들, 2010), 591면 이하 참조.
35 Richard Friedenthal, 같은 책, S. 705.

7
대지모(大地母)

—

종교적인 입장에서 보면 세계는 성스러움의 다양한 양태를 드러낸다. 무엇보다도 세계는 어떤 구조를 가지고 실존하여, 존재의 다양한 양태로 드러나는 것이다. 세계는 카오스가 아니라 코스모스여서 신의 작품인 피조물로 자신을 드러내기 때문에 자연은 단순히 자연 그대로가 아니라 신의 의지이며 신의 설계도이다. 달리 표현하면 자연 속에 신의 심오한 섭리가 담겨 있어서 신의 작품은 성스러운 여러 양상을 계시한다. 하늘은 자연스럽게 무한한 거리로 신의 초월성을 계시하고, 대지도 마찬가지로 우주적인 어머니이자 양육자로서 자신을 드러낸다. 이러한 배경에서 대지는 생명을 창조하여 대지모신으로 만물을 낳아 양육하는 어머니가 된다.

처녀가 아기를 낳는 것은 생리학적으로 불가능하지만 위대한 왕이나 영웅의 탄생은 항상 무성 생식의 방식이 동원된다. 성모 마리아가 그렇고, 고구려의 성처녀 유화도 여기에 해당되며, 『파우스트』에서 인조인간 호문쿨루스도 무성 생식의 특이한 인물로, 일종의 바다의 신인 프로테우스와 만물은 물에서 생긴다고 주장하는 탈레스의 대화에 묘사되고 있다.

> **프로테우스**   그렇다면 진정으로 동정녀의 아들이로구나,
>
>   존재해야 하기도 전에 벌써 존재하다니!
>
> **탈레스**   (소리 죽여)

다른 관점에서도 곤란하지 않겠는가,

내 생각에는 자웅 동체인 것 같은데.(8253~8256)

마찬가지로 자연의 대지Mother Earth도 배우자의 도움을 빌리지 않고 혼자 힘으로 임신할 수 있다고 여겨진다. 따라서 무성 생식의 원초적인 대상은 대지로, 신화에서 여성의 자생적 출산의 동기가 되고 있다. 헤시오도스에 따르면, 대지의 여신 가이아는 무성 생식으로 〈그녀 자신과 동등한 존재, 완전히 그녀를 덮을 수 있는〉 하늘의 신 우라노스를 낳았다. 이것은 지모(地母)의 자족성과 산출력의 신화적 표현이고 여성의 자생적인 산출력에 대한 믿음으로 식물 생명에 결정적인 영향을 끼친다. 이렇게 탄생의 모성적 개념은 대지에서 시작되었다. 그리스 신화에는 인류의 시작에 관한 정설이 없고, 인류는 대지에서 자연스레 생겼다고 옛 그리스인은 생각한 것 같다. 헤시오도스의 시를 보아도 인류는 자연히 생겨 있던 것 같고, 다만 인류에게 재앙을 주려고 제우스 신이 여러 신을 시켜 여성을 만들었다는 이야기가 있을 뿐이다.

이러한 배경에서 여성은 대지와 신비적으로 연결되어 인간의 출산은 대지의 출산력을 인간적 차원으로 변용한 것으로 여겨졌다. 대지가 식물을 낳듯 여성은 인간을 낳고, 대지가 식물을 기르듯 여성도 인간을 기르는 것이다. 그러므로 여성이 지니는 마력은 대지가 지니는 마력과 같아서 상호적 관계에 있다. 사회적·문화적인 모권 현상은 농경의 발견과 결부된다. 인류의 농경화로 고대 사회의 재배와 수확에서 맡게 되는 여성의 몫이 커지자 여신이 숭배되면서 여성도 사회의 중요한 구성원이 되었다. 수렵 사회의 남성의 힘이 농경화되면서 여성에게 넘어간 것이다. 이렇게 인류의 생활 양태가 동물 사냥에서 식물 경작으로 바뀌면서 신화적 상상도 변화하게 된다. 여성에게는 마력이 있다고 여겨졌는데, 이는 대지처럼 출산하고 먹여 기르는 힘이다. 그러니까 여성의 마력이 대지의 마력을 버티게 한 것이다. 이런 배경에서 선사(先史) 크레타 섬을 비롯하여 소아시아와 그리스 각지에서 짐승, 새 혹은 나무와 인연이 깊은 여신이 곡식·가축 심지어는 인류의 번식·성장을 돌봐 주는 대지모신으로 숭배되었다.

이러한 배경 때문에 메소포타미아, 이집트의 나일강 같은 고대의 농경 문화권에서는 여신이 중요한 이미지가 되었다. 그러다가 셈족이 모신(母神) 체계를 지닌 농경 문화권을 침략하자 남성 위주의 신화가 두각을 드러내면서 바빌로니아가 융성하게 되었다. 하지만 바빌로니아의 고대 도시에도 나름의 수호 여신이 있었다. 그곳에서 남신 마르두크가 득세하기 전에 신은 만물의 어머니 여신이었던 것이다. 하지만 제국주의 나라의 신들을 무력화시키는 정책에 의해 무엇보다도 여신이 제거되었다.[36] 이러한 출산 및 분만에 연관된 종교 체험은 우주적 구조를 갖고 있다. 따라서 여성의 신성은 대지의 신성성에서 유래하고, 여성의 출산은 우주적 원형의 구조를 지닌다.

구약에서 〈하느님은 흙으로 인간을 만들었다〉고 하는데 이렇게 흙에서 인간이 출산되는 대지모신의 개념이 우리나라에도 존재하여 인간이 흙에서 유래하는 신화가 있다. 고(高), 양(良), 부(夫) 세 성씨의 조상이 땅속에서 나왔다는 제주도의 삼성혈(三姓穴) 신화는 이들이 대지에 있는 구멍에서 나왔다 하여 이 구멍을 성소로 여기고 있다. 동양에서는 〈인간은 흙에서 태어나 흙으로 돌아간다〉고 한다. 대지인 어머니는 아이들을 삶에서뿐만 아니라 죽은 후에도 자신의 품 안에 품어 다시 대지가 되도록 하는 것이다. 고대 그리스의 비극 시인 아이스킬로스도 「공양하는 여자들 Choephori」에서 대지를 〈만물을 출산하고, 그것을 길러 다시 그 자

---

36 조셉 캠벨·빌 모이어스, 『신화의 힘』, 이윤기 역(이끌리오, 2002), 313면.

궁 속으로 받아들이는 자〉라고 찬양했다. 『파우스트』에서도 그레트헨이 처형당하기 전에 〈아기는 내 오른쪽 가슴에 묻어 주세요〉(4528)라고 애원하여 자기 아이를 〈흙의 모태로 귀의〉시키고자 한다. 결론적으로 흙은 인간 생명의 모태인 동시에 생명이 다한 뒤에 돌아갈 귀의처이다. 인간은 흙에서 자라는 생명체를 먹고 살아가기 때문에 흙을 떠나서는 한시도 살아갈 수 없다. 농사를 짓기 때문만이 아니다. 흙으로 벽돌을 만들어 집과 신전을 짓고 도시를 건설했을 뿐만 아니라 점토판 위에 글자를 새겨 생각을 교환하기도 했다. 결국 인간이 쌓아 올린 문명이란 따지고 보면 흙의 소산이다.

이렇게 흙이 번식과 양육 및 창조를 하는 배경에서 어머니의 뜻을 암시하는 〈대지Mother Earth〉의 심오한 정서적 의미를 내포하는 옛날의 물질 이미지인 태모Great Mother까지 생겨났다. 괴테는 『이탈리아 기행』 1786년 10월 20일 자 글에서 물의 나라 베네치아와 상부 평원을 지나 볼로냐에 오면서 체험하는 자연을 어머니로 묘사하고 있다. 〈산에 가까워지자마자 또다시 암석에 이끌렸다. 어머니인 대지에 힘차게 발을 내디딜 때마다 새 힘이 솟구침을 느끼는 안테우스가 된 기분이다.〉 여기에서 안테우스Antheus는 바다의 신 포세이돈과 대지의 여신 가이아의 아들로 어머니인 대지에 닿기만 해도 힘을 얻는다. 이러한 배경에서 괴테는 대지모의 사상을 수용하여 작품에 전개시키는 경우가 많다. 괴테는 25세 때 16세의 릴리 쇠네만을 만나 약혼까지 했지만 양가의 반대로 결혼에 이르지 못하자 크게 마음의 상처를 입고 스위스의 산천을 보며 시 「호수에서Auf dem See」를 읊기도 했다.

그리고 신선한 영양분, 새로운 피를
자유로운 세계로부터 나는 흡수하네.

나를 가슴에 품어 주는 자연은
얼마나 인자하고 선한가!

물결은 우리의 보트를
노 젓는 박자에 맞추어 밀어 올리고,
구름 낀 하늘에 닿은 산이
우리의 항로를 맞아 주네.

눈, 내 눈이여, 그대는 왜 떨구는가?
황금빛 꿈들이여, 그대들이 다시 오려는가?
물러가라, 그대 꿈들이여, 그대가 황금빛이지만
여기에도 사랑과 삶이 있도다.

물결 위에는
수많은 별들이 흘러 반짝이고,
부드러운 안개는
솟아 있는 먼 경치를 둘러싸며 삼키네.
아침 바람은
그늘진 만을 감싸 불고,
호수 위에는
익어 가는 열매가 비치고 있네.

위의 시에서 〈신선한 영양분, 새로운 피를 자유로운 세계로부터 나는 흡수하네〉의 구절에서 자연은 영양분과 피를 제공하여 태아를 양육시키는 어머니의 이미지로 대지모가 되고 있다. 이렇게 자연의 어머니 가슴에 누워 피와 영양분 등 생명의 힘을 빨아들이는 태아의 형상은 이 시의 초판본에 더욱 적나라하게 나타나 있다.

이 초판은 〈나는 탯줄에서 세상의 양분을 빨아들인다Ich saug'an meiner Nabelschnur nun Nahrung aus der Welt〉로 시작함으로써 영양을 주는 원초적인 어머니상을 보여 주고 있다. 피와 영양분을 제공하여 태아를 양육시키는 어머니가 자연인 대지인 것이다.

한 인간이 완성되기 위해서는 태아 기간에 어머니의 피를 흡수하고 이후에도 그의 삶은 그 피의 영향을 받는다. 이러한 생명의 피는 나사렛 예수, 노발리스, 리하르트 바그너 등에 의해 성스럽게 묘사된다. 노발리스는 〈이 지상 육체의 숭고한 의미를 누가 알 수 있는가? 이 육체가 피를 이해한다고 누가 말할 수 있는가?〉[37]라고 묻는다. 바그너는 그리스도의 구원에 관련해서 의미 깊은 답을 주고 있다. 〈구원자의 혈관에 흐르는 피는 가장 고귀한 종족 안에서 죽는 종의 신적 승화로 인간을 구원하고자 하는 의지에서 흘러나왔다.〉[38] 구원자의 피는 신적인 의지에서 흘러나왔다는 의미이다. 이렇게 피가 의미 깊은 배경에서 메피스토펠레스는 파우스트와 계약할 때 그의 피로 서명해 줄 것을 요구하며 피를 통해 파우스트의 의지를 확인하고자 한다.

메피스토펠레스 선생의 피 한 방울로 서명하면 그만인 것을.
　　(……)
　　피는 특별한 액체요.(1737~1740)

탄생의 모성적 개념이 흙에서 시작되어 우리가 밟고 사는 흙이 어머니의 몸으로, 흙에서 자라는 풀은 어머니의 머리카락, 흙에 있는 돌은 어머니의 뼈에 해당된다고 보는 사조도 있다. 와나품족 출신의 인디언 예언자 스모할라는 흙의 경작을 거부했다. 경작이 모

---

37 노발리스, 「성찬식-찬가」, 전집.
38 리하르트 바그너, 전집 10, 382면.

두의 어머니인 흙을 절단하고 찢는 죄악이라고 생각했기 때문이다. 그는 이렇게 말했다. 〈나에게 토지를 경작하라고 요구하는가? 칼을 가지고 나의 어머니 가슴을 찢으라는 말인가? 그러면 내가 죽었을 때 어머니는 나를 그녀의 품에서 쉬게 하지 않을 것이다. 그대는 나에게 땅을 파서 돌을 캐내라고 요구하는가? 그것은 살갗 밑에 있는 뼈를 파내라는 것이다. 그런 짓을 한다면 나는 그녀의 몸 안에 들어가 다시 태어나지 못할 것이다. 내가 풀을 베어 건초를 만들고, 그것을 팔아 백인처럼 부자가 되란 말인가? 내가 어찌 감히 내 어머니의 머리카락을 잘라 버릴 수 있으랴?〉[39]

대지의 어머니에 대한 신비는 스모할라의 예뿐이 아니다. 인도 중부의 원시 드라비다족의 일원인 바이가족은 밭을 갈면 어머니의 가슴을 찢는 죄가 된다고 생각하여 숲의 일부가 타버려서 생긴 재에다만 씨를 뿌렸다. 알타이족과 핀우고르족도 풀을 뜯는 것은 대죄가 된다고 생각했는데, 이는 사람의 머리털과 수염을 잡아 뽑아 해를 주는 것과 같기 때문이다. 굴에 공물을 갖다 놓는 풍습이 있는 보탸크족은 가을에는 그 일을 하지 않았는데, 1년 중 이때가 되면 대지가 잠들어 있을 때라고 생각하기 때문이다. 체레미스족은 이따금 대지가 병들어 있다고 믿고, 그때는 대지 위에 앉는 것을 피한다. 이렇게 농경 민족, 비농경 민족을 불문하고 산발적이긴 하지만 대지와 어머니가 연관되는 속신이 보존되고 있는 곳이 많다.[40]

이렇게 대지를 생명체의 어머니로 생각하는 관념에서 호메로스는 『호메로스 찬가 Homeric Hymns』에서 〈만물의 어머니인 대지에 관하여 노래하리라. 굳건한 대지, 모든 신 가운데 맏형인 대지는 세상의 만물을 양육하리라. (……) 인간에게 생명을 주기도 하

39 James Mooney, The Ghost-Dance Religion and the Sioux Outbreak of 1890, in: *Annual Report of the Bureau of American Ethnology*, XIV, 2 (Washington: 1896), p. 721, 724.

40 M. 엘리아데, 『종교 형태론』, 이은봉 역 (한길사, 1997), 331면 이하.

고 빼앗기도 하는 것이 그대의 일)이라고 묘사했다. 이 대지는 어머니처럼 선한 사람이든 악한 사람이든 모두 받아들여 대지모가 되는데 이러한 내용이 『파우스트』에서 요정 아리엘[41]의 자연을 찬양하는 노래 속에 잘 나타나 있다.

> 꽃들이 봄비처럼
> 사뿐히 흩날리고,
> 들판의 푸릇푸릇한 축복이
> 모든 생명을 향해 빛을 발하면,
> 작은 요정들의 커다란 마음은
> 도움이 필요한 곳으로 서둘러 달려가리.
> 선한 자든 악한 자든
> 불행한 사람들을 가엾게 여기리.(4613~4620)

인류 역시 여러 신과 마찬가지로 모신(母神) 대지에서 생겨났으니 신과 인간은 동족이라는 말이 헤시오도스와 핀다로스의 시에 있다. 또 각 지방에서 내려오는 전설을 보아도 그 지방, 그 나라의 시조는 대체로 대지의 아들로 되어 있고, 이들의 딸 혹은 하신(河神)의 딸과 신들의 혼인으로 태어난 아들을 가문의 조상으로 삼는 집안이 많았다. 선사(先史) 크레타섬을 비롯하여 소아시아와 그리스 각지에서도 짐승, 새 혹은 나무와 인연이 깊은 여신이 곡식·가축 심지어는 인류의 번식·성장을 돌봐 주는 대지모신으로 숭배되었다.

원시 모계(原始母系) 사회에서 여신이 주모신(主母神)으로 숭배되고, 이 주모신에는 보통 젊은 아들이나 애인 격인 청년 신이

---

41 셰익스피어의 「폭풍Tempest」에 나오는 대기의 요정으로, 항상 인간을 도우려는 자연의 요정들의 우두머리.

딸렸는데 이는 대지의 몸에서 자라는 곡식 또는 나무를 상징하는 것이다. 이렇게 생의 원리, 탄생, 포근함, 양육, 보호, 다산, 성장, 풍요 등의 원형적인 어머니상이 그리스·로마 신화에서는 농업·풍요·결혼의 여신인 데메테르Demeter에 해당된다. 이에 관해 지하 세계로의 하강의 신화적 비유인 하데스의 페르세포네 탈취를 고찰해 볼 필요가 있다.

저승을 다스리는 신 하데스는 데메테르의 딸 페르세포네에 반하여 그녀와의 결혼을 허가해 주도록 주신(主神) 제우스에게 애걸했다. 제우스는 이를 거부했을 때 자신의 형 하데스의 괴로움이 염려되는 한편, 페르세포네가 저승의 하데스에게 가면 데메테르가 용서하지 않을 것을 알고 있어서 동의나 거부가 아닌 애매한 대답을 했다. 그러자 하데스는 초원에서 꽃을 꺾는 소녀를 유혹하여 납치했다. 딸 페르세포네를 잃은 대지의 신 데메테르는 9일간 밤낮으로 먹고 마시지도 않고, 휴식도 없이 딸 페르세포네를 찾았으나 헛수고였다.

그러다가 유일한 정보를 헤카테에게 얻는데, 이 여신은 10일 전에 그의 형제들이 들에서 가축의 먹이를 주고 있을 때, 앞의 땅이 갑자기 열리더니 검은 말이 끄는 마차가 나타나서는 이 갈라진 틈 사이로 돌진해 들어가는데, 마차를 모는 마부의 얼굴은 보이지 않았지만, 오른팔은 울고 있는 페르세포네를 안고 있었다고 한다. 이러한 내용을 알게 된 데메테르는 하데스가 바로 유괴자라는 사실을 제우스가 인정해 줄 것을 요청했다. 그리고 데메테르는 분노하여 대지에서 나무가 열매를 맺지 못하게 하고 식물의 성장을 금지시켰다. 제우스는 어쩔 수 없이 사자(使者) 헤르메스를 하데스에게 보내 〈페르세포네를 되돌려 주지 않으면 우리 모두는 몰락의 제물이 된다〉고 전하자 하데스는 데메테르에게 〈그녀의 딸이 죽음의 나라 음식을 먹지 않았다면 그 딸을 되돌려 주겠다〉고 제안했다. 그러자 하데스의 정원사가 〈페르세포네가 석류 하나와 일곱 개의 씨를 먹는 것을 보았다〉고 증언했다.

이 증언을 들은 데메테르는 일생 최고의 슬픔을 느껴 〈나는 다시는 올림포스로 가지 않고, 땅도 더 이상 저주하지 않겠다〉라고 말했다. 그러자 제우스가 개입하여 페르세포네는 1년에 3개월을 저승의 여왕으로 하데스 옆에서 보내고, 나머지 9개월은 데메테르와 같이 지내도록 하는 해결책을 내놓았다. 따라서 이 3개월은 씨앗이 겨울 동안 땅속에 있는 기간이고, 나머지 9개월은 봄으로 시작해 여름을 정점으로, 그리고 가을 동안 땅 위에서 성장하며 열매를 맺는 기간으로 영구 불멸성 또는 사후의 재생의 알레고리가 되고 있다. 자발적이 아니라 강제적으로 합쳐진 하데스와 페르세포네였지만 3개월 동안 헤어지기까지 하면서도 화목한 부부가 되어 페르세포네는 하계의 여왕 역할을 잘 수행한 것으로 알려져 있다. 이렇게 그들이 3개월 동안 헤어졌다 다시 만나기 때문에 더욱더 행복한 부부 관계를 유지한다는 내용이 『파우스트』에서 오베론과 티타니아의 대화에 묘사되고 있다.

오베론 금슬 좋게 화합하고 싶은 부부들이여,
우리 두 사람에게 배우라!
진정으로 사랑하고 싶다면,
한 번쯤 헤어져 볼 필요도 있으리라.
티타니아 남편은 심통을 부리고 아내는 변덕을 떨면,
얼른 두 사람을 붙잡아
여자는 남쪽의 나한테로 보내고
남자는 북쪽 끝으로 보내라.(4243~4250)

이러한 페르세포네와 하데스 및 데메테르의 신화는 셰익스피

어의 「겨울 이야기」에서도 언급되었고, 밀턴도 다음과 같이 노래
했다.

> 저 아름다운 들판
> 에나에서, 꽃보다 더 예쁜 페르세포네
> 꽃 따는 사이, 명부의 신 하데스에게 잡혀갔으니,
> 케레스에게 크나큰 괴로움 주어
> 온 세상을 찾아 헤매었도다.(밀턴, 「실낙원」 269~272행)

이와 유사한 그리스의 아도니스Adonis 신화도 있다. 이 신의
진짜 이름은 탐무즈Tammuz이고 아도니스란 칭호는 셈어의 아돈,
즉 〈주(主)〉이다. 그리스 신화의 아도니스는 아프로디테의 사랑을
받는 아름다운 젊은이다. 아도니스가 어렸을 때 아프로디테는 그
를 상자 속에 감추어 지하계의 여왕 페르세포네에게 맡겼다. 그런
데 상자를 열고 그 아기의 아름다움을 본 페르세포네는 아프로디
테에게 아기를 돌려주기를 거절했다. 따라서 이들 두 여신 사이에
싸움이 벌어지고, 제우스가 이의 해결을 위해 나서게 된다. 그는 아
도니스가 1년의 4개월은 지하계에서 페르세포네와 함께 살고, 4개
월은 지상에서 아프로디테와 함께 살고, 나머지 4개월은 혼자 살
도록 판결한다. 나중에 이 아름다운 청년 아도니스는 사냥 도중 산
돼지에게 살해됐다. 아프로디테와 사랑을 나누던 아레스가 경쟁
자를 죽이기 위해 산돼지로 변신하여 아도니스를 살해한 것이다.
참고로 〈대지모신〉의 흔적은 현대에도 발견된다. 한 예로 세계
7대 불가사의 중 하나로 꼽히는 영국 남부 솔즈베리 평원의 〈스톤
헨지Stonehenge〉는 선사 시대에 성적인 상징물로 세워졌다. 기원
전 2000년경부터 세워진 것으로 추정되는 스톤헨지는 4천 에이커
(490만 평)에 이르는 원형의 흙 구조물 한가운데 4톤이 넘는 거대

한 돌들이 다양한 형태로 세워진 선돌 유적이며, 세계 문화유산에 등재돼 있다. 2003년 6일 『가디언』에 따르면 브리티시 컬럼비아 대학의 앤소니 퍼크스 교수는 최근 영국의학협회(RSM) 저널에 발표한 논문에서 스톤헨지가 고대에 여성의 성기 모양으로 건설됐으며 이는 생명을 창조하는 〈대지모〉를 숭배하는 상징물이었다고 주장했다.

지금까지 스톤헨지에 대해서는 거대한 컴퓨터 기능을 했다거나, 천체 관측용으로 쓰였다거나, 심지어는 외계인이 착륙장으로 건설했다는 등의 설들이 분분했다. 수년간의 연구 결과, 스톤헨지는 〈대지모〉가 고대인들이 의지했던 동물이나 식물을 탄생시킨 문을 표현한 것이라는 결론을 얻었다. 스톤헨지를 위에서 내려다보면 여성의 성기 구조와 매우 흡사하다. 특히 거대한 청석들로 둘러싸인 스톤헨지 중앙의 빈 공간은 대지의 어머니가 생명을 주는 산도(産道)를 나타낸다. 스톤헨지 중앙에 거대한 돌기둥이 매끄러운 것과 거친 것으로 짝을 이뤄 서 있는 것은 여자와 남자, 어머니와 아버지를 뜻한다. 스톤헨지의 거석들이 하지와 동지 때 떠오르는 태양과 일직선으로 배열된 것도 어머니인 대지와 아버지인 태양이 짝을 이룬다는 관념에서 비롯됐다는 설명이다.

7장

어린이

1
어린이상

—

스티븐 킹의 소설 『드림캐처』는 〈아이〉와 〈어른〉의 대립 구도로 이루어진다. 이 작품에서 스티븐 킹은 성장이란 부도덕한 경험의 반복이며, 이러한 행위가 아무렇지 않게 익숙해졌을 때 어른이 된다고 단정한다. 『파우스트』에서도 어린 시절에는 자신의 타고난 순수한 성품을 방어하며 살아가다가 결국 어른이 된다고 인조인간 호문쿨루스가 언급하고 있다.

> 인간이 원래 고집스러운데 어쩌겠어요.
> 다들 소년 시절부터 힘껏 반항하다가
> 결국 어른이 된다고요.(6964~6966)

이러한 배경에서 볼 때 어른은 〈무수한 나쁜 꿈의 덩어리〉이다. 스티븐 킹이 전하고 싶었던 메시지는 〈순수했던 시절의 기억을 잃게 되면 현실은 악몽〉으로 압축된다. 결국 순수의 동의어는 어린아이이며, 어른은 순수를 잃어버린 인간이다. 따라서 어린 시절에는 모든 것의 아름다움 자체가 음미될 수 있으나, 성인이 되면서 오직 물질의 가치에 의해 모든 것이 평가된다. 이에 대해 과거에 필자가 수필 하나를 집필한 적이 있어 이를 수록해 본다.

〈어렸을 때의 한 기억이 문득 떠오른다. 내가 살던 시골 동네에 한 풍선 장수가 온 적이 있었다. 붉은색, 노란색, 줄무늬의 혼합 색

등으로 하늘을 수놓을 듯 떠 있는 풍선들은 나와 동네 아이들의 호기심과 시선을 잡아끌어 우리 모두는 넋을 잃고 구경하고 있었다. 그러던 중 이웃집 아주머니가 나오더니 울며 보채는 어린 아들에게 화려한 색깔의 풍선 하나를 집어 주어 우리 모두의 부러운 시선을 휩쓸어 갔다. 이 풍선을 받고 울음을 그치는 그 아이에 대한 부러움과, 우리도 이 보물을 가져 봤으면 하며 유심히 쳐다보고 있노라니 나의 눈앞에는 희한한 광경이 벌어지고 있었다. 그 아주머니는 치맛자락 속에서 구겨진 지폐 한 장을 꺼내 풍선 장수의 손에 쥐여 주지 않는가? 화려한 색상을 지닌 부푼 풍선 하나를 저런 볼품없는 누더기 같은 지폐 한 장과 바꾸다니. 그 풍선 장수가 얼마나 어리석게 보였던지. 세월이 지나 성인이 된 지금 돈의 가치를 모른 채 단순하기만 했던 어린 시절의 사고방식에 웃음이 나온다.〉 이러한 재화의 대표인 돈이 『파우스트』에서 지폐의 형태로 의미 깊게 발행된다.

기억을 되살려 보십시오! 폐하께서 친히 서명하셨사옵니다,
바로 어젯밤에. 폐하께서 위대한 판으로 변장하신 자리에서,
재상이 소신들과 더불어 아뢰지 않았사옵니까.
〈이 흥겨운 축제를 빌려, 백성들의 행복을 위해서
몇 자 적어 주시옵소서〉
그러자 폐하께서는 일필휘지 적어 주셨고, 손재주 뛰어난 사람
들이
하룻밤 사이에 수천 장 복사하였지요.
만백성이 고루 혜택을 누리도록,
소신들이 즉각 거기에 도장을 찍었나이다.
십, 삼십, 오십, 백짜리가 준비되어 있사옵니다.(6066~6075)

이렇게 발행된 돈의 위력은 너무 대단해서 지폐 한 장이 경제 분위기를 완전히 바꿔 놓을 수 있다.

> **어릿광대** 오천 크로네가 내 수중에 들어올 줄이야!
> (……)
> 이것 좀 보시오, 이것이 정말 돈 가치가 있단 말이오?
> **메피스토펠레스** 네놈의 목구멍하고 배때기가 원하는 것을 사 먹으란 말이다.
> **어릿광대** 그렇담 이것으로 전답하고 집, 가축도 살 수 있단 말이오?
> **메피스토펠레스** 물론이고말고! 그것만 내밀어라, 뭐든 손에 넣을 수 있을 거다.
> **어릿광대** 그럼 숲과 사냥터, 냇물이 딸린 성도 살 수 있단 말이오
> **메피스토펠레스** 내 말 믿으라니까.
> 건실한 영주가 된 자네 모습을 보고 싶구면!
> **어릿광대** 오늘 저녁에 내 영지에서 흔들흔들 걸어야지! ─
> (6161~6171)

이 돈은 한 제국의 기틀을 송두리째 뒤흔들어 놓을 수도 있다. 그러나 소유하려는 욕심만 극복할 수 있다면 돈은 긍정적인 역할을 한다. 이러한 돈의 가치를 모르는 어린 시절은 순진무구한 동경의 대상으로 아무리 고생스러웠어도 그립고 되돌아가고 싶다. 국내외에서 어른을 위한 동화가 베스트셀러가 되는 경향도 인간 본연의 어린 시절을 그리워하는 정서의 발로이리라. 어린 시절에는 앞의 풍선과 같이 사물 자체에 아름다움을 느끼며 산다. 그러나 어른으로 성장하면서 눈에 보이는 아름다움보다 물질의 가치를 나타내는 숫자에 지배되어 간다. 따라서 〈모두들 황금을 향해 덤벼

들고〉(2802~2803)라고 『파우스트』에서 그레트헨이 말하듯, 어른은 집을 볼 때 집값에 관심을 갖지만 어린이는 그 집의 꽃 한 송이, 풀 한 포기의 아름다움에 매료된다고 생텍쥐페리는 『어린 왕자』에서 언급하고 있다. 심지어 예수 그리스도나 천사도 어린 모습으로 묘사되기도 한다. 이렇게 어린 시절이 성스러운 내용은 워즈워스William Wordsworth의 시「무지개」에 잘 나타나 있다.

> 저 하늘 무지개를 보면
> 내 가슴은 뛰노라
> 내 어릴 때도 그러했고
> 지금도 그러하고
> 늙어서도 그러하리
> 그렇지 않다면 차라리 죽는 게 나으리
> 아이는 어른의 아버지
> 내 하루하루가
> 자연의 숭고함 속에 있기를

무지개를 보고 감동이 없으면 죽는 게 낫다는 감정에 대한 솔직한 믿음이 이 시에 나타나 있다. 그 도도하고 숭고한 믿음은 자연과 한 몸에서 우러난 것이다. 동심은 삼라만상을 낳고 기르고 거두고 다시 낳는 대자연의 마음이다. 시인이 자연, 초원의 빛의 숭고함이 곧 우리들 마음이라면서 열었던 낭만적 순수 서정 세계는 〈아이는 어른의 아버지〉로 각인되어 『파우스트』에서도 〈진정한 어린애로서의 우리 모습을 다시 찾게 하지요〉(213)라고 언급되고 있다. 따라서 괴테는 『시와 진실』에서 다음과 같이 말하고 있다. 〈아이들은 놀 때 모든 것으로 무엇이든 만들 줄 안다. 그리고 세계를 그들이 만들려는 소재로 보며, 그들이 자기 것으로 만들어야 하는 준비물로 본다.〉(HA 9, 16) 이렇게 아이들의 놀이는 진지하고 몰아적이며 창조적이다. 아이들이 놀이에서 우주를 창조하고 세계를 놀이의 소재로 삼듯이 작가도 문학에서 진지한 놀이를 해야 하는 것이다.

이렇게 어린 시절이 영향을 미친다는 것은 궁극적으로 인류의 어린 시절을 추적하는 것이다. 프로이트는 모든 자연 과학과 의학과 정신 치료가 인류사와 종교와 풍습의 근원을 알고 싶었던 소년기의 열정으로 되돌아가는 여정에 지나지 않는다고 보았다. 이러한 프로이트의 어린이상이 『파우스트』에서도 파우스트에 의해 평가되고 있다.

> 누가 그것을 곧이곧대로 말할 수 있겠는가?
> 그것을 인식한 소수의 사람들은
> 어리석게도 그 충만한 마음을 간직하지 못하고
> 천민들에게 자신의 감정과 직관을 털어놓은 나머지
> 십자가에 못 박히고 화형당하였네.(589~593)

어린 시절의 철없는 행위는 〈기분 좋게 이리저리 헤치며 나가는 것〉(209)이어서 이러한 참된 아이들이 되어야 한다고 『파우스트』의 「무대에서의 서막」에서 해학적이고 의미 깊게 언급되고 있다.

> 흔히 말하듯 나이는 사람을 어린애처럼 만드는 것이 아니라
> 진정한 어린애로서의 우리 모습을 다시 찾게 하지요.(212~213)

『젊은 베르테르의 슬픔』 1771년 5월 13일 자 서신에서도 〈나는 자장가를 더 필요로 하고 있으며, 그 자장가를 나는 내가 가지고 있는 호메로스에서 충분히 발견했어〉라며 베르테르도 어린 시

절로 되돌아가고 싶어 한다. 따라서 우리의 모든 정서를 원초적으로 자극하는 어린아이들이 어른들의 의지에 따라 움직여야 하고 심지어 학대받는 내용이 비평된다. 베르테르는 〈우리와 같은 동등한 인간이요, 아니 오히려 우리의 본보기로 우러러보아야 할 어린이들을 우리는 마치 신하처럼 다루고 있지 않은가! 너희들은 의지를 가지면 안 된다는 따위의 말이나 하고 있단 말일세. (……) 이것이 새삼스러운 일이 아니지만 모두들 자신의 기준으로 아이들을 키우고 싶어 한다니까〉라고 비난한다. 이렇게 철이 없는 까닭에 손상되지 않아 순수한 아이들이 성인에 의해 강요당하는 내용이 괴테의 찬가 「프로메테우스」에서도 적나라하게 나타나고 있다.

> 내가 어릴 때,
> 철부지여서 아무것도 모르던 때,
> 나의 비탄을
> 들어줄 귀가 있고,
> 나처럼 괴로워하는 자를
> 불쌍히 여길 심정이 있겠지 해서
> 방황의 눈이 태양을 향했었노라.

베르테르는 5월 22일 자 서신에서 어린이 같은 성인이 가장 행복한 존재라고 강조한다. 〈아이들은 자신이 어떤 것을 소망하는 이유를 알지 못하고 있는데, 그 점에 있어서 학식 높은 교장 선생님이나 가정 교사들이 모두 의견을 같이하고 있네. 그러나 성인들도 어린이들과 마찬가지로 이 지상에서 비틀거리며 헤매고, 그들이 어디서 와서 어디로 가는지도 알지 못하고 있으며, 진정한 목적에 따라 행동하지도 못하고, 아이들처럼 비스킷이나 케이크나 자작나무 채찍의 지배를 받고 있다는 사실은 아무도 기꺼이 믿으려

하지 않는다네. 하지만 내 생각에 그런 것은 아주 분명히 알 수 있는 사실이라는 걸세. (……) 그런 사람들이 가장 행복한 사람들이라네. 즉 어린아이들과 마찬가지로 매일을 살아가며 인형을 끌고 다니고, 거기에 옷을 입히기도 하고 벗기기도 하며, 엄마가 설탕 바른 빵을 넣어 둔 서랍 부근을 아주 조심스럽게 살금살금 걸어 다니다가 드디어 원하던 것을 찾아내어 볼이 불룩하도록 다 먹어 치우고서《더 줘!》하고 외쳐 대는 사람들 말일세.》『빌헬름 마이스터의 수업 시대』에서 〈곡예단 단장으로부터 머리칼을 움켜잡혀 집 밖으로 끌려가는 과정에서 무자비하게 채찍질을 당하는〉(HA 7, 103) 미뇽은 아동 학대의 전형이 된다

예수도 아기 때의 모습이 더 순진하고 성스럽듯이 고대 종교에서 보이는 아이의 순진성은 종교적인 상징성을 함축하고 있다. 따라서 말로 표현하기 어려운 시련을 겪는 사람이 동자(童子)의 안내로 구원되는 민속적 이야기가 많다. 버려진 아이가 자연이 돌봐 준 덕택으로 살아남아 인류를 구원한다는 내용도 보편적인 종교적 테마이다. 세라핌과 케루빔 중에는 어린이의 얼굴을 한 천사들이 많아 바로크 이후 르네상스까지 유럽의 문학이나 미술 작품 등에서 천사가 어린이의 모습으로 표현되는 경우가 많다. 이처럼 아이들과 밀접한 관계가 있는 천사들은 긴 곱슬머리로 묘사되거나, 많은 아이들이 천사로 표현되기도 한다. 전설에서 천사와 아이들이 연관되어 아이가 미소 지으면 그가 천사를 본 것으로, 또 아이가 자면서 미소를 지으면 천사가 하늘에서 그와 함께 놀고 있다고 전해진다. 심지어는 아이가 천사이거나 다시 천사가 되어 하늘에서 천사를 가져온다고 한다.

이러한 어린아이의 개념이 괴테의 문학에서 큰 역할을 하고 있다. 『젊은 베르테르의 슬픔』에서 어린아이들은 인간의 이상을 구현시키므로 베르테르는 〈아이들처럼 그날그날을 한가롭게 보내

는 사람들이 가장 행복한 사람들〉(HA 6, 13)이라고 정의한다. 특히 어린이가 베르테르의 마음을 끄는 이유는 유년기에 자연이 가장 깨끗하게 느껴지기 때문이다.[1] 따라서 유년 시절의 행적이 깃든 곳을 방문하는 것은 베르테르에게 일종의 〈순례 여행〉이다. 〈어린이들은 나를 믿고서 나에게 갖가지 이야기를 한다. 많은 아이들이 마을에 모였을 때 그들의 정열과 무엇을 가지려는 욕심의 단순한 말은 나의 마음을 즐겁게 해주지.〉(HA 6, 17)

베르테르는 1771년 6월 29일 자 편지에서 〈나에게 이 세상에서 아이들처럼 더 가깝게 느껴지는 존재는 없는 것 같아. (……) 그래서 나는 《너희들이 아이처럼 되지 않는 한!》이라는 우리 선생님이 남기신 금언을 항상 명심하고 있지〉라고 말하고 있다.

『파우스트』에서 인간이 신과 같이 최상의 행복을 누리게 하는 사랑은 아이의 탄생이라고 헬레나가 언급하고 있다.

> 인간적으로 행복하게 하는 사랑은
> 고매한 두 사람을 가깝게 맺어 주지만,
> 신적인 황홀함을 맛보게 하는 사랑은
> 소중한 셋을 이루어 주느니라.(9699~9702)

이렇게 사랑스러운 아이가 태어났을 때 어머니가 느끼는 사랑이 『파우스트』에 다음과 같이 묘사되고 있다.

> 어머니 애야, 네가 세상에 태어났을 때,
>   작은 모자로 널 예쁘게 꾸며 주었단다.
>   네 얼굴이 얼마나 귀엽고
>   네 몸이 얼마나 보드라웠는지,

1 Hans Gose, *Goethes Werther*(Tübingen: 1973), S. 29.

네가 새색시 된 모습이 눈에 선했단다.

어엿한 여인으로 자라나

부잣집 남자와 혼인하는 모습이.(5178~5184)

그리고 파우스트와 헬레나의 아들 오이포리온의 탄생이 인간의 경지를 벗어난 신적인 황홀감으로 묘사되고 있다.

파우스트 그러면 모든 걸 얻은 것이오.

나는 당신의 것, 당신은 나의 것,

우리 이리 맺어졌으니

영원히 변함없어야 할 것이오!

합창단 여러 해 동안 누린 희열이

아드님의 부드러운 빛을 받아

두 분에게로 모이는구나.

오, 얼마나 감동적인 결합인가!(9703~9710)

어린아이가 행하는 말이나 행동은 귀여운 재롱이 되어 부모나 성인들에게는 무한한 즐거움이 된다고 어린아이인 오이포리온 스스로가 언급한다.

동요를 들으시면,

금방 즐거워지실 거예요.

제가 박자 맞추어 뛰어오르는 걸 보시면,

부모님 마음도 쿵쿵 뛰실 거예요.(9695~9698)

이러한 어린아이가 파우스트의 운명에도 작용한다. 파우스트는 철학, 법학, 의학 및 신학까지도 철저하게 공부했으나 그 결과 허무함을 느끼고 자살을 시도하는데 자살 직전에 어린 시절이 회상되어 자살을 중단하고 생명을 유지하게 된다. 최고의 인식이 불가능하게 되어 절망한 파우스트가 〈오로지 죽고 싶은 마음뿐 인생이 지겹지 않겠는가〉(1571)라며 〈고이 잠재우는 액체의 진수〉(693)가 든 잔을 들어 마시고 자살하려 할 때 인근 교회당에서 울려오는 부활절의 종소리가 어린 시절을 회상시켜 자살을 중단하는 것이다. 따라서 파우스트는 어린아이의 감정에 〈눈물이 치솟고〉, 자연의 품에 안기게 된다. 파우스트가 〈천진난만한 감정〉으로 믿었던 초월적 존재가 이른바 〈은총〉으로 〈지고한 사랑〉이 된 것이다.

> 봄 축제의 자유로운 행복을.
> 지난 추억이 천진난만한 감정을 되살리며
> 최후의 엄숙한 발걸음을 만류하는구나.
> 오, 감미로운 천상의 노래여, 널리 울려 퍼져라!
> 눈물이 치솟고, 이 세상이 나를 다시 품에 받아들였노라!
>
> (780~784)

이렇게 『파우스트』 제1부 초기에서 어린 시절이 영향을 미쳐 파우스트를 살리듯이 작품 제2부 초기에서도 오랜 잠에서 깨어난 파우스트의 원기를 어린 시절이 북돋운다. 파우스트는 잠을 통해 자신의 신적 본질을 위한 내면의 세계로 빠져든다. 잠을 통해서 괴로웠던 경험 등을 망각하고 재생산적이고 새로운 힘을 얻을 수 있었던 것이다. 작품 제2부 초기에 파우스트가 잠에서 깨어나자 그에게 힘을 주는 내용이 어린 시절처럼 합창으로 나타나고 있다.

> 산들바람 온아하게

푸르른 초원 뒤덮으면,

달콤한 향기와 안개 베일아,

어둠을 내려뜨려라.

감미로운 평화의 노래 그윽이 속삭이며,

어린애 마음처럼 평온하게 달래 주어라.(4634~4639)

이렇게 어린 시절이 작품 제2부에서는 파우스트의 힘이 되고 있지만 죄를 지은 그레트헨에게 어린 시절은 고통의 감정이 되고 있다. 〈내 평온은 사라지고, 마음은 무겁기 그지없네. 다시는, 다시는 마음의 평온을 얻지 못하리〉(3374~3377)라는 그레트헨의 탄식은 그녀가 유아기의 자아에서 벗어나 겪게 되는 고통스러운 혼란을 의미한다. 따라서 그레트헨은 감옥에서 자신의 새로운 자아를 찾게 되는데 이때 그녀는 〈먼저 아이에게 젖을 먹이게 해주세요〉(4443)라고 아이에게 미치는 행위를 나타내고 있다. 그레트헨이 속죄하기 위해 찾는 대성당에서 악령이 그녀의 괴로움과 최후 심판의 두려움을 속삭일 때도 그녀의 어린 시절을 상기시킨다.

악령 그레트헨, 네가 이리 변하다니!

   너는 순진무구하게

   저 제단 앞으로 걸어 나가,

   반은 어린애 장난하듯

   반은 마음속에 하느님을 생각하며

   낡은 기도서의

   기도문을 웅얼거리지 않았더냐!

   (……)

그레트헨 이를 어쩔거나! 어쩔거나!

   제멋대로

어지러이 오가는

이 생각을 떨쳐 버릴 수 있다면!(3776~3797)

하지만 아이를 순수한 천진성의 존재로 보는 파우스트는 아름
답고 순진한 그레트헨을 〈내 사랑스러운 아가씨〉(2699)라고 부르
며 그녀를 〈알프스의 소녀 하이디〉 같은 정서로 대하고자 한다. 알
프스의 자연을 노래한 계몽주의 시인 할러Albrecht von Haller처럼
괴테도 〈이제 푸르른 알프스 초원이 새로운 광명을 선사받아 선명
하게 빛나는구나〉(4699~4700)라고 알프스의 아름다운 경치를
묘사한다. 요하나 슈피리Johanna Spyri의 『알프스 소녀 하이디』에
서 부모를 여읜 소녀 하이디는 알프스산의 목장에서 혼자 사는 음
울한 할아버지에게 맡겨지는데 성격이 밝은 하이디는 고루한 노
인의 마음을 점차 누그러뜨린다. 병이 난 클라라의 말벗 상대로 프
랑크푸르트에 가게 된 하이디는 도회지 생활을 견디지 못하고 향
수병에 걸려 다시 산으로 돌아온다. 그리고 할아버지의 마음을 편
안하게 만들고, 눈먼 할머니에게 살아갈 희망을 불어넣으면서 자
기 병도 고쳐 간다. 이러한 하이디 같은 소녀상을 파우스트는 그레
트헨에 그려 낸다.

파우스트　그런데 어린애처럼 세상 물정 모르는 그녀는

작은 알프스 들판의 오두막에서

집안일에 묶이고

작은 세계에 갇혀 있노라.(3352~3355)

이렇게 그레트헨의 〈작은 세계〉를 찬양하는 파우스트와 마찬
가지로 메피스토펠레스도 〈커다란 세계에서 작은 세계를 만드는
것이 오랜 관습이오〉(4044~4045)라며 동조하는 태도다. 이러한

작은 세계가 그레트헨의 오두막으로 전개되는데 이때 역시 어린 아이가 연상된다. 그레트헨의 오두막에 있는 오래된 가죽 의자에 파우스트가 앉아서 이 의자에 관련된 그레트헨의 어린 시절을 상상하는 것이다.

> 골방인데도 축복이 그득하구나!
> (침대 옆의 가죽 의자에 몸을 던진다)
> 오, 즐거울 때나 괴로울 때나 팔을 활짝 벌리고
> 조상들을 품어 주었을 의자여, 나를 받아 다오!
> 아아, 이 조상들의 옥좌에 어린아이들이
> 얼마나 자주 매달렸을 것인가!
> 내 사랑스러운 아가씨도 오동통한 뺨으로,
> 성탄절 선물을 고마워하며
> 할아버지의 여윈 손에 공손히 입 맞추지 않았을까.
> (……)
> 여기에 따사한 생명과
> 보드라운 마음으로 넘치는 아이가 누워 있었고,(2694~2714)

그레트헨과 파우스트의 결합은 이미 떠나온 유년 시절로 돌아가 서로 아이가 되고 있다. 순진하기에 〈기적은 믿음의 가장 총애받는 자식이니라〉(766)고 예수의 부활이라는 기적과 그 부활이 던져 주는 의미를 아무런 의심 없이 믿었던 시절, 의심할 줄 몰랐기에 그래서 행복했던 어린 시절로 돌아가는 것이다. 결국 제한 없는 삶의 구현을 위해, 그리고 삶이 가진 제한을 없애기 위해 삶 자체를 파괴하려 한 파우스트와 베르테르의 유사한 점은 유년 시절에 대한 동경이다. 아이의 순진성이 이 세상의 죄악을 비추는 거울과 같은 역할을 하는 것이다.

2
어린이와 동화

—

　어린이를 상대로 하는 문인 동화Märchen는 도처에 있는 동시에 어디에도 없는 고향으로, 만족될 수 없는 현실이 동경되어 독자와 동화의 주인공이 하나가 된다. 따라서 벌을 받아야 할 행위가 용서되고 거인과 소인, 마녀, 천사, 땅 또는 불 속에 존재하는 선과 악의 요정 등이 등장한다. 이렇게 기괴한 내용을 담고 불가능한 일이 가능해지는 등의 기적을 담고 있는 동화의 성격이 『파우스트』에서 피력되고 있다.

> 거미 발과 두꺼비 배,
> 그런 미물에 날개까지!
> 그런 짐승은 없지만,
> 시(詩)에는 있더라.(4259~4262)

　여기에서 언급된 시의 세계는 바로 동화를 의미하며 동화야말로 모든 기괴하고 비자연적인 내용을 담고 있다는 말이다. 낭만주의 작가로 동화를 문학의 본질이라고 본 노발리스는 다음과 같이 묘사한다. 〈많은 동화에서 중요한 특징, 즉 불가능한 것이 가능하게 되고, 인간이 자신을 극복하고 자연도 극복하여, 자기에 상반되게 발생한 불편함이 편리하게 되는 순간에 자신에 역행되던 사건이 편안하게 되는 기적이 일어나고……: 곰이 사랑받게 되는 순간에 곰으로 변신되고…… 인간이 세상의 악도 좋아하게 될 때, 이 같은 변신이 이뤄지며 (……) 모든 질병은 아마도 두 존재의 내적인 연결에 필요한 시발점인 사랑의 시작이 된다. (……) 도처에서 가장 최선의 것들이 질병에서 시작되지 않는가? (……) 따라서 절대적인 악한 것과 절대적인 나쁜 것은 없다. (……) 악의 선양으로 선이 실현·도입·확산되는 것이다.〉[2]

괴테는 동화가 상상력에서 우러나온 순수한 창작물이지만 거기에서 법칙성을 전혀 배제할 수 없다고 하면서 〈폭넓은 움직임 가운데 있는 상상력은 그 어떤 법칙도 가지고 있지 않아 오히려 백일몽처럼 이리저리 움직이는 것처럼 보이지만 정확하게 살펴보면 상상력은 다양하게 규제된다. 감정, 윤리적 요구, 청자의 욕구 등을 통해서 그리고 가장 훌륭하게는 이성이 그 나름의 고결한 권리를 행사하고 있는 취향에 의하여 규제된다〉[3]고 말하고 있다. 따라서 괴테는 『시와 진실』(제9권)에서 〈동화는 호기심을 불러일으키고 관심을 끌어 풀 수 없는 수수께끼가 풀리게 하고, 기묘한 것보다 한층 더 기묘한 것에 의한 혼란으로 공포와 근심을 일으키는 진지하고 가혹했던 사건을 재치 있고 유쾌한 웃음거리로 변형시켜 만족하게 하고, 상상력에 새로운 소재를 남겨 이성에 보다 깊은 숙고를 남겨 준다〉고 기록했다. 『빌헬름 마이스터의 방랑 시대』에서도 〈관찰이나 행동에서 도달될 수 있는 것은 도달될 수 없는 것과 구분되어야 한다. 이러한 구분이 없으면 삶이나 지식에서 많은 성취를 이룰 수 없다〉고 언급되는데, 여기에서 도달될 수 없는 것은 동화에 의해 도달될 수 있다는 의미다.

이러한 동화의 발상지는 인도나 페르시아이며 중국이나 일본,

---

2 Max Lüthi, So leben sie noch heute, *Betrachtungen zum Volksmärchen*, 2. Aufl. (Göttingen: 1976), S. 13.

3 Theodor Friedrich, *Goethe, Märchen*. Mit einer Einführung und einer Stoffsammlung zur Geschichte und Nachgeschichte des Märchens (Leipzig: 1925), S. 166.

작자 미상, 「그림 형제의 초상」, 19세기 중반

서유럽으로 퍼져 나가 일반적으로 구전이냐 창작이냐에 따라 민속 동화Volksmärchen와 예술 동화Kunstmärchen로 구분된다. 독일의 대표적인 동화 작가로는 그림Grimm 형제를 들 수 있다.

야코프 그림Jacob L. Grimm(1785~1863)은 언어학자·동화 집성가로 마르부르크 대학에서 법학을 전공했다. 1808년 동생 빌헬름 그림Wilhelm C. Grimm과 함께 카셀 도서관원이 되었고, 그 후 괴팅겐 대학 교수, 베를린 아카데미 정회원, 베를린 대학 교수를 지냈다. 독일어와 독일 고대학을 연구했으며 『독일 문법』을 저술하여 독일어뿐만 아니라 게르만어에 속하는 모든 언어의 역사적 연구와 비교 언어학적 연구의 기초를 닦았다. 『독일의 전설』, 『독일의 신화』, 『독일어사』와 『독일어 대사전』을 편찬했고 또한 동생과 함께 『어린이와 가정용 동화Kinder-und Hausmärchen』를 편집했다. 그의 동생 빌헬름 그림도 언어학자·동화 집성가로서 1808년에 형과 함께 카셀 도서관원을 지냈고, 1835년 괴팅겐 대학 교수가 되었으나, 하노버 왕이 헌법 위반을 규탄한 일곱 명의 교수 사건으로 파면되었다. 그림 형제의 연구 업적들은 서로 협동해서 이룬 것이다. 이러한 협동 작업으로『고대 덴마크 영웅 가요』도 연구·편찬되었다. 이 중 동화집『어린이와 가정용 동화』는 독일어권에서 성서 다음으로 많이 읽히는 책이다.

『어린이와 가정용 동화』는 예로부터 전해 내려온 민간 설화를 1807년부터 수집하여 1812년 초판 제1권을 출간했고, 1815년에 제2권을 출간했다. 그 후 제2판(1819), 제3판(1837), 제4판(1840), 제5판(1843), 제6판(1850)을 거쳐 최종의 제7판(1857)에 이른다.

초고는 동화 수집의 첫 단계 작업으로, 이들 형제가 제보자에게 들은 것을 메모 형식으로 기록한 자필 원고이다. 〈아마도 바로 이때가 이 동화들을 보존해야 할 때였다. 왜냐하면 동화를 지켜야 할 사람들이 점점 줄어들기 때문이다. 물론 아직 동화를 알고 있는 사람들은 아주 많다. 인간들이 동화로부터 사라지지, 동화가 인간으로부터 사라지지 않기 때문이다. 그러나 할아버지 대에서 손자대로 이어지는 집과 정원에 있는 모든 은밀한 장소들이 (……) 미소와 같은 공허한 화려함의 지속적인 변화에 자리를 내어 주듯이 풍습 자체도 점점 더 줄어든다〉라고 1819년 그림 형제는『어린이와 가정용 동화』서문에서 말하고 있다.

그런데 이러한 동화 이론과 문학 이론 간에 논란이 있기도 하다. 낭만주의의 본질로 동화를 예찬한 노발리스는 괴테의 교양 소설『빌헬름 마이스터의 수업 시대』에 대해 혹평을 하고 있다. 다른 낭만주의자들처럼 노발리스도 처음에는『빌헬름 마이스터의 수업 시대』에 경탄했다. 그러나 작가적으로 점차 성숙해진 노발리스는 괴테가 이 소설에서 전개한 세계관에 동의할 수 없었다. 노발리스가 볼 때 이 작품의 기본 테마는 실제적 사회에 기반하는 〈삶〉이어서 낭만주의 기저인 마적인 요소에 역행된다고 비평했다. 〈『빌헬름 마이스터의 수업 시대』는 전적으로 산문적이며 근대적이다. 낭만적인 것이 그 안에서 사멸된다. 자연시와 경이로운 것도 마찬가지다. 그것은 일상의 인간적인 것들만을 다루어 자연과 신비주의는 완전히 망각되어 있다.〉[4]

낭만적인 개념에서 꿈은 현실의 이탈이 아니라 현실을 보다 본질적으로 계시하는 영감의 근원이 된다. 낭만적인 시작법은 마치 꿈의 세계처럼 모든 대상을 낯설고 멀어 보이게 하면서 친숙하게 느끼게 한다. 따라서 노발리스는 문학은 낭만주의의 본질인 동화의 환상적인 성격을 띠어야 한다고 주장했다. 이러한 동화의 기원이라 할 수 있는, 페르시아에 기원을 둔 동화로『천일 야화』를 들 수 있다.『천일 야화』에서 재상의 딸 셰에라자드는 술탄에게 수많은 이야기를 들려주어 목숨을 건지는데『파우스트』에서 황제도 메피스토펠레스가 이러한 이야기를 해주기를 바라고 있다.

> 어떤 행운이『천일 야화』의 세계에서 이리로 곧장
> 그대를 데려왔단 말이냐?
> 그대에게 셰에라자드 못지않은 뛰어난 재주가 있다면,
> 내 최고의 은총 베풀 것을 약속하노라. (6031~6034)

이러한『천일 야화』의 방식이『파우스트』에서 파우스트와 메피스토펠레스에게도 전개되고 있다. 삶의 권태를 느껴 자살까지 시도했던 파우스트는 푸들로 나타난 메피스토펠레스를 알게 되고 그의 도움을 받아『천일 야화』의 방식으로 지루함에서 벗어나고자 한다.

4 Novalis, Fragmente und Studien 1799~1800, in: ders. *Schriften* 4 Bde, hg. von Paul Kluckhohn: Richard Samuel, Bde 3. 3. Aufl. (Stuttgart: 1983), S. 638 f.

파우스트 이대로 잠시 더 머무르며,

　재미나는 이야기라도 들려주게.

메피스토펠레스 지금은 나를 보내 주시오! 곧 다시 돌아올 테니,

　그때 마음대로 물어보시오.

　　(……)

　정 그리 원한다면, 여기 머물러

　말동무가 되어 줄 용의가 있소.

　다만 조건이 하나 있소, 내가 재주를 부릴 테니

　그에 걸맞게 시간을 보내야 하오.

파우스트 어디 한번 보고 싶구먼, 자네 마음대로 해보게.

　다만 멋진 재주를 보여야 하네!

메피스토펠레스 이보시오, 선생의 감각은 그저 그런 따분한 한 해

　동안에

　맛본 것보다 이 한 시간 동안에

　더 많은 것을 누릴 것이오.

　사랑스러운 정령들이 부르는 노래와

　눈앞에 불러내는 아름다운 형상들은

　공허한 요술 나부랭이가 아니오.

　선생의 후각도 즐거움을 누리고,

　입맛은 신명이 나고,

　감정은 황홀함을 맛볼 것이오.(1422~1444)

　동화에 관심이 많은 괴테는 세 편의 동화를 발표했다. 첫 번째
동화는 단편 「노벨레Novelle」처럼 장르를 나타내는 제목인 「동화
Märchen」(1795)로『독일 이주민들의 이야기』에 수록되었고, 두 번
째 동화 「새로운 파리스Der neue Paris」(1811)는 『시와 진실』에,
「새로운 멜루지네Die neue Melusine」(1819)는『빌헬름 마이스터의

방랑 시대』에 실려 있으며 모두 독립적이 아니라 삽입된 것이라는 특징이 있다.

「새로운 멜루지네」는 소인과 소인국으로 전개되는데, 이는 소인과 소인국을 동화적으로 다룬 『걸리버 여행기』(1726)를 쓴 영국의 풍자 작가 스위프트Jonathan Swift의 문학으로 괴테를 자극한 헤르더의 공로이다. 괴테는 〈헤르더는 소수의 빛나는 별들만 조국의 하늘에 남겨 두고 나머지는 모두 흘러가는 유성들로 취급했다. (······) 헤르더는 동시에 자신이 뚫고 나가려 한 찬란하고 넓은 길로 나를 이끌면서 스위프트와 하만을 필두로 자신이 좋아하는 작가들에 관심을 쓰도록 자극하였다〉고 『시와 진실』(제11권)에 기록하고 있다. 이러한 배경에서 소인들이 괴테의 작품들에 자주 등장하고 있다. 『파우스트』에서는 피그마이오이와 닥틸로이가 땅을 점령하여 자기들의 종족을 번식시키고 있다.

> 피그마이오이들   어느 땅이든
>   즐겁게 살기엔 매한가지인 것을.
>   바위 틈새 벌어지면,
>   난쟁이 이미 대기하고 있노라.
>   난쟁이 부부 날쌔고 부지런하니
>   모든 쌍들의 모범이도다.
>   (······)
>   하지만 우리 이곳에 더없이 편안하게 자리 잡고서
>   우리의 별에 고마워하노라.(7610~7619)

동화에는 이러한 난쟁이나 사람의 형태를 한 요정 등이 신부로 등장하는 경우가 많다. 이러한 결혼이 『파우스트』에서 〈사내와 계집을 창조한 신은 직접 둘을 맺어 주는 것을 더없이 고상한 직업으

로 여겼소)(3339~3341)라며 신들의 고귀한 직무로 묘사되고 있다. 난쟁이나 요정 등의 형태로 결혼을 한 여성이 더 이상 속이거나 거부하고 싶지 않게 될 때 아름다운 공주 등이 된다. 이렇게 마법에 걸린 상태 또는 저주받은 상태가 풀어지는 구원이 동화의 전형적인 양상이 되고 있다. 동화 초반부의 결핍된 상태나 무질서가 사건이 진행됨에 따라 사라지고 모든 것(소원)이 충족되어 구원된 조화로운 세계로 변전하는 것이다. 하지만 몽마Druden나 물의 요정Nix 등 정령과의 결혼이 불행으로 끝나는 경우도 많다. 이들이 정상에서 벗어나기 때문에 구원된 정령과의 결혼이 될 수 없는 것이다. 이렇게 초자연적 영격(靈格)이 인간의 특수한 상태·사정·조건에서 하는 결혼의 형태는 다음과 같이 다양하다.

1. 혼인 둔주형(婚姻遁走型): 남성이 여성의 부모를 위해 헌신적으로 일해 준 대가로 혼인이 성립되었을 때 당사자 두 사람은 부모 곁을 떠나 도망치는 유형의 이야기로, 그리스 신화에 나오는 이아손과 메데이아의 혼인이 여기에 해당된다.

2. 초영 혼인형(招迎婚姻型): 선계(仙界)에 사는 선녀가 인간계의 남성을 선계로 데리고 가서 결혼을 하지만, 얼마 지나지 않아 남성이 자기가 태어난 고향을 그리워하는 걸 보고 선녀가 어떤 조건을 지킬 것을 부탁하는데 남자가 그 약속을 어겨 죽게 된다는 유형의 설화이다. 아일랜드 설화에 나오는 요정 니암Niamh과 영웅 오신Oisin의 혼인이 그것이다. 선계에서는 시간이 초자연적으로 지나간다는 관념 및 신앙에서 〈선향엄류 설화(仙鄕淹留說話)〉라고도 한다.

3. 강제 혼인형(强制婚姻型): 인간계의 남성이 초자연적인 여성을 강제하여 아내로 삼지만, 그 강제력이 사라졌을 때 배우자와 헤어지고 만다는 유형의 설화. 전 세계에 널리 전해지고 있는 백조처녀Schwanenjungfrau 설화가 대표적인 예이다.

4. **변형 정교형(變形情交型)**: 남성 또는 여성의 초자연적인 영격(靈格)이 동물이나 사물 또는 인간으로 모습을 바꾸어 인간계의 여성이나 남성과 정을 통해 혼인한다는 유형의 설화. 제우스가 황소로 변형하여 에우로페와 결혼한 이야기, 또는 제우스가 백조로 모습을 바꾸어 아름다운 레다와 정을 통하는 이야기 등이 대표적이다.

5. **금제 조건형(禁制條件型)**: 남성이나 여성의 초자연적인 영격이 어떤 금제 조건을 제시하고, 그 조건을 지키겠다는 상대방의 서약을 받아 낸 뒤 인간계의 여성이나 남성과 결혼을 하지만, 배우자가 그 금제를 어겨 부부 관계에 일시적 혹은 영구히 파탄이 생긴다는 유형의 설화로, 에로스와 프시케 신화가 대표적이다. 사랑의 신에로스가 그의 모습을 보면 안 된다는 금제를 약속하게 하고 프시케와 결혼했으나 프시케가 호기심에 못 이겨 밤에 불을 켜고 남편의 얼굴을 들여다봤기 때문에 즉시 에로스가 사라져 버리며, 이를 뉘우친 프시케가 온갖 고난과 시련을 겪은 끝에 간신히 에로스를 찾는다. 이러한 동화의 다양한 결혼 형태를 이해하기 위해 괴테의 동화 「새로운 멜루지네」를 들어 본다. 이 동화에서는 초영 혼인형과 강제 혼인형, 금제 조건형의 혼합형으로 결혼이 전개된다.

한 가난한 이발사가 방랑하던 중 어느 작은 도시에서 아름다운 부인이 작은 상자를 조심스럽게 집 안으로 날라 달라고 부탁하자 기쁜 마음으로 들어준다. 어느 날 밤 호기심에 작은 상자의 틈새를 들여다보니 소인국의 궁전과 소인 형태의 그녀가 보인다. 이렇게 작은 공간에 하나의 국가가 담겨 있는 동화적인 내용이 『파우스트』에서도 전개된다.

> **포르키아스** 그렇담 들어 보아라, 이 동굴들 속에서,
> 이 아름다운 동굴들과 정자들 안에서 우리 성주님과 왕비님이

목가적인 연인처럼 숨어 지내신단다.

　(……)

합창단　마치 저 안에 온 우주가 들어 있는 듯 말씀하시는군요.

　숲과 초원, 냇물, 호수. 무슨 옛날이야기를 지어내시는 거예요!

포르키아스　그야 물론이지, 이 철없는 것들아! 저 안은 사람이 아

　직 밝혀내지 못한 오지이니라.

　내가 깊이 생각에 잠겨 줄줄이 이어지는 홀들과 정원들을 둘러

　보는데,(9586~9597)

　상자 속의 소인국에 깜짝 놀란 이발사에게 그녀가 나타나 자신
의 염원에 어긋나게 정체가 탄로되어 둘의 관계가 위태로워졌다
고 말한다. 그 후 그녀는 소인이 자신의 형태라고 고백하면서 멸종
위기에 처한 소인들이 종족 보존을 위해 공주인 자신을 왕국 밖으
로 내보내 배우자에 맞는 인물을 오랜 세월 동안 찾았으나 구하지
못하던 중에 이발사를 만났다고 한다. 그녀가 이발사를 소인으로
변화시켜 소인국으로 데려가자 그가 날랐던 작은 상자는 수많은
시종들을 거느린 거대한 궁전이 되고 그는 왕의 영접을 받았다. 그
리고 이들의 혼인이 준비되면서 이발사는 소인에 대한 거부감이
솟구친다.

　그러나 곧바로 이들의 혼인이 준비되자 이발사는 소인인 그녀
와의 결혼을 피하기 위해 결혼식 날에 소인국을 벗어나 자신의 세
계로 돌아가려고 바위틈 사이에 몸을 숨기고 있을 때, 소인국과 동
맹을 맺은 개미 군단이 그를 잡아 소인국에 넘겨 어쩔 수 없이 결
혼하게 된다. 소인이 된 이발사는 자신을 소인국에 소속시키는 수
단이 반지라는 사실을 알고 줄로 반지를 깎아 내어 소인 상태에서
벗어난 뒤 여인의 마차를 타고 가다가 돈이 떨어지자 그 마차와 작
은 상자 및 다른 물건들을 처분하고 예전의 장소로 돌아온다.

괴테의 다른 작품에서도 동화적인 성격이 느껴진다. 「노벨레」에서 상인에 의해 길들여져 온순해진 사자는 소년의 피리 소리에 따라 움직인다. 인간의 솜씨가 아니라 신의 영감을 받은 것처럼 피리를 불어 사자를 달래는 소년은 그림 형제의 「하멜른의 피리 부는 사나이」에서 마술 피리로 도시 곳곳에 숨어 있던 쥐들을 따라오게 하는 사나이와 유사하다.

3
유아 살해

—

영국의 인류학자 프레이저James G. Frazer가 세계 광범위한 지역의 풍속을 정신 분석학·종교학·철학·문학적으로 정리·분석한 『황금 가지』에 따르면, 아버지 왕을 살해하는 풍속은 세계적으로 널리 퍼져 있었다. 이는 야수의 생존법으로, 사자 무리의 수컷은 도전자에게 패배하면 더 이상 무리의 안전을 보장할 수 없다는 사실이 증명됐기 때문에 무리에서 떠나야 한다. 영국 왕실을 비롯해 유럽 왕가, 영주의 문장(紋章)에 유독 사자가 많은 이유도 권력의 이런 속성을 이해하고 있었기 때문인지 모른다. 우리가 존중하는 노블레스 오블리주도 고귀한 정신에서 기원한 것이 아니라 권력의 근원이 힘을 잃으면 무리에서 떠나야 하는 사자의 숙명과 맞닿아 있다. 이러한 사자처럼 왕은 우주 에너지의 중심이어서 그가 병들거나 노쇠의 징후를 보이면 곧 천재지변이 일어나거나 곡식이 결실을 맺지 않고 가축이 떼죽음을 당한다고 믿어 그전에 살해하여 후계자에게 그 건강한 영혼과 힘을 옮겨 주기 위해서라고 프레이저는 풀이했다. 이러한 부친 살해 모티프는 신화에서 유래한다.

그리스 신화에서 제우스는 아버지 크로노스를 죽이고 신의 왕이 되었다. 크로노스 역시 아버지 우라노스를 거세하고 자신도 그 처지가 될까 봐 자식들을 잡아먹다 제우스에게 당한 것이다. 이런 신화적인 부친 살해 풍속은 고대 그리스 소포클레스의 희곡 「오이디푸스왕」에서 윤리적·심리적 차원으로 전개된다. 여자아이가 동성(同性)인 어머니를 증오하고 타성(他性)인 부친에게 애정을 품는 〈엘렉트라 콤플렉스Elektra-Komplex〉와 반대로 남자아이가 부친에 대해 적의(敵意)를 품고 어머니에게 애정을 품는 〈오이디푸스 콤플렉스Oedipus-Komplex〉는 부지중에 오이디푸스가 부친을 살해하고 어머니와 결혼하는 소포클레스의 비극에서 유래한다.

테베의 왕 라이오스는 자신이 아들에게 살해된다는 신탁(神託)에도 불구하고 아내 이오카스테와의 사이에서 아들을 얻었다. 그러나 아들이 태어난 후 자기를 죽이게 된다는 신탁의 실현을 두려워한 라이오스는 아이의 발뒤꿈치에 못을 박아 산속에 버렸다. 아이는 코린토스의 왕 폴리보스에게 발견되어 오이디푸스(발이 부은 자)라는 이름으로 성장했다. 어느 날 자신이 폴리보스와 왕비 메로페의 친아들이 아니라는 말을 들은 오이디푸스는 진상을 알고자 델피의 신전을 찾아가 신탁을 청했다. 여기서 그는 〈아버지를 죽이고 어머니를 아내로 맞는다〉는 기묘한 신탁을 받는다. 이를 피하기 위해 오이디푸스는 귀국을 단념하고 테베로 가는 도중에 좁은 길에서 한 노인을 만나 길 다툼을 하다가 그만 그를 죽이고 만다. 이후 그가 길에서 죽인 사람이 아버지 라이오스이고, 지금의 아내는 모친 이오카스테라는 사실이 밝혀지자 이오카스테는 목을 매어 자결하고, 오이디푸스도 두 눈알을 뽑고 딸 안티고네의 인도를 받으며 유랑하다 죽는다.

이러한 부친 살해 전설과 더불어 모친 살해의 내용도 신화와 문학 등에서 빈번하게 전개된다. 신화에서 어머니 클리타임네스트라는 아버지 아가멤논을 살해했기 때문에 딸 엘렉트라에 의해 살해된다. 엘렉트라의 어머니 살해는 여성(딸)이 같은 성(어머니)을 혐오하는 〈엘렉트라 콤플렉스〉라는 용어로 전개된다. 한편 셰익스피어의 희곡 「햄릿」에서는 햄릿의 혐오 대상이 부친을 살해한 어머니다. 〈생자필멸(生者必滅)〉이고 〈죽음이란 너무나 흔한

일)이라는 어머니의 말에 〈어머니의 결혼은 너무나 속되다〉는 햄릿의 대답은 어머니 혐오를 드러내는 또 다른 〈엘렉트라 콤플렉스〉인 것이다.

> 세상만사 왜 이렇게 지겹고, 맥 빠지고, 밋밋하고, 부질없어 보이는가!
> 아, 역겹구나 역겨워! 이 세상은 잡초만 무성한 정원.
> 거기에선 무엇이든 막 자라 열매 맺고,
> 더럽고도 막 자란 잡초만이 가득하구나.
> 어찌 이 지경이 되었는가? 돌아가신 지 이제 겨우 두 달!
> 아니, 두 달도 채 되기 전에 (……) 참으로 훌륭하신 왕이셨지.
> 아버님과 숙부의 차이는 태양신과 야수의 차이만큼이나 크지.
> 아버님은 어머니를 너무나도 사랑하여,
> 어머니 얼굴을 스치는 바람 한 점도 거칠세라 염려하시던 분.
> 천지신명이시여! 제가 이런 것까지 기억해야 하나요?
> 사랑을 받아먹으면 먹을수록 갈증이 더 커지듯
> 어머닌 아버님께 꼭 매달리곤 했지.
> 그런데 한 달도 채 못 되어 (……) 생각하지 말아야지.
> 약한 자여! 그대 이름은 여자니라!

이렇게 부친과 모친 살해가 빈번한 배경에서 아이의 살해도 독특한 소재로 취급된다. 일반적으로 문학에서 유아 살해는 끔찍한 사건으로 불문율적으로 금기시되고 있다. 어린아이는 철이 없어 손상되지 않아 소박하고 모순이 없기 때문이다. 따라서 어린아이를 대상으로 하는 동화에서 어린 주인공들은 어쩔 수 없이 죽었다가 다시 살아나는 것이 관례다. 예를 들어 「백설 공주와 일곱 난쟁이」에서 계모가 준 독 사과를 먹고 죽은 백설 공주는 왕자가 입을 맞추자 다시 살아난다. 그런데 유아가 끔찍하게 살해되는 사건이 독일 문학에는 빈번하다.

이러한 유아 살해는 원래 성서에서 유래한다. 신약 성서(「마태오의 복음서」 2장 16절)에서 헤롯왕은 베들레헴에 있는 2세 이하의 모든 어린이들을 죽이라고 명령했다. 이러한 유아 살해는 종교적 갈등의 사례로 볼 수 있는 〈제례 살해Ritualmord〉에도 나타나 있다. 종교가 다른 이주 민족의 아이들을 죽인 뒤 그들의 피를 제례에 사용했다는 유대인 제례 살해는 역사적·지리적으로 널리 퍼진 종교사이다.[5] 이 전설은 부활절 무렵에 유대인들이 이교도인 기독교도 소년을 납치해 거꾸로 매달아 고문한 후, 목을 따서 피를 받고, 그 피로 누룩 없는 빵을 만들어 먹는다는 상상 속의 이야기로 12세기 중반 유럽에 퍼져 나갔다.

예루살렘 교외의 힌놈 골짜기에서는 몰록Moloch 신에게 어린 아이를 희생 제물로 바쳤다고 한다. 몰록은 가나안의 화신(火神) 몰렉의 후신이라는 설과 시리아, 메소포타미아의 신 무룩과 관계 있다는 설이 있다. 아무튼 고대 셈족의 신으로 특별히 서원(誓願)의 보호자로 알려져 있고, 아이들이 이 서원의 담보를 위하여 희생 제물로 바쳐졌다고 한다.

이렇게 종교나 신화에서 전개된 유아 살해가 역사가 되어 고대에는 〈유아 안락사〉가 유행했다. 기원전 4세기 무렵 그리스 의학자 히포크라테스는 〈나는 누구에게도 독약을 주지 않을 것이며, 요청을 받더라도 그런 계획을 제안하지도 않을 것〉이라고 언급했다. 당시의 철학자들은 나이 많은 노인이나 병자들이 고통 없이 죽음을 맞도록 했는데 이와 같은 내용이 『파우스트』에서 메피스토 펠레스에게 행한 학사의 언급에 담겨 있다.

5 Rainer Erb, Der Ritualmord, in: Julius H. Schoeps u. Joachim Schlör(Hg.), *Antisemitismus. Vorurteile und Mythen*(München/Zürich: 1995), S. 74.

인간의 생명은 핏속에 살아 있는데,

젊은이 말고 또 어디서 그렇게 피가 끓어오른단 말이오?

그것은 삶에서 새로운 삶을 만들어 내는,

활기차게 살아 있는 생생한 피요.

　(……)

우리가 세상의 절반을 휩쓰는 동안,

노인장은 무얼 하셨소? 꾸벅꾸벅 졸고 햇볕 쪼이고

꿈꾸고 계획을 짜고 또 짜고.

아무럼 그렇고말고! 노년은 변덕스러운 궁지에 몰려 오들오들
　　떠는

차가운 열병 같은 것이오.

서른 살을 넘기면

죽은 목숨이나 진배없소.

당신 같은 늙은이들을 제때에 때려죽여야 상책일 거요.

(6776~6789)

　위에서 〈서른 살을 넘기면 죽은 목숨이나 진배없소〉라는 내용처럼 피히테도 〈인간은 30세가 넘으면 그들의 명예를 위해 또한 세상을 위해 죽는 편이 좋다고 하지 않을 수 없다〉고 피력했다.[6] 늙어 쓸모없게 된 인간은 죽이는 게 더 낫다는 학사나 피히테의 주장처럼 플라톤도 의술은 〈본성적으로〉 몸이 건강하면서 단지 몇몇 특수한 질병을 가진 사람들을 위해 아스클레피오스(그리스 신화에서 의술의 신)가 내려 준 것이라며, 태생적으로 건강하지 않거나, 고질병에 걸린 사람은 치료하지 않는 것이 옳다고 주장했다. 아리스토텔레스도 삶에서 어떤 고통이나 쾌락을 느낄 수 없다면 살해되는 것이 더 선하다고 주장했다. 게다가 아리스토텔레스는

---

6 『괴테 파우스트』 I·II부, 245면.

〈산아 제한〉이라는 개념도 제안했다. 두 철학자 모두 기형아는 기르지 말고 탄생 후 즉시 버려야 한다고 생각했다. 로마 시대 철학자 세네카도 안락사에 찬성했고, 나중에는 정치적 이유로 자살했다.

낙태가 명시적으로 금지된 것은 기원전 약 1200년까지 거슬러 올라간다. 당시 아시리아 제국의 법전은 낙태 여성을 공공장소에서 신체 관통형(말뚝으로 신체를 관통시켜 처형)에 처하도록 했다. 이는 낙태를 생명과 양심의 문제로 다룬 기독교의 영향이 크다. 〈세례 전에 생명을 말살하는 낙태 행위는 태아에게 천국의 문을 닫는 벌 받을 행동이다〉는 말이 낙태를 반대하는 기독교적 세계관을 잘 보여 준다. 하지만 성서나 신화, 민담에서처럼 절대 하지 말라는 금지는 오히려 하게 되는 배경에서 다양한 금지에도 낙태는 비밀리에 행해져 왔는데 이렇게 금지가 심할수록 더 횡행한다는 사조가 『파우스트』에서 네레우스의 언급에 담겨 있다.

> 네레우스 충고는 무슨 충고! 사람들한테 언제 충고가 먹히든 적
>   이 있었는가?
>   귀가 꽉 막혀서, 아무리 지혜로운 말을 해줘도 들어야 말이지.
>   그렇듯 제 가슴 쥐어뜯을 행동을 해놓고도
>   여전히 제 고집만 내세운다니까.(8106~8109)

플라톤은 어머니가 40세 이상이면 (아이가 허약하므로) 낙태 또는 영아 살해를 해야 한다고 주장하여 아테네와 함께 번창했던 그리스 도시 국가 스파르타에서는 실제로 낙태가 행해졌다. 19세기에는 몸에 해로운 약을 먹이거나 심지어 배를 발로 차서 낙태시키는 행위도 자행됐다. 시술이 불법이다 보니 허가받지 않은 열악한 시설에서 수술을 받다 목숨까지 잃거나 터무니없이 많은 비용을 지불하는 것은 지금도 상황이 별 차이가 없다. 그러다 독일 바

이마르 공화국 때 〈나의 자궁은 나의 것〉이라는 〈여성의 자기 결정권〉이 처음 제기됐고, 기독교가 전파되면서 낙태나 영아 살해 및 안락사 등이 금기시되었다. 안락사든 자살이든 인간의 생명은 하느님이 주신 것이므로 인간이 마음대로 결정할 수 없다는 것이다.

그런데 『파우스트』에서 학사가 늙은 세대인 메피스토펠레스에게 〈노인장의 머리통, 대머리가 저기 텅 빈 해골바가지보다 나을 게 없다고 인정하는 게요?〉(6768~6769)라고 비하하자 이에 메피스토펠레스가 신랄하게 반박한다.

> 이런 해괴한 놈 같으니라고. 그래, 네 찬란한 길을 가거라! ─
> 앞 세대가 미처 생각하지 못한 현명한 것을
> 생각해 낸 사람은 미련한 짓을 저지를 수 있는 법,
> 네가 이 사실을 깨닫게 되면 얼마나 기분 상하겠느냐? ─
> 하지만 저런 괴짜가 우릴 위태롭게 할 일은 없고,
> 몇 년이 지나면 상황은 또 달라질걸.
> 포도즙이 아무리 별나게 굴어도
> 결국에는 포도주밖에 더 되겠느냐.
> (박수 치지 않는 젊은 관객에게)
> 당신은 내 말에 냉담한데,
> 나도 당신 같은 착한 아이들은 그냥 내버려 두지.
> 하지만 명심하라고, 사탄은 늙었고
> 당신들도 나이 들면 사탄을 이해할걸!(6807~6818)

이렇게 늙어 가는 모습에 대한 역겨움이 신화에서도 전개된다. 새벽의 여신 에오스는 잘생긴 왕자 티토노스를 보자 한눈에 반해 그를 동쪽 끝 에티오피아의 오케아노스 강변에 있는 자신의 궁전으로 데려가 남편으로 삼고 두 아들 멤논과 에마티온을 낳아 행복

하게 살았다. 에오스는 인간인 남편 티토노스가 언젠가는 죽으리라는 것을 걱정하여 제우스에게 그를 불사(不死)의 몸으로 만들어 달라는 간청을 했고 제우스는 이를 들어주었다. 하지만 얼마 후 티토노스의 머리가 하얗게 세고 피부가 늘어지고 주름투성이가 되는 등 눈에 띄게 달라졌다. 남편을 불사의 몸으로 만들어 달라고 청원할 때 영원히 늙지 않는 불로(不老)의 몸도 요청했어야 했는데 이를 잊었던 것이다. 따라서 늙어 가는 티토노스의 모습을 더이상 보고 싶지 않은 여신은 그를 궁전의 구석방에 가두고 청동 문을 잠가 버렸다. 그러자 방 안에서 울음소리가 계속 들려 에오스가 문을 열어 보니 티토노스는 간 곳이 없고 매미가 한 마리 벽에 붙어 〈에오스! 에오스!〉하며 울고 있었다. 제우스가 불쌍히 여겨 그를 매미로 바꾸어 놓았던 것이다. 또 다른 설에 따르면, 여신이 껍질만 남은 티토노스를 더 이상 두고 볼 수 없어 매미로 만들어 버렸다고 한다.

이렇게 나이 많아 쓸모없게 된 노인이나 병자들은 죽는 게 더 낫다는 피히테 등의 주장 못지않게 고대에는 〈유아 살해〉에 관심이 많았다. 이러한 유아 살해 내용은 신화에서 유래한다. 신의 사랑을 받아 제우스 신에게 자주 초대되어 올림포스에 올라가 신들과 식사를 같이하기도 한 탄탈로스는 어느 날 음식을 한 상 차려 놓고 올림포스의 여러 신들을 초대하여 대접했다. 그런데 음식이 모자라자 그는 자신의 아들 펠롭스를 죽여 요리를 해 상에 차려 놓았다. 신들은 그것이 인육이란 것을 알고 손도 대지 않았으나 이를 모르는 대지의 여신 데메테르가 왼쪽 어깨 살을 깨끗이 먹어 치웠다. 이 벌로 탄탈로스는 지옥에 떨어져 턱까지 물에 차 있어도 목이 말라 마시려 하면 물이 내려가 영원한 갈증과 굶주림에 시달린다. 그것으로 그친 게 아니다. 그 끔찍한 행위의 결과, 탄탈로스의 자손인 아가멤논과 오레스테스, 이피게니에까지 신들의 저주를

받는데, 이 내용이 괴테의 「타우리스의 이피게니에」에 언급되고
있다.

> 신들의 지시로 나 자신을 파멸로 이끌었으니.
> 탄탈로스 가문에 이런 죄를 내리시와
> 최후로 살아남은 나(이피게니에)에게 영예로운 죽음,
> 죄책 없는 죽음마저 앗아 간 것이 아닌가.(710~713)

자손 대대로 연속되는 피의 살육은 신들의 저주여서 피할 수
없다는 관념적 표현이 감지된다. 탄탈로스의 유아 살해 운명은 영
원히 끝나지 않는 시련으로 그의 후예인 이피게니에를 다룬 괴테
의 「타우리스의 이피게니에」에서도 유아가 살해당해 부친의 먹이
가 되고 있다.

> 그 아이들을 붙잡아 도살하고는
> 첫 만찬 때 아버지 앞에
> 그 끔찍하고 소름 끼치는 요리를 내놓았습니다.
> 티에스트는 그 고기를 배불리 먹고
> 왠지 비애에 사로잡혀
> 아이들을 불렀는데,
>   (……)
> 아트로이스가 이를 드러내고 웃으며
> 아이들의 잘린 머리와 발을 내던졌습니다.(380~388)

이러한 유아 살해는 〈그리스 비극〉의 주요 내용으로 발전했다.
메데이아[7]는 자기 자녀를 살해하고, 아가멤논도 딸 이피게니에를

7 에우리피데스가 다룬 그리스 신화에 나오는 공주로 사랑하는 남자를 위해 금양털을

살해한다. 『파우스트』에서 파우스트를 사랑한 결과, 갓난아이를 익사시키는 그레트헨의 광증처럼 괴테의 작품에서 〈모친의 유아 살해〉 개념이 생긴다. 이러한 유아 살해의 주된 방법인 익사가 『초고 파우스트』의 기본 구상이 되며 또한 바그너Leopold Wagner의 극과 실러의 담시의 구성 요소도 된다.

〈질풍노도〉 극의 중요한 모티프 중 하나는 전통적인 관습의 타파와 새로운 도덕의 정립인데, 괴테의 유아 익사도 이러한 질풍노도의 일환이 된다. 따라서 『친화력』에서 오틸리에와 대위가 자신들의 이념을 위해 서로를 체념하는 내용이 아이의 익사로 전개된다. 에두아르트와 오틸리에 그리고 대위와 샬로테는 아무리 억제해도 신기한 친화력에 의해 어쩔 수 없이 서로 끌리게 된다. 오틸리에가 샬로테의 남편 에두아르트를 단념하지 못하는 것은 그녀의 도덕적 결함에 있다. 에두아르트와 샬로테 사이에 탄생한 어린 아기를 매일같이 돌보아 주던 오틸리에는 어느 날 그 아기를 실수로 연못에 빠뜨려 죽게 한다. 이 사건 후에 오틸리에는 자신의 부정을 깨닫지만 에두아르트를 단념할 수 없어 자살을 한다.

이 작품 속의 단편 「놀라운 이웃 아이들」과 대위의 젊은 시절의 사랑에서도 익사가 전개되고 있다. 그레트헨 비극도 파우스트를 사랑한 결과, 갓난아이를 익사시키는 광증에서 비롯된다.

> 나는 날 낳아 주신 어머니를 죽였고,
>
> 내 아기를 물에 빠뜨려 죽였어요.
>
> 그 아기는 당신하고 내가 받은 선물이 아니던가요?
>
> 당신도 그 선물을 받았어요! ─ 정말 당신이군요! 믿어지지 않
>
> 아요.(4507~4510)

훔치고, 동생 압시르토스Apsyrtos와 자식을 죽이고, 애인의 백부까지 죽인 〈복수의 화신〉이다.

그레트헨의 유아 살해의 실제 배경이 된 예로 유아 살해녀 브란트Susanna M. Brandt를 들 수 있다. 자기 아이를 죽이고 1772년 1월 14일 참수형을 당한 이 젊은 여성에 관한 재판을 괴테는 자세히 알고 있었다. 이 사건은 1772년 괴테가 슈트라스부르크에 돌아온 후에 일어났다. 득업사Lizentiat 시험을 위해 출판한 『논제집 Thesen』속에 그는 마지막으로 이런 행위에 대한 벌을 취급하며 전문가는 이 점에서 의견 일치를 보지 못할 것이라고 쓰고 있다. 장관이 된 후부터 그는 전통적인 사형에 찬성표를 던지고 있다. 그가 젊었을 때의 프랑크푸르트에서 사형은 전통적이고 무시무시할 정도로 화려하게 집행되어 도시 전체의 구경거리가 되었다.

가난한 군인의 딸인 이 아가씨는 금방집 직공에게 빠졌는데, 이 사나이는 얼마 안 있어 자취를 감추어 버렸다. 피고는 정부가 술에 약을 넣어 자신을 실신시켰다고 주장하며 쉬지 않고 악마라는 말을 입에 올린다. 사탄이 웬일인지 자기의 발에서 떠나지 않는다는 것이었다. 그리고 어린아이를 죽이고 말았다. 그녀는 깊이 뉘우쳤지만 목이 잘리는 판결을 받았다. 재판장이 그 판결을 선고하는데 검은 옷을 입고 장화, 박차 혹은 붉은 외투를 입고 있었다. 외투 아래에서 조그만 붉은 막대기를 꺼내 아가씨의 발밑에 던졌다. 그것은 사형 판결을 의미하는 것으로, 이 장면은 『파우스트』에서 그레트헨의 처형 때 그녀의 외침 속에 묘사되어 있다.

사람들이 몰려오고 있어요, 아직 소리는 들리지 않아요.
광장에도 골목길에도
사람들이 넘쳐 나요.
종이 울리고 막대기가 부러져요.
날 꽁꽁 묶어 포박하고 있어요.
벌써 교수대까지 끌려왔어요.

내 목을 향해 움찔하는 칼날을 보고

모두들 목에 섬뜩한 기운을 느끼나 봐요.

세상이 무덤처럼 적막해요!(4587~4595)

사형수의 작은 방에 수북이 담긴 최후의 식사, 거기에는 시대의 관습에 따라 형리 외에 재판관들과 성직자가 동석한다. 목사들은 음식을 조금만 먹고 아가씨는 한 모금의 물을 마실 뿐이다. 그러고 나서 몸이 끈으로 묶인 채 범죄자는 온 거리를 끌려다니다 마지막으로 형리가 밧줄로 끌어 사형대의 처형 의자로 데리고 간다. 〈성직자들의 쉴 사이 없는 기도 아래 그녀의 목은 일격에 떨어져 나갔다〉고 기록되어 있다. 처형 후 죄수의 여동생이 유품 수령증에 서명하고 있다. 약간의 옷, 가요집, 진주 쇠사슬, 이 쇠사슬은 아마 금방집 직공에게 받은 것이리라. 이 프랑크푸르트의 에피소드에 관해 괴테는 『시와 진실』에서 다만 막연하게 여러 가지 무서운 장면gräßliche Auftritte이 있었다고 언급하고 있다.[8]

1765년 10월에 발생한 사건도 괴테의 유아 살해의 소재가 됐을 가능성이 크다. 플린트Maria Flint는 슈트랄준트에 사는 제화공의 딸인데 23세 때 뤼켄의 지주인 뒤케가(家)에 재봉사로 들어갔다. 3년간 유혹을 견뎌 냈으나 그 집 막내아들 기병 요한 뒤케에게 성폭력을 당했다. 그 후 그는 군대에 복귀했지만 소녀의 몸은 이미 홀몸이 아니었다. 소녀는 그에게 애걸했으나 소식조차 없자 플린트는 결국 자신이 낳은 아기를 죽이고 사형 선고를 받았다. 그런데 뒤케는 네 개의 학위를 가진 대학자라는 점에서 니체는 이 사건을 독일 최대의 비극이라고 했다. 이 소식을 들은 뒤케는 책임을 통감하고 그녀를 파옥시켜 드레스덴에 안전하게 보호하고 미래의 생계까지 보장해 주었다. 당국도 거의 체포를 단념할 수밖에 없었다.

8 Richard Friedenthal, Goethe, *Sein Leben und seine Zeit*(München: 1978), S. 690 f.

그런데 12월 2일 아침, 옥리가 문을 열자 그 앞에 플린트가 숙연히 서 있었다. 죄의식에 번민한 나머지 신의 심판을 받으러 나타났는데, 경건하고 천사 같은 모습이었다. 그녀는 사형 집행 때 매우 평화스럽고 만족한 표정이었다 한다. 이처럼 남자의 죄를 자기의 죄로 여기고 세상을 떠나는 여성의 선한 영혼을 괴테는 성인의 대열에 올려놓았다. 그리고 그녀의 자화상을 그레트헨에 전개시켜 죄와 시련 속에서도 용서받아 구원되는 모습을 보여 주고 있다. 이상에서 알 수 있듯이 유아 살해는 마녀 심판의 중심적 피소 대상이었다. 〈처형 장면〉도 마녀 재판을 보여 준다.

괴테가 집필한 『파우스트』 내용 중에는 너무 외설스럽거나 너무 잔인하여 그의 이름으로 출간되지 못한 부분들이 있다. 이들 작품은 1797년과 1806년 사이에 생겨나 보충분Paralipomena 48과 50(괴테 전집 바이마르판 숫자)으로 괴테의 유고로 남아 있는데 사탄의 〈산에서의 설교〉와 〈알현〉 장면, 〈처형장〉 장면이 이에 해당하며 〈처형장〉은 그레트헨의 처형을 연상시킨다.

뜨거운 인간의 피는 어디로 흐르는가.
이 김이 모든 마술에 유익하다.
회색빛과 검은 무리들이
새로운 처형의 힘을 길어 온다.
피가 아늑하게 느껴지고
흐르는 피가 보기 좋다.
불과 피 주위에 윤무가 감싸고
불 속에 피를 부어 댄다.
계집들의 손짓은 보기 좋고
술꾼들이 마시는 것은 피이며
술 취한 눈빛이 타오른다.

칼이 번쩍이며 뽑아진다.

피의 샘만이 아니라,

다른 개천도 거기로 흘러들어

뒹굴며 이곳저곳

강에서 강으로 흘러간다.

군중들이

한 나무 위로 오른다.

사탄의 연설.

타오르는 땅 위에

군중들의 이야기들.

환상은 알몸으로,

손을 등 뒤에 놓은 채,

얼굴이나 부끄러운 곳 아무것도 덮은 게 없다.

노래가 나자,

머리가 잘려 나가고,

피가 솟구쳐 불을 끈다.

밤이 되었다.

속삭이는 소리

악마의 자녀들의 수다를

통해 파우스트는 이 내용을 알게 되었다.

이 내용은 『파우스트』 제1부 〈발푸르기스의 밤〉의 요소로 기초되었지만 1808년에 발행된 『파우스트』 초판본에 수록되지 못하다가 1887년에 슈미트Erich Schmidt의 바이마르판 14권에 간행되어 그레트헨 비극의 배경을 보여 준다. 이 처형장의 희생자는 자기 아이를 살해한 그레트헨이고, 이에 대한 암시가 작품『파우스트』속 〈어두운 밤, 허허벌판〉 장면에 나타나 있다. 브로켄산에 올랐던 메피스토펠레스와 파우스트는 파우스트의 청에 따라 남쪽으로 갈 생각으로 마법의 말을 타고 달리던 중 방향을 잘못 들어 동쪽으로 가는 도중에 처형장을 목격하는 것으로 되어 있었다. 현재의『파우스트』에 불과 여섯 행의 대화로 되어 있는 이 장면은 무시무시하고 소름이 끼칠 정도다.

　　파우스트와 메피스토펠레스, 흑마를 타고 맹렬한 기세로 달려온다.

파우스트　저기 교수대 주변에서 무엇들 하는 건가?
메피스토펠레스　뭘 요리하고 주물럭거리는지 난들 알겠소.
파우스트　위로 올라갔다 내려갔다, 몸을 숙였다 굽혔다 하는 구먼.
메피스토펠레스　마녀들 무리이지 싶소.
파우스트　뭔가를 뿌리고 공양하는 모양인데.
메피스토펠레스　그냥 지나갑시다! 어서 갑시다!(4399~4404)

　　파우스트는 그레트헨의 처형장의 환영을 본 것이다. 거기에는 피를 빠는 무서운 마녀들이 떠돌고 있다. 파우스트가 그 광경을 보고 무슨 일인지 묻지만 메피스토펠레스는 파우스트에게 더욱 무서운 인상을 심어 주려는 의도로 대답을 회피한다. 유령들은 지지고 볶는 등 축제 준비를 하면서 그 불쌍한 여자의 처형장을 장식하고 있는 것이다. 둥실 떴다 내려왔다, 허리를 굽혔다 폈다 하는 마녀들의 모습은 악마로서도 겁먹을 만한 광경이었던지 빨리 가길 재촉하여 지나가 버린다.

신화에는 아버지가 유아를 살해하고 어머니는 이를 적극 저지하며 아이를 살리는 모습이 흔하다. 거인족의 신 크로노스는 자신이 아들에 의해 쫓겨난다는 불길한 예언을 피하기 위해 아내 레아에게서 태어나는 자식들을 삼켜 버렸다. 자식을 잃을 때마다 고통스러웠던 레아는 한 명이라도 구하려고 여섯 번째 아이를 출산하자 아이 대신 돌덩이를 보자기에 싸서 남편에게 건넸는데, 그 돌덩이의 이름이 바로 옴팔로스이다. 그리스 신화에 의하면, 제우스가 날린 두 마리의 독수리가 세계를 가로질러 날아 세상의 중심에서 만나는데 옴팔로스는 이 위치를 나타내는 것으로서 지중해 각지에 세워졌는데 델포이의 옴팔로스가 가장 잘 알려져 있다. 옴팔로스는 그리스어로 배꼽을 의미하여 대지의 중심으로 종교적인 돌 유물 또는 예배 장소 등이 순례지로 여기는데, 파우스트가 죽은 후 그의 영혼의 마지막 순례지로 메피스토펠레스가 배꼽을 묘사되고 있다.

> 아래쪽을 잘 살펴라,
>
>   (……)
>
> 영혼이 즐겨 그곳에 머무른지는
> 내 확실히 알 길 없지만,
> 배꼽 속에 즐겨 진을 친다 하니 ──
> 정신 차리고 있다가 냉큼 잡아채어라. (11664~11669)

레아가 여섯 번째 아이 대신 옴팔로스를 보자기에 싸서 남편에게 건네고 진짜로 태어난 아이는 아말테이아에게 맡겨 살려 냈는데, 이 아이가 제우스로 그의 남매들 중에서 유일하게 살아남았다. 이렇게 어머니가 자녀를 살려 내는 신화의 내용과 반대로 어머니가 자기 아이를 살해하는 극적인 내용이 문학 등에서 전개된다.

셰익스피어의 「맥베스」에서는 맥베스 부인이 가부장 제도를 벗어나 권력에 참여하려는 욕망에 악마의 도움으로 유아를 살해하려 하는데, 이러한 내용은 맥베스에게 말하는 맥베스 부인의 대화에서 볼 수 있다.

나 역시 젖을 먹인 일이 있어서,
자기 가슴에서 젖을 빠는 갓난아기의
사랑스러움은 잘 알고 있어요.
하지만 한 번 마음만 먹으면,
천진난만하게 웃어 보이는 그 아기
부드러운 잇몸에서 젖꼭지를 잡아 빼고
머리통을 박살 낼 수도 있어요.
지금의 당신같이
일단 하겠다고 맹세한 이상엔.[9]

이렇게 어머니가 자신의 아이를 살해하는 동기에서 〈유아 살해모〉라는 용어까지 생겨났다. 그림Jacob L. Grimm의 사전에 의하면, 〈유아 살해모〉라는 단어는 바그너Leopold Wagner의 희곡 제목 유아 살해모Kindesmörderin에서 처음 사용되었으며,[10] 이 작품에서 영아가 극적으로 살해된다. 〈내 사랑 아가야? 자는 거니? 얼마나 부드러운지! 지금 네가 정말 부럽구나. 이렇게 천사들은 잠들 뿐이란다! (……) 내 아이의 피야! — 그걸 내가 마시고 있는가? — (아이를 침대로 던진다) 거기서 자거라. 그뢰닝젝! 자거라! 영원히 잠자거라! 나도 곧 잠들 거야. 너처럼 그렇게 부드럽게 잠들기는 어려울 거야. 하지만 그것이 한 번 벌어지면 그게 그거지.〉

9　셰익스피어, 『맥베스』, 금성사 세계문학대전집 2권, 이근삼·윤종혁 역(금성사, 1997), 165면 이하.
10　〈유아 살해모〉라는 단어는 민중들 사이에서 이미 오래전부터 사용되고 있었다.

독일 문학사에서 질풍노도기의 대표적인 작품 중 하나로 꼽히는 바그너의 「유아 살해모」는 1804년에 베를린의 신자유 무대에 올려지면서 초기 자연주의의 대표적인 작품으로 자리매김했다. 이 작품이 출간되었을 때 유랑 극단들의 지대한 관심을 끌었지만 한편으로는 희곡의 형식이나 내용에 관해 기성 작가들의 많은 비평을 받았는데, 이 중에는 「유아 살해모」가 『파우스트』를 표절했다는 괴테의 비난도 있으며 괴테는 이 내용을 자서전 『시와 진실』에 실었다. 〈그의 이름은 바그너였다. 처음에 (그는) 슈트라스부르크, 나중에 프랑크푸르트 사교계의 일원이었다. (거기서) 그는 정신, 기량, 지식을 갖춘 노력하는 면을 보여서 환영을 받았다. 나는 구상했던 모든 것을 결코 숨기는 일이 없었기 때문에 그는 성실하게 나를 따랐다. 나는 그에게 『파우스트』, 특히 그레트헨의 파멸은 물론 다른 계획도 이야기해 주었다. 그는 (내가 구상했던 작품의) 주제를 이해했고, 그것을 그의 비극 「유아 살해모」에 이용했다.〉(HA 10, 11)

이렇게 표절을 부정하는 내용이 『파우스트』에서 파우스트가 자신의 제자 바그너에게 행한 언급 속에 담겨 있다.

마음으로 느끼지 못하면 세상을 설득할 수 없는 법일세.

영혼에서 우러나오는 힘으로

극히 편안하게

청중들의 마음을 휘어잡아야 하네.

그런데 자네들은 그저 죽치고 앉아서 적당히 앞뒤를 꿰어 맞추고,

다른 이들이 남긴 잔치 음식 찌꺼기로 잡탕을 만들어 내고,

잿더미를 불어

초라한 불꽃을 피워 낼 뿐일세!

자네들이 원한다면,

어린애들과 원숭이들의 감탄은 받을 걸세.

하지만 마음에서 우러나오지 않으면,

결코 만인의 심금은 울리지 못하네.(534~545)

〈다른 이들이 남긴 잔치 음식 찌꺼기로 잡탕을 만들어 내〉는 행위라는 파우스트의 표절에 대한 힐난에 바그너는 표절을 어느 정도 긍정하는 답변으로 응수한다.

죄송한 말씀이지만, 시대정신에 깊이 침잠해서,

우리 앞의 현인이 어떻게 생각하였고

우리가 마침내 그것을 어떻게 찬란히 발전시켰는지 보는 것은

커다란 기쁨입니다.(570~573)

이러한 바그너에게 파우스트는 〈아무렴, 하늘의 별에 닿을 정도로 발전시켰지!〉(574)라고 냉소적으로 답변하여 표절을 반대하는 내심을 드러내고 있다. 이렇게 자기 작품에 대한 표절에 분개하여 비난도 했지만 괴테는 본질적으로 표절에 대해 관대했다. 고대 그리스의 도시 메세니아의 왕 아리스토데모스는 신탁에 따라 전쟁에 승리하기 위해 자신의 딸을 제물로 바친다. 그 후 그는 자신의 나라가 어려워지자 딸의 무덤에서 자살한다. 괴테는 1786년 11월 23일 아리스토데모스의 비극을 작품으로 만든 이탈리아 작가 몬티Vincenzo Monti(1754~1828)의 표절에 관해 듣고 다음과 같이 말한다. 〈다 알다시피 주인공은 양심의 가책을 견디지 못해 자살하는 스파르타 왕이다. 사람들은 『젊은 베르테르의 슬픔』의 작가가 자신의 탁월한 작품에 나오는 몇 구절이 몬티의 작품에 인용된 것을 알게 되더라도 그리 언짢게 생각하지 말라며 정중한 언

질을 주었다. 그런데 나 자신도 스파르타의 성벽에서 불행한 젊은
이의 분노한 혼령으로부터 벗어날 수 없었다.〉(HA 11, 142)

가다머Hans-Georg Gadamer는 괴테를 〈그 누구보다 시대의 총
체적 현존 뭉치Daseinsmesse를 가공하고 변형시킨 전방위적 정
신〉[11]으로 규정하고 있다. 노년의 괴테가 『파우스트』에 관한 대담
에서 〈내가 보고, 듣고, 관찰한 모든 것을 나는 모아 두었고 이용했
다. 내 작품들은 무수히 많은 다양한 개인들에게서 영양을 섭취했
으며 (……) 자주 다른 사람들이 뿌린 씨를 그저 거두어들이기만
했다. 나의 작품은 괴테라는 이름을 가진 한 집단의 작품이다〉[12]라
고 말한 것은 어떤 위대한 작가도 결코 역사적 현실에서 자유로울
수 없기 때문에 어떤 위대한 작품도 궁극적으로는 시대의 산물이
라는 확신을 표현한 것이다.[13]

이렇게 표절을 용인하는 괴테에 대해 셰러Wilhelm Scherer는
『괴테 문학Goethe-Philologie』에서 다음과 같이 언급했다. 〈괴테의
의도는 서술darstellen하는 데 있는 것이 아니라 설명erklären하는
데 있다. 그는 자신이 다른 사람으로부터 도움을 받는 것을 감추
려 하는 것이 아니라 드러내 놓으려 한다. 그것을 통해 그는 우리
들이 추구하려는 길을 열어 준다. 정확한 분석을 통해 그 속에 내
재하는 힘을 분류하고, 학습된 것, 체험된 것으로부터 상속된 것을
분리하고, 개별적 바탕의 미세한 차이와 그것이 어떠한 도움과 어
떠한 방해에서 이루어지는지를 밝혀내고, 그 속에서 새로운 길을
열어 준다.〉[14]

그런데 유아가 끔찍하게 살해되는 내용이 바그너에 의해 표절
되었다고 비평했던 괴테는 이 표절 내용을 극대화하고 싶었던지

11 Hans-Georg Gadamer, *Kleine Schriften* II(Tübingen: 1979), S. 82.
12 Frédéric Soret, *Goethes Unterhaltungen mit Frédéric Soret*(Weimar: 1905), S. 146.
13 『괴테 파우스트 휴머니즘』, 14면 이하.
14 Wilhelm Scherer, *Aufsätze über Goethe*(Berlin: 1900), S. 14 f.

끔찍하게 살해된 아이들을 먹는 더 끔찍한 내용을 전개시키고 있다. 인간의 육체와 피에 대한 악마적인 행동에 관한 내용 중에 카니발리즘Kannibalismus(식인 사상)이 있다. 이러한 식인 풍속은 다양하다. 기근이나 조난 등 위기적 극한 상황에서의 식인 행위나 관습으로서의 식인 행위가 세계 각지에서 행해졌다고 한다. 또 멀리는 원인(原人) 단계에서 식인이 있었다는 설도 있다. 식인의 동기와 목적은 기아 해결 외에 특별한 힘의 획득에도 있다. 피해자가 지닌 힘이나 능력을 자기 것으로 하기 위해 특히 뇌나 심장을 먹기도 했는데 이러한 유형의 식인 행위는 원시적 사고와 관련해서 이해될 수 있다. 옛사람들은 심장, 간, 허파, 피를 생명과 영혼의 그릇으로 인식하여 사람을 먹음으로써 희생자의 힘과 능력을 얻게 된다는 믿음이 있었다.[15] 인육이 주술적 힘을 지니고 있다고 믿어 요술이나 사술(邪術)의 힘을 얻기 위해 식인을 하기도 하고, 병을 고치는 약으로 인육을 먹는 경우도 있었다. 따라서 인간의 피가 질병을 치료한다는 믿음이 그리스 동화나 이탈리아 동화에서 확인되고 있다.[16]

복수하기 위해 원수의 고기를 먹기도 하고, 후에 복수를 당하지 않기 위해 죽인 인간을 먹는 일도 있었다. 단테가 지옥에서 마지막으로 본 광경은 우골리노가 생전에 그를 괴롭힌 자의 두개골을 갉아 먹는 모습이다. 13세기 권력을 좇다가 동료에게 배신당해 두 명의 아들과 세 명의 손자와 함께 피사의 탑에 갇힌 이탈리아의 우골리노 백작은 아사(餓死) 상태가 되자 자식들을 잡아먹어 최후까지 살아남지만 결국 자신도 죽게 된다.

또 신에게 인신공희(人身供犧)를 하고 그 인육을 먹는 종교 의식도 있었다. 죽은 자와의 결합을 강조하기 위해, 즉 죽은 자와 영

15 *Wörterbuch der deutschen Volkskunde*(Stuttgart: Körner: 1992), S. 325.
16 Lutz Röhrich, *Märchen und Wirklichkeit*, 4. Aufl.(Wiesbaden: 1979), S. 133.

원히 하나가 되기 위해 죽은 자의 인육을 먹는 식인도 있었다. 그림 형제의 동화 「충신 요하네스Der treue Johannes」에서 왕자들의 피를 통해 요하네스는 생명을 되찾으려 한다.

최후의 만찬 석상에서 예수가 잔을 들어 축성하고 빵과 포도주를 제자들에게 나누어 주며 〈받아 먹어라. 이것은 내 몸이다〉(「마태오의 복음서」 26장 26절)라고 말하거나 〈내 살을 먹고 내 피를 마시는 사람은 내 안에서 살고 나도 그 안에서 산다〉(「요한의 복음서」 6장 56절)는 구절은 그리스도교의 성체 배령(聖體拜領)은 성스러운 식인 개념으로 해석된다. 이러한 식인 행위는 신화에서부터 유래된다.

신화에서 탄탈로스의 손자 티에스테스는 형 아트레우스의 처를 능욕한 벌로 형에 의해 그 자식들이 살해당하고 이 죽은 자식들을 고기로 알고 먹게 되는 복수를 당한다. 이외에 자식을 잡아먹는 크로노스 등 신화에서 식인의 모습이 문학으로 전이되어 특히 동화에서 다양하게 전개된다.

그림 형제의 동화 「헨젤과 그레텔」의 마녀는 아이들을 살찌게 해서 잡아먹으려 한다. 백설 공주의 계모인 왕비는 의붓딸이 자기보다 더 아름다워지자 사냥꾼을 시켜 공주를 데리고 나가 죽여 심장과 허파를 가져오게 한 뒤 음식을 만들어 먹으려 한다. 이러한 동화의 식인 행위는 단순히 민간 신앙이나 원시적 사유에서 비롯된 것만은 아니다. 19세기와 20세기의 많은 기록은 동화의 사건들이 역사적 사실을 담고 있음을 확인시켜 준다. 10세기 중엽 하나우Hanau의 처형장에는 많은 사람들이 달려와 김이 모락모락 일고 있는 사형수의 피를 다투어 마셨다는 기록이 있으며, 베를린에서는 형리들이 사형수의 피를 팔았다는 기록이 있다.[17] 또 계모가 의붓아들을 죽여 그 아이 아버지의 식사로 내놓는 내용이 유행하기

17 같은 책, S. 133.

도 했다. 그림 형제의 동화「노간주나무」에서 계모는 아이의 목을 사과 상자에 끼어 죽인 다음 시체를 푸딩으로 만들어 친아버지인 남편의 식탁에 올리고 친아버지가 먹고 남은 뼈들을 의붓 자매 마를레니헨이 노간주나무 밑에 묻어 주자 그 뼈에서 아름다운 새 한 마리가 날아오르면서 다음과 같은 노래를 부른다.

> 우리 엄마는 나를 죽였고,
> 우리 아빠는 나를 먹었네.
> 누이동생 마를레니헨이 내 뼈를 빠짐없이 추슬러서
> 곱디고운 비단으로 정성껏 싸서
> 노간주나무 밑에 두었네.
> 짹짹 짹짹! 나같이 예쁜 새가 또 어디 있을까.

이렇게 죽은 다음에 토막이 되어 친부모가 부지중에 먹은 아이가 새로 변신하기도 하는데, 이는 생성에 대한 동경으로 〈삶은 변신의 연속〉이라는 업보 사상과 더불어 괴테의 〈변신론 Metamorphose〉을 반영하기도 한다. 동화의 기념비적인 상징성을 저술한 바이트Hedwig von Beit와 프란츠Marie-Louise Franz는 동물로의 변신을 〈동물 단계로의 역행Regression auf die Tierstufe〉이라 부르거나 〈인간이 더욱더 무의식으로 되돌아감, 즉 인간 개성의 갱신과 융합에 필요한 무의식〉으로 해석했다.[18] 이러한 신의 사랑과 은총을 받는 고차적인 존재는 낡은 자아에서 탈피하여 무의식이나 영혼의 나라에서 새롭게 성숙하는 것이다. 이렇게 인간의 짐승으로의 변신은 현대 독문학에도 자주 나타나 카프카의「변신」의 주인공 그레고르 잠자는 어느 날 아침 뜻하지 않게 독충으로 변신해 그의 가정과 가족들의 행복이 산산이 부서진다. 그가 독충으

---

18 Max Lüthi, 같은 책, S. 51.

로 살다가 죽는 약 한 달 동안 그의 가정생활이나 그를 대하는 가족들의 태도도 변한다.

이렇게 「노간주나무」에서처럼 육체를 토막 내는 끔찍한 내용이 특히 죽음의 이미지와 거리가 멀어야 하는 동화에서 자주 전개되어 역설적이다. 그림 형제의 동화 「피처의 새Fitchers Vogel」에서 주인공 소녀는 금지된 방 안에서 사람이 토막 나 있는 것을 본다. 〈방 한복판에 커다란 대야가 놓여 있고 그 안에는 토막토막 썰린 시체가 가득 들어 있었다. 대야 옆으로 시퍼런 도끼날이 달린 나무토막도 보였다.〉 소녀가 금지된 방에 들어갔다는 것을 알게 된 마법사는 〈그녀를 땅에 내팽개치고, 머리채를 잡아끌고 가서는, 도마 위에서 머리를 자르고 토막을 쳤다. 그녀의 피가 솟구쳐 바닥에 뿌려졌다〉.

이렇게 잔혹한 내용을 공공연히 드러낸 『어린이와 가정용 동화』 초판(1812)은 발표되자마자 많은 비판을 받았다. 아르님이 『어린이와 가정용 동화』 초판에서 가장 문제 삼은 것은 「아이들의 도살 놀이」와 「노간주나무」의 잔혹성이었다.[19] 이에 대해 그림 형제는 자신들은 구전 동화를 따랐을 뿐이라고 밝히면서 어린애에게 선하고 아름다운 면만 보여 주는 것은 잘못이며, 오히려 현실의 추악한 면을 보여 줌으로써 어린애가 세상을 바로 보고, 이에 대처하여 살아갈 수 있는 지혜를 얻을 수 있다고 주장했다.[20] 그러나 두 형제는 결국 여론에 굴복하여 『어린이와 가정용 동화』 제2판(1819)부터는 「아이들의 도살 놀이」와 「노간주나무」를 빼는 등 부적절한 요소들을 최대한 배제했다.[21] 그런데도 동화뿐만 아니라 여러 문학 작품에서 살해와 살해한 인육을 먹는 내용은 계속 전개

19 Vgl. H. Hamann, *Die literarischen Vorlagen der 'Kinder-und Hausmärchen' und ihre Bearbeitung durch die Brüder Grimm*(Berlin: 1906), S. 15.

20 Vgl. Walter Nissen, *Die Brüder Grimm und ihre Märchen*(Göttingen: 1984).

21 손은주, 『독일 문학』 제71집(1999), 377면 이하 참조.

되고 있다.

토마스 만의 『마의 산』 「눈Schnee」의 장을 보면 〈태양의 자식들〉의 세계에서 미소년이 〈피의 향연〉의 세계로 유혹된다. 이러한 태양의 자식들의 동경과 상반되게 무당이 인육을 먹는 모습이 나타난다. 카스토르프는 도릭Doric 사원을 발견하고 거기에 들어가 한 아이의 손발을 잘라서 먹고 있는 무시무시한 무당들을 보게 되는 것이다. 그녀들은 큰 쟁반 위에 어린아이를 두 손으로 태연하게 갈기갈기 찢어서 그 살점을 탐내어 먹고 있다. 카스토르프는 피투성이가 된 부드러운 어린아이의 금발을 보았다. 아기의 연한 뼈가 그녀들의 입 안에서 오독오독 소리를 내며 부서지고 더러운 입술에서 피가 흘러나왔다. 얼어붙는 듯한 공포가 카스토르프를 엄습하여 몸도 움직일 수가 없었다.

이렇게 세상에서 꽃을 피우기도 전에 살해되는 어린아이들의 사후가 종교에서 전개되는데 이의 이해를 위해 가톨릭의 림보 Limbo 개념을 들어 본다. 림보는 지옥과 천국 사이에 있으며, 기독교를 믿을 기회를 얻지 못했던 착한 사람이나 세례를 받지 못한 어린아이 등의 영혼이 머무는 곳이다. 이렇게 너무 어린 나이에 죽어서 림보에 가게 된 어린이가 『파우스트』에서 복 많은 아이로 〈천사를 닮은 교부〉에 의해 묘사되고 있다.

천사를 닮은 교부   소년들아! 반쯤 열린 정신과 감각으로
  한밤중에 태어난 아이들아,
  부모들에게는 금방 잃어버린 자식이지만
  천사들에게는 득이로구나.
  (……)
  하지만 험난한 인생의 흔적 없으니
  행복한 아이들이구나!(11898~11905)

이렇게 너무 어린 나이에 죽어서 림보에 가게 된 어린이가 레나우Nikolaus Lenau의 민중본 파우스트인 『파우스트: 한 편의 시*Faust. Ein Gedicht*』에서도 축복받은 자로 언급되고 있다.

> 모든 사람들 중 가장 축복받은 자는
> 아이였을 때 이미 눈을 감은 자,
> 한 번도 발을 땅에 디뎌 보지 못한 자,
> 따뜻한 엄마의 가슴으로부터
> 직접 그리고 자신도 모른 채
> 죽음의 품 안으로 미끄러져 가는 자로다.

이렇게 태어나자마자 죽어서 순진한 아이들이 『파우스트』에서는 〈영생을 얻은 소년들〉로 현세의 고뇌도 죄악도 모를뿐더러 천상에서 자신들의 위치나 가야 할 곳도 몰라 〈말씀해 주세요, 아버지, 우리가 어딜 떠도는지. 말씀해 주세요, 착하신 분, 우리가 누구인지〉(11894~11895)라고 현세의 추악함에서 완전히 정화되어 신을 보다 더 순수하게 인식하는 〈천사를 닮은 교부〉를 따른다.

천사를 닮은 교부   소년들아! 반쯤 열린 정신과 감각으로
> 한밤중에 태어난 아이들아,
> 부모들에게는 금방 잃어버린 자식이지만
> 천사들에게는 득이로구나.
> 사랑하는 사람이 여기 있는 것을 느끼면,
> 어서 가까이 다가오너라.(11898~11903)

13세기와 15세기의 로마 가톨릭교회에서는 (아담과 이브에 관련된) 원죄만으로도 죽으면 지옥에 가지만 실제로 죄를 지은 사

람에 비해 보다 가벼운 형벌을 받는다고 했다. 트리엔트 공의회
(1545~1563) 이후 어린아이의 영혼 상실에 대해 매우 다양한 견
해들이 나와 림보에 머무는 어린이가 영혼의 상실을 깨닫고 약간
의 슬픔에 싸인다는 내용 외에 영혼의 지복을, 그리고 부활한 다음
에는 육체의 지복을 누리게 된다고 한다.

괴테에게 지대한 영향을 미친 종교학자 스베덴보리에 의하면,
〈사후 영혼이 처음 영계에 들어가면 일정한 기간 세상에 있었을
때의 얼굴과 음성의 외향의 상태를 지니고 있다가 자신의 영적인
내분(內分)이 열리면 그 내분을 지배하는 정동(情動)에 따라 얼굴
모습도 변화하여 자기 본연의 영격으로 옮겨 간다〉고 한다.

이는 6세기경 중국에서 생긴 유교적인 조령 숭배(祖靈崇拜) 사
상과 불교의 윤회 사상을 절충한 사십구재와도 유사하다. 사람이
죽으면 7일마다 불경을 외면서 재(齋)를 올려 죽은 이가 불법을 깨
닫고 좋은 곳에 태어나기를 비는 불교에서는 49일간을 〈중유(中
有)〉 또는 〈중음(中陰)〉이라고 하는데, 이 기간에 죽은 이가 생전
의 업(業)에 따라 다음 세상에서의 생(生)이 결정된다고 한다. 유
교에서도 49일 동안 죽은 이의 영혼을 위해 그 후손들이 정성을
다하여 재를 올리면, 죽은 부모나 조상이 보다 좋은 곳에 다시 태
어나게 되고, 또 그 혼령이 후손들에게 복을 준다고 한다.

4
영혼 회귀 사상

—

원형은 동일한 사물이 원을 그으며 되돌아오듯이 연속성이 지양된 시간 속에서 끊임없이 〈순환〉한다. 따라서 자연에서 가장 불안전한, 가장 저수준의 무생물이거나 가장 완전한 생물, 무한히 복잡하고 절묘하게 살아 있는 유기적 조직은 생성되었다가 일정 기간이 지나면 무로 돌아가 계속해서 새로 생기는 동류(同類)를 위해 길을 비켜 주게 된다. 존재와 비존재라는 생(生)과 사(死)는 대립되지만 그 자체는 윤회적이다. 앙커만B. Ankermann에 따르면, 사람이 죽으면 그의 영혼은 그 순간에 태어나는 토템적 동물에게 들어가고, 역으로 죽은 토템적 동물의 영혼은 그와 맺은 신생아에게 들어간다.

이러한 윤회설이 서구에서는 이미 오래전에 수학자 피타고라스에 의해 수립되었다. 그는 우주의 만물이 신성(神性)이라는 순수하고 단일적인 것에서 시작된다고 여겼다. 신과 악마와 영웅이 이 신성에서 생겨나고, 그다음 인간의 영혼이 네 번째로 생겨난 것이다. 이 영혼은 불멸하고, 육체의 속박을 벗어나 죽은 자의 거처로 가서, 다시 인간이나 동물의 신체 속에 거주하기 위해 이 세계로 돌아오기까지 그곳에 머문다. 그리고 완전히 정화되었을 때 마침내 맨 처음 출발한 근원으로 돌아간다. 이러한 영혼의 전생(轉生)에 관한 교설은 원래 이집트에서 기원하여 인간 행위에 대한 보수와 벌에 연관되는데, 피타고라스학파 사람들이 절대로 동물을 죽이지 않는 것도 이 교설을 신봉하기 때문이었다. 살해되거나 먹히는 동물이 친척일 수 있으므로 동물은 죽이거나 먹어서는 안 되는 것이다.[22]

피타고라스는 제자들에게 다음과 같이 말했다고 전한다. 〈영혼은 결코 죽지 않고 항상 한 거처를 떠나 곧 다른 거처로 옮겨간다. 나 자신도 트로이 전쟁 때는 판토스라는 사람의 아들인 에우포르보스였는데 메넬라스의 창에 맞아 쓰러진 것을 기억한다. 최근에 아르고스 시에 있는 헤라의 신전에 가본 일이 있는데, 그곳에는 당시 내가 사용하던 방패가 전리품과 함께 걸려 있었다. 이와 같이 모든 것은 변할 뿐이지 사멸하지 않는다. 영혼은 이곳저곳으로 옮겨 가서 이번에는 이 육체, 다음에는 저 육체에 머무는데, 짐승의 몸에서 인간의 몸으로 이행할 때도 있다. (……) 그러므로 너희들의 가슴에 동족에 대한 사랑의 불꽃이 꺼지지 않았다면 동물들의 생명을 난폭하게 다루지 말라. 어쩌면 그것이 너희들의 친척일지도 모르니까.〉[23] 이러한 영혼 회귀 사상이 셰익스피어의 「베니스의 상인」에서 그라시아노의 전생설(轉生設)에 적나라하게 나타나 있다. 여기서 그라시아노는 유대인 고리대금업자 샤일록에게 이렇게 말하고 있다.

네놈을 보고 있으면 내 믿음까지도 흔들려 오고
피타고라스처럼 동물의 영혼이
인간의 육체 속에 들어왔다는 생각을 가지고 싶게까지 된다.
네놈의 그 들개 같은 근성은
원래 늑대에게 깃들어 있던 것이다.
인간을 먹어 죽였기 때문에

22 B. Ankermann, Die Verbreitung und Formen des Totemismus in Afrika, Zeitschrift für Ethnologie 47(1915), S. 114~180.

23 토머스 불핀치, 『그리스-로마 신화』 하권, 김문 역(청림출판, 1993), 411면.

목이 미어지고, 그 영혼이 네놈 속에 들어간 것이다.
때문에 네놈의 욕망은 늑대 같고, 피비린내 나고
굶주려 걸근거리고 있는 것이다.[24]

동양에서는 특히 죽은 후에 다시 태어난다는 티베트의 달라이
라마Dalai Lama의 윤회 사상이 유명하다. 티베트의 불교는 밀교
또는 라마교로 불리며 인도계의 육자 진언(옴마니밧메훔)과 힌두
식의 밀교적 수행 방법을 중심으로 발전했다. 16세기부터 달라이
라마는 티베트의 실질적인 종교적 지배자로 존재하고 있다. 티베
트 불교는 원나라를 통해 고려에 전해졌으며, 국내에는 진각종이
티베트 밀교와 당나라 밀교를 혼합한 형태의 밀교를 바탕으로 수
행과 포교를 하고 있다. 라마교에서 화신한 인간신의 영혼은 죽음
으로써 다른 사람에게 옮겨 간다. 대라마가 죽어도 그 제자들은 탄
식하지 않는데, 그가 갓난아기로 다시 태어나 곧 나타나는 것으로
알고 있기 때문이다. 그들의 걱정은 오로지 그의 출생지를 발견하
는 일이다. 만일 이때 무지개가 생기면 그들은 죽은 라마가 그 출
생지로 인도하기 위해 주는 표적이라고 생각한다. 때로는 신성한
아기가 스스로 자신의 정체를 사람들에게 알리기도 한다.

생불 자신의 신고(神告)로서이건 하늘에 나타나는 징조로서이
건 일단 불타의 출생지가 밝혀지면 바로 그곳에 천막이 쳐지고, 왕
이나 왕족 가운데 중요한 인물에 인솔되는 순례자들이 아기를 데
려오기 위해 출발하는데 때때로 무서운 사막도 횡단해야 한다. 마
침내 바라는 아기를 발견하면 그가 참된 대라마로 인정받기에 앞
서 그들을 만족시켜야 한다. 그는 수령이 될 사원의 이름에 대해
질문을 받고 거기까지의 거리, 승려의 수에 대한 대답이 요구된다.

24 William Shakespeare, The Merchant of Venice, Sir Arthur Quiller Couch and John
Dover Wilson(ed.), *The Works of Shakespeare*, V.9(Cambridge University Press), p.67.

또 그는 죽은 대라마의 버릇과 죽을 때의 상태를 말해야 한다. 그 다음엔 기도서나 찻주전자나 컵 같은 물품들이 그의 앞에 놓이는데, 그는 전세(前世)에서 자신이 사용한 것을 지적해야 한다. 이러한 지적이 맞게 되면 그는 티베트의 로마라 할 수 있는 라싸의 사원에 인도되어 라마교의 수장인 달라이 라마가 된다. 그는 살아 있는 신이고, 죽음에 임해서 그의 신성한 불멸의 영은 다시 아기로 탄생한다고 믿고 있다.

독일에서 윤회 사상은 중세 독일의 신비주의 사상가 에크하르트Meister Eckhart와 뵈메Jakob Böhme의 영향을 많이 받고 있다. 여기에서 인물의 동일화(同一化) 작용이 일어나며, 현세와 미래의 구별 없이 한 사람의 인물이 다른 인물이 되고, 또 인간이 돌이나 짐승이나 나무나 별이 되기도 한다. 이는 윤회전생(輪廻轉生)의 사상으로 자연 근친 사상(自然近親思想)이 성취된다.

이러한 윤회 사상에 심취한 음악가 바그너는 불교에 깊은 관심을 가져 새로운 예술관을 낳았다. 쇼펜하우어의 절대적인 염세관에서 탈피하여 추상적·철학적 사색에서 종교적 예술 체험으로, 개념에서 인간으로, 범(梵)사상에서 불교로, 공허나 니르바나Nirwana[25]에서 광명의 해탈로, 소승에서 대승으로 바그너의 사상과 예술관은 변화했다. 따라서 바그너의 작품 「트리스탄과 이졸데」에서 해탈의 문제, 『파르치팔Parzival』에서 윤회 사상, 『마이스터 에크하르트Meister Eckhart』에서 체념의 문제가 묘사되고 있다.

이러한 영원 회귀 사상이 괴테의 문학에서도 전개되어 그의 희

---

25 산스크리트어로 윤회를 지속하는 불이 꺼진 상태를 말한다. 타오르는 번뇌의 불꽃을 지혜로 꺼서 일체의 잡념이 사라진 고요한 상태다. 이 고요함 속에 최상의 안락이 실현된다. 이를 한자로 음역한 것이 열반(涅槃)으로 수행에 의해 진리를 체득하여 온갖 미혹과 집착을 끊고 세속의 속박에서 해탈한 최고의 경지를 의미한다. 불교 수행자들조차 평생 이르기 어렵다는 이 열반의 경지를 속세의 범인(凡人)들이 삶의 목표로 삼기에는 아무래도 무리여서 불교에서도 이를 불자에게 강요하지 않는다. 대중에게 적용될 수 있는 현실적인 기준이 아니라고 보는 것이다. 대신 세상에서 행할 수 있는 〈보살(菩薩)〉의 활동을 강화한다.

곡 「프로메테우스」에서 죽음 다음에 무엇이 오는지를 판도라의
물음에 프로메테우스는 짧은 독백으로 외친다.

> 열망, 기쁨과 고통 이러한 모든 것들이
> 격렬히 흐르는 향락 속에 용해된다면,
> 환희의 수면 속에 생기가 생길 것이고
> 또 그대는 다시 가장 젊게 소생하여
> 새롭게 두려워하고 희망하고 열망하리라!

이러한 영원 회귀 사상을 나타내는 괴테의 대표적인 작품으로
그의 시 「승천의 동경」을 들 수 있다.

> 현자 외에 누구에게도 말하지 말라,
> 어리석은 민중은 곧잘 조소할 것이니,
> 살아 있으면서 불에 타서 죽기를
> 원하는 자를 나는 예찬하리라.

> 네가 창조되고 또한 네가 창조하는
> 서늘한 밤의 사랑의 행위에
> 희미한 촛불이 빛을 내면
> 이상한 생각이 너를 엄습한다.

> 너는 어둠의 그늘 속에
> 더 이상 가만있을 수 없으니,
> 욕망이 새로이 거세게 자극하여
> 너를 더 고차적인 교접에 이르게 한다.

그 어떤 거리에도 방해받지 않고
마법에 걸린 듯이 날아가,
마침내 불을 열망하여서
나비, 너는 불 속에 뛰어들어 타 죽는다.

죽어서 생성하라, 이 마음을
자신의 것으로 삼아야 하리라!
그렇지 않으면 이 어두운 지상에서
서글픈 나그네에 지나지 않으리.

이 시에서 사랑의 모티프는 괴테의 이탈리아 여행(1786~1788) 이후 바이마르에서 나온 이행시 「로마의 비가Römische Elegien」의 관능적 에로스의 사랑이 아니라, 희생과 소멸을 통해 덧없는 이승의 삶에서 무한 속으로 귀의하는 영원한 사랑으로 발전한다. 첫 연 두 행은 〈빛을 그리며〉, 〈촛불〉 속으로 날아들어 타 죽는 나비의 〈불꽃 죽음〉을 칭송한다. 여기서 사랑의 황홀은 죽음과 동질적으로 인식되고 있다. 이 황홀경은 불을 열망하여 불 속에 뛰어들어 타 죽는 지상적 지혜와 천상적 구원을 의미한다. 인간에게는 죽음에 이르기까지 높고 순수한 활동이 있고, 천상에서는 그를 구제하려는 영원한 사랑이 있다. 그것은 자력뿐 아니라 그를 구원하려는 신의 은총에 의해 구원을 받아 우리의 불교관과 일치한다. 현세적인 생명의 종말은 천상의 계시와 관계된다. 따라서 「승천의 동경」에서 타 죽은 생명은 신의 은총 속에 찬미되어 상실된 획득이 된다. 자기희생을 통해 무한 속으로 몰입해 들어가는 삶과 죽음의 역학적 관련성은 마지막 연에서 〈죽어서 생성하라Stirb und werde〉라는 잠언적 시구로 요약되고 있다. 결국 「승천의 동경」에는 물리적인 소멸의 덧없는 이승의 삶에서 무한 속으로 귀의하는 영원한 사랑이 담겨 있다. 괴테는 불나비의 화형으로 영혼이 현존의 위치를 떠나는 것이 아니라 그 현존으로 부활한다는 사실을 보여 주고 있다.

시 「승천의 동경」에서 죽음을 통한 영원한 생성은 괴테의 변형 론과 일치하고 있다. 괴테는 「승천의 동경」에 연관해 〈모든 것은 변신한다Wandlung ist alles〉 또한 〈모든 삶은 회귀하며 재현된다〉고 언급하면서 다음과 같이 보충한다. 〈사물은 변화하고 교체되기 때문에 나는 불꽃이 계속 타오르도록 자신의 몸을 희생시키는 촛불이기도 하고, 또 불꽃 속으로 뛰어드는 도취된 나비이기도 합니다. (……) 나는 옛날 당신을 위하여 연소했지만, 앞으로도 언제나 당신을 위해 연소하여 정신이 되려고 합니다. 그렇습니다. 변신이야말로 당신의 친구가 가장 사랑하고, 마음속 깊이 간직하는 것으로 나의 가장 큰 희망이며 가장 심오한 욕구입니다. ― 변화의 유희, 노인이 젊은이로, 소년이 젊은이로 변하는 얼굴의 변화, 이것은 전적으로 인간의 용모이며, 각 연령층에 따라서 얼굴이 변하고, 청춘이 노년에서, 노년이 청춘에서 마법처럼 나타나는 것입니다. 안심하십시오. 당신이 노년의 얼굴을 청춘의 모습으로 단장하여 이곳의 나를 찾아 준 것은 나로서는 흐뭇하고 매우 친근감이 넘쳐 흐르는 일이었습니다.〉

결국 「승천의 동경」의 〈죽어서 생성하라〉는 구절처럼 신의 사랑과 은총을 받기 위해서는 새롭게 태어나야 하고, 이를 위해서는 낡은 자아의 파괴가 있어야 한다. 자아의 파괴와 불태워짐은 새롭게 태어나기 위해 불가피하다. 진실한 자유는 죽어서 생성하는 몸이 될 때에만 가능하기 때문이다. 이슬람 신비교에서는 불꽃이 신의 불빛으로 상징된다. 초의 모습이 시인에게 열망을 불어넣어, 나비처럼 불빛의 이끌림을 느낀다. 여기에서 나비는 신을 사랑한 나머지 자기 몸을 고행으로 내던져 죽는다.

이 시에서 〈죽어서 생성하라〉 내용의 주제로서 괴테는 〈네가 창조되고 또한 네가 창조하는〉, 즉 교접과 생성으로 암시되는 자연과 생의 윤회 사상을 묘사하고 있다. 결국 이승에서의 하직은 종말이 아니라, 죽음에 대한 온갖 공포에서의 해방이요, 불안에서 벗어나는 피난처이다. 카프카는 〈죽어서 생성하라〉의 내용을 〈선과 악〉의 개념으로 인식했는데, 이는 도덕적 계명뿐 아니라 영원한 생명의 의지를 나타낸다. 괴테처럼 카프카도 〈죽어서 생성하라〉를 삶의 내적(內的) 사건으로 이해한 것이다. 카프카에게 영원한 삶이란 이승의 삶에 연결되는 것이 아니라 모든 순간에 실질적으로 도달될 수 있는 인간의 영원성이다.[26] 이러한 카프카의 〈죽어서 생성하라〉의 개념과 달리 『젊은 베르테르의 슬픔』에서 감정에 좌우되는 인간이 되어 약혼녀 로테에게 품은 열렬한 사랑에 실패하자 행하는 베르테르의 자살도 〈죽어서 생성하라〉의 수용이다. 자살은 엄밀히 따져 보면 그저 불행한 사랑의 관계로부터 도피하려는 부정적인 관점에서가 아니라, 로테의 가정을 위한 베르테르 자신의 희생인 것이다. 이에 대해 베르테르는 1772년 12월 20일 자 편지에서 다음과 같이 쓰고 있다. 〈나는 죽으려고 합니다. 내가 내린 결론은 내가 그대를 위해 희생해야 된다는 절망이 아니고 확신입니다. (……) 우리 셋 중에 하나가 없어져야 하는데 내가 사라지겠습니다!〉 여기서 베르테르의 죽음은 종교적인 희생양과 흡사하다. 베르테르는 마지막 편지에서 더욱더 종교적인 색채와 의미를 부각시켜 자신의 죽음을 예수의 죽음에 연결시키고 있다. 〈그대를 위해서 죽게 되는 그 행복에 내가 참여할 수만 있다면, 로테! 그대를 위해 나를 바칠 수 있다면 나는 용감히, 기쁘게 죽을 수 있을 거요. 내가 그대에게 안정을, 그대에게 삶의 환희를 다시 가져다줄 수 있다면, 그러나 아아! 그대와 같은 사람들을 위해 피를 흘리고

26 Claude David(Hg.), *Franz Kafka, Themen und Probleme*(Göttingen: 1976), S. 55.

죽은 것은 단지 몇 안 되는 숭고한 사람들에게만 주어졌던 일이오. 그 죽음을 통해 친구들에게 수백 배의 새로운 생명을 불붙여 주는 것은.〉

이는 신과의 합일로 육신의 무게를 탈피하여 환희의 절정으로 향하려는 욕망이다. 『젊은 베르테르의 슬픔』에서는 영혼의 회귀로 전개되어 베르테르의 죽음은 탄생의 전제로 받아들인다. 따라서 베르테르의 죽음은 육체적 삶을 초월하는 사후 불멸이 되어 〈우리들은 저세상에서도 존재할 거예요!〉라고 로테와 죽은 후의 영혼에 대해 이야기하게 된다. 그리고 진실로 숭고한 감정의 목소리로 그녀는 말을 잇는다. 〈그런데 베르테르, 저세상에서 우리는 다시 만나게 될까요? 다시 알아보게 될까요? 어떻게 짐작하세요? 어떻게 말씀하시겠어요?〉(HA 6, 57) 이에 베르테르는 그녀에게 손을 내밀며 눈물이 가득 고인 채 말한다. 〈로테, (⋯⋯) 우리들은 다시 만나게 될 거요. 이 땅에서나 저세상에서도 다시 만나게 될 거요.〉(HA 6, 57)

죽음으로 이별을 결심한 베르테르는 다시 한번 죽은 후에 영혼의 만남이 이루어진다는 확신을 로테와 알베르트에게 밝힌다.[27] 〈우리는 다시 만나게 될 거요. 우리는 다시 보게 될 거요. 모든 형상들 가운데서 우리는 서로 알아보게 될 거요. 나는 갑니다. 나는 기꺼이 떠나갑니다. 안녕, 로테! 잘 있게, 알베르트! 우리는 다시 만나게 되네.〉(HA 6, 59) 이처럼 베르테르는 죽음을 결심할 무렵 영혼 불멸에 대한 소망 또는 확신을 피력한다. 이러한 영혼의 불멸성은 베르테르가 자살을 행하는 날 아침, 로테에게 쓰는 마지막 편지에서 강조되고 있다.[28] 〈마지막 아침입니다. 마지막! 로테, 나는 이 말의 의미를 모르겠습니다: 마지막이라니요. (⋯⋯) 죽는다는

---

27 곽복록 엮음, 『울림과 되울림』(서강대학교 출판부, 1992), 205면.
28 같은 곳.

것, 이것은 무슨 말입니까? 보세요, 우리가 죽음에 대해 말할 때면 우리는 꿈을 꾸고 있는 겁니다. (……) 어떻게 내가 사라질 수 있는 겁니까? 우리는 진정 존재하고 있는 겁니다. 사라지다니요! 이게 무슨 말입니까? 그것은 단지 말에 불과합니다. 내 마음의 감정이 들어 있지 않은 공허한 울림일 뿐입니다.〉(HA 6, 116)

베르테르는 친구 빌헬름에게도 〈빌헬름! 잘 있게. 우리는 다시 더 기쁘게 만나게 된다네〉(HA 6, 121)라고 적고 있다. 이렇게 베르테르는 죽은 후에도 계속 존재하여 다시 만나게 된다는 영혼의 불멸을 거듭 강조하고 있다. 따라서 이 작품은 괴테의 다른 어느 작품보다 기독교적 색채의 영혼 불멸성과 저세상에 대한 표상이 뚜렷하고 강하게 나타나 있다.[29] 사랑과 정절은 끊어질 수 없어서 생명의 마지막 불꽃까지 사랑할 수 있기를 갈망하는 것이다. 결국 인생의 절정기에 맞이하는 베르테르의 죽음은 포물선의 반전인 탄생을 뜻하여 윤회생을 연상시킨다. 이러한 희생 및 삶과 죽음의 영원한 회귀를 『파우스트』의 다음 내용에서 고차적으로 보여 주고 있다.

영광의 성모 마리아 자, 이리 오너라! 드높은 곳을 향해 오르라!
　네가 누구인지 알아채면 그도 뒤따라오리라.
마리아를 숭배하는 박사 (바닥에 넙죽 엎드려 기도한다)
　구원하시는 분의 눈빛을 바라보라,
　후회하는 연약한 자들아.
　감사하는 마음으로
　복된 운명을 향해 돌아서라.
　보다 착한 모든 이들이
　당신을 받들어 모실 것이옵니다.

29 같은 곳.

동정녀이시고, 어머니이시고, 여왕이신

여신이시여, 자비를 베푸소서!

신비의 합창   모든 무상한 것은

한낱 비유에 지나지 않느니라.

그 부족함이

여기에서 완전해지리라.

말로 형용할 수 없는 것이

여기에서 이루어졌도다.

영원히 여성적인 것이

우리를 이끌어 올리노라.(12094~12111)

이렇게 인간이 사후에 초월적인 존재와 해후하는 내용이 괴테의 작품에는 많은데 한 예로 괴테의 담시 「배신한 소년Der untreue Knabe」을 들어 본다.

프랑스에서 막 돌아온

뻔뻔한 소년,

가련한 한 어린 처녀를

혼인하자고 유혹하여,

함부로 품 안에 안고

애무하고 희롱하다

끝내 차버리고 말았다.

가련한 그 처녀

그걸 알자, 정신 나간 듯

울고 웃고, 기도하고 저주하다가

그만 숨을 거두었다.

그러자 젊은이는
머리가 곤두서도록 겁이 나
말을 타고 달아난다.

치닫는 대로 박차를 가해
이리저리 모든 방향으로
마구 내달아
잠시도 쉬지 않고
일곱 낮 일곱 밤을 줄곧 달렸다.
번개 치며, 천둥 울며, 폭풍 일어,
천지가 물바다 되었는데;

그 젊은이, 번갯불 속으로
내내 말을 달려, 어느 폐가에 이르러
거기 말을 매어 놓고
쪼그려 앉아 비를 피하고 있었다.
그가 주위를 손으로 더듬었을 때
문득 그의 발밑 땅
수천 척 아래로 추락했다.

그가 다시 정신을 차렸을 때
세 줄기 불빛이 어렴풋이 다가왔다.
벌떡 일어나 비틀대며 불빛 따라가니,
불빛들은 멀리 달아나며
이리저리 방향 없이 그를 유인했다.
그 불빛 따라 계단을 오르내리고,
좁다란 복도와 무너진 광을 지나,

문득 넓은 방에 다다르니,

수백 명의 손님들이 앉아 있는 게 보였다.

그들은 움푹 파인 눈에 히죽거리며

연회로 오라고 그에게 눈짓했다.

그때 그는 보았다. 저편 아래쪽에

하얀 천을 몸에 두르고 앉아 이쪽으로

고개를 돌리는 그가 버렸던 바로 그 처녀를.

이 시에선 유행과 향락의 도시 프랑스에서 돌아와 그동안 자신을 기다려 온 처녀를 배신한 대가로 스스로 파괴되는 소년이 죽은 애인과 해후하게 된다. 담시 「배신한 소년」의 배반한 사랑과 『파우스트』에서 버려진 사랑에는 순수하고 영원한 사랑의 모티프가 담겨 있다. 세월과 변화를 초월한 르네상스적 사랑의 영원성에 대해 셰익스피어는 〈상대의 변절을 보고 변하는 사랑은 사랑이 아니라고Love is not love which alters when it alternation finds〉 노래한다.

『파우스트』에서도 죽은 그레트헨에 대한 괴로움을 잊게 하려고 메피스토펠레스는 파우스트를 애욕적인 발푸르기스의 밤 축제가 열리는 브로켄산으로 데려가는데, 여기에서 프랑스에서 돌아온 소년처럼 파우스트는 죽은 그레트헨과 해후하게 된다.

메피스토, 저기 멀리

혼자 서 있는 창백하고 예쁜 아이가 보이지 않는가?

이곳에서 비척비척 멀어지는 모양이,

마치 두 다리가 묶인 것 같지 않은가.

솔직히 말해, 착한 그레트헨과

꼭 닮은 것 같아.

(……)

참말이지, 죽은 사람의 눈 같구먼,

사랑하는 사람의 손이 감겨 주지 못한 눈 말일세.

저것은 그레트헨이 내게 내밀었던 가슴이요,

내가 즐겼던 몸뚱이일세.

　(……)

이처럼 기쁘고도, 이처럼 괴롭다니!

저 시선에서 눈을 뗄 수가 없구나.

칼등 넓이만 한

붉은 끈 하나가

저 아름다운 목을 얼마나 묘하게 꾸미는가!(4183~4205)

　기쁨과 괴로움이 동시에 파우스트의 마음을 사로잡는다. 아름다운 목덜미를 감고 있는 칼등보다도 가는 끈에서 그레트헨의 신변에 닥친 불길한 운명이 예감된다. 파우스트의 마음은 죄지은 여인 그레트헨에게로 향해 이 순간부터 그레트헨과 그의 진실한 내면의 결합이 시작된다.[30]

　하지만 악마 메피스토펠레스는 사후에 영혼의 해후나 윤회 사상을 부정한다. 따라서 〈결국 시간 앞에 무릎 꿇고서 백발로 모래 속에 나자빠져 있구나. 시계가 멈추었노라〉(11592~11593)라거나 〈시곗바늘이 떨어져 나갔노라〉(11594)라고 합창이 파우스트의 죽음을 알리자 메피스토펠레스는 그의 영혼을 납치해 가려 하면서 윤회 사상을 비웃는다.

　지난 일이라니! 그런 어리석은 말이 어디 있느냐.

　왜 지난 일이란 말이냐?

　지난 일과 순수한 무(無)는 완벽하게 일치하느니라!

---

30 『파우스트』 I·II부, 179면.

창조된 것을 무(無)로 빼앗아 가는 것,
그 영원한 창조가 우리에게 무슨 소용이 있단 말이냐!
　(……)
마치 없었던 것 같으면서도,
마치 있는 양 맴도는 것.(11595~11602)

이러한 메피스토펠레스의 주장에도 불구하고 파우스트는 결국 천사에 의해 영광의 승천을 하여 저승에서 그레트헨과 해후하게 된다.

그가 천상의
사랑받았으니,
복된 무리가
진심으로 환영하리.(11938~11941)

8장

역설의 미

삶은 역설적이다. 생명은 본질적으로 역설 그 자체인데 발생과 동시에 죽음의 원인이 되기 때문이다. 한 생명의 씨앗이 돋아 성장함은 그 생명의 멸망이나 소멸로 결과를 맺는다. 이렇게 삶과 죽음은 외견상 반대와 대립적이어서 이들을 동일시하는 것은 모순으로 여겨지지만 이 모순이 합일로 귀결되어 실재와 현상의 양면성을 띠게 한다. 따라서 역설적 통합은 생명 그 자체요 생명의 법칙이다. 육신은 자아가 안주하는 피신처 구실을 하면서도 동시에 자아를 속박하는 감옥이요, 환희인 동시에 거추장스러운 장애물이요, 감당하기 힘든 한계요, 동시에 휴식과 평화의 고향이 되어 준다. 따라서 〈죽음은 삶의 문이다mores janua vitae〉라는 말은 얼핏 보면 모순이요 부조리한 진술이지만, 사실은 타당성과 진실을 담아 삶에서 숱하게 접할 수 있는 현상이다.[1]

이러한 역설적 표현의 원형은 고대 로마의 시인인 카툴루스 Catullus(BC 84~54)의 〈나는 미워하고 사랑한다odit et amo〉에서 볼 수 있다. 사랑과 미움의 정서는 상호 배타적이요 모순적으로 보이지만 하나의 유기적인 사랑의 실체이다. 따라서 역설은 특히 인생의 진리를 규명하려는 사변적, 종교적 명상의 세계에서 삶의 모순을 초월하여 통일성을 지양한다. 결국 〈이율배반〉은 모순 개념을 승화시켜 외형적 배타성을 파괴 융합하여 실재를 구현해 준다.

1 안진태, 『괴테 문학의 신화』(삼영사, 1996), 159면 이하.

1
악의 이원성

—

무신론자인 카뮈Albert Camus는 신이 없는 근거로 〈무고한 사람의 고난이 널리 퍼져 있는 세계 속에서 신을 위한 자리는 없다〉고 말했다. 억울하게 고난당하는 사람들이 많다는 사실이야말로 신이 없다는 증거라는 것이다. 이에 대해 고난 문학의 정수라 일컫는 구약 성서의 「욥기」가 카뮈가 제기한 문제에 반론을 제시한다. 「욥기」에서 신앙이 두텁고 재산과 자녀 등 모든 것에서 부족함이 없는 욥은 잇따른 재난으로 재산과 열 명의 자녀를 모두 잃고 건강마저 악화되었다. 그의 아내가 이 고난은 하느님을 믿기 때문이라며 하느님을 저주하라고 이야기하지만, 그렇게 생각하지 않는 그는 사람들에게 버림받고 갈 곳이 없어 동굴에서 지냈다. 고난에도 하느님에 대한 믿음을 저버리지 않은 욥은 동굴 옆에 있는 하느님의 천사가 판 우물의 물을 마신 뒤 건강을 되찾고 재산과 가족도 되찾았다고 한다. 따라서 〈하느님께서는 고생을 시켜 가며 사람을 건지신다오. 고난 속에서 사람의 귀가 열리게 해주신다오〉라는 「욥기」 36장 15절은 고난은 깨치고 교훈을 얻게 하는 교육이요 훈련이란 뜻이다. 이러한 욥을 『파우스트』에서 메피스토펠레스는 자신의 상황에 연관시켜 비유하기도 한다.

메피스토펠레스 (정신을 차린다)
이게 웬일이냐! — 욥처럼 온몸이

종기로 뒤덮이다니, 내가 봐도 소름 끼치는구나.

하지만 스스로를 꿰뚫어 보고

자신과 자신의 일족을 믿으면 승리를 거두리라.

사탄의 고귀한 부분들은 무사하고

사랑의 허깨비는 살갗을 스쳤을 뿐이로다. (11809~11814)

중세의 호교(護敎) 신학자인 락탄티우스Firmianus Lactantius(약 245~325년)는 이 세상에서 의로운 자가 부정한 자 못잖은 시련을 받아야 하는 이유를 이해하려 했다. 이러한 배경에서 〈왜 진실의 하느님께서 이 악을 없애 버리지 않고 존재하도록 허락했을까? 왜 모든 것을 더럽히고 파괴하는 귀신의 왕을 태초에 만들어 냈을까? (……) 악의 원인과 원리는 무엇일까?〉에 대한 물음에 락탄티우스의 대답은 놀랄 만큼 독창적이었다.

첫째, 악은 논리적으로 필요하다. 이 논법은 창조된 세계는 불완전하다는 관점에서 나온다. 악이 없으면 선을 알아볼 수 없고, 선이 없으면 악을 알아볼 수 없기 때문이다. 선과 악은 서로 대립할 때 비로소 규정될 수 있어서 악이 없으면 선도 있을 수 없다는 것이다. 더 놀라운 점은 두 번째 주장이다. 악은 논리적으로 필요할 뿐만 아니라 있는 것이 낫다. 다시 말해 신은 악이 있기를 바란다. 악덕이 무엇인지를 모르면 미덕이 무엇인지도 모르게 되므로 신은 악이 있기를 바란다. 따라서 종교 개혁자 루터는 개혁자답게 〈용감하게 죄를 지어라. 그리고 투철하게 회개하라!〉고 가르쳤다. 만일 신이 창조한 세계에 악이 없었다면 자유가 설 여지가 없는, 선택할 것이 아무것도 없는 세계가 되어 버렸을 것이다. 상응하는 악덕이 없다면 미덕을 인식할 수 없고, 빗나가도록 유혹받지 않는다면 미덕을 수행할 수도 없다. 신은 선을 악과 대비시켜 선의 본질을 파악하게 하는 것이다. 결국 악의 배제는 선을 없애는 짓으

로, 이러한 내용을 악의 화신 메피스토펠레스가 파우스트에게 주
지시킨다.

> 내가 없었더라면, 가련한 인간인 주제에
> 어떻게 살았을 것 같으오?
> 내가 선생을 잠시나마
> 시시콜콜한 공상에서 벗어나게 해주었소.
> 내가 아니었다면, 선생은 벌써
> 이 지구를 떠났을 것이오.(3266~3271)

이러한 배경에서 우주는 지상 대 하늘, 지옥 대 천국, 어둠 대
빛, 죽음 대 삶, 밤 대 낮, 추위 대 더위라는 식의 양극(兩極)으로
신의 상반 감정을 보여 준다. 따라서 원래 선하기만 한 신은 무서
운 존재다. 예를 들어 천사들이 하느님의 찬양을 올바르게 노래하
지 않았다 하여 하느님이 분노한 결과, 천사의 무리를 완전히 와해
시킬 때 이러한 하느님의 상반 감정이 나타나고 있다. 영지주의
Gnostizismus[2]파의 경전에서 유대의 신 야훼가 우주를 창조하여 자
신의 악한 천사와 함께 다스리는 악마로 등장한다. 후에 신으로부
터 벗어난 악의 개념이 생겨나자 이 상반 감정의 신은 비로소 선한
신이 되었다. 지옥을 발명하고, 또 세상의 종말을 고안한 신은 얼
마나 무서운 존재인가. 하지만 이러한 선과 악의 이원성에서 문명
과 역사는 비롯되었다.
　이런 맥락에서 절대적으로 완결된 것은 더 이상 보완될 필요가

　2 그리스도교의 한 이단설로, 1~4세기경 로마, 그리스, 유대, 소아시아, 이집트 등지에
널리 퍼져 있던 그리스도교적인 주지주의. 그 내용은 신의 세계와 물질의 세계가 따로 있다
고 주장하는 이원론으로서, 이 두 가지 사이에 영적인 존재인 천사, 인간 및 악마가 있고, 인
간이 물질세계에 사로잡혀 있는 것으로부터 도망쳐 신의 세계로 되돌아가기 위해서는 금욕
하지 않으면 안 된다고 했다. 또 물질세계를 벗어나는 것을 방해하는 악마를 극복하기 위해
서는 최고로 완전한 신지Gnosis가 필요하다고 한다.

없기에 정체될 수밖에 없으므로 미래가 없으며 역사도 정지될 수 있다. 따라서 신이 창조한 최초의 파라다이스는 〈역사의 부정이며 신의 무료함의 상징〉[3]이다. 악이 생성된 다음에야, 다시 말해서 창조가 〈불완전해진〉 다음에야 비로소 미래의 완성을 위한 움직임이 생겨 역사가 가능해졌다. 따라서 기독교도 선과 악의 이율배반의 형성을 절대적 원칙으로 삼고 있다. 구약 성서에는 타락한 천사에 대한 암시가 없고, 또 선하고 악한 천사의 개념도 없다. 신약 성서가 나오면서 비로소 하늘의 군대의 3분의 1인 사탄의 지도를 받는 군대가 지옥으로 향했다고 언급되고 있다.

구약 성서에서 하느님은 〈빛을 만든 것도 나요, 어둠을 지은 것도 나다. 행복을 주는 것도 나요, 불행을 조장하는 것도 나다〉(「이사야」 45장 7절)라고 말하고 있다. 이러한 선신과 악신의 이원성이 「요한의 묵시록」에서도 짐승과 어린 양(羊), 창녀인 바빌론과 어린 양의 신부(新婦)인 예루살렘 간의 대조 등으로 나타난다. 고대 신화에서 선신과 악신은 대부분 〈쌍둥이〉 혹은 〈형제〉로 태어나는 경우가 많은데, 그 예로 배화교의 〈아후라 마즈다(빛의 신)〉와 〈아흐리만(악의 신)〉, 이집트의 〈오시리스〉와 〈세트Seth〉 등을 들 수 있다.

근대의 악에 대한 합리적인 이론은 라이프니츠의 악에 대한 철학적 해석에서 풍자해 볼 수 있다. 라이프니츠에 의하면, 모든 존재와 사건은 이른바 〈충족 이유(充足理由)〉를 가져서 모든 악은 멀리할 것이 아니라 오히려 반겨야 하는데, 그것은 가장 조화로운 세계에 필요한 요소이기 때문이다. 라이프니츠의 낙관주의가 악에 대한 철학적 이론을 바탕으로 하는 만큼 악에 대한 철학적 고찰은 흥밋거리요 중요한 문제이다. 라이프니츠는 〈만약 악이 존재하지 않는다면 세상은 그만큼 덜 완전한 것이 될 것이다〉라고 주장하는

---

3 Hans Blumenberg, *Arbeit am Mythos*(Frankfurt/M.: 1984), S. 195.

데, 그러한 세상은 무엇인가가 부족하기 때문이다. 이렇게 라이프니츠의 철학에 따라 악은 조화로운 세계에 필요한 요소가 된다. 악이 없는 선만의 존재는 논리적으로 불가능하고, 설령 가능할지라도 진정한 선택의 자유를 없애 버리기 때문에 바람직하지 않은 것이다. 나아가 악은 막강한 권능을 가지고 강압적인 성격을 띠어야 한다고 락탄티우스는 주장했다. 소소한 악덕의 유혹만 받는다면 그에 상응하는 미덕도 행할 것이 적다는 것이다. 또한 우리 마음속에 거대하고 무시무시한 악의 권능이 출몰하지 않는다면 하느님의 거대하고 영광스러운 권능이 어떤 것인지 이해할 수 없을 것이다. 선과 악의 대조가 클수록 선이 악의 기세를 꺾을 가능성도 커진다. 인간은 유혹의 위력과 악의 매혹을 경험하고 나서야 비로소 그리스도의 은총을 갈구하게 된다. 종교 개혁자 루터의 〈용감하게 죄를 지어라. 그리고 투철하게 회개하라!〉는 가르침처럼 죄를 지을 수 있는 자만 회개할 수 있다는 논리이다. 이러한 루터의 이념과 마찬가지로 성 바울은 그토록 혹독하게 기독교인을 학대한 경험이 있었기에 투철한 신앙에 들어갈 수 있었던 게 아닐까. 프로디쿠스Prodicus에 의하면 험한 덕(德)의 길을 택하기 전에 넓은 악(惡)의 길을 생각하며, 갈림길에 있는 헤르쿨레스는 인간도 신도 아니고 옳은 도덕적 지혜라는 것이다.

마찬가지로 철학자 고댕Christian Godin도 선과 악을 뚜렷이 구분할 만한 보편적 기준은 없으며, 그 기준은 시대와 문화권에 따라 상대적이라고 말한다. 이런 배경에서 보들레르는 악이 미의 꽃을 생성시킨다고 믿어 일탈적인 광기나 추한 것도 아름다울 수 있다고 했다. 그는 사드Marquis de Sade나 포Edgar A. Poe처럼 미의 가치를 역설적으로 평가하여 공포·고통·성적 횡포·가학적인 변태의 애욕은 아름다운 것으로 예술의 주제에 적합하다고 주장했다. 결론적으로 악마적인 것은 신적인 것에 대립되지만 필수 불가결한 요소인 것이다. 이러한 배경에서 볼 때 인간은 선과 악을 동시에 지닌 존재다.

동양에서도 언어적 허구가 빚어내는 독단의 그물로부터 인간의 마음을 해방시키는 데 관심을 가졌던 불교의 중관(中觀)학파 시조인 나가르주나는 부처가 가르쳤던 중도(中道)의 의미를 단견과 상견의 이율배반적인 도그마의 집착(見執)에서 벗어나는 것으로 해석했다. 그는 자신의 주저인『중론송(中論頌)』모두(冒頭)의 귀경게(歸敬偈)에서 〈있다·없다(有無)〉, 〈영원하다·허무이다(斷想)〉, 〈온다·간다(去來)〉, 〈하나다·다르다(一異)〉의 양극단을 함께 부정하면서 이러한 언어적 허구가 소멸된 상태(戲論寂滅)를 열반으로 보았다. 그리고 이율배반적인 형이상학적 도그마를 귀류논법으로 논파하는 방법으로 해체시키고자 했다. 생명의 바다에는 적과 동지가 정해져 있지 않다. 때로는 적이 나의 생존에 유익한 것을 제공하기도 하고 내가 적에게서 훔치기도 하므로 우리가 사는 세상은 동화 속처럼 선악이 뚜렷하게 구별되는 이상향이 아니다. 이러한 선과 악의 관점에서 우리 문학의 현실을 되돌아보고자 한다.

우리 문학은 너무 선만을 염원하여 비극이란 장르가 없다. 셰익스피어의「햄릿」이나 괴테의『파우스트』등 유명한 문학 작품은 비극이란 부제가 붙을 정도로 비극으로 끝나는 경우가 많다. 그러나 우리 문학은 모두 해피엔드로 끝나야 한다는 강박 관념 때문에 악이나 비극을 경원시하여 착한 사람은 잘 살게 되고 나쁜 사람은 망한다는 논리에 길들여져서 더 현실적이고 다양한 사고의 포용력을 갖지 못한다. 춘향이의 일편단심도 마음에 드는 여자를 자기 여자로 만들기 위해 주리를 트는 변 사또의 변태적인 사랑에 의해 돋보이고, 심순애는 황금에 눈이 어두워 고무신을 거꾸로 신는 눈부신 저울질로 유명해졌다. 따라서 어느 한쪽이 악이니까 절대로 생각조차 하지 말라고 몰아붙이면 어느 세월에 아카데미상을 받은 「양들의 침묵」처럼 악이 승리하는 작품이 우리나라에 나올 수 있을까.

괴테도 「셰익스피어의 날에」라는 연설문에서 〈우리가 악이라고 부르는 것, 그것은 단지 신의 다른 면일 따름이다. 필연적으로 선의 존재에 속하며, 그럼으로써 전체에 귀속되는 다른 면이다〉(HA 12, 227)라고 강조한 바 있다. 메피스토펠레스의 〈항상 악을 원하면서도 항상 선을 만들어 내는 힘의 일부〉(1336~1337)라는 반어적 자기 규정은 이 관점에서 보면 더 큰 원칙에 의해 인도되는 창조의 과정에서 메피스토펠레스의 의도와는 반대로 진실로 탈바꿈하게 되는 것이다. 이러한 배경에서 『파우스트』에서는 악이 〈영원히 힘차게 작용하는 생성의 힘〉(346)으로, 필요한 자극제로 묘사되고 있다. 따라서 메피스토펠레스는 사탄과 다른 면으로 전개되어 파우스트가 직업이 무엇이냐는 질문에 〈항상 악을 원하면서도 항상 선을 만들어 내는 힘의 일부〉라고 대답한다. 「천상의 서곡」에서 하느님은 전통적인 기독교 신학과 다른 선악관을 피력하는데 〈악〉은 인간의 이기심으로 인한 신의 부정이 아니라 인간의 〈무조건적인 휴식〉(341)이 되어 영원한 〈생성〉(346)의 과정으로 규정한다. 따라서 악을 부정하는 하느님도 〈사탄 행세 하며 자극을 주고 영향을 주는 동반자(메피스토펠레스)를 붙여 주는 걸 나는 좋아하노라〉(342~343)라고 말한다. 마찬가지로 니체도 창조주가 자신이 창조한 세계의 궁극적 완결성에, 즉 더할 나위 없는 창조의 완전함에 지루함을 느낀 나머지 스스로 악을 만들어 냈다고 한다. 그는 모든 것을 〈너무나 아름답게〉 만들었고, 이 완전함에 싫증이 난 신은 마지막 날의 작업 끝에 스스로 뱀이 되어 인식의 나무 밑에 똬리를 틀었다는 것이다. 즉 악마는 그 일곱 번째 날의 신의 권태로움인 것이다.[4] 이러한 악의 옹호처럼 『파우스트』

4 Friedrich Nietzsche, Ecce homo, Musarion-Ausg. XXI, 264, zitiert nach Hans

에서도 〈초자연주의자〉에 의해 악이 옹호되고 있다.

> 나 지금 기꺼운 마음으로
> 이들과 어울려 즐기노라.
> 사탄이 있으니,
> 착한 정령도 분명 존재하지 않겠느냐.(4355~4359)

아울러 『도덕경』에도 〈세상 사람들이 모두 아름다운 것만을 아름답다고 한다면 이것이 바로 추한 것이요, 선한 것만을 선하다고 한다면 그것이 바로 선하지 못함이다〉라고 적혀 있다. 이러한 역설적인 사고방식이 독일에서는 초기 낭만파 이전에 대체로 문체상의 양식이나 수사적인 어법으로 사용되어 왔다. 처음에는 놀림, 희롱, 빈정댐, 야유, 비웃음과 같은 의미로 통용되던 표현이 의미를 넘어 역설적으로 통용된 것은 18세기 말과 19세기 초 철학적·미적인 사색의 결과이다. 이러한 역설적 이론의 개척자로 슐레겔Friedrich Schlegel을 들 수 있다. 슐레겔은 삶과 정신, 정신과 물질 등의 역설적 표현을 예술 창조에서 자유로운 자기 극복으로 〈절대적인 반대 명제의 절대적인 종합화〉[5]로 보았다. 그에게 역설적 개념은 주로 예술 작품과 그 생산 과정, 그리고 생산된 작품의 인식에 대한 해명에 관계되고 있다. 따라서 그의 역설적 표현 개념은 〈유한성의 가상의 철폐〉[6]로 무한성에 대한 동경의 원리로 전개되었다.

이러한 역설의 개념이 괴테의 문학에도 영향을 미쳐 괴테는 역설적 표현은 인간을 〈행복 또는 불행, 선 또는 악, 죽음 또는 삶을

Blumenberg, *Arbeit am Mythos*(Frankfurt/M.: 1984), S. 195.

5 Friedrich Schlegel, Fragmente, in: H. E. Hass u. G. A. Mohrlüder(Hg), *Ironie als literarisches Phänomen*(Köln: 1973), S. 287~294.

6 Bede Allemann, *Ironie und Dichtung*(Pfullingen: 1956), S. 67.

초월〉[7]하게 한다고 말했다. 따라서 한쪽 면만 정당화시킨다면 다른 측면이 간과되어 괴테의 전체적인 내용을 이해할 수 없다. 이러한 방식은 특히 『파우스트』에서 서로 모순되는 것들이 대비되면서 어떤 의미를 창출하여 선과 악 등 양극적인 내용이 전개되기도 한다.

하느님과 메피스토펠레스는 이원적 대립의 원형으로 하느님이 창조의 절대자라면 메피스토펠레스는 창조의 성업을 부인한다.(294) 작품 초기에 〈아아! 철학, 법학과 의학, 게다가 유감스럽게 신학까지도 온갖 노력을 기울여 깊이 파고들었〉(354~357)던 파우스트가 불가지론적인 상황에 부딪히자 좌절한 나머지 자살로 기독교 교리에서 벗어나려 할 때 부활절의 종소리와 합창이 들려와 잠시 자살을 멈춘다. 여기에서 〈자살이라는 죽음〉과 〈부활절의 부활〉은 양극적인 개념이다. 또한 〈악마 메피스토펠레스와 뚜쟁이 마르테〉, 〈파우스트와 그레트헨〉도 대조적인 쌍을 구성한다. 이 작품에서 그레트헨의 상대역인 마르테는 물질적 욕망이 강한 여인이고 남자를 좋아하는 욕구를 도덕적으로 위장하는 뚜쟁이로 메피스토펠레스에 들어맞는 짝이 된다. 이 남녀에 의해 전개되는 추한 장면은 그와 병행되는 파우스트와 그레트헨의 진지한 사랑과 대조된다. 물욕과 자기 이익만 추구하는 마르테와 메피스토펠레스의 애욕적 유희는 자아를 떠나 상대방에게 자기를 용해시키는 파우스트와 그레트헨의 사랑을 부각시킨다. 이들 두 쌍의 사랑의 장면에서 눈에 띄는 것은 파우스트와 그레트헨의 사랑이 단시간에 급진전해 완성되는 반면, 메피스토펠레스와 마르테의 관계는 후퇴해 간다는 점이다. 또한 자연적 감정에 온몸을 맡긴 그레트헨과 목적을 가지고 계획적으로 움직이는 마르테는 상반적인 대조를 이룬다.[8]

---

7 Erich Heller, *The Ironic German. A Study of Thomas Mann* (London: 1958), p. 236.
8 고익환, 『파우스트 연구』, 한국괴테학회 편(문학과지성사, 1986), 176면 참조.

이렇게 괴테의 『파우스트』는 대조적으로 구성되어 있다. 〈(파우스트는) 진흙탕만 보면 코를 박으니〉(292)라는 악마 메피스토펠레스의 상스러운 말이 「천상의 서곡」의 가장 장엄한 시구 바로 뒤에 나타나 최고의 것과 최저의 것이 대조를 이루고 있다. 또한 악마들의 축제인 〈발푸르기스의 밤〉 축제가 「천상의 서곡」에 반대 개념이듯이 서로 모순되는 상반성 내지 양극성의 이념이 〈지극히 높은 것과 지극히 깊은 것을 내 정신으로 붙잡고, 인류의 행복과 슬픔을 내 가슴에 축적하고〉(1772~1773)라는 파우스트의 언급에 묘사되고 있다. 이러한 개념에 관해 괴테는 이켄Carl J. L. Iken 에게 보낸 1827년 9월 27일 자 편지에서 〈우리의 체험 중 많은 것이 완전하게 표현되거나 전달될 수 없기에 나는 오래전부터 서로 대립되면서 동시에 서로 반영하는 형상들을 은밀하게 밝히고 있다〉(HA 3, 455)고 말한 뒤, 심지어 〈모순들을 통합하는 대신 더 극명하게 드러나게 하겠다〉(HA 3, 429)고까지 언급했다. 이러한 배경에서 『파우스트』에 등장하는 인물 가운데 악마 메피스토펠레스가 특히 돋보인다.

메피스토펠레스의 악마적인 행위는 파우스트와 그레트헨 등을 자극하여 생을 북돋우는 결과를 가져온다. 따라서 메피스토펠레스가 파우스트에게 늘 허위를 가르쳐 주려는 의도가 결국 파우스트에게 진리 탐구를 위한 좋은 자극제가 되고 있다. 파우스트를 아무리 가지고 논다 하더라도, 그에게 생기를 불어넣는 영(靈)인 악마 메피스토펠레스는 결국은 선한 존재로 하느님의 생각과 하등 다를 것이 없다. 죽은 뒤에 파우스트가 어떻게 될 것인지, 그의 영혼이 어떻게 될 것인지, 그것은 ── 지극히 복잡하고 미묘한 점이지만 ── 메피스토펠레스의 흥미를 전혀 끌지 않아 〈저는 죽은 자는 절대로 상대하고 싶지 않거든요〉(318~319)라고 말한다. 따라서 악마의 지역인 지옥에 대한 언급은 거의 없고 오히려 메피스

토펠레스는 하느님과 사이가 나빠지지 않을까 조심하고 있다고
말하고 있다.

> 이따금 저 노인네 보는 것도 기분 좋으니,
> 사이가 틀어지지 않도록 조심해야겠어.
> 위대한 주님이 사탄하고
> 이렇듯 인간적으로 이야기하다니, 친절도 하시지.(350~353)

결국 메피스토펠레스는 인간적인 악마가 된다.[9] 이러한 메피
스토펠레스의 본질은 제2부에서 수수께끼에 대한 스핑크스의 답
에서 묘사되고 있다.

> 스핑크스 　당신 자신에 대해 말하는 것으로도 충분히 수수께끼일
> 　　거예요.
> 　진심으로 한번 당신 자신을 풀어 보려고 노력해 보세요.
> 　〈착한 사람 나쁜 사람 모두에게 필요한 존재일세.
> 　금욕적으로 사는 사람에게는 갑옷이고,
> 　미친 짓을 하는 사람에게는 친구일세.
> 　둘 다 오로지 제우스를 기쁘게 하려는 것이노라〉.(7132~7137)

이처럼 메피스토펠레스가 자신을 〈항상 악을 원하면서도 항상
선을 만들어 내는 힘의 일부〉(1336~1337)라고 말하듯이 악의 세
계는 마지막에 선하고 의미 있는 세계에 기여하게 된다. 따라서 악
마 메피스토펠레스는 인간들의 진실한 고통에 대해 동정을 아끼
지 않는 따뜻한 면도 보여 주며 〈인간들이 얼마나 비참한 나날을
보내는지 제 마음이 다 딱하다고요〉(297)라고까지 말한다. 악은

---

9 김주연, 『파우스트 연구』(문학과지성사, 1986), 84면.

생산적이어서 메피스토펠레스는 악을 옹호하며 싸우지만 결국은 선을 행하는 결과가 되어 파우스트도 〈그런 괴이한 존재(메피스토펠레스)도 세상에 있어야 하는 법이오〉(3483)라며 메피스토펠레스의 존재를 옹호한다. 악마 메피스토펠레스는 천사의 정열에는 비할 수 없겠지만 신에게 버림받지 않는 마성적 존재인 것이다. 결국 괴테는 세상을 희망적으로 보는 낙천주의적 통찰력과 악마도 신성의 일부라고 보는 소위 범신론적 세계관에 따라 모든 것을 감싸는 범우주적 포용력, 선과 악을 뛰어넘는 초월의 정신을 보여 준다. 따라서 메피스토펠레스적 성격이 파우스트적 성격을 승리하게 하여 최후에 천사의 도움을 받아 파우스트는 영광의 승천을 하게 된다.

> 정신세계의 고매한 일원이
> 악으로부터 구원받았노라.
> 언제나 노력하며 애쓰는 자는
> 우리가 구원할 수 있노라.
> 그가 천상의
> 사랑받았으니,
> 복된 무리가
> 진심으로 환영하리.(11934~11941)

결국 하느님은 메피스토펠레스를 우호적으로 대해서 〈동반자를 붙여 주는 걸 나는 좋아하노라〉(343)고 설파한다. 따라서 하느님의 의도에서 볼 때 메피스토펠레스의 존재와 기능은 근본적으로 〈하느님의 하인배〉(274)가 되고, 메피스토펠레스가 이를 종교의 기도 형식으로 표출하고 있다.

메피스토펠레스　오, 주님, 다시 한번 가까이 다가오시어

저희의 안부를 물어 주시고,

또 예전에는 대개 저희를 반갑게 맞아 주셨기에,

저도 오늘 하인배들 틈에 끼여 나타났소이다.(271~274)

따라서 하느님의 하인 신분이면서도 그에게 대항하고 파우스트를 타락시켜 그 영혼을 지옥에 떨어뜨릴 수 있다고 호언장담하는 메피스토펠레스를 하느님은 〈악당〉(339)이라고 부르며 너그럽게 수용한다.

모든 부정하는 영(靈)들 중에서

악당이 가장 짐스럽지 않노라.

인간의 활동은 너무나도 쉽게 해이해지기 마련이어서

무조건 금방 휴식을 취하려 드니,

사탄 행세 하며 자극을 주고 영향을 주는

동반자를 붙여 주는 걸 나는 좋아하노라 ― (338~343)

이렇게 하느님이 메피스토펠레스를 〈악당〉으로 부르듯이 마녀도 〈옛날이나 조금도 다름없이 짓궂으시다니까요!〉(2515)라고 말하거나, 메피스토펠레스 자신도 파우스트에게 〈거참! 그냥 웃으라고 하는 짓이오! 너무 엄숙한 척하지 마시오!〉(2536~2537)라고 말하듯이 유머적인 면을 자주 발휘한다.

이렇게 악마도 하느님에 의해 수용되는 맥락에서 종교도 본래 〈신의 자기 파괴〉를 통하여 현현화된다고 종교사(宗敎史)는 규정한다. 신의 죽음이 오히려 신의 현실이라는 것이 엘리아데의 주장이다. 엘리아데에 의하면, 성현(聖顯)은 변증적으로 역설적인 현상으로 나타난다. 〈사실 성과 속, 존재와 비존재, 절대와 상대, 영

원과 생성의 역설적인 공존은 모든 성현에서 드러난다. 따라서 모든 성현은 모순된 본질인 성과 속, 정신과 물질, 영원한 것과 영원하지 않은 것 등의 공존이다. (……) 실상 역설적인 것은 거룩한 것이 나타난다고 하는 사실, 그리고 그 거룩한 것이 한정 지어지고 상대적이 될 수 있다는 사실이다.〉[10]

이러한 배경에서 그레트헨의 미가 존재하기 위해 그녀의 아름다움은 사라지고 그 자리에 마적인 부정적 요소가 온다. 유아 살해 등으로 마녀 같은 그녀가 이로 인해 역설적으로 더 아름답게 작용하여 결국 〈영원히 여성적인 것〉(12110)이 되는 것이다. 이러한 그레트헨의 아름다우면서도 마적인 내용이 그녀의 오빠인 군인 발렌틴의 동생에 대한 언급에 나타나고 있다.

> 너도나도 앞다퉈 뽐내는
> 술자리에서,
> 친구들이 꽃다운 처자들을
> 목청 높여 칭송하고
> 넘실거리는 술잔으로 맞장구치면 ──
> 나는 팔꿈치 괴고
> 여유만만하게 앉아서
> 그 우쭐거리는 소리들을 들었지.
> 그러고는 빙긋이 웃는 얼굴로 수염을 쓰다듬으며,
> 넘실거리는 술잔을 쥐고
> 이렇게 말하였어. 모두들 나름대로 괜찮지!
> 하지만 온 나라를 뒤져도
> 우리 어여쁜 그레텔만 한 아가씨가 또 있을까?
> 우리 누이동생의 발치에 미칠 만한 아가씨가?

10 Mircea Eliade, *Patterns in Comparative Religions*(New York Publishing, 1970), p. 23.

옳거니! 옳거니! 쨍그랑! 쨍그랑! 그렇게 술잔이 돌았지.

그리고 한쪽에서 외쳤어, 맞는 말이야,

그레텔은 여자들의 자랑거리이고말고!

그러면 자랑하던 녀석들 모두 벙어리인 양 침묵을 지켰지.

그런데 이제! ― 이 무슨 머리카락을 쥐어뜯고

머리를 벽에 박을 일이란 말인가! ―

온갖 건달들이 빈정거리고

코를 찌푸리며 욕하는 소리를 들어야 하다니!

몹쓸 빚쟁이처럼 쪼그리고 앉아,

대수롭지 않은 말에도 진땀 흘리는 신세가 되다니!(3620~3643)

『파우스트』에서 〈추한 몰골이 아름다우신 분 옆에 서 있으니 정말로 추하기 짝이 없구나〉(8810)라는 말에 〈무지몽매한 인간이 현명하신 분 옆에 서 있으니 정말로 무지몽매하구나〉(8811)라는 포르키아스의 대조적인 맞장구처럼 발렌틴의 그레트헨에 대한 찬양과 저주의 내용이 동시에 언급되면서 그녀의 마적인 내용을 더욱 돋보이게 하고 있다. 이러한 맥락에서 파우스트의 여성관도 종교적으로 대조되게 암시되고 있다. 『파우스트』 제1부에서 그레트헨은 열성적인 기독교인으로 전개되지만 제2부의 여성인 헬레나는 기독교 정신에 위배되는 인물이 되고 있다. 원래 육체의 미를 죄악시하는 기독교에서 헬레나의 아름다움은 기독교를 신봉하는 그레트헨과 거리가 멀다. 따라서 육체와 정신을 분리하는 기독교와 달리 육체를 진정한 아름다움으로 보는 파우스트와 헬레나의 결합은 이교도적인 결합이다. 그리고 기독교가 악마에게서 멀리 있고자 하는 반면, 파우스트는 악마와 계약을 맺는 역설적인 관계가 눈에 띈다.

이러한 배경에서 독일의 중세 신비주의자 에크하르트Meister

Eckhart는 〈신은 선하지 않은데, 그래야 신은 더 선할 수 있기 때문이다Gott ist nicht gut, denn sonst könnte er besser sein〉라고 말하고, 「시편」119편 71절에도 〈고생도 나에겐 유익한 일, 그것이 당신 뜻을 알려 줍니다〉라는 언급이 있다. 이 같은 양극적인 동기가 장소로도 나타난다. 〈서재〉 장면의 네 벽에 둘러싸인 좁은 장소는 다음 장면인 〈성문 앞〉의 광활한 대자연과 대조를 이루며, 홀로 독백하는 파우스트 개인은 대자연 속에 음무(飲舞)하는 군중에 맞서 있다. 또 마지막 두 장면인 〈어두운 밤, 허허벌판〉과 〈감옥〉은 어두운 밤하늘 밑에 펼쳐진 무한한 광활성과 숨 막힐 듯 협소한 감옥이 대조를 이루며, 또 인물들이 말을 타고 질주하는 속도와 행동의 자유는 비좁은 감옥에 갇힌 그레트헨의 결박과 대조를 이룬다. 양극적인 동기가 환경으로 나타나기도 한다. 무한을 향해 방황하며 육체적 사랑을 갈구하던 파우스트는 내면적으로 전환하여 그레트헨의 조그만 방에서 정신적 사랑을 알고 비천함 속에서 신성함을, 가난 속에서도 풍요로움을, 협소함 속에서도 광활함을 느껴 다음과 같이 말하고 있다.

파우스트 (주위를 둘러보며) 반갑구나, 이 성스러운 곳을 비추는
   감미로운 석양의 햇살이여!
   내 마음을 사로잡아라, 그리움에 애태우며 희망의 이슬을 먹고
     사는
   감미로운 사랑의 괴로움이여!
   정적과 질서와
   만족의 감정이 방 안 가득히 숨 쉬는구나!
   가난해도 풍요로움이 넘치고,
   골방인데도 축복이 그득하구나!(2687~2694)

그레트헨은 언뜻 보기에 〈귀한 집 출신〉(2681)이 틀림없어 보이는 젊은 〈신사분〉(2678)에게 호감을 느껴 결혼 상대자로 상정해 본다. 이렇게 〈생각도 깊〉(3212)은 파우스트가 그레트헨의 경탄의 대상인 것도, 또 반대로 직관적이며 단순하고 천진무구한 그레트헨의 말 한마디가 파우스트에게 〈이 세상 그 어떤 지혜보다도 내 마음을 즐겁게 하〉(3079~3080)는 것도 서로가 자신과 반대되는 것에 매혹되었기 때문이다. 주어진 것, 이미 존재하는 것에 의심을 품지 않는 그레트헨은 기존의 법질서나 사회적 관습에 비판적 시각도 보내지 않고 순응하지만, 파우스트는 천상의 것과 지상의 것을 모두 요구하여 사회적 관습 등에 순응하지 못하는 서로 반대되는 성격 때문에 더 매혹적이 된다. 평민의 딸인 순진무구한 자연아에 대비되는 학자 파우스트, 평화에 가득한 처녀에 대비되는 악마의 덩어리인 남자, 또한 내면적으로 시달려 지쳐 버린 파우스트에게 구원을 기대할 수 있는 감성적인 이상인 그레트헨 이 두 남녀는 서로 끌어당기는 양극으로 한쪽은 외롭고 세상일에 경험 많은 악마의 동맹자인 반면, 다른 한쪽은 비자각적이고 이웃과 잘 어울려 살아가는 세속을 모르는 소녀 그리고 독실한 신앙인이다. 이 상반된 점이 두 사람을 연결시켜 주고 또한 그들의 내면적 간격을 넓히기도 한다.

물론 역설적이거나 양극적인 성격에서 벗어나 양쪽을 다 긍정하여 효과를 얻는 경향도 있다. 이렇게 양쪽 모두 긍정적인 쌍의 개념이 사랑으로, 괴테의 『서동시집』 속의 시 「전형Musterbilder」에서 제시되고 있다.

들어라, 기억하라
여섯 쌍의 사랑의 연인들을.
애기에 불붙어 불태운 사랑:

루스탄과 로다부[11]

가까우면서도 얼굴도 모르는 사람,

유스프와 줄라이카.[12]

사랑하면서도 이루지 못한 사랑,

페르하드와 쉬린.[13]

소로만을 위한 존재,

메쥬눈과 라일라.[14]

늙도록 갈구한 사랑,

제밀과 보타이나.[15]

달콤한 사랑의 변덕,

자르모와 발키스,[16]

이 여섯 쌍의 이야기를 알면

사랑하는 데 힘을 얻으리.(HA 2, 27)

〈트리스탄과 이졸데〉, 〈로미오와 줄리엣〉 등 서양의 전설적인 사랑의 쌍과 유사한 동양의 전설이 소개되고 있다. 이러한 쌍의 개념이 『서동시집』 속의 또 다른 시 「재발견」에서도 묘사되고 있다.

그리고 서둘러 힘을 다하여

서로 속했던 짝을 찾아다니고,

11 루스탄의 부친 자루(괴테는 루스탄으로 착각했다)와 로다부는 타인의 얘기만 듣고 서로 사랑에 빠졌다.

12 줄라이카는 꿈에서만 본 유스프(성서에서 요셉)에게 마음을 준다.

13 영웅 페르하드와 코루스의 비(妃) 쉬린은 서로 사랑하나 단념하지 않으면 안 되었기에 둘 다 자살한다.

14 서로 깊이 사랑했지만 양가의 불화로 헤어져 그 불행한 이별 때문에 메쥬눈은 미쳐 죽고, 라일라도 죽는다. 두 사람은 천국에서 만난다.

15 노년에 이르기까지 서로 사랑한 연인들로서 페르시아 시인들의 시에 흔히 나타난다. 제밀은 죽을 때까지 연인을 시로 찬미했다고 한다.

16 원문에는 자르모와 갈색 머리의 여인(자바 여왕 발키스)으로 되어 있다. 로맨틱한 연사(戀事)가 널리 알려져 있다.

무한한 생명애로

감정과 시선이 향했다.

서로 결합하여 서로 유지한다면

서로 붙잡아도 좋고 빼앗아도 좋다!(HA 2, 84)

2
파우스트와 죽음

—

메피스토펠레스가 교역과 약탈의 출정에서 힘센 세 명의 장정인 싸움꾼, 날치기, 욕심쟁이와 함께 낯선 지역에서 포획한 재화들로 선적된 배를 타고·돌아오자, 파우스트는 언짢은 표정을 보이면서도 그 물건들을 수령하여 가치를 매긴다. 그러고 나서 〈아름다운 농장〉(11276)으로 필레몬과 바우치스 노부부를 옮기라는 명령을 끝으로 파우스트는 자신의 죽음에 대해 숙고하면서 건설 등의 문명에 회의감을 느낀다.

> 원래 풍요로움 속에서 부족한 것을 느끼면
> 참으로 혹독하게 괴로운 법일세.
> 종소리, 보리수나무 향기가
> 마치 교회와 무덤 안에 있는 듯 날 에워싸네.(11251~11254)

그러나 이에 아랑곳하지 않고 메피스토펠레스가 세 장정인 싸움꾼, 날치기, 욕심쟁이와 함께 일에 착수하자 파우스트는 〈내 말을 못 알아들었단 말이냐? 나는 땅을 빼앗으려는 게 아니라 맞바꾸려 했단 말이다〉(11370~11371)라고 고함친다. 그러나 〈무덤Grab과 수로Graben〉(11558)가 유사한 음으로 마법적으로 들리고 〈taub(귀가 먹은: 11370), Raub(강도 짓: 11371), Tausch(교환: 11371)〉의 세 단어도 각각 〈Tod(죽음: 11401)와 Not(고난:

11400)〉로 유사하게 들린다. 파우스트는 〈고난 — 이 말이 귓전을 맴돌고, 죽음 — 이 음울한 낱말이 운을 맞추어 이어진 것 같았어〉(11400~11401)라고 언급한다.

이렇게 청각을 상실한 파우스트는 〈사람들 말로는, 수로가 아니라 무덤을 판다던데〉(11557~11558)라고 메피스토펠레스가 말하듯이 〈무덤Grab〉과 〈수로Graben〉를 착각하여 죽음의 가능성을 예견하게 된다. 이렇게 청각이 상실된 파우스트는 무덤과 수로의 첫 음절 〈Gr-〉에 연결된 단어를 혼동하는데, 이러한 혼동을 이 첫 음절을 지닌 괴조(怪鳥) 그라이프의 대화로 규명해 본다.

메피스토펠레스　아름다운 여인들, 지혜로운 노인들, 안녕하시오!
그라이프　(못마땅한 표정으로)
　　노인[17]이 아니오! 그라이프요! — 누가 노인이라는 소릴
　　듣기 좋아하겠소. 모든 낱말에는 원래 그것이 유래한
　　어원이 배어 있는 법이오.
　　회색, 기분 나쁜, 불쾌한, 고약한, 무덤 파는 사람, 성난,
　　이것들은 어원상으로 맞아떨어지는데, 하나같이 우리의 기분
　　　에 거슬린단 말이오.
메피스토펠레스　그렇게 너무 멀리 빗나가진 마시오,
　　여러분들의 존함 그라이프의 그라이는 마음에 드오.
그라이프　(여전히 못마땅한 표정으로)
　　그야 물론이오! 어원이 같다고 이미 증명되었는데,
　　그 사실은 비난보다는 칭송을 더 많이 받았소.(7092~7101)

여기에서 〈회색grau, 기분 나쁜grämlich, 불쾌한griesgram, 고약

---

17 독일어에서 노인을 뜻하는 〈그라이스greis〉는 그라이프와 발음이 유사한데, 이걸 빌려 빈정거리는 것이다.

한greulich, 무덤 파는 사람Gräber, 성난grimmig 등〉(7096)은 같은 〈gr-〉의 음으로 혼동되어 역시 같은 두음으로 시작되는 그라이프 Greif를 화나게 하고 있다.

그런데 파우스트가 자신의 죽음에 대해 숙고하면서 〈원래 풍요로움 속에서 부족한 것을 느끼면 참으로 혹독하게 괴로운 법일세〉(11251~11252)라고 말하듯이 개간이나 건설 등의 문명에 회의감을 느끼게 된다. 파우스트는 자신의 무덤 파는 소리를 미래의 공동체인 수로를 건설하는 인부들의 작업 소리로 착각하는데, 이는 그가 열정적으로 꿈꾼 수로의 이상이 자신의 죽음을 암시한다는 의미다. 위대한 미래의 비전이 눈먼 노인이 된 파우스트에게 환각이 되어 자연과 예술이 혼동되는 것이다.[18] 따라서 수로Graben를 무덤Grab으로 잘못 듣고, 〈자유로운 땅에Auf freiem Grund〉사는 〈자유로운 사람들과 함께mit freiem Volk〉(11580)라는 유사한 발음을 혼동할 정도로 노쇠해진 파우스트는 지상에서 여정을 끝마친다. 이렇게 파우스트가 승천하자 메피스토펠레스는 다음과 같이 언급한다.

> 어떤 쾌감에도 만족하지 못하고 어떤 행복에도 흡족하지 못하고서
> 항상 변화무쌍한 형상들을 뒤쫓아 다니더니,
> 가련하게도 시시하고 공허한
> 최후의 순간을 붙잡으려 들다니.
> 나한테 그리도 완강하게 반항하더니,
> 결국 시간 앞에 무릎 꿇고서 백발로 모래 속에 나자빠져 있구나.
> 시계가 멈추었노라 — (11587~11593)

---

18 안진태,『파우스트의 여성적 본질』(열린책들, 1999), 61면 이하 참조.

죽음을 피하고 생명을 유지하려고 애쓰는 게 인간이다. 따라서 인간은 이승에서 조금이라도 더 살아 보고자 몸부림치는데 이를 메피스토펠레스가 불평한다.

> 몸뚱이는 나자빠져 있는데, 정신이 도망치려 하는군.
>
> (……)
>
> 오늘날에는 유감스럽게도 사탄에게서
>
> 영혼을 가로채 가는 수단이 어디 한두 개여야지.
>
> (……)
>
> 예전에는 숨이 꼴까닥 넘어가는 동시에 영혼이 빠져나가서,
>
> 가만히 지켜보고 있다가 날쎈 쥐처럼
>
> 덥석! 발톱으로 단단히 움켜쥐면 그만이었는데.
>
> 이제는 영혼이 미적거리며 그 컴컴한 곳,
>
> 고약한 시신의 혐오스러운 집을 떠나려 하지 않는다니까.
>
> 서로 증오하는 자연의 원소들이
>
> 결국 그것을 굴욕적으로 몰아내야 할 정도라고.
>
> (……)
>
> 늙은 죽음이 민첩한 힘을 잃어버리는 바람에,
>
> 심지어는 정말 죽었는지도 모호하다니까.
>
> 내가 뻣뻣하게 굳은 사지를 군침 흘리며 바라보는데 —
>
> 겉만 죽은 것처럼 보였을 뿐, 다시 꿈틀거리고 움직인 것이 어
>
> 디 한두 번이었남.(11612~11635)

이승에서 조금이라도 더 살면서 조금이라도 행복을 향유하려는 파우스트를 빨리 하계로 데려가려는 메피스토펠레스에 방해가 생기자 불평하는 것이다. 파우스트가 죽은 직후 메피스토펠레스는 파우스트와의 긴 여정을 되돌아보며 다시 한번 존재와 무, 생성

과 소멸이라는 이원론에서 부정과 파괴라는 자신의 본성을 정당
화한다.

> 지난 일이라니! 그런 어리석은 말이 어디 있느냐.
> 왜 지난 일이란 말이냐?
> 지난 일과 순수한 무(無)는 완벽하게 일치하느니라!
> 창조된 것을 무(無)로 빼앗아 가는 것,
> 그 영원한 창조가 우리에게 무슨 소용이 있단 말이냐!
> 〈이제 지난 일이노라!〉 이것이 무슨 뜻이냐?
> 마치 없었던 것 같으면서도,
> 마치 있는 양 맴도는 것.
> 나는 영원히 공허한 것이 더 좋단 말이다. (11595~11603)

따라서 메피스토펠레스는 죽은 파우스트를 보고 〈몸뚱이는 나
자빠져 있는데, 정신이 도망치려 하는군. 피로 쓴 증서를 얼른 보
여 줘야지〉(11612~11613)라면서 파우스트가 가게 될 지옥을 묘
사한다.

앞에서 행렬을 선도하는 듯한 환상적인 몸짓으로 사탄들을 불
러낸다.

> 자, 어서 나오너라! 더 빨리빨리 나오너라.
> 반듯한 뿔 달린 신사들아, 고부라진 뿔 달린 신사들아,
> 옛날부터 성실하고 강직한 사탄들아,
> 지옥의 아가리를 얼른 가져오너라.
> 지옥에는 아가리가 많이! 아주 많이! 있어서,
> 신분과 품위에 맞게 꿀꺽꿀꺽 삼키지만,

이 최후의 유희도
앞으로는 그리 심각한 것이 못 되리라.

소름 끼치는 지옥의 아가리가 왼쪽에서 열린다.

송곳니가 쩍 벌어지고, 둥근 목구멍에서
불길이 노도처럼 솟구치는구나.
연기가 뭉실뭉실 피어오르는 뒤편에서
영원히 이글거리는 불바다가 보이는구나.
시뻘건 불기둥이 이빨을 때리고
저주받은 자들이 살길을 찾아 헤엄쳐 나오지만,
하이에나처럼 무섭게 이빨을 갈자
겁에 질려 다시 뜨거운 불길을 향해 돌아서누나.
구석구석에서 많은 것이 눈에 띄는구나,
좁디좁은 곳에 어찌 저리 무서운 것이 많이 숨어 있을까!
너희들이 썩 훌륭하게 죄지은 놈들을 혼내 주는데도,
저들은 그것이 허상이고 꿈인 줄 알다니.

짧고 반듯한 뿔 달린 뚱보 사탄들에게

자, 불타는 뺨을 가진 배불뚝이 악당들아!
지옥의 유황을 처먹어서 뜨겁게 번질거리느냐!
통나무처럼 뻣뻣한 짧은 모가지들아!
인(燐)처럼 빛나는 것이 있는지 여기 아래 숨어서 지켜보아라.
그것이 바로 혼령, 날개 달린 영혼이지만,
날개를 잡아 뜯으면 흉측한 벌레이니라.
고것에 내 도장을 꽉 찍어서

불의 소용돌이 속으로 날려 버리리라!(11636~11663)

여기에서 지옥은 험준한 산악과, 짐승의 아가리 같은 수렁과, 유황불 같은 불기둥과, 악령들의 악취와, 사납고 험상궂은 악귀들의 온상이 되고 있다. 여기에 천사들의 합창이 들려와 지옥의 불꽃은 즐거운 불꽃으로 떠 비좁은 불의 공간은 밝은 창공 등 광명의 장소로 묘사되며 구원이 암시된다.

> 축복의 꽃이여,
> 기쁨의 불꽃이여,
> 마음껏 널리
> 사랑을 퍼뜨려라,
> 환희를 안겨 주어라.
> 진실한 말들
> 맑은 창공에 울려 퍼지고,
> 영원한 무리에게
> 어디서나 빛이 비치도다!(11726~11734)

괴테에게 영적으로 많은 영향을 미친 스베덴보리에 의하면, 무릇 하느님으로부터 천성적 신성을 받아들이는 천국의 천사들은 하느님을 도와 영계에서 승천한 영인(靈人)들을 보살피고, 영국(靈國)의 천사들은 사후에 유계로 입적하는 영인들을 보살펴 그의 전생의 업보에 따라 하느님의 명과 계율대로 천국이나 지옥으로 안내하는 업무를 수행한다고 한다. 이러한 내용처럼 메피스토펠레스가 파우스트의 영혼을 가져가려 하자 천사들이 파우스트를 구원하여 천국으로 인도하기 위해 악마에 맞서 싸울 태세를 갖춘다.

강제로 밀고 들어오면

힘차게 막아서라.

사랑은 사랑하는 사람들만을

인도하노라!(11749~11752)

이처럼 〈언제나 노력하며 애쓰는 자는 우리가 구원할 수 있노
라〉(11936~11937)며 파우스트를 구원하려는 〈정신세계의 고매
한 일원〉(11934)의 승리를 위한 무기가 아름답고 향기로운 장미
꽃이 되고 있다. 천사들이 부드러운 노래를 부르면서 뿌린 장미꽃
이 불꽃이 되어 메피스토펠레스의 무리들을 불태워 지옥으로 떨
어뜨리는 것이다.

메피스토펠레스 머리도 불타고 심장도 간장도 불타는구나.

사탄보다 더 지독한 원소로다!

지옥의 불길보다 훨씬 더 매섭구나! ─ (11753~11755)

이렇게 파우스트가 운명한 직후에 그의 영혼을 가져가려는 메
피스토펠레스를 〈천사들〉이 사랑의 징표인 장미꽃으로 퇴치한 뒤
이승에서 〈최고의 순간〉(11586)을 향유한 파우스트의 영혼을 인
도하여 승천시키고, 이에 반해 자신의 의도와 계획이 실패한 메피
스토펠레스는 파우스트의 주검을 둘러싼 싸움에서 패하자 〈누구
한테 하소연한단 말인가? 누가 내 기득권을 돌려줄 것인가?〉
(11832~11833)라며 한탄한다. 이렇게 파우스트는 한 번도 자신
의 잘못을 인정한 적이 없는 인물인데도 불구하고 평생 열심히 노
력했다는 사실만으로 구원된다. 이에 대해 괴테는 만년에 제자 에
커만에게 다음과 같이 언급했다. 〈파우스트 자신 속에는 종말에
이르기까지 점점 더 고차원적이면서 보다 순수한 활동이 있다. 그

리고 그에게 도움을 주는 영원한 사랑이 있다. 이런 것이 전적으로 우리들의 종교관과 조화를 이룬다. 그 종교관에 의해 우리는 우리의 자력으로뿐만 아니라 다가오는 신성한 은총으로 행복해지는 것이다.〉[19]

이윽고 그레트헨의 소시민적 삶의 목가에서도, 헬레나의 미적 합일 및 안티케의 아르카디아 목가에서도 안식처를 찾지 못한 방랑자 파우스트의 방황과 추구가 종결된다. 외적으로는 주인공 파우스트의 죽음으로 줄거리가 종결되고, 내용적으로는 파우스트가 궁극적 목표를 찾음으로써 그의 끝맺음은 이중적이다. 따라서 파우스트의 소원이 이루어지고 신의 사랑의 비밀이 드러나면서 영광의 성모 마리아는 〈드높은 곳을 향해 오르라! 네가 누구인지 알아채면 그도 뒤따라오리라〉(12094~12095)고 말하여 그레트헨과 파우스트는 어머니의 종교상인 성모의 품 안에 들어 천국에 융합된다. 한 사람의 〈착한 영혼〉(12067)이 현세를 떠나 완전히 정화된 존재로 승화한 것이다. 그레트헨의 사랑은 이제 영원히 여성적인 힘인 어머니상과 합쳐서 파우스트를 무한히 높은 곳까지 인도한다. 속세를 떠나 정화된 존재가 된 그레트헨이 영원한 사랑을 베푸는 것이다. 이에 관해 괴테는 1831년 6월 6일, 제자 에커만에게 다음과 같이 말했다. 〈구원된 영혼이 승천하는 결말은 몹시 어려웠다. 예감할 수조차 없는 초감성적인 것을 다루는 것이기에 자칫하면 밑도 끝도 없는 공허한 것이 되어 버릴 수도 있는 것이다. 나는 시적인 의도에서 가톨릭교회의 선명한 인물상이나 명확한 종교 개념에 의해서 집약되는 견고한 형식을 부여하려고 한 것이다.〉이렇게 현세를 떠나 완전히 정화된 존재로 승화한 〈착한 영혼〉이 그레트헨과 함께 성모의 품 안에 들면서 작품은 〈영원히 여성적인 것이 우리를 이끌어 올리노라〉는 〈신비의 합

---

19 Johann P. Eckermann, *Gespräche mit Goethe*(München: 1949), S. 401 f.

창〉²⁰으로 끝난다.

> 모든 무상한 것은
> 한낱 비유에 지나지 않느니라.
> 그 부족함이
> 여기에서 완전해지리라.
> 말로 형용할 수 없는 것이
> 여기에서 이루어졌도다.
> 영원히 여성적인 것이
> 우리를 이끌어 올리노라.(12104~12112)

이렇게 여성이 남성을 구원하는 것이 괴테의 사상이다. 파우스트 전곡과 괴테의 80년에 걸친 일생을 감안할 때, 그것은 지상의 여성 속에 계시되고 있는 영원한 여성상에 대한 찬미이다. 시대적으로 신의 거룩함을 위협할 정도로 성장한 파우스트 같은 인물의 비인간성을 느낀 괴테가 이를 〈숭고한 여성상〉에 결합시킨 것이다. 이렇게 여성의 몰아적인 영원한 사랑이 남성을 구원할 수 있다는 사상은 영원한 모성애에 대한 찬미이다.

이러한 모성애는 현시대에 더욱 강조되고 있다. 프란치스코 교황은 2019년 새해 메시지를 통해 〈모성(母性) 정신〉을 강조했다. 2019년 1월 1일 바티칸 성 베드로 대성당에서 열린 첫 미사 강론에서 교황은 〈우리 주변이 얼마나 많이 갈라져 있고 고독한가. 세계가 연결돼 있다지만 실상은 단절만 더 늘어나는 것처럼 보인다〉며 〈모성〉의 필요성을 역설했다. 교황은 〈어머니의 시선이 없으면 세상을 근시안적으로 바라볼 수밖에 없다〉며 〈더 이상 아이처럼

---

20 원래 〈숭고한 합창〉으로 되어 있었다고 한다. 이 합창은 천사의 무리, 교부들, 참회하는 여인들이 함께 부르고 성모의 영원한 사랑에 대한 인식이 가장 깊은 〈마리아를 숭배하는 박사〉가 지휘를 한다.

(순수하게) 타인을 볼 수 없고, 돈을 벌어도 모든 이를 위한 것이 아니다〉라고 지적했다. 또 〈영웅적 행위는 자기희생, 강함은 연민, 지혜는 유순함에서 나오는데, 이를 어머니들로부터 배워야 한다〉고 강조했다.

9장

작품의 현대적 조명

—

계몽주의 시대에 신화는 유치하고 구시대적이고 진실되지 못한 것으로 여겨졌다. 따라서 신화는 없는 편이 더 낫다고 생각해 신화를 없애려는 시도가 계몽주의 시대에 이루어졌다. 스프래트 Thomas Sprat의 『영국 학사원의 역사History of the Royal Society』를 보면 17세기에 자연 과학이 점차 권위를 갖게 됨에 따라 신화가 얼마나 비하되었는지를 알 수 있다. 〈고대 세계의 전설과 종교에 담겨 있는 오묘한 내용은 거의 다 소진되었다. 그것들은 시인들에게 이미 할 만큼 봉사를 다했으므로 이제는 폐기될 때이다〉라고 『영국 학사원의 역사』에 쓰여 있다.

스프래트는 〈그 자체가 진실되고 현실적인 장식에 의해서 진실은 표현되거나 설명된다〉고 주장했는데, 가장 진실한 시는 사실과 가장 다르다는 셰익스피어의 주장과 대치되고 있다. 그래서 작가들이 앞으로는 확증할 수 있는 진실만 미화하는 글을 써서 계몽주의 운동에 협력하기를 스프래트는 바랐다. 그래야만 그들의 작품은 고대 작가들의 작품처럼 과학적으로 조사한 결과, 못 쓰게 되는 일이 없는 이득이 생긴다는 것이다. 이성을 바라는 이 같은 호소는 현실적인 경험에 따르라는 호소로, 작가는 누구도 그리스의 여신은 고사하고 켈트족 신화에 나오는 요정도 본 사람이 없다는 것이다. 요정들은 오래전에 사라져서 코베트Richard Corbet는 『요정들의 고별The Fairies Farewell』에서 메리 튜더Mary Tudor의 치세

동안 요정들이 마지막으로 살았다고 쓰고 있다.

> 그러나 작고한 엘리자베스 여왕과
> 그다음에 제임스왕이 등극한 이후
> 옛날에는 황야에서 춤을 추던 요정들이
> 다시는 보이지 않았다.

신교 신앙을 가진 홉스Thomas Hobbes 같은 합리주의자는 이 같은 마적인 존재를 없애 버린 인간 심성에 쾌재를 부를는지 몰라도, 자연 보호론자는 사라진 종(種)을 애도하여 〈하이드 파크에는 나무의 정령 드리아데가 없고 리전트의 운하에도 물의 정령 나이아데스가 없다〉고 피콕Thomas L. Peacock은 읊고 있다. 야생의 자연이 조경사에 의해 정리되거나 공장 기업인들에 의해 개발되어 옛날의 신들은 갈 곳이 없어진 것이다. 표지판에 〈수호신〉이라는 말 대신 〈침입자는 엄벌함〉이라는 말이 쓰여 있는 숲에서 자존심 있는 신이라면 살 수가 없다는 불만이 피콕의 소설 『그릴 그레인지Gryll Grange』에서 전개되고 있다. 방적 공장의 기계를 돌리는 냇물에는 나이아데스가 있을 수 없고, 기차가 야만인의 무리를 부려 놓는 산속 계곡에는 오레아데Oreade[1]가 있을 수 없으며, 해안 경비대가 밀수자들을 잡으려고 감시하는 바닷가에는 네레이드Nereid[2]나 오케아노스[3]가 있을 수 없다는 것이다. 이처럼 계몽주의 타파 운동 등의 역경에도 불구하고 인류의 원형을 담고 있는 신

---

1 지진으로 갑자기 생긴 산과 달리 자연의 거석(巨石).

2 네레우스와 도리스의 결혼 생활에서 어여쁜 딸 50명 곧 네레이데 자매가 탄생했다. 이들 아름다운 금발 처녀들은 아버지와 함께 바닷속 궁전에서 살았는데 바다가 잔잔한 날에 물 위로 올라가서 인어 트리톤들과 함께 물결 위를 떠돌며 놀았다.

3 하늘의 신 우라노스와 대지의 신 가이아의 아들. 티탄족에 속하는 오케아노스는 자기 여동생 테티스를 아내로 삼아 3천 명의 딸을 낳았는데 이들을 오케아니티데라고 부른다. 일설에 의하면, 오케아노스와 테티스 내외가 헤라 여신을 이 세상 서쪽 끝에 있는 자기네 궁전으로 데려가서 길렀다는 얘기도 있다.

화나 미신 등은 끊임없이 이어져 와서 『파우스트』에서도 다음과
같이 언급되고 있다.

> 아직도 거기에 있다니! 아니, 이런 어이없는 일이.
> 어서 썩 꺼져라! 그토록 알아듣게 깨우쳐 주었건만!
> 이 사탄의 무리야, 규칙에 대해서는 묻지도 않느냐.
> 우리가 이렇듯 똑똑하게 구는데도, 테겔에 아직 유령이 출몰하
>   다니.
> 내 오랫동안 미신을 일소하려고 애썼거늘,
> 앞으로도 미신은 결코 완전히 없어지지 않을 거야, 이런 어이없
>   는 일이!(4158~4163)

1

과학과 신화

—

과학은 신화적이고 신비주의적인 사고를 케케묵은 것으로 보아 감각의 세계를 등져야만 존재할 수 있다고 생각했다. 감각은 믿을 수 없는 기만적인 세계인 반면, 객관적인 세계는 오직 이성에 의해서만 파악될 수 있는 수학적인 세계로 감각의 거짓 증언과 완전히 상충되는 세계였다. 이와 같은 과학과 감각 세계의 엄격한 분리로 과학적인 사고가 가능한 것이다.

마르크스는 상상력에 의해 창조된 것들이 기술 과학의 혁신으로 무의미하게 된 사실에 주목했다. 그의 세계를 뒤흔든 경제 및 사회 이론은 문화와 문명에 영향을 끼치지 않을 수 없었다. 이의 이해를 위해 종달새에 관련된 우화 하나를 들어 본다. 옛날 어느 나라에 종달새들이 모여 사는 마을이 있었다. 이들은 높이, 멀리 날며 노래하는 것을 멋지게 여겨 매일 학교에 모여 그 방법을 익히고, 성실히 연습했다. 종종 열리는 〈멋진 종달새 뽑기〉 대회는 이들의 비행 의지를 높였다. 그런데 어느 날 몇몇 종달새가 이를 비판하고 나섰다. 비행기가 날고, 스피커가 노래하는 시대에 날갯짓과 노래 연습이 무슨 의미가 있느냐는 것이었다. 이러한 경제 및 사회의 발전은 신화에도 영향을 끼치지 않을 수 없었다.

이에 대해 마르크스는 『정치 경제학 비판Critique of Political Economy』에서 다음과 같이 쓰고 있다. 〈그리스 예술, 그리고 셰익스피어와 그 당시 물건들과의 관계를 예로 들어 보자. 그리스 신화는 그리스 예술의 무기고였을 뿐만 아니라, 그리스 예술이 자라난 토양이었다. 그리스적 환상, 따라서 그리스 예술의 기초를 이룬 자연이 자동(自動) 노새인 철도 기관차, 그리고 전신이 있었다면 존재할 수 있었을까? 하늘의 대장장이인 헤파이스토스는 어떻게 로버츠 회사에 대항할 수 있을까? 또한 상업의 신 헤르메스는 담보대부업체인 크레디 모빌리에Crédit mobilier에 어떻게 대항할 수 있을까?〉,〈구름을 몰고 다니는 제우스 신이 이다산(山)으로부터 격렬한 천둥을 일으켜 그리스군에게 그의 타오르는 번개를 내던졌다. 그것을 본 그리스군은 전의를 상실했다.〉호메로스의「오디세이아」에 나오는 말이다. 이처럼 옛사람들에게 번개는 신이 만들어 인간 세상에 내리는 초자연적 현상이자 두려움과 경외의 대상이었다. 그리스인들에게 뇌우는 제우스 신이 관장했던 두려운 자연 현상이었다. 이집트인들은 그들의 신〈세트〉가 쇠 화살로 번개를 만든다고 생각했다. 북유럽 사람들은 번개의 신〈토르〉가 마법의 망치를 들고 지구를 향해 내려칠 때 생긴 불꽃이 번개라 믿었다. 중동의 신〈바알〉은 천둥으로 무장하고 암소에 올라타 창으로 번개를 만들고, 인도의 신〈인드라〉는 뇌성벽력의 신으로 가뭄을 가져오는 악마를 번개로 물리치는 것으로 여겨졌다. 이렇게 많은 신들이 하늘을 지배하던 무기인 번개가 오늘날의 피뢰침에 당해 낼 수 있을까?

〈신화는 상상 속에서 그리고 상상력의 도움으로 자연의 힘을 정복하고 굴복시키며 존재한다. 따라서 이러한 자연의 힘이 정복되면 신화는 사라진다.〉[4] 이렇게 발전에 의해 신화나 주술 등이 사라지는 현실이『파우스트』에서 메피스토펠레스에 의해 지적되고 있다.

문화라는 것이 온 세상을 핥으면서

4 버어넌 홀 2세,『서양 문학 비평사』, 이재호와 이명섭 공역 (탐구당, 1972), 222면.

사탄에게도 입김을 내뿜는 바람에,

이제 북방의 도깨비는 자취를 감추었느니라.(2495~2497)

이렇게 발전으로 인해 신화나 주술 등이 사라지는 내용이『파
우스트』에서 〈너희 신들의 해묵은 싸움일랑 집어치워라. 벌써 지
난 일이다〉(9681~9682)라는 포르키아스의 주장에 나타나며, 또
한 신들은 고유의 무기를 빼앗길 정도로 무능하다고 합창이 묘사
하고 있다.

바다의 통치자에게서 날래게 삼지창을 훔치고,

아레스의 칼집에서 약삭빠르게 칼을 빼내었지요.

포이보스에게선 활과 화살을,

헤파이스토스에게선 부집게를 슬쩍하였답니다.

불에 놀라지만 않았더라면,

아버지 제우스의 번갯불도 훔쳤을걸요.

하지만 에로스와의 싸움에선

다리를 걸어 승리하였고,

자신을 애무하는 키프리스의

가슴에선 허리띠를 빼내었지요.(9669~9778)

이처럼 신을 무능하게 만들거나 몰아내고 인간을 주인으로 정
립시키는 탈마법화, 즉 탈신화화가 계몽주의의 목표였다. 18세기
후반의 서구 사회에 나타난 중심적인 운동이라 할 수 있는 계몽주
의는 진보적 사유의 차원에서 인간을 공포로부터 해방시키고 존
엄성을 확립시키고자 한다. 이러한 계몽은 곧 탈미신화이며, 신화
의 해체이고, 환상을 참된 지식으로 대체시키는 작업이다. 계몽이
탈마법화라고 할 때 자연사에 이름 붙이고 설명해서 자기 것으로

만드는 신화는 최소한의 계몽적 사건이다.

이러한 배경에서 과거에는 〈빛〉이 오직 신에게서 오는 것이었
으나, 이제 신의 자리를 변방으로 밀어내고 세계의 중심적 지위를
차지한 인간이 빛의 원천으로 떠오르게 된다. 인간이 이성을 앞세
워 빛의 주체임을 선언하고 나선 것이다. 이렇게 빛으로 표상되는
이성이 『파우스트』에서 메피스토펠레스에 의해 조롱된다.

주님께서 혹시 천상의 빛을 주지 않았더라면,
살기가 조금 나았을지도 모르지요.
인간들은 그걸 이성이라 부르며, 오로지 짐승들보다
더 짐승처럼 사는 데 이용하고 있지요.(283~286)

독일의 계몽주의자 빌란트Christoph M. Wieland에 의하면, 계몽
은 진리와 거짓, 선과 악을 구별하는 능력으로 이러한 계몽의 적은
〈망상이나 환상에 사로잡히는 사람, 놀고먹는 동화의 나라나 행복
한 이상향으로 여행을 꿈꾸는 사람〉이라고 했다. 이러한 계몽주의
에 의해 신화가 해체되고, 자연 과학의 중흥으로 탈주술화가 행해
지며, 기독교 유일신에 근거해 다른 신들은 배제되었다. 따라서 신
들이 차지할 공간은 더 이상 존재하지 않는다고 실러는 한탄했다.

신들은 이 세상에서 쓸모가 없어져 느릿느릿
시인의 나라로 돌아가고 있다.
과거에는 걸음마 끈으로 감당할 수 없을 정도로 성장했지만
이제는 허공에 쓸모없이 떠 존재하고 있다.[5]

부족한 존재인 인간과 신들을 비교한 실러는 인간을 신들의 형

5 Friedrich Schiller, *Die Götter Griechenlands*, 117~120행.

상뿐 아니라, 신들에 대한 축제와도 비교하고 있다.[6] 현실과 신의 비교에서 실러는 다양한 시대와 장소를 내세우는데, 이 중 하나가 신적인 광명으로 호사스러워 당시의 암울한 현실에 상반되는 〈궁정 축제〉의 시대인데, 바로 바로크 시대를 나타낸다.[7]

이러한 실러 등의 노력으로 18세기 후반부터 신화를 배척하는 이성과 진보에 대한 회의가 느껴지기 시작했다. 실러는 「그리스의 신들Die Götter Griechenlands」에서 사라진 신화의 재복원이 예술을 다시 살리는 방법임을 암시하고 있다. 신화에 향수를 느낀 실러는 예술이 다시 살아나려면 사라진 그리스 신화를 복원시켜야 한다고 생각했다. 따라서 계몽주의에 의한 신화의 해체, 신화 대신에 국가적 권력의 증대, 자연 과학에 의한 세계의 탈주술화, 기독교적 유일신에서 출발한 신의 개념에 대한 반발을 바탕으로 하는 (신화적 세계나 자연과 같은) 원초성에 대한 동경이 다시 일어났다. 따라서 배척되던 신화가 문학 등에서 재생되어 다양하게 전개되었다. 신화적 상상력과 시적 상상력이 탁월하게 결합된 실러의 비가 「그리스의 신들」은 신화 변용의 원리를 분명하게 보여 준다. 실러는 왜 고대 그리스 시대에 있었던 공동체적 동질성이 현대에는 불가능한지를 의식 수준의 차이로 설명했다. 〈우리 세계는 더 이상 호메로스적 세계, 즉 사회의 모든 구성원들이 감정과 견해에서 대체로 동일한 단계에 있던 세계가 아니다.〉[8] 실러의 이상주의적 역사 철학은 현대를 안티케라는 세계 역사의 유년기를 넘어선 단계로 보고 있다. 안티케 문화는 그리스 신화에 사상적 기초를 둔 헬레니즘 문화로서 그 바탕은 제우스 신을 정점으로 한 여러 신들에

6 Vgl. Gerhard Friedl, *Verhüllte Wahrheit und entfesselte Phantasie. Die Mythologie in der vorklassischen und klassischen Lyrik Schillers* (Würzburg: 1987), S. 192.

7 Vgl. Richard Alewyn, Das große Welttheater, in: Richard Alewyn und Karl Sälzle, *Das große Welttheater. Die Epoche der höfischen Feste in Dokument und Deutung* (Hamburg: 1959).

8 Friedrich Schiller, *Sämtliche Werke*, Bd. 5, S. 973.

대한 믿음이다. 실러의 「그리스의 신들」 못지않게 횔덜린의 찬가
「에게해 군도Der Archipelagus」도 신화와 시적 상상력을 불러일으
킨다. 여기서 횔덜린의 안티케에 관한 시 하나를 음미해 본다.

> 아버지 헬리오스여!
> 당신은 내 가슴을 즐겁게 해줬소.
> 거룩한 루나여! 엔디미온처럼
> 나도 당신이 사랑하는 소년이었소.
>
> 오, 그대들 충실하고
> 친절한 모든 신들이여!
> 내 영혼이 얼마나
> 그대들을 사랑했는지 아시겠지요!
>
> 그 시절 나는 아직
> 그대들 이름을 부르지 못했다오.
> 인간들이 마치 서로를 잘 아는 듯이 이름들을 서로 부르지만,
> 그대들 역시 내 이름을 부르지는 못했다오.
>
> 그러나 나는 인간들보다도
> 그대들을 더 잘 알게 되었소.
> 나는 에테르의 정적을 알지만
> 인간들의 말은 잘 이해하지 못한다오.
>
> 속살거리는 숲의 아름다운 소리가
> 나를 키웠고,
> 꽃들 속에서

배우는 걸 더 좋아했지.

여러 신들의 팔에서 난 성장했다오.

　실러의 「그리스의 신들」처럼 아름다웠던 고대 그리스의 세계와 인간에게 행복을 베풀었던 그리스의 신들을 찬미하는 이 시는 그리스의 고대 문화를 풍성하게 해준 여러 신들의 신화를 보여 준다. 하늘의 신 우라노스와 대지의 여신 가이아 사이에서 태어난 여섯 아들의 맏이는 거대한 바다(대양)의 신 오케아노스이다. 그다음에 코이오스Koios, 크리오스Krios, 히페리온Hyperion, 이아페토스Iapetos, 크로노스의 순서로 태어났다. 나중에 그리스 신화에서 올림포스 신으로 알려진 12신은 모두 막내아들 크로노스의 자손들이다. 또 가이아와 우라노스가 낳은 여섯 딸은 테이아Theia, 레아Rhea, 테미스(法)Themis, 므네모시네(記憶)Mnemosyne, 포이베Phoibe, 테티스Thetis의 순서로 태어나 이들 12명의 아들딸들은 티탄Titan족, 즉 거인족이라 불린다.
　독일 문학에서도 계몽주의 이후부터 수많은 작가와 이론가들이 신화 자체가 최고의 문학 소재라고 믿어 고대 신화를 소재로 많은 작품과 비평을 써서 17세기 계몽주의 시대에 배척되었던 신화가 18세기에 접어들면서 신화에 대한 향수로 반전되었다. 따라서 『파우스트』에서 파우스트도 이성의 세계만으로는 삶이라든가, 우주의 오묘한 이치에 대한 답이 없다는 것을 알고 별의 운행표를 들여다보며 탄식한다.

이 얼마나 장관인가! 그러나 아아! 구경거리일 뿐이로다!
무한한 자연이여, 너를 어디서 붙잡으랴?
하늘과 땅이 매달리고 생기를 잃은 가슴이 달려가는

모든 생명의 근원들이여,

젖가슴들이여, 너희들을 어디서 붙잡으랴?

너희들이 샘솟아 목을 축여 주는데, 나는 어찌 헛되이 갈증에
   허덕이는가?(454~459)

계몽주의 비평에서 강조된 것은 신화가 아무리 탁월한 문학적
가능성을 가졌었다 하더라도 이제는 너무 이용한 나머지 고갈되
어 콜리지는 고전적 신화를 〈타파된 신화An exploded mythology〉[9]
라고 결론지었다. 존슨Samuel Johnson은 『시인 열전*The Lives of the
Poets*』에서 〈비너스, 디아나, 미네르바에 대한 새로운 관심은 멀어
져 갔다〉고 고백했다. 이렇게 신적인 자연이 정복되는 등 신화적
요소가 감퇴한 것은 로고스 탓이다. 그리스인들은 이 말을 이성의
소리라 생각했고, 유대인들은 신의 자의식이라고 생각했다. 세계
를 성립하고 지배하는 로고스가 신화를 추방했다.

정신과학은 자연 과학의 발달 못지않게 인류를 17~18세기 계
몽주의 시대보다도 더 성숙시켜 역사적 가치의 상대성과 정신과
학의 한계를 깨닫게 했다. 역사 속에 출현한 종교, 철학 이념, 자연
과학 법칙은 모두 상대적인 의미를 지녀 결코 절대적 주장을 할 수
없는 것이다. 인간의 인식론적 한계와 역사·사회적 제약성은 특
정 집단의 주의 주장만이 절대 불변한 진리라는 독단에 비판적 견
해를 공유하게 되었다. 진리의 상대성을 알게 됐다는 것은 그 상대
적 진리가 진리가 아니라는 말과는 다르다. 다만 붓대로 하늘을 보
고서 하늘을 다 보았다고 주장하지 말라는 말이며, 달을 가리키는
손가락을 보고서 달 자체를 보았다고 생각하는 어리석음을 범하
지 말라는 말이다. 실험 결과 빛은 파동임이 밝혀졌으니 빛의 입자
성을 주장하는 것은 비과학적이라고 주장하거나 그 반대 주장을

9 Samuel T. Coleridge, *Biographia Literaria*(London: 1817).

하는 어리석음을 범하지 말라는 것이다. 역사적 상대성에 대한 인식과 다름, 차이에 대한 관용과 존중의 태도는 20세기의 성숙한 인간의 본질이다.

그러나 합리적 이성을 기반으로 발전시킨 계몽주의는 몽매한 인간을 해방시키면서 동시에 인간을 이성의 합목적인 노예로 전락시키는 역설에 빠지고 말았다. 작가 브로흐Hermann Broch는 로고스의 실제인 과학적 실증주의는 신화를 허용하지 않는 진보적 사고로, 고대 신화를 사라지게 했다고 주장한다.[10] 문명인들은 토속 신을 믿는 사람들을 〈원시적〉으로 여기겠지만 이 주술은 민족의 역사와 함께 오랫동안 지속해 왔다. 이러한 배경에서 레비스트로스는 신화적 사고에 들어 있는 과학적 사고를 연구했다. 신화를 남긴 사람들이 상정한 신은 그들의 생활 무대인 자연 그 자체였다. 따라서 신화학자 비얼레인J. F. Bierlein은 신화가 근거 없는 주술이나 미신이 아니라 이 세계에서 일어나는 일들을 설명하려는 〈시도〉이며 〈최초의 철학〉이었다고 말한다.

자식을 삼키는 잔혹한 신들의 이야기는 약육강식하는 동물성으로부터 진화해 온 인간 무의식의 암시인데 이러한 약육강식의 내용이 『파우스트』에서도 언급되고 있다.

그것은 삶에서 새로운 삶을 만들어 내는,
활기차게 살아 있는 생생한 피요.
거기서 모든 것이 약동하고 뭔가가 이루어지고,
약한 것은 떨어져 나가고 유용한 것은 두드러지지요.
(6778~6781)

또한 〈날마다 자유와 삶을 쟁취하려고 노력하는 자만이 그것

10 Hermann A. Korff, *Geist der Goethezeit*, Teil, I(Leipzig: 1966), S. 182.

을 누릴 자격이 있네〉(11575~11576)라며 질풍노도적인 이념을 구현하는 파우스트는 〈날마다 자유와 삶을 쟁취하려고 노력〉해야 한다고 자본주의 사회에서의 무자비한 경쟁을 강조하며 약육강식의 의욕을 보이기도 한다.

> 겨우 두 척의 배로 떠났는데,
> 스무 척의 배를 몰고 항구로 돌아오다니.
> 우리가 얼마나 큰일을 해냈는지,
> 배에 싣고 온 짐을 보면 알리라.
> 자유로운 바다가 정신을 자유롭게 하는데,
> 깊은 생각 따위가 무슨 소용 있으랴!
> 오로지 잽싸게 움켜쥐면 만사형통인 것을,
> 물고기를 낚아라, 배를 낚아라.
> 세 척이 이미 수중에 있으면,
> 네 번째 배를 갈고리로 잡아채라.
> 다섯 번째가 호락호락하지 않으면,
> 힘 있는 자가 곧 정의인 것을.(11173~11184)

땅속에 갇힌 티포에우스의 몸부림으로 일어나는 지진과 화산의 분화는 두렵고 어찌할 수 없는 자연재해의 설명이었다. 헤르쿨레스와 겨루던 강의 신 아켈로스가 뱀이나 황소로 변신하는 것은 강이 변천해 온 역사의 증언이고, 프로메테우스가 심장이 아닌 간을 쪼이게 된 것은 간의 재생력이 뛰어나다는 사실을 지적한다. 이렇게 신화에 담긴 상징들을 짚어 가면 황당하고 엉뚱하게 느껴지던 전개가 합당한 의미를 지니게 된다. 하늘 높이 날아오른 이카로스의 날개에 붙인 밀랍이 녹아 떨어진다는 이야기에는 당시 지식의 한계가 지적되고, 신들의 싸움인 티타노마키아에서 대륙판들의 충돌을 설명하는 〈판 구조론〉은 지구 과학 코드를 찾게 해준다. 이런 맥락에서 『파우스트』의 첫 장면인 「천상의 서곡」에서 주님의 업적을 찬양하는 대천사 가브리엘의 신화적인 노래는 뉴턴의 만유인력을 내포하고 있다.

> 찬란한 지구는
> 빠르게, 불가사의하게도 빠르게 그 주위를 맴도누나.
> 낙원의 밝은 빛과
> 소름 끼치는 깊은 어둠이 교차하도다.
> 바다가 풍랑을 일으키며
> 깊은 바위에 부딪쳐 물거품 날리고,
> 바위와 바다,
> 영원히 빠른 천체의 흐름에 휩쓸리도다.(251~258)

밀물과 썰물, 낮과 밤 등 태양이 지구에 거대한 물리적인 힘을 미친다는 가브리엘의 노래는 뉴턴의 만유인력을 암시하고 있다. 이렇게 신화적인 내용과 과학적인 내용이 상호적으로 작용하기도 한다. 따라서 파우스트는 빛의 이론을 물리적인 영역에서 직관으로 상승시킨다. 물질을 형성하고 변화시키며 파괴하는 빛의 본질이 자연 과학의 차원을 넘어 신의 본질로 직관하는 것이다. 따라서 파우스트는 〈그래, 다정히 지구를 비추는 태양에게 단호히 등을 돌려라!〉(708~709)고 외치며 태양 빛의 물리적인 성격을 벗어나 이 빛을 신의 경지에서 체험하고자 한다.

> 오, 나한테 날개가 있다면 대지를 박차고 날아올라
> 언제까지나 태양을 쫓아갈 수 있으련만!
> (……)

그러다 마침내 태양의 여신이 가라앉는 듯 보이면,

내 새로운 충동이 깨어나,

그 여신의 영원한 빛을 마시러 달려가리라.

내 앞에는 밝은 낮, 뒤에는 어두운 밤,

위로는 하늘, 아래로는 파도가 넘실대고

아름다운 꿈을 꾸는 사이에 여신은 자취를 감추리라.

아아! 정신의 날개에 육신의 날개가

어찌 쉽게 응하지 못한단 말인가.(1074~1091)

입문 의례 지원자가 경험하는 시련, 고난, 편력은 서사시의 주
인공(율리시스, 아이네이아스, 파르치팔, 셰익스피어의 몇몇 극중
인물, 파우스트 등)이 목적에 도달할 때까지 거치게 되는 고난과
장애의 이야기로 독자들의 마음을 끌어들인다. 서사시, 연극, 소설
의 소재가 되는 이들의 시련과 고통은 모두 〈중심을 향한 길〉에 놓
인 제의적 고난과 장애로 귀결된다. 물론 그 〈길〉이 똑같은 입문
의례적 줄거리로 펼쳐지는 것은 아니지만, 율리시스의 편력이나
성배(聖杯) 탐색은 고대까지 거슬러 올라가는 문학에서 끊임없이
유사하게 전개되고 있다. 아울러 현대인이 즐기는 연극이나 그들
이 읽는 책 속에서도 신화적 의미와 관련된 다양한 이미지를 찾을
수 있다. 파우스트, 나폴레옹 또는 돈 후안 같은 역사적 인물들도
신화적으로 표시되고 있다.

달케Rüdiger Dahlke와 클라인Nikolaus Klein의 『수직적 세계상
Das senkrechte Weltbild』에는 〈무한한 지식의 축적으로 우리의 삶은
더욱 편안해지고 실용적이며 능력 있게 되었다. 그러나 이러한 발
전에도 불구하고 우리는 만족이나 행복한 경우는 드물고, 반대로
이러한 지식의 숲에서 불안을 느끼는 것은 놀라운 사건이다〉[11]라

11 Rüdiger Dahlke u. Nikolaus Klein, *Das senkrechte Weltbild*(München: 1994), S. 14.

고 언급되어 있다. 이러한 지식의 불안이 파우스트에게서도 나타나고 있다. 『파우스트』 도입부에서 주인공 파우스트는 철학도, 법학도, 의학도, 유감스럽게 신학까지 온갖 노력을 기울여 샅샅이 연구했지만 행복은커녕 가련한 바보가 되었으며, 옛날보다 더 영리해진 것도 없고 오히려 아무것도 알 수 없다는 것만 알게 되었다고 자탄한다. 이 내용은 의사이며 철학자였던 네데스하임의 아그리파의 왕성한 지식욕과 학문 및 기술에 대한 비교에서 느끼는 전설의 인물 파우스트의 허무감이 반영되어 있다. 파우스트에 의하면, 모든 논리적 숙고는 바보짓이 된다. 물결, 방향, 역동력 등을 수학적으로 계산하는 사람이 홍수를 헤엄쳐 건너갈 수 없는 것과 같다.

따라서 치머Ernst Zimmer는 자연 과학적 방법에서 새로운 신적인 것으로 나아가는 필연성을 다음과 같이 역설하고 있다. 〈이미 상대성 이론을 대표하는 물리학에 응용되는 수학이 옛날보다 더 평가를 받게 되자 영국의 천문학자인 에딩턴과 존스 같은 지도적인 연구자들은 종교적으로 마음이 끌리어 고유하게 형성된 심오한 신앙 고백으로 새로운 유심론이 만들어진다. 고전 물리학에서 세워진 세계는 큰 기계같이 생각되었다. 양자 물리학의 빛과 물질 파로 세워진 세계는 오직 형식적이다. 세상을 기초하는 물질적인 것이 발견되지 않는다면 아마도 어떤 정신적인 것이 존재할 것이다. (……) 유기적으로 성장된 결합에는 더욱 인위적인 목적 사회가 나타나는 것이다.〉[12]

마찬가지로 과학에서 삼라만상은 서로 화답하고 조화를 이루며 진행되지만 파우스트에게 그것은 객관적인 지식에 불과하다. 이는 인류사의 여명기에서 볼 수 있던 뿌리 깊은 인간 생활의 양식일 뿐이다. 파우스트는 현실의 불만에서 존재론 이전의 삶인 신화

---

12 요하네스 베르트람, 『파우스트의 현대적 이해』, 유창국·김선형 역(경남대학교 출판부, 1996), 24면 참조.

로 도피하려 한다. 따라서 『파우스트』 제1부에서 신과 악마의 대립을, 제2부에서는 신과 인간의 유대로 바꿔 놓고 있다. 여기에서 자연은 신과 인간의 중개자가 되어 신에 이르는 가교가 되고 있다. 이렇게 자연의 모든 것, 자아의 모든 것 그리고 역사의 모든 것을 예감하고 감지하는 신적인 인간이 되려는 파우스트를 메피스토펠레스는 다음과 같이 평가한다.

참으로 속세를 초월한 기쁨이겠소!
밤이슬을 맞으며 산속에 누워서
황홀하게 하늘과 땅을 껴안고,
신이라도 된 양 부풀어 오르고,
예감에 쫓겨 지구의 골수를 들쑤시고,
엿새 동안의 대역사를 가슴으로 느끼고,
뭔지 모를 것을 거만하게 즐기며
사랑의 환희에 넘쳐흐르면,
지상의 아들은 사라지고
그 뒤를 이어 고매한 직관도 사라지리라 —
(몸짓과 함께)
그러다 어떻게 — 끝날지는 내 입으로 말할 수 없소.
(3282~3292)

참고로 〈엿새 동안의 대역사를 가슴으로 느끼고〉라는 말처럼 메피스토펠레스는 신의 창조 작업 기간을 6일로 보고 있다.

메피스토펠레스 그야 물론이오, 신이 엿새 동안
갖은 애를 쓴 끝에 쾌재를 부르면,
저런 쓸 만한 것이 생겨나는 법이지요.(2441~2443)

객관적으로 진행되는 자연 과학의 불만에서 존재론 이전의 삶인 주관적인 삶으로 도피하려는 파우스트는 자연 과학 기구의 이용까지 부정한다.

> 바퀴와 톱니, 원통과 손잡이 달린
> 너희 기구들도 물론 나를 조롱하겠지.
> 내가 문 앞에 서 있었을 때 너희들은 열쇠가 되어야 했거늘,
> 너희들의 정교한 걸림쇠도 빗장을 열진 못했노라.
> 자연은 밝은 대낮에도 비밀스럽게
> 베일을 벗으려 들지 않는데,
> 우리의 정신에 드러내려 하지 않는 것을
> 레버와 나사 따위로 어찌 강요할 수 있겠느냐.(668~675)

이렇게 자연 과학을 부정하는 파우스트와 메피스토펠레스의 의견이 대립하게 되어 메피스토펠레스가 그를 비난하는데 이때 메피스토펠레스의 비난 용어는 〈전형적인 자연 과학자〉이다.

> 그런데 선생 표정이
> 강의실에 들어가려는 사람 같지 않소.
> 물리학과 형이상학이
> 마치 살아서 잿빛으로 선생 앞에 버티고 있기라도 한 양 말이오.
> (2748~2751)

이러한 배경에서 공평무사하고 지적인 사고가 과학적인 사고 방식에만 해당되지 않고 또 다른 현상의 설명으로 전개된다. 데카르트가 말했듯이 과학적인 사고는 어떤 난제를 해결하기 위해 그것을 많은 부분으로 나눈다. 그런데 야생의 사고가 가지는 포부와

과학적인 사고 과정의 가장 큰 차이는 야생적 사고가 성공하지 못한다는 점이다. 즉 과학적인 사고를 통해 자연이 정복될 수 있는 반면, 신화는 주변 환경을 지배할 수 있는 물질적인 힘을 제공하지 못하는 것이다.

하지만 이미지나 상징 같은 것과 대립되는 구체성의 논리인 과학적인 사고는 전통적인 노선뿐만 아니라, 이전에 해결하지 못한 분야의 재통합 쪽으로 발전해 나간다. 이런 관점은 과학이 모든 문제를 해결해 준다고 믿는 과학 맹신론자의 이념이 될지 모르지만 과학은 모든 문제를 해결해 주지 못하는데, 과학에는 완성·성취되는 날이 있을 수 없기 때문이다.

인간의 이성으로 자연을 정복·지배함으로써 인간의 욕망을 충족시키는 〈지상 천국〉을 실현시킬 수 있다는 믿음이야말로 서구의 계몽주의가 목청 높여 부른 〈이성의 찬가〉이다. 그러나 진리의 발견과 행위의 올바른 선택은 이성을 통해 투명해지지만, 그 밑바닥이 감성의 토양 속에 뿌리내리지 않을 때는 피상적으로 남는다. 모든 인식은 이성의 틀에 의해 정리되지만 감성을 동반하지 않을 때 공허한 형태로만 남는 것이다.

따라서 이성과 진보가 회의되면서 원초성이 동경되기도 하여 티크Ludwig Tieck의 『금발의 에크베르트Der blonde Eckbert』와 노발리스의 『푸른 꽃』 같은 동화적인 작품들이 유행했다. 이러한 동화 문학의 본질인 낭만주의의 신봉자들은 정치적 후진성, 산업 발달, 합리주의 등이 팽배한 현실에 등을 돌리고 공간적으로 머나먼 타국과 전설, 동화 속의 나라를, 시간적으로는 중세·고대 신화의 세계 등을 동경하면서 현실과 대립되는 환상의 세계를 건설했다. 이성적 합리성을 바탕으로 신화의 진실성에 회의를 표명했던 계몽주의와 반대로 낭만주의 시대에 신화는, 자아를 절대적인 위치에 올려놓은 피히테, 실제와 이상의 동일성을 추구한 셸링 등의 영향을 받아 주관적으로 타당한 문학으로 인정받았다. 따라서 낭만주의의 상상력, 광기, 꿈의 세계로의 도피 등은 과학적 이성으로 인간의 삶이 해명될 수 없음을 보여 주는 문화적 대응이라고 할 수 있다.

일식·월식·일출·일몰 등에 관한 과학적 설명에는 의문의 여지가 없다. 그러나 이러한 사상(事象)들에 관하여 합리적 설명을 초월한 신비적 설명이 가능하다. 이것은 죽음에 대해 아무리 과학적인 설명을 해도 감정적인 슬픔을 더는 데 별 도움이 되지 못하는 것과 마찬가지이다. 과학에 의한 설명이 가능한 것은 다만 그 사물에 대해 합리적으로 처리할 수 있는 일면뿐이다. 과학이 아무리 발달해도 인간의 문화 속에서 신화가 감당한 기능을 무용화시킨다거나, 그것을 대신할 수는 없다. 따라서 의식적으로 신화를 믿지 않으려는 현대인도 현실적으로 신화를 필요로 하고 있다. 이 필요에 부응하여 현대의 문화도 끊임없이 여러 가지 신화를 창출해 내고 있다. 과학을 절대시하는 사람들도 자신들의 문화가 만들어 내는 신화 혹은 유사(類似) 신화를 믿음으로써 일상생활의 세부적인 면까지 조정을 받으면서 살아가고 있는 것이다.

이러한 배경에서 비신화적 인간은 좋든 싫든 간에 신화적 인간으로부터 발생했다. 즉 비신화적 인간은 그의 신화적인 선조에 의해 만들어진 것이라고 할 수 있다. 따라서 『파우스트』에서도 〈생각해 낸 사람은 미련한 짓을 저지를 수 있는 법, 네가 이 사실을 깨닫게 되면 얼마나 기분 상하겠느냐?〉(6809~6810)고 언급되고 있다. 간단히 말해 비신화적 인간은 탈신성화 과정의 소산이다. 자연이 신의 작품인 우주의 점진적인 탈신성화의 산물인 것처럼 세속적인 인간은 탈신성화 과정의 결과이다. 그러나 비신화적·과학적인 인간이 모든 신화성, 모든 초인간적 의미를 〈삭제하려는〉 시도에서 그의 선인들에게 반역이 되었다. 그는 선조의 〈미신〉으로부터 〈해방되고〉, 〈정화되는〉 정도에 비례하여 비신화적이고 과학적인 인간이 된 것이다.

그러나 세속적 인간은 비록 신화적 의미를 배제했다 하더라도 신화적 인간의 흔적을 지울 수 없다. 그가 어떤 행동을 하든 그 자신은 과거의 산물이므로 과거의 전적인 폐기는 불가능하다. 그는 일련의 부정과 거부를 통해 자신을 형성하지만 그가 거부하고 부정한 실재들은 여전히 그를 따라다닌다. 자신의 세계를 획득하기 위해 자신의 조상이 살았던 세계를 탈신성화시켜 선조의 행동을 거역할 수밖에 없지만 그 행동은 정서적으로 현존해 있어 재현될 가능성이 있는 것이다. 결국 순수한 비신화적 인간은 가장 탈신성화된 근대 사회에서조차 드물다.

따라서 〈비신화적〉 인간 대부분은 무의식적으로 여전히 신화적으로 행동하고 있다. 이는 수많은 주술, 미신과 터부만을 이야기하는 것이 아니다. 스스로 비신화적이라 느끼고 자칭하는 근대인들도 위장된 신화와 타락한 의례를 보존하고 있다. 새해를 맞이할 때나 새집으로 이사했을 때 따르는 축제는 여전히 갱신의 의례 구조를 드러내고 있다. 결혼, 아기 탄생, 취임, 승진 등에서도 동일한 현상이 관찰된다.

따라서 과학만 팽배한 문명국에서 집단이 미쳐 돌아가는 일이 벌어지기도 한다. 아주 조금 떨어져 보기만 해도, 그리고 아주 잠시 지나서 보기만 해도 도저히 속아 넘어가지 않을 법한 비논리적이고 상식을 벗어나는 이상한 분위기가 되풀이되는 것이다. 이런 분위기는 계급과 지위를 가리지 않고 사람들을 빨아들인다. 스스로 가장 똑똑한 척 여기면서도 〈다른 사람들도 그렇게 하고 있다〉는 동질감 때문에, 혹은 〈더 많은 사람들이 참여하기 전에 먼저 뛰어들어 이익을 얻어야 한다〉는 강박 때문에 허무맹랑한 신화나 오류에 빠져드는데 이러한 내용이 『파우스트』에도 언급되어 있다.

그토록 알아듣게 깨우쳐 주었건만!

(······)

내 오랫동안 미신을 일소하려고 애썼거늘,

앞으로도 미신은 결코 완전히 없어지지 않을 거야, 이런 어이없
는 일이!(4159~4163)

무려 수백 년 동안 유럽인들이 계속해서 우려먹었던 신화, 즉
연금술의 열풍, 또 온갖 종말 예언들과 자기 요법, 최면술, 미신이
덧씌워진 유물 수집 열기 등이 적극적으로 반대하는 종교에도 불
구하고 여전히 기세를 떨치고 있는 것이다. 따라서 무의식적으로
전해 내려오는 미신이나 연금술에서 오늘날 종교나 윤리 등에서
엄하게 금기시되는 악마의 요소까지 엄연히 존재하여 전해 내려
오고 있는데 이러한 현상을 『파우스트』에서 악마 메피스토펠레스
가〈그렇다고 내가 새롭게 즐기는 것들은 내 것이 아니란 말이오?〉
(1822~1823)라고 주장하고 있다. 전설에 의하면, 악마는 자기에
게 충성의 맹세를 바치는 자에게는 저질의 금속을 황금으로 변질
시키는 연금술을 통해 많은 재화를 보여 주고 거대한 권력을 허용
한다고 한다. 따라서 재물의 위력을 알고 있는 악마 메피스토펠레
스의 마법은 돈과 재물의 위력으로 나타나기도 한다.

내가 여섯 마리의 말을 돈 주고 산다면,

그 말들의 힘은 내 것이 아니겠소?

나는 마치 스물네 개의 다리를 가진 양,

질주하는 늠름한 대장부일 거요.(1824~1827)

메피스토펠레스는 물질에 대한 탐욕을 그레트헨에게도 불어
넣는다. 이러한 악마의 유혹에 순진무구한 그레트헨도 순진한 삶

의 질서를 깨고 세상 밖으로 나아가고 싶은 충동을 느낀다.

　　귀걸이만이라도 가질 수 있다면 얼마나 좋을까!
　　이것들로 꾸미니까 금방 딴사람이 된 것 같아.
　　　(……)
　　모두들
　　황금을 향해 덤벼들고
　　매달리니. 아아, 우리 가련한 사람들이여!(2796~2804)

　　이렇게 그레트헨의 영적인 순수함을 위협하는 대상은 실질적
가치가 없는 황금이다. 괴테는 고래로부터 인간을 타락시키고 인
간과 환경을 지배하는 황금에 대한 탐욕의 모순된 성격을 꿰뚫어
보았다. 그에게 인간 물욕의 대표적 상징인 황금은 애욕의 대상이
자 선과 악의 투쟁에서 결정적인 인자로 『파우스트』에서 언급되
고 있다.

　　우리가 금을 캐내면
　　도둑질, 오입질 생겨나고(5856~5857)

　　예컨대 〈발푸르기스의 밤〉 장면에서 묘사되는 황금에 대한 적
나라한 탐욕과 노골적인 애욕은 인간성에서 가장 악마적인 것이
고, 메피스토펠레스의 마법과 견유주의가 의도하는 것, 즉 인간을
동물적으로 만들기 위해 자극하는 가장 사탄적인 충동이다. 신화
에 의하면, 황금의 신 맘몬Mammon은 사탄을 위해 금광맥(金鑛脈)
으로 아름다운 궁전을 세웠다고 하여 『파우스트』에서 사탄 메피
스토펠레스가 이를 언급하고 있다.

메피스토펠레스   내 옷자락을 단단히 움켜쥐시오!

여기가 가운데 산봉우리이오,

모두들 산중에서 황금의 신 맘몬이 빛나는 것을 보고

놀라는 곳이라오.

파우스트   새벽의 여명 같은 희미한 빛이

참으로 기이하게 골짜기를 뚫고 비치는구나!

저 심연 밑바닥까지

깊숙이 스며드는구나.

저기에서는 증기가 모락모락 오르고 안개가 피어오르는가 하면,

여기에서는 빛이 안개 베일을 뚫고 나와서

보드라운 실처럼 슬며시 퍼져

샘물처럼 솟아오르는구나.

수백 개의 혈관을 타고

골짜기를 온통 휘감다가,

비좁은 구석에서

갑자기 흩어지지 않는가.

저기 가까이에서 불티들이

금빛 모래 뿌리듯 흩날리지 않는가.

하지만 보게나! 저 높은 곳에서

암벽이 불타오르는 것을.

메피스토펠레스   황금의 신 맘몬이 향연을 위해

궁전을 휘황찬란하게 불 밝힌 것이 아닐까요?

이런 것을 보다니, 선생의 행운이오.

엄청난 손님들이 몰려들 성싶소.(3912~3935)

〈모든 것으로 변화시킬 수 있〉(5782)는 황금은 작품 제2부에
서 〈소년 마부〉와 〈오이포리온〉의 경우처럼 〈지고의 정신적인 힘

과 사랑의 힘〉이 되고 있다. 이들은 황금을 〈소유하는〉 부가 아니라 〈소비하는〉 재화로 생각하는 것이다. 파우스트가 마지막에 추진한 사업인 바닷가에 둑을 쌓고 쓸모없는 개펄을 개간해 이상적인 사회로 만들어 부를 축적하려는 시도는 황금의 긍정적인 측면에 해당될 수도 있다. 따라서 선과 악의 대결에서 메피스토펠레스는 자신의 악마적인 본성을 은폐하면서 인간의 황금에 대한 탐욕과 애욕을 자극하여 인간을 타락시킬 뿐 완전히 지배하지는 못한다. 예를 들어 그레트헨의 경우 그녀에게 패물과 보물을 선물하여 호기심과 허영심을 자극하지만 악한 본능은 심어 주지 못한다.[13]

> **마르가레테** 귀걸이만이라도 가질 수 있다면 얼마나 좋을까!
> 이것들로 꾸미니까 금방 딴사람이 된 것 같아.
> 아름다움이나 젊음이 무슨 소용 있겠니?
> 아무리 아름답고 근사하더라도
> 그뿐인 것을.
> 사람들은 거의 동정하는 마음으로 아름다움이나 젊음을 칭송한단다.(2796~2801)

따라서 메피스토펠레스는 근본적으로 〈저런 계집은 나도 어떻게 손을 써볼 도리가 없소!〉(2626)라고 말하듯이 그녀를 지배하지는 못한다. 하지만 황금이 그레트헨의 영적인 순수함을 약간이나마 위협하는 내용을 볼 때 인간은 눈앞의 손실과 이익에 매달리는 존재라는 결론이 나온다. 따라서 이익을 미리 알려 주는 미신 등이 줄기는커녕 오히려 번성하여 연금술, 마술, 부적, 주술 등이 끊임없는 비난에도 줄기차게 성업을 이루고 있다.

이에 비해 과학적 사고의 사람은 정신적인 힘의 지극히 제한된

---

13 윤세훈, 『파우스트 연구』(문학과지성사, 1986), 44면.

양만 사용하고 있다. 따라서 그들은 순간에 관련된 전문적인 직업이나 일 또는 특정 상황에 필요한 공통적인 것을 행한다. 하지만 각자 고유의 개성을 지닌 인간 모두가 어느 것에 똑같은 관심을 가지는 것은 불가능하다. 각자는 흥미를 끌거나 자신에게 필요한 것을 위해 노력하는 것이다.

따라서 우리는 잃어버린 것들을 복원하는데 현대 과학은 우리가 잃어버린 것에서 점점 더 멀어지고 있다. 이러한 과학과 신화의 분리는 17세기와 18세기에 이르러 과학과 신비주의의 갈등으로 일어났다. 신비주의의 특징은 〈신비적 합일unio mystica〉이라는 이른바 절대자와 자신의 합일에 있다. 그것은 인간을 초월한 절대자(신)와의 합일, 자기 입장에서 남(타인)과의 합일로 자기로부터 탈각(脫殼)함으로써 이루어진다. 이러한 체험은 주관·객관의 대립에서 보는 일상적·합리적 인식의 영역을 넘어서는 탈자(脫自, 脫我)인 것이다.

신비 체험의 예를 들면 그리스도교에서는 하느님(성령)과의 합일·영적 결혼·견신(見神) 등이며, 선불교(禪佛敎)[14]에서는 활연대오(豁然大悟)·심신 탈락(心身脫落)·견성(見性) 등이다. 이러한 체험을 통해 절대자에게 흡수되어 무(無)·공(空)의 상태가 되어 참 자아의 근거가 된다. 이러한 탈아적 합일이 신비 체험의 종교적

14 선(禪)은 마음을 가다듬고 정신을 통일하여 무아적정(無我寂靜)의 경지에 도달하는 수행을 말한다. 인도에서 발생한 것으로, 범어로는 〈디야나dhya-na〉라고 한다. 명상을 중심으로 한 인도의 선이 중국에 전해진 것은 달마(達磨) 대사에 의해서였다. 벽을 마주하고 청정한 마음을 직관하는 참선법은 중국 선의 전통을 이뤘다. 불립 문자(不立文字, 말이나 글자로 표시할 수 없다)에서 보이는 것처럼 화두(話頭)를 통해 본래의 마음자리를 깨닫는 방식은 중국에서 꽃을 피웠다. 일본은 선에 대한 학문적 분석이 뛰어나다는 평을 받고 있다. 일본인 특유의 형식미와 결부되어 서도, 검도, 다도처럼 도(道)에 결부시키는 의미식으로 발전되었다. 이런 학문적, 문화적 특성을 바탕으로 1930년대 미국으로 건너가 선을 제일 먼저 포교했다. 화두를 중심으로 한 조사선(祖師禪)의 전통을 잇고 있는 한국 불교는 해마다 6개월씩 스님 4천여 명이 참선 수행인 안거(安居)에 참여하고 있다. 원래의 선은 공산화 이후 중국에서는 전통이 사라졌고, 한국이 가장 활발한 것으로 평가받고 있다. 그러나 이 땅의 젊은이들은 서구에 수출했던 일본식 선을 역수입하는 데 열중하고 있다. 정착보다는 유랑이 강조되는 21세기식 문화 현상인지 모른다.

핵심을 이루고, 이러한 신비주의자의 대표로 파라셀수스를 들 수 있다.

1493년 스위스의 아인지델른에서 태어나 1541년 38세를 일기로 잘츠부르크에서 세상을 떠난 파라셀수스의 철학은 자연을 인식하는 데 본래의 목적이 있었다. 또한 그는 향토적인 약초와 자연에 있는 광물의 활력소를 의학에 도입하여 질병을 치료하는 의사이자 자연 과학자였다. 파라셀수스는 의학을 최고의 과학이라 생각하고, 또한 참된 화학의 목적은 인체 3원소의 강약의 불균형에서 발생된 질병을 고치는 약품을 조제하는 것이라고 했다. 이러한 파라셀수스의 처방법이 『파우스트』에서 파우스트의 부친이 병자를 도와 치료했다는 이야기로 꾸며진다.

> 오늘같이 즐거운 날 이곳을 찾아 주시니,
> 정말이지 얼마나 좋은지 모르겠습니다.
> 지난날 저희가 곤경에 처했을 때,
> 박사님께서 얼마나 크게 도와주셨습니까!
> 박사님의 아버님께서는
> 무서운 열병을 막아 주셨지요.
> 그 돌림병에서 구해 주신 덕분에
> 이 자리에 아직 살아 있는 사람들이 많답니다.
> 그때에 박사님께서는 젊으신 몸으로
> 환자들의 집을 일일이 찾아다니셨습니다.
> 많은 사람들이 죽어 나갔지만,
> 박사님께서는 건강하게 살아 나오셨습니다.
> 혹독한 시련을 여러 차례 무사히 넘기셨지요.
> 저희에게 도움을 베푸신 분을 하늘이 도와주셨습니다.
>
> (993~1006)

이렇게 파우스트의 부친이 병자를 도와 치료했다는 미신적인 처방법을 파우스트는 그레트헨의 어머니에게 써먹는다. 그러나 파우스트와 사랑에 빠진 그레트헨에게 무서운 것은 어머니에게 들키는 것이다.

> 하지만 우리 어머니는 깊이 잠드시지 않으세요.
> 어머니에게 들키는 날이면,
> 나는 그 자리에서 목숨을 부지하기 어려울 거예요!(3507~3509)

이 두려움을 극복하기 위해 파우스트는 메피스토펠레스에게 배운 조제법으로 만든 수면제를 그레트헨에게 건네준다. 그레트헨이 〈설마, 어머니에게 해되지는 않겠지요!〉(3515)라며 염려하자 파우스트는 〈만일 그렇다면, 내가 그걸 당신에게 권하겠소?〉(3516)라고 안심시킨다. 그레트헨은 〈당신을 보기만 하면, 어째서 당신 뜻을 따르게 되는지 모르겠어요〉(3517~3518)라며 어머니에게 그 수면제를 먹이는데 불행히도 어머니는 죽고 만다. 파우스트는 그의 부친보다 더한 사이비 약을 제조한 셈이다. 진정한 영약을 만드는 데는 파우스트와 달리 많은 세월과 인내가 필요한 것으로, 메피스토펠레스가 이를 주지시켜 준다.

> 묘약을 빚으려면, 기술이나 학문만이 아니라
> 끈기도 필요한 법이오.
> 오묘하고 힘차게 무르익으려면 시간이 걸리는 법이라
> 묵묵히 몇 년씩 그 일에 매달려야 한단 말이오.
> (……)
> 사탄은 마녀에게 약 끓이는 법은 알려 주지만,
> 스스로 약을 끓이지는 못하오.(2370~2377)

이렇게 파우스트가 조제한 약 때문에 죽은 그레트헨의 어머니가 후에 아이를 익사시키는 등의 행위로 정신 착란에 빠진 그레트헨에게 악몽으로 나타나기도 한다.

저 산을 넘을 수만 있다면!
거기 돌 위에 우리 어머니가 앉아 계세요,
머리끝이 오싹 섬뜩해요!
거기 돌 위에 우리 어머니가 앉아 계시는데,
머리가 끄덕끄덕 흔들거려요.
손짓도 고갯짓도 하지 않으세요, 머리가 너무 무거우신가 봐요.
너무 오래 주무셔서, 이제 깨어나지 않으세요.
어머니는 우리가 즐거움을 맛보도록 주무셨어요.
그땐 참 행복했는데!(4565~4673)

그레트헨이 대성당에 갔을 때 악령은 〈너 때문에 기나긴 고통의 잠에 빠진 네 어머니의 영혼을 위해 기도하느냐?〉(3787~3788)라고 조롱한다.

다시 파라셀수스로 돌아간다. 공상가이며 과학자인 이 기인은 우주를 셋으로 나누었는데 하나는 불·물·바람·흙의 요정이 있는 지상의 자연계, 둘째는 별의 세계, 셋째는 신의 세계다. 그리고 신학은 철학의 〈자연의 빛〉과 하등의 관계가 없고 오로지 천계와 신앙을 다루는 것이라야 했다.[15]

파라셀수스는 신비주의에 몰두하여 신(神)·최고 실재(最高實在)·우주의 근본 이법(根本理法) 등 각 종교에서 설정한 절대자에게 자신이 직접 합일(合一)·몰입(沒入)하는 신비적 체험으로 지상(至上)을 구제하고자 했다. 파라셀수스는 의학과 연금술·점성술

---

15 고창범,『파우스트 연구』, 한국괴테협회 편(문학과지성사, 1986), 294면.

등을 연구하면서 인간이 천체 운행과 우주의 관계를 인식하면 신의 생각을 이어받는 것이고, 감각과 정신으로 세계를 직관할 때 신의 계시를 파악할 수 있다고 생각했다. 이러한 파라셀수스의 영향에서 당시에는 점성술이 크게 유행했다.

16세기에 범지학자 등 자연 철학자들은 우주의 별에는 각기 정령이 있다고 생각했는데, 이러한 우주의 정령 중에서 지구의 정령인 대지의 정령에 접근했다고 느끼는 파우스트는 자신이 신적인 경지에 다다른 것으로 생각한다.

> 대지의 정령이여, 네가 나한테 가깝게 느껴지누나.
> 벌써 힘이 솟아나는 것 같고
> 새 포도주를 마신 듯 온몸이 뜨겁게 달아오르누나.
> 과감히 세상에 뛰어들어,
> 대지의 아픔과 행복을 짊어지고서
> 폭풍우와 맞붙어 싸우고,
> 배가 난파해도 겁먹지 않을 용기가 샘솟는구나.(461~467)

그리고 파우스트는 세계를 그 최심부에서 장악·주관하는 존재를 알고자 부적을 통해 정령을 불러낸다.

> 머리 위로 구름이 모여들고 —
> 달빛이 자취를 감추고 —
> 등불이 꺼지는구나!
> 연기가 피어오르누나! — 머리 주위에서
> 붉은빛이 번득이고 — 천장에서
> 한줄기 돌풍이 휘몰아쳐
> 나를 덮치는구나!

내 간절히 바라는 정령이여, 네가 주변을 감도는 것이 느껴지는
구나.

네 모습을 드러내어라!

(……)

모습을 나타내어라, 어서 나타내어라! 내 목숨을 잃는 한이 있
더라도!(468~481)

이렇게 우주의 별에 속하는 각 정령은 소속 별들의 길흉화복을
지배한다는 배경에서 점성술이 발생했다. 일월성신(日月星辰)과
인류의 생활은 깊은 관계가 있으며, 비는 동식물의 생활을 도와주
기는 하지만 때로는 폭풍과 뇌우가 되어 공포를 느끼게 하는 등 모
든 자연 현상을 하늘이 관장한다고 믿었으므로 하늘을 신앙의 대
상으로 섬기는 사상에서, 하늘의 별을 보고 그 변화에 따라 점을
치는 점성술이 생겨난 것이다. 점성술은 천체 현상을 보고 인간의
운명이나 장래를 점치는 방법으로, 고대에는 점성술과 과학적 천
문학이 분리되지 않았다. 이러한 점성술이 파라셀수스의 관심을
끄는 등 점점 발달하고 확산되어 이에 대한 저서까지 발간되었다.
따라서 1794년에 샤를프랑수아 뒤피Charles-François Dupuis는『모
든 예배의 기원』에서 신의 역사는 물론 그리스도의 생애까지도 별
들의 비유적인 운동으로 보여 주려고 애썼다. 이처럼 점성술이 발
달한 바탕에는 천공에 대한 신앙이 있었다. 따라서 해와 달 이외에
도 수성·금성·목성·토성의 5개 행성도 신성한 힘을 지닌 유력한
신이라고 생각했다. 그리고 항성(恒星)이나 혜성(彗星)·일식 등
특수한 현상을 대상으로 다양한 점성술이 생겨났다.

서양에서는 바빌로니아의 신관(神官)들이 점성술의 권위자로
천공의 현상과 지상의 일들을 논리 정연하게 결부시켰다. 바빌로
니아에서는 기원전 2000년경에 이미 성좌를 알고 있었으며, 기원

전 6세기경에는 황도 12궁(黃道十二宮)의 지식이 완성되었고 이 황도의 지식은 그 후의 점성술에 큰 역할을 했다. 바빌로니아의 점성술은 주로 제국과 제왕의 운명을 점치는 데 주력했을 뿐, 일반 국민은 별로 문제 삼지 않았다. 그러나 이 점성술이 그리스에 전해지면서 기원전 3세기경부터 일반에 널리 퍼져 천체의 상태를 기록한 점성용 천궁도(占性用天宮圖)에 의해 개인의 운명이나 장래를 점쳤다. 이 점성술에서는 황도 12궁의 어느 궁이 동쪽 하늘에 떠오르냐가 중요했으며 동시에 행성이 어느 궁에 있느냐에 따라 운명이 좌우되었다. 12궁의 위치에 따라 목성은 재산·명예·아름다움을 주고, 토성은 가난 등의 불행을 가져온다고 한다. 그리스에 전해진 점성술은 매우 복잡해져 과학과 깊이 연관되었으며, 행성(해와 달을 포함해)과 색채, 금속 및 각종 동식물과 대응시켰고, 그 대응물은 그 행성의 지배를 받는다고 생각했다.

파라셀수스 같은 중세의 신비주의자들에게 관심이 많았던 괴테는 헤르더를 만나면서 라이프치히 대학 시절의 로코코 문학에서 벗어나 신비주의에 몰두하여 질풍노도의 토대를 마련했는데, 이 시기야말로 독일 문학의 근대화가 마련되는 전환기였다. 신과 인간 영혼의 신비적 합일을 자연 속에서 찾는 신비주의 방식을 신봉한 괴테는 〈자연 속의 위대한 신에게, 하늘과 땅을 창조하고 유지시키는 신에게 (……) 직접 접근하려는 생각을 갖게 되었으나 그 길은 아주 특별했다〉(HA 9, 43)라고 고백하고 있다.

2
인간 창조

—

생명의 창조는 신들의 위대한 작업으로 평가된다. 인간을 창조한 신은 이스라엘의 야훼[16]나 이슬람교의 알라가 대표적이다. 미개 사회의 신화에는 창조신의 손을 빌리지 않고 자발적으로 만물이 창조되었다는 내용도 많다. 사물에 생명이 부여되어 생명이 창조된다는 내용도 있다.

그리스 신화에 피그말리온Pygmalion이라는 조각가가 있었다. 그는 황홀할 정도로 아름다운 여인상을 만들었다. 그러고는 그 여인상에 연인처럼 반했다. 살짝 껴안았더니 차갑고 딱딱한 돌덩이……. 아, 따스함이 감돌면 얼마나 좋을까. 부드러운 살결이면 더욱 좋을 것이고. 마침내 소원이 이루어졌다. 피그말리온의 열정에 감동한 아프로디테 여신이 조각상에 생명을 불어넣어 이들의 결합으로 딸 파포스가 탄생했다. 굳게 믿으면 이뤄지는 이러한 현상을 〈피그말리온 효과〉라고 한다. 괴테는 어린 시절 고향 집에서 그림으로 보았던 로마의 모습을 로마에서 직접 보았을 때의 감회를 피그말리온 신화로 묘사하고 있다.

16 고대 유대교, 특히 구약 성서에 나오는 신. 여호와·야훼·야베라고도 하는 이 신의 기원과 이름에 대해서는 여러 학설이 있으나 확실하지 않다. 구약 성서에 따르면, 모세에게 처음으로 이 신의 이름이 계시되고, 또 이 신의 이름이 〈나를 너희에게 보내신 분은《나다》하고 말씀하시는 그분〉(「출애굽기 3장 14절」)이라고 설명되어 있다. 이 야훼와 모세에게 이끌려 이집트를 탈출한 백성과 계약(시나이 계약)이 맺어지고, 이것이 고대 이스라엘의 야훼 종교의 기초가 되었다. 그런데 이 계약의 징표로서의 율법(십계)에 야훼의 이름을 함부로 부르면 안 된다는 계율이 있었다. 원래 이스라엘의 신이었던 야훼는 구약 성서의 예언자들에 의해 절대 유일신으로 자리 잡혀 갔다.

피그말리온이 자신의 이상에 따라 최상의 진실성과 현실감을 부여하여 조각한 여성 엘리제가 현실이 되어 그에게 다가와 〈저예요〉 하고 말했을 때처럼, 살아 있는 실물과 이전의 석상과는 얼마나 큰 차이가 있었을까.[17]

이처럼 사물에 생명이 부여되어 생명이 창조된다는 모티프는 자연의 생성 법칙을 예술에 적용한 괴테의 질풍노도 시대의 시학 이념과 일치한다. 이렇게 신화에는 창조신의 손을 빌리지 않고 자발적으로 생명이 창조되었다는 내용이 많지만 일반적으로는 우주 기원(宇宙起源) 신화가 대부분이다. 그리스인은 인간이 애초에 어떻게 생겨났으며, 죽으면 어떻게 될 것이냐 하는 의문을 가졌다. 이러한 의문을 풀어 주는 이야기로 프로메테우스의 신화가 있으나 그리스인은 고대 유대인들처럼 〈창조자〉 초월 신을 상정하지 않았다.

이 같은 인간 창조는 신화에서 유래한다. 태고에 혼돈인 카오스가 정리되어 하늘과 땅 그리고 바다가 생성된 후 하늘에는 새, 바다에는 물고기, 그리고 땅에는 네발 달린 짐승들이 각각 터전을 잡고 살아가고 있었다. 그러나 좀 더 고등한 동물이 필요하여 티탄족인 프로메테우스가 대지에서 흙을 취해 물로 반죽하여 신들의 형상과 비슷한 인간을 만들었다. 그런 다음 프로메테우스는 이 인간을 직립(直立)할 수 있게 하여 다른 동물들은 모두 고개를 숙여 땅을 내려다보는데 인간만은 고개를 들고 하늘을 바라보아 신과 동일시되고자 하는 욕망을 보였다. 따라서 괴테의 찬가 「프로메테우스」에서 프로메테우스가 〈내 모습대로 인간을 만든다〉는 내용은 하느님이 〈자기 모습대로 인간을 창조하였다〉는 기독교의 창

---

17 Johann W. Goethe, *Sämtliche Werke nach Epochen seines Schaffens*, Münchner Ausgabe, Bd. 15, S. 147.

조 신화에 도전하고 있다.

> 나는 여기 앉아서
> 내 모습의 인간을 만드노라,
> 나를 닮은 종족으로,
> 괴로워하고 울고
> 즐거워하고 기뻐하지만
> 너 따위를 숭배하지 않는
> 나와 같은 인간을 창조하리라.

결국 괴테가 전개시킨 프로메테우스의 자유를 위한 반항은 자신의 창조물이 생명을 얻기까지 겪어야 하는 진통이다. 이러한 신화에서 인간 창조는 일반적으로 헤시오도스와 오비디우스의 두 이론으로 정립되어 있다.

1. 헤시오도스의 창조 신화

헤시오도스의 『신통기』에서 우주 생성의 원리는 에로스이다. 결합·교정(交情)으로 강력한 신의 왕인 제우스도 영향력을 미치기 위해 에로스의 형상을 하고 그의 기능을 떠맡는다. 이러한 생성의 원리인 에로스는 자연을 창조하는 과정으로 볼 수 있다. 그는 친구와 적의 관계를 융화하고 혼합하여 자연의 적대성을 경감시키는데, 이 기능은 인간에게도 전달된다. 따라서 에로스는 유기물적이든 무기물적이든 성장하고 파괴적인 힘(진화와 퇴보)의 변화를 지속하는 보증자이다. 이러한 에로스를 우주 생성의 원리로 본 헤시오도스의 창조 신화에 의하면 처음에는 어둠이 있었고, 이 어둠에서 카오스(혼돈)가 생겨났으며, 이 어둠과 혼돈의 교접에서 밤과 낮, 에레보스와 공기가 태어났다. 밤은 에레보스와 짝을 이루어 불행, 나이, 살인, 체념, 잠, 꿈, 불화, 비참, 노여움, 복수, 기쁨, 우정, 동정, 세 운명의 여신과 세 명의 헤스페리데 신이 생겨났다.[18]

공기와 모태인 땅의 교합(交合)으로 공포, 수공업, 분노, 반목, 거짓, 저주, 복수, 무절제, 다툼, 협약, 망각, 두려움, 자만심, 싸움이 생겨나고 또 오케아노스, 메티스와 그 외의 거인들, 저승과 두 명의 복수의 여신(에리니에스Erinnyes 또는 푸리아Furia)이 생겨났다. 지구와 타르타로스(저승)의 짝에서 거인들이 탄생했고, 바다와 강들이 하나로 합쳐져 바다의 신 네레이데가 탄생했다. 프로메테우스는 아테나 여신의 허락을 받고 신을 닮은 인간을 형성하는데 그가 진흙과 물을 이용하여 인간 형태를 만들자 아테네 여신이 여기에 생명을 불어넣었다.[19]

2. 오비디우스의 창조 신화

오비디우스의 창조 신화에 의하면, 혼돈에서 모든 사물의 신이 나타나 자연Natur이라 명명되었는데, 이 신은 하늘과 땅, 물과 땅, 위 공기와 아래 공기를 각각 분리했다. 그는 모든 요소를 정리하여 오늘날과 같은 질서를 유지하게 했다. 따라서 지구를 뜨거운 지대와 추운 지대로 구분했다가 나중에 온화한 지역도 구분하고, 평지와 산을 형성하여 풀과 나무가 자라게 했고, 그 위에 별들이 있는 창공도 만들었다. 또 그는 물속에 물고기를, 땅에는 짐승을, 하늘에는 태양과 달과 다섯 개의 혹성을 그리고 마지막에 인간을 창조했는데, 이 인간만이 생물체 중에서 유일하게 얼굴을 들고 태양, 달과 별을 쳐다보았다. 이아페토스의 아들인 프로메테우스가 물과 진흙으로 인간을 형성하자 첫 창조의 시대에 탄생된 신들이 산

---

18 Robert von Ranke-Graves, *Griechische Mythologie, Quellen und Deutung* (Reinbeck bei Hamburg: 1984), S. 27.
19 같은 곳.

책하다가 여기에 영혼을 부여했다는 것이 일반 정설이다.[20]

　이렇게 종교나 신화 및 전설에서 유래하는 인간 창조가 인간에 의해 실제로 일어나고 있다. 인조인간이 성서나 유대인의 경전인 『탈무드』에도 골렘Golem으로 언급되고 있다. 골렘은 특별한 능력을 가진 유대 법률학자가 만들어 낸 움직이는 흙 인형으로 원래 히브리어로 〈아직 완성되지 않은 덩어리〉를 의미하는데, 구약 성서 「시편」 139편 16절에 〈형상이 생기기 전부터 당신 눈은 보고 계셨으며〉라고 언급되어 있다. 여기서 〈형상이 생기기 전의 덩어리〉가 골렘으로, 『탈무드』에서는 〈하느님이 입김으로 영혼을 불어넣어 주기 이전에 진흙으로 만들어진 아담〉으로 묘사되고 있다. 진흙과 물을 사용하여 흙 인형을 만든 뒤 신의 이름을 적은 종이 한 장을 혀 밑에 끼워 넣으면 움직이기 시작하고 입 안에서 종이를 빼내면 움직임을 멈추고 휴식을 취한다. 깜박 잊고 종이를 빼내지 않으면 거칠어지기도 한다. 혼이 없고 말은 하지 못하지만, 인간의 언어를 이해하고 명령에 따라 움직인다. 이 골렘에 대해 야코프 그림은 1808년 4월 23일 자 『이주자의 신문Zeitung für Einsiedler』에 글을 게재하기도 했다. 〈폴란드 유대인들은 특정한 말로 기도를 올리고 금식일을 지킨 후에 점토나 진흙으로 인간의 형상을 만들었는데, (……) 그는 비록 말을 하지 못했지만 인간이 하는 말과 명령을 상당히 잘 이해하였다. 이들은 그를 골렘이라 불렀는데, 시중꾼이나 온갖 집안일을 하는 데 그를 필요로 했으며, 단지 그는 집 밖으로 나가서는 안 되었다.〉[21] 이렇게 인간에 의해 인간이 인위적으로 창조될 수 있다는 생각은 특히 중세 유대교 신비주의자들에 의해 은밀하게 다루어져 왔다.

　20 같은 책, S. 28.
　21 Renate Moering, *Die Golem-Sage bei Jacob Grimm und in Handschriften Achim von Arnims*, S. 1105.

독일에서 인조인간 모티프는 크게 두 가지 경향을 띠는데 하나는 신화나 전설에서 유래한 마적이고 초자연적인 존재들로부터 영향을 받았고, 또 다른 하나는 19세기 당시 대두되기 시작한 자연 과학으로부터 영향을 받았다. 이러한 배경에서 『파우스트』에서 〈저 꼬마가 지혜롭게 생성되고 싶어 합니다〉(8133)라는 내용처럼 실험관에서 인조인간 호문쿨루스가 태어난다. 파우스트의 조수 바그너가 과학자가 되어 증류기 속에서 인조인간을 만들어 내는 것이다.

> **바그너** (화롯가에서)
> 플라스크 안이 불타는 숯처럼
> 빨갛게 달아오르고 있어.
> 그래, 마치 화려한 홍옥처럼
> 어둠을 뚫고 섬광을 발하는구나.
> 흰빛이 밝게 비치는구나!
> 아, 이번에는 실패하지 말아야 할 텐데! ─
> 　(……)
> **메피스토펠레스** (더욱 소리 죽여) 도대체 무슨 일이오?
> **바그너** (더욱 소리 죽여) 인간이 만들어질 거요.(6824~6836)

호문쿨루스라는 존재는 16세기의 연금술사들이 만들려고 애썼던 인조인간으로, 왜소한 난쟁이다. 옛날 파우스트의 조수였을 때는 언어학이 전공이었으나 화학으로, 실제로는 연금술로 전공을 바꾸어 유명한 학자가 된 바그너가 증류기 속에서 화학적인 물질로 인조인간을 만들어 낸다.

> **바그너** 빛이 나는구나! 여길 보시오! ─ 이제 정말로 희망이 보

이오,

수백 가지 재료를

혼합하여 ── 사실 혼합하는 것이 중요하오 ──

인간의 소재를 천천히 배합해서

증류기에 넣고 단단히 밀봉한 다음

적절히 증류하면,

일이 조용히 완성된단 말씀이오.

(화로를 돌아본다)

잘되고 있소! 덩어리가 차츰 또렷이 움직이는구려!

확신이 현실로, 현실로 드러나는 순간이오.

흔히 자연의 신비라 칭송하는 것을

우리가 지금 과감하게 이성적으로 실험하고 있소.

보통 유기적으로 합성되는 것을

응축시켜 만들어 내고 있단 말이오.

   (……)

위로 올라가 빛을 발하며 한곳으로 모여드는구나,

곧 일이 성사될 거요.

위대한 계획은 처음에 미친 짓으로 보이는 법이오.

하지만 우리는 앞으로 우연을 비웃을 거요.

앞으로는 사상가가

뛰어난 사고 능력을 발휘하는 뇌를 만들어 낼 거요.

(황홀한 표정으로 플라스크를 주시한다)

유리가 부드러운 힘을 받아 소리를 내는군요.

흐려졌다가 다시 맑아지는 것으로 보아 분명 성공할 거요!

작고 귀여운 인간이 사랑스럽게

움직이는 것이 보이는군요. (6848~6874)

이 인조인간 호문쿨루스는 〈에게해의 바위로 둘러싸인 만〉 장면에서 정령들에 의해 의아한 존재로 여겨진다.

탈레스　모습 바꾸는 것이 여전히 자네의 취미인 모양일세.

호문쿨루스를 드러낸다.

프로테우스　(깜짝 놀란다)
　빛을 발하는 난쟁이라니! 이런 건 내 생전 처음일세.
탈레스　이 친구가 조언을 받아 생성되고 싶어 한다네.
　내가 들은 말에 따르면,
　정말 희한하게도 반만 세상에 태어났다는 것일세.
　정신적인 특성은 갖추었는데,
　손으로 잡을 수 있는 유용한 측면이 아직 부족하다는 게야.
　지금까지 무게라고는 고작 유리가 전부이니,
　무엇보다도 먼저 몸뚱이를 갖고 싶다는 걸세.(8244~8252)

　호문쿨루스는 완전한 육신을 가짐으로써, 또 자연적인 생성을 통해 완전한 인간이 되려는 충동을 가진 마적인 존재이다. 이 꼬마 인간 호문쿨루스가 무엇인지 설명하기는 곤란하지만 〈이상미(理想美)에 대한 자각적 노력에서 나온 상징물〉이라고 말하는 사람도 있고, 〈학자의 연구실에서 나온 휴머니즘의 모습으로 육체는 가지고 있지 않다〉고 말하는 사람도 있다. 어쨌든 그것은 순수한 결정을 이룬 인간의 정신 자체로 생각된다. 지식과 인식은 풍부할지 몰라도 자기 자신의 생리나 실존은 소유하지 않아 일종의 신과 인간의 중간적 존재인 데몬Demon이라고 볼 수 있다.
　이렇게 인간을 화학적으로 합성하려는 생각은 중세 말기에 미신으로 유행했다. 16세기 연금술사 파라셀수스에 의하면, 남성의 정자를 시험관 속에 넣어 두면 그것이 생기 있게 움직이는데 그것이 바로 소인간이라고 했다. 16~17세기의 연금술과 관련된 책에는 이러한 인간 합성에 대해 매우 다양하게 기술되어 있다. 괴테는 1826년 이후부터 인조인간을 악마 메피스토펠레스와 그리스의 영웅들 간의 중개자로 만들어 활동과 생성에의 충동력을 부여하는 존재로 서술하고 있다.

이러한 인간 창조 능력이 실제로 인간에게 주어진 것인가. 아기 제조 공장. 여기서는 컨베이어 벨트가 하루에도 수천 명의 아기를 기계에서부터 나른다. 사람은 그저 정자와 난자만 제공할 뿐이고 나머지 임신에서 출산에 이르기까지는 모두 기계에 의해 처리된다. 이 내용은 근 반세기 전에 영국 작가 헉슬리가 『멋진 신세계』라는 공상 소설에서 그려 낸 장면이지만 실제로 공상이 아니었다. 케임브리지 대학의 뉴 박사가 유리 상자의 인공 자궁과 인공 태반으로 쥐의 태아를 6밀리미터까지 키우는 데 성공했고, 올덤 시의 스텝토Patrick Steptoe 박사가 시험관 속에서 난자를 수정시키는 데 성공한 지도 20년이 훨씬 넘었다. 그 스텝토 박사가 에드워즈Robert Edwards 박사와 함께 시험관 아기를 탄생시키는 데 성공한 지도 오래됐다. 이러한 경이적인 시험관 아기도 이제는 구식이 되었고, 인간이 직접 복제 인간을 만들게 되었다.

생명, 그것은 신만이 다스리는 신비의 영역이었다. 인간 복제 하면 대부분 유명한 SF 영화 「블레이드 러너」의 원작인 필립 K. 딕의 『블레이드 러너Blade Runner』(원제: 안드로이드는 전기 양의 꿈을 꾸는가) 같은 SF 작품을 떠올리게 된다. 그러나 현대 과학은 그 영역에 거침없이 파들어 가고 있는데 『파우스트』에서도 바그너가 인간 창조를 자신의 위대한 업적으로 내세우고 있다.

이제 뭘 더 원하겠소? 세상이 뭘 더 원하겠소?

비밀이 밝혀진 마당에.

이 소리에 귀 기울여 보시오.

이것이 목소리가 되고 말이 될 거요.(6875~6878)

이러한 인조인간은 기본적으로 인간이 육체와 정신의 이원적 구조로 이루어져 있다는 전통적인 사고를 바탕으로 하고 있다. 그러나 그것은 인간의 정신을 오로지 논리적 연상의 집합체인 인공지능으로 파악한다는 점에서, 인간 정신의 초월적 잠재력을 전제로 하는 전통적 인간관과는 상이한 모습을 보인다. 다시 말해 모든 것을 결정하는 뇌의 기능이 기계적인 정확성(인공 지능)과 초월적 잠재력(인간 지능)의 차이가 나는 것이다. 『파우스트』에서 파우스트도 이러한 뇌의 중요성을 역설하고 있다.

머리 없이 팔다리가 무슨 일을 하겠습니까?

머리가 잠들면 모든 것이 축 늘어지고,

머리가 부상을 입으면 모든 것이 금방 상처 입기 마련이지요.

머리가 빨리 건강해져야 나머지 모든 것도 원기를 되찾습니다.

(10477~10480)

인조인간은 어떻게 보면 다양한 기능과 능력을 가진 것처럼 보이지만 그가 궁극적으로 실제 인간을 능가할 수 있을지에 대해서는 의문스럽다. 인조 인간의 뇌가 실제 인간의 뇌를 능가할 수 있는지에 대한 확실한 답변은 불가능하다. 하지만 근본적으로 자세히 살펴보면 신화 등에서 생성된 인간은 실제 인간과 비교했을 때 뒤떨어지는 경우가 많다. 예를 들어 최초의 인조인간이라 할 수 있는 헤파이스토스의 〈황금으로 만든 하녀들〉은 살아 있는 소녀들과 똑같은 육체에, 이해력과 학습 능력, 즉 지성을 가지고 있었지만 그저 하나의 도구일 뿐 살아 있는 인간으로 묘사되지 않는다. 또한 호프만E. T. A Hoffmann의 「모래 사나이」에 등장하는 인조인간 올림피아 역시 지적 능력이 아니라, 인간의 정신과 영혼을 상징하는 〈눈〉을 통해서만 인간의 모습을 갖게 되는 존재로 묘사된다. 따라서 오늘날 인간을 복제하는 과학자들에게 고삐를 채우려는 움직임도 본격화하고 있다. 학계 내부에서도 인간 복제는 성공률이 1~2퍼센트에 불과한 데다 기형 출산 등 불안전성 때문에 시도해서는 안 된다는 지적이 이어져 세계 대부분의 나라에서 인간 배아 복제를 법으로 금지하는 추세다.

하지만 성서나 신화, 민담에서도 절대 하지 말라는 금지 사항은 꼭 하게 되고 만다. 성서에서도 최초의 인간인 아담과 이브가 에덴동산에 살면서 뱀에 유혹되어 신이 금지한 선악과를 따 먹은 결과 남성에겐 힘든 노동, 여성에겐 해산(解産)의 고통이 주어졌다고 한다. 이렇게 금지된 행위가 이루어지는 내용이 『파우스트』에서 인조인간 호문쿨루스에 대한 조언을 구하는 탈레스에게 바다의 신 네레우스가 주는 답변에 담겨 있다.

> 탈레스   오, 바다의 노인이여, 그런데도 사람들은 당신을 믿습니다.
> 당신은 현자이시니, 부디 우리를 내쫓지 마십시오!
> 여기 사람처럼 생긴 불꽃을 보십시오,
> 이것은 당신의 충고에 전적으로 따를 겁니다.
> 네레우스   충고는 무슨 충고! 사람들한테 언제 충고가 먹혔든 적이 있었는가?
> 귀가 꽉 막혀서, 아무리 지혜로운 말을 해줘도 들어야 말이지.
> 그렇듯 제 가슴 쥐어뜯을 행동을 해놓고도

여전히 제 고집만 내세운다니까. (8102~8109)

이처럼 인간은 잘못을 하지 말아야 한다고 하면서도 그것을 되
풀이하는 경향이 강하다. 따라서 이미 인간 복제에 필요한 기술은
모두 갖추어졌다고 하는데 과연 법에 의한 금지가 얼마나 효력이
있을까. 중요한 것은 제도가 아니라 의식이다. 인간의 상상력은 끊
임없이 허구였던 것을 현실화시키는 방향으로 작용하고 있다. 오
랫동안 인류가 상상했던 영혼 없는 창조물이 결국 이루어지는 게
아닌가 하는 걱정이 앞선다. 결국 인조인간 골렘 등이 무생물에게
영혼을 부여하여 인간의 의지대로 움직이는 상상, 즉 인공 지능이
나 로봇의 모태가 된 상상력을 깔고 있다면, 호문쿨루스는 유전 법
칙이 알려지기 전부터 인간 복제에 가장 가까운 상상력을 보여 주
고 있다.

이러한 호문쿨루스 창조에서 16세기부터 계몽주의까지 이어
지는 반기독교 사상이 나타난다. 성서적 개념에서 인간의 창조란
하느님에게만 가능하여 호문쿨루스 창조는 성서적 인간 창조 개
념에 역행되고 있다. 따라서 인조인간 호문쿨루스는 기독교에 역
행하는 악마 메피스토펠레스에게 도움을 청한다.

그런데 장난꾸러기 친척 아저씨,
어떻게 때맞추어 이곳에 오셨나요? 고마워요.
행운이 아저씨를 우리에게로 인도했나 봐요.
저는 존재하는 동안 활동해야 해요.
당장 일할 준비를 하고 싶어요.
아저씨는 노련하시니, 저한테 손쉬운 길을 알려 주세요.
(6885~6890)

이렇게 호문쿨루스가 악마 메피스토펠레스의 도움을 요청하는 데서 반기독교 사상이 암시된다. 이는 괴테의 찬가 「프로메테우스」에서 프로메테우스가 제우스 신에 대한 반항으로 인간을 창조하여 기독교 사상에 역행하는 것과 같다.

나는 여기 앉아서
내 모습의 인간을 만드노라,
나를 닮은 종족으로,
괴로워하고 울고
즐거워하고 기뻐하지만
너 따위를 숭배하지 않는
나와 같은 인간을 창조하리라

이렇게 인간을 창조한 프로메테우스는 종교적으로 볼 때 메피스토펠레스처럼 악마가 된다. 신과 선의 다른 면을 지닌 악마 메피스토펠레스처럼 프로메테우스도 신에 대립하여 악마가 되는 것이다. 이렇게 신의 업적인 인간을 창조할 정도로 신에 거역하는 남성의 교만함이 역사에서는 중세 기독교가 몰락한 결과로 해석되기도 한다. 모든 것을 포괄하는 절대적 진리인 기독교에 대한 믿음이 쇠퇴하자 인간은 스스로를 창조의 중심으로 여기게 된 것이다.[22] 인간의 세계와 신의 단절로 규정되는 고대의 교만hybris과 운명fatum의 개념이 재창출된 것이다. 이렇게 기독교의 창세 신화에 거역하게도 프로메테우스가 인간을 〈흙으로〉 만들었다는 내용이 괴테의 작품에서 자주 전개되는데 『서동시집』 속의 시 「노래와 형상 Lied und Gebilde」에서도 나타나고 있다.

---

22 Ernst Beutler, Faust-Kommentar in: *Johann W. von Goethe, Gedenkausgabe der Werke, Briefe und Gespräche* (Zürich: 1950), S. 671.

그리스인은 점토로
어떤 형상을 빚어 놓고
자신의 손으로 만든 아들을
바라보며 황홀해했다.

반전통 종교의 가인으로 〈신비의 혀Mythische Zunge〉라고 불린
14세기 페르시아 시인 하피즈는 『서동시집』 속의 시 「창조와 생기
Erschaffen und Beleben」에서 흙으로 인간 아담을 창조하는 대지모
신Terra Mater이 희화적으로 묘사되고 있다.

한스 아담은 흙덩이였다.
신은 그것을 인간으로 만들었다.
그런데 어머니의 자궁에서 아담은
여러 가지 흉한 모습을 붙이고 나왔다.

엘로힘[23]이 아담의 코에
훌륭한 정신을 불어넣자,
아담은 재채기를 시작하더니
모습이 좀 나아진 것 같았다.

그러나 뼈대와 팔다리, 머리만 달렸을 뿐
절반은 아직 흙덩어리였다.
마침내 노아는 이 흉한 존재를 위해
찾아내었다. 진실을 — 큰 술잔을.

---

23 히브리어로 강자(强者)를 의미하는 신 엘로아의 복수형. 구약에도 신의 의미로 이
복수가 사용되고 있다.

술이 몸을 적시자마자
흙덩어리는 움직임을 느꼈다.
마치 밀가루 반죽이 효모의 힘으로
움직이듯이.

하피즈여.
그대 사랑스러운 노래, 성스러운 시와
술잔을 부딪치는 소리와 더불어,
우리를 주의 성전으로 인도하라.

이 시에서 아담은 인간의 형태를 갖추고 있지만 활동은 못하는
상태이다. 노아의 술을 한잔 마시고 나서 아담은 움직이기 시작한
다. 술은 이 부분에서는 진실이라 칭한다. 이것은 술의 속성으로,
술을 마심으로써 인사불성이 되는 것이 아니라, 오히려 진실을 맛
보게 된다. 진실이란 곧 속성이다. 결국 술은 순수하여 아담을 움
직이게 하는 진실의 힘인 것이다.[24]

24 안진태, 『괴테 문학의 신화』(삼영사, 1996), 99면.

3
인조 인간

—

『파우스트』에서 바그너가, 그리고 신화에서 프로메테우스가 창조한 인간은 오늘날의 개념으로 볼 때 〈생명 복제〉나 〈인조인간〉으로 고찰의 여지를 남긴다. 영국 로슬린 연구소가 1996년 7월 체세포 복제 동물인 양(羊) 〈돌리Dolly〉를 탄생시켰을 때 〈세계 역사는 돌리 전후로 구분된다〉는 말이 나올 정도로 세계는 흥분했다. 생명 창조에 관한 판도라의 상자가 열렸다는 우려도 나왔다. 돌리 이후 줄기세포를 이용해 장기 이식을 하지 않고도 난치병을 치료할 수 있게 됐지만 복제 인간 탄생 가능성 등 윤리 문제가 끊이지 않는다. 생명체 복제의 기원이 된 돌리가 훗날 〈프랑켄슈타인〉의 얼굴을 가질지, 꿈의 치료제를 잉태한 모체로 추앙될지는 아직 어느 누구도 예측할 수 없다.

19세기의 천재 여성 작가 셸리Mary Shelley가 열아홉 살의 나이에 펴낸 과학 소설 『프랑켄슈타인』은 인간이 창조한 괴물 이야기를 그려 과학이 야기하는 사회적, 윤리적 문제를 다룬 최초의 소설이라 할 수 있다. 무생물에 생명을 부여할 수 있는 방법을 찾아낸 물리학자 빅터 프랑켄슈타인은 시체로 만든 괴물에 생명을 불어넣지만, 자신이 만든 피조물의 괴기스러운 형상에 경악해 도망쳐 버린다. 무방비 상태로 세상에 나타난 괴물은 추악한 자신을 만든 창조주에 대한 증오심으로 복수를 꾀한다. 프랑켄슈타인이 거친 성격인 것처럼 『파우스트』에서 인조인간 호문쿨루스도 〈저는

가장 의미 있게 생성되고 싶거든요. 어서 이 유리를 두 동강 내고
싶은 마음뿐이에요〉(7831~7832)라고 말하듯, 조용한 성격이 아
니어서 메피스토펠레스는 〈우리도 결국 우리가 만들어 낸 피조물
들에게 매달리는 신세지 뭐요〉라고 푸념한다. 프랑켄슈타인이 자
기를 만든 빅터를 압도하는 것처럼『파우스트』에서 인조인간 호
문쿨루스도 자신을 만든 바그너를 능가하여 그에게 인조인간을
만드는 더 나은 방법까지 가르쳐 준다.

> **호문쿨루스** 글쎄요, 아빠는 집에 남아
> 더 중요한 일을 하세요.
> 낡은 양피지를 펼쳐 놓고,
> 규정에 따라 삶의 원소들을 모아서
> 조심스럽게 차례차례 짜 맞추세요.
> 무엇을 짜 맞추느냐보다 어떻게 짜 맞추느냐를 생각하세요.
> (6987~6992)

이렇게 생성된 인간이 실제 인간을 능가하여 압도하는 무서운
결과의 가능성을 메피스토펠레스가 예언하고 있다.

> **메피스토펠레스** 우리도 결국 우리가 만들어 낸
> 피조물들에게 매달리는 신세지 뭐요.(7003~7004)

2017년 노벨 문학상 수상자인 일본계 영국 작가 가즈오 이시
구로(石黒一雄)의 대표작『나를 보내지 마』는 기숙 학교에 다니는
학생들이 자신들이 장기 이식용으로 복제된 인간이라는 사실을
뒤늦게 알면서 겪는 절망과 아픔을 다뤄 많은 이의 심금을 울렸다.
그런데 인간과 생식 과정이 유사한 포유동물에서 세계 최초로 〈돌

리〉가 탄생하자 인류는 과학사를 고쳐 써야 했고, 무한한 성취욕의 과학자들은 끊임없이 인간의 창조에 매진하고 있다. 따라서 〈생명 과학의 신대륙을 연 위대한 과학자인가? 또는 신의 영역을 침범한 생명 윤리 파괴자인가?〉라고 복제 양 〈돌리〉의 아버지 윌머트Ian Wilmut 박사에 대해 대립적인 의견들이 많다. 마찬가지로 『파우스트』에서 인조인간 호문쿨루스는 윤리적인 정서에 반하게 자신을 창조한 바그너에게 〈원래 세상 이치가 그렇잖아요, 자연적인 것은 우주가 비좁다 하지만, 인위적인 것은 폐쇄된 공간을 필요로 하지요〉(6882~6884)라고 말하고 있다.

우리 몸을 이루는 각종 세포는 난자와 정자가 만난 수정란이 여러 세포로 쪼개지고 자라서 만들어진다. 그 과정은 여성과 남성, 암컷과 수컷이 만나는 유성(有性) 생식만 가능하다는 것이 〈불변〉의 상식이었고 신의 섭리였다. 하지만 그러한 시도로 그것은 일순간에 뒤집혔다. 윌머트 박사의 행위는 수컷이 관여하지 않은 무성(無性) 생식이었던 것이다. 돌리 탄생 이후 인류는 남성과 정자 없이도 난자와 자궁만 있으면 번식이 가능한 존재가 됐다. 복제라는 방식으로 말이다. 이런 분위기 속에 대리모의 자궁에서 복제 인간을 키우고 있다고 주장하는 사교(邪敎) 집단도 등장했다. 돌리가 탄생한 이후 세상은 많이 변했다. 이제 인간을 제외한 거의 모든 포유동물이 복제되고 있다.

호문쿨루스 같은 인조인간이 오늘날 로봇으로도 탄생되고 있다. 인간의 형체와 지적 능력을 갖춘 로봇은 20세기 중반 이후 수많은 대중 소설과 영화에서 다루었고, 또 일부는 실제로 생산되었다. 이들 작품에서 로봇은 때로는 인간을 돕는 존재로, 때로는 인간을 위협하는 존재로 그려졌으며, 기계 기술과 인공 지능, 사이버네틱스의 눈부신 발달로 인조인간의 실현이 점차 현실화되면서, 로봇의 묘사와 그에 대한 문제의식도 보다 정교해지고 있다. 아시

모프Isaac Asimov는 이미 20세기 중반에 인간이 정한 법칙에 따라 행동하는 로봇 때문에 오히려 인간이 위기에 빠지는 상황을 묘사했으며, 스콧Ridley Scott의 영화 「블레이드 러너」(1982)에서는 로봇이 인간보다 더 〈인간적〉일 때, 과연 인간의 정체성을 어디에서 찾아야 할 것인가에 대한 진지한 질문을 던지고 있다. 또 스티븐 스필버그의 「에이 아이A. I.」(2001)는 인간의 감정과 지성을 완벽하게 시뮬레이션할 수 있는 로봇이 자신의 정체성에 대해 고민하는 모습이 사실적으로 묘사되고 있다.

이러한 SF 소설과 영화에서 인간의 육체는 기계적으로 완벽하게, 혹은 그보다 더 뛰어나게, 또 인간의 감정과 지적 능력도 인공지능에 의해 더욱 완벽하게 전개되는데 이러한 내용이 『파우스트』에서 인조인간 호문쿨루스의 언급에 담겨 있다.

> 그게 아니오! 과거에 유행했던 출산 방식은
> 천박한 장난이라고 선언하는 바이오.
> 생명이 유래하는 다정한 요인,
> 내부에서 밀고 나오는 상냥한 힘,
> 그것은 이제 의미를 상실했소.
> 서로 주고받으며 분명하게 자신을 표현하고
> 가까운 것에 이어 낯선 것까지 움켜쥐는 힘 말이오.
> 짐승들은 계속 그걸 즐길지라도,
> 뛰어난 재능을 지닌 인간은
> 앞으로 고매한, 더욱 고매한 근원에서 태어나야 하오.
>
> (6838~6847)

인간 복제는 비난의 대상이 되면서도 이에 대한 연구와 시도는 끊임없이 전개되어 2001년 신년 벽두부터 인간 복제를 둘러싼 윤리 논쟁이 지구촌을 뜨겁게 달구었다. 이탈리아의 인공 수정 전문가 세베리노 안티노리Severino Antinori 박사는 2001년 1월 28일 미국 켄터키 대학 남성 의학 전문가 파노스 자보스Panos Zavos 교수와 함께 인간 복제 계획을 발표해 21세기의 대논쟁을 일으켰다. 불치병을 치료하고, 〈생명의 비밀〉을 풀 열쇠가 만들어졌다는 환호와 생명의 존엄성을 파괴하고 인간을 한낱 수단으로 전락시킬 것이라는 비난이 동시에 쏟아진 것이다.

안티노리 박사는 1993년에 59세의 영국 여성에게 쌍둥이 딸을 낳게 하면서 명성을 얻었고, 이듬해에는 63세의 여성을 출산시켜 세계 최고령 인공 수정 임신 기록으로 기네스북에 오르기도 했다. 급기야 그는 〈전 세계 불임 부부들의 희망은 인간 복제〉라며 실험 강행을 선언했다. 이러한 창조의 신비에 대한 과학의 도전은 멈추지 않고 있다. 게놈 연구 국제 컨소시엄 〈인간 게놈 프로젝트(HGP)〉와 미국의 벤처 기업 셀레라 제노믹스는 인간 게놈 지도를 완성했다고 발표하여 신의 영역으로 성큼 들어섰다. 과학자들은 게놈 지도 완성을 1996년 로슬린 연구소의 복제 양 돌리의 탄생에 이어 〈바이오 시대〉의 개막을 선언한 일대 사건으로 간주했다. 또 불치병 치료는 물론 생명의 비밀을 풀 날도 머지않았다면서 흥분을 감추지 못했다. 조지 W. 부시 미국 대통령이 2001년 8월 인간 배아에서 추출한 줄기세포 연구에 연방 기금 지원을 허용하겠다고 밝히자 미국의 생명 공학 벤처 〈어드밴스드 셀 테크놀로지 Advanced Cell Technology〉는 기다렸다는 듯 그해 11월 25일 세계 최초로 인간 배아 복제에 성공했다고 발표했다.

종교계는 〈바벨탑을 쌓은 인간의 욕심이 인류를 끝내 파멸로 이끌 것〉이라고 경고하면서 필사적으로 저지하고 나섰다. 하지만 종교 집단 〈라엘리언 무브먼트Raelian movement〉 산하의 벤처 기업인 클로네이드Clonaid마저 2001년 7월 인간 복제를 하겠다고 선언하면서 논란은 증폭됐다. 〈라엘리언 무브먼트〉의 창시자인 프랑스의 라엘은 〈과학은 종교와 마찬가지로 인간을 영원한 생명에 이르게 할 수 있다〉라고 주장해 충격을 던졌다. 전 세계 85개국에 5만 명의 신도가 있다고 주장하는 라엘은 〈클로네이드가 최초의 인간 복제에 성공하는 기업이 될 것〉이라면서 〈인간에 의한 인간의 창조〉가 현실로 다가왔음을 알렸다. 이 모든 움직임이 〈배교자〉로 낙인찍힌 안티노리 박사에겐 천군만마의 원군이었다. 2001년 11월 15일 영국 법원이 인간 복제는 기술적으로 합법이라고 판결을 내리자 안티노리 박사는 제약이 많은 로마를 떠나 영국에서 계속 연구하겠다는 계획을 발표했다.

하지만 많은 국가들이 인간 복제를 금지하려는 입법을 서두르고 있다. 유엔은 2001년 9월 인간 복제 금지 국제 협약 마련을 촉구하는 결의안을 채택했고, 2001년 7월 31일 미국 하원에서는 인간 배아 복제 금지 법안이 통과되었다. 이어 영국·일본·독일 등이 금지 법령 입법화 방침을 밝혔다. 테드 피터스Ted Peters 미국 루터교 신학대 교수는 〈생명 과학의 기술을 통해 인간은 신과 비슷한 창조자의 지위에 올라섰지만 거꾸로 자연의 질서를 파괴하는 원죄를 낳았다〉며 〈과학자와 종교인이 이 같은 문제에 대해 같이 답을 찾아야 한다〉고 제안했다.

그러나 2018년 유전자를 교정하여 인간을 만들 수 있다는 이론이 발표되어 세계를 경악에 빠뜨렸다. 이처럼 세계를 경악하게 만든 〈유전자 교정 아기〉의 존재를 중국 정부가 공식 확인했다. 2019년 1월 21일 중국 신화 통신에 따르면, 중국 광둥성 정부가 관할하는 〈유전자 교정 아기 사건〉 조사 팀은 〈허젠쿠이(賀建奎) 중국 난팡(南方) 과기대 교수가 개인의 명성을 위해 당국과 학교 측의 감독을 피해 인간 배아에 대한 유전자 교정 실험을 한 사실을 확인했다〉며 법에 따라 엄격히 처벌할 예정이라고 발표했다. 허

교수는 2018년 11월 26일 유튜브를 통해 세계 최초로 〈유전자 가위〉 기술을 이용해 유전자를 교정한 인간 아기를 탄생시켜 추한 인간이 미인이 될 수 있고 유전적인 질병을 바꾸어 치료할 수 있는 장점이 있다고 주장했다. 이렇게 추한 인간을 미인으로 개조하는 내용은 『파우스트』에서도 전개되고 있다. 암흑과 심연의 딸들로 눈이 하나에 이가 하나이고 태어날 때부터 백발인 추녀 포르키아스의 인체가 개조되어 미녀가 되는 것이다.

> **메피스토펠레스** 한 번쯤 다른 이들에게 자신을 내맡길 수도 있어
> 야지요.
> 여러분들 셋은 눈 하나, 이빨 하나로 충분하지요.
> 셋의 본성을 둘에 담고
> 세 번째 모습은 나한테 넘기는 것도
> 신화적으로 가능할 거요,
> 잠시 동안만 말이오.(8014~8019)

> **포르키아스들** 우리 새로운 세 자매의 모습은 정말 예쁘구나!
> 우리는 이제 눈 두 개, 이빨 두 개야.(8030~8031)

인조인간 호문쿨루스도 실제 인간처럼 미인에게 사랑을 느껴 유리병 속에서만 존재할 수 없다. 결국 갈라테아에 대한 사랑에 사로잡혀 그녀를 쫓아가다 그녀가 탄 조개 수레에 부딪혀 유리병은 산산조각 나고 호문쿨루스는 사랑의 불꽃이 되어 4대 원소의 세계로 흘러가 버리자 이러한 사랑의 원동력인 에로스를 바다의 요정 세이렌들이 찬양한다.

> 서로 맞부딪쳐 불꽃을 날리며 산산이 부서지는 파도들을

어떤 불타는 기적이 밝게 비추는가?

저리 빛을 발하며 흔들흔들 환히 비추다니.

물체들이 밤의 궤도에서 붉게 타오르고,

주변의 모든 것이 불길에 에워싸였구나.

모든 것의 시초인 에로스가 이대로 군림하리라!(8474~8479)

　　여기에서 호문쿨루스와 갈라테아의 결합이 타오르는 불꽃으로 상징되고 있다.

4
생명의 존엄

—

니체에 의하면, 인간은 자연의 한 부분이며 자연 속에 있는 거대한 생명체 가운데 일원일 뿐이다. 들에 핀 꽃들이 그러하고 넓은 들과 높은 산을 달리는 사나운 짐승들이 그러하듯 사람 또한 자연 속에서 숨 쉬다가 언젠가는 숨을 거두게 될 하나의 생명체에 불과하다. 이 점에서 인간은 원숭이나 벌레 등 여타의 생명체처럼 자연의 이치에 따라 진화하고 퇴화하는 피조물에 불과하다. 이러한 인간 이해를 바탕으로 니체는 사람을 아직 확정되지 않은 짐승이라 부르고 있다. 이 같은 인간과 짐승 생명의 동등한 취급이 문학 등에서 전개되고 있다.

괴테의 문학에서는 그레트헨이나 로테처럼 성스러운 여성상에 비교되어 가부장제 등 부정적으로 묘사되는 남성상이 짐승을 살상하는 내용으로 표현되는 경우가 많다.『젊은 베르테르의 슬픔』에서 로테로 연상 되는 여성상에 조야하고 미개한 남성상이 짐승을 도살하는 야만인으로 묘사되고 있다. 〈아침에 동이 트면 발하임으로 나가 그곳 주인의 채마밭에서 내 스스로 완두콩을 꺾어 그 자리에 앉아 콩을 까면서 간간이 호메로스를 읽을 때면, 그리고 그다음 조그만 부엌에 들어가 냄비를 하나 골라 버터를 도려내어 바른 후 뚜껑을 덮고 완두콩을 불에 익히며 그 옆에 앉아 이따금 휘저을 때면, 나는 페넬로페[25]의 오만스러운 청혼자들이 황소와

25 그리스 신화에 나오는 오디세우스의 충실한 아내로, 남편이 실종되었음에도 불구하

돼지를 도살하여 그 고기를 잘라 불에 굽던 모습을 생생하게 느끼게 된다네. 이렇게도 고요하고 진정한 감정으로 나를 가득 채워 주고 있는 것은 다름 아닌 가부장(家父長) 제도의 특성이라네.〉(HA 6, 29)

마찬가지로 카프카도 「낡은 쪽지」에서 남방에 대한 동경과 상반되는 북방의 부정적인 내용을 북방 유목민이 고기를 먹는 모습, 특히 쇠고기를 날것으로 먹는 모습으로 보여 주고 있다.

토마스 만의 『마의 산』 「눈」의 장에서도 미소년이 〈태양의 자식들〉(아폴론적인 면)의 세계에서 〈피의 향연〉(디오니소스적인 면)의 세계로 유혹된다.

이러한 태양의 자식들에 대한 동경과 상반되는 야만적인 내용으로 무당이 고기 특히 인육(人肉)을 먹는 모습이 나타난다. 카스토르프는 우아한 도릭 사원을 발견하고 거기에 들어갔다가 한 아이의 손발을 잘라서 먹고 있는 무시무시한 무당들을 본다. 그녀들은 큰 쟁반 위에 놓인 어린아이를 두 손으로 태연하게 갈기갈기 찢어서 그 살점을 탐내어 먹고 있다. 카스토르프는 피투성이가 된 부드러운 어린아이의 금발을 보았다. 아기의 연한 뼈가 그녀들의 입 안에서 오독오독 소리를 내며 부서지고 더러운 입술에서 피가 흘러나왔다. 얼어붙는 듯한 공포가 카스토르프를 엄습하여 몸도 움직일 수가 없었다. 육식이 반문명적인 야만 행위로 부정적 관점의 극치가 되는 것이다. 이렇게 문학에서 우아한 모습의 반대 개념으로 육식 행위가 묘사되는 경우가 많다. 결국 육식은 더할 나위 없이 부정적인 것이다.

이렇게 짐승을 도살하거나 육식하는 남성상에 상반되게 여성은 도살에 반대하는 인물로 전개되고 있다. 『파우스트』에서는 헬레나가 처음 등장할 때 신들의 제사에 생명체를 죽이거나 바치지

고 모든 청혼자들을 물리치며 20년이나 정절을 지켰음.

말 것을 부탁하고 있다.

하지만 올림포스의 신들에게 바칠
살아 숨 쉬는 것에 대해서는 한마디도 언급하지 않았노라.
(……)
제물을 바치는 자의 손이
땅에 엎드린 짐승의 목을 향해 무거운 도끼를 들어 올렸지만,
가까운 적이나 신이 끼어들어 방해하는 바람에,
뜻을 이루지 못한 적이 벌써 여러 번 있었노라.(8580~8590)

생명체에 대한 철학적 정의에서 〈살려고 애쓰는 존재〉는 생물학의 모든 규정을 훨씬 초월하는 생명을 담고 있다. 이러한 생명은 당연히 살아야 한다. 그리스 신화나 철학에서의 프시케, 아리스토텔레스가 언급하는 텔로스telos를 향하는 생명체의 충동 또는 자신의 형상을 실현시키려는 욕구, 라이프니츠Gottfried W. Leibniz의 단자를 가지는 지각perception · 욕구appétition의 능력, 쇼펜하우어가 언급하는 우주에 충만해 있는 살려는 의지, 베르그송의 엘랑 비탈élan vital,[26] 후설Edmund Husserl이 언급하는 우주의 살려는 충동 등이 이러한 생명력이다. 고대 인도 브라만교의 경전 『리그 베다』에는 이러한 구절이 나온다. 〈나무 위에 새 두 마리가 앉아 있다. 그런데 한 마리는 그 나무의 과실을 먹는데, 다른 한 마리는 먹지 않고 보고만 있다.〉 여기서 말하는 〈나무〉란 생명의 나무, 우리 자신의 삶의 나무를 말한다. 나무의 과실을 먹는 새는 그 과실을 죽

26 모든 생명은 물질(하강하려는 타성을 지닌 물질 에너지)의 저항을 뚫고 진화하고 비상하려는 자발적이고 능동적이고 창조적이고 역동적인 정신적·충동적 에너지를 가지고 있다. 이 힘은 엘랑 비탈(생에의 충동)이라 일컫는다. 이 힘에 의해 생명의 비약이 일어난다. 개체 생명체뿐만 아니라 살아 있는 우주도 그 속에 내재해 있는 엘랑 비탈의 힘에 따라 창조적으로 진화하고 전개된다.

이고 있다. 그러나 보고만 있는 새는 필경 굶어 죽고 말 것이다. 결국 생명은 생명을 먹어야 산다는 이야기이다.[27]

생명력은 문자 그대로 살아야 하는 당연한 권리인데, 생명은 생명을 먹고 사는 약육강식에 인간의 〈원죄〉가 있다. 훌륭한 음식의 재료는 조금 전까지도 살아 있었다. 의례를 통해 사람들은 다른 생명을 죽여서 먹는 은밀한 행위에 무리를 지어 참가한다. 우리는 이런 짓을 무리 지어 하는데 그것이 삶이다. 인간은 본래 자연 속에서 동물과 함께 사랑하고 결혼하며 〈대칭성의 사고〉를 가지고 살았다. 〈대칭성의 사고〉란 상대의 존재를 존중함으로써 나도 존중받는 조화와 공존의 사고다. 그러나 지식을 축적한 인간이 이 조화로운 대칭성을 무너뜨리면서 야만의 비극이 시작됐다.

인간의 육류(肉類) 선호는 문명 진화 과정에서 동물을 도구로 이해했기 때문이라고 독일의 난 멜링거Nan Mellinger가 『육류 *Fleisch*』에서 지적했다. 신석기 시대 사람들이 살아 있는 동물을 고기로 만들려면 가죽, 우유, 노동력을 포기해야 했다. 그래서 신에게 기원할 때만 살아 있는 동물을 잡았다. 인간에게 육류는 신이 내린 은총이었다. 따라서 신의 권능을 갖추려는 지배자는 신적 능력을 과시하기 위해 육류를 독점했다. 권력과 결탁한 종교는 특정 동물을 신성시하거나 먹지 못하도록 강요함으로써 지배 이데올로기를 정당화시키기도 했다. 육류에 속박당한 인류는 고기 욕구를 문화적으로 제도화시켰는데 맥도날드의 햄버거나 치킨 식품 등이 대표적이다.

최고의 교육자는 자연이다. 따라서 인간의 삶에서 구원의 의미를 볼 수 있다. 세상에서 장수하는 동물인 거북이나, 힌두교와 불교에서 신성시되는 코끼리나 소 등은 모두 초식(草食) 동물이고, 꿈에 나타나면 재수가 좋다 하여 복권을 사게 하는 동물도 돼지나

27 조셉 캠벨·빌 모이어스,『신화의 힘』, 이윤기 역(이끌리오, 2002), 136면.

소 등 육식을 하지 않는 동물인데, 여기에는 다른 생명을 해치지 않아야 나의 생명도 누릴 수 있다는 상생의 섭리가 담겨 있다. 우리나라의 설화 〈나무꾼과 선녀〉에서 선을 베푸는 것은 초식 동물인 사슴이고, 중국 설화 〈견우와 직녀〉에서 선을 행하는 것 역시 초식 동물인 소인 것처럼 신화나 전설에서도 선한 행위를 베푸는 동물은 모두 초식 동물이다.

이러한 성스러운 동물과 반대로 성서에서 원죄(原罪)의 원인으로 여겨지는 뱀은 육식 동물이어서 파우스트도 악마 메피스토펠레스를 〈이런 뱀 같은 놈〉(3324)이라 부르기도 한다. 이솝 우화나 민담 등에서도 간사하거나 사악한 동물들은 여우나 늑대, 고양이 등 남의 생명을 해치는 육식성 동물이다. 따라서 구약 성서에서 언급되는 종말론에 육식성을 초월하는 상생이 강조되고 있다. 〈늑대가 새끼 양과 어울리고 표범이 숫염소와 함께 뒹굴며 새끼 사자와 송아지가 함께 풀을 뜯으리니 어린아이가 그들을 몰고 다니리라. 암소와 곰이 친구가 되어 그 새끼들이 함께 뒹굴고 사자가 소처럼 여물을 먹으리라. 젖먹이가 살무사의 굴에서 장난하고 젖 뗀 어린 아기가 독사의 굴에 겁 없이 손을 넣으리라.〉(「이사야」 11장 6~8절) 이러한 구약 성서의 종말론적 내용이 『파우스트』의 〈심산유곡〉 장면에서 정화되어 거룩해진 은둔자들이 더욱더 수양을 쌓아 신에게 다가가기 위해 산 위로 올라갈 때 나타나고 있다.

사자들이 말없이
다정하게 우리 주변을 맴돌며,
신성한 장소,
성스러운 사랑의 피난처에 경의를 표하누나.(11850~11854)

구약 성서에서 서술하는 종말론의 내용처럼 『파우스트』의 이 영험한 지역에서도 육식 동물인 사자조차 순한 양처럼 묵묵히 맴돌면서 신의 사랑을 찬양한다. 한편 육식을 피하고 채식을 하라는 이유에 생물학적 섭리도 거들고 있다. 육식을 위한 동물의 생명은 유한하여 멸종 가능성이 있지만, 채식용 식물의 생명은 무한하다. 우리가 동물을 죽이면 그 동물은 영원히 사라지고 만다. 그러나 식물은 스스로의 생명을 내부에 간직하여 대궁을 자르면 다른 순이 나온다. 따라서 가지치기는 식물을 죽이는 것이 아니라 오히려 성장에 도움을 주지만, 동물의 사지는 한번 잘리면 도마뱀 같은 특별한 종류가 아닌 한 다시 자라나지 않고 영원히 죽고 만다. 식물의 경우에는 썩은 데서, 즉 죽음에서도 새순으로 생명이 나온다. 이러한 배경에서 동물을 죽이는 수렵 문화보다 식물을 살리는 농경 문화가 역사에서 더 번창했다.

육류의 과잉 섭취로 인한 심장 발작, 암, 당뇨병 등으로 목숨을 잃는 사람 수가 기아에 시달리는 사람 수보다 훨씬 더 많아 풍요가 오히려 문제가 되고 있다. 따라서 건강하게 장수하려면 육식보다 채식을 하라는 권장은 의학적 확신이라기보다 오히려 생명을 소중히 하라는 자연의 섭리로 보아야 한다. 배부른 고통이 배고픈 고통보다 훨씬 견디기 어렵다고 볼 수 있다. 배가 고프면 바로 먹으면 해결되지만 배가 너무 부르면 오랜 시간이 지나야 소화가 되고 또 후유증으로 당뇨병 등 성인병이 뒤따를 수 있기 때문이다.

원래 우리는 생명의 존엄성으로 성스러운 명절날을 축복하는 일이 많았다. 한 예로 1년 중 밤이 가장 긴 동지부터 움츠렸던 땅속 양기가 다시 살아난다고 봤기에 동짓날을 만물이 회생하는 길일(吉日)로 여겨 고려 시대에는 이날 하루 동안 고기잡이나 사냥 등 살생을 금지해 생명의 존엄성을 실천했다. 이렇게 고기잡이나 사냥 등이 부정되는 내용이 괴테의 담시 「낚시꾼Der Fischer」에서도 묘사되고 있다.

물결이 출렁이며 밀물이 차오르네,
낚시꾼 한 사람 해변에 앉아,
조용히 낚시를 지켜보고 있는데,
어느덧 가슴까지 서늘해졌네.
꼼짝 않고 앉아서 귀를 기울이는데,
별안간 파도가 둘로 갈라지며,
요란한 물속에서 한 처녀 물귀신이
흠뻑 젖은 몸매로 나타났다네.

노래하며 그녀가 말을 건다.
〈어찌하여 그대는 내 물고기 새끼들을
인간의 간악한 지혜와 계략으로
낚아서 화염 속으로 보내려 하나요?
아! 그대가 저 깊은 바닥에서
고기 떼가 노는 모습 보기만 한다면,
지금 당장 저 속으로 들어가,
그대 심신 온전하련만.

사랑스러운 해와 달이 바닷속에서
생기를 주지 않던가요?
파도를 호흡하는 그녀의 화색이
배나 아름답게 비치지 않던가요?
깊은 하늘과 축축한 검푸름이
그대 마음 홀리지 않나요?
무궁한 이슬에 비친 그대 모습이
그대 마음 혹하지 않나요?〉

물결이 출렁이고 밀물이 차오르며,

그의 발목이 젖어 간다.

어떤 고운 연인의 인사말도

이렇게 그리운 연정 불태울 수 없다오.

여자 물귀신이 그에게 말 걸고 노래하니,

불행한 고기잡이 운명이 다 됐네.

끌려들 듯 빠져들 듯하더니,

그의 모습 영원히 보이지 않았다네.

　생명을 유지하기 위해 고기와 생선을 먹고, 생업을 위해 고기와 생선을 잡는 것은 어쩔 수 없다 하더라도 취미를 위해 자행하는 살생인 낚시나 사냥은 죄악이 되지 않을까? 이런 맥락에서 여가를 위해 생명을 죽이는 낚시꾼은 자신의 죄과로 익사하는 비극을 맞는다. 요정의 유혹은 비난으로 시작되어 낚시꾼을 음험한 살해자로 몰고 가는데 생명체인 물고기를 낚아 살해하는 낚시꾼을 음험한 살상자로 비난하는 것이다.

　교활하게 생명을 유혹하여 죽이는 낚시가 이 담시에서 저주되듯이 슈베르트의 유명한 가곡 「숭어Die Forrelle」에서도 인간의 간악한 지혜와 계략으로 숭어를 잡는 낚시꾼이 증오의 대상이 되고 있다.

거울 같은 강물에 숭어가 뛰노네

화살보다도 더 빨리 헤엄쳐 뛰노네

나는 길 멈추고

언덕에 앉아서

거울 같은 강물에 숭어를 바라보네

거울 같은 강물에 숭어를 바라보네

어부 한 사람이 차가운 심성으로

기슭에 서서

낚싯대로 숭어를 낚으려 하였네

그걸 내려보면서 나는 생각했지

거울 같은 물에서 숭어가 잡히랴

거울 같은 물에서 숭어가 잡히랴

그 도둑 같은 어부는 마침내 꾀를 내어

흙탕물을 일으켜 낚싯대를 들어 올리자

아 작은 숭어가 버둥거리며

낚여 올라왔네

나는 속아서 붙잡힌 송어를

고통의 마음으로 바라보았네

불교에는 〈불살생〉의 교리가 있는데, 이는 살아 있는 모든 생명은 저마다 살려는 본능이 있기 때문에 이를 무시하거나 위협해서는 안 된다는 뜻이다. 따라서 부처는 기아 문제를 해결하기 위한 도살을 금지했고 이미 죽은 동물의 고기를 먹는 것만 허용했다. 일체 중생들을 똑같은 부처로 생각하고 자비를 베풀어야 한다는 불교의 신조로 생명의 무한 가치를 인정하는 것이다. 이러한 결과인지 〈석가모니가 열반에 들었을 때 제자들보다 많은 수의 동물들이 찾아와서 슬퍼하였다〉고 한다.

이러한 동물 사랑은 서구에서도 찾아볼 수 있다. 이집트 출신의 기독교 성인 안토니우스 아바스Antonius Abbas(252~356)를 괴테는 〈짐승의 보호자〉로 『이탈리아 기행』에 묘사하고 있다. 〈그의 축일은 무거운 짐을 지고 다니는 짐승이나 이들을 몰고 다니는 관리자나 마부들에게 공히 농경신 사투르누스를 기리는 방종한 축제일이다. 이날은 모든 귀족들도 집에 머물러 있거나 걸어 다녀야 한다. 이날에 자신의 마부에게 말을 몰게 한 불경스러운 귀족이 큰 사고를 당해 벌을 받았다는 믿을 수 없는 이야기도 전해진다.〉(HA 11, 162) 이렇게 〈짐승을 보호하는〉 성 안토니우스 축일을 괴테는 언급한다. 〈갈기와 꼬리를 리본으로 아름답고 화려하게 장식한 말과 노새들이 본당과 약간 떨어져 있는 작은 예배당으로 끌려간다. 그곳에는 커다란 성수채를 손에 든 사제가 크고 작은 통안에 든 성수를 생기 넘치는 짐승들에게 마구 뿌리고 있었다. (……) 소중하고 유용한 짐승들이 1년 내내 사고 없이 안전할 수 있도록 신앙심이 깊은 마부들은 크고 작은 초들을 가져오고 귀족들은 희사품과 선물을 보낸다. 주인들이 유용하고 가치 있게 생각하는 나귀와 뿔 달린 짐승도 마찬가지로 이날은 응분의 축복을 받는다.〉(HA 11, 162)

이렇게 동물을 사랑하는 안토니우스가 『파우스트』에서 마르테가 그녀 남편의 죽음에 대한 질문에 답하는 메피스토펠레스의 답변에 언급되고 있다.

마르테 그 사람이 어떻게 숨을 거두었는지 이야기해 주세요!

메피스토펠레스 남편께서는 파두아의
성 안토니우스 옆에 묻히셨습니다.(2924~2926)

여기에서 언급된 〈성 안토니우스〉는 〈동물의 성자〉로, 물고기까지 그의 설교를 들었다고 전한다.

힌두교의 쇠고기 금기나 이슬람교의 돼지고기 금기도 그들의 종교적 사연이 있다. 11세기 무슬림 침입 이후 힌두교와 이슬람교가 경쟁하는 가운데 〈신성한 암소 개념〉이 자리 잡게 되었다. 중국에서는 소가 한 가족의 사회·경제적 지위를 상징하는 요인이어서 중국의 농부들은 집안의 일꾼인 소를 죽이는 것을 싫어한다. 이 같은 경향은 특정한 직업을 싫어하는 사회적 현상으로도 나타나 백정이 천민으로 멸시된다.

　이러한 이유 때문인지 요즈음 육식을 기피하고 채식을 선호하는 경향이 세계적으로 번지고 있다. 한국의 설, 추석처럼 가족들이 모두 모이는 프랑스의 최대 명절 크리스마스 식탁에 〈그린(친환경·채식)〉 열풍이 불고 있다. 크리스마스 기간엔 칠면조, 소, 돼지 등 각종 고기들이 식탁에 올라가는 게 관례였다. 12월의 푸아그라(거위 간) 판매량은 연간 판매량의 60퍼센트를 차지한다. 그러나 1918년 12월 24일 자 『르 피가로』에 따르면, 건강에 대한 관심이 높아지고 채식주의자가 늘어나면서 육류 수요가 크게 줄고 있다. 특히 최근 몇 년 사이 프랑스 내에서 소나 염소 도축 과정과 푸아그라 생산 과정에서 크게 불거진 동물 학대 논란이 고기 소비 감소에 영향을 미쳤다. 대형 유통업체 르클레르가 최근 실시한 설문 조사에 따르면, 응답자의 37퍼센트가 크리스마스 음식들에 대한 윤리적인 우려가 더 커지고 있다고 답했다.

5
명칭의 속성

—

미개인은 말과 사물을 명확하게 구별하지 못하고 보통 상상한다. 즉 명칭과 그 명칭으로 불리는 사람이나 사물 사이의 연결은 머리카락과 손톱 혹은 신체의 다른 부분을 통해 쉽게 주술을 걸 수 있는 방법으로 상상된다. 미개인은 또한 이름을 자기 생명의 한 부분으로 간주하여 그것의 취급에 주의한다. 그들은 자신의 이름을 단순히 명찰로만 생각하지 않고 자신이나 신체의 특수한 부분으로 간주하여 그 이름을 악의 있게 취급하면 자신이나 해당되는 육체와 정신에 해를 가져온다고 믿는데 마찬가지로 『파우스트』에서 파우스트도 〈이런 흉악한 놈! 당장 꺼져라, 그 아름다운 아가씨를 입에 올리지 마라!〉(3326~3327)라고 악마 메피스토펠레스가 순박한 그레트헨의 이름을 부르는 것을 강력하게 금한다. 이러한 믿음에서 명칭이 은폐되거나 변경되기도 했다.

어느 에스키모는 노령에 이르면 생명의 새로운 계약을 맺기를 희망하여 새로운 이름을 짓는다. 인도네시아 셀레베스섬의 어느 부족은 사람의 이름을 적으면 그와 동시에 그의 영혼을 가져간다고 믿었다. 오늘날에도 많은 미개인들이 이름을 그들의 생명의 한 부분으로 간주하고, 이름의 주인공을 해치는 구실을 주지 않으려고 진짜 이름을 감추기도 한다.

도회지적 유머 감각과 촌철살인의 독설로 유명한 할리우드 여감독 노라 에프론이 시나리오를 쓴 영화에 등장하는 유머 한 토막.

어느 날 한 인디언 청년이 아이들이 태어날 때마다 이름을 지어 주는 추장에게 〈어떻게 이름을 생각해 내느냐?〉고 물었다. 추장은 망설임 없이 대답했다. 〈그건 아주 간단해. 어린아이가 태어날 때 조용히 눈이 내리면《조용히 내리는 눈》이라 짓는 거야. 태어날 때 솔개가 하늘을 날고 있으면, 그 애는《하늘을 나는 솔개》가 돼. 그런데《교미하는 개》야, 너는 왜 그런 걸 묻니?〉

이런 인디언 이름이 국내에 친근하게 알려진 것은 케빈 코스트너 주연의 「늑대와 춤을Dances With Wolves」이란 영화가 상영된 후일 것이다. 1990년 아카데미상 7개 부문을 휩쓴 이 영화는 한 백인 장교가 인디언과 사귀며 자연에 동화되어 살아가는 이야기로, 〈백인은 선하고 인디언은 악하다〉는 할리우드 영화의 해묵은 공식을 깬 영화다. 작품 제목은 황량한 통나무집에 홀로 기거하며 이따금 찾아오는 늑대와 춤추듯 노는 주인공의 인디언 이름에서 따왔다. 풍부한 경험을 가진 인디언 족장은 〈열 마리 곰〉, 부족의 용감한 전사는 〈머리에 부는 바람〉, 주인공과 사랑에 빠지는 인디언 마을의 백인 여자는 〈주먹 쥐고 일어서〉이다. 이렇게 인디언들은 자연 친화적이어서 〈빗속을 걷다〉, 〈땅 한가운데 앉아〉, 〈늙은 옥수수수염〉, 〈머리맡에 두고 자〉, 〈사람들이 그의 말을 두려워해〉, 〈어디로 갈지 몰라〉, 〈꽃가루가 얹히는 꽃〉, 〈푸른 초원을 짐승처럼 달려〉, 〈상처 입은 가슴〉 등 개성적인 이름을 선호한다. 인디언 마을을 여러 차례 오가며 만나는 이마다 질문 공세를 퍼붓는 시인에게 그들은 〈질문이 너무 많아〉라는 이름을 붙여 주었다고 한다. 이러한 자연 친화적인 명칭 방식이 『파우스트』에서 〈소년 마부〉와 〈의전관〉의 대화에 나타나 있다. 의전관은 소년 마부에게 〈그대를 뭐라 이름 불러야 할지 모르겠으니, 차라리 그대 모습을 묘사해 보겠소〉라고 언급한다.

소년 마부　사람들이 감탄하며 한 겹 두 겹

　　불어나는 모습을 둘러보아라.

　　의전관, 시작하시오! 우리가 이곳에서 사라지기 전에

　　당신 방식대로

　　우리를 묘사하고 우리 이름을 알려 주시오.

　　우리는 우의(寓意)이기 때문이오,

　　우릴 그렇게 알아야 할 것이오.

의전관　그대를 뭐라 이름 불러야 할지 모르겠으니,

　　차라리 그대 모습을 묘사해 보겠소.

소년 마부　그렇담 한번 해보시오!

의전관　솔직히 인정하면,

　　그대는 젊고 아름답소.

　　아직은 어린 소년이지만,(5526~5537)

　이러한 명칭의 방식은 고대 그리스의 명칭 방식과도 유사하다. 소크라테스에 의하면, 처음에 사물에 이름을 붙여 준 사람들은 사물의 속성을 꿰뚫어 볼 수 있었던 입법관들이다. 예를 들어 오레스테스란 이름은 산중의 사람 혹은 산(山)사람이란 뜻인데, 처음에 오레스테스에게 이 이름을 붙여 준 사람은 그의 속성이나 성품을 꿰뚫어 볼 수 있던 입법관이자 예언가였다. 따라서 소크라테스는 〈이름이 곧 사람이다〉라는 언어와 사물의 일치를 주장하는 크라틸로스의 언어관을 옹호했다.

　바다의 신 포세이돈은 발의 족쇄를 뜻하는데, 이 이름을 처음으로 만든 사람은 산책 길에 물에 발이 묶여 더 나아갈 수 없게 되자 바다 혹은 물의 지배자를 포세이돈이라 명명하게 되었다는 소크라테스의 설명이다. 〈이집트의 개에게 맹세코, 바로 이 순간 매우 괜찮은 생각 하나가 내 머릿속에 떠올랐네. 내가 믿기에 태초에

사물에 이름을 부여한 명명가들은 틀림없이 수많은 오늘날의 철학자들과 같았을 거네. 오늘날의 철학자들은 사물의 본성을 찾아 끊임없이 돌아다니느라고 머리가 어지러울 지경이네. 세상은 돌고, 돌고 온갖 방향으로 움직인다고 그들은 상상하네. 자신들의 내적 상태로부터 유래하는 이러한 외관을 그들은 사물의 실재라고 상상하지. 그들은 정지되고 영원한 것은 아무것도 없으며 단지 유동과 움직임뿐이라고 생각하네. 그들 생각엔 세상은 온갖 변화와 운동으로 항상 가득 차 있네.〉[28]

동양에서도 이름에 깊은 의미를 부여했다. 공자는 『논어』에서 〈이름에 걸맞은 역할과 행위가 실천돼야 한다〉는 〈정명론(正名論)〉을 설파했다. 이는 이름, 즉 명칭을 바로잡는다는 뜻으로 주로 명실(名實) 관계에 대한 정치·윤리적 개념이다. 사물의 실상에 이름이 대응하므로 사물의 실제와 그 명칭을 일치시킨다는 것이다. 자로라는 제자가 정치를 한다면 무엇을 먼저 하겠느냐고 물었을 때 공자는 〈반드시 명을 바로잡겠다[必也正名乎]〉고 피력하여 정치에서 정명론을 아래와 같이 지적했다.

군주는 군주다워야 한다(君君)
신하는 신하다워야 한다(臣臣)
아버지는 아버지다워야 한다(父父)
자식은 자식다워야 한다(子子)

이런 이름의 속성에서 지명에 얽힌 역사, 지명과 인물, 지명과 현재의 모습 등이 의미 깊은 느낌을 주는 경우도 있다. 어느 지명 연구 위원에 의하면, 인천공항이 있는 영종도는 옛 이름이 자연도

28 Edith Hamilton & Huntingen Cairns(eds.), *The Collected Dialogues of Plato*, Vol. 1(Princeton University Press, 1961), p. 447.

(紫燕島)로 비행기를 상징하는 제비라는 뜻이 담겨 있고, 경기 용인시 신갈(新葛)은 이름처럼 영동·경부 고속도로와 국도 42호선 등 각종 도로가 칡넝쿨처럼 얽혀 있다. 또 김영삼 전 대통령의 생가인 경남 거제시 대계(大鷄) 마을의 대계는 봉황을 의미하고, 봉황은 대통령의 휘장이므로 김 전 대통령은 대통령의 운세를 타고 났다고 풀이했다. 〈땅과 사람 간의 상생 관계는 지명에 표현되기 마련〉이어서 지명과 지역의 운세나 인물의 부침이 맞아떨어질 수 있다는 것이다.

이런 배경에서 그랬는지 미국은 제2차 세계 대전 기간인 지난 1940년부터 원자 폭탄을 제조하는 계획을 수립했는데, 이 계획의 명칭이 〈맨해튼 계획〉이었다. 루스벨트 시대에 시작된 〈맨해튼 계획〉에 의해 만들어진 원자 폭탄이 제2차 세계 대전 때 일본의 히로시마와 나가사키 두 도시에서 버섯구름 형태로 폭발했는데, 거의 60년이 지난 2002년 9월 11일에 테러로 뉴욕 〈맨해튼〉의 세계 무역센터 빌딩이 무너지면서 일으킨 버섯구름을 보면 야릇한 일치의 감정을 느끼지 않을 수 없다.

이름이 불러일으키는 연상이 냄새에 영향을 미친다는 이론도 있다. 장미를 호박꽃이라고 부르면 덜 향기롭게 느껴지고, 고약한 냄새를 풍기는 사물에 그럴듯한 이름을 붙이면 냄새도 나아진다는 것. 영국 옥스퍼드대 에드먼드 롤스Edmund Rolls 교수 팀은 〈체다〉와 〈암내〉라고 이름 붙인 치즈의 냄새를 자원봉사자들에게 맡게 하고 이들의 두뇌 움직임을 측정한 실험에서 이 같은 결과를 얻었다. 이러한 배경에서 이름은 허투루 생각할 일이 아니어서 문학 작품에서도 이름이 어느 정도 작용을 하고 있다.

신화가 문학 작품으로 개작되기도 하는데, 한 예로 메데이아와 아리아드네를 들어 본다. 메데이아 이야기는 기원전 8세기경에 대중에 회자되다가 기원전 5세기에 에우리피데스의 작품 「메데이아」로 만들어져 수 세기 동안 여러 작가들에 의해 같은 이름으로 작품화되어 왔고, 아리아드네도 고전 작품 속에 이름이 뚜렷하게 부각되지는 않았지만 신화적 원형으로 문학 작품들에서 숱한 다른 이름의 여성으로 형상화되었다. 따라서 이러한 이름에서 생겨난 제목이나 부제가 우리가 어떤 작품과 관계하고 있는가를 가르쳐 줄 수도 있다는 추론이 생긴다. 실제로 괴테의 『빌헬름 마이스터의 수업 시대』나 『빌헬름 마이스터의 방랑 시대』에서 〈빌헬름 마이스터Wilhelm Meister〉의 빌헬름Wilhelm은 영국의 극작가 윌리엄 셰익스피어William Shakespeare에서 딴 것이고, 마이스터Meister는 대가 또는 사장(師匠)의 뜻으로 수업을 한 후 어느 한 분야에서 대가가 된다는 뜻을 내포하고 있다. 따라서 빌헬름 마이스터라는 인물이 연극적인 체험과 수업을 쌓은 뒤 연극의 세계에서 대가가 되어 연극으로 국민을 교화하려는 사명을 성취하려 하여 처음의 제목은 〈빌헬름 마이스터의 연극적 사명*Wilhelm Meisters Theatralische Sendung*〉이었다가 나중에 〈수업 시대〉와 〈방랑 시대〉로 나누어지게 되었다. 이렇게 이름은 인간 주체와 밀접한 관련을 맺는 핵심적 기표이다.[29]

토마스 만은 『요셉과 그의 형제들』에서 〈어떤 물체가 현존한다고 하면, 인간이 언어로써 그것에게 생명을 주고 이름을 붙여 불렀을 때에야 비로소 그것은 현실 속에서 존재한다〉라고 언급하는 데 마찬가지로 김춘수의 시 「꽃」도 이러한 개념을 나타내고 있다.

내가 그대 이름을 불러 주기 전에는
그는 다만
하나의 몸짓에 지나지 않았다.

29 아니카 르메르, 『자크 라캉』, 이미선 옮김(문예출판사, 1994), 137면 참조.

내가 그의 이름을 불러 주었을 때
그는 나에게로 와서
꽃이 되었다.

내가 그의 이름을 불러 준 것처럼
나의 이 빛깔과 향기에 알맞는
누가 나의 이름을 불러 다오
그에게로 가서 나도
그의 꽃이 되고 싶다.

우리들은 모두
무엇이 되고 싶다.
너는 나에게 나는 너에게
잊혀지지 않는 하나의 눈짓이 되고 싶다.

    이 시에서 화자는 꽃을 비롯한 이 세계의 모든 대상은 이름으로 불려야만 존재할 수 있다고 한다. 꽃에 구체적인 이름을 붙여 주기 전에 그 꽃은 오직 〈하나의 몸짓〉에 지나지 않을 뿐, 꽃으로 존재하지 못하고 꽃이라고 명명될 때 비로소 꽃으로서 존재하는 것이다. 결국 라캉Jacques Lacan의 논리대로 이름은 언어적 기표일 뿐 아니라, 다른 사람들과의 관계를 표상해 주는 역할을 하여 인간 주체와 밀접한 관련을 맺는 핵심적 기표가 된다.[30] 『파우스트』에서 파우스트도 그레트헨에 대한 깊은 사랑을 이름으로 전개시키려 하는 데 어려움을 느낀다.

    메피스토펠레스   선생은 곧 지극히 고결한 척 굴며,

30 같은 곳 참조.

가련한 그레트헨을 유혹하고

영원한 사랑을 맹세할 셈이 아니던가요?

파우스트 하지만 그것은 진심일세.

메피스토펠레스 참 근사하고 멋지군요!

그러면 그것이 영원한 신의와 사랑,

무엇보다도 강하고 유일무이한 충동 —

진심에서 우러나오는 것이오?

파우스트 그만두세! 진심에서 우러나오는 것일세! —

나는 지금 느끼는 감정과 혼란을

뭐라고 이름 불러야 할지 모르겠네.

온 마음으로 세상을 배회하고

온갖 최고의 말을 향해 손을 내밀며,

내 안에서 불타오르는 이 불꽃을

무한하고 영원하다고, 영원하다고 부르네.

그런데 이것이 간악한 거짓 장난이란 말인가?(3052~3066)

그러면 인류가 최고의 신으로 숭배하는 하느님의 이름은 무엇일까? 성서에는 하느님에 대한 설명이 없다. 뿐만 아니라 어떤 하느님이 어떤 이유로 우주를 지으시고 사람을 지으셨다는 설명이 전혀 없이 그냥 〈한처음에 하느님께서 하늘과 땅을 지어내셨다〉(「창세기」1장 1절)라는 말로 시작된다. 하느님에 대한 유일한 이름은 모세가 하느님께 이름을 물었을 때 이뤄지고 있다.

모세의 나이 80이 되었을 때 하느님께서 떨기나무 불꽃 가운데 나타나 〈지금도 이스라엘 백성의 아우성 소리가 들려온다. 또한 이집트인들이 그들을 못살게 구는 모습도 보인다. 내가 이제 너를 파라오에게 보낼 터이니 너는 가서 내 백성 이스라엘 자손을 이집트에서 건져 내어라〉(「출애굽기」3장 9~10절)고 말했다. 이 말을 들은 모세는 〈제가 이스라엘 백성에게 가서《너희 조상들의 하느님께서 나를 너희에게 보내셨다》하고 말하면 그들이《그 하느님의 이름이 무엇이냐?》하고 물을 터인데 제가 어떻게 대답해야 하겠습니까?〉(「출애굽기」3장 13절) 하고 하느님께 물었다. 이런 질문이 나올 수밖에 없는 것이 그 시대가 다신론의 시대였기 때문이다. 이에 하느님께서 일러 주시기를 〈너는 이스라엘 백성에게 이렇게 일러라.《나를 너희에게 보내신 이는 너희 선조들의 하느님 야훼시다. 아브라함의 하느님, 이사악의 하느님, 야곱의 하느님이시다.》이것이 영원히 나의 이름이 되리라. 대대로 이 이름을 불러 나를 기리게 되리라〉(「출애굽기」3장 15절). 이 내용에서 하느님은 자신의 이름을 야훼라 일러 주었다.[31]

　이러한 사실도 있지만 〈신〉이란 말은 새롭고 생생한 감정을 담을 수 없고, 우주의 오묘함과 숭고함 그리고 장엄함도 알면 알수록 명명이 어려워져서 괴테는 1823년 12월 31일에 에커만에게 다음과 같이 말했다. 〈신은 매일 자신을 입에 담는 자, 특히 성직자에게 단순한 명칭에 불과하다. 신은 상투어에 불과하여 신이라는 명칭에서 이제는 어떤 사고도 떠오르지 않는다. 따라서 신의 위대성이 진실로 침투된 인간은 오히려 침묵하게 될 것이다. 신 앞에서 깊이 머리를 숙이고 과장되게 이름을 부르거나 행동하지 않을 것이다.〉결국 〈신〉에 대한 감정은 인간같이 새롭고 생생하게 이름으로 나타낼 수 없다. 신의 오묘함과 숭고함 그리고 장엄함을 알면 알수록 이름을 붙이기가 어려운데, 이러한 상황을 파우스트가 마르가레테에게 강조한다.

　내 말을 오해하지는 말아요, 아리따운 이여!
　누가 하느님 이름을 부를 수 있겠소?

31 안진태, 『역사적인 민족 유대인』(새문사, 2011), 93면.

누가 하느님을 믿는다고
고백하겠소?
그리고 누가 하느님을 믿지 않는 걸 느끼고서
감히 입 밖에 내어
말하겠소?
만물을 포용하시는 분,
만물을 보존하시는 분을.
그분은 당신을, 나를, 스스로를
포용하고 보존하시지 않소?(3432~3441)

이렇게 감히 이름을 붙여 무엇이라고 할 수 없는 존재인 신처럼 파우스트는 숭고함이나 장엄함 등의 감정에 따라 진정한 이름이 생성된다고 마르가레테에게 토로한다.

그대의 커다란 마음이 그것으로 가득 차고,
그것에 묻혀 행복에 넘치면
행복! 마음! 사랑! 신!
그 무엇이든 원하는 대로 부르시오.
나는 그것에 이름이
필요 없소! 내가 느끼는 것으로 충분하오.
이름은 천상의 불꽃을 감싸고 있는
허망한 껍질에 불과하오.(3451~3458)

신은 세계 내부에서 움직이는 존재로 자연을 자기 안에 품고 있고, 또는 자기를 자연 속에 품고 있어서 신은 하나이며 다수이고 다수이면서 하나다.
문학에서는 이름에 의미를 넣어 그 이름 소유자의 성격 묘사로 사용하는 경우가 있는데, 대표적인 것이 헬레나이다. 아름다운 여성으로 알려진 헬레나의 이름에 복합적 요소가 담겨 있어 〈고전적인 발푸르기스의 밤〉 장면에서 케이론[32]은 〈그 신화적인 여인이 너무 특별한 존재여서, 시인들은 필요에 따라 제멋대로 묘사한다오〉(7428~7429)라고 말하고 있다.

이처럼 헬레나와 같은 여성이나 돈 후안 같은 사람, 돈키호테와 같은 인물은 종속 명사(種屬名詞)로 사용되고 있다. 영어의 뚜쟁이Pander는 초서의 장시 「트로일루스와 크리세이드Troylus and Cryseyde」에 등장하는 뚜쟁이Pandarus라는 이름에서 유래하고, 괴테의 『판도라』에 등장하는 에피메테우스Epimetheus의 딸들인 에피멜라이아Epimeleia(근심, 시름), 엘포레Elpore와 트라세이아Thraseia(대담한 희망)의 이름 속에 희망과 시름·근심 등의 요소가 들어 있다. 이러한 배경에서 영국의 문예 비평가인 러스킨John Ruskin(1819~1900)은 셰익스피어 극 중 인물들의 이름을 아래와 같이 묘사하고 있다.

셰익스피어 극에 나오는 인물들은 이상야릇하게도 ─ 때로는 조심스럽게도 ─ 여러 나라의 각양각색의 전통이나 언어들로 합성되어 있다. 그 의미가 극명한 세 가지 이름에 대해서는 이미 살펴보았다. 데스데모나 ─ 그리스어인 〈디스다이모니아(비참한 운명)〉에서 나온 이름 ─ 의 경우도 명백하다. 오셀로는 〈조심성 있는 사람〉이라는 뜻으로 생각된다. 이 비극에서 일어나는 모든 참화는 그의 태연자약하고 굳센 기상 속에 있는 단 하나의 성격적 결함과 잘못에서 일어났던 것이다. 햄릿의 충실한 아내로 스스로

---

32 상반신은 인간이며 하반신은 말인 켄타우로스족의 하나로 스핑크스가 존재한 자연 신화시대에서 헬레나 등의 영웅시대 사이에서 교량적인 역할을 한 것으로 알려져 있다. 그는 현자(賢者)로서 의사이며 음악가와 천문학자를 겸하고 헤르쿨레스·이아손·아스클레피오·아킬레우스 등 무수한 영웅들을 교육했다고 한다.(『괴테 파우스트』I·II부, 259면 참조)

목숨을 끊었던 오필리아(남 돕기 좋아하는 사람)라는 이름이 그리스 이름이라는 것이 그녀의 오빠인 레어티즈의 이름에서 알게 된다. 그리고 그 의미는 오빠가 그녀에 대해서 마지막으로 하는 말 가운데에 암시되어 있다. 〈네놈이 지옥에서 울부짖고 있을 때, 나의 누이동생은 천국에서 섬기는 천사가 되어 있으리라.〉이 말에서는 오필리아의 우아한 기품이 야비한 승려의 무익한 행동에 대비되어 있다.[33]

이름에 의미를 집어넣는 방식Onomastik은 관념 연합 작용(觀念連合作用)으로 이름의 뜻과 효과만으로도 성과를 거둘 수 있다. 괴테도 시 「별명Beiname」에서 『코란』을 완전히 암기하여 통달한 14세기 페르시아 시인 하피즈의 이름에서 관념 연합 작용을 논하고 있다.

시인
모하메드 솀세딘이여, 말해 주오,
어찌하여 당신의 고귀한 민족이
당신을 하피즈라고 불렀는지를.

하피즈
존경스럽도다,
나 그대의 질문에 답하리라.
신성한 코란의 유언을
행복스러운 기억 속에서
내 변함없이 지키고,
아울러 경건하게 처신하여,

33 노드롭 프라이, 『비평의 해부』, 임철규 역(한길사, 1982), 20면 이하.

천한 나날의 해악이

나와 예언자들의 말씀과 씨앗을

마땅히 존중할 줄 아는 자들을

건드리지 못하게 하므로,

사람들이 나에게 그 이름을 주었노라.

여기에서 하피즈는 별명이고, 본명은 모하메드 셈세딘Mohamed Schemseddin이며 별명의 유래를 하피즈 자신의 대답을 통해 밝히고 있다. 괴테는 하피즈라는 별명으로 『코란』을 외우고 있을 뿐만 아니라, 그 가르침을 실행에 옮기는 언행일치의 경건한 자세를 갖춘 인격자를 나타내고 있다.

레싱의 희곡 「에밀리아 갈로티」에 등장하는 갈로티 일가의 오도아르도와 클라우디아는 〈에밀리아의 부모〉로 표현된다. 반면에 헤토레 곤차가, 마리넬리, 카밀로 로타, 아피아니, 오르시나 등은 〈구아스탈라의 왕자〉, 〈왕자의 시종관〉, 〈왕자의 고문〉, 〈백작〉, 〈백작 부인〉 등의 공식 직함이나 작위를 가진 공인(公人)들로 소개된다. 안젤로를 위시한 하인 등 천민층에 속하는 인물들과 소속이 불분명한 화가 콘티를 제외하면 등장인물들은 개인적·사적 영역의 인물군과 궁중 세계에 속하는 공적 영역의 인물군으로 나누어진다.

이에 대해 레싱은 『함부르크의 연극론』에서 다음과 같이 언급하고 있다. 〈우리를 감동시키기 위해서 자연이 신분적 칭호가 필요하다고 생각한다면 자연을 모르는 것이다. 친구, 아버지, 연인, 남편, 아들, 어머니, 인간 등의 이름들이 다른 칭호보다 더 장중하다.〉 이어 그는 〈이름은 천상의 열화를 안개처럼 감싸는 소리와 연기에 불과하다〉면서 이름을 단순히 외형적 피상이나 형식으로, 실제와는 유리되어 있는 것으로 간주하고 있다. 레싱의 이론대로 직업이나 명칭에 따른 이름이야말로 자신의 권리를 영원히 주장하는 것이다.[34] 이러한 레싱의 이론이 괴테의 『파우스트』에도 담겨 있다.

> 너희 같은 족속은 이름만 들어도
> 그 본성을 알기 마련이다.
> 파리의 신, 유혹자, 거짓말쟁이라는 말들이
> 그 본성을 얼마나 극명하게 드러내느냐.
> 그래, 네가 누구냐?(1331~1335)

따라서 『파우스트』의 〈한밤중〉 장면에서 파우스트의 최후를 암시하는 네 명의 회색빛 여인이 고유의 이름 없이 자연의 본질을 나타내는 이름으로 등장하여 무시무시하고 음산한 광경이 전개된다.

> **첫째 여인** 나는 결핍이니라.
> **둘째 여인** 나는 죄과이니라.
> **셋째 여인** 나는 근심이니라.
> **넷째 여인** 나는 고난이니라.(11382~11385)

이렇게 이름 없이 인물군으로 나타나는 현상은 특히 동화에서 돋보인다. 실제로 존재하는 세계에서 마술 세계로의 급격한 변화에 자연스러운 느낌을 주기 위해 동화 속 마녀의 서술에서 〈늙은 여자〉, 〈늙은 마녀〉, 〈나쁜 마녀〉라는 속성 등이 묘사되고, 주인공들도 이름을 지니지 않고 〈빨간 모자Rotkäppchen〉, 〈왕〉, 〈왕비〉, 〈왕자〉, 〈공주〉 등 보통 명사로 표현되거나 마녀의 코가 휘었다 또

---

34 Gotthold E. Lessing, *Hamburgische Dramaturgie*(Stuttgart), S. 77 f.

는 눈이 빨갛다고 서술되기도 한다.

『파우스트』에서도 발렌틴이나 바그너 같은 이름을 지닌 인물은 드물고 일반적으로 〈학생〉, 〈하녀〉, 〈농부〉, 〈시민〉, 〈군인〉 같은 직업이나 신분에 따른 명칭으로만 불리는 경우가 많은데 이들은 모두 개성 있는 인물이 아니라 특정한 직업이나 단체의 전형적인 인물이다. 이들은 파우스트 같은 넘쳐흐르는 자아의식이 결여되어 항시 무리를 지어 등장하고 있다. 그들은 해방된 주체가 아니라 흐릿하고 둔중한 의식 상태에서 별다른 성찰이나 문제의식 없이 단순하고 일상적인 삶을 살아가는 사람들이다. 이를 발터 횔러러Walter Höllerer 같은 학자는 『형식의 묘사Beschreibung einer Form』에서 〈이것은 인간의 비인간화 경향을 간취하기에 충분하다〉는 언어학적 해석을 내리고 있다. 인물의 비인간화를 나타낼 때 이름의 거부 현상이 나타난다는 것이다.

이렇게 이름 등의 명칭이 기피되고 신체와 신분의 칭호로 불리는 경우가 많은데, 파우스트는 종교까지도 마음으로 느껴야 한다고 여겨 종교의 명칭까지 사소하게 여긴다. 따라서 창조적인 성격의 파우스트는 종교의 명칭을 헛된 울림으로 경시하면서 자신의 내면에서 솟아 나오는 욕구만을 추구하며 그것만이 진실이라고 생각한다. 이러한 배경에서 괴테는 『상징Symbolik』에서 〈말로써 대상이나 우리 자신을 나타내지 못한다〉[35]고 언어의 한계를 직시하여 파우스트는 〈오, 떨지 말아요! 이 눈길, 이 손길이 입으로 표현할 수 없는 것을 말하고 있소〉(3188~3190)라고 그레트헨의 손을 꼭 잡고 자신의 폭풍 같은 사랑의 감정을 언어가 아닌 표정과 행동으로 나타내기도 한다.

『색채론』에서도 〈언어는 상징적이고 비유적이기 때문에 대상

---

35 Johann W. Goethe, *Werke* im Auftrag der Grossherzogin Sophie von Sachsen, Bd. II, 11(München: 1987), S. 167.

을 직접적으로 표현하지 못하고, 간접적으로 표현할 수밖에 없다는 사실을 사람들은 깊이 생각하지 않고 있다〉(HA 13, 491)라고 언급하고 있다. 인간의 근본적인 바탕과 정신세계는 언어에 의해 암시적으로 표현될 뿐이지 구체적으로 표현될 수 없기 때문에 비유Gleichnis나 은유Metapher의 힘을 빌린다. 따라서 메피스토펠레스가 〈그러면 그것이 영원한 신의와 사랑, 무엇보다도 강하고 유일무이한 충동 ── 진심에서 우러나오는 것이오?〉(3056~3058)라는 질문에 파우스트는 다음과 같이 답변한다.

> 그만두세! 진심에서 우러나오는 것일세! ──
> 나는 지금 느끼는 감정과 혼란을
> 뭐라고 이름 불러야 할지 모르겠네.
> 온 마음으로 세상을 배회하고
> 온갖 최고의 말을 향해 손을 내밀며,
> 내 안에서 불타오르는 이 불꽃을
> 무한하고 영원하다고, 영원하다고 부르네.
> 그런데 이것이 간악한 거짓 장난이란 말인가?(3059~3066)

사랑의 감정은 파우스트에게 혼란이기도 하며, 이의 이름을 찾아보지만 발견할 수 없는 것이다.

6
인간과 자연

—

괴테가 신봉한 범신론에 따르면 신의 영향력, 전능함, 위대함은 자연에서 나타난다. 따라서 『파우스트』에서 영적 존재에 불과한 인조인간 호문쿨루스가 육체를 얻은 뒤 인간으로 완성되고자 두 명의 자연 철학자 아낙사고라스와 탈레스에게 배우려고 하는 첫 대상은 자연이다.

저는 지금 두 철학자의 뒤를 쫓고 있어요.
귀 기울여 들어 보니, 자연, 자연! 이라고 외치는데,(7836~7837)

결국 영적인 호문쿨루스가 육체를 얻어 인간이 되려면 제일 먼저 자연을 알아야 하는 것이다. 이러한 자연이 괴테의 작품에서는 여인들의 사랑에 연관되어 아름답게 전개되는데 이 여성들의 사랑은 괴테가 실제로 사랑한 여성들의 반영으로 볼 수 있다. 따라서 괴테가 초기에 사랑했던 연인 프리데리케Friederike Brion도 화창한 자연의 미에 연관되어 그의 시 「오월의 축제Maifest」에서 화창한 봄으로 찬양되고 있다.

자연은 얼마나 저렇게도 화려하게
나에게 빛날까!
태양은 저렇게 반짝이고,

들은 저렇게 웃음을 띠는가!

나뭇가지마다
꽃봉오리가 터져 나오고
숲속에서는
천만 가지 소리가 들려오네.

그리고 사랑의 가슴마다
기쁨이 넘쳐흐르니
오 대지여, 태양이여!
오 행복이여, 환희여!

이 시는 질풍노도기의 대표적인 시로 1771년에 쓰였다. 괴테가 제젠하임에서 시무하던 목사의 딸 프리데리케를 사랑한 것이 작품의 직접적인 집필 동기이다. 특히 슈트라스부르크에서 공부하던 1770년부터 1771년 사이에 엘자스 지방을 두루 여행하며 자연을 가까이 대하던 시절에 괴테는 많은 시를 썼는데, 「오월의 축제」 역시 그중 하나이다. 그는 자신을 기쁘게 하거나 고통스럽게 하는, 혹은 그를 사로잡는 것들을 하나의 이미지, 한 편의 시로 변화시켜 외부의 사물에 대한 개념을 정립하면서 속마음을 진정시킨 것이다.

「오월의 노래」는 소녀 프리데리케와 오월의 자연 그 자체가 하나의 인상으로 괴테의 영혼에서 나오는 그야말로 자연스러운 시 작품이다.[36] 소박하게 대지와 태양, 나뭇가지에 달린 꽃, 아침 구름과 같은 사랑, 그리고 꽃에 아지랑이가 낀 푸른 들판이 찬미되고, 각 시절(詩節)은 서로 교류하면서 마지막 절로 유입되어 새로

---

36 김주연, 『독일 시인론』(열화당, 1986), 53면 이하.

운 노래와 청춘과 용기와 기쁨이 찬미되어 행이 발전함에 따라 봄과 사랑에 대한 감탄이 점층되고 있다. 주위의 자연이 봄을 맞아 즐거운 빛을 발하고 노래와 웃음으로 빛나자 연인의 가슴도 온통 행복에 가득 찬다. 시인의 마음은 너무나도 행복에 들뜬 나머지 사랑과 봄의 즐거움을 조리 있게 노래하지 못할 정도다. 이러한 자연에 대한 관조력은 종교적 분위기로 승화된다. 연인과 봄이 하나로, 사랑 자체가 격정으로 서술되면서 이지력보다는 감정이 앞서 디오니소스적인 환호나 장엄한 분위기가 압도한다.

이렇게 프리데리케에게서 느끼는 자연이 『파우스트』의 그레트헨에게서는 형이상학적으로 느껴진다. 파우스트에게는 지식 자체가 종국적 목적이 아니고, 모든 존재를 통합하는 근원적인 존재인 순수한 자연의 생명력을 파악하고자 하는데, 이러한 자연이 그레트헨으로 발전되어 자연이 사랑의 생명이 되고 있다. 파우스트는 있는 그대로 지극히 소박하게 자라고 있는 그레트헨에게서 자연의 현상을 보는 것이다.

아, 이 소박하고 순진한 아가씨는
자신의 성스러운 진가를 전혀 모르고 있구나!
겸손과 겸양은 자애롭게 베푸는
자연의 최고의 선물인 것을 ― (3102~3105)

이렇게 『파우스트』에는 시 「오월의 축제」와 같이 자연의 축제적인 분위기를 보여 주는 장면이 많다. 황제의 궁정에서 벌어지는 가장행렬에 참가하면서, 한 무리의 남자 원예사들이 나와 꽃들의 아름다움을 읊는 장면은 「오월의 축제」 분위기를 돋우고 있다.

꽃들이 고이 피어나

그대들의 머리를 매혹적으로 꾸며 주는 걸 보아라.
그러나 열매들은 유혹하기 위한 것이 아니라
맛보고 즐기기 위한 것이니라.

가무잡잡하게 그을린 얼굴들이
버찌, 복숭아, 탐스러운 자두를 가져왔소이다.
어서 사시오! 눈으로 보기보다는
혀와 입으로 직접 맛보아야 참맛을 알 수 있는 법.

무르익은 과실들을
어서 즐겁게 맛보러 오시오!
장미꽃으로는 시를 짓고,
사과는 깨물어야 제맛이 나는 법.
우리가 그대들의 풍성한 젊음의 꽃과
짝짓도록 부디 허락해 주시오.
무르익은 과일들을 탐스럽고 보기 좋게
여기 나란히 쌓아 놓으리다.
곱게 꾸민 정자 한구석,
흥겹게 엮어 놓은 나뭇가지 아래에
없는 것이 없소이다,
꽃망울, 잎사귀, 꽃, 열매.(5158~5177)

『젊은 베르테르의 슬픔』에서 베르테르가 염원하는 자유는 세속적인 문명에서 벗어난 자연으로의 귀의다. 따라서 작품 첫 장면은 〈그곳(문명사회)을 떠나오기를 얼마나 잘했는지!〉라는 독백으로 시작한다. 문명에서 벗어난 베르테르에게 자연은 새롭기만 하다. 독립적이며 스스로 만족하고 스스로 완성하는 무한한 삶을 제공하는 자연에서 베르테르는 세속적인 이성과 계산, 차가운 평가의 오성에서 벗어나고자 한다. 이러한 자연을 느끼지 못하게 되면서 베르테르에게 비극이 시작된다. 로테와의 사랑의 갈등에 싸여 시야가 좁아지면서 자연의 아름다움도 느끼지 못하게 되자 베르테르는 결국 자살을 결심한다. 감정이 혼란스럽거나 갈등에 접어들 때 자연 역시 혼란스럽게 작용하여 모든 구속과 고통으로부터 벗어나 〈영원한 자연〉을 찾으려 하는 것이다. 이렇게 자연은 상황에 따라 낙천적이 되거나 지옥 같은 곳이 된다.

괴테는 이탈리아 여행 동안 원초적 식물의 신비에 몰입하여 『파우스트』에서 자연의 재난과 인간의 자연 개입의 관계를 심층적으로 다루고 있다. 1824~1825년 겨울의 폭풍으로 인한 해일로 1826년에 발생하여 많은 피해를 불러온 홍수에 자극받아 집필된 괴테의 『기상학의 시도』에서 자연은 법칙과 규칙에 따라 작용한다고 적혀 있다. 그런데 이 저서에서 괴테는 인간이 자연을 통치하거나 극복할 수 있다고 생각하여 폭력적인 자연과의 투쟁은 필연적이라고 언급하고 있다. 〈자연의 원소들은 우리가 영원히 싸워야 하는 거대한 적으로 간주되어야 한다. 이 적들은 개개의 경우 정신의 지고한 힘, 용기와 책략을 통해서 제압될 수 있다. 자연의 원소들은 제멋대로의 횡포 그 자체라고 불릴 수 있다.〉[37] 따라서 파우스트는 바다의 파도도 거대한 횡포의 대상이며, 제압해야 할 대상으로 보고 있다.

스스로 무익한 존재로서 무익함을 선사하러,
파도가 사방 천지에서 슬그머니 다가온다네.
점점 부풀어 올라 한껏 커져서는, 사납게 넘실거리며
고집스럽고 황량한 해변을 휩쓰네.

37 『괴테 파우스트 휴머니즘』, 274면에서 인용.

파도들이 꼬리에 꼬리를 물고 몰려와 스스로의 힘에 도취해
위력을 떨치다가 물러나지만, 이룬 것은 아무것도 없네.
참으로 걱정스럽고 절망스러운 일일세!
원소들이 아무런 목적 없이 제멋대로 날뛰다니!(10212~10219)

이러한 바다 근처에 황제에게 봉사한 공로로 봉토를 얻게 된
파우스트는 이 대지로 이주하여 댐을 건설하고 운하를 파며 바다
를 육지로 개간한다. 마찬가지로『빌헬름 마이스터의 방랑 시대』
에서도 운하 개발이 논의되고 있다. 〈레나르도가 백부에게서 물려
받은 토지의 일부는 자연의 혜택이 적은 지방에 있는데, 최근에 그
지방을 관통하는 운하가 계획되어 우리 소유지도 통과하게 되기
때문에, 우리가 서로 연합하게 되면 그 토지의 가치는 헤아릴 수
없을 만큼 높아지게 됩니다. 그렇게 되면 그는 처음부터 시작해 보
고자 하는 강인한 성격을 아주 알맞게 전개시켜 나갈 수 있을 것입
니다. 이 운하의 양쪽에는 아직 개척되어 있지 않고 사람도 살고
있지 않은 토지가 남아돌아갈 만큼 있을 것입니다. 그곳에 방적 여
공이나 직물 여공이 이주하고, 미장이, 목수 그리고 대장장이가 자
신들과 그녀들에게 알맞은 공장을 세울 것입니다.〉(HA 8, 242)
　이러한 간척 사업에 대한 영감은 이탈리아 기행에서 얻었을 가
능성이 크다. 괴테는 이탈리아 여행 시기인 1787년 2월 23일 당시
교황에 의해 운하가 매립된 것에 관심을 가지고 폰티니 소택지를
지나간 적이 있다. 또한 1786년 9월 30일 자『이탈리아 기행』에 이
탈리아의 산 마르코 광장에 있는 종탑에서 밀물 상태의 석호와 리
도섬 그리고 바다에 떠 있는 갤리선과 프리깃함을 보았다고 기록
되어 있다. 이 배들은 1784~1786년 사이에 튀니지와 전쟁을 벌여
승리했던 베네치아 공화국의 안젤로 에모Angelo Emo(1731~
1792) 제독의 배이다. 그리고 괴테는 베네치아 사람들이 성벽을

쌓아 올려 석호를 바다로부터 격리시킨 리도섬을 관찰하며 인간의 노력과 바다의 섭리를 생각했다. 이러한 괴테의 경험이 바다를 개척하는 파우스트의 전형이 되었을 수 있다.

〈그 땅은 아직 있지도 않소, 넓은 바닷속에 잠겨 있을 뿐이오〉(11039)라고 황제가 말한 땅을 파우스트가 봉토로 받아 개척하려는 동기는 새로운 도전과 개척 정신으로 질풍노도적인 성격을 띠고 있다. 이미 사람들이 살고 있는, 그래서 유럽의 낡은 신분 질서와 빈부 관계가 고착된 지역에서 자유와 평등 같은 새로운 사회의 구현을 시도하는 파우스트는 〈날마다 자유와 삶을 쟁취하려고 노력〉(115756)해야 한다는 질풍노도적인 이념을 구현하는 것이다. 이렇게 〈날마다 자유와 삶을 쟁취하려고 노력해야 한다〉는 말은 자본주의 사회에서의 무자비한 경쟁을 의미하며 메피스토펠레스의 사업에 대한 보고에 나타나 있다.

> 겨우 두 척의 배로 떠났는데,
> 스무 척의 배를 몰고 항구로 돌아오다니.
> 우리가 얼마나 큰일을 해냈는지,
> 배에 싣고 온 짐을 보면 알리라.
> 　(……)
> 오로지 잽싸게 움켜쥐면 만사형통인 것을,
> 물고기를 낚아라, 배를 낚아라.
> 세 척이 이미 수중에 있으면,
> 네 번째 배를 갈고리로 잡아채라.
> 다섯 번째가 호락호락하지 않으면,
> 힘 있는 자가 곧 정의인 것을.(11173~11184)

이러한 자본주의 사상에 따라 파우스트는 공사를 수행하는 과

정에서 노동자들을 가혹하게 수탈하고 사업을 확장하는데 사업에
장애가 되는 것은 무자비하게 탄압한다.

> 그동안 생각한 것을 서둘러 완성해야겠구나.
> 주인의 말보다 더 중요한 것이 어디 있겠느냐,
> 어서 일어나라, 하인들아! 한 사람도 빠짐없이!
> 내가 대담하게 구상한 것을 행복하게 눈앞에 보여 주어라.
>   (11501~11504)

이런 배경에서 파우스트의 다음과 같은 언급 등을 근거로 그의
개발 사업이 19세기 유럽의 자본주의적 산업 사회에 대한 분석과
묘사로 해석되기도 한다.

> 무슨 수를 써서라도
> 일꾼들을 계속 모아들이게.
> 엄하게 다스리면서도 흥을 돋우어 격려하게.
> 돈을 주어 부추기고, 강제로라도 끌고 오란 말일세!
> 그리고 수로가 계획대로 확장되는지
> 날마다 보고하게.(11551~11556)

이 시기 독일에서 산업화와 기계는 이미 그 발전을 저지할 수
없었고, 기계 외에도 영국에서 상용화된 상업적 환경이 형성되어
있었다. 따라서 파우스트의 미래의 비전은 산업 사회의 역사적 현
실의 틀에서 언급된다. 간척 사업을 진행하는 파우스트가 현대의
자본주의적 사업가로 조망되는 것이다.[38] 이렇게 파우스트의 개간

---

38 Vgl. Gerhard Wild, *Goethes Versöhnungsbilder. Eine geschichtsphilosophische
Untersuchung zu Goethes späten Werken* (Stuttgart: 1991), S. 118.

은 19세기 산업화의 전형으로 당시 경제 상황을 묘사하는 데 쓰여 데카르트의 『방법에 대한 고찰Die Abhandlungen über die Methode』에서는 〈자연의 지배자들과 소유주들〉로 묘사되고, 마리탱Jacques Maritain은 〈사상의 인간 중심적인 낙천론〉, 겔렌Arnold Gehlen은 〈자연을 지배하는 제국주의〉의 사상을 담은 합리성이라고 규정지었다.[39]

이렇게 신앙과 사랑, 소망과 인내에서 벗어난 파우스트의 과업은 자연의 근원적 질서를 인위적으로 파괴하여 수치스러운 결과를 낳게 된다. 파우스트가 메피스토펠레스에게 〈나는 통치할 수 있는 소유지를 갖고 싶네! 오로지 일을 하고 싶을 뿐, 명성은 아무것도 아닐세〉(10187~10188)라고 밝히듯이 이 거대한 간척 사업은 권력(지배권)과 부(재산)를 목적으로 하고 있다.[40] 한때 세계와 우주와 자연의 근원적 진리를 파헤치려 했던 질풍노도적인 파우스트가 이제는 〈서둘러 머릿속으로 많은 계획〉(10227)을 세우고 자연을 자신의 뜻에 맞게 개조함으로써 인간의 이득을 얻으려 하는 것이다.[41]

그러나 파우스트는 사업의 갈등에 싸이면서 미적 시야가 점차 좁아져 자연의 아름다움을 느끼지 못하게 된다. 이렇게 제방을 쌓고 둑을 막아 자연에 대항하는 작업은 악마 메피스토펠레스가 원하는 행위로 그는 아래와 같이 조롱한다.

현명한 영주님들의 대담한 종복들이
도랑을 파고 제방을 쌓아
바다의 권리를 제한하며
주인 자리를 차지하려 했다네.(11092~11095)

39 Walter Benjamin, *Gesammelte Schriften*(Frankfurt/M.: 1977), II, 2, S. 70.
40 같은 책, 141면 이하.
41 같은 책, 273면.

또한 〈결국 시간 앞에 무릎 꿇고서 백발로 모래 속에 나자빠져 있구나〉(11592)라는 메피스토펠레스의 말처럼 파우스트 같은 인간이 만든 댐이나 제방은 전형적인 〈현대적〉 산업의 전형이 되어 어느 시기에는 재앙으로 돌아오는데 메피스토펠레스가 이를 조롱한다.

> 네놈은 머지않아 바다의 악마 넵투누스에게
> 진수성찬을 갖다 바치리라.(11546~11547)

이렇게 인간이나 자연을 황폐시키는 문명은 결국 인간이 만들어 낸 것이다. 심지어 인간의 목숨을 앗아 가는 수단이나 도구도 인간에 의해 만들어지고 있다. 작품 초기에 파우스트가 인식의 불가능에 절망한 나머지 자살을 생각하고 작은 병(687)에 들어 있는 독약을 마시려 하는데 이렇게 인간의 목숨을 앗아 가는 독약도 결국 인간의 지혜와 기술로 만든 것이다.

> 반갑구나, 독특한 플라스크야!
> 경건한 마음으로 너를 집어 내리며,
> 네 안에 스며 있는 인간의 지혜와 기예를 숭상하노라.
> 너는 고이 잠재우는 액체의 진수이고,
> 죽음을 불러오는 섬세한 힘들의 정수이니,
> 네 주인에게 충성을 보여라!(690~695)

따라서 인간이 공들여 이룩한 문명들은 악마 메피스토펠레스 같은 마신들을 위한 잔치가 되기도 하여 인간의 문명은 결국 부정적인 결과가 되는 경우가 많다. 파우스트의 위풍당당한 모습은 결국 기만에 불과하다는 것을 알고 있는 메피스토펠레스는 파우스

트의 개간에 대한 욕망이 실제로는 속절없는 망상이며 공허한 가
상에 지나지 않아서 결과는 파멸뿐이라고 확신한다.

> 너희들은 어차피 이래도 끝장이고 저래도 끝장이다. ―
> 자연의 힘들이 우리하고 결탁했으니,
> 결국 파멸을 면치 못하리라.(11548~11550)

따라서 파우스트가 운하를 간척하여 자연에 도전하는 사업은
엄청난 바다의 분노를 자극하게 되어 바다는 정돈되고 평화스러
운 세계를 휩쓸어 버린다. 따라서 바다에 인접한 지역에서 정원,
마을, 숲 등 유원지로 묘사되던 대지의 아름다움은 곧바로 공포스
러운 장면들이 되고 있다. 〈바위에서 바위로 사납게 굽이쳐 흘러
내리는 급류처럼 심연을 향해 탐욕스럽게 돌진하는 인간이 아니
더냐〉(3350~3351), 그리고 그 과정에서 주변의 모든 것을 휩쓸
어 가는 〈급류〉는 물에 대한 도전의 응징이 되고 있다. 자연에 내
재하는 신이 비인간적이 되는 것이다. 그런데도 끊임없이 자연을
정복하고자 하는 파우스트는 바다의 사납고 거대한 파도도 제압
하여 낙원으로 만들고자 한다.

> 물거품 사납게 날리며
> 자네를 혹독하게
> 다루었던 바다가
> 정원으로 바뀐 걸 보게나.(11083~11086)

이러한 파우스트처럼 자연에 도전하려는 내용이 『서동시집』
속의 시 「겨울과 티무르」에서 세계적인 정복자 티무르로 전개되
고 있다. 그는 혹독한 겨울과 맞서며 제압하고자 하는 것이다.

그래서 이제 겨울이 사납게 노하여

그들을 에워쌌다. 모든 사람 사이사이로

그 얼음 숨결을 뿌리며

겨울은 온갖 바람을

역풍으로 그들에게 몰아친다.

그들을 제압할 폭력을 주었다.

서릿날 선 폭풍들에게.

티무르는 회의장으로 내려와서

위협하며 소리쳐 말하였다.

〈불행한 사람아! 조용히, 천천히

거닐라, 너 불의의 폭군아.

마음들이 더 오래

불에 그슬리고 불타야 하는가. 네 불꽃에?

너는 저주받은 귀신

좋다! 그럼 나는 다른 귀신.

너는 늙은이, 나도 그렇다. 우리는

땅도 사람도 굳혀 버린다.

너 마르스[42]이지! 그럼 나는 사투르누스[43]로

화를 부르는 성좌들이

연합해서 가장 끔찍하구나.

너는 영혼을 죽이며

대기권을 차갑게 할 뿐이지만, 내 공기는

너의 기세보다 더 차갑다.

너의 거친 군대들은 믿음 있는 이들을

수천 가지 만행으로 괴롭힌다:

42 전쟁의 신.
43 목신(牧神)으로 토성(土星)을 나타냄.

아마도, 내 평생 동안

신이 있다면! 더 참혹한 것이 있을 것이다.

하지만 결단코! 널 그냥 두지 않겠다.

내가 너에게 하는 말을 신도 들으시기를!

그렇다 결단코! 죽음의 추위로부터,

오 늙은이여, 아무것도 너를 지켜 주지 말기를,

화덕의 이글이글 타는 석탄불이나

12월의 불꽃도.

담시 「겨울과 티무르」는 겨울과 티무르의 강력한 두 대상을 진지하게 전개시켜 독자를 위협하는 느낌마저 주고 있다. 날씨가 규칙적인 순환에서 조금만 벗어나도 삶과 역사의 물길은 통째로 흔들린다. 실제로 인류의 역사는 가뭄·폭우·태풍·폭염·한파·폭설과 같은 극한 기후에 의한 고난의 역사였다. 명과 청 나라의 몰락도 가뭄에 의한 기근 때문이었고, 나폴레옹과 히틀러도 혹독한 추위에 무너졌다. 수많은 전쟁·정복·혁명·멸망·대이주는 대부분 변덕스럽고 혹독한 날씨, 특히 추운 겨울 탓이었다. 이러한 겨울에 대한 인간의 대응은 거의 불가능하다. 그런데도 시 「겨울과 티무르」에서는 인간인 티무르가 기후인 겨울에 대적하고 있다.

티무르와 겨울이 우위를 다루는 관점에서 볼 때 시의 제목 〈겨울과 티무르〉에서 겨울이 인간의 이름인 티무르 앞에 위치한 사실이 중요하다. 일반적으로 사람과 사물이 접속사로 연결되는 경우엔 사물보다 사람이 앞에 위치하는 것이 상례다. 그러나 이 시의 제목에서는 겨울이 인간 앞에 위치하여 최후의 승자는 겨울이라는 사실이 암시된다. 그러나 티무르도 겨울 못지않게 강력함을 암시하여 이 논쟁의 해결은 원칙적으로 어렵다.

겨울과 티무르의 극한적인 대립에서 조정이나 화해의 가능성은 승리를 자신하는 겨울에 의해 거부되고 있다. 서로 지지 않겠다는 완고함이 너무 강해서 서로 파괴적이 된 양측은 자신의 위치가 확고하다고 자신하므로 화합에 대한 가능성은 전혀 없다. 이러한 혹독한 겨울을 이기거나 극복할 수 있는 것은 인간의 힘이 아니라 자연이다. 따라서 괴테는 『파우스트』에서 봄이 겨울을 극복하는 내용을 언급하고 있다.

> 봄의 다정한 눈길에서 생기를 얻어
> 강물도 냇물도 얼음의 손길에서 풀려났구나.
> 희망찬 행복이 골짜기에서 푸릇푸릇 피어오르고,
> 노쇠한 겨울은 힘없이
> 험준한 산중으로 물러났구나.
> 산속 깊이깊이 도망치며,
> 맥없이 싸락눈 한줄기를 흩날려
> 푸른 들판에 흰색의 줄무늬를 그리는구나.
> 그러나 태양은 그 어떤 흰색도 허용하지 않노라.
> 힘차게 일구어 내려는 기운이 곳곳에서 꿈틀거리고,
> 태양은 형형색색의 활기를 세상 만물에 부여하노라. (903~913)

따라서 자연에 대항하는 티무르는 자연에 역행되어 악마로 여겨진다. 반면 겨울은 혹독한 추위에도 자연에 도움을 주기도 한다. 혹한이 와서 모든 활동이 중단되는 겨울이 자연의 입장에선 휴식 기간이 되는 것이다. T. S. 엘리엇의 시 「황무지」에서는 혹한의 겨울이 오히려 〈따뜻하게〉, 그리고 원래 따뜻한 봄을 암시하는 4월이 〈차갑게〉 묘사되고 있다.

> 사월은 가장 잔인한 달

죽은 땅에서 라일락을 키워 내고

추억과 욕정을 뒤섞고

잠든 뿌리를 봄비로 깨운다.

지난겨울이 오히려 따뜻했네.

망각의 눈으로 대지를 덮고

마른 뿌리로 약간의 목숨을 남겨 주었네.

여름은 우릴 놀라게 했지,

슈타른베르크 호수 너머로 와서

소나기를 뿌리자, 우리는 주랑에 머물렀다가

햇빛이 나자 호프가르텐 공원에 가서

커피를 마시며 한 시간 동안 얘기했지.

봄이 오면 만물이 소생하여 인간 사회는 기지개를 펴고 한 해의 작업들을 시작하는데, 이러한 작업들로 인해 자연은 헤쳐져 고통을 당하게 되어 봄을 나타내는 〈사월은 가장 잔인한 달〉이 되고, 혹한이었던 겨울에 만물은 휴식을 취할 수 있어서 〈지난겨울이 오히려 따뜻했네〉라고 겨울에 대한 아쉬움이 피력되고 있다. 이러한 봄과 겨울의 관계가 『파우스트』에서는 파우스트와 메피스토펠레스의 관계로 전개되기도 한다. 발푸르기스의 밤에 메피스토펠레스는 파우스트를 데리고 브로켄산으로 올라간다. 메피스토펠레스는 악마들의 환락의 장소는 아직도 멀었으니 빗자루나 염소(둘 다 악마가 타고 다니는 물건)가 있었으면 좋겠다(3835~3837)고 생각하는 반면에 파우스트는 원기 왕성하게 지팡이 하나로 충분하다고 한다(3838~3839). 여기에서 파우스트는 봄의 자연을 만끽하며 걸어간다.

바위들을 오르는 것이야말로

이 길의 흥을 돋우는 재미 아니겠는가!

자작나무에 벌써 봄기운이 완연하고,

가문비나무도 봄 냄새에 젖어 있는데(3843~3846)

이러한 파우스트와 반대로 메피스토펠레스는 악마답게 〈내 몸
속은 겨울이라니까요. 우리가 가는 길에 눈하고 서리라도 내렸으
면 좋겠소〉(3849~3850)라며 엄동설한을 그리워한다. 결국 자연
이 생성되는 봄이 파우스트에게 생기를 주는 반면에 악마인 메피
스토펠레스는 생성이 중지되는 겨울을 선호한다. 모든 생성과 발
전이 악마에게 혐오스러운 것이 되어 만물이 소생하는 봄이 메피
스토펠레스에겐 역겨운 것이다. 이는 신적인 것(생성)과 사탄적
인 것(파괴)의 변증적인 관계이다. 이렇게 만물이 탄생하는 봄이
파우스트에게 귀속되고 매서운 겨울이 악마에 의해 찬양되는 배
경에서 겨울처럼 자연을 망가뜨리는 참사인 전쟁이 악마적인 행
위로 여겨지기도 한다. 자연의 위력인 겨울과 티무르의 싸움에서
신이 네 번 호출되는 데서 극단적인 곤경은 신에 의해서만 구원될
수 있고, 티무르의 세계 정복처럼 살상의 전형인 전쟁은 악마적으
로 암시되는 것이다. 이의 배경으로 그리스 신화에 나오는 전쟁의
신 아레스를 들어 본다.

로마 신화에서는 마르스라고 불리는 아레스는 제우스와 헤라
사이에서 태어난 외아들이다. 그는 전투를 위한 전투를 좋아했고,
특히 유혈이 낭자한 것을 즐겨 정실부인에게서 태어난 적자(嫡子)
였지만 부모의 사랑이나 인정을 받지는 못했다고 한다. 오히려 제
우스는 피비린내 나는 싸움과 전쟁을 즐기는 아레스에 대한 혐오
감을 공공연히 드러냈다고 한다. 아레스는 화가 나면 물불 가리지
않고 무기나 주먹을 휘두르며, 이성적인 생각을 하지 않기 때문에
이성과 절제를 좋아하는 그리스 시대에는 존경을 받지 못했다. 로

마 시대에 접어들어 전투가 미덕으로 여겨지면서, 아레스, 아니 마르스는 급부상하여 제우스 다음으로 존경받는 신이 되었다. 시대에 따라 신의 대접도 이렇게 달라졌다. 그러나 중요한 사실은 아레스가 번번이 막대한 살생만 저질렀을 뿐, 한 번도 전쟁에서 이겨본 적이 없었다는 것이다. 그리고 아레스가 아프로디테와 연애하여 낳은 쌍둥이의 이름이 포보스Phobos(공포)와 데이모스Deimos(낭패)였다. 전쟁은 결국 〈공포〉를 낳고 스스로도 〈낭패〉를 보게된다는 교훈을 신화는 가르쳐 주는 것이다. 전쟁으로 한두 사람이 명성을 얻는 배후에는 수많은 무고한 사람들의 희생이 있다. 아무리 의도나 동기가 합당할지라도 전쟁은 인류 최고의 죄악이 되는데 이러한 내용이 『파우스트』에서 파우스트와 헬레나의 아들로 전쟁을 염원하는 오이포리온과 그에 반대하는 합창단의 주장에 들어 있다.

> **오이포리온**　너희들은 평화로운 나날을 꿈꾸느냐?
> 　꿈꾸고 싶은 자는 마음껏 꿈꾸어라.
> 　우리의 구호는 전쟁이고,
> 　저 멀리 승리의 함성 울려 퍼지는구나.
> **합창단**　평화로운 시절에
> 　전쟁을 그리워하는 사람은
> 　희망찬 행복에서
> 　멀어지지요.(9835~9842)

따라서 〈평화로운 시절에 전쟁을 그리워하는 사람〉같이 살상의 전쟁으로 명성을 얻은 인물은 악마로 묘사된다. 『파우스트』에서 〈또 전쟁인가! 현명한 자라면 듣고 싶지 않은 소릴세〉(10235)라고 말하는 파우스트에게 전쟁으로 득을 보라고 강력하게 독려

하는 존재는 악마 메피스토펠레스이다.

> **메피스토펠레스** 전쟁이든 평화든. 자신에게 득이 되도록
> 이용하는 것이 현명한 태도요.
> 호시탐탐 때를 노려야 하오.
> 이제 기회가 왔으니, 파우스트 선생, 얼른 붙잡으시오!
> (10236~10239)

이렇게 전쟁을 옹호하는 존재가 악마 메피스토펠레스가 되듯이 전쟁의 영웅들도 악마가 되지 않을 수 없다. 따라서 전쟁의 영웅 나폴레옹도 당연히 악마가 된다. 괴테는 1814년에 『에피메니데스[44]의 각성Des Epimenides Erwachen』에서 나폴레옹의 전쟁을 서술하며 그를 〈전쟁의 악마Dämon des Krieges〉로 묘사하고 있다. 〈그 부대의 다양한 색깔과 몰리는 상황을 암시한 여러 상황들 중에서 두 가지가 돋보이는데, 서로 대조되는 모습들이 움직일 때 앞뒤로 서 있고, 또 앞으로 진군할 때 옆으로 서 있다. 그 전쟁 악마의 옷도 똑같이 로마 황제를 연상시켰다.〉(HA 5, 700) 정벌이나 전투 등으로 생명을 살상하는 일이 직업인 장군이나 기사 등은 본질적으로 악마의 성격을 지니고 있다는 것이다.

이러한 배경에서 나폴레옹이 독일을 침공할 당시 전쟁을 가장 증오하고 규탄한 인물은 괴테가 사모했던 슈타인 부인으로, 그녀는 나폴레옹의 전쟁을 다음과 같이 냉소적으로 비난했다. 〈세계는 폭정과 물욕과 정복욕의 따분한 되풀이이지요. 그리고 참으로 우습기 짝이 없는 일이지만, 불쌍하게도 그것을 자랑으로 삼고 있습니다. 전쟁이라는 바보스러운 것은 도대체 무엇 때문에 있는 것일까요. 조상들이 샘터나 빗물 통 때문에 전쟁을 했을 때에는 그런데

---

44 57년간 동굴에서 잠을 잤다고 알려진 그리스의 크레타 철학자이자 예언가.

로 이유가 있었습니다. 그러나 지금은 자기 가축에게 물을 먹이기 위한 샘물쯤은 어디든지 있습니다. 나는 이제 뭐가 뭔지 모르겠습니다. 경건한 헤른후트 교파에나 들어가 인종(忍從)의 미덕을 더 길러 봐야겠습니다.〉[45]

『빌헬름 마이스터의 수업 시대』에서 하프 연주자가 되어 숭고한 역할을 하는 미뇽의 아버지 아우구스틴의 부친은 보수적인 이탈리아 귀족 가문의 전통대로 아들들의 직업을 〈토지〉, 〈종교〉, 〈군대〉로 정했다. 아들들의 의견도 묻지 않고 장남은 토지를 물려받아 영지를 관할하고, 차남은 성직자, 그리고 막내는 군인이 되도록 정해 놓은 것이다. 그러나 몽상적이고 예술적인 아우구스틴은 도저히 군대 생활을 견디지 못하여 결국에는 그의 부친도 아우구스틴이 차남과 직업을 바꿔 성직자가 되는 것을 허용한다.

마찬가지로 『파우스트』에서 〈내가 사탄만 아니라면, 나 자신을 통째로 사탄에게 맡기고 싶은 기분이오!〉(2809~2810)라고 말하는 메피스토펠레스는 자신을 악마의 본질인 전쟁이나 전투를 업으로 삼는 기사의 직위로 불러 달라고 요구한다.

> 그 이름은 벌써 오래전부터 우화집에 쓰여 있느니라.
> 그렇다고 사람들 형편이 나아진 것은 아니지만 말이야.
> 악마들을 떨쳐 버렸다고 여기지만, 사실 악마들은 여전히 존재
>   하거든.
> 앞으로는 날 남작 나리라고 불러라,
> 나도 다른 기사들 못지않은 기사니까 그래야 좋지 않겠느냐.
> 너는 내 고귀한 혈통을 의심하지 않겠지.(2507~2512)

---

45 Richard Friedenthal, *Goethe. Sein Leben und seine Zeit* (München), S. 512.

7
개발과 자연

—

실러는 〈미개인die Wilden〉과 〈야만인die Barbaren〉을 구별하면서 미개인을 원시인die Primitiven으로 그리고 야만인을 문명인die Zivilisierten으로 이해하여 문명은 휴머니티와 야만을 동시에 지닌다고 주장하며 계몽주의와 혁명의 시대였던 자신의 시대를 〈문명화된 야만 상태zivilisierte Barbarei〉로 보았다. 레비스트로스가 〈문자를 갖지 않은 사회〉라고 했던 원시 사회에서는 현실과 신화 사이에 언제나 타협이나 균형을 유지하는 신중한 배려를 찾아볼 수 있었다. 그런 배려가 생명과 사고의 모순 사이에서 균형을 잡아 주는 역할을 했다.

하지만 〈역사가 진행되면서 서양의 문명이 더욱 발달되었다〉는 이념으로 서구에서 확고한 패러다임으로 자리 잡았던 엘리아스Norbert Elias의 〈문명화 과정〉 이론에 의하면, 미개 문명권은 물론 중세 이전의 서양에서는 성기 노출을 포함해 나체에 대한 수치심을 전혀 느끼지 않았으며 근대 초기에 와서야 수치심을 가지게됐다고 주장했다. 서구의 중세 사회는 고기를 손으로 뜯어 먹고 술잔도 공동으로 사용하고 젊은 남녀가 나체로 목욕했으며 공공연히 성행위가 이뤄진 야만적 사회였다는 것이다. 16세기 이후부터예절에 대한 관심이 싹터 야만적인 행동이 사라졌다는 것이다. 엘리아스의 관점에서 중요한 동인은 〈상층 계급의 권력 보존과 확대〉였다. 상층 계급은 문명화된 행동을 통해 하층 계급과 거리를 두며 비교 우위를 누렸다는 것이다. 이러한 엘리아스의 이론은 문명화된 유럽의 우월성을 확인시켜 우월한 문명의 서양인들은 필요하다면 총칼을 동원해서라도 미개한 종족을 개화해야 한다는 논리로 식민주의를 합리화했다. 이러한 엘리아스의 가치 판단을 괴테는 옳지 않은 것으로 보았다. 시간이 흐르면서 문명이 발달되는 것처럼 보이지만 실제로는 인간성이 황폐화되어 진정한 문명의 발달로 보기 어렵다는 것이다.

여기에 이윤 추구를 제1원리로 삼는 자본주의가 새로운 개척자가 되어 산업이 발달하게 되었다. 외부의 위협에 공동으로 대처하며 자신의 삶을 살아가는 사회에서는 남의 노동의 대가를 착취하는 특권층이나 착취당하는 평민이 존재하기 마련이다. 따라서 이윤 추구의 자본주의는 균형이나 공생을 배려하지 않은 채 개발(착취)을 촉진시켜 우주적 제의, 자연의 신비로 더 이상 접근할 수 없게 되는데『파우스트』에서도 파우스트는 이를 저주하고 있다.

> 재물을 들이밀며
> 대담하게 행동하라고 우리를 부추기고,
> 느긋하게 즐기라며
> 편안하게 방석을 깔아 주는 황금의 신 맘몬을 저주하노라!
>
> (1599~1602)

이 같은 인간의 정신에는 우주가 끼어들 자리가 없어 진정한 그리스도교도라도 세계를 신의 창조물로 느끼지 않게 마련이다. 따라서 16세기와 17세기의 지리적 발견 이후 노예 산업 등이 세계 시장에 급속히 확산되면서 문명을 비평하는 문학이나 성찰이 괴테와 실러 등이 살았던 18세기에 부각되기 시작했다.[46] 따라서 괴

---

46 Vgl. Karl Marx, *Das Kapitel*, Bd. 1(Berlin: 1972), S. 787.

테의 작품에서 문명이 비난되는 경우가 많고, 특히 이윤 추구의 자본주의 사상이『파우스트』에서 갈등이 되고 있다.『파우스트』시작 부분인「무대에서의 서막」에서부터 시인도 순수 문학인으로서가 아니라 이윤을 목적으로 이용되는 내용이 묘사되고 있다. 흉년 때 사람들이 빵을 구하기 위해 빵집 문에 모여들듯이 관객이 입장권을 구하기 위해 매표구로 모여들게 하도록 단장이 전속 시인에게 요구하는 것이다.

> 나야 물론 사람들이 물밀듯이 우리 극장에
> 밀려드는 것을 보고 싶지 않겠는가.
> 비좁은 은총의 문으로 서로 들어오겠다고
> 아우성을 치고,
> 밝은 대낮에, 네 시도 되기 전에
> 서로 밀고 밀치며 매표구로 덤벼들고,
> 흉년에 빵집 문 앞에서 빵 한 조각 구걸하듯
> 입장권 한 장 얻으려고 목 부러지도록 싸우면 얼마나 좋겠는가.
> 오직 시인만이 각양각색의 사람들에게 그런 기적을
> 일으킬 수 있네. 이보게 친구, 오늘 제발 그렇게 해주게.(49~58)

시인에게 작품의 질보다는 대중의 호기심을 끌어 많은 수입을 올릴 수 있는 작품을 써달라고 단장이 요구하고 있다. 이러한 세속적인 요구는 시인의 본질적인 사명에 맞지 않으므로 시인은 단호하게 거부한다.

> 가서 다른 종복을 찾아보시지요!
> 시인이라면 최고의 권리,
> 자연에게 부여받은 인간으로서의 권리를

당신 같은 사람 때문에 경솔하게 잃어버려서는 안 될 거요!

(134~137)

    단장은 자신의 경험을 통해 관객들의 취향에 맞춰 주며 실리를 추구해야 한다는 실용주의자로 자본주의의 상징이다. 따라서 〈연극을 보여 주려면, 여러 조각으로 나누어 보여 주게나! 자네라면 그런 잡동사니를 능히 만들어 낼 수 있을 걸세〉(99~100)라고 수입을 우선으로 내세우는 자본주의적인 단장에게 극장 전속 시인은 예술의 순수성을 주장한다.

그런 일이 진정한 예술가에게 얼마나 어울리지 않는지!
지저분한 인간들의 눈속임이
단장님의 원칙인가 보군요.(105~107)

시인이 무엇으로 만인의 심금을 울리는가?
무엇으로 모든 원소들을 제압하는가?
가슴속에서 우러나와서,
온 세상을 다시 마음속으로 빨아들이는 조화의 힘이 아니겠소?
자연이 한없이 이어지는 실오라기를
무심하게 물레에 감아 돌리고,
온갖 조화롭지 못한 존재들이 뒤엉켜
귀에 거슬리는 소리를 내면,
누가 그 단조롭게 흘러가는 것을
생동감 있게 잘라 장단 맞추어 움직이게 하는가?
누가 하나하나를
근사한 화음 울리는 엄숙한 전체로 불러내는가?
누가 폭풍우를 정열로 날뛰게 하고,

저녁놀을 진지하게 불타오르게 하는가?
누가 어여쁜 봄꽃들을
사랑하는 사람 가는 길에 뿌리는가?
누가 뜻 없는 초록빛 잎사귀들을
온갖 공적을 기리는 영예의 화환으로 엮는가?
누가 올림포스를 지키는가? 누가 신들을 화합시키는가?
그것은 바로 시인에게서 드러나는 인간의 힘이오.(138~157)

단장의 의견에 따라 몰려오는 관객들이 시인에게는 〈벌 떼 같은 인파〉(62)여서 창조적인 영감을 달아나게 한다는 것이다(60). 이는 『빌헬름 마이스터의 수업 시대』에서 연극을 순수한 예술 활동으로 생각하는 빌헬름 마이스터와 연극을 돈벌이로만 생각하는 멜리나의 관계를 연상시키고, 더 나아가 문학을 좋아하는 빌헬름 마이스터와 상업을 선호하는 그의 친구 베르너의 관계와 유사하다. 역시 『빌헬름 마이스터의 수업 시대』에서 아우렐리에가 꿈꾸는 연극은 그때그때 팔리는 입장권의 숫자에 연연하지 않고 독일 민족 전체에 영향을 미칠 수 있는, 말하자면 국민 연극 같은 것이다. 연극을 통해 할 수 있는 것이 무엇인지를 진지하게 생각했다는 점에서 아우렐리에와 빌헬름 마이스터의 사고는 같다. 『파우스트』에서 이들과 닮은 극장 전속 시인은 순수 예술을 지향하기 위해 〈사랑과 우정〉이 있는 고요한 하늘의 한구석으로 도피하고자 한다.

아니, 시인의 순수한 기쁨이 꽃피어 나고,
우리 마음의 사랑과 우정이 축복을
천상의 손길로 일구어 내고 가꾸는
조용한 하늘 구석으로 날 데려가 주시오.(63~66)

여기에서 〈조용한 하늘 구석〉은 작가가 동경하는 도피처로 〈부(富)의 신 플루토스〉(5569)가 소년 마부에게 강조하는 〈외로움으로! ― 거기에서 네 세계를 창조하라〉와 같은 장소로 볼 수 있다.

플루토스 (소년 마부에게)

너는 이제 번거롭고 어려운 일에서 벗어났노라,

홀가분한 자유의 몸이니, 어서 네 영역으로 떠나라!

여기는 네가 있을 곳이 아니니라! 이곳에서는 기괴한 형상들이

뒤죽박죽으로 사납게 뒤엉켜 우릴 에워싸지 않느냐.

네가 정겨운 밝음을 뚜렷이 보는 곳,

너에게 속하는 곳, 너 자신만을 믿는 곳으로 가라.

오로지 아름다운 것, 선한 것만이 마음을 흡족하게 하는 곳으로,

외로움으로! ― 거기에서 네 세계를 창조하라.(5689~5696)

〈구석〉이 갖는 의미에서 우선 〈구석에서 책더미에 싸인 작가의 존재〉가 연상되는데 파우스트도 이러한 구석에 갇혀 책더미에 싸인 존재였다.

슬프도다! 내 아직도 이 감옥에 갇혀 있단 말인가

정다운 하늘의 빛조차

채색된 유리창을 통해 우울하게 비쳐 드는

이 숨 막히는 저주받은 골방에!

벌레 먹고 먼지 낀 책 더미가

높은 천장까지 수북이 쌓여

방 안을 비좁게 만들고,

연기에 그을린 종이들이 여기저기 꽂혀 있고,

유리관과 상자들이 사방에 널려 있구나.

온갖 기구들이 방 안을 가득 메우고,

조상 대대로 물려받은 가재도구들이 그 틈을 메우는구나 —

이것이 너의 세계다! 이런 것이 세계라니!(398~409)

구석에 갇힌 인물은 자본주의의 이익 사회에서 밀려나 인간 사회와 차단된 채 살아가는 고립된 작가의 모습을 연상시킨다. 이렇게 사회를 피하여 고립된 삶을 사는 작가상을 파우스트의 제자 바그너는 신랄하게 비판한다.

아아! 이렇듯 서재에 갇혀 지내며

겨우 휴일에나 세상을 볼까 말까 하고

그것도 겨우 망원경으로 멀리에서 바라보는 처지에,

어떻게 세상을 설득하고 인도하겠습니까?(530~533)

이렇게 규칙이나 제도에 갇힌 세상을 증오한 파우스트는 끝없는 분야를 추구하며 개척하고자 한다. 이러한 그의 대표적인 사업이 해안의 저지대를 제방으로 막아 넓은 개척지를 만들어 이상적인 공동 사회를 세우는 것이다. 특히 〈먼 바다가 내 눈을 끌어당기지 뭔가〉(10198)라는 언급처럼 파우스트가 관심을 가진 것은 끝없는 바다였다. 이러한 바다를 통한 파우스트의 이윤 증대 사업이 교역 및 개간 등으로 성공리에 이루어진다.

겨우 두 척의 배로 떠났는데,

스무 척의 배를 몰고 항구로 돌아오다니.

우리가 얼마나 큰일을 해냈는지,

배에 싣고 온 짐을 보면 알리라.(11173~11176)

이러한 파우스트의 야욕은 어떤 결실을 거둘까? 스스로 주인이 된 파우스트는 자신이 파괴해 버린 낡은 세계보다 더 좋은 이상향을 건설할 수 있을까? 옛 선인(先人)들은 자연과 인간의 삶을 어떻게 연관 지었을까. 그들은 자연과 인간의 조화 및 균형을 추구했기 때문에 최선의 자연환경을 위한 지혜를 모색했다. 그런데 파우스트가 건설을 위해 파괴한 자연이라는 모항보다 더 이상적인 항구를 구축할 수 있을까? 자연이 훼손되지 않고 건강하게 유지된다면 유토피아가 될 것이다.

하지만 세상의 일반적인 제약을 견디지 못하는 파우스트는 지고한 학식이나 최고로 아름다운 재화의 소유로는 자신을 만족시키지 못한다고 생각하여 모든 방향으로 몸을 돌려 보지만 항상 더 불행해져서 돌아온다. 파우스트가 이러한 상황에 빠질 때마다 메피스토펠레스는 〈이제 삶을 즐길 만큼 즐겼소? (……) 다시 새로운 것을 찾아 나서야 좋을 것이오!〉(3251~3254)라고 새로운 일을 하도록 부추긴다. 파우스트는 자발적이 아니라 메피스토펠레스의 도움으로 전쟁에서 승리했고, 그 대가로 황제로부터 지배권과 재산, 즉 그가 다스릴 수 있는 봉토를 하사받자 야욕에 차 제방을 쌓고 둑을 막아 자연에 대항하는 작업을 벌인다. 이처럼 황제에게 봉사한 공로로 바닷가 근처에 얻은 토지로 이주하여 댐을 건설하고 운하를 파며 바다를 육지로 만들도록 파우스트를 부추긴 것은 메피스토펠레스의 마법이었다.

낮에는 하인들이 괭이나 삽으로
땅을 판다며 법석을 피웠지만 별 진척이 없었어.
그런데 밤에 작은 불꽃들이 떼 지어 몰려다니고 나면,
아침에 제방이 우뚝 서 있는 게야.(11123~11126)

이렇게 조작과 익살에 능하고 약삭빠른 악마 메피스토펠레스가 〈자연의 힘들이 우리하고 결탁했으니, 결국 파멸을 면치 못하리라〉(11549~11550)라고 외치듯이 파우스트의 과욕에 찬 사업들은 모두 악마 메피스토펠레스의 자극과 지원을 받아 진행된 것으로 죄와 마법의 근원이 되고 있다.

> 밤에 비명 소리가 들린 것으로 보아,
> 사람을 제물로 바친 게 분명해.
> 이글거리는 불길이 바다 쪽으로 흐르고 나면,
> 아침에 운하가 생겼다니까.
> 하느님도 무섭지 않은지,
> 지금 우리 오두막하고 숲을 탐내는 중이야.
> 그자가 마치 우리 이웃인 양 으스대며 나타나면,
> 굽실거려야 한다니까.(11127~11134)

이처럼 파우스트 같은 산업 사회의 지식인은 삶의 지혜와 정서를 오래전에 상실해 버렸다. 이런 이야기가 반드시 그의 사고방식이 타락했다거나 열등하다고 말하려는 것이 아니라, 다만 감수성이 뚜렷하게 빈곤해졌다고 말할 수 있다. 따라서 악마 메피스토펠레스의 마법에 넘어가 파우스트가 완공시킨 공사는 문명의 파괴를 야기시킨다. 행복의 추구가 불행을 초래하고, 좀 더 좋은 세계를 건설하려는 욕구가 엉뚱한 파괴를 불러오는 것이다. 결국 파우스트가 이룬 개발은 모든 것을 황폐하게 만드는 역설적인 작업이다. 자연을 풍부하게 한다는 허울 속에 행해진 문명은 결국 인간에게는 득이 될지라도 자연과 평화에는 모순이 되는 것이다.

이러한 현대적인 사회의식 문제는 많은 현명한 사람들이 해결해야 할 절실한 사명이 되었다.[47] 따라서 슈펭글러Oswald Spengler

는 『서양의 몰락Der Untergang des Abendlandes』에서 파우스트를 현대 유럽 문화의 전체적인 초상화라고 정의했다. 전 유럽의 역사가 〈파우스트적인 정신〉에 담겨 있다는 것이다. 따라서 부정적인 문명사회(메피스토펠레스)에서 벗어나려 하면 할수록 더욱 그리로 회귀하게 되는 역설적인 인물 파우스트는 우리 모두의 자화상으로 파우스트 스스로 이를 피력하고 있다.

> 오, 이제 나는 인간이
> 완벽할 수 없는 것을 느끼노라. 너는
> 신들에게 가까이 다가가는 환희에
> 없어서는 안 되는 동반자(메피스토펠레스)를
> 붙여 주었노라. 비록 그가 냉혹하고 뻔뻔하게
> 나를 욕보이고, 한마디 말로
> 너의 선물을 무(無)로 변화시킬지라도.(3240~3246)

결국 자연을 정복하고 그것의 힘을 이용하려는 파우스트는 현대 서구인의 상징으로 슈펭글러에게 〈활동하고 싸우고 정복하는 존재〉이다.[48] 이러한 파우스트적 문화는 〈신념과 좋은 업적에 의한 자기 정당화, 또한 자신과 자기의 행복 때문에 가까이 있는 이웃을 존중하고 (……) 결국 최고는 자아의 불멸성〉인 것이다. 파우스트의 자연 정복, 즉 자연 파괴의 전형으로 필레몬과 바우치스의 평화스러운 전원생활의 파괴를 들 수 있다. 이들 필레몬과 바우치스는 신화의 인물이다. 제우스와 헤르메스 신이 인간 세계를 여행하는 중에 한 마을에서 쉬어 가려 했는데 마을 사람들 누구도 그들을 접대하지 않고 문전박대했다. 그런데 가난한 노부부인 필레몬

---

47 『괴테 파우스트 휴머니즘』, 68면.
48 Oswald Spengler, *Der Untergang des Abendlandes*, Bd. I(Leipzig: 1923), S. 397~407.

과 바우치스가 가난한 살림이지만 정성을 다해 그들을 대접했다. 이에 제우스는 그 마을에 홍수를 일으켜 물에 잠기게 하고 이들 착한 부부만 살아남게 했다. 이렇게 살아남은 필레몬과 바우치스의 소원에 따라 제우스는 그들을 신전을 지키는 사제로 임명하고 한날한시에 함께 죽은 뒤 보리수와 참나무가 되어 영원히 서로 마주보고 있게 해주었다. 보리수는 생명, 청춘, 불사 및 지혜를 상징하여 보리수 아래서 도를 깨친 부처는 이 푸르른 생명의 위대함을 일찍이 이렇게 예찬했다. 〈나무는 (……) 경이로운 생명이다. 자신을 베려고 도끼를 휘두르는 이에게도 나무는 그늘을 드리워 준다.〉

이러한 필레몬과 바우치스 이야기가 『파우스트』에서는 새롭게 변형된다. 괴테가 신화적인 사건을 주관적 의도로 전개시키는 것이다. 『파우스트』에서 필레몬과 바우치스 노부부는 자연을 정복하려는 파우스트와 달리 자연에 순응하여 자연과 하나가 되어 살며, 토지의 생산력을 극대화하려는 파우스트와 달리 자신들이 필요로 하는 만큼만 생산하는 자연 친화적인 사람들이다. 이들은 파우스트처럼 사람들을 지배하거나 자신의 목적에 동원하려 하지 않고 오히려 어려움에 처한 사람들을 도와주며 그들과 평화적 공존을 찾는다. 이들의 존재 양식이야말로 파우스트와 전혀 다른 삶이 된다.[49]

이러한 신화적 인물의 변화에 대해 헤르더는 『새로운 독일 문학론Über die neuere Deutsche Literatur』에서 〈새로운 시대와 고대 신화의 도덕에서 다행히도 새로운 길을 착상해 내어 새로운 것은 존경받고 낡은 것이 되젊어진다〉고 평가했다. 이 필레몬과 바우치스의 장면에 대해 괴테는 1831년 5월 2일에 제자 에커만에게 〈이 장면의 의도는 (……) 30년 이상이 걸렸지; 이 의도가 매우 중요하여 무게 있게 완성하는 데 관심을 잃지 않았으며 지금도 두려움을 느

49 『괴테 파우스트 휴머니즘』, 267면.

낄 정도〉라고 말하듯이 오랜 세월에 걸쳐 관심을 기울였다.

『파우스트』제5막 처음 부분은 서로에 대한 사랑이 깊은 노부부 필레몬과 바우치스의 오두막집과 작은 예배당이 있는 바닷가의 한 넓은 지역으로 전개된다. 필레몬과 바우치스 이야기는 구약성서「열왕기 상」21장에 나오는 아합Ahab왕에 연결시킨 것으로 새로운 전환점을 일으킨다. 사마리아의 왕인 아합과 그 궁전 근처에 있던 이스라엘 백성인 나보트 소유의 포도밭에 대해 이야기된 것이다. 왕은 나보트에게 보다 좋은 땅을 제공하겠으니 그의 포도밭을 내놓으라고 하지만 그는 조상으로부터 물려받은 포도밭을 내놓을 수 없다고 한다. 왕은 왕비 이세벨의 간계를 받아들여 나보트를 독신죄로 몰아 돌로 쳐 죽인다. 이 내용이 『파우스트』에서 필레몬과 바우치스로 전개되어 메피스토펠레스는 〈오래전에 있었던 일이 이곳에서 다시 벌어지고 있소이다. 옛날에 나보트의 포도밭이 있었지요〉(11286~11287)라고 외친다.

파우스트는 자기의 웅대한 사업을 위해서 이 노부부가 살고 있는 언덕을 필요로 한다. 노부부는 그 언덕을 파우스트에게 양도하면 새로 매립된 땅을 더욱 유리한 조건으로 받을 수 있지만 〈바다를 메운 땅을 믿지 말아요! 우리 언덕을 지켜야 해요!〉(11137~11138)라며 파우스트의 제안을 완강하게 거부한다. 성실하고 겸손한 노부부는 일생을 그 언덕 위의 집에서 살았던 까닭에 정이 든 데다 떠나기가 아쉬워 파우스트의 건설 사업에 동의하지 못하는 것이다.

자연을 파괴하는 파우스트의 문명의 작업은 점차적으로 거만하고 기만적인 행위가 되어 바우치스는 〈처음부터 끝까지 온통 심상치 않았거든〉(11113~11114)이라고 불길하게 말한다.

자신의 성 앞 언덕 위에서 목가적 삶을 살아가는 필레몬과 바우치스 부부를 파우스트는 자신의 사업에 지장이 된다는 이유만으로 살해하고 그들의 집과 교회까지 불태운다. 이때 그들이 타는 화염을 지켜보면서 〈그리도 눈을 즐겁게 해주던 것이 수백 년 세월의 흔적과 함께 사라지다니〉(11336~11337)라는 망루지기 린케우스의 소리를 듣고 파우스트는 발코니에서 모래 언덕을 바라보며 〈저 위에서 웬 애통한 노랫소리가 들려오는가?〉(11338) 하고 의아해한다.

　노부부 살해 및 그들의 집과 교회에 대한 방화가 사업가 파우스트가 저지른 가장 큰 죄악이 되고 있다. 노부부의 집과 땅이 자기 사업에 직접 방해되지 않는데도 불구하고 파우스트가 이곳을 강점하려 한 것이다. 이렇게 착한 필레몬과 바우치스를 살해하고 무리한 영토 개간과 여기에 따른 노동자들에 대한 가혹한 탄압과 수탈은 개인적 의지의 개발이 어떠한 결과를 가져오는지를 보여주고 있다. 따라서 메피스토펠레스가 영향을 미쳐 자행된 파우스트의 작업들은 죄와 마법의 근원이 되는 저주가 된다고 바우치스는 언급한다.

　　밤에 비명 소리가 들린 것으로 보아,
　　사람을 제물로 바친 게 분명해.
　　이글거리는 불길이 바다 쪽으로 흐르고 나면,
　　아침에 운하가 생겼다니까.
　　하느님도 무섭지 않은지,
　　지금 우리 오두막하고 숲을 탐내는 중이야.
　　그자가 마치 우리 이웃인 양 으스대며 나타나면,
　　굽실거려야 한다니까.(11127~11134)

　파우스트의 현대적 식민지 건설 사업에 동화될 수 없는 필레몬과 바우치스의 평화스럽고 소박한 세계는 파우스트의 순수하지 못했던 욕망을 일깨워 주어 그는 결국 〈내 고매한 영지가 순결하지 않음을〉(11157) 고백하게 된다.

그리스 신화에 의하면 제우스 신의 형제들은 지배 구역을 세 개로 나누어 제우스는 하늘, 포세이돈은 바다, 하데스는 저승을 다스리기로 했다. 따라서 올림포스 신화에서 바다를 지배하는 신 포세이돈의 마차를 끄는 것은 해마(海馬)이다. 더운 여름철 7월 23일이 이 신의 제일(祭日)인데 로마 시민들은 이날 나뭇가지로 지붕을 쳐서 볕을 가리고 그 아래에서 제사 음식을 나누어 먹었다. 막시무스 원형 경기장에 이 포세이돈 신의 신전이 있는데 옛날에 개울이 있던 점으로 미루어 이 신이 원래 개울물의 신이었던 것 같다. 이 포세이돈을 파우스트가 지배하려 한다. 파우스트는 바다의 힘에 대한 인간의 방어 행위인 제방의 건설에 국한하지 않고 거기에서 무엇인가를 탈취하여 인간이 사용할 수 있는 도구로 만들고자 바다의 신 포세이돈에 도전하고 있다.

> 내가 서둘러 머릿속으로 많은 계획을 세웠으니,
> 드넓은 물의 경계를 바싹 제한하고
> 오만한 바다를 해변에서 쫓아내어
> 멀리 원래 있던 곳으로 몰아내는
> 멋진 기쁨을 누리게 해주게.(10227~10231)

파우스트가 해안 지역의 영주가 되어 바다를 메우고 토지를 개간하는 데 필레몬과 바우치스 부부가 사는 오두막이 방해되자 파우스트는 그 집을 불지르고 그들까지 죽인다. 그때 연기 속에서 결핍, 죄악, 근심, 곤란 네 명의 마녀가 나타나는데 그중 근심의 마녀가 파우스트에게 입김을 불어넣자 그는 장님이 되어 세상을 뜬다. 이렇게 세상을 뜨게 된 파우스트를 메피스토펠레스가 평가한다.

어떤 쾌감에도 만족하지 못하고 어떤 행복에도 흡족하지 못하
　고서
항상 변화무쌍한 형상들을 뒤쫓아 다니더니,
가련하게도 시시하고 공허한
최후의 순간을 붙잡으려 들다니.
나한테 그리도 완강하게 반항하더니,
결국 시간 앞에 무릎 꿇고서 백발로 모래 속에 나자빠져 있구나.
시계가 멈추었노라 ── (11587~11593)

　이렇게 장님이 되어 죽기 전에 자신의 무덤을 파는 삽질 소리
를 인부들이 운하를 파는 소리로 착각하는 환영에 잠긴 파우스트
는 아래와 같이 독백한다.

그러면 순간을 향해 말할 수 있으리라,
〈순간아 멈추어라, 정말 아름답구나!〉
이 지상에서 보낸 내 삶의 흔적이
영원히 사라지지 않을 걸세 ──
그런 드높은 행복을 미리 맛보며,
나는 지금 최고의 순간을 즐기노라.(11581~11586)

　파우스트의 이 독백은 사회주의적인 유토피아의 성취가 아니
라 〈자본주의적 경제의 결과에 대한 예언자적 경고〉라고 슐라퍼
Heinz Schlaffer는 결론지었다.[50] 파우스트는 눈이 멀기 직전에 〈내
인생에서 마법을 제거하고 내 머릿속에서 주문을 완전히 지울 수
만 있다면. 자연아, 내 오로지 한 남자로서 너와 마주할 수 있다면,
인간이려고 노력할 가치가 있으련만〉(11404~11407)이라고 올

50 같은 책, 237면 이하.

바른 판단에 도달한다. 따라서 눈이 멀게 된 파우스트는 이상적인 공동체의 모습을 환영(幻影)으로 대하며 〈마음속에서는 밝은 빛이 비치누나〉(11500)라고 영혼의 시각에 의지하게 된다. 고대의 예언자처럼 육신의 눈이 먼 대신에 진리를 보는 내면의 눈이 열린 것이다.

이러한 내면의 눈이 천국에서는 세속을 모르는 순진한 어린이의 눈으로 전개된다. 천국에 있는 〈천사를 닮은 교부〉는 현세의 추악함에서 완전히 정화되어 신을 보다 더 순수하게 인식하는 교부로, 아시시의 프란체스코 신부가 이러한 명칭을 가지고 있었다고 한다. 태어난 후 곧바로 죽어서 현세의 고뇌도 죄악도 모르는 순진한 아이들인 〈영생을 얻은 소년들〉의 눈을 〈천사를 닮은 교부〉는 자신의 눈 속으로 받아들여서 그들의 눈으로 주위 세계를 보고자 한다.

천사를 닮은 교부 소년들아! 반쯤 열린 정신과 감각으로
　　　한밤중에 태어난 아이들아,
　　　부모들에게는 금방 잃어버린 자식이지만
　　　천사들에게는 득이로구나.
　　　(……)
　　　하지만 험난한 인생의 흔적 없으니
　　　행복한 아이들이구나!
　　　이 세상과 지상을
　　　바라보기에 적절한
　　　내 눈 속으로 내려와
　　　이곳을 한번 둘러보아라!
　　　(소년들을 자신 안에 받아들인다)(11898~11909)

마찬가지로 파우스트는 눈이 멀고 나서 비로소 〈모든 무상한 것은 한낱 비유에 지나지 않느니라〉(12104~12105)고 말하는데, 〈한낱 비유〉일 뿐인 〈무상한 것〉은 눈에 보이지 않고 예감된다. 파우스트의 시선은 현실적·물질적 세계로부터 해방되어 〈지혜가 내리는 최후의 결론〉(11574)인 내면의 순수한 이념적·형이상학적 세계로 향하게 된 것이다.

> 아내와 자식, 종복과 쟁기를 소유하라며,
> 우리의 허영심을 자극하는 것들을 저주하노라!
> 재물을 들이밀며
> 대담하게 행동하라고 우리를 부추기고,
> 느긋하게 즐기라며
> 편안하게 방석을 깔아 주는 황금의 신 맘몬을 저주하노라!
>
> (1597~1602)

이처럼 과거에 소유와 쾌락 등을 저주하기도 했던 파우스트에게 진리를 보는 내면의 눈이 열린다. 그동안 파우스트가 맹목적 광신에 빠져 최후의 현자인 양 행동하고, 자신의 무덤Grab 파는 소리를 수로Graben 파는 작업으로 착각할 정도로 눈앞의 일도 듣거나 보지 못하는 장님이 되고서야 진정한 이상의 세계를 인식하게 된 것이다. 〈환상이 기대에 넘쳐 대담하게 영원을 향해 활짝 나래를 펴〉(640~641)고 과거 파우스트가 꿈꾸던 미래의 이상적인 공동체는 철저하게 현실에서 유리된 환상의 세계였던 것이다. 따라서 〈과감히 세상에 뛰어들어, 대지의 아픔과 행복을 짊어지고서 폭풍우와 맞붙어 싸우고, 배가 난파해도 겁먹지 않을 용기〉(464~467)로 대담하게 행했던 문명의 행위는 합리성에 근거하지 않았다는 사실을 깨닫게 된다. 자연을 해치는 도구로 쓰인 이성은 〈메피스토펠레스가 부추긴) 마법이어서 합리성에서 벗어난 문명이란 결국 재난으로 돌아와 파우스트는 회한을 느끼게 되는 것이다.

> 내 인생에서 마법을 제거하고
> 내 머릿속에서 주문을 완전히 지울 수만 있다면,
> 자연아, 내 오로지 한 남자로서 너와 마주할 수 있다면,
> 인간이려고 노력할 가치가 있으련만.

> 어둠 속을 헤매며 나 자신과 세상을 무도한 말로 저주하기 전
>   까진
> 나도 자유로운 인간이었지.
> 이제 허깨비들이 공중에 가득 차 있는데,
> 그것들을 피할 방도를 아는 사람이 없구나.(11404~11411)

행·불행은 능력의 많고 적음보다 의욕(욕심)의 많고 적음에 영향을 받는다. 능력은 결핍할 때 문제가 되지만, 의욕은 과잉일 때 더 말썽이 되고, 경험으로 판단컨대, 능력은 충분할 때가 드물고 의욕은 적당할 때가 드물어 그 간극이 커지면 자신도 주변도 불행해진다. 파우스트의 불행은 지나친 확장의 의욕이었다. 따라서 〈온 인류에게 주어진 것을 가슴 깊이 맛보려네. (……) 인류의 행복과 슬픔을 내 가슴에 축적하고, 내 자아를 인류의 자아로 넓히려네〉(1770~1774)라는 확장의 의욕은 강대국의 입장에서는 원대한 이상일지 몰라도, 희생을 당하는 입장에서는 식민주의·제국주의적 팽창이 된다. 이러한 식민지적인 억압이 『파우스트』에서 개미들과 닥틸로이에 의해 묘사되고 있다.

그 누가 우리를 구해 주랴!

우리가 쇠붙이를 구해 오면,

저들은 쇠사슬 만드는 것을.

아직은 뿌리치고 달아날

때가 아니니,

시키는 대로 고분고분할 수밖에.(7654~7659)

피억압자들이 쇠붙이를 마련하면 착취자들은 이 쇠붙이로 피억압자들을 착취하는 쇠사슬을 만드는 착취의 악순환에 개미들과 닥틸로이는 체념하고 있다. 이러한 억압자와 피억압자의 관계를 괴테는 1786년 9월 11일 자 『이탈리아 기행』에 언급하고 있다.

복숭아와 멜론은

남작의 주둥이를 위한 것이고

채찍과 몽둥이는 솔로몬 말처럼

바보들을 위한 것이다.

여기에서 〈복숭아와 멜론은 남작의 주둥이를 위한 것이고〉라는 표현은 농부의 결실은 당연히 귀족들의 소유가 되고, 귀족들은 게으른 자들을 채찍질한다는 의미다.[51] 이러한 억압자가 된 파우스트는 개간 사업을 통한 새로운 식민지 건설은 희생이나 헌신이 아니라 자신의 의지를 관철하여 이윤을 확보하는 것이라고 메피스토펠레스에게 선언한다.

메피스토펠레스 선생이 뭘 추구했는지 알아맞혀 볼까요?

참 고상하게 대답했었지요.

달 가까이까지 날아가 봤으니,

---

51 김선형, 『나 역시 아르카디아에 있었노라!』(경남대학교 출판부, 2015), 362면.

또 그리 가보고 싶은 고질병이 도진 거요?

파우스트 당치 않은 소리! 이 지구에서도

아직 얼마든지 위대한 일을 벌일 수 있네.

깜짝 놀랄 만한 일을 하고 싶은데,

대담하게 노력하고 싶은 힘이 솟구치는구먼.

(……)

나는 통치할 수 있는 소유지를 갖고 싶네!

오로지 일을 하고 싶을 뿐, 명성은 아무것도 아닐세.

(10177~10188)

자연환경의 생성과 변천의 법칙에 따라 삶의 행복을 추구하는 것이 생활의 지혜이다. 그러나 인간이 편리성과 개발성만 추구하는 문명을 즐기다 보니 어느덧 자연은 파괴되고 그 부작용으로 인한 환경 문제가 심각해졌다.

구름은 희고

산은 푸르며

시냇물은 흐르고

바위는 서 있다.

꽃은 새소리에 피어나고

골짜기는 나무꾼의 노래에 메아리친다.

온갖 자연은 이렇듯 스스로 고요한데

사람의 마음만 공연히 소란스럽구나.

중국 고서 『소창청기(小窓淸記)』에 실린 구절이다. 자연은 저마다 있을 자리에서 평화로운데 물욕에 잠긴 우리의 마음만 행복으로부터 스스로 멀어지고 있다는 내용이다. 마찬가지로 루소는

〈자연으로 돌아가라〉는 역설(力說)을 통해 자연은 낭만성과 야성이 아니라 평화롭고 자유로운 평등한 사회라고 주장했다. 루소에게 사회란 근본적인 악이요, 진보는 저주받아야 할 가식이며, 재산은 계급 차이의 근원이었다. 그의 관심은 인간의 존엄을 위축시키는 경직된 세계와 소심한 시민적 미덕에 대항한 투쟁이었다. 이러한 감정은 독일의 질풍노도와 결합하여 혁명적인 수준으로까지 진척되었다. 따라서 루소는 〈자연은 인간을 선량하고 자유롭고 행복하게 만드는데, 사회가 인간을 사악·노예·불행으로 몰아넣는다〉고 보아서 그는 개인과 사회를 회복시키고자 철학·정치·교육 전반에 걸쳐 깊고 넓은 영향을 미쳤다. 이러한 루소의 의도대로 문명에 대한 증오가 유럽에 퍼져 갈 때 클롭슈토크도 일조했던 질풍노도 문학의 싹이 터져 나왔다. 감상주의 문학은 자연을 너무 열정적으로 다룬 반면, 루소의 자연은 조금의 장식도 없는 그대로였다. 여기에 니체도 가담하여 인간은 자연의 한 부분이며 자연 속에 있는 거대한 생명체의 일원일 뿐이라고 주장했다. 들에 핀 꽃들이나 넓은 들과 높은 산을 달리는 사나운 짐승들이 그러하듯 인간 또한 자연 속에서 숨 쉬고 또 그 숨을 거두게 될 하나의 생명체에 불과하므로 원숭이나 벌레 등 여타의 생명체와 구별되지 않는다는 것이다. 니체가 그의 글 여러 곳에서 사람을 짐승으로 표현하고 있다는 점[52]은 사람은 자연의 이치에 따라 진화하고 퇴화하는 피조물에 불과하다는 의미다. 이러한 인간 이해를 바탕으로 니체는 사람을 아직 확정되지 않은 짐승이라 불렀다.

초기 자연 철학자들에게 자연이란 살아 있는 존재, 움직이는 존재, 나아가 신성하고 영원한 존재였다. 피타고라스는 신도 자연의 일부라고 보아 자연이야말로 최고의 존재였다. 따라서 괴테의

---

52 Vgl. *Die fröhliche Wissenschaft* 346, S. 242; *Also sprach Zarathustra* "Von den Mitleidigen" S. 93; *Jenseits von Gut und Böse* 291, S. 228.

예술도 진실한 자연의 법칙에 따라 창조되었다. 그는 1787년 9월 6일에 고대의 예술품도 〈자연의 법칙〉에 의해 창조되었음을 확인했다. 〈고대 예술가들은 호메로스만큼 자연에 대한 방대한 지식과 무엇을 상상하고 어떻게 제시해야 할지에 대한 개념을 가지고 있다. (……) 이러한 고귀한 예술 작품들은 진실한 자연의 법칙에 따른 인간의 자연물로 산출되었다. 모든 자연적인 것과 허구적인 것은 무너지고 필연성과 신만이 남아 있다.〉(HA 11, 395)

이러한 자연은 플라톤 시대에 이데아 밑에 놓여 2차적 존재가 되고, 조물주가 자신의 구상에 따라 형상을 만드는 데 쓰이는 〈질료〉로 가치가 떨어지기도 했다. 기독교가 지배하던 중세에 자연은 신이 인간에게 준 선물이 되어 『파우스트』의 「천상의 서곡」에 이러한 내용이 묘사되고 있다.

> **하느님**   하지만 신의 진정한 아들들아, 너희들은
> 풍성하게 살아 있는 아름다움을 즐겨라!
> 영원히 힘차게 작용하는 생성의 힘이
> 사랑의 다정한 울타리로 너희를 에워싸리라.
> 아물거리며 떠도는 것을
> 변하지 않는 생각들로 단단히 붙잡아라.(344~349)

이러한 자연은 인간이 마음껏 써먹을 수 있는 〈자원〉으로 전락하여 근대 세계를 제패하는 자연관이 되었다. 러시아의 지구 화학자 블라디미르 베르나츠키Vladimir Vernadsky는 〈과거에 지진이 땅덩어리를 바꾸었고 강이 미래의 지구를 바꾼 것처럼 인간 자체가 지질학적 변화 요소가 되고 있다〉면서 인간이 자연의 영향을 받는 것이 아니라 자연이 인간의 영향을 받는다고 예언했다. 따라서 생태·환경의 위기에서 새로운 자연 철학이 사유되고 있다. 프로이

트는 〈이성〉이 욕망의 시녀에 불과하다는 것을 정신 분석학적으로 밝혔고, 흄David Hume은 〈자아〉의 허구성을 주장했으며, 현대 과학은 이러한 입장을 더욱 뒷받침하고 있다. 인간이 지구의 주인으로 자연을 무자비하게 도구화하여 생태계가 파괴되는 현실을 늦게나마 깨닫게 된 것이다.

휴가지까지 몰고 간 자동차는 기상 이변을 일으키고 지구 온난화의 주범인 온실가스를 잔뜩 내뿜고 온다. 내가 마구 뭉쳐 버린 화장지를 만들기 위해 울창한 삼림의 수많은 나무들은 사라질 수밖에 없다. 이러한 상황이 『파우스트』에서 파우스트에게도 심각하게 느껴지고 있다.

> 파우스트   늪지가 산자락까지 이어지면서,
>   그동안 애쓰게 일구어 놓은 것들을 망치고 있네.
>   마지막으로 그 썩은 물을 빼내는 일이
>   최고의 업적일 걸세.(11559~11562)

그런데도 파우스트는 메피스토펠레스의 영향과 〈비록 안전하진 않지만 자유롭게 일하며 살 수 있는 삶의 터전을 수백만 명에게 마련해 주고 싶네〉(11563~11564)라고 말하듯이 개발에 대한 착각으로 자연을 개발하여 황폐화시키고 있다. 이러한 파우스트에 대해 메피스토펠레스는 지하의 마적인 세계의 방향인 옆쪽에 대고 혼잣말로 말한다.

> 메피스토펠레스   (혼잣말로)
>   둑을 쌓는다, 방파제를 쌓는다 하며 네놈이 온갖 애를 썼지만,
>   결국 우리 좋은 일만 한 셈이다.
>   네놈은 머지않아 바다의 악마 넵투누스에게

진수성찬을 갖다 바치리라.

너희들은 어차피 이래도 끝장이고 저래도 끝장이다. ──

자연의 힘들이 우리하고 결탁했으니,

결국 파멸을 면치 못하리라.(11544~11550)

　　결국 자연과 인간을 풍부하게 한다는 문명은 파우스트에게는 득이 되지만 평화에는 모순이 되고 있다. 이러한 상황에서 평화적 인간과 비극적 인간의 개념이 발생한다. 평화적 인간은 주어진 자연의 여건, 더 나아가 운명과 타협하고 그것에 적응하는 사람을 의미한다. 그는 우주라는 전체적 입장에서 인간의 기능과 존재의 이유를 보려고 하며, 인간은 우주의 한 부분에 불과하여 인간의 가치를 우주적 입장에서 정당히 평가한다. 따라서 그는 자연을 정복의 대상으로 삼기는커녕 자연에 귀의코자 하고 운명과 조화를 이루어 평화스럽게 살고자 한다. 이와 반대로 비극적 인간은 인간을 우주에서 특수한 권한을 가진 존재로 보고 운명이나 자연을 그대로 받아들이지 않고 정복하여 그 위에 군림하고자 한다. 이러한 인간은 운명과 타협하여 조화를 이루기는커녕 그것과 대립하게 된다.

　　평화적 인간과 비극적 인간의 예로 동양의 부처와 서양의 파우스트를 들 수 있다. 부처는 이성으로 얻어지는 앎과 욕망의 어리석음과 해로움을 주장하며 영겁회귀(永劫回歸)의 진리에 동화되기를 권했다. 그러나 만족을 모르는 앎과 욕망, 이성으로 우주를 정복하려는 파우스트는 그것이 불가능한 꿈인 줄 알면서도 평화와 안이(安易)를 거절하여 행복할 수 없는 인간으로, 메피스토펠레스의 지적에 잘 나타나 있다.

하지만 이제 알아듣기 쉽게 이야기해서,

선생의 마음에 드는 것이 이 지상에 하나도 없단 말이오?

선생은 무한히 넓은 세상에서

온갖 부귀영화를 보았소.(「마태오의 복음서」4절)

하지만 그 무엇에도 만족할지 모르는 사람이라서,

갖고 싶은 욕망을 조금도 느끼지 못했단 말이오?

(10128~10133)

이러한 평화적 인간과 비극적 인간의 대립은 그리스의 소크라테스와 중국의 장자(莊子)에서도 느낄 수 있다. 소크라테스는 앎을 큰 가치로 생각하는 인간의 특권을 믿어 〈행복한 돼지보다 불행한 인간〉을 찬양했고 〈반성하지 않는 인생은 가치가 없다〉고 주장한 데 반해, 장자는 『장자』「제물편(齊物篇)」에서 모든 가치나 진리가 상대적임을 주장하고 인간의 자존심·특권을 거부했다. 장자는 지식과 인위적인 것을 비웃고 인간의 특수성을 부정하며 마음의 평화를 인생의 진정한 가치로 보았다.[53] 이러한 장자의 사상처럼 자연과 우주를 정복이 아닌 화합의 대상으로 여겨 온 중국에서 과학은 환영받는 학문이 아니었다. 마찬가지로 『파우스트』에서도 자연을 벗어난 과학이 부정되고 있다.

자연은 밝은 대낮에도 비밀스럽게

베일을 벗으려 들지 않는데,

우리의 정신에 드러내려 하지 않는 것을

레버와 나사 따위로 어찌 강요할 수 있겠느냐.(672~675)

드넓은 땅덩어리에서 큰 경쟁 없이 농사짓고 살아온 중국인은 서양인처럼 〈왜〉를 따지지 않았다. 전체에서 〈어떻게〉 조화롭게 살 것인지가 더 중요했던 것이다. 천문 관측부터 관개 시설까지 당

---

53 박이문, 『문학 속의 철학』(일조각, 1981), 108면 이하 참조.

시 서양에선 꿈도 못 꿨던 숱한 과학 기술이 중국에서 나왔는데도 과학 기술의 강국으로 서지 못한 이유는 그들이 신선도 같은 풍경 속에 유유자적 자연에 따르는 노자·장자의 후예였기 때문이다. 하지만 자신의 자연 종속성을 망각한 서구는 자연과의 관계를 끊고 인류사라는 모험을 시작하여 자기 찬미적인 오만에서 약탈적인 방식으로 자연을 지배하려 했다. 이렇게 세계의 주인으로 인류를 세우고 지구를 신하로 만든 결과, 치명적인 자연의 보복을 야기시키기도 했다.

8
괴테와 토마스 만

—

루카치는 토마스 만을 괴테의 완벽한 후계자, 즉 괴테의 길을 답습하여 그의 유산을 완성시킨 후계자로 보고 있다. 따라서 괴테와 토마스 만 연구에서 루카치는 이 두 사람의 공통된 발전 과정을 지적하며 토마스 만에게 괴테만큼 적절한 소재도 드문 이유로 다음을 들고 있다.

첫째, 괴테는 무엇보다도 성서와 동양의 시공에서만 부유(浮游)할 수 있는 요셉보다 독일에 가깝다. 둘째, 괴테는 토마스 만이 옹호하는 독일 시민 문화의 거봉으로 토마스 만 자신도 이미 여러 차례 괴테를 그의 전범·선구자로 생각하여 연구·흠모해 왔다. 셋째, 괴테는 예술가로 토마스 만의 본령인 예술가 소설의 범주에서 다룰 수 있다. 넷째, 괴테를 참다운 독일 문화의 대표자로 내세울 때 히틀러 독일과 좋은 대조가 될 수 있다. 다섯째, 괴테의 출신 및 시대적 배경이 작가 토마스 만과 비슷한 점이 많아서 토마스 만은 자신의 입장과 사고를 괴테에 이입시킬 수 있다.

이상은 1936년 10월 초 괴테의 소재를 두고 토마스 만의 생각을 열거한 것인데 아무튼 괴테의 소재는 독일적 현실에 가까워 토마스 만의 소재와 유사했다.[54] 토마스 만 스스로도 노이만Alfred Neumann에게 보낸 1937년 12월 28일 자 서신에서 「베네치아에서의 죽음」을 구상할 때부터 괴테의 작품화가 그의 오랜 꿈이었다고

---

54 김광규 편저, 『현대 독문학의 이해』(민음사, 1984), 354면 이하.

언급하고 있다.[55] 또 1930년 12월 29일에 토마스 만은 베트람Ernst Betram에게 보낸 서신에서 1932년에 괴테에 관한 책을 쓸 계획에 대해 언급하고 있으며, 이 책은 『부덴브로크 일가』와 비슷한 양으로 사진이 포함된 3백~4백 면 정도가 될 예정이었다고 밝히고 있다.

토마스 만은 제1차 세계 대전 중인 1916년에 집필된 평론집 『어느 비정치적 인간의 고찰』에서 쇼펜하우어와 바그너, 니체를 자신의 삼성좌Dreigestern라고 칭하고 있다. 〈나 자신의 정신적·예술적인 교양의 기초를 자문할 때, 내가 거명하지 않을 수 없는 세 이름, 강렬한 빛을 발산하며 독일의 하늘에 나타나 영원히 결합된 정신의 삼성좌—단지 친밀한 독일적 사건이 아니라 유럽적 사건을 나타내는 그 이름은 쇼펜하우어, 니체, 바그너이다.〉 니체는 쇼펜하우어를 숭배했고, 쇼펜하우어는 바그너의 음악을 좋아했다. 이러한 삼각관계로 인해 세 사람 모두 토마스 만의 정신적 지주가 된 〈삼성좌〉였다. 그러나 15년 후 토마스 만은 〈괴테, 쇼펜하우어, 바그너, 니체—이들이야말로 우리들 청춘 시절의 항성(恒星)이며, 독일과 유럽이 동시에 가지고 있는 것, 우리들이 자랑하는 소성이다〉라고 말하여 〈삼성좌〉에 괴테를 추가하고 있다. 〈쇼펜하우어, 니체, 바그너 그리고 그 후에 무엇보다도 괴테, 그들은 모두가 매우 초독일적인, 유럽적인 특징을 지니고 있다. 내가 그들에게서 발견했던 것은 유럽적인 것의 독일화이며, 그것은 나에게 있어서 예전부터 끔찍한 것이었고, 나를 독일로부터 추방한 독일 사회주의와는 반대되는, 나의 소망과 필요성의 목표를 형성했던 유럽적인 독일이었다.〉(GW 9, 757)

토마스 만은 이른바 삼성좌와 괴테 중에서 누가 그에게 가장 강한 작용을 했는가에 대해서는 구체적으로 말하지 않았다. 하지

---

55 Thomas Mann, *Briefe* II, hg. von Erika Mann(Frankfurt/M.: 1979), S. 40.

만 밥Julius Bab이 보낸 〈독일인들이 괴테와 바그너 중 누구를 선택할 것인가〉라는 질문에 대한 답신에서 토마스 만은 〈독일인이 괴테보다 바그너를 택할까 염려된다고 말했다〉.[56] 특히 〈독일 공화국에 대하여Von deutscher Republik〉라는 강연 이래로 토마스 만은 비정치적인 태도에서 정치적인 태도로 전향하면서, 그의 작품 활동 초기에 심대한 영향을 미쳤던 삼성좌에서 괴테로 관심의 전향을 하게 되었다. 삼성좌가 그에게 죽음과 병 그리고 데카당스로 점철된 낭만적 분위기를 제공한 데 반해, 괴테는 건강한 것, 고전적인 것, 인간적인 것으로 전환하게 하는 것이다.[57] 이렇게 토마스 만은 괴테를 독일 문화 전통에서 대표적인 고전적 존재, 하나의 범례, 즉 신화적 범례로 보고 괴테에게서 자기의 원형을 발견하여 그와 같은 행로를 가고자 했다. 토마스 만은 특히 괴테의 「헤르만과 도로테아」를 그의 문학의 전범(典範)으로 삼았다.

또한 『젊은 베르테르의 슬픔』에서부터 『빌헬름 마이스터의 수업 시대』와 『빌헬름 마이스터의 방랑 시대』에 이르는 괴테의 발전 과정은 『토니오 크뢰거』에서부터 『요셉과 그의 형제들』에 이르는 토마스 만의 발전 과정에 전이되며, 특히 『요셉과 그의 형제들』에서는 마치 괴테의 『빌헬름 마이스터의 수업 시대』에서 『빌헬름 마이스터의 방랑 시대』로의 이행 과정처럼 초기 토마스 만의 시민적인 주관적 내면성이 독일 고전주의의 〈교양 이상〉에 의해 점차 사회적 활동성과 인간적 성숙성을 획득하고, 또 형식의 완성에 도달하고 있다. 이러한 공통성은 괴테의 『파우스트』와 토마스 만의 『파우스트 박사』에서 정점에 달하는데, 이는 토마스 만의 이 만년의 소설이 괴테처럼 한 예술가의 비극을 통해 현대의 정신적·정치적 상황을 형상화하면서 말미에 가서는 미래 인류 발전의 비전

56 Thomas Mann, *Briefe* in drei Bänden, hg. von Erika Mann, Bd. 1(Frankfurt/M.), S. 91.

57 Hermann Kurzke, *Thomas Mann. Epoche-Werk-Wirkung*(München: 1985), S. 260.

을 제시하기 때문이다.[58] 이러한 성향을 띤 두 작가의 문학이 특히 교양 소설 부문에서 공통적으로 발전했다.

독문학은 유럽 사실주의 문학의 큰 흐름에서 영국, 프랑스 또는 러시아의 경우만큼 큰 비중을 차지하지 못하지만, 교양 소설 분야에서는 괴테의 『빌헬름 마이스터』로부터 켈러Gottfried Keller의 『녹색의 하인리히 Der grüne Heinrich』, 슈티프터Adalbert Stifter의 『늦은 여름Nachsommer』 등을 거쳐 20세기의 토마스 만으로 이어지는 독특한 전통이 있다. 한 인간의 유년 시절부터 장년기에 들어갈 때까지의 영혼과 정신의 성장을 묘사하는 교양 소설은 주인공의 인격이 외부 환경의 영향에 의해 성숙·발전하는 과정을 묘사한다. 주인공은 학교와 양친의 보호 아래 청년 시절을 보낸 후에 여러 계층의 사람들과 접촉하고 또 먼 거리의 모험적인 여행으로 점차 그에게 알맞은 세계와 자기 자신에 대한 인식을 얻게 되는데 이 내용이 『파우스트』에서 파우스트가 메피스토펠레스에게 행한 외침에 담겨 있다.

> 황야를 거닐다 보면 얼마나 새로운 생명력이
> 솟구치는지 자네는 모르는가?
> 하기야 자네가 그걸 알아챘다면,
> 사탄 주제에 가만히 두고 볼 리가 없지.(3278~3281)

원래 교양 소설이라는 형식은 사회 소설의 형식과 달리 고백적이며 자서전적이다. 동시에 그것은 독일적인 특성으로 독일의 국민적인 예술 정신에 어울린다. 따라서 괴테의 〈빌헬름 마이스터〉는 자서전적이고 고백적·자기 형성적인 충동이 객체화되고 외부로 향해 사회적인 것으로, 또한 정치가적인 것으로 방향 전환을 하

---

58 백낙청 편저, 『서구 리얼리즘 소설 연구』(창작과비평사, 1984), 342면 이하.

여 교육적인 면을 보여 준다.

토마스 만은 기회 있을 때마다 자신의 「베네치아에서의 죽음」
이 괴테의 〈빌헬름 마이스터〉의 연장선상에 놓여 있어 독일 전통
교양 소설의 맥을 잇는다고 말했다.[59] 〈아버지와의 결합, 아버지
모방, 아버지 놀이 그리고 일종의 고차원적인 정신적인 대리로서
아버지상으로의 이행 — 이러한 아버지의 유아적 행동은 개인의
삶에 얼마나 결정적이고, 인상적인 그리고 교육적인 영향을 미치
게 하는가. (……) 특히 예술가 — 본래부터 어린아이처럼 유희에
몰두하는 열정적인 인간은 이러한 유아적 모방이 자신의 생애, 창
작자로서의 생활 방식에 대한 은근한 영향을 미치는 것을 마음속
깊이 체험하고 있는 것이다. (……) 그 때문에 베르테르의 단계, 마
이스터의 단계, 또 노년기의 『파우스트』나 『서동시집』의 단계를
깊이 간직하는 괴테의 모방이 오늘날에도 무의식중에 작가의 생
활을 인도하고, 신화적으로 규정하고 있다.〉(GW 9, 498 f.)

59 Hans Wysling, *Thomas Mann*, Teil I(München: 1975), S. 470 f.

9
괴테와 정치

—

괴테는 작가가 세속에 너무 깊숙이 개입하는 것을 부정적으로 보았다. 특히 그는 작가가 정치나 자본주의 사상에 관여하는 것에 반대했다. 따라서 예술을 국가 정책의 수단으로 이용하자는 정치가의 요구를 괴테는 받아들이지 않았으며, 〈만일 작가가 정치적으로 작품을 쓰려면 당(黨)에 헌신해야 한다. 그러나 그렇게 하는 순간 그는 작가로서는 끝장이다. 그는 그의 자유정신과 편견 없는 견해에 작별을 고하고, 옹고집과 맹목적인 증오의 모자를 귀밑까지 푹 눌러써야 한다. 왜냐하면 작가는 타고난 대로 되는 것이지 그 이외의 다른 존재로 만들 수 없기 때문이다. 그러므로 비평가와 서평가가 작가에게 작시법(作詩法)을 말해 주려고 하는 것같이 어리석은 짓은 없다. 그렇게 하면 작가를 파멸시킬 뿐이다〉[60]라고 말하기까지 했다. 이렇게 정치를 혐오하는 내용이 『파우스트』의 〈라이프치히의 아우에르바하 지하 주점〉 장면에서 프로쉬Frosch(원래는 개구리를 뜻하지만 여기서는 대학 신입생을 의미함)와 브란더Brander(2학기째 다니는 대학생)의 대화 내용에 암시되고 있다.

프로쉬 (노래한다) 사랑하는 신성 로마 제국이여,
　　　　네가 아직도 어찌 하나로 합쳐 있느뇨?

---

60 Vernon Hall, Jr. *A Short History of Literary Criticism*(New York University Press, 1963), p. 92.

브란더　구역질 나는 노래! 퉤 퉤! 정치적인 노래!

　　기분 잡치네! 네놈들은 로마 제국에 신경 쓸 필요 없으니,

　　아침마다 하느님한테 감사의 기도나 드려!

　　나는 적어도 황제나 수상이 아닌 것을

　　큰 횡재로 여기니까.(2090~2096)

　이렇게 괴테가 정치를 혐오한 것에 부정적인 견해를 보이는 사람도 있다. 괴팅겐의 진보적인 역사학 교수 게르비누스는 독일 민족의 위대한 문학 시대가 끝난 지금은 미적·정신적인 것을 포기하고 국가와 정치적 실현에 힘을 기울여야 하며 또한 이를 위해 진력해야 한다고 주장했다. 그는 괴테의 『파우스트』가 독일 민족의 정치적·형성을 위해 아무런 도움도 주지 않기 때문에 독일인의 모범으로는 적당하지 않다고 보았다.[61] 그런데 자세히 살펴보면 괴테가 정치에서 완전히 절연한 것은 아니다. 괴테는 정치에 몰두하기도 하여 어쩌면 그의 지론에서 벗어난 감도 있다.

　1775년 11월 괴테는 프랑크푸르트에서 바이마르로 옮겨 이듬해 7월부터 바이마르 공국의 정사에 관여했다. 아우구스트 공작의 초청을 받고 바이마르에서 행한 정치는 괴테의 생애에서 중요한 전환점으로 그의 전기를 확대시켰다. 이러한 자신의 정치 활동을 괴테는 1776년 1월 22일 메르크에게 보낸 편지에 서술하고 있다. 〈나는 이제 완전히 정치와 궁정의 일에 깊숙이 끌려 들어가 다시는 벗어나지 못할 것 같아요. 나의 입장은 꽤 유리하고 바이마르 아이제나흐 영지는 나에게 이 세속적인 역할이 얼마나 어울릴지를 시험해 볼 수 있는 무대가 될 것입니다.〉[62]

　처음에는 단순히 방문차 왔던 바이마르에서 정치가가 된 괴테

---

61 조규희, 『파우스트 그는 누구인가?』, 이인웅 엮음(문학동네, 2006), 25면.

62 Ernst Beutler(Hg.), *Goethes Werke*, Gedenkausgabe(Zürich: 1949), S. 303 f.

는 질풍노도의 정서로 이해될 수 있다. 그 당시 바이마르는 빌란트와 아말리아 공작 부인을 중심으로 문화·예술에서 큰 역할을 했고 특히 젊은 포부와 새로운 정치에 부푼 아우구스트 공의 영지여서 괴테는 큰 관심을 보였다. 당시 괴테와 깊은 우정을 나누었던 아우구스트 공은 자주 괴테의 의견을 구하고 여행에도 괴테와 동행하며, 1776년에 궁전에서 발생한 봉기 때에는 젊은 괴테를 최고 보직에 임명하기도 했다. 경제와 문화의 다양한 업무에서 괴테의 능력은 공작에게 많은 도움이 되었다. 이에 상응하여 괴테의 문학적 후원자 역할을 하면서 지원을 아끼지 않은 아우구스트 공 덕택에 괴테의 바이마르 시절은 그의 인생과 문학에 큰 이정표가 되었다. 두 인물의 긴밀한 관계는 괴테의 서신에 구체적으로 나타나 있다. 〈나는 모든 운명을 그(아우구스트)의 손에 맡긴다. 나는 세상의 위대하고 아름다운 부분을 그와 그의 일행들과 함께 살고 싶을 뿐이다.〉[63]

이렇게 스스로 부정했던 정치를 하도록 괴테에게 영향을 미친 아우구스트는 괴테의 자서전에서 긍정적 및 부정적으로 다양하게 묘사되고 있다.[64] 그는 재능과 수용력이 있지만 본질적으로는 고집이 세며,[65] 변덕도 심하고 격하기 쉬운 성격이었고,[66] 세세한 것에 얽매이는 것을 싫어하여 경직된 바이마르 정부의 〈강요된 분위기〉[67]에서도 오락과 스포츠를 상당히 즐겼다고 한다.[68] 튀믈러 Hans Tümmler는 아우구스트를 〈꾸밈없이 수수한 자연스러운 모습에 교제를 좋아하며, 배우고자 하는 욕심이 강했다고 전하면서 그

63 Karl R. Mandelkow, *Goethes Briefe*, Band II (Hamburg: 1965), S. 56.
64 Hans Tümmler, *Karl August von Weimar, Goethes Freund* (Stuttgart: 1978), S. 12.
65 같은 책. S. 15.
66 같은 책. S. 30.
67 Effi Biedrzynski, *Goethes Weimar* (Zürich: 1992), S. 34.
68 Hans Tümmler, 같은 책. S. 30.

리 성숙되지 못한 영주〉라고 규정하기도 했고,[69] 괴테도『파우스트』에서 〈오, 폐하, 폐하, 어찌 권력만큼 분별력을 갖추시지 않으셨나이까?〉(5960~5961)라고 그를 암시적으로 질타하고 있다. 이러한 아우구스트의 성격이 괴테의 작품「에그몬트」의 주인공 에그몬트로 전이되어 아우구스트처럼 삶을 즐기는 에그몬트의 성격은 매혹적이면서 경박하기도 한데 이러한 성격이 괴테의 자서전『시와 진실』에 묘사되고 있다. 〈마적인 요소가 두 가지 관점으로 작용하여서 사랑스러움은 패퇴하고 증오가 개가를 올려서 모두를 충족시키는 소망의 제3의 인물이 생겨날 것같이 보였다. (……) 탁월한 인물이 아니지만 (……) 거대한 힘이 그에게서 나온다.〉[70]

국가 차원의 큰 정치를 하기 위해 작센주의 업무에서 벗어나려는 괴테의 행보가 많은 비난을 초래하기도 했다. 괴테가 독일 남부와 서부 여행을 감행한 이유가 공국을 소홀히 통치하는 공작에 대한 불만으로 해석되기도 하는데, 이러한 근거가 괴테와 에커만의 대화에 나타나 있다. 〈공작의 지위는 상속되었기 때문에 그에게는 별것이 아닐지 모르지만, 이 지위가 노력하거나 투쟁하여 얻어졌다면 사정은 달라졌을 것이다.〉

이렇게 정치에 헌신한 괴테를 훗날 정치적으로 이용한 사람들이 많았다. 독일 정신이 쇠퇴한 제2차 세계 대전 시대, 진위에 관계없이 대중의 마음을 사로잡을 민족적인 허상을 만들어 내려고 혈안이 되었던 국가 사회주의의 지도자들도 괴테를 이용했다. 과연 1932년 괴테 사망 1백 주기에 국가 사회주의의 기관지『관찰자 Beobachter』에는 괴테 역시 국가 사회주의 국가의 지지자였음을 논증하는 논설이 게재되었다.

세계 대전이 끝난 후에도 독일의 사회주의 등에서 독일의 문학

69 같은 책, S. 40 f.
70 Siegfried Scheibe, *Goethe: Aus meinem Leben, Dichtung und Wahrheit* (Berlin: 1974), S. 641 f.

자들은 문화 정책에 따라 남용되기도 했는데 그 대표적인 예가 괴테의 『파우스트』로 이 작품은 공식적인 정책에 따라 해석되어 낙관적이고 진보적인 면이 강조되었다. 파우스트의 부단한 노력, 팽창의 동력, 행동의 찬양, 주저 없는 식민지 사업, 〈자유로운 땅에서 자유로운 사람들〉(11580)에 대한 염원 등이 이념의 대상이 된 것이다. 이들은 행동주의적인 영웅적 남성 표본, 제국주의 전쟁과 인간의 도구화, 나치 시대의 피와 토지 이데올로기, 동독의 사회주의 토지 개혁 등으로 이념화되었다. 그러나 자세히 보면 괴테의 인물들이 세속 정치에 관여한 경우는 거의 없다.[71]

1945년 독일이 붕괴된 이후 동독에서는 독일 민족의 의식 전환과 인문주의 전통을 서로 결합시키려 했다. 이 정책의 일환으로 괴테의 인문주의 사상과 많은 고전주의 작가들의 사상을 사회주의 국가의 이상에 맞도록 동화시키는 작업이 이루어졌다. 1945년 동베를린의 극장에서 레싱의 「현자 나탄」이 공연되고 특히 괴테의 『파우스트』가 여러 차례 공연되었는데 그중 하나가 1949년 볼프강 랑호프Wolfgang Langhoff에 의해 〈독일 극장〉에서 공연되었다. 여기에서 랑호프는 형태와 색채를 다양하게 만들어 광범위하게 표현하려 했지만 파우스트 문제를 사회주의적 관점에서 변증법적으로 고양시키는 데는 실패했다. 그 후 문화 정책의 수뇌부는 『파우스트』의 긍정적인 면을 거듭 강조했으며, 1962년 울브리히트Walter Ulbricht는 파우스트가 〈자유로운 땅에서 자유로운 사람들〉을 상징하는 인물로 동독의 사회주의 상황을 선취한 인물이라고 단정했다.

1970년 할레 국립 극장에서 공연된 「파우스트: 비극 제1부」는 사회주의적으로 해석되어 투쟁적인 인간상이 부각되었다. 그 외 파우스트 소재를 주관적으로 그린 작품으로 한스 아이슬러Hanns

---

71 조규희, 『파우스트 그는 누구인가?』, 이인웅 엮음(문학동네, 2006), 23면.

Eisler의 오페라 「요한 파우스트」(1952~1953)가 있다. 여기에서 파우스트는 농부 출신으로 독일의 비참함을 반영하는 인물로 그려진다. 이런 방식으로 동독에서 파우스트는 독일 민족의 진보적인 힘을 혁명적으로 대변하는 인물로 해석되었다.[72] 따라서 국가사회주의자들은 괴테가 젊은 시절에 쓴 『독일 건축술에 대하여 *Von deutscher Baukunst*』를 들어 괴테가 프랑스 혁명을 기피한 태도는 서방 정신의 거부라는 논법으로 괴테 문학을 날조했다. 국수주의에 열광하던 해방 전쟁 직후인 1816년에 발간된 괴테의 『독일 건축술에 대하여』가 시대적 배경으로 선택된 이유는 그 시대의 상황에서 충분히 설명될 수 있었다. 독백 형식의 유대인에 대한 견해 등을 괴테로 하여금 증언하도록 한 것은 악마적인 폭력 숭배와 인간 정신의 타락이 절정에 달한 암흑의 시대였기 때문이다. 여기에 순응하여 독일의 시민 계급이 히틀러로 하여금 정권을 잡는 데 일조한 일군의 민족주의적인 학자들은 파시즘에 이론적 근거를 제시했다. 예를 들어 철학 교수인 메서A. Messer는 그의 잡지에 국가 사회주의 세계관을 옹호하면서 괴테가 최초의 국가 사회주의였다고 주장하는 「괴테와 제3제국」이라는 페터슨의 글을 실었다.[73]

이러한 사회주의 성향의 인물들은 인권적 편견과 국수주의를 조롱하고 파시스트들의 이론적 원천인 게르만의 고대 사회를 어두운 야만적인 과거로 규정한 괴테를 이해하지 못한 셈이다. 따라서 토마스 만은 『바이마르의 로테』에서 파소프Passow 박사와 마주한 괴테의 이야기에서 히틀러 체제에 이용당한 괴테를 히틀러에 반대하는 작가로 전환시키고 있다. 〈파소프 박사, 난 당신의 기분을 상하게 할 생각은 전혀 없습니다. 당신의 뜻이 좋은 데서 연

---

72 제여매, 『파우스트 그는 누구인가?』, 이인웅 엮음(문학동네, 2006), 326면 이하.

73 Konrad Paul, Lotte in Weimar, in: *Das erzählerische Werk. Thomas Manns Entstehungsgeschichte. Quellen. Wirkung*, hg. von Klaus Herumsdorf u.a.(Berlin und Weimar: 1976), S. 238.

유하고 있다는 것도 알지요. 하지만 선량하고 순수한 의도만으로 다 되는 것은 아니지요. 우리는 행위의 결과까지도 내다볼 능력을 갖추지 않으면 안 되니까요. 당신 방식의 행위에 내가 두려움을 금하지 못하는 것은, 그것이 아직은 고귀하고 천진무구한 싹이지만 장차 어느 날엔가 독일인들에게 극악무도한 형태로 나타나게 될 가공할 짓의 조짐 때문이지요. 훗날 이 싹이 자란 꼴을 당신이 보게 된다면 아마 무덤 속에서도 얼굴을 돌리게 될 것입니다.〉(GW 2, 511)

이 이야기 속의 〈장차 어느 날엔가 독일인들에게 극악무도한 형태로 나타나게 될 가공할 짓의 조짐〉이라는 언급은 20세기의 독일 국가 사회주의를 예견한 괴테의 암시로, 『바이마르의 로테』의 인물인 괴테의 입을 빌려 자기 시대의 국가 사회주의에 반대하는 토마스 만의 이념이다.

10

민족의 화합과 세계 문학

—

태양의 신 헬리오스의 아들 파에톤의 이야기에 의하면, 동쪽으로 계속 가면 하늘과 땅이 맞닿아 해가 뜨는 장소에 다다르고, 이와 반대로 서쪽으로 멀리 가면 태양이 지는 곳이 있다고 했다. 이렇게 해돋이가 시작되는 장소가 이란, 메소포타미아, 시리아, 팔레스타인, 아르메니아, 소아시아 및 아라비아와 이집트를 포함한 오리엔트Orient다. 이 말의 어원은 라틴어의 오리엔스Oriens로 〈해돋이, 해가 뜨는 방향, 동방〉을 뜻하며, 로마인은 이탈리아를 중심으로 지중해의 동쪽을 가리켜서 오리엔트라고 불렀다. 따라서 유명한 라틴의 속담 〈빛은 동방으로부터〉의 동방은 그리스 지방을 가리킨다. 이에 대하여 해가 지는 서방은 옥시덴트Occident로 해가 지는 곳이라는 라틴어 옥시덴스Occidence에서 유래했다. 오리엔트 지방은 대부분 불모의 사막 또는 산악 지대이지만 일찍이 메소포타미아와 이집트 문명 등 세계 최고의 고대 문명을 창출하기도 했다. 또 알렉산드로스 대왕의 원정 이후 동서 문명의 징검다리 역할을 해왔으며 사상적인 면에서도 큰 역할을 해왔다.

이 오리엔트 지방은 7세기부터 이슬람 문화권에 속했고, 근대는 고난의 길을 걸어왔으나 제2차 세계 대전 이후 국제 정치상으로 독자적인 입장을 유지하고 있다. 일찍이 신학자 버넷T. Burnet은 『고고학Archaeologiae』(1692)에서 〈태양이 동쪽에서 솟아오르듯이 지식도 동방에서 시작하여 서방으로 전해졌으며, 우리는 이 빛을 오랫동안 누려 왔다〉고 적고 있다. 이러한 지역적인 배경에서 인류학이 발전했다.

인류학은 서구 팽창의 맥락에서 서구적 편견을 가지고 시작되어 서구 제국주의 및 식민주의의 산물이 되었다. 백인들이 식민지로 개척한 땅의 주민들을 자신들과 다른 존재〈타자〉로 관찰하고 분류하면서 자신들은 〈선택받은 민족〉이라는 정체성을 발달시킨 것이다. 그러나 민족은 유동적이고 변화한다. 예를 들어 3세기에 프랑크족은 로마의 적인 〈바바리안〉 중에서 가장 보잘것없었지만 6세기에 이르면서 서유럽에서 가장 두드러진 민족이 되었다. 따라서 인류학은 지배 민족과 식민지인의 특수성 찾기에서 벗어나 모든 인류에게 적용될 수 있는 보편성을 찾아 강대국이 야기한 폭력·착취·학살의 허구성을 폭로해야 한다. 그런데도 동양과 서양, 특히 종교적으로 서구의 기독교와 동양(중동)의 이슬람교의 갈등이 끊임없이 전개되고 있다.

특히 지배 성향의 기독교와 이슬람교 두 종교의 갈등은 과거 〈십자군 원정〉 등으로 표면화되었다. 중세에 그리스도교 신앙과 기사도 정신이 결부되어 결성된 기사단은 성지(聖地)를 지키고, 이슬람교도와 싸우며, 부상자와 순례자 보호를 목적으로 결성되었는데, 템플 기사단·호스피틀 기사단·독일 기사단 등이 유명하며 그 수는 1백만을 넘었다. 11세기 말부터 15세기 중엽에 걸쳐 예루살렘의 성묘(聖墓)를 이슬람교도들의 손에서 탈환, 방위한다는 명분 아래 8회 이상 감행한 군사 원정 외에 민중의 자발적인 순례단이나 중근동 지역으로의 진출 등도 넓은 의미에서는 십자군에 포함된다. 참가자의 의복에 십자가 표지를 달고 있었기 때문에 13세기 후반 이후 이렇게 불렸고, 그 이전의 사료(史料)에는 〈예루살렘 여행〉 또는 〈성묘 참배〉 등으로 기록되어 있다. 십자군 원정에서 성지를 확보하지 못하고 유럽으로 돌아온 기사단들은 로마 교황에 봉사하거나 이민족·이교도의 개종 운동에 종사했다. 이러한 기사단은 14~15세기 이후 봉건 제도의 붕괴와 총포(銃砲)의 발명 등으로 사라지게 되었다.

이러한 십자군 원정 같은 〈증오의 역사〉에 대해 칸트는 다음과 같이 언급했다. 〈서방 세계에서는 저 정신적 최고의 지배자가 그의 위협적인 파문의 마술 지팡이를 가지고 왕들을 어린아이처럼 지배하고 훈육했으며, 그들을 자극하여 타 지방 세계의 주민을 절멸시키는 대외 전쟁들(십자군 전쟁), 상호 간의 공격, 그들 정부 당국에 대해 시민들이 모반을 일으키도록 했고, 동일한, 이른바 보편적이라고 일컬어진 기독교 안에서도 다르게 생각하는 동료들에 대한 살기등등한 증오를 갖도록 했다. 지금도 정치적 이해관계에 의해 폭력적인 폭발이 지지되고 있는 불화의 뿌리는 전체적으로 지시 명령하는 교회 신앙의 원칙 속에 숨겨져 있고, 저 비슷한 사건들의 발생은 언제나 근심거리가 되고 있다.〉[74] 여기에서 칸트가 언급한 〈정신적 최고의 지도자〉는 교황으로 그의 절대적 권력이 국가와 교회에 관여하여 종파 분열을 조장한다고 했는데, 이러한 교황의 종파 분열이 『파우스트』에서 메피스토펠레스의 입을 통해 암시되고 있다.

> 그렇구먼! 이제 저것들을 통제하긴 어렵소.
> 그리운 옛 시절처럼,
> 기사들이 치고받는 소리가 쩌렁쩌렁 울리는구먼.
> 팔 막이, 다리 막이가
> 황제파, 교황파를 편들어,
> 끝도 없는 싸움이 순식간에 새롭게 불붙었소.
> 대대로 물려받은 정신을 좇아

74 임마누엘 칸트, 『이성의 한계 안에서의 종교』, 백종현 역(아카넷, 2011), 356면.

불구대천지원수 모양 싸우고 있소.

미친 듯이 날뛰는 소리가 사방 멀리까지 울려 퍼지는구려.

특히 사탄들이 잔치를 벌일 때마다

파당 싸움은

몸서리칠 정도로 극에 달해서,

서로가 서로를 혐오하는 소리가 가공스럽게,

이따금 악마적으로 날카롭고 예리하게,

소름 끼치게 골짜기에 울려 퍼진다오.(10768~10782)

또한 『파우스트』의 〈라이프치히의 아우에르바하 지하 주점〉
장면에서도 교황이 대학생에 의해 멸시적으로 묘사되고 있다.

하지만 우리 패거리에도 대장이 있어야 하지 않을까.

우리도 교황을 뽑자고.

교황이 되려면 어떤 자질을 갖추어야 하는지

너희들도 잘 알겠지.(2097~2100)

이러한 기독교 사회에 맞서 이슬람교는 목숨으로 대항하는 순
교 등을 성화시켰다. 흔히 중세 서유럽의 기독교가 이슬람교도를
정벌하기 위해 2백 년간 벌인 살육전이 십자군 전쟁으로 알려져
있지만 전쟁에는 상대가 있는 법이다. 영국의 사자왕(獅子王) 리
처드 1세에 맞서 성전(聖戰)인 지하드를 선언한 살라딘은 기독교
인이 점령했던 예루살렘을 탈환하고 진정한 기사도라 할 만한 선
정을 펼쳐 세상에서 가장 고결한 정복자, 자비와 관용의 군주, 이
슬람의 영웅 등의 찬사를 받았다.

13세기 말 이후부터 16세기에 이르는 그리스도교 국가들과 오
스만 제국의 전쟁을 십자군 전쟁으로 부르기도 한다. 이러한 기독

교와 이슬람교의 갈등의 획기적인 사건은 1571년의 레판토 해전이다. 베네치아와 스페인의 연합 함대가 오스만 튀르크의 해양 진출을 지중해에서 막아 낸 전투로, 기독교 문명권이 콘스탄티노플을 이슬람권에 빼앗긴 이후 118년 만에 얻은 설욕의 승리였다. 레판토 해전은 기독교 문명권의 이슬람 문명권에 대한 해양적 우위를 과시한 사건으로, 이슬람의 대서양 진출이 좌절된 반면 서유럽 국가들의 대서양 및 인도양 진출을 촉진시킨 계기가 됐다. 이러한 기독교와 이슬람권의 갈등은 현대에도 계속되어 뉴욕의 세계무역센터 건물 테러 사태로까지 비화되었다.

이러한 배경에서 19세기 중반 이후 유럽의 관점을 떠나 다양한 인류 문화를 연구하는 인류학이 발전했다. 인류학은 국수주의의 타파 등으로 발전해 왔으며, 앞으로도 이를 더 발전시킬 것이다. 이러한 국수주의를 괴테도 혐오하여 동양 등 여러 지역을 수용하고자 했다. 따라서 바이마르의 정무에 지친 괴테는 동방 세계에서 시의 소재를 찾아 동양과 서양을 아우르는 시들을 『서동시집』에 담고 있다.

> 북쪽, 서쪽, 남쪽이 뿔뿔이 갈라지고
> 옥좌들은 파멸한다, 제국들은 위태롭다.
> 달아나라 그대여, 순수한 동방에서
> 옛 족장의 공기를 맛보아라.
> 사랑과 술, 노래와 더불어
> 히저의 샘물이 그대를 젊게 하리라.(HA 2, 7)

이렇게 괴테는 서구와 갈등이 되어 왔던 동양을 수용하는 『서동시집』을 발간하여 동양을 비롯한 세계 모두를 유럽에 융합시키고 있다.

동방은 신의 것!
서방은 신의 것!
북의 땅도 남의 땅도
신의 손안에서 편히 쉰다.

이 시는 동양과 서양의 이중성과 괴테의 내적 세계의 이중성을
동시에 말해 주고 있다. 계속해서 괴테는 동양을 수용하는 사상을
시 「은행잎Gingo biloba」에도 담고 있다.

동양에서 건너와 지금
내 정원에 살고 있는 이 나뭇잎은
비밀의 뜻을 지니지요.
그 뜻을 아는 자를 기쁘게 하는.

본래 한 잎이었던 것이
둘로 나누어진 것일까요?
아니면, 둘로 갈라졌는데
사람들이 하나로 알까요?

이 질문을 답변하다가
나는 그 참뜻을 깨달았습니다.
그대는 내 노래에서 느끼지 않으세요,
내가 하나이면서 둘이라는 것을.

이 시에서 동양에서 건너와 정원에 살고 있는 은행잎은 곧 동
양의 사상이 괴테의 영혼(서양)에 건너온 것으로 이에 따라 괴테
는 〈동양은 장엄한 모습으로 지중해를 향해하며 나아간다〉(HA 2,

57)고 말하고 있다. 괴테는 1815년 66세에 쓴 시 「은행잎」을 담은 편지에 은행잎 두 장을 붙여 35세 연하의 연인에게 보냈다고 한다. 이 시의 내용대로 은행잎은 하나가 두 개로 보이기도 하고 또 둘이 하나로 보이기도 하듯이 인간도 한 민족이 두 민족이 될 수 있고 두 민족이 하나의 민족이 될 수 있으므로 적과 동지 관계는 무익하다는 것이다. 이렇게 괴테의 작품은 그리스와 지중해와 고대 중동과 아시아까지 거슬러 올라간다. 『파우스트』에 나오는 신화들도 역사 이전의 세계 등 아주 먼 공간과 시간 속에서 온 것이다.

베버는 서양의 기독교와 중국의 유교에 대한 흥미로운 대비를 제시했다. 기독교가 〈세계에 대한 지배〉를 목표로 한 〈긴장〉의 종교라면, 유교는 〈세계에 대한 적응〉을 모색한 〈타협〉의 종교라는 것이다. 기독교가 세계적으로 보편화된 이유 중 하나는 이 종교의 민족이나 계급을 떠난 만민 평등 사상에 있지만, 오랜 역사를 통해 기독교는 지배자 편이 되었다고 한다. 기독교는 지상에서 실현되지 않는 만민 평등의 이념을 초월적 세계에서 실현할 것이라는 구실하에 이념과 실천의 모순을 합리화하려 했다고 한다.[75]

한편 유교의 중심국인 중국에 대해 괴테도 관심을 보였다. 따라서 괴테의 중국적인 요소가 미완성 비극 「엘페노르 단편 Elpenor-Fragment」이나 『빌헬름 마이스터의 방랑 시대』에 나오는 단편 「50세의 남자Der Mann von fünfzig Jahren」 및 임종하기 얼마 전에 쓴 순환 시 「중독 계절과 일시Chinesisch-Deutsche Jahres-und Tageszeiten」에 나타나고 있다. 1827년 5~6월, 일름 강가의 정자에서 은둔 생활을 즐기던 노시인 괴테가 자연과의 혼연일체감을 계절과 하루 시간의 변천상으로 묘사한 「중독 계절과 일시」는 1830년판 베를린 『문예 연감Musenalmanach』에 실려 『서동시집』과 함께 괴테의 동방을 다룬 대표적인 산물이 되어 그의 만년의 자연

75 안진태, 『엘리아데·신화·종교』(고려대학교 출판부, 2015), 137면 이하.

관과 세계관이 중국에 관련되어 나타나고 있다.

중독 계절(中獨季節)과 일시(日時)

말해 주오, 고관들이
충분히 통치하고, 지치도록 봉사하기 위해
무엇을 할 수 있단 말이오.
말해 주오, 이러한 따스한 봄날에 무엇을
더 한단 말이오.
북녘에서 벗어나,
물가와 초원에서 한 꺼풀씩 그리고 한 모금씩
즐거이 마시며 정신적으로 시를 짓는 것 이외에
할 일이란 무엇인가를
　(……)

바이마르의 정무에 지친 괴테는 유유자적한 중국에서 안정감
과 기쁨을 얻는다. 대립과 모순에 가득 찬 현실에서 벗어나 고요한
자연에 파묻혀 술을 마시며 영감 있는 시를 창작하는 분위기는 중
국 이태백의 도가(道家)적 시 세계와 상통한다.[76] 그런데 괴테가
중국을 처음부터 긍정적으로 본 것은 아니다. 1796년에 반고전주
의 작가 장 파울Jean Paul에게 보낸 격언시 「로마에서 본 중국인Der
Chinese in Rom」에서는 중국인을 조롱하고 있다.

한 중국인을 보았노라, 온갖 옛 건물과
현대식 건물 속에서 중압감을 느꼈던 중국인을.
아! 하고 한숨을 쉬며 그는 말하였다. 〈가련한지고!〉

76 박찬기 편, 『파우스트와 빌헬름 마이스터 연구』(민음사, 1993), 243면.

이해하고 있어야 할 불쌍한 그대들이여!

우선 여기저기 흩어져 있는 천막의 지붕에 의젓하게

서 있는 작은 나무 기둥이며,

가느다란 실나무며, 마분지, 여러 조각들, 다양한 색으로 도금

　한 것도

교양 있는 세련된 눈 속에는 조용한 기쁨일 뿐.

자, 나는 그림 속에서 숱한 몽상가들을 보았다고 생각했지.

그자는 아주 건강한 자를 병자라고 하며

그가 입고 있는 가벼운 직물을 견고한 특성을 지닌 영원한 양탄

　자에 비교한 그자는

병자를 건강하다고 하였으리라.

그러나 1813년 이후 괴테는 중국의 정신세계에 깊은 관심을 보이게 되고, 자신이 쓴 중국 문자를 바이마르의 마리아 공주와 아우구스트 공에게 보여 주기도 했다. 처음에는 영문 번역이나 여행기를 통해 간접적으로 접하게 된 중국에 대한 단편적인 지식이 그의 일기에 들어 있다. 마르코 폴로의 중국 여행에 대한 이야기를 언급한 구절이나, 칭기즈 칸의 후계자 쿠빌라이의 웅대하고 화려한 성(城)과 풍요한 축제가 거기에 서술되어 있다. 시인적인 상상력으로 중국의 지리와 지형·지질을 터득한 괴테는 자연 과학 연구에서 얻은 근원 형상과 다양함 속에서의 단순함과 통일성이라는 고전주의 개념을 중국의 자연 현상에서 얻었다. 그러나 그때까지만 해도 그는 중국 문학이나 정신에 감히 접근하지 못하고 단순히 윤리적이고 도덕적인 관점에서 이해할 정도였다. 그러다가 1817년에 괴테는 영역된 중국 희곡을 읽고 중국 문학에 접하게 되었다.

중국 문학에 대한 연구와 탐독은 계속되어 1827년 1월 31일에 제자 에커만에게 〈내가 당신(에커만)을 만나지 못한 최근에 여러

가지 많은 책을 읽었네. 그중에서도 중국 소설을 열심히 탐독하여 아직도 내 머릿속에 놀라울 정도로 생생하게 남아 있지〉라고 언급할 정도로 괴테는 중국 문학에 몰두했다. 이처럼 중국에 몰두하게 된 배경에는 유럽의 민족주의에 대한 거부도 깔려 있었다.

더 이상 예를 들 필요도 없을 정도로 세계는 걸핏하면 민족을 들먹인다. 특히 서양에서 근대적 민족주의는 근대 사회가 태동하면서 17세기에 시작하여 19세기까지 지구를 휩쓸었다. 〈모든 위대한 이념은 현상화되는 순간부터 폭군처럼 작용한다〉(HA 12, 381)고 말한 괴테는 민족의 범주와 해방 전쟁 등 현실과 다른 이념을 거부하면서 독일인의 광적인 애국심에 잠재해 있는 민족 중심주의를 비판하고, 더 나아가 유럽의 민족 중심주의까지 비판했다. 따라서 유럽에서 발생한 극단적인 국수적 민족주의에 식상한 괴테는 『서동시집』 속의 시 「불만의 서Buch des Unmuts」에서 유럽의 민족 중심적인 사상을 비평하고 있다.

프랑스에 모방하고, 영국에 모방하고
이탈리아에 아류하고, 독일풍을 고취하려 들지만
누구라 할 것 없이 다만
이기심이 명하는 바를 행하고 있을 뿐.

자신의 가치를 드러내려는 그들에게
그것이 이로운 점이 되지 않는다면
그들의 몇 사람도, 아니 어느 누구도
그를 인정하려 들지 않을 것이 뻔하다.

오늘의 사악한 것일지라도
권세와 은총을 누릴 수 있다면

후의 두터운 친구에겐 내일쯤일지라도

올바른 일을 베풀 수 있지 않을까.

삼천 년의 역사[77]에 대해서

설명할 수 없는 자라면

아예 미숙한 그대로 어둠에 처박혀

그날그날을 그대로 살아가는 것이 좋다.

이 시에서 〈프랑스에 모방하고franzen〉, 〈영국에 모방하고
britten〉, 〈이탈리아에 아류하고italienern〉와 〈독일풍을 고취하다
teutschen〉는 괴테 자신이 만든 조어이다.[78] 따라서 이 시에서는 생
각의 폭이 다음 날 이상을 미치지 못하고 역사나 전통 의식이 없는
유럽인의 성격이 비판되고 있다. 이 시는 두 가지 인간 성격을 다
루고 있는데, 하나는 과거에 대한 분석이 없으면서 미래 의식도 짧
게 잡는 성격, 즉 자기 시대를 의미한다. 또 하나인 인간의 야욕인
이기심은 오늘날에도 심각한 문제가 되고 있다고 한다.[79] 〈모든 국
가의 국민들은 이기심 속에서 자신의 견해가 올바른 것으로 생각
한다. 자신을 내세울 수 있고, 또 자신이 유용하게 보일 때만 타국
의 공적을 인정할 줄 안다. 사람들은 올바른 것에 관심을 기울이지
않고 오직 자기의 의견이 객관적으로 잘못됐어도 오직 현재의 이
익이 된다면 관심을 기울인다.〉[80]

이러한 유럽의 이해타산에 식상한 괴테에게 세계 문학과 세계
동포주의 사상이 싹트게 되었다. 세계주의, 사해동포주의(四海同

77 유럽의 역사를 약 3천 년으로 보고 한 말이다.

78 Christa Dill, *Wörterbuch zu Goethes West-östlichem Divan*(Tübingen: 1987), S. 13.

79 안진태, 『괴테 문학의 신화』(삼영사, 1996), 122면.

80 Edith Ihekweazu, *Goethes West-östlicher Divan, Untersuchungen zur Struktur des
lyrischen Zyklus*(Hamburg: 1971), S. 345.

胞主義)라고도 불리는 세계 동포주의는 한 지방이나 한 국가에 대한 편협된 애정이나 종족적인 편견 등을 초월하여 모든 인류를 같은 동포로 생각하고, 개인을 단위로 한 세계 사회의 실현을 이상으로 하는 주의를 말하며, 정치적으로는 세계 연방 운동이나 세계 시민주의 등으로 나타나고, 문화에서는 한 국가의 테두리에만 한정되지 않는 국제간의 교류를 의미한다. 전 인류를 동포로 보고 세계 국가를 상정(想定)함으로써 고원(高遠)한 인류 사회의 통일을 꾀하려는 입장으로 공동체, 민족, 국가 등을 매개로 하지 않고 여러 개인이 세계와 직접 결합되어야 한다고 보는 개인주의적·보편주의적 사상이다.

이러한 세계 동포주의의 배경에서 괴테는 〈시란 온 인류의 소유물이어서, 세계 어느 곳이나 어느 시대에나 그리고 수만의 인간에게 자기를 계시〉[81]하는 것으로 보았다. 그래서 〈시적 재능이란 결코 희귀한 것이 아니어서 좋은 시 한 수를 지었다고 자기 자신이 대단한 인물이라고 생각할 필요가 없다〉고 말했다. 이러한 사실이 괴테에게는 너무도 진실적이어서 그에게 표절 문제는 있을 수 없었다. 괴테와 실러가 합작했을 때 누가 어느 부분을 썼느냐 하는 문제는 조금도 중요하지 않았다고 그는 말하고 있다. 〈내 것과 네 것이 무엇이 중요한가?〉 그는 자기가 표절하고 있다고 생각하지 않아서 셰익스피어와 모차르트의 리듬으로 시를 쓸 수 있고, 다른 사람들도 자기 시를 그렇게 사용하는 것을 아주 기꺼이 여겼다.[82] 이러한 괴테의 관점에서 표절의 개념도 본질적으로 규명해 볼 필요가 있다.

인류의 삶은 매우 오랜 세월에 걸친 진화의 소산이고, 그러한 진화는 앞으로도 지속될 것이다. 진화는 인간이 자신을 둘러싸고

---

81 버어넌 홀 2세, 『서양 문학 비평사』, 이재호와 이명섭 공역(탐구당, 1972), 150면.
82 같은 곳.

있는 자연, 인간이 스스로 형성한 사회, 그리고 그로부터 생겨난 문화와의 상호 관계가 끊임없이 반복되는 과정이다. 이렇게 반복되고 지속되는 상호 관계가 인간의 생존과 지속이다. 이러한 의미에서 인간의 역사는 본성적으로 필요한 반복의 역사이지, 발전적 오성으로 결정되는 역사가 아니다. 이 개념은 〈세계정신〉의 필연적 발전을 강조한 헤겔의 주장이다.

헤겔이 볼 때 모든 대상은 본성상 그 스스로를 영원히 반복하여 〈태양 아래 어떤 새로운 것도 없다〉. 따라서 어떤 사람이 궁극적인 진리를 발견했다면 그건 틀린 생각이다. 종교학자 엘리아데도 서로 다른 여러 새해 의식이나 주문 등은 우주 창조의 상징적인 재흥(再興)으로 시간의 주기적인 반복이라고 했다. 그에 따르면 신, 영웅, 조상의 행위를 모방하고 반복함으로써 그들의 힘을 이어받는다. 제의는 반복에 의해 그 〈원형〉과 일치한다. 말하자면 우리는 태초에 실행되었던 행위, 즉 천지개벽의 생성에 참여하는 것이다.[83] 이러한 끝없는 생성은 변형을 배제한다. 따라서 시간적으로나 공간적으로 멀리 떨어져 있는 사회들이 그런 여건에도 불구하고 어찌하여 대단히 흡사한 이야기들을 만들어 내는가 하는, 오래되었지만 아직도 해결 안 된 문제에 대하여 여러 이론이 있다. 이의 이해를 위해 신화나 전설 및 설화 등의 의미에서 원형과 원형적인 유형을 음미할 필요가 있다. 모든 민족이 전설·민속(문화적 잔존물)·관념을 지녔을지라도, 다시 말해서 이들이 그것이 자라난 문화적 환경에 따라 고유의 독특한 모습을 지녔다 할지라도 일반적인 의미에서 보편적인 면이 있다. 이러한 개념이 종교에도 적용되어 15세기 독일의 철학자로 로마 교회의 추기경이었던 쿠사누스Nikolaus Cusanus는 의식은 서로 달라도 실은 하나의 종교밖에 존재하지 않는다고 했다. 이러한 배경에서 아무리 형태를 바꾼다

83 M. 엘리아데, 『종교사 개론』, 이재실 역(까치, 1994), 52면.

할지라도 고유의 모습이 유지되는데 이러한 내용을 메피스토펠레스가 파우스트의 모습을 예로 들어 언급하고 있다.

> 당신은 결국 있는 그대로의 당신일 뿐이오.
> 아무리 곱슬머리 가발을 쓰고
> 굽 높은 신발을 신어도
> 당신은 언제까지나 당신일 뿐이오.(1806~1809)

이러한 배경에서 유사한 모티프나 테마가 상이한 신화나 전설 등에서 발견되는 경우가 많다. 〈그리스 신화에서 저승의 신 하데스, 페르세포네, 죽음이나 꿈 등의 연상이 역사적으로 고대 그리스에서 구성된 것이 아니라고 지적하고 싶다. 히프노스, 닉스, 헤카테, 타나토스나 크톤의 꿈과 연결은 그리스 문화의 제식이나 숭배의 배열이 아니고 여러 문화의 상상적인 장소에 연결된다. 즉 그리스인에 일치하는 고향이나 세계에 상상적인 근원이 건설된 것이다. 우리가 그들을 위해 마련한 상상적인 유일한 장소는 프로이트의 무의식의 지형학Topologie des Unbewußten으로 심리학적 상투어의 재창출이다.〉[84]

이렇게 유사한 심리적 반응을 이끌어 내고 유사한 문화적 기능을 하는 모티프와 이미지가 〈보편적인 상징〉으로 이른바 원형이다. 〈이 같은 상징은 전부는 아니지만 상당한 부분에 걸쳐서 꼭 같거나 아주 유사한 의미를 지닌다. 아버지인 하늘, 어머니인 땅, 빛, 피, 위아래, 바큇살 등과 같은 상징이 서로 시공상으로 떨어져 있어서 역사적 영향과 우연한 관계도 없을 법한데 상이한 문화에서 되풀이되고 있는 것이다.〉[85]

---

84 James Hillman, *Am Anfang war das Bild*(München: 1983), S. 50.
85 Philip Wheelwright, *Metaphor and Reality*(Indiana University Press, 1962), p. 111.

이러한 맥락에서 멕시코의 작가 옥타비오 파스Octavio Paz는 모든 문학 작품은 다른 문학적 체계로부터 전해져 왔고, 또한 그에 관련되어 있는 문학적 체계의 일부분으로서 〈번역의 번역의 번역translation of translation of translation〉이라고 정의했다. 이는 문학이 근원적으로 폐쇄적 공간으로 분리되어 있는 것이 아니라 상호 연계성을 지니고 끊임없이 반복된다는 점에서 번역이 문학의 주된 개념이라는 것이다. 그의 주장에 따르면, 모든 텍스트는 독특한 것이며 동시에 다른 텍스트의 번역장으로 간주된다. 근원적으로 언어가 없던 시대를 번역한 것이 언어이며, 모든 기호와 어휘도 다른 기호나 어휘를 번역했다는 점에서 어떤 텍스트도 전적으로 원작이라고 볼 수 없다는 것이다.[86]

따라서 문학의 특정적인 지협성과 시대성이 부정되는 경향이 있다. 모든 예술은 본래 개성적·일회적·특수적 표현인 동시에 보편적이고 영원한 가치를 지닌다고 괴테는 주장했다. 이러한 괴테처럼 토마스 만도 소재란 새로 발견되는 것이 아니라 대부분 이미 주어져 있으며, 그것을 작가가 〈현실의 주관적 심화〉를 통해 재구성하는 데서 창작의 가능성을 찾았다. 따라서 시는 온 인류의 소유물이어서 미래의 시는 국경 안에 갇혀 있을 수 없다고 본 괴테는 세계 문학의 시대가 눈앞에 왔다고 말했다. 유럽에서 새롭고 젊은 민족 문학이 자유를 획득할 때, 그리고 독일에서 편협한 낭만주의자들이 정치적 통일과 해방 노력을 독일 민족의 문화 사상 속에 응고시킬 때 괴테는 세계 문학이란 개념을 내세운 것이다.

괴테는 독일인의 평행적인 문학관을 경고하고, 1827년 1월 31일 제자 에커만에게 세계 문학을 다음과 같이 언급했다. 〈물론 우리 독일인은 자신을 둘러싼 좁은 시야를 넓히지 못하면 쉽사리 옹졸한 현학적 망상에 사로잡히게 되지. 그래서 나는 즐겨 다른 민

---

86 Octavio Paz, *Traducción, literatura y literalidad*(Barcelona: 1971), p. 9.

족에게 눈길을 돌리고 또 누구에게나 그렇게 하라고 권한다네. 이제는 국민 문학이라는 것은 별로 의미가 없는 것으로 세계 문학의 시기가 도래하고 있다.〉 이렇게 괴테가 세계주의 사상에 머물러 있는 데 반해서, 신진 청년 시인들이 국민 문학을 지향한 것은 바로 독일인 심리의 복합성, 즉 〈독일인의 세계 욕구와 세계 혐오와 지방주의의 합일이다〉.[87]

이처럼 괴테는 모든 면에서 독일인을 초월하여 독일인에게 귀속되는 일이 없었다. 베토벤이 독일인을 초월해서 작곡하고, 쇼펜하우어가 독일인을 초월해서 철학했던 것처럼, 괴테도 독일인을 초월해서 타소Torquato Tasso와 이피게니에를 씀으로써 세계 문학 시대가 눈앞에 다가온 것이다. 이렇게 국경을 초월한 문학에 대해 괴테는 다음과 같이 언급했다. 〈나의 의도는 서양과 동양, 과거와 현재, 페르시아적인 것과 독일적인 것을 연결하고, 또 양쪽의 도덕과 사고를 서로 파악하도록 하는 것이다. 이외에 유럽의 문학이 많은 도움을 받은 탁월한 사람들의 시적 동기에서 많은 다양성의 생성을 염두에 두고 있다.〉(HA 2, 540)

괴테는 나폴레옹 전쟁 때 독일 민족에 냉담한 거부적 태도를 보였다. 괴테가 볼 때 나폴레옹의 직관력, 권력에 대한 불굴의 의지, 광적인 집중력은 지칠 줄 몰랐다. 그는 전쟁의 신, 군사 천재는 물론이고, 혁명가였고, 독재자였고, 도시 계획가였고, 과학자였고, 노련한 심리학자였다. 1798년 그는 파리를 과거나 미래를 통틀어 이 세상에서 가장 아름다운 도시로 만들겠다고 선언했다. 권력을 잡은 14년여 동안 5년 정도 전쟁터를 누비느라 파리를 비울 수밖에 없었던 나폴레옹은 정신적으로는 파리를 떠난 적이 없었다. 1806년 폴란드에서는 〈파리에 증권 거래소를 세우라〉며 편지를 보냈고, 전투 준비 중이던 동프로이센에선 〈파리에 왜 조명이 없

87 Thomas Mann, *Deutschland und die Deutschen*, Fischer Bücherei, MK 118, S. 164.

느냐〉며 펄쩍 뛰었다. 파리에서 1천 6백 킬로미터나 떨어진 틸지트에선 〈파리의 분수가 제대로 작동되지 않는다〉거나 〈왜 우르크 운하가 완공되지 않았느냐〉며 난리법석을 떨어 파리의 콩코르드 광장이 만들어졌고 개선문이 세워졌다. 96킬로미터 길이의 운하를 뚫어 우르크강에서 신선한 물도 끌어왔다. 정복지에서 약탈해 온 예술 작품을 모아 두기 위해 보물 창고도 지었는데 이것이 바로 1803년 완공된 루브르 박물관이다. 한마디로 나폴레옹 시대 내내 파리는 대규모 건축 현장이나 다를 바 없어서 오늘날 파리의 큰 틀은 그의 시대에 대부분 이루어졌다고 볼 수 있다.[88] 이러한 나폴레옹이 괴테의 마음에 들었다. 따라서 나폴레옹의 독일 침략 시기에 나폴레옹과 괴테의 우호적인 관계가 많은 논란을 일으켰다.[89]

1806년에 독일의 바이마르는 나폴레옹이 이끄는 프랑스군에 점령되어 방화와 약탈의 참화를 겪었다. 그리고 나폴레옹이 프랑스 황제가 되어 그렇게도 애독하던 『젊은 베르테르의 슬픔』의 작가 괴테를 친히, 아니 작가 괴테가 황제 나폴레옹을 직접 알현하게 되었다. 1808년 10월 2일 에르푸르트. 나폴레옹이 주도한 2주일 반 일정[90]의 유럽 및 독일 영주 회의Fürstentag 기간 중 마련된 역사적인 만남이었다.

당시 나폴레옹 타도를 부르짖는 독일의 애국주의에 괴테는 냉담한 태도를 취했는데, 이는 독일의 애국주의에 수반되는 국수적 요구를 야만적이라고 보았기 때문이다. 실제로 괴테는 조국 독일이 나폴레옹의 침략을 받았던 중대한 시기에 무기를 들지 않았고 최소한 시인으로도 협조하지 않았다. 그리고 이에 대한 세간의 비난에 대해 괴테는 1830년 3월 14일에 제자 에커만에게 다음과 같이 말하고 있다. 〈증오감도 느끼지 못하면서 어떻게 무기를 든단

88 앨리스테어 혼, 『나폴레옹의 시대』, 한은경 옮김(을유문화사, 2014) 참조.
89 Vgl. Hans Tümmler, *Goethe als Staatsmann*(Göttingen: 1976).
90 정확하게는 1808년 9월 27일부터 10월 14일까지였다.

말인가. (······) 체험하지 않은 것, 고민해 보지 않은 것을 시작(詩作)한 적이 없으며 말로도 해본 적이 없다. 연애시는 다만 연애하고 있었을 때만 썼다. 그러니까 증오하지도 않는데 어떻게 증오 시를 쓸 수 있겠는가. 이것은 내막적인 이야기지만 나는 우리가 프랑스인으로부터 해방되었을 때 신에게 대단히 감사는 했지만 프랑스인을 미워하지는 않았다. 문화라든가 야만성이라든가 하는 것이 중대하게 여겨졌기 때문에 전 세계에서 가장 문화가 있는 국민이며 또한 나 자신의 교양 대부분을 얻은 국민을 어떻게 증오할 수 있겠는가.〉 이렇게 나폴레옹 전쟁에 대한 편협한 애국주의에서 발생한 민족주의가 『파우스트』에서 프랑스산 포도주의 비유로 나타나 있다.

> 좋은 것을 구하기가 이렇듯 어려운 마당에,
> 외국 것이라고 늘 마다할 수는 없지 않은가.
> 진정한 독일 남자는 프랑스 놈들을 좋아하지 않지만,
> 프랑스 포도주는 기꺼이 마시지.(2270~2073)

이처럼 맹목적인 국수주의를 혐오한 괴테의 세계 문학적 관점에 토마스 만도 동조하여 〈괴테 연구Goethe-Studie〉라는 부제가 붙은 「일본의 젊은이에게An die japanische Jugend」란 에세이에서 〈바그너와 그의 정신적인 추종자들에게서 나타나는 것처럼 독일적인 것과 보수적인 것은 국가주의로 정치화될 수 있다. 하지만 독일적 세계 시민인 괴테는 (······) 그러한 국가주의에 대해 냉정하고 경멸적인 태도를 취했다〉(GW 9, 288)라고 말함으로써 세계 시민적인 괴테는 국가 사회주의자들과 다르다는 사실을 보여 주고 있다.

이렇게 괴테를 전범으로 삼은 토마스 만은 서유럽식 민주주의

를 독일에 도입하려 한 진보적 작가들과 대립했다. 토마스 만은 괴테의 「헤르만과 도로테아」를 모방하여 프랑스 혁명에 뒤따르는 혼란한 시대를 배경으로 〈독일의 소도시 생활의 순수한 인간미를 협잡물과 분리하여〉(HA 2, 247) 다음과 같이 언급했다. 〈문제적인 것은 나 자신 속에 많이 있다. 이것은 매우 독일적인 말이며 교양과 문제성의 상호 관련성에 하나의 빛을 던지고 있는 것처럼 생각된다. 독일인이 본질적으로 문제적인 민족이라는 것은 그들이 교양 있는 민족이기 때문이 아닐까? 이 질문은 역으로 할 수도 있다. 그 때문에 사람들은 이번 전쟁(제1차 세계 대전)에 전심전력을 다하여 독일 편에 서서 독일의 승리를 기원하면서도, (……) 그러나 아주 조용한 한순간에는 교양이 있고 사물을 알고, 그리고 문제적인 이 민족의 사명은 유럽의 효소(酵素)가 되는 데 있지 지배하는 데 있는 것이 아니다.〉(GW 12, 506 f.)

이러한 독일 정신으로 레싱의 이념은 계몽주의 철학에 근거를 두고 있으며, 실러는 칸트의 도덕 철학, 노발리스는 피히테의 자아 철학, 괴테는 스피노자의 범신론에서 영향을 받아 그들의 작품에 철학적 이념을 보여 주고 있다. 아울러 괴테도 실러처럼 칸트 철학의 기본 개념으로 도덕적 법칙을 정립하고 의지 행위를 규정하는 이성, 절대적으로 타당한 도덕의 보편적 법칙에 따르는 능력인 〈실천 이성praktische Vernunft〉을 중시했다. 괴테는 이러한 〈실천 이성〉의 윤리적 측면을 강조하여 〈인내·희망·신앙 등 모든 미덕을 실제로 실천된 이성〉으로 보았다. 그리고 괴테의 『파우스트』는 정관(靜觀)하며 향락하고 활동하면서 우주의 모든 형상을 파헤치려는 인간상을 부각시켜 인간 존재를 지향하려는 철학적 사색에 영향을 주었다. 이러한 독일 정신에 신비주의가 내면적인 경향을 촉진시키는데 이 과정에서 괴테가 중심적인 역할을 하고 있다. 이러한 독일 정신이 괴테의 「헤르만과 도로테아」의 아홉 번째 노래에 묘사되고 있다.

> 동요하는 시대에 흔들리며 사는 자,
> 그자는 악을 배가시켜 점점 더 퍼뜨리지,
> 하지만 굳은 신념을 가진 자는 제 뜻대로 세상을 만들지,
> 가공할 흔들림을 끌고 나가 이리저리 비틀대는 것은
> 독일인에겐 어울리지 않는다네.(HA 2, 514)

이렇게 독일 정신이 프랑스 등 유럽인에 앞서가는 우월감에서 타국을 낮게 보는 사고가 독일 문학에서 나타나고 있다. 『파우스트』에서도 프랑스가 무분별한 애욕의 국가로 비하되기도 한다.

파우스트   내게 단 일곱 시간의 여유만 있어도,
　　저런 계집을 유혹하는 데
　　사탄의 힘을 빌리지 않으련만.
메피스토펠레스   프랑스 놈들처럼 말씀하십니다그려.
　　하지만 제발 진노를 거두어 주시지요.
　　덥석 손에 넣으면 무슨 재미가 있겠소?
　　요리 주물럭, 조리 주물럭
　　위로 잡아당기고 한 바퀴 돌리고,
　　저 귀여운 것을 이리저리 가지고 노는 것만큼
　　즐겁기야 하겠소.
　　남방의 이야기들이 뭐라 가르치던가요?(2642~2652)

토마스 만도 프랑스에 대한 독일 민족의 우월성을 다음과 같이 언급한 적이 있다. 〈독일인은 개개인이 독특한 정신과 신의 양심을 가지고 있다. (……) 프랑스인처럼 희극적이며 사회적이며 정

치적인 동물은 아니다. (……) 우리들(독일인)은 현재에도 미래에도 특별한 의미를 가진 세계적인 민족이다.〉(GW 12, 242 f.) 여기에서 프랑스인을 〈희극적〉인 면으로 비하하고 있는데, 이는 오피츠Martin Opitz의 문학 이론에 근거한다. 오피츠는 희곡에서 〈비극〉과 〈희극〉을 완전히 분리시켰다. 비극은 숭고한 내용을 가져야 하고, 따라서 그 내용에 맞게 신분이 높고 훌륭한 사람들을 등장시켜야 한다. 그 반대로 희극의 인물들은 신분이 비천한 사람이 되는데,[91] 이런 배경에서 프랑스인이 〈희극〉에 연관되어 비하된 것이다. 이는 프랑스적 작품의 사회정신과 독일적 작품의 정신적·원시Urpoesie적 정신의 차이에 있다는 의미로,[92] 결국 독일 정신의 우위를 나타낸다.

이러한 프랑스에 우월적인 감정에서인지 파우스트를 소재로 프랑스의 음악가들이 작곡한 오페라들이 비평되기도 했다. 따라서 괴테의 「파우스트: 비극 제1부」를 토대로 만든 베를리오즈(1803~1869)의 오페라 「파우스트의 저주」(1846)가 비평을 받았다. 베를리오즈는 특히 오페라의 중요한 아리아 「파우스트의 독백」, 「메피스토펠레스의 벼룩의 노래」, 「그레트헨의 툴레의 왕에 대한 노래」 등을 괴테의 원전과 밀접하게 연관시켜 작곡하면서 〈헝가리 평원〉과 〈파우스트의 지옥행〉 장면을 직접 작성하여 탁월한 솜씨로 변주했다. 하지만 괴테의 원작에는 없는 이 장면들에 대해 독일 비평가들은 괴테의 원작을 함부로 고쳤다며 비난했다. 심지어 독일인들은 베를리오즈가 괴테의 문학 작품을 작곡할 만한 역량이 있는지, 더구나 프랑스 작곡가가 과연 〈파우스트적인 것〉을 감지할 능력이 있는지 의구심을 보였다.

또한 프랑스에서 공연된 구노Charles Counod(1818~1893)의

91 박찬기, 『독일 문학사』(일지사, 1984), 91면 이하.
92 Richard Wagner, *R. Wagner und der Ring des Nibelungen*, Sämtliche Schriften und Dichtungen in zwölf Bänden, Bd. 9(Leipzig: 1911), S. 526.

오페라 「파우스트」도 작곡가의 무리한 각색으로 괴테의 사상이 변형되어 원작이 퇴색되었다고 신랄하게 비난받았다. 따라서 구노의 오페라는 파우스트의 성격을 미약하게 처리했다고 비판되었으며, 드레스덴에서 공연되는 구노의 오페라 제목이 〈마르가레테〉로 바뀐 데 대해 당시 독일인들이 심하게 비난하여 괴테 문학에 대한 과도한 애착을 보여 주었다.[93] 이들은 괴테의 『파우스트』가 소규모의 로맨스로 축소되어 심오한 독일 정신이 조롱을 당했다고 비난했다.[94]

괴테의 세계 문학 개념에 동조하여 이 내용을 자신의 작품에 전개시킨 토마스 만은 『바이마르의 로테』에 등장하는 괴테의 젊은 세대에 대한 불만은 그들이 대상을 세계적 관점으로 보지 않고 〈독일〉과 〈독일인〉에 한정시키는 편견에 있다고 했다. 『바이마르의 로테』에서 괴테는 〈자유와 조국에 대한 열광〉에 차 있는 파소프 박사에게 그의 자유사상과 조국애가 어리석은 구호에 그칠 위험성을 지적하면서 다음과 같이 말하고 있다. 〈독일인은 자신의 내부에만 스스로를 한정시킬 것이 아니라, 세계에 영향을 끼칠 수 있기 위해 먼저 세계를 수용하지 않으면 안 된다. 우리의 목표는 다른 민족들로부터 적대적으로 고립되어서는 안 될 것이며, 온 세계와 정답게 지내고, 타고난 감정 아니 타고난 권력을 희생하더라도 국제 사회의 덕성을 형성하는 것이어야 한다.〉 이런 맥락에서 토마스 만은 『마의 산』에서 독일의 국경을 벗어난 범세계적인 개념으로 괴테가 내세운 세계 문학 또는 세계 동포주의를 전개하고 있다. 이러한 민족의 세계적 차원인 세계 동포주의는 이미 오래전부터 존재해 왔다.

기원전 4세기 그리스에서 디오게네스가 스스로를 코스모폴리

---

93 Vgl. Hans J. Kreutzer, *Faust, Mythos und Musik* (München: 2003), S. 126 f.
94 이혜자, 『파우스트 그는 누구인가?』, 이인웅 엮음(문학동네, 2006), 464면.

테스kosmopolites(세계를 고국으로 삼는 사람)라고 공언하고 사회적 관습을 무시한 채 자주독립적인 생활을 했는데, 이런 자세가 헬레니즘의 스토아 사상으로 흘러들어 갔다고 전해지고 있다. 디오게네스는 〈도시도, 국가도, 집도 없이 나날의 빵을 구하면서 떠도는 방랑자〉로 자처하며 세상의 모든 억압적인 행태에 주저 없이 맞섰다. 이러한 디오게네스가 속한 키니코스학파가 초인적인 삶을 통해 국가라는 굴레를 무너뜨려 실현시키고자 한 오늘날의 글로벌리즘에 해당되는 세계 동포주의 개념이 『파우스트』에서도 언급되고 있다.

> 우리가 어디에서 왔는지 묻지 마라,
> 어쨌든 이리 와 있지 않느냐!
> 어느 땅이든
> 즐겁게 살기엔 매한가지인 것을.(7608~7611)

이러한 세계 동포주의는 계속 이어져서 근대에는 에라스뮈스에 의해 꽃을 피운다. 인문주의자인 에라스뮈스는 민족이나 종교적 갈등이 심할 때마다 생각나는 인물이다. 네덜란드에서 태어난 에라스뮈스는 일생 동안 유목민처럼 유럽 각국을 돌아다녔다. 이 학자는 네덜란드·영국·이탈리아·독일·스위스 등지를 떠돌았는데, 이 중에서 가장 인상 깊었던 나라는 1499년에 방문한 영국이었다. 그는 그곳에서 토머스 모어, 존 콜렛John Colet 등의 휴머니스트들을 만나고, 교양과 학식이 풍부한 영국인들과 사귀면서 깊은 감명을 받았다. 그러나 영국에 대한 이러한 사랑도 그를 영국인으로 만들지는 못했다. 자유롭고 보편적인 삶에서 벗어날 수 없는 세계 시민 에라스뮈스에게 국가는 무의미했다. 그는 교육과 정신의 귀족으로 이뤄진 상위 세계와 천박과 야만이라는 하위 세계인

두 세계만 알고 있을 뿐이었다. 정신의 귀족으로 스스로를 고집스럽게 제한한 에라스뮈스는 진정한 세계 시민으로, 이곳저곳에 단지 객(客)이었던 그가 평생 동안 사용한 언어는 모국어 네덜란드어가 아닌 라틴어였다. 이러한 세계 동포주의 개념이 괴테의 『빌헬름 마이스터의 방랑 시대』에서 강조되고 있다.

> 언제까지나 땅에 매달려 있지 말라,
> 새로이 결심하여 힘차게 발을 내디뎌라!
> 머리와 팔뚝에 신바람의 힘만 배면
> 어디를 가나 그대의 집이다.
> 햇빛을 즐기는 곳엔
> 근심 걱정이 없는 법.
> 우리, 이 세상에 흩어져 살라고
> 세상은 이처럼 넓도다.(HA 8, 457 f.)

이러한 에라스뮈스의 세계 동포주의 개념은 가톨릭과 프로테스탄트의 갈등 등으로 중립이 불가능하고 극단적인 편 가르기가 성행했던 당시에 강하게 추진되었다. 당시 프로테스탄트와 가톨릭 간의 갈등에서 가톨릭 신부였던 에라스뮈스는 가톨릭 편을 들지 않고 〈가장 불리한 평화가 가장 정의로운 전쟁보다 더 낫다〉면서 유럽 국가 간의 종교 전쟁을 반대했다. 이러한 전쟁이 괴테의 『파우스트』에서도 비평되어 악마 메피스토펠레스는 〈내가 항해를 아예 몰랐다면 몰라도. 전쟁, 무역, 해적질, 이 세 가지는 불가분의 관계인 것을〉(11186~11188)이라고 되뇐다. 전쟁은 교역이나 해적질과 같은 종류의 악덕이라는 것이다.

그런데 에라스뮈스가 전쟁을 반대한 이유는 이데올로기적인 것이 아니라 전쟁과 평화의 이득 및 비용에 관한 공리주의적 계산에서 나온 것이었다. 전쟁 비용과 전쟁으로 인한 파괴는 평화 유지비의 10배가 넘는다는 주장이었다. 군사적 충돌과 긴장 상태에서는 강경론이 득세하고 강경론자의 지지율이 올라간다. 따라서 에라스뮈스는 〈대부분의 국민은 확실히 전쟁을 싫어하고 평화를 갈망하지만 국민의 고통 위에 자연스럽지 못한 행복을 추구하는 극소수만이 전쟁을 원한다〉고 주장하면서, 문제는 극소수의 이기심이 선한 대다수의 평화 갈망을 압도한다는 데 있다고 지적했다. 전쟁에 대비해 군비를 확충하는 것도 중요하지만 경제 협력을 통해 평화를 사는 일이 훨씬 비용이 덜 들고 인명의 희생도 적다고 에라스뮈스는 주장했다.

이러한 에라스뮈스의 정신을 기리기 위해 유럽 연합(EU)은 1987년부터 대학생들이 일정 기간 타 국가의 대학에서 공부하여 학점을 받는 〈에라스뮈스 프로그램〉이란 학생 교류 프로그램을 실시하고 있다. 이 프로그램에 〈전 세계는 공동의 조국〉이라고 선언한 에라스뮈스의 이름이 붙여진 것은 지극히 자연스럽다. 유럽 연합 25개국을 포함한 31개국 고등 교육 기관이 참여해 150만 명의 동문을 배출했다.

이러한 세계 동포 이념은 많은 작가나 예술가들에 의해 이어져 동양과 서양 등 타 민족을 껴안으려는 내용을 담은 괴테의 『서동시집』의 이름을 이어받아 〈서동시집 오케스트라〉라는 필하모니가 창단되어 서로 다른 민족의 융합이 시도되기도 했다. 세계적인 지휘자이자 피아니스트인 바렌보임Daniel Baranboim은 러시아계 유대인으로 아르헨티나에서 태어나 이스라엘에서 자랐고, 빈·파리·로마·베를린 등에서 수학·활동했으며 지금은 이스라엘 국적과 팔레스타인 명예시민권을 동시에 가지고 있다. 이런 다문화 융합의 배경 때문인지 인종·국가 간의 화합은 그의 변함없는 관심사였다. 나치 정권에 협력했다는 이유로 유대인에게 금기시되던 바그너의 음악을 2001년 예루살렘에서 최초로 연주했고, 이스라엘의 강경책을 줄곧 반대하여 〈민족의 반역자〉, 〈반유대주의자〉라는 비판도 받았다. 이스라엘과 팔레스타인 등 다른 중동 국가에서 반반씩 단원을 뽑아 구성한 〈서동시집 오케스트라〉 때문이었다. 유대인인 바렌보임은 1999년 『오리엔탈리즘』의 저자로 이름 높은 팔레스타인 출신 영문학자 사이드Edward W. Said와 손잡고 이 오케스트라를 창단했다.

2009년 1월 바렌보임이 오스트리아 빈 필하모니의 신년 음악회 무대에 섰다. 오케스트라가 「아름답고 푸른 도나우」 도입부를 연주하면 지휘자가 짧은 신년 인사를 하는 게 전통이다. 이때 바렌보임은 70여 년의 빈 필하모니 신년 음악회 역사에서 가장 역사적인 연설을 했다. 〈몇몇 무장 단체 때문에 팔레스타인 전체를 벌해야 하는가. 2009년은 중동에서 인권과 평화를 이루는 한 해가 되어야 한다.〉 2008년 이스라엘의 팔레스타인 가자 지구 공습을 겨냥한 말이었다. 이처럼 바렌보임의 행보와 발언은 정치적이며 그만큼 영향력이 있었다.

이 때문인지 과거 2002년 3월 팔레스타인 자치 정부가 위치한 라말라에서의 연주는 이스라엘의 반대로 무산되었고, 그 뒤로도 여러 차례 유산을 거듭하다가 2005년 8월에야 이뤄졌다. 베토벤의 「운명 교향곡」 연주가 끝나고 관객들이 기립 박수를 보냈을 때 14~26세의 청소년 단원들은 서로 끌어안으며 눈물을 흘렸다. 이 자리에서 바렌보임은 〈총부리를 겨누던 이들이 서로 이해할 수 있도록 이끌어야 한다〉고 강조했다.

그런 바렌보임이 〈평화를 위한 연주를 멈추지 않겠다〉며 라말라에 다시 갔다. 3년 만이다. 라말라에서 베토벤의 피아노 소나타 공연 후에 6백여 명의 청중이 낸 기부금은 가자 지구 어린이를 위한 의료비로 쓰기로 했다. 공연장에는 사이드의 부인 마리암도 참석했다. 이날 연주가 끝난 뒤 팔레스타인 정부는 바렌보임에게 명예시민증을 주며 〈이스라엘과 팔레스타인의 미래에 확신을 줬다〉고 치하했다.

두 번의 라말라 연주에서 모두 베토벤의 곡을 선택한 바렌보임은 〈(독일인) 베토벤을 연주할 권리가 독일인에게만 주어진 것이 아니듯이 음악은 인종과 분쟁을 초월한다는 것을 보여 주고 싶다〉고 밝혔다. 나치가 찬양했다는 이유로 유대인에게 금기시되던 바그너의 음악을 2001년 예루살렘에서 연주한 것과 일맥상통한다. 이때도 그는 청중의 비난을 음악에 대한 찬미로 바꿔 냈다. 그는 한 인터뷰에서 〈양쪽 모두의 비판을 받는 것은 내가 잘하고 있다는 신호〉라고 말하기도 했다.[95]

바렌보임이 연주한 베토벤의 9번 교향곡 「합창」은 송년 음악회에서 가장 많이 연주되는 곡이다. 이 곡의 내용은 실러가 지은 시 「환희의 송가Ode an die Freude」로 세계적으로 알려진 내용이다.

> 환희여, 신들이 내리신 아름다운 불꽃이여,
> 낙원의 딸이여,
> 넘치는 감격 안고
> 그대의 성전에 들어서노라, 천상의 환희여.
> 신분의 높낮음이 엄하다 한들
> 그대 마력 앞에선 하나가 되고,
> 그대의 부드러운 날개 머무는 곳에
> 만인이 형제 되도다.
> 　그대들을 얼싸안노라, 만인이여!
> 　온 세상 사람에게 이 입맞춤을 보내노라!
> 　형제들이여 ── 별 총총한 하늘 위에

95 김호정, 「바렌보임 〈평화의 연주 멈추지 않는다〉」, 『중앙일보』, 2008년 1월 14일.

사랑하는 아버지 계심에 틀림없다.

한 친구의 친구 되는
위대한 일 성취한 자,
사랑스러운 아내를 맞이한 자,
함께 환호하라!
정녕 — 이 지구상에서
오직 하나의 영혼만이 자기 것이라 하는 자도!
하여 그것조차 할 수 없었던 자라면
몰래 이 동맹에서 울며 빠져나갈지어라.
　커다란 고리 위에 살고 있는 자라면
　공감을 굳게 신봉하라!
　공감이 별나라로 이끌어 주리니,
　거기 알려지지 않은 분 군림하고 계시도다.

모든 존재가 환희를 머금노라
자연의 품에 안겨서,
착한 자 악한 자 할 것 없이
자연의 선물을 맛보노라,
자연은 우리에게 입맞춤도 포도도,
죽음에서 시련 겪은 친구도 주었도다.
벌레에게도 쾌락이 주어졌고,
천사가 주님 앞에 서 있도다.
　그대들 무릎을 꿇는가, 만인이여?
　창조자를 예감하는가, 세인이여?
　별 총총한 하늘 위에서 그분을 찾아라,
　별 위에 그분이 살고 계심에 틀림없도다.

영원한 자연을 움직이는

강한 원동력이 환희로다.

거대한 우주 시계의 톱니바퀴를

환희, 환희가 움직이도다.

싹에서 꽃을 피어 냄도,

천공에서 천체를 꾀어냄도 환희이며,

천문학자의 망원경도 알지 못하는

공간 속에서 천구를 굴리는 것도 환희로다.

　　주님이 창조하신 천체가

　　장려한 하늘 평야를 날아가는 것처럼 즐겁게,

　　형제들이여, 그대들의 길을 걸어라,

　　승전을 기약하는 영웅처럼 즐거운 마음으로.

진실의 불 거울 속에서부터

탐구자에게 미소 짓는 것도 환희이다.

미덕의 가파른 언덕에로

참는 자의 길을 인도함도 환희로다.

햇빛 비치는 믿음의 산 위에

환희의 깃발이 펄럭임을,

폭파된 관(棺)의 갈라진 틈 사이로

천사들의 합창대 속에 환히 서 있음을 보지 않는가.

　　용기 있게 참아라, 만인이여!

　　보다 더 좋은 세계 올 것이니 참아라!

　　저 위 별 총총한 하늘의

　　위대한 주님께서 보상해 주리라.

신들에게 복수할 수는 없다,

그들과 같이 됨은 아름다운 일이로다.

원한과 빈곤은 나설지어다,

즐거워하는 자들 더불어 기뻐할지어라,

앙심과 복수는 잊을지어다,

불구대천의 원수도 용서할지어라,

눈물이 그를 짓눌러선 안 된다,

회한이 그를 괴롭혀서도 안 된다.

　죄의 기록은 없애 버려라!

　온 세상 모두 화해할지어라!

　형제들이여 ── 별 총총한 하늘 위에선

　우리의 심판이 그러하듯 주님의 심판도 관대하도다.

술잔에서는 환희가 비등하노니,

포도송이의 황금빛 피를 마셔

거친 자들도 온후해지고,

절망한 자도 영웅적 용기를 얻도다.

형제들이여, 가득한 포도주 잔이 돌거들랑,

자리를 박차고 일어나서,

그 거품 하늘까지 치솟게 하라,

온후하신 영(靈)께 이 잔을 바쳐라!

　별들이 선회하며 찬양하고

　천사들이 노래 불러 찬미하는

　온후하신 영께 이 잔을 바쳐라,

　저 위 별 총총한 하늘에 계신 분께!

격심한 고난에선 꿋꿋한 마음을,

결백이 울고 있는 곳에선 도움을,

동맹의 맹세에는 영원성을,

친구에게도, 적을 대해서도 진실을,

왕좌 앞에서도 사나이다운 긍지를 —

형제들이여, 생명과 재산이 걸려 있을지니,

공적에는 영광을,

거짓 족속에는 멸망을!

　성스러운 동맹을 더욱더 공고히 하라,

　이 황금빛 포도주를 놓고 맹세하라,

　우리의 서약을 충실히 따르겠다고,

　별들의 심판자 앞에서 맹세하라![96]

　실러의 시 「환희의 송가」에 베토벤이 곡을 붙인 이 노래는 장
엄한 아름다움으로 우리의 영혼을 사로잡는다. 〈모든 사람이 형제
가 되리라Alle Menschen werden Brüder〉는 노래를 통해 베토벤과
실러는 인류의 평화를 기원하지 않았을까. 그렇지만 베토벤 본인
의 의도와는 상관없이 그의 곡들은 후대에 다양한 목적으로 이용
되었다. 무엇보다도 베토벤을 가장 좋아했던 히틀러는 〈베토벤이
라는 단 한 명의 독일인이 모든 영국인을 합친 것보다 음악에 더
큰 공헌을 했다〉고 단언했고, 9번 교향곡도 히틀러와 나치들이 가
장 즐겨 연주한 곡이었다. 특히 나치 당원이 되었던 카라얀Herbert
von Karajan과 베를린 필하모니의 레퍼토리에 이 곡은 빠지지 않
았다.

　1936년 베를린 올림픽, 1937년과 1942년의 히틀러 생일, 그
외에도 히틀러 청년단이나 나치군, 히틀러 친위대를 위한 연주에
「환희의 송가」가 울려 퍼졌다. 1934년 11월 실러 탄생 175주년 기
념일에 히틀러는 〈20세기의 천재가 18세기의 천재에게 경의를 표

---

96 황윤석, 『18세기 독일 시』(탐구당, 1983), 276면 이하.

한다〉고 과장하여 말했다. 이 정도로 나치는 이 곡을 세계 만민을 위한 노래가 아니라 독일 국민을 위한 노래로 만들었다.

2011년 8월 바렌보임이 한국에 와서 나흘 동안 베토벤 교향곡 9번 전곡을 공연했다. 특히 이들이 마지막에 연주한 교향곡 9번은 〈환희여, 너의 마법은 관습이 준엄하게 갈라놓았던 것을 한데 묶는다. (……) 백만인이여 서로 껴안으라〉며 인류의 하나 됨을 호소하는 합창이다. 이스라엘 못지않게 세계의 가장 첨예한 분쟁 지역으로 부각되어 온 한국에서 이 악단의 첫 공연은 주목을 끌었다.[97] 이러한 민족 화합의 노력에도 불구하고 오늘날 세계 도처에서 민족 갈등이 끊임없이 발발하고 있다는 사실은 애석한 일이다. 이미 오래된 책이지만, 유명한 국제 정치학자인 칼 도이치 교수는 『민족주의와 사회 소통』이라는 국가 및 국민 통합에 관한 저서에서 민족은 사회적 소통을 기반으로 성립되는 것이며, 소통이 단절된 사람들은 결코 같은 민족일 수 없다고 주장했다. 이런 배경에서 오랜 세월 남북으로 갈라져 서로 소통이 단절되었던 우리 민족은 민족의 동질성에서 점점 멀어져 가고 있어 더 서글프다.

---

97 안진태, 『역사적인 민족 유대인』(새문사, 2011), 551면 이하.

괴테 연보

1749년 8월 28일 프랑크푸르트에서 태어남. 아버지 요한 카스파르 괴테(1710~1782), 어머니는 카타리나 엘리자베트. 결혼 전 성은 텍스토르(1731~1808).

1757년 8세 텍스트가의 조부모에게 신년 시를 바침. 지금까지 보존된 것 중 가장 오래된 것임.

1759년 10세 프랑크푸르트가 프랑스군에 점령됨. 7년 전쟁(1756~1763).

1764년 15세 요제프 2세 대관식.

1765년 16세 10월부터 1768년까지 라이프치히 대학에서 공부. 가요집 『안네테』, 『연인의 변덕』.

1768~1770년 19~21세 프랑크푸르트.

1770년 21세 3월부터 1771년 여름까지 슈트라스부르크에 체류. 제젠하임 방문. 프리데리케 브리온을 알게 됨. 법률 득업사 자격 취득.

1771~1772년 22~23세 프랑크푸르트. 단기간 변호사 개업. 『괴츠』. 프랑크푸르트 학예 신문 발행. 『독일 건축에 관해서』.

1772년 23세 5월부터 9월까지 베츨러 체류. 케스트너의 약혼자 샤를로테 부프(1753~1828)를 알게 됨.

1773~1775년 24~26세 희곡 『괴츠 폰 베를리힝겐』 출판. 프랑크푸르트 익살극, 사육제 극. 시 「마호메트」, 「프로메테우스」 등을 프랑크푸르트 학예 신문에 기고. 희곡 『클라비고』를 간행. 『파우스트』와 「에그몬트」 집필 개시. 『젊은 베르테르의 슬픔』 간행. 릴리 쇠네만과 약혼.

1775년 26세 5월부터 7월까지 스위스 여행. 11월 카를 아우구스트 공(1757~1828)의 초청을 받고 바이마르 도착.

1776년 27세 추밀원의 일원으로 임명. 샤를로테 폰 슈타인(1742~1827)을 알게 됨.『오누이』. 일메나우 채광에 착수.

1777년 28세   11월부터 12월까지 하르츠 여행.『마이스터의 연극적 사명』 집필.

1778년 29세   5월 베를린 방문. 바이에른 왕위 계승 전쟁(1778~1779).

1779년 30세   군사 및 도로 공사 위원 취임. 산문극「타우리스의 이피게니에」. 9월부터 1780년 1월까지 스위스 제2차 여행.

1782년 33세   귀족 증서를 받음. 재무 관리 책임 위임.『마왕』,『빌헬름 마이스터』속고(續稿),『젊은 베르테르의 슬픔』 개작.

1784년 35세   해부학 연구. 악간골 발견.

1785년 36세   군주 동맹 토의. 식물학 연구.『마이스터의 연극적 사명』 탈고.

1786년 37세   9월부터 1788년 6월까지 이탈리아 여행.『이피게니에』, 사극「에그몬트」,「타소」집필.

1788년 39세   정무에서 물러남. 크리스티아네 불피우스(1765~1816)를 알게 됨.『로마의 비가』.

1789년 40세   12월 아들 아우구스트가 태어남(1830년 사망). 다섯 아이들 중 혼자 살아남은 아이임.「타소」완성.

1790년 41세   8권으로 된 괴테 저작집 펴냄.『파우스트』 단편 발표.『색채론』 초고 집필. 3월부터 6월까지 베네치아 체류.『베네치아의 경구』. 7월부터 10월까지 슐레지엔 야영. 해부학, 식물학, 광학 등의 자연 과학 연구.『식물의 변형』.

1791년 42세   궁정 극장 총감독 취임.『대코프타』,『광학 논집』 2편.

1792년 43세   8월부터 11월까지 프랑스 원정. 제1차 대프랑스 연합 전쟁(1792~1795),『신판 저작극』 출판되기 시작(7권 1799년까지).

1793년 44세   『라이네케 푹스』,『시민 장군』. 5월부터 7월까지 마인츠 포위.

1794년 45세   실러(1759~1805)와 친교 시작.『빌헬름 마이스터의 수업 시대』(1796년 완성).『빌헬름 마이스터의 방랑 시대』 개작 시작.

1795년 46세   『호렌』,『독일 망명자의 담화』,『메르헨』.

1796년 47세   실러와 공동으로『크세니엔』 저작.「헤르만과 도로테아」를 쓰기 시작.『빌헬름 마이스터의 수업 시대』 간행.

1797년 48세   『담시』,『파우스트』의 테마를 씀. 이어 실러의 격려로『파우스트』 집필 계속. 7월부터 11월까지 남독일, 스위스 여행. 라슈타트 회의.

1798년 ^{49세} 잡지 『프로펠레엔』(1800년까지) 간행.

1799년 ^{50세} 『아킬레스』. 제2차 대프랑스 연합 전쟁(1799~1802).

1801년 ^{52세} 안면 단독(丹毒)에 걸림.

1803년 ^{54세} 『서출녀』. 예나의 프롬만 가에서의 교제. 거기에서 1807년 빌헬미네 헤르츠리프(1789~1865)를 알게 됨. 제국 대표단 본결의. 신성 로마 제국의 종말.

1804년 ^{55세} 스탈 부인 내방. 『빙켈만』. 나폴레옹, 황제가 됨.

1805년 ^{56세} 신장을 앓아 중병. 실러 죽음. 첼터(1758~1832)와 친교.

1806년 ^{57세} 10월 14일 예나 결전. 바이마르 점령됨. 크리스티아네 불피우스와 결혼. 라인 동맹 체결. 『빌헬름 마이스터의 방랑 시대』 간행.

1807년 ^{58세} 『파우스트 제1부』 완성. 『판도라』.

1808년 ^{59세} 『파우스트 제1부』 출판. 12권으로 된 최초의 전집(1806~1808) 간행. 에르푸르트 회의에서 나폴레옹과 만남. 제3차 대프랑스 연합 전쟁(1805~1807) 종결.

1809년 ^{60세} 『친화력』 간행. 『자서전』 집필 개시. 나폴레옹의 대오스트리아 원정. 티롤, 스페인, 칼라브리아에서 봉기.

1810년 ^{61세} 『색채론』 완성.

1811년 ^{62세} 『나의 생애에서』, 『시와 진실』 집필 계속(전 6권 1822년까지).

1812년 ^{63세} 『시와 진실』 제2부 간행. 베토벤 및 오스트리아 여황제 마리아 루도비카를 만남. 나폴레옹의 러시아 원정.

1813년 ^{64세} 4월부터 8월까지 테플리츠 체류. 나폴레옹 대러시아, 프로이센, 오스트리아 동맹군과의 전쟁. 10월 16일부터 18일에 걸쳐 라이프치히 결전. 1814년 4월 나폴레옹 퇴위. 엘바섬에 격리됨. 빈 회의.

1814년 ^{65세} 『시와 진실』 제3부 간행. 『에피메니데스의 각성』. 마인강 유역 여행. 마리아네 빌레머(1860년 사망)를 알게 됨.

1815년 ^{66세} 다시 마인강, 라인강 유역 여행. 폰 슈타인 남작과 함께 쾰른 여행. 두 번째 전집 간행 20권(1815~1819). 나폴레옹 백일천하. 워털루 전쟁. 나폴레옹 세인트헬레나섬에 유배. 바이마르 대공국으로 됨.

1816년 ^{67세} 아내 크리스티아네 죽음. 『이탈리아 여행』 제1부 간행. 잡지 『예술과 고대』(1832년까지 계속) 간행.

1817년 [68세]   극장 총감독의 지위에서 물러남. 아들이 오틸리에 폰 포그비시 (1796~1872)와 결혼. 손자 발터(1819~1885), 볼프강(1820~1883). 손녀 알마는 1845년 17세로 죽음. 잡지 『자연 과학에 관해』(1824년까지 계속). 10월 발트부르크 축제.

1819년 [70세]   『서동시집』. 베를린에서 『파우스트』의 여러 장면 처음으로 상연. 카를스바트 결의.

1821년 [72세]   『빌헬름 마이스터의 방랑 시대』 제1부.

1823년 [74세]   연초에 중병. 요한 페터 에커만(1792~1854)의 바이마르 내방. 6월부터 9월까지 보헤미아 체류. 마리엔바트에서 18세 소녀 울리케 폰 레베초프(1804~1899)를 알게 됨. 그녀의 구혼을 계기로 『마리엔바트의 비가』를 씀.

1825년 [76세]   『파우스트 제2부』 집필 다시 시작.

1826년 [77세]   『전집 결정판』1831년까지 40권, 그리고 1833~1842년까지 20권 증보. 그중 제1권은 『파우스트 제2부』(1833). 실러의 두개골을 손에 쥐고 관찰. 삼행시 『노벨레』.

1827년 [78세]   『중독 계절(中獨季節)과 일시(日時)』.

1828년 [79세]   『실러와의 편지』 출판.

1829년 [80세]   『연대기』 간행. 『시와 진실』 제4부 착수. 아들 로마에서 죽음. 파리의 아카데미에서의 퀴비에와 조프로의 논쟁에 깊은 관심을 보임. 파리 7월 혁명 루이 필리프의 〈시민 왕국〉 시작.

1831년 [82세]   유서. 완성된 『파우스트』 제2부를 봉인, 사후에 발표할 것을 유언으로 남김. 일메나우에서 마지막 탄생일을 축하함.

1832년 [83세]   3월 14일 마지막 외출. 3월 16일 발병. 3월 22일 11시 반에 별세. 3월 26일 카를 아우구스트 공가의 묘소에 안장.

참고 문헌

1차 문헌

Johann Wolfgang von Goethe, *Werke* in 14 Bänden, herausgegeben von Erich Trunz, Hamburger Ausgabe(München: 1988).

Johann Wolfgang von Goethe, *Gespräche mit Eckermann*, Bd. II, 2. Aufl. hg. und eingeleitet von Franz Deibel(Leipzig: 1908).

Johann Wolfgang von Goethe, *Sämtliche Werke nach Epochen seines Schaffens*, Münchner Ausgabe, Bd. 15. Niklas Luhmann, *Liebe als Passion: Zur Codierung von Intimität*(Frankfurt/M. 1982).

Johann Wolfgang von Goethe, *Werke* im Auftrag der Grossherzogin Sophie von Sachsen, Bd. II, 11(München: 1987).

Johann Wolfgang von Goethe, *Sämtliche Werke nach Epochen seines Schaffens*, Münchner Ausgabe, Bd. 15.

Johann Wolfgang von Goethe, *Sämtliche Werke. Briefe, Tagebücher und Gespräche* (Frankfurt/M.: 1985).

2차 문헌

강두식 역주,『파우스트』I·II, 대학고전총서(서울대학교 출판부, 1988).

곽복록 엮음,『울림과 되울림』(서강대학교 출판부, 1992).

괴테,『괴테 서·동 시집』, 전영애 옮김(서울대학교 출판문화원, 2013).

김선형,『나 역시 아르카디아에 있었노라!』(경남대학교 출판부, 2015).

김수용,『괴테 파우스트 휴머니즘』(책세상, 2004).

김인순,『파우스트』(열린책들, 2009).

박종서,『독일 문학 개설』(고려대학교 출판부, 1981).

박찬기 외 지음,『파우스트와 빌헬름 마이스터 연구』(민음사, 1993).

버어넌 홀 2세,『서양 문학 비평사』, 이재호와 이명섭 공역(탐구당, 1972).

안진태, 『괴테 문학의 신화』(삼영사, 1996).

안진태, 『베르테르의 영혼과 자연』(열린책들, 2005).

안진태, 『엘리아데·신화·종교』(고려대학교 출판부, 2005).

안진태, 『파우스트의 여성적 본질』(열린책들, 1999).

이인웅 엮음, 『파우스트 그는 누구인가?』(문학동네, 2006).

핸드릭 비루스, 『괴테 서·동 시집 연구』, 전영애 옮김(서울대학교 출판문화원, 2013).

한국괴테협회 편, 『괴테 연구』(문학과지성사, 1985).

한국괴테협회 편, 『파우스트 연구』(문학과지성사, 1986).

Adler, Gerhard, *Das lebendige Symbol*(München/Berlin/Wien: 1968).

Adorno, Th. und Horkheimer, M., *Dialektik der Aufklärung*(Amsterdam: 1969).

Alewyn, Richard und Sälzle, Karl, *Das große Welttheater. Die Epoche der höfischen Feste in Dokument und Deutung*(Hamburg: 1959).

Allemann, Bede, *Ironie und Dichtung*(Pfullingen: 1956).

Ammerlahn, Helmut, Wilhelm Meisters Mignon — ein offenbares Rätsel, Name, Gestalt, Symbol, Wesen und Werden in: *Deutsche Vierteljahresschrift für Literaturwissenschaft und Geistesgeschichte*, 42. Jahresgang. 1968, XLII. Band.

Barack, Karl A.(Hg.), *Zimmerische Chronik*, Bd. III(Tübingen: 1869).

Baroja, Julio Caro, *Die Hexen und ihre Welt*(Stuttgart: 1967).

Behler, Ernst, *Derrida-Nietzsche Nietzsche-Derrida*(München: 1988).

Benjamin, Walter, *Gesammelte Schriften*(Frankfurt/M.: 1977).

Beutler, Ernst(Hg.), *Goethes Werke*, Gedenkausgabe(Zürich: 1949).

Biedrzynski, Effi, *Goethes Weimar*(Zürich: 1992).

Blessin, Stefan, *Die Romane Goethes*(Königstein: 1979).

Bloch,, Ernst, *Das Prinzip Hoffnung*(Frankfurt/M.: 1959).

Blume, Bernhard, *Thomas Mann und Goethe*(Bern: 1949).

Blumenberg, Hans, *Arbeit am Mythos*(Frankfurt/M. 1984).

Buchwald, Reinhard, *Führer durch Goethes Faustdichtung*(Stuttgart: 1983).

Coleridge, Samuel T., *Biographia Literaria*(London: 1817).

Conrady, Karl O. Zur Bedeutung von Goethes Lyrik im Sturm und Drang, in: *Sturm und Drang*, hg. v. Walter Hinck(Kronberg/Ts.: 1978).

Copleston, Frederick S. J., *A History of Philosophy*, vol. I(1960).

Dahlke, Rüdiger u. Klein, Nikolaus, *Das senkrechte Weltbild*(München: 1994).

Dill, Christa, *Wörterbuch zu Goethes westöstlichem Divan*(Tübingen: 1987).

Dilthey, Wilhelm, *Das Erlebnis und die Dichtung*, 13. Aufl.(Stuttgart: 1957).

Doering, Sabine, *Die Schwestern des Doktor Faust. Eine Geschichte der weiblichen*

Frauengestalten(Göttingen: 2001).

Düntzer, Heinrich, *Goethes Leben*(Leipzig: 1830).

Eckermann, Johann P., *Gespräche mit Goethe*(München: 1949).

Eliade, Mircea, *Das Heilige und das Profane*(Frankfurt/M.)

Eliade, Mircea, *Patterns in Comparative Religions*(New York Publishing, 1970).

Erb, Rainer, Der Ritualmord, in: Julius H. Schoeps u. Joachim Schlör(Hg.), *Antisemitismus. Vorurteile und Mythen*(München/Zürich: 1995).

Fischer, Kuno, *Goethes Faust*(H. R. Wolcott, 1895).

Flatter, Richard, *Shakespeare Macbeth*(Frankfurt/M., Berlin, Bonn: 1958).

Freud,, Sigmund, *Studienausgabe*, hg. von A. Mitscherlich u.a., Bd. V(Frankfurt/M.: 1975).

Friedenthal, Richard, *Goethe. Sein Leben und seine Zeit*(München: 1963).

Friedl, Gerhard, *Verhüllte Wahrheit und entfesselte Phantasie. Die Mythologie in der vorklassischen und klassischen Lyrik Schillers*(Würzburg: 1987).

Friedrich, Theodor, *Goethe, Märchen*. Mit einer Einführung und einer Stoffsammlung zur Geschichte und Nachgeschichte des Märchens(Leipzig: 1925).

Friedrich, Theodor, *Goethes Faust* erläutert(Leipzig).

Frühwald,, Wolfgang, Die Auseinandersetzung um Schillers Gedicht "Die Götter Griechenlands", in: *Jahrbuch der Deutschen Schillergesellschaft* 13(1969).

Gadamer, Hans-Georg, *Kleine Schriften* II(Tübingen: 1979).

Galling, Kurt(Hg.), *die Religion in Geschichte und Gegenwart. Handbuch für Theologie und Religionswissenschaft*, 3. Aufl.(Tübingen 1963).

Gebser, Jean, *Ursprung und Gegenwart*, Erster Teil: Das Fundament der perspektivischen Welt(Schaffhausen: 1978).

Godwin, Malcom, *Engel, Eine bedrohte Art*(Frankfurt/M.: 1991).

Goethe, Johann W., *Wilhelm Meisters Lehrjahre*, Erläuterungen und Dokumente (Stuttgart: 1982).

Gose, Hans, *Goethes Werther*(Tübingen: 1973).

Grimal, Pierre(Hg.), *Mythen der Völker*: Ausgabe in 3 Bänden, 1. Bd.(Frankfurt/M.: 1967).

Gundolf, Friedrich, *Goethe*(Berlin: 1915).

Hall, Vernon Jr., *A Short History of Literary Criticism*(New York University Press, 1963).

Hamann, H., *Die literarischen Vorlagen der "Kinder-und Hausmärchen" und ihre Bearbeitung durch die Brüder Grimm*(Berlin: 1906).

Hamilton, Edith & Cairns, Huntingen(ed.), *The Collected Dialogues of Plato*, Vol. I (Princeton University Press, 1961).

Hansen, Volkmar und Heine, Gert(Hg.), *Thomas Mann, Plage und Antwort.* Interviews mit Thomas Mann 1909~1955(Hamburg: 1983).

Haussig, Hans Wilhelm, *Götter und Mythen im Alten Europa*(Stuttgart: 1973).

Heffner, R. M. S., Rehder, Helmut, Twadde, W. F. l(Hg.), *Goethe's Faust*, Part I (Boston: 1954).

Hein, Edgar, *Johann W. Goethe. Die Leiden des jungen Werther, Interpretation* (Oldenburg München: 1991).

Heller, Erich, *The Ironic German. A Study of Thomas Mann*(London: 1958).

Herder, Johann G., *Werke* in 10 Bänden, 6. Bd.(Frankfurt/M.: 1989).

Herumsdorf, Klaus u.a.(Hg.) *Das erzählerische Werk. Thomas Manns Entstehungsgeschichte. Quellen. Wirkung*(Berlin und Weimar: 1976).

Hienger, Jörg und Knauf, Rudolf(Hg.), *Deutsche Gedichte von Andreas Gryphius bis Ingeborg Bachmann*(Göttingen: 1969).

Hiller, Helmut, *Lexikon des Aberglaubens*(München: 1986).

Hillman, James, *Am Anfang war das Bild*(München: 1983).

Hippe, Robert, *Keine deutsche Poetik, Eine Einführung in die Grundbegriffe der Literaturwissenschaft*(Hollfeld/Oberfr (Bange): 1966).

Hucke, Karl-Heinz, *Figuren der Unruhe*(Tübingen: 1992).

Ihekweazu, Edith, *Goethes West-östlicher Divan, Untersuchungen zur Struktur des lyrischen Zyklus*(Hamburg: 1971).

Jameson, Frederic, *Materien zu Ernst Blochs Prinzip Hoffnung*(1978).

Jung, Carl G., *Bewußtes und Unbewußtes*(Hamburg: 1963).

Jung, Carl G., *Gesammelte Werke* in 18 Bänden, Olten und Freiburg im Breisgau 1989.

Jung, Carl G., *Psychologie und Alchemie*(Zürich: 1952), GW 12.

Jung, Carl G., *Welt der Psyche*(Zürich: 1960).

Kaufmann, Walter, *Nietzsche*(Princeton: 1974).

Kayser, Wolfgang, *Das sprachliche Kunstwerk, Eine Einführung in die Literaturwissenschaft*, 8. Aufl.(Bern u. München: 1989).

Keller, Werner, *Goethes Dramen*, Neue Interpretation(Stuttgart: 1980).

Kemper, Hans-Georg, 'Ich wie Gott' *Zum Geniekult der Goethezeit*(Tübingen: 2001).

Kemper, Hans-Georg, *Deutsche Lyrik der frühen Neuzeit*, Bd. 6/II(Tübingen: 2002).

Kommerell, Max, *Geist und Buchstabe der Dichtung*(Frankfurt/M.: 2009).

Korff, Hermann, A., *Geist der Goethezeit*, in 4 Bänden (Leipzig: 1956).

Kreutzer, Hans J., *Faust, Mythos und Musik* (München: 2003).

Kurzke,, Hermann, *Thomas Mann. Epoche-Werk-Wirkung* (München: 1985).

Lessing, Gotthold E., *Hamburgische Dramaturgie* (Stuttgart).

Löwith, Karl, *Meaning in History* (The Univ. of Chicago Press, 1949).

Löwith, Karl, *Von Hegel zu Nietzsche. Der revolutionäre Bruch im Denken des 19. Jahrhunderts* (Hamburg: 1981).

Lüthi, Max, So leben sie noch heute, *Betrachtungen zum Volksmärchen*, 2. Aufl. (Göttingen: 1976).

Mandelkow, Karl R., *Goethes Briefe*, Band II (Hamburg: 1965).

Mann, Erika (Hg.), *Thomas Mann, Briefe* 1889~1936 (Frankfurt/M.: 1961).

Mann, Thomas, *Deutschland und die Deutschen*, Fischer Bücherei, MK 118.

Mann, Ulrich, *Schöpfungsmythen, Vom Ursprung der Welt*, 2. Aufl. (Stuttgart: 1985).

Marlow, Christopher, *The Tragical History of Life and Death of Doktor Faustus* (Stuttgart: 1964).

Martens, Wolfgang, *Die Botschaft der Tugend. Die Aufklärung im Spiegel der deutschen Moralischen Wochenschriften*, 2. Aufl. (Stuttgart: 1971).

Marx, Karl, *Das Kapitel*, Bd. 1 (Berlin: 1972).

Mooney, James, The Ghost-Dance Religion and the Sioux Outbreak of 1890, in: *Annual Report of the Bureau of American Ethnology*, XIV, 2 (Washington: 1896).

Neumann, Erich, *Die Große Mutter, Der Archetyp des Großen Weiblichen* (Zürich: 1956).

Nietzsche, Friedrich W., *Die Geburt der Tragödie* (München: 1955).

Nietzsche, Friedrich W., *Jenseits von Gut und Böse zur Genealogie der Moral* (München: 1955).

Nietzsche, Friedrich, *Die Geburt der Tragödie* u. a., Sämtliche Werke. Kritische Studienausgabe in 15 Einzelbänden, KSA 1, hg. von Giorgio Colli und Mazzino Montinari (München: 1988).

Nissen, Walter, *Die Brüder Grimm und ihre Märchen* (Göttingen: 1984).

Otto, Rudolf, *Das Heilige. Über das Irrationale in der Idee des Göttlichen und sein Verhältnis zum Rationalen* (Breslau: 1917).

Ovidius, *Metamorphosen* (Frankfurt/M.: 1902).

Paz, Octavio, *Traducción, literatura y literalidad* (Barcelona: 1971).

Ranke-Graves, Robert von, *Griechische Mythologie, Quellen und Deutung* (Reinbeck bei Hamburg, 1984).

Read, John, *Prelude to Chemistry* (London: 1939); Jolande Jakobi, *Der Psychologie* von C. G. Jung (Olten).

Reich-Ranicki,, Marcel, *Frankfurter Anthologie*, 11. Bd. (Frankfurt/M.: 1976).

Röhrich, Lutz, *Märchen und Wirklichkeit*, 4. Aufl. (Wiesbaden: 1979).

Russell, Bertrand, *History of Western Philosophie* (Unwin University Books, 1971).

Scheibe, Siegfried, *Goethe:Aus meinem Leben, Dichtung und Wahrheit* (Berlin: 1974).

Scherer, Wilhelm, *Aufsätze über Goethe* (Berlin: 1900).

Schiller, Friedrich, *Sämtliche Werke*, hg. von Gerhard Fricke und Herbert G. Göpfert, Bd. 1 (München: 1967).

Schlaffer, Heinz, *Faust Zweiter Teil im Blickfeld des 20. Jahrhunderts* (Stuttgart: 1981).

Schlegel, August W., *Kritische Schriften und Briefe* (Stuttgart: 1964).

Schlegel, Friedrich, Fragmente, in: H. E. Hass u. G. A. Mohrlüder (Hg), *Ironie als literarisches Phänomen* (Köln: 1973).

Schöne, Albrecht, *Faust. Kommentare* (Frankfurt/M.: 1999).

Schöne, Albrecht, *Götterzeichen, Liebeszauber, Satanskult. Neue Einblicke in alte Goethetexte-Albrecht Schöne*: 3. ergänzte Auflage 1993, Erstausgabe (München: 1982).

Schopenhauer, Arthur, *Die Welt als Wille und Vorstellung*, Sämtliche Werke in 7 Bänden, Bd. 3 (Wiesbaden: 1972).

Soret, Frédéric, *Goethes Unterhaltungen mit Frédéric Soret* (Weimar: 1905).

Spengler, Oswald, *Der Untergang des Abendlandes*, Bd. I (Leipzig: 1923).

Staiger, Emil, *Goethe 1814~1832* (Zürich: 1959).

Stöcklein, Paul, *Wege zum späten Goethe* (Darmstadt: 1977).

Strich, Fritz, *Deutsche Klassik und Romantik*, 4. Aufl. (Bern: 1949).

Strich, Fritz, *Goethes Faust* (Bern und München 1964).

Swedenborg, Emanuel, *Himmel und Hölle* (Zürich: 1977).

Tillman, Thomas, *Hermeneutik und Bibelexgese beim jungen Goethe* (Berlin: 2006).

Tümmler, Hans, *Goethe als Staatsmann* (Göttingen: 1976).

Tümmler, Hans, *Karl August von Weimar, Goethes Freund* (Stuttgart: 1978).

Vries, Ade de, *Dictionary of Symbols and Imagery* (1947).

Wagner, Richard, *R. Wagner und der Ring des Nibelungen*, Sämtliche Schriften und Dichtungen in zwölf Bänden, Bd. 9 (Leipzig: 1911).

Wedeck, Harry E. u. Baskin, Wade, *Dictionary of Spirtiualism* (New York: 1971).

Weiß, Johannes, *Max Weber, Die Entzauberung der Welt* (Göttingen: 1951).

Wheelwright, Philip, *Metaphor and Reality* (Indiana University Press, 1962).

Wiese, Benno von, *Die Helena-Tragödien in Goethes Faust*, 3. Heft der Schriften der

Ortsvereinigung Essen der Goethe-Gesellschaft zu Weimar(Essen: 1947).

Wild, Gerhard, *Goethes Versöhnungsbilder. Eine geschichtsphilosophische Untersuchung zu Goethes späten Werken*(Stuttgart: 1991).

Winckelmann, Johann Joachim, *Geschichte der Kunst des Altertums*, Dresden 1764. Vollständige Ausgabe hg. von Wilhelm Senff(Weimar: 1964).

Wind, Edgar, *Heidnische Mysterien in der Renaissance. Mit einem Nachwort von Bernhard Buschendorf*, übersetzt von Christian Münstermann unter Mitarbeit von Bernhard Buschendord und Gosela Heinrichs(Frankfurt/M.: 1981).

Wysling, Hans, *Thomas Mann*, Teil I(München: 1975).

찾아보기

1. 인명

2. 용어

지은이 **안진태** 고려대학교 독어독문학과와 동 대학원을 졸업하고 독일 뒤셀도르프 대학교에서 독문학 박사 학위를 받았다. 1981년부터 강릉원주대학교 독어독문학과 교수로 재직했고, 2016년 정년 퇴임 후 명예 교수로 재직 중이다. 2011년 한국독어독문학회 회장을 역임했다. 지은 책으로는 『독일 문학과 사상』, 『독일 제3제국의 비극』, 『역사적인 민족 유대인』, 『아리스토파네스의 성(性)의 기법』, 『토마스 만 문학론』, 『카프카 문학론』, 『괴테 문학의 신화』, 『괴테 문학의 여성미』, 『베르테르의 영혼과 자연』, 『파우스트의 여성적 본질』, 『신화학 강의』, 『독일 담시론』, 『괴테 문학 강의』, 『괴테 사전』(공저) 등의 국문 저서와 *Östliche Weisheit Tiefenpsychologie und Androgynie in deutscher Dichtung*(Peter Lang 출판사), *Mignons Lied in Goethes Wihelm Meister*(Peter Lang 출판사) 등의 독문 저서가 있다. 「엘렉트라 신화의 문학적 수용」, 「헤르만 헤세의 문학에서 니이체 사상」, 「헤세의 『황야의 이리』에서 에로스와 입문 과정」 외 다수의 논문을 썼고, 『소들의 잠』, 『저녁 바람은 차갑다』 등을 우리말로, 김동인의 『감자』를 독일어로 옮겼다. 2003년 강원도 문화상을 수상했다.

불멸의 파우스트

발행일   2020년 4월 15일 초판 1쇄
　　　　 2023년 3월 10일 초판 2쇄

지은이   안진태
발행인   홍예빈 · 홍유진
발행처   주식회사 열린책들

경기도 파주시 문발로 253 파주출판도시
전화 031-955-4000 팩스 031-955-4004
www.openbooks.co.kr

Copyright (C) 안진태, 2020, *Printed in Korea*.
ISBN 978-89-329-2019-1 93850

이 도서의 국립중앙도서관 출판예정도서목록(CIP)은 서지정보유통지원시스템 홈페이지(http://seoji.nl.go.kr)와 국가자료공동목록시스템(http://www.nl.go.kr/kolisnet)에서 이용하실 수 있습니다.(CIP제어번호: CIP2020013222)